Ambre

KATHLEEN WINSOR

Ambre

ÉDITIONS FRANCE LOISIRS

Titre original : *Forever Amber.*

Traduit de l'anglais par Édith Vincent.

Édition du Club France Loisirs,
avec l'autorisation des Éditions Phébus.

Éditions France Loisirs,
123, boulevard de Grenelle, Paris
www.franceloisirs.com

ISBN : 2-7441-7714-8

Note de l'éditeur

L'année 1944 fit oublier au monde que la jeune Amérique s'était faite, d'abord, contre *l'Angleterre. À l'aube du 6 juin, marines et tommies, courbés sous le même feu roulant, débarquaient ensemble sur une plage de Normandie, et cette fraternité d'armes, que chacun s'accordait enfin à trouver naturelle, rappelait soudain au souvenir des réalités historiques que les hommes avaient feint, deux siècles durant, de reléguer au magasin des vieilleries hors de temps : que les États-Unis avaient reçu leur premier nom – Virginie – en l'honneur d'une Reine Vierge qui régnait sur l'Angleterre et protégea Shakespeare ; et leur deuxième nom – Nouvelle Angleterre – d'une poignée de puritains nostalgiques chassés par les querelles de religion des verts bocages d'Albion. La même année, et comme pour sceller ce retour aux racines de l'Histoire, une Américaine inconnue publiait à New York un épais roman historique qui révélait, outre une admirable connaissance du XVIIe siècle anglais, une parenté d'esprit évidente avec ce qu'il est convenu d'appeler le « picaresque britannique ». Et la critique d'évoquer aussitôt le parrainage des peintures du divin Hogarth (la fameuse série* The Rake's Progress, *qui allait quelques années plus tard inspirer Stravinski), et surtout la* Moll Flanders *de Daniel Defoe (traduite en français à la Belle Époque par Marcel Schwob, et en Italie, plus tard, par Cesare Pavese) qui retrace également la carrière d'une courtisane – et que l'on est en droit de considérer comme le premier roman « moderne » de la littérature.*

La jeune Kathleen Winsor se plaçait d'emblée sous la protection des génies les mieux auspicieux. Elle révéla à la presse que pour rédiger son livre – Ambre *–, elle n'avait pas hésité à dépouiller trois cent cinquante-six volumes exactement, pour la plupart d'anciennes chroniques du règne de Charles II ; et elle avoua peu après, avec une franchise ingénue qui toucha André Maurois, avoir entrepris la rédaction de son énorme roman dans le seul but d'en faire ce qu'on appelait déjà un « best-seller ». Le résultat dépassa ses plus folles espérances. Traduit dans une trentaine de pays, le livre toucha plus de vingt millions de lecteurs à travers le monde, et Hollywood en fit aussitôt un film qui eut la bonne fortune d'être tourné par Otto Preminger (avec Linda Darnell et George Sanders) et qui connut à peu près le même succès. Publié en France dès 1946 (Éd. du Pavois),* Ambre *fit royalement son entrée, quelques années plus tard, dans la toute nouvelle collection « Le Livre de Poche », où il occupa le quatrième fauteuil, derrière le* Kœnigsmark *de Pierre Benoît,* Les Clés du Royaume *d'A.J. Cronin et* Vol de nuit *de Saint-Exupéry.*

*L'auteur de ces lignes portait alors des culottes courtes, et la littérature américaine qu'il pouvait lire en ces années-là l'entraînait plutôt du côté de Fenimore Cooper que de Mrs. Winsor. Il confessera ici avoir été persuadé jusqu'à une date récente qu'*Ambre *relevait d'un genre de littérature à l'eau de rose qu'il a toujours évité de fréquenter – car la vie est trop courte pour qu'on la laisse, outre ses habituels bienfaits empoisonnés, nous offrir de mauvais livres. Jusqu'au jour où le diabolique Michel Le Bris – encore lui ! – eut l'idée de lui susurrer à l'oreille que le gros livre de Kathleen Winsor valait vraiment la peine d'être lu, surtout si l'on portait déjà en son cœur amitié à la Moll Flanders de Defoe, à laquelle la* *douce Ambre ne le cédait en rien sur le chapitre de la crapulerie parfumée, du cynisme calculateur, de la lascivité, et autres aimables vertus que les humains se plaisaient à cultiver en ces temps bénis, sous le règne d'un roi du nom de Charles II – lequel prêchait d'exemple avec un talent que chacun s'efforçait d'imiter de son mieux.*

*En fait d'eau de rose, le lecteur s'apercevra qu'on est ici loin du compte, le livre de Mrs. Winsor dégageant de tout autres fragrances : senteurs d'alcôve échauffées par la violence du combat amoureux, relents de peste, fumets de charogne assortis à la crasse noire des ruelles du vieux Londres. Un autre préjugé, tout au rebours, court au reste à propos d'*Ambre *de l'autre côté de l'Atlantique : dans les années cinquante, les jeunes filles de Boston se voyaient interdire par leurs parents la lecture de ce livre pernicieux, impie, pornographique. Que l'aimable lecteur se rassure encore. Si l'héroïne de Mrs. Winsor passe son temps à ouvrir son lit, moyennant finances, à tous les porteurs de perruque d'Angleterre, l'évocation de ses déportements ne fait jamais outrage à la décence. Non, décidément, le théâtre choisi par la romancière n'est ni la bonbonnière enrubannée, ni le foutoir libertin ; mais bien la large scène où se met en montre l'entièreté d'une société aux abois, qui cherche naïvement à exorciser par le plaisir sa peur de la mort : la même que décrivait, aux alentours de 1660, l'admirable Samuel Pepys dans son* Journal *– et ce n'est certes pas par hasard si une citation dudit Pepys figure en exergue au volume que le lecteur a pour l'heure entre les mains. Au moins annonce-t-elle la couleur : une noirceur brillante, désillusionnée, et s'accommodant malgré cela – ou à cause de cela – d'une insolente santé d'esprit.*

Car le livre, bien que cédant ouvertement aux conventions du feuilleton (Defoe, là encore, reste la référence), et dont l'écriture sent parfois la hâte, vaut moins, on l'aura compris, par l'empois du style – dont Mrs. Winsor se soucie aussi peu que feu Dumas, d'illustre mémoire – que par l'âpreté d'un imaginaire qui ne recule devant l'évocation d'aucune scélératesse, d'aucune horreur (ainsi de l'épisode, un brin sadique, où se trouve décrite avec tout un luxe de détails la peste qui ravagea Londres peu avant le Grand Incendie). Et l'on rendra grâce à la romancière d'avoir si peu épargné son lecteur, délicieusement malmené huit cents pages durant (ah ! la riche idée de nous rendre témoins de tous les mensonges de son héroïne, de nous faire trembler avec elle à l'idée de la voir un jour démasquée, de nous pousser à imaginer pour elle quelque nouveau moyen, bien retors, de donner le change !), et qui ne cesse de se demander, tournant les pages avec une honteuse fébrilité, comment tout cela va bien pouvoir finir. L'on se gardera ici de vendre la mèche. L'auteur a l'art de nous tenir jusqu'au bout le souffle court, et si tout ici annonce un finale *en forme de marche funèbre, l'issue ne laisse pas malgré cela de surprendre, dont la cruauté fera regretter la mort même – affolante conclusion qui ne clôt rien, laissant (non sans sadisme encore) le lecteur sur le gril.*

Qu'un roman d'une si exquise inclémence, servi au surplus par une machinerie de si robuste facture, ait pu disparaître de notre horizon en moins d'un tiers de siècle a de quoi étonner ; mais ne nous inquiétons pas trop : il arrive que d'excellents livres aient à payer d'un temps de purgatoire le succès qui a d'abord salué leur venue ; s'ils se laissent un moment oublier – peut-être d'avoir été trop fêtés –, c'est pour revenir hanter plus lard nos cœurs infidèles, faisant honte à nos préjugés... et nous octroyant sans rancune des plaisirs que nous n'attendions plus.

Que Kathleen Winsor soit donc bénie d'avoir voulu plaire au plus grand nombre : ceux qui ont d'abord fait la fine bouche devant son œuvre sont désormais autorisés à s'en repaître sans trop de dommage pour la délicatesse de leur ego. Ils apprendront ici que Mrs. Winsor vit toujours, qu'elle est née le 13 octobre 1919 à Olivia (Minnesota), fut élevée à

Berkeley (Californie), ne porta jamais l'uniforme de la vieille fille férue d'Histoire dont on eût pu l'imaginer affublée, offrit au contraire en pâture à la presse un minois exemplairement hollywoodien, épousa une star du football américain, fit parvenir à son éditeur le manuscrit de son premier livre dans une boîte à jambon – et écrivit d'autres romans par la suite : Star Money *(une manière de confession que préfaça chez nous André Maurois, qui n'hésite pas à voir en elle « une romancière de grande classe ») ;* Eastward Wanderers West, *en 1965 (publié par Gallimard sous le titre* La Drogue jaune*) ;* Calais, *1979 (autre grand succès) ;* Jacintha, *1984 ;* Robert and Arabella, *1986... Quel trésor – fausses perles ou vrais diamants – se cache derrière ces titres ? Le mieux est encore d'y aller voir, en faisant taire nos idées reçues. Alice nous a prévenus : on n'a pas le droit de dire que l'on connaît le monde si l'on n'a pas risqué un œil de l'autre côté du miroir.*

J.P.S.

Au Lieutenant Robert John Herwig, U.S.M.C.R.

Mais, grand Dieu ! quelle époque et quel monde. Un homme n'y peut vivre sans jouer le fourbe et l'hypocrite.

Samuel PEPYS

PROLOGUE

1644

Une chaude humidité régnait dans la petite chambre. De violents coups de tonnerre faisaient trembler les vitres, les éclairs paraissaient jaillir de la pièce même. Personne n'osait dire ce que tout le monde pensait – que cet orage, terrible même pour un orage de la mi-mars, constituait certainement un mauvais présage.

La pièce, comme toutes les chambres d'accouchées, avait été débarrassée de la plupart de ses meubles. Il n'y restait plus que le lit, très haut, avec ses rideaux de lin, auquel on accédait par des marches, une demi-douzaine de chaises basses et le fauteuil profond de la sage-femme, muni d'accoudoirs et d'un dossier incliné. Près de la cheminée, une table avec une cuvette d'étain, du cordon brun et un couteau, des bouteilles et des pots d'onguents ainsi qu'une pile de fins linges blancs. Près de la tête du lit un berceau à l'ancienne mode, encore vide.

Les femmes du village, autour du lit, observaient en silence, l'air anxieux, attentif. Une inquiétude pleine de sympathie et de pitié sourdait de leurs yeux, allant du bébé tout rouge couché auprès de la femme qui venait de lui donner le jour, à la sage-femme en transpiration, penchée sur le lit et dont les mains s'activaient sous les couvertures.

Une autre femme, enceinte elle-même, s'approcha de l'enfant, inquiète et troublée. Tout à coup, le bébé poussa un soupir, éternua, ouvrit la bouche et hurla. Les femmes respirèrent, soulagées.

— Sarah ! dit doucement la sage-femme.

La femme enceinte leva les yeux. Elles échangèrent quelques mots à voix basse, puis – tandis que la sage-femme s'asseyait auprès de la cheminée pour baigner l'enfant dans un bassin de vin rouge chaud – l'autre femme glissa les mains sous la couverture et, avec des gestes doux et assurés, se mit à pétrir le ventre de la mère. L'horreur que reflétait son visage disparut rapidement quand la jeune accouchée ouvrit les yeux.

L'accouchée avait les traits tirés, amaigris par la souffrance, l'air hagard, les yeux enfoncés, entourés d'un large cerne. Seuls ses légers cheveux blonds, épars, paraissaient encore en vie. Sa voix s'éleva, faible et terne, à peine audible :

— Sarah ! Sarah ! est-ce mon bébé qui pleure ?

Sarah, sans interrompre son travail, fit oui de la tête avec un sourire contraint.

— Oui, Judith ! C'est votre bébé, votre fille.

Les cris de colère aigus de l'enfant remplissaient la pièce.

— Ma... fille ?

Si épuisée qu'elle fût, son désappointement était manifeste.

— Une fille ! dit-elle en un petit murmure las et déçu. Mais c'est un garçon que je veux ! John désirait un fils !

Ses yeux se remplirent de larmes, qui roulèrent sur ses tempes ; elle détourna péniblement la tête, comme pour ne plus entendre les cris du bébé.

Mais elle était trop épuisée pour s'en préoccuper. Une sorte de détente l'envahissait peu à peu. Cette sensation était presque agréable ; comme elle s'emparait de plus en plus d'elle, corps et âme, elle s'y abandonna, ayant l'impression d'être ainsi délivrée de l'agonie de ces deux dernières journées. Elle percevait le léger battement rapide de son cœur. Il lui semblait qu'un tourbillon qui l'emportait de plus en plus vite l'aspirait ; elle avait le sentiment d'être tirée hors d'elle-même et hors de la chambre, lancée dans le temps et l'espace.

Naturellement cela ne ferait rien à John que ce soit une fille. Il l'aimerait tout autant – et les garçons viendraient ensuite –, des garçons, et encore des filles aussi. Maintenant que le premier bébé était né, ce serait plus facile la prochaine fois. Sa mère le lui avait souvent dit, et sa mère avait eu neuf enfants.

Elle vit l'expression du visage de John, se représenta le choc et la surprise qu'il éprouverait à la nouvelle, et sa brusque explosion de joie et de fierté. Il souriait et ses dents blanches brillaient dans son visage hâlé ; ses yeux la contemplaient avec adoration, comme la dernière fois qu'ils s'étaient vus. C'était toujours de ses yeux qu'elle se souvenait le mieux, car ils étaient couleur d'ambre, comme un verre d'ale traversé par un rayon de soleil, et autour de la pupille noire brillaient des points verts et bruns. Une force étrange émanait de ces yeux, comme si tout son être se concentrait en eux.

Pendant toute sa grossesse, elle avait espéré que le bébé aurait les yeux de John ; elle l'avait désiré avec une telle intensité que jamais elle n'avait douté que son vœu ne se réalisât.

Depuis toute petite fille, Judith savait qu'un jour elle épouserait John Mainwaring, qui à la mort de son père prendrait la succession du comté de Rosswood. Sa famille à elle était de très vieille souche anglaise – elle s'était appelée « de Marisco » quand ses ancêtres étaient arrivés avec le conquérant normand, mais au cours des siècles son nom s'était transformé en celui de Marsh. Les Mainwaring, de leur côté, avaient vu leur fortune et leur pouvoir s'accroître considérablement au cours du siècle dernier, car ils s'étaient partagés les dépouilles de l'Église catholique. Leurs domaines étant voisins, des liens d'amitié s'étaient noués entre les deux familles depuis trois générations. Rien de plus naturel, par conséquent, que le mariage du fils aîné des Mainwaring avec la fille aînée des Marsh.

John avait huit ans de plus qu'elle et, pendant longtemps, il ne lui prêta guère d'attention, bien qu'il considérât comme allant de soi qu'ils se marieraient sans doute un jour. La promesse de fiançailles avait été signée quand il était encore enfant et Judith bébé. Durant les années qui suivirent, elle le vit fréquemment, car il venait souvent à Rose Lawn monter à cheval, chasser et faire de l'escrime avec les quatre frères aînés de Judith – mais il ne s'intéressait pas plus à elle qu'à ses propres sœurs et ne faisait que supporter avec une bienveillante indifférence son admiration craintive. Il alla faire ses études à Oxford d'abord, puis, pendant un an environ, à Inner Temple[1], et compléta son éducation par un tour en Europe. À son retour, il retrouva une jeune fille de seize ans, ravissante, et en tomba amoureux. Comme Judith avait toujours été éprise de lui et que les familles entretenaient d'excellents rapports, il ne parut y avoir aucune raison d'attendre. Le mariage fut fixé au mois d'août : le mois où la guerre commença.

Le père de Judith, Lord William Marsh, se déclara immédiatement pour le roi, mais le comte de Rosswood – comme bien d'autres – hésita pendant plusieurs semaines avant de se joindre aux parlementaires[2]. Judith les avait entendus

1. Une des quatre institutions anglaises ayant le privilège exclusif de préparer à entrer dans les ordres. (*N.d.T.*)

2. Partisans du Parlement, adversaires de Charles Ier.

discuter de temps à autre, depuis plus d'un an ; mais, bien qu'ils se fussent souvent mis en colère au point de crier et de brandir le poing, ils avaient toujours fini par tomber d'accord pour boire ensemble un verre de vin en parlant d'autre chose. Elle ne se doutait guère que ces disputes changeraient toute sa vie !

Le comte de Rosswood avait dit et répété qu'il pouvait admettre l'absolutisme du roi, mais non la politique religieuse de Laud, tandis que Lord Marsh était convaincu que son ami, au moment décisif, se reprendrait et se rangerait aux côtés du roi. Quand il vit que Rosswood n'en faisait rien, il fut indigné et furieux : d'abord incrédule, il devint amer et haineux. Judith ne s'était pas clairement représenté que l'Angleterre était en guerre civile, jusqu'au jour où sa mère lui dit froidement qu'elle ne devait plus penser à John Mainwaring – que ce mariage ne pourrait jamais se faire.

Stupéfaite, Judith acquiesça d'un signe de tête, mais sans y croire réellement. La guerre, son père le disait, serait finie d'ici trois mois : alors, ils oublieraient leurs querelles et redeviendraient bons amis. Elle n'aurait été dans leur vie qu'un intermède désagréable, rien d'important ne serait changé, aucun projet sérieux ne s'en trouverait bouleversé, pas plus qu'aucune vieille habitude familiale. Cela n'affecterait personne sérieusement, ni elle, ni aucun de ceux qu'elle connaissait.

Mais, quand John vint lui faire ses adieux avant de rejoindre l'armée, Lord William se porta à sa rencontre à cheval, furieux et menaçant, et lui interdit l'accès de son domaine. En apprenant cela, Judith pleura pendant des heures, car il était parti pour la guerre sans qu'ils aient même pu échanger un baiser.

Quelques jours plus tard, Lord William et les quatre frères de Judith allèrent rejoindre le roi, suivis de presque tous les hommes valides du domaine et du village. La guerre lui apparut alors dans toute sa réalité et elle la prit en haine de s'introduire ainsi dans sa vie, si calme, heureuse et douce jusqu'alors.

Ainsi que l'avait prédit Lord William, les royalistes remportèrent des succès. Le neveu de Sa Majesté, le grand et beau prince, remporta victoire sur victoire jusqu'à ce que, pour ainsi dire, toute l'Angleterre, à l'exception de la région du Sud-Est, fût entre les mains du roi. Mais les rebelles ne renoncèrent pas à la lutte et les mois passèrent.

Judith était très occupée, maintenant que les hommes étaient partis. Elle n'avait plus le temps de danser ni de chanter, de broder ni de filer. Néanmoins, malgré tout son travail, elle continuait à penser à John Mainwaring, se demandant quand elle le retrouverait, et faisant des projets pour un avenir que la guerre civile n'aurait pas modifié. Sa mère, qui devinait aisément la raison du calme songeur de Judith, lui intima, avec impatience, l'ordre de chasser John de sa pensée. Elle lui fit entendre que Lord William et elle avaient en vue un autre mariage, plus convenable, avec un homme dont le loyalisme était indiscutable.

Mais Judith n'avait aucunement l'intention d'oublier John. Elle ne pouvait pas plus envisager d'épouser un autre homme qu'elle n'eût accepté qu'un nouveau Dieu lui fût imposé.

Cinq mois après son départ, John parvint à lui faire tenir un billet où il lui disait qu'il allait bien et qu'il l'aimait toujours : « Nous nous marierons, Judith, quand la guerre sera terminée, quoi que puissent dire nos parents ! » Et il ajoutait que, sitôt qu'il le pourrait, il s'arrangerait pour venir la voir.

Vers la mi-juin seulement, il parvint à tenir sa promesse. Alors, inventant une histoire quelconque à raconter à sa mère, elle partit à cheval le retrouver au bord d'une petite rivière qui coulait entre les deux propriétés. C'était la première fois, depuis qu'ils se connaissaient, qu'ils se trouvaient tout à fait seuls, libres, sans personne pour les surveiller ; Judith en avait, par avance, conçu de l'appréhension, de la nervosité et de l'embarras ; mais une fois descendue de cheval elle s'était jetée dans ses bras, sans hésitation ni inquiétude. Jamais elle ne s'était sentie aussi sûre d'elle, aussi heureuse et satisfaite.

— Je ne dispose que de peu de temps, Judith, avait-il dit en l'embrassant. Je ne devrais même pas être ici. Mais il fallait que je vous voie ! Laissez-moi donc vous regarder. Oh ! que vous êtes jolie, plus jolie même que je n'en avais le souvenir.

Se pressant désespérément contre lui, elle se dit que jamais elle ne pourrait le laisser repartir.

— Oh ! John ! John ! Comme vous m'avez manqué !

— C'est merveilleux d'entendre ces mots de vous ! J'ai eu si peur, mais cela ne fait rien, n'est-ce pas, que nos parents se disputent ? Nous ne nous en aimons pas moins...

— Pas moins ? s'écria-t-elle, la gorge serrée par des larmes où la crainte se mêlait au bonheur. Oh ! John ! Nous nous aimons davantage. Je ne savais pas à quel point je vous aimais avant que vous soyez parti et je craignais que... Oh ! cette terrible guerre ! Je la hais ! Quand donc finira-t-elle, John ? Bientôt ?

Elle le regarda comme une petite fille qui mendie une faveur, ses grands yeux bleus pensifs, effrayés. Le visage de John s'assombrit ; il resta un moment silencieux, tandis qu'elle l'observait avec anxiété.

— Non, ce ne sera pas bientôt, John ?

Il la prit par la taille et ils marchèrent lentement au bord de la rivière. Le ciel était bleu, parsemé de gros nuages floconneux comme après une ondée ; l'air était humide et sentait la terre mouillée ; le long des rives se dressaient des aunes au feuillage délicat et des saules ; les glaïeuls blancs étaient en fleur.

— Je ne crois pas que la guerre finisse de sitôt, Judith, dit-il enfin. Elle peut durer longtemps encore, des années peut-être.

Judith s'arrêta et le contempla d'un air incrédule. À dix-sept ans, six mois sont un siècle ; un an, une éternité ! Elle ne pouvait pas et ne voulait pas se représenter les années s'écoulant ainsi, tous deux séparés.

— Des années, John ! s'écria-t-elle. Mais ce n'est pas possible. Qu'allons-nous faire ? Nous serons vieux avant même de commencer à vivre ! John...

Soudain, elle le saisit par le bras :

— Emmenez-moi avec vous ! Marions-nous tout de suite. Peu m'importe comment je vivrai, dit-elle bien vite en voyant qu'il allait l'interrompre. D'autres femmes suivent le camp, je le sais : je peux le faire aussi ! Je n'ai peur de rien, je peux...

— Judith, mon cœur... – sa voix était suppliante, ses yeux tendres et pleins d'angoisse – ... nous ne pouvons pas nous marier maintenant. Pour vous, je ne le voudrais pour rien au monde ! Certes, il y a des femmes qui suivent le camp, mais pas des femmes comme vous, Judith. Non, nous ne pouvons qu'attendre – la guerre finira bien un jour. Elle ne durera pas éternellement...

Tout ce qui s'était passé durant cette dernière année prit soudain pour elle son amère réalité, son sens profond. Il allait partir bientôt, aujourd'hui même – et quand le reverrait-elle ? Plus, pendant des années – jamais peut-être ! S'il était tué... – Elle repoussa bien vite cette pensée dont elle ne voulait pas admettre la possibilité. Inutile de s'illusionner. La guerre était une réalité. Elle affectait leurs vies. Déjà elle avait bouleversé tout ce que Judith avait espéré – ce en quoi elle avait cru –, elle pouvait encore lui dérober son avenir, réduire à néant ses vœux les plus naturels...

— Mais John, s'écria-t-elle d'un ton d'amère protestation, que va-t-il nous arriver ? Que ferez-vous si le roi est vainqueur ? Et qu'adviendra-t-il de moi si c'est le Parlement ? Oh ! John, j'ai peur ! Comment tout cela finira-t-il ?

John se détourna, les mâchoires contractées.

— Mon Dieu ! Judith, je n'en sais rien ! Que deviennent les gens quand une guerre s'achève ? Nous nous arrangerons d'une manière ou d'une autre, je suppose !

Judith se cacha tout à coup le visage dans les mains et pleura, perdant tout contrôle sur elle-même, submergée par le sentiment de la solitude passée et de celle qui l'attendait dans l'avenir. Et John la reprit dans ses bras, essayant de la calmer et de la réconforter.

— Ne pleurez pas, Judith chérie. Je reviendrai. Un jour nous aurons notre maison, notre famille. Un jour nous serons l'un à l'autre...

— Un jour, John ! – Elle se cramponna désespérément à lui ; son visage exprimait l'effroi et ses yeux la témérité – un jour ! Mais si ce jour ne vient jamais ?

Une heure plus tard, lui était parti et Judith rentrée chez elle, calme et heureuse, plus satisfaite que jamais elle ne l'avait été de sa vie. Car maintenant – peu importait ce qui arriverait, qui gagnerait ou perdrait la guerre – ils étaient sûrs l'un de l'autre. Ils pouvaient se trouver éloignés, jamais ils ne seraient plus vraiment séparés. La vie lui paraissait plus simple et plus pleine.

Tout d'abord l'idée de revoir sa mère, de la regarder en face, la troubla jusqu'à l'effroi. Comme autrefois, quand elle était petite et que Lady Anne savait toujours – sans même la regarder – si elle avait fait ou non une sottise. Mais, une fois les premiers jours passés sans incident, Judith s'abandonna à la volupté du souvenir. Tous les sourires, tous les baisers, tous les gestes et tous les mots d'amour, elle se les remémora, les gardant comme de précieux trésors pour illuminer ses heures vides, la réconforter dans ses moments de doute et bannir les sombres craintes qui l'assaillaient.

Un mois après survint la nouvelle d'une grande victoire royaliste à Roudway Down, et Lord William écrivit à sa femme que la paix était proche. L'espoir submergea alors Judith, malgré Lady Anne qui affirmait avec sévérité que ni John Mainwaring, ni aucun membre de sa famille ne remettraient jamais plus les pieds à Rose Lawn. Que la guerre se terminât seulement, d'une façon ou d'une autre, ils trouveraient certainement une solution aux problèmes qui se posaient à eux, John l'avait dit.

Ce fut alors qu'elle se rendit compte qu'elle était enceinte. Depuis quelque temps, elle avait remarqué d'étranges symptômes ; après avoir cru qu'il ne s'agissait que d'une légère indisposition, elle avait fini par comprendre. Le choc qu'elle en ressentit l'obligea à garder le lit plusieurs jours. Elle avait perdu l'appétit ; les couleurs la quittèrent, elle maigrit. Quand sa mère entrait dans la chambre où elle était couchée, elle la suivait des yeux avec une crainte maladive, redoutant le moindre de ses regards, inquiète de toutes ses paroles, sûre d'apercevoir un soupçon dans ses yeux et d'entendre du mépris dans sa voix. Elle n'osait penser à ce qui arriverait si jamais la vérité venait à être découverte. Car la colère et les préventions de son père seraient si violentes qu'il rechercherait certainement John pour le tuer. De toute façon, avant que sa grossesse ne soit visible, il lui faudrait partir, rejoindre John, n'importe où ! Elle ne pouvait pas donner le jour à un enfant illégitime ; ce serait, sur l'honneur de sa famille, une tache que rien ne pourrait effacer.

Lord William revint en septembre, triomphant et débordant d'histoires sur les succès des royalistes.

— Ils ne seront pas capables de tenir un mois de plus, affirma-t-il.

Et Judith, qui n'avait pas reçu le moindre mot de John, écoutait avidement son père, espérant qu'il prononcerait au moins son nom, qu'elle apprendrait par une allusion quelconque qu'il était sain et sauf. Mais si Lord William savait quelque chose, il n'en dit rien devant sa fille, et sa mère observa le même silence. Ils faisaient tous deux semblant d'ignorer que John Mainwaring existât, ou eût jamais existé.

Ils l'informèrent alors qu'ils lui avaient choisi un époux.

C'était Edmond Mortimer, comte de Radclyffe. Judith l'avait rencontré un an et demi auparavant, quand il était venu en visite à Rose Lawn. Il avait trente-cinq ans, était veuf depuis peu et père d'un petit garçon. Tout ce qu'elle se rappelait de lui, c'est qu'il ne lui avait pas été sympathique. Il n'avait pas plus de cinq pieds six ou sept pouces, une ossature délicate et une tête trop grosse pour ses épaules étroites et son corps frêle. Ses traits étaient aristocratiques : nez petit, lèvres minces et des yeux qui, bien que durs et froids, décelaient une intelligence austère et cultivée. Ce n'étaient guère là qualités propres à séduire une jeune fille de dix-sept ans dont le cœur battait pour un beau jeune homme vaillant. Et quelque chose chez le comte - elle ne savait pas au juste quoi - lui inspirait de la répulsion. Elle n'en aurait pas voulu pour mari, même si elle n'avait jamais vu John Mainwaring.

— Je ne tiens pas à me marier, dit-elle, surprise de sa propre audace.

Son père la regarda fixement avec, dans l'œil, une terrible menace. Mais, comme il ouvrait la bouche, Lady Anne ordonna à sa fille de sortir de la pièce, ajoutant qu'elle lui parlerait plus tard. L'obstination boudeuse de Judith surprit et irrita ses parents. Ils n'en poursuivirent pas moins activement leur projet de lui donner un époux, sans la consulter, convaincus que plus tôt elle serait mariée, plus vite elle oublierait John Mainwaring, ce qui vaudrait mieux pour tout le monde.

On sortit de sa malle, brossa, repassa et suspendit dans la chambre, la robe de mariée d'épais satin blanc, toute brodée d'un semis de perles, réalisée un an et demi auparavant pour son mariage avec John. Le grand col et les manchettes étaient en dentelle crème et la jupe fendue, retroussée dans le dos sur un lumineux jupon de broché d'argent. Faite à la main, en France, c'était une très belle robe, fort chère, qui lui avait tellement plu naguère. Maintenant, elle ne pouvait même plus se résoudre à l'essayer et déclara d'un ton passionné à sa nurse qu'elle lui servirait bientôt de linceul.

Peu après le comte arriva, et Judith, bien qu'on lui eût à maintes reprises recommandé de lui témoigner respect et affection, s'y refusa obstinément. Elle l'évita tant qu'elle put, lui parla avec une froideur marquée et passa de longues heures à pleurer dans sa chambre. Le quatrième mois de sa grossesse était passé et elle vivait dans la terreur d'être découverte, malgré ses jupes amples qui lui permettaient encore de dissimuler. Les soucis et l'anxiété l'avaient émaciée ; elle sursautait nerveusement à tout bruit inopiné, s'abîmait dans un silence, sombre et irritable.

— Que va-t-il m'arriver ? se demandait-elle, l'air égaré en regardant par la fenêtre, espérant, priant Dieu de lui faire apercevoir John ou quelque messager arrivant à cheval par la montagne pour lui porter secours.

Mais personne ne venait. Depuis le mois de juin, elle était sans nouvelles. Elle ne savait même pas s'il était vivant ou mort.

Aussi fut-elle grandement soulagée, quelque culpabilité qu'elle en eût, d'apprendre moins de quinze jours avant la date fixée pour le mariage que les parlementaires avaient attaqué une grande propriété à vingt milles au sud-est, et que le comte de Radclyffe était parti à cheval avec Lord William.

Rose Lawn se trouvait sur la ligne de démarcation entre les territoires royaliste et parlementaire : une attaque si rapprochée était lourde de sens. Dès le début de la guerre, la maison avait été préparée à toute éventualité et, suivant les instructions de son époux, Lady Anne commençait ses préparatifs en vue d'un siège. Il n'était pas rare de voir ainsi une poignée de femmes entourées de quelques personnes seulement tenir en échec une force armée durant des semaines, des mois même. Tous ceux qui connaissaient Lady Anne ne doutaient pas que, si Rose Lawn en venait à être assiégée, elle tiendrait jusqu'à ce que le dernier enfant et le dernier chien soient morts de faim.

La nuit suivante, une sentinelle donna soudain l'alarme. Les femmes poussèrent des hurlements de terreur, croyant l'heure venue, les enfants braillèrent, les chiens aboyèrent ; un coup de mousqueton partit on ne savait d'où. Sautant hors du lit, Judith enfila une robe de chambre et se précipita à la recherche de sa mère. Elle la trouva en bas, conversant avec un fermier. À la vue de la jeune fille, Lady Anne lui tendit une lettre cachetée. Judith étouffa un cri, blêmit, mais en dépit du regard froid et accusateur de sa mère ne parvint pas à surmonter la gratitude passionnée et le soulagement qui l'envahissaient. Ce devait être de John. Pendant qu'elle déchirait le sceau et commençait à lire, Lady Anne congédia le fermier.

« Dans quelques jours nous attaquerons Rose Lawn. Il m'est impossible d'empêcher l'assaut, mais je peux vous mettre, vous et votre mère, en lieu sûr. N'emportez rien avec vous qui puisse vous gêner pendant le voyage. Attendez à l'embouchure de la rivière, en bas de la maison, demain

soir dès la tombée de la nuit. Je ne pourrai pas vous voir, mais j'ai un serviteur de confiance et j'ai pris des dispositions pour que l'on s'occupe de vous jusqu'à ce que je puisse venir vous rejoindre. »

Judith leva les yeux, rencontra le regard de sa mère. Lentement, comme si elle y était contrainte, elle lui tendit la lettre. Lady Anne y jeta un rapide coup d'œil, traversa la pièce et la jeta au feu. Puis elle se retourna vers sa fille.

— Eh bien ? dit-elle enfin.

Sans y réfléchir davantage, Judith courut à elle :

— Oh ! Madame, il nous faut partir ! Nous risquons d'être tuées si nous restons ici. Il nous mettra toutes deux en sécurité.

— Je n'ai pas l'intention d'abandonner ma demeure en pareil moment. Et je n'accepterai certainement pas la protection d'un ennemi.

Elle examinait froidement Judith. Elle avait l'air fier, indestructible et légèrement cruel.

— Faites votre choix, Judith, mais faites-le avec soin. Si vous partez, je dirai à votre père que vous avez été prise. Nous ne vous reverrons plus jamais.

Un instant Judith eut l'ardent désir d'avouer la vérité. Si seulement elle avait pu expliquer, faire comprendre à sa mère à quel point ils s'aimaient l'un l'autre – combien il était impossible d'étouffer un tel amour pour la seule raison que l'Angleterre était en guerre ! Mais, lisant dans les yeux de Lady Anne, elle se rendit compte que jamais celle-ci ne la comprendrait, qu'elle se bornerait à la mépriser et à la condamner. C'était à elle de prendre sa décision et, une fois la conduite arrêtée, il n'y aurait pas d'explication possible.

Munie simplement d'une robe de rechange et de ses quelques bijoux, elle quitta Rose Lawn. Toute la nuit elle voyagea avec le serviteur et, dans la matinée du lendemain, arriva dans une ferme de l'Essex, sur le territoire occupé par les parlementaires. Elle fut présentée à Sarah et Matthieu Goodegroome sous le nom de Judith Saint-Clare, femme de John Saint-Clare, partie de chez elle à la suite d'une dispute entre sa famille et celle de son mari. Sarah savait que c'était une dame de qualité, sans toutefois connaître son rang, et Judith, obéissant aux instructions de John, ne lui en dit pas davantage. Quand la guerre serait terminée et que John viendrait la rejoindre, ils pourraient tout tirer au clair. En attendant, Sarah la présenta dans le village comme sa propre sœur, venue vivre auprès d'elle parce que les armées se battaient près de la ferme de son mari.

Il y avait chez Sarah quelque chose de sûr, de généreux et de vibrant qui donnait à Judith un sentiment de sécurité et lui rendait tout son espoir. Elles devinrent grandes amies et Judith se sentit plus heureuse qu'elle ne l'avait été depuis longtemps.

Chaque fois qu'il le pouvait, John lui envoyait un message, disant toujours qu'il viendrait la rejoindre aussitôt que possible. Une fois il indiqua brièvement que Rose Lawn tenait toujours debout. Mais sa maison, ses parents, le comte de Radclyffe semblaient à présent presque irréels à Judith. Sa vie était entièrement absorbée par la ferme, par ses nouveaux amis, par le petit village de Marygreen, par ses pensées et ses rêves, qui tournaient toujours autour de John – et surtout du petit être qu'elle portait en elle. Délivrée de ses soucis et de ses appréhensions, maintenant qu'on la croyait – et qu'elle s'imaginait presque elle-même – être une femme mariée respectable, elle devenait de jour en jour plus jolie et plus heureuse. La grossesse lui allait bien. Mais il lui tardait de voir venir le moment où elle donnerait son premier fils à John – jamais il ne lui vint à l'esprit que l'enfant pourrait être une fille.

Elle commençait à s'agiter, sentant plus ou moins de pénibles crampes lui engourdir les bras et les jambes. Sa vue était trouble, comme si elle avait eu les yeux ouverts sous l'eau. Et sans qu'elle se rendît compte du temps qui s'était écoulé, Sarah était toujours à l'œuvre, lui pétrissant le ventre de ses doigts vigoureux et experts, le visage tendu et humide de sueur.

« Il faut que je lui dise de s'arrêter, songea Judith en une demi-somnolence, elle a l'air si fatiguée. »

Elle entendit geindre le bébé et se souvint que c'était une fille.

— Je n'ai jamais songé à un nom ! Comment l'appellerai-je ? Judith... ou Anne... ou Sarah peut-être...

Puis doucement :

— Sarah... je crois que je vais l'appeler Ambre... la couleur des yeux de son père...

Elle s'aperçut de la présence d'une autre femme auprès d'elle, et d'une agitation qui régnait dans la chambre ; quelqu'un se pencha pour remplacer la compresse, maintenant froide, qui soulageait son front. On avait beau lui empiler des couvertures, son visage restait froid et humide et elle sentait ses mains toutes moites. Les oreilles lui bourdonnaient ; elle fut reprise de vertiges ; elle eut l'impression d'être ballottée par les vagues jusqu'à ce qu'elle ne vît plus qu'un brouillard terne et n'entendît plus qu'un murmure confus autour d'elle.

Puis, comme elle faisait un léger mouvement pour essayer d'atténuer les crampes qui lui contractaient constamment les jambes, Sarah se cacha soudain la figure dans les mains et se mit à sangloter. Sans un instant d'hésitation une autre femme se pencha et reprit le travail, pétrissant et massant fermement.

— Sarah ! je vous en prie, Sarah !... murmura Judith pleine de compassion pour elle.

Très lentement et au prix d'un grand effort, elle sortit la main de dessous les couvertures et la tendit vers son amie. La paume et les doigts ruisselaient de sang. Un instant, elle la contempla d'un air absent, sans bien comprendre, puis elle saisit soudain l'origine de cet étrange bien-être, comme si elle avait été plongée dans un bain chaud. Ses yeux s'élargirent d'horreur, elle poussa un cri aigu de supplication et de protestation.

— Sarah !

Sarah s'agenouilla, le visage contracté par la douleur.

— Sarah ! Sarah ! aidez-moi. Je ne veux pas mourir !

Les autres femmes sanglotaient, mais Sarah, reprenant possession d'elle-même, parvint à sourire.

— Ce n'est rien, Judith. Il ne faut pas avoir peur. Qu'est-ce qu'un peu de sang ?

Mais bientôt l'angoisse tordit ses traits et elle fondit en larmes, incapable de se dominer plus longtemps.

Quelques secondes, Judith resta les yeux fixés sur cette tête courbée et ces épaules que secouaient les sanglots ; une indignation sauvage, désespérée, terrifiée, montait en elle.

« Il n'est pas possible que je meure ! se disait-elle. Je ne peux pas ! Je ne veux pas mourir ! Je veux vivre ! »

Elle essaya de parler encore à Sarah, d'appeler au secours, d'exiger :

— Sarah ! Sarah !... Ne me laissez pas mourir !...

Mais elle n'entendait pas les mots, elle ne savait même pas si ses lèvres les articulaient.

Puis, doucement, elle commença de perdre pied, flottant à la dérive vers un monde chaud et agréable qui ne connaissait pas la crainte de la mort, où John et elle se retrouveraient. Elle n'y voyait plus maintenant et gardait les yeux fermés – le bourdonnement de ses oreilles masquait tout autre son. Elle ne luttait plus ; elle se laissait aller, envahie par une fatigue si intolérable qu'elle accueillait avec soulagement cette promesse d'apaisement. Tout à coup elle perçut de nouveau, forts et distincts, les cris de sa fille. Répétés, précipités, ils faiblirent peu à peu, s'estompèrent, jusqu'à ce qu'enfin elle ne les entendît plus.

PREMIÈRE PARTIE

I

1660

Marygreen n'avait guère changé en seize ans. Le village, du reste, s'était assez peu transformé au cours des deux derniers siècles.

L'église Sainte-Catherine, telle une marraine bienveillante, dominait, à l'extrémité nord de la route, les maisons, qui, partant de là, s'étendaient de chaque côté : des cottages aux poutres apparentes, aux greniers en saillie, recouverts de bruyère ou d'une paille qui, de dorée quand elle était fraîche, avait lentement tourné au brun chaud, à son tour changé par les mousses et les lichens en un beau vert émeraude. De petites lucarnes, encadrées de chèvrefeuille et de lierre, jetaient un coup d'œil au-dehors. D'épaisses haies, non taillées, séparaient les maisons de la route, tandis que se dressaient çà et là de petites barrières en bois dont quelques-unes étaient surmontées d'un arceau de roses grimpantes. Par-dessus les haies, on apercevait une profusion de fleurs épanouies, lilas, delphiniums, pourpres et blancs, roses trémières montant presque jusqu'aux toits, pommiers, pruniers, cerisiers en pleine floraison.

Par-derrière l'église se trouvait le pré communal où, les

jours de fête, les jeunes gens se livraient à des parties passionnées de balle au pied et où tout le village dansait.

Une auberge en tendres briques rouges montrait ses vieilles charpentes apparentes de chêne gris argenté, son énorme enseigne peinte d'un informe lion d'or se balançant au-dessus de la route, pendue à un bras de fer forgé. Juste à côté habitait le forgeron, lui-même voisin de l'apothicaire, du menuisier et des autres artisans. Le reste des maisons était occupé par des paysans qui partageaient leur temps entre leurs lopins et les grandes fermes des environs. Car il n'y avait ni manoir, ni riche domaine près de Marygreen, et l'existence économique du village reposait sur les petits propriétaires aisés.

La journée était calme et chaude, le ciel bleu, balayé de longues traînées de nuages blancs qui paraissaient avoir été faites d'un coup de pinceau sur une aquarelle fraîche ; une humidité printanière emplissait l'air d'une bonne odeur de terre mouillée. Oies et moineaux avaient pris possession de la route. Debout devant une des barrières, une petite fille tenait dans ses bras un lapin apprivoisé.

Peu de gens étaient en vue, car l'après-midi s'avançait et chacun avait son travail à accomplir, si bien que les seuls à flâner étaient les chiens, un ou deux chats qui jouaient et les enfants trop jeunes pour pouvoir rien faire d'utile. Une femme, un panier au bras, passa sur la route et s'arrêta quelques instants pour parler à une autre ménagère qui, soulevant le châssis d'une fenêtre à tabatière, se pencha, encadrée de clématites et de roses grimpantes. Groupées autour de la croix du village, échappée par miracle aux soldats de Cromwell, se tenaient huit ou dix jeunes filles des cottages environnants, que leurs parents avaient chargées de surveiller le bétail sur les pâturages communaux et de s'assurer qu'aucune chèvre, vache ni mouton ne risquait de s'égarer ou d'être volés.

Les plus jeunes jouaient à *Combien de milles d'ici*

Babylone ? mais les trois plus âgées parlaient avec animation, pleines d'indignation et de colère. Les poings sur les hanches, elles regardaient au-delà du pré deux jeunes gens qui se tenaient gauchement, les mains dans les poches, se balançant d'un pied sur l'autre, en conversation animée avec quelqu'un qui paraissait compromettre leur équilibre précaire. Mais leurs deux formes réunies masquaient leur interlocutrice.

— Cette Ambre Saint-Clare ! murmura l'aînée des jeunes filles en relevant d'un geste furieux ses longs cheveux blonds. Quand il y a un homme dans les environs, vous pouvez être sûres de la voir accourir ! Je crois qu'elle les sent à distance !

— Elle devrait être mariée et avoir accouché depuis un an... en tout cas c'est ce que dit ma mère !

La troisième jeune fille sourit d'un air malin et déclara d'un ton entendu :

— Oh ! il est possible qu'elle ne soit pas encore mariée, mais elle a déjà été...

— Chut !... fit la première en montrant les plus jeunes d'un signe de tête.

— Aucune importance ! répliqua l'autre qui baissa cependant la voix et acheva en un murmure : Mon frère dit que Bob Sterling lui a raconté qu'il se l'était offerte le dimanche de la mi-carême !

Mais Lisbeth, celle qui avait engagé la conversation, fit claquer ses doigts d'un geste de mépris :

— Balivernes, Gertrude ! Jack Clarke a raconté la même histoire il y a six mois... et elle n'est pas plus grosse aujourd'hui qu'alors !

Gertrude avait une réponse toute prête :

— Et voulez-vous savoir pourquoi, Lisbeth Morton ? Parce qu'elle est capable de cracher trois fois dans la bouche d'une grenouille... voilà pourquoi ! Maggie Littlejohn l'a vue faire !

— Peuh ! Ma mère dit que personne ne peut cracher trois fois dans la bouche d'une grenouille !

Mais la discussion fut subitement interrompue par le bruit soudain d'une galopade dans la calme petite vallée, et un groupe de cavaliers apparut au tournant de la route, au-dessus de Sainte-Catherine, puis s'engouffra dans la rue étroite. Une fillette de six ans, épouvantée, courut se réfugier en criant dans les jupes de Lisbeth.

— Cest le vieux Noll ! Il revient de chez le diable pour nous emporter !

Même mort, Olivier Cromwell produisait toujours le même effet salutaire sur les jeunes désobéissants.

Les cavaliers tirèrent sur les brides de leurs chevaux, qui s'arrêtèrent fringants et heureux à dix pas du groupe serré des jeunes filles dont le premier mouvement de crainte et d'appréhension laissa vite place à un intérêt franchement admiratif. Il pouvait y avoir une quinzaine d'hommes, mais pour plus de la moitié c'étaient des domestiques ou des guides, car ils portaient des costumes civils fort ordinaires et se tenaient discrètement à une certaine distance des autres. Ces cinq ou six-là étaient visiblement des gentilshommes.

Ils portaient leurs cheveux coupés au ras des épaules, suivant la mode des cavaliers, et leurs costumes étaient somptueux, de velours noir, ronge foncé, on de satin vert, avec de grands cols blancs et d'éblouissantes chemises de lin. Ils étaient coiffés de chapeaux à larges bords, ornés d'immenses plumes frisées, et de longs manteaux de cavaliers leur pendaient aux épaules. Leurs hautes bottes de cuir étaient pourvues d'éperons d'argent, et chacun d'eux avait une épée au côté. De toute évidence, ils avaient parcouru une distance considérable, à vive allure, car leurs vêtements étaient poussiéreux et leur visage était maculé par la sueur et la poussière mêlées. Mais les yeux quasi terrifiés des jeunes filles les voyaient sous les traits de géants.

L'un d'eux se découvrit et, s'adressant à Lisbeth, probablement parce qu'elle était la plus jolie :

— Votre serviteur, Madame, dit-il avec une bienveillante indolence dans les yeux et dans la voix.

Sous le regard qui l'examinait lentement des pieds à la tête, Lisbeth devint écarlate et en perdit la respiration.

— Nous cherchons un endroit pour déjeuner. Y a-t-il une bonne auberge par ici ? reprit-il.

Lisbeth le fixa avec de grands yeux, momentanément muette, tandis qu'il continuait à lui sourire, la main tranquillement appuyée au pommeau de sa selle. Sur le velours de son costume, le pourpoint court laissait voir de larges culottes soutachées d'or, allant aux genoux. Il avait des cheveux noirs, des yeux gris-vert, et une petite moustache noire qui soulignait merveilleusement sa lèvre. Il portait beau, mais ce n'était pas ce qui frappait le plus en lui. De son visage émanait une expression de force et d'impitoyable dureté qui le désignait, en dépit de son incontestable aristocratie, comme un aventurier, un joueur, un homme ne connaissant ni frein ni loi.

Lisbeth avala sa salive et fit une petite révérence :

— Vous aimerez peut-être les *Trois Coupes*, à Heathstone, Monseigneur.

Elle n'osait pas recommander son pauvre petit village à ces magnifiques étrangers.

— À quelle distance est Heathstone ?

— Au diable Heathstone ! protesta l'un de ses compagnons. Votre ordinaire est-il si mauvais, ici ? Je tomberai à bas de cette haridelle si je fais un mille de plus sans nourriture !

C'était un beau blond aux joues rouges qui, en dépit de son air mécontent, était fort gai et doué d'un bon naturel.

Ses camarades se mirent à rire et l'un d'eux se pencha pour lui administrer une tape sur l'épaule.

— Mon Dieu ! Quelle bande de misérables nous sommes ! Almsbury n'a pas avalé une bouchée depuis qu'il a englouti ce gigot de mouton pour son petit déjeuner du matin !

Ils éclatèrent tous de rire, l'appétit d'Almsbury constituant apparemment entre eux un sujet de plaisanterie bien établi. Les jeunes filles firent chorus, plus à l'aise maintenant, et la fillette de six ans qui les avait pris pour des fantômes de Puritains s'enhardit à sortir des jupes de Lisbeth et se rapprocha de quelques pas. Mais un incident survint, qui fit prendre à la scène un cours soudain bien différent.

— Notre auberge est sans reproche, Votre Seigneurie ! s'écria une voix féminine d'un timbre profond.

La jeune fille qui causait avec les deux jeunes paysans accourut vers eux à travers le pré. Ses compagnes se raidirent avec des mines de chattes méchantes, mais les hommes considérèrent avec surprise et intérêt la nouvelle venue.

— L'hôtesse y brasse la meilleure ale de tout l'Essex !

Elle fit une légère révérence à Almsbury, puis ses yeux rencontrèrent ceux du cavalier qui avait parlé le premier et qui l'examinait avec des yeux neufs où la curiosité piquée le disputait à la perplexité et à l'admiration. Pendant un instant, le temps sembla s'arrêter, puis, comme à contrecœur, reprendre son cours.

Ambre Saint-Clare leva les bras et désigna, au bas de la rue, la grande enseigne battue par les intempéries, dont le lion étincelait aux rayons du soleil couchant.

— À côté de la forge, Monseigneur.

Ses cheveux couleur de miel tombaient en vagues épaisses sur ses épaules. Quand elle leva son regard sur lui, ses yeux clairs, d'ambre moucheté, parurent s'abaisser légèrement dans les coins. Ses sourcils étaient noirs, bien dessinés, et elle avait d'épais cils tout aussi foncés. Il y avait en elle un je ne sais quoi de luxuriant, de chaud, qui faisait naître immédiatement chez les hommes de prometteuses suggestions – quelque chose dont elle n'était pas responsable, mais dont elle avait une conscience aiguë. C'était de cela plus que de sa beauté que les autres jeunes filles la jalousaient.

Elle était habillée à peu près comme ses compagnes, d'une jupe de grosse laine retroussée sur un jupon vert, d'une guimpe blanche, d'un tablier jaune et d'un corselet noir étroitement lacé. Les jambes nues, elle portait de jolis souliers noirs. Cependant, elle ne ressemblait pas plus aux autres qu'une fleur des champs ne ressemble à une fleur de serre, ou qu'un moineau à un faisan doré.

Almsbury s'inclina sur sa selle, croisant les bras sur le pommeau.

— Au nom du Christ, dit-il lentement, que faites-vous ici, dans ce pays perdu ?

La jeune fille, détournant les yeux de l'autre cavalier, le regarda, sourit en montrant d'irréprochables dents blanches :

— J'habite ici, Monseigneur !

— Pardieu ! je le vois bien. Mais comment diable y êtes-vous arrivée ? Qui êtes-vous ? La bâtarde de quelque gentilhomme, mise en nourrice chez une paysanne et oubliée depuis quinze ans ?

Pour banale que fût l'hypothèse, elle n'en irrita pas moins son interlocutrice, dont les sourcils se froncèrent avec indignation.

— Je ne suis pas une bâtarde, Monsieur ! Je suis l'enfant de mon père, tout autant que vous, ou même davantage.

Toute la troupe rit de bon cœur à cette repartie, Almsbury le premier, qui, d'un air affable, poursuivit :

— Il n'y avait nulle offense, mon cœur ! Seigneur, je

voulais simplement dire que vous n'avez pas l'allure d'une fille de paysans.

Elle répondit à son sourire, comme pour s'excuser de son mouvement d'humeur, mais son regard se reporta immédiatement sur l'autre gentilhomme. Celui-ci la considérait toujours d'une manière qui la réchauffait, tout en suscitant son émoi. Les cavaliers firent volte-face et, quand sa monture passa devant elle en caracolant, il lui adressa un signe de tête amical. Almsbury souleva son chapeau en guise de remerciement et la petite troupe gravit la route en direction de l'auberge. Les jeunes filles restèrent un moment silencieuses, les regardant mettre pied à terre et pénétrer dans l'hôtellerie, tandis que les plus jeunes fils de l'aubergiste venaient prendre leurs bêtes.

Quand ils furent hors de vue, Lisbeth tira brusquement la langue à Ambre et la bouscula :

— Voilà ! s'écria-t-elle d'un ton triomphal, avec une sorte de bêlement de chèvre. Grand bien vous fasse, madame la péronnelle !

Ambre lui rendit sa bourrade, lui faisant presque perdre l'équilibre, et cria :

— Mêlez-vous de ce qui vous regarde, pie bavarde !

Elles s'affrontèrent un instant du regard, puis Lisbeth se retourna et partit à travers le pré où les autres jeunes filles rassemblaient leurs paquets, courant et criant les unes après les autres, pressées de rentrer pour le repas du soir. Le soleil s'était couché et le ciel, rouge feu au bord de l'horizon, prenait au-dessus d'elles une teinte d'un bleu délicat. Ici et là une étoile se levait ; l'air était plein de tout l'enchantement du crépuscule.

Le cœur encore battant, Ambre retourna à l'endroit où elle avait laissé son panier dans l'herbe. Les deux jeunes paysans étaient partis. Ramassant sa corbeille, elle reprit son chemin vers l'auberge.

De sa vie elle n'avait vu quelqu'un qui ressemblât à cet

homme. Ses habits, le son de sa voix, l'expression de son regard, tout lui donnait la sensation d'une échappée sur un autre monde, et elle désirait passionnément le revoir, ne fût-ce qu'un bref instant. Le reste, son milieu familier de Marygreen, la ferme de son oncle Matt, les jeunes gens qu'elle connaissait, tout lui semblait à présent intolérablement morne, pour ne pas dire méprisable.

Ses conversations avec le savetier lui avaient appris qu'il devait s'agir de gentilshommes. Mais que venaient-ils faire ici, à Marygreen ? Elle ne pouvait se l'imaginer. Car les cavaliers s'étaient, ces dernières années, cachés dans toute la mesure du possible, ou avaient suivi à l'étranger le fils du roi, Charles II, qui vivait en exil.

Le savetier en effet avait combattu pendant les guerres civiles du côté de Sa Majesté : il en avait rapporté maint récit de ce qu'il avait vu et entendu, et notamment avait raconté à Ambre qu'il avait aperçu Charles Ier à Oxford, qu'il avait été près de lui à le toucher presque. Il lui avait parlé de la beauté et de la gaieté des grandes dames royalistes, de la vaillance des hommes ; c'était une vie pleine de couleur, d'esprit, de romantisme. Mais elle n'en avait rien vu, car tout avait cessé quand elle n'était encore qu'une enfant, le jour où Sa Majesté avait été décapitée dans la cour de son propre palais. C'était un peu de ce parfum que l'étranger aux cheveux noirs avait amené dans son sillage – pas les autres, car elle avait à peine fait attention à eux ; mieux encore, quelque chose d'intensément personnel. Elle avait soudain l'impression de vivre enfin pleinement.

En arrivant à l'auberge, elle n'entra pas par la porte de devant, mais fit le tour par-derrière où un petit garçon était assis sur le seuil, jouant avec un chien aux oreilles de renard. Elle lui caressa la tête en passant. Dans la cuisine, Mrs. Poterell s'affairait, excitée et affolée. Sur le billot s'étalait une pièce de bœuf cru, qu'une de ses filles farcissait de mie de pain, d'oignons et d'herbes. Une fillette tirait de l'eau d'une fontaine située dans un coin écarté de la cuisine, et le chien du tournebroche, dans sa cage au-dessus du foyer, aboyait de colère parce qu'un autre petit garçon lui appliquait un charbon ardent sur les pattes de derrière pour le faire aller plus vite, afin que le rôti fût uniformément cuit.

Ambre s'arrangea pour attirer l'attention de Mrs. Poterell, qui courait d'un bout de la salle à l'autre, son tablier plein d'œufs.

— Voilà un pain d'épices hollandais que tante Sarah vous envoie, Mrs. Poterell !

Ce n'était pas vrai, car Sarah avait donné cette friandise pour la femme du forgeron, mais Ambre s'était dit qu'elle serait mieux placée là.

— Oh ! merci infiniment, ma chérie. Oh ! je ne me suis jamais trouvée dans une situation pareille. Six gentilshommes à la fois chez moi ! Seigneur ! Que vais-je devenir ?

Tout en parlant, elle cassait ses œufs dans un grand bol. Meg, une jeune fille de quinze ans, émergea à cet instant de la porte de la cave, les bras chargés de bouteilles vertes, poussiéreuses. Ambre se précipita vers elle :

— Voilà Meg ! Laissez-moi vous aider.

Elle en prit cinq et entra dans la pièce voisine en poussant la porte du genou, mais elle garda les yeux baissés, paraissant concentrer toute son attention sur sa charge. Les cavaliers, debout dans la salle, avaient quitté leurs manteaux, mais pas leurs chapeaux. Almsbury l'aperçut dès qu'elle apparut et avança vers elle en souriant :

— Eh bien ! mon cœur... permettez-moi de vous débarrasser. Alors, ici aussi on joue ce vieux jeu ?

— Quel jeu, Monseigneur ?

Il lui prit trois bouteilles et elle plaça les deux autres sur la table, puis elle leva les yeux et lui sourit. Elle chercha immédiatement du regard l'autre homme : il se tenait près de la fenêtre avec deux camarades et jetait des dés sur le coin d'une table. Il était de dos et ne se retourna pas vers elle, mais lança une pièce de monnaie tandis que l'un des deux autres claquait des doigts après un coup heureux. Surprise et désappointée qu'il ne l'eût pas instantanément remarquée – ou la recherchât même –, elle se retourna vers Almsbury.

— Comment, mais c'est le plus vieux jeu du monde, disait celui-ci. Avoir une jolie servante pour séduire les clients jusqu'à ce qu'ils aient dépensé leur dernier shilling. Je parie que vous avez attiré ici et ruiné plus d'un fils de fermier !

Il souriait et, débouchant une bouteille, il la porta à ses lèvres. Ambre lui rendit son sourire, d'un air rusé et aguichant, souhaitant que l'autre gentilhomme se retourne et la voie.

— Oh ! je ne suis pas serveuse ici, Monsieur. Je viens seulement apporter un gâteau à Mrs. Poterell et j'ai aidé Meg à monter les bouteilles.

Almsbury, en quelques gorgées, avait à peu près vidé la bouteille.

— Ah ! pardieu ! s'écria-t-il d'un ton appréciateur. Eh bien ! Alors, qui êtes-vous ? Comment vous appelez-vous ?

— Ambre Saint-Clare, Monsieur.

— Ambre ! Jamais une femme de paysan n'a songé à un nom pareil !

Elle se mit à rire et jeta à la dérobée un regard de l'autre côté de la salle, mais il était toujours absorbé par ses dés.

— C'est ce que dit mon oncle Matt. Il prétend que je devrais m'appeler Mary, ou Anne, ou Elisabeth.

Almsbury, après deux ou trois belles rasades, s'essuya la bouche du revers de la main.

— Votre oncle est un homme dépourvu d'imagination !

Puis, comme elle regardait de nouveau vers les joueurs, il rejeta la tête en arrière et rit :

— Alors, c'est là ce que vous voulez ? Eh bien ! venez !

Et, la prenant par le poignet, il traversa la pièce.

— Carlton, dit-il, quand ils arrivèrent auprès du groupe, voici une jeune personne qui songe à coucher avec vous !

Celui-ci se retourna, lança à Almsbury un coup d'œil complice et sourit à Ambre. Elle n'avait pas entendu et le contemplait avec de grands yeux rayonnants. Elle n'avait pas plus de cinq pieds trois pouces de haut, taille de nature à rendre n'importe quel homme impressionnant, fût-il de taille médiocre. Mais lui la dépassait d'un pied au moins.

Une partie seulement des mots de présentation d'Almsbury parvint à ses oreilles :

— ... un homme pour lequel j'ai la plus haute estime, bien que ce bâtard me vole toutes les jolies filles sur lesquelles je jette les yeux, Bruce, Lord Carlton.

À la révérence d'Ambre, il répondit par une courbette en se découvrant d'un geste aussi large et aussi respectueux que s'il s'était agi d'une princesse royale.

— Nous sommes tous, poursuivit-il, revenus avec le roi.

— Avec le roi ? Le roi est-il de retour ?

— Il revient... bientôt, dit Carlton.

À cette étonnante nouvelle, Ambre perdit tout embarras. Car, si les Goodgroome avaient eu autrefois des sympathies pour les parlementaires, peu à peu, comme chez presque tout le monde, le regret de la monarchie et de l'ancien régime l'avait emporté. Depuis le meurtre du roi, ses sujets s'étaient mis à l'aimer comme jamais de son vivant, et ils avaient reporté cet amour sur son héritier.

— Ô Ciel ! soupira-t-elle – car c'était là un trop grand événement pour l'admettre tout de suite, et surtout en pareilles circonstances !

Lord Carlton prit une des bouteilles que Meg avait posées sur la table, essuya la poussière du goulot de la paume de la main, leva le bouchon et se mit à boire. Ambre continuait à le fixer de ses grands yeux, envahie d'une crainte respectueuse et admirative.

— Nous nous rendons à Londres, lui dit-il. Mais un de nos chevaux a besoin d'être ferré. Comment est cette auberge ? Peut-on y passer la nuit ? L'hôtelier ne risque-t-il pas de nous voler ? N'y a-t-il ni punaises, ni poux ?

Il ne la quittait pas des yeux et, pour une raison qu'elle ne pouvait comprendre, elle pouvait y lire comme une lueur d'amusement.

— Vous voler ? s'écria-t-elle indignée. Jamais Mrs. Poterell n'a volé personne ! C'est une excellente auberge, ajouta-t-elle avec la plus grande conviction. Celle d'Heathstone n'est pas à côté !

Les deux gentilshommes riaient.

— Allons ! dit Almsbury, que l'aubergiste nous chipe nos souliers, qu'il y ait autant de poux que de corneilles dans un champ, ma chère, ce n'en sera pas moins une auberge anglaise, et pardieu ! une bonne auberge !

Il lui fit un grand salut : « Votre serviteur, Madame », et les quitta pour chercher une autre bouteille.

Ambre eut l'impression que tout son être tombait en déliquescence. Immobile, elle le contemplait, furieuse de la stupeur qui lui paralysait la langue. Pourquoi elle – qui avait toujours un mot sur les lèvres à l'adresse de tout homme, quels que fussent son nom et sa condition – ne trouvait-elle maintenant rien à dire, au moment où elle cherchait désespérément à l'impressionner, à faire partager l'excitation et l'admiration qu'elle ressentait ? En désespoir de cause, elle exprima la première pensée qui lui vint :

— C'est demain la foire de mai à Heathstone.

— Vraiment ?

Et le regard de l'étranger s'abaissa vers la jeune poitrine dont les seins, pleins et rebondis, se gonflaient. Elle faisait partie de ces femmes qui parviennent de bonne heure à la maturité, et l'adolescence était désormais très loin derrière elle.

Ambre sentit le sang lui envahir la gorge et la face.

— C'est la plus belle foire de tout l'Essex, s'empressa-t-elle d'ajouter. Les paysans y viennent de vingt milles à la ronde.

Leurs yeux se rencontrèrent à nouveau, et il sourit en levant un sourcil, comme profondément intéressé par cette magnifique réjouissance locale, puis il acheva sa bouteille. Elle sentait dans son haleine l'odeur un peu âcre du vin, celle qui montait, lourde et masculine, de ses habits, mêlée à l'odeur de cuir de ses bottes. Cet amalgame lui tournait la tête, lui gâtait le sang presque, et un ardent désir charnel s'empara d'elle. Le propos impertinent d'Almsbury n'avait pas grand-chose d'exagéré.

Il regardait à présent par la fenêtre.

— La nuit commence à tomber. Vous devriez rentrer chez vous, dit-il.

Et, se dirigeant vers la porte, il l'ouvrit devant elle. L'obscurité s'était faite rapidement et de nombreuses étoiles apparaissaient au ciel. Le croissant de lune, très haut, était mince et transparent. Une petite brise fraîche se levait. Dehors ils étaient seuls, entourés du bruit des conversations et des rires venant de l'auberge ; la campagne paisible résonnait de l'appel d'un grillon, du cri lointain d'une grenouille, ou du bourdonnement des petits moustiques. Elle leva les yeux vers lui. Son visage blanc brillait comme une grande pâquerette.

— Ne viendrez-vous pas à la foire, Monseigneur ?

Elle avait peur de ne plus le revoir, et cette pensée lui était intolérable.

— Peut-être, dit-il, si j'ai le temps.

— Oh ! je vous en prie ! C'est sur la grand-route, vous passerez par là. Vous vous arrêterez, n'est-ce pas ?

Sa voix et ses regards plaidaient pour elle, sérieux et suppliants.

— Que vous êtes belle ! dit-il doucement et, pour la première fois, son expression était empreinte de gravité.

Ils demeurèrent un instant face à face, puis, involontairement, Ambre se pencha vers lui, les yeux fermés. Il la prit par la taille, l'attirant à lui, et elle sentit les muscles de ses jambes. Sa tête se renversa en arrière et sa bouche s'ouvrit pour recevoir son baiser. Ce ne fut qu'au bout d'un très long moment qu'il desserra son étreinte, et alors elle trouva, tant elle se sentit frustrée, que l'étreinte avait trop peu duré. Rouvrant les yeux, elle le vit qui la regardait avec une légère surprise. Était-ce à cause d'elle ou de lui ? Elle ne put s'en rendre compte. Le monde lui paraissait avoir fait explosion. Elle se sentait tout étourdie, comme après avoir reçu un coup violent, et toute force s'en était allée d'elle.

— Il vous faut rentrer, ma chère, dit-il enfin. Votre famille s'inquiéterait de vous savoir dehors si tard.

Impulsivement, elle eut envie de protester : « Cela m'est égal, bien égal de ne plus rentrer chez moi. Je ne pense qu'à vous. Oh ! laissez-moi rester ici et partir avec vous, demain... »

Mais quelque chose l'empêchait de parler. Peut-être l'image, qui s'imposait avec une force particulière, de tante Sarah fronçant les sourcils, troublée, inquiète, et le visage sévère, loyal et réprobateur de l'oncle Matt. Mieux valait ne pas se montrer aussi hardie, car il ne ferait que la haïr ensuite. Tante Sarah lui avait souvent dit que les hommes n'aimaient pas les femmes sans pudeur.

— Je n'habite pas loin, dit-elle. À peine un quart de mille à partir du bas de la route, à travers champs.

Elle espérait qu'il offrirait de l'accompagner, mais il n'en fit rien et, après avoir attendu quelques secondes, elle finit par lui faire une révérence :

— Je vous attendrai demain, Monseigneur !

— Je viendrai peut-être. Bonne nuit !

Il s'inclina et lui tira un grand coup de chapeau qu'il accompagna d'un sourire et d'un regard qui la déshabilla de la tête aux pieds, puis il rentra dans l'auberge. Ambre attendit un instant, comme un enfant égaré, et partit ensuite en courant. Elle se retourna néanmoins une fois encore, mais il avait définitivement disparu.

Reprenant sa course, elle monta la rue étroite, passa devant l'église, pressa le pas en longeant le cimetière dans lequel sa mère était enterrée et descendit à droite, par un chemin bordé d'aunes qui, à travers champs, conduisait à la ferme Goodgroome. À l'ordinaire elle eût été un peu effrayée de se trouver seule dehors à la nuit, mais à présent elle ne redoutait plus ni fantômes, ni sorcières, ni gnomes. Son esprit était bien trop plein d'autres pensées.

Jamais elle n'avait vu personne qui lui ressemblât, ni imaginé qu'un tel homme pût exister. Il incarnait tous les beaux et vaillants gentilshommes décrits par le savetier et embellis par ses rêveries. Bob Starling et Jack Clarke, quelle paire de lourdauds !

Elle se demandait s'il pensait à elle maintenant. Elle en fut persuadée. Aucun homme ne pouvait ainsi embrasser une femme et l'oublier l'instant suivant. Ce baiser, à défaut d'autre chose, se disait-elle, l'amènerait à la foire demain, l'y attirerait même en dépit de lui, peut-être. Elle se félicita de si bien comprendre les hommes et leur nature.

Le vent de la nuit était aussi frais que s'il avait passé sur de la glace, les prés étaient parsemés de trèfles pourpres et de campanules blanches. Ambre s'approcha de la ferme par-derrière. Elle franchit le ruisseau sur un pont fait de deux planches avec une main courante, traversa le potager où poussaient des choux et autres légumes, et passa entre les nombreuses dépendances – granges, écuries, étables – toutes blanchies à la chaux, aux toits couverts de mousse et d'orpins jaunes. Puis, longeant la mare aux canards, elle entra dans la cour.

La maison était une bâtisse à deux étages, aux charpentes de chêne sculptées, et dont les murs de brique rouge étaient couverts de vignes. Les cheminées étaient entourées de lierre et un treillage cintré, garni de chèvrefeuille, encadrait la porte de la cuisine, au-dessus de laquelle avait été cloué un fer à cheval, pour protéger des sorcières. Dans la cour, pavée de briques, au pied des murs, poussaient les fleurs de Sarah, touffes basses de violettes blanches et pourpres, roses trémières atteignant le toit, épaisses masses de lavande à parfumer les draps. Plusieurs arbres fruitiers en fleur embaumaient l'air. Sur un petit banc de bois se trouvaient deux ruches couvertes de chaume. Perdue dans les roses rouges, une petite cage était accrochée près de la porte, et un impertinent petit chat aux yeux verts se léchait les pattes sur le seuil.

Cette maison avait sa beauté : elle respirait la paix et suggérait l'image d'une vie active et utile. Elle était vieille de plus d'un siècle et cinq générations y avaient vécu, laissant derrière elles une confortable aura de prospérité, faite moins de richesse que de bien-être, de chaleur et de bonne nourriture. C'était une maison conçue pour l'amour.

Avant d'entrer, Ambre s'arrêta, prit dans ses bras le petit chat et caressa l'épaisse et douce fourrure, tandis qu'il ronronnait de plaisir. Le souper était fini, et seule Sarah restait à la cuisine avec Agnès, sa fille, âgée de quinze ans. Sarah sortait justement des pains chauds du four placé dans le mur, à côté de la cheminée et Agnès garnissait un chandelier.

Agnès parlait, d'une voix animée et pleine de ressentiment :

— Il n'y a rien d'étonnant à ce que l'on bavarde sur son compte ! Je vous jure, mère, que j'ai honte qu'elle soit ma cousine.

Ambre l'entendit, mais cela lui était indifférent. Agnès l'avait déjà dit si souvent ! Elle entra dans la pièce avec un petit cri joyeux et courut jeter les bras autour du cou de sa tante :

— Tante Sarah !

Sarah tourna la tête et lui sourit, mais son regard qui la scrutait montrait du souci.

— L'auberge est pleine de nobles gentilshommes. Sa Majesté revient !

L'expression troublée disparut :

— En êtes-vous sûre, mon enfant ?

— Oui ! dit Ambre avec fierté. Ils me l'ont dit.

Elle était pénétrée de l'importance des nouvelles qu'elle apportait et des aventures merveilleuses qu'elle venait de vivre. Elle s'imaginait qu'un regard suffisait pour que chacun pût s'apercevoir à quel point elle avait changé depuis qu'elle avait quitté la maison, deux heures plus tôt.

Agnès parut franchement soupçonneuse – et méprisante –, mais Sarah sortit en courant et gagna la grange où la plupart des hommes achevaient le travail du soir. Ambre la suivit. La grande nouvelle donnée en même temps par les deux femmes fut saluée par un cri de joie unanime. Les hommes quittèrent les granges et les étables, les femmes se précipitèrent hors de chez elles – il y avait plusieurs petits cottages dans la ferme – et les chiens même poussèrent de joyeux abois, comme pour participer, eux aussi, à la liesse générale.

Longue vie à Sa Majesté le roi Charles II !

La semaine précédente, au marché, Matthieu avait entendu des rumeurs au sujet d'une Restauration. Elles s'étaient répandues dans le pays depuis le début de mars, apportées par des voyageurs, par des colporteurs ambulants, par tous ceux qui étaient en contact avec le grand monde du Sud. Tumbledown Dick, le fils du protecteur, avait été chassé du poste qu'il occupait. Le général Monck avait marché de l'Écosse sur Londres, avait occupé la capitale et convoqué un Parlement libre. La guerre civile paraissait sur le point d'éclater une fois de plus entre les populations et les grandes armées mobilisées. Tous ces événements avaient laissé une traînée d'inquiétude et d'espoir – angoisse et lassitude en raison des troubles interminables de ces vingt dernières années... espoir en la monarchie restaurée pour ramener la paix et la sécurité. On soupirait après le retour des vieilles habitudes. Et le retour des cavaliers ne pouvait manquer de signifier que le roi Charles revenait aussi – un âge d'or, de prospérité, de bonheur et de paix allait s'ouvrir.

Quand enfin l'excitation commença de tomber et que chacun retourna à son travail, Ambre rentra à la maison. Il faudrait se lever de bonne heure demain matin pour aller à la foire : elle tenait à dormir assez longtemps pour être reposée et tout à son avantage. Comme elle passait par la laiterie avant d'entrer à la cuisine, elle entendit prononcer son nom doucement et avec insistance ; elle s'arrêta. Tom Andrews se tenait dans l'ombre et il étendit la main pour la saisir par le poignet.

Tom était un jeune homme de vingt-deux ans qui travaillait chez son oncle et il était très amoureux d'Ambre, qui l'aimait bien en retour bien qu'elle sût qu'il n'était en aucune façon un parti pour elle. Car elle n'ignorait pas que sa mère lui avait laissé une dot qui lui permettrait d'épouser le plus riche fermier du pays. Mais elle éprouvait un certain plaisir à l'adoration de Tom et l'avait encouragé.

Après avoir jeté un rapide coup d'œil pour s'assurer que ni tante Sarah, ni oncle Matt ne la voyaient, elle entra. La petite pièce, fraîche et agréable, était entièrement sombre. Tom la saisit brutalement, lui passa un bras autour de la taille, et glissa la main dans son corsage tout en cherchant ses lèvres. Manifestement ce n'était nouveau ni pour l'un, ni pour l'autre. Ambre se laissa embrasser et caresser un moment, puis elle se dégagea brusquement, le repoussant avec violence.

— En vérité, Tom Andrews, qui vous permet de prendre ces privautés ?

Elle se disait qu'il était incroyable que le baiser d'un homme vulgaire différât à ce point de celui d'un lord, mais Tom, froissé et furieux, chercha à la reprendre.

— Qu'y a-t-il, Ambre ? Qu'ai-je fait ? Qu'est-ce qui vous prend ?

D'un geste irrité, elle se dégagea et sortit en courant. Car elle se sentait maintenant au-dessus de pareils badinages avec des hommes de la condition de Tom Andrews, et n'avait qu'un désir, celui de monter dans sa chambre et de se mettre au lit où elle pourrait tout à son aise penser à Lord Carlton et rêver au lendemain.

Il ne restait personne à la cuisine, excepté Sarah qui balayait une dernière fois le pavé avant d'aller se coucher. Trois ou quatre chandeliers étaient allumés, un nuage de petits moustiques dansait autour de chaque flamme, et seul le cri des grillons, semblable au tintement d'une clochette, troublait le silence de la nuit. Matt entra, les sourcils froncés et, sans prononcer une parole, alla vers le tonneau d'ale qui était au frais dans un coin écarté de la pièce, remplit un grand pot d'étain et le vida d'un trait. C'était un homme grave, de taille moyenne, qui travaillait dur, gagnait bien sa vie et aimait sa famille. Il était consciencieux et craignait Dieu ; il avait des idées très arrêtées sur ce qui était bien et mal, juste ou injuste.

Sarah lui lança un coup d'œil :

— Qu'y a-t-il, Matt ? Le poulain va-t-il plus mal ?

— Non, il vivra je crois. C'est cette fille !

L'air renfrogné, il se dirigea vers la haute cheminée, tout entourée de poêles et de casseroles noircies, de cuivres brillants, d'étains si bien astiqués qu'ils avaient un air d'argenterie. Du lard et des jambons pendaient aux poutres, dans de grands filets, ainsi que de grosses bottes d'herbes séchées.

— Qui ? demanda Sarah. Ambre ?

— Et qui d'autre ? Il n'y a pas une heure, je l'ai vue sortir de la laiterie et, une minute après, Tom Andrews l'a suivie avec un air de chien battu. Elle a rendu ce garçon à moitié fou, il n'est plus bon à rien. Et que faisait-elle, je te le demande, à l'auberge, avec cette troupe de gentilshommes ?...

Il élevait le ton, de plus en plus irrité.

Sarah alla ranger le balai derrière la porte, la referma et poussa le verrou.

— Chut ! Matt ! il y a encore des gens dans la salle. Je ne crois pas qu'elle ait fait quelque chose de mal. Elle passait par là et les a vus, c'est bien naturel qu'elle se soit arrêtée.

— Et qu'elle soit rentrée à la maison seule, dans le noir ? Lui fallait-il une heure pour entendre que le roi allait rentrer ? Je te le dis, Sarah, il faut absolument la marier. Je ne veux pas qu'elle déshonore ma famille. Tu entends ?

— Oui, Matt, j'entends.

Sarah s'approcha du berceau près de la cheminée, car le bébé s'agitait et pleurnichait. Elle le prit au sein et alla s'asseoir sur le banc à haut dossier en poussant un petit soupir de lassitude.

— Seulement, elle ne veut pas encore se marier.

— Oh ! dit Matt d'un ton sarcastique, vraiment, elle ne veut pas se marier ? Je suppose que Jack Clark ou Bob Starling ne sont pas assez bons pour elle, deux des plus beaux gaillards de l'Essex !

Sarah sourit faiblement.

— Après tout, Matt, dit-elle, d'une voix douce et lasse, c'est une dame.

— Une dame ! Une catin plutôt ! Voilà quatre ans qu'elle

ne cause que des ennuis et, par Lord Harry, j'en ai par-dessus la tête. Sa mère était peut-être une dame, mais elle est une...

— Matt ! Ne parle pas ainsi de l'enfant de Judith. Oh ! je sais ! Cela m'inquiète aussi. J'essaie de la mettre en garde, mais je ne sais pas si elle m'écoute. Agnès m'a dit ce soir : « Je ne crois pas que cela signifie grand-chose ! Elle est jolie, les autres sont jalouses et je pense qu'elles inventent des histoires. »

— Je n'en suis pas si sûr que cela, Sarah. Tu as toujours tendance à croire les gens meilleurs qu'ils ne le sont, et ils ne le méritent pas toujours. Bob Starling me l'a encore demandée ce matin, et je te dis que, si elle ne se marie pas bientôt, Tom Andrews lui-même n'en voudra plus, avec ou sans dot !

— Mais suppose que son père revienne et la trouve mariée à un fermier ? Oh ! Matt ! je me dis parfois que nous avons tort de ne pas lui dire qui elle est...

— Que faire d'autre, Sarah ? Sa mère est morte. Son père aussi, sans quoi nous aurions eu de ses nouvelles et nous n'avons jamais trouvé trace des autres Saint-Clare. Je t'assure, Sarah, qu'elle n'a rien de mieux à faire que d'épouser un fermier. Quant à savoir qu'elle est de naissance...

Il fit un geste vague de la main.

— Dieu nous en garde ! Je plains déjà le garçon qui l'aura. Pourquoi lui rendre la situation plus difficile encore ? Non, ne me fais plus d'objections, Sarah. Ce sera Jack Clarke ou Bob Starling – l'un ou l'autre – et le plus tôt sera le mieux !

II

Dans leurs voitures peintes en bleu ou en rouge, à pied ou à cheval, fermiers et paysans de vingt lieues à la ronde se dirigeaient vers Heathstone. Ils amenaient avec eux leurs femmes et leurs enfants, le blé, le froment, les denrées qu'ils avaient à vendre, le lin et la laine filés par les femmes pendant les longues soirées d'hiver. Mais ils venaient aussi pour acheter. Des souliers, des plats d'étain, des outils pour la ferme, ainsi que mille choses dont ils n'avaient pas besoin, mais qu'ils étaient heureux de posséder : jouets pour les enfants, rubans pour les cheveux de leurs filles, gravures pour la maison, un chapeau de castor pour eux.

Sur le pré, à côté de la vieille croix saxonne, des baraques étaient dressées en rangées, devant lesquelles se bousculaient les gens en habits de fête – culottes bouffantes, grandes collerettes et robes à manches longues – tous démodés depuis fort longtemps, mais qui n'en étaient pas moins soigneusement conservés dans les armoires, d'une grande occasion à l'autre. Les tambours battaient et les violons grinçaient. Les marchands de souliers vantaient leur article d'une voix déjà rauque. Une foule curieuse contemplait, le visage ému de sympathie, un homme transpirant qui se faisait enlever une dent gâtée, tandis que le dentiste proclamait bien haut que l'extraction était absolument sans douleur. Il y avait un avaleur de feu et un homme qui marchait sur des échasses, des puces apprivoisées et un acrobate, des jongleurs et des singes savants, un Guignol et un théâtre de marionnettes. Au-dessus d'une grande tente flottait une bannière indiquant qu'une représentation était en cours, mais l'influence puritaine était encore si forte que les spectateurs étaient rares.

Ambre, placée entre Bob Starling et Jack Clarke, fronçait

les sourcils et tapait du pied en jetant des regards impatients et rapides sur la foule.

Où est-il ?

Elle était là depuis sept heures du matin, il était maintenant plus de neuf heures et elle n'avait pas encore vu trace de Lord Carlton ni de ses amis. Son cœur battait nerveusement, elle avait les mains moites et la gorge sèche. Oh ! il était bien certain que s'il avait dû venir il serait déjà là… Non, il est parti ! Il m'a tout à fait oubliée, et il s'en est allé…

Jack Clarke, un grand jeune homme aux traits rudes, lui donna un coup de coude.

— Regardez, Ambre. Aimez-vous cela ?

— Quoi ? Oh oui ! C'est très joli.

Elle tourna la tête et vit un groupe hurlant de joie autour d'un bouffon qui se tenait sur une estrade, couvert de la tête aux pieds de crème qu'on lui jetait, à raison de quelques liards le pot.

Oh ! pourquoi ne vient-il pas !

— Ambre, aimez-vous ce ruban ?

Elle les gratifia chacun d'un rapide sourire, essayant de ne plus penser à Lord Carlton, mais elle n'y parvint pas. Sa pensée et son cœur étaient restés pleins de lui et, si elle ne le revoyait pas aujourd'hui, elle se disait qu'elle ne pourrait jamais survivre à cette déception. Jamais elle n'avait traversé une crise pareille, et cependant elle en avait connu beaucoup, songeait-elle.

Elle s'était habillée avec un soin tout particulier et savait qu'elle n'avait jamais été plus jolie. Sa jupe, qui ne lui arrivait pas tout à fait aux chevilles, était en tiretaine, retroussée derrière pour laisser apparaître un jupon rayé rouge et blanc : elle avait serré le plus possible les lacets de son corselet noir, afin de mettre en valeur sa taille fine et, après avoir quitté Sarah, elle avait ouvert sa guimpe blanche pour décolleter largement sa gorge. Une couronne de pâquerettes dans les cheveux, elle tenait à la main son chapeau de paille à larges bords.

Toute cette peine allait-elle être perdue, gaspillée au profit d'une paire de nigauds qui rôdaient autour d'elle, faisant tinter des pièces de monnaie dans leurs poches et se lançant mutuellement des regards furieux ?

— Je crois que j'aime bien ce... dit-elle d'une voix absente, en désignant un ruban de satin rouge qui se trouvait parmi une pile d'autres, sur le comptoir. Puis, fronçant les sourcils, elle se retourna, et le vit :

— Oh !

Un instant elle resta immobile et soudain, rassemblant ses jupes, elle partit en courant, laissant ses deux adorateurs furieux et stupéfaits. Lord Carlton, avec Almsbury et un autre jeune homme, venaient d'entrer sur le champ de foire et, suivant une ancienne coutume, une vieille femme s'était agenouillée pour essuyer leurs souliers. Ambre arriva auprès d'eux, essoufflée, mais souriante, et leur fit une révérence à laquelle ils répondirent en se découvrant et en s'inclinant gravement.

— Par le diable, ma belle ! s'écria Almsbury avec enthousiasme, vous êtes bien la plus jolie petite drôlesse que l'enfer ait jamais renfermée !

— Grand merci, Monseigneur ! dit-elle, mais son regard revint immédiatement à Lord Carlton, qui l'observait avec des yeux dont la seule expression lui fit encore passer un frisson dans le dos. Je craignais, j'avais peur que vous ne soyez partis !

Il sourit :

— Le maréchal-ferrant était à la foire et nous avons dû remettre le fer nous-mêmes.

Il jeta un coup d'œil autour de lui :

— Eh bien ! par quoi commençons-nous ?

Une sorte d'amusement nonchalant se lisait dans ses yeux et dessinait un pli au coin de sa bouche. Elle en éprouva de l'embarras, se sentit impuissante, gauche, incapable de parler, un peu en colère aussi. Comment parvenir à faire impression sur lui ? Elle ne trouvait rien à dire et restait plantée devant lui, pâlissante et rougissante, à le considérer à la façon d'une oie stupide.

La vieille femme avait achevé de cirer les souliers et chacun des gentilshommes lui donna une pièce de monnaie « pour payer l'entrée ». Elle partit, mais se retourna pour lancer un coup d'œil vers Ambre, qui commençait à se sentir le point de mire de l'attention générale, car tout le monde regardait les cavaliers et se demandait, sans nul doute, ce qu'une jeune paysanne pouvait avoir affaire avec eux. Elle eût été enchantée de l'intérêt ainsi soulevé, mais elle craignait que l'un de ses parents ne la vît et elle savait alors ce que cela signifierait. Mieux valait trouver un endroit plus tranquille et plus retiré.

— Je sais ce que je veux voir d'abord, dit Almsbury. C'est cette boutique, là-bas, où ils vendent du vin d'Espagne. Nous vous retrouverons au carrefour, en bas de la ville, Bruce, quand le soleil en sera arrivé là...

Et il indiqua un point du zénith. Puis, après s'être encore incliné, il partit avec l'autre gentilhomme.

Ambre hésita un instant, attendant qu'il déclarât ce qu'il voulait faire, mais, comme il ne disait rien, elle se détourna et se dirigea vers les piliers de bois, et la tente sous laquelle se déroulait la représentation. La foule était encore dense, mais l'endroit était assez éloigné du centre de la foire. Il marchait à côté d'elle et, pendant quelques minutes, ni l'un ni l'autre ne parlèrent. Ambre était heureuse que le bruit les empêchât de prononcer une parole sans crier, il croirait que c'était pour cela qu'elle observait le silence.

Elle éprouvait un pénible sentiment d'insuffisance, la crainte que tout ce qu'elle pût dire ou faire lui parût ridicule. La nuit dernière, couchée dans son lit, elle s'était vue, très gaie et très à son aise, bavardant avec lui, comme elle l'avait fait souvent avec Tom Andrews, Bob Starling et beaucoup, beaucoup d'autres. Mais elle se rendait à nouveau compte de l'énorme distance qui les séparait et qu'elle ne parvenait pas à franchir. Sa sensibilité et son émotion avaient atteint une intensité presque douloureuse et tout ce qu'elle voyait prenait un éclat inaccoutumé.

Pour masquer son embarras et sa confusion, Ambre examinait avec le plus grand intérêt les baraques devant lesquelles ils passaient. Enfin, comme ils arrivaient devant l'une d'elles où une jeune femme vendait de la joaillerie étincelante, Lord Carlton abaissa son regard vers elle et lui demanda :

— Une de ces babioles vous ferait-elle plaisir ?

Un éclair d'enchantement et de surprise passa dans les yeux d'Ambre ! Tous ces bijoux lui paraissaient magnifiques, mais ils devaient évidemment coûter fort cher. Jamais elle n'avait porté d'ornements semblables, bien que ses oreilles aient été percées car – avait dit Sarah – quand elle serait mariée, elle aurait une paire de boucles d'oreille qui avaient appartenu à sa mère. Naturellement si elle rentrait avec un bijou, oncle Matt serait furieux et tante Sarah recommencerait à lui parler de mariage, mais l'attrait de ces joyaux et la perspective d'un cadeau de Sa Seigneurie étaient irrésistibles !

Sans hésitation elle répondit :

— J'aimerais une paire de boucles d'oreille, Monseigneur.

Les voyant s'arrêter, la jeune femme qui était derrière le comptoir avait déjà commencé son boniment et leur offrait des colliers, des peignes et des bracelets. Entendant Ambre parler de boucles d'oreille, elle en saisit une paire où pendaient des morceaux de verre grossièrement taillés, limpides et colorés.

— Voyez celles-ci, ma belle ! Dignes de parer des oreilles

de comtesse, croyez-moi. Penchez-vous, ma chère, je vais vous les essayer. Un peu plus serrées. Là ! Eh bien ! Qu'en dit Votre Seigneurie ? Par ma foi, cela la change du tout au tout, une vraie dame de qualité, ma parole ! Tenez, ma chère, regardez-vous dans la glace. Oh ! jamais encore je n'ai vu des bijoux transformer quelqu'un à ce point, je vous le jure, Madame...

Elle parlait avec volubilité, tenant un miroir pour permettre à Ambre de constater par elle-même ce changement stupéfiant. Celle-ci se pencha, repoussant ses cheveux pour dégager ses oreilles, ses yeux brillants de plaisir. Ces boucles d'oreille la vieillissaient et lui donnaient aussi l'air un peu pervers. Elle eut un sourire de coin vers Lord Carlton, cherchant à voir ce qu'il en pensait, car elle désirait ardemment les posséder, mais craignait de faire mauvaise impression en paraissant trop avide. Il lui sourit et se tourna vers la marchande :

— Combien ?

— Vingt shillings, Milord.

Il sortit deux pièces d'or de sa poche et les jeta sur le comptoir.

— Cela les vaut bien !

Ils s'éloignèrent. Ambre était enchantée de ce présent, persuadée qu'il était fait d'or pur, de diamants et de rubis.

— Je les garderai toujours, Votre Seigneurie ! Je jure de ne jamais porter d'autre bijou.

— Je suis heureux qu'elles vous fassent plaisir, ma chère. Et maintenant, que faisons-nous ? Voulez-vous voir la pièce ?

D'un signe de tête il indiqua la tente dont ils approchaient. Ambre, qui avait toujours désiré voir une représentation théâtrale, car celles-ci lui avaient toujours été interdites, aussi loin que remontaient ses souvenirs, lança vers le théâtre un regard d'envie. Elle hésitait néanmoins – un peu par crainte d'y rencontrer quelqu'un de connaissance, plus encore, peut-être, parce qu'elle désirait être seule avec lui, loin de tous.

— Oh ! c'est que... pour être franche avec vous, Monsieur, je ne crois pas qu'oncle Matt voudrait que j'aille...

Et comme elle se tenait à côté de lui, désirant qu'il prît une décision pour elle, à dix mètres à peine, elle aperçut Agnès, Lisbeth Morton et Gertrude Shakerly. Toutes trois la considéraient la bouche grande ouverte, stupéfaites, indignées, choquées, furieuses de jalousie. Les yeux d'Ambre croisèrent un instant ceux de sa cousine, elle poussa involontairement un petit cri d'horreur et s'empressa de regarder d'un autre côté, cherchant à faire semblant de ne pas les avoir vues. Ses doigts se mirent à tripoter nerveusement les brides de son chapeau.

— Malheur ! murmura-t-elle tout excitée. Voilà ma cousine. Elle va sûrement courir tout raconter à ma tante. Sauvons-nous par là...

Elle ne vit pas le sourire de Lord Carlton, car elle était déjà partie, se glissant à travers la foule. Sans regarder les trois jeunes filles, il la suivit. Ambre se retourna pour s'assurer qu'Agnès n'était pas sur leurs talons et lui adressa son plus beau sourire. Mais elle était inquiète. Agnès allait certainement se précipiter auprès de Sarah ou de Matt, et un membre de la famille serait envoyé à sa recherche pour la ramener dans le droit chemin. Il fallait se dépêcher de s'enfuir hors de vue, car elle était bien décidée à passer une heure ou deux avec lui, quelque ennui qu'elle dût en éprouver par la suite.

— Voici le cimetière, dit-elle précipitamment, entrons, et allons faire un vœu à la fontaine.

Il s'arrêta et elle en fit autant, le regardant avec une sorte d'appréhension.

— Je crains, ma chère, dit-il, que vous n'alliez au-devant de bien des ennuis. Votre oncle est évidemment un gentleman très moral et je suis sûr qu'il n'aimerait pas voir sa nièce en compagnie d'un cavalier. Vous êtes peut-être trop jeune pour le savoir, mais les Puritains et les cavaliers n'ont pas confiance les uns dans les autres, surtout en ce qui concerne les relations féminines.

Il y avait dans sa voix le même ton d'indolence, et sur son visage le même air de léger amusement qui l'avait si étrangement affectée la nuit dernière. Car elle sentait que cette nonchalante indifférence dissimulait mal un caractère ardent, inflexible et, peut-être même, légèrement cruel. Sans se rendre bien compte de ses propres désirs, elle avait vaguement conscience de vouloir déchirer ce voile d'urbanité, afin de connaître par elle-même un peu de cette force impétueuse qu'elle sentait là, tout près de la surface, non endormie, mais soigneusement contenue.

Audacieusement, car elle commençait à se sentir plus sûre d'elle, elle répondit :

— Peu importe mon oncle ! Ma tante me croit toujours. Laissez-moi faire, Votre Seigneurie. Je vous en prie, Monsieur. Je voudrais tant faire un vœu !

Il haussa les épaules et la suivit. Tous deux traversèrent la route et franchissant la grille recouverte de lierre, se dirigèrent vers deux petites fontaines qui se trouvaient à quelque trois pieds l'une de l'autre. Ambre s'agenouilla entre elles, plongeant une main dans chacune d'elles jusqu'à ce que l'eau recouvrît ses poignets. Puis fermant les yeux, elle fit silencieusement un vœu.

« Faites qu'il tombe amoureux de moi ! »

Elle resta une minute sans bouger, dans une attitude de recueillement, puis, soulevant ses mains en forme de coupe, elle but l'eau. Lui tendant la main, il la releva.

— Je pense que vous avez fait vœu de conquérir le monde, dit-il. Combien de temps vous faudra-t-il ?

— Un an – si j'ai la foi –, jamais sinon.

— Mais vous y croyez ?

— Tous mes autres vœux ont été exaucés. Ne voulez-vous pas en faire un aussi ?

— Un an ne suffirait pas pour la plupart de mes désirs.

— Non, vraiment ? Ciel ! Je pensais qu'un an suffisait pour tout !

— Oui, à dix-sept ans.

Elle se mit à regarder autour d'elle, un peu parce qu'elle ne pouvait plus soutenir l'éclat fixe de ses yeux gris-vert, et aussi parce qu'elle cherchait un endroit où aller. Le cimetière était un lieu trop public. D'autres gens pouvaient y venir et tout être humain, homme, femme ou enfant, lui paraissait constituer une menace pour son bonheur. Elle avait le sentiment qu'ils étaient tous ligués pour la séparer de lui et la ramener dans le giron sec et stérile de son oncle et de sa tante.

Tout à côté de l'église se trouvait un jardin au-delà duquel s'étendait la prairie qui séparait Heathstone des bois de Bluebell. Évidemment, c'était là qu'il fallait aller ! Dans les bois il faisait frais et sombre, et il y avait quantité de petits coins où personne ne les verrait jamais ; elle en connaissait plusieurs, réminiscence des foires de ces trois ou quatre dernières années. Elle se dirigea négligemment de ce côté, espérant lui faire croire qu'ils y arriveraient par hasard.

Ils traversèrent le jardin, escaladèrent une barrière et se trouvèrent au milieu de la prairie. L'herbe était toute parsemée de boutons-d'or, de pâquerettes et d'iris jaunes sauvages. Ils enfonçaient à chaque pas dans le sol spongieux. Plus loin, près de la rivière, une tache orange indiquait un endroit où poussaient des soucis et, à mesure qu'ils se rapprochaient, ils pouvaient apercevoir les roseaux verts qui plongeaient dans l'eau. Les berges étaient plantées de saules nains et, de l'autre côté du cours d'eau, à l'orée de la forêt, se trouvait un bosquet de trembles dont les feuilles brillaient au soleil comme des sequins d'argent.

— J'avais presque oublié combien l'Angleterre est belle au printemps, dit-il.

— Depuis combien de temps l'avez-vous quittée ?

— Seize ans, environ. Ma mère et moi sommes partis à l'étranger, après que mon père eut été tué à Narston Moor.

— Seize ans à l'étranger ! s'écria-t-elle d'un ton incrédule. Mon Dieu ! Comment avez-vous fait ?

Il baissa les yeux vers elle en lui souriant avec une sorte de tendresse :

— Nous aurions tous préféré autre chose, mais nous n'avions pas le choix. Et, en ce qui me concerne, je ne peux pas me plaindre.

— Mais vous ne vous plaisiez pas là-bas ? demanda-t-elle, choquée et presque indignée par un tel blasphème.

Ils traversaient à présent la rivière au cours rapide sur un pont étroit et branlant, fait de troncs d'arbres, sous eux les poissons passaient en flèches, des libellules voletaient à la surface de l'eau et au-dessus des lys qui croissaient autour d'une petite mare. Sur l'autre rive ils entrèrent dans la forêt et prirent un petit sentier au milieu des arbres et des fougères, parmi les jacinthes sauvages en fleur. Il faisait bon, frais et calme ; le parfum des fleurs se mêlait à l'odeur des feuilles mortes.

— C'est peut-être une légère trahison de la part d'un Anglais que d'admettre qu'il aime un autre pays. Cependant j'en ai aimé plusieurs, l'Italie, la France, l'Espagne. Mais surtout l'Amérique.

— L'Amérique ! Comment ! C'est de l'autre côté de l'Océan !

C'était là, en fait, tout ce qu'elle savait de l'Amérique.

— Bien loin de l'autre côté, admit-il.

— Le roi y était ?

— Non ! J'y suis allé une fois, en bateau à voiles - une expédition privée avec le cousin de Sa Majesté, le prince Rupert, et une autrefois sur un navire marchand.

Elle était médusée. Avoir vu des pays si lointains ! Avoir traversé l'Océan ! C'était incroyable, un véritable conte de fées. Elle qui n'avait jamais été plus loin qu'Heathstone et deux fois par an seulement, pour les foires de printemps et d'automne. La seule personne de sa connaissance qui fût jamais allée à Londres – à vingt-cinq milles au sud-est de Marygreen – était le savetier.

— Comme ce doit être beau de voir ainsi le vaste monde !

Elle poussa un soupir.

— Êtes-vous aussi allé à Londres ?

— Deux fois seulement, si je me souviens bien. J'y suis allé il y a dix ans et j'y suis retourné quelques mois après la mort de Cromwell. Mais je n'y suis jamais resté longtemps.

Ils s'étaient arrêtés et il jeta un coup d'œil vers le ciel à travers les arbres, comme pour voir le temps qui lui restait. Alors Ambre fut soudain prise de panique. Il allait partir – retourner dans ce vaste monde avec son agitation, son bruit, son excitation – et il lui faudrait rester ici. Elle éprouva un tout nouveau et terrible sentiment de solitude, comme si elle était reléguée dans quelque coin solitaire durant une fête où elle serait seule étrangère. Tous ces pays qu'il avait vus et qu'elle ne verrait jamais ; ces choses agréables qu'il avait faites et qu'elle ne ferait jamais. Mais le pire était qu'elle ne le reverrait jamais plus.

— Il n'est pas encore l'heure de partir ?

— Non, j'ai encore un moment.

Ambre s'agenouilla dans l'herbe en faisant la moue, une expression de rébellion dans les yeux, et, au bout d'un instant, il s'assit en face d'elle. Pendant quelques secondes elle resta boudeuse, songeant à son triste avenir, puis, rapidement, elle leva les yeux vers lui. Il l'observait gravement, avec attention. Elle lui rendit son regard, le cœur battant. Elle se sentait en proie à une sorte de douce langueur, épuisante au point que ses yeux se fermaient. Tout son être se consumait de désir. Cependant elle restait réticente, réservée, emplie d'un sentiment de crainte plus fort presque que son désir.

Enfin il l'enlaça et l'attira lentement à lui. Ambre inclina la tête pour rencontrer ses lèvres et lui passa les bras autour du cou.

La retenue dont il avait fait preuve jusque-là disparut alors pour faire place à une passion sauvage, violente, impitoyablement égoïste. Ambre, inexpérimentée, mais non innocente, lui rendit ses baisers avec ardeur. Stimulé par les caresses, son désir monta bientôt à l'unisson du sien et bien qu'elle ait tout d'abord, au fond d'elle-même, entendu les appels avertisseurs de Sarah, cette image s'estompa bientôt pour disparaître entièrement.

Mais quand il la renversa sur le sol, elle eut un bref mouvement de protestation et poussa un léger cri, ce fut tout ! Sa science n'allait pas au-delà. Quelque chose de mystérieux, de terrible l'attendait probablement. De ses deux mains elle repoussa l'homme, un petit sanglot terrifié lui échappa et elle détourna la tête. La peur l'envahissait, irraisonnée, intense, presque nerveuse.

— Non ! cria-t-elle. Laissez-moi partir !

Elle voyait son visage au-dessus du sien, ses yeux d'un vert étincelant. Et soudain Ambre, sanglotante, à demi folle de passion et de terreur, s'abandonna toute.

Avec une vague répugnance, elle reprit lentement conscience du monde extérieur et d'eux, en tant qu'individus séparés. Les yeux toujours fermés, elle poussa un profond et voluptueux soupir. Elle avait l'impression de ne plus pouvoir bouger, même le petit doigt.

Au bout d'un long moment il s'écarta d'elle et s'assit, les coudes sur les genoux, un brin d'herbe entre les dents, le regard fixé devant lui. Son visage bronzé était humide de transpiration et il l'essuya du revers de sa manche de velours noir. Ambre restait étendue à côté de lui, absolument immobile, les yeux clos, le bras replié sur le front. Elle avait chaud, sommeil, se sentait merveilleusement bien et si heureuse, dans toutes les fibres de son être, que cela soit arrivé.

Il lui semblait n'avoir vécu qu'à moitié, jusqu'à cet instant !

Sentant son regard posé sur elle, elle tourna légèrement la tête et lui sourit doucement. Elle aurait voulu lui dire qu'elle l'aimait, mais n'osait pas. Elle désirait qu'il lui parlât d'amour, mais il se contenta de se pencher sur elle et de l'embrasser très doucement.

— Je suis désolé, dit-il à voix basse. Je ne m'attendais pas à vous trouver vierge.

— Je suis heureuse de l'avoir été.

Était-ce là tout ce qu'il trouvait à dire ? Elle attendit en l'observant. Elle commençait à éprouver un léger sentiment d'incertitude et de crainte. Il ressemblait de nouveau à ce qu'il était la première fois qu'elle l'avait vu, rien dans son expression, ni son attitude ne décelait à quel point ils avaient été rapprochés. Elle en était surprise et blessée, car ce qui venait de se passer aurait dû le changer autant qu'elle-même. Rien ne devait plus être la même chose pour aucun des deux.

Finalement il se leva, cherchant des yeux le soleil.

— Ils doivent être en train de m'attendre. Nous voulons arriver à Londres avant la tombée de la nuit.

Et il lui tendit la main pour l'aider à se relever. Sautant sur ses pieds, elle lissa ses cheveux, tira sa guimpe, palpa ses boucles d'oreille pour être bien sûre de ne pas les avoir perdues.

— Mon Dieu ! il ne faut pas nous mettre en retard.

Tout en époussetant son chapeau, il lui lança un coup d'œil étonné et se couvrit. Il fronçait les sourcils, comme s'il avait obtenu plus qu'il ne désirait.

Devant ce regard, le sourire et l'excitation d'Ambre disparurent d'un seul coup :

— Vous ne voulez pas m'emmener ?

Elle était sur le point de pleurer.

— Mon cœur, votre oncle et votre tante n'approuveraient pas.

— Que m'importe ! Je veux aller avec vous ! Je hais Marygreen ! Je ne veux plus jamais y retourner. Oh ! je vous en prie, Votre Seigneurie. Permettez-moi d'aller avec vous !

Marygreen et toute sa vie là-bas lui étaient soudain devenu intolérables. Il avait cristallisé toute sa nostalgie inquiète, sa soif et son ardent désir d'une vie plus large, plus gaie, tout ce qui fermentait en elle inconsciemment depuis qu'elle avait pour la première fois parlé au savetier, plusieurs années auparavant.

— Londres n'est pas un lieu de séjour pour une jeune fille non mariée, sans argent ni relations, dit-il d'un ton positif qui signifiait – Ambre elle-même s'en rendit compte – qu'il n'avait nullement l'intention d'être dérangé par elle.

Puis, regrettant peut-être de l'avoir blessée, il ajouta :

— Je n'y resterai pas longtemps. Et que feriez-vous quand je serai parti ? Il ne serait pas facile de revenir ici, je sais fort bien ce qu'un village anglais pense de telles escapades. Et à Londres il n'est guère plusieurs manières de gagner sa vie pour une femme. Non, mon cœur, je crois que vous feriez mieux de rester là.

À la grande surprise de Carlton, comme à la sienne d'ailleurs, elle éclata soudain en sanglots :

— Je ne veux pas rester ici ! Je ne le veux pas ! Je ne peux pas rester ici maintenant. Comment voulez-vous que j'explique à mon oncle Matt où nous sommes restés pendant ces deux heures, alors que cent personnes de connaissance nous ont vus quitter le champ de foire !

Une expression de contrariété passa sur son visage, mais elle ne s'en aperçut pas :

— Je vous l'avais bien dit, fit-il observer. Mais, même s'il est en colère, il vaut mieux que vous rentriez, et...

— Non, interrompit-elle, je ne rentrerai pas. Je ne veux plus vivre ici, entendez-vous ? Et si vous ne voulez pas m'emmener, je partirai seule !

Elle s'arrêta soudain et le regarda, furieuse et agressive, suppliante aussi :

— Oh ! Votre Seigneurie, je vous en prie, emmenez-moi !

Ils se mesuraient du regard ; enfin, ses sourcils se détendirent et il sourit :

— Très bien, jeune péronnelle, je vous emmène, c'est entendu. Mais je ne vous épouserai pas quand nous arriverons là-bas, et n'oubliez jamais, quoi qu'il arrive, que je vous ai prévenue.

Elle n'entendit que la première partie de ce qu'il disait, le reste ne lui paraissait pas d'importance immédiate.

— Oh ! Votre Seigneurie, vraiment, je peux venir ? Je ne vous gênerai pas, je le jure !

— Je n'en sais rien ! répondit-il lentement. J'en doute fort !

Ils arrivèrent à cheval à Londres vers le milieu de l'après-midi après avoir traversé de nombreux petits villages situés à proximité de la ville, mais dont l'aspect extérieur, néanmoins, ne différait guère de celui d'Heathstone ou de Marygreen. Des vaches paissaient dans les prés, arrachant paresseusement l'herbe, et les paysannes avaient étendu leur lessive sur les buissons. Comme ils passaient, les gens reconnurent en eux des royalistes qui revenaient, et ils furent vivement acclamés. De petits garçons couraient à côté d'eux, voulant toucher leurs bottes, les femmes se penchaient à la fenêtre, les hommes s'arrêtaient et se découvraient en poussant de grands cris :

— Soyez les bienvenus !

— Longue vie au Roi !

— Que Dieu protège Sa Majesté !

La ville, dans son enceinte intérieure, était une sorte de pot-pourri des siècles ; vieille, laide, elle sentait mauvais, mais elle était pleine de couleurs, de pittoresque, ainsi que d'une espèce de beauté délabrée. Elle était entourée de terrains vagues sur lesquels s'amoncelaient des tas d'ordures dégageant une odeur nauséabonde. Les rues étaient étroites, quelques-unes pavées de galets, la plupart non et, en leur milieu, ou de côté, coulaient des ruisseaux d'eaux sales. Des poteaux espacés séparaient la voie réservée aux voitures de l'étroit espace alloué aux piétons. Les rues étaient bordées de maisons, dont chaque étage surplombait en saillie celui d'en dessous, bouchant ainsi presque complètement le jour et l'air, même aux endroits les plus larges.

Les flèches des églises dominaient l'horizon, car il y en avait plus d'une centaine à l'intérieur de la ville et le tintement incessant de leurs cloches répandait sur Londres la musique la plus passionnée et la plus belle. Des enseignes grinçantes se balançaient au-dessus de la tête des passants, avec leurs agneaux dorés, leurs sangliers bleus, leurs lions rouges ; et il y en avait bon nombre flambant neuves, portant les armes des Stuart ou le profil d'un homme aux cheveux noirs, au teint basané, avec une couronne sur la tête. La campagne était ensoleillée et il faisait presque chaud, mais sur la ville le brouillard s'étendait pesamment, encore épaissi par la fumée des savonneries et des fours à chaux : le froid était pénétrant.

Les rues étaient pleines de monde ; des marchands ambulants annonçaient leur passage par un vieux cri chanté qui n'avait pas la prétention d'être compris et la ménagère pouvait, du pas de sa porte, se procurer presque tout le nécessaire. Des porteurs transportaient sur leur dos des fardeaux branlants et invectivaient ceux qui leur bouchaient le passage. Les trimardeurs, devant les boutiques, vantaient à grands cris la marchandise, n'hésitant pas à saisir les clients par la manche pour les engager à entrer.

Il y avait des chanteurs de rues, des mendiants, des culs-de-jatte, des petits-maîtres vêtus de satin, des dames de qualité au visage couvert d'un masque de velours noir, de dignes commerçants, des vagabonds en haillons et parfois des valets de pied ouvrant la voie à la chaise à porteurs de quelque baronne ou de quelque comtesse. La plupart des gens circulaient à pied, quelques-uns en voiture de louage, en chaise à porteurs ou à cheval mais, quand il y avait des encombrements, comme c'était fréquent, ils étaient obligés de s'arrêter quelques minutes.

Il était aisé de voir au premier coup d'œil que le Londonien différait totalement de l'Anglais de la campagne. La conscience de son pouvoir le rendait arrogant, car il représentait le royaume et le savait. Il était bruyant et querelleur, prêt à engager une lutte meurtrière avec quiconque ne lui cédait pas le côté du mur. Après avoir supporté le Parlement dix-huit ans, il se préparait joyeusement au retour de son souverain légitime, buvant à sa santé dans les rues, jurant qu'il avait toujours aimé les Stuart. Il haïssait les Français pour leur façon de parler, de se tenir, pour leurs habits et leur religion, et leur lançait volontiers une bordée d'injures ou leur soufflait à la figure la mousse de son pot d'ale avant de porter un toast à leur damnation. Mais il haïssait tout aussi férocement les Allemands et autres étrangers car, pour lui, Londres était tout, et un homme qui n'y habitait pas ne valait rien !

Londres – puant, sale, bruyant, querelleur, coloré – était le cœur même de l'Angleterre et ses citoyens gouvernaient la nation.

Ambre avait l'impression de se retrouver chez elle et, au

premier coup d'œil, comme elle était tombée amoureuse de Lord Carlton, elle tomba amoureuse de Londres. Cette vie intense, violente, énergique répondait à ses aspirations les plus profondes et les plus vives. Cette ville était un défi, une provocation. Elle osait tout, et promettait plus encore. Instinctivement – comme tout bon Londonien – elle sentit qu'elle avait vu tout ce qu'il y avait à voir. Nulle ville au monde ne pourrait soutenir la comparaison.

Le groupe des cavaliers se sépara à la barrière de Bishop, chacun allant de son côté et Bruce et Ambre partirent ensemble, suivis de deux serviteurs. Ils descendirent à cheval Gracious Street et, s'arrêtant devant l'enseigne du *Royal Sarrasin*, passèrent sous le porche et entrèrent dans la cour de l'hôtellerie. Le bâtiment l'entourait en entier et des balcons couraient tout le long des quatre étages. Bruce aida la jeune fille à mettre pied à terre et ils entrèrent dans la maison. L'hôtelier était occupé ailleurs et, au bout de quelques instants, Bruce lui demanda de l'attendre pendant qu'il allait à sa recherche.

Ambre le regarda s'éloigner, les yeux brillants d'admiration et de fierté : l'excitation lui coupait presque la respiration. « Je suis à Londres ! Ce n'est pas possible, mais c'est vrai ! Je suis à Londres ! » Il semblait incroyable que sa vie eût pu changer aussi vite et de manière si irrévocable, en moins de vingt-quatre heures ! Car elle était bien décidée, quoi qu'il arrive, à ne plus jamais retourner à Marygreen. Jamais, de toute sa vie !

Encore revêtue du manteau de Bruce, elle se rapprocha du feu, tendant les mains à la bonne chaleur ; elle se rendit alors compte que trois ou quatre hommes assis près de la fenêtre, l'observaient tout en buvant leur ale. Sa vanité en fut agréablement chatouillée, car ces hommes étaient des Londoniens ; elle tourna légèrement la tête pour bien leur montrer son profil, son nez délicat, imperceptiblement retroussé, ses jolies lèvres pleines et son petit menton rond.

Bruce revint à cet instant, souriant et laissant tomber son regard sur le petit homme qui marchait auprès de lui et lui arrivait à peine à l'épaule. C'était l'hôtelier, de toute évidence, et il paraissait fort agité.

— Mon Dieu ! Votre Seigneurie ! s'écriait-il, je vous croyais mort, ma parole. Ils sont arrivés à peine une demi-heure après votre départ, ces coquins de Têtes-Rondes et ils ont mis ma maison sens dessus dessous pour vous trouver. Voyant qu'ils ne découvraient rien, ils ont été pris d'une telle rage qu'ils m'ont transporté à travers la cour et jeté dans la fosse à charbon !

Il cracha sur le plancher.

— Bah ! la peste les emporte ! Je souhaite les voir tous pendus comme des jambons sur la colline de Tyburn !

Bruce éclata de rire.

— Vos vœux seront exaucés, je n'en doute pas.

Tout en parlant, ils étaient arrivés auprès d'Ambre et l'hôtelier eut un sursaut, car il ne s'était pas aperçu de sa présence ; il s'inclina légèrement.

— Madame Saint-Clare, dit Bruce, permettez-vous de vous présenter notre hôte, Mr. Gumble.

Ambre fut heureuse qu'il l'appelât « Madame », car seules les très jeunes filles, ou les prostituées professionnelles, répondaient au qualificatif de « Mademoiselle ».

Elle sourit et inclina la tête, sentant que sa condition sociale ne lui permettait plus de faire une révérence à un hôtelier. Mais elle eut un moment d'inquiétude en se demandant si le coup d'œil qu'il lui lança exprimait une désapprobation quelconque de voir Sa Seigneurie voyager avec une femme qui n'était pas son épouse. Bruce, toutefois, se comportait avec autant d'aisance que si elle eut été sa sœur et Mr. Gumble reprit immédiatement la conversation au point où il l'avait laissée :

— C'est fort heureux que vous ne soyez pas arrivé un jour plus tard, Monseigneur. Jamais, je le jure, je n'ai vu autant de monde chez moi : toute l'Angleterre vient à Londres souhaiter la bienvenue à Sa Majesté ! À la fin de la semaine, il n'y aura plus une chambre à louer d'ici à Temple Bar !

— Pourquoi n'avez-vous pas mis une couronne sur la tête de votre Sarrasin, afin de le faire passer pour le roi ? Presque toutes les enseignes que nous avons vues sont des têtes du roi, ou portent ses armes.

— Oh ! Vraiment ! Ils en sont là ! Et avez-vous entendu ce qu'on dit ? Si la tête du roi est vide, ses armes ne le sont pas !

Sur quoi il partit d'un grand éclat de rire. Bruce sourit et les hommes, de l'autre côté de la pièce, s'esclaffèrent bruyamment. Ambre ne connaissait pas encore assez la réputation qu'avait le roi pour comprendre la plaisanterie.

Le petit homme tira son mouchoir et s'épongea le front :

— Ah ! nous serons joliment heureux de le voir revenir : je vous le garantis ! Parole d'honneur, Votre Seigneurie, vous ne vous imaginez pas ce que nous avons vécu ici. Pas de cartes, pas de dés, pas de jeu. Ni boire, ni danser ! Mon Dieu ! Ils ont même cherché à élever la fornication au rang de crime capital !

Bruce rit :

— Je suis content d'être resté à l'étranger.

Là encore Ambre ne comprit pas la plaisanterie. Elle ignorait le sens du mot « fornication ». Mais elle n'en sourit pas moins d'un air entendu, comme si elle avait parfaitement saisi le trait d'esprit.

— Allons, assez parlé de tout cela ! Votre Seigneurie doit avoir faim. Elle est fatiguée peut-être. J'ai encore la « Fleur de Lys » de libre...

— Parfait ! C'est une chambre qui m'a porté chance la dernière fois. Il en sera peut-être encore de même...

Ils prirent l'escalier et, tout en montant, entendirent les hommes, en bas, commencer à chanter, ou plutôt à crier avec des voix discordantes et pleines d'entrain :

Le Roi aime une bonne bouteille, mes gars !
Le Roi aime une coupe débordante !
Il versera une rasade
À toutes les jolies filles
Et nous fera tous cocus, mes gars
Et nous fera tous cocus !

Arrivé en haut de l'escalier, Mr. Gumble ouvrit une porte et s'effaça pour les laisser entrer. La chambre était de belle dimension, et Ambre la trouva magnifique, car elle n'avait encore jamais rien vu d'analogue.

Les murs étaient richement lambrissés de chêne foncé : la cheminée, également en chêne, était ornée de motifs sculptés représentant des fruits ou des fleurs. Le plancher était nu, et tout le mobilier de ce style lourd et chargé qui avait caractérisé le début du siècle, bien que les fauteuils et les chaises fussent recouverts d'un épais velours vert sauge ou rouge vif, tout juste assez usé pour obtenir une teinte patinée.

Dans l'alcôve se trouvait un immense lit à colonnes, garni de rideaux de velours rouge que l'on pouvait tirer la nuit, afin d'enfermer les occupants dans une intimité bien close, au risque de les faire suffoquer. Deux armoires à habits, placées contre le mur, quelques chaises, deux fauteuils, une petite table surmontée d'un miroir et un bureau complétaient l'ameublement. Tout un côté de la pièce était monopolisé par de hautes portes-fenêtres ouvrant sur le balcon, d'où un escalier conduisait à la cour.

Ambre regardait autour d'elle, la parole momentanément coupée, tandis que Bruce disait :

— C'est tout à fait intime. Nous souperons ici. Faites-nous monter ce que vous avez de mieux.

Après leur avoir donné à plusieurs reprises l'assurance qu'ils auraient tout ce qu'ils pourraient désirer, Mr. Gumble s'en alla, et Ambre se départit de son mutisme. Jetant son manteau, elle courut à la fenêtre regarder dans la rue, du haut des deux étages. Un groupe de jeunes garçons avaient fait un feu et y rôtissaient des morceaux de viande, en dérision du Parlement croupion : la voix des hommes qui chantaient toujours en bas traversait faiblement les murs épais.

— Oh ! Londres ! Londres ! s'écria-t-elle d'une voix passionnée. Comme je t'aime !

Bruce sourit, enleva son chapeau et, s'approchant d'elle par-derrière, lui passa le bras autour de la taille :

— Vous tombez facilement amoureuse !

Comme elle se retournait vivement vers lui, il ajouta :

— Londres dévore les jeunes filles, vous savez !

— Pas moi ! affirma-t-elle triomphalement. Je n'ai pas peur !

III

Voici qu'enfin, alors que rien ne semblait plus devoir changer jamais, il rentrait en Angleterre, au milieu de son peuple. Charles Stuart n'était plus Charles Lackland.

Onze ans plus tôt, une petite bande de Puritains extrémistes avaient décapité son père, et le cri d'horreur poussé par les milliers de gens qui assistaient à son exécution avait eu son écho dans toute l'Europe. C'était là un crime qui pèserait toujours lourdement sur le cœur des Anglais. Exilé en France, le fils aîné du roi défunt n'avait appris l'échec de ses efforts pour sauver son père qu'en voyant son chapelain s'agenouiller devant lui en l'appelant : « Votre Majesté ! » Il s'était alors retiré dans sa chambre pour y pleurer seul, roi sans royaume, souverain sans sujets !

En Angleterre, le puissant talon de Cromwell s'était appesanti sur la nuque des Anglais. C'était un crime que de faire partie de l'aristocratie, et la loyauté au feu roi constituait une offense souvent punie par la confiscation des biens. Ceux qui le purent suivirent Charles II à l'étranger, avec l'espoir de revenir un jour, en des temps meilleurs. Une morne piété se répandit dans tout le pays, décourageant presque tout ce qui était spécifiquement anglais : gaieté, bonne humeur, amour des sports, des fêtes, des vacances, robuste plaisir de boire, de danser, de jouer, de faire l'amour.

Les mâts de cocagne furent abattus, les théâtres fermés. Prudentes, les femmes quittèrent leurs robes de satin ou de velours aux vives couleurs, remisèrent leurs masques, leurs éventails, leurs boucles et leurs faux cheveux, fermèrent le large décolleté de leurs corsages, n'osèrent plus se mettre du rouge aux lèvres, ni du noir aux yeux, de peur d'être soupçonnées de sympathies royalistes ! L'ameublement même devint plus sobre.

Pendant onze ans Cromwell gouverna le pays. Mais l'Angleterre découvrit enfin qu'il était mortel.

Quand la nouvelle de sa maladie commença de se répandre, une foule anxieuse de soldats et de civils se rassembla autour des grilles du palais. Le pays était terrorisé ; il se souvenait des années chaotiques de guerre civile quand des bandes de soldats errants avaient pillé l'Angleterre entière, saccageant les fermes, volant dans les maisons, emmenant le bétail, tuant ceux qui tentaient de résister. Ils ne désiraient pas que Cromwell vécût, mais ils redoutaient de le voir mourir.

À la tombée de la nuit, un terrible orage s'était élevé,

gagnant en intensité, si bien que les maisons en tremblèrent sur leurs fondations, que des arbres furent arrachés, que des tours et des clochers croulèrent. Pareille tempête ne pouvait avoir qu'une signification : le diable venait réclamer l'âme d'Olivier Cromwell. Et Cromwell lui-même, épouvanté, s'écriait :

— C'est une terrible chose que de tomber entre les mains du Dieu vivant !

La tempête s'était abattue sur toute l'Europe ; elle fit rage pendant toute la nuit et la journée du lendemain. Quand Cromwell mourut, à trois heures de l'après-midi, elle ravageait toujours l'île. Le corps fut immédiatement embaumé et enterré en hâte. Mais ses partisans revêtirent de ses habits de cérémonie une statue de lui en cire, et la placèrent à Somerset House, comme un roi. Par dérision, le peuple lança des ordures sur son écusson funèbre.

Mais il n'y avait personne pour prendre sa place et deux années de semi-anarchie suivirent sa mort. Son fils, que le Protecteur avait désigné pour lui succéder, n'avait aucune des qualités de son père, et les autocrates militaires finirent par se débarrasser de lui, à son grand soulagement, d'ailleurs. Immédiatement, des escarmouches eurent lieu entre la cavalerie et l'infanterie, les vétérans et les nouvelles recrues, et une autre guerre civile entre le peuple et l'armée parut inévitable. Le pays s'abandonnait au désespoir. Revivre tout cela, quand cela n'avait servi à rien ! Et chacun de songer à une restauration de la monarchie comme unique moyen de salut.

Le général Monck, qui avait servi Charles Ier, puis était passé au service de Cromwell après la mort du roi, marcha d'Écosse sur la capitale et l'occupa avec ses troupes. Monck, bien que soldat, estimait que le pouvoir militaire devait être subordonné au pouvoir civil, et son but était de libérer le pays de tout esclavage à l'armée. Prudemment il attendit, afin de bien voir les tendances du peuple. Puis, convaincu que l'enthousiasme royaliste qui enflammait toutes les classes de la société constituait une marée irrésistible, il se déclara partisan de Charles Stuart. Un Parlement libre fut convoqué, le roi lui écrivit une lettre, de Bréda, en déclarant ses bonnes intentions, et, l'Angleterre se prépara à devenir une monarchie, suivant ses préférences.

Londres fut plein à déborder de royalistes avec leur famille, et s'il restait dans toute la ville un homme qui ne désirait pas le retour de Sa Majesté, il gardait le silence, ou se cachait. Le retour graduel au rire et aux plaisirs latents depuis la fin de la guerre – s'intensifia soudain. Les restrictions furent abolies. Un costume sévère, un air pieux furent considérés comme les signes certains de sympathies puritaines dont tous ceux qui voulaient montrer leur loyalisme se gardaient. Le monde exécuta une pirouette, et le vice devint vertu.

Mais ce n'était pas simplement un désir de loyalisme, un enthousiasme passager pour la monarchie rétablie, la joie d'être délivré de l'oppression. Il y avait quelque chose de plus profond et durable. Les longues années de guerre avaient détruit les familles, miné les vieilles traditions sociales, abattu la barrière des conventions. Un nouvel ordre social s'édifiait brillant mais tapageur, gai mais licencieux, élégant mais vulgaire.

Le 29 mai 1660 – le jour de son trentième anniversaire –, Charles II, à cheval, fit son entrée à Londres.

C'était pour lui la fin de quinze ans d'exil, de pérégrinations à travers l'Europe, d'un pays à l'autre, considéré partout comme indésirable – sa présence étant gênante pour les politiciens qui cherchaient à faire des affaires avec les meurtriers de son père. C'était la fin de la pauvreté, des vêtements usés jusqu'à la corde, des repas extorqués à un aubergiste méfiant. La fin d'efforts infructueux pour reconquérir son royaume. Et surtout la fin des humiliations, des railleries. Il avait cessé d'être un homme sans patrie, un roi sans couronne !

La journée était claire et gaie, le soleil brillait dans un ciel sans nuages et les gens se disaient entre eux que ce beau temps était un bon présage. Du Pont de Londres à Whitehall, tout le long du parcours, toutes les rues, les balcons, les fenêtres et les toits étaient noirs de monde. Et, bien que le cortège ne fût pas attendu avant l'après-midi, dès le matin il était impossible de trouver la moindre place. La milice bourgeoise, comprenant plus de douze mille hommes, faisait la haie – ces hommes avaient jadis combattu pour Charles Ier et désiraient aujourd'hui maintenir l'ordre au retour de son fils.

Toutes les enseignes étaient garnies de fleurs ; de grandes arches d'aubépine s'étendaient à travers les rues, des branchages de chêne garnissaient les façades de nombreuses maisons. D'une fenêtre à l'autre couraient des guirlandes ornées de rubans et de cuillères d'argent étincelant au soleil. Les demeures cossues étaient décorées de tapisseries et de bannières, rouge, or et vert – des drapeaux flottaient sur les toits des plus humbles maisonnettes. Le vin coulait à flots dans les fontaines, et les cloches de toutes les églises sonnaient à toute volée. Enfin le bruit sourd du canon annonça que le cortège avait atteint le Pont de Londres.

Le vent se mit à souffler doucement par les rues étroites. Les sabots des chevaux frappaient le pavé en cadence, trompettes et clarinettes faisaient entendre leur son aigu, les cymbales résonnaient et leur bruit sonore se répercutait à travers les collines. Toute la procession scintillait d'une splendeur fabuleuse, presque incroyable. Elle se déroulait en un flot qui paraissait interminable ; une marée d'hommes en manteaux rouge et argent, en velours noir et or, argent et vert, avec des sabres qui étincelaient, des bannières qui flottaient, des chevaux qui caracolaient en levant fièrement leurs sabots. Le défilé se poursuivit pendant des heures si bien que les yeux des spectateurs leur faisaient mal, que leur gorge était enrouée à force d'avoir crié, et leurs oreilles assourdies par toutes ces clameurs.

Des centaines de loyaux cavaliers, ayant combattu pour le premier Charles, vendu leurs biens pour lui venir en aide et qui avaient suivi son fils à l'étranger, chevauchaient en tête. Tous, sans exception, étaient richement vêtus – bien qu'à crédit. Puis venait le Lord-maire, l'épée nue. À ses côtés, le général Monck, un petit homme gros et laid, qui ne s'en tenait pas moins à cheval avec une grande dignité et commandait le respect aux soldats aussi bien qu'aux civils. Hormis le roi, il était peut-être ce jour-là l'homme le plus populaire d'Angleterre. À gauche du Lord-maire chevauchait George Villiers, second duc de Buckingham.

Le duc, un grand et bel homme, blond comme un dieu, adressait des sourires et des signes de tête aux femmes qui, des balcons, lui envoyaient des baisers et jetaient des fleurs sur son passage. Par le rang, il venait immédiatement après les princes du sang et possédait la plus grosse fortune d'Angleterre. Car il s'était arrangé pour épouser la fille du général parlementaire auquel ses terres avaient été attribuées et avait ainsi sauvé sa situation. Bien des gens savaient qu'en raison de ses nombreuses trahisons, il était en défaveur, presque en disgrâce, mais le duc avait l'air aussi satisfait que s'il avait personnellement organisé la Restauration.

Ensuite venaient plusieurs pages, un grand nombre de trompettes dont les bannières portaient les armes du roi, et des tambours ruisselants à force de battre sur leurs instruments. Immédiatement après eux chevauchait Charles II, souverain héréditaire d'Angleterre, d'Irlande et de France, monarque de la Grande-Bretagne, défenseur de la foi. Une frénésie d'adoration hystérique et presque religieuse s'empara de la foule sur son passage. Elle se jetait à genoux, tendait les mains vers lui, sanglotait, ne cessant de crier son nom.

— Dieu bénisse Votre Majesté !

— Longue vie au Roi !

Et Charles passait, lentement, souriant, saluant de la main.

Grand – plus de six pieds –, il respirait la santé et la force animale. Doué d'un physique superbe, il n'était jamais plus à son avantage qu'à cheval. Issu de plusieurs nationalités, il avait plus l'air d'un Bourbon ou d'un Médicis que d'un Stuart. Son visage était bronzé et d'épais cheveux noirs brillants lui tombaient sur les épaules, en grandes boucles naturelles. Quand il souriait, ses dents étincelaient de blancheur sous une étroite moustache. Ses traits sévères, fortement accusés, étaient encore durcis par une expression cynique et désabusée ; néanmoins, il avait un charme communicatif qui lui attirait les cœurs.

La foule l'aima instantanément.

À ses côtés caracolaient ses deux jeunes frères. James, duc d'York, était aussi grand, aussi bien découplé mais blond avec des yeux bleus. Plus qu'aucun de ses frères, il ressemblait au défunt roi son père. C'était un beau garçon, de trois ans plus jeune que Charles, avec d'épais sourcils bien dessinés, une petite fente au menton et une bouche obstinée. Malheureusement pour lui, il ne possédait pas la séduction de son frère. Dès le début, il fut accueilli avec réserve à cause d'une certaine froideur hautaine qui faisait mauvaise impression. Henry, duc de Gloucester, n'avait que vingt ans. C'était un jeune homme heureux de vivre, qui paraissait heureux du monde entier et ne doutait pas un instant que celui-ci ne le lui rendît.

Il était fort tard quand le roi, s'excusant de ne pouvoir assister aux dernières cérémonies, se retira dans ses appartements de Whitehall, complètement exténué, mais très heureux. Toujours revêtu de ses somptueux habits, il entra dans sa chambre à coucher, portant dans ses bras un petit épagneul noir et feu avec une queue en plumeau, de longues oreilles, et l'expression d'une vieille douairière courroucée. Il était entouré d'une demi-douzaine d'autres chiens qui gambadaient et aboyaient d'une voix perçante. Soudain ils s'immobilisèrent tous, sur un cri guttural, parti d'un coin de la pièce. Un perroquet vert se balançait dans un cercle suspendu au plafond et poussait des glapissements de colère.

— Damnés chiens ! disait-il.

Reconnaissant un vieil ennemi, les épagneuls retrouvèrent tout leur courage et se massèrent au-dessous de lui, sautant et jappant, tandis que l'oiseau continuait à les invectiver. Charles et tous les gentilshommes de sa suite se mirent à rire, mais le roi fit bientôt un geste las de la main, et l'on emmena la ménagerie.

Un des courtisans mit les doigts dans ses oreilles et agita vigoureusement la tête :

— Seigneur Jésus ! Je crois que je n'entendrai jamais plus. S'il reste à Londres, demain, un homme ayant encore de la voix, c'est un traître et il mérite d'être pendu.

Charles sourit :

— À dire vrai, Messieurs, je crois que le seul reproche que l'on puisse m'adresser est d'être resté trop longtemps à l'étranger. Depuis quatre jours je n'ai rencontré personne qui ne m'ait affirmé avoir ardemment désiré mon retour.

Un rire général accueillit cette saillie. Car maintenant qu'ils étaient de nouveau des lords, et non plus de pauvres indésirables, ballottés d'une contrée à l'autre, ils retrouvaient la faculté de s'égayer. Les années qui venaient de s'écouler prenaient déjà une sorte de patine et, du moment que l'histoire finissait bien, ils se disaient qu'elle avait été, après tout, une aventure fort romantique.

Charles, que l'on aidait à se déshabiller, se tourna vers l'un de ses gentilshommes et demanda à voix basse :

— Est-elle venue, Progers ?

— Elle attend en bas, Sire.

— Bien.

Edward Progers était le page de l'escalier dérobé de Sa Majesté. Il s'occupait de ses transactions financières privées, de sa correspondance secrète et servait au roi d'entremetteur officieux. C'était une situation qui ne manquait ni de prestige, ni d'activité.

Ils sortirent enfin, le laissant seul. Debout, en bottes de cheval et culotte bouffante, dans une chemise de lin à manches longues, il leur lit un geste d'adieu de la main. Progers disparut à son tour par une autre porte. Charles traversa la pièce, alla à la fenêtre et attendit en faisant claquer ses doigts avec impatience. La nuit était fraîche ; sous les fenêtres coulait le fleuve, de petites barques s'y balançaient à l'ancre et leurs lanternes faisaient sur l'eau l'effet de petites lucioles. Le palais donnait sur la boucle de la Tamise ; d'innombrables feux de joie embrasaient le ciel de la cité et il pouvait apercevoir la traînée jaune des fusées s'élever rapidement, puis retomber dans l'eau en sifflant. Le canon continuait à tonner et les cloches résonnaient en sourdine.

Charles resta un long moment à contempler la nuit. L'expression de son visage était maussade, presque triste. Il ressemblait davantage à un homme las, amer et déçu qu'à un roi qui rentre triomphalement au milieu de son peuple. Puis, entendant une porte s'ouvrir derrière lui, il pivota rapidement sur les talons, une lueur de joie et d'admiration au fond des yeux.

— Barbara !

— Votre Majesté !

Elle inclina la tête et fit une profonde révérence tandis que Progers se retirait discrètement.

Elle était un peu plus petite que lui, mais assez grande toutefois pour avoir l'air imposant. Son corps était magnifique, avec une poitrine opulente et une taille mince qui mettait en valeur des hanches parfaites et des jambes suggestives, cachées sous les plis de sa jupe de satin. Elle portait un manteau de velours violet avec capuchon de renard noir et, sur son grand manchon de même fourrure, était épinglé un bijou d'améthyste. Ses cheveux étaient d'un blond roux, sa peau très blanche, et son manteau se reflétant dans ses yeux bleus leur donnait une teinte pourpre. Elle était d'une beauté frappante, presque agressive, qui donnait tout de suite une impression de passion sauvage et indomptable.

Allant à elle, Charles la prit dans ses bras et la baisa sur les lèvres. Quand son étreinte se fut relâchée, elle posa son manchon, laissa tomber son manteau, consciente du regard qui ne la quittait pas, et lui tendant les deux mains :

— Oh ! c'était merveilleux ! Comme ils vous aiment !

Le roi sourit, haussant légèrement les épaules :

— Tout comme ils auraient aimé quiconque leur eût permis de quitter l'armée.

Elle se dégagea et s'approcha de la fenêtre, délibérément coquette :

— Vous souvenez-vous, Sire, fit-elle doucement, du jour où vous m'avez dit que vous m'aimeriez jusqu'à ce que vous montiez sur le trône ?

Il sourit :

— Je croyais m'engager pour toujours !

S'approchant par-derrière, il lui prit les seins et se pencha pour effleurer de ses lèvres le bas de sa nuque. Sa voix était rauque, profonde, sa physionomie exprimait l'impatience et le désir. Barbara s'était agrippée à l'appui de la fenêtre et, le buste rejeté en arrière, contemplait la nuit.

— Ce ne sera donc pas pour toujours ?

— Mais si, naturellement, Barbara. Et je suis ici pour toujours aussi. Advienne que pourra, il est bien certain que je ne m'expatrierai plus jamais !

Soudain, passant un bras sous ses genoux, il la souleva avec aisance.

— Où le monsieur croit-il que vous êtes ?

« Le monsieur », tel était le surnom qu'ils avaient donné à son mari.

Elle embrassa la joue bien rasée :

— Je lui ai dit que j'allais passer la nuit chez ma tante, mais je crois qu'il se doute de l'endroit où je me trouve !

Une expression de mépris passa sur son beau visage :

— Roger est un imbécile !

IV

Ambre, assise devant la coiffeuse, se regardait dans la glace. Elle portait une camisole en simple lin blanc, très largement décolletée, ornée de dentelles et de rubans, aux manches bouffantes s'arrêtant au coude, posée sur une jupe ample et longue. Un petit corset à baleines, lacé très serré, lui maintenait la poitrine haute et réduisait encore de deux les vingt-deux pouces que mesurait normalement sa taille. Elle en était un peu gênée pour respirer et se baisser : mais cela lui paraissait un tel luxe qu'elle eût volontiers supporté le double de souffrances. Sa jupe retroussée au-dessus des genoux lui permettait d'apercevoir ses jambes croisées, gainées de bas de soie noire, maintenus par des jarretières de dentelles ornées d'un nœud de ruban. Elle portait des pantoufles de satin noir à hauts talons.

Derrière elle s'affairait un petit homme sémillant, M. Baudelaire, nouvellement débarqué de Paris et qui possédait sur le bout du doigt tous les artifices susceptibles de transformer la tête d'une Anglaise en celle d'une véritable Parisienne. Il venait de travailler sur elle pendant près d'une heure, babillant, dans son jargon mi-français, mi-anglais, de « briseuses de cœurs », de « boucles à baisers », de « favorites ». La plupart du temps elle ne comprenait pas ce qu'il disait, mais le regardait faire, fascinée, haletante, comme il maniait avec prestesse les peignes, les huiles, les brosses et les épingles.

Il était enfin parvenu à rendre ses cheveux luisants, brillants comme du satin couleur de caramel. Partagés en leur milieu, ils entouraient sa tête de vagues ondoyantes et tombaient sur ses épaules en deux boucles épaisses retenues par d'invisibles petits peignes. La masse de derrière était relevée et enroulée en une haute volute maintenue par de grandes épingles à tête d'or. Tel était, disait-il, le style adopté par toutes les grandes dames, et cela transformait entièrement ses traits, leur donnant un piquant à la fois provocant et attirant. Comme un cuisinier décorant une pièce montée, il fixa un insolent nœud de satin noir sur chaque tempe, se recula, battit des mains et inclina la tête de côté, comme un petit oiseau curieux :

— Ah ! Madame ! s'écria-t-il, ne prêtant aucune attention à la personne mais n'ayant d'yeux que pour son chef-d'œuvre : Oh ! Madame ! C'est magnifique ! Un triomphe ! C'est la plus belle...

Les mots lui faisant défaut, il roula des yeux admiratifs et étendit les mains.

Ambre était tout à fait de son avis.

— Ciel !

Elle tournait la tête de tous les côtés, son miroir à la main.

— Bruce ne me reconnaîtra pas.

Il avait fallu six semaines pour lui faire faire une robe, car tous les bons tailleurs et couturiers de Londres avaient plus de commandes qu'ils n'en pouvaient exécuter. Mais Mme Darnier avait promis que sa toilette serait finie cet après-midi, et Sa Seigneurie s'était engagée à l'emmener où elle voudrait. Elle avait compté les jours, n'ayant eu jusque-là que peu de distractions, si ce n'est de regarder par la fenêtre et de descendre en courant faire des emplettes auprès des marchands qui passaient. Lord Carlton était absent une grande partie du temps – où se rendait-il ? elle l'ignorait – et bien qu'il lui eût acheté une voiture, toujours à sa disposition, elle avait honte de sortir dans ses robes de paysanne.

Mais tout allait changer maintenant.

Quand elle était seule, elle avait parfois le mal du pays : elle pensait à Sarah qu'elle avait vraiment aimée, à tous les jeunes gens qui lui obéissaient au moindre signe, au personnage important qu'elle était au village où le moindre de ses gestes était observé, commenté. Mais le plus souvent ces réminiscences de sa vie passée ne lui inspiraient qu'un mépris dédaigneux.

— Qu'y ferais-je en ce moment ? se demandait-elle.

Elle aiderait Sarah dans la chambre à provisions, filerait, préparerait des chandeliers, ferait la cuisine, irait au marché ou à l'église. Il paraissait incroyable que de si mornes occupations l'aient absorbée depuis l'heure très matinale du lever, jusqu'à celle, très tardive, du coucher.

Maintenant elle restait couchée le matin aussi tard qu'elle le voulait, pelotonnée sous son édredon de plumes, rêvant, perdue dans une voluptueuse rêverie. Et ses pensées roulaient toujours sur le même thème : Lord Carlton. Elle était violemment éprise, éblouie, désolée quand il n'était pas là et follement heureuse de sa présence. Cependant elle savait fort peu de choses sur lui, et le peu qu'elle en avait appris lui venait d'Almsbury, qui avait fait deux apparitions en l'absence de Bruce.

Elle découvrit qu'Almsbury n'était pas son nom, ainsi qu'elle l'avait cru, mais seulement son titre. Il s'appelait John Randolph, comte d'Almsbury. Il lui avait raconté que leur petite troupe était passée par Marygreen parce qu'ils avaient débarqué à Ipswich et que, de là, ils étaient allés à Cariton Hall, à quelques milles au nord, où Bruce avait retrouvé un coffret plein de bijoux que sa mère n'avait pas osé emporter au moment de leur fuite, la contrée étant alors aux mains des parlementaires et pleine de soldats. Marygreen et Heathstone se trouvaient, par hasard, sur la grand-route allant à Londres.

C'était – lui semblait-il – un acte de Dieu qu'elle ait eu la chance de se trouver sur le pré au moment de leur passage. Car Sarah avait d'abord chargé Agnès d'aller porter le pain d'épices, mais Ambre l'avait cajolée, si bien qu'elle avait été chargée de la commission : elle aimait toujours à sortir de la ferme pour aller dans le monde, déjà plus vaste, de Marygreen. Agnès avait été furieuse, mais Ambre était partie en fredonnant une chanson, l'œil aux aguets de tout ce qu'elle pourrait apercevoir. Puis elle avait flâné si longtemps avec Tom Andrews, qu'à un quart d'heure près elle avait failli les manquer. Mais de telles pensées l'ancraient dans la conviction que, dès leur naissance, ils étaient prédestinés à se rencontrer sur le pré communal de Marygreen le 5 mai de 1660.

Almsbury lui apprit que Bruce avait vingt-neuf ans, que ses parents étaient morts tous deux, et qu'il avait une sœur plus jeune, épouse d'un comte français avec qui elle vivait à Paris. Ambre s'intéressait beaucoup à ce qu'il avait pu faire pendant ces seize années passées loin d'Angleterre et

Almsbury ne s'était pas fait prier pour satisfaire sa curiosité.

En 1647, ils avaient servi tous deux comme officiers dans l'armée française, le service volontaire faisant partie de l'éducation de tout gentilhomme. Deux ans plus tard il avait pris part à la mission privée du prince Rupert, sur mer, arraisonnant et pillant les vaisseaux des parlementaires. Avaient suivi, encore une période militaire, puis une expédition de piraterie aux Indes occidentales et sur la côte de Guinée, toujours avec Rupert. Almsbury, quant à lui, n'aimait pas la vie en mer, et préférait rester avec la Cour qui menait à travers l'Europe une existence précaire dans les tavernes et les auberges. Au retour de Bruce, ils avaient voyagé ensemble à travers le continent, vivant d'expédients : c'est-à-dire surtout du produit de leur jeu. Ces deux dernières années ils avaient fait partie de l'armée espagnole et combattu contre la France et l'Angleterre. Ce qu'ils avaient gagné l'avait été à la force de leur poignet.

Telle était, en général, la vie menée par les nobles exilés, avec cette différence que Carlton était particulièrement infatigable, qu'il se lassait vite des distractions de la Cour. Ambre trouvait que c'était l'existence la plus intense et la plus fascinante du monde et elle se promettait toujours de demander des détails à Bruce sur tout ce qu'il avait fait.

Pour l'occuper tout le long du jour, il lui avait procuré un professeur de français, un maître de danse, un musicien pour apprendre à jouer de la guitare et un autre pour la faire chanter : chacun d'eux venait deux fois par semaine. Ambre travaillait avec ardeur, car elle désirait vivement avoir l'air d'une femme accomplie, pensant le séduire davantage ainsi. Il lui restait encore à entendre de la bouche même de Lord Carlton qu'il l'aimait et pour cela, elle eût volontiers appris à avaler du feu ou à danser sur la corde raide. Elle comptait beaucoup sur l'effet produit par sa robe neuve et sa coiffure à la mode.

À cet instant on frappa à la porte et Ambre se leva pour ouvrir. Mais déjà une femme d'un certain âge, rondelette, entrait précipitamment dans la pièce, hors d'haleine et excitée parmi les froufrous de sa jupe de taffetas.

C'était Mme Darnier, autre Parisienne venue à Londres pour profiter de l'accès de francophilie qui faisait rage dans l'aristocratie. Ses cheveux noirs étaient striés de fils argentés et ses joues d'un rose éclatant. Un gros chou, fait de satin vert, se dressait au sommet de sa tête, juste derrière un bandeau de bouclettes fausses. Sa robe noire, raide et luisante, était coupée trop court. Cependant, comme toutes les Françaises, elle parvenait à avoir l'air élégant et pas ridicule du tout. Elle était suivie d'une jeune fille très simplement vêtue, qui portait une grande boîte de bois doré.

— Vite ! s'écria Ambre en battant des mains et en sautant d'excitation. Montrez !

Mme Darnier, parlant français avec volubilité, fit signe à la jeune fille de poser la boîte sur la table, d'où elle repoussa d'un geste majestueux la jupe de laine verte et le jupon rayé d'Ambre. Puis, solennellement, elle enleva le couvercle et saisit sa création, la tenant à bout de bras pour la faire admirer.

Ambre et le coiffeur poussèrent un cri, reculant de deux pas, tandis que la jeune fille rayonnait de fierté, partageant le triomphe de sa patronne.

— Ohhh ! fit Ambre.

Puis encore.

— Oh !

Jamais elle n'avait rien vu d'aussi joli de sa vie.

La robe était de satin noir et miel, avec un corsage ajusté en pointe, un grand décolleté rond, de grandes manches bouffantes allant au coude, et une jupe à traîne froncée sur laquelle était posée une seconde jupe de ravissante dentelle noire. Le manteau était en velours miel, bordé de satin noir, et son capuchon était encadré de renard noir. Un éventail de dentelle, de longs gants beiges parfumés, un énorme manchon de renard et un masque de velours noir, comme en portaient les élégantes, complétaient la toilette. En fait, tous les accessoires du grand monde !

— Oh ! laissez-moi l'essayer !

Mme Darnier était horrifiée.

— Mais non, Madame. Il faut tout d'abord vous faire le visage.

— Mais oui ! Le visage ! fit M. Baudelaire en écho.

Ils se rapprochèrent de la table et Mme Darnier défit un grand foulard de velours rouge et en étala le contenu : flacons et bouteilles, petits pots de Chine, une patte de lapin, une brosse à sourcils, de petits feuillets de papier d'Espagne rouge, des pinceaux, des mouches de beauté. Ambre poussa un petit cri de surprise quand on lui épila son premier sourcil, puis elle resta assise, patiemment, contemplant avec un ravissement extatique le changement qui se produisait sous ses yeux. Discutant, bavardant, poussant de petits cris en moins d'une demi-heure ils la transformèrent en un être poli, étincelant, artificiel, une femme du monde, du moins en apparence.

Enfin elle fut prête à passer sa robe, entreprise majeure, car il ne fallait pas la froisser, ni déplacer un cheveu ou enlever un atome de rouge à lèvres, un soupçon de poudre. Il leur fallut se mettre à trois pour y parvenir, au milieu des criailleries et des gloussements de Mme Darnier. Leurs efforts furent couronnés de succès. Mme Darnier abaissa encore le décolleté, pour mieux dégager les épaules et presque entièrement les seins et, lui mettant l'éventail entre les mains, lui ordonna de traverser la pièce lentement et de se retourner ensuite.

— Dieu ! s'écria-t-elle ensuite avec une complaisante satisfaction. Si vous ne l'emportez pas sur Mrs. Palmer elle-même !

— Qui est Mrs. Palmer ? demanda Ambre en s'examinant.

— La maîtresse de Sa Majesté !

Mme Darnier traversa la pièce en froufroutant pour ajuster un pli, relever une manche, lisser le corsage.

— Pour aujourd'hui du moins, murmura-t-elle en fronçant les sourcils, absorbée par ce qu'elle faisait. La semaine prochaine, – elle haussa les épaules – ce sera peut-être une autre !

Ambre fut heureuse du compliment, mais, maintenant qu'elle était prête, elle désirait qu'il vînt. Extérieurement elle se sentait fraîche et lisse comme du papier de soie, mais son cœur battait nerveusement et ses mains étaient moites.

— Peut-être ne m'aimera-t-il pas ainsi ! – Elle commençait à avoir peur et à se sentir mal à l'aise. – Oh ! pourquoi ne vient-il pas ?

C'est alors qu'une porte s'ouvrit dans le lointain et elle l'entendit qui l'appelait par son nom.

— Puis-je entrer ?

— Oh ! il est là. Vite ! fit-elle, portant la main à sa bouche.

Elle s'empressa de les chasser et ils s'affairèrent tous trois à ramasser boîtes, bouteilles et peignes. Ils arrivèrent à la porte au moment où Carlton l'atteignait. Tout en se confondant en révérences, ils ne purent résister au désir de jeter un coup d'œil allègre par-dessus leur épaule, afin de voir comment il réagirait. Ambre se tenait au milieu de la chambre, les lèvres entrouvertes, la respiration coupée, les yeux brillants d'espoir. Il entra en souriant et s'arrêta soudain, avec une expression de surprise.

— Sainte Vierge ! dit-il à voix basse. Que vous êtes belle !

Ambre se détendit :

— Oh ! m'aimez-vous ainsi ?

Il s'approcha d'elle et lui prit la main pour la faire tourner lentement, tandis qu'elle le regardait par-dessus son épaule, ne voulant pas perdre une seule expression de plaisir de son visage.

— Vous êtes la plus belle femme qu'un homme ait jamais pu rêver !

Il lui tendit son manteau :

— Et maintenant, où allons-nous ?

Elle le savait très bien, et il lui tardait de partir.

— Je veux aller au spectacle.

Il sourit :

— Va pour le spectacle, mais il faut nous dépêcher. Il est près de quatre heures.

La demie était passée quand ils arrivèrent au vieux théâtre du Taureau Rouge, en haut de Saint-John Street, et le spectacle était commencé depuis plus d'une heure. Il faisait chaud et étouffant dans la salle, l'atmosphère y était lourde, presque humide, et sentait la transpiration, les corps mal lavés et les parfums trop forts. Quand ils prirent place sur le devant d'une loge, il y eut un mouvement général parmi les spectateurs et des douzaines de têtes se tournèrent vers eux avec curiosité. Les acteurs eux-mêmes prirent le temps de les regarder.

Ambre était véritablement grisée, essayant de tout voir à la fois, émue et excitée par cette foule bruyante, malodorante, mal élevée et étrangement ardente. Elle avait le sentiment d'un triomphe personnel et ne se rendait pas compte que l'on eût regardé avec le même intérêt toute autre jolie femme arrivant en retard. Toute diversion était la bienvenue, car ni les acteurs, ni les spectateurs ne paraissaient s'intéresser sérieusement à la pièce.

Le rez-de-chaussée – appelé parterre – était garni de bancs sur lesquels s'entassaient environ trois cents jeunes gens qui ne cessaient de bavarder entre eux. Quelques femmes s'y trouvaient aussi, la plupart bien mises, mais outrageusement peintes et quand Ambre demanda à voix basse à Bruce qui elles étaient, il répondit que c'étaient des prostituées. Il n'y avait pas de prostituées à Marygreen – et, s'il y en avait eu, tous les paysans bien-pensants et leurs femmes les auraient mises au pilori et leur auraient jeté des ordures. Ambre était toute surprise de voir que ces jeunes gens les traitaient avec un respect apparent, leur parlaient ouvertement, et les embrassaient même parfois ! Ces femmes, d'ailleurs, ne paraissaient pas se sentir observées, ni honteuses. Elles riaient et bavardaient à haute voix, l'air heureux et parfaitement à leur aise.

Rangées contre la scène, une demi-douzaine de jeunes filles, paniers en bandoulière, annonçaient à grands cris leur marchandise – oranges, citrons, fruits confits – qu'elles vendaient à des prix exorbitants.

Un balcon, divisé en loges, surplombait le parterre, tout près de la scène. Là se trouvaient les dames de qualité, magnifiquement vêtues, couvertes de bijoux, accompagnés de leurs époux ou de leurs amants. Au-dessus, un deuxième balcon, plein de femmes et de voyous, et plus haut encore, le commun qui battait la mesure avec leurs bâtons, poussait à l'occasion des cris de désapprobation ou, quand il était vraiment indigné, de grands coups de sifflets qui remplissaient le théâtre.

Dans son ensemble, l'assistance était aristocratique – les prostituées et la racaille constituant pour ainsi dire les seules exceptions – les dames et les gentilshommes venaient pour voir et pour se montrer, pour bavarder et fleureter. La pièce était une considération très secondaire.

Ambre n'éprouvait nulle déception. C'était bien ce qu'elle avait attendu, et même davantage. Excitée, les nerfs tendus par l'excès de son bonheur, elle se tenait très droite, à côté de Bruce, ses yeux étincelants allant d'un côté et de l'autre de la salle. C'était donc là le grand monde ! Et elle avait une conscience aiguë de sa nouvelle robe, de sa coiffure savante, de l'odeur de son parfum, de la sensation peu familière, mais agréable, des fards et des crèmes sur sa peau, de la douce caresse de son manchon de fourrure, du voluptueux étalage de ses seins.

Puis, comme elle regardait la loge voisine, elle rencontra le regard de deux femmes, légèrement penchées en avant, qui l'observaient, et l'expression de leur visage lui causa un choc.

Elles étaient fort belles toutes deux, richement vêtues, étincelantes de bijoux, possédant une hauteur et une assurance indéfinissables qui lui firent immédiatement reconnaître des dames de qualité. Bruce s'était incliné et leur avait parlé quand ils étaient entrés, comme il avait salué plusieurs personnes et répondu à des gestes de bienvenue, venant de gentilshommes du parterre. Mais comme ses yeux rencontraient les leurs, ces dames eurent un éclair de mépris et échangèrent entre elles un sourire ; l'une murmura quelques mots derrière son éventail, en soulevant les sourcils, et toutes deux se détournèrent.

Ambre les contempla encore un instant, surprise et blessée, presque malade d'humiliation, puis elle baissa les yeux sur son éventail et se mordit la lèvre, réprimant une soudaine envie de pleurer. Oh ! se dit-elle, terriblement mortifiée, elles me prennent pour une fille ! Elles me méprisent ! D'un seul coup toute sa joie et sa gaieté avaient disparu ; elle eût préféré n'être jamais sortie pour ne pas s'exposer à leur dédain et à leurs railleries.

Bruce, qui avait naturellement surpris cet échange de regard, lui remonta le moral en lui serrant affectueusement la main. Elle lui jeta un coup d'œil de gratitude et se tourna vers la scène, cherchant sans y parvenir à s'intéresser au spectacle. Elle ne désirait qu'une chose : que la représentation finisse, afin de retrouver la réconfortante solitude de leur appartement. Comme Sarah aurait honte pour elle, et que l'oncle Matt serait furieux de voir à quel point elle en était arrivée !

Le rideau tomba enfin et les spectateurs se levèrent. Bruce l'aida à mettre son manteau et demanda en souriant :

— Eh bien ! cela vous a-t-il plu ?

— Je... j'ai bien aimé cette pièce !

Elle répondit sans oser lever les yeux, ni même regarder autour d'elle de peur de se trouver de nouveau en face des deux dames ou de quelque autre visage moqueur.

Au parterre, quelques jeunes gens se groupaient autour des vendeuses d'oranges, les embrassaient familièrement, tandis que d'autres jouaient à saute-mouton, s'administraient des bourrades en faisant réciproquement tomber leurs chapeaux. L'actrice qui avait personnifié Juliette, portant toujours sa perruque blonde et sa robe à la poitrine rembourrée, vint parler à quelques beaux. D'autres montaient sur la scène et pénétraient dans les coulisses. Au-dessus, on pouvait entendre le piétinement des gens qui descendaient, de petits groupes se formaient, les dames s'embrassant entre elles avec de petits cris aigus, tandis que les messieurs souriaient avec une aimable tolérance. Et pendant tout ce temps, Ambre, les sourcils froncés, les yeux fixés sur la cravate de Bruce, n'avait qu'un désir : que tout ce monde sortît bien vite.

— Partons-nous, ma chère ?

Il lui offrit le bras.

Une fois sortis du théâtre, ils traversèrent plusieurs groupes de flâneurs pour gagner la voiture de Bruce, qui attendait parmi la file des véhicules encombrant la rue. La circulation des piétons en était presque arrêtée ; tout le monde poussait, cherchant à se frayer un passage ; les camelots et les porteurs juraient, furieux. Brusquement un mendiant surgit devant eux, la bouche ouverte, en proférant des sons incompréhensibles, et montra sa langue coupée qui saignait. Pleine de dégoût et de pitié, un peu effrayée aussi. Ambre se serra contre Bruce.

Celui-ci donna une pièce de monnaie à l'homme :

— Tiens ! Et déguerpis !

— Oh ! le pauvre homme ! L'avez-vous vu ? Pourquoi lui avoir fait cela ?

Ils avaient atteint la voiture et il l'aidait à monter :

— Ce n'est rien ! Un truc qu'ils ont. Ils enroulent leur langue pour qu'on ne la voie pas et ils la grattent avec un morceau de bois jusqu'à ce qu'elle saigne.

— Et pourquoi ne travaille-t-il pas, plutôt ?

— Il travaille. Ne croyez pas que le métier de mendiant soit profession facile.

Elle s'inclina dans la voiture tandis qu'il se retournait pour parler à deux jeunes gens qui l'avaient appelé par son nom. Ambre les vit qui la regardaient par-dessus son épaule, sans dissimuler leur admiration. Audacieusement elle répondit à leur regard, levant les sourcils et clignant légèrement de l'œil, puis, soudain, elle rougit et se détourna. Ô mon Dieu ! ils avaient probablement d'elle la même opinion que les deux dames de tout à l'heure. Mais elle ne put résister à la tentation de leur glisser un autre coup d'œil et ses yeux rencontrèrent ceux du plus élégant des deux. Rapidement elle tourna la tête. Et pourtant – il n'y avait aucun doute –, venant d'un homme, cela ne lui parut pas aussi insultant.

Bruce se retourna enfin, dit un mot au cocher et monta dans la voiture, comme celle-ci s'ébranlait d'une secousse. Il lui prit la main :

— Vous avez conquis la ville ! C'était mon ami, Lord Buckhurst, et il affirme que vous êtes infiniment plus belle que Barbara Palmer.

— La maîtresse du roi ?

— Oui. Comment diable êtes-vous au courant de tous les commérages ?

Amusé, il la regardait, comme on considère une jolie poupée, ou un jouet.

— La couturière m'en a parlé. Bruce, qui étaient ces

deux dames ? Celles de la loge voisine, qui vous ont fait signe ?

— Des femmes d'amis à moi. Pourquoi ?

Elle baissa les yeux sur son éventail, fronçant les sourcils :

— Avez-vous vu comment elles m'ont toisée ? Comme cela...

Elle fit une grimace, imitant parfaitement, tout en l'exagérant malicieusement, l'expression des deux personnes en question :

— Elles m'ont prise pour une catin, je l'ai bien senti !

Bruce la considéra d'un air surpris, puis, à son grand étonnement, il renversa la tête en arrière et éclata de rire :

— Eh bien ! s'écria-t-elle d'un ton offensé, je ne vois pas ce que diable vous y trouvez de rigolo !

Elle commençait à prendre certaines de ses expressions, des mots et des phrases que Matt Goodgroome n'eût jamais tolérés, même de la part de ses fils. Il semblait à Ambre que tous les gens bien élevés juraient, que c'était une marque de bonne éducation.

— Désolé, Ambre. Je ne me moquais pas de vous. Mais à dire vrai, je crois qu'elles vous examinaient pour une tout autre raison, par jalousie, sans aucun doute. Aucune d'elles n'est qualifiée pour avoir mauvaise opinion d'une autre femme. À elles deux, je crois qu'elles ont couché avec la plupart des gentilshommes qui sont allés en France.

— Mais vous m'avez dit qu'elles étaient mariées ?

— C'est vrai ! Si elles ne l'étaient pas, elles eussent probablement été plus discrètes.

Ambre était soulagée, mais elle fut en même temps prise d'un brusque soupçon : avait-il été l'un de ces gentilshommes ? Promptement elle décida que, dans ce cas, il n'en aurait pas parlé, et elle écarta cette idée. Elle commençait à retrouver sa gaieté, impatiente de courir à de nouvelles aventures.

— Où allons-nous, maintenant ?

— Je pensais que vous aimeriez peut-être souper dans une taverne ?

Revenus dans la Cité, ils s'arrêtèrent, New Street, devant une maison portant comme enseigne un aigle d'or. En descendant, Ambre retroussa ses jupes aussi haut que possible, afin de bien montrer ses jarretières, comme elle l'avait vu faire à certaines dames en sortant du théâtre. Puis, comme ils se disposaient à franchir le seuil de la porte, une voix masculine et familière les interpella :

— Hé ! Carlton !

Étonnés, tous deux se retournèrent. C'était Almsbury, empilé dans un fiacre avec plusieurs autres jeunes gens. Sautant à bas de la voiture, il fit un signe d'adieu à ses compagnons et courut à eux. Il cligna des yeux, comme ébloui, en apercevant Ambre, puis se découvrit en s'inclinant profondément.

— Sainte Vierge ! mon cœur ! Je veux être pendu si vous n'êtes pas plus éblouissante que la plus belle des catins de Venise !

Le sourire s'effaça du visage d'Ambre.

Ainsi c'était là ce qu'il pensait d'elle aussi ! Ses sourcils se froncèrent avec indignation, mais sur un coup d'œil de Bruce, le comte se hâta de réparer sa maladresse. Haussant les épaules, il fit une grimace comique :

— Allons ! c'est que, voyez-vous, les catins vénitiennes passent pour les plus jolies femmes d'Europe. Et je pensais que...

Il s'arrêta, la regardant avec un séduisant sourire et Ambre, lentement, releva la tête. Elle ne pouvait résister à cet appel amical et, brusquement, sourit. Il lui offrit le bras.

— Seigneur ! mon cœur ! Je ne voulais pas vous offenser !

Tous trois pénétrèrent dans la salle et, sur la demande

de Bruce furent conduits dans un salon particulier, au premier étage.

Quand les messieurs eurent commandé le repas, le garçon apporta un petit baril plein d'huîtres qu'ils s'amusèrent à ouvrir, les dégustant crues, avec un grain de sel et un filet de citron. Quant aux coquilles, ils les lançaient par terre. Almsbury prophétisa que les huîtres deviendraient bientôt la principale nourriture de la Cour. Ambre le regarda d'un air surpris, mais Bruce lui expliqua le sel de la plaisanterie dont elle rit de bon cœur.

À peine avaient-ils achevé leurs huîtres que le reste du repas apparut : un canard rôti, farci d'huîtres et d'oignons, des cœurs d'artichauts frits et une succulente tarte à la crème. Après quoi, les deux hommes s'offrirent du bourgogne, tandis qu'Ambre se contentait de vin blanc du Rhin, de fruits et d'amandes. Bien au chaud et rassasiés, ils restèrent longtemps à table, bavardant avec animation et Ambre en oublia sa contrariété.

Le vin était plus fort que l'ale à laquelle elle était accoutumée ; au bout de deux verres elle se sentit somnolente et ferma à demi les yeux, silencieuse, écoutant la conversation des deux hommes. Elle se sentait envahie par une sensation de légèreté, comme si sa tête, détachée du corps, flottait dans l'espace. Avec admiration elle surveillait Bruce, chaque expression de son visage, chaque geste de ses mains. Et quand il se tournait vers elle en souriant ou – ce qui lui arriva deux ou trois fois – effleurait sa joue du bout de ses lèvres, elle était en proie à une douce griserie.

Finalement elle se pencha, murmura quelques mots à son oreille, et, après avoir reçu sa réponse, se leva et se dirigea vers un petit réduit attenant. À peine y était-elle entrée qu'elle entendit un bruit de porte, le son d'une voix étrangère puis, à nouveau, le battant qui se refermait.

À son retour, Almsbury était assis tout seul, se versant

un autre verre de vin. Il lui lança un regard par-dessus son épaule :

— Il a été appelé au-dehors, pour affaires, mais il reviendra tout à l'heure. Venez vous asseoir ici, que je puisse vous voir.

Dix minutes, et davantage, s'écoulèrent lentement. Ambre surveillait la porte, sursautant avec espoir au moindre bruit, nerveuse et mal à l'aise. Au bout d'une heure environ, le garçon entra et s'inclina devant Almsbury :

— Monsieur, Sa Seigneurie regrette d'avoir été appelée pour une affaire de la plus haute importance, et vous demande de bien vouloir avoir la bonté de ramener Madame chez elle.

Almsbury, qui n'avait cessé d'observer Ambre pendant que l'homme communiquait son message, inclina affirmativement la tête, Ambre le regarda, très pâle, les yeux angoissés, comme si elle avait été blessée.

— Une affaire ? répéta-t-elle lentement, quelles affaires peut-on bien traiter à cette heure ?

Almsbury haussa les épaules.

— Je n'en sais rien, mon cœur ! Allons, buvez encore un verre. Mais, bien qu'elle acceptât le gobelet qu'il lui tendait, elle se borna à le prendre, sans le porter à ses lèvres. Depuis un mois et demi elle attendait cette soirée, et il s'en était allé, pour affaires ! Chaque fois qu'elle lui demandait d'où il venait ou ce qu'il faisait, c'était la même réponse : affaires. Mais pourquoi ce soir ? Ce soir qu'elle avait tant escompté et dont elle attendait tout ! Lasse et découragée, elle restait inerte dans son fauteuil, sans prononcer une parole, si bien qu'au bout de quelques minutes Almsbury suggéra qu'il serait temps de rentrer.

Pendant le trajet, elle ne chercha pas à entretenir la conversation, mais quand ils atteignirent le Royal Sarrasin, elle demanda au comte s'il désirait monter, espérant à demi qu'il refuserait. Au contraire, il accepta immédiatement et, tandis qu'elle montait la première, pour se défaire, il s'arrêta dans la salle, afin de se munir de quelques bouteilles de vin d'Espagne. Au sortir de sa chambre à coucher, en robe d'intérieur de satin doré – une récente acquisition – et en petites mules claquantes, elle le trouva confortablement allongé sur un tas de coussins empilés devant le feu. Il lui fit signe de venir s'asseoir à côté de lui, s'empara de l'une de ses mains, la considéra longuement, puis la porta à ses lèvres. Les sourcils froncés, Ambre regardait dans le vide, à peine consciente de sa présence.

— Où pensez-vous qu'il soit allé ? demanda-t-elle à la fin. Almsbury haussa les épaules et reprit la bouteille.

— Que diable sont ces affaires dont il parle toujours ? Le savez-vous ?

— Tout royaliste en Angleterre a des « affaires » en ce moment. Les uns cherchent à récupérer leurs biens, d'autres désirent une sinécure qui les dédommagera d'avoir servi le roi pendant ses revers. Les galeries en sont pleines, gentilshommes campagnards et vieux soldats, mères prévoyantes qui ont entendu dire que le roi avait un faible pour toutes les jolies femmes. Tous désirent obtenir quelque chose, moi y compris. Je demande le retour du château d'Almsbury et mes terres de l'Helefordshire. Sa Majesté ne peut pas nous satisfaire tous, serait-il le roi Midas et Jupiter tout-puissant confondus en un seul.

— Bruce, que désire-t-il ? Carlton Hall ?

— Non, je ne crois pas. Le domaine a été vendu, et non confisqué. Je ne pense pas qu'ils rendront les propriétés vendues.

Il acheva sa bouteille et se pencha pour en atteindre une autre. Le comte supportait mieux la boisson que tous les hommes qu'elle avait vus jusqu'ici, et Bruce lui avait dit qu'à force de vivre dans les tavernes, son sang s'était transformé en alcool. Elle n'avait pas bien démêlé si c'était une plaisanterie ou l'entière vérité.

— Je ne vois pas ce qu'il pourrait désirer, dit-elle. Riche comme il l'est...

— Riche ?

Almsbury paraissait étonné.

— Eh bien ! n'est-ce pas exact ?...

Ambre était fort ignorante en matière d'argent, car elle n'avait jamais eu plus de quelques shillings à sa disposition et distinguait mal la valeur d'une pièce de celle d'une autre. Il lui semblait que Lord Carlton devait être en possession d'une fortune fabuleuse pour pouvoir s'offrir une voiture à quatre chevaux, être vêtu comme un prince, et lui acheter des robes aussi merveilleuses.

— Pas le moins du monde. Sa famille a vendu tout ce qu'elle possédait pour aider le roi, et le reste a été pris par les impôts. Ces quelques bijoux retrouvés à Carlton Hall sont tout ce qu'il possède. Non, il n'est pas riche. À vrai dire, il est diablement pauvre, tout comme moi.

— Mais alors, la voiture... et mes robes ?

— Oh ! – tout de même – il peut encore s'offrir cela. Un homme comme lui n'a qu'à s'asseoir quelques heures devant une table de jeu, ou lancer les dés, pour ramasser quelques centaines de livres.

— Tricher ?

Elle était choquée, prête à taxer Almsbury de mensonge. Mais il sourit :

— Allons ! peut-être aide-t-il un peu la chance. Mais nous faisons tous de même. Évidemment, il y en a d'adroits et d'autres qui le sont moins. Bruce peut se mesurer avec n'importe qui en Europe. Depuis plus de quinze ans, un jeu de cartes et une paire de dés ont été son principal moyen d'existence, et il a diablement mieux vécu que la plupart d'entre nous ! En fait, je l'ai vu, l'autre soir, qui gagnait deux mille cinq cents livres en quatre heures, au Goom Porte's Lodge !

— Et c'est cela, les affaires pour lesquelles il s'en va toujours ? Le jeu ?

— En partie. Il a besoin d'argent.

— Et pourquoi n'en demande-t-il pas au roi, puisque tout le monde le fait ?

— Ma chère, vous ne connaissez pas Bruce.

À cet instant, elle entendit un roulement de voiture dans la rue et se précipita vers la fenêtre, mais, à son grand désappointement, l'équipage continua sa route et tourna le coin. Elle resta penchée, cherchant à percer l'obscurité, car il n'y avait aucune lumière dans la rue, seule la pâle lueur de la nouvelle lune et des étoiles. La ville était déserte, personne en vue. Les habitants de Londres restaient chez eux le soir, à moins qu'ils n'aient une raison majeure pour sortir et ils se faisaient alors précéder d'une escorte de porte-flambeaux.

Au loin, elle aperçut la lanterne du crieur public et put entendre son monotone refrain :

— Dix heures passées, par une belle et chaude nuit d'été : tout va bien. Dix heures passées !

Entièrement absorbée par la pensée de Bruce, elle avait oublié la présence d'Almsbury. Soudain elle sentit ses bras autour d'elle, il glissait une main sous sa robe et, de l'autre, lui prenait le visage pour l'embrasser sur la bouche. Stupéfaite, elle poussa un léger cri, se dégagea brusquement et lui administra un soufflet retentissant sur la joue.

— Non mais ! s'écria-t-elle. En voilà du propre, pour un ami. Quand Sa Seigneurie saura cela, il vous fera votre affaire.

Pris de court, il la considéra un instant, puis éclata de rire.

— Me faire mon affaire ! Jésus ! mon cœur ! Quelle drôle d'idée ! Allons, voyons ! vous ne vous imaginez pas que

Bruce m'en voudrait de lui emprunter sa belle pour une nuit ?

Les yeux d'Ambre flamboyèrent d'indignation. Prise d'un accès de rage, elle se jeta sur lui, le frappant à coups de poings et de pieds.

— Je ne suis pas une catin, espèce de chien maudit ! Sortez d'ici ! Sortez ou je vous déchire en morceaux !

— Eh bien ! eh bien ! – Il la prit rudement par les poignets. – Voulez-vous bien vous arrêter, petite sorcière. Que faites-vous ? Je suis désolé ! Je m'excuse... Je ne savais pas...

— Sortez ! valet ! cria-t-elle.

— Je m'en vais, je m'en vais ! Cessez de hurler !

Ramassant son chapeau qui avait roulé par terre dans la bagarre, il se dirigea vers la porte. La main sur le bouton, il se retourna vers elle. Les poings sur les hanches, elle le fixait toujours, mais de grosses larmes brillaient dans ses yeux ; elle se retenait à grand-peine de pleurer. Toute trace de légèreté disparut chez lui :

— Un mot seulement, mon cœur, avant de partir. Contrairement à ce que tante Sarah a pu vous dire, un homme ne vous insulte pas quand il vous invite à partager son lit. Si vous êtes loyale envers vous-même, vous conviendrez que vous en êtes flattée. Car, s'il est une chose que jamais une femme ne pardonne à un homme, c'est de ne pas avoir envie de coucher avec elle. Allons, je ne veux pas vous ennuyer davantage. Bonne nuit !

Il s'inclina et ouvrit la porte.

Ambre, toujours debout, le regardait comme une petite fille que son oncle plus âgé instruit des mystères de l'étiquette. Elle commençait à se dire que sa morale campagnarde n'était pas à la page, ici, à Londres, tout comme sa jupe de laine verte et son jupon de coton rayé. D'un geste impulsif et hésitant elle lui tendit la main en faisant quelques pas en avant.

— Milord, ne partez pas. Je regrette... Mais...

— Mais vous êtes amoureuse de Bruce.

— Oui.

— Et vous trouvez que vous ne pouvez pas coucher avec quelqu'un d'autre. Eh bien ! ma chère, vous découvrirez peut-être un jour que cela n'y change rien, après tout. Et dans ce cas... Votre serviteur, Madame.

Il fit un nouveau salut.

Perplexe, elle le regardait, ne sachant que faire. Car, tout en admettant qu'elle était – dans un sens – flattée de sa proposition, elle ne pouvait croire que la fidélité envers celui que l'on aimait fût une chose sans importance. Il lui semblait parfaitement incroyable que la pensée de coucher avec un autre homme l'effleurât jamais. Jamais, aussi longtemps qu'elle vivrait.

Une fois de plus le bruit d'une voiture roulant sur les pavés se fit entendre, et, de nouveau, Ambre se précipita à la fenêtre. Le carrosse descendait le long de la rue, oscillant de côté et d'autre. Le cocher tira les rênes et l'équipage s'arrêta devant la porte. Leste comme un singe, le valet de pied dégringola de son siège et s'empressa d'ouvrir la portière. Au bout d'un instant, Lord Carlton apparut, se tournant pour parler à quelqu'un de l'intérieur. Un autre domestique tenait une torche enflammée qui éclairait tout un côté du visage de Sa Seigneurie, projetant de grandes ombres sur la rue et les murs d'en face.

Ambre s'apprêtait à le saluer en se penchant au-dehors quand, à sa profonde horreur, elle aperçut une tête de femme à la portière du carrosse et eut la vision d'une très jolie figure, au teint blanc, qui riait sous une masse de cheveux roux. Bruce se pencha vers elle et on entendit le murmure de leurs voix. Au bout d'un instant, il se recula, se découvrit, le valet de pied referma la porte et la voiture s'ébranla. Tournant sur ses talons, Bruce disparut sous le porche.

Ambre se cramponnait à l'appui, prête à défaillir. D'un violent effort elle se redressa et se retourna lentement. Toute couleur avait disparu de son visage et son cœur battait violemment. Pendant quelques minutes elle resta ainsi, immobile, les yeux fixes, sans même voir Almsbury qui l'observait avec une sympathie pleine de compassion. Elle ferma les yeux et porta une main à son cœur.

À cet instant la porte s'ouvrit et Bruce entra.

V

L'air étonné, il s'arrêta, les regardant alternativement. Mais, avant qu'il ait eu le temps de prononcer une parole, Ambre éclata en sanglots et courut s'enfermer dans la chambre à coucher où elle se jeta sur le lit, après avoir violemment claqué la porte derrière elle.

Elle s'abandonna à toute l'étendue de son désespoir. Ce fut peut-être le moment le plus triste de sa vie : elle n'avait aucun désir de paraître brave et de se dominer. Souffrir en silence n'était pas dans son caractère. Voyant qu'il ne lui courait pas tout de suite après, ainsi qu'elle l'avait espéré, elle devint de plus en plus hystérique, jusqu'à en vomir, finalement.

Enfin elle entendit la porte s'ouvrir et le bruit de ses pas qui traversaient la pièce. Ses sanglots devinrent plus bruyants que jamais. « Oh ! se disait-elle avec véhémence, je voudrais être morte maintenant ! Il en aurait du chagrin. »

Une lueur éclaira la pièce : il allumait une paire de chandeliers. Elle l'entendit quitter son manteau et poser son chapeau. Puis il défit son épée, toujours sans rien dire. De guerre lasse elle leva la tête qu'elle avait enfouie dans ses bras, et le regarda. Elle avait les yeux rouges et gonflés, le visage tuméfié.

— Eh bien ! s'écria-t-elle d'un ton de défi.

— Bonsoir.

— C'est tout ce que vous trouvez à me dire ?

— Que pourrais-je trouver d'autre ?

— Vous pourriez au moins me dire avec qui vous étiez, et où vous êtes allé ?

Il défaisait sa cravate et dégrafait son pourpoint.

— C'est mon affaire, ne croyez-vous pas ?

Elle poussa un petit cri, comme si elle avait reçu un coup. Elle s'était donnée à lui si totalement, sans la moindre réserve, qu'elle en attendait autant de lui. À présent elle comprenait qu'il n'en était point ainsi. Ni sa vie, ni ses habitudes n'étaient changées ; elle comptait à peine pour lui.

— Oh ! fit-elle à voix basse en détournant les yeux.

Durant un instant il l'observa en silence, puis, soudain, il s'approcha et s'assit sur le lit.

— Je m'excuse, Ambre, je ne voulais pas être impoli. Et je suis désolé d'avoir été obligé de vous quitter, d'avoir gâté la soirée dont vous vous promettiez tant de plaisir depuis si longtemps. Mais, réellement, ce sont des affaires sérieuses qui m'ont appelé au loin...

Elle le regarda d'un air sceptique, de grosses larmes roulant sur sa robe de satin.

— Des affaires, vraiment ! Quel est donc le genre d'affaires que traite un homme avec une femme ?

Il sourit, le regard tendre et légèrement amusé. Elle avait toujours – et cela la mettait fort mal à l'aise – le sentiment qu'il ne la prenait pas au sérieux.

— Plus que vous ne croyez, et je vais vous expliquer pourquoi : le roi ne peut réellement pas satisfaire ou récompenser tous ceux qui lui ont été fidèles, il lui faut faire un choix parmi des milliers de requêtes, toutes aussi intéressantes les unes que les autres. Je ne crois pas qu'une femme – ou n'importe qui d'autre – puisse jamais persuader Sa Majesté de faire quelque chose qui ne lui convienne pas, mais du moment qu'il s'agit de choisir entre plusieurs choses qu'il aimerait faire, eh bien ! à ce moment-là, la femme qui est auprès de lui peut fort bien agir sur lui. En ce moment, personne n'a plus d'influence sur le roi qu'une jeune femme appelée Barbara Palmer, et elle a été assez bonne pour faire jouer cette influence à mon profit...

Barbara Palmer !

Un affreux sentiment de défaite l'envahit soudain, car, bien sûr, une femme capable de charmer un roi devait posséder un pouvoir surnaturel de séduction. Toute confiance l'abandonna, vaincue et subjuguée par la croyance superstitieuse qu'un Roi et tout son entourage étaient doués de vertus quasi divines. Elle enfouit sa tête dans ses mains.

— Oh ! Ambre, mon cœur, je vous en prie, ce n'est pas aussi grave que cela ! Elle passait par ici et, voyant ma voiture, a fait demander si j'étais à l'auberge. J'aurais été un idiot de refuser. Elle m'a aidé à obtenir ce que je désirais plus que tout au monde.

— Quoi ? Vos terres ?

— Non. Elles ont été vendues. Je ne pourrai les ravoir qu'en les rachetant à leur propriétaire actuel, et je ne crois pas que je le fasse. Mais elle m'a aidé à convaincre le roi et son frère d'organiser une expédition avec moi. Ils m'allouent tous deux quelques milliers de livres ; j'ai eu ma lettre de cachet hier.

— Qu'est-ce que c'est ?

— Une lettre du roi, autorisant le porteur à saisir les vaisseaux et les cargos des autres nations. Dans ce cas, je peux m'emparer de bateaux espagnols faisant voile vers l'Amérique.

Sa crainte et sa jalousie envers Barbara Palmer s'évanouirent.

— Vous n'allez pas partir sur mer ?

— Si, Ambre. J'ai acheté deux bateaux pour mon compte. Et, avec l'argent que je recevrai du roi et du duc d'York, je pourrai en acquérir trois autres. Sitôt qu'ils seront équipés et que les hommes auront signé leur engagement, je mettrai la voile.

— Oh ! Bruce, vous ne pouvez pas partir, ce n'est pas possible !

Une expression d'impatience passa sur son visage.

— Je vous ai dit, à Heathstone, que je ne resterais pas longtemps à Londres. J'en ai encore pour deux mois, un peu plus peut-être, mais sitôt que je le pourrai, je m'en irai.

— Mais pourquoi ? Pourquoi ne demandez-vous pas un... une... j'ai oublié comment Almsbury l'appelle... enfin de l'argent pour avoir aidé Sa Majesté à chausser ses bottes ?

Il se mit à rire, mais elle restait très sérieuse.

— C'est que, voyez-vous, je ne désire pas obtenir ces choses « dont-vous-avez-oublié-le-nom ». J'ai besoin d'argent, mais je veux le gagner par mes propres moyens. Et ramper sur le ventre le restant de mes jours n'a rien qui me tente.

— Alors, emmenez-moi. Oh ! je vous en prie. Bruce. Je ne vous dérangerai pas, emmenez-moi, s'il vous plaît !

— Je ne peux pas, Ambre. La vie à bord est assez dure déjà pour un homme – la nourriture y est exécrable –, il fait froid, on y est très mal et il n'y a pas moyen de s'en aller quand on en a assez. Et si vous vous imaginez que vous ne causerez pas de dérangement – il sourit et ses yeux la toisèrent de manière significative. Non, ma chère, inutile d'en parler.

— Mais que deviendrai-je ? Que ferai-je quand vous serez parti ? Oh ! Bruce, je mourrai sans vous !

Elle le regardait d'un air pitoyable et se cramponna à son bras, aussi désemparée qu'un petit chien abandonné.

— C'est exactement ce que je vous ai demandé quand vous avez insisté pour venir à Londres avec moi. L'avez-vous oublié ? Écoutez-moi, Ambre. Vous n'avez qu'une chose à faire, retourner le plus vite possible à Marygreen. Je vous donnerai autant d'argent que je le pourrai. Nous imaginerons une histoire quelconque à raconter à votre oncle et à votre tante ; je sais que ce ne sera pas très agréable pour vous, mais, même dans un village, une bonne somme d'argent entraîne le respect. Et, au bout d'un certain temps, les bavardages cesseront, vous pourrez vous marier, attendez, laissez-moi finir. Je sais que je suis à blâmer de vous avoir emmenée ici, et je ne prétends pas que mes motifs étaient nobles. Je n'ai pas pensé à vous, ni à ce qu'il adviendrait de vous et, à parler franc, je m'en souciais fort peu. Mais j'ai changé et je ne voudrais pas vous faire plus de mal. Vous êtes jeune, innocente et belle ; tout cela, ajouté à votre enthousiasme pour la vie, risque de causer votre perte. Je ne plaisantais pas quand je disais que Londres dévore les jolies filles, la ville est pleine de brigands et d'aventuriers de toute espèce. Vous serez happée en moins d'une minute. Croyez-moi, je sais ce que je dis : rentrez chez vous, dans le cadre auquel vous appartenez.

Les yeux d'Ambre brillaient de colère et elle leva le menton pour lui répondre :

— Je ne suis pas si innocente que cela, Milord. Je vous garantis que je peux veiller sur mes intérêts aussi bien que n'importe qui ! Et ne croyez pas non plus que je ne voie pas où vous voulez en venir. Vous en avez assez de moi, maintenant que la maîtresse du roi vous a fait de l'œil, et vous cherchez à m'abuser par quelque vague histoire, afin que je rentre chez moi ! Eh bien ! vous ne savez pas ce que vous dites ! Oncle Matt ne me laisserait pas rentrer chez lui, avec ou sans argent. Le garde champêtre me mettrait probablement au pilori et tout le village se moquerait de moi et...

Elle s'interrompit et fondit en larmes.

— Je ne veux pas. Je ne veux pas rentrer à la maison !

Il la prit dans ses bras.

— Ambre, mon cœur, ne pleurez pas. Je me moque de Barbara Palmer comme de ma première culotte, je vous le jure. Et je disais la vérité en vous conseillant de partir, pour votre bien. Je suis toujours de cet avis. Mais ce n'est pas parce que je suis lassé de vous. Vous êtes adorable, plus désirable même que vous ne pouvez le savoir. Dieu ! quel est l'homme qui se lasserait de vous !...

Sous la caresse de ses doigts, les sanglots d'Ambre s'apaisèrent peu à peu, une douce chaleur l'envahit, et elle ronronna comme une chatte :

— Vous n'avez pas assez de moi, Bruce ? Je peux rester avec vous !

— Si vous le désirez, mais je n'en pense pas moins...

— Oh ! ne le dites pas. Cela m'est égal ! Peu importe ce qui m'arrivera, du moment que je reste avec vous.

Il l'embrassa légèrement et continua de se déshabiller, tandis qu'à demi agenouillée elle l'observait d'un air admiratif. Il était magnifiquement bâti, poitrine large, épaules carrées, des hanches étroites et de belles jambes, bien musclées. Il avait la peau tannée, le torse bronzé par le soleil. Chacun de ses gestes avait la grâce souple et aisée d'un animal nonchalant, et cependant alerte et vif.

Traversant la chambre, il éteignit les chandelles. Et soudain Ambre n'y put tenir davantage :

— Bruce, avez-vous fait l'amour avec elle ?

Il ne répondit pas, mais lui lança un regard mi-irrité, indiquant qu'il considérait la question comme superflue, puis, se penchant, souffla sur la dernière bougie.

Depuis le début, Ambre craignait et espérait à la fois devenir enceinte. Elle le désirait afin que son amour pour lui atteignît sa plénitude, mais le redoutait également, car elle savait qu'il ne l'épouserait pas et tous ses souvenirs lui rappelaient qu'une femme donnant le jour à un bâtard était fort mal traitée par la communauté. Deux ans auparavant à Marygreen, la fille d'un paysan, devenue grosse, avait été incapable – ou avait refusé – de dire le nom de son séducteur, si bien que la malveillance publique l'avait obligée à quitter le village. Ambre s'en souvenait fort bien car l'événement avait fait le sujet de nombreuses conversations passionnantes parmi la jeunesse scandalisée, et elle ne s'était montrée ni moins méprisante, ni moins railleuse que les autres.

Et maintenant, pareil accident pouvait lui arriver !

Elle n'ignorait pas quels étaient les premiers symptômes d'une grossesse, ayant assez souvent discuté le sujet avec ses amies mariées et observé Sarah qui avait eu quatre enfants depuis qu'elle était en âge de comprendre ce qui se passait. Vers la fin juin, après plus de deux mois de séjour à Londres, elle n'avait aucune raison de se croire enceinte. Aussi, pour mettre fin à ses perplexités, se décida-t-elle à consulter un astrologue.

Ce n'était pas chose bien difficile, car il y en avait autant dans la ville que de mouches chez un rôtisseur et, un beau jour, elle se mit en route dans l'équipage de Bruce, afin d'aller écouter l'arrêt du destin chez un certain Mr. Chout. Du fond de sa voiture elle regardait attentivement la rue, et sitôt qu'elle aperçut une enseigne portant un croissant de lune, six étoiles et une main, elle fit arrêter le carrosse et envoya le valet de pied frapper à la porte. L'astrologue, qui guettait à sa fenêtre, sortit en personne pour l'inviter à entrer.

L'homme n'avait réellement rien de mystique avec sa grosse face rouge, son nez piqueté de points noirs, et il dégageait une violente odeur de moisi. Mais il la salua avec tant d'obséquiosité, s'inclinant devant elle comme devant une duchesse de sang royal, que sa confiance en fut accrue.

Le valet de pied la suivit et attendit dans l'antichambre, tandis qu'elle et Mr. Chout se retiraient dans un cabinet privé. La pièce était sale et sentait tout aussi mauvais que son propriétaire. Ambre jeta un coup d'œil méfiant sur la chaise qui lui était offerte. Il prit place en face d'elle et se mit à parler du retour des Stuart et de sa propre loyauté royaliste. Tout en causant, il frottait l'une contre l'autre ses mains malpropres et la déshabillait du regard, comme pour pénétrer ses secrets. Enfin, tel un docteur qui a suffisamment distrait son malade, il lui demanda ce qu'elle désirait savoir.

— Je voudrais connaître mon avenir.

— Très bien, Madame. Vous êtes tombée sur l'homme qu'il vous faut. Mais auparavant il y a quelques petites choses que je désire savoir.

Ambre craignait de se voir poser des questions embarrassantes, mais il se contenta de lui demander la date et l'heure de sa naissance, ainsi que le lieu où elle était née. Après quoi il consulta divers grimoires, se perdit dans la contemplation d'une boule de cristal qui se trouvait sur la table, examina la paume des mains de sa cliente, et hocha gravement la tête. Pendant tout ce temps, elle ne cessait de l'observer d'un œil anxieux, tout en caressant distraitement un gros chat gris qui se frottait contre ses jupes.

— Madame, dit-il enfin, votre avenir est extrêmement intéressant. Vous êtes née sous le signe de Vénus, conjugué avec celui de Mars, dans la cinquième division.

Ambre enregistra le fait, avec respect, trop impressionnée pour se demander ce que cela signifiait. Puis, au moment où elle ouvrait la bouche pour s'en informer, il poursuivit :

— C'est pourquoi vous avez, Madame, une prédisposition particulière aux affections par trop ardentes, et de trop impulsives attirances vers le sexe opposé. Ce qui risque, Madame, de vous causez des ennuis sérieux. Vous êtes également trop encline à vous abandonner à la jouissance des plaisirs de ce monde, et en subirez les inconvénients.

Ambre, pensive, poussa un léger petit soupir.

— Ne voyez-vous rien de bon à me dire ?

— Oh ! parfaitement, Madame, parfaitement, j'y arrive. Je vous vois en possession d'une grande fortune, Madame, d'une très grande fortune.

La vue de ses vêtements et de son carrosse lui faisait supposer qu'il s'adressait à une personne fort aisée.

— Non, vraiment ? s'écria Ambre ravie. Et que voyez-vous encore ?

— Je vois de la jalousie et de la discorde. Mais, ajouta-t-il hâtivement, comme pour prévenir une protestation, je vois aussi que les sextiles de Vénus, à Neptune et Uranus, vous accordent un magnétisme considérable, nul homme ne vous résistera.

— Ohhh ! soupira Ambre, la respiration coupée. Ciel ! Et quoi encore ? Aurai-je des enfants ?

— Permettez-moi de voir encore vos mains, Madame. Oui, vraiment, une fort belle exposition, ligne de richesse très développée. Les roues de la fortune sont larges. Ces intervalles indiquent le nombre d'enfants. Vous en aurez – laissez-moi compter – plusieurs. Sept, je pense, à peu de chose près.

— Et quand aurai-je le premier ? Bientôt ?

— Oui ! Je le crois. D'ici très peu de temps.

D'un regard scrutateur il examinait sa taille, qui n'avait rien de révélateur.

— C'est-à-dire, reprit-il prudemment, dans un temps raisonnable. Vous me comprenez, Madame.

— Et quand me marierai-je, bientôt aussi ?

Sa voix et ses yeux étaient implorants.

— Laissez-moi voir. Humm ! laissez-moi voir. Voyons, qu'avez-vous rêvé l'autre nuit. Il n'est rien de tel que de consulter les rêves pour savoir si une femme se mariera bientôt.

Ambre fronça les sourcils, cherchant à rassembler ses souvenirs. Elle n'en retrouva aucun, si ce n'est qu'elle avait rêvé du pain d'épices qu'elle faisait souvent pour Sarah, surtout après les deux foires annuelles. Néanmoins Mr. Chout se déclara satisfait.

— C'est très important, Madame. Très important. Rêver de pain d'épices signifie toujours mariage.

— Épouserai-je l'homme que j'aime ?

— En vérité, Madame, je ne puis l'affirmer.

Mais devant l'expression d'Ambre, il se hâta d'adoucir son arrêt :

— Bien sûr, Madame, vous l'épouserez quelque jour – pas aujourd'hui, ni demain peut-être – mais quelque jour. Ces lignes indiquent les maris. Vous en aurez – laissez-moi voir – environ une demi-douzaine !

— Une demi-douzaine. Mais je n'en veux pas autant ! Je n'en désire qu'un seul !

Elle retira sa main avec un léger sentiment de dégoût, car il la serrait un peu trop fort. Mais il n'en avait pas fini :

— Une chose encore, si vous me permettez d'être franc avec vous. Je vois, Madame, que vous aurez un jour plus de cent adorateurs !

Ses yeux avides l'observaient avec une gourmande obscénité, prenant un plaisir sadique à voir la rougeur qui envahissait ses joues et son cou.

— Cent au moins !

Ambre eut un petit rire excité. Cet homme la mettait mal à son aise, elle souhaitait s'en aller : elle avait peine à respirer et, bien qu'il ne se fût pas rapproché, elle se sentait oppressée par sa présence.

— Une centaine d'adorateurs ! s'écria-t-elle, essayant de paraître citadine et naturelle. En vérité ! un seul me suffit ! Est-ce là tout, Mr. Chout ?

Elle se leva.

— N'est-ce pas suffisant, Madame ? Je n'en découvre pas souvent autant, permettez-moi de vous le dire. C'est dix shillings !

Ambre sortit une douzaine de pièces de son manchon et les posa sur la table. Le vaste sourire de l'astrologue lui fit supposer qu'elle était généreuse. Mais elle ne s'en inquiéta pas. Bruce lui donnait toujours une poignée de monnaie à dépenser, et quand le tas diminuait, il en sortait un autre. Dix shillings en tant que somme ne signifiaient rien pour elle.

« Je vais avoir un bébé, j'épouserai Bruce et je serai riche ! » se disait-elle, exultante, tout en rentrant chez elle.

Cette nuit elle demanda à Bruce ce que c'était que la planète Vénus, sans toutefois lui parler de sa visite, préférant attendre qu'il en sortît quelque chose de plus précis. Mais peut-être devina-t-il.

— C'est une étoile, appelée Vénus, du nom de la déesse de l'Amour chez les Romains. Elle est censée contrôler la destinée de ceux qui sont nés sous son signe. Ces êtres sont, prétend-on, beaux, désirables, et généralement dominés par leurs sentiments, si vous croyez à ce genre de stupidités.

Il lui souriait, car le visage d'Ambre exprimait une véritable déception en présence de ce jugement incrédule.

— Vous n'y croyez pas ?

— Non, mon cœur. Je n'y crois pas.

— Bon !

Les poings sur les hanches, elle rejeta d'un mouvement brusque ses boucles dorées.

— Un jour je vous rappellerai cette phrase. Attendez un peu.

Mais, dans les jours qui suivirent, rien ne parut justifier les prédictions de Mr. Chout. Et la vie continua son cours normal.

La plupart du temps Bruce était loin de chez lui, à Groom Porter's Lodge, où les jeunes nobles se réunissaient pour jouer aux cartes ou aux dés, à moins qu'il ne surveillât l'équipement et chargement de ses bateaux. Souvent aussi, elle le savait, il se rendait à des bals ou à des soupers de la Cour, à moins que ce ne fût chez des amis. Et, bien qu'elle songeât souvent qu'il serait merveilleux de pouvoir l'accompagner, il ne le lui demanda jamais et elle n'osa pas davantage lui en parler. Car elle avait vivement conscience de l'abîme qui séparait leurs deux positions sociales ; durant ces longues heures d'attente, elle se sentait solitaire, triste et jalouse. Elle avait une crainte morbide de Barbara Palmer et des autres femmes lui ressemblant.

Almsbury venait souvent les voir et, quand Bruce n'était pas là, il emmenait la jeune fille pour la faire sortir un peu.

Un jour ils allèrent voir une chasse aux taureaux de l'autre côté de la rivière, à Southwark. Ambre, penchée à la portière, contempla avec horreur les têtes, battues des vents – de vingt à trente, au moins – exposées sur le pont de Londres, au bout de pieux dressés comme une hallucinante armée de cure-dents reflétés dans une glace. Une autre fois il la conduisit à un tournoi d'escrime au cours duquel l'un des antagonistes perdit une oreille, qui tomba sur les genoux d'une spectatrice.

Ils allaient souper dans les tavernes à la mode et deux ou trois fois il l'emmena au théâtre. Elle ne faisait pas plus attention à la pièce que le reste des spectateurs, beaucoup trop intéressée, en dépit de ses dénégations, par la sensation qu'elle causait au parterre. Deux ou trois jeunes gens s'approchèrent d'Almsbury, qui ne put moins faire que de les lui présenter et certains lui firent des propositions outrageantes. Almsbury prit sa défense avec dignité, leur affirmant qu'elle n'était pas une femme légère, mais une personne de qualité, fort vertueuse. Ambre, honteuse de son accent campagnard, espérait qu'ils la prendraient pour une grande dame royaliste, ayant vécu retirée chez des parents durant la période parlementaire et revenue depuis peu à la Cour.

Mais l'événement le plus marquant fut, pour elle, sa visite à Whitehall.

Whitehall se trouvait à l'ouest, dans la boucle même de la rivière, après la Cité. C'était une masse très étendue de bâtiments en briques rouges, dans le vieux style des Tudor, sillonnée de galeries et possédant des douzaines d'appartements séparés, donnant les uns dans les autres, comme un véritable labyrinthe, ou un monstrueux terrier de lapins. La famille royale y habitait, avec toute sa suite et ses courtisans. Le palais donnait directement sur l'eau, si près qu'à marée haute les cuisines étaient souvent inondées. Et, dans le bas, passait la vilaine petite rue sale de King Street, flanquée d'un côté par la partie du palais appelée « Cockpit » et de l'autre par les murs du jardin privé.

Whitehall était ouvert à tous les visiteurs. Tous ceux qui avaient été présentés à la Cour, ou qui accompagnaient quelqu'un ayant ses entrées, passaient à travers les insouciants postes de garde. Aussi, quand Ambre et Almsbury parvinrent dans la « Stone Gallery », celle-ci était remplie d'une foule si dense que le passage en était presque impraticable.

Cette galerie constituait l'artère principale de la Cour – un long couloir d'environ quatre cents pieds de long sur quinze de large ; les murs étaient ornés de quelques-unes des toiles magnifiques collectionnées par Charles Ier et que son fils essayait de rassembler : tableaux de Raphaël, du

Titien, du Guide. Toutes les portes conduisant aux appartements royaux étaient masquées par des draperies de velours écarlate et des lanciers de la Garde posés devant chacune d'elles. La foule était un assortiment bigarré de dames en robes de satin, de jeunes freluquets oisifs et languissants, d'hommes d'affaires pressés, se hâtant avec l'air de résoudre les problèmes les plus ardus, de soldats en uniformes, de gentilshommes campagnards, accompagnés de leurs épouses. Ambre reconnaissait aisément ces dernières, car elles portaient des toilettes visiblement démodées, et les hommes des bottes dont pas un gentleman n'eût voulu, même pour monter à cheval, ainsi que de larges chapeaux, genre puritain. Ambre méprisait ces provinciaux, heureuse que son propre costume ne trahît pas son origine.

Néanmoins, elle n'avait pas grande confiance en elle :

— Ciel ! murmura-t-elle à l'oreille d'Almsbury, en ouvrant des yeux tout ronds, que toutes ces dames sont belles !

— Il n'y en a pas une, dit le comte, qui soit à moitié aussi jolie que vous.

Elle le gratifia d'un brillant sourire de reconnaissance et glissa son bras sous le sien. Ils étaient devenus grands amis, et bien qu'il ne lui eût plus jamais redemandé de coucher avec lui, il lui avait dit que, si jamais elle avait besoin d'argent, il serait trop heureux de l'aider. Elle avait le sentiment qu'il était épris d'elle.

Et soudain, un incident était survenu. Un frisson d'excitation avait passé le long de la galerie, faisant se tourner toutes les têtes y compris celles d'Ambre et du comte.

— Voici Mrs. Palmer !

Ambre avait regardé, comme tout le monde. Et elle avait vu, s'avançant vers elle, tandis que des gens dégageaient le passage et lui frayaient un chemin, une magnifique créature, aux cheveux roux, et au teint blanc. Une dame d'honneur, deux pages et un petit nègre la suivaient. Hautaine et arrogante, elle marchait tête haute, ne voyant personne, tout en étant parfaitement consciente de la sensation qu'elle causait. Les yeux d'Ambre brillèrent de rage et de jalousie, et son cœur se mit à battre si fort qu'elle crut en suffoquer. Elle avait une peur maladive que Mrs. Palmer ne vît Almsbury – qui était en relation avec elle – et s'arrêtât. Mais celle-ci n'en fit rien et passa, sans un regard.

— Oh ! je la hais !

Ces mots lui échappèrent avec une soudaine violence.

— Mon cœur ! lui dit Almsbury, vous apprendrez un jour qu'il est matériellement impossible de haïr toute femme à laquelle un homme fait la cour. C'est à votre détriment, et voilà tout.

Mais Ambre ne voulait ni ne désirait accepter la philosophie de Sa Grâce.

— Peu m'importe ! fit-elle avec obstination, je la hais ! j'espère qu'elle attrapera la vérole.

— Elle n'y manquera pas, certainement !

Après quoi ils allèrent à la salle des banquets, pour assister au déjeuner du roi, qui avait en général lieu à une heure, les mercredis, vendredis, et dimanches. Les galeries étaient pleines de gens qui désiraient le voir passer, mais il ne vint pas, et tous durent s'en retourner, désappointés. Ambre avait été beaucoup plus impressionnée le jour où elle avait vu Charles faire son entrée dans Londres. Elle le considérait comme le plus bel homme de l'Angleterre, après Bruce.

Vers le 1er août, Ambre se rendit compte qu'elle était enceinte. D'abord parce qu'elle en éprouvait les premiers symptômes, surtout parce qu'elle y pensait toujours. Depuis quinze jours, elle comptait sur ses doigts et rien n'apparaissait. Puis elle commença de ressentir des picotements dans les seins. Elle désirait beaucoup en parler à Bruce, mais elle le redoutait aussi, car elle devinait qu'il n'en serait pas enchanté.

Il se levait tous les matins de très bonne heure, sans égards à l'heure tardive à laquelle il était rentré. Ambre enfilait sa robe de chambre et bavardait avec lui jusqu'à son départ ; après quoi, elle retournait dormir. Ce matin-là, elle était assise au pied du lit, balançant ses pieds nus et passant un peigne d'écaille dans ses boucles emmêlées. Bruce se tenait auprès d'elle, n'ayant que sa culotte et ses bottes ; il se rasait, brandissant un rasoir bien aiguisé.

Aucun des deux ne parlait ; Ambre l'observait. Chaque fois qu'elle ouvrait la bouche, son cœur battait et le courage lui manquait. Tout à coup, brusquement, elle dit d'un trait :

— Bruce, qu'arriverait-il si j'attendais un enfant ?

Il eut un sursaut involontaire et se coupa ; une goutte de sang rouge apparut au bout de son menton. Puis il se retourna :

— Pourquoi dites-vous cela ? Le croyez-vous ?

— Oh ! n'avez-vous rien remarqué ?

Elle se sentait singulièrement embarrassée.

— Remarqué quoi ? Oh ! je n'y pense même pas !

Il fronça les sourcils et, bien que cette mauvaise humeur ne lui fût pas adressée, elle se sentit soudain étrangement seule. Il appliquait soigneusement une goutte de liquide astringent sur sa coupure.

— Jésus ! marmotta-t-il.

— Oh ! Bruce !

Sautant à bas du lit, elle courut à lui.

— Je vous en prie, ne soyez pas fâché contre moi !

Il avait recommencé à se raser :

— Fâché contre vous ? C'est ma faute. Je voulais être prudent, et puis, je l'ai oublié !

Ambre le regarda, perplexe. De quoi parlait-il ? Elle avait entendu dire, à Marygreen, que l'on pouvait éviter d'être enceinte en crachant trois fois dans la bouche d'une grenouille ou en avalant de l'urine de mouton, mais Sarah l'avait mise en garde contre de telles pratiques.

— Vous avez oublié quoi ?

— Rien qui vaille la peine de s'en souvenir à présent.

Il s'essuya le visage, lança la serviette par-dessus la table et enfila le reste de ses vêtements.

— Mon Dieu ! Ambre, je suis désolé ! C'est une fichue histoire !

Elle resta silencieuse un moment, puis finalement :

— Vous n'aimez pas les bébés ? demanda-t-elle.

Elle posa cette question d'un air si naïf, regardant avec une expression si triste et si pensive, qu'il la prit dans ses bras et la serra contre lui, tout en lui caressant tendrement les cheveux :

— Si, mon cœur, bien sûr je les aime.

Ses lèvres effleuraient son front, mais il avait l'air soucieux et légèrement irrité.

— Qu'allons-nous faire ? interrogea-t-elle enfin.

Pelotonnée contre lui, elle se sentait bien au chaud, heureuse et en sécurité : le problème s'était évaporé. Car, bien qu'il lui eût affirmé qu'il ne l'épouserait jamais et qu'elle l'eût cru tout d'abord, elle était à présent persuadée qu'il s'exécuterait. Et pourquoi pas ? Ils s'aimaient et étaient heureux ensemble. Durant ces quelques semaines de vie commune, elle avait à peu près oublié qu'il était un Lord et elle la nièce d'un fermier. Ce qui paraissait pour ainsi dire absurde auparavant prenait un air quasi naturel, logique.

La laissant aller, il commença de parler, les bras pendants, la fixant du regard dur et impitoyable de ses yeux verts. Sans aucun doute, il pensait tout ce qu'il disait.

— Je ne vous épouserai pas, Ambre. Je vous l'ai dit dès le début, jamais je n'ai prononcé une parole qui pût vous faire croire le contraire. Je suis désolé de ce qui vient d'arriver, mais vous saviez que c'était possible, probable même. Et, souvenez-vous – c'est vous qui avez voulu venir à Londres, pas moi. Je ne veux pas vous abandonner : je ferai tout ce qui sera en mon pouvoir pour vous faciliter la chose, tout ce qui ne contrecarrera pas mes projets. Je vous donnerai assez d'argent pour votre entretien et celui du bébé. Si vous ne voulez pas rentrer à Marygreen, le mieux sera d'aller trouver une de ces femmes qui, ici à Londres, s'occupent des femmes enceintes et de leur accouchement. Certains de ces endroits sont très confortables, et personne ne s'y inquiétera de savoir où est votre mari. Une fois remise, vous ferez ce que vous voudrez. Avec quelques centaines de livres en bon argent comptant, une aussi jolie femme que vous peut fort bien se débrouiller à épouser un gentilhomme campagnard, ou même un noble, si vous êtes assez maligne...

Ambre le contemplait d'un œil fixe. Une colère folle montait en elle, tout l'orgueil et la joie qu'elle avait éprouvés à l'idée de lui donner un enfant firent place à la douleur et à l'amour-propre outragé. Le son de sa voix la rendait enragée, parler avec cette froideur, comme si le fait d'aimer un homme et d'avoir un enfant de lui pouvait se régler par des comptes et de l'argent, comme l'équipement d'un bateau. Elle en venait presque à le haïr.

— Ah ! cria-t-elle, vous allez me donner assez d'argent pour que je puisse pêcher un noble, si je suis assez maligne. Eh bien ! je n'en veux pas de votre noble ! Ni de votre argent. Quant au reste, je ne veux pas non plus de votre enfant ! Je regrette de tout mon cœur de vous avoir jamais rencontré. J'espère que vous allez partir, et que je ne vous reverrai jamais. Je vous déteste ! Oh !

Se couvrant le visage de ses deux mains, elle fondit en larmes.

Bruce la considéra un instant en silence, puis, mettant

son chapeau, il sortit de la pièce. Ambre leva la tête et courut après lui.

— Où allez-vous ?

— Au port.

— Reviendrez-vous ce soir ? Revenez, je vous en prie. Ne me laissez pas seule.

— Oui ! j'essaierai de rentrer plus tôt, Ambre.

Sa voix avait repris une intonation chaude, douce, tendre et caressante.

— Je sais que c'est dur pour vous et je suis réellement désolé de ce qui est arrivé. Mais ce sera vite passé, plus vite que vous ne croyez, et vous ne vous en porterez pas plus mal. Il n'y a vraiment rien de tragique pour une femme dans le fait d'avoir un bébé.

— Rien de tragique pour un homme, non. Vous vous en irez et vous oublierez tout. Mais moi, je ne peux m'en aller ! je ne peux pas l'oublier ! Jamais je ne pourrai l'oublier. Rien ne sera plus la même chose pour moi ! Oh ! le diable emporte les hommes !

À mesure que les jours passaient, ses derniers doutes s'évanouissaient : elle était bien réellement enceinte.

Moins d'une semaine après cette conversation, elle commença d'avoir des nausées à son réveil. Triste et maussade, elle pleurait pour un oui ou pour un non, sans raison même. Bruce rentrait de plus en plus tard et ils se disputaient souvent. Elle savait que sa mauvaise humeur l'écartait de la maison, mais ne parvenait pas à se dominer. Elle savait aussi que rien de ce qu'elle disait ne le ferait changer d'avis. Et, un jour qu'il était parti pour tout un jour et une nuit – ne devant rentrer que le lendemain soir – elle comprit qu'il lui fallait cesser immédiatement ces scènes, sous peine de le perdre avant même son départ. Ne pouvant envisager cette pensée, car elle l'aimait toujours, Ambre fit un énorme effort pour redevenir gaie et charmante quand ils étaient ensemble.

Mais seule, elle n'était pas plus réconciliée avec la vie, et les heures lui semblaient interminables, à traîner nonchalamment dans la maison en s'apitoyant sur elle-même. Ce grand Londres dans lequel, quatre mois auparavant, elle avait débarqué avec tant de brillants espoirs, lui paraissait à présent un endroit odieux, plein de tristesse. Elle n'avait pas la moindre idée de ce qu'elle ferait quand Bruce serait parti, et refusait même d'en parler avec lui, repoussant ces pensées loin de son esprit. Quand ce jour viendrait, ce serait la fin du monde pour elle, ce qui arriverait ensuite lui était égal.

En une chaude fin de matinée de mi-août, Ambre était dans la cour, en train de jouer avec de petits chiens nés un mois plus tôt. Agenouillée sur le pavé, à l'ombre moirée d'un prunier chargé de fruits, elle riait et tenait deux chiots dans ses bras, tandis que la mère, très fière, remuait la queue et surveillait sa progéniture. Levant les yeux, elle vit soudain Bruce qui la regardait, accoudé au balcon de leur chambre à coucher.

Il était parti quelques heures plus tôt, et elle ne l'attendait pas avant le soir. Son premier mouvement fut une réaction joyeuse, et elle lui fit gaiement signe, tout en se relevant. Puis une crainte sourde s'insinua lentement en elle, croissant de minute en minute, si bien qu'en arrivant au bas des escaliers, elle leva les yeux et rencontra les siens. Aussitôt elle comprit. Il partait le jour même !

— Qu'y a-t-il, Bruce ? demanda-t-elle plaintivement, comme pour écarter la réponse.

— Les vents ont changé. Nous mettons à la voile dans une heure !

— À la voile ! Dans une heure ! mais vous disiez la nuit dernière que ce ne serait pas avant longtemps.

— Je le croyais. Mais nous sommes prêts plus tôt que je ne le pensais, et nous n'attendons plus rien.

Comme elle restait immobile, sur place, il se détourna et

rentra dans la chambre ; elle le suivit. Sur la table se trouvait une petite malle cloutée, à demi pleine, tandis que l'armoire où il rangeait ses affaires était grande ouverte et vide. Prenant une pile de chemises d'un tiroir, il les déposa dans la malle et, ce faisant, se mit à lui parler.

— Je n'ai pas beaucoup de temps, aussi écoutez bien ce que j'ai à vous dire. Je vous laisse les chevaux et la voiture. Le cocher gagne six livres par an, plus sa livrée, et le valet de pied trois, mais ne les réglez pas avant mai prochain, sinon ils risquent de vous planter là. J'ai payé toutes les factures, les reçus sont dans le tiroir de la table. De même les noms et les adresses des deux femmes qui peuvent prendre soin de vous quand le moment sera venu ; demandez-leur ce que cela vous coûtera avant d'entrer. Ne donnez pas plus de trente ou quarante livres, tout compris.

Et comme Ambre le regardait, horrifiée de ce ton impersonnel et brusque, il ferma le couvercle de sa malle et se dirigea rapidement dans l'autre pièce, d'où il fit un signe à quelqu'un attendant, évidemment, dans l'entrée. Il revint presque immédiatement, suivi d'un grand gaillard à la mine patibulaire, un bandeau sur l'œil, qui chargea le colis sur ses épaules et sortit. Ambre regardait toujours, cherchant ce qu'elle pourrait dire ou faire pour le retenir, mais rien ne lui venait à l'esprit.

De son pourpoint, Bruce sortit alors une lourde bourse de cuir, fermée par des cordons, et la lança sur la table.

— Voici cinq cents livres. C'est suffisant pour subvenir à votre entretien et à celui de l'enfant pendant quelques années, si besoin en est. Mais je vous conseille de les déposer chez un orfèvre. Je voulais le faire pour vous, mais je n'en ai pas le temps. Shadrac Newbold est parfaitement recommandable, et il vous donnera six pour cent d'intérêt si vous placez à vingt jours, et trois et demi sur retrait immédiat. Il habite au *Chardon et à la Couronne* à Cheapside ; son nom est inscrit sur ce papier. Mais n'ayez confiance en personne d'autre – surtout pas en une servante, si vous en prenez une à votre service, ni aucune personne étrangère, si agréable qu'elle puisse vous paraître. Et maintenant – il prit son manteau – il faut que je parte.

Il parlait rapidement, sans lui permettre la moindre interruption ; visiblement, il avait hâte de s'en aller avant l'inévitable crise de larmes. Mais il n'avait pas fait trois pas qu'elle lui barrait la route.

— Bruce ! vous ne m'embrassez même pas ?

Il hésita une seconde, puis l'entoura de ses bras avec une brusque ardeur qui dénotait sa répugnance à la quitter. Ambre se cramponna à lui, les doigts crispés sur son bras, comme pour le retenir, la bouche avidement tendue et le visage sillonné de larmes.

— Oh ! Bruce ! Ne partez pas ! Je vous en prie, je vous en prie, ne me quittez pas ! Je vous en prie, ne m'abandonnez pas...

Mais il desserra son étreinte :

— Ambre chérie – sa voix lui enjoignait gentiment d'obéir – je reviendrai, un jour, je vous reverrai...

Elle eut un cri, comme un animal blessé, et se débattit pour se raccrocher à son bras. Finalement il la prit par les deux poignets, leurs lèvres se rencontrèrent un bref instant, et, avant même qu'elle eût pu réaliser ce qui se passait, il était parti, faisant claquer la porte derrière lui.

Comme frappée de la foudre, elle resta les yeux fixés sur la porte close. Puis elle se précipita et la martela du poing :

— Bruce !

Mais elle s'arrêta net, envahie par un sentiment de désespoir total et, après être restée encore un moment debout, les yeux fixes, elle tomba lentement à genoux, la tête enfouie dans ses mains.

VI

Le duc d'York était accoudé à la cheminée, l'air maussade. Les mains dans ses poches, son gai visage empreint de mauvaise humeur, il contemplait fixement le parquet. À l'autre bout de la pièce, Charles, penché sur une table, examinait avec attention, posée sur une lampe à l'huile, une casserole d'étain dans laquelle macéraient une centaine d'herbes variées. Prenant une cuillère, il versa à trois reprises dans le mélange de l'angélique séchée, tournant soigneusement le tout.

Les deux frères se trouvaient dans le laboratoire de Sa Majesté, environnés de creusets et d'alambics, d'éprouvettes et de cornues. Il y avait des verres et des jarres de terre pleines de poudre, de pâtes, de liquides de diverses couleurs, d'huile. Des récipients en forme d'œufs, de toute dimension, garnissaient les étagères, des piles de livres, reliés en cuir frappé d'or, gisaient sur le plancher ou sur les tables. La chimie – qui ne s'était pas encore séparée de l'ancienne et maléfique science médiévale, l'alchimie – était une des passions du roi. Même au temps où il lui fallait mendier un repas, il ne résistait pas à distraire de ses maigres ressources de quoi alimenter tout nouvel imposteur qui lui était envoyé.

— Comment diable, dit Charles, tournant le mélange et sans lever les yeux, vous êtes-vous fourré dans cette galère ?

York poussa un profond soupir :

— Je voudrais bien le savoir ! Elle n'est même pas jolie ! Aussi laide qu'une vieille marchande à la toilette. Des yeux qui lui sortent de tête et un corps dans ce genre...

Sa main esquissa une silhouette qui n'avait rien de féminin.

Charles sourit :

— C'est peut-être cela qui vous a trompé. D'après mes observations personnelles, une jolie femme trouve rarement nécessaire d'être intelligente. Anne Hyde a de l'esprit, n'est-ce pas ?

Il paraissait amusé. James s'étira, fronçant les sourcils.

— Je ne sais vraiment pas ce qui m'a pris. Je ne devais pas être dans mon bon sens quand j'ai signé ce damné contrat de mariage ! Et de votre sang, encore. Assez pittoresque, James. Bon ! vous avez signé – vous avez eu la femme, elle est enceinte. Et maintenant ?

— Maintenant rien. J'espère ne jamais la revoir.

— Un contrat de mariage lie autant que la cérémonie elle-même James, vous le savez. Que vous le vouliez ou non, vous êtes marié avec elle. Et l'enfant qu'elle porte est vôtre ; il portera votre nom.

Quittant la cheminée, James traversa la pièce et contempla le mélange que tournait son frère.

— Pouah ! fit le duc, comme cela pue !

— C'est vrai ! admit Charles. Mais l'individu qui m'a vendu cette recette dit que c'est ce qui a été découvert de mieux contre la fièvre intermittente, et Londres et la fièvre, vous le savez, sont synonymes. Cet hiver vous serez bien content de venir m'en emprunter une dose.

Agité, mécontent, irrité, James se détourna. Au bout d'un instant il revint sur le sujet de son mariage :

— Je ne suis pas sûr, dit-il à voix basse, que vous avez absolument raison, Sire. Ce mioche n'est peut-être pas de moi, après tout.

— Qu'avez-vous entendu dire ?

James fit quelques pas vers lui, l'air sérieux, considérablement excité.

— Berkeley est venu me voir, il y a deux jours, et m'a raconté qu'Anne avait couché avec lui. Killigrew et Jermyn ont juré la même chose ensuite.

Charles regarda son frère pendant un long moment, étudiant son visage.

— Et vous les avez crus ?

— Évidemment ! déclara James avec chaleur. Ce sont mes meilleurs amis. Pourquoi ne les croirais-je pas ?

— Berkeley, Jermyn et Harry Killigrew. Les trois plus grands menteurs de toute l'Angleterre. Et pourquoi vous ont-ils raconté cela ? Parce qu'ils savaient que vous désiriez l'entendre. N'est-ce pas vrai ?

Les yeux de Charles se plissèrent légèrement et sa figure prit une expression rusée. Il comprenait parfaitement son frère, mieux même que celui-ci ne se connaissait.

James resta longtemps sans répondre ; finalement il dit lentement, mi-honteux :

— Oui, je crois que vous avez raison. Mais pourquoi prêterais-je à Anne Hyde plus de vertu qu'aux autres femmes ? Elles ont toutes un but...

— Et le sien était le mariage !

Le roi ôta sa casserole du feu et souffla la lampe. Puis il s'empara de son pourpoint, suspendu à un clou, et l'enfila.

— Écoutez, James, je ne suis pas plus content que vous de cette histoire ! La fille d'un homme du peuple – tout Chancelier qu'il soit – n'est pas une femme convenable pour l'héritier de la Couronne. Mais cela ferait un tapage du tonnerre de Dieu en Europe si vous refusiez de l'épouser, après lui avoir fait un enfant. Pour n'importe qui d'autre que la fille du Chancelier, nous aurions pu trouver un biais. Mais dans la situation actuelle, vous n'avez qu'une seule issue : épousez-la, et de la meilleure grâce possible.

— Ce n'est pas ce que désire le Chancelier. Il l'a enfermée dans ses appartements et déclare qu'il préférerait la voir décapitée et jetée dans les oubliettes que d'amener une disgrâce dans la famille des Stuart en épousant l'un deux.

— Édouard Hyde a été un bon serviteur de mon père et il a reporté son dévouement sur moi. Il est certainement furieux contre sa fille, mais, croyez-moi, pas seulement à cause des Stuart. Il sait bien que, si sa fille vous épouse, il comptera un millier d'ennemis de plus. La jalousie n'engendre pas l'amour.

— Si vous dites que cela vaut mieux, Sire, je l'épouserai, mais, et maman ?

Il lança vers Charles un regard désespéré, presque comique.

Charles se mit à rire et passa un bras autour des épaules de son frère.

— Maman aura probablement une attaque de nerfs qui manquera de la tuer. Elle a toujours détesté Hyde, et son orgueil familial est presque aussi fort que sa religion. Mais je vous protégerai, Jamie... – Il eut un petit rire – ... Je la menacerai de lui supprimer sa pension.

Ils sortirent ensemble, James morose et songeur, Charles d'excellente humeur, comme toujours. D'un claquement de doigts, il appela une paire de petits épagneuls qui dormaient au soleil et vinrent sauter autour de lui en jappant.

Le mariage de James avec Anne Hyde causa une agitation considérable. Le Chancelier était furieux, Anne pleurait sans arrêt, et le duc espérait toujours trouver une échappatoire. Avec l'aide de sir Charles Berkeley, il vola le contrat signé de son sang, et le brûla. Berkeley offrit d'épouser lui-même la belle et de reconnaître l'enfant. Les courtisans étaient affolés, ne sachant s'il fallait faire des courbettes à la nouvelle duchesse, ou l'éviter. Seul Charles semblait parfaitement à son aise.

Puis le duc de Gloucester, qui avait pris la petite vérole, mais semblait hors de danger, mourut subitement. Charles l'aimait beaucoup – ainsi que tous ses frères et sœurs – c'était un jeune homme plein de promesses, charmant, ardent et intelligent. Il était incroyable qu'il fût là, mort, solennel et muet pour toujours. Ils étaient neuf enfants dans la famille. Deux étaient morts en naissant, deux autres dans leur première enfance ; et maintenant il ne restait plus que Charles et James, Mary, princesse d'Orange, et Henriette-Anne, la plus jeune, toujours en France avec sa mère.

La mort d'Henry elle-même n'interrompit pas les fêtes pendant longtemps. Et bien que la Cour conservât une apparence de tristesse en présence de Charles et de James, les bals et les soupers, les soirées de jeu et les amourettes allèrent leur train, violents, ardents, fous, comme si jamais il n'eût été possible de trop s'amuser.

Les grandes demeures le long du Strand, de Fleet Street à Charing Cross, étaient ouvertes tout le jour et une partie de la nuit. Les murs résonnaient de rires bruyants, de cliquetis de vaisselle, de musique et de conversations. De superbes carrosses dorés roulaient le long des rues, stationnaient devant les théâtres ou les tavernes. L'on se battait en duel pour un éventail de dame ou une parole lancée en l'air. Des milliers de livres changeaient de main chaque nuit. Les grandes dames et les seigneurs, assis sur le parquet, regardaient rouler avec émotion une paire de dés.

Les exécutions de régicides allaient leur train, en présence de milliers de spectateurs, à Charing Cross. Tous ceux qui avaient une part de responsabilité dans la mort de Charles Ier périssaient à leur tour, balancés au bout d'une corde jusqu'à ce qu'ils fussent à demi morts ; puis dépendus, étripés et décapités, leurs têtes étaient ensuite placées au bout de piques aux portes de la ville.

Porté par les ailes rouges de la Restauration, un nouveau genre de vie s'était abattu sur le pays.

Une semaine après la mort de son frère, la princesse Mary arriva à Londres. Veuve et mère – bien qu'elle eût laissé son fils en Hollande –, elle était âgée de vingt-huit ans. C'était une jolie femme, gracieuse et gaie, avec des boucles châtain et de brillants yeux noisette. Elle avait toujours détesté la Hollande – pays sombre et plat – et entendait vivre désormais en Angleterre auprès de son frère favori, s'offrant toutes les jolies robes et les bijoux extravagants dont elle rêvait.

Elle serra chaleureusement Charles sur son cœur, mais fut infiniment plus froide avec James, attendant simplement qu'ils fussent tous les trois seuls pour l'interpeller :

— Comment avez-vous pu faire cela, James ? Épouser cette créature ! Ciel, qu'avez-vous fait de votre amour-propre ? Prendre pour femme la fille d'honneur de votre sœur !

Anne et Mary avaient été grandes amies autrefois, mais ce temps n'était plus.

James fit la grimace.

— Assez, Mary. Je suis excédé d'entendre toujours parler de cela, Dieu sait que je ne l'ai pas épousée de gaieté de cœur.

— Vraiment ! Et pourquoi l'avoir épousée, alors ?

Charles les interrompit, passant un bras autour de la taille de sa sœur :

— C'est moi qui le lui ai conseillé, Mary. Étant donné les circonstances, c'était le seul moyen honorable de s'en tirer.

Mary leva les sourcils d'un air sceptique.

— Maman ne le trouvera pas si honorable que cela, je vous en préviens. Attendez seulement qu'elle arrive.

— C'est justement ce que nous attendons tous, déclara Charles.

Peu de temps après, la reine mère, Henriette-Marie, débarqua à son tour, une semaine à peine après la naissance du fils d'Anne Hyde. La plus grande partie de la Cour vint l'accueillir à Douvres et s'installa, pour un jour ou deux, dans le grand vieux château qui, depuis des siècles, montait la garde sur les falaises de l'Angleterre.

Henriette-Marie était âgée de quarante-neuf ans, mais elle en paraissait presque soixante, mince, les joues creuses, les yeux hagards, sans le moindre vestige de beauté. Le peu qu'elle en avait s'était évanoui très tôt, dans ses multiples grossesses, les vicissitudes de la guerre civile, le chagrin de la perte de son époux, qu'elle aimait profondément.

Au repos, son visage était laid, mais entourée de gens elle était gaie, pleine de vivacité, avec le charme superficiel de sa jeunesse et les manières exquises qu'elle avait soigneusement enseignées à ses enfants. Toujours en deuil – ce deuil qu'elle n'avait plus quitté depuis la mort du roi –, elle portait une robe noire très simple, à col haut et manches longues, avec dépassants et manchettes de lin blanc, ainsi qu'un épais voile noir sur la tête. Ses cheveux sombres étaient roulés en tire-bouchon à l'ancienne mode et cette dernière coquetterie représentait tout ce qui lui restait de son ancien amour des jolies choses.

Dominatrice de nature, et possédant des enfants entêtés, elle était toujours en conflit avec eux. Quelques années auparavant elle s'était disputée avec Gloucester parce qu'il ne voulait pas entrer dans l'église catholique, et elle lui avait interdit de reparaître en sa présence. À sa mort, ils n'étaient pas réconciliés. Mais en dépit du chagrin que lui avait causé cette situation, elle affrontait James, bien déterminée à le faire marcher, ou à rompre toute relation avec lui. Le duc et sa mère avaient toujours été grands amis, et il redoutait fort cette entrevue, car elle avait le mot dur quand elle était en colère.

— Eh bien ! James, lui dit-elle quand ils furent seuls dans sa chambre à coucher où elle l'avait convoqué.

Sa voix était calme, ses mains légèrement crispées, et ses yeux noirs brillaient dangereusement.

— Il court des bavardages sur vous, en France, bavardages dont j'ai été - inutile de vous le dire - profondément mortifiée.

Debout, près de la porte, les yeux baissés, il paraissait très malheureux et mal à l'aise. Il ne répondait pas et se refusait à la regarder. Pendant un moment tous deux restèrent parfaitement silencieux, puis il lui lança un regard en coulisse et baissa instantanément les yeux.

— James ! - Sa voix était sévère et maternelle - n'avez-vous rien à dire ?

D'un mouvement impulsif il traversa la pièce et s'agenouilla à ses pieds.

— Madame, j'implore votre pardon, si je vous ai offensée. J'ai fait l'imbécile, mais Dieu merci, je suis revenu à la raison. Mrs. Hyde et moi ne sommes pas mariés, et je n'ai plus l'intention de songer à elle, j'ai suffisamment de preuves de son indignité.

La reine mère se pencha et posa ses lèvres sur le front filial. Elle était soulagée, et très satisfaite de ce retour à la raison fort inattendu, car, connaissant James, elle prévoyait une discussion amère et obstinée. Ainsi, une partie au moins de ce qu'elle était venue faire s'était accomplie.

Elle poursuivait deux autres desseins. L'un de s'assurer une pension qui lui permettrait de vivre le reste de ses jours dans le confort et la tranquillité. Trop souvent elle avait mendié auprès de l'avare Mazarin, connu trop de privations - allant même jusqu'à manquer de feu dans ses appartements. Aussi tenait-elle essentiellement à avoir de l'argent. Son autre but était d'obtenir une dot convenable pour Henriette-Anne, qui avait peut-être plus souffert que les autres de leurs années d'exil. Car son père mort et ses frères chassés hors de leur patrie, elle avait grandi en parente pauvre des Bourbons, une malheureuse petite orpheline négligée et perdue dans les fastes de la Cour française.

Et maintenant le fils du roi Louis désirait l'épouser.

Henriette-Anne, surnommée Minette par Charles, venait d'atteindre ses seize ans. Sans être une beauté parfaite – son visage était trop mince et l'une de ses épaules était légèrement plus haute que l'autre –, elle n'en frappait pas moins tous ceux qui la voyaient pour la première fois. Ce que l'on qualifiait ainsi de beauté n'était que le rayonnement d'un charme tendre et prenant. Il était impossible de lui résister, Charles avait pour elle une sincère et profonde affection, qu'il n'avait jamais ressentie pour aucune de ses nombreuses maîtresses.

Le mariage de sa sœur avec Philippe, duc d'Orléans, lui procurerait certes un allié précieux à la Cour de France, car Minette avait toujours fait preuve d'un talent diplomatique qui lui avait valu l'admiration et le respect des hommes d'État les plus cyniques. Et elle aimait son frère avec une loyauté passionnée qui lui faisait toujours mettre ses intérêts avant ceux de Louis XIV. Néanmoins, Charles hésitait.

— Êtes-vous bien sûre, demanda-t-il, que vous désirez épouser Philippe ?

Ils avaient quitté la salle des banquets et se promenaient dans le jardin privé, le long des allées sablonneuses qui séparaient en quadrilatères distincts les pelouses bordées de haies. Bien que l'on fût à la mi-novembre, l'air était tiède et les rosiers avaient encore toutes leurs feuilles. Minette n'avait pas même pris la peine de jeter un manteau sur sa robe de bal brodée d'or.

— Oh ! oui, Sire, je le désire ! répondit-elle vivement avec un sourire.

Il la regarda :

— L'aimez-vous ?

Charles était si désireux de voir sa sœur heureuse que la pensée de la voir se marier, comme les princesses en général, sans amour, le troublait profondément.

— L'aimer ? – Minette se mit à rire. – Mon Dieu ! Depuis quand l'amour a-t-il quelque chose à voir dans le mariage ? Vous épousez celui qui convient et, si vous pouvez vous supporter l'un l'autre, eh bien ! ce n'en est que mieux. Sinon !...

Elle haussa les épaules mais elle parlait sans le moindre cynisme précoce, simplement avec le bon sens natif d'une Parisienne, et la bonne volonté de prendre le monde tel qu'il était.

— Peut-être ! dit-il. N'empêche que vous êtes ma sœur et que je désire savoir à quoi m'en tenir. L'aimez-vous ?

— Eh bien ! à dire vrai, je n'en sais rien. J'ai toujours joué avec lui et nous sommes cousins. Je le trouve gentil – et je le plains un peu. Oui, à tout prendre, il est possible que je l'aime. – Elle porta la main à sa coiffure, qu'un vent léger ébouriffait. Et, pour sa part, il est follement épris de moi. Oh ! il affirme qu'il ne peut plus vivre tant que nous ne sommes pas mariés !

— Oh ! Minette, Minette, que vous êtes innocente ! Philippe n'est pas amoureux de vous, il n'a jamais aimé personne que lui. S'il s'imagine vous aimer en ce moment, c'est parce qu'il voit que d'autres le font et qu'il espère, une fois marié, récolter un peu de cette affection pour lui-même. Pour peu qu'il soit déçu, il deviendra jaloux et désagréable. Ce Philippe est un vilain enfant gâté, jamais il ne vous rendra heureuse.

— Oh ! vous le jugez trop sévèrement ! protesta-t-elle. Il est si inoffensif. Comment ! toute son ambition est de trouver une nouvelle manière d'arranger ses cheveux ou d'attacher ses rubans. Les questions les plus sérieuses, à son point de vue, sont celles de préséance à une cérémonie ou à un banquet.

— Ou encore de découvrir un beau jeune homme...

— Oh ! quant à cela ! fit Minette avec un petit geste léger

de la main. C'est assez habituel, et il changera certainement quand nous serons mariés.

— Admettez qu'il n'en soit rien ?

Elle s'arrêta net et le regarda bien en face :

— Mais mon cher !

Sa voix était empreinte d'un léger reproche.

— Vous n'êtes pas sérieux. S'il n'en est rien ? Eh bien ! cela n'a pas grande importance, du moment que nous avons des enfants.

Il fronça les sourcils :

— Vous ne savez pas de quoi vous parlez, Minette !

— Si, parfaitement, mon cher, je vous l'affirme. Et je trouve aussi que le monde surestime l'amour. Ce n'est qu'une partie de l'existence, il y a tant d'autres choses qui comptent.

Elle parlait avec un grand air de mystère et de sagesse mondaine.

— Ma petite sœur... combien vous avez à apprendre !

Il souriait, mais son visage avait une expression tendre et triste. Dites-moi, un homme vous a-t-il jamais dit qu'il vous aimait ?

— Non ! C'est-à-dire, pas tout à fait. Oh ! j'ai bien été embrassée une fois ou deux... mais rien de plus, ajouta-t-elle rougissant et baissant les yeux.

— C'est bien ce que je pensais, sinon vous ne parleriez pas ainsi. – Le premier enfant de Charles était né quand il avait l'âge de Minette. – La moitié des joies et des chagrins de ce monde se découvre au lit. Et je crains que vous n'y trouviez que des chagrins, si vous épousez Philippe.

Minette fronça légèrement les sourcils et poussa un petit soupir.

— C'est peut-être vrai pour les hommes, mais pas pour les femmes, j'en suis sûre. Oh ! je vous en prie, laissez-moi l'épouser. Vous savez combien maman le désire. Et moi aussi j'y tiens. Je veux vivre en France, Sire, c'est le seul endroit où je me sente vraiment chez moi. Je sais que Philippe est loin d'être parfait : mais cela m'est égal, si j'ai la France, je serai heureuse.

Noël était la fête la plus aimée d'Angleterre et nulle part elle n'était célébrée avec plus d'enthousiasme qu'à Whitehall.

Chaque pièce et chaque galerie étaient décorées de houx, de cyprès et de lauriers. D'énormes vasques en argent ciselé étaient ornées de guirlandes de lierre. Des branches de gui pendaient à tous les lustres et dans toutes les embrasures de portes, et l'on arrachait une petite baie blanche à chaque baiser. Le palais retentissait des accents d'une joyeuse musique, les escaliers étaient remplis par une foule de jeunes gens et de jeunes femmes qui dansaient ou jouaient nuit et jour.

Les immenses cuisines préparaient des pâtés, des hures de porcs aux cornichons, servis sur d'énormes plateaux d'or, des paons entiers avec leur queue déployée, et toutes les friandises traditionnelles. Dans la salle des banquets, les cadeaux au roi étaient exposés : cette année n'importe quel courtisan avec une particule à son nom en avait envoyé un au lieu de se retirer à la campagne pour se dérober à cette obligation, comme c'était autrefois l'habitude.

Et soudain les rires se turent, la musique cessa de jouer, les gens circulèrent à pas feutrés, parlant bas. La princesse Mary avait attrapé la petite vérole. Elle mourut la veille de Noël.

La famille royale passa le jour de Noël dans le calme et la tristesse ; puis Henriette-Marie fit ses préparatifs pour retourner en France. Elle redoutait de laisser plus longtemps Minette en Angleterre, de crainte que celle-ci ne prenne à son tour la maladie. D'ailleurs elle n'avait plus aucune raison pour rester car, tout en ayant obtenu la dot de Minette et une généreuse pension pour elle-même, elle ne pouvait se dissimuler qu'elle avait complètement échoué avec James.

Berkeley avait finalement reconnu avoir raconté un mensonge, Killigrew et Jermyn également, et James avait pris Anne pour femme. Mais il avait négligé d'en informer sa mère et celle-ci fut absolument furieuse quand elle eut vent de l'affaire. Elle refusa de lui adresser la parole, en public et en privé, et déclara que, si cette femme entrait à Whitehall par une porte, elle, la reine, s'en irait immédiatement par une autre.

Puis tout d'un coup son attitude changea du tout au tout ; elle fit savoir à James que, du moment qu'il avait librement choisi Anne, elle était prête à l'accepter pour fille et lui demanda de lui amener la nouvelle duchesse. James en fut considérablement soulagé, tout en sachant fort bien la raison de cet adoucissement subit. Le cardinal Mazarin avait écrit à la reine mère en lui déclarant franchement que si elle quittait l'Angleterre en mauvais termes avec ses deux fils, elle ne serait nullement la bienvenue en France. Il craignait que le roi Charles ne lui supprimât sa pension et ne se souciait pas, lui, Mazarin, d'avoir à subvenir à ses besoins.

La veille de son départ, Henriette-Anne reçut sa belle-fille dans sa chambre à coucher de Whitehall. Telle était jadis l'habitude dans la noblesse, car cette pièce était toujours la plus richement meublée, différant d'un salon par la seule présence d'un immense lit à baldaquin. La réception fut des plus courues, car Henriette-Marie était populaire à la Cour et, en dépit de la maladie qui se propageait, tous étaient curieux d'assister à la prise de contact de la reine et de la duchesse. La Cour entière était vêtue de sombre, sans joyaux. La pièce dégageait une odeur de corps mal lavés, mêlée de l'entêtant parfum des vapeurs de soufre et de salpêtre destinées à désinfecter l'air. En dépit de ces précautions, Henriette-Marie n'avait pas voulu exposer Minette et celle-ci était absente.

La reine mère était assise dans un grand fauteuil de velours noir, un manteau d'hermine sur les épaules, bavardant gaiement avec un groupe de seigneurs. Le roi se tenait à côté d'elle, grand et beau dans la pourpre de son deuil royal. Mais l'impatience gagna l'assistance. Le prologue était vraiment trop long, ils avaient hâte de voir commencer la pièce.

Soudain un remous se produisit à la porte d'entrée. Le duc et la duchesse d'York étaient annoncés.

Un murmure expectatif courut parmi la foule et les regards convergèrent vers Henriette-Marie. Elle restait assise, très calme, regardant approcher son fils et sa femme, un léger sourire sur les lèvres. Personne n'eût pu dire ce qu'elle pensait. Mais Charles, qui l'observait, vit qu'elle tremblait légèrement et que sa main aux veines gonflées, se crispait sur le bras de son fauteuil.

« Pauvre maman, songea-t-il. Comme elle tient à sa pension ! »

Anne Hyde était âgée de vingt-trois ans, laide, avec des cheveux noirs, une grande bouche et des yeux en boule de loto. Mais elle traversa la pièce, sous les regards jaloux et critiques, pour affronter une belle-mère qui la détestait, elle ne l'ignorait pas ; elle traversa la pièce la tête haute, avec une sorte de dignité courageuse qui commandait le respect. Avec une déférence parfaite, sans la moindre touche de servilité, elle s'agenouilla aux pieds de la reine, courbant la tête, tandis que James marmottait une vague formule de présentation.

Henriette-Marie sourit gracieusement et posa légèrement les lèvres sur le front de sa belle-fille, ayant l'air aussi satisfaite que si elle avait elle-même fait ce choix pour James. Derrière elle se tenait le roi, impassible ; mais, comme Anne lui lançait un bref regard de gratitude, ses yeux noirs brillèrent d'une lueur qui ressemblait fort à un sourire rassurant et complice.

VII

Le jour qui suivit le départ de Lord Carlton, Ambre avait émigré à environ un mille de distance, à l'hôtellerie de *La Rose et de la Couronne* dans Fetter Lane. Elle ne pouvait supporter la vue des lieux où ils avaient vécu, de la table sur laquelle ils prenaient leurs repas et du lit dans lequel ils avaient dormi. La vue de Mr. Gumble, qui la considérait avec un regard sympathique et vide, la femme de chambre et même la chienne noire et blanche avec sa portée de chiots, rendaient sa solitude encore plus douloureuse. Elle désirait s'en éloigner, tout comme elle tenait à éviter la possibilité de voir Almsbury et les autres amis de Sa Seigneurie. La promesse d'amitié et d'assistance du comte, si jamais elle en avait besoin, ne signifiait pour elle que débauche et misère. Elle désirait être seule.

Pendant plusieurs jours elle s'enferma dans la petite chambre qu'elle avait louée.

Elle était persuadée que sa vie était finie et son avenir aride et sans espoir. Elle se prenait à souhaiter de n'avoir jamais connu Bruce et, oubliant la part personnelle qui lui revenait dans tous ses ennuis, l'accusait d'en être seul l'auteur. Elle ne voulait plus se souvenir à quel point elle avait désiré avoir un enfant, et lui faisait grief de l'avoir engrossée, puis abandonnée, seule, épouvantée à l'idée que le fardeau qu'elle portait en elle, croissant chaque jour, était la preuve irréfutable de sa culpabilité. Un jour viendrait où elle ne pourrait plus le cacher, et qu'arriverait-il alors ? Oublieuse de son mépris pour Marygreen et de sa hâte de le quitter, elle en voulait à Bruce de l'avoir amenée dans cette grande ville où elle ne comptait pas un ami et où tout visage étranger prenait un air hostile. Cent fois elle décida de rentrer au village, mais ne put s'y résoudre. Car, en dépit de Sarah qui l'écouterait certainement, elle savait que son oncle la mettrait plus que probablement à la porte, surtout quand il apprendrait qu'elle était enceinte.

Ambre tournait et retournait tristement ces problèmes insolubles. Jamais plus elle ne pourrait être jeune, ni gaie. Et tout cela à cause de *Lui !*

Cependant, en dépit d'elle-même – et de plus en plus fréquemment à mesure que le temps passait – Lord Carlton perdait son apparence satanique. Car elle en était toujours folle, et ressentait à son égard une nostalgie douloureuse plus forte encore que le désir. Un sentiment fait de respect, d'admiration, d'éblouissement.

Graduellement, à mesure que s'écoulaient les jours, elle reprit goût à la vie. Ses repas lui semblèrent bons. Il y avait à Londres tant de mets nouveaux : gâteaux savants, olives importées du Continent, fromage de Parmesan et lard de Bayonne. Peu à peu elle s'intéressait aussi aux mystérieuses transformations de son corps en gestation. Puis elle recommença à soigner son apparence extérieure. Ayant une fois négligemment poudré ses joues, elle rouvrit tous ses flacons, se refit une beauté et se déclara satisfaite du résultat.

Elle se sentait vraiment trop jolie pour gâcher ainsi le reste de son existence.

Ses fenêtres donnaient sur la rue et le quartier était assez élégant. Elle y passa de plus en plus de temps, se demandant où allait cette jolie dame si bien habillée qui sortait de sa voiture entourée de quatre galants, ce que faisait le beau jeune homme qui levait les yeux vers elle et comment il la trouvait ? Londres était aussi excitant que par le passé.

« Mais je vais avoir un bébé ! »

Toute la différence résidait dans cette simple phrase. Bien plus que dans le départ de Lord Carlton.

Elle ne pouvait cependant pas rester toujours cloîtrée ! Aussi, un beau jour, une quinzaine environ après le départ de Bruce, elle s'habilla avec grand soin et sortit : elle n'avait aucun but précis, mais désirait simplement quitter sa chambre pour flâner le long des rues, dans sa voiture et sentir, en quelque sorte, qu'elle faisait partie de ce monde.

Le cocher engagé par Lord Carlton avait attrapé la petite vérole trois jours à peine après le départ de Sa Grâce. Ambre lui avait payé son salaire de l'année et – craignant la contagion – l'avait renvoyé, ainsi que le valet de pied. L'hôtelier de *La Rose* lui avait trouvé deux nouveaux serviteurs. Comme elle attendait sa voiture sur le seuil de l'hôtellerie, tout en mettant ses gants, elle ne put retenir un sourire de contentement en voyant deux jeunes freluquets enrubannés, aux cheveux de lin, passer devant elle et se retourner pour la mieux considérer. Certainement ils la prenaient pour une dame de qualité. Soudain, à sa grande surprise, elle s'entendit appeler par son nom et sursauta. Se retournant vivement, elle vit une drôle de femme derrière elle.

— Bonjour, madame Saint-Clare. Oh ! excusez-moi, je ne voulais pas vous effrayer, Madame, je voulais simplement prendre de vos nouvelles. J'habite l'appartement voisin du vôtre et l'hôtelier m'a dit que vous souffriez d'un accès de fièvre. J'ai une infusion qui fait merveille dans ce cas...

Elle souriait aimablement et considérait Ambre comme si elle admirait sa beauté et ses vêtements. Très reconnaissante de cette attention et contente d'avoir quelqu'un à qui parler, Ambre lui fit une petite révérence.

— Grand merci, Madame. Mais je crois que l'accès est passé.

À cet instant sa voiture arriva et s'arrêta devant le porche ; le valet de pied ouvrit la portière, baissa le marchepied et se tint prêt à aider sa maîtresse à monter en carrosse. Ambre hésita une seconde ; ses deux semaines de réclusion et le choc subi par son amour-propre l'avaient rendue légèrement timide. Mais elle se sentait désespérément seule, cette dame avait l'air bon et gentil, pas trop critique. Elle eût redouté n'importe laquelle de ces brillantes jeunes femmes de son âge, à la voix aiguë, qu'elle avait tant admirées et cherché à imiter. Mais ne trouvant rien à dire, elle se borna à saluer légèrement et se dirigea vers sa voiture.

— Comment ! s'écria l'étrangère, sont-ce là les armes de votre famille, Madame ?

Elle désignait l'écusson de Bruce qu'Ambre n'avait pas fait enlever de la portière.

— Oui ! dit Ambre sans la moindre hésitation.

Elle espérait que cette dame ne les reconnaîtrait pas. À ses yeux, toutes les armoiries se ressemblaient avec leurs absurdes lions à tête de chien, leurs écus et leurs étoiles.

— Oh ! mais je connais très bien votre père, alors ! Ma maison de campagne se trouve près de Pickering, dans le Yorkshire.

— Je suis de l'Essex, Madame. Près d'Heathstone.

Elle commençait à souhaiter n'avoir pas menti, car elle risquait d'être prise en faute.

— Mais oui ! bien entendu, madame Saint-Clare. Que je suis sotte ! Mais vos armoiries sont si pareilles à celles d'un de mes proches voisins... en y regardant de plus près, je vois très bien la différence. Permettez-moi de me présenter, Madame. Je suis Mrs. Goodmann.

— Très heureuse de faire votre connaissance, Madame.

Ambre s'inclina en se disant qu'elle se conduisait comme

une grande dame, suivant les instructions de son professeur de français.

— Puis-je vous déposer quelque part ?

— Comment ? Oh ! ma chère, je ne voudrais pas vous causer le moindre dérangement. J'allais simplement faire un petit tour au « Change ».

Le « Change » – Ambre le savait – était une promenade élégante, un lieu de rendez-vous pour les jolies femmes et leurs galants, et cela lui parut un but de promenade tout indiqué.

— J'y vais moi-même, Madame. Je vous en prie, montez avec moi.

Mrs. Goodman ne se fit pas prier et toutes deux s'installèrent, étalant leurs jupes, agitant leurs éventails en échangeant des banalités sur la chaleur de ce mois de septembre. Tandis que la voiture roulait, Ambre, bavardant avec animation, avait complètement oublié qu'elle était une femme abandonnée, portant dans ses flancs un enfant bâtard.

Sally Goodman était bien en chair, avec de gros bras rouges et une poitrine débordante. Son teint était laidement marqué de la petite vérole, bien qu'elle fît tous ses efforts pour y remédier par des applications massives de pommade rosée ; ses cheveux arboraient deux ou trois nuances diverses de blond, ce qui indiquait clairement à quel point elle aidait la nature. Elle avouait de vingt-huit à vingt-neuf ans, et se rajeunissait visiblement. Ses toilettes possédaient une sorte d'élégance superficielle, mais un œil exercé distinguait immédiatement qu'elles étaient faites de matériaux de seconde qualité, par une petite ouvrière, reproche qui pouvait également s'appliquer aux manières et à la personnalité de celle qui les portait. Mais elle possédait une cordialité empreinte de bienveillance qui parut à Ambre à la fois chaude et réconfortante.

Mrs. Goodman, à ce qu'il semblait, était une personne de qualité, fort à son aise, qui faisait un court séjour à

Londres, pendant que son mari voyageait à l'étranger pour ses affaires. Jugeant évidemment Ambre d'après son accent, ses robes et sa voiture, elle la prenait pour une jeune héritière de province visitant la capitale et Ambre – satisfaite de l'erreur – se garda bien de la détromper.

— Mon Dieu ! ma chérie ! dit Mrs. Goodman, êtes-vous vraiment toute seule ? Une jolie enfant comme vous ! Comment ! Mais il y a des douzaines de mauvais garçons à Londres qui n'attendent que cette occasion.

Ambre fut surprise elle-même de la promptitude de sa réplique :

— Oh ! je suis en visite chez ma tante, ou plutôt je dois y aller dès qu'elle sera rentrée. Elle est encore en France. Elle faisait partie de la Cour de Sa Majesté.

— Ah oui ! bien sûr ! acquiesça Mrs. Goodman. Mon mari y était aussi, pendant un certain temps. Mais le roi a préféré qu'il revienne pour organiser les affaires. Où habite votre tante, ma chère ?

— Sur le Strand – oh ! une très jolie maison !

Almsbury l'avait une fois emmenée de ce côté, où se trouvait sa demeure dont il n'était pas encore rentré en possession.

— J'espère qu'elle reviendra bientôt ; vos parents ne seraient certainement pas contents de vous savoir seule pendant assez longtemps, ma chère. Vous n'êtes pas mariée, je suppose ?

Ambre, à cette question, se sentit rougir et ses yeux se baissèrent sur son éventail fermé. Mais elle trouva rapidement un second mensonge plausible :

— Non, mais je le serai bientôt. Ma tante a quelqu'un pour moi, comte je crois. Il voyage pour l'instant, mais doit rentrer à peu près en même temps qu'elle.

Puis, se souvenant de ce qu'Almsbury lui avait raconté au sujet des parents de Bruce, elle ajouta :

— Mon père et ma mère sont morts tous les deux. Mon

père a été tué à Marston Moor et ma mère est morte à Paris, il y a dix ans.

— Oh ! pauvre chère petite ! Et vous n'avez personne, pas de tuteur qui s'occupe de vous ?

— Ma tante se charge de moi quand elle est là. J'ai vécu chez une autre tante, depuis qu'elle est partie.

Mrs. Goodman hocha la tête et serra chaleureusement la main d'Ambre, qui lui fut passionnément reconnaissante de cette sympathie compréhensive. Elle se sentait toujours si misérable et si perdue quand elle était seule.

Le *Royal Exchange* se trouvait à l'intersection de Corn Hill et de Greatneedle Street, tout près de l'auberge du *Royal Sarrasin*. C'était un immense quadrilatère, entourant une cour, et dont les galeries étaient divisées en de minuscules boutiques, tenues par de jolies filles qui ne cessaient d'inviter les clients :

— Que vous faut-il, Messieurs ? Que vous faut-il, Mesdames ? Gants, rubans, parfums ?

Les jeunes beaux y flânaient, fleuretant avec les vendeuses, examinant nonchalamment les passantes, et les interpellant hardiment. La cour elle-même était pleine de marchands, modestement vêtus, traitant activement des affaires, parlant de stocks, de crédit, d'hypothèques et de leurs aventures sur mer.

Comme elles gravissaient les marches qui y donnaient accès. Ambre, fort à contrecœur, suivit l'exemple de Sally Goodman et mit son masque. À quoi bon avoir un joli visage, se disait-elle si personne n'avait le droit de le voir ? Et laissant tomber son manteau, elle montra du moins sa jolie taille. Néanmoins, en dépit du masque, elle attirait visiblement l'attention. Comme elles déambulaient, s'arrêtant çà et là pour examiner une paire de gants, quelques rubans brodés, une aune de dentelle, d'enthousiastes commentaires s'échangeaient sur leur passage :

— Elle est jolie ! Très jolie ! Par ma foi, c'est un fait !

— Ces yeux assassins !

— La plus jolie fille qu'un homme puisse s'offrir pour une quinzaine !

Ambre commençait à se sentir très heureuse et excitée. Elle lançait de furtifs regards de coin pour voir combien d'hommes l'admiraient et comment ils étaient. Mrs. Goodman, en revanche, adoptait une tout autre attitude. Faisant claquer sa langue et hochant la tête :

— Mon Dieu ! Que les jeunes gens sont donc grossiers, de nos jours !

Légèrement déconcertée, Ambre détourna les yeux et fronça les sourcils, pour bien montrer qu'elle était mécontente aussi. Mais cette attitude ne dura pas, elle était bien trop intéressée par tout ce qu'elle voyait.

Elle avait envie de tout acheter. Sans discernement, son instinct de propriété n'en était pas moins fort, et elle se sentait si follement riche qu'elle ne voyait aucune raison pour se refuser ses fantaisies. Finalement, elle s'arrêta devant une boutique où se tenait une jeune femme boulotte, aux yeux noirs, entourée de plusieurs douzaines de cages, dorées ou argentées, contenant chacune un bel oiseau exotique : canari, perroquet, cacatoès, rapporté par la Compagnie des Indes Orientales ou quelque armateur particulier.

Comme elle faisait son choix, incapable de se décider entre une petite perruche bleu turquoise et un grand oiseau vert au cri rauque, elle entendit une voix masculine :

— Ma parole ! elle est épatante ! Qui peut-elle être ?

Ambre jeta un coup d'œil pour voir qui parlait ainsi d'elle, et au même instant l'autre répondit :

— Je ne l'ai jamais vue à la Cour. Quelque héritière de province, ce me semble. Pardieu ! je ferai sa connaissance, dussé-je y laisser ma peau !

Sur quoi il s'avança, se découvrit et s'inclina devant elle :

— Madame, permettez-moi de vous offrir cet oiseau qui – j'ose dire – est moins éclatant que vous !

Ravie, Ambre le gratifia d'un charmant sourire et se disposait à faire une révérence, quand la voix de Mrs. Goodman se fit entendre, acerbe :

— Comment osez-vous interpeller ainsi une jeune dame de la bonne société, Monsieur ? Allez-vous-en, avant que je n'appelle un agent pour vous punir de votre impertinence.

Surpris, le galant leva les sourcils et hésita une minute. Mais Mrs. Goodman le fixait d'un air si autoritaire qu'il finit par s'incliner cérémonieusement devant la pauvre Ambre déçue, et s'en revint auprès de son ami. Comme ils s'en allaient, elle entendit cette phrase railleuse :

— C'est bien ce que je pensais. Une vieille entremetteuse avec sa protégée. Apparemment elle entend la conserver pour quelque vieux duc goutteux.

Ambre comprit alors qu'elle avait montré trop d'empressement et s'éventa d'un air détaché :

— Mon Dieu ! il me semblait avoir vu ce jeune homme chez ma tante, une fois !

Resserrant autour d'elle les plis de son manteau, elle s'absorba sur le choix de son oiseau, sans plus s'occuper de ce qui se passait en dehors du magasin.

Elle paya la petite perruche turquoise et sa cage dorée avec une pièce de monnaie sortie au hasard de son manchon. Et, une fois de plus, Mrs. Goodman vint à la rescousse. Comme elle reprenait sa monnaie, Sally lui arrêta le bras :

— Attention, ma chérie ! Je crois qu'il vous manque un penny.

La vendeuse s'exécuta immédiatement avec un petit rire, s'excusant de son erreur. Mrs. Goodman la regarda sévèrement et, suivie d'Ambre, remonta dans la voiture.

Pendant le chemin du retour, Mrs. Goodman entreprit d'attirer l'attention de sa compagne sur les dangers que court une jeune et jolie femme peu accoutumée à la vie citadine. Les temps étaient difficiles, ajouta-t-elle, et une femme vertueuse avait non seulement à préserver son honnêteté, mais encore à sauvegarder les apparences.

Ambre approuva gravement, se sentant coupable et se demandant avec inquiétude si sa manière de se comporter avait choqué l'austère Mrs. Goodman. Soudain la voiture s'arrêta : se penchant à la portière, la jeune fille poussa un cri d'horreur. Devant elle se traînait péniblement une femme dévêtue jusqu'à la ceinture, les cheveux épars, gémissant et trébuchant chaque fois qu'un homme qui la suivait la cinglait d'un coup de fouet. Une foule considérable suivait ce triste cortège, gamins des rues, hommes et femmes adultes, tous railleurs et méprisants.

— Oh ! voyez cette femme ! Ils la battent !

Sally Goodman jeta un coup d'œil et se détourna, parfaitement calme :

— Ne gaspillez pas votre sympathie, ma chère ! Misérable créature ! – elle a dû donner le jour à quelque bâtard. C'est le châtiment habituel – bien mérité – de ces mauvaises femmes !

Ambre, fascinée, ne pouvait détacher ses yeux de ce spectacle. Le dos de la malheureuse était rayé de longues traînées de sang. Fermant les yeux, Ambre se sentit soudain mal à l'aise, sur le point de s'évanouir. Seule la crainte que Mrs. Goodman ne s'aperçût de quelque chose la fit se ressaisir. Mais sa gaieté s'en était allée et elle demeurait plus consciente que jamais du crime qu'elle avait commis, un crime qui méritait châtiment.

« Oh Ciel ! songea-t-elle avec désespoir. Cela pouvait être moi ! Ce sera peut-être moi ! »

Le lendemain matin, Ambre en robe de chambre, avalait une assiettée de gelée de groseilles – pour « atténuer » ses nausées – quand elle entendit frapper à la porte, et la voix joyeuse de Mrs. Goodman l'appela par son nom. Rapidement, elle poussa le compotier sous le lit et courut ouvrir.

— Je relevais seulement mes cheveux...

Mrs. Goodman la suivit devant la coiffeuse.

— Laissez-moi vous aider, ma belle. Votre femme de chambre est-elle partie ?

— Oui... j'ai dû la renvoyer. Elle... elle attendait un enfant ! Ce fut la seule excuse qui lui vint à l'esprit.

Mrs. Goodman hocha la tête :

— Quelle vilaine époque ! Mais, grand Dieu ! ma chérie, comment allez-vous faire, sans domestique ?

Ambre fronça les sourcils :

— Je ne sais pas. Mais ma tante en a des douzaines !

— Bien sûr, ma chérie ! Mais jusqu'à son retour... Seigneur ! Une dame ne peut se passer d'une femme de chambre.

— Non ! acquiesça Ambre, je le sais bien. Mais où en trouver une ? Jamais encore je n'ai été à Londres. Et une femme seule est obligée de se méfier des étrangers, ajouta-t-elle vertueusement.

— Certainement ma chère, et vous êtes une jeune personne fort avisée de le reconnaître. Mais peut-être pourrais-je vous aider. Une très bonne amie à moi vient justement de retourner dans sa propriété et a renvoyé quelques-unes de ses servantes. Je pense surtout à l'une d'entre elles, une petite très modeste, bien stylée. Si elle n'a pas déjà trouvé une nouvelle place, je pourrais vous l'envoyer.

Ambre accepta et la jeune fille vint se présenter moins d'une heure après, une petite personne au visage insignifiant, habillée d'une robe bleu foncé, très nette, avec un tablier éblouissant, de grandes manchettes blanches et un petit bonnet qui couvrait ses cheveux soigneusement enroulés en un chignon sur la nuque. Les yeux modestement baissés, elle fit une révérence ; elle parlait d'une voix douce qui prédisposait en sa faveur. Son nom était Honneur Mills et Ambre l'engagea promptement à raison de deux livres par an, logée, nourrie, habillée.

Elle se sentait tout à fait grande dame et élégante d'avoir ainsi une personne à son service, qui lui brossait les cheveux, préparait ses toilettes, faisait ses courses et la suivait à quelques pas, quand elle sortait. La présence de cette jeune fille lui plaisait aussi. Honneur était tranquille, bien élevée, toujours nette et soignée, de bonne humeur : une parfaite société pour sa maîtresse, qu'elle paraissait admirer sincèrement.

Néanmoins, Ambre se souvenait des recommandations de Lord Carlton : cacher soigneusement son argent, et ne confier à personne ses affaires personnelles. Elle n'avait pas apporté les cinq cents livres à Shadrac Newbold, car elle n'avait jamais auparavant entendu parler d'un orfèvre, et il lui déplaisait de remettre sa fortune entre des mains étrangères. Elle se jugeait très capable de l'administrer. Pas plus qu'elle ne voulait – avant d'y être absolument obligée – aller voir les sages-femmes dont Bruce lui avait parlé.

Ambre et Mrs. Goodman devinrent amies intimes. Elles déjeunaient ensemble, chez l'une ou chez l'autre, faisaient un tour en voiture dans Hyde Park ou sur le Mall, mais sans mettre pied à terre, achetaient quelques babioles au Royal Exchange ou au dépôt des Indes orientales. Ambre proposa une fois d'aller au théâtre, mais Mrs. Goodman parla si sévèrement de la mauvaise réputation de ces endroits qu'elle n'osa plus insister.

Le mari de Mrs. Goodman se trouva obligé de prolonger son séjour à l'étranger, car ses affaires étaient embrouillées. Ambre, de son côté, déclara avoir reçu une lettre de sa tante, disant qu'elle ne pourrait pas quitter la France avant une semaine ou deux. Si besoin en était, on trouverait une autre excuse au bout de ce temps. Car Ambre restait convaincue que les gens ont une bien meilleure opinion de vous si vous cherchez à paraître plus que vous n'êtes réellement.

Elles se connaissaient depuis une quinzaine environ, quand Mrs. Goodman parla de son neveu. Revenant de l'église – c'était un dimanche – elles étaient dans la chambre d'Ambre, picorant des crevettes dans un plat et les arrosant de vin du Rhin. Honneur, armée d'un soufflet, s'évertuait à faire marcher le feu, car le temps était soudain devenu aigre, et un épais brouillard s'étendait sur la ville.

— Ma parole ! dit Mrs. Goodman sans lever les yeux, son attention absorbée par ce qu'elle mangeait, cela valait mille d'entendre mon nigaud de jeune neveu divaguer à propos de vous, l'autre soir. Il jure à tous les échos que vous êtes la plus belle femme qu'il ait jamais vue.

Ambre, croquant une crevette, lui lança un coup d'œil rapide.

— Quand m'a-t-il aperçue ?

Elle n'avait pas fait la connaissance d'un seul jeune homme, bien que les occasions ne lui eussent pas manqué. Elle était convaincue qu'elle ne pourrait plus jamais aimer, mais désirait néanmoins une société masculine, de préférence à celle de cette femme qui, songeait-elle, était aussi fade et insipide qu'un verre d'eau.

— Hier, quand vous êtes descendue de voiture dans la cour, j'ai cru que ce jeune imbécile tomberait en bas de la fenêtre tant il se penchait. Mais je lui ai dit que vous étiez promise à un comte.

Le sourire d'Ambre s'effaça.

— Oh ! vous n'auriez pas dû !

— Pourquoi pas ?

Mrs. Goodman s'attaquait à un gâteau français, bien glacé, parfumé à l'eau de rose et tout garni d'amandes.

— C'est la vérité, n'est-ce pas ?

— Oh... oui ! Mais c'est votre neveu. Vous avez été si bonne pour moi, Madame, et si votre neveu désire faire ma connaissance, eh bien ! je ne vois réellement pas où serait le mal ?

Luc Channel devait justement venir voir sa tante ce soir et Mrs. Goodman promit de l'amener. Il rentrait de voyage, expliqua-t-elle, et se rendait dans le Devonshire. Ambre, très excitée, souhaitant de tout son cœur qu'il fût bien de sa personne, changea de robe et se fit recoiffer par Honneur. Elle ne comptait pas retrouver quelqu'un dans le genre de Lord Carlton – car il n'avait pas son pareil à Londres –, mais la perspective de revoir un jeune homme, de s'amuser quelque peu, de lire une certaine admiration dans ses yeux, agissait comme un puissant tonique.

Luc Channel fut un grand désappointement.

À peine plus grand qu'elle, il était grossièrement bâti, avec une large face plate, un nez camus ; les deux dents de devant cassées, et un léger dépôt verdâtre au niveau des gencives. Malgré tout, il était bien habillé, avec des flots de rubans à l'épaule, autour des hanches et aux genoux, ses manières étaient assurées et il paraissait totalement ébloui par son hôtesse. Il ricanait perpétuellement, sans la quitter des yeux, et semblait par moment tellement médusé qu'il en perdait le fil de ses discours.

Ainsi que beaucoup de jeunes gens, il avait rapporté de ses voyages une série de jurons français et toutes ses phrases étaient émaillées de « morbleu ! » et de « mordioux ! ». Il lui raconta que le Louvre était beaucoup plus grand que Whitehall, qu'à Venise les prostituées marchaient dans les rues la poitrine découverte, et que les Allemands buvaient encore plus que les Anglais. Avant de se retirer, il invita Ambre et sa tante à dîner le lendemain, au Mulberry Garden, et elle accepta l'invitation avec un sourire et une révérence.

Ils avaient à peine fermé la porte qu'Honneur lui demanda :

— Eh bien ! M'dame, qu'en pensez-vous ? Fameusement chic, n'est-ce pas ?

Mais Ambre se sentait brusquement lasse et découragée. Sans entrain, elle haussa les épaules :

— Oh ! il n'y a pas de quoi en faire des folies !

Et tout remonta soudain en elle, les désillusions, la solitude, le désir intense de revoir Bruce, la situation désespérée dans laquelle elle se débattait. Se jetant sur son lit, elle fondit en larmes. Sentant peser sur elle tout le poids de sa grossesse, il lui semblait être enfermée dans un cachot sans issue et elle était épouvantée, comme menacée par quelque monstre indéfinissable.

« Oh ! que faire ? Que puis-je faire ? songeait-elle avec désespoir. Cela grandit, grandit, grandit en dedans de moi ! Je ne peux pas l'arrêter ! Et cela devient de plus en plus gros, jusqu'à ce que je sois enflée comme une grenouille empaillée et que tout le monde le voie. Oh ! je voudrais être morte ! »

VIII

Ambre et Luc Channel se marièrent vers la mi-octobre, trois semaines après leur première rencontre, dans la vieille église de la paroisse à laquelle appartenait l'hôtellerie de *La Rose*. Suivant la coutume, Ambre acheta les alliances et en choisit une fort jolie, sertie de diamants, pour elle, disant au bijoutier d'envoyer la facture. Elle agissait ainsi depuis quelque temps, son ignorance de la valeur des pièces d'argent lui causant parfois des ennuis.

Ambre avait épousé Luc sans grand enthousiasme. Elle le

considérait comme l'un des hommes les moins séduisants qu'elle ait vus et seule la conscience, toujours lancinante, de son état l'avait amenée à le considérer comme un mari possible, sa principale qualité – à ses yeux – étant son ardente admiration pour elle.

Mais, dès le lendemain de la noce, elle comprit qu'elle avait été jouée. Ses manières obséquieuses et tendres disparurent instantanément : il devint insolent, grossier, autoritaire. Sa vulgarité la choquait et lui faisait horreur, mais il ne lui permettait pas de s'isoler et faisait irruption chez elle à n'importe quelle heure du jour ou de la nuit. Dès le premier jour, il s'en alla la plus grande partie du temps ; il buvait sans arrêt, lui réclamait le reste de son argent et faisait preuve, sans la moindre provocation, d'un caractère exécrable.

Les affaires de Mr. Goodman continuaient à ne pas être réglées et il devenait une figure tout aussi nébuleuse que la tante d'Ambre, bien que les deux femmes se confondissent en excuses chaque fois que le nouveau délai avait expiré. Sitôt le mariage, les deux appartements avaient été réunis en un seul, et Sally empruntait les éventails, les gants et les bijoux d'Ambre, essayant vainement de s'introduire dans ses robes. Ambre commença à se rendre compte qu'elle avait été prise au piège par la tante et le neveu, sans bien comprendre comment cela s'était produit.

Honneur restait aussi calme et effacée que par le passé, mais plus négligente. Ambre avait à lui répéter fréquemment de mettre ses souliers et de ne pas rester à la maison avec un tablier sale. Quand Luc était là, elle ne le quittait pas des yeux avec une sorte d'adoration moutonnière qui rendait Ambre enragée. Quand il rentrait ivre, elle lui tenait la tête, nettoyait ses vêtements, le déshabillait et le couchait. De tels devoirs étaient habituels aux domestiques, mais Honneur les accomplissait avec une sorte de dévotion quasi conjugale. Luc ne lui en savait aucun gré, l'injuriait, la bousculait même quand il était de mauvaise humeur, et la traitait familièrement devant Ambre elle-même.

Ils étaient mariés depuis deux semaines à peine qu'un jour, rentrant inopinément, Ambre surprit Honneur et Luc au lit. Stupéfaite et dégoûtée, elle resta immobile un instant, la bouche et les yeux largement ouverts, puis claqua la porte. Luc bondit hors du lit ; Honneur, avec un cri d'effroi, courut dans la chambre de Sally en gémissant.

Luc regarda sa femme :

— Pourquoi diable êtes-vous rentrée ?

Elle était au bord des larmes, non que cela lui causât la moindre peine, mais parce qu'elle se sentait nerveuse et gênée.

— Comment pouvais-je savoir ?

Sans lui répondre, il enfila son pourpoint, boucla son épée, enfonça son chapeau sur sa tête et sortit de la pièce en claquant violemment la porte. Ambre le suivit un instant des yeux, puis alla retrouver Honneur. Celle-ci se trouvait dans la chambre de Sally, blottie dans un coin, sanglotante, le bras devant sa tête, comme pour se protéger. Un maître ou une maîtresse avaient alors le droit de battre les serviteurs infidèles, et visiblement elle s'attendait à une correction.

— Taisez-vous ! cria Ambre. Je n'ai pas l'intention de vous frapper. Elle lui jeta une pièce de monnaie. Tenez ! Et je vous en donnerai autant chaque fois que vous coucherez avec lui. J'aurai peut-être la paix, de cette façon, marmotta-t-elle en rassemblant ses jupes pour sortir.

Mais le dégoût qu'elle éprouvait pour son mari n'était pas le seul souci d'Ambre. Tous deux, sa tante et lui, dépensaient beaucoup d'argent – presque chaque jour de nouveaux paquets arrivaient pour l'un ou pour l'autre – mais ils ne réglaient jamais rien. Ambre aborda la question, un jour qu'elle sortait faire des emplettes avec Mrs. Goodman.

— Quand donc Luc recevra-t-il un peu d'argent de chez lui ? Chaque fois qu'il veut déjeuner à la taverne ou aller au théâtre, il me demande de la monnaie.

Sally se mit à rire et s'éventa tout en regardant la foule.

— Voyez cette robe de satin jaune, là-bas, ma chérie ? J'ai envie de m'en commander une semblable. Voyons, que disiez-vous ? Ah oui ! l'argent de Luc ! Eh bien ! pour vous dire la vérité, chérie, nous ne voulions pas vous en parler, mais puisque vous y tenez, le père de Luc est furieux qu'il se soit marié sans sa permission. Ce pauvre Luc, faire un mariage d'amour et maintenant se voir couper les vivres ! Mais, ma chère, avec votre fortune, vous vous arrangerez très bien tous les deux ?

Et elle adressa un sourire engageant à Ambre, quoique son regard fût dur et inquisiteur.

Ambre la contempla, interdite. Luc sans argent, et tous deux obligés de vivre sur ses cinq cents livres ! Elle commençait à se rendre compte que cinq cents livres n'étaient pas la fortune inépuisable qu'elle s'était imaginée tout d'abord, surtout au train dont ils allaient maintenant.

— Mais pourquoi diable son père refuserait-il de l'entretenir ?

La question était posée comme un défi, car Sally et elle ne se trouvaient plus sur le même pied de politesse et avaient failli se quereller à plusieurs reprises.

— Il ne me trouve pas assez bonne pour lui ?

— Oh ! mon Dieu, ma chérie, je n'ai pas dit cela ! Mais son père avait songé à quelqu'un d'autre. Attendez qu'il vous ait vue. Il changera d'avis, bien vite, je vous assure. Et, à propos ma chère, ces mille livres que vous avez demandées à l'homme d'affaires de votre tante, ne sont-elles pas un peu lentes à venir ?

La voix de Sally était aussi onctueuse que lorsqu'elle adjurait Luc de dominer sa mauvaise humeur, de ne pas déchirer les cartes après un mauvais coup, ou de traiter Honneur plus gentiment.

Mais Ambre fit la moue, détourna les yeux et répondit d'un ton boudeur :

— Il est possible que l'homme d'affaires ne veuille pas non plus les envoyer, maintenant que je suis mariée.

Peu à peu, son petit pécule fondait. Argent de poche pour Luc, fantaisies de Mrs. Goodman, qui promettait toujours de rembourser dès que son mari serait de retour, règlement d'un fournisseur qui venait réclamer des notes en retard.

Que ferai-je quand je n'aurai plus rien ? se demandait-elle avec désespoir. Et, accablée par la crainte et les pressentiments, elle se mettait à pleurer. Elle avait versé plus de larmes depuis le départ de Lord Carlton que durant le reste de sa vie. Si Luc se mettait en colère, si la blanchisseuse ne lui rendait pas ses chemises en temps voulu, la plus légère contrariété, le plus léger inconvénient devenaient une cause de pleurs. Parfois elle pleurait doucement, tristement, d'autres fois les larmes étaient des torrents, comme une averse de printemps. La vie n'était plus gaie, ni provocante, mais vide et sans espoir.

Il ne lui restait rien ! Le bébé naîtrait et serait suivi d'autres au cours des années. Sans le sou, chargée de famille, avec un mari brutal, et beaucoup de travail, sa beauté se fanerait rapidement. Et les années viendraient !

Parfois elle se réveillait la nuit, luttant comme si elle se trouvait prise dans les mailles d'un filet. Elle se dressait alors sur son lit, terrifiée, la respiration coupée. Puis elle se souvenait de Luc, étendu à côté d'elle, prenant les trois quart de la place, et la haine montant en elle lui donnait envie de l'étrangler de ses propres mains. Elle le contemplait, pensant à la joie qu'elle éprouverait à le poignarder, à le voir rivé au lit, saignant désespérément. Elle se demandait si elle aurait le courage de l'empoisonner, mais elle avait peur d'être prise. Et une femme coupable du meurtre de son époux était brûlée vive.

Jusqu'à présent, personne n'avait paru s'apercevoir de sa grossesse, bien qu'elle eût achevé son cinquième mois. Ses nombreux jupons empesés, et ses jupes froncées, l'aidaient à dissimuler durant la journée. Elle ne s'habillait que seule, ou le dos tourné. La nuit, les bougies étaient toujours éteintes à cause d'Honneur qui dormait dans la même pièce, sur un petit lit de camp que l'on poussait sous le grand dans la journée. Mais ils ne pourraient manquer de le voir bientôt et elle savait que jamais elle ne parviendrait à les persuader que l'enfant était de Luc. Que ferait-elle, alors ? Elle n'en avait aucune idée.

De temps en temps, Ambre changeait son argent de cachette, ne laissant que quelques pièces de monnaie à l'endroit supposé, et elle se félicitait de l'excellence de ce système. Un jour elle alla à sa cachette : la bourse n'y était plus !

Elle avait accroché le sac à un clou planté derrière une très lourde armoire de chêne, placée contre le mur et que jamais personne ne bougeait. Avec un léger cri, elle se mit à quatre pattes pour voir si la bourse ne serait pas tombée à terre, dans la poussière. Elle se sentit soudain épouvantée et malade. Se retournant, elle appela Honneur qui se trouvait dans la pièce voisine ; la jeune fille arriva en courant et s'arrêta net en voyant Ambre farfouiller sous l'armoire.

— Oui, M'dame !

— Avez-vous bougé cette armoire ?

— Oh ! non ! M'dame !

Ambre eut l'impression qu'elle mentait, mais se dit qu'en tout état de cause elle n'avait certainement agi que sur les ordres de Luc. Elle se releva péniblement, découragée, mais moins surprise qu'elle ne l'eût cru, et se dirigea vers la porte où le tailleur attendait, sa facture à la main. Il fut poli, toutefois, quand elle lui dit qu'elle n'avait pas d'argent à la maison, et déclara qu'il reviendrait. Luc Channel était un excellent client, et il n'avait nullement l'intention de lui être désagréable.

Luc rentra très tard, trop ivre pour parler, aussi Ambre n'eut-elle d'autre ressource que d'attendre le lendemain matin. Quand elle se réveilla, la chambre était vide et la porte qui donnait dans l'appartement de Sally close. Mais elle entendait un murmure de voix venant de là. Rapidement, elle sauta hors du lit et passait sa chemise quand Luc entra soudain. Promptement elle saisit son jupon, mais il traversa la pièce en deux enjambées, la saisit par le bras et lança le jupon au loin.

— Pas si vite. Un mari a bien le droit de voir sa femme de temps en temps, ce me semble !

Il examina le ventre ballonné.

— Vous êtes bien discrète, continua-t-il lentement, l'air mauvais, pour une chienne grosse de trois mois au moment de son mariage !

Ambre rendit le regard sans fléchir. Ses yeux étaient froids et durs. Toute inquiétude et toute indécision avaient disparu de son esprit. Elle ne ressentait plus qu'une haine amère et méprisante, si forte qu'elle balayait tout autre sentiment.

— Et c'est pour ça que tu m'as épousé, sale putain ? Pour donner un nom à ton bâtard !

De toute sa force, Ambre le frappa au visage. Avant qu'elle eût pu faire un mouvement, il la saisit par les cheveux, d'une brusque secousse, tandis que de l'autre main il lui administrait un violent coup de poing à la mâchoire. Terrifiée, lisant le meurtre dans ses yeux, Ambre poussa un cri strident et Sally se précipita dans la chambre, invectivant son neveu.

— Luc ! Luc ! Imbécile, qui va tout gâter ! Assez !

Et elle se précipita au secours d'Ambre, qui s'accroupissait et ne luttait pas, de peur qu'un coup ne fît du mal à l'enfant. Mais il la frappait aveuglément, où il pouvait, jurant entre ses dents, livide de colère, grimaçant de rage. Finalement, Sally réussit à l'écarter, laissant Ambre étendue à terre, gémissant, vomissant, au bord de la crise de nerfs.

— Oh ! le diable vous emporte, Luc ! entendit-elle Sally crier. Votre sale caractère nous ruinera tous !

Sans l'écouter, il hurla, s'adressant toujours à Ambre :

— La prochaine fois, tu ne t'en tireras pas à si bon compte, dévergondée. Je te casserai la tête, tu m'entends !

Et il lui allongea encore une bourrade. Ambre gémit, protégeant son ventre de ses deux mains, les yeux fermés. Il quitta la pièce, claquant violemment la porte derrière lui.

Les deux femmes se précipitèrent immédiatement vers Ambre et la mirent au lit. Elle resta quelques minutes sanglotante, à trembler de tout son corps, plus de rage, de haine et d'humiliation que de douleur. Assise sur le lit, Sally lui caressait les mains, lui parlait d'un ton apaisant, tandis qu'Honneur la contemplait avec une sorte de stupeur pleine de sympathie.

Comme Ambre reprenait ses esprits, elle sentit en elle de légers mouvements et, portant les mains à son ventre, comprit que son bébé bougeait.

— Oh ! s'écria-t-elle furieusement, si je perds mon enfant, je vous jure que je verrai ce fils de traînée pendu au bout d'un gibet, à Tyburn Hill !

Bien que souvent elle ait espéré un accident, elle comprit soudain à quel point elle désirait cet enfant, car c'était tout ce qui lui restait de Lord Carlton.

— Seigneur ! ma toute belle ! Que dites-vous ? s'écria Sally.

Néanmoins, elle envoya Honneur chez le pharmacien chercher un remède contre les fausses couches et fit une infusion du mélange d'herbes que celle-ci rapporta. Ambre avala cette décoction puante en se bouchant le nez et en faisant des grimaces. La journée s'écoula sans symptômes alarmants et Ambre commença de se sentir mieux. Pour contusionnée et dolente qu'elle fût, elle n'était pas sérieusement blessée. Mais elle ne pouvait songer qu'à Luc Channel et combien elle le détestait. Elle était bien résolue, sitôt rentrée en possession de son argent, à le quitter, s'en aller de Londres vers quelque autre ville et s'y cacher. Plusieurs heures durant elle resta ainsi allongée, les yeux fermés, faisant des plans.

Sally lui témoignait plus de sollicitude que jamais et, même quand Ambre faisait semblant de dormir, elle lui posait des questions, lui apportait quelque chose à manger, suggérait qu'elle serait mieux si elle s'asseyait un peu. Finalement Ambre céda, avec un soupir excédé, et toutes deux entamèrent une partie d'hombre.

— Pauvre Luc ! dit Sally au bout de quelques minutes. Je crains que le malheureux garçon n'ait hérité des accès de fureur de son père. Croyez-moi, j'ai vu Walter Channel, l'écume à la bouche, rester pétrifié pendant quelques minutes. Mais la crise une fois passée, c'est le plus charmant garçon du monde, tout juste comme Luc.

Ambre lança un regard sceptique à Sally, jeta sa dame et gagna le point.

— Comme Luc, répéta-t-elle. Je le regrette pour Lady Channel.

Sally pinça les lèvres :

— Peste ma chère ! vous ne voudriez tout de même pas qu'un homme soit enchanté de trouver sa femme engrossée par un autre ? Et, vous savez... – elle joua une carte, ramassa la levée et, tout en l'alignant sur le bord du plateau, regarda Ambre bien en face – ... il paraît à peu près évident que vous saviez, avant de vous marier, dans quelle situation vous vous trouviez ?

Ambre sourit malicieusement :

— Oh ! vraiment ?

Ses yeux lancèrent un éclair, et elle cria :

— Et pour quelle autre raison aurais-je épousé ce rustre aux dents sales ?

Sally la regarda, poussa un profond soupir, et se mit à ramasser ses levées. Reprenant les cartes, elle donna et toutes deux jouèrent un moment en silence.

Tout à coup Ambre dit :

— J'ai perdu une bourse contenant une assez grosse somme. Elle était pendue à un clou derrière cette armoire ; quelqu'un l'a volée.

— Volée ! Des voleurs ici ! Oh ! mon Dieu !

— Je pense que c'est Luc le coupable.

— Luc ? Un voleur, lui ? Petite, comment parlez-vous ? Il n'est pas dans tout Londres d'homme plus honnête que mon neveu. Et de toute façon, ma chère, comment pourrait-il vous voler ! L'argent d'une femme appartient à son mari. Je suis étonnée, ma chérie, je dois dire, que vous ayez ainsi caché quelques misérables livres !

— Quelques misérables livres ! Ce n'étaient pas quelques misérables livres. C'était tout ce que je possédais au monde !

Sally lui lança un regard rapide.

— Tout ce que vous possédiez ? Et votre héritage, alors ? Ces cinq mille livres ?

Elle la fixait de ses yeux durs, rétrécis ; toute bonne humeur avait disparu de son visage.

— Et son héritage à lui ?

Sally conserva toute sa patience :

— Je vous l'ai déjà expliqué, ma chère. Et, d'après ce que je comprends, vous avez trompé mon neveu, lui faisant croire que vous étiez fortunée, alors que cinq cents livres constituaient toute votre fortune ?

D'un geste brusque, Ambre lança ses cartes dans la pièce et fit tomber le plateau :

— Comprenez ce que vous voulez, je m'en fiche ! Ce misérable a volé mon argent et j'appellerai la maréchaussée.

Sally se leva d'un air de dignité offensée et se retira dans ses appartements où elle resta tout le jour. Honneur tint compagnie à sa maîtresse. Tranquillement, elle vaqua à ses occupations, apporta son dîner à Ambre sur un plateau, lui brossa les cheveux, lui passa une bassinoire dans le lit pendant qu'elle se lavait les mains et se brossait les dents. Elle écouta, sans commentaires, mais avec sympathie, les plaintes d'Ambre au sujet de son mari et sa tante, et ne parut pas autrement surprise quand sa maîtresse fit part de son intention de les quitter sitôt qu'elle aurait récupéré son argent.

Sans le vouloir, Ambre s'endormit avant le retour de Luc. Elle s'éveilla bien au milieu de la nuit et perçut des voix dans la pièce voisine – la sienne et celle de Sally – mais, bien qu'elle attendît quelque temps en proie à une froide colère, la porte resta close. Peu à peu les voix s'éteignirent ; elle se rendormit.

Le lendemain matin, quand elle s'éveilla, un grand feu flambait dans la cheminée, et la pièce avait un air étonnamment accueillant et intime. Sally, fredonnant une chanson, arrangeait des feuillages verts dans un vase. Honneur époussetait les meubles avec plus d'ardeur que de coutume. Et Luc, nouant sa cravate devant la glace, se contemplait avec satisfaction.

À peine eut-elle repoussé les rideaux, que Sally s'en aperçut :

— Bonjour, ma chérie ! s'écria-t-elle affectueusement. – Traversant vivement la pièce, elle vint embrasser Ambre, sans paraître s'apercevoir de la mine renfrognée de cette dernière. – J'espère que vous avez bien dormi ? Luc est resté dans ma chambre sur le lit pliant, pour ne pas vous déranger.

Jamais elle n'avait été plus aimable et, se tournant vers son neveu avec un sourire rayonnant, comme une mère qui met son fils en valeur devant des étrangers :

— N'est-ce pas, Luc ?

Luc répondit par un large ricanement, le même que durant leurs fiançailles. Appuyée sur un coude, Ambre l'examinait d'un air revêche. Elle était bien décidée à rentrer dans son argent, mais la seule vue de son mari l'indignait à tel point qu'elle en perdait tout sang-froid. Il s'approcha d'elle, grimaçant toujours un sourire tandis qu'elle le contemplait avec un sombre dégoût.

— Devinez ce que j'ai pour vous ?

Il avait pris quelque chose dans la poche de son manteau et tenait une main derrière son dos.

— Je ne sais pas, et cela m'est égal ! Allez-vous-en ! s'écria-t-elle comme il se penchait pour l'embrasser, et elle se cacha la tête sous les couvertures.

Il eut un mauvais regard, mais Sally lui poussa légèrement le coude en guise d'avertissement. S'asseyant sur le lit, il tenta de l'approcher :

— Voyez, ma poulette, le joli cadeau. Allons, ma belle ! vous n'allez pas faire la tête au pauvre Luc, hein ?

Elle l'entendit ouvrir un écrin et faire tinter quelque chose qui ressemblait à un bijou. Curieuse, elle risqua un œil de dessous les couvertures. D'un air tentateur, il lui tendait un bracelet orné de plusieurs diamants, d'un rubis et de quelques pendeloques. Et il continuait, d'un ton persuasif, tandis qu'elle regardait le bijou :

— Croyez-moi, ma mignonne, je regrette ce qui s'est passé hier. Vraiment, parfois je ne suis plus maître de moi. Mon pauvre vieux père est sujet à des accès semblables. Tenez, laissez-moi l'accrocher à votre bras.

Le bracelet était fort joli et Ambre finit par l'accepter. Elle savait que mieux valait lui faire croire qu'elle l'aimait, sinon jamais elle ne retrouverait son argent. Aussi se laissa-t-elle embrasser et fit-elle même entendre un petit rire de satisfaction. Elle le tenait en tel mépris qu'elle n'avait aucune peine à se persuader qu'il serait facile de le jouer. Finalement, elle se leva, s'habilla, et ils burent ensemble un pot d'ale, agrémenté de quelques anchois. Luc suggéra une promenade à Paneras, et un déjeuner dans une charmante petite auberge qu'il connaissait. Le croyant réellement ennuyé de sa conduite et encore épris d'elle, Ambre accepta. Elle mit son manteau, laissa, sur son conseil, son bracelet à la maison, de crainte des voleurs de grand chemin, et tous deux sortirent.

Pancras – un minuscule petit village au nord-ouest – se trouvait à environ deux milles de « La Rose », ce qui représentait environ trois quarts d'heure de voiture. Mais ils avaient à peine atteint Holborn-le-Haut que la pluie commença de tomber et en moins de quinze minutes, les routes devinrent boueuses. Deux ou trois fois les roues s'embourbèrent ; le cocher et le valet de pied durent les dégager à l'aide de la barre de fer que, dans ce but, possédait tout équipage.

Ambre, secouée, cahotée dans cette voiture sans ressorts, trouva la course interminable et souhaitait éperdument être restée chez elle. Luc, au contraire, était très gai, très bavard, et elle fit un effort pour avoir l'air de s'amuser autant que lui.

L'auberge lui parut laide et sale et la chambre dans laquelle ils furent introduits était froide et sentait le renfermé. L'hôtelier alluma le feu, et Luc descendit ensuite avec lui pour commander le déjeuner, tandis qu'Ambre restait à la fenêtre, regardant tomber la pluie.

Le déjeuner était mauvais, bœuf bouilli à peine réchauffé, panais à l'eau et lard bouilli. Ambre, écœurée, put à peine avaler une bouchée, mais Luc, jamais dégoûté, s'empiffra gloutonnement, deux ruisseaux de graisse coulant le long de sa bouche. Il mangeait bruyamment, se curait les dents avec ses ongles et crachait par terre, si bien qu'Ambre, rendue plus sensible par son état, en eut la nausée.

À peine avait-il fini de manger qu'il se mit à la serrer de près, cherchant à dégrafer ses vêtements. Soudain, on frappa à la porte et l'hôtelier l'appela. Sans un mot, il la quitta et sortit.

Ambre resta un moment surprise et soulagée, se demandant ce qui se passait. Brusquement, elle fondit en larmes, larmes de colère, de solitude et de dégoût. « Je ne veux plus qu'il m'approche ! songea-t-elle. Non ! dût-il me tuer ! » Et se tournant de côté, elle se mit à pleurer amèrement en attendant qu'il revînt.

Elle attendit longtemps. Finalement elle se leva, se baigna le visage à l'eau fraîche et se recoiffa. Elle se demandait où il avait bien pu aller et ce qui le retenait, mais s'en souciait fort peu. Car, dès son retour, ils rentreraient chez eux et elle passerait le reste de la journée à bavarder avec Sally, ou – si Luc restait auprès d'elle – à jouer à l'hombre ou au piquet, en étant sûre de perdre, car ils trichaient tous deux, sa tante et lui, elle ne savait pas comment.

À la longue, elle finit par s'inquiéter et un sentiment de méfiance s'insinua en elle. Avait-il pris la voiture, la laissant rentrer seule par ses propres moyens ? Cette sorte de vengeance lui ressemblait bien. Et elle n'avait pas un centime sur elle. Prenant son éventail, son manchon et son masque, elle s'enveloppa dans son manteau de velours noir et descendit dans l'auberge. L'hôtelier était à son comptoir, parlant à un étranger crotté ; les deux hommes fumaient leur pipe en buvant de l'ale.

— Où est mon mari ? demanda-t-elle à mi-chemin dans l'escalier.

Ils levèrent les yeux vers elle.

— Votre mari ? répéta l'hôtelier.

— Bien sûr ! Le monsieur avec lequel je suis venue ? s'écria-t-elle impatiemment, se dirigeant vers le comptoir. Où est-il ?

— Eh ! il est parti, Madame. Il m'a dit que vous étiez une dame qui cherchait à s'enfuir avec lui et m'a demandé de l'appeler à une heure et demie. Il est tout de suite parti avec la voiture, en disant que vous paieriez la note, ajouta-t-il d'un ton significatif.

Ambre le regarda, stupéfaite, puis elle courut à la porte ! C'était vrai. La voiture avait disparu. Elle se retourna, irritée et très ennuyée :

— Il faut que je rentre à Londres. Comment faire ? Y a-t-il un relais ici ?

— Non, Madame. On s'arrête très rarement. Le déjeuner était de dix shillings, et la chambre aussi. Une livre en tout, Madame.

Il tendit la main.

— Une livre ? C'est que je ne l'ai pas. Je n'ai pas un sou sur moi. Oh ! le misérable !

Il lui semblait que personne n'avait jamais été si malchanceux, ni n'avait tant souffert qu'elle depuis qu'elle était à Londres.

— Comment puis-je rentrer ? demanda-t-elle de nouveau d'un ton désolé.

Elle ne pouvait réellement pas partir à pied sous cette pluie et dans cette boue.

L'aubergiste garda un instant le silence, l'examinant et concluant finalement en sa faveur à cause de sa jolie robe.

— Allons Madame, vous me paraissez être une dame comme il faut. J'ai un cheval et mon fils peut vous reconduire, si vous voulez payer la course et régler la note quand vous serez rentrée ?

Ambre accepta et s'en fut avec le fils de l'hôtelier – un gamin de quatorze ans –, traînée par deux infâmes petits bidets qui se refusaient obstinément à trotter. Ils roulaient silencieusement, Ambre serrant les dents, très mal à son aise, avec le poids de son ventre et ses habits trempés collant à elle. Elle était obsédée par la pensée de Luc Channel. Plus le temps passait, plus son ventre devenait douloureux, plus elle était transpercée, et plus elle le haïssait. Sauvagement, elle se promettait de le tuer pour cela, dût-elle être brûlée vive.

Quand ils arrivèrent en ville, les rues étaient presque désertes. Les gens, enveloppés dans leurs manteaux, leurs chapeaux enfoncés jusqu'aux oreilles, luttaient contre le vent. De pauvres chiens mouillés, de misérables chats se blottissaient sous les porches et de véritables torrents coulaient au milieu des rues.

Le jeune garçon l'aida à descendre et la suivit, comme elle entrait en courant, ses jupes collées à elle, ses cheveux pendant en longues mèches sur ses épaules. Elle ressemblait à quelque maléfique divinité marine. Elle traversa la grande salle sans se soucier des regards braqués sur elle, grimpa précipitamment les escaliers, et pénétra violemment chez elle avec un cri d'effroi :

— Luc !

Point de réponse. La pièce était vide, le lit pas fait, et partout se remarquaient les signes non équivoques d'un départ précipité. Les armoires étaient béantes et vides, sa garde-robe pillée, sa coiffeuse entièrement dépouillée. Les miroirs qu'elle avait achetés n'étaient plus aux murs. La paire de chandeliers d'argent avait disparu. Seule la petite perruche, dans sa cage dorée, la contemplait de son œil rond, et elle aperçut les boucles d'oreille de Bruce, par terre, comme si elles y avaient été jetées par mépris.

Elle contemplait le désastre, immobile, abasourdie, désemparée. Cependant un sentiment confus d'allégement, de délivrance montait en elle, et elle se sentait heureuse d'être enfin débarrassée d'eux, de tous les trois, Luc, Sally et la petite Honneur Mills. Lentement elle leva la main, tira les épingles d'écaille qui retenaient ses cheveux – elles étaient incrustées d'or avec des motifs en petites perles – et les tendit au gamin.

— Tout mon argent est parti ! dit-elle d'un ton las. Tenez ! Prenez cela.

Indécis, il la regarda un instant, puis finalement accepta. Ambre ferma doucement la porte derrière lui et s'adossa au battant. Elle n'avait plus qu'un désir : se coucher et oublier, oublier même qu'elle était en vie.

DEUXIÈME PARTIE

IX

Le sol était couvert de vieille paille pourrie qui sentait l'aigre, et les rats, aux yeux semblables à des perles noires brillantes, avançaient hardiment, en quête de quelques bribes de nourriture. Les murs suintaient, recouverts d'une sorte de limon verdâtre. De grands anneaux de fer y étaient encastrés, tenant de lourdes chaînes. Le long de la muraille des rangées de planches, en guise de lits, comme dans un baraquement. Bien que la matinée fût avancée, il faisait sombre et l'obscurité eût été plus profonde encore sans la lueur d'une chandelle de suif qui brûlait d'une petite flamme basse, comme étouffée par la puanteur de l'air. C'était le Trou des Condamnés, à Newgate, où les prisonniers séjournaient tant qu'ils ne pouvaient s'offrir un logement meilleur.

Il y avait quatre femmes dans la cellule ; toutes assises, toutes chargées de lourdes chaînes aux poignets et aux chevilles, toutes silencieuses.

L'une était une jeune quakeresse, vêtue d'une austère robe noire, avec un col empesé et un voile blanc sur les cheveux ; elle restait immobile, les yeux fixés sur la pointe de ses souliers. En face d'elle, une femme d'âge moyen, semblable à toutes les femmes que l'on voit chaque jour dans la rue, allant au marché un panier au bras. À côté d'elle, une affreuse souillon, étendue par terre, contemplait ses compagnes d'un air hostile, un vilain sourire au coin de la lèvre. Des ulcères béants couvraient son visage et sa gorge et, de temps en temps, une toux creuse lui déchirait la poitrine. La quatrième de ces femmes était Ambre, assise enveloppée dans son manteau, tenant sur ses genoux d'une main crispée la cage de sa perruche, et serrant de l'autre son manchon.

Elle tranchait singulièrement dans cet infect taudis, car ses vêtements, tout en ayant souffert de l'averse essuyée il y avait une quinzaine de jours, étaient de bonne coupe et de belle qualité. Sa robe – faite par Madame Damier – était en velours noir, relevée sur un jupon d'épais satin à raies blanches et rouges. De fines lingeries tuyautées encadraient son décolleté et garnissaient le bas des larges manches bouffantes. Ses bas de soie étaient de teinte écarlate et de grosses boucles brillantes ornaient ses souliers de velours noir à bouts carrés. Elle portait son grand manteau noir, son manchon de renard, son éventail et son masque.

Elle était là depuis une heure environ – le temps lui semblait singulièrement long – et pas un mot n'avait été échangé ! Ses regards erraient partout, cherchant à percer les ténèbres, et elle commençait à s'agiter nerveusement. De partout, au-dessus d'elle, en dessous, de tous côtés retentissait une sourde rumeur faite de cris étouffés, de gémissements, de jurons et de rires ! Elle regarda la femme du peuple, puis la quakeresse, et enfin l'abominable mégère couchée par terre qui la contemplait avec une sorte d'insolence amusée.

— Est-ce bien la prison ? demanda finalement Ambre, s'adressant à elle, car aucune des deux autres ne paraissait avoir conscience de ce qui se passait autour d'elle.

La mendiante continuait à loucher de son côté, sans rien dire, puis elle se mit à rire et fut soudain prise d'un accès de toux. Suffoquant, elle porta les deux mains à sa gorge, et finit par cracher un gros caillot de sang :

— Est-ce bien la prison ? répéta-t-elle, singeant Ambre. Par l'enfer, où donc tu te crois ? Tu n'es pas à Whitehall, ma belle !

Son accent était rude et sa voix éraillée comme celle d'une femme usée.

— Je veux dire : est-ce là toute la prison ?

— Jésus ! non !

Elle eut un geste las :

— Écoute un peu ! En haut, en bas, partout ! Pourquoi tu es là ? demanda-t-elle brusquement. Ici on n'est pas habitué à la société des grandes dames.

Elle avait un air moqueur, mais semblait trop épuisée pour être dangereuse.

— Pour dettes, dit Ambre.

Le lendemain du départ de Luc, de sa tante et de la bonne, Ambre s'était réveillée avec un gros refroidissement, la gorge si irritée qu'elle pouvait à peine parler. Elle était presque heureuse d'être malade, car au moins elle ne pouvait rien faire avant d'être remise et elle ne savait réellement pas que devenir. Elle ne possédait plus rien, sauf la robe qu'elle avait sur elle ; pas un centime en caisse. Son unique actif négociable était constitué par son alliance de mariage, le rang de perles qu'elle portait autour du cou, une paire de boucles d'oreille en perles et celles que Bruce lui avait achetées à la foire de mai. Luc avait volé tous les objets de valeur, y compris le bracelet de la réconciliation et la brosse à dents à manche d'argent que Bruce lui avait donnée.

Couchée dans son lit, toussant, crachant, se mouchant, la tête vide et les membres courbatus, elle se faisait du souci. Car elle comprenait à présent sa sottise. Ils lui avaient joué un tour vieux comme le monde et cousu avec du fil blanc. Avec sa naïveté de jeune campagnarde, elle avait donné dans le piège, aussi étourdie qu'une bécasse. Sa seule consolation était la certitude de les avoir trompés aussi. Car elle était bien convaincue, à présent, que Luc s'était imaginé épouser une véritable héritière et l'avait abandonnée au moment où il s'était aperçu de son erreur.

Le troisième jour, son antichambre fut assaillie par une nuée de créanciers réclamant leur dû. Quand Ambre apparut, enroulée dans une couverture, et qu'elle leur déclara que son mari avait pris la fuite et qu'elle n'avait pas d'argent, ils menacèrent de porter plainte. Finalement elle refusa de répondre et les mit à la porte. Ce matin même, un archer était venu à son domicile, lui avait ordonné de s'habiller et de la suivre à Newgate. Elle ne serait pas jugée, lui dit-il avant la prochaine session et, au cas où elle serait reconnue responsable de sa dette – condamnée à rester en prison jusqu'à ce qu'elle ait tout payé.

— Pour dettes ! répéta la femme du peuple. Moi aussi. Mon mari est mort en devant une livre six shillings.

— Une livre six ! s'écria Ambre. J'en dois trois cent quatre-vingt-dix-sept !

Elle éprouvait presque un sentiment de triomphe à être emprisonnée pour une somme aussi considérable. Mais elle en rabattit bien vite.

— Alors, dit la pouilleuse, tu ne sortiras d'ici que les pieds devant.

— Que dites-vous ? Mais j'avais cet argent. J'en avais même *beaucoup* plus, seulement mon mari l'a volé et s'est sauvé. Quand ils l'auront rattrapé, ils me le rendront.

Elle cherchait à paraître confiante, mais les paroles de cette femme l'avaient épouvantée, car ce n'était pas la première fois qu'elle entendait parler de la manière spéciale dont la justice était rendue à Londres.

Grimaçant un sourire, la mendiante se leva et se rapprocha, dégageant une odeur qui incommoda vivement les nerfs olfactifs de son interlocutrice. Elle s'arrêta devant la jeune fille et l'examina avec une expression où se mêlaient une certaine jalousie devant cette jeunesse et cette beauté, et un mépris bienveillant pour tant de naïveté et de confiant optimisme. Puis elle s'assit à côté d'elle.

— Je m'appelle Molly Turner. D'où viens-tu, ma jolie ? Pas depuis longtemps à Londres, hein ?

— J'y suis depuis sept mois et demi, répliqua Ambre d'un air de défi, car elle était toujours blessée dans son orgueil de se voir prise pour une provinciale. Je viens de l'Essex. ajouta-t-elle d'une voix plus douce.

— Allons ! pas besoin de prendre de grands airs avec moi, pimbêche ! M'est avis, quand on possède une couche pareille, qu'un petit conseil d'ami ne fait pas de mal. Et tu en auras besoin de plus d'un, avant longtemps.

— Je suis désolée. Mais, à parler franchement, Mrs. Turner, je suis dans une telle impasse que j'en deviens folle. Qu'est-ce que je dois faire ? Il faut absolument que je sorte d'ici. Je vais avoir un bébé.

— C'est vrai ?

Elle ne paraissait ni émue, ni impressionnée.

— Ben ! ce ne sera pas le premier qui naîtra à Newgate, tu peux me croire. Écoute, ma belle, c'est plus que probable que tu ne sortiras jamais d'ici. Alors écoute-moi bien, ça t'épargnera des ennuis !

— Jamais ! cria Ambre avec désespoir. Oh ! mais je ne veux pas rester ici, ils ne peuvent pas me garder !

Molly Turner prit un air excédé et, sans faire attention aux protestations d'Ambre, continua avec calme :

— Il te faudra payer pension à la femme du geôlier, pour être mieux logée, porter des chaînes plus légères, vomir plus à l'aise. Et tu peux commencer tout de suite en me donnant ces boucles d'oreille...

Ambre poussa un cri d'horreur et se recula.

— Je ne veux pas. Elles sont à moi ! Pourquoi vous les donnerais-je, je vous prie ?

— Parce que, ma jolie, si ce n'est pas moi, c'est la femme du geôlier qui les prendra. Oh ! je suis correcte ! Donne-moi les pendants – ils ne valent guère plus d'une livre – ajouta-t-elle en les examinant d'un œil perçant, et je te dirai comment s'arranger ici. J'y ai déjà été, et tu peux me croire. Allons vite, pendant que nous sommes tranquilles...

Ambre la considéra longuement avec un franc dégoût ; finalement elle décida que mieux valait avoir une alliée en cet étrange lieu – fût-ce au prix de boucles d'oreille. Retirant donc ses perles, elle les déposa dans la paume ouverte de Mrs. Turner. Molly les enfouit dans son corsage, entre ses deux seins flasques, et se tourna vers Ambre.

— Alors, ma chère, qu'est-ce que tu as comme argent ?

— Pas un centime !

— Pas un centime ? Bon Dieu ! comment veux-tu vivre ? Newgate n'est pas un asile de bienfaisance. Tu paies pour tout ici, et cher encore !

— Eh bien ! je ne peux pas. Je n'ai pas d'argent.

Le ton positif d'Ambre amena un nouvel et violent accès de toux chez Molly. Finalement elle se redressa et, s'essuyant la bouche du revers de la main :

— Tu es vraiment trop jeune pour sortir du nid, ma poulette. Où perche ta famille ? Dans l'Essex. Tu ferais mieux de leur écrire...

Ambre se raidit et baissa ses longs cils :

— Je ne peux pas. Et je ne veux pas ! Ils ne voulaient pas que je me marie... et je...

— T'inquiète pas. Je vois ça comme si j'y étais. Tu t'es trouvée avec un gosse et tu es partie. Ton ami t'a plaquée ! Et à Londres tout le monde s'en fiche... nous avons assez d'embêtements pour ne pas nous occuper de ceux du voisin...

— Mais, je suis vraiment mariée ! protesta Ambre bien

résolue, puisqu'elle y était, à obtenir tout le respect dû à une femme convenable. Je suis Mrs. Channel, Mrs. Luc Channel ! Voilà mon alliance, qui le prouve !

Elle ôta son gant et mit sa main gauche sous le nez de Molly.

— Oui ! Oui ! Bon Dieu ! ma chère, ça m'est bien égal que tu sois mariée, ou que tu aies couché avec trente ou quarante hommes. J'ai été une poule de luxe moi, dans le bon temps ! Maintenant, je suis si faisandée qu'un homme ne me voudrait pas, même pour rien !

Elle sourit faiblement, haussa les épaules et, les yeux perdus dans le vide, oubliant sa promesse, se mit à énumérer la suite de désillusions que constituait sa vie.

— Voilà comment j'ai commencé : Il était capitaine aux armées du roi, un rudement beau garçon dans son uniforme. Mais mon père n'était pas content de voir sa fille mettre au monde un lardon illégitime. Alors je suis venue à Londres. À Londres, on peut tout cacher. Mon petit est mort – tant mieux pour lui – et je n'ai jamais revu mon capitaine. Mais j'en ai vu d'autres, des hommes plus que je n'en voulais, je te jure. Et j'ai eu de l'argent, pendant un bout de temps. Une fois, un type m'a donné cent livres pour une seule nuit. Maintenant...

Elle se tourna brusquement et dévisagea Ambre qui la considérait les yeux agrandis d'horreur, ne pouvant croire que cette affreuse créature, malade, émaciée, eût été jeune, belle, amoureuse d'un beau garçon, tout comme elle...

— Quel âge crois-tu que j'ai ? Cinquante ans ? Non ! trente-deux. J'ai tout juste trente-deux ans. Oh ! ça va ! j'ai eu mon beau temps, faut en convenir. Et je ne le donnerais pas pour autre chose...

Ambre se sentait défaillir : elle se voyait, d'ici quelques années changée en une seconde Molly Turner. « Oh ! mon Dieu ! mon Dieu ! songeait-elle, épouvantée, c'est tout à fait comme disait tante Sarah : voyez ce qu'il advient de ces mauvaises femmes ! »

Soudain le grincement d'une clef dans la serrure les fit toutes sursauter et la lourde porte de fer s'ouvrit lentement. Molly, posant la main sur sa bouche, chuchota :

— Vends-lui ton alliance pour ce qu'elle voudra t'en donner.

Une femme d'une cinquantaine d'années pénétra dans la cellule. Ses cheveux, presque blancs, étaient ternes et morts comme de la paille, relevés en un petit chignon bien serré sur le sommet de la tête. Elle portait une blouse malpropre, une jupe de laine bleu foncé et un grand tablier rouge noué à la taille. Autour de ses hanches était enroulée une lanière de cuir, à laquelle pendaient quelques grosses clefs, une paire de ciseaux, un sac, et un nerf de bœuf au bout d'un lourd manche de bois, destiné à maintenir la discipline. Elle tenait une chandelle fichée dans une bouteille, qu'elle posa sur une planchette avant de se retourner pour examiner ses prisonnières.

Un gros chat gris au pelage rayé la suivait, se frottant contre ses jambes et ronronnant d'un air satisfait. Apercevant la perruche d'Ambre, il fit un bond rapide. Mais Ambre, avec un léger cri, se redressa, élevant la cage à la hauteur de son épaule, et envoya un bon coup de pied à l'animal, tandis que la perruche voletait effarée, se heurtant aux barreaux de la cage.

— Bonjour Mesdames ! dit la femme les toisant l'une après l'autre de ses petits yeux rusés et impitoyables qui s'arrêtèrent longuement sur Ambre. Je suis Mrs. Cleggat, mon mari est le geôlier. Je comprends que vous êtes toutes des dames bien et que vous ne tenez pas à vivre dans une cave bonne pour les voleurs, les parricides et les meurtriers. Je suis heureuse de vous apprendre que vous pouvez être conduites dans une chambre aussi agréable que celle de n'importe quelle maison particulière ; vous y trouverez de la société, des distractions, à une condition seulement...

— Voilà le hic... murmura Molly, étendue les bras croisés, les jambes écartées.

— Combien ? demanda Ambre, tout en surveillant le chat qui s'était patiemment installé à ses pieds, les yeux exorbités, remuant le bout de la queue.

Si elle vendait son alliance, elle aurait certainement de quoi se payer un logis convenable, et elle restait persuadée que d'ici un jour ou deux, elle sortirait de là.

— Deux shillings six pence pour sortir d'ici. Six shillings pour allégement des chaînes. Deux shillings six par semaine pour un lit. Deux shillings par semaine pour des draps. Six shillings six au geôlier. Dix shillings six au cantinier pour le charbon et les chandelles. C'est tout pour l'instant. Ce qui fait une livre dix pour chacune de vous, Mesdames.

Et comme nulle ne bougeait ni ne parlait, elle ajouta d'un ton brusque :

— Allons ! décidez-vous. C'est moi qui traite les affaires : il n'y a personne d'autre ici.

Molly souleva sa jupe, fouilla dans son jupon et en sortit la somme demandée :

— Malédiction, à ce taux-là, j'aurai tout juste volé de quoi payer la prison !

Ambre jeta un regard autour d'elle, attendant que les autres parlent. Voyant qu'elles n'en faisaient rien, elle tira son alliance et la tendit à Mrs. Cleggat.

— Je n'ai pas d'argent. Combien me donnerez-vous de cela ?

Mrs. Cleggat s'empara de la bague, l'approcha de la chandelle et déclara :

— Trois livres.

— Trois livres ? Mais elle m'en a coûté douze !

— Les valeurs ne sont pas les mêmes ici.

Détachant son sac elle en sortit quelques shillings, les compta à Ambre puis enfouit le bijou dans la poche de cuir. Est-ce tout ?

— Oui ! dit Ambre.

Elle ne voulait pas se séparer du rang de perles que Bruce lui avait donné peu avant son départ.

Mrs. Cleggat lui lança un regard perçant :

— Vous feriez mieux de me donner maintenant tout ce que vous avez, sinon je vous promets que cela vous sera volé avant deux heures.

Ambre hésita encore un instant, puis, avec un soupir, elle dégrafa son collier et le donna à la femme du geôlier. Mrs. Cleggat lui en offrit six livres. Après quoi, se détournant, elle passa aux deux autres femmes. La quakeresse, se levant, la regarda bien en face et parla d'une voix douce et humble :

— Je n'ai pas d'argent, ma sœur, fais de moi ce que tu veux !

— Vous feriez mieux d'en envoyer chercher, Madame. Sans quoi vous irez dans la salle commune qui, j'ose le dire, n'est pas bonne pour un singe !

— Cela ne fait rien, je m'y habituerai.

Mrs. Cleggat haussa les épaules, et d'un ton de mépris indifférent :

— Oh ! ces fanatiques ! dit-elle. (Fanatiques, pour le vulgaire, désignait tous ceux qui n'appartenaient ni à l'église catholique, ni à l'église anglicane.) C'est bon ! Dans ces conditions, Madame, donnez-moi votre manteau pour payer les frais d'entrée, et vos souliers pour l'installation.

Au-dehors, il faisait presque tiède, car l'hiver avait été très doux, mais ici le froid et l'humidité vous transperçaient. Sans protester, la jeune fille défit son manteau et l'enleva. Ambre, qui considérait la scène avec indignation, prit soudain son parti :

— Écoutez ! Gardez-le. Je paierai pour vous. Vous tomberez malade sans rien pour vous couvrir.

Molly lui jeta un regard ironique :

— Ne fais pas la sotte ! Tu n'en as pas de trop pour toi.

Mais la quakeresse lui sourit gentiment.

— Merci, ma sœur. Tu es bonne, mais je n'ai besoin de rien. Je tomberai malade si c'est la volonté de Dieu.

Ambre la regarda d'un air incertain, puis, tendant quelques pièces à Mrs. Cleggat :

— Prenez-les tout de même pour elle.

— Je n'aurai que des ennuis avec cette fille, si elle est bien traitée. Gardez donc votre argent. Il filera bien assez vite.

Et elle se tourna vers la femme du peuple, qui avoua n'avoir pas un sou non plus. Ambre regarda Molly pour voir si celle-ci ne lui offrirait pas de partager la dépense, mais Molly sifflotait entre ses dents, sans paraître s'apercevoir de ce qui se passait.

— Bon ! eh bien ! je paierai pour celle-ci !

Cette fois-ci l'offre fut acceptée : la femme la remercia avec effusion, promettant de la rembourser sitôt que possible ; ce qui voulait apparemment dire jamais, puisqu'elle devait rester en prison jusqu'à extinction de sa dette. Puis un homme entra et vint leur poser des chaînes plus légères. Elles consistaient en bracelets lâches, passés aux poignets et autour des chevilles et réunis par de longues chaînettes. Bien que celles-ci fussent gênantes et leur cliquetis désagréable, elles n'étaient pas autrement pénibles.

— Emmenez la fanatique dans la salle de droit commun, ordonna Mrs. Cleggat à l'homme quand il eut terminé. Quant à vous, Mesdames, venez avec moi.

Elles la suivirent. Molly en tête, puis Ambre, toujours avec sa cage sur l'épaule, et finalement la brave femme du peuple.

Par un escalier sombre et étroit, elles arrivèrent à une

grande pièce dont la porte était ouverte, une tête de mort clouée au-dessus. Mrs. Cleggat entra la première, sa chandelle à la main, et celles qui la suivaient purent voir deux grands lits plats, avec des matelas de kapok et quelques couvertures grises chiffonnées, une table, des chaises boiteuses, un foyer sans feu au-dessus et autour duquel pendaient des casseroles et des poêles noircies, ainsi qu'un certain nombre de pots et de plats en étain. Certes rien dans cette pièce nue et sale n'évoquait les luxueux appartements décrits par Mrs. Cleggat.

— Voici, dit-elle, le Quartier des dames de la prison pour dettes.

Ambre la regarda avec une surprise non exempte d'irritation, tandis que Molly souriait.

— Ici ! s'écria-t-elle, oubliant ses menottes et faisant un grand geste du bras. Mais vous nous aviez dit que...

— Ne vous occupez pas de ce que j'ai dit. Si vous n'êtes pas contente, vous n'avez qu'à aller dans la salle commune !

Ambre se détourna, écœurée, et Mrs. Cleggat se prépara à partir avec Molly qui allait au droit commun, quartier des dames. « Oh ! songea-t-elle avec fureur. Cet horrible endroit ! Je ne veux pas y rester un seul jour ! »

Elle se retourna brusquement.

— Je voudrais envoyer une lettre.

— Ce sera trois shillings.

Ambre paya.

— Sommes-nous les seules prisonnières ?

Elle entendait toujours ce bruit de voix, cette rumeur incessante qui paraissait sortir des murs, mais elle n'avait aperçu personne.

— La plupart des autres sont en bas, à la buvette. C'est la veille de Noël !

La lettre, écrite par un scribe, fut expédiée à Almsbury ; elle était certaine qu'il viendrait la faire sortir d'ici dans les vingt-quatre heures. Ne recevant pas de réponse immédiate, elle se dit qu'il était probablement absent pendant les fêtes de Noël. Il allait arriver d'un instant à l'autre. Mais les jours passèrent et, à la longue, elle fut bien obligée de s'avouer, ou qu'il n'avait pas reçu la missive, ou qu'il ne s'intéressait plus à elle.

Le « Quartier des dames de la prison pour dettes » était l'un des moins remplis de Newgate ; néanmoins elles eurent, Mrs. Buxted et elle, à partager leur maigre confort avec une bonne douzaine d'autres prisonnières. Ailleurs elles étaient parfois trente ou quarante parquées dans le même espace. Il y avait plus de trois cents prisonnières dans un bâtiment prévu pour la moitié de ce nombre. Toutes ne pouvaient se coucher en même temps, et il fallait se servir à tour de rôle des ustensiles de cuisine et des plats. Ceux-ci étaient généralement grattés entre les repas, car l'eau coûtait cher, elle était puante et sale. Ce qui incitait à boire plutôt de l'ale ou du vin.

La prison tout entière demeurait dans une éternelle pénombre car les fenêtres, étroites et profondes, n'ouvraient que sur des couloirs obscurs. Les prisonniers achetaient des torches ou des chandelles de suif qui brûlaient tout le long du jour. D'horribles gros chats et des chiens pelés et galeux erraient un peu partout, disputant aux rats la moindre ordure. Ambre était obligée de faire constamment attention à sa perruche. L'air était lourd d'odeurs, épais, presque palpable, produit de la pourriture accumulée des siècles et parfois il se répandait une senteur étrange, écœurante, provenant, apprit-elle, des têtes que le bourreau faisait bouillir dans sa cuisine, juste au-dessous de leur quartier. Elle n'était pas depuis une heure dans cette chambre qu'elle sursauta et se gratta furieusement.

Ayant attrapé un gros pou, elle l'écrasa entre ses doigts, comme un pois bouilli.

Les corvées de logement étaient automatiquement l'apanage des nouvelles venues. Le premier matin Ambre et Mrs. Buxted charrièrent les seaux d'eaux sales, allant les vider dans la fosse d'aisance, en bas. Les émanations putrides qui s'en échappaient firent presque défaillir Ambre. Après quoi elle paya deux pence par semaine à une femme pour faire son travail. La prison était considérée comme un lieu de détention et non de correction. De huit heures du matin à neuf heures du soir, toutes les portes en étaient ouvertes, à l'intérieur, et chacun était libre d'aller où bon lui semblait.

Ceux qui avaient été arrêtés à cause de leurs convictions religieuses étaient autorisés à célébrer leur culte, à faire des prosélytes, à prêcher la sédition. Ceux qui avaient de l'argent le dépensaient généralement à la buvette, buvant et jouant. Les pensionnaires aisés donnaient parfois des réceptions fréquentées par des gens très bien, car certains criminels jouissaient d'une grande popularité. Les visiteurs étaient admis dans le hall et se pressaient en foule. Un homme pouvait faire venir sa femme et ses enfants pour lui tenir compagnie – des années durant parfois – ou, s'il le préférait et avait de quoi, faisait son choix parmi les prostituées qui venaient journellement du dehors.

Le vol était habituel et les batailles constantes, car les prisonniers eux-mêmes maintenaient la discipline. Certains devenaient fous, étaient lourdement enchaînés, mais en général non isolés. Des enfants naissaient parfois dans la prison ; ils y vivaient rarement longtemps et la mortalité, dans l'ensemble, était très élevée.

Ambre se tenait aussi à l'écart que possible de la vie sociale de la prison ; c'était bien le seul endroit où elle ne désirait aucune popularité. Elle ne descendait pas à la buvette et ne recevait, évidemment, pas de visites. Le dimanche était le seul jour où elle quittât son quartier, pour aller, comme tout le monde, à la chapelle du troisième étage.

La plupart des femmes du quartier des dames étaient victimes de mésaventures et pensaient être bientôt délivrées. Des heures durant elles bavardaient, parlant du jour où leur dette serait réglée – par un père, un frère ou un ami. Ambre les écoutait, pensive, car elle n'avait personne en mesure de payer pour elle, et aucune raison d'espérer en la délivrance, bien qu'elle se cramponnât obstinément à cette idée.

Avec une nostalgie douloureuse, ses pensées revenaient au cottage des Goodgroome. Elle prenait plaisir à se souvenir de détails auxquels jamais elle n'aurait cru tenir. Les embrasures de fenêtres de sa chambre, par exemple, encadrées de roses grimpantes, et le délicieux parfum qui s'en exhalait tout l'été ; les oiseaux nichés dans les chêneaux en si grand nombre que leur gazouillis l'éveillait le matin. Elle pensait à Sarah, à sa cuisine si riche et nourrissante, au pavé si net de la grande pièce et aux rangées d'étains étincelants sur les étagères. Elle désirait ardemment apercevoir un coin de ciel, respirer une bouffée d'air frais, le parfum d'une fleur, d'une meule de foin coupé, entendre un chant d'oiseau.

Les jours de fête furent les plus tristes qu'elle eut jamais vécus.

Elle se souvenait du Noël de l'an dernier, quand elle aidait Sarah à fabriquer des pâtés et des plum-puddings. Elle et ses cousins s'étaient déguisés et tous les habitants de la ferme avaient avalé des fruits dans du cidre, selon une très ancienne coutume.

La veille du jour de l'an elle sacrifia quelques shillings de son petit pécule, qui fondait rapidement, pour faire monter du vin du Rhin. La chambre entière le but en l'honneur de la nouvelle année. Juste avant minuit les cloches retentirent dans tout Londres et Ambre fondit en larmes, épouvantée, car elle était sûre de ne plus vivre pour les entendre l'an prochain.

La semaine qui suivit, Newgate connut une grande agitation. Une révolte avait eu lieu dans la ville, conduite par une bande de fanatiques religieux ; trois jours et trois nuits durant, la bataille fit rage dans les rues. Hurlant le nom de Jésus, ils abattaient quiconque s'opposait à eux. De la prison on entendait le tintement des cloches, le bruit confus des cris et des coups, et le pas des gens qui s'enfuyaient. Rassemblés en groupes anxieux, les prisonniers parlaient de massacres et de feu, discutaient les moyens d'évasion ; les femmes prenaient des crises de nerfs, hurlaient et réclamaient la liberté.

Mais les « Fifth Monarchists[1] » furent pourchassés, tués ou capturés, et en peu de jours vingt d'entre eux furent pendus, écartelés, coupés en morceaux. Leurs restes, transportés à Newgate, restèrent dans la cour, tandis que maître Dun – le bourreau – était au travail dans sa cuisine, faisant mariner les têtes dans de la saumure. Puis la vie de la prison reprit son cours normal de beuveries, de jeux, de querelles, de luxure et de vol.

À la nouvelle session, Ambre passa devant le tribunal ; ainsi que Mrs. Buxted, Molly Turner et un grand nombre d'autres accusés. Comme la plupart d'entre eux, elle fut déclarée coupable et condamnée à demeurer à Newgate tant que sa dette ne serait pas réglée. Elle avait tant espéré être relâchée que le coup fut rude et, pendant quelques jours, elle sombra dans le désespoir – réellement elle eût été heureuse de mourir. Puis, graduellement, elle se

1. Les Fifth Monarchists sont une secte religieuse du temps de la Révolution puritaine, secte extrémiste qui se réclamait d'un nouvel avènement du Christ sur terre, en remplacement des quatre règnes de l'Antéchrist annoncés par Daniel. (*N.d.T.*)

persuada que sa position n'était pas aussi désespérée qu'elle en avait l'air. Voyons, Almsbury viendrait peut-être un jour et la délivrerait. Les événements heureux, se disait-elle, arrivent toujours quand on ne les attend pas et elle faisait tous ses efforts pour ne pas penser à Almsbury.

Elle voyait souvent Molly Turner qui venait lui rendre visite et la poussait à sortir et à se mêler aux autres :

— Par le Christ, ma belle, qu'as-tu à y perdre ? Tu tiens absolument à pourrir dans ce trou ?

— Bien sûr que non ! dit Ambre d'un ton boudeur. Je ne demande qu'à sortir de ce maudit endroit !

Molly se mit à rire et se baissa vers le feu pour allumer une pipe. La plupart des prisonniers, hommes ou femmes, fumaient sans trêve car le tabac était censé les protéger contre la contagion. Elle s'assit ensuite en face d'Ambre, tambourinant d'une main avec ostentation sur la table.

— Tu vois ça ? (Son médium s'ornait d'un gros diamant.) C'est d'une dame qu'on a un peu bousculée hier pendant la visite, et quand elle s'est remise sur ses pieds, j'avais attrapé le rond et l'autre la toquante. (Molly employait souvent l'argot du milieu dont Ambre commençait à comprendre quelques mots. Un « rond » était une bague et une « toquante » une montre.) Oh ! Je te le dis ma chère, le hall est un endroit rudement profitable ! À ce taux je pourrai gagner de quoi sortir d'ici un mois. Allons ! – elle se leva péniblement –, restes-y, si tu y tiens...

Ambre, à demi convaincue par ces récits de vols faciles, s'aventura une fois ou deux dans le hall, mais elle fut toujours accostée si rapidement et si grossièrement que, rassemblant ses jupes, elle courut se réfugier dans la solitude comparative du « quartier des dames ». Molly se moqua copieusement d'elle, lui disant qu'elle était une sotte de ne pas profiter de ses avantages physiques.

— Il y en a de fameusement riches, parmi ces messieurs. Je suis sûre que tu pourrais gagner de quoi te libérer, avec le temps. Sûr, ajouta-t-elle avec son sourire de biais, quatre cents livres ne tombent pas du ciel, surtout qu'il ne manque pas ici de filles à une demi-couronne la nuit pour tous les jours de la semaine.

Plusieurs fois elle transmit à Ambre des offres précises de l'un ou de l'autre, mais jamais assez importantes pour qu'Ambre se décidât à risquer l'aventure. La situation de Molly était un avertissement suffisant et elle vivait dans la terreur de se voir contaminée à son tour. Cependant elle était disposée à tout pour sortir de Newgate, prête à sauter sur n'importe quelle chance pour que son bébé ne naquît pas en prison.

Vers la fin du mois, sa réserve n'était plus que de deux livres à peine, car tout s'achetait, et les prix étaient élevés. Elle payait pour se faire apporter ses repas – sinon elle eût été obligée de se contenter de l'ordinaire de la prison, un morceau de pain moisi, de l'eau et de la viande de rebut une fois par semaine – et elle réglait aussi les repas de Mrs. Buxted, sans quoi la pauvre femme eût été réduite à jeûner. Et quand une sage-femme, qui partageait leur claustration, lui eut déclaré qu'elle était trop mince pour une femme enceinte et que le bébé profitait de tout ce qu'elle mangeait, elle décida de vendre les boucles d'oreille de la foire de mai.

Mrs. Cleggat leur lança un coup d'œil méprisant :

— Ces pendeloques ? Du cuivre et de la verroterie. Elles ne valent pas tripette. D'où viennent-elles ? De Saint-Martin ?

La plupart des bijoux faux sortaient de la paroisse de Saint-Martin.

Vexée, Ambre ne répondit pas. Mais elle s'était bien aperçue que la couche dorée s'écaillait, laissant apparaître un métal gris. Elle était presque contente de les savoir trop ordinaires pour être vendues.

Vers la fin de la cinquième semaine, Ambre, assise dans

la chapelle, contemplait ses ongles noirs et se demandait avec inquiétude comment dire à Mrs. Buxted qu'elle ne pouvait plus l'entretenir. Mais elle n'en avait pas eu le courage car, chaque jour, la fille de Mrs. Buxted venait lui apporter le plus jeune des enfants à soigner. Comme toujours, Ambre n'avait pas écouté un mot du sermon.

Molly Turner lui donna une violente bourrade :

— C'est Jack Mallard le Noir, chuchota-t-elle. Tu lui as tapé dans l'œil !

Ambre leva les yeux d'un air boudeur et aperçut une sorte de géant aux cheveux noir d'encre, qui la regardait fixement et lui sourit. Agacée d'être interrompue dans ses tristes réflexions, elle fronça les sourcils et détourna la tête. Molly, furieuse, lui laboura les côtes à plusieurs reprises, mais sans résultat.

— Oh ! toi, et tes airs de pimbêche ! marmonna Molly comme elles quittaient la chapelle. Qu'est-ce que tu penses donc trouver ici, à Newgate ? Sa Majesté peut-être ?

— Je ne vois pas ce qu'il a de si remarquable.

Elle l'avait trouvé laid et trop noir.

— Eh bien ! Mademoiselle... quoi que tu puisses en penser, Jack Mallard le Noir, c'est quelqu'un. Un fameux gaillard, tu peux me croire !

— Un voleur de grand chemin ?

Les voleurs de grand chemin constituaient – elle l'avait découvert – l'élite du monde criminel, et cet homme était le premier qu'elle voyait. Elle se souvenait d'un membre de cette confrérie pendu, à l'état de squelette décharné, au bout d'un gibet, à la croisée des chemins avant d'arriver à Marygreen. Et les os s'entrechoquaient à la brise, si bien que les habitants du village rentraient de préférence avant le coucher du soleil, afin d'éviter cette rencontre désagréable à la nuit.

— Un voleur de grand chemin. Et l'un des meilleurs même. C'est la troisième fois qu'il se sauve d'ici.

Les yeux d'Ambre s'ouvrirent tout grands.

— Se sauver d'ici ! Comment ?

— Demande-le-lui toi-même ! fit Molly, quittant Ambre à la porte de sa chambre.

Le regard fixe, Ambre entra. C'était bien là la chance tant attendue. « Puisqu'il s'est déjà sauvé, il recommencera et bientôt peut-être. Et dans ce cas... » Elle se sentait soudain excitée et pleine d'optimisme. Mais tous ses espoirs s'évanouirent d'un coup : « Regardez-moi ! Je suis aussi grosse qu'une oie à l'engrais. Je sens mauvais et je suis sale. Le diable lui-même ne me voudrait pas ! »

Il n'y avait pas à se le dissimuler, son extérieur avait subi de rudes atteintes durant ces cinq dernières semaines. Elle était à la fin de son septième mois et ne pouvait plus boutonner son corsage. Son jabot de dentelle, jadis provocant, s'était affaissé, et sa chemise était d'un gris sale. Sa robe, aux dessous de bras déteints, était maculée de taches de nourriture et sa jupe remontait sur le devant de manière indécente. Elle s'était séparée depuis longtemps de ses bas de soie, qui n'étaient plus qu'un trou, et ses souliers avaient faim. Depuis son entrée à la prison, elle n'avait pas vu une glace et ne s'était pas déshabillée. Bien qu'elle eût frotté ses dents avec sa chemise, elle sentait avec la langue un épais dépôt qui les ternissait. Son visage était barbouillé de crasse et ses cheveux, qu'elle peignait avec ses ongles, luisaient de graisse. Avec désespoir, Ambre laissa ses mains courir le long de son corps. Et pourtant, elle se rendait bien compte que c'était là peut-être son unique chance et cette pensée fortifia sa décision. « Il fait sombre, se dit-elle, il ne me verra pas bien. Et puis, je peux peut-être m'arranger un peu. » Elle décida de faire tout ce qui était en son pouvoir pour avoir meilleure apparence et de descendre ensuite à la buvette, bien que l'entrée lui coûtât l'un de ses précieux shillings. Mais elle aurait peut-être la chance de le rencontrer.

Elle était en train de se nettoyer les dents avec un peu de sel et un coin de sa chemise, se rinçant la bouche avec de l'ale et crachant dans le feu, quand un homme apparut à la porte et l'informa que Jack le Noir désirait la voir à la buvette. Elle tressaillit et se retourna vivement.

— Moi ?

— Oui, vous.

— Ô mon Dieu ! Et je ne suis pas prête. Attendez une minute.

Ne sachant que faire, elle se mit à lisser sa robe, et à se frotter la figure avec ses mains, dans l'espoir d'enlever un peu de crasse.

— Je suis payé pour vous éclairer jusqu'en bas, mais pas pour attendre ici. Venez !

Il fit un signe de la main et prit les devants. Ambre se dépêcha d'entrouvrir sa chemisette pour bien montrer son décolleté, et murmura hâtivement à Mrs. Buxted :

— Surveillez mon oiseau.

Puis, relevant ses jupes, elle courut après son guide. Le cœur lui battait comme si elle allait être présentée à la Cour.

X

Barbara Palmer n'était pas une femme aux ambitions ni aux désirs incertains. Dès sa naissance, pour ainsi dire, elle avait su ce qu'elle voulait et était toujours parvenue à l'obtenir. Elle n'avait pas de morale, ne s'embarrassait pas de remords et ne connaissait pas le scrupule. Son caractère et sa personnalité étaient aussi brillants, élémentaires et barbares que sa beauté. En ce jour, âgée de vingt et un ans, elle avait découvert ce à quoi elle tenait le plus au monde.

Elle voulait être la femme de Charles Stuart, la reine d'Angleterre, et se refusait à admettre ce qu'une telle idée avait d'absurde.

Barbara et Charles s'étaient rencontrés à La Hague quelques semaines avant la Restauration, quand son mari y avait été envoyé, porteur d'un don d'argent pour le roi Charles, toujours à l'affût des jolies femmes, s'était instantanément senti attiré vers elle. Barbara, flattée de se voir recherchée par un souverain et ravie de trouver l'occasion de se venger d'un galant infidèle – le comte de Chesterfield –, devint rapidement sa maîtresse. De l'avis général, Charles – ce qui n'avait rien d'étonnant – se montra plus épris qu'il ne l'avait été depuis des années, et Barbara se trouva être ainsi un personnage fort important.

Les Palmer, mariés depuis moins de deux ans, vivaient dans l'un des grands hôtels particuliers de King Street, cette voie étroite, boueuse, mais si distinguée, qui traversait l'emplacement du palais et reliait les villages de Charing et de Westminster. Le côté ouest de la rue était principalement composé d'hôtelleries, mais l'est ne comptait guère que de grandes maisons, dont les jardins descendaient jusqu'aux bords de la Tamise. Ce fut dans la demeure de son mari, vers la fin de l'année, que Barbara inaugura toute une série de dîners auxquels assistait le roi, ainsi que les plus joyeux cavaliers et les plus jolies femmes de la Cour.

Roger, pendant un certain temps, les présida, jouant son rôle de maître de maison. Cependant, à la fin, il se révolta contre le ridicule de cette situation.

Un certain soir de janvier, il frappa – ainsi qu'il avait été habitué à le faire – à la porte de la chambre de sa femme. C'était un homme de taille moyenne, sans aucune prétention ni affectation, l'air bien élevé et intelligent. Barbara, après lui avoir crié d'entrer, se borna à lui jeter un coup d'œil indifférent par-dessus son épaule.

— Oh ! bonsoir Roger.

Elle était assise devant sa coiffeuse, dont la glace était éclairée par deux appliques fixées de chaque côté, et laissait sa femme de chambre brosser ses longs cheveux aux reflets d'acajou, tandis qu'elle essayait différentes paires de boucles d'oreille. Sa robe, très savante, était d'un épais et raide satin noir qui faisait ressortir la blancheur de ses épaules. Un collier et des bracelets de diamants étincelaient à son cou et à ses bras. Bien qu'enceinte de huit mois, elle supportait la déformation de sa taille et donnait une impression de parfaite santé.

Comme il entrait et traversait la pièce, la servante fit une révérence et continua de peigner sa maîtresse, pendant que Barbara tournait la tête de côté et d'autre, faisant scintiller ses pendeloques de diamants. À la vue de son mari, une ombre de contrariété passa sur son visage, une sorte de mépris poli. Et comme il se tenait auprès d'elle, visiblement embarrassé, elle ne lui accorda plus aucune attention, bien qu'elle se rendît parfaitement compte qu'il avait à lui parler et désirait qu'elle l'y encourageât.

— Madame, commença-t-il, après avoir avalé sa salive, je viens vous dire qu'il me sera impossible de dîner avec vous ce soir.

— C'est ridicule, Roger ! Sa Majesté sera présente. Le roi compte sur vous.

Ayant enfin fait son choix parmi les boucles d'oreille, elle commençait à poser ses mouches – en cœur, en étoile ou en croissant – l'une près de l'œil droit, l'autre à gauche de la bouche, une troisième sur la tempe. Après son bonjour distrait, elle n'avait plus daigné jeter un coup d'œil à son mari.

— Je pense que Sa Majesté comprendra fort bien mon absence. Barbara leva les yeux au ciel avec un soupir patient et affligé :

— Bon ! Allons-nous recommencer ?

Il s'inclina :

— Nullement, Madame. Bonsoir.

Comme il se tournait et se dirigeait vers la porte, Barbara, qui tambourinait nerveusement sur la table, une flamme dangereuse au fond des yeux, repoussa sa femme de chambre et se leva brusquement :

— Roger, je désire vous parler.

La main sur le bouton, il se retourna et l'affronta :

— Madame ?

— Je n'ai plus besoin de vous, Wharton.

D'un geste, elle congédia la servante, mais attendit que celle-ci eût quitté la pièce pour parler.

— Je crois que vous feriez mieux de venir ce soir, Roger. Sinon Sa Majesté risque de le trouver étrange.

— Je ne suis pas de votre avis, Madame. Sa Majesté, ce me semble, doit trouver bien plus étrange encore qu'un homme soit docile au point d'afficher devant une bonne moitié de la Cour la prostitution de sa femme.

Barbara eut un vilain petit rire :

— La maîtresse d'un roi n'est pas une prostituée, Roger.

Ses yeux se rétrécirent et devinrent durs.

— Combien de fois devrai-je vous le répéter ?

Puis, reprenant sa voix douce, ronronnante, moqueuse :

— Est-il possible que vous n'ayez pas remarqué que l'on me traite maintenant avec deux fois plus de respect qu'au moment où je n'étais que la femme d'un honorable gentleman ?

L'accent dont elle souligna les deux derniers mots exprimait bien tout son mépris envers un tel mari et la situation insignifiante qu'il offrait à sa femme.

Il la regarda froidement :

— Je crois qu'il existe un terme plus approprié que respect.

— Ah ! Et lequel, je vous prie ?

— Intérêt bien compris !

— Oh ! la peste soit de votre maudite jalousie ! Je suis lasse de vos bêlements. Vous assisterez au dîner de ce soir et remplirez vos devoirs de maître de maison, ou, par le Ciel ! vous vous en repentirez !

Brusquement, il marcha sur elle, abandonnant son attitude d'indifférence affectée, le visage rouge et déformé par la colère :

— Du calme, Madame ! Vous vous comportez comme une poissonnière. J'ai été un sot de ne pas vous avoir installée à la campagne au début de notre mariage ; mon père m'avait bien prévenu que vous nous déshonoreriez tous ! Je me suis instruit depuis, et j'ai appris que, pour certaines femmes, le mot liberté est synonyme de licence. Vous me paraissez être de celles-là !

Ses yeux au même niveau que ceux de son mari, elle l'affronta insolemment :

— Et après ? demanda-t-elle lentement.

Toute hésitation avait disparu chez Roger Palmer, le laissant maître de lui et résolu.

— Demain nous partirons pour le Cornwall. Je ne doute pas que deux ou trois ans de campagne et de calme ne vous ramènent à une plus juste appréciation des faits.

D'un mouvement brusque elle s'écarta :

— Maudit imbécile ! Essayez donc de m'emmener à la campagne et nous verrons à quoi me sert d'avoir les faveurs du roi !

Le regard flamboyant, ils s'affrontaient tous deux, respirant lourdement, quand soudain un coup retentit à la porte et une voix annonça :

— Sa Majesté le roi Charles II.

Barbara jeta un coup d'œil autour d'elle :

— Le voici !

Machinalement, elle porta les mains à sa coiffure, pour en vérifier l'harmonie, l'œil brillant, excité, et son visage, tout en conservant des traces d'irritation, s'éclaircit considérablement. S'emparant de son éventail noir pailleté, elle se retourna :

— Eh bien ! êtes-vous disposé ou non à jouer votre rôle de maître de maison ?

— Non !

— Oh ! espèce d'imbécile !

Levant la main, elle le frappa violemment au visage ; puis, relevant sa jupe, elle sortit rapidement, s'arrêtant un instant dans le couloir pour reprendre son calme. Après quoi, elle gagna le grand escalier.

Elle aperçut, en bas, le roi en grande conversation avec son cousin Buckingham, mais sitôt qu'elle apparut les deux hommes cessèrent de parler et lui consacrèrent toute leur attention. Elle descendit lentement, un peu à cause de sa grossesse qui l'alourdissait, surtout afin de bien se laisser admirer. Arrivée à la dernière marche, elle fit une profonde révérence, tandis que les deux gentilshommes s'inclinaient et que le roi, seul autorisé à garder son chapeau sur la tête en sa présence, se découvrait d'un geste large.

Barbara et Charles échangèrent un sourire langoureux et un regard complice, chargé de souvenirs et de promesses. Puis elle se tourna vers le duc, qui les observait d'un air à la fois cynique et amusé.

— Eh bien ! George. Je ne vous croyais pas encore rentré de France ?

— Je ne pensais pas non plus être sitôt de retour. Mais...

Il haussa légèrement ses larges épaules, et lança un coup d'œil vers le roi. Charles se mit à rire...

— Mais Philippe a été pris d'un accès de rage jalouse. Il craignait, je crois, que Sa Grâce ne suivît les traces paternelles.

Il était de notoriété publique dans les deux royaumes que le premier duc de Buckingham avait été l'amant de la belle Anne d'Autriche, devenue maintenant la grosse vieille et désagréable mère de Louis XIV. Et son fils George, second duc de Buckingham, n'avait fait aucun mystère de sa vive admiration pour Minette.

— C'eût été un véritable plaisir ! dit Buckingham, faisant au roi un salut mi-ironique.

— Si nous allions au salon ? dit Barbara.

Puis, tout en marchant, elle leva sur le roi un regard suppliant, tendre et presque ingénu :

— Votre Majesté, je suis dans une situation fort embarrassante. Je n'ai pas de maître de maison pour présider au dîner de ce soir !

— Pas de maître de maison ? Où est donc... Insinueriez-vous par là qu'il n'a pas voulu venir ?

Barbara fit un signe affirmatif, tout en baissant ses longs cils noirs d'un air profondément contrit. Mais Charles envisageait l'affaire sous un tout autre point de vue.

— Oh ! je ne peux pas lui en vouloir, à ce pauvre diable ! Tudieu ! il semble qu'un homme possédant une jolie femme soit plus à plaindre qu'à envier !

— Pour peu qu'il vive en Angleterre, certes ! fit le duc.

Charles rit gaiement. Il ne s'offensait d'aucune allusion à ses mœurs, ne se faisant aucune illusion sur lui-même.

— Néanmoins, comme tout dîner réclame un maître de maison, si vous le permettez, Madame...

Les yeux pourpres de Barbara eurent une lueur de triomphe :

— Oh ! Votre Majesté... Vous accepteriez ?

Et comme, avant d'entrer, ils s'arrêtaient un instant sur le seuil, l'assistance entière se retourna et les contempla, fascinée. Tous les hommes se découvrirent, les dames s'inclinèrent en de gracieuses révérences, telles des fleurs épanouies, trop lourdes pour leur tige. Barbara se pensait à présent un personnage d'une telle importance qu'elle ne jugea pas devoir souhaiter la bienvenue à tous ses invités, au fur et à mesure de leur arrivée. Chacun, quelles que fussent ses ambitions politiques ou sociales, se trouvait honoré par une invitation de Mrs. Palmer et n'avait garde de critiquer son attitude. Car nombre d'entre eux étaient persuadés qu'elle serait un jour – bientôt peut-être – reine d'Angleterre.

Une année auparavant, Barbara eût qualifié d'incroyable la pensée même de recevoir chez elle tous ces gens qu'elle traitait à présent avec une telle désinvolture.

Il y avait Anthony Cooper, mince, émacié et malade, apparenté à la plupart des puissantes familles du pays. Par un adroit tour de passe-passe, il avait réussi à se transformer au moment opportun en un loyal cavalier. Cet exploit, d'ailleurs, n'était pas rare. Les sympathisants de l'ancien régime ou ses membres actifs n'avaient nullement été tous pendus, écartelés ou exilés : un certain nombre d'entre eux étaient devenus de loyaux soutiens de la monarchie, et formaient, en fait, le fond du nouveau gouvernement. Charles était infiniment trop réaliste et trop avisé en politique pour avoir jamais cru que la Restauration impliquait un renversement total de tout ce qui avait été fait depuis vingt ans, et les changements récents avaient été très superficiels. Cooper, ainsi que bien d'autres, avait adopté une attitude très différente, qui s'harmonisait avec les tendances de la Cour de Charles, sans pour cela renier ses principes et ses intentions fondamentales.

Puis venait le meilleur ami de Cooper, le comte de Lauderdale, un gigantesque Écossais à la figure et aux cheveux rouges, dont près de quarante-cinq ans passés en Angleterre n'avaient pas réussi à atténuer l'accent. Il était laid, grossier et bruyant, mais singulièrement érudit, connaissant le latin, le français, l'hébreu et l'italien, qu'il avait travaillés durant ses années d'emprisonnement sous le Commonwealth. Charles le trouvait amusant, et le comte portait une vive affection au roi.

George Digby, comte de Bristol, était un homme d'une

cinquantaine d'années, de belle apparence, vaniteux et instable, mais il partageait avec Cooper et Lauderdale une haine profonde envers le chancelier. Cette haine, fondée sur l'envie et la jalousie, servait de trait d'union entre les personnalités les plus ambitieuses de la Cour. Mettre le chancelier Hyde hors de jeu, tel était leur but principal, leur plus chère espérance. La demeure de Barbara était leur point de ralliement, car ils avaient une chance d'y joindre le roi dans ses moments de détente, alors qu'il était plus accessible.

Mais le fond de l'assistance se composait surtout d'une joyeuse jeunesse, ne prenant au sérieux que le jeu et les histoires de cœur, la dernière danse à la mode, ou le dernier cri de l'élégance française.

Lord Buckhurst, vingt-trois ans, vivait à la Cour sans y attacher d'importance, refusant tout poste influent. Henry Jermyn était un jeune fat, avec une grosse tête et des jambes en fuseau ; il avait un certain succès, car on le soupçonnait d'avoir été secrètement marié à la princesse Mary, récemment décédée. Parmi les dames se remarquaient : la voluptueuse et féline comtesse de Shrewsbury, Anne. Lady Carnegie, outrageusement peinte et célèbre, car elle avait partagé avec Barbara le premier amant de celle-ci : Elisabeth Hamilton, une grande jeune femme, froide et gracieuse, nouvellement arrivée à la Cour et qu'il était de bon ton d'admirer. Toutes avaient à peu près l'âge de Barbara, vingt ans ou moins, car, de l'avis général, une femme était sur son déclin à partir de vingt-deux ans.

L'immense salon, fort bien meublé, était garni de lourdes draperies d'or vert, illuminé par des douzaines de bougies brûlant dans des lustres de cuivre ou des appliques murales. Le parquet était nu et résonnait sous le martelage mélodieux des talons. L'air était plein de rires ; un orchestre jouait dans un coin ; la vaisselle et les plats d'argent cliquetaient joyeusement.

Dans la pièce voisine, une sorte de buffet était dressé, d'après la mode française et selon les goûts de Charles. Les valets de pied s'empressaient tout autour. Un bâtisseur de cathédrale eût été digne d'avoir conçu l'empilage inouï de plats qui s'offraient à la vue : savants édifices, décorés de roses et de violettes en sucre, petites poupées en costume de Cour, plantées au sommet des gâteaux, légumiers d'argent contenant de fumants et savoureux ragoûts de champignons, de foies et d'huîtres. La table était couverte de bouteilles de cette nouvelle boisson appelée Champagne. Un bon Anglais ne se contentait plus de mouton bouilli, de pois et d'ale. Il avait connu mieux en France et ne tenait pas à se réhabituer à l'ancien régime.

La vue du roi agissant en maître de maison fit sensation, car nombre d'invités y virent une manière subtile d'annoncer ses intentions. Barbara elle-même partageait cette conviction et glissait dans la pièce, comme une flamme, éblouissante de beauté, sûre de son pouvoir. Tous les yeux la suivaient et l'on chuchotait sur son passage. Mais Barbara n'en était pas grisée. Elle savait trop bien que toute obséquiosité, si jamais le roi se désintéressait d'elle, ferait aussitôt place à des paroles acides et à des coups de griffes et qu'elle se retrouverait plus seule que jamais.

C'était arrivé à d'autres. « Mais cela ne m'arrivera pas à moi, se disait-elle. Aux autres, peut-être, mais pas à moi ! »

Des tables de jeu étaient dressées dans une troisième pièce, et tous les invités s'y groupèrent bientôt. Charles s'assit pour tenter un instant la chance, mais en moins d'une demi-heure il perdit près de deux cents livres. Il jeta un coup d'œil à Lauderdale qui se tenait auprès de lui.

— Prenez ma place, voulez-vous, John ? Je perds toujours et je suis mauvais joueur ! Et, ce qui est pire, je ne peux pas me permettre de perdre ainsi !

Lauderdale éclata d'un gros rire, envoyant des postillons au roi, car il avait une trop grosse langue pour sa bouche, et prit le siège qui lui était offert. Charles se dirigea dans l'autre pièce pour y écouter la musique. Quittant promptement sa propre table, Barbara le rejoignit sur le pas de la porte. Elle glissa son bras sous le sien, il se pencha et lui effleura la tempe d'un baiser léger, tandis que, derrière eux, les spectateurs échangeaient des regards significatifs.

— Mrs. Palmer me paraît assez insensée pour s'imaginer qu'elle sera reine, dit le Dr. Fraser.

Il était très en faveur auprès du roi, et capable avec une égale dextérité de provoquer une fausse couche, de guérir une blennorragie, d'administrer une purgation. Ses services étaient très demandés à Whitehall.

— Cette dame possède un mari, vous savez ! murmura Elisabeth Hamilton sans lever les yeux de ses cartes.

— Un mari ne constitue pas un obstacle pour le cœur d'un roi !

— Il ne l'épousera jamais, dit Cooper d'un ton net. Sa Majesté n'est pas aussi sotte !

Cooper s'était attiré une réputation de grande sagacité en devinant, bien avant tous les autres, que le duc d'York s'était marié avec Anne Hyde.

L'ancienne amie de Barbara, Anne, eut un malicieux sourire :

— Que voulez-vous dire, Monsieur ? Certes, vous ne critiquez pas ce choix ?

— Non pas, Madame, répliqua-t-il froidement. Mais je suis persuadé que le roi se mariera dans des buts politiques, ainsi que le font tous les souverains.

Barbara les vit s'en aller avec un réel soulagement. Elle était très fatiguée. Ses jambes lui faisaient mal et tremblaient sous elle. Mais elle était plus heureuse que jamais et convaincue que ses espoirs – si fous qu'ils puissent paraître – seraient bientôt réalisés.

Quand elle pénétra dans sa chambre à coucher, suivie

de Charles, Wharton, endormie dans un fauteuil près du feu, se leva vivement et fit la révérence, tout en jetant un regard craintif sur sa maîtresse. Mais Barbara sourit et lui parla avec bienveillance :

— Vous pouvez aller, Wharton. Je n'ai plus besoin de vous ce soir.

Puis, au moment où la jeune fille se disposait à sortir, elle la rappela :

— Éveillez-moi à huit heures et demie. J'attends une marchande qui vient m'offrir des dentelles, et si je ne les prends pas la première, c'est Carnegie qui les aura.

Barbara sourit à Charles comme une méchante petite fille :

— N'est-ce pas très vilain de ma part ?

Il répondit au sourire et non à la question, tout en s'installant dans un fauteuil.

— Quel bon dîner, Barbara. N'avez-vous pas changé de cuisinier ?

Elle s'était assise devant sa coiffeuse et commençait à défaire ses cheveux :

— C'est une merveille, n'est-ce pas ? Devinez où je l'ai trouvé ? Il sort de chez Mrs. Hyde, qui l'avait ramené de France. Savez-vous, Charles, que cette femme ne m'a pas même fait une *seule* visite ? D'une secousse elle défit son chignon et ses cheveux s'épandirent sur ses épaules en lourdes vagues, couleur de flamme. Elle lui lança un regard vif et malicieux :

— Je ne crois pas que le chancelier me porte dans son cœur, sinon sa femme serait venue depuis longtemps !

— Oh ! fit Charles légèrement, je ne le pense pas non plus.

— Et pourquoi ? Quel mal lui ai-je fait ?

Barbara trouvait que sa nouvelle position réclamait, non seulement la déférence, mais l'affection de tous les gens de la Cour, hommes et femmes, et elle entendait bien se la concilier.

— Le chancelier appartient à la vieille école, ma chère. Il ne se laisse ni gagner, ni séduire et croit possible de faire son chemin dans la vie en travaillant dur et honnêtement. Je crains que le nouveau modèle des hommes politiques ne soit une épreuve pour lui.

— Je me soucie fort peu de sa morale ! Mon père et lui étaient bons amis ; et je trouve de fort mauvais goût que sa femme ne soit pas venue me rendre visite. Comment ! je l'ai même entendu vous dire que vous feriez mieux de ne pas perdre votre temps avec une rosse comme moi !

Charles sourit, un bras levé, touchant le dossier du fauteuil, les jambes croisées, l'admirant nonchalamment tandis qu'elle se dévêtait :

— Depuis tant d'années le chancelier me dit ce que je dois ou ne dois pas faire, qu'il finit presque, je crois, par s'imaginer que je l'écoute. Mais c'est un bon vieil homme, parfaitement loyal, toujours animé des meilleures intentions, même quand il se trompe. De toute façon, si j'étais vous, je ne m'inquiéterais pas de savoir si sa femme vient ou non me voir. Je vous assure que c'est une vieille dame très ennuyeuse.

— Peu m'importe qu'elle soit divertissante ou non. Vous ne me comprenez pas. C'est tout simplement parce qu'elle me *doit* une visite !

Il se mit à rire.

— Je comprends. N'en parlons plus...

Se levant, il alla vers elle et Barbara, déboutonnant un peu sa chemisette, se tourna pour le mieux voir avec une expression d'adoration parfaitement candide. Et quand il l'enlaça, un frisson d'attente parcourut tout son corps, chassant de son esprit toute autre pensée. Pas pour longtemps, hélas !

Comme ils étaient couchés côte à côte, dans le grand lit,

la tête de Barbara reposant sur l'épaule de son royal amant, elle dit doucement :

— J'ai entendu courir les bruits les plus ridicules, aujourd'hui.

Charles, pas le moins du monde intéressé, murmura simplement :

— Vraiment ?

— Oui ! Quelqu'un m'a dit que vous êtes déjà marié à une nièce du Prince de Ligne, et que vous avez deux fils d'elle.

— Le prince ne possède pas de nièce, pour autant que je le sache. En tout cas, je n'en ai épousé aucune !

Les yeux fermés, étendu sur le dos, il souriait vaguement, sans même penser à ce qu'il disait.

— On m'a déclaré aussi que vous étiez fiancé à la fille du duc de Parme.

Il ne répondit pas et, se redressant sur un coude, elle interrogea anxieusement :

— Ce n'est pas vrai, n'est-ce pas ?

— Pas vrai quoi ? Oh ! non ! Je ne suis pas marié !

— Mais ils désirent vous marier, est-ce exact ? Je veux dire les gens ?

— Oui ! je crois. Une sorte d'antidote aux cheveux raides et à l'œil qui louche, je suppose, dit-il paresseusement. Tudieu ! Je me demande comment j'arriverai jamais à faire un enfant à une femme laide !

— Mais pourquoi épouser un laideron ?

Ouvrant les yeux, il la regarda et son visage s'éclaira d'un large sourire. Levant la main, il lui caressa les cheveux :

— Les princesses sont toujours laides. C'est de tradition.

Barbara sentait l'excitation la gagner ; son cœur battait à grands coups. Incapable de le regarder en face, elle baissa les yeux tout en parlant :

— Mais... voyons, pourquoi épouser une princesse, s'il n'en est pas qui vous plaise ? Pourquoi ne pas...

Elle prit sa respiration, la gorge sèche, une douleur lancinante à la nuque.

— Pourquoi ne pas m'épouser ?

Et, levant les yeux, elle le considéra avec anxiété. Instantanément, le visage de Charles prit une expression circonspecte, son sourire s'effaça et il reprit son air cynique habituel. Elle le sentit qui se retirait d'elle, sans avoir fait un mouvement. Profondément blessée, Barbara le regardait avec une sorte d'incrédulité pleine d'horreur. Elle s'était sentie si sûre, si parfaitement confiante, si convaincue qu'il était assez follement épris pour faire d'elle sa femme.

— Sire, dit-elle doucement, n'y avez-vous jamais songé ?

Il se leva, sortit du lit et commença de s'habiller :

— Allons, voyons Barbara, vous savez aussi bien que moi que c'est impossible.

— Et pourquoi ? s'écria-t-elle avec désespoir. Pourquoi serait-ce impossible ? J'ai entendu dire que c'est vous qui avez forcé le duc à épouser Anne Hyde. Alors, pourquoi pas moi ?... Si vous le désirez... si vous m'aimez ?

Elle sentait la colère la gagner et faisait tous ses efforts pour rester maîtresse d'elle-même, se disant des écarts de langage. Elle demeurait néanmoins persuadée qu'elle pourrait l'amener à faire n'importe quoi. « Je m'arrangerai d'une manière ou d'une autre pour qu'il m'épouse. Je le veux. Et il le fera. Il le fera ! »

Ayant passé ses culottes, il enfila sa fine chemise de lin blanc et boutonna les manches longues. Il était pressé de s'en aller, impatient et agacé à la perspective d'une vaine querelle. Il savait fort bien qu'il était très amoureux d'elle, car jamais il n'avait trouvé maîtresse plus capiteuse. Mais, eût-elle été la reine de Naples, il ne l'eût pas épousée, non il la connaissait bien trop pour cela.

— Les deux cas ne peuvent se comparer, ma chère, dit-il de sa voix chaude aux inflexions apaisantes, espérant ainsi la calmer et l'endormir, avant de la quitter. Mes enfants accéderont au trône. Ceux de James jamais, selon toute probabilité.

Certes tout cela paraissait parfaitement raisonnable, Charles ayant déjà reconnu au moins cinq enfants illégitimes, tandis que Barbara elle-même était convaincue que l'enfant qu'elle portait était de lui et non de son mari, ou de Chesterfield !

— Oh ! mais, que deviendrai-je, si vous épousez une autre femme ? Que ferai-je ?

Elle était au bord des larmes.

— Je crois que vous vous en tirerez fort bien, Barbara. Il n'y a pas de raison pour qu'il en soit autrement. Vous n'êtes pas précisément sans défense, savez-vous !

— Mais ce n'est pas ce que je veux dire. Oh ! vous voyez bien comme ils courent tous après moi, maintenant, Buckingham, Cooper et les autres. Mais si vous épousez quelqu'un d'autre et si vous me délaissez... Oh ! j'en mourrai ! Pensez comme ils me traiteront ! Et les femmes seront encore pires que les hommes ! Oh ! Charles, vous ne pouvez pas, vous ne *pouvez* pas me faire cela, à moi !

Immobile, il la considéra d'un œil scrutateur : puis son visage s'adoucit et il s'assit auprès d'elle, prenant sa main dans les siennes. Barbara pleurait à grosses larmes, qui roulaient le long de ses joues et se perdaient sur l'édredon de satin.

— Ne pleurez pas, mon cœur ! Pour quel ogre me prenez-vous ? Je ne vous abandonnerai pas, Barbara, vous pouvez en être sûre. Vous m'avez donné beaucoup de bonheur et je vous en suis reconnaissant. Je ne peux pas vous épouser, mais je veillerai sur vous, soyez tranquille.

Elle reniflait, et son menton tremblait, mais, reprenant conscience de la réalité, elle cherchait à pleurer en beauté.

— Comment ? Avec de l'argent ? L'argent ne me servira de rien, dans la situation où je me trouverai !

— Qu'est-ce qui vous serait agréable ?

— Oh ! Sire, je ne sais pas ! Je ne vois pas…

Il l'interrompit vivement, pour prévenir un nouveau déluge :

— Si je vous nommais dame d'honneur de la Maison de ma femme, cela arrangerait-il les choses ?

Il lui parlait comme un oncle indulgent qui offre une douceur à une petite fille qui vient de tomber et s'est écorché le genou.

— Je crois que oui. Si vous le faites, vraiment. Si vous ne changez pas d'idée et… et… Oh !…

Accablée soudain par le poids de sa défaite, elle éclata en sanglots et se cramponna à lui. Il la tint un instant serrée contre lui, en lui tapotant l'épaule tandis qu'elle pleurait, puis, très doucement, il se dégagea et se leva.

Pendant qu'elle sanglotait toujours, étendue sur le lit, il endossa prestement son pourpoint, noua sa cravate, boucla son ceinturon, prit son chapeau et s'approcha du lit. Charles, qui ne pouvait se passer de femmes, sans tenir spécialement à une en particulier, se prenait souvent à désirer qu'il ne fût pas nécessaire de les voir autrement qu'au lit.

— Barbara, il faut que je m'en aille, à présent, je vous assure. Mon cœur, je vous en prie, ne pleurez plus. Ayez confiance en moi, je tiendrai ma promesse…

Il se pencha, effleura sa chevelure d'un baiser, puis se détourna et se dirigea vers la porte. Jetant un dernier coup d'œil par-dessus son épaule, il la vit qui le suivait des yeux, le visage rouge, les paupières gonflées. D'un geste hâtif il prit congé et sortit.

Barbara se leva lentement, le visage crispé, portant une main à son front douloureux. Puis, ouvrant la bouche, elle poussa un cri qui n'avait rien d'humain, se saisit d'un vase posé à côté d'elle, et le lança de toute sa force contre le miroir pendu à l'autre bout de la pièce.

XI

Pour atteindre la buvette, située un étage et demi au-dessous du « quartier des dames de la prison pour dettes », Ambre suivit son guide le long d'un petit escalier étroit et sombre. Mais à mi-chemin il s'arrêta net et lui bloqua le passage. Elle s'immobilisa trois marches au-dessus de lui, irritée et effrayée par l'expression de son regard, car sa grossesse avancée la laissait maladroite et désemparée.

— Avancez ! cria-t-elle. Pourquoi vous arrêtez-vous ?

Il ne répondit pas, mais s'approcha d'un mouvement rapide ; la saisissant d'une main par sa jupe, il l'attira vers lui. Avec un cri, Ambre lui arracha la chandelle. Puis elle le sentit soudain qui lâchait pied et, poussée par son élan, elle continua de descendre rapidement l'escalier, les mains en avant, tâtonnant contre le mur ; la chaîne qui retenait ses menottes se tendit en une brusque secousse. Elle fit un faux pas et tomba en avant, poussant un cri de terreur, cherchant désespérément à protéger son ventre. Mais, au moment où elle trébuchait, Jack Mallard bondit et l'attrapa au vol avant qu'elle ait eu le temps de se faire mal. Elle ne pouvait le voir, mais sentit avec un soulagement passionné l'étreinte de ses mains et de ses bras, la chaleur de son grand corps protecteur, et l'entendit qui invectivait violemment le porteur de chandelle, dont les pas s'entendaient au-delà du second étage.

— Que vous a-t-il fait ? Êtes-vous blessée ? demanda-t-il anxieusement.

Terrifiée, Ambre se serra contre lui.

— Non ! gémit-elle. Je crois que je...

D'en haut, l'homme cria quelques paroles inintelligibles et, avec un hurlement de rage, Jack le Noir courut après lui :

— Enfant de pute, je...

Privée de cette chaleur et de cette protection, Ambre ouvrit les yeux, terrorisée :

— Ne me quittez pas – je vous en prie, ne me quittez pas !

Elle était épouvantée à la pensée des dangers cachés qui la guettaient dans l'ombre. Instantanément il revint.

— Je suis là, ma toute belle ! Pas besoin d'avoir peur. Je lui casserai la gueule la prochaine fois que je le rencontrerai ! Fumier, va !

— Je voudrais que vous le fassiez ! murmura-t-elle, les deux mains pressées sur son ventre.

La peur la laissait faible, recroquevillée sur elle-même, et elle accepta qu'il la portât jusqu'au bas de l'escalier où il la posa doucement par terre. La buvette se trouvait tout à côté et, comme ils étaient dans une sorte de demi-jour, elle le sentit qui l'observait. Se forçant à le regarder, elle vit ses yeux qui la détaillaient, allant de sa figure à ses épaules et à sa poitrine, avec une satisfaction non dissimulée. Brusquement elle se sentit de nouveau jolie ; elle en oubliait presque ses cheveux visqueux, les poux qui couraient le long de sa nuque et la crasse accumulée sous ses ongles. Les coins de sa bouche se relevèrent en un léger sourire et ses yeux prirent une expression langoureuse.

Jack Mallard le Noir était l'homme le plus grand qu'Ambre eût jamais vu : six pieds cinq pouces au moins, les épaules massives, les muscles saillants. Ses cheveux noirs, raides, luisants d'huile, pendaient dans son cou, vaguement ondulés. Elle pouvait voir briller l'or des anneaux qu'il portait à chaque oreille, mode très en faveur chez les jeunes vauriens, mais qui, chez ce géant, ne faisait qu'accentuer encore sa force étonnante. Son front était vaste et bas, ses narines largement ouvertes, sa lèvre supérieure étroite et finement dessinée tandis que l'autre dessinait une courbe épaisse. Il était vêtu à la dernière mode : un costume de velours bleu composé d'une courte veste et de culottes bouffantes, s'arrêtant au genou, linge blanc et cravate de dentelles. Des flots de rubans de satin grenat ornaient sa veste, ses manches et ses épaules. Un grand chapeau de cavalier, garni de plumes, et de hautes bottes en cuir complétaient l'accoutrement. Seules les bottes n'eussent pas été de mise dans les salons du roi. Ce costume était évidemment très cher et ne sortait pas d'un décrochez-moi-ça ; mais il était taché, froissé, et son possesseur le portait avec tout le mépris que lui inspiraient semblables recherches.

Il lui souriait, montrant une rangée de dents étincelantes, et s'inclinait gravement. En dépit de ses dimensions, il était souple et gracieux comme un chat.

— Je me présente : Jack Mallard le Noir, Madame, quartier des Contraintes.

Le « quartier des Contraintes » était l'endroit chic de la prison, réservé aux riches. Elle fit une révérence, ravie de se retrouver en présence d'un homme non seulement sensible à ses charmes, mais digne d'eux.

— Et moi, Monsieur, je suis Mrs. Channel, du « quartier des dames de la prison pour dettes ».

Tous deux se mirent à rire ; se penchant, il lui donna un baiser conventionnel, suite normale de ces présentations formalistes.

— Entrons, dit-il, nous allons en siffler un.

— Nous allons quoi ?

— En siffler un... prendre un verre ! Je vois que vous ne connaissez pas notre langage.

Il la prit par le bras et elle remarqua qu'il ne portait pas de menottes et avait même une épée au côté.

La buvette était faiblement éclairée à l'aide de quelques chandelles, mais la fumée qui l'emplissait était aussi épaisse qu'un brouillard matinal sur la Tamise. À l'un des bouts se trouvait le bar. Les tables et les chaises, serrées les unes contre les autres, laissaient peu de place pour passer et le plafond était si bas que Jack le Noir fut obligé de se baisser pour gagner une table dans le coin le plus éloigné. Chemin faisant, il échangea divers saluts et Ambre se rendit compte que bien des yeux la suivaient avec curiosité, intrigués par la nouvelle poule de Jack le Noir ; elle perçut des sifflotements de la part des hommes et des murmures pleins de sous-entendus chez les femmes.

Mais il jouissait d'une certaine autorité, car tous s'écartèrent respectueusement pour le laisser passer ; plusieurs femmes lui adressèrent d'engageants sourires et un ou deux hommes le complimentèrent sur son choix. Son attitude était celle d'une bienveillante camaraderie – tapant sur l'épaule de ceux qui l'interpellaient, caressant les cheveux d'une femme ou pinçant la joue d'une autre – et il paraissait aussi à l'aise que dans n'importe quel café élégant.

Ambre s'assit, le dos au mur, et Jack le Noir, après lui avoir demandé ce qu'elle désirait, commanda du vin du Rhin pour elle et de l'eau-de-vie pour lui. Après l'avoir soigneusement examinée, les autres buveurs retournèrent à leurs occupations. Les bouteilles circulèrent, les cartes volèrent, les dés roulèrent et les filles recommencèrent à errer de table en table, cherchant du travail. La salle se remplit de nouveau de bruit, de rires, de chants et de cris, parfois même de hurlements d'enfants. Ambre échangea un sourire avec Molly Turner, mais détourna les yeux du spectacle qu'offrait une grosse femme échevelée, vautrée sur une table, les cartes à la main, tandis qu'un bébé endormi tétait encore le bout noirâtre de son sein.

« Oh ! mon Dieu ! songea-t-elle avec horreur, deux mois encore et je... » Elle jeta un coup d'œil rapide sur Jack le Noir et rencontra son sourire.

— Vous êtes une rudement belle fille ! dit-il lentement. Depuis combien de temps êtes-vous ici ?

— Cinq semaines... C'est pour dettes, quatre cents livres !

Il ne parut pas autrement impressionné :

— Quatre cents ! Sangdieu ! à peine une petite nuit de travail pour moi ! Qu'est-ce qui est arrivé ?

— Mon mari m'a volé tout ce que je possédais, et il a filé en me laissant des dettes...

— Et un lardon...

Il lança un regard significatif sur le ventre ballonné. Bon !... Il lui versa un verre de vin blanc, s'en servit un plus petit d'eau-de-vie, jeta une pièce de monnaie au garçon et toucha son chapeau :

— À votre santé ! Puisse-t-il revenir bientôt et vous sortir du pétrin.

Il vida son verre d'une lampée, comme tout gentleman qui se respecte, s'en versa un autre, et la considéra d'un air malin. Ambre but à son tour, car elle avait soif, mais ses sourcils restaient froncés.

— Il ne reviendra jamais. Et j'espère bien ne plus le revoir, cet ignoble maquereau !

Jack le Noir se mit à rire et poussa un léger sifflement :

— Vous dites cela avec un tel regret que je finis presque par vous croire réellement mariée !

Elle le regarda, les yeux étincelants :

— Vraiment ? Et pourquoi ne le croiriez-vous pas, s'il vous plaît ? Pourquoi diable chacun s'imagine-t-il que je raconte des blagues ?

Il remplit encore une fois leurs deux verres :

— Parce que, mon trésor, une fille comme vous qui se plaint d'avoir été abandonnée par son mari n'en a probablement jamais eu.

Elle sourit et ronronna.

— Avec la figure que j'ai en ce moment, je ferais peur à bien mieux qu'un mari !

— J'ai de bons yeux, mon cœur ! Ils savent déceler une beauté, même sous six pieds de crasse !

Pendant un instant ils restèrent silencieux, se dévisageant, puis il dit :

— J'ai une chambre au troisième, avec une fenêtre. Aimeriez-vous respirer un peu d'air pur et voir le ciel ?

Il eut un demi-sourire, se leva et lui tendit la main.

Comme ils sortaient, toute la salle poussa un hourra, criant des obscénités mêlées de bons conseils et de gros rires, à Jack le Noir, qui leur fit des signes d'amitié sans prendre la peine de les regarder.

La chambre était meublée comme un cabinet particulier d'un hôtel de dernier ordre, mais n'en paraissait pas moins luxueuse, comparée au reste de la prison. Les murs étaient couverts d'inscriptions, de dessins osés, de noms et de dates. Jack le Noir lui raconta que cet appartement lui revenait à trois cents livres par trimestre. Celui qui achetait un poste de geôlier à Newgate se retirait riche, sinon aimé.

Jack le Noir était souvent absent, car il avait un grand nombre d'obligations sociales à remplir. Mais chaque fois qu'il revenait, tous deux riaient de bon cœur, au sujet de la belle dame, masquée naturellement – qui, tout en insinuant qu'elle était pour le moins une comtesse – lui offrait d'illuminer ses journées solitaires. Une fois même, il déroba un bracelet d'or à l'une de ses admiratrices et l'offrit à Ambre. Les voleurs de grand chemin étaient des aristocrates du milieu et jouissaient d'une très grande popularité. Leurs noms étaient bien connus, leurs exploits discutés en société, dans les tavernes et au coin des rues. Ils recevaient beaucoup de visites en prison et, durant leur dernier parcours en carriole, sur la colline de Tyburn, étaient escortés par une foule nombreuse et sympathique.

Ambre passait la plus grande partie de son temps à la fenêtre, aspirant l'air pur, comme si jamais elle ne pourrait plus s'en passer. Les bras accoudés sur l'appui, elle contemplait la ville. Dans la cour, elle pouvait apercevoir les prisonniers favorisés qui se promenaient, stationnaient en groupes ou jouaient à la balle, car, bien que l'on fût à la fin de janvier, le temps restait doux et il y avait même de la poussière dans les rues. Les corps, enduits de goudron, des fanatiques du dernier soulèvement restaient pendus et un nuage de mouches bourdonnait au-dessus d'eux.

Quelques jours après leur rencontre, Jack le Noir fit une de ses sorties miraculeuses, et Ambre l'accompagna. Chaque serrure, chaque porte, chaque grille, soigneusement graissées, s'ouvraient au moindre signe, grâce à quelques pièces à l'effigie de Sa Majesté judicieusement distribuées. Dans la rue, une voiture de louage attendait ; ils s'y engouffrèrent rapidement et roulèrent le long d'Old Bailey Street. Jack le Noir, s'installant à côté d'Ambre, s'administra une violente claque sur la cuisse et éclata de son rire de tonnerre.

Soudain, une voix de femme se fit entendre, aigre et hargneuse :

— Malheur ! Jack ! C'est horrible : ce que tu pues chaque fois que tu sors de cette sacrée prison !

C'était – Ambre le compris tout de suite – Bess Colombine, dite « ma Fesse ». Jack fit immédiatement les présentations :

— Bess, voici Mrs. Channel.

Les deux femmes échangèrent de froides salutations et le silence régna dans la guimbarde. Celle-ci, d'ailleurs, s'arrêta au bout de quelques minutes et, en sortant, Ambre vit qu'ils étaient au bord de l'eau. Ils grimpèrent rapidement dans la barque qui attendait et le batelier donna un coup de rame. La nuit était noire, sans lune et, bien que nul d'entre eux ne pût apercevoir l'autre, Ambre sentait que Bess la dévisageait avec insistance et hostilité.

« Peu m'importe, songea-t-elle, que ma société lui plaise ou non. » Elle ne comptait pas rester longtemps avec Jack le Noir. Elle était convaincue qu'il finirait par lui donner ses quatre cents livres. Il paraissait disposer de tant d'argent et de si peu de manières de le dépenser qu'elle espérait bien les obtenir en moins d'une quinzaine. Après quoi, elle le quitterait, sans avoir d'ailleurs la moindre idée de ce qu'elle ferait, ni où elle irait. Car elle avait même perdu le nom des sages-femmes recommandées par Lord Carlton.

Au pied de Water Lane, ils sortirent de la barque et Bess gravit rapidement les escaliers menant à la chaussée. Ambre, son oiseau d'une main, rassembla ses jupes de l'autre et suivit, tâtant prudemment son chemin jusqu'à ce que Jack le Noir – qui était resté en arrière pour régler le batelier – arrivant derrière elle, la prît dans ses bras et poursuivît sa route aussi aisément qu'en plein jour. Ils traversèrent les jardins ayant jadis fait partie du vieux monastère des Carmélites et finalement, débouchèrent dans une étroite ruelle.

Ici le bruit, la lumière et les enseignes, indiquaient que chaque maison, ou presque, était une taverne. À travers les fenêtres à petits carreaux, ils pouvaient deviner des hommes jouant aux cartes, une femme nue qui dansait, deux autres, déshabillées jusqu'à la ceinture, qui luttaient, encouragées par un cercle de spectateurs qui leur jetaient des pièces de monnaie. Le son des violons se mêlait aux rires, aux cris de la foule, entrecoupés parfois de gémissements d'enfants. Ils se trouvaient dans Ram Alley, à Whitefriars, une partie de la ville qui avait droit d'asile pour les criminels et les débiteurs insolvables. Ceux qui y vivaient préféraient, ironiquement, l'appeler « Alsatia ».

Ils s'arrêtèrent devant l'une de ces maisons. Bess ouvrit avec une clef et Jack le Noir déposa Ambre sur le sol. Elle entra et instantanément les deux femmes se dévisagèrent.

Bess, constata immédiatement Ambre, était à peu près de son âge, et presque de la même taille. Ses abondants cheveux brun foncé tombaient en masse bouclée sur ses épaules ; elle avait des yeux bleus et une petite figure piquante, un peu trop large aux tempes, avec un fort impertinent nez en l'air. Son visage était rond, joufflu, et son buste épanoui. Ambre lui trouva l'air vulgaire ; une pimbêche mal élevée.

Mais elle se sentait irritée et mal à l'aise sous l'œil scrutateur de la jeune fille. Car, tout en ayant fait usage du peigne de Jack le Noir et en s'étant frotté la figure autant que possible, elle restait néanmoins très sale et sentait courir les poux. L'un d'eux la piqua en ce même instant, mais elle serait morte plutôt que de se gratter. Quoi qu'il en soit, Bess leva les sourcils et sourit légèrement pour bien montrer qu'elle ne la jugeait pas une rivale bien dangereuse. « Pourriture, va ! se dit Ambre furieuse. Attends seulement que j'aie pu prendre un bain et nous verrons laquelle a le nez le mieux fait ! » Son langage s'adaptait à son entourage ; Lord Carlton et Almsbury, Luc Channel et sa tante, Molly Turner et Newgate et, pour finir, Jack le Noir et Alsatia !

Si Jack le Noir eut conscience de l'inimitié qui s'élevait entre les deux femmes, il n'en laissa rien paraître :

— J'ai soif, dit-il. Où est Pall ?

Bess répéta le nom en criant et, un instant après, une jeune femme, poussant la porte de communication, s'arrêta sur le seuil, l'air endormi. Nu-pieds, mal tenue, ses cheveux jaunes pendant en mèches graisseuses sur son cou, c'était évidemment la Cendrillon de l'endroit. Mais à la vue de Jack le Noir, elle rougit, sourit et fit la révérence.

— Contente de vous voir, M'sieur !

— Merci Pall. Moi aussi je suis content d'être rentré. Y a-t-il quelque chose à boire ? Un cherry-brandy pour moi. Et pour vous, mon trésor ? ajouta-t-il, se tournant vers Ambre.

Bess fronça légèrement les sourcils et se mit à invectiver Pall, passant sa jalousie sur elle :

— Qu'as-tu fait pendant tout ce temps, fainéante ! Pourquoi ces plats ne sont-ils pas lavés ?

Elle montrait une table couverte de vaisselle sale, de coquilles de noix, de verres et de bouteilles.

— Par le Christ ! tu te dégrouilles, ou je te flanque une raclée... tu entends ?

Pall recula, persuadée qu'elle allait mettre sa menace à exécution, mais Jack le Noir intervint :

— Laisse cette petite tranquille, Bess. Elle a peut-être été occupée à la cuisine.

— Occupée à dormir, oui !

— Apporte-nous une bouteille de vin du Rhin pour Mrs. Channel, et Bess prendra...

— De l'eau-de-vie, aboya Bess, jetant un regard furieux sur Ambre.

Celle-ci lui tourna le dos et alla s'asseoir. Elle se sentait très fatiguée, énervée, et souffrait de se savoir moins séduisante que jamais. Elle n'avait qu'un désir : s'en aller n'importe où dormir, puis le matin avoir un bon bain chaud, avec des sels de toilette. Oh ! pouvoir être de nouveau propre !

Jack le Noir et Bess se mirent à causer, mais ils employaient l'argot du milieu, dont Ambre ne connaissait que quelques mots. Elle entendait le bruit de leurs voix, mais ne cherchait pas à comprendre. L'œil vague, elle regardait autour d'elle, inspectant l'ameublement. La pièce contenait un grand nombre de chaises, de fauteuils et de tables. Une bonne demi-douzaine de buffets ou de huches étaient rangés le long des murs. D'innombrables portraits, dans des cadres dorés, gisaient en pile contre la cheminée. Certains étaient visiblement de grande valeur, mais il y en avait d'autres, vieux, ébréchés, abîmés, qui paraissaient ne plus devoir être bons à rien.

Pall apporta les verres et les bouteilles ; tous burent au succès de la nuit. Ambre dit alors à Jack le Noir qu'elle se sentait très lasse, aussi demanda-t-il à Pall de la conduire au premier, dans la chambre du milieu. Avant qu'elle se retirât, il la gratifia d'un léger baiser. Ce qui n'empêcha pas Bess de rager et de froncer les sourcils d'un air furieux. Mais Ambre souhaita que, pour cette nuit, la jeune fille obtînt ce qu'elle désirait, car personnellement elle n'avait aucune envie d'être dérangée.

Assise dans un grand baquet de bois plein d'eau chaude et de savon mousseux, Ambre cherchait ses poux et les écrasait, tandis qu'ils étaient noyés. Ses cheveux, tout juste lavés, étaient simplement torsadés et retenus par des épingles sur le haut du crâne. Près d'elle, dans un fauteuil de brocart blanc et or, Jack le Noir, nonchalamment, s'amusait à planter un couteau dans le plancher. Ambre désigna la pièce d'un geste circulaire :

— Pourquoi avez-vous tant de choses ?

Car la chambre à coucher était aussi meublée que le salon du bas, et de la même manière hétéroclite. Le lit était luxueusement tendu de velours violet et le couvre-pieds de satin jaune. La plupart des fauteuils étaient de velours violet, un autre de velours écarlate frangé d'or. Il y avait au moins deux douzaines de tableaux pendus aux murs, de nombreuses glaces, trois armoires et deux écrans.

— Maman Bonnet-Rouge est prêteuse sur gages. La maison est meublée avec tout ce qu'elle récolte ; c'est toujours le portrait du grand-père qui s'en va en premier !

Il ricana et indiqua d'un clignement de l'œil les nombreux vieux messieurs en pourpoints noirs et manchettes blanches qui contemplaient la pièce du haut des murs.

Ambre se mit à rire. Elle avait repris courage et se sentait de nouveau pleine d'énergie, d'optimisme et de confiance. Elle savait qu'elle n'aurait pas dû rester ainsi dans un bain chaud. Sarah lui avait toujours dit que c'était le meilleur moyen d'accoucher avant terme, mais elle s'y sentait si bien qu'elle n'avait aucune intention de bouger avant une bonne demi-heure.

— Qui habite encore ici ? Outre Maman Bonnet-Rouge, Bess et Pall ?

Le couloir par lequel Pall l'avait fait passer était très long et la maison paraissait grande.

— Maman Bonnet-Rouge loue les quatre chambres à coucher supplémentaires. Le troisième étage est occupé par un homme qui fait de la fausse monnaie, et il y a un professeur d'escrime au quatrième !

Ce n'était pas la première fois qu'Ambre avait entendu parler de Maman Bonnet-Rouge. Maman Bonnet-Rouge avait envoyé l'argent pour séduire le geôlier. Maman Bonnet-Rouge venait d'être élue maîtresse du sanctuaire et avait, la nuit précédente, rendu un jugement à la taverne *Saint-Georges et le Dragon*. Maman Bonnet-Rouge désirait la voir sitôt qu'elle serait habillée.

Ambre finit enfin par sortir de l'eau, se sécha et se drapa dans l'une des robes de chambre en cachemire des Indes que possédait Jack le Noir. Tous deux rirent de bon cœur à la voir traîner par terre, avec des manches qui lui arrivaient aux genoux. Puis, lui adressant un clin d'œil, Jack alla vers une commode, en sortit un grand carton qu'il lui posa dans les bras. Elle le prit avec un regard interrogateur. Les mains dans les poches, se balançant sur ses talons et la face distendue par un large sourire, il lui fit signe d'ouvrir.

Très excitée à la perspective d'un cadeau, Ambre déposa le carton sur une table, défit les ficelles et arracha le papier de soie. Avec un cri de joie, elle sortit une robe de taffetas vert garnie d'applications de velours noir. Puis vint un mantelet de même velours, une chemisette, deux jupons, des bas de soie verts et des souliers de même teinte.

— Oh ! Jack le Noir ! C'est trop beau !

Elle se pendit à lui pour l'embrasser, et il se pencha gauchement, comme un gamin timide, car il avait toujours peur de lui faire mal.

— Mais comment avez-vous pu l'avoir si vite ?

Mme Darnier ne livrait jamais une robe en moins d'une semaine.

— Je suis sorti de bonne heure ce matin. Je connais un revendeur qui n'a que des costumes de gens de qualité.

— Oh ! Jack le Noir, tout juste la couleur que je préfère !

Elle déplia la robe et entreprit de s'habiller, sans pour cela cesser de bavarder :

— Elle ressemble aux feuilles des arbres qui encadraient ma fenêtre. Comment avez-vous deviné que le vert était ma couleur favorite ?

Mais bientôt son visage exprima le désappointement le plus absolu. Elle ne parvenait pas à boutonner la robe sur son ventre, et la vue de sa silhouette dans la glace – elle ne s'était pas vue depuis plus d'un mois – l'irrita aux larmes. Il lui semblait devoir toujours être ainsi.

— Oh ! s'écria-t-elle exaspérée en frappant du pied, je suis affreuse ! Je déteste attendre un enfant !

Mais Jack le Noir l'assura, d'un ton consolant, qu'elle était le plus joli bibelot qu'il eût jamais vu et ils descendirent tous deux auprès de Maman Bonnet-Rouge. Ils la trouvèrent assise à une table, le dos tourné, une chandelle auprès d'elle, écrivant dans un énorme registre ouvert devant elle. Quand Jack le Noir l'interpella, elle se retourna immédiatement, se leva et vint à eux. Après avoir amicalement embrassé Ambre, elle adressa un sourire d'approbation à Jack le Noir, qui les regardait toutes deux d'un air rayonnant et fier.

— Tout à fait bien ! Jack ! dit-elle, après un bref examen. C'est pour quand ?

— Dans deux mois, environ, je crois.

Ambre la contemplait avec de grands yeux, stupéfaite de ne pas lui trouver la moindre ressemblance avec la vieille haridelle décrépite à laquelle elle s'attendait. À vrai dire, Maman Bonnet-Rouge avait l'air presque aussi respectable que tante Sarah. C'était une femme de cinquante-cinq ans, au teint clair et aux yeux brillants. Plus petite qu'Ambre, son corps était bien fait, solide, et tous ses mouvements donnaient une impression de force, d'énergie. Elle portait une robe très simple et très nette, avec col et manchettes empesés, un tablier, et pas le moindre bijou. Un petit bonnet rouge vif cachait ses cheveux. Jack le Noir avait dit à Ambre que, depuis dix ans, jamais il ne l'avait vue tête nue.

— J'aurai une sage-femme pour vous en temps utile, dit-elle, et nous trouverons quelqu'un pour prendre le bébé.

— L'emmener où ? s'écria Ambre soudain sur la défensive.

— N'ayez pas peur, ma chère, dit Maman Bonnet-Rouge d'un ton calme, et l'accent dont elle parlait rappelait à Ambre celui de Lord Carlton et de ses amis. Qui donc voudrait voir un bébé vivre aux Friars ? La plupart de ceux qui y restent meurent au cours de la première année. Nous choisirons une brave femme de la campagne qui soignera bien l'enfant et vous permettra d'aller le voir tant que vous le voudrez. Oh ! c'est un excellent arrangement – bien des femmes le font – assura-t-elle, voyant qu'Ambre ne paraissait toujours pas convaincue. Et maintenant, coupa-t-elle brusquement en revenant à son registre, dites-moi votre nom en entier.

Jack le Noir intervint vivement :

— Mrs. Channel, et c'est tout pour le moment. Je payerai sa pension ici.

Ambre n'avait pas donné son vrai nom à Jack le Noir et il s'en souciait fort peu, disant que le sien aussi était d'emprunt et que toute personne de bon sens gardait l'incognito à Alsatia.

— Très bien. Personne ici ne cherche à fouiller le passé. Jack le Noir m'a dit que vous devez quatre cents livres et désirez les payer pour quitter la prison. Je le comprends – car je trouve que vous êtes trop jolie pour y rester longtemps – et je vous promets de vous donner le moyen de gagner cette somme, sitôt que vous pourrez sortir d'ici.

Ambre ouvrit la bouche pour demander comment, mais Maman Bonnet-Rouge poursuivit de sa voix claire :

— En attendant, nous allons tâcher de vous débarrasser de cet accent. Une jeune fille de la campagne est généralement considérée comme une sotte, ici à Londres, et cela peut gêner les plans les mieux établis. Je pense que Michel Godfrey serait un excellent professeur pour elle, qu'en dites-vous, Jack le Noir ? Et maintenant, ma chère, installez-vous et soyez à votre aise parmi nous. N'ayez pas peur de demander tout ce dont vous aurez besoin. Je vous laisse à présent, c'est le premier du mois et il faut que je m'occupe de mes locataires.

Elle referma le registre, le rangea dans le tiroir de la table, puis, prenant un manteau sur son bras, elle leur sourit à tous deux et se dirigea vers la porte. Avant de sortir, elle se retourna, enveloppa Ambre d'un long regard, hocha la tête et murmura :

— Quel dommage que cette grossesse soit si avancée. Il y a trois mois, vous auriez pu rapporter au moins cent livres en posant pour la jeune fille.

Elle s'en alla et Jack le Noir éclata d'un bon gros rire.

Ambre se tourna vers lui, l'air irrité :

— Que diable veut-elle dire ? Si elle s'imagine que je vais gagner ma vie en...

— Ne vous agitez pas. Mais non... j'y veillerai. Mais une entremetteuse reste toujours une entremetteuse. Et Maman Bonnet-Rouge est une telle marieuse ! Je suis sûr qu'elle serait arrivée à faire convoler le Pape et la reine Elisabeth !

Quel était le vrai nom de Maman Bonnet-Rouge ? Ambre ne le sut jamais, mais visiblement Jack le Noir, non seulement l'aimait bien, mais professait une véritable admiration pour sa réussite, son esprit de décision, sa faculté de s'adapter et de prospérer quoi qu'il advînt des autres.

Ambre ne pouvait pas comprendre pourquoi cette femme vivait si frugalement, sans nécessité, ni pourquoi elle avait choisi une vie chaste et austère, après une jeunesse qui avait dû être fertile en péripéties. Pour toutes ces raisons, elle la méprisait franchement, sans le montrer, et restait convaincue, en son for intérieur, que Maman Bonnet-Rouge n'était pas aussi intelligente qu'on le prétendait.

Néanmoins elle s'appliqua à se faire aimer d'elle, et eut l'impression d'y réussir. Car Jack le Noir avait nettement refusé, la première fois qu'elle avait abordé ce sujet, de lui donner de quoi rembourser sa dette. Tel avait été le sujet de leur première querelle.

— Je crois que vous tenez à me garder dans ce maudit endroit !

— Certainement ! Pourquoi donc ai-je pris la peine de vous faire sortir de prison, ingrate petite bête ?

— Et après ! Qui voudrait rester dans ce trou puant ? Je le déteste ! Et j'en sortirai ! Attendez seulement ! Si vous ne voulez pas me donner l'argent, je le demanderai à Maman Bonnet-Rouge ! Elle en a plus qu'il ne lui en faut et me prêtera bien quatre cents livres, vous pouvez me croire !

Ce géant aurait pu l'écraser d'une pichenette, mais il se borna à renverser la tête en arrière et à rire à gorge déployée :

— Allez, ma belle ; et demandez-le-lui ! Mais croyez-moi, elle vous prêterait plutôt quatre cents de ses dents, si elle les avait !

XII

Un jour que Jack le Noir était absent, Ambre se mit à la recherche de Maman Bonnet-Rouge. Quand elle était à la maison, ce qui n'était pas fréquent, elle griffonnait toujours sur son registre, et n'aimait pas être interrompue. Apercevant Ambre qui s'approchait, elle lui fit signe de rester tranquille et continua de faire courir sa plume le long d'une rangée de jolis chiffres bien nets, tout en comptant à voix basse. Finalement elle inscrivit le total et se tourna vers Ambre.

— Qu'y a-t-il, ma chère ? Puis-je faire quelque chose pour vous ?

Ambre avait bien préparé son petit discours, mais elle s'écria spontanément :

— Oui ! Prêtez-moi quatre cents livres, pour que je puisse m'en aller d'ici. Oh ! je vous en prie, Maman Bonnet-Rouge ! Je vous les rendrai, je vous le promets.

Maman Bonnet-Rouge l'examina froidement pendant un instant, puis elle sourit :

— Quatre cents livres, madame Channel, c'est une grosse somme. Que m'offrez-vous en garantie ?

— Eh bien !... je vous signerai un papier, ou tout ce que vous voudrez. Et je payerai des intérêts, ajouta-t-elle, car elle avait appris que l'intérêt était le dieu de Maman Bonnet-Rouge. Je ferai n'importe quoi. Mais il me faut cet argent.

— Je ne crois pas que vous ayez compris le système du prêt sur gages, ma chère. Vous avez l'air de croire que quatre cents livres sont une somme insignifiante à emprunter. Cela représente au contraire un prêt d'importance, sans autre garantie que la promesse d'une jeune personne. Je ne mets pas en doute la pureté de vos intentions, mais je crois que vous aurez infiniment plus de peine que vous ne l'imaginez à trouver cette somme.

Surprise et désappointée, Ambre était irritée :

— Comment ! s'écria-t-elle, vous avez dit vous-même que j'aurais pu vous rapporter une centaine de livres.

— C'est probable ! Mais la moitié de cette somme me

serait déjà revenue pour mes peines et soins. D'ailleurs, pour être franche avec vous, ce n'était qu'une parole en l'air. Jack le Noir m'a déclaré sans ambages qu'il entendait vous garder pour lui et, il me semble, ma chère, que vous pourriez lui en être reconnaissante. Il en a eu pour trois cents livres à vous sortir de Newgate.

— Trois cents... Comment ! il ne me l'a jamais dit.

— C'est pourquoi je pense que tant que Jack le Noir sera là, il est inutile de songer à vous employer de cette manière.

— Tant qu'il est ici ? Songe-t-il à s'en aller ?

— Pas avant longtemps, j'espère. Mais un jour ou l'autre, il montera en carriole à Tyburn et ne redescendra pas !

Ambre la regarda, saisie d'horreur. Elle savait que Jack avait eu le pouce brûlé, ce qui signifiait qu'il serait pendu la prochaine fois. Mais il échappait toujours et possédait une audace indomptable qui lui conférait une sorte d'immunité à ses yeux. Cependant elle pensait à elle et non à lui...

— C'est ce qui nous arrivera à tous ! Je le sais ! Nous serons tous pendus !

Maman Bonnet-Rouge leva les sourcils :

— C'est possible ! Mais il est plus probable que nous finirons par mourir de consomption, ici, à Alsatia !

Elle se détourna et reprit sa plume. Ambre comprit qu'elle était congédiée et, après avoir attendu, remonta dans sa chambre.

Elle était découragée, mais non battue. Elle entendait se sauver n'importe comment et se consolait en songeant qu'elle avait réussi à sortir de Newgate, ce qui était autrement difficile.

Alsatia se trouvait à l'est des jardins du Temple, et l'on y accédait par quelques escaliers étroits. C'était un quartier bas, en bordure de l'eau, perpétuellement envahi par un épais brouillard jaune qui collait au pavé, pénétrait les os, imprégnait les narines, si bien qu'il devenait difficile de respirer à l'aise. Ram Alley, où se trouvait la maison de Maman Bonnet-Rouge, sentait la gargote et l'eau de lessive, à cause des blanchisseuses qui faisaient de cette rue leur quartier général.

Les cours, les places et les rues étaient peuplées de voleurs, de meurtriers, de prostituées, cohue sauvage et désolée qui vivait en constant état de guerre mais s'unissait invariablement contre toute intrusion de la maréchaussée. Les enfants grouillaient partout aussi nombreux que les chiens et les porcs, misérables petits gnomes affamés, aux yeux creux, aux pauvres voix aiguës et enrouées. Ambre frissonnait à leur vue et détournait précipitamment les yeux, de peur que son bébé n'en portât la marque. Elle se sentait perdue, définitivement éloignée du monde, le seul monde qui lui tînt à cœur, celui où elle pourrait retrouver Lord Carlton.

Ce fut Michel Godfrey, engagé par Maman Bonnet-Rouge pour lui apprendre à parler comme une grande dame londonienne, qui rouvrit à Ambre quelques horizons sur la vie qu'elle regrettait.

C'était un étudiant d'une de ces écoles moyennes où les fils de famille à leur aise sont censés acquérir les connaissances nécessaires à la bonne gestion de leurs propriétés, tout en apprenant suffisamment de droit pour présider aux sessions, une fois revenus sur leurs terres. La plupart d'entre eux passaient plus de temps à la taverne qu'en classe, et dépensaient plus d'argent en femmes qu'en livres. Ainsi que beaucoup d'entre eux, Michel s'était parfois aventuré dans les Friars, curieux de voir comment les criminels vivaient et de quoi ils avaient l'air. De même que nombre de ses amis, après avoir trop dépensé et fait des dettes, il était venu emprunter et avait fait la connaissance de Maman Bonnet-Rouge, la reine mystérieuse du

Sanctuaire. Environ une quinzaine après l'arrivée d'Ambre, il avait accepté de lui donner des leçons.

Âgé de vingt ans juste, de taille moyenne, il avait les yeux bleus et de jolis cheveux bouclés, châtain clair. Son père était un chevalier, possédant une propriété dans le Kent et suffisamment d'argent pour élever son fils avec tous les avantages dus à son rang. Michel avait été à l'école de Westminster pour apprendre le latin et le grec. À seize ans, il avait été envoyé à Oxford pour se perfectionner dans l'étude du grec, de la littérature, de l'histoire, de la philosophie et des mathématiques. Résultat qui devait être atteint en trois ans, car trop de science n'était pas jugé souhaitable pour un gentleman. Depuis un an, il était entré à l'université de Middle Temple. Quelques trimestres encore et il ferait le traditionnel voyage à l'étranger.

Tandis que la pluie tombait sans trêve – car le doux hiver avait été suivi par des semaines d'humidité –, Ambre et lui s'installaient auprès de la cheminée, au salon, buvant de l'ale chaude épicée et bavardant. Elle était un auditeur enthousiaste, sachant apprécier la plaisanterie, fascinée par tout ce qu'il faisait, disait et voyait.

Elle riait de tout son cœur en apprenant comment lui et ses amis « quelque peu travestis » – comme disaient les jeunes beaux quand ils étaient ivres – avaient renversé une guérite pendant que le vieux factionnaire s'était endormi, fait irruption dans une maison de passe et cassé toutes les vitres, déshabillé une femme qui rentrait le soir au bras de son époux. Des bandes de jeunes aristocrates parcouraient ainsi la ville toutes les nuits, bruyants et destructeurs, terreur des citoyens paisibles qui eussent presque autant aimé avoir affaire à des voleurs ou à des brigands. Mais Michel narrait ses exploits avec une simplicité et une fraîcheur pleines de saveur qui les faisaient passer pour d'innocentes gamineries.

Il lui racontait que, depuis trois ou quatre mois, quelques

femmes avaient fait leur apparition sur les scènes londoniennes et jouaient à présent dans toutes les pièces, outrageusement peintes, vêtues de toilettes osées, et que plusieurs d'entre elles étaient devenues les maîtresses de certains nobles. Puis il affirmait avoir vu les restes décomposés de Cromwell, d'Ireton et de Bradshaw, sortis de leurs tombes et pendus à Tyburn. Il parlait ensuite du couronnement de Sa Majesté, qui devait avoir lieu en avril et promettait de surpasser en magnificence tout ce que l'histoire d'Angleterre avait déjà connu.

Pendant ce temps, Ambre perdait tout vestige d'accent campagnard. L'oreille fine, la mémoire fidèle, elle était une parfaite imitatrice et désirait passionnément s'instruire. Elle perdit l'habitude de dire « Ma Doué ! » ou « Misère » et apprit quelques exclamations distinguées. Michel lui dicta la manière d'accueillir et de présenter correctement des invités, lui enseigna quelques phrases françaises qu'il était de bon ton d'employer. La vulgarité était le grand chic de Whitehall, et nombre de gentilshommes et de belles dames émaillaient leurs discours d'interjections grivoises. Ambre absorbait tout, et l'argot d'Alsatia par la même occasion.

Michel Godfrey, qui était tombé amoureux, désirait connaître son vrai nom, savoir qui elle était et d'où elle venait. Elle se refusa à lui dire la vérité, mais broda l'histoire de Sally Goodman, et il l'accepta pour ce qu'elle prétendait être : une jeune héritière de la campagne, qui s'était sauvée de chez elle avec un homme mal vu de sa famille et qui l'avait abandonnée ensuite. Plein de sympathie, Michel s'indigna à la pensée qu'une jeune fille d'aussi bonne naissance fût obligée de vivre en un tel milieu et offrit d'entrer en contact avec ses parents. Mais Ambre refusa, assurant que jamais ils ne viendraient la chercher dans un endroit tel que Whitefriars.

— Venez avec moi, alors, dit-il. Je prendrai soin de vous.

— Merci, Michel. Je le voudrais bien. Mais je ne peux

pas, pas avant d'avoir accouché, en tout cas. Seigneur ! ce serait un beau remue-ménage si j'étais prise de douleurs chez vous ! Vous seriez mis à la porte en moins de rien.

Tous deux se mirent à rire.

— Ils m'en ont menacé une bonne douzaine de fois : « Faites attention, Monsieur, ou vous partirez d'ici ! »

Fronçant les sourcils, il clamait d'un ton dramatique. Puis, se penchant, il lui prit la main :

— Mais après, je vous en prie, après, voulez-vous venir chez moi ?

— Rien ne me serait plus agréable. Mais, et le guet ? Si je suis prise, il me faudra retourner à Newgate.

La pension de Michel ne suffirait pas à payer ses propres dépenses ; il ne pouvait donc l'aider à payer ses dettes.

— Ils ne vous prendront pas. J'y veillerai. Je vous protégerai...

Le 5 avril au matin, Ambre fut réveillée par une douleur sourde dans les reins. Elle se retourna pour trouver une meilleure position, puis soudain comprit ce qu'il en était. D'un coup de coude, elle alerta Jack le Noir.

— Jack ! Vite ! Il faut prévenir Maman Bonnet-Rouge que c'est commencé. Qu'on aille chercher la sage-femme.

— Quoi ?

Il grognait, peu désireux d'être troublé dans son sommeil. Mais comme elle le secouait – épouvantée, car elle avait entendu parler d'enfants arrivés sans que rien ne fût prêt – il s'éveilla, la considéra un instant sans comprendre, puis s'habilla rapidement.

Maman Bonnet-Rouge vint la voir et repartit vaquer à ses occupations habituelles, certaine qu'il ne se passerait rien avant plusieurs heures. La sage-femme arriva, accompagnée de deux aides, examina sa patiente et s'assit pour attendre. Bess Colombine vint jeter un coup d'œil, mais on la renvoya, car la superstition voulait qu'une présence hostile auprès d'une femme en couche arrêtât aussitôt le travail. Mais Jack le Noir, suant à grosses gouttes et paraissant souffrir davantage que la malade, resta fidèlement à ses côtés, avalant un verre d'eau-de-vie sur l'autre.

Finalement, vers quatre heures de l'après-midi, la tête de l'enfant apparut, comme une petite pomme rouge plissée, et quelques minutes après le bébé était né. Ambre, à demi inconsciente, ne ressentait plus qu'un immense soulagement.

L'enfant la déçut, car il était long, mince, rouge, sans rien qui indiquât une ressemblance quelconque avec son père, bien que Maman Bonnet-Rouge affirmât que d'ici un mois ou deux il serait très joli. Pour l'instant, son minuscule petit visage grimaçait en un perpétuel hurlement, car il était affamé. Ambre avait émis la prétention de le nourrir elle-même – à la campagne les femmes ne cherchaient pas à paraître de jeunes vierges quand elles étaient mariées –, mais Maman Bonnet-Rouge parut horrifiée et lui déclara que jamais une personne comme il faut ne songeait ainsi à gâter sa ligne. On trouverait une bonne nourrice. Ambre, chatouillée dans sa vanité, accepta sans difficultés, mais pendant que l'on cherchait une remplaçante le bébé mourait de faim.

Il fallut quatre jours pour découvrir une femme répondant exactement aux désirs de Maman Bonnet-Rouge ; l'enfant se déclara satisfait et dormit la plupart du temps dans son berceau, au pied du lit de sa mère. Ambre l'aimait d'un amour passionné, infiniment plus grand qu'elle ne l'eût imaginé. Néanmoins, elle espérait bien n'en plus jamais avoir d'autre.

Elle se remit très rapidement ; le jour de l'arrivée de la nourrice, elle était déjà assise dans son lit, bien soutenue par des oreillers et portant une des chemises de Jack le Noir, ce qui était supposé faire tarir le lait. Michel Godfrey vint la voir et apporta au bébé une robe de baptême en satin blanc richement brodée. Ambre reçut également d'autres cadeaux : elle avait apparemment aux Friars plus d'amis qu'elle ne le croyait.

L'une d'entre elles était Pénélope Hill, une prostituée qui habitait juste en face. C'était une jeune femme fortement charpentée, dont la beauté consistait en une épaisse masse de cheveux qui faisait penser à une lourde crinière de soie jaune pâle, et en une appétissante poitrine ronde et bien faite. Sa robe de taffetas bleu était tout abîmée par la transpiration sous les bras, et de tout son corps se dégageait un fumet singulièrement tentant de plat cuit à point. Languissante et cynique, elle contemplait les hommes avec une sorte de mépris amusé, mais elle avertit Ambre qu'une femme n'avait aucune chance de réussir auprès d'eux si elle ne savait tourner à son avantage leur propre faiblesse.

Ce genre de philosophie parut cependant moins intéressant à Ambre que certains conseils pratiques sur un autre sujet. Elle apprit de Pénélope qu'il existait bien des moyens d'éviter d'avoir des enfants, ou de provoquer des fausses couches. En possession de cette science, Ambre s'étonna d'avoir été assez sotte pour ne pas l'avoir découvert toute seule : cela paraissait si évident.

Quand l'enfant eut deux semaines, il fut baptisé sous le simple prénom de Bruce. L'habitude était que les bâtards prissent le nom de leur mère, mais Ambre ne voulait pas se servir du sien, ni de celui de Luc Channel. Après quoi, elle donna une réception à laquelle assistèrent Maman Bonnet-Rouge, Jack le Noir, Bess Colombine, Michel, Pénélope Hill, un gentilhomme italien ayant quitté son pays pour des raisons qu'il ne tenait pas à dévoiler et qui ne savait pas un mot d'anglais, le faux-monnayeur du troisième et sa femme, deux hommes qui accompagnaient toujours Jack le Noir dans ses expéditions – Jimmy la Gueule et Peau Bleue – et tout un assortiment de coupeurs de bourses, de voleurs et de fripons. Tandis que les hommes buvaient et jouaient aux cartes, les femmes parlaient d'enfants, de grossesses, d'accidents et d'avortements, avec la même ardeur et le même intérêt qu'à Marygreen.

Une semaine après environ, la femme choisie par Maman Bonnet-Rouge pour prendre le bébé en pension vint le chercher. C'était une Mrs. Chiverton, une paysanne de Kingsland, un petit village situé à quelque deux milles de Londres, environ quatre de Whitefriars. Ambre lui accorda sa confiance et l'aima tout de suite, car elle avait connu bien des femmes lui ressemblant. Elle s'engagea à lui payer dix livres par an pour soigner et nourrir l'enfant, et lui en donna cinq en plus, afin qu'elle pût lui amener le bébé quand elle le souhaiterait.

Elle n'avait aucune envie de s'en séparer et l'aurait gardé avec elle à Whitefriars si Maman Bonnet-Rouge n'eût affirmé qu'il risquait fort de périr dans cet endroit malsain. Elle aimait son bébé parce qu'il était son enfant, et plus encore peut-être celui de Bruce Carlton. Bruce l'avait quittée depuis près de huit mois et, en dépit du sentiment très vif qu'elle éprouvait toujours pour lui, il devenait de plus en plus vague et irréel. Le bébé – preuve vivante de son existence – lui démontrait seul, de manière tangible, la réalité de son aventure.

— Si jamais il est malade, vous me préviendrez, n'est-ce pas ? dit-elle anxieusement en le déposant dans les bras de Mrs. Chiverton. Quand me l'amènerez-vous ?

— Quand vous voudrez, M'dame !

— Samedi prochain ? Cela vous va ?

— Très bien, M'dame !

— Oh ! oui, s'il vous plaît. Et vous le tiendrez bien au chaud, et vous ferez attention qu'il n'ait jamais faim, n'est-ce pas ?

— Oui, Madame. Sûr !

Jack le Noir mit la femme et l'enfant en voiture et, quand

il revint, il trouva Ambre seule, assise dans un fauteuil, l'air navré, les yeux perdus dans le vide. Il s'approcha d'elle et prit sa main dans la sienne. Sa voix était taquine, mais sympathique :

— Allons, ma jolie, pourquoi gémir et grogner ? Le mioche est en bonnes mains, pas vrai ? Tout de même, vous ne vouliez pas le garder ici, n'est-ce pas ?

Ambre leva les yeux vers lui.

— Bien sûr que non ! C'est bon !...

Et elle ébaucha un petit sourire.

— Voilà qui va mieux ! Écoutez... Savez-vous quel jour nous sommes ?

— Non !

— La veille du Couronnement. Sa Majesté traverse la Cité en se rendant à la Tour. Aimeriez-vous le voir ?

— Oh ! Jack !

Le visage d'Ambre s'illumina, puis s'assombrit aussitôt :

— Mais c'est impossible...

Elle avait fini par se considérer comme aussi prisonnière dans Whitefriars qu'à Newgate.

— Mais évidemment ! Je vais, tous les jours que Dieu donne, faire un tour dans la Cité. Dépêchez-vous de vous attifer et nous filons. Prenez votre masque et votre manteau... cria-t-il comme elle sortait en courant.

C'était la première fois qu'Ambre quittait Alsatia depuis qu'elle y était entrée deux mois et demi auparavant, et elle était presque aussi excitée que lors de sa première sortie dans Londres. Après des semaines de pluie, le ciel était bleu, l'air frais et pur ; une brise légère apportait dans la ville un parfum champêtre. Les rues dans lesquelles devait passer le roi avaient été sablées et les membres de la milice faisaient la haie pour maintenir la foule. De superbes arcs de triomphe avaient été érigés aux croisements des quatre rues principales et – tout comme l'an passé – les maisons étaient pavoisées et les femmes, massées aux fenêtres et aux balcons, lançaient des fleurs.

Jack le Noir pilota Ambre dans la foule, poussant l'un de côté, bousculant l'autre, si bien qu'ils parvinrent finalement au premier rang. Ambre avait laissé tomber son masque, simplement retenu par un bouton serré entre les dents, et ne put se baisser pour le ramasser. Jack le Noir ne s'en aperçut pas et, dans son excitation, elle oublia bientôt ce détail.

Quand ils arrivèrent à un endroit d'où ils pouvaient voir les grands carrosses dorés, remplis de nobles dans leurs magnifiques costumes de cérémonie défiler lentement, Ambre les contempla les yeux écarquillés, aussi impressionnée qu'un enfant ; inconsciemment elle scrutait chaque visage, mais sans les voir : Lord Carlton, l'an dernier, chevauchait en tête avec tous les loyaux cavaliers revenus de l'étranger. Mais quand vint le roi, elle en oublia jusqu'à Bruce.

Sa Majesté, à cheval, souriait et saluait de la tête ; des milliers de mains se tendaient, essayant de le toucher, lui ou son cheval. De temps à autre, son œil était attiré par une jolie femme perdue dans la foule. Et ce fut ainsi qu'il aperçut une jeune fille dont les yeux bruns le contemplaient avec une admiration et un respect passionnés, et dont la respiration s'arrêta presque quand leurs regards se croisèrent. En passant, il lui sourit, de ce lent sourire nonchalant, si étrangement tendre en dépit de son cynisme. Elle le suivit longtemps des yeux, mais il ne se retourna pas.

« Oh ! se dit Ambre, ivre de joie, il m'a regardée ! Et il m'a souri ! Le roi m'a souri ! » Dans son trouble, elle ne vit même pas le chameau déambuler devant elle, chargé d'un palanquin, d'où un petit Hindou lançait des perles et des aromates dans la foule.

L'image du roi, au teint basané, et l'expression de son

regard ne la quittèrent pas pendant de longues heures. Elle se sentait plus mécontente que jamais de sa vie dans le sanctuaire. Le monde, dont elle avait presque perdu le souvenir, se rappelait à elle, comme une ancienne mélodie très aimée qu'elle désirait encore entendre, sans oser s'y risquer. Oh ! si seulement je pouvais, n'importe comment – *n'importe comment* –, sortir de cet ignoble endroit !

Le même soir, ils étaient tous quatre à table : Bess, boudeuse et renfrognée parce qu'elle n'avait pas été à la fête ; Ambre, préoccupée ; Jack le Noir riant, tandis qu'il montrait à Maman Bonnet-Rouge les quatre montres volées au cours de la journée. Ambre entendait vaguement la conversation, mais sans y prêter attention, jusqu'au moment où elle perçut la protestation indignée de Bess :

— Et moi, alors, s'il vous plaît ? Qu'est-ce que je fais ?

— Vous resterez ici ce soir, déclara Maman Bonnet-Rouge. Il est parfaitement inutile que vous veniez.

Bess enfonça son couteau dans la table :

— Vous aviez besoin de moi autrefois. Mais à présent que Mrs. Taille-Fine est venue, je suis aussi mal reçue qu'une glace après la petite vérole !

Et elle lança un regard venimeux sur Ambre.

Maman Bonnet-Rouge ne prit pas la peine de répondre mais se tourna vers Ambre :

— Souvenez-vous de ce que je vous ai dit, et surtout, n'ayez pas peur. Jack le Noir sera là si vous en avez besoin. Gardez votre sang-froid, et tout ira bien.

Ambre sentit ses mains devenir froides et son cœur se mit à battre à grands coups. Pendant toutes les discussions et les répétitions de ces coups de main, elle avait toujours eu le sentiment que c'était pour rire et que jamais elle ne ferait des choses pareilles. Et tout à coup – au moment où elle s'y attendait le moins – l'affaire devenait sérieuse. Maman Bonnet-Rouge entendait l'y envoyer. Ambre sentait déjà le nœud coulant autour de son cou.

— Que Bess y aille si elle le désire, s'écria-t-elle. L'affaire ne me dit pas tant que ça ; j'ai rêvé de Newgate l'autre nuit.

Maman Bonnet-Rouge sourit. Jamais elle ne se mettait en colère, jamais elle ne perdait son calme ni son sang-froid.

— Ma chère, vous savez bien que les rêves signifient juste l'inverse de ce que l'on croit. Allons, venez – j'attends beaucoup de vous, non seulement de votre beauté, mais de votre intelligence aussi qui, j'en suis sûre, vous aidera à sortir sans crainte ni dommage de n'importe quelle aventure !

— Sans crainte, ni dommage... et la peau ! railla Bess.

Ambre lui lança un regard dur et se leva. Sans un mot elle quitta la pièce et monta chercher son manteau, son masque, se poudrer et se mettre du rouge aux lèvres. Peu après, elle redescendit pour trouver Bess et Jack le Noir qui se disputaient. Bess criait tandis qu'allongé dans son fauteuil, une bouteille à la main, il faisait semblant de l'ignorer. Apercevant Ambre, il sourit et se leva. Bess se retourna vivement

— Vous ! s'écria-t-elle... C'est vous qui êtes cause de tous mes ennuis, vous, espèce de roulure effrontée !

S'emparant tout à coup d'une salière, elle la jeta violemment par terre.

— Tenez ! Et que le diable vous emporte !

Puis elle s'enfuit en sanglotant.

— Oh ! fit Ambre considérant d'un air anxieux le sel répandu. Nous sommes maudits. Nous ne pouvons pas y aller !

Jack le Noir, qui avait rattrapé Bess, lui administra un coup qui la fit chanceler :

— Sacrée petite garce ! gronda-t-il. Si nous avons de la malchance, je te coupe les oreilles !

Maman Bonnet-Rouge se moqua des craintes superstitieuses d'Ambre et lui affirma que cela ne porterait pas malheur, puisque le geste avait été accompli volontairement. Elle lui souffla quelques derniers bons conseils. Jack le Noir avala un petit verre et – en dépit de la résistance et des inquiétudes d'Ambre – ils se mirent en route. Mais ils avaient à peine gravi les escaliers et pénétré dans les jardins du Temple que ses craintes s'étaient évanouies ; elle se sentait excitée et curieuse de n'importe quelle aventure. Bess et le sel répandu étaient bien loin de son esprit.

XIII

Dans la cité, toutes les cloches sonnaient et de nombreux feux de joie éclairaient le ciel d'une lueur rouge. Toutes les maisons étaient illuminées et une foule joyeuse emplissait les rues : les voitures brinquebalaient au milieu des cris, des rires, des chants et de la musique. C'était une réédition de la nuit de la Restauration.

Le Chien et la Perdrix était une taverne élégante, sise dans Fleet Street, et fréquentée surtout par les jeunes beaux et les prostituées de grand luxe, outrageusement peintes et fort bien mises, qui les attiraient chez elles. Cette nuit, la salle était bondée. À chaque table, les hommes se pressaient en foule – ceux qui venaient avec des femmes prenaient généralement un cabinet particulier, au premier –, les garçons circulaient avec des plateaux chargés de verres et de bouteilles, ou de grands pots d'ale mousseuse. Toute une tablée de jeunes gens chantaient à gorge déployée ; dans un coin quelques violons grinçaient, inaperçus et ignorés. Au moment où Ambre fit son entrée, quatre jeunes gens, complètement ivres, venaient de se lever et d'engager une sorte de duel pour vider une querelle quelconque. Ils la bousculèrent, mais ne prirent même pas la peine de s'excuser, bien qu'à leur allure on reconnut aisément en eux des gens de bonne maison.

Ambre, masquée et encapuchonnée, s'enveloppa dédaigneusement dans son manteau et se recula. Quand ils furent partis, elle s'arrêta sur le seuil, regardant la salle emplie de fumée, comme pour y retrouver quelqu'un. L'hôtelier s'avança vers elle :

— Madame ?

Elle comprit à sa manière d'être qu'il la prenait pour ce dont elle avait l'air : une dame de qualité, genre Covent Garden. Et elle se sentait bien dans son rôle. Elle avait passé assez d'heures à la fenêtre du *Royal Sarrasin* et de *La Rose*, à les observer descendant de voiture, parlant à un admirateur, lançant une aumône à un mendiant. Elle savait comment relever ses jupes, enlever un gant, parler à un garçon, jouer de l'éventail.

— J'attends quelqu'un, dit-elle doucement. Nous devons nous retrouver ici.

Elle regardait à peine l'hôtelier, ses yeux parcouraient la salle.

— Peut-être puis-je vous aider à le trouver, Madame. Comment est-il habillé ? Quelle apparence a-t-il ?

— Il est très grand, avec des cheveux noirs. Je crois qu'il porte un costume sombre brodé d'or.

L'homme examina ses clients :

— Est-ce le monsieur qui se tient là-bas ? Un peu plus loin, à droite.

— Non, non. Pas celui-là. Oh ! le misérable, il est en retard !

Elle s'éventait d'un air mécontent.

— J'en suis désolé, Madame. Vous préféreriez peut-être attendre dans un salon particulier ?

— J'aimerais mieux, mais je risquerais de le manquer. Je ne peux pas attendre longtemps, vous comprenez.

Il était bon qu'il crût avoir en face de lui une femme mariée, venue retrouver son amant, mais craignant d'être aperçue par son mari ou par une relation quelconque.

— Trouvez-moi une place dans un petit coin discret et j'attendrai quelques minutes.

L'hôtelier lui fit traverser la salle, se frayant un chemin à travers la foule bruyante et Ambre se rendit parfaitement compte que toutes les têtes se retournaient sur son passage. Elle laissait derrière elle un sillage parfumé, et son manteau – volé à quelque grande dame par Jack le Noir – indiquait une personne fortunée. S'installant à une table écartée, elle refusa toute boisson, mais glissa une pièce d'argent dans la main de l'hôtelier :

— Merci beaucoup.

En s'asseyant, Ambre entrouvrit son manteau de manière à laisser apparaître un peu de son décolleté, déploya son éventail, poussa un petit soupir de lassitude et lança un rapide coup d'œil autour d'elle. Elle rencontra plusieurs paires d'yeux braqués sur elle, quelques sourires et, instantanément, baissa les paupières. Il ne fallait pas qu'on la prît pour une fille.

Elle était heureuse à présent d'être venue ; son sang coulait plus vite dans ses veines et elle se prenait à souhaiter que ce fût la vie réelle et non un rôle qu'elle jouait.

En moins d'un quart d'heure, elle les avait dénombrés et son choix se portait sur un jeune homme paraissant répondre à ses vues. Il était assis à quelque sept ou huit pieds d'elle, jouant aux cartes avec quatre amis, mais il se retournait fréquemment pour la regarder. À une époque où tant de femmes sortaient masquées, un homme apprenait à juger de la beauté par quelques légers détails, la couleur et le brillant d'une boucle de cheveux sortant d'un capuchon, l'éclair de deux yeux à travers les fentes du masque, la courbe d'une jolie bouche.

Comme elle se sentait observée, elle eut un léger sourire, si léger qu'il en était imperceptible, puis se détourna immédiatement. Sur-le-champ, il posa ses cartes, repoussa sa chaise et se dirigea vers elle d'un pas incertain.

— Madame !...

Il s'arrêta poliment pour toussoter :

— Madame, voudriez-vous me faire l'honneur d'accepter un verre de...

Ambre, qui regardait dans une autre direction, fit un geste de surprise :

— Monsieur ?

Le jeune homme se troubla :

— Oh ! je suis désolé, Madame. Je ne voulais pas vous blesser. Hum... mais je pensais que vous vous trouviez peut-être seule...

— J'attends quelqu'un, Monsieur, et je ne me sens pas seule du tout. Si vous me prenez pour une fille, vous vous trompez. Je crois que vous feriez mieux de vous adresser à cette personne, là-bas !

Du bout de son éventail, elle désigna une femme non masquée qui venait d'entrer, et dont le manteau ouvert laissait voir les seins à peu près nus. Comme il se tournait, Ambre remarqua qu'il portait quatre bagues, des boutons d'or sertis de minuscules petits diamants à son habit, que la poignée de son épée était d'argent, et qu'un grand manchon de vison accroché à un large ruban de satin lui pendait au cou.

Il salua, raide et digne :

— Je vous demande pardon, Madame, mais je ne chasse pas ce gibier. Votre serviteur, Madame.

Il s'inclina et serait parti si elle ne l'avait retenu :

— Monsieur !

Elle lui sourit, un regard câlin dans ses yeux bruns :

— Excusez ma brusquerie. Je crois que l'attente m'a porté sur les nerfs. J'accepte volontiers un verre de vin du Rhin et je vous en remercie.

Instantanément apaisé, il lui rendit son sourire, s'assit et commanda du champagne pour elle et de l'eau-de-vie pour lui. Il dit que son nom était Tom Butterfield, qu'il était étudiant, mais quand il voulut en savoir autant d'elle, elle redevint froide et distante, prétendant être trop connue pour oser divulguer son nom. Rien qu'à la manière dont il la considérait, elle comprit qu'il cherchait à la situer, se demandant s'il avait affaire à Madame de... ou à la Comtesse de... bien certain en tout cas d'entamer une aventure fort intéressante.

Ils sirotèrent leurs boissons en devisant légèrement et, quand une petite marchande de harengs vint leur demander la permission de chanter pour la dame, tous deux acceptèrent. La fillette avait dix ou douze ans peut-être, pauvre petite loque aux mains noires, aux cheveux blonds emmêlés, et aux souliers percés. Mais elle possédait une voix étonnamment claire et juste, aussi rafraîchissante qu'un quartier d'orange sur une langue desséchée.

Quand elle eut fini, Tom Butterfield lui allongea magnanimement quelques shillings, sans nul doute pour impressionner sa conquête.

— Tu as une jolie voix, ma petite. Comment t'appelles-tu ?

— Nelly Gwynne, Monsieur. Et merci bien !

Elle leur sourit à tous deux, fit une révérence et en se dirigeant vers une autre table se perdit dans la foule.

Ambre fit semblant de s'impatienter.

— Que les hommes sont donc agaçants ! s'écria-t-elle. Comment diable ose-t-il me faire attendre ainsi ! Je le lui ferai payer cher, je vous assure !

— Quel est le rustre qui vous manque ainsi de parole !

appuya Tom Butterfield gravement, bien que ses yeux vissent un peu trouble et qu'il parût à demi somnolent.

— Il ne recommencera pas, je vous le promets !

Elle rassembla son éventail, son manchon et ses gants.

— Merci beaucoup de votre amabilité, Monsieur. Je vais m'en aller maintenant.

Elle laissa tomber un gant et se pencha légèrement pour le ramasser. Il se précipita et, tout en se baissant, entrevit les profondeurs du décolleté. Quand il se releva, il chancelait légèrement, mais fit un violent effort pour reprendre son sang-froid.

— Permettez-moi de vous accompagner à votre voiture, Madame.

Ils sortirent, Tom Butterfield la suivant religieusement sans se soucier des quolibets de ses amis.

— Où stationne-t-elle, Madame ?

— Oh ! je suis venue dans un fiacre, répliqua-t-elle, laissant entendre qu'aucune dame ne commettrait l'imprudence de se rendre à un rendez-vous dans son propre équipage. Je pense que nous allons en trouver un. Voudriez-vous avoir l'amabilité d'appeler un cocher ?

— Je proteste, Madame ! Une personne de votre rang circuler la nuit dans une de ces guimbardes ! Non, non...

Il la menaça du doigt.

— J'ai ma voiture au coin de la rue. Permettez-moi de vous reconduire chez vous.

Portant les doigts à sa bouche, il siffla.

Tous deux montèrent et l'équipage s'ébranla, prenant Fleet Street, en direction du Strand. Tom Butterfield, dans son coin, toussotait discrètement et se retenait à la courroie de la portière. Ambre, craignant qu'il ne s'endormît, lui dit finalement :

— Vous ne savez toujours pas qui je suis, Mr. Butterfield.

— Eh ! non, Madame. Ai-je l'honneur de vous connaître, par hasard ?

Il se penchait vers elle, cherchant à la deviner dans l'obscurité.

— Allons !... vous m'avez saluée et souri bien des fois au théâtre.

— Comment cela ? Où étiez-vous assise ?

— Où ! Mais dans une loge, bien entendu !

Son ton exprimait l'indignation tout en restant taquin.

— Quand y étiez-vous pour la dernière fois ?

— Oh ! hier peut-être. Ou le jour d'avant. Ne vous souvenez-vous pas d'une dame qui vous a gentiment souri ? Grand Dieu ! Jamais je n'aurais cru que vous avez la mémoire si courte... avec les regards enflammés que vous me lanciez !

— Je n'ai pas oublié. Je ne fais qu'y penser depuis. Vous étiez dans l'avant-scène de la loge royale, il y a trois jours, vêtue d'un charmant déshabillé, vos cheveux en torsade et le regard le plus langoureux du monde. Oh ! non... je n'ai pas oublié, Madame, non ! Je suis bien pris, je vous assure. Je... je vous aime, Madame !

À mesure que sa passion augmentait, Ambre devenait plus réservée, se reculant autant qu'elle le pouvait, laissant échapper un petit rire dans l'obscurité, si bien qu'il finit par l'atteindre. Ils commencèrent à lutter amicalement, elle cédant un peu, puis se reprenant à mesure qu'il l'attirait vers lui et poussant un cri de réprobation quand il introduisit une main dans son décolleté. Il s'excitait de plus en plus, lui soufflant son haleine chaude en plein visage, quand elle le repoussa brusquement.

— Quand le diable y serait, Monsieur, est-ce ainsi que l'on traite une personne de qualité ?

Déconcerté, dégrisé, il se recula :

— Pardonnez-moi, Madame. Mon ardeur me fait dépasser les bornes.

— Effectivement. Je ne suis pas habituée à cette manière de faire la cour.

— Mes plus humbles excuses, Madame. Mais je vous admire depuis si longtemps.

— Comment le savez-vous ? Peut-être ne suis-je pas celle que vous croyez.

— C'est impossible ! Vous êtes la femme à laquelle je pense. Je brûle, Madame, d'une telle passion...

Il se rapprocha et la lutte reprit jusqu'au moment où la voiture s'arrêta.

— Enfer et damnation ! murmura-t-il, tandis qu'elle le repoussait.

— Allons voyons, Monsieur, asseyez-vous, pour l'amour de Dieu !

Elle rajustait sa toilette et lissait ses cheveux quand la portière s'ouvrit. Tom Butterfield descendit d'un pas mal assuré et lui offrit sa main pour l'aider à mettre pied à terre.

La maison devant laquelle ils se trouvaient était un bâtiment neuf dans Bow Street, faisant partie du pâté qui donne dans Covent Garden Square. À la porte, il chercha encore à l'embrasser pendant qu'elle sortait une clef de son manchon et l'introduisait dans la serrure.

— Mon mari est en voyage ce soir. Voulez-vous me faire le plaisir d'entrer, Mr. Butterfield, et de prendre un rafraîchissement avec moi ?

Elle ouvrit la porte et entra, Tom Butterfield sur ses talons. Comme il cherchait à l'enlacer dans le couloir, elle se dégagea, prit l'escalier et s'arrêta devant une autre porte, qu'elle ouvrit également. Entrant la première, elle se retourna pour le trouver tout souriant, les yeux brillant de convoitise. Une chandelle allumée éclairait tout juste la scène. À ce moment le gourdin de Jack le Noir s'abattit sur son crâne, le sourire se figea sur ses lèvres et ses yeux devinrent vitreux. Puis il roula sur le plancher. Ambre poussa un cri involontaire, portant la main à sa bouche et reculant devant le regard accusateur qu'elle avait cru apercevoir dans les yeux de sa victime.

Jack le Noir rempocha sa matraque, s'agenouilla auprès du corps et se mit en devoir d'arracher les boutons de l'habit. Tandis qu'Ambre le regardait d'un œil fixe, il continua méthodiquement sa besogne, enfilant les boutons, tirant les bagues, défaisant l'épée et le manchon, fouillant les poches. Puis, voyant un filet de sang couler lentement le long de la tempe, Ambre gémit :

— Oh ! vous l'avez tué !

— Allons donc ! Rien du tout !

Jack leva les yeux et lui adressa un large sourire.

— Que diable, ma belle. Peur d'un peu de sang ? Cette petite écorchure lui apprendra à être plus circonspect la prochaine fois. Si nous n'avions pas chopé ce jouvenceau, un autre s'en serait chargé. Regardez-moi ça !

Il tenait une montre en or.

— Quinze livres comme un sou ! Avec un bel appât, on prend du gros poisson. Et maintenant, filons !

Il avait ficelé les bras et les jambes du jeune homme. Ambre voulut jeter un regard en arrière, mais Jack le Noir l'entraîna et la poussa dans un fiacre qui attendait devant la porte.

Ce succès facile parut de bon augure à Ambre, qui finit par croire qu'elle arriverait rapidement à gagner assez d'argent pour quitter les Friars. Et l'aventure l'avait amusée, sauf l'agression contre Tom Butterfield dont elle se considérait comme un peu responsable. Après avoir bu son ale matinale que lui apportait la traînante Pall, elle enfila une robe de chambre et descendit. Maman Bonnet-Rouge et Jack le Noir étaient au salon, bavardant et paraissant tous deux d'excellente humeur.

Ambre entra joyeusement, l'air détaché, pleine de confiance et prête à recevoir les félicitations. Maman Bonnet-Rouge l'accueillit d'un bon sourire.

— Bonjour ma chère ! Jack le Noir vient de me raconter que vous vous êtes conduite comme un vétéran. Il paraît que cela valait mille de voir la manière dont vous avez attiré ce jeune souriceau dans la trappe. Vous avez pu juger par vous-même combien c'était facile et sans danger, n'est-ce pas ?

Ambre, persuadée qu'ils avaient besoin d'elle, se découvrait des velléités d'indépendance. Elle haussa les épaules :

— C'est possible. Et maintenant... – Elle tendit la main : Donnez-moi mon dû.

— Comment ma chère, mais il n'y a rien pour vous cette fois. Je l'ai mis au crédit de votre compte.

— Au crédit de mon compte ?

— Évidemment ! Croyez-vous donc que cela ne coûte rien de vous nourrir, de vous loger, sans compter la naissance du bébé ?

Elle ouvrit le tiroir dans lequel était enfermé le gros registre, prit une feuille de papier recouverte d'une écriture bien nette et la tendit à Ambre, qui resta médusée. Elle ne pouvait pas savoir ce qu'il y avait dessus, n'ayant jamais appris à lire ni à écrire, mais elle était horrifiée à la pensée que pas un centime de cet argent qu'elle avait aidé à voler ne lui appartiendrait. Car il ne lui était jamais venu à l'idée de régler les dépenses notées par Maman Bonnet-Rouge. Elle sentait qu'elle avait été jouée et cela l'irritait. Elle leva les yeux, ouvrit la bouche pour parler et vit Maman Bonnet-Rouge qui décrochait son manteau et sortait.

— Voyons !

Ambre lança la note à Jack le Noir.

— Lisez-moi ça.

Il obéit et lut lentement. À chaque ligne, le visage d'Ambre s'assombrissait. Elle était dans un beau pétrin. Au lieu de s'acquitter, elle se trouvait plus endettée que jamais. Un violent désespoir la saisit.

La note était soigneusement établie :

1.	Pour trois mois de logement et de nourriture	30 £		
2.	Draps de lit d'enfant	4 £	4 sh.	
3.	Au pasteur pour le baptême de l'enfant	2 £	10 sh.	
4.	Pour la sage-femme	3 £	3 sh.	
5.	Pour le dîner de baptême	6 £		
6.	Pour quinze jours de nourrice	1 £		
7.	Pour Chiverton	10 £		
8.	Pour Mrs. Chiverton, afin qu'elle amène l'enfant sur demande	5 £		
9.	Pour la couturière, arrangement de la robe verte		6 sh.	2 p.
	Total	62 £	3 sh.	2 p.

— Ma parole ! s'écria Ambre furieuse, je m'étonne qu'elle ne me compte pas l'emploi du pot de chambre !

Jack le Noir ricana :

— T'inquiète pas ! Ça viendra.

Ambre en voulait autant à Jack le Noir qu'à Maman Bonnet-Rouge. Car il aurait pu payer sa note – et ses dettes aussi – sans que cela le dérangeât. Elle lui en voulait tellement de son refus qu'elle ne lui savait plus aucun gré de l'avoir fait sortir de Newgate. Volontiers elle eût mis en gage les quelques bijoux qu'il lui avait donnés, mais ce n'était pas suffisant pour éteindre la dette et elle savait qu'elle n'en aurait plus d'autres. Il lui semblait que jamais elle ne pourrait sortir de Whitefriars.

Aussi, quand Michel Godfrey vint dans l'après-midi et lui redemanda de s'enfuir avec lui, accepta-t-elle sans la moindre hésitation.

— Attendez-moi et je redescends tout de suite. Je vais simplement changer de robe et prendre mon manteau.

Michel la rappela :

— Tant pis ! Je vous en achèterai une autre !

Mais elle fit semblant de ne pas entendre et s'enfuit en courant, car elle désirait emporter plusieurs choses encore, un éventail de dentelles, une paire de bas de soie verts et sa perruche. Elle se précipita dans sa chambre – la maison était vide et elle voulait s'en aller avant que quiconque rentrât –, jeta tout pêle-mêle dans un carré d'étoffe et le noua hâtivement.

— Viens ! dit-elle ensuite à sa perruche, nous en avons soupé de ce maudit sanctuaire !

Tenant la cage d'une main et son baluchon de l'autre, elle redescendit en courant. Mais au milieu de l'escalier, elle s'arrêta net avec une exclamation étouffée, car la porte d'en bas s'ouvrait, laissant apparaître Jack le Noir qui bouchait le jour de sa silhouette massive.

Elle poussa un cri de colère :

— Jack !

Il faisait sombre et elle ne pouvait distinguer l'expression de son visage, mais sa voix était grave et rude :

— Ainsi, vous alliez vider les lieux ?

Lentement il monta vers elle, qui ne pouvait rien faire que l'attendre. Subitement elle eut peur. Elle l'avait vu perdre patience avec Bess et savait qu'il pouvait être violent.

— Vilaine petite ingrate. Je pourrais vous briser les os...

Tout le courage d'Ambre lui revint d'un coup :

— Laissez-moi passer ! cria-t-elle. Je quitte cet ignoble trou ! Je ne tiens pas à être pendue avec vous tous !

Il était juste en dessous d'elle et elle pouvait à présent distinguer son visage, la lèvre supérieure si mince serrée contre les dents, les yeux sombres et brillants :

— Vous resterez là aussi longtemps que je le désirerai. Remontez maintenant. Allez ! remontez !

Ils s'affrontèrent ainsi un très long moment. Puis, soudain, elle lui envoya un coup de pied dans les tibias et chercha à passer sous son bras.

— Michel ! cria-t-elle.

Jack le Noir éclata de rire. La soulevant d'un seul bras, il la jeta sur son épaule et remonta avec elle.

— Michel ! répéta-t-il avec mépris. À quoi ce rien du tout peut-il vous servir ?

Son rire bruyant résonna dans la cage d'escalier et il ne parut même pas s'apercevoir qu'Ambre hurlait comme une perdue, le griffant, l'égratignant, le bourrant de coups de poing. Quand il atteignit la chambre à coucher, il la posa si rudement par terre qu'elle en fut ébranlée de la tête aux pieds. Cependant elle se remit vite.

— Que le diable vous emporte, Jack Mallard le Noir ! hurla-t-elle. Vous cherchez à me tuer ! Voilà ce que vous faites ! Vous m'obligez à rester ici jusqu'à ce que nous soyons tous pris. Mais je ne veux pas. Vous m'entendez, je ne veux pas ! Je sortirai d'ici, même si...

Elle se précipita vers la porte, dans un tel état de rage qu'elle n'eût pas hésité à traverser les Friars pour tomber dans les bras du premier archer venu.

Il étendit la main et la rattrapa, la soulevant aussi aisément qu'une poupée de la Foire Saint-Barthélemy :

— Arrêtez, petite sotte ! Vous bavardez comme une corneille qui abat des noix. Vous ne sortirez pas des Friars, tant que j'y serai du moins ! Après, vous irez au diable si le cœur vous en dit. Mais je n'ai pas donné trois cents livres pour vous faire sortir de Newgate au profit d'un autre !

Ambre le regarda avec une surprise irritée, car elle l'avait toujours cru très épris d'elle et s'imaginait qu'une femme fait ce qu'elle veut d'un homme qui l'aime. À présent, elle comprenait que pour lui la seule différence entre Bess et elle était qu'elle fût plus nouvelle, plus décorative, et lui plût mieux au lit. Son amour-propre en fut profondément ulcéré et, brusquement, elle le méprisa intensément.

Quand elle lui répondit, ce fut d'une voix basse, contenue, chargée de ressentiment et d'ironie :

— Oh ! vermine avide, Jack Mallard, je vous méprise ! J'espère que vous serez pris ! Qu'ils vous pendront et vous couperont en morceaux. J'espère, oh !...

Elle se jeta sur le lit en sanglotant. Quelques minutes après, elle entendit claquer la porte.

Elle resta toute la journée dans sa chambre, refusant de dîner et boudait encore le lendemain matin quand on frappa. Croyant que c'était Jack qui venait faire la paix, elle cria d'entrer. Elle était assise à sa coiffeuse, se faisant les ongles, et ne leva pas les yeux avant de voir le visage de Bess apparaître dans le miroir. Elle se tourna vivement :

— Que venez-vous faire ici ?

Bess était extraordinairement douce et aimable :

— Je suis seulement venue vous dire bonjour.

Ambre se dit que, fort probablement, Jack avait passé la nuit avec elle et elle se détourna. Mais Bess se pencha par-dessus son épaule :

— Je vous ai entendue avec Jack, hier après-midi...

— Vraiment !

— Si vous tenez réellement à quitter les Friars – si vous me promettez de partir sans jamais revenir –, je pourrai vous trouver l'argent nécessaire.

Ambre bondit et saisit Bess par les poignets :

— Si je promets de m'en aller ? Seigneur ! mais je... Où est cet argent ?

— C'est le mien. Je l'ai mis de côté, au cas où Jack le Noir en aurait besoin. Maman Bonnet-Rouge me le garde, mais je peux l'avoir dès demain soir. Je le déposerai dans le garde-manger de la cuisine.

Mais l'argent ne s'y trouva jamais et, quand Ambre revit Bess, celle-ci avait un œil poché et un côté de la figure enflé ; évidemment Jack le Noir avait découvert le complot. Après quoi, Bess ne se donna plus la peine de cacher sa haine et sa jalousie. Quelques jours plus tard, Ambre trouva le chat de la maison traînant quelques plumes bleu turquoise au bout de ses griffes. Bess jura qu'elle était innocente de ce crime, mais Ambre avait toujours pris grand soin de mettre la cage de la perruche hors d'atteinte de l'animal et elle savait que l'oiseau n'avait pu être mangé sans l'aide d'une grande personne.

XIV

À l'encontre de ce qu'elle avait pensé d'abord, Ambre s'aperçut qu'elle ne pouvait se mettre mal avec Jack le Noir. Elle dépendait par trop de lui. Aussi, tout en continuant à nourrir de méchants sentiments à son égard, avait-elle, au bout de trois ou quatre jours, repris sa vie avec lui. Elle avait déclaré à Maman Bonnet-Rouge et aux autres qu'elle n'entendait pas risquer sa peau pour de si minimes profits – sa part, dans la première nuit, avait été de douze livres –, mais elle céda bientôt. Et, en dépit du danger, elle aimait ces escapades : cela l'amusait de jouer les grandes dames, de s'aventurer dans la Cité, et même de courir des risques.

D'ailleurs, en général, la chance la servit. On eût dit que tous les jeunes fats de Londres étaient prêts à croire qu'une belle étrangère les avait distingués au théâtre, à Hyde Park ou dans Mulberry Gardens et ne demandaient qu'à l'aider à cocufier son imbécile de vieil époux. Jack le Noir et Maman Bonnet-Rouge attribuaient tous deux les succès d'Ambre à son adresse à se transformer en dame du meilleur monde. Bess, disaient-ils, gâtait souvent le scénario en se faisant prendre pour une fille en quête d'aventures, ce qui éveillait la méfiance de ses victimes, car il était bien connu que, très souvent, les filles de joie étaient affiliées à une bande de voleurs.

Dès les premiers jours de juin, Jack retourna sur les routes. L'hiver était la saison mondaine de Londres et bien des membres de la noblesse retournaient dans leur propriété, à la campagne, afin d'y passer les mois d'été. Les routes, alors, pullulaient de bandits de grand chemin et nombre d'hôteliers étaient de mèche avec eux. Cependant, en dépit de ce danger connu, les gens circulaient souvent sans protection suffisante.

Le rôle d'Ambre était simple et sans risque. Accompagnée de Bess qui lui servait de femme de chambre, elle arrivait dans l'auberge signalée par Maman Bonnet-Rouge et s'arrangeait pour faire la connaissance du voyageur désigné et de sa famille. Se faisant passer pour une dame de qualité regagnant ou quittant la ville, elle racontait que sa voiture avait versé : après s'être fait offrir une place dans celle de ses nouvelles relations, elle s'arrangeait pour faire connaître l'heure du départ à Jack le Noir. Ambre était très satisfaite de la combinaison. Bess, au contraire, qui avait été habituée à tenir le rôle principal, ne cachait pas sa fureur de se voir ainsi détrônée.

À mesure que les semaines passaient, Ambre augmentait son petit pécule. Vers la mi-août, elle avait économisé deux cent cinquante livres. Il n'y avait pas eu d'anicroches : elle commençait à reprendre confiance et se sentait même prête à aimer ce genre de vie. Elle avait toujours le vague désir de quitter Alsatia, l'impression qu'elle manquait un tas de choses très importantes qui se passaient dans le monde réel, mais les jours s'écoulaient et elle était presque heureuse.

Puis un beau jour, elle reçut un rude choc.

Arrivant au salon, elle trouva Jack le Noir debout entre Peau Bleue et Jimmy la Gueule, un bras passé autour du cou de chacun de ses acolytes. Tous trois semblaient regarder quelque chose posé sur la table. Ils lui tournaient le dos et elle ne pouvait repérer de quoi il s'agissait, mais ils parlaient à voix basse et soudain éclatèrent d'un gros rire. Ambre s'approcha et vit une grande feuille de papier timbrée aux armes de Sa Majesté et couverte de deux lignes de caractères imprimés. Prise d'une méfiance subite, elle fronça les sourcils.

— Qu'est-ce que c'est ?

Ils se retournèrent, surpris de la trouver là.

— Jack le Noir est un homme célèbre ! dit Peau Bleue. Il vient en tête de la liste des vingt-deux brigands signalés !

Flatté, Jack le Noir ricanait. Ambre au contraire sursauta, ouvrit la bouche, eut l'air épouvanté. Elle tenait intensément à la vie et de sentir ainsi rôder la mort la rendait folle de terreur.

— Eh bien, quoi ? demanda Jack le Noir, un soupçon d'irritation dans la voix.

— Vous le savez bien ! Ils vous recherchent et finiront par vous prendre ! Ils nous prendront tous et nous serons pendus ! Oh ! je voudrais n'avoir jamais mis le pied dans ce maudit endroit. Si seulement j'étais encore à Newgate ! Là-bas, au moins, je ne risquais rien !

— Et moi aussi je voudrais vous y voir, à Newgate ! Vous êtes bien la pire des petites rosses que... À quoi diable vous attendiez-vous quand je vous ai amenée ici ? Vous feriez mieux de vous mettre une bonne fois dans la tête que le monde entier ne fonctionne pas à votre profit ! Mais vous n'avez pas besoin de craindre pour votre peau ! Une femme s'en tire toujours... vous n'avez qu'à vous servir de votre ventre... Comment !... continua-t-il d'une voix railleuse, mais j'ai connu autrefois une femme qui a évité la potence pendant dix ans... à peine était-elle délivrée qu'elle se faisait faire un autre mioche !

Ambre eut une grimace de dégoût.

— Ah ! vraiment ! Merci pour moi !...

Et se penchant vers lui, les poings serrés, les muscles du cou gonflés :

— J'ai autre chose à faire de ma vie ! cria-t-elle. Entendez-vous ?...

Au même instant Bess apparut sur le seuil et flaira la querelle :

— Que se passe-t-il ? Voyons Jack, vous ne vous disputez pas avec notre belle étoile, j'espère ?

Ambre se tourna vers elle, les narines palpitantes, et la toisa d'un air de suprême insolence :

— En vérité, Bess colombine, vous êtes aussi jalouse qu'une jeune accouchée dont le mari se distrait !

— Jalouse ? Moi jalouse de vous ? glapit Bess. Je veux bien être pendue si je suis jalouse de vous, sale putain !

— Ne m'injuriez pas !

Brusquement, Ambre l'attrapa par les cheveux et lui donna un bon coup. Avec un cri de rage, Bess saisit une des grandes boucles de son ennemie et les deux femmes se disposaient à engager une bataille mortelle, quand Maman Bonnet-Rouge apparut inopinément. Les hommes se contentaient d'observer en souriant, mais celle-ci s'avança, prit les deux enragées par les épaules et les secoua vigoureusement.

— Assez ! cria-t-elle. Je ne veux pas d'histoires chez moi ! La prochaine fois, Bess, vous quitterez la maison !

— Moi ? protesta Bess, pendant qu'Ambre, avec un sourire de supériorité, remettait sa coiffure en ordre. Et elle ? Cette...

— Bess !

Pendant un long moment, Bess et Maman Bonnet-Rouge s'affrontèrent en silence, puis finalement Bess céda. Mais en sortant, elle frôla Ambre et lui administra une solide bourrade. Sans hésiter, Ambre tourna la tête et cracha sur elle. Bess s'arrêta net, et les deux femmes restèrent à se regarder comme deux chattes en colère. Mais, sur un dernier avertissement de Maman Bonnet-Rouge, Bess sortit fièrement.

Pendant plusieurs jours, ensuite, Jack le Noir ignora Ambre, et Bess afficha un triomphe insolent. Cependant, bien qu'elle se souciât fort peu de lui, Ambre n'entendait pas abandonner Jack aux bons soins de Bess. Aussi lui fit-elle quelques avances, qui furent bien accueillies. Bess en conçut une telle haine, si peu dissimulée, qu'Ambre s'attendait presque à recevoir un coup de couteau dans les côtes. Seule – croyait-elle à juste titre – la crainte de Jack le Noir empêcha Bess d'attenter à la vie de sa rivale.

Au début de septembre, Bess reconnut qu'elle était enceinte, en informa Jack le Noir et lui demanda carrément de l'épouser. Il répondit par une insolente rebuffade :

— T'épouser ? Tu me prends pour un jobard ! Crois-tu que je ne sache pas que tu te fais bécoter par tous ceux qui entrent ici ?

Il était resté assis à table, ainsi qu'il le faisait toujours longtemps après que tous les autres étaient sortis, rongeant une patte de poulet et l'arrosant de temps en temps d'une gorgée de vin de la bouteille qu'il ne lâchait pas. Il était vautré sur sa chaise, insouciant et détendu, et ne prit même pas la peine de lever les yeux.

— C'est un ignoble mensonge, tu le sais bien ! Jamais je n'avais parlé à un autre homme avant que tu n'aies amené cette traînée à la maison. Et je n'ai jamais couché avec personne, excepté Peau Bleue, et encore, pas souvent. Ce gosse est de toi, tu le sais, Jack le Noir, et tu le reconnaîtras, ou je...

Jetant son os, il se pencha pour cueillir une grappe de raisin pourpre :

— Pour l'amour du ciel, Bess, ferme-la ! Tu es pire qu'une crécelle de mendiant. Je me fiche de ce que tu feras. Couche avec qui tu voudras, mais ne viens pas m'embêter !

Il lui tournait le dos et elle resta un instant immobile, les yeux fixes, tremblante de rage. Puis, avec un véritable cri de bête, elle s'empara d'un couteau qui traînait sur la table et se rua sur lui. Jack eut un sursaut d'étonnement en voyant briller la lame au-dessus de lui : il leva le bras pour se protéger et, d'un coup violent, envoya Bess rouler sur le plancher. Elle était encore par terre, le regardant férocement comme il se penchait négligemment au-dessus d'elle, quand Maman Bonnet-Rouge entra précipitamment :

— Qu'y a-t-il encore ? s'écria-t-elle. Oh !

Elle mit les deux poings sur ses hanches :

— C'est bon ! Je vous avais prévenue, Bess. Allez-vous-en ! Prenez vos affaires et quittez la maison.

Bess la dévisagea d'un air furieux, mais se releva lentement. Elle resta un long moment immobile, sans rien dire.

— Allez ! répéta Maman Bonnet-Rouge. Hors d'ici !

Bess ouvrit la bouche pour protester et poussa un rugissement :

— C'est bon ! Ne le répétez plus ! Je m'en vais ! Je pars d'ici, et je ne reviendrai jamais ! Non jamais, quand vous m'en supplieriez à genoux ! Je vous hais ! Tous tant que vous êtes, et j'espère que...

Elle s'enfuit en courant et ils l'entendirent qui grimpait en hâte l'escalier.

— Fichtre ! Maudite petite sorcière. Elle m'aurait coupé la gorge, pour un peu !

Il haussa les épaules et reprit son raisin.

Maman Bonnet-Rouge alla vers la table, sortit son registre et commença le compte de Bess :

— Je suis contente d'être débarrassée d'elle. Jamais elle n'a servi à grand-chose, et depuis l'arrivée de Mrs. Channel c'est un vrai poison. Oh ! évidemment, la caque sent toujours le hareng !

Jack le Noir, n'ayant rien à faire, se rendit à la cuisine pour taquiner Pall, qui l'adorait, tout en rougissant, bafouillant et grattant nerveusement ses poux. Le calme régna un instant, puis Ambre apparut à la porte d'entrée. Elle portait une légère robe de soie vert pâle, ses cheveux défaits étaient retenus par un ruban et elle avait piqué deux des plus belles roses jaunes de Pénélope Hill dans le creux de son décolleté.

— Seigneur ! je crois qu'il n'a jamais fait aussi chaud !

Elle se laissa tomber dans un fauteuil, s'éventant avec son mouchoir de dentelles, et Maman Bonnet-Rouge reprit son travail sans répondre. Alors Ambre se leva et se dirigea vers l'escalier.

— Je crois que vous feriez mieux de rester en bas, ma chère, dit Maman Bonnet-Rouge, trempant sa plume dans l'encrier, mais sans lever les yeux. Je viens d'envoyer Bess faire ses paquets et elle paraît folle de rage.

Ambre se retourna, souriante :

— Bess s'en va ?

Elle haussa les épaules.

— Oh ! peu importe qu'elle soit furieuse. Qu'elle vienne donc me dire quelque chose et elle...

— Non, non, ma chère, je ne veux pas d'autres histoires dans ma maison. Allez à la cuisine avec Jack et Pall jusqu'à ce qu'elle soit partie.

Ambre hésita, puis obéit. Elle entendit les hauts talons de Bess résonner le long de l'escalier, la voix de Maman Bonnet-Rouge qui lui parlait, sans que Bess répondît. La porte claqua et ce fut fait. Jack le Noir proposa un toast en l'honneur de la vie paisible, et il entama un jeu de cartes avec Ambre au salon.

Ils avaient passé d'interminables journées à jouer aux cartes et aux dés, car ils ne sortaient guère plus d'une ou deux fois par semaine pour affaires – moins même parfois – et il fallait bien tuer le temps. Jack le Noir lui avait appris tous les tours qu'un joueur peut avoir dans son sac et, en quelques mois, elle était devenue d'une force très honorable. Elle se sentait capable de se mesurer avec n'importe quel lord du royaume.

Peau Bleue entra et se joignit à eux. Deux ou trois heures s'écoulèrent avant qu'Ambre ne remontât chez elle. Hélas ! elle y trouva l'adieu de Bess à une rivale abhorrée. Ses chemises, ses robes et ses jupons jonchaient le sol, froissés ou en lambeaux ; ses manteaux étaient lacérés de coups de ciseaux et le contenu du pot de chambre avait été répandu sur les restes de la plus jolie robe d'Ambre.

Jack le Noir jura de retrouver Bess et de lui donner la correction qu'elle méritait, mais elle avait disparu sans laisser de traces et tous savaient qu'elle resterait invisible, perdue dans le demi-million d'habitants de la grande cité.

Le coup fut très rude pour Ambre ; elle se déclara maudite et condamnée à rester à tout jamais aux Friars. Elle devint triste, sombre, traînant sans but à travers la maison, toujours de mauvaise humeur. Elle détestait Bess, et Jack le Noir, et Maman Bonnet-Rouge, Pall et Peau Bleue, et le chat de la maison, sans parler d'elle-même.

« Peu importe ce que je fais, ce que je pense, songeait-elle, que je travaille dur ou que j'économise, puisqu'il y a toujours *quelque chose* qui vient se mettre en travers. Jamais je ne pourrai m'en aller. Je mourrai dans cet infect trou. »

Trois jours après le départ de Bess, Maman Bonnet-Rouge entra dans la chambre et trouva Ambre étendue sur le lit, les mains derrière la nuque. Elle était éveillée depuis plus de deux heures, ressassant ses soucis et les trouvant de plus en plus insurmontables à mesure qu'elle réfléchissait. Elle lança un sombre regard à Maman Bonnet-Rouge et ne daigna pas ouvrir la bouche.

— Eh bien ! ma chère, dit celle-ci aussi gaiement que si

Ambre l'avait accueillie avec des transports de joie. Ce n'est pas un jour ordinaire, vous savez !

Tous les matins, elle était debout dès cinq heures, enfilait sa robe noire nette et austère, et commençait à s'acquitter de ses nombreuses tâches journalières, toujours vive, alerte, bien à la question. La vue de cette activité résolue agaçait Ambre.

— Pour moi, c'est un jour comme les autres !

— Comment ! Vous n'avez certainement pas oublié que vous allez à Knightsbridge aujourd'hui ?

— Je n'irai pas à Knightsbridge aujourd'hui.

— Mais, ma chère petite, c'est très important. Il s'agit d'une grosse somme.

— Ce n'est pas la première fois qu'il est question de beaucoup d'argent, mais je n'en vois jamais la couleur.

Le sujet avait été souvent discuté fort amèrement entre elles, Ambre prétendant être frustrée de sa part véritable et Maman Bonnet-Rouge insistant sur le fait que ses services étaient largement payés. Jack le Noir partageait cet avis...

— De toute façon, ajouta Ambre, Bess serait bien capable de nous avoir dénoncés. Elle connaissait tous nos plans.

— Sottise, ma chère ! Je connais mieux Bess que vous. Elle a plus peur des agents qu'un poissonnier de la gelée. Quant à l'argent, je venais justement vous dire que je doublerai votre part cette fois, pour compenser la perte de vos robes.

Jugeant la question liquidée, elle se dirigea vers la porte :

— Jack le Noir est en bas, avec Jimmy et Peau Bleue. Ils comptent partir d'ici une heure.

Comme elle s'en allait, Ambre se retourna sur le côté, fronça les sourcils et cria :

— Je n'irai pas !

Maman Bonnet-Rouge ne répondit pas, mais Jack

apparut et après une demi-heure de câlineries, de persuasions, d'assurances qu'ils avaient changé leurs plans et que Bess ne pourrait les atteindre, Ambre se leva et consentit à s'habiller. Toutefois elle ne voulut pas se mettre en route avant d'avoir consulté l'astrologue qui vivait dans le voisinage. Après que celui-ci lui eut assuré que le jour était particulièrement favorable, elle emprunta un manteau à Maman Bonnet-Rouge et, toujours boudeuse, quitta le sanctuaire, accompagnée de Pall et des trois hommes.

Knightsbridge était un paisible petit village à deux milles et demi de la ville. De par sa situation, il était très connu des voleurs de grand chemin qui y attaquaient fréquemment les voyageurs. Maman Bonnet-Rouge avait été prévenue par l'hôtelier qu'un vieux monsieur, Théophile Bidulph, allant deux fois par an à Londres, était annoncé pour le 8 septembre.

Quelquefois, il leur fallait ainsi attendre deux ou trois jours leur victime. Ambre souhaitait ardemment que ce ne fût pas le cas aujourd'hui. Elles montèrent toutes deux dans leur chambre et Pall ôta immédiatement ses souliers, qui lui faisaient mal, disait-elle. N'ayant rien de mieux à faire, Ambre se recoiffa, opération qui durait bien une demi-heure, puis tourmenta Pall jusqu'à ce que celle-ci eût avoué attendre un enfant de Jack Mallard. Enfin, à la nuit tombante, elles entendirent le trot des chevaux, le roulement d'une voiture ; les chiens se mirent à aboyer et l'hôtelier se précipita dans la cour pour accueillir le client qui arrivait. Quelques instants plus tard, on frappa à leur porte et l'aubergiste informa Ambre que Théophile Bidulph était en bas et commandait son dîner. Ambre attendit encore un quart d'heure, puis elle descendit.

Mr. Bidulph était installé auprès de la cheminée, buvant un verre d'ale et bavardant avec l'hôtelier. Il ne la vit pas avant qu'elle ne l'interpellât. Il se retourna alors, fort étonné. C'était un petit monsieur au visage gai, avec de gros sourcils broussailleux et un regard malin.

— Comment ! Mr. Bidulph ! s'écria-t-elle, lui tendant la main avec un brillant sourire.

Il la prit et s'inclina :

— Votre serviteur, Madame ?

En dépit de sa courtoisie, il était visiblement stupéfait et la considérait avec curiosité.

— Je gage que vous m'avez oubliée, Monsieur !

— Par ma foi ! Madame, je crains que vous n'ayez raison.

— Je suis Anne, la fille aînée de Balthazar Saint-Michel. La dernière fois que nous nous sommes vus, je n'étais pas plus haute que cela !

Elle fit un geste indiquant une toute petite fille.

— Vous vous en souvenez certainement à présent. Vous me faisiez sauter sur vos genoux.

Elle souriait toujours.

— Euh ! oui, évidemment, Madame, ma chère enfant. Et comment va votre père, je vous prie ? Il y a longtemps que nous ne nous sommes vus... euh !...

Le visage d'Ambre s'assombrit légèrement :

— Oh ! Mr. Bidulph, il ne va pas très bien. Sa goutte, vous savez. Il garde quelquefois le lit pendant des semaines.

Elle lui adressa un nouveau sourire :

— Mais il parle souvent de vous... Il sera si heureux de savoir que je vous ai rencontré.

Mr. Bidulph avala son ale d'un trait.

— Vous lui ferez toutes mes amitiés, mon enfant. Mais que faites-vous seule ici ?

— Oh ! je ne suis pas seule. Je voyage avec ma femme de chambre. Je vais en ville, chez tante Sarah, mais l'un de nos chevaux a perdu son fer et nous avons dû nous arrêter ici pour la nuit. On dit que les routes sont infestées de voleurs en ce moment.

— Il est vrai que ces misérables sont partout, c'est bien pis qu'autrefois, quand j'étais jeune. Mais, bien sûr, tout a changé depuis. Dites-moi, ne voulez-vous pas repartir demain matin avec moi ? Je veillerai sur vous.

— Oh ! merci Monsieur ! Que vous êtes bon ! À dire vrai, je meurs de peur avec toutes ces histoires de brigands.

Tout en bavardant, Ambre vit passer dans la salle des domestiques portant des malles et des caisses. De toute évidence, le vieux gentleman n'avait pas confiance en la surveillance des garçons d'écurie. Mais Jack le Noir se débrouillerait pour prendre ce qu'il désirait tandis qu'elle occuperait Mr. Bidulph. Et bien avant le jour, ils seraient tous de retour à Whitefriars. Ambre avait hâte que tout fût achevé, car la pensée de Bess n'était pas sans l'inquiéter. Elle se disait que la jeune fille était capable de n'importe quoi pour se venger.

Sur l'invitation de Mr. Bidulph, Ambre accepta de souper avec lui et ils prolongèrent la soirée en bavardant de la guerre civile. Elle écouta d'interminables histoires, toutes destinées à prouver la valeur héroïque des gentilshommes, la grande noblesse et le martyre du roi, l'autorité magnifique du prince Rupert. Rien, assurait-il, n'était plus glorieux que la manière dont les royalistes avaient perdu la guerre.

Ambre jetait sans cesse un œil à la pendule. Vers dix heures, l'énervement la gagna. Ils étaient à table depuis près de trois heures. Jack devait certainement avoir fini son travail ; qu'attendait-il pour lui faire le signal convenu ? Peu à peu, elle se sentait envahie d'un véritable sentiment de panique. « Oh ! songeait-elle affolée. Où peut-il bien être ? Pourquoi ne vient-il pas ? Que s'est-il passé ? »

Tout à coup, elle entendit un coup violent partant du dehors ; les chiens se mirent à aboyer, des sabots de chevaux martelèrent la route et un tumulte de voix s'éleva : des hommes criaient, des femmes hurlaient. Pall ouvrit brusquement la porte et lui fit des signaux désespérés. Ambre, terrifiée à la pensée que Bess arrivait avec une troupe d'agents, se leva d'un bond.

— Grand Dieu ! Madame. Qu'avez-vous ?

— Ce sont des voleurs ! cria Ambre. Vite, soufflez les bougies !

Elle se précipita sur les chandelles qui brûlaient, accrochées aux murs, et heurta Pall qui arrivait en gémissant de terreur :

— Tais-toi ! hurla Ambre.

Au même instant, elle entendit la voix de Bess Colombine et un rugissement de rage de Jack le Noir.

Les voix se rapprochaient et Ambre – ne songeant plus à rien qu'à sa sûreté personnelle – se précipita vers la porte d'entrée. Elle entendit Pall glapir son nom. Mr. Bidulph, subissant la contagion de tout ce trouble, errait dans les ténèbres et appelait :

— Mrs. Anne, Mrs. Anne, où êtes-vous ?

Par erreur, il saisit Pall, qui poussa un hurlement de terreur. Ambre s'enfuyait au-dehors quand elle entendit venir des pas et aperçut la lueur des torches. Puis la voix de Bess :

— Elle est là-dedans. Laissez-le. Il n'y est pour rien. La femme est là-bas !

Ambre fit demi-tour et fila vers la cuisine. Mr. Bidulph se démenait toujours, l'appelant à grands cris, tandis que Pall gémissait sans savoir que faire. Comme Ambre passait en courant, il la saisit par la jupe, mais elle se dégagea violemment, lui laissant le morceau dans la main, et se précipita dans le petit couloir obscur qui passait sous l'escalier à l'instant où une torche éclairait la salle. Pall poussa un cri de désespoir au moment où elle fut prise et Mr. Bidulph demanda avec indignation ce qui se passait.

Ambre fit irruption dans la cuisine, haletante, sur le point de défaillir et sursauta en entendant une voix :

— Madame Channel ? C'est l'hôtelier.

Elle s'arrêta :

— Ô mon Dieu ! Où puis-je aller ? Où me cacher ? Ils vont entrer !

Ses dents claquaient et elle tremblait de tous ses membres.

— Vite, entrez dans ce coffre à provisions. Donnez-moi la main.

Ambre étendit le bras en tâtonnant. Il la saisit par le poignet, souleva le couvercle d'un énorme coffre de chêne et l'y poussa. Le plateau venait de retomber quand Bess et les agents passèrent dans le couloir. L'hôtelier s'enfuit en claquant la porte derrière lui.

— Par là ! Elle est partie ! cria Bess.

À travers les trous percés dans le bois, Ambre vit passer une lueur et entendit le bruit des pas qui s'éloignaient en courant. Bess poussa un juron en se cognant contre une chaise.

Ambre attendit que le dernier d'entre eux eût disparu, puis elle sortit lentement, rassembla ses jupes, se précipita au-dehors. Toujours à la poursuite de l'hôtelier, ils avaient tourné le coin, et, comme la cuisine formait une aile indépendante de la maison, elle sortit dans l'obscurité. La confusion était plus grande que jamais et elle comprit qu'ils avaient capturé les trois hommes en entendant Bess hurler :

— Laissez-le aller, maudits imbéciles ! C'est l'aubergiste ! Cherchez donc la femme !

Ambre ne s'arrêta pas, partit comme un dard dans la direction opposée, vers la rivière, espérant seulement se perdre dans les ténèbres. Atteignant la rive, elle descendit au bord de l'eau. Elle ne voyait rien, car la lune s'était cachée et le ciel était obscurci par de sombres nuages annonçant une tempête, mais elle courait aveuglément, comme en un cauchemar dans lequel, si vite que s'agitent ses jambes, le rêveur a toujours l'impression de ne pas avancer. Le bruit allait en s'éteignant, mais elle n'osait ni s'arrêter, ni se retourner.

Ses souliers furent vite trempés, les cailloux de la berge blessaient ses pieds sensibles. Ses jupes mouillées lui collaient aux jambes, les ronces égratignaient son visage et ses bras nus s'accrochaient à ses cheveux. Elle éprouvait une douleur lancinante au côté, se sentait épuisée, hors d'haleine, mais elle courait toujours.

La campagne était paisible ; au bout de quelque temps, elle n'entendit plus aucun bruit provenant de l'auberge, seul le ploc d'une grenouille qui sautait à l'eau, ou la fuite éperdue d'un petit animal. Finalement, incapable de faire un pas, elle s'adossa contre un arbre. En même temps que la respiration, la réflexion lui revint. Alors elle se demanda comment elle rentrerait en ville. Suivre le cours de la Bourne la mènerait, elle le savait, à la Tamise, très loin de Whitefriars. Il lui fallait reprendre la route, tâcher de trouver une voiture ou rentrer à pied : après tout, il ne s'agissait que de deux milles et demi. Elle remonta donc sur la berge et partit à travers champs, sans prendre tout de suite la route, de peur qu'on l'y cherchât. Elle courait et marchait tour à tour. Chaque fois qu'une voiture, un homme ou un cheval apparaissait à l'horizon, elle se couchait par terre et attendait, mais la nuit était calme et elle rencontra peu de monde.

Elle atteignit enfin Saint James Park, dont elle longea le bord, et malgré quelques promeneurs attardés elle réussit, en restant dans l'ombre et en avançant doucement, à passer sans difficulté. Arrivée au Strand, elle pressa le pas, retroussant sa robe pour l'empêcher de traîner dans la boue et les détritus. Elle avait très peur de se sentir dans la Cité, car elle savait ce qu'elle risquait et souhaitait ardemment voir passer un fiacre. Enfin elle perçut le roulement d'une voiture qui avançait à vive allure.

Reconnaissant un fiacre de louage, elle l'appela. Le cocher tira sur les rênes et stoppa à quelques mètres :

— Une course, ma petite dame ?

Ambre était déjà à la portière :

— Temple Bar ! cria-t-elle en s'engouffrant dans le véhicule, si heureuse de s'y sentir en sécurité qu'elle ne fit même pas attention à l'odeur nauséabonde.

Il conduisait si vite qu'elle avait peine à se maintenir en place. La banquette était recouverte d'un mince coussinet, les secousses et les vibrations l'ébranlaient de la tête aux pieds. Devant Temple Bar, il s'arrêta, mais, avant même que les roues aient cessé de tourner, elle était à terre et courait à toutes jambes vers l'établissement, car elle n'avait pas un sou sur elle.

— Hep là ! hurla le cocher. Voulez-vous revenir, voleuse, coureuse !

Il voulut la poursuivre, mais, à la vue de tout un groupe de jeunes étudiants à moitié gris, il réfléchit qu'une malheureuse course d'un shilling ne valait pas le risque de perdre cheval et voiture. Aussi, remontant sur son siège, abandonna-t-il la place.

Ambre courut le long de Middle Temple Lane et traversa Pump Court. Il y avait encore des lumières, de la musique, des chants et des rires ; une foule assez nombreuse allait et venait, Ambre avançait, sans lever la tête, car elle était trop lasse pour cela. Aussi alla-t-elle donner dans un groupe d'une demi-douzaine d'étudiants, dont l'un la prit par le bras.

— Eh bien ! mon cœur, s'écria-t-il gaiement. Où donc allez-vous, avec une telle hâte ?

Ambre ne répondit pas, mais lutta éperdument pour se dégager, pleurant de fatigue et de terreur. Plus elle se débattait, plus solidement il la maintenait. Et tous les autres faisaient cercle autour d'eux, riant et plaisantant, pensant avoir mis la main sur une jeune personne de mœurs légères, car nulle femme respectable ne se serait trouvée courant les rues à onze heures du soir en robe de soie froissée et trempée. Il s'approcha d'elle pour l'embrasser, et Ambre les vit qui l'encerclaient. Elle fut envahie d'une telle frayeur qu'elle en défaillit presque. Tous lui paraissaient être gens du guet. Tout à coup elle entendit une voix bien connue.

— Eh là ! attendez une minute. Que se passe-t-il ? Je connais cette dame. Lâchez-la, valets !

C'était Michel Godfrey, qu'Ambre avait perdu de vue depuis plus de quatre mois. À contrecœur, les jeunes gens s'écartèrent. Ambre leva les yeux sur Michel, de grosses larmes roulant sur son visage égratigné et maculé de boue, mais elle ne dit rien. Se dégageant d'un geste brusque, elle reprit son chemin. Mais il la suivit. Quand il la rejoignit, elle avait atteint l'angle sombre de Court Vine, loin de la lumière des torches.

— Mrs. Channel ! Pour l'amour de Dieu, que s'est-il passé ? Qu'avez-vous ? Je suis Michel... vous ne vous souvenez pas de moi ?

Il la prit par le bras et l'arrêta, mais elle le repoussa violemment et sanglota :

— Laissez-moi tranquille. Oh ! allez au diable, mais lâchez-moi ou je vais être prise.

— Prise par qui ? Qu'y a-t-il ? Racontez-moi.

Il la secoua légèrement, car elle ne le regardait pas, cherchant seulement à se libérer.

— Les agents, espèce d'imbécile ! Lâchez-moi !

La tirant derrière lui, il tourna brusquement le coin et franchit une porte cochère qu'il referma rapidement. Ambre s'affala contre le mur.

— Où est Jack le Noir ? demanda-t-il.

— Ils l'ont pris. Nous étions à Knightsbridge et la maréchaussée est venue, je me suis enfuie, mais ils courent après moi.

Elle eut un geste brusque :

— Laissez-moi. Il faut que je rentre !

La prenant par les épaules, il la maintint contre le mur et elle sentit ses bras qui l'entouraient :

— Vous ne pouvez pas rentrer, Maman Bonnet-Rouge vous renverra et vous serez prise un jour ou l'autre. Venez avec moi !

Ses lèvres cherchèrent les siennes, son étreinte se faisait impérieuse. Ambre céda volontiers, si lasse qu'elle ne pouvait plus lutter. La prenant dans ses bras, il traversa le couloir sombre et gravit l'escalier.

XV

Les trois bandits, Jack le Noir, Jimmy la Gueule et Peau Bleue, furent pendus à la même potence à trois branches, exactement dix jours après leur capture. Quand la justice était en marche, elle évoluait avec une rapidité dévastatrice, sans laisser le temps de se retourner. Bess fut envoyée dans une maison de correction à Bridewell. Pall, en raison de son état, se vit enfermée à Newgate jusqu'à la naissance de son enfant, pour être probablement ensuite déportée en Virginie.

Le jour de l'exécution, Ambre était seule dans la chambre de Michel Godfrey. Michel était allé aux renseignements et, à son retour, il lui raconta que les corps des trois hommes avaient été dépendus et transportés dans une taverne, afin d'y être pleurés par ceux qui le désiraient et contemplés avec curiosité par les autres. Jack le Noir, dit-il, avait été très désinvolte à la fin, et ses dernières paroles furent : « Messieurs, rien ne vaut une vie joyeuse et courte ! »

Ambre n'y pouvait pas croire encore ! Mort, Jack Mallard, alors qu'elle se souvenait si bien de tout ce qu'il avait fait et dit depuis quelques mois ! Lui si grand, si vigoureux, si obstinément indestructible ! Elle le revoyait avec ses six pieds cinq pouces, robuste, musclé, couronné par ses cheveux noirs embroussaillés dont une touffe s'était réfugiée sur la poitrine. Elle entendait encore le roulement de tonnerre de son rire...

Et maintenant, il était mort !

La nuit, elle s'éveillait en sursaut, poussant des cris de terreur et se cramponnant à Michel. Elle avait vu mourir autrefois deux cousines, mais c'était la première fois qu'elle entrait en contact réel avec la mort. Elle devint très pieuse, répétant au moins douze fois par jour toutes les prières qu'elle savait.

Pendant près d'un mois, elle ne quitta pas les deux pièces qui constituaient l'appartement de Michel Godfrey. Il lui acheta d'occasion un costume d'homme et elle se promenait chez lui, crânant et claquant les talons comme les jeunes fats qu'elle avait vus dans les rues. Michel riait de tout son cœur, lui affirmant qu'elle était aussi bonne comédienne qu'Édouard Kynaston lui-même. Elle passait pour Tom, son neveu, venu de la campagne, mais aucun des amis qui venaient le voir ne s'y laissa prendre, bien qu'ils entrassent tous dans le jeu.

Il la prévint néanmoins que, sous peu, sa présence serait très probablement signalée et qu'ils seraient alors obligés de s'en aller. Mais cette éventualité ne le troublait guère, car il travaillait fort peu, et ne s'intéressait pas beaucoup au droit, ainsi que la plupart des jeunes gens envoyés par leurs pères dans ces foyers universitaires. À cette époque plus que jamais, la vie offrait trop de distractions à un jeune homme pour qu'il se consacrât aux livres et au travail.

Elle lui dévoila son véritable nom et l'histoire de ses malheurs, tout en omettant de mentionner le rôle de Lord Carlton. Elle déclara que le bébé lui venait de son mari. Le nom de Luc Channel, depuis qu'elle l'avait employé aux Friars, ne pouvait plus lui servir et elle fit promettre à Michel de ne jamais raconter qu'elle avait été mariée : l'affaire était close, disait-elle, se refusant obstinément à parler de Luc comme de son mari.

Une quinzaine de jours après la mort de Jack le Noir, Michel alla trouver Maman Bonnet-Rouge, et lui affirma que Mrs. Channel avait quitté Londres et ne reviendrait jamais. Il y était allé, un peu par curiosité, pour voir les réactions de la vieille femme en présence des derniers événements, et aussi parce qu'Ambre le suppliait de lui rapporter les boucles d'oreille en simili qu'elle y avait laissées, disant que sa tante les lui avait données juste avant son départ. Il s'acquitta de la commission et revint avec un paquet de nouvelles.

— Elle est très contente que vous soyez partie. Je lui ai dit que j'avais reçu une lettre de vous, que vous étiez rentrée dans votre famille et que, fort probablement, Londres était à tout jamais rayé de votre mémoire.

Ambre rit tout en mordant dans une grosse pomme rouge :

— A-t-elle eu l'air de vous croire ?

— Selon toute apparence, oui. Elle m'a dit que vous n'auriez jamais dû quitter la campagne, et que Londres n'était pas un endroit pour une fille comme vous.

— Je parie qu'elle regrette de m'avoir perdue. Je lui rapportais gros, vous pouvez me croire.

— Mon cœur, Maman Bonnet-Rouge ne se trouble jamais, perdrait-elle sa propre tête. Elle est en train de dresser quelqu'un d'autre à votre place, une jolie fille qu'elle a découverte je ne sais où, enceinte, célibataire, et qui est pleine de reconnaissance pour la bonne vieille dame qui l'aide à sortir de peine.

Ambre poussa une exclamation de dégoût et lança son trognon de pomme dans le feu :

— Cette vieille entremetteuse s'offrirait au diable lui-même si elle espérait en tirer un centime !

La plupart du temps, quand elle était seule, elle s'exerçait à lire et à écrire, avec le même enthousiasme qu'elle avait mis autrefois à prendre des leçons de chant, de danse et de guitare. Elle passait des heures à écrire son nom et celui de Bruce, entourés d'un grand cœur, mais elle brûlait toujours les feuillets avant que Michel ne pût les voir, parce qu'elle sentait que ce serait un manque de tact de laisser voir à l'homme qui l'entretenait qu'elle en aimait un autre, surtout parce qu'elle ne pouvait supporter l'idée de parler de Bruce avec qui que ce soit. Sa signature était une longue traînée dont seules les premières lettres se lisaient, et, quand elle montra à Michel cet échantillon de son écriture, il se mit à rire en disant que c'était assez illisible pour être attribué à une comtesse.

Par une brumeuse après-midi du début d'octobre, elle était étendue à plat ventre sur son lit, épelant le texte d'un livre aux illustrations licencieuses, qu'il lui avait donné pour s'exercer : une édition anglaise des sonnets de l'Arétin. Elle entendit la clef tourner dans la serrure, la porte de la pièce voisine s'ouvrir, et cria :

— Michel ? Venez par ici ! Je ne peux pas m'en extraire !

Sa voix grave et solennelle lui répondit :

— Venez plutôt, beau neveu.

Croyant à quelque plaisanterie, elle courut à la porte mais s'arrêta interdite sur le seuil, poussant un petit cri de contrariété. Car il était accompagné d'un vieux monsieur au nez pointu, à l'air pincé, le sourcil froncé, paraissant avoir été tout entier conservé dans du vinaigre. Ambre recula, sa main se porta à sa gorge, largement découverte ;

mais il était trop tard. Impossible de passer pour un jeune adolescent.

— Vous prétendiez donner l'hospitalité à votre neveu, Môssieur, dit sévèrement le vieux gentleman, levant ses sourcils broussailleux et s'adressant à Michel. Où donc est-il ?

— Le voici, monsieur Gripenstraw, répondit respectueusement Michel, avec une indifférence parfaitement jouée.

Mr. Gripenstraw examina encore une fois Ambre, pardessus ses lunettes vertes à verres carrés, et plissa la bouche. Ambre, laissant retomber sa main, se tourna vers Michel :

— Je suis désolée, Michel. Je vous croyais seul.

D'un geste il lui conseilla de se retirer. Elle sortit en fermant la porte, mais resta derrière de manière à pouvoir entendre ce qui se disait. « Oh ! Dieu du ciel ! songeait-elle avec désespoir en se tordant les mains. Que vais-je devenir... Si jamais il découvre qui je suis... » Ce fut alors qu'elle entendit la voix de Mr. Gripenstraw.

— Eh bien ! monsieur Godfrey... quelle excuse allez-vous invoquer cette fois ?

— Aucune, Monsieur !

— Depuis combien de temps ce colis encombre-t-il vos appartements ?

— Depuis un mois, Monsieur.

— Un mois ! Grand Dieu ! N'avez-vous donc aucun respect pour les anciennes et honorables institutions de droit anglaises ? Par égard pour votre père, j'ai fermé les yeux sur vos erreurs passées ; mais ceci dépasse les bornes ! Si je ne tenais pas Sir Michel en telle estime, je vous aurais incontinent envoyé dans la flotte, apprendre comment doit se conduire un jeune homme. En tout état de cause, Môssieur, vous êtes expulsé ! Ne reparaissez plus jamais devant mes yeux. Et débarrassez-moi de cette créature d'ici une heure !

— Oui Monsieur. Merci Monsieur !

La porte s'ouvrit.

— Et laissez-moi vous dire, Môssieur... les filles ne valent rien pour un jeune homme... elles ne lui rapportent que duels, coups et bâtards. Bonsoir !

Et la porte se ferma bruyamment.

Ambre attendit un instant puis se précipita dans la pièce :

— Oh ! Michel ! Vous êtes expulsé ! Et c'est ma faute !

Elle éclata en sanglots, mais il traversa rapidement la pièce et la prit dans ses bras :

— Allons, allons, mon cœur. De par le diable, nous voilà délivrés de cet affreux trou. Venez, mettez votre manteau et votre chapeau, nous allons trouver un logis dans lequel un homme puisse vivre comme il l'entend.

Il loua deux chambres dans une auberge appelée *Le Panier et les Raisins*, située dans Clement's Lane, qui donne dans Fleet Street. C'était en dehors des portes de la Cité, dans les nouveaux et plus élégants quartiers de l'Ouest. Drury Lane n'était pas très loin, ainsi que Covent Garden, et à cinq minutes à peine se trouvaient les jeux de paume de Gibbon, devenus ensuite le Théâtre royal.

Michel lui acheta quelques robes d'occasion, car elle en avait un besoin urgent – plus tard elle en fit faire d'autres –, et elle se vit entraînée dans un tourbillon de fêtes et de plaisirs. Elle avait rencontré certains de ses camarades, mais à présent, elle en voyait bien d'autres, jeunes gens de bonne famille, futurs lords ou barons, officiers dans la garde du roi ou du duc d'York, acteurs en vue de l'un des quatre grands théâtres. Elle sortait aussi avec les femmes qu'ils entretenaient, de jolies filles vendeuses de gants ou de rubans au *Royal Exchange*, actrices, beautés professionnelles... toutes intelligentes et gaies, ayant à peu près son âge, fleurs épanouies, écloses sous la Restauration.

Ils allaient au théâtre, s'asseyaient au parterre où les femmes portaient leurs masques, suçaient des quartiers d'orange et échangeaient des plaisanteries avec tous ceux qui étaient à portée de voix. Ils fréquentaient les maisons de jeu du Haymarket. Ambre y fut un soir saisie d'une excitation frénétique quand circula la rumeur de la prochaine arrivée du roi. Mais il ne vint pas, et elle en fut amèrement désappointée. Ils se promenaient aux New Springs Gardens, à Lambeth, aux Mulberry Gardens, qui étaient les endroits chics. Ils allaient dîner dans les tavernes réputées, près de Charing Cross, toujours remplies de jeunes officiers en uniformes éclatants. Puis ils se rendaient au théâtre de marionnettes de Covent Garden, où se réunissait la meilleure société. La nuit, souvent, ils parcouraient les rues en fiacre, jouant à qui casserait le plus de carreaux en les bombardant de pièces de cuivre.

Quand ils ne sortaient pas, leurs deux chambres étaient pleines d'une jeunesse qui arrivait à n'importe quelle heure du jour ou de la nuit, commandait à manger et à boire, jouait aux cartes, se grisait, et empruntait leur lit pour y faire l'amour. Nul d'entre eux n'avait de préoccupations sérieuses, si ce n'est d'éviter leurs créanciers. Le plaisir était leur credo. Toutes les anciennes notions de moralité avaient disparu, aussi démodées, dédaignées et ridiculisées que les grands chapeaux à haute calotte. L'indifférence, le cynisme, l'égoïsme et l'opportunisme passaient pour des qualités. L'aménité, l'honnêteté, la piété étaient tenues en grand mépris.

Les gentilshommes de la vieille école, ceux de la Cour si pleine de décorum de Charles Ier, blâmaient le roi actuel de tolérer les mœurs et le comportement de la nouvelle génération. Cependant, si Charles II n'avait, il est vrai, ni désiré, ni tenté d'imposer des règles strictes, le même genre de vie avait existé durant les dernières années du protectorat, dissimulé seulement sous un manteau d'hypocrisie. C'était la guerre civile et non Sa Majesté qui avait jeté la semence de toutes ces plantes subitement écloses depuis son retour.

Ambre n'avait pas la moindre idée de la force, ni de la direction de ce courant. Elle adorait cette vie. Elle aimait le bruit, la confusion, le tohu-bohu et le désordre, cette gaieté endiablée. Jamais la pensée ne lui vint que ce n'était peut-être pas là une vie normale pour tous les gens de tous les temps.

Aucun de ces jeunes hommes n'avait de goût pour le mariage, tombé en tel discrédit qu'il était considéré simplement comme la dernière carte d'un homme si perdu de dettes qu'il ne pouvait s'en sortir autrement. Le bon ton interdisait à un couple de s'aimer – tout au plus leur permettait-on d'être bons amis – et un mariage heureux était contemplé avec ironie et non avec envie. Ambre partageait entièrement ces vues, car Luc Channel l'avait bien convaincue que le mariage était la plus misérable condition que pût endurer une femme. Dans le fond de son cœur, elle faisait une réserve pour Bruce Carlton, mais elle n'était plus très sûre de jamais le revoir.

Une fois de plus son assurance fut ébranlée quand, vers la mi-octobre, elle s'aperçut qu'elle était de nouveau enceinte. Pénélope Hill l'avait bien prévenue que certaines précautions n'étaient pas toujours radicales, mais elle n'avait jamais pensé que cela pût lui arriver. Elle en fut sérieusement ennuyée ; il en serait fini de tous les plaisirs s'il lui fallait revivre cette pénible, laide et désagréable période. Aussi décida-t-elle qu'il n'en serait rien. À Marygreen même, elle connaissait des femmes qui vous donnaient certains remèdes quand les grossesses étaient par trop fréquentes. Elle avait désiré avoir l'enfant de Bruce, mais n'en voulait point d'un autre homme, ni maintenant, ni jamais.

Elle en parla à une jeune fille qu'elle connaissait, une vendeuse nommée Mally qui, disait-on, avait reçu une grosse somme du duc de Buckingham, ni plus, ni moins ! Celle-ci l'adressa à une sage-femme de Hanging Sword Alley, qui possédait une nombreuse clientèle parmi les jeunes femmes de cette classe menant ce genre de vie. Sans en rien dire à Michel, Ambre se rendit chez la personne en question, qui l'installa pendant une bonne heure au-dessus d'un grand pot d'herbes fumantes, lui administra un violent médicament et lui enjoignit de faire un aller-retour à Paddington en fiacre. Au grand soulagement d'Ambre ces remèdes se révélèrent efficaces. Mally lui conseilla de suivre d'elle-même ce traitement tous les mois : prendre la potion, rester longtemps dans un bain très chaud, et faire un tour dans une voiture mal suspendue.

— Les hommes, de nos jours, lui déclara Mally, n'ont aucun égard pour les femmes qui les ennuient avec ces questions, vous le verrez par vous-même. Et Dieu sait combien, dans la vie actuelle, une femme a besoin de paraître avec tous ses avantages.

Les premiers temps, Ambre osait à peine sortir seule – bien qu'elle fût encapuchonnée et masquée –, de crainte des agents. Le souvenir de Newgate pesait sur elle comme un cauchemar. Et plus terrifiante encore était la pensée que, si jamais elle était prise, ce serait plus que certainement la pendaison ou la déportation. Et elle était une Londonienne tellement enragée que cette dernière éventualité lui paraissait aussi terrible que la première.

Un jour, elle apprit quelque chose qui lui ouvrit de nouveaux horizons. Elle avait été étonnée de constater combien les acteurs étaient élégants en dehors de la scène et fit part un soir de sa surprise à Michel :

— Ma parole ! ils ressemblent tous à des lords. Combien gagnent-ils donc ?

— Cinquante ou soixante livres par an.

— Comment ! Charles Hart portait aujourd'hui une épée qui a dû lui en coûter davantage.

— C'est probable. Ils sont tous endettés jusqu'au cou.

Ambre, qui se déshabillait, se planta devant lui afin qu'il délaçât le corset très baleiné qu'elle portait :

— Alors, je ne les envie pas ! dit-elle, jouant avec ses bracelets. Pauvres diables ! Ils changeront de mine à Newgate.

Michel concentrait tous ses efforts sur le corset récalcitrant ; ayant réussi, il lui administra une tape amicale sur la croupe :

— Ils n'iront jamais à Newgate. Un acteur ne peut être arrêté que sur mandat spécial, signé du roi.

Elle se retourna, brusquement intéressée.

— Ils ne peuvent pas être arrêtés ? Pourquoi ?

— Eh bien ! parce qu'ils sont au service de Sa Majesté et bénéficient de la protection de la Couronne.

Vraiment, il y avait là matière à réflexion. Ce n'était pas la première fois, d'ailleurs, qu'elle avait jeté un regard envieux sur la scène. Assise au parterre avec Michel, elle avait vu les jeunes cavaliers admirer les actrices, se précipiter ensuite dans les coulisses pour les convier à dîner. Elle savait que nombre d'entre elles étaient entretenues par les plus grands noms de la Cour, qu'elles étaient vêtues magnifiquement, possédaient de riches appartements et souvent leur voiture particulière.

Ambre les avait examinées de près et avait conclu qu'elle était beaucoup plus jolie que toutes ces femmes. Sa voix, qui avait perdu son accent campagnard, était belle, sa silhouette bien tournée. Tout le monde le reconnaissait. Que fallait-il de plus à une actrice ? Peu d'entre elles en possédaient autant !

Quelques jours après, l'occasion attendue s'offrit.

Elle dînait avec Michel et quatre autres couples, en cabinet particulier, à *La Folie*, un cabaret sur péniche, amarré juste en face du vieux Palais de Savoie en ruine. Ils dégustaient quelques huîtres, tout en regardant évoluer une danseuse nue. Ambre était assise sur les genoux de Michel, qui avait négligemment passé une main dans son décolleté. Cependant il n'avait d'yeux que pour la danseuse et Ambre, offensée, se leva pour aller s'installer auprès du seul homme qui, le dos tourné, mangeait tranquillement. C'était Édouard Kynaston, un jeune acteur du Théâtre Royal, extraordinairement bien de sa personne. Il avait même tenu des rôles de femmes avant que le règne des actrices commençât vraiment.

Très jeune – dix-neuf ans à peine –, une peau de jeune fille, des cheveux blonds ondulés, des yeux bleus, un corps mince mais bien proportionné. C'eût été la perfection sans la voix, que la nécessité de maintenir à un diapason aigu avait rendue gémissante et désagréable. Il lui sourit.

— Édouard, comment avez-vous fait pour monter sur les planches ?

— Pourquoi ? Avez-vous envie de faire du théâtre ?

— Ne croyez-vous pas que je pourrais ? Je suis assez jolie pour cela, non ?

Elle sourit et lui lança un regard de coin. Il la considéra, l'air songeur.

— Oui, certainement. Vous êtes plus jolie que toutes nos actrices, ou plutôt que les actrices de Davenant !

Davenant dirigeait le Théâtre du duc d'York, car il n'existait que deux troupes officielles (bien que d'autres continuassent de jouer), et la rivalité était ardente entre les comédiens de Sa Majesté et ceux de Son Altesse.

— Je suppose que vous désirez vous montrer et pêcher un noble protecteur ?

— C'est possible, admit-elle. Tout le monde dit que c'est un excellent moyen de se tirer d'affaire.

Elle parlait d'un ton plein de sous-entendus, car Kynaston – tout le monde le savait – avait de nombreux admirateurs masculins, dont il recevait de riches présents. Parmi ceux-ci se trouvait, disait-on, l'immensément riche duc de Buckingham, qui avait commencé à dilapider à tous les vents la plus grosse fortune de toute l'Angleterre.

Kynaston ne parut pas s'offenser de l'allusion ; il possédait une sorte de modestie quasi féminine qui – en dépit de son existence dissolue – lui donnait une apparence de dignité et de vertu.

— Vous avez peut-être raison, Madame. Aimeriez-vous que je vous présente à Tom Killigrew ?

Thomas Killigrew était l'un des protecteurs favoris du Théâtre Royal.

— Oh ! vous le feriez ? Quand cela ?

Elle était très excitée et légèrement craintive.

— Nous répétons demain vers onze heures. Venez, si cela vous fait plaisir.

Ambre s'habilla avec le plus grand soin pour cette entrevue, et bien que ce fût en un vilain matin de novembre, sombre et froid, sans le moindre rayon de soleil et saturé d'un épais brouillard, elle mit sa plus jolie robe. Elle était terriblement nerveuse et fut envahie, au dernier moment, d'une telle panique, qu'elle dut faire effort pour sortir de sa chambre.

Quand elle arriva au théâtre et ôta son masque, le garçon eut un sifflement étouffé ; elle le regarda d'un air impertinent, subitement à l'aise.

— Je suis venue voir Édouard Kynaston. Il m'attend. Puis-je entrer ?

— Vous perdez votre temps, ma jolie ! Kynaston ne se soucie pas d'une femme, si belle soit-elle. Mais si cela vous fait plaisir, allez-y !

La scène se vidait et Killigrew était au parterre, causant avec Kynaston, Charles Hart, et une femme debout sur le bord de la rampe, les surplombant. Il faisait sombre, car seules les bougies du lustre éclairant la scène étaient allumées ; l'air était aigre : des pelures d'oranges gisaient ; et les rangées de bancs recouverts de toile verte étaient tâchés par les pieds des hommes qui les avaient tendues. Vide et silencieuse, cette salle offrait une impression étrangement sinistre, poussiéreuse, triste. Mais Ambre n'y fit pas attention.

Après une hésitation, elle se dirigea vers le groupe des trois hommes. Au son de ses pas, ils se retournèrent. Kynaston lui fit un signe de la main et tous la regardèrent avancer : Kynaston, Charles Hart, Killigrew et la femme sur la scène, Beck Marshall. Elle connaissait déjà Charles Hart, un bel homme qui tenait la scène depuis de longues années, et qui avait même risqué l'emprisonnement pour avoir joué durant les austères années du Commonwealth. Elle avait aussi rencontré par hasard Beck Marshall qui, les poings sur les hanches, la détaillait impitoyablement, et disparut presque aussitôt.

Kynaston la présenta à Killigrew, un homme d'âge moyen à l'allure aristocratique, l'œil bleu vif, le cheveu de neige, et une petite barbiche en pointe à l'ancienne mode. Il n'avait vraiment pas l'air d'être le père du jeune Harry Killigrew, un jeune enragé dont les exploits causaient quelque étonnement, même à la Cour. Ambre fit une révérence à Killigrew, qui lui dit :

— Kynaston prétend que vous désirez faire du théâtre ?

Ambre le gratifia de son plus engageant sourire, celui qu'elle avait étudié devant son miroir avant de partir. Mais les coins de sa bouche tremblaient, elle avait la gorge serrée.

— Oui, dit-elle doucement. Pourriez-vous me donner un rôle ?

Killigrew se mit à rire :

— Enlevez votre manteau, et marchez un peu sur la scène de manière que je puisse vous voir.

Ambre se défit et Charles Hart lui offrit la main pour l'aider à monter sur le plateau. Très droite, pour bien faire valoir sa poitrine ronde et sa taille fine, elle fit quelques pas, tournant, retroussant sa jupe afin de montrer ses jambes. Hart et Killigrew échangèrent un regard significatif. Après l'avoir examinée avec l'attention d'un amateur qui achète un cheval, ce dernier demanda :

— Et que savez-vous faire d'autre que d'être jolie, madame Saint-Clare ?

Charles Hart, bourrant sa pipe, ricana d'un air cynique :

— Que savent-elles faire d'autre ?

— Que diable, Hart ! Allez-vous la persuader qu'elle n'a même pas besoin d'essayer d'apprendre à jouer ? Allons, ma chère, que savez-vous faire ?

— Chanter et danser.

— Bon ! C'est une partie du travail de l'actrice.

— Si l'on peut dire ! marmonna Charles Hart.

Il connaissait son métier et voyait le théâtre courir à sa perte, avec rien que de l'emphase, des bras et des jambes de femmes... Killigrew fit un signe et Ambre se mit à danser. C'était une sorte de sarabande espagnole qu'elle avait apprise plus d'un an auparavant et qui avait eu beaucoup de succès auprès de Jack le Noir et de ses amis à Whitefriars, et récemment encore, parmi Michel et toutes ses connaissances. Tourbillonnant, glissant, plongeant, elle allait et venait sur la scène, n'ayant plus que le désir passionné de plaire. Après quoi elle chanta une chanson des rues grivoise, qui parodiait la fable grecque d'Ariane et de Thésée, et sa voix avait un timbre voluptueux qui eût rendu sensuel même un chant beaucoup plus innocent. Quand, enfin, elle termina par une profonde révérence, puis leva la tête pour interroger du regard Killigrew, celui-ci battit des mains :

— Vous êtes aussi spectaculaire qu'un feu d'artifice sur la Tamise. Êtes-vous capable de déclamer un rôle ?

— Oui, dit Ambre qui ne l'avait jamais fait.

— Bon ! mais c'est sans importance. Mercredi prochain nous donnons une représentation de *Tragédie d'une jeune fille*. Venez à la répétition demain matin à sept heures, et j'aurai un rôle pour vous.

Folle de joie, Ambre courut faire part de cette grande nouvelle à Michel. Mais, bien qu'elle ne comptât évidemment pas jouer le rôle principal, elle fut très désappointée le lendemain d'apprendre qu'elle serait simplement l'une des dames d'honneur et n'aurait pas un seul mot à dire. Très déçue aussi de ne gagner que quarante-cinq livres par an. Elle se rendait compte, à présent, que les cinq cents livres laissées par Bruce Carlton représentaient une petite fortune, si seulement elle avait eu l'intelligence de les conserver.

Mais Kynaston et Charles Hart l'encouragèrent, lui disant que si elle attirait l'attention des spectateurs – ce qu'elle ne pouvait manquer de faire –, elle obtiendrait vite des rôles plus importants. Une actrice n'avait pas besoin de travail et d'entraînement comme un acteur. Il lui suffisait d'être jolie !

Elle fut très rapidement sur un pied de joyeuse amitié avec la partie masculine de la troupe, et ne demandait qu'à en faire autant avec les femmes, mais celles-ci se dérobèrent. Bien que les femmes ne fussent admises sur scène que depuis un an, elles formaient une sorte de clique jalouse et malveillante envers tout élément étranger cherchant à pénétrer dans leurs rangs. Quand Ambre leur parlait, elles l'ignoraient, chuchotaient derrière son dos, lui cachaient son costume le jour de la répétition générale, tout cela avec l'intention bien avouée de lui rendre la vie impossible. Mais Ambre n'avait jamais considéré que les autres femmes puissent avoir une part quelconque dans sa vie et ses succès. Aussi ne se laissa-t-elle pas déconcerter.

La scène la fascinait. Dans le théâtre, elle adorait tout :

les longues heures de répétitions, quand elle écoutait intensément, cherchant à se remémorer les rôles d'une bonne moitié de ses compagnons : le jour insigne où elle prêta serment comme servante de Sa Majesté : les mystères du maquillage, des faux cheveux, des faux nez, des fausses barbes ; la merveilleuse collection de décors et toute la machinerie qui rendait possible le lever de la lune, l'apparition du soleil à travers le brouillard ; les costumes aussi, dont quelques-uns, magnifiques, avaient été offerts par les grands seigneurs, et les autres en tissus d'imitation, bon marché, gaze ou tarlatane. Elle s'y donna de tout son cœur, s'y lança à corps perdu, tout comme elle s'était identifiée à Londres.

Le grand jour arriva enfin, et après une nuit blanche pleine d'appréhension et de doute, elle se leva, s'habilla et partit de fort bonne heure pour le théâtre. Chemin faisant, elle s'arrêta devant une affiche clouée sur un placard de bois et lut : « Au Théâtre Royal, ce mercredi 3 décembre, se joue une pièce appelée *Tragédie d'une jeune fille*, commençant exactement à trois heures après midi. Jouée par les serviteurs de Sa Majesté. Vive le roi ! » Au théâtre, un grand drapeau flottant au faîte indiquait qu'il y aurait représentation dans la journée.

« Ô mon Dieu ! songea-t-elle. Comment ai-je pu avoir l'idée de jouer en public ! »

Il était trop tôt et l'établissement était vide, à l'exception de deux machinistes et de l'habilleuse, Mrs. Scroggs, une affreuse mégère sale dont Killigrew louait la fille à raison de vingt shillings par semaine, au bénéfice de ses acteurs. Grâce à quelques pourboires et à sa franche camaraderie, Ambre avait fini par gagner son amitié et Scroggs était une de ses partisanes les plus ardentes dans la coalition féminine dressée contre elle. Quand les autres actrices arrivèrent, elle était déjà maquillée, habillée, et surveillait la salle derrière le rideau.

Le parterre était bondé : jeunes beaux, femmes légères, marchandes d'oranges, bruyants et rieurs, s'interpellant à distance. Les galeries étaient pleines de gens, et finalement les loges elles-mêmes se meublèrent de belles dames splendidement habillées et couvertes de bijoux ; créatures langoureuses, excédées du spectacle avant même qu'il commençât. Ambre regardait, la gorge sèche, le cœur battant, quand soudain Charles Hart fit irruption derrière elle, lui passa un bras autour de la taille et lui donna un baiser. Surprise, elle tressaillit.

— Oh ! fit-elle, riant nerveusement.

— Eh bien ! mon cœur ! dit-il gaiement, prête à conquérir la ville ?

Elle lui lança un regard implorant :

— Oh ! je ne sais pas. Michel est au parterre, avec une bande d'amis, pour m'applaudir. Mais j'ai si peur !

— C'est ridicule ! Qui craignez-vous ? Ces freluquets bien nés et leurs catins ? Ne vous laissez pas impressionner...

Il s'interrompit comme les violons commençaient à jouer.

— Écoutez ! Sa Majesté qui arrive !

Et il souleva légèrement le rideau de manière qu'Ambre pût voir.

Un bruit de sièges repoussés et une rumeur générale emplissait la salle. Tous les spectateurs se levèrent, tournés vers la loge royale, située au centre, à la hauteur des premiers balcons. Elle était décorée de draperies de velours rouge et portait les armes du roi.

Quand celui-ci apparut, la musique s'enfla et tous les chapeaux s'agitèrent. Charles, grand et basané, souriant avec aisance et saluant de la main, dominait son entourage : mais chacun aperçut Barbara Palmer à ses côtés, étincelante de bijoux, belle, hautaine, légèrement morose. Ils étaient splendides et impressionnants. Ambre se sentit soudain submergée par le sentiment de sa propre insignifiance.

— Oh ! soupira-t-elle tristement, ils ressemblent à des dieux !

— Les dieux eux-mêmes se servent d'un pot de chambre, ma chère, dit Charles Hart.

Puis il fila chercher son manteau, car il était chargé de débiter le prologue. Ambre le suivit des yeux et se sentit plus détendue. Mais ses regards revinrent immédiatement se poser sur Mrs. Palmer qui, renversée dans son fauteuil, souriait et parlait à un homme assis derrière elle. Le visage d'Ambre se durcit et prit une expression de haine. Ses doigts, aux ongles longs et effilés, se crispèrent involontairement ; elle prit plaisir à se les représenter labourant le visage détesté, mettant en pièces cette beauté et ce sourire triomphant. La jalousie qu'elle ressentait était aussi violente et douloureuse que jadis, en cette fameuse nuit où, penchée à la fenêtre, elle avait vu Bruce Carlton effleurer de ses lèvres la bouche d'une femme aux cheveux roux qui souriait à la portière de sa voiture.

Le prologue venait d'être achevé, le rideau s'était levé, Charles Hart et Michel Mohun avaient entamé la première scène. La salle s'était assise, mais le bruit et les murmures continuaient, entrecoupés d'éclats de rire et de commentaires à voix haute. Ambre, qui savait une partie des rôles par cœur, ne parvenait pas à suivre le dialogue, et les figurantes entraient en scène quand Kynaston la poussa en avant :

— Allez-y !

Un instant elle hésita, incapable de bouger, puis, le cœur battant, elle releva la tête et fit son entrée. Aux répétitions, les autres femmes s'étaient toujours arrangées pour la reléguer au fond, en dépit des recommandations de Killigrew qui désirait qu'on la vît ; mais cette fois, grâce à son arrivée tardive, elle se trouva sur le devant, plus près de la salle que toutes les autres.

Elle entendit une voix d'homme, venant du parterre :

— Quelle est cette magnifique créature ? Orange Molly peut-être ?

Un autre répliqua :

— C'est probablement la nouvelle engagée. Par le ciel ! c'est une véritable beauté ! Une beauté, vous dis-je !

Et, du haut des galeries, le peuple fit entendre un murmure appréciateur.

Ambre sentait son visage brûlant et la sueur lui perlait aux aisselles. Elle se contraignit à lever les yeux et lança un regard oblique sur la salle. Elle aperçut quelques visages en contrebas qui la contemplaient en souriant. Et soudain, elle comprit que ce n'étaient que des hommes comme tous les autres. Juste avant de quitter la scène, elle leur décocha un sourire radieux et reçut un nouveau murmure approbateur. Après quoi elle resta dans les coulisses, navrée que son rôle fut achevé. À la fin du spectacle, le théâtre l'avait définitivement conquise.

Beck Marshall s'adressa à elle comme elles descendaient à la salle d'habillage :

— Écoutez bien, madame... comment dites-vous ? fit-elle, feignant d'avoir oublié le nom d'Ambre. Il est parfaitement inutile de vous pavaner comme un paon sur une gouttière. Les Messieurs aiment toujours la nouveauté !

Ambre sourit, fort contente d'elle :

— Ne vous inquiétez pas de moi, Madame. Je saurai prendre soin de mes intérêts !

Mais elle fut assez déçue de voir apparaître Michel et trois de ses amis qui l'entourèrent et l'accaparèrent aussitôt, car elle avait aperçu plusieurs jeunes gens qui l'observaient, prenaient des renseignements à son sujet et semblaient à la fois curieux et admiratifs.

« Je n'aurai pas toujours Michel sur le dos ! » se dit-elle.

XVI

Le lendemain, Ambre obtint le rôle de première dame d'honneur, avec quatre lignes à dire. Peu après, elle eut des emplois plus importants, chantant et, vêtue d'une culotte et d'une mince chemisette blanche, exécutant la danse de la fin. Sa principale qualité comme actrice était ce don d'imitation, cette faculté de s'adapter, avec tout juste ce qu'il fallait pour le rendre piquant à n'importe quel rôle de femme, grande dame ou serveuse d'auberge. Un peu d'exagération était indispensable, car l'auditoire n'aimait pas les subtilités. Le goût était aux effets violents et faciles, que ce fût en femmes, en comédie ou en mélodrame. Le public aimait les tragédies sanglantes de Beaumont et Fletcher, considérait Ben Jonson comme le plus grand écrivain de théâtre de tous les temps, trouvait Shakespeare trop réaliste et mauvais rimeur. Beaucoup de chants, de danses, de très fréquents changements de décors et de costumes, des combats, des morts, des fantômes, des propos osés, une semi-nudité, voilà ce qu'il appréciait.

Ambre était très populaire – parce que nouvelle, répétaient les autres femmes – et chaque fin de représentation la voyait entourée d'une nuée de galants qui l'embrassaient, rattachaient ses jarretières, assistaient à sa toilette et l'invitaient à passer la nuit avec l'un d'entre eux ou tous. Elle les écoutait, riait, fleuretait, mais rentrait toujours avec Michel Godfrey.

Elle craignait d'éveiller sa jalousie, car il connaissait ses secrets et pouvait la perdre, s'il le désirait. Mais, eût-elle même été libre, elle n'avait pas encore reçu l'offre qui l'intéressait. Elle cherchait un homme à la fois riche et en vue, qui lui offrirait le genre de vie pour lequel elle se sentait faite : jolies robes, bijoux, voiture, bonnes mensualités, bel appartement bien meublé, femme de chambre et valet de pied. Il n'était pas évident de trouver celui qui pourrait lui procurer tout cela. Ambre était impatiente, désireuse d'améliorer son standing, mais bien décidée à ne pas commettre d'imprudence. Elle se souvenait des recommandations de Pénélope Hill, parfaitement déterminée à tirer profit de la faiblesse masculine.

Un mois s'écoula. Ambre n'était toujours pas en meilleurs termes avec les autres actrices. Elles ne manquaient pas une occasion de lui nuire, faisant circuler des rumeurs tendancieuses : elle avait la vérole, elle vivait incestueusement avec son frère Michel... et étaient très vexées de voir le mépris froid avec lequel Ambre accueillait ces bavardages. Cela d'ailleurs ne décourageait en rien ses admirateurs qui ne voyaient là que calomnies de femmes jalouses.

— Oui ! lui dit Beck Marshall un jour, ils vous font les yeux doux, ici, dans les coulisses, mais je n'en connais pas un qui vous offrirait plus d'une demi-couronne.

Ambre était assise devant une table à maquillage, les jambes croisées, un miroir à la main, se faisant les sourcils :

— Et si nous parlions de vous, Madame ? Quel est donc votre étalon, je vous prie ? Le duc d'York peut-être ?

Beck eut un sourire complaisant :

— Non, pas Son Altesse. Mais le capitaine Morgan n'en est pas moins un homme de valeur.

— Et qui diable est ce capitaine Morgan ? L'espèce de jocrisse aux cheveux raides qui vous accompagnait l'autre soir chez Châtelin ?

Elle se leva et fit signe à Scroggs de venir l'aider à enfiler sa robe.

— Le capitaine Morgan est officier des Gardes à cheval de Sa Majesté, un beau gaillard par-dessus le marché ! Et il est tellement épris de moi qu'il songe à m'installer dans mes meubles et à me faire quitter la scène. Je suis sûre qu'il m'épouserait si je pouvais m'habituer à l'idée du mariage, ajouta Beck.

Ambre s'introduisit dans sa robe et l'ajusta :

— Vous feriez mieux de vous y accoutumer le plus vite possible, dit-elle, sinon vous monterez en graine !

Ambre éprouvait toujours une certaine satisfaction à faire sentir à Beck qu'elle était sa cadette de plusieurs années.

— Mais où conservez-vous cette merveille ? Vous le tenez sous clef ?

— Il s'est absenté depuis deux mois, sa famille possède de grandes propriétés dans le pays de Galles, et son père vient de mourir. Mais il m'écrit qu'il rentrera probablement cette semaine et alors...

— Oh ! je ferai une maladie en le voyant, j'en suis bien sûre !

À cet instant, un gamin passa sa tête dans la porte et cria :

— En scène pour le trois, Mesdames, en scène pour le trois !

Ambre ne songea plus au capitaine Morgan et plusieurs jours s'écoulèrent. Mais un soir, tout à fait à la fin de l'après-midi, comme elle s'habillait après la représentation, entourée d'un cercle d'impertinents admirateurs, un homme apparut dans le couloir, qui retint aussitôt son attention : grand, dépassant les six pieds, les épaules larges, les hanches étroites, et des jambes admirables. Dans cet uniforme rouge et bleu, il formait un frappant contraste avec ces jeunes efféminés pâles qui parlaient toujours de leurs boutons et de leurs suppurations et traînaient partout leur boîte de pilules à la térébenthine. Son visage était d'une âpre beauté, avec des traits accusés, des cheveux bruns ondulés et une peau dorée. Ambre le considéra avec surprise et admiration, se demandant qui il était et, comme il souriait légèrement, elle leva les paupières et lui répondit discrètement.

À cet instant, Beck cria :

— Rex !

Elle se précipita dans ses bras, lui prit la main et l'attira dans le coin opposé de la pièce. Elle s'habilla rapidement et sortit en hâte avec lui. Mais avant de partir, il lança un coup d'œil à Ambre.

— Eh bien ! dit Beck le lendemain matin, comme elles étaient au parterre écoutant une répétition, qu'en dites-vous ?

Elle paraissait plus méfiante que triomphante. Ambre sourit innocemment et haussa légèrement les épaules :

— Oh ! il est très bien, sans aucun doute. Je ne m'étonne pas que vous vous précipitiez sur lui comme sur une sage-femme !

Ses yeux avaient une lueur malicieuse.

— Si j'étais vous, je ne lui permettrais jamais de faire la connaissance d'autres femmes.

Beck prit feu :

— Je soupçonne vos intentions, Madame ! Mais laissez-moi vous dire ceci : si je vous prends à tendre vos filets pour lui, vous vous en repentirez ! Je vous arracherai les yeux, aussi vrai que je suis là !

— Peuh ! fit Ambre en se levant, vos criailleries ne me font pas peur !

Cependant le capitaine Morgan s'abstint de paraître dans les coulisses quelques jours, et quand Ambre se moqua d'elle, qui n'osait pas montrer sa conquête, non seulement Beck, mais sa sœur aînée, Anne, se mirent en rage et la menacèrent des foudres divines, sans parler des leurs :

— Essayez d'approcher le capitaine Morgan ! cria Anne d'un ton dramatique – elle était la tragédienne de la troupe –, et vous vous en repentirez !

Mais ces menaces impressionnaient si peu Ambre qu'elle

ne manqua pas une occasion de la provoquer chaque fois qu'elle le vit. L'idée de chiper son soupirant à Beck Marshall la mettait en joie, se fût-il même agi de quelqu'un d'infiniment moins séduisant.

Un jour qu'elle arrivait au théâtre très tôt dans l'après-midi, un petit mendiant en haillons entra en boitant, jeta un regard rapide aux alentours et lui glissa un petit billet cacheté. « Pour Mrs. Saint-Clare », lut Ambre (Madame était un titre donné à toutes les actrices) : « Madame, j'avoue être irrésistiblement attiré vers vous, bien qu'une dame connue de nous deux m'ait prévenu que vous n'êtes pas digne de confiance, et que vous appartenez à un autre. Néanmoins j'ai pris la liberté de retenir une table pour nous au *Renard sous la colline*, au Pont du Lierre. J'espère vous y rencontrer demain soir à sept heures. Votre très humble serviteur. Capitaine Rex Morgan. » Et, en post-scriptum : « Puis-je vous demander, Madame, d'avoir la bonté de ne parler à personne de ce billet ? »

Ambre eut un sourire rusé, déchira la lettre en petits morceaux qu'elle lança au-dehors. Elle n'avait aucune intention d'en parler à Beck. En tout cas, pas avant d'être sûre de sa conquête, mais elle ne put résister au plaisir de lui adresser un petit sourire railleur, qui troubla fort son adversaire.

Elle n'avait pas de répétition le lendemain, aussi passa-t-elle la journée à se laver les cheveux – en dépit de l'almanach qui prétendait le moment astrologiquement mal choisi –, puis à choisir ses vêtements et chercher une bonne excuse à donner à Michel. Elle était encore indécise quand elle prit un fiacre et se rendit au *Royal Exchange* pour y acheter des gants, des rubans et un flacon de parfum. Rentrant les bras chargés de paquets, son manteau et son capuchon humides de pluie, elle ouvrit la porte et trouva Michel en grande conversation avec un inconnu. L'homme, plus âgé, se retourna vers elle et montra un visage sévère. Elle sut instantanément qu'il s'agissait du père de Michel. Depuis quelque temps, Michel recevait des lettres de chez lui où l'on réclamait des explications sur son changement de domicile et insistait pour qu'il rentrât. Michel lui en avait lu une en riant et en disant gaiement que son père était un vieux fou, par trop formaliste ; après quoi il avait jeté la lettre au feu sans y répondre. Et maintenant, il se tenait là, avec un regard de chien battu, sans réaction.

— Ambre, dit-il enfin, voici mon père. Monsieur, puis-je vous présenter Mrs. Saint-Clare ?

Sir Michel Godfrey la considéra sans mot dire ; au bout d'un instant elle traversa la pièce, posa ses paquets et étendit son manteau sur une chaise devant le feu. Ceci fait, elle se retourna pour trouver les yeux des deux hommes fixés sur elle, et les regards désapprobateurs de Sir Michel lui firent sentir que son décolleté était vraiment osé et son visage par trop maquillé. Il se détourna :

— Est-ce la femme que vous entreteniez ces temps-ci ?

Ambre avait le sentiment désagréable d'être traitée comme la dernière des filles.

— Oui, Monsieur.

Michel n'était pas fier devant son père. Le joyeux garçon qui se grisait tous les soirs et s'amusait à casser les carreaux des honnêtes citadins avait fait place au fils respectueux, embarrassé et morne.

Sir Michel Godfrey se tourna vers Ambre :

— Madame, je crains qu'il ne vous faille chercher un autre jeune fou pour subvenir à vos besoins. Mon fils rentre avec moi à la campagne, et vous n'obtiendrez plus un centime de sa générosité si mal placée.

Ambre lui rendit froidement son regard, ravalant une verte réponse car elle se souvenait de tout ce que Michel avait fait pour elle, et du tort qu'il pourrait encore lui causer, pour peu qu'elle l'indisposât. D'un geste, Sir Michel intima à son fils l'ordre de quitter la pièce. Celui-ci hésita, lança un regard d'adieu suppliant à Ambre, mais son père le poussa et sortit avec lui en claquant la porte. Ambre était navrée pour Michel – évidemment sa vie allait subir un triste changement –, mais sa pitié fit bientôt place au soulagement, puis à l'attente impatiente du soir. « J'ai vraiment de la chance ! songea-t-elle, pleine d'exubérance... Juste quand je n'ai plus besoin de lui... il s'en va ! »

Ambre arriva avec un léger retard, mais, comme on la conduisait au salon particulier du premier, le capitaine Morgan ouvrit grand la porte et l'accueillit avec enthousiasme :

— Enfin, vous voilà ! Que c'est gentil à vous d'être venue.

Ses yeux brillaient. Il la débarrassa de son manchon et de son manteau, qu'il lança sur une chaise, et, la tenant d'une main, la fit tourner devant lui :

— Bon Dieu ! vous êtes la plus belle fille que j'aie jamais vue !

Ambre eut un rire :

— Allons, capitaine Morgan, Beck Marshall en entend d'autres de vous, d'après ce qu'elle me raconte !

Mais elle s'épanouit sous cette admiration, et un frisson de plaisir lui parcourut le corps. Depuis longtemps un homme n'avait paru aussi épris, non en vérité, depuis qu'elle avait quitté Marygreen. Et elle était heureuse de voir qu'il savait apprécier une jolie robe, car elle avait mis ce qu'elle avait de mieux : la plupart de tous ces petits-maîtres étaient bien trop occupés de leurs propres « garnitures » pour remarquer ce que portait la femme qui les accompagnait. Elle était vêtue d'une toilette de velours vert vif, avec une jupe fendue sur le devant et drapée sur un jupon de satin noir pailleté d'or. Sur chaque tempe, elle avait piqué un provocant nœud de satin noir.

Il fit claquer ses doigts :

— Le diable emporte Beck Marshall. Elle ne m'est rien, je vous l'affirme !

— C'est ce que tout homme dit de sa vieille maîtresse, quand il en convoite une autre.

Rex Morgan apprécia :

— Je vois que vous avez autant d'esprit que de beauté, Madame. Une vraie perfection.

Alors on frappa à la porte. Sur la permission d'entrer donnée par Morgan, l'hôtelier apparut, suivi de trois garçons qui installèrent le couvert et découvrirent les plats, afin que le capitaine Morgan pût en examiner le contenu. Puis ils sortirent.

Il y avait un grand bol de bisque fumante, une épaule de mouton farcie d'huîtres et d'oignons frits, un pâté de volaille à la croûte dorée et un pudding fait de marrons pilés et de crème fouettée. Assis côte à côte, en face d'un bon feu, ils se sentaient à l'aise et bavardaient gaiement, appréciant la bonne chère et s'admirant mutuellement.

Elle entendit qu'elle avait les plus beaux yeux du monde, les cheveux les plus soyeux, la poitrine la plus ronde et les jambes les mieux faites qu'on eût jamais vues. La voix avait un ton de sincérité authentique, et l'homme la contemplait avec une franche adoration et un désir non dissimulé. « Comment ! mais il est amoureux fou de moi ! » songea Ambre ravie, et elle se voyait le promenant en triomphe dès le lendemain dans les coulisses, comme un singe apprivoisé au bout d'une chaîne.

— Est-ce vrai, fit-il comme ils entamaient le gâteau aux marrons, que vous êtes avec quelqu'un de la Faculté de droit ?

— Dieu tout-puissant ! Qui vous a dit cela ?

— Tous ceux à qui j'ai parlé de vous. Est-ce vrai ?

— Certainement pas ! Seigneur ! Oui, j'en conviens, j'ai habité quelque temps avec un jeune homme, mais c'était mon cousin, et il est retourné chez lui, dans le Yorkshire. Juste Ciel ! je me demande ce que dirait mon père s'il entendait tous les méchants racontars que l'on fait courir ici sur les gens, à propos de rien !

Elle avait l'air indigné.

— Il a de la chance de n'être que votre cousin. Sinon, j'aurais été obligé de le provoquer en duel pour me débarrasser de lui. Mais je suis heureux qu'il soit parti. Dites-moi : qui donc êtes-vous ? D'où venez-vous ? Chacun raconte une histoire différente à votre sujet.

— Je suis Mrs. Saint-Clare et je viens de l'Essex. Que désirez-vous encore savoir ?

— Que faites-vous au théâtre ? Vous ne semblez pas appartenir à ce monde-là.

— Vraiment. Ce n'est pas ce que j'entends d'habitude !

— Oh ! ce n'est pas ce que je veux dire. Vous avez l'air d'une dame de qualité.

— Ah ! oui !...

Elle lui lança un regard de coin comme il versait le champagne.

— À dire vrai, j'en suis une.

Elle prit la coupe qu'il lui tendait, s'enfonça dans son fauteuil, et recommença à dévider l'histoire sur laquelle, depuis son arrivée à Londres, elle brodait, l'enjolivant chaque fois qu'une nouvelle idée lui venait à l'esprit :

— J'appartiens à une vieille et honorable famille, qui avait de grandes propriétés dans l'Essex. Mais ils ont tout vendu pour aider Sa Majesté durant la guerre. Aussi, quand un affreux vieux comte a demandé ma main, mon père a-t-il insisté pour que j'accepte et l'aide ainsi à rétablir sa situation. Mais je ne voulais pas de ce vieux bouc puant, mon père s'est obstiné et m'a enfermée dans ma chambre. Je me suis sauvée, et je suis arrivée à Londres. Évidemment, j'ai changé de nom, je ne suis pas vraiment Mrs. Saint-Clare !

Elle lui sourit par-dessus sa coupe, contente de voir qu'il paraissait admettre l'histoire.

Il se leva, rapprocha leurs chaises du feu mourant, et ils restèrent assis, côte à côte. Ambre s'étendit, les pieds surélevés, de telle sorte que ses jupes se retroussèrent, laissant voir des jambes gainées de soie noire et des jarretières de dentelles. Il prit sa main dans la sienne, et ils restèrent ainsi, tranquilles et silencieux, sentant le désir monter en eux. « Que faire ? se demandait-elle. Si j'accepte, il me prendra pour une fille... et si je refuse, il ne reviendra plus. » Finalement, elle se tourna vers lui et rencontra son regard, intense, grave, brûlant. Passant un bras autour de sa taille, il l'attira doucement à lui et la prit sur ses genoux. Hésitante, elle sentit tout à coup sur ses lèvres la pression de sa bouche, chaude, humide, ardente ; d'une main, il caressait sa poitrine ronde, et elle pouvait sentir les lourds battements de son cœur contre le sien. Une chaleur subite l'envahit, son sang circula plus vite, elle se sentit prête à la défaite.

Mais au moment où il s'agenouillait devant elle, brusquement elle se leva, courut à la fenêtre, se cachant le visage dans les mains. Instantanément, il fut derrière elle, la serrant contre lui. Sa voix suppliante lui murmurait des paroles tendres, et comme ses lèvres effleuraient sa nuque, elle sentit un frisson de plaisir lui parcourir l'échine.

— Mon cœur ! je vous en prie, ne soyez pas fâchée ! Je vous aime ! Je le jure ! C'est la vérité ! Je vous veux !

Ses doigts se crispaient sur son épaule et sa voix était rauque d'émotion :

— Je vous en prie, Ambre, je vous en prie. Je ne vous ferai pas de mal... Il ne se passera rien... Venez !

Ambre se dégagea brusquement, les yeux un peu hagards, le visage empourpré :

— Vous avez bien mauvaise opinion de moi, capitaine Morgan ! Je fais partie du théâtre, c'est entendu, mais je ne suis pas une catin. Mon pauvre père mourrait de honte s'il apprenait que sa fille mène une existence coupable ! Allons, laissez-moi...

Elle passa rapidement devant lui pour aller chercher son manteau et, quand il la saisit au passage, son visage se durcit :

— Prenez garde, Monsieur. Je ne suis pas une de ces proies faciles !

Jetant précipitamment son manteau sur ses épaules, elle prit son manchon et se dirigea vers la porte :

— Bonne nuit, capitaine Morgan. Si vous m'aviez dit pour quelle raison vous m'invitiez, je vous aurais évité la dépense d'un repas.

Elle le regardait avec hauteur, mais l'expression froide et irritée de son visage l'inquiéta. « Allons ! songea-t-elle. S'il ne m'aime pas réellement, j'ai tout gâché. » Il la regardait, les sourcils levés, un pli au coin de la bouche :

— Ne partez pas ainsi, madame Saint-Clare. Je regrette de vous avoir offensée. On m'avait dit... Peu importe ! Mais vous êtes diablement excitante. Il faudrait qu'un homme fût un glaçon pour ne pas vous désirer, et je n'en suis pas un ! Permettez-moi de vous reconduire chez vous.

Après quoi, elle le vit très souvent, mais pas au théâtre, car elle n'était pas assez sûre de lui. Elle employait tous les artifices qu'elle connaissait – il y en avait plus d'un – pour accroître son désir. Mais chaque fois qu'il se croyait à la veille de réussir, elle le repoussait en jouant la femme vertueuse. Jusqu'à ce qu'un soir, le visage défait, la cravate dénouée, il se laissât tomber sur une chaise en gémissant :

— Où diable voulez-vous en venir ? Je ne peux plus continuer ainsi ! J'en ai les boyaux tordus comme des cordes de violon !

« Enfin ! songea-t-elle avec soulagement. Et, bien que la minute d'avant elle se fût sentie lasse, découragée, et moins vertueuse que jamais, elle se prit à rire, se leva et alla devant la glace lisser ses cheveux :

— Ce n'est pas ce que prétend Beck. Aujourd'hui encore elle me parlait de vous et de vos assiduités.

Il eut la grimace d'un gamin embarrassé :

— Beck se vante ! Répondez-moi ! Qu'attendez-vous de moi ? Que désirez-vous ? Le mariage ?

Elle savait qu'il redoutait fort de poser cette question, car il ne tenait pas plus à se marier que la plupart des autres jeunes gens, et, acceptant ou non la version de sa famille aristocratique, n'avait aucunement l'intention d'épouser une actrice.

— Le mariage ? répéta-t-elle avec un étonnement moqueur, tout en l'observant dans la glace, le mot seul suffit à donner des vapeurs. Quelle est la femme de bon sens qui désire se marier ?

— Mais toutes, il me semble !

— Eh bien ! si elles y avaient goûté, elles n'y reviendraient pas !

— Bon Dieu ! Êtes-vous mariée ?

— Non ! bien sûr que non ! Mais je ne suis pas aveugle. J'ai fait mes petites observations. Qu'est-ce qu'une femme, s'il vous plaît ? Les hommes, de nos jours, la traitent pis qu'un chien. Elle n'est bonne qu'à torcher leurs mioches et à servir de repoussoir à une maîtresse. Une femme a le ventre plein chaque année, et la maîtresse remplit ses poches d'argent. Être une femme, moi ? Merci bien ! Pas pour un millier de livres !

— Parfait ! dit-il, visiblement soulagé. Vous parlez comme une femme réellement avisée. Mais vous ne me paraissez pas plus désireuse de devenir la maîtresse d'un homme que sa femme. Vous n'allez pas rester toute votre vie une vierge, cet objet sans valeur ! Cela est indigne d'une femme telle que vous !

— Ai-je dit que telle était mon intention ? Si un homme

que j'aime me faisait une offre acceptable, je vous jure que j'y réfléchirais.

— Bon ! nous commençons à y voir plus clair. Et qu'entendez-vous par une offre acceptable, je vous prie ?

Elle s'accouda à la cheminée, perchée sur un pied, et commença de compter sur ses doigts :

— Je voudrais une pension de deux cents livres par an ; un appartement de mon choix, une femme de chambre, un joli petit équipage à quatre chevaux avec - évidemment - cocher et valet de pied, et l'autorisation de rester au théâtre.

Elle ne désirait pas quitter la scène, car c'était là qu'elle l'avait rencontré et elle espérait bien trouver de plus importants protecteurs, par la suite...

— Vous vous estimez diablement cher.

— Vraiment ?

Elle sourit et haussa légèrement les épaules.

— Oh ! le prix fort, vous savez, préserve des mauvaises compagnies !

— Je vous prendrai au mot et vous préserverai de *toutes* les compagnies, hormis la mienne.

Ambre mit plusieurs jours à trouver l'appartement qui lui convenait : trois pièces, au troisième étage du *Balcon Bleu* à l'extrémité élégante de Drury Lane, près du Strand. Le loyer était élevé, quarante livres par an, mais le capitaine Morgan paya d'avance.

Tout y était à la dernière mode, suivant le goût léger, gai et coloré de l'époque. Le salon était tendu de damas vert émeraude, meublé de tables à la française, de fauteuils en noyer, certains même étaient dorés, très différents des lourds meubles de chêne qu'elle était habituée à voir dans les auberges. Un grand divan de noyer croulait sous d'épais coussins verts, frangés d'or, et les murs s'ornaient de plusieurs miroirs laqués or et vert. Ambre décida qu'elle ferait faire son portrait et le placerait au-dessus de la cheminée, ainsi qu'elle l'avait vu dans l'appartement d'une autre actrice, entretenue par un Lord.

Les murs de la salle à manger étaient tapissés d'un papier chinois où pivoines et chrysanthèmes, oiseaux multicolores et papillons étaient joliment peints à la main. Chaises et fauteuils abritaient de confortables coussins vert vif. Dans la chambre, les tentures également étaient de damas vert et or. Il y avait un paravent à cinq feuilles rouges et vertes et des coussins rayés vert et rouge sur les chaises :

— Oh ! s'écria Ambre quand le capitaine Morgan, après l'avoir visité, se déclara d'accord. Merci beaucoup, Rex. Je suis si impatiente du moment où j'y serai !

— Moi aussi !

Mais elle lui donna une tape, corrigée par un sourire :

— Allons, Rex, vous vous souvenez que vous avez promis d'attendre.

— C'est vrai ! Mais – pour l'amour du Ciel ! – pas trop longtemps.

Elle insista pour recevoir sa pension d'avance. Elle l'obtint et s'en fut chez Shadrac et Newbold, dont elle se rappelait le nom. Elle y déposa son argent, à six pour cent d'intérêt. Puis ce fut, à Cow Lane, l'achat d'une voiture d'occasion, qui, bien que petite, était fraîchement peinte et en bon état : noire avec des roues, des rênes et des harnais rouges, et l'acquisition de quatre jolis chevaux noirs et blancs. Le cocher et le valet de pied portaient respectivement les noms de Tempête et de Jeremy, et Ambre commanda pour eux une livrée rouge galonnée d'argent.

Elle engagea une femme de chambre par l'entremise d'une vieille femme que Mrs. Scroggs recommandait. C'était, lui assura-t-on, une fille honnête, modeste et bien élevée, sachant couper, coudre et nettoyer, qui ne s'attarderait pas au lit, n'irait pas bavarder avec les voisins ou courir en tenue négligée. Elle avait une figure banale, des dents très écartées et des quantités de taches de rousseur. Son nom était Prudence, ce qui ne plut guère à Ambre, car elle se souvenait de l'innocente Honneur Mills, qui avait partie liée avec les deux voleurs qui l'avaient dévalisée. Mais la jeune fille paraissait si désireuse de plaire et avait l'air si navré à la pensée de ne pas être engagée, qu'Ambre la prit.

Le premier soir, dans leur nouvel appartement, Rex et elle se firent envoyer un souper fin de la *Taverne de la Rose* toute proche, et ils débouchèrent une bouteille de champagne. Mais ils en burent à peine une coupe, car Rex fondit impétueusement sur elle et l'emporta dans la chambre à coucher. En dépit de sa passion, il restait tendre et attentif, aussi désireux de donner que de recevoir, et Ambre songea que cela ressemblait infiniment plus à une nuit de noces que la misérable expérience faite avec Luc Channel. Pour la première fois, depuis une année, elle se sentit totalement, pleinement satisfaite, car Rex possédait ce même mélange d'expérience, d'énergie, de violence contrôlée et de compréhension instinctive, qui avait fait le charme de Lord Carlton. « Il y a un monde, se dit-elle, entre être la maîtresse d'un homme et sa femme. » Pour sa part, cette différence était toute au bénéfice de la première.

Le lendemain, dans l'après-midi, Ambre trouva la loge des artistes bourdonnante comme une ruche en colère et Beck Marshall formait le centre de l'irritation bavarde. Elle comprit immédiatement. Aussi, en dépit de tous les regards indignés et glacés braqués sur elle, entra-t-elle d'un air détaché, tout en retirant ses gants. Scroggs se dirigea vers elle, un sourire de satisfaction sur sa vieille et laide figure.

— Ma parole, Mrs. Saint-Clare, dit-elle, et sa grosse voix enrouée dominait le bruit de la pièce, j'ai entendu parler de votre chance, et j'en suis rudement contente.

Elle se pencha, dégageant un violent parfum d'eau-de-vie et de poisson pourri, et lui allongea une bourrade dans les côtes :

— Quand vous m'avez demandé l'autre jour où trouver une femme de chambre, je m'suis dit : Ha, ha ! Mrs. Saint-Clare a trouvé quelqu'un, j'le parie. Mais, parole ! j'aurais jamais deviné que c'était le capitaine Morgan !

Et, du pouce, elle montra le groupe indigné.

Scroggs avait débarrassé Ambre de son manteau et de son manchon et l'aidait à défaire sa robe :

— Les autres non plus ne s'en doutaient pas, murmura Ambre tout en sortant de ses jupons.

— Oh ! là, là ! vous auriez dû voir la tête qu'elle a faite quand elle l'a appris !

La bouche édentée se fendit :

— Ma parole, j'ai cru qu'elle en ferait une maladie !

Ambre sourit tout en ôtant les peignes qui retenaient ses boucles, et secoua la tête. Puis, comme elle la regardait, Beck tourna la tête et leurs yeux se rencontrèrent. Elles s'affrontèrent ainsi un long moment, Ambre exultant, moqueuse, Beck frémissant de rage. Puis Beck se détourna brusquement, levant la main droite pour montrer à Ambre son doigt du milieu dressé raide. Ambre éclata d'un rire bruyant et, prenant la plume noire qu'elle portait dans le rôle de Cléopâtre, de la tragédie de Shakespeare, elle la piqua dans ses cheveux brillants.

Elle savait fort bien que le rôle de la reine égyptienne lui convenait mal – c'eût été beaucoup plus le genre d'Anne Marshall –, mais l'idée venait de Tom Killigrew, et, coiffée d'une perruque noire, les yeux allongés au crayon, un léger soutien-gorge pailleté et une mince robe de soie rouge allant aux genoux, elle avait fait salle comble depuis près de quinze jours. La plupart des pièces étaient limitées à trois ou quatre représentations, car seule une part infime de la population de Londres fréquentait les théâtres, mais nombre de jeunes gens étaient revenus quatre et cinq fois pour admirer cette Cléopâtre. Ils étaient habitués à voir les seins d'une femme, mais non ses hanches, ses cuisses et ses jambes. Chaque fois qu'elle traversait la scène, sifflements, murmures et commentaires se faisaient entendre ; mais les loges restaient vides, car les dames, disait-on, avaient protesté contre l'indécence d'un tel spectacle.

Ambre prévoyait des ennuis et s'y était préparée ; toutefois, en dépit de la tension qui régnait dans l'air, la pièce se déroula normalement jusqu'à la dernière scène du dernier acte. Là, comme elle attendait en bout de scène le moment d'entrer pour lancer sa réplique, Beck et Anne Marshall vinrent se placer à ses côtés, Beck à droite, Anne légèrement en arrière. Ambre leur jeta un regard distrait et continua de surveiller la scène, où le tribunal décidait du sort de Cléopâtre.

— Eh bien ! Madame, dit Beck, permettez-moi de vous féliciter de votre rapide avancement, on me dit que vous n'êtes plus à la charge que d'un seul homme !

Ambre lui jeta un regard rapide et répondit d'un air suprêmement excédé :

— Mon Dieu, Madame, vous devriez bien consulter votre apothicaire, car vous tournez au vert !

À cet instant, elle sentit une vive piqûre et poussa un cri étouffé, mais, avant qu'elle ait eu le temps de protester, Mohun survint, les bouscula et les envoya en scène. Flanquée de Beck d'un côté et de Mary Knepp de l'autre, Ambre fit son entrée, proclamant à haute et intelligible voix :

Mon désespoir fait entrevoir
Une vie meilleure...

À part quelques mouvements dans la salle, la dernière scène se déroula normalement, dialogue de Cléopâtre avec César, sa décision d'en finir avec la vie, le suicide d'essai d'Iras et enfin le geste de Cléopâtre saisissant l'aspic de papier mâché et s'adressant à lui d'un ton dramatique :

De ta dent acérée, vite tranche le nœud
De cette triste vie, pauvre être venimeux...

Et, pendant que Beck, servante fidèle, incapable de supporter la mort de sa maîtresse, courait éperdue sur la scène, Ambre, appliquant l'aspic sous son sein, entendit un jeune homme qui disait :

— J'ai assisté six fois à ce spectacle, l'animal ne doit plus avoir de venin !

Elle serra les dents et ferma les yeux comme sous l'empire d'une violente douleur. Mais elle ne prenait pas son rôle au sérieux et avait peine à s'empêcher de rire. Après être restée un instant immobile, elle commença de se tourner légèrement, dans les affres de l'agonie. Mais, à mi-chemin elle fut soudain arrêtée par une explosion de rires qui se répercutèrent bientôt dans toute la salle, des loges aux galeries, emplissant le théâtre, paraissant venir de tous les côtés à la fois et s'abattant sur elle avec une force quasi physique.

Vaguement consciente que ces rires s'adressaient à elle, Ambre se tourna rapidement, portant la main à son dos. Elle s'attendait à trouver sa robe déchirée, mais ses doigts rencontrèrent un morceau de carton qu'elle arracha et lança avec fureur dans la salle. En face, à côté, au-dessus d'elle, ce n'étaient que visages distendus par le rire, bouches ouvertes et, au même instant, les spectateurs des galeries commencèrent de frapper du pied et de chanter :

Mon postérieur
Aux amateurs,
Une couronne
Et je me donne !

Et les pièces de pleuvoir sur la scène. Les hommes étaient debout sur les bancs, criant à pleine gorge ; les dames avaient remis leurs masques, mais restaient toutes secouées de rires ; le théâtre entier n'était que bruit et confusion, bien qu'il ne se fût guère écoulé plus de trente secondes depuis le geste malencontreux d'Ambre.

— Chienne pouilleuse ! gronda Ambre entre ses dents, je te romprai les os !

Avec un ricanement hystérique, Beck s'enfuit en courant et, comme le rideau tombait, Ambre la poursuivit en criant :

— Reviens ! Reviens si tu l'oses, sale froussarde !

Anne, cachée dans les coulisses, lui fit un croc-en-jambe qu'Ambre évita, la bousculant et reprenant sa course. Fuyant le long du couloir obscur, Beck se retourna avant de se réfugier dans la salle d'habillage dont elle tenta de refermer la porte. Ambre ne lui en laissa pas le temps, entra en trombe, donna un tour de clef et se précipita sur son ennemie.

Griffant, mordant, jouant des pieds et des poings, elles roulèrent sur le plancher. Leurs costumes furent bientôt en pièces, leurs perruques arrachées ; le noir de leurs yeux coulait et des égratignures sanglantes apparurent bientôt sur leurs joues. Leur rage était telle qu'elles ne voyaient, n'entendaient, ne sentaient rien.

Une foule s'était massée derrière la porte, criant qu'on lui ouvrît. Scroggs sautillait autour des combattantes, se tenant à bonne distance des coups et distribuant des encouragements à Mrs. Saint-Clare. Mais quand elle s'approcha d'un peu trop près, Beck lui envoya un mauvais coup dans le ventre qui la cloua au sol.

Ambre saignait abondamment du nez et avait la gorge rêche de tout le sang qu'elle avait avalé. Elle réussit pourtant à dominer Beck et à lui marteler le visage de coups de poings, tandis que Beck se défendait en mordant et griffant. Elles en étaient là quand Scroggs ouvrit enfin la porte ; une demi-douzaine d'hommes se précipitèrent et les séparèrent. Cédant à l'épuisement nerveux, les deux femmes s'affaissèrent et n'opposèrent aucune résistance. Beck fondit en larmes, laissant échapper un flot incohérent d'accusations et d'injures.

Ambre restait étendue sur un divan, le manteau d'Hart jeté sur elle, tandis que Scroggs lavait ses blessures, tout en la félicitant. Elle commençait à sentir la brûlure douloureuse de ses plaies. Son nez était engourdi, enflé ; un de ses yeux se fermait. Vaguement elle perçut la grosse voix irritée de Killigrew... « la risée de toute la ville, maudites femelles ! Je n'oserai plus jamais monter cette pièce ! Vous êtes suspendues, toutes les deux pour deux... non, pour trois semaines, sacrebleu ! Je maintiendrai la discipline parmi vous, impertinentes créatures, ou j'y perdrai mon nom ! Et vous remplacerez vos costumes à vos frais !... ».

La voix continuait, mais Ambre se refusait à l'entendre. Elle était simplement heureuse que Rex, qui faisait partie du Régiment de gardes à cheval de Sa Majesté, ait été de service au palais ce soir-là.

Cependant, quand elle revint au théâtre, après ses vacances forcées, elle constata que les autres femmes, sans l'aimer davantage probablement, ni l'envier moins, la comptaient comme une des leurs. Il y eut une certaine tension dans l'air la première fois qu'elle et Beck se rencontrèrent dans la salle d'habillage, mais elles se contentèrent d'échanger un regard et un salut froid.

Quelques jours plus tard, Scroggs passa mystérieusement à Ambre un capuchon de velours bleu, doublé de petit-gris, qu'une grande dame avait généreusement donné au magasin des accessoires. Le bleu n'était pas la couleur d'Ambre et elle le savait.

— Merci mille fois, Scroggs, dit-elle. Mais donnez-le plutôt à Beck. Il est assorti à sa robe.

Beck, qui enfilait ses bas non loin l'entendit. Elle leva la tête, surprise :

— Pourquoi moi ? Mon rôle est si petit !

Killigrew avait tenu bon et aucune d'elles n'avait plus les rôles auxquels elles avaient droit.

— Il est aussi grand que le mien, insista Ambre. Et d'ailleurs, j'ai reçu un nouveau jupon.

Malgré sa défiance, Beck accepta et remercia.

Dans la pièce, elles interprétaient deux jeunes personnes frivoles, amies intimes. Au cours du premier acte, elles se sentirent attirées l'une vers l'autre, et à la fin du spectacle chacun fut stupéfait de les voir bras dessus, bras dessous, bavardant gaiement. Après quoi, elles devinrent aussi bonnes amies que la plupart des femmes. Beck fleureta même avec le capitaine Morgan quand il venait dans les coulisses, tout en sachant comme Ambre que cela n'aboutirait à rien.

C'était simplement une preuve de bonne volonté.

XVII

Deux ans après sa restauration, Charles II prit pour femme l'infante Catherine de Portugal. La chose avait été décidée entre Charles et le chancelier Hyde – maintenant duc de Clarendon – très peu après son retour. Les délais apportés à la conclusion de la cérémonie avaient été d'ordre purement politique, afin d'obtenir une dot plus importante du pauvre petit Portugal, à peine libéré, mais toujours menacé par l'Espagne. Les Portugais, finalement, payèrent très cher l'alliance matrimoniale avec la puissance maritime anglaise : ils donnèrent trois cent mille livres, le droit de commerce avec toutes les colonies portugaises et deux de leurs meilleures possessions : Tanger et Bombay.

Le comte de Sandwich avait été envoyé au Portugal avec toute une flotte pour servir d'escorte à la princesse, mais Charles ne put quitter Londres avant d'avoir prorogé le Parlement, et la princesse arriva quelques jours avant lui à Portsmouth. Cependant, sitôt libéré, il partit immédiatement, chevaucha toute la nuit et atteignit la ville au début de l'après-midi. Il se rendit aussitôt dans ses appartements afin de s'y changer.

Assis, Charles se faisait savonner le menton par son barbier. Les yeux profondément cernés, il paraissait toutefois alerte et heureux, amusé aussi, car la pièce était remplie de courtisans et il savait que tous avaient la même pensée. Ils se demandaient quel genre de mari ferait le roi, dans quelle mesure ce mariage affecterait leur situation particulière et si, réellement, ainsi qu'il l'avait dit, il n'aurait plus de maîtresse une fois marié. Quant à lui, Charles était content d'avoir quitté Londres et la triste Barbara, qui boudait, grognait et pleurait depuis des semaines, tout en clamant à qui voulait l'entendre qu'elle allait accoucher de leur second enfant à Hampton Court, pendant que le roi serait en lune de miel !

Charles lança un coup d'œil à Buckingham qui se tenait tout près, caressant la tête d'un petit épagneul tacheté de noir. Buckingham était à Portsmouth depuis quelques jours et avait vu l'infante.

— Eh bien ?

— Eh bien ! répondit le duc.

Charles se mit à rire.

— Je crois que vous êtes jaloux, Milord !

La femme de Buckingham était une petite boulotte, assez laide, avec d'étranges yeux obliques et un nez épaté. Le barbier ayant achevé, le roi se leva et consentit à se laisser habiller.

— Allons ! pour l'honneur de la nation, j'espère n'être pas mis à contribution cette nuit. En trente-quatre heures, je n'en ai pas eu deux de repos, et je crains de paraître légèrement endormi.

Sa toilette enfin terminée, il prit son chapeau et quitta rapidement la pièce, ses épagneuls sur les talons et toute la suite des courtisans courant après lui. L'infante – lui avait-on dit – avait pris froid et gardait le lit. Ce fut là qu'il vint lui rendre visite. Il la trouva assise, soutenue par des coussins d'argent brodés aux armes des Stuart, vêtue d'un déshabillé de satin rose pale, avec d'énormes manches ballons serrées aux poignets. Il s'arrêta sur le seuil, s'inclina et vit qu'elle le dévisageait avec de grands yeux craintifs, tandis que ses doigts se crispaient sur la courtepointe.

Elle était entourée de ses suivantes et de sa cour, massée sur deux ou trois rangs autour d'elle, comme pour la mieux protéger. Il y avait une demi-douzaine de prêtres en robe longue, aux crânes tonsurés qui luisaient, aux yeux observateurs et sceptiques. Puis les comtesses de Penalva et de Ponteval, chaperons de Sa Majesté, deux laides et peu appétissantes vieilles femmes. Et les six demoiselles d'honneur, jeunes, mais toutes en noir aussi, jaunes de teint et hideuses pour des yeux anglais. Sans exception, elles portaient toutes – au lieu des charmantes et gracieuses toilettes décolletées à la mode – d'antiques et raides vertugadins, tels que nul n'en revêtait plus en Angleterre depuis trente ans. Si jamais elles avaient une poitrine, celle-ci était tellement comprimée qu'elle avait disparu, et leurs jupes guindées semblaient de carton, qui craquaient chaque fois qu'elles bougeaient.

Quand le roi apparut, ses gentilshommes massés derrière lui, les femmes se tinrent debout, immobiles, l'air inquiet. L'étiquette portugaise était aussi rigide que les habits, et ces jeunes filles, qui n'avaient jamais vu d'hommes autres que ceux de leur famille proche, considéraient l'autre sexe avec méfiance et répugnance. Elles avaient déjà causé pas mal de souci en refusant de dormir dans un lit susceptible d'avoir été occupé par un homme, et, à l'approche de l'une de ces créatures, elles se couvraient le visage de leurs mains et s'enfuyaient éperdument. À présent, dans l'impossibilité de courir, elles restaient sur place, les yeux fixes, sur la défensive, nerveuses, désespérément mal à l'aise. Elles l'eussent été bien davantage encore si elles avaient deviné ce que ces hommes pensaient d'elles.

Charles resta parfaitement impassible ; il s'avança, baisa la main de sa femme :

— Toutes mes excuses, Madame, dit-il en un doux espagnol car elle ne savait pas l'anglais, mon travail m'a retenu jusque très avant dans la nuit. J'espère que vous vous êtes installée selon vos aises ?

Il se redressa et la regarda.

Catherine était âgée de vingt-trois ans, mais n'en paraissait guère plus de dix-huit. Elle avait des cheveux magnifiques, une véritable cascade de boucles d'un brun foncé ; ses yeux, bruns aussi, étaient grands et brillants, doux et pensifs, comme elle les levait vers lui. Ils semblaient implorer sa bonté et s'excuser de ses propres imperfections. Car elle avait un teint plutôt jaune, les dents de devant légèrement proéminentes, et on prétendait qu'elle ne mesurait guère plus de cinq pieds.

« Tout de même... songea-t-il... pour une princesse, elle n'est pas trop mal ! »

Catherine avait été élevée dans un couvent, brodant, priant, chantant des hymnes, en attendant que sa mère lui trouvât un époux. Quand vint ce moment, Catherine était plus âgée que ne le sont généralement les princesses qui se marient, elle ne connaissait rien des hommes, était aussi ignorante de leur nature que s'ils avaient appartenu à une autre espèce. Elle espérait apprendre à aimer son mari, car c'était le devoir d'une femme. Mais à peine eut-elle aperçu Charles qu'elle en tomba amoureuse. Tout en lui parut magnifique aux yeux de la petite princesse échappée du couvent : son visage basané, la grâce et la force de son corps, le son profond et doux de sa voix qui l'enveloppait d'une vague de chaleur, apaisant les inquiétudes tapies au fond de son cœur.

Le lendemain matin ils furent mariés, tout d'abord par une cérémonie catholique secrète, dans leur chambre à coucher, l'après-midi suivant les rites de l'Église anglicane. Quelques jours après, ils partirent pour Hampton Court. Et, bien que la rumeur courût que Charles était déçu par son mariage et prêt à reprendre Barbara Palmer sitôt la naissance de son bébé, Leurs Majestés paraissaient toutes deux parfaitement heureuses et contentes, tout aussi éprises que si Elles ne s'étaient pas mariées pour des raisons politiques.

Mais si Catherine était satisfaite, d'autres, dans sa suite, ne l'étaient pas.

Penalva, antique vierge dolente et myope, avait pris l'Angleterre en grippe dès le début. Ce pays était trop différent du Portugal pour être bon. Les femmes, décida-t-elle immédiatement, étaient libertines et hardies, les hommes dépourvus de scrupules et d'honneur. Aussi prit-elle à cœur de mettre en garde la naïve petite reine.

— La Cour d'Angleterre, dit-elle sévèrement, réclame de grands changements avant d'être digne de Votre Majesté !

Catherine, qui ne cessait d'admirer ses somptueux appartements tendus d'écarlate et d'argent et qui examinait en cet instant la toilette et le miroir d'or massif, leva les yeux avec surprise, conservant toutefois son joyeux sourire.

— Oh ! cela est possible ! Je ne sais pas trop comme elle est, mais je suis sûre que Sa Majesté consentira à toutes les réparations que je lui demanderai, il est si bon pour moi !

Ses yeux se perdirent, par-delà les fenêtres, sur les vertes pelouses et les massifs fleuris, avec une expression pensive et rêveuse qui déplut à Penalva.

— Votre Majesté se méprend ! Je ne parlais pas de l'ameublement du palais. Bien qu'il soit aussi barbare...

Elle fit un geste rapide, car elle n'aimait pas davantage le goût anglais.

— Je parlais des manières et de la moralité des gens de la Cour.

— Eh bien ! fit Catherine, que leur reprochez-vous ?

— Est-il possible que Votre Majesté n'ait pas remarqué la manière dont ces femmes s'habillent ? Elles sont à moitié nues du soir au matin !

— Oh ! admit-elle à contrecœur, car elle ne voulait pas manquer de loyauté envers son nouveau pays et son mari, ils sont « différents » de ce que nous avions coutume de voir chez nous.

— Différents ! Mon Dieu ! mais ils sont indécents ! Pas une femme aux intentions pures ne s'afficherait devant un homme comme ces créatures. Votre Majesté a l'occasion de s'attirer la gratitude éternelle de l'Angleterre en réformant la Cour.

— Je ne saurais par quel bout commencer. Et ils n'aimeraient peut-être pas qu'une étrangère...

— Sottises ! Votre Majesté ! Peu importe ce qu'ils aiment. Vous n'êtes pas leur sujette ! Ce sont eux qui sont les vôtres, et il faut le leur faire comprendre sans tarder, ou vous ne serez qu'un zéro dans votre propre Cour !

Catherine se dit que la pauvre vieille se faisait bien du souci pour le bonheur de sa maîtresse et voyait le mal partout.

— Je crois que vous les calomniez, Madame. Ils sont

tous si beaux, si élégants. Je suis sûre qu'ils ne peuvent manquer d'être bons.

— Hélas ! Votre Majesté, il n'en est pas ainsi dans le monde. Les bons ne sont pas aussi fastueux, et ceux-là le sont ! Écoutez, Votre Majesté, il vous faut prêter l'oreille aux avis d'une femme qui a vécu longtemps et a vu bien des choses. Soyez maîtresse dans votre propre cour. Sachez commander et non obéir. Sinon, on vous délaissera au profit de celui ou de celle qui saura ordonner. Et Dieu sait que dans cet endroit abandonné cela ne donnera rien de bon. Commencez, Votre Majesté, par quitter ces absurdes toilettes anglaises que le roi vous a données. Revenez à votre costume habituel, et les autres seront bien forcées de vous suivre.

Catherine eut un regard de regret pour sa robe de taffetas rose et bleu, à la jupe froncée, aux manches bouffantes, au décolleté qui, s'il était plus discret que celui de la plupart des femmes, n'en était pas moins plus osé qu'elle ne l'eût jamais rêvé.

— Mais, protesta-t-elle doucement, j'aime cette robe.

— De loin, elle ne vous va pas aussi bien que votre costume natal, ma chérie. Revenez à vos vertugadins, ou ces Anglais s'imagineront qu'ils vous ont conquise à leurs modes. C'est une race arrogante, et ils n'auront ni pitié ni respect pour celui qui se laissera dominer par eux. Une chose encore, Majesté : n'apprenez pas leur langue. Obligez-les à vous parler dans votre propre langage...

Catherine avait toujours écouté Penalva et elle savait que la vieille dame ne parlait que par amour et tendresse pour elle. S'inclinant devant la sagesse de l'âge, elle apparut le soir même à un banquet en son antique vertugadin de soie noire. Elle lança un regard anxieux vers Charles : désapprouvait-il le changement ? Mais son visage resta insondable. Il sourit, s'inclina et lui offrit son bras.

La lune de miel fut un prétexte à divertissements sans

fin. Banquets, bals, combats de coqs, pique-niques, promenades sur le canal dans les luxueuses barques royales, pièces de théâtre jouées par des acteurs venus exprès de Londres. Tout le long du jour les escaliers, l'enfilade des pièces et des galeries étaient peuplés d'une foule brillante. Vêtus de velours prune, de satin bleu, de brocart d'or, ils bavardaient et s'agitaient de salle en salle, se promenaient sous les charmilles, voguaient nonchalamment sur la rivière. Et le son de leurs voix, s'appelant les uns les autres, riant, babillant sans trêve, atteignait Catherine, soit qu'elle fût au milieu d'eux ou – le plus souvent – retirée dans ses appartements, priant ou parlant avec ses dames et ses prêtres. Et elle aimait à les entendre, car, tout en se sentant timide et solitaire parmi eux, cela lui donnait à distance l'illusion de faire partie de leur monde joyeux, débonnaire, insouciant.

Elle ne devinait guère ce qu'ils pensaient d'elle. « Aussi laide qu'une chauve-souris ! » se disaient-ils l'un l'autre, après le premier coup d'œil, exagérant encore ses imperfections parce qu'elle ne ressemblait en rien à une Anglaise. Ils la disséquaient en société, les femmes ricanant et chuchotant derrière leurs éventails, même quand elle était dans la pièce, car elles savaient que la reine ne comprenait pas ce qu'elles disaient. Et si, par hasard, les yeux de Catherine se posaient sur l'une d'elles en souriant, vite elles se composaient un visage de circonstance, rendaient sourires pour sourires, s'inclinant, clignant de l'œil et poussant du coude leur voisine.

— Seigneur ! elle a l'air aussi prude qu'un chien à l'attache !

— Je veux être pendue si jamais j'arrive à admirer une femme avec une peau pareille ! Pourquoi diable ne met-elle pas un nuage de poudre ?

— Oh ! grand Dieu ! Le monstre qui la garde ne le lui permettrait jamais ! On prétend que cette vieille sorcière nous tient pour troupe de païens et conseille à Sa Majesté de prendre bien garde de ne pas se laisser corrompre par nous !

— Voyez ! elle roule des yeux pâmés vers le roi. Pouah ! je vous jure que cela m'écœure de voir une femme aussi folle de son mari, et en public, au vu et au su de tout le monde !

— C'est vraiment une preuve de la bonne éducation de Sa Majesté que de la supporter avec autant d'élégance.

— Oui, eh bien ! je gage qu'il ne la supportera pas longtemps ! Castlemaine a accouché la semaine dernière. Elle sera ici dans une quinzaine, et alors, nous verrons bien...

Barbara Palmer avait été faite comtesse de Castlemaine six mois auparavant.

— Le bruit court dans le palais que le roi lui a promis de la nommer dame d'honneur de la reine s'il se mariait.

— Elle affirme qu'il le fera ou qu'elle saura pourquoi !

Si détestée que fût Barbara pour son insolence et ses airs hautains, si violente la jalousie qu'elle suscitait parmi les autres femmes, elle n'en faisait pas moins corps avec elles, et toutes étaient disposées à la soutenir contre la nouvelle venue qui les outrageait par sa modestie, son effacement, son amour obstiné des modes de son pays et sa dévotion persistante à son Église. Ce n'étaient pas seulement les frivoles et les cyniques que Catherine avait soulevés contre elle. En témoignant, dès le début, une certaine affection au chancelier Clarendon, elle s'était involontairement attiré l'inimitié des personnalités les plus ambitieuses et les plus influentes de la Cour.

Mais Catherine ignorait tout cela. En dépit des avertissements répétés de Penalva, elle regardait ses nouveaux sujets et ne voyait que des femmes merveilleusement habillées, avec de brillants cheveux d'or, un air doux et heureux – des femmes qu'elle enviait tout en sachant que c'était mal –, et des hommes aux jolies manières qui se courbaient sur sa main, se découvraient largement dès qu'elle apparaissait, des hommes dont le visage impassible ne lui apprenait rien. Elle était toujours un peu effrayée par l'Angleterre, mais si éprise de son époux et si désireuse de lui plaire qu'elle cherchait à dissimuler ses craintes et ses incertitudes ; elle s'imaginait d'ailleurs y réussir parfaitement.

Et il advint qu'un soir, comme elle faisait sa toilette de nuit, Lady Suffolk, tante de Lady Castlemaine et seule dame anglaise accréditée jusqu'à présent, tendit à la reine une feuille de papier sur laquelle était inscrite une liste de noms :

— Ce sont les personnes proposées pour le service de Votre Majesté ! dit-elle. Votre Majesté veut-elle avoir la bonté de signer ?

Catherine, en chemise de nuit flottante de soie blanche, prit le papier et se dirigea vers son petit bureau. Prenant une plume, elle s'apprêtait à signer quand, soudain, le nez en bec d'aigle de Penalva apparut par-dessus son épaule.

— Ne signez pas avant d'avoir lu, Votre Majesté, chuchota-t-elle.

Catherine lui lança un regard de doux étonnement, car elle posait en principe que, si le roi avait choisi ces dames pour entourer sa femme, elles ne pouvaient être que fort bien. Mais déjà son vieux chaperon parcourait la liste en grommelant :

— ... Mrs. Price, Mrs. Wells. Grande maîtresse : Bridget Saunderson. Dames d'honneur : Lady Castlemaine...

À ce nom, sa voix s'éleva soudain, indignée, et elle se tourna vers Catherine. C'était le seul nom qui représentât quelque chose aux yeux de la reine. Car, avant son départ, sa mère – qui lui avait donné si peu de conseils au sujet de la manière d'être heureuse comme femme ou comme reine – l'avait avertie de ne jamais permettre à Lady Castlemaine de paraître en sa présence. C'était, avait dit la vieille reine douairière, une infâme coquine pour laquelle le roi avait eu de déplorables bontés au temps de son célibat.

— Comment ! dit Catherine horrifiée.

Elle jeta un regard rapide autour d'elle, rencontra les yeux froids de Lady Suffolk et lui tourna le dos :

— Que dois-je faire ? murmura-t-elle, feignant d'étudier la liste.

— Biffer le nom de cette créature, évidemment !

D'un geste rapide la vieille conseillère ramassa la plume que Catherine avait laissée tomber, la trempa dans l'encrier et la lui tendit.

— Biffez-le, Votre Majesté !

Catherine hésita, le visage troublé, l'air peiné ; puis, résolument, elle barra le nom de plusieurs traits de plume, jusqu'à ce qu'il fût effacé. Il lui semblait ainsi anéantir également toute menace contre son bonheur. Elle se retourna et s'adressa à son interprète :

— Dites à Lady Suffolk que je lui rendrai cette liste demain matin.

Une demi-heure après, Charles arriva pour la trouver seule et, comme d'habitude, agenouillée devant le petit autel qui avait été érigé tout à côté du grand lit de parade tendu de velours écarlate. Il attendit tranquillement, mais son regard fut attiré par la feuille de papier sur le bureau et le trait noir qui effaçait le nom de Lady Castlemaine. Néanmoins il ne dit rien, et, quand elle se retourna et lui sourit, il vint à elle et l'aida à se relever. Quand il s'approcha pour l'embrasser, il la sentit qui se raidissait.

Ils bavardèrent, discutant la pièce qu'ils avaient vue le soir même – une représentation de la Foire de Saint-Barthélemy, par la troupe royale –, mais tout ce temps Catherine se demandait nerveusement comment entrer en matière, souhaitant désespérément que le roi l'abordât le premier. En désespoir de cause, au moment où il s'excusait d'avoir à passer dans son cabinet de toilette, elle parla précipitamment :

— Oh ! Sire, avant que j'oublie. Lady Suffolk m'a présenté la liste ce soir, elle est là...

Elle avala sa salive et prit une profonde respiration :

— Je n'ai barré qu'un nom, je suis sûre que vous savez lequel, ajouta-t-elle hâtivement, une légère note de défiance dans la voix car Penalva lui avait bien recommandé de montrer une fois pour toutes qu'elle ne voulait pas être traitée ainsi.

Charles jeta un regard indifférent par-dessus son épaule, car il se trouvait juste à côté du petit bureau. Il se tourna lentement pour lui faire face :

— Refusez-vous une personne que vous n'avez jamais vue ?

— J'ai entendu parler d'elle.

Charles haussa les épaules et lissa sa moustache du bout du doigt, toujours souriant :

— Des commérages, dit-il. Les gens aiment tant à bavarder.

— Des commérages ! s'écria-t-elle, choquée de le voir prendre si légèrement la chose. Ce n'est pas possible. Comment ! Ma mère m'a dit...

— Je regrette, ma chère, que mes affaires personnelles soient aussi connues à l'étranger. Et puisque vous êtes si bien informée de mes erreurs, j'espère que vous voudrez bien me croire si je vous dis que cet épisode est du passé. Je n'ai plus revu cette dame depuis que nous sommes mariés et n'ai plus l'intention d'avoir jamais rien de commun avec elle. Je vous demande seulement de l'accepter, afin qu'elle n'ait pas à souffrir des affronts qui, sans cela, ne manqueront pas de lui être infligés par tous ceux qui se disaient ses amis il y a fort peu de temps encore.

— Je ne vous comprends pas, Sire. Une telle femme ne

mérite pas d'autre traitement ! Comment, elle n'était rien que votre concubine !

— Mon opinion, Madame, a toujours été que les maîtresses de rois sont aussi honorables que les femmes des autres gens. Je ne vous demande pas d'en faire votre amie, Catherine, ou même de l'avoir autour de vous : laissez-lui seulement le titre. Cela lui rendra la vie infiniment plus facile et vous touche si peu, mon cœur !

Il souriait, cherchant à la convaincre, surpris de son entêtement. Jamais il n'aurait soupçonné que cette douce et tendre petite femme eût tant de volonté.

— Je suis désolée, Votre Majesté, mais il me faut refuser. Je serais heureuse de faire n'importe quoi d'autre... mais pas cela. Je vous en prie, Sire, essayez de comprendre ce que cela signifie pour moi aussi !

Une semaine plus tard, Charles, sous prétexte de chasse, alla voir Barbara dans les terres voisines de son oncle. Elle venait juste d'y arriver et lui avait envoyé une petite lettre humble, désespérée, implorante qui, toutefois, le toucha moins que le parfum dont elle était imprégnée, cette lourde odeur entêtante de muse qu'elle répandait autour d'elle. Hors d'haleine d'avoir tant couru, elle le rejoignit comme il pénétrait dans l'immense hall aux murs ornés de bois de cerfs, d'anciennes armures et d'armes à feu. Il se tourna vers elle et vit une femme plus belle encore que celle dont il avait gardé le souvenir – il avait la mémoire courte en ces choses –, avec des yeux violets tout brillants, une épaisse toison bouclée encadrant son visage, vêtue d'une robe de soie amarante infiniment seyante.

— Votre Majesté !

Elle lui fit une profonde révérence et sa tête s'inclina gracieusement. Les yeux clos, elle poussa un petit soupir quand il se pencha pour déposer un baiser sur sa joue. Puis elle prit son bras, et ils gravirent le grand escalier qui menait aux appartements principaux.

— Vous avez très bonne mine ! dit-il, ignorant volontairement ses efforts visibles pour le séduire. J'espère que vos couches n'ont pas été trop pénibles.

Elle rit gaiement et lui serra doucement le bras, aussi gaie et charmante que durant les premières semaines de leur liaison, avant la Restauration.

— Pénibles ! Oh ! grand Dieu ! Votre Majesté, vous savez bien ce qu'il en est avec moi ! Je préfère avoir un bébé qu'un accès de fièvre ! Oh ! mais attendez de l'avoir vu ! Il est si joli et tout le monde dit que c'est votre portrait !

Elle n'en avait pas dit autant de son premier enfant.

L'évêque attendait dans la chapelle, ainsi que Lord Oxford, Lady Suffolk et le bébé. Quand la cérémonie du baptême fut terminée, Charles admira son fils, le prit dans ses bras, avec l'air de quelqu'un qui s'y connaît. Mais l'enfant se mit à pleurer et il fallut le renvoyer à la nursery. Les autres se rendirent dans un petit salon où les attendaient du vin et des gâteaux, et Barbara manœuvra habilement de manière à emmener le roi, sous prétexte de lui montrer un coin du jardin.

Mais elle délaissa bien vite les roses et les tilleuls en fleur :

— Et maintenant vous êtes marié ! murmura-t-elle, levant sur lui des yeux tristes et tendres. J'ai entendu dire que vous étiez très épris !

Il la considéra d'un air irrité, laissant courir son regard du beau visage et des cheveux à la poitrine ronde et à la taille bien prise. Il respirait l'odeur légèrement lascive de son parfum, et ses yeux s'obscurcirent. La nature voluptueuse de Charles désirait retrouver une femme dont il pût éveiller les sens et qui sût éveiller les siens. Catherine l'adorait, mais il trouvait lassantes son innocence et son instinctive retenue.

Il sifflota légèrement et serra les dents :

— Je suis très heureux, je vous remercie.

Elle eut un sourire imperceptiblement ironique :

— J'en suis heureuse, Sire, pour l'amour de vous.

Puis elle soupira de nouveau et regarda pensivement par la fenêtre :

— Vous ne pouvez imaginer à quel point j'ai été malheureuse à Londres après votre départ. Les portiers eux-mêmes et les trimardeurs m'insultaient dans les rues ! Si vous ne m'aviez promis une charge de dame d'honneur auprès de la reine, je ne sais comment je pourrais faire face !

Le roi fronça les sourcils, car c'était bien à cela qu'il s'attendait et ce qu'il redoutait. Évidemment, sa tante lui avait tout raconté :

— Je suis certain que vous exagérez, Barbara. Je crois que vous ferez très bien votre chemin, en dépit de tout.

Elle tourna rapidement la tête, les yeux grands ouverts, la pupille dilatée :

— Que signifie « en dépit de tout » ?

— Eh bien ! cela est regrettable, mais ma femme a barré votre nom. Elle déclare vous refuser comme dame d'honneur.

— Elle refuse ! Allons, c'est ridicule ! Pourquoi ? Je suis d'assez bonne famille, je pense ! Et quel mal puis-je lui faire, désormais ?

— Aucun, dit-il d'un ton péremptoire. Mais n'empêche qu'elle ne vous veut pas. Elle ne comprend pas la manière dont nous vivons en Angleterre. Je lui ai dit que je...

Barbara le dévisagea d'un air horrifié :

— Vous lui avez dit qu'elle pouvait ne pas me prendre, fit-elle en un murmure épouvanté. Comment avez-vous pu faire une chose pareille !

Ses yeux s'étaient emplis de larmes et, en dépit des

signaux de Lady Suffolk, elle haussait le ton, un tremblement précurseur de la crise de nerfs dans la voix.

— Comment avez-vous pu agir ainsi envers une femme qui vous a sacrifié sa réputation, a été abandonnée par son mari, jetée en pâture à la malveillance du monde... tout cela pour vous avoir rendu heureux ! Oh !...

Elle se détourna, appuyant son front contre la croisée, une main crispée sur sa bouche, et poussa un rauque sanglot :

— Oh ! je voudrais être morte à la naissance de mon bébé ! Je n'aurais plus désiré vivre si j'avais pu penser que vous agiriez ainsi !

Charles avait l'air plus ennuyé que sympathique ou bourrelé de remords. Son souhait était que la question fut liquidée. Au bénéfice de Barbara ou de Catherine, peu lui importait. Les deux points de vue se défendaient, se disait-il, mais une femme ne voit jamais qu'un seul côté de la question.

— Très bien ! dit-il. Je lui en reparlerai.

Mais il préféra confier cette tractation délicate au chancelier, en dépit des protestations véhémentes du vieil homme qui eût préféré envoyer Lady Castlemaine en exil, par-delà les mers.

Clarendon sortit de son entretien avec la reine en épongeant son visage cramoisi et en hochant la tête, boitillant de surcroît à cause d'un pied atteint de la goutte. Charles attendait dans son laboratoire et le chancelier s'y dirigea tout droit, mais le long des galeries un murmure et des sourires accompagnèrent le gros et solennel petit homme. Car le différend entre Leurs Majestés faisait le bonheur de la Cour.

— Eh bien ? interrogea le roi se levant de la table où il écrivait une lettre à Minette, devenue Madame, duchesse d'Orléans et troisième dame de la Cour de France.

— Elle refuse, Votre Majesté !

Le chancelier s'assit sans cérémonie, car il était fatigué, découragé et son pied lui faisait mal.

— Pour une femme qui paraît douce et obligeante...

Il s'épongea encore la face.

— Que lui avez-vous dit ? Lui avez-vous expliqué que...

— Je lui ai tout dit ! Je lui ai affirmé que Votre Majesté n'avait plus aucune relation avec cette dame et n'en aurait plus jamais. Je lui ai dit que Votre Majesté avait la plus grande affection pour elle et ferait un excellent mari, si seulement elle consentait à céder sur ce point. Oh ! Je supplie Votre Majesté de ne pas me renvoyer chez elle. Je n'ai aucun goût pour cette affaire ; vous connaissez mon avis.

— Je n'ai que faire de votre avis ! rétorqua Charles, qui d'ordinaire écoutait avec patience et nonchalance les critiques du chancelier sur ses manières, ses goûts et ses idées. Comment était-elle quand vous l'avez quittée ?

— Elle répandait de tels flots de larmes qu'elle doit en être dissoute à l'heure qu'il est !

Ce soir-là Charles entra chez sa femme dans un état d'esprit provocant et résolu. Il avait eu une mère dominatrice. Il s'était involontairement choisi une maîtresse dominatrice, mais il n'avait pas l'intention de se laisser couver par sa femme. Il était certainement moins intéressé par le sort de Barbara Palmer que par le fait de bien convaincre sa femme que c'était à lui et non à elle de prendre les décisions. Catherine l'accueillit également avec un air de défi, bien qu'ils eussent, une heure auparavant, échangé de charmants sourires en écoutant un chœur d'eunuques italiens.

Il s'inclina :

— Madame, j'espère que vous allez être raisonnable.

— Je le suis, Sire, si vous l'êtes.

— Je vous demande cette unique faveur, Catherine. Si vous me l'accordez, je vous promets que ce sera la dernière chose pénible que j'exigerai de vous.

— Mais la seule chose que vous demandiez est bien la plus pénible qu'un homme puisse exiger de sa femme. Je ne peux le faire ni ne le veux !

Frappant le sol de son pied menu, elle s'écria avec une passion furieuse qui le stupéfia :

— Et si vous m'en reparlez, je rentrerai chez moi, au Portugal !

Un instant elle l'affronta du regard, puis éclata en sanglots, se détourna et se cacha le visage dans les mains.

Ils restèrent un long moment silencieux, Catherine cherchant à se maîtriser mais se demandant avec désespoir pourquoi il ne s'approchait pas d'elle, ne la prenait pas dans ses bras en lui disant qu'il comprenait l'impossibilité où elle se trouvait d'accepter son ex-maîtresse pour dame d'honneur. Il lui avait toujours paru si bon, si gentil, si tendre, qu'elle ne pouvait comprendre ce qui l'avait changé à ce point. S'il tenait tant à ce que cette femme ait cette place, il devait l'aimer encore !

Charles, son entêtement une fois éveillé, se vit pour le reste de ses jours l'humble esclave d'un petit despote tyrannique. Il n'était pas trop tôt pour lui apprendre qu'il entendait rester maître chez lui.

— Très bien Madame, dit-il enfin. Mais avant que vous ne partiez, je crois qu'il serait prudent de savoir si votre mère désire vous voir. Dans ce but, je vais y envoyer vos gens.

Catherine le contempla avec une stupeur incrédule. Ces hommes et ces femmes qui représentaient tout ce à quoi elle pouvait se raccrocher dans ce terrible pays étranger lui étaient, maintenant que son mari se tournait contre elle, plus nécessaires que jamais.

— Oh ! je vous en prie, Sire.

Il s'inclina :

— Bonne nuit, Madame.

Au grand soulagement amusé de la Cour, la plupart des

laiderons de la suite de Catherine quittèrent peu après le palais. Charles ne donna l'autorisation de rester qu'à Penalva, aux prêtres et à quelques filles de cuisine. Il ne prit pas la peine de les charger d'une lettre explicative : il espérait que la reine douairière comprendrait son mécontentement, car elle avait payé la plus grande partie de la dot – au dernier moment – en sucre et en épices au lieu de l'or prévu.

Le désaccord entre eux subsista de longs jours. Catherine passait la plus grande partie du temps dans ses appartements et, quand elle apparaissait, les deux époux se parlaient à peine. Les courtisans, au jardin ou aux combats de coqs, se demandaient l'un l'autre :

— Assistez-vous au tournoi royal cet après-midi ?

Les jeunes souhaitaient le triomphe de Barbara Palmer, car elle incarnait leur propre manière de vivre ; les vieux et les sages sympathisaient avec la reine, mais déploraient qu'elle ne connût pas mieux les hommes et ne sût pas que le tact et l'adresse accomplissent parfois ce que les menaces sont impuissantes à obtenir. Comme toujours, Charles écoutait les avis des deux camps. Mais tout en prêtant une oreille polie à chacun, il ne se laissait pas plus influencer que d'habitude. Quand son agrément ou son confort étaient en jeu, il prenait lui-même ses décisions.

La reine Henriette-Marie annonça sa visite et Charles n'entendait pas qu'elle arrivât pour trouver une femme boudeuse et une maison sens dessus dessous. Décidé à trancher la question une fois pour toutes, il fit demander à Barbara de venir à Hampton Court.

Une chaude après-midi de fin juillet, le salon de Catherine était aussi plein qu'il pouvait l'être, et ceux qui ne parvenaient pas à se frayer un passage restaient dans l'antichambre. Il flottait dans l'air une sorte de tension que Catherine percevait mais ne comprenait pas, si ce n'était que Charles n'avait pas encore fait son entrée. En dépit d'elle-même, elle continuait de lancer des regards anxieux vers la porte. Car il venait toujours et, même quand il l'ignorait, sa présence lui procurait une sorte de réconfort. En ce moment, Catherine se sentait seule, abandonnée, faisait effort pour sourire et se mordait la lèvre pour l'empêcher de trembler. « Oh ! songeait-elle avec désespoir, comme je voudrais n'être jamais venue en Angleterre ! Je voudrais n'être pas mariée. Je voudrais rentrer chez moi ! J'y étais heureuse... »

Elle se remémorait avec regret les longs après-midi tranquilles dans le jardin du couvent, au bon soleil portugais, quand, assise avec ses pinceaux et sa palette, elle essayait de rendre le contraste des murs blancs et des ombres bleues, ou qu'elle travaillait à l'aiguille, au murmure des chants venant de la chapelle. Quel monde reposant et calme ! Comme elle enviait la Catherine de jadis pour tout ce qu'elle ignorait.

Soudain elle le vit et se raidit. D'un coup toute tristesse et toute langueur rêveuse disparurent. Alerte, vive, heureuse bien qu'elle sût qu'il n'aurait aucune attention, un léger sourire effleura ses lèvres. « Comme il est grand, songea-t-elle, et beau ! Oh ! je l'aime. » Elle avait à peine vu qu'une femme en dentelles blanches pailletées d'argent marchait à ses côtés.

Comme ils avançaient, un silence plein d'attente se fit, chaque œil aux aguets, chaque oreille tendue. Mais ce ne fut pas avant que Charles, d'une voix basse mais parfaitement distincte, ait prononcé son nom, que Catherine se tourna vers elle en tendant sa main à baiser, tandis que la femme pliait le genou devant elle.

Au même instant, elle sentit une main sur son épaule et Penalva lui siffla à l'oreille :

— C'est la Castlemaine !

Catherine retira involontairement sa main et ses yeux se

tournèrent vers Charles, surpris, incrédules, interrogateurs. Il l'observait simplement, le visage dur et attentif, l'attitude froide et provocante, comme pour lui demander si elle oserait à présent refuser. Puis elle regarda Lady Castlemaine, qui s'était relevée, et eut la vision inoubliable de ce beau visage, aux lèvres qui se retroussaient finement tandis que les yeux brillaient de triomphe et d'ironie.

Catherine se sentit soudain faible et malade. Le monde chavira autour d'elle, le bourdonnement de ses oreilles l'empêcha de rien entendre et, brusquement, tout s'obscurcit. Elle tomba en avant, retenue par les soins de deux pages et par la comtesse de Penalva qui lança à Charles un regard de haine froide, impitoyable.

Le roi eut une expression d'horreur et, involontairement, il étendit la main. Mais il se reprit aussitôt et resta debout, silencieux, tandis que la reine était transportée hors de la salle.

XVIII

Grâce à la situation de Rex Morgan à la Cour, Ambre put, du haut de l'un des toits du palais, assister à l'entrée solennelle du roi et de la reine à Londres.

Aussi loin qu'il était possible de voir, les deux rives de la Tamise regorgeaient d'une foule bondée. Les barques, sur l'eau, étaient si proches les unes des autres qu'un homme eut aisément franchi à pied la distance entre Westminster Hall et Charing Cross. Les bannières claquaient à la brise et des guirlandes de fleurs traînaient dans la rivière. La musique jouait et le canon tonna le long de la rive quand la première des grandes barques officielles, toutes dorées, apparut, tandis que les cris et les acclamations lui faisaient écho et que les cloches de la ville sonnaient à toute volée.

Ambre, les cheveux au vent, se tenait à un angle, très près du bord, cherchant à tout voir. Elle était accompagnée de trois jeunes gens qui venaient de Hampton Court et lui avaient justement raconté l'histoire de l'évanouissement de la reine en présence de Lady Castlemaine et combien le roi en avait été irrité, car il l'accusait de l'avoir fait exprès pour le mettre dans une situation embarrassante.

— Depuis, disait l'un d'eux, cette dame assiste à tous les bals et à toutes les fêtes, et l'on dit que Sa Majesté couche de nouveau avec elle.

— L'en blâmez-vous ? fit l'un des deux autres. C'est une charmante créature... quant à cette personne au teint olivâtre...

— Ma parole ! interrompit le troisième. N'est-ce pas le comte lui-même, là-bas ?

Ils se poussèrent du coude et échangèrent des regards entendus, mais Roger Palmer les ignora. Ils tournèrent alors leur attention vers le cortège, car les grandes barques défilaient à présent au-dessous d'eux. Quelques minutes après, Barbara elle-même apparut sur le toit. Elle était suivie de sa jolie femme de chambre, Mrs. Wilson, et d'une nurse portant son petit garçon. Elle fit une révérence courtoise à son époux, qui s'inclina froidement, et fut immédiatement entourée par les trois jeunes cavaliers qui avaient abandonné Ambre sans un mot d'excuse.

Irritée et pleine de ressentiment à la seule vue de cette femme qu'elle méprisait, Ambre se détourna. « Je ne vais pas rester à la contempler comme une bonne petite provinciale admire une exhibition de marionnettes ! » se dit-elle avec fureur. Mais personne autour d'elle ne paraissait penser ainsi.

Peu après, elle fut surprise par le son d'une voix

masculine singulièrement familière : une main se posa sur son épaule : c'était celle du comte d'Almsbury qui lui souriait :

— Non ! mais je veux être pendu ! disait-il. N'est-ce pas là Madame Saint-Clare ?

Il l'embrassa, et elle fut si charmée par la chaleur de son sourire, l'admiration qu'elle lisait dans ses yeux qu'elle lui pardonna instantanément de l'avoir oubliée quand elle était à Newgate.

— Comment, Almsbury !

Les questions se pressèrent immédiatement sur ses lèvres : Où est Bruce ? l'avez-vous vu ? Est-il de retour ? Mais son orgueil l'empêcha de les formuler. Il se recula de quelques pas et l'examina de la tête aux pieds :

— Vous paraissez en bonne forme, mon cœur ! Vous avez fait votre chemin, ce me semble...

Du coup, Ambre oublia Luc Channel, Newgate et White-friars. Elle répondit légèrement :

— Oh ! pas mal, merci. Je suis actrice maintenant... au Théâtre Royal !

— Non !... J'ai entendu dire qu'ils avaient des femmes sur la scène, mais vous êtes la première que je vois. Je viens de passer deux ans à la campagne.

— Oh ! alors vous n'avez jamais reçu ma lettre ?

— Non... M'avez-vous écrit ?

Elle eut un geste insouciant :

— C'était il y a longtemps, il y a eu un an et demi en décembre.

— J'ai quitté la ville immédiatement après... vers la fin août 60. J'ai cherché à vous retrouver, mais l'hôtelier du *Royal Sarrasin* m'a dit que vous aviez déménagé pour un endroit inconnu. Je suis moi-même parti dès le lendemain pour le Herefordshire. Sa Majesté m'ayant rendu mes terres.

À ce moment, le bruit devint assourdissant, car la barque

royale avait atteint le quai, et le roi et la reine débarquaient tandis que la reine mère venait à leur rencontre.

— Grand Dieu ! s'exclama Ambre. Comment diable Sa Majesté est-elle habillée ?

À distance, la robe rigide de la reine la faisait paraître aussi large que haute.

— C'est un vertugadin ! cria Almsbury. C'est la mode au Portugal.

Quand la foule commença de se disperser, Almsbury offrit son bras à Ambre et lui demanda la permission de la raccompagner chez elle. Sur leur passage ils rencontrèrent Barbara qui causait avec un homme coiffé d'un feutre à larges bords. Elle gratifia Almsbury d'un sourire et d'un geste amical, mais ses regards se posèrent sur Ambre avec une hostilité non dissimulée. Ambre releva le menton, baissa les yeux et s'en fut, sans paraître rien voir.

Sa voiture l'attendait dans King Street, mêlée à beaucoup d'autres, juste devant les grilles du palais, et à sa vue Almsbury ne put retenir un sifflement :

— Peste ! Je ne croyais pas que la profession d'actrice fût si bien rémunérée !

Ambre prit le manteau que lui tendait Jeremy et le jeta sur ses épaules, car le soir tombait. Relevant ses jupes, elle lui lança un sourire malin.

— La profession, peut-être pas ! Mais il y a d'autres avantages.

Et elle s'installa en riant, tandis qu'il montait lourdement auprès d'elle.

— Ainsi, notre innocente petite paysanne a fini par écouter le Diable tentateur ?

— Que pouvais-je faire après...

Elle s'interrompit brusquement, rougit, et poursuivit hâtivement :

— J'ai découvert qu'il n'y avait, pour une femme, qu'un seul moyen de réussir dans le monde.

— Un moyen pour réussir, ou... Quel est votre protecteur ?

— Le capitaine Morgan, des Gardes à cheval de Sa Majesté. Le connaissez-vous ?

— Non ! Je crois que je ne suis plus à la page, en protecteurs comme en habits. Rien ne rend un homme plus vieux jeu qu'une femme et une propriété à la campagne !

— Oh ! alors, vous êtes marié ?

Ambre eut un sourire espiègle, comme si elle commettait une indiscrétion.

— Oui, je suis marié. Il y aura deux ans le 5 du mois prochain. Et j'ai deux garçons, l'un qui a un peu plus d'un an et l'autre qui est né il y a deux mois. Et – hem ! – n'étiez-vous pas...

Il hésitait, mais ses yeux l'enveloppaient d'un regard interrogateur.

— J'ai un garçon, moi aussi ! s'écria Ambre, incapable de se contenir plus longtemps. Oh ! Almsbury, vous devriez le voir ! Il ressemble tellement à Bruce ! Dites-moi, Almsbury : où est-il ? Est-il revenu à Londres ? L'avez-vous vu ?

Elle ne cherchait plus à simuler l'indifférence et l'indépendance. Elle était heureuse avec Rex et croyait avoir cessé d'aimer Bruce Carlton, mais la vue seule d'Almsbury avait tout remué en elle.

— J'ai entendu dire qu'il était à la Jamaïque, et qu'il partait de là pour arraisonner les navires espagnols. Grand Dieu, mon cœur, vous n'allez pas me dire que vous êtes toujours...

— Et après ! s'écria Ambre, des larmes dans la voix, en détournant rapidement la tête pour regarder par la portière.

Almsbury prit un ton apaisant. Se rapprochant d'elle, il lui passa un bras autour de la taille :

— Voyons, mon cœur. Je suis désolé !

Elle appuya sa tête contre son épaule :

— Quand pensez-vous qu'il revienne ? Il y a deux ans déjà...

— Je l'ignore, mais j'imagine qu'un de ces jours, quand nous nous y attendrons le moins, il débarquera.

— Et il restera ici, alors, n'est-ce pas ? Il ne repartira plus ?

— Je crains que si, mon cœur. Voici vingt ans que je connais Carlton, et il n'a fait qu'aller et venir. Il ne reste jamais longtemps en place. Ce doit être son sang d'Écossais qui le pousse aux aventures.

— Mais les choses sont autres, maintenant que le roi est de retour. Quand il aura de l'argent, il pourra vivre à la Cour, sans avoir besoin de se « mettre à plat ventre », comme il dit...

— Mais c'est qu'il n'aime pas la Cour !

— Il n'aime pas la Cour ! Voyons, c'est ridicule ! L'endroit où tout le monde voudrait pouvoir vivre !

Almsbury haussa les épaules :

— N'empêche qu'il ne l'aime pas. Personne, d'ailleurs, mais rares sont ceux qui ont le courage de la quitter.

Ambre eut un geste de dépit et se prépara à descendre, car elle était arrivée.

— C'est idiot ! murmura-t-elle, mécontente.

Sa femme de chambre, Gatty, n'était pas là, Ambre l'ayant autorisée à aller voir le cortège, puis ensuite à passer chez son père. Elle avait renvoyé Prudence depuis longtemps, un jour que, rentrée inopinément, elle avait trouvé la jeune personne se pavanant dans sa plus jolie robe neuve. Il y en avait eu deux autres ensuite, avant Gatty : l'une renvoyée pour vol et l'autre pour paresse. Ambre ordonna donc à Jeremy d'aller chercher un en-cas chez un traiteur voisin qui vendait d'excellents plats français, fabriqués par des Anglais. Elle recevait tous ses repas de la taverne ou de la crémerie la plus proche.

Non sans orgueil elle lui fit visiter son appartement, insistant sur les moindres détails. Rex était généreux et lui donnait à peu près tout ce qu'elle voulait. Aussi passait-il la plupart de son temps, en dehors du service, à jouer dans une taverne ou à Croom Porter's Lodge.

Parmi ses récentes acquisitions se trouvait une commode en bois de rose, un écran chinois de laque noire, et, coiffant la cheminée, trônait un grand portrait d'elle-même.

— Comment me trouvez-vous ? demanda-t-elle, l'indiquant du geste, tout en posant son manchon et son éventail.

Almsbury, les mains dans les poches, se recula et l'examina en dodelinant de la tête :

— Eh bien ! mon cœur, je préfère vous avoir revue d'abord en chair et en os, sinon j'aurais craint que vous n'eussiez engraissé ! Et qui donc a posé pour la bouche ? Ce n'est pas la vôtre !

Elle rit et lui fit signe d'entrer dans la chambre, tandis qu'elle défaisait son chignon.

— La campagne ne vous a guère changé, Almsbury ! Vous êtes tout aussi courtisan qu'autrefois. Mais vous devriez voir la miniature que Samuel Cooper a faite de moi. Je suis censée être Aphro... je ne sais plus... enfin, Vénus, sortant de l'onde. Je me tiens ainsi... (elle prit une pose fort gracieuse) et je ne porte pas le moindre vêtement.

Almsbury, assis à califourchon sur une chaise basse, les bras croisés sur le dossier, fit entendre un hum ! appréciateur.

— Évidemment, ce ne doit pas être mal. Où est-elle ?

— C'est Rex qui l'a. Je la lui ai offerte pour son anniversaire : depuis, il la porte toujours avec lui, sur son cœur !

Elle sourit malicieusement et entreprit de délacer sa robe.

— Il est follement amoureux de moi, Seigneur ! il voudrait même m'épouser !

— Et vous acceptez ?

— Non !

Elle secoua vigoureusement la tête pour bien indiquer qu'elle ne désirait pas discuter la question.

— Je ne veux pas me marier !

Elle prit sa robe d'intérieur et passa derrière le paravent. Sa tête et ses épaules étaient seules visibles et elle bavardait gaiement avec le comte, tout en se déshabillant.

Le garçon arriva et ils passèrent à la salle à manger pour se restaurer. Rex lui avait fait dire qu'il serait retenu assez tard au palais, sinon jamais elle n'eût osé dîner seule avec un homme, vêtue d'une simple robe d'intérieur de satin. Car elle avait découvert depuis longtemps que Rex ne plaisantait pas sur la question et entendait la garder pour lui seul. Il empêchait les jeunes beaux de l'entourer et de la serrer de trop près au théâtre, et décourageait leurs tentatives de visites, bien que toutes les actrices tinssent leur cour chez elles, tout comme les grandes dames, recevant par exemple de nombreux admirateurs pendant leur toilette. Le résultat avait été que, depuis quelques mois, ils avaient pour ainsi dire abandonné Mrs. Saint-Clare. Rex avait la réputation d'un escrimeur hors ligne, et la plupart de tous ces jeunes poseurs préféraient consulter un apothicaire pour un furoncle qu'un chirurgien pour une blessure.

Pendant le repas, Ambre et le comte bavardèrent avec tout l'entrain de vieux amis qui ne se sont pas vus depuis longtemps et ont beaucoup à se dire. Elle lui parla de ses succès et non de ses échecs, de ses triomphes, mais pas de ses défaites. Il ne sut rien de Luc Channel ni de Newgate, de Maman Bonnet-Rouge et de Whitefriars. Elle prétendit posséder encore une bonne partie des cinq cents livres de Lord Carlton, déposées chez l'orfèvre, et il reconnut qu'elle avait été infiniment plus avisée que la plupart des jeunes provinciales jetées seules dans Londres.

Ce ne fut que deux heures après, comme ils étaient assis sur sa grande chaise longue de velours vert, des verres vides à la main, contemplant les dernières lueurs du foyer, qu'Almsbury l'attira vers lui et l'embrassa. Elle hésita un instant, le corps raidi, songeant à Rex et à sa fureur s'il apprenait qu'un autre homme l'avait embrassée. Puis – parce qu'elle aimait bien Almsbury, et parce qu'il lui rappelait Bruce – elle s'abandonna sans protester, jusqu'à ce qu'il lui demandât de passer dans la chambre à coucher.

Brusquement, elle rejeta ses cheveux en arrière et rajusta son corsage :

— Oh ! Lord Almsbury ! Je ne peux pas. Je n'aurais jamais dû vous laisser croire que je le pourrais !

Elle se leva, légèrement grisée par le vin qu'elle avait bu, et s'appuya contre la cheminée.

— Bon Dieu ! Ambre ! je pensais que vous aviez grandi !

Il paraissait exaspéré.

— Ce n'est pas cela, Almsbury. C'est parce que je...

Elle allait dire « parce que j'attends toujours Bruce » mais elle s'arrêta avant de reprendre :

— C'est à cause de Rex. Vous ne le connaissez pas. Il est aussi jaloux qu'un tuteur de comédie. Il vous tuerait comme rien... et me renverrait !

— Pas s'il l'ignore !

Elle sourit, sceptique, et se tourna pour le mieux voir, bien que ses cheveux lui tombassent sur le visage.

— Existe-t-il un homme capable de coucher avec une femme et de ne pas s'en vanter à ses amis moins d'une heure après ? Les beaux galants disent que la bonne moitié du plaisir consiste à le raconter.

— Oui, eh bien ! je ne suis pas un galant, et vous le savez fichtre bien ! Je suis simplement un homme amoureux de vous ! Il est possible que j'aie tort de le dire. J'ignore au reste si je vous aime réellement. Mais je vous ai désirée depuis le premier jour où je vous ai vue. Vous savez que c'est vrai, aussi ne me faites pas attendre plus longtemps. Combien voulez-vous ? Je vous donne deux cents livres, portez-les à votre orfèvre pour les mauvais jours...

L'argent était évidemment un bon argument, mais la pensée que Bruce pût être un jour au courant – et en serait attristé – fut plus convaincante encore.

Il était vrai – ainsi qu'Ambre l'avait dit à Almsbury – que Rex Morgan désirait l'épouser. Durant les sept mois écoulés, ils avaient été parfaitement heureux, menant une vie quasi conjugale. Ils prenaient un plaisir instinctif à faire les choses ensemble, et tout était embelli par le simple fait d'être deux.

Durant l'été, ils avaient été réunis la plupart du temps : le roi n'étant pas en ville, Rex n'avait plus d'obligations officielles, et les théâtres étaient toujours fermés à cette époque pendant plusieurs semaines, bien que par deux fois Ambre fut allée avec le reste de la troupe jouer devant Leurs Majestés, à Hampton Court. Accompagnés de Prudence, de Gatty, ou de quelque autre servante, ils préparaient un panier, et partaient en de chaudes après-midi de juin dîner sur l'herbe dans les environs du joli petit village d'Islington. Souvent ils découvraient un coin tranquille au bord de la rivière, se déshabillaient et se baignaient en jouant à s'éclabousser. Puis, tandis qu'elle faisait sécher ses cheveux, Rex pêchait quelques poissons qu'ils rapportaient à la maison. Ou bien encore, ils remontaient la rivière dans une barque louée, Ambre laissant tremper ses pieds nus dans l'eau, et riant de tout son cœur des discussions de Rex avec les mariniers, de vieux bandits à la langue bien pendue, qui l'amusaient à crier des obscénités à tous ceux qui s'aventuraient sur l'eau. Ils débarquaient à Chelsea, s'allongeaient rêveusement dans l'herbe épaisse, contemplant les nuages, Ambre remplissait sa jupe de fleurs sauvages, jonquilles dorées, jacinthes bleues, églantines. Puis elle défaisait le panier, étendait une nappe blanche, posait la langue de bœuf en conserve, la salade que le célèbre cuisinier français du Châtelin avait préparée pour elle et agrémentée d'une vingtaine d'herbes différentes, de beaux fruits mûrs et une poussiéreuse bouteille de bourgogne.

Ils se disputaient très rarement, seulement quand, à tort ou à raison, la jalousie de Rex était éveillée, bien que jamais elle ne lui eût été infidèle. Mais elle allait une fois par semaine en voiture dans le Kingsland pour voir son bébé. Pendant longtemps, elle parvint à lui cacher ces visites, mais un jour, à son grand étonnement, il l'accusa d'être partie avec un autre homme. Au cours de la violente dispute qui suivit, elle lui dit où elle avait été, et lui apprit qu'elle avait été mariée. Pendant deux ou trois jours, il en parut fort irrité, mais, en dépit de tous ses mensonges contradictoires, il ne paraissait pas l'aimer moins et réitéra même sa demande de l'épouser. Auparavant, elle avait refusé en tournant la chose en plaisanterie, mais à présent elle lui fit observer que c'était impossible. La bigamie était punie de mort.

— Il ne reviendra jamais, dit Rex. Et si jamais il réapparaissait, eh bien ! laissez-moi faire. Je m'arrangerai pour que vous soyez veuve et non bigame.

Mais Ambre ne put s'y décider. Elle conservait une horreur persistante du mariage, qui lui apparaissait comme une sorte de piège dans lequel, une fois prise, une femme se débat sans espoir. Il donnait à l'homme tous les droits sur son corps, son esprit et sa bourse. Car aucun juge dans le pays ne s'intéresserait à sa détresse. La crainte d'être poursuivie pour bigamie ne constituait cependant pas la véritable raison de son refus. Elle hésitait, car, au fond de son cœur, elle nourrissait le démon de l'ambition qui ne lui laissait aucun repos.

Si j'épouse Rex, se disait-elle, quelle sera ma vie ? Il m'obligera à quitter le théâtre et il me faudra recommencer à avoir des enfants. (Rex, sans le connaître, en voulait à l'enfant qu'elle avait eu, croyait-il de son premier mari, et désirait ardemment avoir un fils.) Fort probablement, il deviendrait encore plus jaloux et se mettrait dans tous ses états pour peu qu'elle rentrât une demi-heure en retard du Change, ou sourît à un gentleman dans la rue. De plus, selon toute apparence, il ne resterait pas aussi généreux qu'il l'était à présent. Et, songeait-elle, si je dépense trente livres pour une nouvelle robe, cela fera un drame, il me dira que mon manteau de l'an dernier suffit bien. Et puis j'engraisserai, je prendrai un gros derrière, et je deviendrai une matrone… avant mes vingt ans, ma vie sera finie ! Non, je préfère mon existence actuelle. J'ai tous les avantages d'une femme mariée, car il m'aime et ne m'abandonnera pas, et aucun des inconvénients, car je suis libre, maîtresse de moi et je peux le quitter quand il me plaira.

Elle avait entendu dire que le roi Charles l'avait plus d'une fois signalée comme étant la plus jolie femme de la scène, en particulier après la dernière représentation d'Hampson Court, où il aurait dit qu'il enviait l'homme s'occupant d'elle.

Une quinzaine environ après le retour d'Almsbury, Ambre prit une nouvelle femme de chambre. Elle avait renvoyé Gatty un jour que la jeune fille l'avait surprise en train de prendre son bain en bavardant avec Almsbury. Ambre l'avait aussitôt expédiée en la prévenant que Sa Grâce avait une haute situation à la Cour et lui ferait couper la langue si elle s'avisait de dire un mot de ce qu'elle avait vu. Quant à Rex, elle justifia le renvoi par le fait que la fille était enceinte. Puis elle avait envoyé Jeremy porter un mot à une femme de la cathédrale Saint-Paul qui s'occupait de placement.

Ce même jour, comme elle allait du New Exchange à une répétition, sa voiture fut soudain arrêtée en pleine rue et tandis que Tempête invectivait le conducteur qui lui bouchait le passage, la portière s'ouvrit brusquement et une jeune fille se précipita à l'intérieur. Elle était échevelée, l'air hagard.

— Je vous en prie, Madame ! cria-t-elle, dites-lui que je suis à votre service !

Son joli visage avait une expression suppliante et sa voix implorait :

— Oh ! Jésus ! Le voilà. Je vous en prie, Madame !

Elle lança un dernier regard suppliant sur Ambre et se blottit dans un coin de la voiture, rabattant son capuchon sur ses boucles blond-roux.

Ambre la regardait avec stupeur, mais, avant qu'elle ait pu dire un mot, la portière s'ouvrit violemment et un archer passa la tête dans l'ouverture. Ambre eut un involontaire mouvement de recul. Se souvenant qu'un agent ne pouvait rien sur elle à présent, elle se ressaisit. Il esquissa une sorte de salut, la prenant évidemment pour une dame de qualité :

— Désolé de vous déranger, Madame, mais cette fille vient de voler un pain. Au nom du roi, cria-t-il, je vous arrête !

Et il tendit le bras pour s'emparer de la malheureuse. Ambre lui donna un coup sec sur le poignet avec son éventail :

— Que faites-vous donc ? Cette fille est ma femme de chambre. Lâchez-la, je vous prie.

Il la regarda, stupéfait :

— Voyons, Madame, je ne voudrais pas accuser une dame de mensonge – mais elle vient de voler un pain à cette échoppe, là-bas. Je l'ai vue de mes yeux.

Et il se pencha davantage encore, attrapant la jeune fille par le pied et la tirant à lui. Une foule de curieux commençait à s'amasser au-dehors, et comme Ambre le repoussait d'un violent coup de pied et d'une bourrade qui l'envoya vaciller quelques pas en arrière, un gros rire joyeux accueillit cet exploit. L'agent se recula. Alors Ambre, claquant la portière, pencha la tête au-dehors :

— Vite, en route, Tempête !

Et la voiture partit à toute allure, laissant le représentant de la justice reprendre tant bien que mal son équilibre.

Pendant un moment les deux femmes restèrent silencieuses, la jeune fille jetant à Ambre un regard plein de gratitude tandis que celle-ci était encore haletante de la colère et de l'agitation que la seule vue de l'agent avait soulevées en elle.

— Oh ! Madame ! s'écria finalement la coupable, comment vous remercier ? Sans vous, il m'aurait emmenée à Newgate. Mon Dieu ! je ne l'avais pas vu avant qu'il m'agrippe, et alors j'ai couru... j'ai couru aussi vite que je pouvais, mais cette grosse vieille bête était sur mes talons ! Oh ! merci, Madame, merci un million de fois ! C'est tellement bon à une grande dame comme vous de s'occuper de gamines comme moi ! Qu'est-ce que cela pouvait bien vous faire que j'aille à Newgate ?...

Elle parlait d'une jolie voix basse et musicale, ses sentiments se faisant clairement jour sur son visage expressif. Elle ne devait guère avoir plus de dix-sept ans, fraîche et délicate, avec des yeux bleus, limpides, de longs cils, des sourcils finement dessinés et une traînée de taches de rousseur sur son petit nez. Ambre sourit, instantanément séduite.

— Ces maudits gens du guet ! Ils ont perdu leur journée quand ils n'ont pas jeté en prison une bonne demi-douzaine d'innocents.

La jeune fille baissa les yeux avec confusion :

— Oh ! à dire vrai, Madame, j'ai volé ce pain. Il est là.

Elle frappa sur son manteau.

— Mais je n'ai pas pu m'en empêcher, je vous assure. J'avais si faim.

— Eh bien ! mangez-le, alors.

Sans hésiter, la gamine sortit le pain croustillant, en brisa un morceau et se mit à manger avec avidité. Ambre l'observait :

— Depuis combien de temps n'avez-vous pas mangé ?

La jeune fille avala, engouffra une autre bouchée et répondit, la bouche pleine :

— Deux jours, Madame.

— Mon Dieu ! Tenez, prenez cela et offrez-vous un dîner.

D'un petit sac de velours, à l'intérieur de son manchon, elle sortit quelques shillings et les jeta sur les genoux de la jeune fille. Pendant ce temps, elles étaient arrivées au théâtre, et le valet de pied ouvrait la portière. Ambre rassembla ses jupes et se disposa à sortir, pendant que la jeune fille regardait au-dehors avec un intérêt non dissimulé.

— Seigneur ! Madame, allez-vous au théâtre ?

— Je suis une actrice.

— Oh ! vraiment !

Elle paraissait à la fois ravie et choquée que sa bienfaitrice exerçât une profession si séduisante et si discutée. Précipitamment, elle bondit au-dehors, et fit une révérence à Ambre :

— Merci beaucoup, Madame. Vous avez été trop bonne pour moi, et si jamais je peux vous rendre service, je serais contente que vous me le disiez. Je ne vous oublierai pas. Je m'appelle Nan Britton, femme de chambre, mais sans place pour le moment.

Ambre s'arrêta et la considéra avec un nouvel intérêt :

— Vous êtes femme de chambre ? Que vous est-il arrivé dans votre dernière place ?

La jeune fille baissa les yeux :

— J'ai été renvoyée, Madame.

Sa voix n'était plus qu'un murmure quand elle ajouta :

— Ma patronne disait que je débauchais ses fils !

Mais, relevant vivement la tête, elle affirma gravement :

— Ce n'était pas vrai, Madame, je vous jure que ce n'était pas vrai ! C'était juste le contraire.

Cela amusa Ambre.

— Eh bien ! mon fils n'est pas encore en âge d'être débauché. Je cherche moi-même une femme de chambre et, si vous voulez m'attendre dans la voiture, après avoir déjeuné, nous causerons tout à l'heure.

Elle engagea Nan Britton pour quatre livres par an, logée, nourrie et habillée. Elles devinrent vite de grandes amies – Ambre sentit que Nan était la seule amie qu'elle eût jamais connue –, et Nan faisait son ouvrage vite et bien, prenant le même plaisir à astiquer un pot d'étain qu'à coiffer Ambre, ou à l'accompagner au Change. Elle était énergique, vive, toujours de bonne humeur, et ses qualités persistèrent même après qu'elle se fut bien installée dans sa place. Nan et Ambre trouvaient beaucoup de sujets de conversation, échangeant les plus intimes confidences, et, tandis que Nan apprenait à connaître à peu près tout de ce qui touchait sa maîtresse (excepté son séjour à Newgate et à Whitefriars), Ambre aimait à entendre le récit des aventures de Nan comme femme de chambre dans une maison où vivaient quatre beaux garçons. Son renvoi avait été motivé par la prétention de l'un d'eux d'épouser Miss Nan. Les parents, horrifiés, avaient immédiatement agi.

Quand Rex était absent, Nan partageait le lit de sa maîtresse ; sinon, elle dormait sur le lit de camp. Comme toujours elle était aussi bien la femme de chambre du capitaine que celle d'Ambre, l'aidait à s'habiller et à se déshabiller, n'était pas gênée le moins du monde quand il se promenait nu dans la chambre, et décida bientôt que le capitaine Morgan était le plus bel homme qu'elle eût jamais vu. Entièrement gagnée à sa cause, elle pressait Ambre de consentir à l'épouser :

— Comme le capitaine Morgan vous aime, Madame, disait-elle le matin, tout en brossant les cheveux d'Ambre. Et c'est le plus beau et le plus gentil des hommes. Un joliment bon mari, je vous assure !

Mais Ambre, qui avait commencé par en rire et taquinait Nan en lui disant qu'elle était amoureuse du capitaine, écoutait de moins en moins ses conseils.

— Le capitaine Morgan n'est pas mal, évidemment, dit-elle un jour, mais, après tout ce n'est qu'un officier de la Garde.

— Eh bien ! s'écria Nan, choquée de tant de déloyauté, que voulez-vous donc, Madame ? Le roi lui-même ?

Ambre, souriant à ce sarcasme, leva les sourcils d'un air supérieur. Elle se disposait à partir pour le théâtre et mettait ses gants :

— Et pourquoi pas ? rétorqua-t-elle.

Et, devant la mine stupéfaite de Nan :

— Pourquoi pas ? répéta-t-elle.

Puis, alors qu'elle se dirigeait vers la porte, laissant Nan les yeux écarquillés, la main sur le bouton de la porte, elle se retourna subitement :

— Surtout, pas un mot de cela au capitaine, ou vous entendrez parler de moi !

Après tout, c'était peut-être un simple racontar que le roi Charles eût dit à Buckingham qui l'avait dit à Berkeley, qui l'avait dit à Kynaston, qui l'avait dit à Ambre, que le roi avait l'intention de coucher avec elle.

XIX

Ambre ouvrit la porte et gravit les marches deux par deux. Elle avait hâte de se contempler dans un miroir, car elle était sûre d'avoir beaucoup changé. Elle avait atteint le palier quand la porte de son appartement s'ouvrit violemment et que Rex apparut. Il était à contre-jour et elle ne pouvait saisir l'expression de son visage, mais au son de sa voix elle comprit qu'il était en colère.

— Par l'enfer, d'où venez-vous ? demanda-t-il. Il est deux heures du matin !

Ambre le dévisagea comme s'il se fût agi d'un étranger importun. Puis, relevant le menton d'un air hautain, elle passa devant lui sans un mot. Mais il la saisit par le poignet et l'attira contre lui. Ses yeux avaient cette lueur dangereuse qu'elle lui connaissait quand sa jalousie était éveillée.

— Répondez-moi, petite misérable ! La représentation de Whitehall s'est terminée à onze heures ! Où avez-vous été depuis ?

Pendant un long moment ils se dévisagèrent, puis Ambre fit la moue et gémit :

— Vous me faites mal, Rex !

Son visage se détendit et, après avoir hésité, il la lâcha. Mais comme elle se reculait, une lourde bourse glissa de son manchon et résonna sur le plancher. Rien qu'au son il était facile de savoir qu'il s'agissait d'argent. Tous deux baissèrent les yeux et, quand Ambre releva la tête, elle put le voir, pourpre de rage, les veines du cou gonflées.

— Sacrée petite garce ! dit-il à voix basse.

Soudain, la prenant aux épaules, il entreprit de la secouer de plus en plus fort, jusqu'à ce qu'elle en perdît le sens.

— Qui était-ce ? criait-il. Avec qui avez-vous couché ? Dites-le-moi, ou, par Jésus ! je vous tords le cou !

— Rex ! cria-t-elle d'un ton suppliant.

Mais à peine l'eut-il lâchée qu'elle reprit ses esprits et sentit la colère la gagner à son tour :

— J'étais avec le roi ! lui lança-t-elle au visage. Voilà où j'étais ! – Et tout en se massant la nuque, elle termina en marmonnant : Eh bien ! qu'avez-vous à dire ?

Il la considéra longuement, l'œil fixe, incrédule tout d'abord, puis lentement, graduellement, elle vit l'espoir et la confiance qui s'éteignaient en lui.

— Ce n'est pas vrai, dit-il à la longue, je ne vous crois pas !

Elle porta les mains à sa coiffure, rajusta son chignon légèrement ébranlé et eut un petit sourire cruel et supérieur :

— Vraiment !

Mais il la croyait, et elle le savait.

Sans un mot, il se détourna, prit son manteau et son épée, traversa la pièce. Avant de sortir il lui lança un dernier regard de mépris et de dégoût, qu'elle affronta froidement en haussant les sourcils. Comme la porte se refermait violemment, elle fit claquer ses doigts, pivota lestement sur ses talons et courut à son miroir dans sa chambre à coucher.

Car, bien sûr, une femme qui vient de faire l'amour avec un roi ne ressemble plus au commun des mortels. Elle s'attendait presque à voir luire une auréole autour de sa tête et fut déçue de se voir comme d'habitude, sauf que ses cheveux étaient en désordre et qu'elle avait de larges cernes sous les yeux. « Mais je ne suis plus la même, se disait-elle triomphalement. Je suis quelqu'un maintenant. J'ai couché avec le roi ! »

Le lendemain matin elle renvoya Nan qui tentait de la réveiller et, bien allongée à plat ventre dans son lit, déclara qu'elle entendait dormir autant qu'elle le voulait et qu'on se passerait d'elle à la répétition. Il était midi quand elle ouvrit les yeux. Elle bâilla, s'étira, rejetant les lourdes draperies qui rendaient le lit si chaud qu'elle en était toute moite ; puis soudain elle atteignit, sous la couette de plume, le sac de pièces et les versa sur son oreiller de manière à pouvoir les recompter. Cinquante livres. Songez un peu : cinquante livres comme présent pour le plus grand honneur qui puisse échoir à une femme !

Avant d'aller au théâtre elle prit la somme qu'elle alla déposer chez Shadrac Newbold, aussi n'arriva-t-elle guère avant deux heures. Comme elle s'y attendait, son entrée fit sensation : toutes les femmes se mirent à parler de conserve. Beck courut à elle et l'entoura de ses bras :

— Ambre ! Nous pensions que vous ne viendriez plus ! Vite, racontez... nous mourons d'envie de savoir ! Comment est-il ?

— Combien vous a-t-il donné ?

— Qu'a-t-il dit ?

— Qu'a-t-il fait ?

— Est-ce différent d'avec les autres hommes ?

C'était la première fois que le roi Charles avait fait chercher une actrice, et leurs sentiments allaient de la jalousie personnelle à l'orgueil professionnel. Mais la curiosité primait tout. Ambre ne se fit pas prier et répondit à toutes les questions. Elle décrivit l'appartement d'Edouard Progers, où elle avait été reçue tout d'abord : l'apparition du roi dans sa robe de chambre de brocart, les petits chiens nouveau-nés qui dormaient auprès de leur mère, sur un coussin de velours près du feu. Elle leur raconta que le roi avait été aussi bon, gentil, courtois que si elle avait été une vraie Lady du plus haut rang. Mais elle n'ajouta pas qu'elle avait failli s'évanouir de crainte, et elle laissa entendre qu'il lui avait donné au moins mille livres !

— Quand y retournez-vous ? questionna finalement Beck, tandis que Scroggs aidait Ambre à se déshabiller.

— Oh ! fit-elle d'un ton détaché, bientôt, je pense. La semaine prochaine vraisemblablement.

Elle se sentait pleine de confiance, car, bien qu'elle n'eût passé qu'une heure avec lui, elle avait eu le sentiment, en le quittant, d'avoir été, de toutes les femmes, celle qui lui avait le mieux plu. Il ne lui vint pas à l'idée que d'autres pouvaient avoir eu la même impression.

— Eh bien ! Madame ?

C'était la voix de Tom Killigrew, froide et sarcastique, comme il se frayait un passage auprès d'elle.

— Ainsi vous êtes venue, à la fin ?

Ambre le regarda, étonnée, et lui adressa un sourire amical. Elle était prête à se conduire comme d'habitude, en dépit de sa situation changée, en tout cas jusqu'à ce qu'elle se sentît plus sûre de ses arrières.

— Je suis un peu en retard, admit-elle tout en passant la tête dans la robe que Scroggs lui tendait.

— Vous n'étiez pas à la répétition ce matin, n'est-ce pas ?

— Non !

Elle passa les bras dans ses manches, et, comme Scroggs tirait la robe, sa tête apparut de nouveau :

— Mais cela ne fait rien. J'ai joué ce rôle une bonne douzaine de fois, je le sais très bien, sans répétition.

Elle prit un miroir et rectifia son maquillage.

— Avec votre permission, madame Saint-Clare, c'est moi qui décide de l'utilité des répétitions. J'ai donné votre rôle à Beck Marshall, et je suis certain que vous pourrez, sans répétition, prendre celui de la prostituée.

Il y eut un ricanement général. Ambre lança un rapide coup d'œil sur Beck et vit une lueur de triomphe et de malice sur son visage. Elle faillit éclater et dire qu'elle jouerait son rôle ou pas du tout ; mais la prudence la retint :

— Je sais très bien mon rôle. Je le sais par cœur, sans avoir répété ! Et l'autre n'est qu'un tout petit texte !

— Peut-être bien, Madame, mais ceux qui sont trop occupés ailleurs doivent apprendre à se contenter de petits rôles, ou même de rien du tout !

Il examina, tout autour de lui, les visages souriants, animés, qui dissimulaient mal une joie malicieuse :

— Et tenez-vous-le toutes pour dit, au cas où d'autres têtes seraient tournées par de trop hautes relations. Bonsoir, Mesdames !

Et il sortit de la pièce. Ambre était furieuse. Comment avait-il osé la traiter ainsi ? Elle se consola en se promettant de le lui faire payer un jour. Je lui ferai retirer sa patente, et le chasserai du théâtre, voilà ce que je ferai ! Mais devant les autres, elle se contenta de hausser les épaules en faisant la moue.

— Qu'est-ce que cela me fait ! Qui donc désire rester actrice ?

Mais, à mesure que passaient les jours, sa disgrâce ne fut pas adoucie par un nouvel appel du roi. Elle continuait de jouer de tout petits rôles et attendait une seconde invitation. Personne ne lui laissait oublier qu'elle avait été demandée une fois et s'attendait à être rappelée. Les autres femmes, les acteurs, les admirateurs qui revenaient à présent dans la salle d'habillage, la taquinaient malicieusement. Ils devenaient de jour en jour plus insolents. Et Ambre, qui répondait d'un petit rire ou débitait quelque impertinence, était découragée, déçue, malheureuse. Elle se disait qu'après toutes ses vantardises elle mourrait de honte si le roi ne l'envoyait pas chercher.

Et, bien que dans les premiers temps de sa griserie elle eût déclaré qu'elle ne se souciait plus de voir Rex, maintenant il lui manquait. Une semaine environ après leur querelle, Beck lui avait raconté qu'il venait d'offrir une bague en diamants à Mrs. Norris, du théâtre rival, et lui avait, d'après celle-ci, offert de l'installer dans ses meubles.

— Vraiment ! Pourquoi me le racontez-vous ? Peu m'importe qu'il distribue des diamants à toutes les petites grues de Whestone Park !

Tout cela n'était que bravade. Elle se rendait compte, peu à peu, que Rex Morgan était infiniment plus nécessaire à son bonheur qu'elle ne l'avait cru. Elle savait qu'il l'eût protégée contre tout désagrément. Les jeunes fats qui traînaient dans les coulisses, par exemple, n'auraient jamais osé la harceler comme ils le faisaient. Elle se sentit soudain plongée dans un monde dur et vide, qui la détestait et lui voulait du mal. Il n'y avait plus ni bonté, ni sympathie, tous se réjouissaient de ses infortunes, savouraient ses humiliations et s'amusaient de son irritation mal dissimulée. Elle se reprenait à déplorer d'avoir jamais connu Lord Carlton et d'être venue à Londres. Nan, toutefois, restait optimiste, même au bout de dix jours. Elle ne voyait qu'une raison : le roi était trop occupé pour avoir le temps de songer à elle.

— Voyons ! Madame, disait-elle, ne vous laissez pas aller ainsi. Cela prend du temps, d'être un roi !

Mais Ambre refusait toute consolation. Blottie dans un fauteuil, près du feu, elle murmurait :

— Oh ! ce sont des bêtises, Nan ! Vous le savez aussi bien que moi. Si je lui avais plu, il m'aurait envoyé rechercher.

Nan, assise à ses côtés, brodait des fleurs sur un joli satin vert pale, dont elle voulait faire un jupon pour Ambre. Poussant un léger soupir, elle ne répondit pas, et sentait le découragement la gagner. Mais, en entendant peu après frapper à la porte, elle se leva vivement :

— Là ! s'écria-t-elle triomphalement, ce doit être lui !

Ambre, qui pensait voir entrer un de ses admirateurs, ou Hart et Kynaston, se borna à jeter un coup d'œil par-dessus le dossier de son fauteuil. Comme Nan ouvrait la porte, elle aperçut un jeune garçon vêtu d'une livrée inconnue d'elle, qui demandait :

— Madame Saint-Clare ?

— C'est moi-même !

Elle bondit et courut à la porte.

— Que voulez-vous ?

— Je viens de la part de Mr. Progers, Madame. Mon maître vous présente ses hommages et demande si vous voulez bien l'attendre chez lui ce soir à onze heures et demie ?

C'était la sommation royale !

— Oui ! s'écria Ambre, bien sûr j'irai !

Elle prit une pièce de monnaie sur la table, qu'elle lui tendit et, quand il fut parti, elle se jeta au cou de Nan :

— Oh ! Nan ! Il m'aime. Il se souvient de moi ! Crois-tu ! Ce soir je vais au palais.

Elle s'interrompit, fit un petit salut raide et dit :

— Madame Saint-Clare ? Mon maître vous présente ses hommages et demande si vous voulez bien l'attendre chez lui ce soir...

Elle se mit à danser, en riant joyeusement. Mais au milieu d'un entrechat elle s'arrêta net, l'air grave :

— Que mettrai-je ?

Bavardant avec animation, les deux femmes coururent dans la chambre à coucher. La pendule sur la cheminée marquait neuf heures.

Cette fois-ci, Ambre fut plus sûre que jamais de lui plaire. Une bonne partie de sa timidité et de son respect avaient disparu : ils rirent et causèrent comme de vieux amis ; c'était, pensait-elle, l'homme le plus fascinant qu'elle eût rencontré depuis Lord Carlton. Quand elle le quitta, il lui dit, comme la première fois :

— Bonne nuit, ma chère, que Dieu vous bénisse ! avec une tape amicale sur la croupe et une autre bourse remplie.

Il la secoua rudement.

Mais sa voiture n'avait pas plutôt tourné le Strand qu'un groupe de cavaliers sortit de l'ombre. Avant qu'Ambre eût pu se rendre compte de ce qui se passait, Tempête avait été jeté à bas de son siège et Jeremy étendu par terre. Les chevaux hennissaient et se cabraient, Ambre ne savait que devenir quand la portière s'ouvrit violemment. Un homme masqué la prit par le poignet. Ambre poussa un cri et se débattit tout en comprenant que la lutte était vaine.

— Taisez-vous ! Je ne vous ferai aucun mal. Donnez-moi seulement la bourse de Sa Majesté. Vite !

Ambre cherchait à lui envoyer des coups de pieds et tentait de se dégager. Mais, comme elle se baissait pour lui mordre la main, il la repoussa si violemment qu'elle tomba étendue sur le plancher de la voiture et put apercevoir, à la lueur du clair de lune, briller le canon d'un pistolet :

— Donnez-moi cette bourse, Madame, ou je vous tue. Je n'ai pas de temps à perdre.

Ambre hésitait toujours, espérant vaguement une aide extérieure, mais la vue du pistolet lui fit sortir la bourse de son manchon et la jeter à son agresseur. L'attrapant au vol, il recula et s'inclina. Mais, avant que la portière se refermât, il y eut un rire de femme triomphant et une voix cria :

— Grand merci, Madame. Sa Grâce appréciera votre charité : et je vous promets que bon usage en sera fait !

La portière claqua et elle put entendre une galopade effrénée, en direction du palais.

Ambre demeura inerte, abasourdie. « Cette voix ! se disait-elle. Je l'ai déjà entendue ! » Et la mémoire lui revint : c'était la même voix aiguë, agressive, le même rire que ceux qu'elle avait ouïs jadis un soir, devant la porte du *Royal Sarrasin*... C'était Barbara Palmer !

Ce fut la dernière visite d'Ambre à Whitehall.

Le roi, tout le monde le savait, aimait la paix et la tranquillité, et rien ne pouvait les lui ravir autant que la langue venimeuse d'une femme jalouse. Fort heureusement pour Ambre, le roi avait, disait-on, déclaré qu'il aimait bien

Mrs. Saint-Clare, mais pas assez pour lui sacrifier ses aises. Ce fut ce qui la sauva. Après s'être acharnées quelques jours sur elle telles des mouches malignes, ses compagnes se lassèrent et trouvèrent une autre victime. Au bout d'une quinzaine, la vie avait repris son cours. Tout le monde avait oublié que le roi l'eût jamais fait demander.

Mais Ambre n'oubliait pas et ne cherchait pas à oublier. Elle entretenait ses nouveaux griefs contre Barbara Palmer aussi soigneusement que les anciens. Un jour, se promettait-elle, je lui ferai regretter d'être jamais née. Je trouverai le moyen de l'abattre, quand ce serait mon dernier geste sur terre. Elle se complaisait à imaginer des vengeances, mais ces images, comme tout ce qu'elle ne pouvait voir et toucher, furent bientôt reléguées dans un coin secret de son cerveau, pour y être conservées jusqu'à ce que le besoin s'en fasse sentir.

Un soir qu'elle avait reçu une bonne douzaine d'invités, hommes et femmes, elle se retrouva seule après leur départ devant une table couverte de vaisselle, le parquet jonché de coquilles d'amandes, de pelures de fruits, de cartes à jouer déchirées. L'air était lourd de fumée, et la maison était sens dessus dessous.

Tandis que Nan commençait à desservir, Ambre se tenait devant le feu, retroussant ses jupes pour se mieux chauffer les jambes. On était à la mi-décembre et il neigeait, la première depuis trois ans ; la Tamise elle-même était gelée. Elles bavardèrent nonchalamment des incidents de la soirée, discutant les toilettes, les coiffures et les visages des femmes présentes, et les critiquant sévèrement. Ambre avait ôté sa robe et se trouvait en jupon, quand un coup sourd retentit à la porte. Toutes deux sursautèrent et s'entre-regardèrent. Ambre attendit avec anxiété pendant que Nan traversait la pièce et tirait le verrou. Serait-ce... serait-ce ?...

C'était le capitaine Morgan, son grand manteau de cheval

jeté sur l'épaule, son chapeau à la main. Il eut un coup d'œil pour la pièce et le regard d'Ambre rencontra le sien, suppliant : l'expression d'un petit garçon qui s'est sauvé et rentre chez lui. Oubliant qu'elle avait un instant espéré et attendu le messager du roi, Ambre courut à lui, les bras tendus :

— Rex !

— Ambre !

La soulevant de terre, il l'embrassa plusieurs fois et poussa une sorte de rire joyeux qui ressemblait à un sanglot :

— Oh ! mon Dieu ! Je suis si content de vous voir !

Il la reposa par terre, tout en la conservant dans ses bras, lui caressant les cheveux.

— Jésus ! mon trésor ! Je ne pouvais plus rester loin de vous. Je vous aime, ô Dieu ! je vous aime tant !

Il en avait les larmes aux yeux et Nan, derrière lui, reniflait de façon significative, souriant et pleurant à la fois. Ils se retournèrent tous deux pour la voir et, soudain, éclatèrent tous de rire.

— Entrez, Rex, mon cœur ! Fermez la porte. Oh ! que c'est bon de vous avoir ! Comment, vous attendiez dehors la sortie des autres ?

Il sourit et eut un signe affirmatif.

— Mais vous les connaissiez tous. Pourquoi ne pas entrer, tout simplement ! Seigneur, et il fait si froid dehors !

Il hésita :

— C'est que je n'étais pas très sûr que vous me laisseriez entrer.

— Oh ! Rex !

Profondément honteuse d'elle-même soudain, Ambre le considéra, découvrant combien il avait été bon, généreux et tendre pour elle, et de grosses larmes roulèrent sur ses joues.

— Voyons, mon cœur ! Pourquoi pleurer, petite nigaude ! C'est au contraire un jour de joie ! Regardez cela...

Il sortit de sa poche un petit écrin qu'il lui tendit.

Ambre l'ouvrit lentement. Nan se pencha pour mieux voir et, quand le couvercle fut levé, les deux femmes eurent un cri d'admiration : c'était une magnifique topaze, sertie dans un cœur d'or et suspendue à une lourde chaîne d'or. Ambre leva les yeux d'un air perplexe, car ce bijou devait avoir coûté fort cher :

— Rex ! dit-elle doucement, elle est magnifique... mais...

D'un geste il balaya ses appréhensions :

— J'ai quelque chance aux dés, dernièrement. Mademoiselle Nan, voici pour vous.

Nan ouvrit la boîte qu'il lui tendait et y trouva une paire de boucles d'oreille en or, garnies de perles minuscules. Elle eut là encore un petit cri de plaisir et se leva sur la pointe des pieds pour l'embrasser puis, se ressaisissant, rougit, fit une révérence, et se sauva, confuse, dans la chambre à coucher.

— Hé ! appela Rex. Un moment, mademoiselle Nan ! Votre maîtresse et moi avons particulièrement envie de nous installer là-bas !

Prenant Ambre dans ses bras, il se dirigea vers la porte.

— Il vous faudra dormir ailleurs cette nuit, ma chère ! Mais c'est une occasion exceptionnelle.

Les mois s'écoulèrent rapidement, car Ambre était heureuse et populaire, et se croyait très célèbre. L'hiver était anormalement froid. Décembre, janvier et février connurent la neige et la glace, mais le dégel vint enfin et avec lui la boue et les premiers bourgeons de printemps. Killigrew lui confiait de nouveau des rôles principaux, et elle était très occupée avec ses leçons de chant, de danse et de guitare.

Quand les comédiens jouaient à la Cour ou que le roi

Charles venait au théâtre, Ambre le voyait et, bien qu'il lui adressât de temps en temps un sourire, c'était tout. D'après les rumeurs, elle apprit qu'il s'intéressait moins à Lady Castlemaine et s'était toqué de la charmante Frances Stewart. Cependant, on disait qu'il ne parvenait pas à vaincre les scrupules de la belle. Certains prétendaient que Mrs. Stewart était une sotte, d'autres la trouvaient au contraire remarquablement adroite, mais elle avait réussi à fixer le cœur volage du roi, il n'y avait pas de doute, et cela seul était remarquable. Peu importait à Ambre de qui il était épris, pourvu que Barbara Palmer y perdît.

Vers la mi-février, Ambre se trouva une nouvelle fois enceinte. Après avoir hésité à en informer Rex, elle finit par aller trouver Mrs. Faggs, qui lui administra son remède. Cette fois ce fut plus sérieux et Ambre se sentit si mal à l'aise qu'elle dut garder le lit près d'une semaine. Rex, furieux en apprenant ce qui s'était passé, la supplia de l'épouser.

— Pourquoi ne voulez-vous pas, Ambre ? Vous dites que vous m'aimez...

— Je vous aime, Rex, mais...

— Mais quoi ?

— Eh bien ! si Luc...

— Il ne reviendra jamais, vous le savez aussi bien que moi. Et si jamais cela se présentait, ce serait sans importance. Je pourrais le tuer ou obtenir l'annulation du mariage, par quelqu'un de la Cour. Qu'y a-t-il, Ambre ? Je finis par croire que vous me faites attendre dans l'espoir que le roi vous envoie encore chercher. Est-ce vrai ?

Elle était assise dans son lit, pâle, malade et découragée, les yeux perdus dans le vide.

— Non, Rex, ce n'est pas cela. Vous le savez bien.

Elle mentait, car elle espérait toujours : néanmoins, elle était également convaincue que, si elle n'épousait pas Rex Morgan elle le regretterait dans l'avenir. Qu'importe si elle était obligée de quitter la scène ! Elle jouait à présent depuis un an et demi et ne voyait pas ce qu'elle y avait gagné. Son dix-neuvième anniversaire était passé depuis un mois, et elle voyait s'écouler les jours et n'arrivait à rien. Elle l'aimait, c'était la vérité, bien qu'elle ne parvînt pas à extirper de son cœur le souvenir de Lord Carlton, ni ses ambitions d'une vie glorieuse et excitante.

— Laissez-moi y réfléchir, Rex, quelques jours encore.

Son fils allait avoir deux ans le 5 avril ; sachant qu'elle ne serait pas libre ce jour-là, Ambre avait projeté d'aller le voir le 1er et de lui apporter les cadeaux qu'elle lui avait achetés.

Ce jour-là Rex dut s'en aller vers sept heures, quand il faisait encore nuit : les chêneaux dégouttaient encore de toute la pluie tombée pendant la nuit. Il l'embrassa tendrement :

— Douze heures sans vous revoir. Bon voyage, ma bien chérie, et embrassez le petit bonhomme pour moi.

— Comment ! Oh ! merci, Rex !

Les yeux d'Ambre brillaient de plaisir, car généralement Rex ignorait ces expéditions, comme il feignait d'ignorer qu'elle eût un enfant : mais depuis qu'elle avait virtuellement accepté de l'épouser, il avait évidemment pris la décision de se réconcilier avec son futur beau-fils.

Après l'avoir encore embrassée, il fit un signe amical à Nan et s'en alla. Ambre ferma doucement la porte, s'adossa contre le battant et dit en souriant :

— Je crois que je vais l'épouser, Nan !

— Seigneur ! vous feriez bien, Madame ! Je ne connais pas de meilleur ni de plus beau gentilhomme, il vous aime tant que j'en souffre pour lui. Je savais que vous en viendriez là !

— Oui, avoua-t-elle. Je crois que je serai heureuse. Mais...

— Mais quoi ?

— Mais ce sera tout.

Nan la regarda choquée, incapable de comprendre :

— Bon Dieu ! Madame ! Que voulez-vous d'autre ?

Peu après le maître de chant arriva, puis celui de danse, qui lui apprenait le menuet, cette nouvelle danse française qui faisait fureur. Pendant ce temps, Jeremy passait et repassait dans la pièce, charriant des brocs d'eau chaude dans la chambre à coucher, pour le bain de sa maîtresse.

Nan lui lava les cheveux, les frotta jusqu'à ce qu'ils fussent à peu près secs, ce qui trempa une demi-douzaine de serviettes. Il était près de dix heures du matin, le soleil apparaissait pour la première fois depuis de longs jours, et Ambre, installée dans son tub, sentait sa chaleur lui caresser les épaules. Elle se disait, comme d'habitude, que la vie était une chose merveilleuse, et se décidait à grand-peine à quitter les délices de ce bain savonneux, quand on frappa à la porte.

— Je n'y suis pas ! cria Ambre à Nan.

Elle ne tenait pas à voir tous ses plans dérangés par un importun.

Nan revint au bout d'un instant :

— C'est Milord Almsbury, Madame.

— Oh ! Très bien ! fais-le entrer !

Almsbury n'était pas resté longtemps en ville l'automne dernier, mais il était réapparu pour la session de printemps du Parlement, et il venait la voir assez souvent, bien qu'il ne lui donnât jamais plus d'argent. Mais Ambre n'y faisait pas attention, car elle l'aimait bien :

— Est-il seul ?

— Non, il est accompagné !

Et Nan roulait des yeux expressifs, car elle était toujours impressionnée par les hommes.

— Fais-les entrer au salon. Je suis prête dans une minute !

De la pièce voisine lui parvenait le son de voix masculines : par moments Nan gloussait ou partait d'un joyeux éclat de rire. Ambre s'introduisit dans une robe d'intérieur en satin vert, passa un peigne dans ses cheveux encore humides, enfila une paire de mules dorées et se dirigea vers le salon. Mais elle revint sur ses pas. Après tout, Almsbury avait peut-être amené quelque personnage important. Elle se poudra, parfuma sa gorge et ses poignets, teinta d'un soupçon de rouge ses lèvres. Puis, dégageant bien son décolleté, elle ouvrit la porte.

Almsbury se tenait devant la cheminée. Appuyé au manteau, souriant à Nan, se trouvait Bruce Carlton.

XX

Il leva vivement la tête à son entrée, et leurs regards se croisèrent. Ambre se tenait immobile, une main sur le bouton de la porte, les yeux fixés sur lui. Elle sentait sa tête tourner, son cœur battre, et elle se trouvait soudain comme paralysée. Il s'inclina devant elle, mais Ambre restait sans bouger, tremblante, se traitant intérieurement de sotte, entièrement désemparée.

Almsbury vint à son secours. Traversant la pièce, il l'embrassa fraternellement, passa un bras autour de sa taille :

— Qu'en dites-vous, mon cœur ? Ce brigand est arrivé hier.

— Vraiment ! fit Ambre faiblement.

Bruce sourit, l'examinant toute d'un coup d'œil rapide.

— Le marin revient de la mer...

— Pour toujours ?

— Non, pas pour longtemps, Ambre, mais je voudrais vous accompagner aujourd'hui.

Elle le regarda étonnée, car elle avait oublié qu'elle avait fait part à Almsbury de ses projets pour la fête du bébé.

— Oui, bien sûr. Voulez-vous m'attendre pendant que je m'habille ?

Suivie de Nan, elle gagna sa chambre et, la porte fermée, s'affaissa les yeux clos, comme épuisée. Nan s'effraya :

— Seigneur ! Madame ! Qu'y a-t-il ? Vous ne paraissez pas bien ? Est-ce votre mari ?

— Non !

Elle secoua la tête et se dirigea vers sa coiffeuse, les jambes molles :

— Sors-moi la nouvelle robe que Mme Drencourt vient de livrer.

— Mais il pleut, Madame. Vous allez l'abîmer.

— Ne t'inquiète pas de cela. Fais ce que je te dis !

Puis, regrettant instantanément son mouvement d'impatience :

— Oh ! Nan, je suis désolée. Je ne sais pas ce que j'ai !

— Moi non plus, Madame. Je pense que vous ne tiendrez pas à ma société aujourd'hui ?

— Non ! Je crois que tu seras mieux ici à faire l'argenterie. Je l'ai trouvée terne l'autre soir.

Tout en se maquillant pendant que Nan la coiffait, elle reprit son calme, le sang parut de nouveau circuler dans ses veines, et une sensation de bonheur intense fit place au premier choc. Elle l'avait trouvé plus beau que jamais, et sa vue l'avait emplie de la même émotion étrange qu'au premier jour. Ces deux dernières années s'effaçaient, se dissolvaient. Tout ce qui n'était pas lui paraissait soudain morne et dénué d'importance.

Sa nouvelle robe était en velours chartreuse, les bas et les souliers assortis : elle portait un manteau à capuchon de velours topaze, de la même couleur miel, si riche, que ses yeux et ses cheveux, et la topaze de Rex pendait à son cou. Saisissant son grand manchon de vison, elle s'apprêtait à sortir quand Nan l'arrêta :

— Quand serez-vous rentrée, Madame ?

— Oh ! je ne sais pas. Un peu tard peut-être !

Elle lut la désapprobation sur le visage de Nan et comprit qu'elle était jalouse pour Rex, jugeant qu'elle ne devrait pas sortir avec un autre homme, surtout quelqu'un qui la troublait de telle sorte.

— Et le capitaine Morgan ?

— Le diable emporte le capitaine Morgan ! murmura Ambre en rejoignant Almsbury et Bruce.

Quand ils furent tous trois installés dans la voiture, avec de nombreux paquets aux couleurs vives, empilés aux côtés d'Ambre, Almsbury fit soudain claquer ses doigts :

— Pardieu ! mais j'ai promis d'aller jouer à la paume avec Sedley ! J'ai de la veine d'y avoir pensé !

Rapidement il descendit, leur souriant à tous deux. Bruce lui donna une tape affectueuse sur l'épaule, Ambre lui envoya un baiser, et la voiture s'ébranla.

Restés seuls, le comte et Nan échangèrent un regard :

— Allons, dit Sa Grâce, il n'est rien de tel qu'un long voyage en mer !

Et, grimpant dans son propre équipage, il partit en sens opposé.

Ambre s'était instantanément tournée vers Lord Carlton :

— Bruce ! Est-ce bien vous, réellement ! Il y a si longtemps ! Mon cœur, deux ans et demi !

Elle était tout contre lui et le regardait de ses yeux de lumière. Il l'enlaça, se pencha d'un geste rapide et prit ses lèvres. Ambre lui rendit son baiser avec un abandon passionné, oubliant où ils se trouvaient, se pressant contre lui avec l'intense désir d'être étreinte, enveloppée. Quand il la lâcha, elle en éprouva une terrible déception, comme si elle était brusquement tirée d'un rêve, mais il sourit et lui caressa doucement le visage :

— Quelle charmante petite magicienne vous faites, dit-il doucement.

— Le pensez-vous réellement ? Avez-vous jamais songé à moi, d'une manière ou d'une autre ?

Elle était très grave.

— J'ai très souvent pensé à vous, beaucoup plus que je ne l'aurais cru. Et je m'inquiétais aussi. Je craignais que vous n'ayez perdu cet argent.

— Oh ! non ! protesta Ambre.

Elle eût préféré mourir que de lui apprendre ce qui lui était arrivé.

— N'ai-je pas l'air bien ?

Et du geste elle indiqua sa toilette, la voiture dans laquelle ils roulaient.

— Je sais me conduire, je vous assure.

Elle ne put déchiffrer sur son visage s'il était dupe.

— J'en ai l'impression. Mais j'aurais dû savoir que vous en étiez capable. Vous possédez le meilleur atout du monde, et vous en avez assez pour dix !

— Et quel est-il ? interrogea-t-elle de son air le plus candide.

— Vous le savez fort bien, et je ne vais pas continuer à vous encenser. Dites-moi, Ambre, à qui ressemble-t-il ? Est-il grand ?

— Qui donc ?

Elle le regarda stupéfaite, s'imaginant qu'il parlait de Rex Morgan ; puis, simultanément, tous deux éclatèrent de rire :

— Oh ! le bébé ! Oh ! Bruce, attendez de l'avoir vu ! Il est si grand que je peux à peine le soulever. Et si joli ! Il vous ressemble beaucoup, les mêmes yeux et ses cheveux foncent chaque jour. Vous en serez fou ! Mais vous auriez dû le voir à la naissance ! Seigneur, quel épouvantail ! J'étais presque contente que vous fussiez loin...

Leurs visages s'assombrirent à cette évocation :

— Je suis désolé, mon cœur. Désolé de vous avoir laissée seule. Comme vous avez dû me détester !

Elle posa la main sur sa bouche et, d'une voix basse et tendre :

— Je ne vous ai pas haï, Bruce ! Je vous aime ; et vous aimerai toujours. Et j'étais heureuse d'avoir le petit, c'était un peu de vous, et tandis que je le portais je ne me sentais pas aussi seule. Mais je n'en veux plus d'autres. Plus tard, peut-être, quand je serai vieille et que cela me sera égal d'être déformée !

— Et quand ce moment arrivera-t-il ?

— Oh ! vers les trente ans...

Elle disait cela comme si ce moment ne devait jamais arriver.

— Mais dites-moi plutôt ce que vous avez fait. Comment est-ce en Amérique ? Où habitiez-vous ? Je veux tout savoir...

— J'ai vécu à la Jamaïque. C'est une île. Mais je suis allé sur le continent aussi. C'est un pays merveilleux, Ambre, sauvage et vert, et vierge, comme l'Angleterre devait être il y a un millier d'années. Et il est là, qui attend celui qui voudra bien venir le prendre...

Il avait les yeux perdus dans le vide et parlait comme pour lui-même :

— C'est un pays plus grand que tout ce que l'on peut imaginer. En Virginie, les plantations partent de la mer et s'étendent sur des centaines, des milliers d'acres, et il y a toujours de la terre. Les troupeaux de chevaux sauvages et de bétail appartiennent à celui qui veut les prendre. Les forêts sont remplies de bêtes fauves, et tous les ans les pigeons sauvages arrivent en nuages épais qui obscurcissent le ciel. En Virginie seule, il se trouve plus de nourriture qu'il n'en faudrait pour nourrir toute l'Angleterre mieux qu'elle ne l'a jamais été. Le sol est si riche que tout ce que vous y plantez pousse comme de la mauvaise herbe. C'est quelque chose d'hallucinant, que vous n'avez jamais pu imaginer, même en rêve...

Il la regarda soudain, les yeux brillants d'enthousiasme.

— Mais ce n'est pas l'Angleterre.

Il se mit à rire, brusquement détendu.

— Non, admit-il, ce n'est pas l'Angleterre.

Ce qui, pour Ambre du moins, réglait la question. Ils causèrent ensuite des aventures de Bruce sur mer. La vie y était paraît-il fort désagréable, et rien ne rendait un homme plus odieux que de rester enfermé des semaines sur un bateau seul en compagnie d'autres hommes, mais cela n'était pas dangereux et constituait un moyen de transport très sûr pour les gens riches.

— Je pense que vous êtes un homme fortuné, maintenant ?

— Je n'ai pas mal fait mes affaires, reconnut-il.

Ils leur fallut une bonne heure et demie pour atteindre Kingstone, car la route était inégalement pavée et les dernières pluies l'avaient transformée en marécage. Tempête et Jeremy durent maintes fois débourber les roues.

Ils arrivèrent enfin et entrèrent par la porte de la cuisine dans le joli petit cottage recouvert de chaume de Mrs. Chiverton. Elle lavait la vaisselle de midi. Ambre lui avait fait de fréquents et généreux dons d'argent, car elle désirait voir son fils habiter une maison confortable, et le cottage avait un air de prospérité et de netteté qui au début lui manquait.

Le bébé dormait dans son berceau, trop petit pour lui. Ambre mit un doigt sur ses lèvres et, doucement, ils s'approchèrent. L'enfant était profondément endormi, les joues rouges et une légère moiteur sur les paupières, la respiration calme et régulière. Bruce et Ambre le contemplèrent un long moment en silence et leurs yeux se rencontrèrent avec le même sentiment de joie et d'orgueil. Lord Carlton passa sa main fine, dure et aristocratique sous les bras de son fils et le souleva. Le bébé s'éveilla, bâilla, examina d'un air étonné l'homme qui le tenait et soudain, apercevant Ambre, eut un grand sourire et lui tendit les bras :

— Maman !

Un peu plus tard, quand ils eurent avalé le bol de potage que Mrs. Chiverton leur offrait avec insistance, ils commencèrent à déballer les cadeaux. Il y avait de nombreux jouets, dont un tambour, des soldats et un « Jack-en-chaire » un prédicateur puritain qui sortait d'une boîte et se dandinait comiquement de côté et d'autre. Une poupée aussi, avec de véritables cheveux blonds et un trousseau complet, pour la petite fille de Mrs. Chiverton, âgée de quatre ans. Ils restèrent jusqu'au milieu de l'après-midi et quand, enfin, ils se levèrent pour partir, le bébé pleura. Tandis qu'Ambre cherchait à le consoler, Bruce donna cinquante livres à Mrs. Chiverton, en lui disant qu'il lui était reconnaissant des bons soins donnés à son fils.

Il pleuvait quand ils s'en retournèrent. Ambre bavardait gaiement, pleine d'enthousiasme au sujet de son fils. Car elle avait été heureuse de voir que Bruce – au lieu du père indifférent qu'elle s'attendait à trouver en lui – paraissait aimer l'enfant autant qu'elle. Mais, tout en parlant, elle sentait de nouveau monter en eux la vague de passion momentanément calmée par leur visite au cottage : elle la sentait plus brûlante et plus violente que jamais, pressante, décidée à engloutir deux armées et demie d'absence en un instant de sauvage union.

S'interrompant au milieu d'une phrase, elle leva les yeux sur lui, Bruce jeta un rapide coup d'œil par la portière et, tout en l'étreignant d'un bras, il frappa de l'autre main contre la paroi de la voiture :

— Nous arrivons à Hoxton, dit-il rapidement. J'y connais une bonne auberge. Holà ! Arrêtez devant la porte de *l'Étoile*.

Ambre, quand elle rentra le soir après neuf heures, trouva Nan assise devant la cheminée, raccommodant une chemise de Rex tandis que celui-ci se tenait debout non loin d'elle, les mains dans les poches, les sourcils froncés. Ambre s'arrêta, comme étonnée, car la scène avait quelque chose d'irréel à ses yeux, mais il eut vite fait de traverser la pièce et, prenant ses deux mains dans les siennes :

— Mon Dieu ! mon cœur ! Que vous est-il arrivé ? Je partais à votre recherche.

Elle se força à sourire.

— Il ne m'est rien arrivé du tout, Rex. Bébé ne voulait pas me laisser partir, je me suis attardée et la voiture s'est embourbée, si bien qu'elle a failli verser !

Elle se dressa sur la pointe des pieds pour lui caresser la joue, honteuse de le tromper ainsi, car il la regardait avec amour sans le moindre soupçon.

— Il ne faut pas vous inquiéter ainsi, Rex.

— Je ne peux pas l'empêcher, mon trésor. Je vous aime, vous savez.

Ambre se détourna et rencontra le regard irrité et désapprobateur de Nan.

Le lendemain matin, de bonne heure, quand elles furent seules, Ambre lui demanda si elle avait parlé à Rex de la visite d'Almsbury et de Lord Carlton. Nan faisait le lit, lissant les draps avec un bâton, et répondit sans lever les yeux sur Ambre :

— Non, Madame. Seigneur ! je me demande pourquoi j'irais me mêler de vos affaires. Ce n'est pas mon habitude ! Et, pour mille livres, je n'irais pas raconter au capitaine Morgan que vous vous moquez de lui. Il en aurait le cœur brisé !

Elle se retourna et les deux femmes s'affrontèrent du regard : les yeux de Nan étaient humides.

— Tu n'étais pas si péremptoire quand il s'agissait du roi.

— C'était différent, Madame. Service de la Couronne. Mais cela, c'est mal. Le capitaine Morgan vous aime plus que sa vie. Ce n'est pas bien !

Ambre poussa un soupir.

— Non, Nan, ce n'est pas bien. Mais je ne peux pas l'empêcher. J'aime Lord Carlton. Je l'aime follement. Nan ! c'est le père de Bruce ! Pas mon mari, j'ai épousé Luc après le départ de Lord Carlton pour l'Amérique. Oh ! il faut que tu m'aides, Nan. Rex ne doit rien en savoir. Tant qu'il est en Angleterre, je le verrai – je veux le voir ! – mais il s'en ira bientôt, dans un mois ou deux. Et quand il sera parti, Rex ne s'en portera pas plus mal. Je l'épouserai alors, pour réparer. Veux-tu m'aider, Nan ? Me le promets-tu ?

À mesure qu'Ambre parlait, le visage expressif de Nan laissait paraître ses sentiments : finalement elle courut à Ambre et lui passa les bras autour du cou :

— Oh ! je vous demande pardon, Madame. Je ne savais pas – je n'avais pas compris – je croyais que c'était simple fantaisie de votre part.

Et soudain elle eut un large sourire :

— Ainsi, c'est le père du petit Bruce ! Oh ! bien sûr ! Ils se ressemblent !

Elle poussa un petit cri et porta la main à sa bouche :

— Seigneur ! c'est une chance que le capitaine n'ait jamais voulu aller le voir avec vous. Au cas où il rencontrerait Sa Grâce...

Carlton logeait à Almsbury House et, deux jours après, Ambre envoya un petit mot pour l'inviter, ainsi qu'Almsbury et sa femme, à voir la nouvelle pièce de théâtre – elle obtint de Killigrew quatre fauteuils au premier rang et la loge royale – et ensuite à souper dans ses appartements. Lord et Lady Almsbury servaient de paravent au cas où le capitaine Morgan surviendrait inopinément.

Ils acceptèrent et, durant les quarante-huit heures qui

suivirent, Ambre fut dans une agitation extrême. Elle fit venir une femme de ménage pour enlever le moindre grain de poussière des tentures, cirer et frotter les meubles. Elle-même se rendit au New Exchange, pour acheter une quantité de fleurs artificielles, puisque les vraies n'étaient pas encore épanouies, et elle tourmenta Mme Drencourt afin que la nouvelle robe promise fût achevée. Elle consulta le chef de chez Châtelin au sujet du souper et des vins, cherchant à se rappeler les mets préférés de Bruce et, avant de partir pour le théâtre, accabla Nan de recommandations. À mi-chemin de l'escalier, elle s'arrêta soudain et revint en courant sur ses pas.

— N'oublie pas une carafe d'eau sur le plateau, avec le brandy, Nan. Lord Carlton y tient !

Elle arriva très en avance, et habillée et maquillée descendit au parterre se mêler aux spectateurs. Elle déploya tout son charme et toute sa gaieté, espérant que Lord Carlton la verrait et serait peut-être un peu jaloux de la voir si populaire parmi les jeunes beaux. Mais il était près de trois heures et demie, et elle dut retourner de l'autre côté du rideau. C'est alors qu'il arriva.

Lord et Lady Almsbury entrèrent les premiers, se dirigeant droit aux sièges qu'Ambre leur avait fait réserver ; mais, quand une jolie femme posa la main sur le poignet de Bruce, celui-ci sourit et s'inclina. Ambre le surveillait avec une crainte anxieuse.

— Eh ! – c'était la voix de Beck, tout à côté d'elle : quel est donc ce beau garçon auquel Milady Southesk vient de donner un rendez-vous ?

Le mari de Carnegie venait d'hériter du comté de Southesk.

— C'est Lord Carlton, et il ne lui a pas donné de rendez-vous !

Beck la regarda avec une douce surprise :

— Vraiment ! fit-elle d'un ton traînant... Et qu'est-ce que cela peut bien vous faire, je vous prie ?

Ambre était furieuse de sa propre sottise, car elle savait fort bien qu'en dépit de l'amitié superficielle qui existait entre elles, rien ne ferait davantage plaisir à Beck que de semer la discorde entre elle et Rex Morgan.

— Oh ! cela m'est bien égal. Mais j'ai appris par hasard qu'il portait ses préférences ailleurs.

— Oh ! et où cela ?

La voix de Beck n'était qu'un ronronnement musical et ses yeux brillaient de malice.

— Sur Lady Castlemaine ! dit brièvement Ambre, bien que ce nom seul lui brûlât la langue.

Et elle s'en alla. Elle se prit à souhaiter n'avoir pas invité Bruce à venir la chercher au salon d'habillage après la représentation, car elle savait que les yeux perspicaces de Beck ne manqueraient pas de les observer. Aussi, juste avant le dernier acte, envoya-t-elle un gamin à la loge dire que le rendez-vous était reporté à l'extérieur, devant la voiture d'Almsbury. Elle ne jouait pas dans les dernières scènes et se dépêcha de se déshabiller, afin d'être prête quand la foule commencerait à s'écouler hors du théâtre.

Elle partit avant que personne fût revenu au salon d'habillage et elle se dirigea vers l'équipage d'Almsbury. Bruce se tenait devant la portière ouverte.

— Bruce ! Je suis si heureuse !

Elle baissa la voix et jeta un coup d'œil rapide autour d'elle, ne désirant être ni vue, ni entendue par quiconque pourrait connaître Rex.

— Je vous ai envoyé ce gamin, parce que j'ai pensé...

Il sourit.

— Ne vous inquiétez pas, Ambre. Inutile de vous excuser. Je crois avoir compris. Puis-je vous présenter à Lady Almsbury ?

Elle lui lança un regard indigné, car elle n'admettait pas

qu'il pénétrât si aisément ses motifs et n'en fût pas choqué. Mais il ne parut pas y faire attention, la prit par le bras et fit les présentations.

Émily, Lady Almsbury, ainsi qu'Ambre le vit au premier coup d'œil, n'était nullement une beauté. Ses cheveux, ses yeux et même les toilettes qu'elle portait étaient de couleur indéfinie ; ses traits n'avaient rien de défectueux, elle avait les dents blanches et bien rangées. Un bon maquillage, de fausses boucles et quelques mouches l'auraient peut-être transformée. Visiblement elle était de nouveau enceinte.

« Seigneur ! songea Ambre, comme il est peu profitable d'être l'épouse d'un homme ! »

Bruce et Ambre montèrent dans la voiture d'Ambre, suivis d'un petit nègre qui n'avait pas plus de cinq ou six ans et était fort occupé à empêcher le manteau de son maître, qu'il portait, de traîner dans la boue.

— C'est Curry, expliqua Bruce. Je l'ai acheté il y a un an à la Jamaïque.

Bien des nobles possédaient ainsi des serviteurs noirs, mais Ambre n'en avait jamais vu d'aussi près et elle l'examina comme s'il se fût agi d'un objet, ou d'un nouveau petit chien, s'extasiant sur ses paumes décolorées, admirant la blancheur éblouissante de ses dents. Il portait une magnifique livrée de satin bleu saphir, sa tête était enturbannée d'un drap d'argent orné d'une grosse épingle en rubis. Mais ses souliers étaient éculés, beaucoup trop grands pour lui, et il fixait son maître de ses grands yeux solennels.

— Oh ! Bruce ! quelle drôle de petite poupée ! s'écria Ambre. Sait-il parler ?

Et sans attendre de réponse, elle lui demanda immédiatement :

— Pourquoi t'appelle-t-on Curry ?

— Parce que ma mère a mangé un pudding au curry juste avant ma naissance.

Il avait une voix douce et fluide, assez difficile à saisir. Il se tenait debout dans la voiture, auprès de Bruce, et ne regardait même pas, à travers la portière, les rues animées par lesquelles circulait l'équipage.

— Que fait-il ? À quoi sert-il ?

— Il est très utile. Il sait jouer de la guitare et faire du café. Naturellement il chante et il danse. Je m'étais dit que vous aimeriez peut-être l'avoir.

— Oh ! Bruce, il est pour moi ? Vous l'avez emmené à travers les océans pour moi ! Oh ! merci ! Curry... aimerais-tu rester à Londres avec moi ?

Ses regards allèrent d'Ambre à Bruce, puis il secoua la tête.

— Non, Monsieur, Madame. Je reste avec Miss Leah !

Ambre jeta un coup d'œil interrogateur vers Bruce et surprit un fugitif sourire sur son visage.

— Qui est Miss Leah ?

— Ma femme de charge.

Un soupçon se fit jour en elle :

— Une négresse aussi ?

— Une quarteronne.

— Au nom du ciel, qu'est-ce que cela ?

— Quelqu'un qui possède un quart de sang nègre dans les veines, le reste blanc.

Ambre frissonna d'un air moqueur.

— Quel drôle de mélange !

— Pas tant que cela. Il y en a de très jolies.

Elle lui lança un regard de coin et, bien qu'elle mourût d'envie de lui demander si cette femme était ou non sa maîtresse, elle se tut. Je le demanderai à Curry, décida-t-elle. J'arriverai bien à le savoir.

À cet instant la voiture s'arrêta devant sa porte. Bruce l'aida à descendre et leur conversation fut interrompue par l'arrivée de l'équipage d'Almsbury, qui les suivait de près. Ambre et la comtesse montèrent ensemble, bavardant du temps, de la pièce et des spectateurs. Ambre se surprit à beaucoup aimer sa nouvelle connaissance, car Lady Almsbury était bonne et généreuse, dépourvue de l'envie et de la malignité qu'Ambre était habituée à rencontrer chez les femmes.

Le repas fut exactement ce qu'elle avait espéré. Il se composait d'une soupe aux pois épaisse et fumante, avec des poireaux, du lard frit et de croustillantes petites boulettes de viande qui flottaient à la surface. Puis un canard rôti, farci aux huîtres, aux oignons et aux noix ; des champignons sautés ; des biscuits secs et un pudding à l'orange dressé sur un plat entouré de feuilletés et décoré de fleurs d'oranger en sucre. Elle avait aussi commandé du café noir, car elle savait combien Bruce l'aimait ; c'était un breuvage très cher, mais très bien porté. Les hommes ne tarirent pas de compliments et Ambre était aussi contente que si elle eût elle-même confectionné tous les plats.

Le souper terminé, ils passèrent au salon. Ambre et Lady Almsbury s'installèrent sur le divan, devant la cheminée ; les deux hommes prirent des chaises de chaque côté. Ambre et Sa Grâce la comtesse parlèrent des nouvelles modes – les robes avaient maintenant des traînes de trois pieds de long –, Bruce et le comte s'entretinrent de la guerre avec la Hollande qui, ils en étaient sûrs, ne pouvait manquer d'éclater bientôt. Mais Ambre en eut vite assez. Elle n'avait pas invité Bruce pour qu'il causât avec Almsbury.

— Vous dites que vous n'êtes pas ici pour longtemps, Milord ? demanda-t-elle, se tournant vers lui. Qu'avez-vous l'intention de faire ?

Bruce, qui était assis les deux coudes appuyés sur les genoux, tenant son verre de brandy à deux mains, jeta un coup d'œil sur Almsbury avant de répondre :

— Je retourne à la Jamaïque.

— Et pourquoi, au nom du ciel ? J'ai entendu dire que c'était un vilain endroit !

— Vilain ou non, il est excellent pour mes projets.

— Et quels sont-ils, je vous prie ?

Elle pensait à Miss Leah.

— Gagner davantage d'argent.

— Encore ? N'êtes-vous pas suffisamment riche ?

— Est-on jamais assez riche ? intervint Almsbury.

Ambre l'ignora :

— Voyons ! vous n'avez pourtant pas l'intention de rester pirate toute votre vie ?

Elle savait très bien qu'il y avait une différence entre un pirate et un corsaire, mais prenait plaisir à dénigrer ce qu'il faisait. Bruce sourit :

— Non. Encore un an ou deux, peut-être, cela dépend de la chance que j'aurai, et alors, fini !

Le visage d'Ambre s'illumina.

— Vous reviendrez définitivement ?

Il prit une grande respiration, vida son verre et tout en lui répondant, se leva :

— Ensuite je pense aller en Amérique et y planter du tabac.

Ambre fut déconcertée.

— Aller en Amérique ! s'écria-t-elle. Pour y planter du tabac ! Allons, vous perdez le sens !

Elle sauta sur ses pieds et le rejoignit comme il se versait un second verre d'eau-de-vie.

— Bruce, vous n'êtes pas sérieux ?

Il laissa tomber un regard sur elle :

— Pourquoi pas ? Je n'ai pas l'intention de rester ici à jouer à pile ou face avec les politiciens de la Cour pendant une trentaine d'années.

— Mais pourquoi l'Amérique ? C'est si loin. Pourquoi ne pas planter votre tabac en Angleterre ?

— Pour une bonne raison, c'est qu'une loi interdit les

plantations de tabac ici ! Et, de toute façon, ce serait impraticable. Le terrain ne convient pas à la culture du tabac – il faut beaucoup d'espace –, cela épuise rapidement la terre et il faut de grandes étendues.

— Mais qu'est-ce que cela vous rapportera ? Vous n'avez pas besoin d'argent là-bas. Et l'argent ne sert à rien si on ne peut le dépenser !

Il ne répondit pas car, au même instant, la porte s'ouvrait, laissant apparaître Rex Morgan, qui s'arrêta, surpris de la voir en conversation si absorbante avec quelqu'un qu'il n'avait jamais vu. Ambre fut déçue et un peu troublée, car elle se demandait quelle était son expression au moment où Rex avait ouvert la porte. Mais, se reprenant immédiatement, elle courut à lui et l'accueillit joyeusement :

— Entrez, mon cœur ! Je ne vous attendais pas et nous avons tout mangé ; il ne reste plus que les coquilles de noix ! Là, que je vous présente mes invités.

Rex avait déjà rencontré Almsbury, mais pas la comtesse, ni Bruce, et les présentations une fois faites, Ambre suggéra rapidement une partie de cartes. Elle ne désirait pas que les messieurs entament une conversation. Ils s'installèrent donc devant un lansquenet à cinq et, comme Almsbury mêlait les cartes, Ambre surprit entre Rex et Lord Carlton un échange de regards qui lui fit froid dans le dos. « Oh ! mon Dieu ! songea-t-elle. Si jamais il devine ! »

Elle joua fort mal, incapable de fixer son esprit, et la pièce lui paraissait étouffante. Mais Bruce ne lui accordait aucune attention spéciale, se montrait aussi naturel que s'il avait été un ami venu par hasard, parce qu'il se trouvait à Almsbury House. Quant à Ambre, elle cherchait désespérément à convaincre Rex de l'intérêt exclusif qu'elle lui portait. Elle fleuretait avec lui aussi outrageusement que s'ils s'étaient rencontrés pour la première fois, réclamait son avis sur les moindres détails, appelait Nan pour remplir son verre sitôt qu'il était vide et s'occupait à peine de Bruce. Car il ne lui avait nullement donné à entendre qu'elle pourrait se passer de Rex Morgan.

Mais elle était nerveuse et mal à l'aise et les muscles de son cou devenaient douloureux quand Almsbury, prétextant la grossesse de sa femme, donna le signal du départ. Elle lui lança un regard reconnaissant.

Nan apporta les manteaux et les chapeaux à plumes de ces messieurs, tandis qu'Ambre accompagnait Lady Almsbury dans la chambre à coucher, lui disant combien elle avait été heureuse de faire sa connaissance. L'aidant à mettre son manteau, elle lui tint son éventail pendant qu'Émily ajustait son capuchon et elle lui rendit le sien à la place. Lady Almsbury ne s'aperçut pas de l'échange et les deux dames revinrent au salon. Les trois hommes y trinquaient pour la dernière fois et paraissaient très bons amis ; au moment du départ, Rex les invita à revenir.

Nan descendit avec une bougie pour les éclairer et Ambre attendit une minute ou deux :

— Oh ! s'écria-t-elle alors, j'ai gardé l'éventail de Sa Grâce !

Avant que Rex qui était allé à la salle à manger pêcher quelques biscuits eût offert ses services, elle avait quitté la pièce en courant. Elle les rejoignit au bas de l'escalier, car Émily marchait lentement, et toutes deux se confondirent en politesses. En les quittant, Ambre lança un rapide coup d'œil autour d'elle et souffla à Bruce :

— Je serai à Almsbury House demain matin vers huit heures !

Sans attendre ni réponse, ni objection, elle releva ses jupes et remonta en courant.

Bruce était très occupé.

Il passait ses journées au port, surveillant le nettoyage, les réparations et le chargement de ses navires, engageant de nouveaux hommes et causant aux marchands auxquels il achetait des provisions et dont plusieurs avaient une participation financière dans ses entreprises.

Soutenir les corsaires était la plus grosse spéculation du pays et, non seulement le roi et les courtiers, mais la plupart des grands marchands et bien des petits s'y intéressaient, généralement en y investissant de belles sommes. Le soir, Bruce allait à Whitehall, assistait aux représentations, jouait à Groom Porter Lodge, fréquentait les innombrables bals ou dîners qui avaient lieu sans trêve.

Ambre, par conséquent, ne le voyait qu'une heure ou deux, le matin, quand elle se rendait à Almsbury House, ce qu'elle ne faisait pas tous les jours car, chaque fois qu'il le pouvait, Rex attendait qu'elle fût partie au théâtre pour s'en aller. Mais, pour autant qu'elle le savait, il n'avait pas le plus léger soupçon de ses relations avec Lord Carlton. Et elle entendait bien qu'il n'en eût jamais.

Mais la violente passion qu'elle éprouvait et qui la rendait téméraire en dépit d'elle-même allait à l'encontre de celle volonté bien arrêtée de prudence. Elle avait supplié Bruce de l'emmener quand il repartirait et il avait refusé, une fois de plus, en dépit de ses larmes. Elle était habituée à Rex, qui se laissait attendrir, et ce refus obstiné la remplit d'une fureur impuissante.

— Je me cacherai sur votre bateau, lui dit-elle un jour mi-riant mi-sérieuse, se disant néanmoins que, dans ce cas, il serait bien obligé de la garder. Il ne pourrait pas la faire jeter par-dessus bord !

— Je vous renverrai sitôt que je vous aurai trouvée, quelle que soit la distance.

Ses yeux avaient une lueur dangereuse.

— La piraterie n'est pas un jeu d'enfant !

Ambre s'inquiétait, car elle savait qu'il partirait bientôt et qu'elle ne le verrait plus – pendant des années peut-être – mais elle souffrait plus encore, tant qu'il était là, de voir passer les jours, sans qu'ils puissent se voir plus d'une heure par-ci, par-là. Elle eût aimé passer des jours entiers et des nuits avec lui, sans être dérangée. Et finalement, elle trouva la solution, un plan si simple et si naturel qu'il paraissait incroyable qu'elle n'y eût pas songé plus tôt. Ils n'avaient qu'à aller ensemble à la campagne.

— Et le capitaine Morgan ? demanda Bruce. Nous accompagnera-t-il ?

Cela amusa Ambre :

— Bien sûr que non ! Ne vous inquiétez pas de Rex. Je m'en occuperai. Je sais exactement ce que je lui dirai et il ne soupçonnera rien. Oh ! je vous en prie, Bruce ! Venez, voulez-vous ?

— Mon cœur, je le souhaite, évidemment. Mais je trouve que vous courez un gros risque pour une bien faible compensation. Admettez qu'il...

Mais elle l'interrompit vivement :

— Oh ! Bruce, non. Je connais Rex mieux que vous, il croira ce que je lui dirai.

Il eut un sourire énigmatique :

— Trésor, les hommes ne sont pas toujours aussi crédules que les femmes se l'imaginent.

Finalement il accepta de partir avec elle cinq ou six jours, quand il en aurait terminé de ses affaires. Une flotte marchande espagnole était annoncée, revenant du Pérou lourdement chargée d'or et d'argent, et il comptait l'intercepter vers la fin mai, ce qui l'obligeait à quitter Londres vers le milieu du mois.

Et, comme le jour où il avait accepté de l'emmener à Londres, Ambre crut l'avoir convaincu. Elle ne comprenait toujours pas à quel point l'égoïsme et le cynisme l'avaient rendu indifférent. Il l'avait avertie, mais ne songeait pas qu'il devrait ou pourrait la protéger des risques de l'existence et de son caractère entêté.

Ils prirent la grand-route qui, à travers le Surrey, se dirige vers la mer. Comme à Londres il pleuvait, et cela depuis près d'un mois et demi, ils avançaient lentement, obligés de s'arrêter souvent pour dégager les roues embourbées de la voiture. Mais le pays était beau. C'était le cœur riche de l'Angleterre agricole et des fermes prospères s'étalaient le long des collines. Nombre d'entre elles étaient closes de haies, bien que ce fût alors une mode peu commune. Les maisons de campagne et les manoirs étaient en briques rouge vif et en chêne argenté, et les jardins luxuriants foisonnaient de violettes pourpres et blanches, de tulipes et de roses crimson.

Ambre et Bruce, assis l'un contre l'autre, se donnaient la main et regardaient par la portière tout en bavardant à voix basse. Comme toujours sa présence lui donnait une sensation d'achèvement, la certitude qu'elle avait de la vie tout ce qu'elle pouvait en désirer, et que cela durerait éternellement.

— Cela me rappelle la maison, dit-elle en montrant le village qu'ils traversaient au même instant. Je parle de Marygreen.

— La maison ? Est-ce à dire que vous aimeriez y retourner ?

— Retourner à Marygreen ? Je refuserais ! Rien que d'y penser, j'en ai des vapeurs !

La première nuit ils s'arrêtèrent à une petite auberge, et, voyant que la pluie ne cessait pas, décidèrent d'y rester. Il y faisait bon, agréable et chaud, et la nourriture était bonne. L'hôtelier était un vétéran de la guerre civile, un vieux bonhomme vantard qui monopolisait Bruce sitôt qu'il le voyait et se lançait dans d'interminables souvenirs sur le prince Rupert et les marais de Marston. Ils étaient les seuls clients.

La semaine, qui lui avait paru devoir durer éternellement, s'écoulait de plus en plus rapidement : ces heures et ces minutes si précieuses s'enfuyaient glissant de ses doigts à mesure qu'elle s'efforçait de les retenir. Le temps passait si vite, bientôt il serait parti...

— Oh ! pourquoi le temps coule-t-il si vite quand vous voudriez le retenir ? s'écria-t-elle. Par moments je me prends à espérer que la pendule s'arrête et ne bouge jamais plus !

Ils flânaient tout le long du jour, se levaient tard le matin et se couchaient de bonne heure le soir. Tandis que la pluie tombait au-dehors, ils restaient au coin du feu, jouaient aux cartes ; invariablement il gagnait, bien qu'Ambre se crût très forte, et si elle trichait, il s'en apercevait toujours. Quand la soirée était belle – ce qui arriva deux ou trois fois – ils se roulaient dans l'herbe, non loin de l'auberge.

Ils avaient emmené le bébé avec eux – ainsi que Nan et Curry – et Bruce expliqua qu'il s'était arrangé avec Almsbury pour reprendre l'enfant de chez Mrs. Chiverton et le faire élever avec les deux fils du comte. Ambre était enchantée qu'il aimât tant son fils. Cela l'encourageait à espérer qu'un jour ou l'autre il renoncerait à sa vie aventureuse et l'épouserait, ou l'emmènerait en Amérique.

Jusqu'au dernier jour elle se tint fermement à sa décision de ne plus discuter avec lui, mais à la fin elle ne put résister :

— Je ne vois pas pourquoi vous tenez à vivre en Amérique, Bruce, dit-elle, boudant un peu avant qu'il ait eu le temps de répondre. Qu'est-ce qui vous plaît tant dans ce pays, où on ne trouve que des Indiens sauvages et des nègres ! Voyons, vous l'avez dit vous-même, il n'y a pas une seule ville de la taille de Londres. Seigneur ! que pouvez-vous bien y faire ? Pourquoi ne pas revenir en Angleterre et y jouir de la vie quand vous ne serez plus corsaire ?

La pluie avait cessé et le soleil était chaud. Ils avaient étalé une couverture sous un hêtre lourdement chargé de chatons pourpres. Ambre était assise les jambes croisées et Bruce étendu à plat ventre. Tout en parlant, elle surveillait le bébé qui s'était éloigné de quelques mètres pour mieux voir une mère cane et ses petits qui nageaient dans une mare peu profonde. Il tirait derrière lui une vieille poupée de bois attachée à une ficelle. Ambre lui avait bien recommandé de ne pas s'approcher trop près de l'eau mais, absorbé par le spectacle, il ne l'avait pas écoutée.

Bruce, un brin d'herbe entre les dents, les yeux clignotant à cause du soleil, leva les yeux sur elle en souriant.

— Parce que, mon trésor, la vie que je désire pour mes enfants et moi n'existe plus en Angleterre.

— Vos enfants ! Et combien de bâtards avez-vous, je vous prie ? À moins que vous ne soyez marié ? ajouta-t-elle soudain.

— Non, bien sûr que non.

Comme elle ouvrait la bouche, d'un geste il lui imposa silence.

— Et ne parlons plus de cela, je vous prie.

— Oh ! je n'en avais pas l'intention ! Vous avez si bonne opinion de vous. Et je n'ai nul besoin d'aller mendier un époux, permettez-moi de vous le dire.

— Non, reconnut-il, je ne le crois pas non plus. Je suis seulement étonné que vous ne soyez pas encore mariée.

— C'est parce que j'ai été trop bête. Je croyais que vous... Oh ! rassurez-vous, je ne le dirai pas. Mais *pourquoi* n'aimez-vous pas l'Angleterre ? Mon Dieu ! mais vous pourriez vivre à la Cour et avoir la plus belle situation que n'importe qui en Europe.

— Peut-être. Mais le prix en est trop élevé pour ma bourse.

— Mais vous serez plus riche que...

— Je ne parle pas d'argent. Vous ne connaissez pas la Cour, Ambre. Vous ne l'avez vue que du dehors : beaux habits, bijoux et jolies manières. Ce n'est pas Whitehall, cela, Whitehall est comme un œuf pourri. À l'extérieur il a bonne apparence, brisez-le, il pue que c'en est une infection...

Elle n'en croyait rien et s'apprêtait à le lui dire quand elle entendit un clapotis soudain et un hurlement poussé par le petit au moment où il tombait dans la mare. Bruce bondit et courut. Ambre sur ses talons, pour repêcher son fils. Et quand le petit garçon se retrouva sain et sauf dans les bras de son père, tous trois éclatèrent de rire. Bruce installa le bébé sur son épaule et ils rentrèrent à l'auberge changer l'enfant.

Il était très tard le lendemain soir quand elle quitta Bruce à Almsbury House. Une nurse, qu'il venait d'engager, vint prendre l'enfant et disparut avec lui. Un instant Bruce resta immobile sous la pluie devant la portière ouverte, tandis qu'Ambre luttait contre ses larmes. Cette fois-ci elle avait décidé qu'il emporterait un bon souvenir d'elle, mais elle avait la gorge serrée et se disait qu'elle ne supporterait jamais cette séparation. Depuis des heures elle s'efforçait de penser à autre chose, mais c'était impossible maintenant ! L'heure des adieux venait de sonner.

— Je vous verrai à votre retour, Bruce... murmura-t-elle, ne pouvant se fier à sa voix.

Sans répondre, il la contempla. Puis il dit :

— J'ai déposé un millier de livres à votre nom chez Shadrac Newbold, vous pourrez les toucher avec un préavis de vingt jours. Si jamais vous avez des difficultés avec Morgan à cause de moi, cela vous aidera.

Il se pencha rapidement, l'embrassa et partit. Elle le suivit des yeux, le vit disparaître dans la brume humide et, perdant alors tout contrôle sur elle-même, elle fondit en sanglots.

Elle pleurait toujours quand elle arriva chez elle. Il lui semblait être partie depuis très longtemps et c'est lentement qu'elle gravit l'escalier. La porte, quand elle voulut l'ouvrir, n'était plus fermée à clef. Rex était là.

Ses yeux étaient injectés de sang : il paraissait ne pas s'être rasé, ni avoir dormi depuis plusieurs jours, car son visage était hagard et ses habits chiffonnés. Surprise de le trouver là et en pareil état, elle s'arrêta, muette, reniflant involontairement bien que ses larmes se fussent arrêtées à sa vue, et du revers de la main, elle s'essuya les yeux.

— Bien ! dit-il tranquillement. Ainsi votre tante Sarah est morte. Rien, je pense, ne pourrait vous mettre dans un état pareil.

Ambre se tint sur la réserve, car elle ignorait s'il se moquait d'elle. Mais elle ne pensait pas – sachant d'où elle venait – qu'il pût être aussi calme :

— Oui, dit-elle. Pauvre tante Sarah. Ce fut un vrai coup, c'est la seule femme qui m'ait servi de mère...

— Ne vous donnez donc pas la peine de mentir ainsi. Je sais où vous avez été et avec qui vous étiez !

Il parlait entre ses dents, lançant chaque mot avec une intonation mordante, et, bien qu'il n'élevât pas la voix, elle comprit qu'il était en proie à une fureur insensée, meurtrière. Elle ouvrit la bouche pour protester, mais il l'interrompit :

— Pour quelle sorte d'imbécile me prenez-vous ? Croyez-vous donc que je ne me sois pas aperçu que votre mioche porte le même nom que lui ? Mais vous m'aviez fait tant de promesses... que vous ne seriez jamais infidèle à l'homme qui vous aimerait ! J'étais décidé à vous croire et à vous faire confiance, quoi qu'il arrivât. Et vous avez quitté la ville tous les deux en même temps. Petite misérable... petite ingrate... Je vous attends depuis quatre jours et quatre nuits. Avez-vous idée de ce que j'ai souffert ? Oh ! bien sûr que non. Vous ne pensez jamais qu'à vous dans ce monde... Vous ne vous préoccupez jamais du mal que vous faites, du moment que vous obtenez ce que vous voulez... Petite créature égoïste, intéressée, avide de plaisirs, je pourrais vous tuer – j'aimerais vous tuer –, j'aimerais entendre votre dernier soupir.

Il parlait d'un ton bas, monocorde, qui n'avait rien de commun avec sa voix habituelle : son visage était défiguré par la rage, la souffrance et la jalousie. Elle se trouvait devant un homme qu'elle ne soupçonnait pas derrière le doux et tranquille Rex Morgan, une sorte d'étranger barbare et méchant.

Ambre le regardait, terrifiée. Elle recula, dans l'intention de fuir s'il faisait le plus léger mouvement. Comme un animal apeuré, elle se retourna, mais il fut plus rapide. Avant d'avoir compris ce qui lui arrivait, elle se sentit saisie par le bras. Elle poussa un cri, mais il appliqua une main sur sa bouche et la secoua rudement.

— Taisez-vous, misérable petite poltronne. Je ne vous ferai pas de mal !

Tout son corps était tendu par l'effort qu'il faisait pour se contenir, en même temps qu'il se sentait épuisé par la jalousie et le manque de sommeil. Ambre le considérait avec des yeux agrandis par la terreur, mais l'étreinte qui la retenait était si forte qu'elle ne pouvait bouger...

— Je désire que vous viviez – je veux que vous viviez assez longtemps pour ressentir ce que j'ai éprouvé –, je veux que vous viviez et que vous souhaitiez d'être morte parce qu'il...

Et brusquement il la laissa aller.

Délivrée, Ambre se ressaisit. Elle avait à peine entendu ce qu'il lui disait, mais à présent, le voyant partir, elle comprit.

— Où allez-vous ? Rex ! vous n'allez pas vous battre avec lui !

— Je vais me battre avec lui et le tuer !

Sûre que sa propre vie n'était plus en danger, Ambre fronça les sourcils avec mépris :

— Vous êtes fou, Rex Morgan. Il manie l'épée mieux que vous.

D'un coup de poing il enfonça son chapeau sur sa tête et sortit rapidement. À la porte il se heurta contre Nan, Curry et Jeremy qui rentraient les bras chargés de bagages, mais il passa sans un mot d'excuse.

Nan reprit son équilibre et ses yeux bleus s'écarquillèrent comme elle le voyait descendre l'escalier quatre à quatre.

— Où va-t-il, dans une telle rage, Madame ?

Elle regardait anxieusement Ambre.

— Il ne va pas se battre avec Lord Carlton ?

— C'est un fou, s'il le fait, marmonna Ambre en se détournant.

Mais Nan tourna sur elle-même et se précipita en bas de l'escalier en criant :

— Capitaine Morgan ! Capitaine Morgan ! Revenez ! Revenez !

XXI

Une heure après Bruce arrivait chez elle.

Il entra rapidement après que Nan eut ouvert la porte ; son visage était sombre et ne s'éclaira pas à l'arrivée d'Ambre, qui sortit en courant de sa chambre à coucher.

— Eh bien ! Bruce ! Qu'y a-t-il ? Que se passe-t-il ?

Il lui tendit un billet plié en quatre dont le sceau avait été rompu :

— Lisez cela ! On vient de me l'apporter à Almsbury House.

Elle le prit et lut :

« Monsieur,

« Vous m'avez fait une injure que nul gentilhomme ne saurait accepter d'un autre. Je vous rencontrerai demain matin à cinq heures à Marrowbone Fields, à l'endroit où Tyburn Brook croise la route. Prenez votre épée. Sinon, je serai à vos ordres le plus tôt que vous pourrez me faire signe.

« Votre serviteur.
« Capitaine Rex Morgan. »

L'écriture était raturée et la plume avait craché plusieurs fois, maculant la page.

Dans sa colère, Rex avait négligé une partie des formalités habituelles à un duel, car la coutume voulait que le choix des armes et de la place fût laissé à celui qui était provoqué. Il ne parlait pas d'avantage des seconds – un ou deux – choisis généralement par les deux adversaires, suivant une mode venue de France et qui avait déjà coûté inutilement plus d'une vie humaine.

Ambre lui rendit le billet :

— Eh bien ?

— Eh bien ! C'est tout ce que vous trouvez à dire ! Pour l'amour de Dieu, Ambre, comment êtes-vous faite ? Vous savez qu'il perdra son grade et sera obligé de partir en exil. Il peut aussi n'en pas revenir du tout ! Si vous ne vous inquiétez pas de ce qui lui arrivera, pensez du moins à votre avenir ! Voyez-le ce soir et dites-lui que cette rencontre est ridicule et sans raison.

Ambre était stupéfaite, puis offensée, car visiblement il ne la considérait pas comme une cause justifiant un duel. Blessée dans son orgueil, elle chercha à le blesser à son tour et un sourire moqueur releva les coins de sa bouche :

— Vous me surprenez, Lord Carlton.

Les yeux de Bruce s'étrécirent :

— Qu'entendez-vous par là ?

Elle haussa légèrement les épaules :

— Je ne m'attendais pas à vous voir tracassé par une rencontre à l'épée. Je croyais qu'un corsaire savait aussi bien se défendre qu'un autre homme.

Nan poussa un cri et porta une main à sa bouche, comme pour arrêter les paroles de sa maîtresse. Mais le visage de Bruce exprimait une sorte de mépris irrité.

— Je n'ai pas peur de le rencontrer, et vous le savez fichtre bien. Mais je n'aime pas me battre avec un homme pour une aussi mauvaise raison.

— Si vous parlez de moi, Lord Carlton, Rex me trouve une raison suffisante.

— Dites-lui que vous avez un enfant de moi, et vous verrez ce qu'il pensera alors !

— Il le sait, et désire ce duel. De toute façon, je ne sais pas où il est allé. Si vous ne tenez pas à vous battre, vous n'aurez qu'à lui faire des excuses.

Elle lui tourna le dos, mais intercepta néanmoins sur son visage une expression positivement terrifiante. Sans un mot, il pivota sur ses talons et quitta la pièce, son long manteau de cavalier flottant derrière lui.

— Oh ! Madame ! s'écria Nan avec désespoir. Qu'avez-vous fait !

— Cela m'est égal. Il ne pensait pas que j'allais le supplier.

— Mais ce n'est pas parce qu'il a peur, Madame. Vous le savez bien !

Furieuse, Ambre donna un coup de pied dans une chaise et rentra dans sa chambre en claquant la porte. Elle arpenta la pièce, mécontente de Bruce, de Rex, d'elle-même, de tout le monde. « La peste soit de tous les hommes ! » se dit-elle avec rage, jetant ses vêtements de tous côtés pour se mettre au lit, bien qu'elle sût qu'elle ne pourrait pas dormir.

Quand Nan entra, au bout d'une heure, Ambre était

toujours éveillée, se tournant et se retournant, mais sa colère était passée et l'inquiétude montait en elle. La perspective du duel ne la troublait guère, car, bien que ce fût interdit par la loi, il y en avait journellement et de bouillants jeunes gens se battaient sous le moindre prétexte.

Elle ne craignait pas de les voir se battre. En fait, elle était plutôt flattée et presque satisfaite – ou, du moins, l'eût été si Bruce se fût montré moins insultant – car un duel n'était généralement pas fatal et s'arrêtait d'ordinaire à la première effusion de sang. Mais elle redoutait ce qui lui arriverait ensuite.

Si Rex ne lui pardonnait pas, cette fois ? S'il était obligé de quitter le pays, sans pouvoir jamais y revenir ? Que deviendrait-elle alors ? Il ne lui restait plus aucune illusion sur le sort réservé à une femme, dans la ville de Londres, à l'époque de la Restauration. Elle savait qu'elle avait eu beaucoup de chance de trouver un homme comme Rex Morgan, qui l'aimait. Car la mode n'était pas à l'amour véritable et, sans lui, un homme n'avait pas d'obligations et une femme point de droits. Elle se disait soudain combien elle avait été folle de jouer ainsi avec le feu. Évidemment, il était impossible qu'il crût cette lamentable histoire de tante Sarah ! Et cependant, que trouver d'autre ? Elle était bien forcée de reconnaître que la seule manière d'éviter ces histoires eût été de ne jamais quitter Londres avec Bruce. Elle en avait trop demandé – elle avait été trop gourmande – et voici où elle en était arrivée.

« Quelle idée ai-je donc eue ! se demanda-t-elle avec colère. J'avais Rex – et j'avais aussi Bruce – et maintenant... »

Mais bientôt sa fureur se reporta sur Bruce. Que le diable l'emporte ! Il ne m'a jamais causé que des ennuis.

Comme elle entendait Nan marcher sur la pointe des pieds dans l'obscurité, elle lui parla :

— Allume une bougie, Nan, si tu veux. Je ne peux pas dormir !

Nan passa dans l'autre pièce et revint avec un chandelier, en alluma encore deux ou trois autres aux murs, tandis qu'Ambre se prenait la tête à deux mains :

— Seigneur ! Nan, que vais-je faire ?

Nan, qui se déshabillait, étouffa un soupir :

— À dire vrai, Madame, je n'en sais rien. Nous sommes dans un sale pétrin.

Toutes deux se regardèrent, désolées. Finalement Nan souffla les bougies, se coucha auprès de sa maîtresse et elles se mirent a causer, aucune d'elles n'ayant envie de dormir. À la longue Nan ferma les yeux, mais Ambre continua de s'agiter : elle entendit le veilleur de nuit toutes les heures : une heure, deux heures, trois heures...

Je ne m'en vais pas rester couchée ici et laisser ma vie risquer d'être gâchée, se dit-elle. Et quand elle entendit : « Dieu vous accorde une bonne journée, Messieurs et Mesdames. Il est trois heures passées et la matinée sera belle ! »... elle rejeta ses couvertures et secoua Nan.

— Nan ! réveille-toi ! Debout ! Je vais à Marrowbone Fields !

— Mon Dieu, Madame, je croyais qu'il y avait le feu à la maison.

Ambre s'habilla rapidement, mais avec soin, comme si elle touchait à un instant dramatique de son existence et désirait s'y préparer. Elle se maquilla le visage, posa quelques mouches, peigna ses cheveux et les laissa retomber en boucles sur ses épaules. Elle mit une robe de velours incarnat, dont le manteau avait la coupe de celui d'un homme, et dans lequel elle se sentait très à l'aise. Le décolleté s'ouvrait en V ; de savantes broderies d'or ornaient le col et les manches. Les bords de son grand chapeau de cavalier étaient garnis de plumes d'autruche rouge, elle portait une paire de souliers de velours rouge bordés de petit-gris. Ce costume avait été fait par un tailleur, c'était un nouveau modèle qu'elle n'avait pas encore porté.

Pendant que Jeremy allait louer quatre chevaux de selle, Ambre but un café chaud fait par Curry et cela lui parut bon. Il était un peu plus de quatre heures quand Jeremy revint et qu'ils se mirent en route, Ambre et Nan, accompagnées de Jeremy et de Tempête. Le jour commençait à poindre, mais un épais brouillard tombait, cachant la forme des maisons, des arbres et bouchant la vue. Ambre en fut agacée, car l'humidité risquait d'abîmer son costume. Mais elle cessa bientôt de se préoccuper de son apparence, car son inquiétude grandissait à mesure qu'elle avançait.

Il ne leur fallut guère plus de vingt minutes pour atteindre l'endroit où le ruisseau de Tyburn coulait sous un petit pont de pierre, et, vers l'est, ils purent apercevoir un vague groupe d'hommes et de chevaux, à demi cachés par un bouquet de peupliers. Faisant tourner bride à son cheval, Ambre se dirigea vers eux. Bientôt elle put distinguer Bruce et Rex, Almsbury, le colonel Dillon, qu'elle connaissait de vue et deux autres messieurs, les chirurgiens probablement. Seuls Rex et Bruce avaient ôté leurs manteaux, afin de bien montrer qu'ils ne portaient pas d'armures.

Au bruit des sabots de chevaux, tous se retournèrent : il n'était pas rare que de telles réunions fussent interrompues. Mais quand Ambre tira sur les rênes et qu'ils virent de qui il s'agissait, Bruce se détourna, pas assez vite toutefois pour dissimuler l'ennui et l'irritation peints sur son visage. Rex, au contraire, la considéra avec stupeur.

— Oh ! Rex ! mon cœur ! s'écria-t-elle, s'arrêtant à quelques pieds de lui. Dieu merci, j'arrive à temps ! Il ne faut pas vous battre, non, il ne faut pas, Rex ! Je vous en prie, mon cœur ! Pour l'amour de moi !

Jetant rapidement un coup d'œil oblique, elle vit que

Bruce la regardait, l'air sombre, sourire cynique au coin des lèvres. De rage, elle chercha à le blesser autant qu'elle pouvait :

— Vous n'avez nulle raison de vous battre, Rex ! Voyons, je ne me soucie pas plus de lui que du petit bonhomme dans la lune !

« Là ! » se dit-elle sauvagement en lui lançant un regard vindicatif qu'il affronta avec un froid mépris. Mais, quand ses yeux revinrent à Rex, celui-ci avait repris tout son calme. Parfaitement maître de lui, plus rien ne subsistait de la colère folle qui l'avait possédé. Absorbée par ses propres préoccupations, Ambre ne comprit pas que cette apparente tranquillité cachait une détermination mortelle et qu'il était rendu au point d'en trembler comme la mince lame d'acier qu'il avait à la main. Aveugle, elle crut pouvoir l'amener où elle le désirait.

— Vous n'auriez pas dû venir ici, Ambre, dit-il. La place d'une femme n'est pas sur le terrain. Rentrez chez vous.

Il se détourna et se dirigea vers les autres.

— Rex ! cria-t-elle, réellement inquiète.

Et comme Jeremy venait l'aider à descendre, elle mit pied à terre aussi rapidement que possible et courut après lui, le saisit par le bras.

— Rex ! Je ne veux pas que vous vous battiez. Je ne le veux pas, entendez-vous ?

Sans la regarder ni lui répondre, il se dégagea et continua son chemin. Ambre n'aurait pas cédé, mais Almsbury la retint.

— Allons, rentrez ! Vous gênez ici.

— Mais je ne peux pas les laisser se battre.

— Ambre, pour l'amour du Christ ! gronda-t-il. Restez ici ! Ne bougez plus !

Désemparée elle resta debout, immobile. Bruce et Rex avaient dégainé et parlaient à voix basse avec Almsbury et l'autre officier. Finalement, Almsbury se retira, Dillon prit un mouchoir blanc et marqua la place de chacun des combattants. Le comte fronçait les sourcils.

— Que se passe-t-il ? lui demanda Ambre anxieusement.

— Carlton voudrait que l'on considérât l'affaire comme liquidée à la première effusion de sang, mais votre noble champion ne se déclarera satisfait que par la mort de l'un d'eux.

— La mort ! Mais il est fou ! Ce n'est pas possible. Je ne le permettrai pas.

Elle eut un mouvement pour s'élancer :

— Rex !

Almsbury la saisit au vol et la maintint.

— Arrêtez ! petite sotte. Un duel n'est pas un jeu d'enfant. Taisez-vous, ou rentrez immédiatement chez vous. Vous n'avez rien à faire ici !

Médusée, elle obéit et se tint tranquille. Les deux hommes étaient face à face, bien d'aplomb, croisant le fer, et le colonel Dillon tenait le mouchoir au-dessus de leurs têtes.

— En garde ! dirent Bruce et Rex en même temps.

— En garde !

Et Dillon abaissa le mouchoir.

Tous deux étaient lestes, souples et gracieux, de fines lames. Mais le style anglais était de sabrer plutôt que de pousser comme le voulait la mode française, et ils étaient d'une taille qui ne donnait à aucun l'avantage. Rex, toutefois, se battait avec furie : visiblement, il avait l'intention de tuer ou d'être tué, tandis que Bruce se tenait sur la défensive, se protégeant, mais ne cherchant pas à blesser son adversaire.

Ambre ne les quittait pas des yeux. Elle avait la gorge sèche et froissait nerveusement sa robe entre ses doigts. Mais toutes ses craintes étaient pour Bruce, elle eût presque ignoré l'homme qui le combattait. Et quand l'épée de Rex lui pénétra dans le bras droit, tout près de l'épaule, faisant jaillir un jet de sang, elle poussa un cri et se précipita. Almsbury la retint à temps.

Bruce avait abaissé son épée et Rex, refusant de profiter de l'avantage, l'imita. Le sang coulait en rigoles le long du bras de Bruce, tachant sa chemise, et cette vue emplissait Ambre de terreur et de remords.

— Oh ! Bruce ! gémit-elle. Vous êtes blessé !

Rex serra les dents, mais Bruce fit celui qui n'entendait pas.

— Là ! dit-il à Rex. Êtes-vous satisfait ?

Rendu plus furieux que jamais par le cri d'Ambre, Rex répondit en sifflant entre ses dents :

— Rien ne pourrait me satisfaire que votre mort.

Ambre eut un cri de terreur qui attira tous les regards sur elle, mais Almsbury lui appliqua sa main sur la bouche et la poussa rudement.

— Si vous ne vous taisez pas, vous le troublerez et il se fera tuer.

Le duel avait repris ; cette fois, sans aucun doute, Bruce se battait sérieusement et ne restait plus sur la défensive. Pendant quelques minutes les fers se croisèrent sans qu'aucun des deux n'eût l'avantage.

Puis soudain les deux lames s'engagèrent et se bloquèrent. Durant un très long moment, les deux hommes luttèrent, la sueur au front, le visage contracté par l'intensité de l'effort. Enfin, si prestement qu'il fut impossible de le prévoir, Bruce libéra son épée, l'enfonça dans la poitrine de Rex, si profondément que la pointe en sortit par l'autre côté. Et il la retira, rouge de sang.

Un instant Rex demeura immobile, comme foudroyé, puis s'affaissa lentement sur lui-même. Les chirurgiens se précipitèrent et Ambre courut avec eux, pour tomber à genoux auprès du corps qui gisait dans l'herbe. Sa gorge, contractée d'horreur, se refusait même à prononcer son nom, mais elle lui prit la tête dans ses bras, l'appuyant contre sa poitrine. Et soudain elle laissa échapper un misérable sanglot terrifié, tandis que les larmes roulaient sur sa figure.

— Oh ! Rex, Rex ! gémit-elle. Parlez-moi, mon cœur. Parlez-moi, je vous en prie !

Et elle couvrait son front, ses tempes et ses paupières de baisers passionnés.

Derrière elle, Bruce s'était emparé du mouchoir d'Almsbury. Il en essuya son épée, la remit au fourreau et boucla son ceinturon. La tradition voulait que l'épée du vaincu appartînt au vainqueur, mais il n'eut pas un geste pour se l'approprier ; les doigts de Rex restaient crispés sur le pommeau. Le chirurgien de Bruce déchirait sa chemise et bandait la plaie tandis que Bruce, les mains sur les hanches, considérait sa victime. Son visage était sombre, amer, nullement triomphant.

Rex s'agitait, comme pour échapper à la douleur, et bien qu'il toussât et crachât du sang, sa blessure saignait fort peu. Ambre sanglotait convulsivement, lui couvrant le visage de baisers et lui caressant les cheveux.

— Rex ! mon bien-aimé ! Regardez-moi ! Parlez-moi !

Il finit par ouvrir les yeux, très lentement et, en la voyant, esquissa un faible sourire :

— Je suis honteux, Ambre, dit-il doucement, que vous ayez assisté à ma défaite !

— Oh ! Rex, que cela peut-il me faire ! Vous savez combien cela m'est égal ! C'est à vous que je pense. Souffrez-vous ? Avez-vous très mal ?

Un léger tressaillement parcourut son visage, et des gouttes de sueur perlèrent à son front, mais ses traits se détendirent et il tourna les yeux vers elle :

— Non, Ambre. Pas très mal ! Je...

Mais il s'interrompit pour tousser et cracha un gros caillot de sang. Les yeux fermés, il portait convulsivement les mains à sa gorge, comme pour arrêter le flot.

Bruce enfila le pourpoint qu'Almsbury lui tendait, jeta un dernier coup d'œil sur Rex et, prenant son manteau, se dirigea, suivi du comte et de son chirurgien, vers l'endroit où un jeune page tenait ses chevaux.

Ambre s'aperçut soudain qu'il partait. Elle lança un regard rapide sur Rex. Il était calme, les yeux clos. Après une légère hésitation elle posa doucement sa tête sur l'herbe, se leva précipitamment et courut derrière Bruce, l'appelant à mi-voix afin que Rex n'entendît point.

Il se retourna, l'air incrédule et vivement irrité. Quand il parla, ce fut à travers ses dents serrées et les coins de sa bouche tremblaient de rage :

— Un homme là-bas se meurt. Allez à lui !

Désemparée, Ambre le considéra un instant, incapable d'admettre le mépris et l'horreur qu'elle lisait sur son visage. Lointaine, la voix de Rex appelait son nom. Une fureur aveugle l'envahit et, sans réfléchir, levant la main, elle frappa Lord Carlton en pleine figure, de toutes ses forces. Elle vit luire ses yeux au moment où le coup l'atteignait, mais elle courait déjà s'agenouiller auprès de Rex. Il avait les yeux grands ouverts, à présent, mais ils étaient fixes et ne voyaient plus ; son visage était sans expression, il venait de rendre le dernier soupir. Dans sa main bien serrée, comme s'il avait voulu la lever jusqu'à ses yeux, il tenait la miniature d'Ambre qu'elle lui avait donnée l'année d'avant.

TROISIÈME PARTIE

XXII

Groping Lane était une sale petite rue étroite et mal famée de Tower Hill. Les maisons y étaient vieilles et décrépites, et les étages avançaient en saillie, se touchant presque, ne laissant pénétrer qu'un filet de jour qui éclairait à peine les tas d'ordures empilés devant chaque mur. Le grand carrosse doré chercha à gagner la ruelle sans y parvenir et dut s'arrêter à l'entrée. Une femme, enveloppée dans un grand manteau noir à capuchon, en sortit ; encadrée de deux valets de pied, elle fit quelques pas puis disparut sous l'un des porches. Les domestiques restèrent en bas à l'attendre.

Elle gravit en courant deux étages, s'arrêta et frappa à une porte. La réponse se faisant attendre, elle recommença, frappant impatiemment et jetant des regards autour d'elle, comme si elle craignait d'être épiée dans cette cage d'escalier obscure. La porte demeura close, mais une voix d'homme demanda :

— Qui est là ?

— Faites-moi entrer. Je suis Lady Castlemaine, imbécile que vous êtes !

Comme si elle venait de prononcer une formule magique, la porte s'ouvrit largement et un homme, sur le seuil, s'inclina profondément, invitant d'un geste Barbara à pénétrer dans la maison.

La pièce était petite, nue et sombre, meublée de quelques chaises cannées vermoulues et d'une grande table couverte de livres et de papiers : d'autres livres, ainsi qu'un globe, gisaient sur le plancher. Au-dehors, la nuit était froide et le maigre feu de charbon qui brûlait dans l'âtre ne réchauffait que l'espace tout proche. Un affreux chien bâtard vint renifler les bottillons de velours de Barbara, et retourna ronger son os. L'homme qui l'avait introduite avait à peine meilleure apparence que son chien. Il était si maigre que ses culottes chamois et sa chemise malpropre pendaient à son corps comme à un portemanteau. Mais ses pâles yeux bleus étaient vifs et malins, et son visage, en dépit de sa maigreur, respirait l'enthousiasme et l'intelligence, auxquelles se mêlait une ruse que révélaient la lueur dansante de ses yeux et l'onctuosité de son sourire.

C'était le Dr. Heydon – titre qu'il se donnait à lui-même –, astrologue et charlatan. Barbara lui avait déjà rendu visite une fois, afin de savoir qui le roi épouserait.

— Je m'excuse, Votre Grâce, dit alors Heydon, de ne pas avoir ouvert tout de suite. Mais, pour être franc, je suis tellement harcelé par mes créanciers que je n'ose jamais me montrer avant de savoir qui se trouve devant moi. La vérité, Votre Grâce, ajouta-t-il en levant les bras d'un geste désespéré, c'est que je redoute de quitter mon logis en ce moment, de peur d'être arrêté et emmené à Newgate ! Dieu m'en préserve !

Mais il se trompait fort s'il espérait éveiller l'intérêt de Barbara. En premier lieu, elle savait qu'il n'était pas, dans tout Londres, de marchand de rubans, de parfumeur ou de couturier fournisseur de la Cour, qui ne cherchât à s'enrichir aux dépens de la noblesse. Ensuite, elle était venue pour lui parler de ses inquiétudes et non pour compatir aux siennes !

— J'ai besoin de votre aide, docteur Heydon. Il faut que

je sache quelque chose. C'est extrêmement important pour moi.

Heydon se frotta les mains l'une contre l'autre, prit une paire de lunettes à verres très épais qu'il planta sur le milieu de son nez :

— Certainement, Madame. Prenez place, je vous en prie.

Il lui avança une chaise, s'installa de l'autre côté de la table, s'empara d'une plume d'oie dont il se caressa le menton :

— Eh bien ! Madame, qu'est-ce qui vous trouble ?

Il parlait d'un ton sympathique, appelant la confiance, marquant le désir de résoudre tous les problèmes. Barbara avait ôté son masque ; elle s'adossa et laissa tomber son manteau, découvrant ses épaules. La lumière faisait étinceler les diamants de sa gorge, de ses oreilles et de ses cheveux. Les yeux du Dr. Heydon s'élargirent et brillèrent à cette vue. Barbara n'y fit même pas attention. Elle fronçait les sourcils, tout en retirant ses gants, et resta un long temps silencieuse et pensive. Comment avoir son avis sans rien lui dire ? Elle ressemblait à une jeune épouse consultant un docteur, si ce n'est que ses scrupules provenaient non de la pudeur, mais d'un orgueil humilié et blessé.

« Comment lui dire que le roi est lassé de moi ! songeait-elle. D'ailleurs, ce n'est pas vrai. Je sais que ce n'est pas vrai ! Peu importe ce que disent les gens. C'est tout simplement parce qu'il est ravi à l'idée d'avoir un enfant légitime, pour une fois. Je sais qu'il m'aime toujours. Il le faut ! Il est tout juste aussi froid avec Frances Stewart. Oh ! tout cela, c'est la faute de cette maudite femme, cette maudite Portugaise... »

Elle leva les yeux et fixa l'astrologue.

— Vous avez appris, peut-être, que Sa Majesté attend enfin un enfant ?

Elle appuya sur le mot « enfin », laissant sous-entendre que le délai était imputable à Catherine seule.

— Ah ! Madame ! Bien entendu ! Nous sommes tous au courant de l'heureuse nouvelle ! Il était grand temps, mais mieux vaut tard que jamais, dit-on. N'est-ce pas, Votre Grâce ?

Devant l'air réprobateur de Barbara, il s'arrêta net, toussota et se pencha sur ses papiers.

— Alors, que disiez-vous, Votre Grâce ?

— Que Sa Majesté attend un enfant, fit aigrement Barbara. Depuis que la reine est enceinte, il semble que Sa Majesté soit soudain tombé amoureux d'elle. Ce doit être la raison, car nul ne l'a jamais vu lui prêter attention auparavant. Il néglige ses anciens amis, les approche à peine. Je voudrais que vous me disiez, elle se pencha et le regarda intensément, ce qui arrivera quand l'enfant sera né. Sa Majesté reviendra-t-elle à ses anciennes habitudes ? Ou sinon, quoi ?

Heydon acquiesça d'un signe et se mit au travail. Pendant un bon moment il fut silencieux, penché sur une carte des cieux extrêmement compliquée, pinçant les lèvres et fronçant les sourcils d'un air absorbé. De temps en temps, il aspirait l'air entre ses deux dents de devant et tambourinait sur la table. Barbara, assise, l'observait, son agitation croissant avec ses espérances, car elle ne pouvait croire qu'il lui donnerait de réellement mauvaises nouvelles. D'une manière ou d'une autre, tout tournerait à sa satisfaction, comme toujours.

— Parole ! Madame, dit-il enfin. Vous me posez une question bien difficile.

— Comment ? Ne pouvez-vous pas lire dans l'avenir ? Je croyais que tel était votre métier !

Elle lui parlait comme à un gantier qui dirait ne pas pouvoir fournir la qualité de cuir désirée.

— Je n'ai pas étudié en vain depuis des années,

Madame, je vous assure. Mais une telle question – vous comprenez...

Il haussa les épaules et fit le geste de se couper la gorge.

— Si jamais l'on se doutait que j'ai fait des pronostics sur un sujet d'une telle importance...

Il revint à ses papiers et murmura doucement comme pour lui-même :

— C'est incroyable ! Je ne peux pas...

De plus en plus excitée, Barbara s'avança sur le bord de sa chaise, les yeux brillants :

— Qu'est-ce qui est incroyable ? Quoi ? Dites-le-moi ?

L'astrologue se renversa en arrière, joignit nerveusement les mains, et contempla ses doigts crispés :

— Ah ! Madame, c'est un renseignement infiniment trop important pour être divulgué ainsi, tout simplement. Permettez-moi d'y réfléchir quelques jours, je vous en prie...

— Non ! Je ne peux attendre. Il faut que je sache, sinon, j'en deviendrai folle. Que désirez-vous ? Je vous donnerai n'importe quoi ! Cent livres...

— Avez-vous cent livres sur vous ?

— Non. Je vous les enverrai demain.

Il secoua la tête :

— Je regrette, Madame, mais je ne travaille plus à crédit. C'est cette habitude qui m'a conduit à la situation dans laquelle vous me voyez. Il vaudrait peut-être mieux que vous reveniez demain.

— Non ! Pas demain. Il faut que je sache, tout de suite ! Tenez, prenez ces boucles d'oreille, et ce collier, et cette bague, ils valent plus de cent livres !

Elle se dépouilla vivement de ses bijoux, les jetant sur la table comme de simples verroteries.

— Et maintenant, dites-moi. Vite !

Il ramassa les joyaux et les glissa dans sa poche.

— D'après les étoiles, Madame, l'enfant de la reine arrivera mort-né !

Barbara poussa un cri. Elle porta une main à sa bouche et retomba sur sa chaise, l'air incrédule et bouleversé. Puis une lueur de satisfaction maligne et rusée éclaira ses yeux.

— Mort-né ! murmura-t-elle. En êtes-vous sûr ?

— Si les étoiles sont véridiques, oui, Madame.

— Elles le sont, évidemment ! Alors, il me reviendra, n'est-ce pas ?

Dans sa joie, elle parlait sans détours.

— Cela paraît probable, n'est-il pas vrai, en de telles circonstances !

Il parlait d'un ton doux, apaisant, et son visage amène avait une expression subtile.

— Certainement ! Bonne nuit, Docteur Heydon !

Elle rabattit son capuchon et se dirigea vers la porte, qu'il tenait ouverte en s'inclinant. Le chien s'approcha pour assister au départ de la visiteuse. Retroussant ses jupes pour ne pas trébucher dans l'obscurité, elle tourna la tête et lança par-dessus son épaule, avec un sourire radieux :

— J'espère que ces diamants vous éviteront Newgate, Docteur. Une nouvelle semblable vaut plus d'un millier de livres, pour moi.

Il s'inclina une dernière fois, toujours souriant : quand elle eut atteint le palier, il ferma la porte et poussa lentement le verrou. Puis, se baissant, il caressa son chien ; l'animal s'étendit humblement, sa longue queue de rat frappant le plancher.

— Towser, dit-il, nous avons, en tout cas, de quoi manger pendant un certain temps !

Barbara, toutefois, prit à la lettre les prédictions de l'astrologue et, à compter de ce jour, la santé de la reine devint sa plus grande préoccupation. Elle assistait à son lever tous les matins, l'invitait à souper dans ses appartements, avait acheté l'un des pages afin d'être immédiatement prévenue si la reine se sentait mal, exerçait une surveillance étroite, et cachée, sur tous ses faits et gestes.

Mais Catherine prospérait. Elle paraissait en excellente santé, heureuse et plus jolie qu'elle ne l'avait jamais été.

— Votre Majesté ne se sent pas bien ? demanda un jour Barbara en désespoir de cause. Vous avez l'air si pâle et si las.

Mais Catherine ne fit qu'en rire et répondit dans son anglais lourdement accentué :

— Mais si, Madame ! Je ne me suis jamais sentie mieux portante.

Barbara commençait à se décourager et songeait même à réclamer la restitution de ses bijoux. Quand, vers la mi-octobre, environ au cinquième mois de sa grossesse, un bruit courut dans les couloirs du palais : Sa Majesté venait de tomber malade et avait fait une fausse couche.

Catherine était alitée, entourée de ses femmes. Elle fermait convulsivement les yeux pour retenir ses larmes, car elle se sentait affreusement malade et très inquiète. Mais quand elle entendit Penalva chuchoter à l'une des femmes d'aller chercher le roi, elle se redressa vivement :

— Non ! s'écria-t-elle. Je ne veux pas. Ne le faites pas chercher. Ce n'est rien, je vais déjà mieux. Attendez que Mrs. Tanner soit venue.

Mrs. Tanner était la sage-femme attachée à Sa Majesté, et sitôt que Catherine s'était sentie mal, on était allé la prévenir. Elle arriva peu après et, quand elle se pencha au-dessus du lit, sa figure joyeuse et vulgaire avait une expression à la fois optimiste et alarmée. Mrs. Tanner ressemblait à une femme de pêcheur qui veut jouer à la grande dame. Ses cheveux étaient décolorés, de ce blond d'argent, presque blanc, alors à la mode, ses joues violemment peintes faisaient songer à des pommes d'automne, ses doigts, ses poignets, et sa gorge étaient couverts de bijoux de prix, souvenirs de ses malades et sorte de réclame discrète.

Catherine ouvrit les yeux et aperçut la sage-femme penchée au-dessus d'elle :

— Votre Majesté se sent mal ?

— J'ai eu des douleurs, là, et il me semble que c'est comme si je saignais...

Elle la regardait avec de grands yeux de chien qui mendie une faveur.

Mrs. Tanner dissimula le mieux possible son inquiétude et commença immédiatement à retirer ses bagues et ses bracelets :

— Votre Majesté m'autorise-t-elle à l'examiner ?

Catherine fit un signe affirmatif et Mrs. Tanner donna l'ordre de tirer les rideaux du lit. Puis, après s'être soigneusement enduit les mains de vaseline, elle disparut un certain temps derrière ces mêmes rideaux. On entendit un petit cri de douleur, suivi d'un gémissement de la reine, et les visages de toutes les femmes présentes revêtirent la même expression de sympathie et de douleur. Enfin Mrs. Tanner écarta les rideaux, trempa sa main droite dans une cuvette d'eau et chuchota à l'une des femmes :

— Sa Majesté vient de faire une fausse couche ! Prévenez le roi !

Des murmures agités et des regards significatifs firent le tour de la pièce.

Quelques minutes après, Charles arriva tout courant et marcha droit sur Mrs. Tanner, qui s'essuyait les mains, tandis que deux femmes de chambre lavaient le plancher taché de sang. Le roi venait directement du jeu de paume : il était en culotte courte et chemise à col ouvert, son visage brun – tout baigné de sueur – contracté par l'inquiétude.

— Qu'est-il arrivé ? On me dit que Sa Majesté n'est pas bien...

Mrs. Tanner évita son regard :

— Sa Majesté vient de faire une fausse couche, Sire.

Il eut un regard horrifié. Vivement il écarta les rideaux et s'agenouilla auprès du lit, hors de la vue de tous les curieux qui emplissaient la chambre.

— Catherine ! Catherine, mon cœur !

Il parlait d'une voix basse, mais pressante, car elle reposait, les yeux clos, et paraissait inconsciente. Mais peu à peu ses paupières se soulevèrent lentement et elle le vit. Pendant un instant elle parut ne pas le reconnaître, puis les larmes vinrent et elle détourna la tête avec un sanglot douloureux.

— Oh ! Catherine ! Je suis désolé, tout à fait navré ! Vous a-t-on donné de quoi calmer la douleur ?

Son visage était aussi tiré et hagard que celui de sa femme, car il désirait par-dessus tout un héritier légitime ; mais la pitié le poussait à la protéger.

— Ce n'est pas la douleur ! Peu m'importe. La douleur n'a aucune importance. Mais, oh ! je désirais tellement vous donner un fils.

— Vous m'en donnerez un, mon cœur, bientôt. Mais il ne faut pas y penser, pour le moment. Ne songez qu'à vous remettre.

— Oh ! je n'ai pas envie de guérir ! À quoi puis-je servir sur terre, si je ne suis même pas bonne à cela !...

Sa voix sombra dans un tel murmure qu'il fut obligé de se pencher pour mieux entendre, et elle le regardait avec des yeux pleins de reproches pour elle-même.

— S'ils avaient raison, tous ceux qui disent que, que je suis stérile...

Charles en fut tout ému, et prit une longue respiration. Il ne croyait pas qu'elle eût entendu ce bavardage qui avait couru dans les milieux de la Cour et dans la ville depuis le premier mois de leur mariage, peut-être même avant.

— Catherine, mon cœur...

Il caressait la joue pâle et moite.

— Ce n'est pas vrai, bien sûr que non ! Tant qu'ils auront une langue, les gens bavarderont. Ces accidents sont très fréquents, mais ne signifient rien. Il faut vous reposer maintenant et vous guérir, devenir forte et bien portante, pour l'amour de moi !

Il souriait tendrement et se pencha pour l'embrasser.

— Pour l'amour de vous ?

Elle le regardait avec confiance et lui adressa un petit sourire reconnaissant.

— Vous êtes si bon ! Si bon pour moi. Pareille chose ne se produira plus la prochaine fois, je vous le promets !

Il demeura agenouillé à son chevet jusqu'à ce que sa respiration redevînt profonde et régulière et que le pli douloureux de son front se fût effacé. Il se leva alors et, sans un mot, regagna ses appartements où il s'enferma.

Catherine ne se sentit pas mieux le lendemain et, à mesure que passaient les jours, son état s'aggrava. Toutes les ressources de la science furent employées. On la saigna jusqu'à ce qu'elle fût aussi blanche que les draps dans lesquels elle gisait. On coupa des pigeons vivants en deux, pour les lui attacher à la plante des pieds, dans l'espoir d'attirer ainsi le poison. On la bourra de purgatifs, de poudre à éternuer, de chlorure d'or. Ses prêtres ne la quittaient pas, psalmodiant, gémissant et priant ; sa chambre était remplie de monde, à n'importe quelle heure du jour. La royauté ne peut ni naître, ni mourir dans la paix et l'intimité.

Charles restait de longues heures auprès d'elle, guettant anxieusement le moindre mouvement. Son chagrin et son dévouement stupéfièrent ; car, sauf l'épisode concernant Lady Castlemaine, il avait été un bon mari, mais nullement épris.

Toute la Cour était convaincue qu'elle allait mourir ; la plupart l'espéraient et l'on parlait moins de la reine mourante que de celle qui lui succéderait. Qui le roi épouserait-il ? Car, évidemment, il devait et voudrait se remarier.

Frances Stewart était la fiancée de leur choix. Elle avait

quelques gouttes de sang royal dans les veines – suffisamment pour rendre un mariage possible –, elle était belle, et vierge. C'était, du moins, l'opinion des mieux informés, bien que Sa Majesté l'eût poursuivie de ses assiduités depuis des mois, depuis qu'elle était venue de France occuper le poste de demoiselle d'honneur auprès de la reine Catherine.

N'ayant pas même atteint ses dix-sept ans, elle était plutôt grande, mince comme une flamme de bougie ; elle avait un air de tranquille assurance que rompait parfois un rire en cascade, véritable gazouillis de jeunesse et de confiance. Sa beauté était pure et parfaite, sans tache, comme la plus pure des gemmes, élégante comme la silhouette d'un peuplier brillant au soleil.

Charles avait été tout d'abord attiré par ce physique irrésistible, puis, découvrant en elle une timidité pleine de modestie qui lui paraissait quelque chose d'autant plus incroyable qu'elle était sincère, il entama un programme systématique de séduction. Jusqu'à présent, il avait échoué. Mais cette fraîche jeunesse et cette naïveté exerçaient une violente attraction sur lui, le ramenaient aux années écoulées, comme s'il pouvait retrouver en elle quelque chose de leur charme périssable et précieux.

Durant les quatre derniers mois, depuis l'annonce de la grossesse de Sa Majesté, Charles n'avait plus manifesté le moindre intérêt envers Frances ; il s'était montré aussi froidement poli que s'il ne l'avait jamais désirée – ou l'eût obtenue. À présent, il paraissait revenir à elle pour se faire consoler. Et tous d'affirmer qu'elle serait la prochaine reine d'Angleterre, avec une telle autorité qu'il était impossible de discuter le pour et le contre. Frances elle-même finissait par le croire.

Mais certainement le chagrin du roi était moins violent et moins démonstratif que celui de la dernière qui eût été supposée partager sa douleur : Lady Castlemaine. Elle avait organisé un va-et-vient constant de pages, courant des appartements de la reine aux siens à toutes les heures de jour et de la nuit, s'y rendait fréquemment elle-même et, d'après des rapports dignes de foi, priait six fois par jour pour la guérison de Sa Majesté. Barbara avait peur !

Il ne lui était jamais venu à l'idée, après la stupéfiante prophétie d'Heydon que la reine pût tomber aussi malade. Et certainement pas qu'elle mourût. Et elle n'avait pas même envisagé la possibilité qu'en ce cas, elle dut être remplacée par une Frances Stewart dont le mariage avec le roi ne signifiait rien d'autre que la perte de Barbara et, plus probablement encore, son exil en France. Depuis quelque temps, elle n'était pas sur un pied très amical avec Frances Stewart, surtout depuis qu'elle avait compris que le roi était sérieusement épris de la jeune fille. Elle avait toujours sous-estimé les femmes, en dehors d'elle, et il lui avait fallu un certain temps pour découvrir que Frances constituait en réalité une rivale redoutable. Maintenant, elle vivait dans la terreur que la reine ne mourût.

Les réunions chez Barbara étaient graves en ce moment, car, bien que le roi y vînt à peu près tous les soirs à l'heure du dîner, il était d'humeur morose et gardait le silence. La discrétion voulait que chacun se mît à l'unisson.

Un soir – Catherine était malade depuis dix jours –, il se tenait accoudé à la cheminée, dans le salon de Barbara, remuant pensivement le vin rouge contenu dans son verre et parlant à Frances Stewart d'une voix si basse que les oreilles les plus exercées ne pouvaient rien deviner. Car Frances, bien que ses propres espoirs dépendissent de la mort de la reine, était sincèrement compatissante et désolée en songeant à la pauvre et douce petite femme qui l'aimait bien.

— Comment était-elle quand vous l'avez laissée, Sire ?

Charles eut cet air triste et soucieux qui le quittait

rarement depuis quelques jours, et contempla son verre d'un œil absent :

— Je ne crois même pas qu'elle m'ait reconnu.

— A-t-elle toujours le délire ?

— Elle n'a pas prononcé une parole depuis deux heures !

Il secoua impatiemment la tête, comme pour chasser l'image douloureuse qui pesait sur son esprit.

— Elle m'a parlé ce matin !

Un singulier sourire, à la fois triste et cynique, effleura ses lèvres :

— Elle m'a demandé comment étaient les enfants. Elle m'a dit qu'elle était désolée que le bébé ne soit pas beau. Je lui ai affirmé qu'il était très joli et elle en a paru heureuse ; elle a murmuré qu'elle était contente.

Frances laissa échapper un sanglot nerveux et pressa son poing contre sa bouche. Charles la regarda, étonné, comme s'il eût oublié qu'elle se trouvait là. Au même instant, un page entra tout courant, sans cérémonie, et alla droit au roi.

Charles se retourna instantanément :

— Qu'est-ce ?

— La reine, Sire, la reine se meurt !

Charles n'attendit pas la fin de la phrase ; d'un geste vif il lança son verre dans la cheminée et se précipita hors de la pièce. La chambre à coucher de la reine était dans le même état lamentable depuis dix jours. Toutes les fenêtres avaient été fermées depuis qu'elle était malade, si bien que l'air était lourd et empuanti ; l'obscurité était complète, sauf quelques rares chandeliers allumés autour du lit, et les prêtres penchés au-dessus d'elle, psalmodiant et gémissant, semblaient d'affreux corbeaux maléfiques.

Catherine était étendue sur le dos, les yeux clos profondément enfoncés dans leurs orbites, et son teint de cire fit croire à Charles qu'elle était morte. Mais, avant même qu'il eût parlé, elle prit conscience de sa présence, ouvrit lentement les yeux et le regarda. Elle tenta un sourire et, avec peine, se mit à parler, reprenant, sans s'en rendre compte, son ancien langage espagnol :

— Charles, je suis contente que vous soyez venu. Je désirais justement vous voir une dernière fois. Je meurs, Charles. Ils me l'ont dit, et je sens que c'est vrai. Oh ! oui ! c'est vrai !

Elle sourit doucement comme il ouvrait la bouche pour protester :

— Mais cela ne fait rien. Mieux vaut pour vous que je meure. Vous pourrez alors épouser une femme qui vous donnera des fils, promettez-moi de ne pas attendre. Mariez-vous très vite. Cela m'importera peu, là où je serai...

Tandis qu'elle parlait, il la contemplait, horrifié, honteux. Il n'avait pas compris auparavant qu'elle mourait parce qu'elle n'avait aucun désir de vivre. Jamais il n'avait cherché à comprendre ce que cette année écoulée avait représenté pour elle. L'énormité de son égoïsme insouciant, la conscience qu'en son for intérieur il avait plus ou moins souhaité sa mort, le frappèrent au cœur. Il eut un instant de regret passionné, de promesses ferventes en un avenir meilleur.

Soudain il se leva, se tourna vers le prêtre qui se trouvait là et, interrompant le vieillard au milieu de ses bruyantes oraisons :

— Sortez d'ici !

Il parlait d'une voix basse, tremblante de colère.

— Sortez, vous dis-je ! Tous !

Prêtres et docteurs le dévisagèrent, stupéfaits, mais ne firent pas un mouvement.

— Mais Votre Majesté ! protesta l'un d'eux. Il nous faut être présents quand Sa Majesté rendra le dernier soupir...

— Elle ne mourra pas ! Bien que, Dieu merci, tout ce que vous lui avez fait eût réussi à tuer une femme infiniment plus robuste, sortez maintenant, ou, par Jésus ! je vous jetterai moi-même dehors.

Sa voix montait et il termina en un véritable cri, le bras levé, comme pour chasser tout l'univers. Son visage était sombre et ses yeux avaient une lueur sauvage. Il les haïssait tous, pour leurs erreurs aussi bien que pour les siennes.

Ils reculèrent lentement vers la porte, médusés, ne pouvant détacher leurs regards du lit. Mais le roi ne faisait plus attention à eux ; il avait repris sa place à genoux au chevet de la mourante. Pendant un long temps celle-ci conserva les yeux clos tandis qu'il l'observait, la respiration presque coupée. Enfin, elle le regarda :

— Oh ! soupira-t-elle, il fait si bon maintenant, si calme. Pendant un instant, j'ai cru que j'étais...

— Ne prononcez pas ce mot, Catherine. Vous n'allez pas mourir ! Vous allez vivre, pour moi et pour votre fils !

Mais elle secoua la tête d'un geste imperceptible.

— Je n'ai pas de fils, Charles, je le sais. Mais, oh ! combien j'ai désiré vous en donner un, j'aurais tant voulu faire partie de votre vie. Mais à présent, dans très peu de temps, je serai partie... Et quand vous vous remarierez, vous aurez des fils. Vous serez plus heureux, c'est pourquoi je suis heureuse de m'en aller...

Charles eut un brusque sanglot. Il avait les yeux noyés de larmes et, de ses deux mains, étreignait les doigts graciles :

— Catherine ! Catherine ! Ne parlez pas ainsi ! Ne dites pas cela ! Il faut que vous ayez envie de vivre. Si vous le voulez, vous le pouvez. Et vous le devez... pour moi !

Elle le fixa, une lueur nouvelle au fond des yeux.

— Pour vous, Charles ? Vous désirez que je vive ? murmura-t-elle.

— Oui, je le désire. Bien sûr ! Dieu ! comment avez-vous pu croire... Oh ! Catherine ! mon cœur, je regrette, je regrette tellement ! Mais il faut que vous viviez, pour moi... Dites-moi que vous allez essayer, que vous le voulez...

— Oh ! Charles, je ne savais pas que... Oh ! mon bien-aimé, si vous le désirez, je peux vivre. Bien sûr, je le peux !

XXIII

Ce ne fut qu'après sa mort qu'Ambre comprit tout ce que Rex Morgan était pour elle. Tout lui manquait : le bruit de sa clef tournant dans la serrure, ce sentiment de chaleur et de bonheur qu'il apportait toujours avec lui, comme si on allumait un feu dans une pièce froide et sombre. Le matin, elle était désemparée de ne plus l'apercevoir, à demi vêtu. Faisant sa barbe, avec telle ou telle grimace, suivant la joue qu'il rasait. Elle regrettait les soirées en tête à tête, quand ils jouaient aux cartes, ou qu'il l'écoutait pincer sa guitare et chanter quelque ballade populaire. Elle ne pouvait s'habituer à ne plus entendre le son de sa voix, ni voir son sourire ou la lueur d'adoration de ses yeux bleus. Il lui manquait de mille manières.

Et, par-dessus tout, ce qu'elle regrettait, sans même savoir se le formuler, c'était ce sentiment de sécurité si réconfortant dont il l'avait entourée. Car elle se retrouvait soudain à la dérive, perdue, remplie d'appréhension pour l'avenir. Elle avait bien environ dix-sept cents livres chez Shadrac Newbold ; il n'y avait pas lieu de s'inquiéter immédiatement, et elle ne courait aucun risque d'être de nouveau arrêtée pour dettes ; mais dix-sept cents livres – elle le savait maintenant – ne dureraient pas longtemps au train dont elle vivait ; après, elle serait à la merci des habitués de la coulisse.

Le premier visiteur qu'elle admit après l'enterrement de

Rex – bien que nombreux fussent ceux qui se présentaient – fut Almsbury. Il était déjà venu, mais alors elle ne voulait voir personne et Nan l'avait renvoyé. Dix jours après le duel, il se fit annoncer de nouveau et, cette fois, elle le reçut.

Elle était allongée sur une chaise longue, devant un bon feu, car il faisait froid et humide, la tête reposant sur ses bras. Elle ne fit pas un mouvement jusqu'à ce qu'il se fût assis auprès d'elle, posant affectueusement une main sur la sienne. Elle leva sur lui des yeux rougis et gonflés. Elle était entièrement vêtue de noir, sans bijou ni ruban, ses cheveux négligemment jetés en arrière, et des larmes roulaient sur son visage. La tête lui faisait mal et elle avait maigri.

— Je suis désolé, Ambre, dit-il doucement, son regard et le son de sa voix exprimant la sympathie et la tendresse. Je sais que cela ne signifie pas grand-chose, mais je le pense de tout mon cœur, et je vous en prie, croyez-moi, si je vous dis que Bruce...

Elle lui lança un regard venimeux :

— Ne me parlez pas de lui ! Cela m'est égal qu'il regrette. Sans lui, Rex vivrait encore !

Almsbury la considéra avec étonnement et ses traits exprimèrent une certaine impatience, mais elle avait caché sa figure dans ses mains et pleurait de nouveau, s'épongeant les yeux avec un mouchoir trempé.

— Ce n'est pas juste, Ambre ! vous le savez bien. Il vous avait demandé d'empêcher ce duel ; il s'est même laissé blesser dans l'espoir de satisfaire le capitaine. Il ne pouvait plus rien, si ce n'est se faire tuer par Morgan, et certes, vous ne pouviez le désirer.

— Oh ! peu m'importe ce qu'il pouvait faire ! Il a tué Rex et je l'aimais ! J'allais l'épouser !

— Dans ce cas, fit le comte d'un ton sarcastique, il eût

mieux valu ne pas aller passer votre lune de miel avec un autre, si vieil ami qu'il fût !

— Oh ! mêlez-vous de ce qui vous regarde !

Almsbury se leva, s'inclina poliment et sortit. Ambre ne dit mot ni ne fit un geste pour le retenir.

Elle ne se sentit pas la force de retourner immédiatement au théâtre qui, d'ailleurs, ferma pour deux mois après le 1er juin. Mais sitôt qu'elle recommença à admettre des visiteurs, son salon devint aussi fréquenté que les coulisses. À sa grande surprise, elle découvrit que ce duel l'avait mise à la mode. Tout comme les talons rouges ou la cuisine de Châtelin. Lord Carlton était un beau gentilhomme, appartenant à l'une des plus anciennes et des plus honorables familles, et ses exploits de corsaire l'avaient rendu populaire, non seulement à la Cour, mais dans toute la ville. Ambre savait ce que valait une telle réputation, mais elle était décidée à profiter de tous les avantages qui s'offriraient à elle. Parmi tous ces petits-maîtres, ces freluquets enrubannés, ces singes imitateurs, il devait se trouver un homme – un homme qui tomberait amoureux d'elle comme Rex – et, si elle parvenait à le capter, cette fois-ci elle saurait que faire.

Il pleuvait depuis trois mois quand, le dernier jour de juin, le soleil apparut brillamment, séchant les mares des rues. L'air était frais, pur et léger. Depuis la Restauration de Sa Majesté, le parc Saint-James était ouvert au public, et non seulement la noblesse mais tous les promeneurs étaient autorisés à flâner le long de ses larges avenues bordées d'arbres, et à s'arrêter pour admirer le roi jouant à pale-maille, ce qu'il faisait avec le feu qu'il consacrait toujours à n'importe quel sport.

En cette agréable après-midi ensoleillée, Ambre était allée s'y promener en compagnie de trois jeunes gens, Jack Conway, Tom Trivet et Sir Humphrey Perepound, qui étaient venus l'inviter à dîner. Il était à peine quatre heures quand ils sortirent, ayant ainsi quelques heures à perdre avant le dîner. À l'entrée du parc, ils descendirent de leur voiture de louage et prirent la promenade de « la Volière », ainsi nommée car les arbres étaient remplis de cages renfermant des oiseaux chanteurs du Pérou, des Indes Orientales et de la Chine.

Les trois jeunes fats étaient tous des cadets de famille, vivant très au-dessus de leurs moyens et fort endettés. Levés aux environs de midi, ils s'échappaient par une fenêtre on une porte de service, afin d'éviter leurs créanciers. Ils allaient alors déjeuner dans le restaurant le plus proche, passaient ensuite au théâtre où ils entraient sans payer, sous prétexte de ne rester qu'un seul acte, passaient la soirée dans une taverne à jouer aux cartes, terminaient dans une maison de passe et rentraient chez eux vers les minuit, hargneux, bruyants et gris. Aucun d'eux n'avait atteint ses vingt ans ; ils n'hériteraient jamais d'une propriété, et le roi, plus que probablement, ne les connaissait même pas de vue. Mais Ambre était seule quand ils étaient venus, et elle préférait se montrer avec n'importe qui, plutôt que d'être seule, car, évidemment, si une femme s'enferme chez elle, il lui est difficile d'attirer l'attention d'un personnage de marque. Elle espérait toujours que ce moment viendrait. Mais ses espoirs avaient été passablement déçus depuis près de six semaines et commençaient à faiblir.

Ils bavardaient sans arrêt, ne craignant personne, saluant obséquieusement les seigneurs et les grandes dames qu'ils rencontraient et les jugeant sévèrement ensuite. Ambre les écoutait à peine, mais ne perdait ni un détail de coiffure, ni une toilette, les comparant mentalement avec les siennes, avant de passer à la suivante. Jack Conway se coiffait les cheveux avec un grand peigne d'ivoire sculpté, et Tom Trivet, ayant sorti un flageolet de sa poche, commença de fredonner quelques airs. Sir Humphrey profita du bruit pour se rapprocher d'Ambre et lui chuchoter à l'oreille :

— Chère Madame, je suis votre humble esclave ! Savez-vous ce que j'ai fait du ruban que vous m'avez donné ?

— Je l'ignore ! Qu'en avez-vous fait ? Vous l'avez avalé ?

— Non, Madame. Bien que, si vous m'en donniez un autre pour le remplacer, je n'hésiterais pas. J'en ai fait faire un nœud ravissant, que je serais heureux de vous montrer. L'effet est incomparable...

— Hm... fit Ambre d'un ton absent.

Car, se frayant un passage parmi la foule qui s'inclinait de chaque côté, Sa Grâce le duc de Buckingham, suivi de quelques pages, s'avançait nonchalamment, somptueusement vêtu. Tout le monde se retournait pour le mieux voir et des chuchotements couraient derrière les éventails des jolies femmes, des mères ambitieuses et des jeunes filles curieuses, toutes espérant être distinguées par le noble duc.

« Oh ! malheur ! songea Ambre. Pourquoi n'ai-je pas mis ma robe neuve, noir et or ! Comme je suis, il ne me remarquera jamais ! »

Le duc approchait d'un pas ferme. Les plumes vertes de son chapeau se balançaient au moindre signe de tête, le soleil se jouait dans les boutons de diamant de son habit ; son beau visage arrogant et sa splendide stature rendaient les autres hommes insignifiants. Ambre avait déjà vu Buckingham au parterre et dans les coulisses, elle lui avait même été présentée une fois et avait longuement entendu parler de ses exploits amoureux et politiques, mais jamais il ne lui avait porté la moindre attention. Là, à mesure qu'il avançait, elle voyait ses yeux fixés sur elle qui la détaillaient, et son cœur battit à grands coups. Il n'était pas à plus de quatre mètres d'elle :

— Madame Saint-Clare ?

Le duc s'était arrêté et lui faisait un salut plein d'ostentation, tandis qu'Ambre, se ressaisissant, s'abîmait en une profonde révérence. Elle se sentait le point de mire de l'assistance ; les gens se retournaient pour mieux voir, et ses trois galants faisaient de leur mieux pour paraître indifférents. Le duc souriait sous sa moustache blonde et la toisait, comme pour l'évaluer selon sa propre jauge.

— Votre serviteur, Madame !

— Votre servante, Monsieur, murmura Ambre, suffoquée par l'émotion.

Elle cherchait éperdument quelque chose à dire, un mot qui retînt son attention - spirituel, drôle, inattendu - mais ne trouvait rien.

Sa Grâce, cependant, n'était pas embarrassée :

— Si je ne m'abuse, vous êtes la dame pour laquelle Lord Carlton s'est battu il y a un mois environ ?

— Oui, Votre Grâce !

— J'ai toujours admiré le goût de Lord Carlton, Madame, et je dois dire qu'en vous voyant, je ne modifie pas mon jugement.

— Je remercie Votre Grâce.

— Pardieu ! Votre Grâce, interrompit Sir Humphrey soudain fanfaron, il n'est pas un homme dans la ville qui ne meure d'envie d'être le serviteur de Madame. J'affirme qu'il est bu à sa santé aussi souvent qu'à celle du roi...

Buckingham lui lança un bref regard, comme s'il l'apercevait pour la première fois, et Sir Humphrey faiblit immédiatement. Les deux autres n'osaient pas ouvrir la bouche.

— Mon carrosse est à la porte Nord, Madame. Je me suis arrêté pour faire un tour au parc et j'allais dîner. Je serais extrêmement heureux si vous vouliez bien être mon invitée.

— Oh ! j'aimerais beaucoup, Votre Grâce ! Mais je...

Elle s'arrêta, indiquant du regard les trois jeunes gens

qui souriaient, caressant l'espoir de partager, eux aussi, la table de Sa Grâce le duc de Buckingham.

Le duc s'inclina devant eux, un salut poli, condescendant, qui soulignait sa bonne éducation et amoindrissait la leur.

— Voyons Messieurs, vous avez joui toute l'après-midi de la société de Madame, je sais que vous êtes trop gens d'esprit pour vouloir priver les autres de ce privilège. Avec votre permission...

Il offrit son bras à Ambre, qui ne put cacher sa joie et son orgueil. Jamais elle ne s'était sentie aussi pleine d'importance, car où qu'il fût, le duc attirait autant l'attention que Sa Majesté elle-même. En se rendant à la porte Nord, ils passèrent devant l'endroit où Charles jouait en présence d'une nombreuse assistance composée de courtisans, de grandes dames, de mendiants et de gens de négoce inoccupés. Le roi – qui venait d'envoyer la petite balle en bois dans un filet suspendu à l'autre extrémité du terrain – les vit passer et leur fit un signe. Buckingham s'inclina.

— Si le roi passait à son Conseil le temps qu'il est sur le terrain de jeu, murmura le duc, le pays serait en meilleure posture.

— Comment ? Tout me paraît aller si bien !

— Les femmes, ma chère, n'ont jamais rien compris à ces questions, mais, croyez-moi, l'Angleterre est dans la pire des situations. Les Stuart n'ont jamais été de bons maîtres. Voici mon carrosse.

Ils contournèrent le parc et s'arrêtèrent chez Long, un restaurant élégant du Maymarket – à cette époque une sorte de faubourg parmi des champs clos. L'hôtelier les fit monter en cabinet particulier et le dîner fut immédiatement servi, tandis qu'au-dehors les violons du duc s'étaient mis à jouer et que les gens du voisinage dansaient et chantaient. De temps en temps, on acclamait le duc, très populaire chez les Londoniens, car il était connu pour ses positions violemment anticatholiques.

Le repas fut excellent, richement assaisonné et mené à la perfection par des garçons tranquilles et discrets. Mais Ambre ne put en jouir. Elle était bien trop préoccupée par ce que le duc pensait d'elle, ce qu'il ferait ensuite, et ce qu'elle aurait à répondre. C'était un si grand homme, et si riche... Si seulement elle parvenait à lui plaire suffisamment, ce pourrait être le début de sa fortune !

Mais le duc ne paraissait pas être homme facile à satisfaire. Il était âgé de trente-six ans et la vie ne lui avait laissé ni foi, ni illusions. Il avait gaspillé ses émotions, usé et abusé de ses sens, si bien qu'il lui fallait les fouetter par des artifices voluptueux. Ambre l'avait entendu dire et c'était ce qui la tracassait. Elle ne craignait rien de ce qu'il pût faire, mais appréhendait de ne pas être à la hauteur de son libertinage las et blasé.

La table desservie, quand ils furent seuls, il prit un paquet de cartes dans sa poche qu'il commença de mêler avec nonchalance. Elles semblaient voler entre ses doigts avec une rapidité et une sûreté qui décelaient le joueur accompli.

— Vous paraissez mal à l'aise, Madame. Je vous en prie, ressaisissez-vous. Je supporte peu de voir une femme nerveuse : il me semble qu'elle s'attend à être violée, et, à parler franc, je ne me sens pas d'humeur ce soir à me livrer à un sport aussi violent.

— Comment ! Je ne peux croire qu'il existe des femmes incapables d'être convaincues de manière plus aisée par Votre Grâce !

En dépit de son respect, Ambre n'avait pu dissimuler une certaine aigreur. Il y avait chez le duc quelque chose qui l'exaspérait. Mais s'il sentit le sarcasme, du moins l'ignora-t-il.

— Elles ne devraient pas ! dit-il avec indifférence. Les femmes commettent généralement deux erreurs en amour. Premièrement, elles se rendent avec trop grande facilité ;

deuxièmement, elles ne veulent jamais le croire quand un homme leur dit qu'il ne les souffre plus.

Tout en parlant, il continuait d'étaler ses cartes, mais son visage reflétait une certaine amertume et un mécontentement.

— C'est depuis longtemps mon opinion que le monde marcherait infiniment mieux si les femmes ne liaient pas étroitement l'amour au désir. Votre maîtresse, particulièrement, cherche toujours à vous faire tomber amoureux d'elle, s'imaginant par là justifier ses propres appétits. La vérité, Madame, c'est que l'amour n'est qu'un joli mot – comme l'honneur – dont les gens se servent pour couvrir leurs véritables intentions. Mais le monde est devenu trop vieux et trop sage pour des joujoux aussi enfantins ; grâce à Dieu, nous n'avons plus besoin de nous décevoir nous-mêmes.

Il leva les yeux sur elle et balaya les cartes.

— J'ai entendu dire que vous étiez disponible sur le marché. Combien demandez-vous ?

Ambre l'observa et ses yeux se plissèrent. Cette harangue, faite uniquement dans le but de se divertir, car il était bien évident qu'il ne considérait pas comme nécessaire de la convaincre de quoi que ce soit, l'avait irritée. Elle avait souvent entendu pareil langage depuis un an et demi, dans les coulisses et les salons d'habillage, mais c'était la première fois qu'elle rencontrait un homme parfaitement convaincu de ce qu'il disait. Avec joie elle l'eût souffleté, mais c'était George Villiers, duc de Buckingham, l'homme le plus riche de toute l'Angleterre. Et la morale d'Ambre était plutôt dictée par les besoins de la cause que par une abstraite conception de l'honneur.

— Que m'offrez-vous ?

— Cinquante livres.

Ambre eut un rire bref et déplaisant.

— Je croyais vous avoir entendu dire que vous n'étiez

pas d'humeur à pratiquer un viol. Ce sera deux cent cinquante livres.

Il resta un long moment silencieux, les yeux fixés sur elle ; puis il se leva et marcha vers la porte. Ambre le regardait avec inquiétude, mais il dit tout simplement quelques mots à un domestique qui se trouvait au-dehors et qui descendit alors quatre à quatre l'escalier.

— Je vous donnerai vos deux cent cinquante livres, Madame. Mais ne croyez pas que ce soit parce que j'estime que vous les valez. Je peux vous donner cette somme sans que cela ait pour moi plus d'importance que le shilling que vous jetterez à un mendiant. Et quand tout sera dit et fait, vous serez sans nul doute plus surprise que moi de cette nuit.

Ambre fut effectivement surprise : c'était sa première rencontre avec la perversité. Et la dernière aussi, se jura-t-elle, dût-elle périr de faim dans les rues. Elle en conserva une véritable horreur pour le duc. Mille livres n'eussent pas effacé cette impression. Pendant des jours elle ne songea qu'à sa manière de se venger. Mais finalement, tout ce qu'elle parvint à faire fut de le coucher sur la liste de ses ennemis afin de s'en occuper plus tard, quand elle serait assez forte pour les perdre tous.

Le théâtre rouvrit à la fin juillet, et Ambre constata qu'elle comptait à présent parmi ses admirateurs les gens les plus en vue. Buckingham, à tout le moins, lui avait rendu ce service.

Il y avait Lord Buckhurst, et son gros ami aux yeux noirs, sir Charles Sedley. L'énorme et beau Dick Talbot, le sauvage Harry Killigrew, Henry Sidney, que beaucoup considéraient comme le plus bel homme de l'Angleterre, et le colonel Hamilton, l'homme le plus élégant de Whitehall. Tous étaient jeunes – de Sidney, âgé de vingt-deux ans, à Talbot qui en comptait trente-trois –, de familles distinguées, alliés par le sang ou par le mariage aux plus grandes maisons. Ils fréquentaient les cercles les plus intimes de la Cour, étaient en termes familiers avec le roi, et auraient pu, s'ils avaient voulu, renoncer à leur vie de plaisir, devenir des personnalités.

Presque tous les soirs, elle soupait avec un ou plusieurs d'entre eux, parfois en grande réunion, le plus souvent dans l'intimité, à deux ou trois. On buvait à sa santé ; elle allait aux combats de coqs, passait trois ou quatre jours aux courses, à Banstead Downs avec Buckhurst et Sedley, car le vieil amour des Anglais pour les champs de courses se donnait libre cours depuis la Restauration. Au début, elle avait manifesté l'intention de rester aussi indépendante et inattaquable que du temps de Rex Morgan. Mais ces messieurs ne s'embarrassaient point de subtilités. Ils lui déclarèrent franchement qu'ils ne tenaient pas à perdre leur temps à courtiser une actrice qui jouait à la demoiselle d'honneur. Et Ambre, mise en présence de l'alternative d'abandonner ses résolutions ou sa popularité, n'hésita pas. Quand Sedley et Buckhurst lui offrirent cent livres pour passer une semaine avec eux à Epsom Wells, elle accepta. Mais jamais plus on ne lui offrit pareille somme.

Vers le début de janvier, elle passa deux soirées chez elle sans soupirant, ni visiteur, et comprit alors que sa vogue diminuait. Peu après, Mrs. Fagg confirma ses craintes en lui assurant qu'elle attendait bien un enfant. Elle se sentit soudain lasse, découragée. Il était impossible de la sortir du lit le matin : elle n'avait plus d'appétit, était pâle, maigre, et pour un rien, éclatait en sanglots convulsifs.

— Je voudrais être morte ! dit-elle à Nan.

Car son avenir n'était que trop clair. Nan suggéra une absence de Londres, et comme Mrs. Fagg déclara à son tour qu'une longue course en voiture compléterait l'effet des remèdes, Ambre se laissa convaincre.

— Si je pouvais ne plus jamais voir ni une pièce de théâtre, ni un de ces noceurs, j'en serais trop heureuse !

Elle détestait Londres, le théâtre, les hommes et elle-même.

XXIV

Ambre décida d'aller aux eaux de Turnbridge, dans l'espoir que le traitement lui ferait quelque bien. Elle partit le lendemain matin dans sa voiture avec Nan, Curry, Jeremy et Tempête. Comme il pleuvait, ils n'allaient guère plus vite qu'un homme au pas et la voiture versa même plusieurs fois. Ambre roulait en silence, les yeux clos, les dents serrées, sans même entendre le bavardage de Nan et de Curry. Elle avait pris le si mauvais remède de Mrs. Fagg et souffrait d'affreuses crampes. Elle souhaitait que la terre s'entrouvrît pour les engloutir tous, que le tonnerre du ciel les pulvérisât, ou tout simplement qu'elle mourût afin d'être délivrée de ses souffrances. Elle se promit bien, si jamais un homme lui faisait encore une proposition déshonnête – fût-ce pour mille livres – de le faire bâtonner comme un vulgaire laquais.

Vers la fin de l'après-midi, ils firent halte dans une auberge et repartirent le lendemain de bonne heure. La médecine avait produit son effet, mais Ambre se sentait plus mal que la veille et, à chaque tour de roue, elle se retenait de crier. Elle ne comprit même pas que la voiture s'était arrêtée soudain, et que Nan essuyait la vitre pour y coller son visage.

— Seigneur ! Madame. J'espère que nous ne sommes pas aux mains des voleurs !

Elle éprouvait cette même terreur chaque fois que

Jeremy et Tempête s'arrêtaient pour dégager les roues embourbées.

Ambre fronça les sourcils, mais garda les yeux clos.

— Mon Dieu, Nan ! Tu t'attends à trouver un voleur derrière chaque arbre de la route. Je te dis qu'ils ne sortent pas par un temps pareil.

Au même instant, Jeremy ouvrit la portière :

— C'est un Monsieur qui a été attaqué par les brigands. Ils lui ont pris ses chevaux.

Nan eut un petit cri et un air de reproche, Ambre fit la moue.

— Eh bien ! demandez-lui s'il désire monter avec nous. Mais dites-lui que nous allons seulement aux eaux.

L'homme qui revint, accompagné de Jeremy, avait une soixantaine d'années, bien que son teint fût clair et frais. Il avait des cheveux blancs, coupés plus court que ceux des cavaliers, et naturellement ondulés. C'était un bel homme, d'environ six pieds, droit et large d'épaules. Il portait des vêtements à l'ancienne mode, mais bien coupés et de belle qualité, d'un noir uni, sans rubans ni galons d'or. Il s'inclina poliment, mais ses manières n'avaient rien de celles d'un petit maître. Un véritable habitant de la Cité, un parlementaire fort probablement qui pensait tout le mal possible de Charles Stuart et de sa bande enrubannée et libertine, un négociant fort aisé peut-être, ou un joaillier, ou encore un orfèvre.

— Bonjour Madame ! C'est trop bon de votre part de m'offrir ainsi l'hospitalité de votre voiture. Êtes-vous bien sûre que je ne vous dérangerai pas ?

— Point du tout, Monsieur. Je suis heureuse de vous rendre ce petit service. Entrez, je vous prie, avant que la pluie ne vous transperce.

Il grimpa à l'intérieur, tandis que Nan et Curry se serraient pour lui faire place, et l'équipage se remit en route.

— Mon nom est Samuel Dangerfield.

— Et le mien, Mrs. Saint-Clare.

Ce qui visiblement ne lui évoquait rien, et, pour une fois, elle bénit l'anonymat.

— Mon cocher vous a-t-il dit que je ne vais pas plus loin que Turnbridge ? Mais certainement vous y trouverez d'autres chevaux et une autre voiture.

— Merci infiniment, Madame. Il se trouve que, moi aussi, je vais à Turnbridge.

Après quoi ils parlèrent peu, et Nan expliqua le silence de sa maîtresse par un accès de fièvre quarte. Mr. Dangerfield sympathisa, déclara qu'il en avait souffert lui-même et suggéra une bonne saignée comme remède souverain. En moins de trois heures, ils arrivèrent au village.

Turnbridge était une source thermale élégante, et l'été dernier Sa Majesté, suivi de la Cour, y avait fait un séjour. Mais à présent, en plein mois de janvier, c'était un petit village triste et désert. Pas une âme en vue, les ormes qui bordaient la route principale se dressaient dénudés, et seule la fumée s'échappant de quelques cheminées décelait la vie.

Ambre et Samuel Dangerfield se séparèrent à l'auberge, où il avait retenu sa place. Elle l'oublia aussitôt. Elle loua un charmant petit cottage à trois pièces, meublé de vieux chêne poli aux rideaux d'indienne et possédant une jolie batterie d'ustensiles de cuivre et d'étain. Durant quatre jours elle ne quitta pas son lit dormant et se reposant, après quoi son énergie et sa vitalité reprirent le dessus. Elle recommença de s'inquiéter au sujet de l'avenir.

— Oui, eh bien ! je ne peux pas songer à retourner à Londres, c'est aussi sûr que de jouer au bouchon ! dit-elle à Nan d'un air morose, tout en s'épilant les sourcils à l'aide d'une petite pince d'argent, bien assise dans son lit, calée par de mols oreillers.

— Et pourquoi, Madame ?

— Tu ne comprends pas ! Crois-tu donc que je veuille

jamais remettre les pieds dans ce maudit théâtre, pour que tous ces freluquets me rient au nez ?

— Mais, Madame, vous pouvez revenir à Londres sans rentrer au théâtre, il me semble ? Bien faible est celui qui n'a qu'une corde à son arc !

Nan appréciait les aphorismes.

— Je me demande où je pourrais aller, murmura Ambre.

Nan prit une grande respiration pour ce qu'elle avait à dire mais ne leva pas les yeux de sa broderie :

— Je crois, Madame, que si vous preniez un appartement dans la Cité et vous faisiez passer pour une riche veuve, vous ne seriez pas longue à trouver un mari. Vous n'y tenez pas, c'est possible, mais les pauvres n'ont pas le choix !

Ambre eut l'air irrité. Puis, brusquement, elle lança au loin la pince à épiler, repoussa le miroir et s'enfonça dans les oreillers, les bras croisés. Les deux femmes restèrent silencieuses. Nan n'osait pas lever les yeux sur sa maîtresse en courroux. Finalement, Ambre se calma et poussa un soupir.

— Je me demande, dit-elle, si ce monsieur... comment l'appelle-t-on ?... est assez riche pour qu'il vaille la peine qu'on s'occupe de lui...

Mr. Dangerfield avait, deux jours auparavant, envoyé prendre de ses nouvelles ; elle avait répondu assez peu poliment et n'y avait plus pensé.

— C'est possible, Madame. Il a un valet de chambre joliment bien ; je pourrais essayer de lui parler.

Quelques heures plus tard, Nan revint, les joues rouges, très excitée, pas seulement, soupçonna Ambre, à cause des nouvelles qu'elle rapportait.

— Eh bien ? demanda Ambre qui s'était allongée, les mains derrière la nuque.

Depuis le départ de Nan, elle ressassait ses erreurs

passées, ses griefs envers les hommes qu'elle considérait comme responsables.

— Qu'as-tu découvert ?

Nan pénétra dans la chambre, apportant avec elle une bouffée d'air frais du dehors, et une énergie renouvelée :

— Je sais tout ! déclara-t-elle triomphalement en dénouant les cordons de son capuchon et en le jetant sur une chaise.

Sans quitter son manteau, elle s'assit à côté d'Ambre, qui refusait de partager son enthousiasme.

— J'ai découvert que Mr. Samuel Dangerfield est l'un des hommes les plus riches d'Angleterre !

— L'un des hommes les plus riches d'Angleterre ! répéta Ambre lentement, toujours incrédule.

— Oui ! Il possède une vraie fortune. Oh ! je ne sais plus combien ! Deux cent mille livres, ou quelque chose dans ce goût ! John dit que tout le monde le sait. C'est un marchand et il est...

— Deux cent mil... Est-il marié ? fit Ambre dont l'intérêt s'éveillait.

— Non ! Il l'était, mais sa femme est morte, il y a six ans, je crois, m'a dit John. Mais il a quatorze enfants ; d'autres sont morts, je ne sais plus combien. Il vient ici chaque année boire les eaux pour sa santé car il a eu une attaque. Et il se prépare justement à descendre boire son verre d'eau. Le grand John l'accompagne.

Ambre rejeta les couvertures et sortit du lit :

— Je crois que je vais aussi aller prendre un verre d'eau. Sors ma robe de velours vert brodée d'or et mon manteau vert. Y a-t-il assez de boue pour mettre des galoches ?

— Je crois que oui, Madame.

Nan s'affairait, cherchant dans les armoires, chemises et jupons, fouillant dans les malles ouvertes pour en extraire rubans et jarretières, bavardant sans arrêt :

— Pensez, Madame ! Quelle chance nous avons ! Vous êtes née coiffée, pour sûr !

Toutes deux étaient plus gaies et de meilleure humeur qu'elles ne l'avaient été depuis des semaines.

La pluie s'était arrêtée la veille et la nuit avait été froide, si bien que la boue était gelée. Un pâle soleil perçait les nuées gris-bleu, balayées de traînées de nuages trop blancs pour faire craindre une averse immédiate. De jeunes paysannes en jupes courtes et chapeaux de paille, le panier au bras, passaient dans les rues en offrant leur marchandise, volaille, beurre frais, lait et légumes. Et quand Ambre, suivie de Nan et de Curry, se dirigea vers la source, deux jeunes gens en costumes enrubannés, chapeaux à plumes, perruques bouclées, épées artistiquement ciselées, s'inclinèrent cérémonieusement, réclamant la faveur de se présenter eux-mêmes. Telle était d'ailleurs la coutume dans ce genre d'endroit.

Ils dirent se nommer Frank Kifflin et Will Wigglesworth, venant de Londres, pour fuir – prétendaient-ils – une dame qui désirait se faire épouser par Will. Ambre ne les avait jamais vus au théâtre et flaira immédiatement un couple de fripons qui se faisaient passer pour des gens de qualité, à moins que ce ne fussent des cadets de famille menant un train au-dessus de leurs moyens. Au grand déplaisir d'Ambre, ils dressèrent l'oreille sitôt qu'elle eut dit son nom :

— Mrs. Saint-Clare ? répéta Will Wigglesworth, un vilain individu aux dents gâtées, mangé de la petite vérole, ce nom m'est familier, Madame. Qu'en dites-vous, Frank ? N'avons-nous pas déjà rencontré Mrs. Saint-Clare ?

— Oh ! certainement, je suis sûr d'avoir déjà vu Madame ! Où donc, je me le demande ? Étiez-vous à Banstead Downs l'année dernière, par hasard ?

« Malheur ! songea Ambre. Si ces imbéciles découvrent

qui je suis et que monsieur Dangerfield l'apprenne, je n'ai plus aucune chance. »

Aussi leur sourit-elle gracieusement :

— Non, Messieurs, je suis convaincue que vous confondez. Je n'ai pas le souvenir de vous avoir vus, et je suis bien certaine que je n'aurais pas oublié vos visages, si nous nous étions déjà rencontrés.

Prenant cela pour un compliment, tous deux s'inclinèrent en grimaçant un sourire. Ambre cherchait le moyen de leur échapper quand Mr. Dangerfield vint droit à elle :

— Vous avez très bonne mine, Madame. J'espère que votre fièvre est guérie ?

Elle fit une révérence et lui sourit, tout en souhaitant pouvoir souffler sur Kifflin et Wigglesworth comme sur deux bouffées de fumée. Tandis qu'Ambre et Mr. Dangerfield échangeaient des lieux communs sur le temps, le goût des eaux, les souliers éculés de Curry, ils jouèrent avec leurs rubans et leurs peignes et roulaient des yeux blancs, souhaitant visiblement que ce vieux radoteur s'en allât. Mais quand Ambre les lui présenta, elle fut amusée de voir le changement qui se produisit en eux. Cette fois, elle était bien sûre d'avoir deviné à qui elle avait affaire.

— Samuel Dangerfield, Monsieur ? répéta Will Wigglesworth, l'air soudain attentif. Je connais un Bob Dangerfield. C'est-à-dire que nous nous sommes rencontrés chez un ami commun. Il fait partie de la famille du grand marchand. Seriez-vous un de ses parents, Monsieur ?

— Je suis le père de Bob !

— Oh ! par exemple ! Croyez-vous, Frank ! C'est le père de Bob !

— Hm... Tous nos souvenirs à Bob, je vous prie, Monsieur, quand vous rentrerez à Londres.

— Merci Messieurs, je n'y manquerai pas.

Ambre sentit l'énervement la gagner, car elle ne désirait pas poursuivre la conversation devant Mr. Dangerfield :

— Excusez-moi, Messieurs, mais il faut que je rentre. Votre servante, Monsieur.

Elle fit une révérence à Mr. Dangerfield mais les deux jeunes gens insistèrent pour la raccompagner chez elle.

— Ma parole ! Will, dit Frank Kifflin sitôt qu'ils eurent quitté Dangerfield. Songez un peu ! Rencontrer le père de Bob ! Vous paraissez bien le connaître, Mrs. Saint-Clare ?

— Oh ! non ! J'ai fait sa connaissance au moment où sa voiture avait été arrêtée et ses chevaux volés par des brigands. Je lui ai offert une place dans la mienne.

Will ne cachait pas son indignation :

— Non ! L'effronterie de ces bandits de nos jours ! Ce sont des mœurs barbares vraiment ! Rien ne les arrête plus. Songez un peu, des canailles pareilles, attaquer un homme comme Mr. Dangerfield.

— Des mœurs barbares, répéta Frank en écho.

Et comme Ambre leur disait adieu sur le seuil de sa demeure, Wigglesworth, qui l'examinait attentivement, fit soudain claquer ses doigts :

— Je sais qui vous êtes, à présent, Mrs. Saint-Clare ! Vous faites partie du théâtre de Sa Majesté !

— Mais bien sûr. C'est cela. Je savais bien que nous vous avions vue auparavant, Madame. Mais pourquoi tant de modestie, s'il vous plaît ? Bien des actrices sont...

— Une actrice ! protesta Ambre ! Seigneur ! qui a pu vous mettre cette idée en tête ! Je ressemble peut-être à une de ces malheureuses, mais c'est leur métier, vous savez, que de chercher à ressembler aux gens de qualité. Non, Messieurs, vous faites erreur, je vous assure. Je n'ai jamais vu la scène que de ma loge. Sur ce, bonsoir.

Mais aux regards qu'ils échangèrent, et à leur sourire, elle comprit qu'elle ne les avait pas convaincus. Quand la porte se fut refermée, Ambre s'adossa contre le battant, et siffla doucement :

— Peuh ! La peste soit de ces deux importuns ! Il faut que je trouve le moyen de m'en débarrasser.

Quand ils revinrent le soir pour l'inviter à les accompagner au salon de jeu, le premier mouvement d'Ambre fut de refuser. Mais elle se dit qu'elle pourrait peut-être les prendre sur le fait, et les obliger à vider les lieux. Aussi accepta-t-elle. Chemin faisant, Frank suggéra qu'ils pourraient demander à Mr. Dangerfield de se joindre à eux.

Ambre ne désirait nullement que Mr. Dangerfield apprît qu'elle était une actrice :

— Mr. Dangerfield ne joue jamais aux cartes. Il en déteste la vue. Vous connaissez bien ces vieux puritains.

Les deux hommes, visiblement désappointés, acquiescèrent.

Il y avait fort peu de gens rassemblés autour des tables de jeu et certains d'entre eux étaient indéniablement de la région et jouaient pour de très petites sommes. Ambre et ses deux compagnons restèrent un moment à regarder, puis finalement Frank suggéra qu'ils pourraient tenter la chance aux dés, ce qui, assurait-il, était le jeu le plus inoffensif du monde, dépendant du seul tour du poignet.

— Oh ! grands dieux ! Messieurs, fit Ambre d'un air surpris et innocent, je ne sais pas jouer. Je suis uniquement venue pour vous voir et vous tenir compagnie. Jamais je n'emporte d'argent en voyage.

Mr. Kifflin en parut enchanté :

— C'est très sage, Mrs. Saint-Clare. Les voyages sont bien trop hasardeux, de nos jours. Mais je vous en prie, permettez-moi de vous prêter dix ou vingt livres, ce n'est pas amusant de rester à regarder les autres.

Ambre fit mine d'hésiter :

— Oh ! mais... je ne sais si j'ose...

— Ta, ta, ta, Madame. Et pourquoi pas ? Surtout ne parlons pas d'intérêt, je vous en prie. Un malotru seul accepterait un intérêt d'une si charmante personne.

— Quel courtisan vous faites, Mr. Kifflin, dit Ambre, songeant que, dans ce cas, il devait avoir une autre idée en tête.

À eux deux, MMr. Kifflin et Wigglesworth sortirent une quantité de shillings luisants et les étalèrent devant eux. Nulle guinée, nul penny... rien que des shillings. Évidemment, ils étaient aux gages de quelque faux-monnayeur pour écouler sa marchandise contre du véritable argent. Ambre, obligeamment, perdit quelques livres et déclara qu'elle allait écrire à son homme d'affaires de Londres afin qu'il réglât ces messieurs quand ceux-ci seraient de retour à Londres.

— Mais souvenez-vous, Mrs. Saint-Clare, dit Wigglesworth avant de la quitter. Souvenez-vous que nous n'accepterons aucun intérêt.

Ambre examina quelques pièces et se convainquit que c'étaient des faux jetons. Ils ressemblaient exactement à ceux que fabriquait le faux-monnayeur qui habitait au troisième étage chez Maman Bonnet-Rouge. Elle en lança un en l'air, le rattrapa en riant et cligna de l'œil vers Nan.

— Je m'occuperai de ces deux jeunes vauriens. Laisse-moi faire ! Demain, à la première heure, tu enverras Jeremy demander à Mr. Dangerfield de me faire le plaisir de venir déjeuner avec moi. Voyons... je crois que je mettrai ma robe de velours noir, avec le col et les manchettes de dentelles – cela me donne un air de jeune fille – ne crois-tu pas ?

— Certainement, Madame.

Quand Samuel Dangerfield arriva, Ambre l'accueillit à la porte. Sa robe était montante, mais très collante. Ses cheveux, peignés en grandes ondes étaient retenus de chaque côté par un nœud de velours noir et son maquillage si léger que même une femme n'aurait pu dire si ses couleurs étaient naturelles ou non.

— Que c'est aimable à vous de m'avoir invité à déjeuner, Mrs. Saint-Clare.

— Je sais que cela ne se fait pas, dit-elle modestement, mais j'ai si mal répondu l'autre jour à votre billet, je m'en excuse, cher Monsieur, mais la maladie me rendait désagréable.

Ambre savait qu'elle avait enfreint les convenances mais espérait l'abuser à force de simplicité. Il lui souriait complaisamment, comme il eût souri à un joli petit chien. Ils parlèrent de leurs maux, puis prirent place à table. Nan avait dressé le couvert au salon, devant la cheminée. Le valet de chambre l'avait prévenue que son maître jouissait d'un robuste appétit – bien que son médecin lui recommandât la diète – et Ambre avait commandé un copieux repas. Elle se disait que mieux valait plaire à Mr. Dangerfield qu'à son docteur.

Sans grande difficulté, Ambre amena la conversation sur MMr. Kifflin et Wigglesworth. Très franchement elle lui raconta qu'ils étaient venus chez elle l'autre soir lui demander de leur faire de la monnaie. Elle n'avait guère apporté que quinze ou vingt guinées à Turnbridge, mais les avait données à ces jeunes gens pour payer leurs dettes de jeux, et elle se demandait à présent comment emballer tous ces shillings dans sa malle.

Ainsi qu'elle l'espérait, Mr. Dangerfield parut quelque peu ému de cet innocent récit.

— Connaissez-vous bien ces messieurs ?

— Ciel ! pas du tout ! je les ai rencontrés hier matin à la source. Ils se sont présentés eux-mêmes. Vous savez qu'ici on ne fait pas de cérémonies.

— Vous êtes bien jeune, madame Saint-Clare, et je ne crois pas que vous connaissiez le monde aussi bien qu'un vieil homme. Si vous me permettez un conseil, n'acceptez plus d'argent de ces messieurs. Ils sont peut-être aussi honnêtes qu'ils le prétendent, mais quand vous aurez vécu aussi longtemps que moi, vous apprendrez à être prudente et à vous méfier des nouvelles connaissances, surtout dans les villes d'eaux.

— Oh ! fit Ambre abattue. Mais je croyais que Turnbridge était fréquenté par des gens de bien. Mon docteur, qui m'y a envoyée m'a dit que Sa Majesté y avait séjourné avec la Cour l'été dernier.

— Oui, je le crois. Mais où se trouve la noblesse, se rencontrent également les filous. Et ils s'attaquent principalement à de jeunes personnes sans expérience, comme vous.

Pendant qu'il parlait, Ambre leva la main pour redresser un des nœuds de sa coiffure. C'était le signal convenu avec Nan qui attendait au-dehors, près de la fenêtre...

— Oh ! dit-elle, l'air mécontente, comment ai-je pu être aussi sotte ! J'espère que...

À cet instant, Nan entra hors d'haleine, et s'arrêta sur le seuil, pour enlever ses sabots :

— Mon Dieu ! Madame, s'écria-t-elle très agitée, l'hôtelier refuse la monnaie. Il dit que ce sont de fausses pièces.

— De fausses pièces ! Comment, mais ce sont celles que Mr. Kifflin m'a données hier soir.

Samuel Dangerfield se retourna :

— Puis-je voir ?

Il prit un shilling des mains de Nan, le fit sonner sur la table, le palpa, tandis que les deux femmes l'observaient :

— Il est faux, dit-il gravement. Ainsi, ces jeunes freluquets sont des faussaires ! C'est une vilaine histoire dangereuse même. Je me demande combien de dupes ils ont faites.

— Tous ceux qui étaient assez bêtes pour cela, je pense, dit Ambre avec indignation. Eh bien ! je suppose que nous allons appeler la maréchaussée qui les emmènera où ils le méritent.

Dangerfield, toutefois, était moins acharné.

— La loi est terriblement dure, ils seront pendus, écartelés, que sais-je.

Ce qui n'eût pas troublé Ambre, mais elle jugea bon de ne point le laisser paraître.

— Je crois que nous pouvons agir autrement. Vous serait-il possible, Madame, de les faire venir ici, sous un prétexte ou sous un autre ?

— Oh ! mais ils seront ici dans quelques minutes, ils doivent venir me prendre pour aller à la source.

Quand ils arrivèrent, peu de temps après, Nan leur ouvrit la porte. À la vue de Mr. Dangerfield, leurs bouches s'élargirent en un vaste sourire, qui s'effaça aussitôt lorsque celui-ci commença :

— Mrs. Saint-Clare et moi-même discutions justement sur le fait qu'il semble y avoir des faux-monnayeurs à Turnbridge.

Kifflin leva les sourcils :

— Des faux-monnayeurs ? Grand Dieu ! c'est incroyable ! Ces misérables deviennent chaque jour plus effrontés.

— Oui, dit Ambre. Je possède un shilling qui vient de m'être refusé à l'auberge et Mr. Dangerfield dit qu'il est faux. Peut-être voudriez-vous le voir, Messieurs ?

Elle le tendit à Wigglesworth et les deux jeunes gens l'examinèrent attentivement, les sourcils froncés ; des gouttes de sueur leur perlaient au front.

— Il me paraît bon, dit finalement Kifflin. Mais je suis si nigaud que je suis toujours refait.

Wigglesworth se mit à rire, sans grande conviction.

— Tout juste comme moi !

Et il rendit la pièce.

— La maréchaussée, dit gravement Mr. Dangerfield, tranchera le débat. Si la pièce est reconnue fausse, elle fouillera je pense tous les gens du village.

Au même instant une paysanne passa devant la fenêtre, un panier au bras, criant :

— Des œufs tout frais ! Qui veut des œufs frais ?

Kifflin se tourna vivement :

— La voilà ! J'espère que vous voudrez bien nous excuser, madame Saint-Clare. Mais nous étions venus vous demander de bien vouloir remettre notre rendez-vous à un peu plus tard. Nous avons dormi trop longtemps et sommes à la recherche de quelques œufs pour déjeuner. Au revoir, Madame. Au revoir, Monsieur !

Tous deux s'inclinèrent et sortirent. À peine dehors, ils s'enfuirent, passèrent devant la jeune paysanne sans lui accorder l'ombre d'un regard et disparurent. Ambre et Mr. Dangerfield se regardèrent et partirent d'un éclat de rire.

— Voyez-les courir ! s'écria Ambre. Je suis sûre qu'ils ne s'arrêteront pas avant d'avoir pour le moins atteint Paris !

Fermant la porte, elle poussa un petit soupir :

— Eh bien ! j'espère que la leçon me profitera. Je ne me fierai jamais plus à des étrangers.

Il lui souriait :

— Une aussi jolie femme que vous devrait se méfier de tout le monde !

Il parlait de l'air d'un homme qui veut faire un compliment, mais qui ne sait comment s'y prendre. Et, quand elle répondit par un fugitif regard de coin, il toussota, et son visage rubicond s'assombrit :

— Hm... je me demande, madame Saint-Clare, si vous auriez assez confiance en un étranger pour aller jusqu'à la source avec moi ?

Ambre commençait à prendre courage, ressentant l'espèce de trouble qu'elle éprouvait toujours quand elle voyait un homme attiré par elle :

— Mais bien entendu, Monsieur – je crois savoir reconnaître un honnête homme –, même si je ne dépiste pas toujours les autres !

Ambre avait joué dans nombre de pièces dépeignant la

vie austère, rigide, hypocrite des grandes familles de la Cité, et bien que toutes fussent amères, satiriques et scandaleusement exagérées, elle les prenait pour de l'argent comptant. Par conséquent, elle se figurait savoir exactement ce qui, en une femme, pouvait plaire à Samuel Dangerfield. Mais elle comprit bientôt que son instinct était meilleur guide.

Car, à mesure qu'elle le découvrait, elle se rendait compte que, tout en étant marchand de la Cité et presbytérien, il n'en était pas moins homme. Et, à sa grande surprise, elle découvrit qu'il ne ressemblait en rien aux vieux drôles dévots, sévères et rudes, qui faisaient la joie du théâtre de Sa Majesté.

Sans être frivole, il n'était pas ennuyeux ; de caractère heureux, il riait volontiers. Il avait travaillé dur toute sa vie, car il avait gagné la plus grande partie de sa fortune ; mais il était fort accessible à la gaieté d'une jeune femme. Sa vie de famille avait été très fermée, ce qui lui donnait peut-être un léger sentiment de regret et de curiosité. Ambre entrait dans sa vie comme une bouffée printanière, fraîche, vivifiante, un défi à tout ce qui dormait en lui d'aventureux. Elle était tout ce qu'il avait toujours ignoré dans les femmes, et bien plus qu'il ne se l'était jamais imaginé.

Au bout de fort peu de temps, ils passaient de longues heures ensemble et, bien que Samuel déclarât qu'elle devait en avoir assez de la société d'un vieil homme et la poussât à faire de nouvelles connaissances, Ambre affirmait qu'elle détestait tous ces jeunes gens à la cervelle vide qui ne songeaient qu'à danser ou à jouer. Elle sortait fort peu, quand elle ne pouvait pas faire autrement, de crainte d'être reconnue.

Car d'après son opinion sur la Cour en général, elle se rendait parfaitement compte de ce qu'il pourrait penser d'une actrice. Un jour, après avoir incidemment parlé du roi Charles, il avait dit :

— Sa Majesté pourrait être le plus grand chef que notre nation ait jamais eu, mais malheureusement pour lui, et pour nous tous, ses années d'exil ont causé sa perte. Il a pris des habitudes et un genre de vie auxquels il n'échappera plus, surtout, je le crains, parce qu'il n'y tient pas.

Ambre, penchée sur une broderie empruntée à Nan, observa gravement que Whitehall était un lieu de perdition, d'après ce qu'elle avait entendu dire.

— Perdu, oui. Perdu et corrompu. L'honneur y est une honte, la vertu un objet de risée, le mariage un thème de plaisanteries vulgaires. Il y a beaucoup de braves gens honnêtes et sérieux à Whitehall, comme partout ailleurs en Angleterre, mais les coquins et les fous les supplantent.

Leurs conversations n'étaient cependant pas aussi sérieuses, en général, car il ne tenait pas à discuter morale ou politique avec elle. Les femmes, surtout celles qui étaient jolies, ne s'intéressaient pas à ces questions. En outre, elle était son dérivatif.

Mais Ambre lui demandait souvent des conseils financiers ; les yeux grands ouverts, hochant de la tête, elle l'écoutait parler d'intérêt et de principal, d'hypothèque, d'actions et de revenus. Elle lui cita Shadrac Newbold et fut heureuse de voir qu'il en était favorablement impressionné. Car c'était, disait-elle, une grosse responsabilité pour elle que d'administrer la fortune de son défunt mari. Elle faisait aussi fréquemment allusion à sa famille qui avait tant souffert pendant la guerre civile, reprenant soigneusement toutes les histoires qu'elle avait entendu raconter par Almsbury sur ses aventures et celles de Lord Carlton. Elle espérait ainsi lui donner le change, au cas où il serait disposé à la prendre pour une aventurière.

Ils jouaient à d'interminables parties de piquet, qu'elle lui laissait toujours gagner. Elle le faisait rire en imitant les femmes d'âge mûr et les vieux messieurs goutteux qui prenaient les eaux, puis elle chantait en s'accompagnant sur sa guitare, non des chansons de rues, mais de joyeux chants de la campagne ou d'anciens airs populaires. Elle le choyait, le flattait, le taquinait, le traitait toujours comme quelqu'un de beaucoup plus jeune, tout en veillant sur son confort comme s'il se fût agi d'un homme âgé. Un jour, elle lui donna quarante-cinq ans, et ne voulut jamais le croire quand il lui dit que son fils aîné en avait trente-cinq. Bref elle était la vivante incarnation d'une femme éprise. Mais au bout de vingt et un jours il n'avait fait aucune tentative de séduction et elle commença de s'inquiéter.

Un soir, elle se tenait à la fenêtre, juste après son départ, traçant distraitement du bout de l'ongle des dessins sur la vitre gelée. Elle faisait la moue et une ride profonde se creusait entre ses sourcils. Nan qui prenait des braises dans le feu pour les mettre dans une bassinoire d'argent, lui lança un regard de coin :

— Qu'est-ce qui ne va pas, Madame ?

Ambre se retourna, faisant tourbillonner sa jupe :

— Oui ! Oh ! Nan, je ne sais plus que faire ! Depuis trois semaines que je chasse ce lièvre, je ne l'ai pas encore attrapé !

Nan ferma la bassinoire et se dirigea vers la chambre à coucher :

— Mais il est dépisté, Madame. Je le sais !

Ambre la suivit et commença de se déshabiller, mais son visage restait sombre et de temps en temps elle poussait un petit soupir d'impatience. Elle avait l'impression d'avoir passé sa vie à séduire Samuel Dangerfield. Nan vint l'aider à délacer son corset.

— Mon Dieu ! Madame, protesta-t-elle. Vous n'avez pas besoin de vous tracasser. Je connais ces vieux puritains, j'ai servi dans leurs maisons. Ils prennent l'amour très au sérieux. Je vous parie ma virginité qu'il n'a pas couché avec une autre femme que la sienne depuis vingt ans ! Seigneur !

laissez à ce monsieur le temps de vaincre ses scrupules. Et, ce qui est plus, n'oubliez pas qu'il vous faut faire tout au monde pour qu'il vous prenne pour une femme vertueuse. Mais je l'ai bien observé et je sais qu'il est mal à son aise : la mèche est allumée et l'explosion se produira, ajouta-t-elle avec un hochement de tête sagace. Donnez-lui-en seulement l'occasion, et vous le prendrez aussi facilement qu'une bécasse au collet !

Et Nan, de ses deux mains, fit le geste d'étrangler un animal.

Tandis qu'Ambre achevait de se dévêtir, Nan chauffait les draps à l'aide de la bassinoire, et découvrait le lit. Ambre s'y blottit et, bien au chaud, considéra le problème. C'était, elle le sentait, sa dernière chance de saisir la fortune par les cheveux et d'atteindre son but. Si elle échouait à présent... Mais elle n'échouerait pas, elle ne pouvait se le permettre. Elle n'avait que trop vu, hélas ! ce que devenaient les femmes qui, comme elle, faisaient commerce de leurs charmes et laissaient passer l'occasion d'acquérir la sécurité.

« N'importe comment, songeait-elle avec désespoir, il faut qu'il m'épouse, il le faut absolument. » Et, comme elle réfléchissait, l'idée lui vint qu'elle faisait peut-être fausse route en cherchant à se faire épouser de force, par réparation. « Évidemment, se dit-elle, brusquement illuminée, jamais cette pensée ne lui viendrait à l'esprit. Il n'a aucune intention de me séduire. Il me croit innocente, vertueuse, et me respecte. Il ne m'épousera que s'il le désire réellement. Et voilà ce qu'il me reste à faire, l'amener à une honnête et franche demande en mariage ! Comment n'y ai-je pas songé plus tôt ! Mais comment faire, comment faire ? »

Ambre et Nan se penchèrent toutes deux sur le problème et finirent par établir un plan.

Une semaine après, environ, Ambre et Samuel Dangerfield repartirent pour Londres, dans la voiture du marchand. Il l'avait prévenue depuis plusieurs jours qu'il comptait s'en aller et elle lui avait demandé la permission de voyager avec lui, se sentant, disait-elle, plus en sécurité. Sa propre voiture, transportant Nan et Curry, les suivait. Ils avaient déjeuné ensemble chez elle, un repas substantiel pour les soutenir pendant la route, et Ambre, après s'être montrée très gaie pendant le déjeuner, était tombée dans un silence pensif. De temps en temps, elle laissait échapper un petit soupir.

La journée était grise et sombre, la pluie ruisselait le long des branches dépouillées. L'air était froid et pénétrant, mais tous deux s'abritaient sous d'épaisses fourrures et une bonne couverture, une chaufferette bien garnie à leurs pieds, de celles que l'on faisait porter à l'église. Aussi respirait-il une douce chaleur qui, à l'intérieur de la grande berline cahotante, jointe aux vitres embuées, créait une atmosphère d'intimité dans ce petit îlot si loin du monde. Peut-être était-ce cette réclusion et cette solitude qui donnèrent à Samuel Dangerfield le courage de prendre la jolie main qui pendait inerte sur la jupe et de dire :

— Un sou pour vos pensées, Mrs. Saint-Clare ?

Ambre ne dit mot, puis arbora le plus tendre et le plus séduisant des sourires. Elle haussa imperceptiblement les épaules :

— Oh ! je pensais que je regretterais nos jeux de cartes, nos petits dîners et nos promenades dans la journée.

Elle eut un nouveau petit soupir.

— Je me sentirai bien seule, maintenant que j'ai repris l'habitude de voir quelqu'un.

Elle lui avait raconté combien elle vivait retirée à Londres, sans parents, avec quelques rares amis et nul désir de faire de nouvelles connaissances.

— Oh ! mais j'espère bien que vous ne renoncez pas à

notre amitié, chère Madame. Je... eh bien ! pour être franc, je m'étais dit que nous pourrions nous revoir.

— C'est bien aimable à vous, dit Ambre tristement, mais je sais combien vous êtes occupé et entouré.

Car elle savait que de nombreux enfants, grands et petits, vivaient encore dans la grande demeure familiale, à Blackfriars.

— Pas tellement, je vous assure. Mon docteur désire que je travaille moins et, ma foi, je me découvre un certain penchant pour la paresse, du moment qu'il s'agit de se reposer en charmante compagnie !

Elle sourit et baissa les yeux devant le compliment.

— Et j'aimerais beaucoup aussi que vous fassiez la connaissance des miens. Nous vivons tous très heureux, et je crois que vous les aimerez. Je sais qu'ils vous apprécieront.

— Vous êtes vraiment trop bon, monsieur Dangerfield, de vous occuper ainsi... Oh ! Qu'avez-vous ? s'écria-t-elle en voyant son visage se contracter comme sous l'empire de la douleur.

Il garda le silence, visiblement embarrassé d'être surpris par une indisposition à un instant aussi romantique. Finalement, il secoua la tête :

— Non, dit-il, non, ce n'est rien !

Mais la douleur revint et son visage se congestionna. Ambre, sérieusement alarmée, le prit par le bras.

— Monsieur Dangerfield, je vous en prie ! Dites-moi... Qu'avez-vous ?

Il paraissait fort mal à son aise et admit finalement que, sans raison, il souffrait de violentes crampes abdominales.

— Mais je vous en prie, Madame, ne vous inquiétez pas de moi, supplia-t-il. Cela va passer, c'est seulement... Oh !

Un involontaire gémissement de douleur lui échappa. Ambre, pleine de sympathie, prit instantanément la situation en main :

— Il y a une petite auberge tout près d'ici, sur la route, je m'en souviens, nous sommes passés devant l'autre fois. Nous allons nous y arrêter ; vous vous coucherez tout de suite et je suis sûre que j'ai... Oh ! ne protestez pas, cher Monsieur, dit-elle comme il esquissait une faible opposition.

Et bien qu'elle parlât d'un ton sans réplique, sa voix était aussi douce que celle d'une mère parlant à son enfant malade.

— Je sais ce qui vous convient. Voyez, j'ai de la camomille et des fleurs des quatre-saisons dans ce petit sac, j'en emporte toujours. Attendez que je vous fasse une infusion...

Ils atteignirent rapidement l'auberge. Ambre donna ordre au cocher de s'arrêter et l'immense valet de chambre de Mr. Dangerfield – Grand John – offrit de le transporter à l'intérieur, ce qu'il eût aisément accompli, mais son maître refusa et n'accepta que l'aide indispensable. Ambre était aussi affairée qu'une poule parmi sa couvée. Elle ordonna qu'une chambre fût immédiatement préparée, fit décharger les bagages par Jeremy et Tempête, et courut une demi-douzaine de fois voir comment se trouvait Mr. Dangerfield. Finalement ils le hissèrent en haut, en dépit de ses protestations, et le couchèrent dans un grand lit à baldaquin.

— Et maintenant, dit Ambre à l'hôtelière, faites un bon feu et apportez-moi un chaudron à crémaillère pour que je puisse avoir de l'eau bien chaude. Donnez-moi aussi toutes les bouillottes que vous possédez et quelques couvertures en supplément. Nan, ouvre cette malle et sors-moi la boîte d'herbes... Jeremy, je voudrais mon almanach, sur le dessus de la grande malle de cuir. Et maintenant sortez tous, afin que Mr. Dangerfield puisse se reposer...

Ambre lui retira son manteau et son chapeau, défit ses habits, empila des bouillottes autour de lui, le recouvrit de plusieurs couvertures. Elle se montrait preste, douce, gaie, pleine de sollicitude, et un étranger l'eût certainement prise pour sa femme. Il la pria de ne point s'occuper de lui, de continuer sur Londres et de lui envoyer un docteur. Inquiet apparemment qu'il s'agît d'une nouvelle et peut-être dernière attaque, il lui demanda de prévenir sa famille. Ambre refusa fermement.

— Ce n'est rien de sérieux, Mr. Dangerfield, affirma-t-elle. Vous serez aussi vaillant que d'ordinaire d'ici quelques jours. J'en suis sûre. Ce ne serait pas bien de les effrayer tous ainsi, surtout Lettice à la veille de son accouchement.

Lettice était l'aînée des filles.

— Non, avoua-t-il docilement, ce ne serait pas bien, évidemment. En dépit de ses malaises, il devint bientôt évident qu'il jouissait de sa maladie et des attentions dont il était entouré. Il s'était toujours cru obligé de faire le stoïque ; mais à présent, loin de chez lui et de ceux qui le connaissaient, il s'offrait le luxe de se faire dorloter par une jeune et jolie femme qui paraissait n'avoir d'autre souci que son confort. Elle refusait même de le laisser seul la nuit, de crainte d'une nouvelle attaque, et dormait à proximité, sur un lit de camp.

Au plus léger mouvement elle était debout, auprès de lui, sa magnifique chevelure dénouée encadrant son visage, la faible lueur de la bougie faisant des ombres sur ses bras nus et se jouant sur sa gorge. Sa voix murmurante était une véritable caresse ; sa chair, tiède, quand par hasard elle l'effleurait au passage. La chaleur de la pièce s'imprégnait d'un entêtant parfum de jasmin et d'ambre gris. Jamais maladie n'avait été plus agréable. Et, un peu parce qu'elle le persuadait qu'il était pâle et faible, il resta au lit assez longtemps après que toute douleur eut disparu.

— Miséricorde ! dit Ambre à Nan, un jour qu'elle s'habillait dans la chambre voisine, je crois que si j'épouse ce vieux, je serai son infirmière plutôt que sa femme.

— Tout de même, Madame, c'est vous qui avez insisté

pour qu'il reste au lit ! Et c'est de vous que vient l'idée de lui avoir fait manger ces champignons...

— Pchtt... fit prudemment Ambre, tu n'as pas besoin de parler de ça...

Elle se leva, jeta un dernier coup d'œil à son miroir et se dirigea vers la porte de communication. Son visage prit alors une expression de tendresse pleine de douceur.

XXV

Dangerfield House était située dans le vieux quartier aristocratique de Blackfriars et avait été construite vingt ans auparavant sur l'emplacement d'un grand hôtel du XIVe siècle. Elle s'étalait en forme d'H avec deux cours, l'une devant, l'autre derrière. C'était une bâtisse à quatre étages mansardée, le rez-de-chaussée et le sous-sol servant de bureaux et de magasins. De briques rouges, elle était parfaitement symétrique, avec d'innombrables fenêtres à petits carreaux, plusieurs pignons et toute une forêt de cheminées. Elle était à l'angle de Shoemaker Row, en face de Greed Lane, joliment ceinte d'une grille de fer à barreaux pointus. Des gardiens se tenaient nuit et jour postés à l'entrée de porches massifs.

Descendant de voiture devant les escaliers jumeaux qui conduisaient de l'entrée principale au second étage, Ambre ouvrit de grands yeux étonnés. La demeure était plus grande, plus imposante, plus formidable qu'elle ne se l'était imaginé. Deux cent mille livres étaient réellement une plus grosse somme qu'elle ne l'avait cru. Jusque-là, elle avait considéré Samuel Dangerfield comme un bon vieux monsieur qu'elle était parvenue à duper, mais à présent, impressionnée par les lieux, elle se sentait quelque peu nerveuse à l'idée d'affronter sa famille. Elle eût aimé être aussi persuadée que lui que tous l'accueilleraient à bras ouverts.

Comme ils demeuraient, sous la bruine de février, pendant que Samuel donnait ses instructions aux domestiques occupés à décharger les bagages, une fenêtre du troisième s'ouvrit et une femme apparut :

— Papa ! Enfin, vous êtes de retour ! Nous étions si ennuyés, il y a si longtemps que vous êtes absent ! Cela vous a-t-il fait du bien ? Comment vous sentez-vous ?

Elle parlait sans voir, ou sans paraître voir qu'une dame accompagnait son père. Ambre leva les yeux avec curiosité. « Ce doit être Lettice, songea-t-elle. »

Elle avait beaucoup entendu parler de Lettice – des autres aussi –, mais de Lettice surtout, Lettice, mariée depuis quelques années déjà était, à la mort de sa mère, revenue à Dangerfield House, avec son mari et ses enfants, pour y prendre la direction du ménage. Samuel l'avait dépeinte comme une femme énergique et dominatrice, ce qui avait tout de suite été antipathique à Ambre. Et voici que Lettice l'ignorait, ne tenant pas plus compte d'elle que de la dernière fille des rues.

— Je vais très bien, dit Samuel, visiblement ennuyé de la mauvaise éducation de sa fille. Et mon nouveau petit-fils ?

— Deux semaines hier, et il grossit ! C'est le portrait de John.

— Descendez au salon, Lettice, dit brièvement Samuel. Je désire vous voir, tout de suite.

Lettice, après avoir lancé un rapide regard glacé sur Ambre, referma la croisée et disparut. Ambre et Samuel – suivis de Nan et de Curry – gravirent l'escalier. La porte leur fut ouverte par un nègre de taille gigantesque, vêtu d'une jolie livrée bleue, et ils pénétrèrent dans un grand hall sur lequel ouvraient de nombreuses pièces. Deux larges escaliers en bois sculpté partaient des extrémités, conduisant aux étages.

Tout respirait la richesse et le confort, un luxe sobre : superbes parquets en marqueterie, meubles en chêne sculpté, murs tendus de tapisseries. Nulle frivolité ; une impression de conservatisme pondéré s'exhalait du moindre tabouret de velours ou de la plus petite encoignure sculptée. Au premier coup d'œil, on comprenait que cette maison était habitée par des gens tranquilles et bien élevés.

Ils prirent à gauche et furent dans un salon de plus de cinquante pieds de long. Samuel, désolé, comprit immédiatement qu'il avait commis une erreur irréfléchie. Car, au-dessus de la cheminée, pendait un portrait de lui et de sa première femme, datant de quelque vingt ans. Il y avait si longtemps, qu'il l'avait complètement oublié. Mais Ambre, considérant le visage énergique, compassé et ingrat de la première Mrs. Dangerfield, comprit immédiatement pourquoi la conquête de Samuel avait été, somme toute, assez aisée. Elle se demanda simplement si sa famille le comprendrait aussi bien.

Des pas se firent entendre derrière eux et elle se retourna pour voir une réplique de la femme du portrait s'avancer vers elle. Pendant une seconde, les yeux de Lettice rencontrèrent les siens, un bref et féroce regard de femme qui voyait tout, condamnait tout ; puis elle se tourna vers son père. Ambre l'enveloppa d'un coup d'œil général, jugeant immédiatement qu'elle ne savait pas s'habiller, était trop grande et portait plus que ses trente-deux ans. Lettice avait une robe tout à fait dans le genre de celles que Killigrew faisait endosser à ses actrices quand le rôle était d'une puritaine hypocrite, et contre lesquelles, toutes, elles protestaient vivement : une simple étoffe noire unie, ni vague, ni ajustée, avec un grand col et des manchettes blanches. Ses cheveux châtain clair disparaissaient quasiment sous un petit bonnet amidonné à brides ; nul bijou, mais une simple alliance incrustée de diamants. Ambre, qui s'était crue si modeste, se sentit soudain voyante, flamboyante !

— Ma chère, dit Samuel prenant Ambre par le bras, puis-je vous présenter ma fille aînée, Lettice ? Lettice, voici ma femme.

Lettice eut un cri étouffé et blêmit. Ambre – après la cérémonie – avait suggéré à Samuel qu'il serait peut-être préférable d'en informer sa famille par un messager qui les précéderait. Mais il avait tenu à leur faire ce qu'il prétendait être la plus charmante des surprises.

Et maintenant Lettice, muette, considérait son père. Son visage, quand elle se tourna vers Ambre, avait une expression horrifiée. Elle en semblait consciente, mais ne pouvait l'empêcher, et cette réaction imprévue de la part de sa fille n'était pas sans irriter Samuel. Ambre, qui s'y était préparée, sourit gentiment et fit un imperceptible salut.

Lettice parvint enfin à ouvrir la bouche :

— Votre femme ? Mais, papa...

Elle porta la main à son front.

— Vous êtes marié ? Mais jamais dans vos lettres... Nous ne... Oh ! je, je suis désolée, je...

Elle paraissait si sincèrement, si douloureusement affectée que la froide hauteur de Samuel disparut entièrement. Il la prit par la taille :

— Là, ma chérie, je sais que c'est une vraie surprise. Mais je compte sur vous, Lettice, pour m'aider à le dire aux autres. Regardez-moi. Et souriez, s'il vous plaît. Je suis très heureux et je désire que tous les miens le soient avec moi.

Lettice cacha son visage contre l'épaule de son père. Agacée, Ambre s'attendait à une crise de larmes. Mais finalement elle se redressa, très droite, embrassa Samuel et sourit.

— Je suis contente que vous soyez heureux, papa.

Puis, se détournant vivement :

— Je vais m'occuper du déjeuner.

Sur quoi, elle s'enfuit.

Ambre jeta un coup d'œil sur Samuel et vit l'air singulier et pensif dont il suivait le départ de Lettice. Elle passa sa main sous son bras :

— Oh ! Samuel, elle ne m'aime pas. Elle ne voulait pas de ce mariage.

— Peut-être ! avoua-t-il, bien qu'il n'eût jamais auparavant envisagé cette éventualité. Mais Lettice a horreur, en tout, de ce qui est nouveau. Attendez seulement qu'elle vous connaisse. Alors, elle vous adorera ; personne ne pourrait s'en empêcher.

— Oh ! Samuel, je l'espère. Je voudrais tant qu'ils m'aiment *tous*. Je ferai tout pour qu'ils m'aiment.

Ils gagnèrent leurs appartements, sis dans l'aile sud-ouest de la maison et donnant sur la cour arrière et le jardin. Ils consistaient en une enfilade de pièces meublées dans le même style que le reste de la maison. Partout, des souvenirs de la première femme : un portrait au-dessus de la cheminée, une armoire qui devait avoir contenu ses robes et les contenait peut-être encore. Tout était imprégné de sa personnalité. Ambre avait l'impression qu'elle était encore là et décida incontinent d'opérer quelques changements.

Ponctuellement, à une heure sonnante, Samuel et Ambre firent leur entrée dans la salle à manger. S'y trouvaient déjà tous les membres de la famille en âge de marcher. Une trentaine de personnes environ se tenaient autour de l'énorme table, quelques enfants même qui, d'habitude, mangeaient à la nursery. Les familles nombreuses n'étaient pas rares dans la riche bourgeoisie, où les enfants mouraient moins que chez les pauvres gens, et où les femmes ne faisaient rien pour prévenir les trop fréquentes naissances, ainsi que le pratiquaient les grandes dames de Whitehall et de Covent Garden. Au moment où Ambre et Samuel franchissaient le seuil, un petit chérubin s'informa à haute voix :

— Maman, c'est *ça* la femme ?

Sa mère lui administra une tape, qu'elle corrigea immédiatement par une caresse pour éviter les pleurs. Samuel ignora l'incident et commença les présentations. Chacun, à l'appel de son nom, s'approchait, s'inclinait si c'était un homme, faisait une révérence ou embrassait Ambre si c'était une femme.

Les enfants, qui ouvraient de grands yeux, saluèrent également. Il était évident, rien qu'à voir leur curiosité et leur crainte, qu'ils avaient entendu les adultes parler de la nouvelle Mrs. Dangerfield.

Dans l'ensemble, ils étaient tous plutôt bien de leur personne. Le visage banal de Lettice était plutôt l'exception. Il y avait le fils aîné, Samuel, avec sa femme et six enfants ; le mari de Lettice, John Beckford, et leurs huit enfants ; Robert, le second fils, dont la femme était morte, et ses deux enfants. Le troisième fils, John, vivait également dans la maison avec sa femme, ses cinq enfants, et travaillait, ainsi que ses aînés, dans les affaires paternelles. Puis venait une fille, arrivée pour la circonstance, avec ses enfants, d'une maison voisine ; James, ensuite, avec sa femme et deux enfants. Pour finir, les trois derniers : deux fillettes de quinze et treize ans et un garçon de douze. Il y en avait d'autres : l'un à l'étranger, un qui faisait son droit, un autre à Oxford ; parmi les filles, une vivait à la campagne, et une autre avait été empêchée de se joindre à la réunion familiale à cause de sa première grossesse !

« Seigneur ! songea Ambre. Tant de gens pour se partager une seule fortune ! Eh bien ! il y en aura une de plus à présent. »

Ils avaient tous reçu l'ordre de l'appeler « Madame ». Samuel ne pouvant pas se résoudre à leur dévoiler le prénom de sa femme. Une suite de domestiques entrèrent, portant d'énormes plats d'argent, des soupières et des brocs dégageant un fumet odorant ou débordant d'une bonne ale dorée. La salle à manger était tout aussi solennelle et impressionnante que le reste de la maison. Les chaises richement tapissées et l'argenterie, dans le lourd buffet de chêne sculpté, firent ouvrir de grands yeux à Ambre. Les verres étaient de fin cristal et la vaisselle plate. Tranchaient, au milieu de toutes ces splendeurs, ces habits sans prétention, noirs, gris ou vert foncé, et ces cols et manchettes blancs : cela rappelait la grisaille et la neutralité de moineaux. Rubans, dentelles, bouclettes fausses, poudre et mouches étaient prohibés et Ambre, dans une simple robe de velours noir, avec un col en dentelles, se sentait extraordinairement voyante. Et elle l'était.

Elle s'était attendue à devoir affronter l'hostilité et ne s'étonna donc pas, car, de par la loi, dans la Cité de Londres, un tiers de la fortune d'un homme allait à sa veuve – parfois même davantage – si elle lui donnait un enfant. Et telle était bien l'intention d'Ambre.

Toutefois leur antipathie avait d'autres raisons. Ambre leur déplaisait certes parce que leur père l'avait épousée – et tout partait de là, bien qu'en d'autres circonstances ils n'eussent probablement pas eu meilleure opinion d'elle. Mais, en dépit de ses efforts, elle ne pouvait les séduire : elle était si lointaine, si différente d'eux, dans le mauvais sens ! Sa beauté, même sans être rehaussée, était trop éclatante pour eux. Les femmes furent persuadées qu'elle n'était ni aussi douée, ni aussi innocente qu'elle le paraissait, reconnaissant, sans le discuter, son charme sensuel. Une femme sérieuse ne lançait pas de ces regards obliques et n'avait pas l'air ainsi déshabillée dans les vêtements les plus montants. Son prénom les choqua. Elles portaient toutes des noms anciens et respectables : Catherine, Lettice, Philadelphie, Suzanne. Et Ambre, malgré ses protestations de ne désirer rien au monde que plaire à la famille de son mari, prit plusieurs initiatives qui ne pouvaient être que mal interprétées et critiquées.

Malgré une garde-robe très bien fournie, elle acheta et commanda des robes savantes, manteaux garnis de fourrure, paires de bas de soie par douzaines, éventails, souliers, manchons et gants. Pendant des semaines elle n'apparut jamais deux fois dans la même toilette. Et elle portait ses bijoux, émeraudes, diamants, topazes, avec autant d'insouciance que de simples verroteries. Son portrait – où elle souriait dans une robe de dentelle d'or – remplaça celui de Samuel et de la première Mrs. Dangerfield au salon. La chambre à coucher, dans laquelle bien des enfants étaient nés, fut entièrement modifiée et des rideaux de damas rouge à semis doré garnirent les fenêtres et le lit. Une cheminée en marbre noir de Gênes succéda à l'ancienne ; des glaces de Venise, des armoires et des paravents laqués remplacèrent le respectable mobilier de chêne, bien anglais.

Ils lui eussent peut-être pardonné ces fantaisies, sans la trop visible adoration que lui témoignait, sans vergogne, leur père. Car une fois mariée, Ambre eut à sa disposition bien d'autres moyens d'attiser la flamme de son vieil époux. Elle savait que son principal pouvoir résidait en sa jeunesse, sa beauté, son corps désirable, toutes qualités qui avaient totalement fait défaut à la première Mrs. Dangerfield et paraissaient mieux convenir à la maîtresse d'un homme qu'à sa femme légitime. Et, comme elle désirait un enfant pour se l'attacher plus étroitement, elle n'hésitait pas à exciter ses sens. Il négligeait ses affaires pour rester auprès d'elle, perdait du poids et – bien qu'il s'efforçât de conserver sa dignité devant sa famille – ses regards le trahissaient chaque fois qu'il la contemplait. Ils s'en rendaient tous compte, davantage même qu'ils ne se l'avouaient, et leur haine ne fit que grandir.

Lettice en souffrait plus que les autres. Elle sentait que la présence d'Ambre était une honte pour la maison, car elle ne pouvait considérer cette jeune femme de vingt ans autrement que comme la maîtresse de son vieux père, prise en ses années de déclin et d'apparente immoralité.

— Cette femme ! dit-elle un jour férocement à Bob et au jeune Sam, comme ils se tenaient tous trois au pied de l'escalier et observaient Ambre qui courait gaiement, les boucles au vent, les jupes relevées pour bien montrer les broderies d'or de ses bas de soie verte, je suis sûre qu'elle ne vaut rien de bon. Elle se maquille !

Car ils ne la critiquaient ouvertement que pour des détails, le reste étant sous-entendu.

Henry – l'étudiant en droit, de vingt-deux ans – venait de se joindre au groupe et, lui aussi, observait Ambre. Il était tellement plus jeune que les autres, que sa part d'héritage ne serait pas grosse ; il n'éprouvait donc pas d'inquiétudes de ce côté. Quant au reste, il professait une admiration sournoise envers sa belle-mère.

— Ce serait moins difficile, si elle n'était pas une telle beauté, hein, Lettice ? dit-il.

Lettice lança un regard de reproche à son frère :

— Une telle beauté ! Qui n'en serait pas une avec de la peinture, des boucles, des mouches, des rubans et tout ce qui s'ensuit ?

Henry haussa les épaules, regarda sa sœur maintenant qu'Ambre avait disparu dans le couloir du haut :

— C'est bien dommage alors que beaucoup de femmes ne le soient pas, puisque c'est si facile !

— Ma parole, Henry ! D'où prenez-vous ces idées ? Du théâtre ? Henry fut gêné :

— Non, Lettice. Je ne suis jamais entré dans un théâtre, vous le savez.

Lettice eut un air sceptique et les deux autres frères rirent. Henry, qui s'empourprait, se détourna précipitamment et sortit. Lettice, avec un soupir, se dirigea vers les cuisines. Car Ambre n'avait fait aucune tentative pour s'emparer de la direction de la maison. Bien que Lettice eût aimé lui en confier la charge, Samuel avait insisté pour que sa fille continuât de s'en occuper, et Lettice n'avait pu lui refuser. Ce n'était pas une tâche aisée que de diriger un phalanstère comprenant trente-cinq enfants et adultes, auquel il convenait d'adjoindre environ cent cinquante serviteurs.

Dans sa chambre, Ambre enfilait son manteau, rabattait le capuchon sur ses yeux, glissait un masque de velours noir dans son manchon. Ses gestes étaient rapides et ses yeux brillaient d'excitation.

— Je vous préviens, Madame, disait Nan tout en l'aidant et en secouant ses boucles cuivrées, c'est une folie !

— Sottises, Nan !

Elle enfilait une paire de gants longs brodés.

— Personne ne me reconnaîtra.

— Mais si cela arrivait, Madame ! Vous serez perdue, et pourquoi ?

Ambre fronça le nez et donna une petite tape amicale à Nan :

— Si quelqu'un me demande, je suis allée au Change. Je serai de retour à trois heures.

Elle se dirigea vers la porte et prit un petit escalier en colimaçon qui donnait dans la cour arrière où l'attendait une des voitures fermées. Elle avait conservé Tempête et Jeremy, qui la conduisaient où elle le désirait.

Quand les chevaux s'arrêtèrent, Ambre mit son masque et descendit ; elle traversa la rue, emprunta une petite ruelle qui, à travers une cour bruyante, menait sur les derrières du Théâtre Royal. Jetant un regard autour d'elle, Ambre entra et parvint à la porte du salon d'habillage qu'elle trouva, comme toujours, plein d'actrices à demi nues et de jeunes libertins, dont la plupart portaient des perruques à la toute dernière mode.

Personne ne fit attention à elle, tout d'abord, puis Beck Marshall s'adressa à elle :

— Vous désirez, Madame ?

Avec un rire de triomphe, Ambre enleva son masque et rejeta son capuchon. Les femmes poussèrent un cri de surprise et Scroggs se précipita pour la saluer, sa vilaine figure rouge grimaçant de plaisir. Ambre lui passa un bras autour des épaules.

— Jésus ! Madame Saint-Clare ! D'où venez-vous ? Là, croassa-t-elle, je vous avais bien dit qu'elle reviendrait !

— Et me voilà ! Tenez, prenez cette Guinée, Scroggs, vieille pocharde, de quoi passer la semaine dans les vignes du Seigneur !

Instantanément elle fut entourée, embrassée, questionnée, tandis que les jeunes beaux insistaient pour être admis en sa société. Le bruit avait couru qu'elle s'était retirée à la campagne pour y avoir un enfant ; on disait aussi qu'elle était morte d'un accès de fièvre, qu'elle était partie pour l'Amérique. Mais quand elle leur raconta qu'elle avait épousé un riche marchand – sans leur révéler son nom –, elles furent toutes très impressionnées. Les acteurs, ayant eu vent de sa présence, entrèrent à leur tour, réclamant chacun un baiser, détaillant sa toilette, ses bijoux, lui demandant de combien elle espérait hériter et si elle était enceinte.

Ambre se sentait réellement à son aise, pour la première fois depuis plus de quatre mois. À Dangerfield, elle était constamment gênée par la pensée de se trahir étourdiment. Et l'irrésistible désir pervers de dépouiller son air de naïveté, de proférer une grossièreté, de cligner de l'œil à un valet de chambre pour bien les choquer tous, augmentait encore la gêne.

Soudain elle aperçut un visage qu'au premier abord elle ne reconnut pas dans ce décor où il était si peu familier. Brusquement elle remit son masque, rajusta son capuchon et commença de faire ses adieux. Car, à l'autre bout de la pièce, parlant à l'une des nouvelles actrices, elle venait de reconnaître Henry Dangerfield. En moins d'une minute, elle eût gagné le couloir à demi obscur, mais des pas se firent entendre derrière elle.

— Je vous demande pardon, Madame.

Ambre, le cœur battant, s'arrêta une seconde, puis reprit immédiatement sa marche.

— Je ne vous connais pas, Monsieur, fit-elle d'un ton coupant, changeant sa voix.

— Mais je suis Henry Dangerfield et vous êtes...

— Mme Anne Saint-Michel, Monsieur, voyageant seule...

— Je m'excuse, Madame !

À son grand soulagement, Ambre vit qu'il renonçait à la suivre. Une fois dehors, elle se retourna et ne l'aperçut point. Toutefois, elle ne monta pas en voiture, mais murmura tout bas à Tempête, en passant à côté de lui :

— Attendez-moi au coin de Maypole.

Ambre passa le reste de la journée dans sa chambre, nerveuse et agitée. Elle allait et venait, regardait par la fenêtre, se tordait les mains, et interrogeait sans cesse Nan sur le pourquoi du retard de Samuel. Nan se garda bien de lui dire qu'elle avait prédit ce qui arrivait : inutile, cela se lisait sur son visage.

Mais quand son mari arriva, tard dans l'après-midi, il la salua d'un sourire et d'un baiser, comme d'habitude. Ambre, qui avait revêtu une robe d'intérieur, sans rien dessous, posa sa tête contre son épaule.

— Oh ! Samuel. Où êtes-vous resté ? Il est si tard, je m'inquiétais de vous...

Il sourit et, jetant un coup d'œil pour s'assurer que Nan

les avait laissés seuls, glissa une main dans le corsage de sa femme :

— Je suis désolé, mon cœur. Un monsieur est venu me voir pour affaires, et nous avons causé plus longtemps que je ne le croyais.

Elle avait tout d'abord songé à ne pas descendre pour le dîner, mais finalement elle décida que ce serait maladroit. Si Henry l'avait reconnue, il pourrait le dire demain tout aussi bien qu'aujourd'hui et elle n'allait pas éternellement se confiner dans ses appartements. Le dîner se déroula exactement comme d'habitude ; après, suivant l'usage, ils se rendirent tous dans l'un des salons pour y passer une ou deux heures ensemble avant de se retirer.

Lettice, Suzanne, Philadelphie et Catherine, assises devant le feu, bavardaient tranquillement tout en brodant. Les enfants jouaient à cache-tampon. Samuel reprit la partie d'échecs entamée depuis plusieurs jours entre lui et Michel, le garçon de douze ans, et Henry s'installa auprès d'eux pour voir. Les deux frères aînés fumaient leurs pipes en parlant affaires et en critiquant le gouvernement au sujet des Hollandais. Ambre, plus à l'aise, s'enfonça dans un fauteuil tout en causant à Jemima, la plus jolie de tous les enfants Dangerfield. Jemima, quinze ans, était l'unique amie d'Ambre dans cette demeure ; Jemima l'admirait de tout son cœur. Elle était trop simple et trop pure pour voir dans le récent mariage de son père autre chose qu'une bonne chose : une nouvelle femme dans la maison qui s'habillait et se conduisait exactement comme elle-même eût aimé à s'habiller et à se conduire. Elle ne comprenait pas l'animosité de ses aînés envers « Madame » et avait souvent rapporté à Ambre ce qui se disait d'elle. Elle lui raconta que Lettice, après avoir entendu vanter les soins dévoués de Madame pour son père pendant son indisposition, avait déclaré qu'elle l'avait peut-être rendu malade volontairement, afin d'avoir l'occasion de le bien soigner. Ambre, fort mal à l'aise, fut heureuse d'apprendre que le frère aîné avait mis Lettice en garde contre une jalousie qui l'entraînait trop loin. Car, après tout, avait-il dit, cette femme peut être sujette à caution, mais elle ne peut pas avoir fait *cela !*

Elles étaient à peu près de la même taille, mais le visage de Jemima était mince et moins arrondi. Ses cheveux avaient un beau brun foncé aux reflets cuivrés, sa peau était fine et blanche et ses yeux bleus s'ombrageaient de longs cils recourbés. Ardente, pleine de vivacité, très gâtée par son père et ses frères aînés, c'était une enfant indépendante, entêtée, charmante. Pour l'instant, assise sur une chaise, les mains croisées autour des genoux, les yeux brillants, elle écoutait Ambre lui raconter une histoire qu'elle tenait de seconde main, sur le roi demandant pardon à genoux à Lady Castlemaine.

À l'autre bout de la pièce, Suzanne eut un haussement de sourcils significatif :

— Comme Jemima est attachée à Madame ! Elles deviennent inséparables. Vous devriez y veiller, Lettice. Jemima finira par apprendre à se maquiller.

Lettice lui lança un regard perçant, mais Suzanne avait déjà baissé les yeux sur sa broderie et travaillait à petits points précis. Depuis quelques années, depuis que Lettice était revenue prendre la direction de la maison, il y avait une guerre sourde entre elle et la femme de son frère aîné. Les deux autres femmes furent secrètement contentes que Lettice eût enfin trouvé quelqu'un qui échappait à sa domination. Mais ce plaisir même n'adoucissait pas l'amère perte d'argent : la nouvelle femme était bien l'ennemie commune, devant laquelle s'effaçaient toutes les petites animosités.

Tranquillement, Lettice répondit :

— J'ai l'intention d'y faire très attention dorénavant, car ce n'est pas tout ce que la petite pourrait apprendre d'elle.

— Porter des robes décolletées, peut-être, dit Suzanne.

— Bien pis !

— Qu'est-ce qui pourrait être pis ? fit Suzanne d'un ton moqueur. Mais Catherine avait senti une arrière-pensée chez Lettice, et ses yeux s'allumèrent à la perspective d'un scandale.

— Que savez-vous, Lettice ? Qu'a-t-elle fait ?

Devant le ton de Catherine, les deux autres se penchèrent instantanément :

— Lettice, qu'avez-vous entendu ?

— A-t-elle fait quelque chose de *terrible ?*

Elles ne parvenaient pas à imaginer quoi.

Lettice enfila son aiguille :

— Nous ne pouvons pas en parler devant les enfants.

Philadelphie se leva immédiatement :

— Je vais les envoyer coucher.

— Philadelphie ! dit sévèrement Lettice, laissez-moi faire. Attendez qu'elle se mette à chanter.

Car, tous les soirs, après le coucher des enfants et avant que les adultes ne se retirassent, Ambre chantait. Samuel avait institué cet usage qui faisait à présent partie de la routine de la maison.

Les femmes s'agitèrent nerveusement pendant une bonne heure, chuchotant et priant Lettice d'envoyer les enfants au lit. Mais celle-ci ne consentit à le faire qu'à l'heure habituelle. Quand elle revint, après les avoir remis aux mains de leurs nurses respectives, Ambre fredonnait un ravissant petit chant mélancolique en s'accompagnant de sa guitare. Quand elle eut achevé, les auditeurs applaudirent poliment, mais seuls Samuel et Jemima manifestèrent de l'enthousiasme.

— Oh ! si seulement je pouvais chanter ainsi ! s'écria Jemima.

Samuel se pencha pour lui baiser la main :

— Vous avez, ma chère, la plus jolie voix du monde.

Ambre déposa un baiser sur la joue de l'enfant et passa son bras sous celui de son mari en lui adressant un sourire. Elle tenait toujours à la main sa guitare – cadeau de Rex Morgan – ornée de rubans multicolores achetés par lui un jour au Royal Exchange. Elle était soulagée que la soirée se fût achevée sans incidents et fort désireuse de se retrouver chez elle. Jamais, se promit-elle, jamais je ne commettrai plus semblable folie. Lettice, penchée en avant dans son fauteuil, les nerfs tendus, éleva soudain la voix et, d'un ton anormalement clair et dur :

— Ce n'est pas étonnant que la voix de Madame soit aussi agréable !

Henry, debout dans la pièce, eut un sursaut et devint rouge cerise. Ambre crut que son cœur allait s'arrêter et que son sang se figeait. Mais Samuel n'avait pas entendu.

— Que voulez-vous dire, Lettice ? fit sournoisement Suzanne.

— Je veux dire qu'une femme qui se sert de sa voix pour vivre est bien obligée de la cultiver.

— Que racontez-vous, Lettice ? fit à son tour Jemima. Madame n'a jamais dû gagner sa vie, vous le savez bien.

Lettice se leva, empourprée, les poings serrés ; les brides de son bonnet frémissaient :

— Je crois que vous feriez mieux de monter dans votre chambre, Jemima.

Instantanément sur la défensive et cherchant une aide auprès d'Ambre, Jemima questionna :

— Monter dans ma chambre ? Pourquoi ? Qu'ai-je fait ?

— Rien du tout, ma chérie, répondit patiemment Lettice, bien décidée à éviter toute dispute familiale. Mais ce que j'ai à dire n'est pas fait pour vous.

Jemima fit une grimace.

— Grands dieux, Lettice ! Quel âge me donnez-vous donc ? Si je suis assez vieille pour épouser ce Joseph Cuddle, je peux entendre tout ce que vous avez à dire.

Samuel se rendit enfin compte que ses filles se disputaient.

— Qu'y a-t-il, Lettice ? Jemima est grande à présent. Si vous avez quelque chose à dire, dites-le !

— Très bien.

Elle prit une grande respiration :

— Henry a vu Madame au théâtre, cet après-midi.

Samuel ne changea pas d'expression et les trois femmes autour de la cheminée parurent sérieusement désappointées, frustrées même.

— Eh bien ? dit-il. Si c'est vrai, j'ai toujours entendu dire que le théâtre était protégé par des dames de qualité, de nos jours !

— Vous ne comprenez pas, père. Il l'a vue dans le salon d'habillage.

Elle se tut un instant, observant l'altération du visage paternel et regrettant presque que sa haine et sa jalousie l'eussent poussée à formuler cette malheureuse accusation. Elle commençait à comprendre que cela ne ferait que le peiner, sans apporter le moindre changement. Et Henry, qui se tenait là comme s'il eût désiré se trouver à mille pieds sous terre ! D'une voix tremblante, Lettice acheva sa phrase :

— Elle était dans le salon d'habillage parce qu'elle était autrefois une actrice.

Il y eut un cri général, sauf Ambre qui resta parfaitement calme, affrontant Lettice du regard. L'espace d'une seconde, son visage exprima une haine sauvage, mais ce fut si fugitif que personne ne put affirmer l'avoir vue. Elle baissa les yeux et prit l'air aussi innocent qu'une enfant surprise les doigts dans la confiture.

Suzanne se piqua, Catherine laissa tomber son ouvrage, Jemima malgré elle se leva. Les frères, tirés de leur indifférence, devinrent attentifs à ce qu'ils avaient pris jusqu'à présent pour des disputes de femmes. Samuel, qui avait réellement rajeuni depuis quelques semaines et paraissait plus heureux qu'il n'avait jamais été, redevint subitement un vieil homme, et Lettice souhaita éperdument n'avoir pas commis la folie de parler. Il resta droit, immobile, puis, abaissant son regard sur Ambre qui leva les yeux pour le regarder bien en face, il dit :

— Ce n'est pas vrai, n'est-ce pas ?

Elle lui répondit si doucement que personne n'entendit, en dépit de l'attention tendue :

— Si, cela est vrai, Samuel. Mais si vous voulez bien m'écouter, je vais vous expliquer pourquoi j'y ai été forcée. Je vous en prie, Samuel !

Ils échangèrent un très long regard, celui d'Ambre suppliant, Samuel cherchant à comprendre ce qu'il n'avait jamais approfondi auparavant. Alors il redressa fièrement la tête, passa le bras de sa femme sous le sien et tous deux sortirent. Il y eut un instant de silence absolu avant que Lettice, courant à son mari, éclatât en sanglots.

XXVI

Plus jamais, en présence de Samuel Dangerfield, il ne fut fait allusion à son ancienne profession d'actrice. Le lendemain du jour où Lettice avait livré ces révélations sensationnelles, il la fit venir dans son bureau et lui déclara que les explications qui lui avaient été données le satisfaisaient entièrement, qu'il ne jugeait pas opportun d'en faire part à la famille, et ne voulait plus qu'on en parlât, ni dans l'intimité, ni à des étrangers. Henry fut informé qu'il avait le choix entre abandonner ses visites au théâtre, ou quitter la maison. Et selon toute apparence, la vie continua comme par le passé.

La première fois qu'Ambre apparut à table, elle était aussi calme et naturelle que si tout le monde ignorait encore sa véritable identité ; son sang-froid, en cette occurrence, fut sévèrement jugé. Jamais ils ne lui pardonnèrent de ne pas avoir courbé la tête, ni rougi. Mais Ambre savait parfaitement ce qu'ils pensaient, et de cela se souciait peu. Samuel était entièrement convaincu de son innocence. Victime du sort, qui l'avait poussée dans ce milieu totalement étranger du théâtre, elle en était sortie sans une tache, ni morale, ni physique. Il était à ce point fou d'elle, et d'une loyauté si absolue, que personne n'osa plus jamais critiquer sa femme devant lui, même par insinuation. Par orgueil familial et par amour pour leur père, les enfants en vinrent même à la protéger contre les étrangers. Car, inévitablement, le bruit s'était répandu parmi leurs nombreux amis et relations que le vieux Samuel Dangerfield avait épousé une actrice d'une réputation douteuse. Ils la défendirent avec une telle conviction qu'Ambre fut reçue par les plus austères et les plus sévères douairières de Londres.

Cependant, si toute la famille était profondément choquée et honteuse d'être apparentée – même par alliance – à une ancienne actrice, l'un de ses membres voyait là l'une des aventures les plus passionnantes et excitantes qui fût. C'était Jemima. Elle tourmentait Ambre des heures durant pour se faire raconter des histoires de théâtre, ce que disaient les messieurs, comment était Lady Castlemaine quand elle était assise dans la loge royale, ce que l'on éprouvait sur la scène, quand des milliers d'yeux étaient braqués sur vous. Elle désirait aussi savoir si vraiment les actrices étaient des femmes perdues, ainsi que le disait Lettice. Jemima se demandait bien ce qu'étaient exactement des « femmes perdues », mais cela devait être joliment vilain et si excitant !

Ambre ne répondait qu'à une partie de ses questions.

Elle dépeignait à sa belle-fille la partie gaie, colorée, amusante du théâtre et de la Cour, omettant d'autres aspects qu'elle ne connaissait que trop bien. Pour Jemima, les beaux messieurs et les belles dames étaient dignes d'admiration parce qu'ils étaient magnifiquement habillés, qu'ils avaient de jolies manières et portaient des titres. Elle eût été navrée d'être désillusionnée.

Et, en dépit de la vigilance de Lettice, elle commença d'imiter sa belle-mère. Son décolleté devint plus osé, ses lèvres plus rouges ; elle se parfuma à l'eau de fleur d'oranger, se coiffa en boucles, les cheveux relevés sur la nuque et ornés de rubans. Ambre l'encourageait par pure malice. Finalement, Jemima arbora deux ou trois petites mouches.

— Jemima, dit un jour Lettice à sa sœur quand elle descendit pour le repas dans une robe de satin aux manches bouffantes qui dégageaient un peu trop les épaules et la gorge, vous commencez à ressembler à une évaporée !

— Pas du tout, Lettice, je commence à ressembler à une dame !

— Je n'aurais jamais cru voir un jour ma propre sœur se peindre !

Mais Sam passa le bras autour de la taille bien ajustée de Jemima :

— Laissez donc cette enfant tranquille, Lettice. Et qu'elle se mette une mouche ou deux ! Elle est jolie comme un cœur.

Lettice lança vers Sam un regard de mépris railleur :

— Vous savez de qui elle apprend tout cela ?

Jemima prit chaleureusement la défense de sa belle-mère :

— Si vous voulez dire que je l'ai appris de Madame, c'est vrai ! Et vous ferez bien d'éviter que père ne vous entende parler de sa femme sur ce ton.

Lettice eut l'air navré :

— Où en sommes-nous arrivés, nous, les Dangerfield, si les sentiments d'une vulgaire actrice...

— Qu'entendez-vous par « vulgaire actrice », Lettice ? s'écria Jemima. Elle n'est pas vulgaire du tout ! C'est une dame de qualité. De meilleure naissance que les Dangerfield, avec votre permission ! Mais son père – un chevalier, si vous voulez le savoir – l'a chassée après qu'elle eut épousé un homme qui ne lui plaisait pas. Et, quand son mari est mort, elle est restée sans un sou. Tom Killigrew l'a rencontrée dans la rue, et lui a proposé de l'engager au théâtre. Elle a accepté pour ne pas mourir de faim. Mais, dès que le père de son mari est mort en lui laissant un peu d'argent, elle s'est retirée et est allée a Turnbridge pour y mener une vie tranquille. Eh bien ! qu'avez-vous à sourire tous les deux ?

Sam reprit immédiatement son sérieux, car, à son avis, mieux valait qu'elle ne sût pas exactement qui était la femme qu'elle admirait.

— Est-ce là ce qu'elle a raconté à père ?

— Oui ! Vous la croyez, n'est-ce pas, Sam ? Oh ! Lettice, vous me rendez malade !

Elle fit un brusque tour sur elle-même, releva ses jupes et s'enfuit dans l'escalier. Lettice s'aperçut qu'elle avait également inauguré de porter des bas de soie grise. Sam et Lettice échangèrent un regard.

— Pensez-vous qu'il croie réellement cette fable à dormir debout ? fit-il enfin.

Lettice soupira :

— J'en suis sûre. Et si jamais il se doutait que nous ne... non, il ne faut pas qu'il s'en doute. Je ne sais pas ce qui a pu le faire changer ainsi, mais c'est un fait et il nous faut cacher nos véritables sentiments, pour l'amour de lui. Car nous l'aimons toujours, même si... même si...

Elle se détourna et Sam lui serra affectueusement le bras avant qu'elle s'en allât. Et puis Samuel et Ambre entrèrent, accompagnés de Jemima triomphante, le bras passé sous celui de sa belle-mère.

Vers le mois de juin, Ambre n'était toujours pas enceinte, et elle commençait à s'en inquiéter sérieusement. Car Samuel, elle le savait, désirait fort un enfant, surtout, croyait-elle, pour justifier son mariage à ses propres yeux et à ceux de sa famille. Et elle en désirait un elle aussi. Il avait pourtant modifié son testament, de manière que le tiers légal lui revînt, mais elle se disait qu'un enfant l'inciterait à donner davantage... Il était devenu sentimental quand il était question de bébés, ce qui était un tantinet ridicule si l'on réfléchissait que sa première femme lui en avait donné dix-huit. De surcroît, toujours consciente de l'hostilité ambiante, Ambre s'imaginait qu'un enfant la protégerait plus que tout.

Enveloppée d'une cape, le visage masqué, elle avait rendu visite à la moitié des sages-femmes, docteurs et charlatans de Londres, et une armoire pleine d'huiles, d'onguents et de tisanes l'occupait une bonne partie du temps. Le régime de Samuel, à base d'huîtres, d'œufs, de caviar, de foies de volailles n'eut pas plus d'effet : Ambre n'était pas enceinte. Finalement, elle alla consulter un astrologue et s'en revint tranquillisée : il lui avait prédit qu'elle ne tarderait pas à concevoir.

Par une très chaude journée de la fin juin, elle rentrait avec Jemima d'une promenade au Royal Exchange. Toutes deux s'installèrent dans l'appartement d'Ambre pour y siroter une boisson rafraîchissante. Les rues poussiéreuses et la foule grossière les avaient fatiguées. Il y avait tant de mouches dans la maison qu'en dépit de Curry, préposé à leur chasse, le bourdonnement était assourdissant. Ambre jeta sur une table ses gants, son éventail et son capuchon, et s'étendit sur une chaise longue en délaçant son corsage.

Jemima était moins sensible à la chaleur qu'à l'aventure passionnante qui venait de leur arriver. Car deux messieurs très bien mis, et fort bien élevés, avaient arrêté sa belle-mère dans l'allée supérieure du Change pour lui demander, avec une charmante impudence, de les présenter « à cette charmante petite coquette aux yeux bleus », c'est-à-dire Jemima. Et l'un d'eux l'avait embrassée sur la joue et invitée à faire un tour avec lui dans Hyde Park.

— Songez un peu ! s'écriait Jemima ravie. Mr. Sidney disant qu'après m'avoir rencontrée, la journée lui paraissait plus brûlante que jamais !

Elle rit et avala une gorgée...

— Jamais je n'ai vu des messieurs aussi bien. Et l'autre, le colonel Hamilton, c'est le soupirant de Lady Castlemaine, n'est-ce pas ?

Elle était extrêmement flattée d'avoir été remarquée par quelqu'un que Sa Grâce avait distingué. Barbara jouissait d'une telle notoriété qu'elle était devenue une sorte de mythe, même pour les fillettes innocentes et bien couvées comme Jemima.

— On le dit, répondit nonchalamment Ambre.

— Bien sûr, vous avez eu raison de refuser, et pourtant ils avaient l'air si gentils et si bien élevés. Je suis sûre que nous nous serions beaucoup amusées.

Ambre échangea un regard malin avec Nan.

— Certainement, accorda-t-elle, tout en commençant de se déshabiller.

Les Dangerfield recevaient beaucoup – davantage encore depuis que Samuel désirait présenter sa jolie jeune femme –, et l'une des distractions d'Ambre consistait à changer fréquemment de toilette.

— Vous savez, dit Jemima sans regarder sa belle-mère, les yeux pensivement fixés sur la glace, je crois que ce serait délicieux d'avoir un amoureux, si c'était un gentilhomme. Je déteste les gens ordinaires ! Toutes les dames de la Cour ont des soupirants, n'est-ce pas ?

— Oh ! beaucoup d'entre elles, je suppose. Mais franchement, Jemima, je ne crois pas que Lettice aimerait à vous entendre parler ainsi.

— Peu m'importe ce que pense Lettice ! Qu'en sait-elle ? Elle n'a jamais connu que John Beckford, et l'a épousé ! Mais vous n'êtes pas comme elle. Vous savez tout, et je peux vous parler sans que vous me reprochiez d'être frivole. Les maris sont toujours des gens si ennuyeux, les gentilshommes n'ont jamais l'air d'être mariés, n'est-ce pas ?

— Non, tant qu'ils obtiennent... tant qu'ils peuvent l'éviter, corrigea Ambre.

— Et pourquoi ?

— Oh ! – elle enfilait une robe d'intérieur – ils prétendent qu'ils perdent leur réputation d'hommes d'esprit. Allons, Jemima, vous ne pensez pas réellement ce que vous dites. Je croyais que vous alliez épouser Joseph Cuttle !

Jemima prit un air furieux :

— Joseph Cuttle ! Vous devriez le voir ! Vous souvenez-vous... Il était là mercredi dernier. Avec des dents qui avancent, des jambes maigres et des boutons sur la figure ! Je le déteste ! Je ne veux pas l'épouser ! Tant pis, ils diront tous ce qu'ils voudront ! Je ne veux pas...

— Allons, fit Ambre d'un ton apaisant, je ne pense pas que votre père vous oblige à épouser un homme que vous détestez.

— Il m'a dit que je l'épouserais ! C'est décidé depuis des années. Mais, oh ! je ne veux pas, Ambre ! s'écria-t-elle vivement, s'agenouillant auprès de sa belle-mère qui caressait un beau chat brun ronronnant. Papa accède à tout ce que vous voulez. Faites-lui promettre que je n'épouserai pas Joseph Cuttle, voulez-vous ? Oh ! s'il vous plaît, Ambre !

— Mais Jemima, protesta Ambre, il ne faut pas parler ainsi. Votre père ne fait pas du tout ce que je lui dis.

Elle savait que Samuel lui-même serait vexé que sa famille le crût sous la pantoufle.

— Mais je lui en parlerai.

— Oh ! si seulement vous vouliez bien ! Parce que, je ne veux pas l'épouser. Je ne peux pas... Savez-vous, Ambre... eh bien ! je suis amoureuse !

Ambre parut suffisamment impressionnée et posa la question attendue :

— Non ! Est-il bien ?

— Oh ! soupira Jemima avec ferveur, le plus bel homme que j'aie jamais vu. Il est grand, avec des cheveux noirs et des yeux, je ne sais plus de quelle couleur, mais quand il me regarde, je me sens toute drôle. Oh ! Ambre, il est magnifique ! Tout ce que j'admire le plus au monde.

— Eh là ! dit Ambre. Et où peut-on voir cette merveille ?

Jemima devint pensive.

— Pas ici, pas à Londres. En ce moment du moins, mais j'espère qu'il sera bientôt de retour. Je l'attends depuis treize mois et une semaine, et jamais je n'aimerai quelqu'un d'autre.

Ambre était amusée, car l'enthousiasme de Jemima lui paraissait enfantin :

— Eh bien ! Jemima, j'espère qu'il vous reviendra. Sait-il que vous l'attendez ?

— Oh ! non. Il se doute à peine de mon existence. Je ne l'ai vu que deux fois, il est venu dîner un soir, et l'autre fois je suis allée, avec Sam et Bob, visiter ses navires avant qu'il parte pour l'Amérique.

— Pour l'Amérique ! Qui est cet homme ! Comment s'appelle-t-il ?

Jemima la dévisagea, étonnée.

— Si je vous le dis, vous me promettez de n'en parler à personne ? Ils se moqueraient tous de moi. C'est un noble, Lord Carlton. Oh ! qu'y a-t-il ? Le connaissez-vous ?

C'était aussi rude et suffocant qu'un seau d'eau glacée

en pleine figure, et Ambre fut irritée de la crainte qu'elle ressentit. « Pourquoi ? se dit-elle, vexée de son propre manque de confiance. Cette gamine ne lui est rien. Comment, ce n'est qu'une enfant. De plus, elle n'est pas de loin aussi jolie que moi. Ou est-ce que je me trompe ? » Les yeux d'Ambre enveloppèrent rapidement le visage de sa belle-fille, y cherchant la menace à son propre bonheur. « Je suis stupide, se dit-elle avec colère. Est-ce que je tiens absolument à ce qu'elle sache... »

Quelques secondes passèrent avant qu'elle répondît d'un air indifférent :

— Oh ! je crois que je l'ai rencontré au théâtre. Mais comment cela se fait-il que vous receviez un lord ici, et que vous visitiez ses bateaux ?

— Il fait des affaires avec papa, je ne sais pas au juste quoi.

Ambre leva les sourcils :

— Samuel fait des affaires avec un pirate ?

— Ce n'est pas un pirate ! C'est un corsaire, ce qui est tout autre chose. C'est aux corsaires que nous devons la puissance de l'Angleterre sur mer, la marine de Sa Majesté ne ferait rien sans eux.

— Vous parlez comme un véritable marchand, Jemima, fit Ambre d'un ton aigre, mais elle se reprit vivement, se forçant à sourire. Ainsi, vous êtes éprise d'un gentilhomme. Je souhaite de tout mon cœur, pour vous, qu'il revienne bientôt en Angleterre.

— Oh ! moi aussi ! Je donnerais n'importe quoi pour le revoir. Vous savez, ajouta-t-elle avec une timidité confiante, l'an dernier, à la Toussaint, nous avons fait un gâteau. Anne a rêvé de William Twopenny, et elle est devenue sa femme. Et moi, j'ai rêvé de Lord Carlton ! Oh ! Ambre, croyez-vous qu'il pourra jamais m'aimer ? Pensez-vous qu'il m'épousera un jour ?

— Pourquoi pas ! Vous aurez une assez belle dot !

À peine avait-elle parlé qu'elle s'en repentit et ajouta vivement.

— Les hommes pensent toujours à cela, vous savez !

Moins d'une heure après, elle rompit sa promesse, car Samuel vint la voir et elle ne put résister à la tentation de lui parler de Bruce. Innocemment, elle commença :

— J'ai entendu dire aujourd'hui au Change que les Hollandais ont déclaré à Sa Majesté que leur flotte est uniquement destinée à défendre leur trafic commercial, et que le roi est furieux de penser qu'ils le croient assez sot pour avaler cette fable.

Samuel, qui changeait de costume, se mit à rire :

— Quel mensonge ridicule ! La flotte hollandaise n'a qu'un but : chasser l'Angleterre des mers. Ils ont pris nos navires, battu nos hommes aux Indes Orientales, pendu saint Georges parmi leurs propres drapeaux, produit des lettres de cachet contre nous et fait tout au monde, excepté oser nous attaquer.

— Mais nous avons sorti des lettres contre eux, depuis le retour du roi, n'est-ce pas ?

— En tout cas, nous sommes censés l'ignorer, ces lettres sont généralement dirigées contre les Espagnols, bien que, sans aucun doute, nous ayons également arrêté des Hollandais. Ce qui était bien mérité, d'ailleurs. Mais comment êtes-vous aussi bien renseignée mon ange ?

Il paraissait tendrement amusé d'entendre sa femme discuter des questions sérieuses.

— J'ai parlé avec Jemima.

— Avec Jemima ? Évidemment, elle doit avoir les toutes dernières nouvelles !

— C'est certain, en ce qui concerne les corsaires. Elle m'a dit que vous faisiez des affaires avec eux.

— Oui, avec trois ou quatre. Mais je ne savais pas que Jemima s'intéressait ainsi à mes affaires.

Il souriait, les mains dans ses poches, tout en contemplant sa femme d'un air admiratif.

— Ce ne sont pas vos affaires qui l'intéressent ; ce sont plutôt les corsaires.

— Oh ! vraiment ! La petite masque !... C'est cela. Je suppose qu'elle se croit amoureuse de Lord Carlton !

— Comment l'avez-vous deviné ?

— Ce n'est pas très difficile. Il est venu dîner ici, il y a un an environ. Elle n'a pas pu avaler une bouchée et n'a parlé que de cela pendant plusieurs jours. Elle ferait mieux d'abandonner cette idée !

— Elle dit qu'elle attend son retour.

— Sottises ! Il ne connaît même pas son existence ! Il appartient à l'une des plus vieilles familles d'Angleterre, et a gagné une immense fortune. Jamais il ne songerait à épouser la fille d'un négociant.

Samuel n'avait aucune illusion quant à ses relations avec la noblesse. Sa famille appartenait aux jeunes couches, n'ayant pouvoir et fortune que depuis deux générations à peine ; dépourvu de visées, il ne songeait pas à s'anoblir – ainsi que bien d'autre – au prix de sa dignité.

— Et, même s'il le voulait, je ne tiendrais pas à ce qu'elle épouse Lord Carlton. En tant qu'homme, je l'admire ; mais comme mari de l'une de mes filles, je ne l'envisagerais pas, même s'il me la demandait. Non, Jemima épousera Joseph Cuttle, et elle ferait bien d'oublier ces idées ridicules. Nous faisons des affaires ensemble depuis des années, les Cuttle et moi, c'est un mariage parfait pour elle, à tous égards. Je lui parlerai moi-même.

— Oh ! je vous en prie, Samuel, n'en faites rien. Je lui avais promis de ne rien vous dire. Mais, naturellement, il me semblait que vous deviez être mis au courant. Laissez-moi la raisonner.

— Je ne demande pas mieux, mon cœur. Elle tient à votre opinion plus qu'à toutes les autres.

Il sourit et lui offrit le bras.

— Je n'ai aucune envie de la forcer ; cependant je sais que cela vaut mieux pour elle et pour nous tous. Le garçon est jeune, mais très épris d'elle, tranquille et travailleur, exactement le genre d'homme qu'il lui faut.

— Bien sûr, mais les jeunes filles sont si sottes...

Ils sortirent de la chambre et, très naturellement, Ambre s'enquit :

— À propos, Samuel, Lord Carlton revient-il bientôt à Londres ?

— Je l'ignore. Pourquoi ?

— Oh ! je pensais juste qu'il vaudrait mieux signer le contrat de mariage avant qu'elle ne l'ait revu, sinon, Dieu sait quelles sottises elle pourrait faire.

— C'est une excellente idée. Je verrai le notaire demain. C'est si bon à vous de vous intéresser ainsi aux miens.

Ambre sourit modestement.

Joseph Cuttle comptait parmi leurs invités de ce soir-là. Ambre, qui l'avait déjà vu, ne se souvenait cependant pas de lui. C'était un grand garçon de dix-huit ans, gauche, avec un visage qui ne paraissait pas terminé. Ses manières étaient lourdes et embarrassées, comme s'il eût toujours désiré s'enfuir et se cacher au loin. Il était risible de songer que la délicate et vive petite Jemima pourrait épouser un être aussi balourd.

Mais Ambre vint le trouver et, bien qu'il fût abominablement intimidé, elle sut si bien le mettre à l'aise qu'il commença de lui parler de ses ennuis en la priant de bien vouloir l'aider. Elle le lui promit, insinuant que Jemima l'aimait plus qu'elle ne le montrait, mais que sa timidité l'empêchait d'afficher ses sentiments. Elle surprit une fois les yeux de Jemima posés sur elle, surpris et mécontents. Peu après, prétextant un mal de tête, Jemima se retira dans sa chambre.

Elle se précipita chez Ambre le lendemain matin de très

bonne heure, alors que celle-ci, blottie dans son lit de plume, contemplait rêveusement son baldaquin tendu de satin. Elle avait depuis longtemps pardonné à Bruce la mort du capitaine Morgan, et ne doutait pas qu'il en eût fait de même pour elle. Et depuis que Jemima lui en avait parlé, elle se sentait plus proche de lui, espérant le revoir sous peu. La soudaine apparition de Jemima la sortit brusquement de cette voluptueuse rêverie.

— Ciel ! Jemima ! Que se passe-t-il ?

Elle se souleva à demi.

— Ambre ! Comment avez-vous pu être aussi gentille avec cet affreux Joseph Cuttle ?

— Je ne le trouve pas si vilain, après tout, Jemima. C'est un bon garçon, plein de cœur, et il vous adore.

— Ça m'est égal ! Il est laid et bête, et je le déteste ! Et vous aviez promis de m'aider !

Elle se mit à pleurer.

— Cessez donc Jemima, fit Ambre avec humeur. Je vous aiderai si je le puis. Mais votre père m'avait demandé de m'occuper de lui, et je ne pouvais pas refuser.

— Vous le pouviez, si vous l'aviez voulu, insista Jemima, s'essuyant les yeux. Lettice dit que vous lui faites faire tout ce que vous voulez, comme un singe savant.

Ambre réprima une violente envie de rire et dit sévèrement :

— Eh bien ! Lettice se trompe ! Et vous feriez mieux de ne pas parler ainsi, Jemima. Mais calmez-vous, je vous aiderai tant que je pourrai.

Jemima sourit, car ses larmes étaient légères et ne laissaient aucune trace :

— Oh ! merci ! Je savais que vous ne seriez pas mon ennemie. Et quand Lord Carlton viendra, vous m'aiderez aussi, n'est-ce pas ?

— Oui, Jemima, bien sûr. Tant que je pourrai.

Ambre, traversant la cour de devant pour rejoindre sa

voiture s'arrêta brusquement devant un autre équipage qui stationnait tout auprès. C'était celui d'Almsbury. Et, comme il était fort peu probable que le comte eût une affaire quelconque avec Samuel, cela voulait évidemment dire que Bruce était de retour. À ce moment même, il devait se trouver dans la maison, en compagnie de son mari.

Elle resta un instant pétrifiée. Puis, tournoyant sur elle-même, revint sur ses pas en courant. Elle n'avait guère pénétré plus de trois ou quatre fois dans les bureaux de Samuel, et les employés la regardèrent avec surprise et curiosité, comme elle se dirigeait vers son bureau personnel. Sans réfléchir à ce qu'elle dirait ou ferait, elle ouvrit la porte.

La pièce était grande, joliment meublée de beau chêne sculpté, avec de grands rideaux de beau velours sombre, des murs lambrissés et de nombreuses bougies brûlant dans des lustres de cuivre. Samuel et Lord Carlton se tenaient debout devant une grande carte encadrée du Nouveau Monde, et, si Samuel lui faisait face, Bruce lui tournait le dos. Il portait un de ces nouveaux manteaux, genre soutane, allant aux genoux, fait d'un brocart vert foncé et or, avec une écharpe de satin autour de la taille et un baudrier en travers pour maintenir son épée. Sous son chapeau à larges bords on devinait une perruque assez semblable, en apparence, à ses propres cheveux ; seuls les petits maîtres portaient des boucles sur les épaules.

« Même de dos il est différent des autres hommes », songea-t-elle et son cœur battait si fort qu'elle en suffoquait. « Je vais m'évanouir, se dit-elle avec désespoir. Je vais faire quelque chose de terrible, et me rendre ridicule. »

— Oh ! je suis désolée, Samuel, dit-elle dès le seuil, la main posée sur le bouton de la porte. Je vous croyais seul.

— Entrez, ma chère. Voici Lord Carlton dont vous m'avez entendu parler. Milord, puis-je vous présenter ma femme ?

Bruce se retourna et ses yeux eurent une expression, surprise d'abord, amusée ensuite. Vous ! – semblait-il dire – vous, entre toutes ! Vous, mariée à un vénérable mercanti ! Elle comprit également qu'il n'avait pas oublié leur dernière séparation, violente et tragique. Mais il se découvrit simplement et s'inclina gravement :

— Votre serviteur, Madame.

— Lord Carlton arrive d'Amérique avec ses vaisseaux – et quelques autres en plus –, fit Samuel avec un sourire, car les marchands étaient fiers des corsaires et leur vouaient une véritable reconnaissance.

— C'est magnifique ! dit Ambre nerveusement, avec l'affreuse sensation de se trouver mal. Je venais simplement vous dire, Samuel – elle parlait rapidement –, que je ne rentrerai pas à temps pour le déjeuner. J'ai une visite à faire.

Elle lança vers Carlton un regard rapide et incertain :

— Pourquoi ne viendriez-vous pas dîner avec nous ce soir, Lord Carlton ? Je suis sûre que vous avez tant de choses intéressantes à nous raconter !

Il s'inclina de nouveau, souriant

— Je ne pense pas que mes aventures sur mer intéressent beaucoup les dames, mais je serai très heureux de venir ce soir, madame Dangerfield. Merci infiniment.

Ambre leur adressa à tous deux un bref sourire et s'en alla dans un frou-frou de taffetas, refermant bruyamment la porte derrière elle. Elle traversa la cour aussi vite qu'elle put, de crainte que ses jambes ne la portassent pas aussi loin, grimpa dans sa voiture, se laissa tomber sur la banquette et ferma les yeux.

Très excitée, Nan lui prit la main :

— Est-ce lui, Madame ?

— Oui ! murmura-t-elle. Il est là !

Une demi-heure plus tard, elle était chez Almsbury et

Émily l'accueillait avec joie. Toutes deux montèrent à la nursery.

— Que c'est gentil à vous d'être venue ! Nous ne sommes en ville que depuis une quinzaine et nous avons essayé de vous joindre, mais au théâtre ils n'ont pu que nous annoncer votre mariage, sans savoir où vous habitiez. Lord Carlton est ici, avec nous...

— Oui, je sais. Je l'ai aperçu dans le bureau de mon mari. Pensez-vous qu'il revienne pour le déjeuner ?

— Je l'ignore. Je crois qu'il avait rendez-vous quelque part avec John.

Elles avaient atteint la nursery et trouvèrent les enfants attablés devant leur porridge. La joie de retrouver son fils, qu'elle n'avait pas vu depuis septembre dernier, compensait un peu le désappointement causé par la perspective de manquer Bruce. C'était un remarquablement bel enfant, heureux, bien portant, aimable, avec des cheveux noirs bouclés et des yeux verts. Elle le prit dans ses bras, riant gaiement tandis qu'il l'embrassait, la barbouillant de bouillie et lui fourrant sa cuillère dans les cheveux.

— Papa est là aussi, maman, annonça-t-il à haute voix. Tante Émily m'a emmené à Londres pour le voir.

— Oh ! fit Ambre avec une légère pointe de jalousie, vous saviez qu'il devait rentrer ?

— Il avait écrit à John, expliqua Émily. Il désirait voir le petit.

— Il n'est pas marié, n'est-ce pas ?

C'était la question qu'elle posait avec le plus de crainte chaque fois qu'il revenait, bien qu'elle ne parvînt pas à se figurer qu'un homme pût trouver à se marier, dans ce pays barbare et désert de l'autre côté de l'Océan.

— Non ! dit Émily.

Ambre s'assit par terre avec Bruce et un gros chien bruyant et gâté qui lui appartenait ; les deux fils d'Émily vinrent se joindre à eux. Tout en jouant et bavardant avec son fils, elle trouva le moyen de poser quelques questions à Émily.

— Combien de temps restera-t-il, cette fois ?

— Un mois, environ, je pense. Il cherche à s'enrôler avec ses bateaux dans la marine de guerre.

— La guerre ? Mais elle n'est pas déclarée ?

— Pas encore, mais cela ne tardera pas, je crois. En tout cas, c'est ce qu'on dit à la Cour.

— Mais pourquoi fait-il cela ? Il risque de les perdre tous ?...

Émily parut légèrement surprise :

— Comment ! Mais il y tient. L'Angleterre aura besoin de tous ses navires et de tous les marins expérimentés qu'elle peut avoir. Nombre de corsaires feront la même chose...

Au même instant, Bruce apparut sur le seuil et se dirigea vers leur groupe. Tandis qu'Ambre restait muette et désemparée, le petit garçon s'arracha de ses bras et courut à son père, qui l'installa sur son épaule. À présent, il se tenait devant elle, souriant :

— Je pensais bien vous trouver ici.

XXVII

Le soir, comme Ambre s'habillait pour le dîner, Jemima entra en courant :

— Ambre, s'écria-t-elle joyeusement ! oh ! Ambre, je vous remercie.

Ambre se retourna et vit, à son grand déplaisir, que Jemima vêtue d'une robe de satin bleu azur, dont le retroussé était maintenu par des roses artificielles, et portant de véritables roses dans les cheveux, était plus jolie que jamais.

— Merci de quoi ?

— D'avoir invité Lord Carlton à dîner, voyons ! Papa m'a dit qu'il venait et que vous le lui aviez demandé.

— Joseph Cuttle vient aussi, souvenez-vous-en ! dit Ambre avec humeur. Et si vous n'êtes pas gentille avec lui, votre père sera très mécontent.

— Oh ! Joseph Cuttle ! Qui donc s'occupe de lui ? Oh ! Ambre, je suis si agitée ! Que vais-je faire ? Que vais-je dire ? Oh ! je voudrais lui faire une grosse impression ! Dites-moi ce qu'il faut faire, je vous en prie... Vous vous y connaissez !

— Restez simplement tranquille et modeste, rétorqua Ambre plutôt rudement. Souvenez-vous que les hommes n'aiment jamais les femmes hardies.

Instantanément calmée, Jemima s'efforça de prendre un visage indifférent.

— Je comprends ! Il faut que je sois langoureuse et distinguée ; pourvu que j'y parvienne. Mais oh ! je crois que je vais me trouver mal rien qu'à sa vue ! Dites-moi, de quoi ai-je l'air ?

— Oh ! vous êtes très en beauté, affirma Ambre en se levant pour passer sa robe.

Elle se sentait inquiète et malheureuse, terriblement jalouse et désespérément effrayée par sa belle-fille. Elle et Bruce avaient passé l'après-midi ensemble, et l'éclat de ces heures illuminait encore tout son être. Mais voici que se dressait Jemima, jeune, charmante, audacieuse, qui soudain apparaissait comme une rivale dangereuse. Car, par son mariage avec un riche négociant, Ambre avait acquis une sorte de fausse respectabilité qui, elle le sentait, la rendait moins désirable. Elle était mariée, et Jemima ne l'était point. En dépit de la certitude absolue de Samuel que jamais Lord Carlton ne prendrait femme dans la famille Dangerfield, Ambre avait peur.

« Ne fais pas l'imbécile, s'était-elle dit plusieurs fois ! Pour tout l'or du monde, jamais il n'épouserait une petite niaise comme Jemima ! Et il est assez riche, maintenant. Oh ! pourquoi Jemima ne ressemble-t-elle pas à Lettice ! »

Elle enfila sa robe sans faire attention à la jeune fille, mais elle semait ses regards braqués sur elle, et la confiance lui revint. Sa toilette, en dentelle champagne sur dessous de satin assorti, était semée de petites étoiles d'or. Évitant toujours les yeux de Jemima, elle se dirigea vers la coiffeuse pour prendre ses émeraudes.

— Oh ! s'écria enfin Jemima, que vous êtes belle !

Pensivement, elle jeta un coup d'œil dans la glace et ajouta :

— Il ne me verra même pas !

— Bien sûr que si, ma chérie ! dit Ambre adoucie. Jamais vous n'avez été plus jolie.

À cet instant, la femme de chambre de Jemima, Mrs. Carter, passa la tête par la porte :

— Mademoiselle Jemima, souffla-t-elle, Sa Grâce vient d'arriver. Il entre à l'instant.

Le cœur d'Ambre fit un bond, mais elle ne tourna pas même la tête. Jemima, au contraire, parut aussi troublée qu'une jeune victime au moment de son exécution.

— Il est là ! murmura-t-elle. Oh ! grand Dieu !

Cela seul prouvait son trouble mortel, car, dans la maison Dangerfield, le nom de Dieu n'était pas pris en vain ! Rassemblant ses jupes, elle disparut.

Cinq minutes plus tard, Ambre était prête à son tour. Elle était impatiente de voir comment il trouvait Jemima, ce qu'il pensait d'elle, mais, par-dessus tout, elle désirait le revoir, entendre le son de sa voix, contempler son visage, être dans la même pièce que lui.

— Faites attention, Madame, souffla doucement Nan en lui donnant son éventail.

Ambre le vit dès qu'elle pénétra dans le salon. Il était en

face d'elle, causant avec Samuel et deux autres messieurs, et Jemima s'était faufilée à ses côtés, le contemplant comme une fleur se tourne vers le soleil. Elle se dirigea vers eux, mais dut s'arrêter un nombre incalculable de fois pour saluer d'autres invités, dont la plupart lui étaient familiers depuis cinq mois. C'étaient là des hommes de négoce, des hommes de loi, des orfèvres, formant tous l'armature de cette solide et grande bourgeoisie qui devenait rapidement la plus grande force de l'Angleterre. De plus en plus, ils contrôlaient la politique gouvernementale à l'intérieur et à l'extérieur, car ils avaient en main la plus grande partie de la fortune du pays. Presque sans exception ils avaient été du côté des vainqueurs lors des guerres civiles, et leur fortune n'avait fait que s'accroître pendant que les royalistes vaincus étaient emprisonnés, dépouillés ou ruinés, et vivaient dans la pauvreté à l'étranger. La Restauration elle-même n'avait pas amené un renversement de situation. Ils étaient à présent les piliers riches et puissants du royaume. C'étaient les négociants qui réclamaient avec le plus d'insistance la guerre contre la Hollande, qu'ils estimaient nécessaire pour protéger le commerce et le trafic anglais contre leur ennemi le plus redoutable. Et Lord Carlton, corsaire qui avait coulé des bateaux hollandais et capturé des marchandises hollandaises, avait droit à leur admiration et à leur respect, en dépit de sa qualité d'aristocrate.

Finalement Ambre parvint au petit groupe qui se détachait sur le fond des nouvelles draperies de velours brodées d'or qu'elle avait fait poser au salon. Elle fit une profonde révérence, et Bruce s'inclina. Jemima les observait.

— Je suis heureuse que vous ayez pu venir, Lord Carlton.

Elle se sentait capable de le regarder calmement, tout en étant étrangement émue dans son for intérieur.

— Je suis extrêmement heureux d'être ici, Madame !

Qui donc eût deviné que, trois heures auparavant, ils couchaient ensemble ! Ils avaient l'air de deux étrangers, froids et polis.

Le dîner fut annoncé et les invités se pressèrent à la salle à manger où le repas était servi sous forme de buffet, à la manière française. Il y avait de quoi nourrir au moins trois fois les cent personnes qui se trouvaient là, et l'on ne comptait plus les gallons de vin rouge et de vin blanc. Les bougies allumées jetaient une douce lueur sur les cheveux et les épaules des femmes ; le son des violons parvenait d'une pièce voisine. Certaines de ces dames étaient vêtues de toilettes somptueuses, comme les dames de la Cour ; les hommes, en général, portaient de sobres habits de velours ou de laine aux couleurs sombres.

Ambre et Bruce furent immédiatement séparés, car elle avait à remplir ses devoirs de maîtresse de maison, et lui fut accaparé par un groupe de marchands qui désiraient savoir quand la guerre éclaterait, combien de navires il avait capturés, s'il était vrai qu'il régnait en Hollande une épidémie qui épuisait le pays à tel point qu'il en deviendrait une victime facile ? Ils lui demandaient pourquoi le roi ne s'amendait pas, combien de temps se prolongeraient la paresse et la corruption de la Cour et, tout à fait en confidence, si de prêter de l'argent à Sa Majesté constituait un sûr placement ? « Nos vaisseaux », « notre commerce », « nos mers », tels étaient les mots qui s'entrecroisaient. Les femmes, réunies en groupes, bavardaient de leurs enfants, de leurs grossesses et de leurs serviteurs. Il n'était personne qui, à un moment ou à un autre, ne fît observer que l'Angleterre était bien plus heureuse du temps du vieux Noll, oubliant combien ils avaient tous grogné alors sous sa férule.

Après s'être servis, ils revinrent s'installer au salon, prenant place autour de petites tables, dans des fauteuils, sur des bancs ou des tabourets. Ambre, dont les yeux ne cessaient de suivre Bruce, si absorbée fût-elle, éprouva une vive colère en voyant que Jemima réussissait à l'arracher à ses questionneurs, et à le chambrer dans un petit coin. Installés tous deux avec une assiette sur leurs genoux, ils bavardaient.

Jemima babillait et souriait, les yeux joyeux et pleins d'une admiration passionnée. Bruce l'observait et jetait un mot de temps à autre, mais, bien qu'il parût tout simplement amusé, Ambre tremblait d'inquiétude et de jalousie. Elle fit plusieurs tentatives pour les joindre, mais fut chaque fois arrêtée en chemin. Pour finir, une vieille douairière à la poitrine plate comme une planche, avec un visage d'épagneul insolent, lui chuchota :

— Jemima paraît s'entendre à merveille avec Sa Grâce. Elle lui a fait les yeux doux toute la soirée. Permettez-moi de vous dire, madame Dangerfield, que si Jemima était ma fille, je trouverais moyen de l'éloigner. J'admire les exploits de Sa Grâce, mais sa réputation envers les femmes n'est pas des meilleures, croyez-moi.

Ambre prit l'air horrifié :

— Ô ciel ! Merci de m'en avoir parlé, madame Humpage. Je vais m'en occuper immédiatement.

Et sans tarder, elle se dirigea vers le coin où Joseph Cuttle causait avec Henry, prétendant ignorer que Jemima était avec un homme, non seulement fort bien de sa personne et titré, mais un héros, par-dessus le marché.

— Comment, Joseph ! s'écria-t-elle. Où donc étiez-vous passé, ce soir ? Je parie que vous n'avez pas seulement échangé deux mots avec Jemima ?

Joseph rougit et se balança gauchement d'un pied sur l'autre, tandis qu'Henry plongeait dans le décolleté de sa belle-mère.

— Je passe une très bonne soirée, Madame, et Jemima est occupée.

— Sottises ! Voyons, elle ne vous pardonnera pas cette indifférence !

Le prenant par le poignet, elle l'entraîna avec bonté :

— Venez Joseph, vous ne plaiderez pas votre cause en restant ici !

Ils se frayèrent un chemin à travers la pièce, Ambre tenant toujours la main de Joseph, de peur que celui-ci ne lui échappât. Elle le conduisit ainsi auprès de Bruce, et, sans paraître remarquer le regard plein de reproches de Jemima, le présenta à Lord Carlton :

— Je vais vous demander d'ouvrir le bal avec Joseph, Jemima, dit-elle avec suavité. Vous pouvez commencer par une courante.

Jemima se leva de très mauvaise grâce, mais son visage s'éclaira comme elle se tournait vers Lord Carlton :

— Excusez-moi, Votre Grâce !

Bruce s'inclina :

— Mais certainement, Madame. Et merci de votre compagnie pendant le dîner.

Jemima lui adressa un long sourire – sans se préoccuper du malheureux qui pâlissait à ses côtés – puis, avec une brève révérence à Ambre, se dirigea vers la salle de bal. Mais elle ne prit pas le bras de Joseph et ne parut pas même s'apercevoir de sa présence. Ambre attendit qu'ils fussent hors de portée d'oreille ; alors elle se tourna vers Bruce qui la regardait en souriant. Il paraissait se rendre exactement compte de ce qu'elle pensait.

— Eh bien ! s'enquit-elle, avez-vous passé une bonne soirée ?

— Excellente. Je vous remercie de m'avoir invité. Et maintenant – il jeta un regard sur la pendule –, il faut que je m'en aille.

— Oh ! vraiment ! fit-elle ironiquement. Sitôt que j'arrive, il faut que vous partiez.

— J'ai à faire à Whitehall !

— Je me figure dans quel genre !

— Souriez un peu, Ambre, dit-il à voix basse. Certains de vos invités commencent à s'étonner de notre intimité. Jamais une femme ne se dispute avec un homme qu'elle ne connaît pas très bien.

Ce ton moqueur l'exaspérait, mais ce qu'il disait lui fit peur. Elle se força à sourire, de la bouche sinon des yeux, et jeta un rapide coup d'œil autour d'elle, pour voir s'ils étaient observés. « Il faut que je fasse très attention, se disait-elle. Si jamais quelqu'un devinait. Ô mon Dieu ! si jamais on savait ! » Elle éleva la voix, toujours souriante :

— Je suis heureuse que vous ayez pu venir ce soir, Lord Carlton. Nous n'avons pas fréquemment le plaisir de recevoir un homme qui a fait tant pour l'Angleterre.

Bruce s'inclina avec sa grâce féline, insouciante et légère :

— Je vous remercie, Madame. Bonne nuit !

Il la quitta et partit à la recherche de Samuel. Soudain Ambre, qui causait à un vieux monsieur tout grisonnant, l'abandonna en murmurant qu'il lui fallait donner un ordre pour faire remonter du vin. Dans le corridor, elle rassembla ses jupes et courut aussi vite qu'elle le put vers la cour où elle apercevait Bruce en train de monter en voiture.

— Lord Carlton ! cria-t-elle hors d'haleine, ses talons hauts cliquetant sur les pavés.

Il se retourna :

— Vous m'appelez, Mrs. Dangerfield ?

— J'ai une commission à vous faire, de la part de mon mari, Votre Grâce !

Et elle grimpa dans la voiture en lui faisant signe de la suivre :

— Bruce, quand puis-je vous revoir ?

— Ambre, petite folle ! À quoi pensez-vous !

Il parlait avec impatience et ses yeux avaient une lueur irritée.

— Vous devriez être plus raisonnable, cette fois !

Elle fronça légèrement les sourcils en regardant par la portière ; si seulement ce stupide valet de pied s'en allait avec sa torche qui les éclairait tous les deux.

— Oh ! je serai prudente, mais il faut que je vous voie, Bruce. Quand ? Je peux venir à n'importe quelle heure ?

— Venez au bateau demain, alors. Nous sommes en train de décharger, et personne ne sera surpris de vous y voir.

— Je viendrai demain matin.

— Ambre !

À contrecœur elle sortit de l'équipage et rentra dans la maison en courant. À son grand effroi elle trouva le salon tout en émoi, bien qu'elle eût laissé ses invités à rire et à danser.

— Qu'y-a-t-il ? Que s'est-il passé ? interrogea-t-elle, s'adressant au premier venu.

— C'est votre mari, Mr. Dangerfield. Il s'est trouvé mal !

— Trouvé mal !

Une pensée terrible lui traversa l'esprit. Avait-il deviné ou appris quoi que ce fût au sujet d'elle et de Bruce ? Et ce choc avait-il provoqué une attaque ? Plus inquiète encore pour elle que pour lui, elle monta en courant.

Elle trouva l'antichambre pleine de gens de toutes sortes, domestiques et membres de la famille, mais, sans prendre la peine de leur parler, elle entra directement dans la chambre à coucher. Samuel était étendu sur le lit, Lettice agenouillée auprès de lui, tandis que les quatre frères aînés l'observaient anxieusement. Personne ne fit attention à elle. Le docteur de Forest, qui le soignait depuis longtemps et avait assisté au dîner, lui tâtait le pouls.

Instinctivement Ambre baissa la voix et chuchota :

— Que s'est-il passé ? J'étais allée m'occuper du vin et, en revenant, j'ai appris qu'il s'était trouvé mal.

— C'est exact ! dit Sam brièvement.

Ambre s'approcha du lit, du côté opposé à celui de

Lettice. Elle n'osait pas la regarder, ni les autres, mais elle sentit qu'aucun d'eux ne lui portait la moindre attention ; ils ne songeaient qu'à leur père. Et, bien que le temps lui parût infiniment long, il ne s'écoula guère que quelques minutes avant que Samuel ouvrît les yeux. Son regard tomba d'abord sur Lettice, puis il se détourna, cherchant Ambre. Quand il l'eut trouvée, il lui sourit. Elle l'observait, palpitante, redoutant par-dessus tout qu'il prononçât une parole l'accusant. Elle se pencha et l'embrassa doucement :

— Vous êtes ici, Samuel, avec nous. Il n'y a pas lieu de vous inquiéter.

— Je ne sais plus ce qui m'est arrivé... je croyais que...

— Vous vous êtes trouvé mal, Monsieur, dit le docteur.

Lettice pleurait, très doucement pour ne troubler personne ; son frère aîné s'approcha d'elle et la releva. Sur la demande du docteur, ils quittèrent tous la pièce, sauf Ambre. Le docteur, alors, leur parla sérieusement à tous deux, insistant sur la nécessité pour Samuel d'un repos complet pendant quelques jours. Pas d'efforts d'aucune sorte, et, s'adressant particulièrement à Ambre qui le regardait gravement et approuvait de la tête :

— Il vous faut aider votre mari, madame Dangerfield.

Puis, comme elle le reconduisait :

— Sa vie ne tient qu'à un fil, si vous ne faites pas attention. Vous me comprenez ?

— Oui, docteur. Je veillerai.

Quand elle revint, Samuel lui prit la main et sourit :

— Le docteur de Forest est bourré de préjugés. Nous ne ferons pas attention à ce qu'il dit, n'est-ce pas ?

Mais Ambre répondit fermement :

— Si, nous lui obéirons, Samuel. Il dit que c'est pour votre bien, et il le faut. Promettez-le-moi, Samuel, promettez que vous ferez ce qu'il vous dit !

Il était visiblement embarrassé, mais Ambre tint bon. Elle ne lui permettrait rien, pas même la plus petite chose qui risquât de nuire à sa santé. Et, ils seraient tout juste aussi heureux qu'avant. Surtout, qu'il n'allât pas s'imaginer qu'elle y attachait une importance quelconque. Rien ne la préoccupait, en dehors de sa santé. Samuel, profondément touché par cette preuve d'affection, ne put retenir quelques larmes. Mais tout en lui parlant et en lui caressant les cheveux, Ambre songeait que, si jamais elle devenait enceinte à présent, l'enfant serait de Lord Carlton, et si cela se produisait bientôt, Samuel l'accepterait comme étant à lui.

Le lendemain matin il se sentait mieux, mais Ambre insista pour qu'il gardât le lit, ainsi que le docteur l'avait recommandé et, en dépit de ses protestations, resta auprès de lui. Vers une heure de l'après-midi, Jemima entra, accompagnée de ses deux frères aînés, pour prévenir qu'ils allaient surveiller le déchargement des vaisseaux de Lord Carlton.

— Pourquoi ne les accompagnez-vous pas, mon cœur ? dit Samuel à Ambre. Vous êtes restée tout le temps enfermée avec moi.

Jemima la regarda anxieusement, dans le visible espoir qu'elle refuserait, et bien qu'Ambre se fît prier, elle finit par se laisser convaincre. Mais l'expédition fut une déception. Ils ne purent échanger un mot en particulier et Bruce était si occupé qu'il parut à peine s'apercevoir de sa présence. Sa seule consolation fut de constater que Jemima était tout aussi déçue, et le cachait moins bien. Il leur offrit néanmoins de très jolis cadeaux à toutes deux. Pour Jemima une magnifique pièce d'étoffe, une soie sur laquelle de l'or liquide semblait avoir été répandu en dessins si légers qu'on les aurait crus faits à l'aide d'une plume. Ambre reçut un collier ciselé, fait d'or et de topazes. Les deux présents provenaient d'un navire hollandais de retour des Indes Orientales.

Mais, le lendemain de bonne heure, elle se glissa hors de

la maison enveloppée d'un manteau sombre et soigneusement masquée. Elle prit un fiacre et se fit conduire à Almsbury House. Ils passèrent une demi-heure à la nursery avec le bébé, Émily et Almsbury, puis retournèrent dans les appartements de Bruce.

— Et si vous étiez découverte ?

Ambre était pleine de confiance :

— Ce n'est pas possible. Samuel dormait et Nan n'aurait qu'à dire que je suis sortie pour essayer une robe ; ainsi, je suis tranquille. Oh ! je suis une femme merveilleusement dévouée, je vous assure.

— Vous êtes une petite garce sans cœur ! rétorqua-t-il. Je plains ceux qui vous aiment.

Mais elle était trop heureuse pour se fâcher, et la lueur brillant dans les yeux verts qui la contemplaient suffisait à lui faire pardonner le reste. S'asseyant sur ses genoux, elle lui passa les bras autour du cou et posa ses lèvres sur la joue fraîchement rasée.

— Mais vous m'aimez, Bruce, et je ne vous ai jamais fait de mal. Je ne crois pas que je le pourrais, même si je le voulais, ajouta-t-elle avec une petite moue.

Il leva un sourcil et sourit. Jamais il ne s'était lancé dans les grands compliments à la mode, et parfois elle se demandait avec jalousie s'il en faisait aux autres femmes... À Jemima, peut-être ?

— Que pensez-vous de Jemima ? questionna-t-elle soudain.

— Elle est très jolie, et plus naïve qu'une fille d'honneur durant sa première semaine à la Cour.

— Elle est follement éprise de vous.

— Cent et quelques mille livres, je m'en suis aperçu, rendent un homme plus séduisant qu'il ne le croit.

— Cent mille ! Mon Dieu ! Bruce ! Que d'argent ! Quand Samuel mourra, j'en aurai soixante-six mille ! Songez quelle fortune si nous mettions tout ensemble. Nous serions les gens les plus riches de toute l'Angleterre !

Brusquement il se leva, la prit dans ses bras et lui ferma la bouche avec un baiser. Ambre s'en alla, grisée, ses arguments réduits au silence. Mais il n'en avait certes pas fini ! Car elle avait à présent réussi à acquérir ce qui, aux yeux de Bruce, avait quelque valeur : de l'argent, et elle espérait s'en servir comme appât. Si seulement il acceptait de l'épouser, si elle parvenait à se l'assurer pour toujours. Au fond, c'était la seule chose à laquelle elle tenait réellement. Toutes ses autres grandes ambitions s'évanouissaient devant celle-ci, comme un morceau de glace posé sur une pierre brûlante.

Les deux jours qui suivirent, elle ne retourna pas chez Almsbury, car Bruce l'avait avertie d'être prudente si elle ne voulait pas être découverte.

— Du moment que vous naviguez sous un faux pavillon, lui avait-il dit – et je suppose que cela est nécessaire –, souvenez-vous qu'il n'en faut pas beaucoup pour éveiller les soupçons. Si jamais ils vous surprennent, vos soixante-six mille livres risqueraient d'être considérablement réduites.

C'était la vérité, elle le savait et résolut d'être très prudente. Mais, quand Jemima lui demanda ce qu'elle pensait de Lord Carlton, le sang lui remonta au visage et elle se pencha vivement pour rattacher sa jarretière :

— Eh bien !... mais c'est un très bel homme évidemment.

— Je crois qu'il m'aime bien, n'est-ce pas ?

— Qu'est-ce qui vous le fait supposer ?

Sa voix était aigre en dépit d'elle-même, mais elle changea bien vite de ton :

— Il ne faut pas être aussi hardie, Jemima. Tout le monde, j'en suis sûre, a cru que vous fleuretiez avec lui, et les courtisans sont tous les mêmes.

— Tous les mêmes ? En quoi ?

Agacée et ennuyée de ce qui lui paraissait être la stupidité de Jemima, elle acheva sévèrement :

— Souvenez-vous seulement de ceci, faites bien attention qu'il ne vous fasse pas de mal.

— Du mal, pfft... fit railleusement Jemima. Quel mal pourrait-il me faire, du moment que je l'aime !

Ambre réprima un furieux désir de la battre et de lui tirer les cheveux, mais elle se domina. Cela ne concordait pas avec le caractère qu'elle s'était donné, au prix de trop d'efforts et trop de sacrifices pour tout compromettre à cause d'une petite sotte qui ne lui était rien. Néanmoins, à partir de ce moment, leurs relations se refroidirent et Jemima – qui ne comprit rien à ce changement – recommença de l'appeler Madame.

Le lendemain, dans l'après-midi, revenant d'une visite à l'une des nombreuses parentes de Samuel, elle trouva Jemina qui attendait dans le hall en compagnie de Carter, toutes deux habillées pour sortir. Jemima était maquillée, parfumée, les cheveux frisés et sa robe de satin bouton-d'or était décolletée si largement que l'on s'attendait à tout moment à voir apparaître ses deux petits seins. Elle avait piqué des roses jaunes dans ses cheveux et portait négligemment sur l'épaule son manteau de velours noir à raies jaunes de manière à être le moins possible couverte. N'importe qui l'eût prise pour une beauté de la Cour, ou une courtisane à la mode.

— Miséricorde ! Jemima, fit Ambre en examinant sa belle-fille avec un étonnement non dissimulé. Où donc allez-vous, ainsi vêtue ?

Les yeux de Jemima étincelaient, et ce fut d'une voix triomphante, presque provocante qu'elle répondit :

— Lord Carlton vient me prendre pour une promenade à Hyde Park.

— Vous le lui avez suggéré, je pense ?

— Oh ! c'est possible ! Ce n'est pas en restant assise sans rien faire que l'on obtient ce qu'on désire.

Ambre avait bien dit quelque chose dans ce genre, autrefois, mais Jemima s'appropriait la phrase sans se souvenir de la source. Et Ambre qui, malicieusement, avait encouragé l'esprit de rébellion chez Jemima, voyait ses propres conseils se retourner contre elle. Trois mois auparavant, jamais elle n'eût osé demander à un homme de l'emmener en voiture !

— Jemima, vous vous rendez ridicule ! Vous ne savez pas quel genre d'homme est Lord Carlton !

Jemima releva le menton :

— Je vous demande pardon, Madame, mais je le sais très exactement. Il est beau, fascinant, c'est un gentleman et je l'aime !

Ambre plissa dédaigneusement les lèvres et répéta, en la singeant cruellement :

— Il est beau, fascinant, c'est un gentleman et vous l'aimez ! Peuh ! Et si vous ne faites pas très attention, vous vous apercevrez tout à coup que votre virginité...

— Je ne vous crois pas. Et d'ailleurs, Carter nous accompagne !

— Cela vaut mieux. Et faites en sorte qu'elle ne vous quitte pas !

Ambre était si en colère qu'en dépit des signes non dissimulés de Nan elle en eût peut-être dit davantage, mais le marteau de la porte résonna et le valet de pied introduisit Bruce. Il salua les deux femmes, une lueur d'amusement au fond des yeux à la vue d'Ambre et de sa belle-fille qui visiblement se disputaient.

« Qu'il aille au diable ! songea Ambre. Les hommes se croient toujours supérieurs. »

— Quelle agréable surprise, madame Dangerfield, dit-il. Je n'espérais pas avoir le plaisir de votre société.

— Oh ! Madame ne vient pas, dit vivement Jemima. Elle rentre de course.

— Vraiment ! dit Bruce doucement, j'en suis désolé, madamc Dangerfield. J'eusse été très heureux si vous aviez bien voulu nous accompagner.

Ambre le fixa, les yeux durs, luisants, obliques, comme ceux d'un chat :

— Croyez-vous, Lord Carlton ?

Se tournant brusquement, elle monta l'escalier, mais en entendant la porte se refermer derrière eux, elle s'arrêta sur le balcon, cherchant à les voir. Ils étaient déjà partis. Levant le bras, elle lança de toute sa force son éventail par terre. Elle croyait être seule, mais, au même instant, un valet de chambre apparut et la regarda, étonné. Leurs yeux se croisèrent pendant quelques lourdes secondes, puis elle rentra en courant chez elle.

Elle était encore agitée quand Samuel revint du bureau où il avait été passer une heure ou deux. Néanmoins elle l'embrassa tendrement, le fit asseoir, prit une chaise à ses côtés et mit sa main dans la sienne. Ils bavardèrent ainsi de sujets et d'autres, puis elle fronça les sourcils et prit un air songeur.

Il caressa la masse brillante et douce de ses cheveux :

— Qu'y a-t-il, mon âme ? Quelque chose ne va pas ?

— Non, Samuel, rien du tout. Oh ! Samuel, il faut quand même que je vous dise. C'est au sujet de Jemima. Je suis ennuyée !

— Vous voulez parler de Lord Carlton ?

— Oui. Comment ! Il y a une heure environ, je l'ai rencontrée dans le hall ; elle lui avait demandé de l'emmener faire une promenade à Hyde Park.

Il poussa un soupir lassé.

— Je ne la comprends pas. Elle a été aussi bien élevée que possible. Je me dis parfois que l'on respire un air corrompu, de nos jours, la jeunesse ne le supporte pas. Pas tous évidemment... ajouta-t-il avec un tendre sourire. Et je ne crois pas du tout qu'elle l'intéresse, Jemima n'est pas le genre de femmes auquel il est habitué. Si elle l'avait laissé tranquille, il ne lui aurait jamais accordé une pensée.

— Certainement ! approuva Ambre avec fermeté.

— Je ne sais que faire...

— Moi je le sais, Samuel. Il faut la marier à Joseph Cuttle le plus tôt possible. Avant que le pire n'arrive.

XXVIII

Ce fut la fin de l'amitié entre Jemima et sa belle-mère. Par une sorte d'instinct infaillible, elle sut immédiatement qui était responsable de la soudaine décision de son père au sujet de son mariage avec Joseph Cuttle. Pour une fois, d'ailleurs, Ambre recueillit l'approbation générale, car tous dans la famille s'inquiétaient de la foucade de Jemima pour un cavalier, bien qu'ils en rendissent Ambre nettement responsable. Ils ne pouvaient croire que Jemima eût songé à admirer un tel homme, sans le mauvais exemple que lui donnait Ambre. Bruce, cependant, parut légèrement choqué quand il apprit que le contrat avait été signé et que le mariage aurait lieu le 30 août, quarante jours à peine après les fiançailles.

— Seigneur ! dit-il. Cet individu maladroit, aux jambes en fuseaux ! Épouser ce joli petit bibelot de Jemima !

— Qu'est-ce que cela peut vous faire, qui elle épouse ?

— Oh ! rien, en principe. Mais ne croyez-vous pas que vous vous mêlez un peu trop des affaires de la famille Dangerfield ?

— Pas du tout. De toute façon, Samuel voulait qu'elle l'épouse. Je n'ai fait que hâter les choses, pour son bien.

— Oh ! si vous vous imaginez que j'avais l'intention de la séduire, vous vous trompez. Je l'ai emmenée promener parce qu'elle me l'avait demandé et que c'eût été un affront à son père que de refuser.

Il la regarda en plissant les yeux.

— Je me demande si vous savez quel brave homme est Samuel Dangerfield ? Dites-moi, comment diable l'avez-vous amené à vous épouser ? Les Dangerfield ne sont pas le genre de gens à introduire une actrice dans leur intimité.

Elle se mit à rire :

— Vous aimeriez bien le savoir !

Mais jamais elle ne le lui raconta.

Ambre ne suivit pas longtemps les conseils prudents de Bruce. Elle allait chez les Almsbury trois ou quatre fois par semaine, le matin. Samuel partait au bureau vers sept heures et revenait entre onze et midi ; elle était toujours là quand il partait et quand il rentrait. Mais n'y eût-elle pas été que cela n'eût causé nulle difficulté. Il avait parfaitement confiance en elle, et, quand il s'informait d'où elle venait, ce n'était pas par méfiance, mais tout simplement pour causer et parce qu'il s'intéressait aux petits détails de sa vie. Il croyait tout ce qu'elle lui disait.

Jemima, pendant ce temps, boudait et son caractère devenait mauvais. Elle refusait de prendre le moindre intérêt aux préparatifs de son mariage. Les couturières et les mercières emplissaient son appartement à toutes les heures du jour ; sa robe de noce devait être de drap d'or et son alliance incrustée de trente diamants. La grande salle de bal, dans l'aile sud de la maison, où devait avoir lieu la réception du mariage et le bal masqué, était transformée en une véritable forêt printanière, avec de l'herbe véritable sur le plancher. Il devait y avoir cinq cents invités à la cérémonie et un millier pour la fête qui suivrait. Cinquante des meilleurs musiciens de Londres étaient retenus pour l'orchestre, et un chef français venait de Paris présider à la confection du repas. Samuel désirait avant tout faire plaisir à sa fille dont la bouderie persistante l'affligeait. Ambre, généreusement, prenait le parti de Jemima :

— Il n'y a pas à vous tracasser, Samuel. Elle est comme toutes les jeunes filles en âge d'être mariées et qui ne le sont pas. Anémique et nerveuse, voilà tout ! Attendez seulement après le mariage, elle redeviendra ce qu'elle était, je vous le garantis.

Samuel secoua la tête.

— Par le ciel, je l'espère ! J'ai horreur de la sentir malheureuse ! Je me demande quelquefois si nous ne commettons pas une erreur en la forçant à épouser Joseph. Après tout, il ne manque pas de maris convenables pour elle dans tout Londres si elle...

— Sottises que tout cela, Samuel. Avez-vous jamais entendu parler d'une jeune fille choisissant elle-même son époux ? Elle est bien trop jeune pour savoir ce qui lui convient. Joseph est un très gentil garçon ; il la rendra très heureuse.

L'affaire ainsi réglée, Ambre se félicita d'avoir agi aussi habilement. Jemima ne la dérangerait plus. « Quelle petite sotte, se disait-elle railleusement. Elle aurait bien dû savoir que mieux valait ne pas croiser le fer avec moi ! »

Six semaines s'étaient à peine écoulées depuis l'arrivée de Bruce à Londres qu'elle lui annonça qu'elle était de nouveau enceinte et lui expliqua pourquoi elle était sûre que l'enfant venait de lui.

— J'espère que ce sera une fille, dit-elle. Le petit est si beau, je sens que ce sera une merveille. Quel nom voulez-vous lui donner ?

— Il me semble que cela regarde Samuel, non ?

— Et pourquoi donc ? De toute façon, il me demandera mon avis. Alors, dites-moi vos préférences, je vous en prie, Bruce, j'aimerais le savoir.

Il parut réfléchir sérieusement, mais le petit sourire qui se jouait au coin de sa bouche montrait à quoi il pensait :

— Suzanne est un joli nom, dit-il enfin.

— Vous connaissez quelqu'un qui s'appelle Suzanne ?

— Non. Vous m'avez demandé mes goûts, je vous ai dit un nom que j'aimais, sans autre raison.

Elle lui lança un regard rapide, puis, changeant de sujet :

— Je me demande où vous serez quand Suzanne naîtra...

— Quelque part à faire la vie dure aux Hollandais, j'espère. Nous allons leur déclarer la guerre dès que le Parlement aura voté les crédits nécessaires.

Ils étaient étendus sur le lit, à demi dévêtus. Bruce avait enlevé sa perruque, et ses cheveux, coupés très court, étaient rejetés en arrière. Ambre se pencha et atteignit une grappe de beau raisin de Lisbonne pourpre.

— Je pense que vous trouvez le temps long quand il n'y a pas une ville à incendier ou une douzaine de Hollandais à tuer !

Il se mit à rire, tout en prenant quelques grains de la grappe qu'elle tenait.

— Vous vous faites de moi un portrait quelque peu sanguinaire !

Elle soupira :

— Oh ! Bruce ! Si seulement vous m'écoutiez !

Et, brusquement, elle bondit, s'installa bien en face de lui, décidée à se faire écouter :

— Allez à la guerre si vous le devez, Bruce ! Mais quand elle sera finie, vendez vos vaisseaux et restez à Londres. Avec vos cent mille et mes soixante-six mille, nous serons assez riches pour acheter le Royal Exchange comme pavillon d'été, si cela nous plaît. Nous pourrons avoir une des plus belles maisons de Londres, et la bonne société se pressera à nos bals et à nos dîners. Nous aurons une douzaine d'équipages et mille domestiques, un yacht d'apparat pour aller en France si l'envie nous en prend. Nous irons à la Cour. Vous serez un grand personnage – chancelier ou autre, si vous le préférez –, et moi je serai dame d'honneur. Il n'y aura personne au-dessus de nous en Angleterre ! Oh ! Bruce chéri, ne comprenez-vous pas ? Nous serions les gens les plus heureux du monde !

Elle était si passionnément convaincue qu'elle ne doutait pas d'obtenir gain de cause et sa réponse fut une pénible déception.

— Ce serait agréable, dit-il. Pour une femme !

— Oh ! s'écria-t-elle furieuse. Vous les hommes ! Que voulez-vous donc ?

— Je vais vous le dire, Ambre.

Se relevant, il la regarda bien en face.

— Je veux faire mieux que passer mes vingt-cinq prochaines années perché sur une échelle, avec les talons d'un homme sur mes doigts pendant que je piétine ceux d'un autre, en dessous. Je désire faire quelque chose de plus que comploter et intriguer avec des esclaves et des fous, afin de m'acquérir une réputation parmi des gens que je méprise. Je veux un peu plus que d'aller au théâtre, au combat de coqs, de Hyde Park à Pall Mall et de recommencer le lendemain. Jouer aux cartes et lorgner tous les jupons féminins, servir de pantin au roi...

Il eut un geste de mépris.

— Et pour finir, mourir des femmes et de la boisson !

— Vous vous imaginez, je pense, que vivre en Amérique vous empêchera de mourir des femmes et de la boisson ?

— Peut-être que non. Mais ce que je sais, c'est que, quand je mourrai, ce ne sera pas d'ennui.

— Ah ! vraiment ! Je comprends que ce soit passionnant de vivre là-bas, avec des nègres, des pirates, du gibier de potence !

— C'est beaucoup plus civilisé que vous ne pouvez le croire. Il y a également un grand nombre de gens de bonne famille qui ont quitté l'Angleterre pendant le Commonwealth, ne l'oubliez pas. Et d'autres qui la quittent, pour les mêmes raisons que moi. Je ne m'en vais pas là-bas parce que je trouve les hommes et les femmes d'Amérique meilleurs ou différents de ce qu'ils sont en Angleterre, tout cela est sensiblement identique. C'est parce que l'Amérique est encore un pays jeune et plein de promesses, comme l'Angleterre il y a un millier d'années. C'est un pays qui attend d'être façonné par les hommes qui oseront s'y risquer, et j'entends y aller tant que je peux y faire mon chemin. Durant la guerre civile, mon père a perdu tout ce que possédait la famille depuis sept siècles. Je désire que mes enfants aient un bien qu'ils ne pourront jamais perdre.

— Alors, pourquoi voulez-vous vous battre pour l'Angleterre, puisque vous l'aimez si peu ?

— Ambre, Ambre, dit-il doucement... j'espère, mon cœur, qu'un jour vous apprendrez bon nombre de choses que vous ignorez encore.

— Et j'espère qu'un jour vous vous noierez dans votre maudit Océan !

— N'ayez crainte, je suis un beaucoup trop grand misérable pour cela !

Furieuse, Ambre sauta du lit. Mais soudain, elle s'arrêta net et le dévisagea, comme il l'observait, appuyé sur son coude. Elle revint s'asseoir à ses côtés et mit ses deux mains sur la sienne.

— Oh ! Bruce, vous savez que je ne le pense pas ! Mais je vous aime tant – je mourrais pour vous – et vous paraissez ne pas avoir besoin de moi du tout ! Je ne suis rien que votre maîtresse, je voudrais être votre femme, vraiment votre femme ! Je voudrais aller où vous allez, partager vos projets et vos ennuis, porter vos enfants, je voudrais être une partie de vous. Oh ! je vous en prie, amour, emmenez-moi en Amérique, sans vous occuper de rien. Je vous jure que cela m'est égal. Je vivrai n'importe où, je ferai n'importe quoi. Je vous aiderai à abattre des arbres, à planter du tabac. Je ferai votre cuisine. Oh ! Bruce, je ferai tout, si seulement vous m'emmenez avec vous !

Pendant un moment il conserva les yeux fixés sur elle, mais au moment où elle pensait l'avoir convaincu, il secoua la tête et se leva :

— Ce n'est pas possible, Ambre. Vous n'êtes pas habituée à ce genre de vie et, au bout de quelques semaines, vous en auriez assez et alors vous me reprocheriez de vous avoir emmenée.

Elle courut derrière lui, se planta face à lui, cherchant désespérément à saisir le bonheur qui lui semblait à portée et glissait de ses doigts :

— Non, jamais, je vous le promets, Bruce ! J'aimerai tout avec vous !

— Je ne le peux pas, Ambre. N'en parlons plus !

— Vous avez une autre raison, alors. C'est vrai, n'est-ce pas ? Laquelle ?

Il commençait à s'impatienter :

— Pour l'amour du ciel, Ambre, restons-en là ! Cela est impossible. C'est tout !

Elle le regarda longuement, puis ses yeux se plissèrent.

— Je sais pourquoi, dit-elle lentement. Je sais pourquoi vous ne voulez pas m'emmener, ni m'épouser. C'est parce que je suis la nièce d'un fermier et que vous êtes un noble. Mon père n'était qu'un simple officier, mais votre famille siégeait à la Chambre des Lords, avant qu'il en existât une. Ma mère était une femme simple, la vôtre une Bruce, descendant de Moïse lui-même, ni plus, ni moins ! Mes parents sont tous des fermiers, mais vous avez certainement du sang des Stuart en vous, en cherchant bien !

Elle parlait d'une voix ironique et amère, et sa bouche tremblait, tordue en une grimace qui donnait à tout son visage une vilaine expression. Elle se détourna avec colère et commença de se rhabiller, tandis qu'il l'observait avec une sorte de tendresse. On eût dit qu'il cherchait à dire une parole qui pût adoucir le pénible sentiment d'humiliation qu'elle éprouvait. Mais elle ne lui en fournit pas l'occasion. En moins de deux minutes elle fut prête et, tout en prenant son manteau, s'écria encore :

— C'est bien pour cela, n'est-ce pas ?

Il la regarda bien en face :

— Oh ! Ambre, pourquoi vous compliquer toujours la vie ! Vous savez aussi bien que moi que je ne pourrais pas vous épouser, même si je le voulais. Je ne suis pas seul au monde, flottant dans l'espace comme un grain de poussière. J'ai des parents, nombreux, et je suis responsable envers mon père et ma mère, même s'ils sont morts. Les Bruce et les Carlton ne représentent rien pour vous – et c'est juste –, mais ils sont diablement importants du point de vue des Bruce et des Carlton !

— Ce tour de passe-passe ne prend pas avec moi. Vous ne voudriez pas m'épouser, même si vous le pouviez ! Est-ce vrai ?

Pendant un instant ils s'affrontèrent du regard, puis la réponse partit, comme un coup de pistolet :

— C'est vrai !

Ambre resta immobile, mais elle était devenue pourpre et les veines bleues de son cou se gonflaient.

— Oh ! gémit-elle à demi folle de rage et de chagrin, je vous hais, Bruce Carlton ! Je vous hais ! Je...

Elle se précipita hors de la pièce en claquant la porte :

— J'espère bien ne plus jamais vous revoir ! sanglota-t-elle en descendant l'escalier.

Et elle se promit bien que c'était la fin – la dernière insulte qu'elle supportait de lui – la dernière fois que...

Ambre sortit en courant d'Almsbury House et monta rapidement en voiture :

— À la maison, vite ! cria-t-elle à l'empête.

Et se rejetant à l'intérieur, elle versa quelques larmes, tout en mordant nerveusement ses gants. Dans son agitation, elle ne remarqua pas une autre voiture qui attendait en face de la grille, vitres closes, et qui se mit en marche sitôt qu'elle apparut. Ce ne fut guère avant d'arriver qu'Ambre s'aperçut que deux de ses valets de pied tournaient fréquemment la tête. À son tour, elle regarda par la petite vitre du fond, vit le fiacre derrière elle, mais ne s'en inquiéta guère.

Et comme elle tournait et passait par la grande grille sud de Dangerfield House, l'insolente voiture de louage en fit autant. Ambre sortit, le visage encore contracté pour se heurter à Jemima qui venait de descendre du fiacre dont Carter réglait la course.

— Bonjour, Madame, dit Jemima.

Ambre poursuivit sa route en répondant avec une indifférence affectée :

— Bonjour, Jemima.

Mais son cœur battait à grands coups, et elle se sentait près de désespérer. Cette maudite gamine l'avait espionnée ! Et, ce qui était pis, l'avait prise sur le fait !

— Un instant, Madame. J'ai un mot à vous dire. Vous étiez contente d'être mon amie avant que Lord Carlton...

Ambre s'arrêta et se retourna pour affronter sa belle-fille. Il fallait payer d'audace :

— Que vient faire ici Lord Carlton ?

— Lord Carlton loge à Almsbury House. C'est pourquoi vous en sortez, et avant-hier aussi et tant d'autres fois !

— Mêlez-vous de ce qui vous regarde, Jemima. Je ne suis pas prisonnière ici. Je vais et viens où il me plaît. Il se trouve que Lady Almsbury est une bonne amie à moi, je vais la voir.

— Vous n'y alliez pas avant l'arrivée de Lord Carlton.

— Elle n'était pas à Londres, mais à la campagne. Et maintenant, Jemima, écoutez. J'ai comme une idée que vous m'avez suivie, et j'ai bien envie d'en parler à votre père. Vous le sentirez passer, je vous le garantis.

— Vous, parler à papa ? Et si moi je lui apprenais quelques petites choses que je sais, à votre sujet et à celui de Lord Carlton ?

— Vous ne savez rien du tout. Et si vous n'étiez pas aussi jalouse qu'une femme stérile, vous n'auriez pas ces soupçons !

Son regard alla rapidement de Jemima à Carter et revint à la première :

— Qui a pu vous mettre ces idées en tête ? Cette vieille orfraie ?

La mine penaude de Carter lui montra quelle touchait juste ; aussi, se drapant dans sa vertu, Ambre rompit-elle les chiens après un dernier avertissement :

— Finissons-en avec ces menaces ridicules, Jemima, ou alors nous verrons qui de nous deux votre père croira !

Jemima n'osa pas risquer le coup et la maison Dangerfield resta paisible. Ambre invoqua un accès de fièvre, afin de trouver un prétexte pour ne plus aller à Almsbury House. La date du mariage de Jemima approchait, bien qu'elle eût été repoussée de quelques jours sur les supplications de celle-ci ; mais Ambre était pressée d'en finir.

Une semaine environ après sa dispute avec Bruce, Samuel lui raconta que Lord Carlton était venu le voir à son bureau :

— Il met à la voile demain, dit-il, si les vents sont favorables. J'espère, une fois qu'il sera parti, que Jemima...

Mais Ambre ne l'écoutait pas. Demain ! songeait-elle. Mon Dieu ! il s'en va demain ! Oh ! il faut que je le voie, il faut absolument que je le revoie encore une fois...

Son bateau était ancré au quai de Botolph et Ambre attendit à l'intérieur de sa voiture pendant que Jeremy allait le chercher. Elle était inquiète, craignant qu'il ne fût irrité, mais quand il l'aperçut, il lui sourit. Elle se pencha vivement et posa une main sur la sienne, disant doucement :

— Il fallait que je vous voie, Bruce, avant votre départ.

— Nous sommes occupés à charger, Ambre. Je ne peux pas m'absenter.

— Ne pouvons-nous aller à bord ? Une minute seulement ?

Reculant de quelques pas, il lui offrit la main pour l'aider à descendre. Comme ils longeaient le quai, tous les regards les suivirent. La toilette d'Ambre, ses cheveux, ses bijoux étincelaient au soleil, elle était belle et avait une allure peu habituelle en cet endroit.

— Pourquoi n'êtes-vous pas venu me voir ? chuchota-t-elle, comme ils montaient la passerelle conduisant au bateau.

La suivant, il murmura :

— Je craignais de n'être pas le bienvenu.

Et il se détourna pour donner un ou deux ordres. Puis il la conduisit dans une toute petite cabine, confortable, sinon luxueuse, meublée d'une bonne couchette, d'une table à écrire et de trois chaises. Des cartes étaient clouées aux parois de chêne sombre, et des livres reliés de cuir empilés par terre. Sitôt entrée, elle se tourna vivement vers lui :

— Je ne viens pas pour me disputer, Bruce. Je n'ai rien à vous dire, embrassez-moi seulement.

Il l'avait à peine entourée de ses bras qu'un coup violent résonna à la porte :

— Lord Carlton. Une dame vous demande.

Ambre eut un air de reproche, et, tout en la lâchant, il jura entre ses dents. Mais avant d'ouvrir, il lui fit un signe. Rassemblant son manteau et son manchon, elle passa dans la cabine voisine. Puis comme Bruce ouvrait l'autre porte, elle entendit résonner une paire de hauts talons et la jeune voix chantante de Jemima Dangerfield dire :

— Lord Carlton ! Grâce au ciel, je vous trouve ! J'ai une commission de mon père pour vous...

Jemima pénétra dans la cabine et la porte se referma. Blottie contre la sienne, l'oreille collée à la serrure, Ambre écouta, le cœur battant. Son trouble était fait autant de jalousie que de crainte d'être surprise.

— Oh ! Bruce ! J'ai appris que vous partiez demain ! Il fallait que je vienne !

— Vous n'auriez pas dû, Jemima. Quelqu'un pourrait vous voir. Et je suis si occupé que je n'ai pas une minute. Je suis simplement descendu chercher quelques papiers, les voici. Venez, je vais vous raccompagner à votre voiture.

— Oh ! Bruce ! Et vous partez demain ! Il faut que je vous voie ! Je peux vous retrouver n'importe où. Je serai à la *Couronne* ce soir à huit heures. Dans notre chambre.

— Excusez-moi, Jemima, mais je ne pourrai pas venir. J'ai trop à faire, je vous le jure. Il faut que j'aille à Whitehall et nous levons l'ancre avant l'aube.

— Alors maintenant ! Oh ! Bruce, je vous en prie. Encore une seule fois...

— Allons, Jemima ! Sam et Robert vont arriver d'un instant à l'autre. Vous ne tenez pas à ce qu'ils vous trouvent ici ? seule avec moi ?

Il y eut un silence, pendant lequel elle l'entendit se diriger vers la porte, l'ouvrir, puis il dit :

— Oh ! pardon, je n'avais pas vu que votre gant était tombé !

Jemima ne répondit pas et ils sortirent.

Ambre attendit d'être bien sûre de leur départ, puis elle rentra dans la cabine. Ses inquiétudes dissipées, la jalousie et la fureur s'emparèrent d'elle. Ainsi il avait fait l'amour avec elle ! Le dégoûtant personnage ! Et cette petite oie piaillante de Jemima ! Oh ! Elle ne l'emporterait pas en paradis ! Bruce, en rentrant, la retrouva assise sur la table, les pieds sur la couchette, les points sur les hanches. Elle le regarda, espérant le trouver confus et rougissant.

— Eh bien ? dit-elle.

Il haussa les épaules et ferma la porte.

— Ainsi, c'est là ce que vous avez fait la semaine dernière ?

Elle se leva et traversa la pièce en lui tournant le dos :

— Et vous n'aviez pas l'intention de la séduire ?

— Non !

Elle se retourna :

— Non ? Mais elle disait...

— Je n'en avais pas l'intention. Écoutez-moi, Ambre, je n'ai pas le temps de me disputer. Il y a une quinzaine environ, Jemima est arrivée un matin à Almsbury House en donnant votre nom. Vous pensez peut-être que j'aurais dû la chasser avec indignation de ma chambre, mais je ne l'ai pas fait. La pauvre petite était malheureuse et désolée à la perspective d'épouser Joseph Cuttle. Et elle s'imagine être éprise de moi. C'est tout !

— Et alors, qu'est-ce que c'est que cette histoire de la *Couronne* et de « notre chambre » ?

Elle singeait Jemima en prononçant ces derniers mots.

— Nous nous y sommes retrouvés trois ou quatre fois, ensuite. Si vous désirez en savoir davantage, adressez-vous à Jemima. Je n'ai pas le temps. Venez, il faut que je remonte sur le pont.

Comme il s'en allait, elle courut à lui et le saisit par le bras :

— Bruce ! Je vous en prie, ne partez pas avant de m'avoir dit adieu...

Une demi-heure plus tard, il la raccompagna à sa voiture.

— Quand reviendrez-vous à Londres ? demanda-t-elle.

— Je ne sais pas. Je vais être absent quelques mois. Je vous verrai dès mon retour.

— Je vous attendrai, Bruce. Et, oh ! mon bien-aimé, soyez prudent ! El pensez à moi quelquefois.

— C'est entendu.

Il se recula, ferma la porte et fit signe au cocher de partir. Elle se pencha par la portière :

— Et noyez au moins un millier de Hollandais !

Il rit :

— Je ferai de mon mieux !

Après un dernier signe de la main, il remonta sur son bateau et disparut.

Ambre rentra chez elle, trop imprégnée encore de la voluptueuse chaleur des embrassements de Bruce pour songer à Jemima. Elle eut une surprise désagréable en trouvant la jeune fille qui l'attendait.

Jemima était tendue, agitée :

— Puis-je vous parler seule, Madame ?

Ambre se sentait très supérieure et triomphante :

— Comment ! Mais bien sûr, Jemima.

Nan fit sortir toutes les servantes, laissant seulement Curry, assis par terre, profondément absorbé dans la confection d'un puzzle chinois que Samuel lui avait donné la semaine passée.

Ambre se tourna vers sa belle-fille :

— Eh bien ? dit-elle d'un ton indifférent, en rajustant sa coiffure, que désirez-vous ?

Jemima était trop troublée, trop malheureuse et trop irritée pour jouer au plus fin :

— D'où venez-vous ?

Ce n'était pas une question, mais une accusation.

Ambre leva les sourcils :

— Que vous importe ?

— Il m'importe si bien que je le sais. Regardez... il est à vous, n'est-ce pas ?

Elle tendait un gant.

Ambre eut un choc :

— Où avez-vous trouvé cela ?

— Vous le savez très bien. Par terre, dans la cabine du *Dragon.*

— Et après ? Il me semble que je peux aller voir un homme qui part se battre contre les Hollandais.

— Le voir ! Ne cherchez pas à me raconter des histoires. Je connais ce genre de visites ! Je sais qui vous êtes ! Une fille, une grue... et vous avez trompé mon père !

Ambre se dressa et regarda Jemima :

— Petite peste ! dit-elle lentement. Vous êtes jalouse, hein ? Jalouse parce que j'ai eu ce que vous désiriez !

Et elle se mit à la singer, employant exactement les mots dont Jemima s'était servie moins d'une heure auparavant ; mais leur donnant un tour railleur qui les ridiculisait :

« Alors, maintenant ! Oh ! Bruce, je vous en prie. Encore une seule fois... » Elle riait, heureuse de voir l'horreur et l'humiliation qu'exprimait le visage de Jemima.

— Oh ! fit Jemima à voix basse, je ne savais pas que vous étiez ainsi...

— Eh bien ! vous le savez maintenant, et vous n'en serez pas mieux pour cela.

Ambre était brusque et pleine d'assurance, se disant qu'elle allait, une fois pour toutes, en terminer avec Jemima.

— Parce que, si vous pensez pouvoir raconter à votre père ce que vous savez de moi, réfléchissez à ce qu'il dira quand il apprendra que sa fille s'est sauvée de la maison pour rencontrer un homme dans une taverne publique.

— Comment le savez-vous ?

— Lord Carlton me l'a dit.

— Vous n'avez rien qui le prouve...

— Ah ! vraiment ! Je pourrais aussi faire appeler une sage-femme pour vous faire examiner, ne l'oubliez pas !

Ambre se disposait à chasser triomphalement Jemima

de la pièce, quand les paroles suivantes résonnèrent aussi soudainement qu'un coup de tonnerre en plein été :

— Faites venir qui vous voudrez ! Peu m'importe. Mais, je vous le dis, ou bien vous ferez en sorte que mon père rompe mon mariage avec Joseph Cuttle, ou je lui parlerai de vous et de Lord Carlton !

— Vous n'oseriez pas. Comment, cela pourrait le tuer !

— Et vous en seriez désolée, n'est-ce pas ? C'est ce que vous désirez, vous le savez bien. Oh ! ils avaient tous raison. Que j'ai été sotte de ne pas le voir. Je sais qui vous êtes maintenant. Vous n'êtes rien, rien qu'une fille !

— Et vous aussi. La seule différence entre nous, c'est que j'ai obtenu ce que je voulais, pas vous.

Jemima poussa un cri et, de la paume de sa main droite, administra un violent soufflet sur la joue d'Ambre. Avec une rapidité telle que cela paraissait faire partie du même mouvement, Ambre le lui rendit, tout en saisissant de l'autre main une poignée de cheveux. Jemima poussa un hurlement de terreur et, méchamment Ambre la gifla de nouveau. Tout sang-froid l'avait abandonnée, elle ne savait plus exactement ce qu'elle faisait. Jemima tenta de se dégager ; elle était réellement effrayée et criait à l'aide. Ce fut Nan qui se précipita et qui, s'interposant, épargna d'autres horions à Jemima :

— Madame ! criait-elle, Madame. Pour l'amour de Dieu ! Avez-vous perdu l'esprit !

Ambre laissa retomber ses mains et, d'un brusque coup de tête, rejeta ses cheveux en arrière :

— Sortez d'ici ! dit-elle. Sortez et ne venez jamais plus m'ennuyer, entendez-vous ?

Ces derniers mots furent un cri plutôt qu'un avertissement, mais Jemima s'était déjà enfuie en sanglotant.

Il ne fut pas aisé de persuader Samuel que le mariage de Jemima devait – une fois encore – être retardé. Mais Ambre y parvint en lui disant que la pauvre petite avait besoin de quelques semaines de repos pour se remettre du départ de Lord Carlton. Ambre, nerveuse, inquiète, seule, loin de Bruce, devenait encore plus sombre et plus irritable à cause de sa grossesse. Mais il lui fallait cacher sa mauvaise humeur devant tous, excepté Nan, qui écoutait patiemment et avec sympathie les perpétuelles récriminations de sa maîtresse :

— J'en ai par-dessus la tête d'être vertueuse ! dit-elle un soir avec lassitude en revenant d'une tournée de visites.

Elle consacrait beaucoup de temps à aller voir les femmes et les filles d'amis de Samuel, causant bébés, domestiques, maladies jusqu'à ce qu'elle ait envie d'en hurler. Elle travaillait ferme à jouer les femmes respectables. En ce moment, prenant un sourire conventionnel, elle singeait la vieille tante de chez qui elle sortait à l'instant. Personne – pas même la famille toute proche – ne savait encore qu'elle attendait un enfant, à l'exception de Samuel qui s'en montrait absurdement heureux.

Pour compliquer encore les choses, quatre semaines après le départ de Bruce, Samuel fixa fermement la date du mariage au 15 octobre. Rien, affirma-t-il, ne le ferait plus changer de décision. Les Cuttle s'impatientaient, les gens commençaient à s'étonner, il était grand temps que Jemima cessât ses folies et se comportât en personne raisonnable. Ambre ne savait à quel saint se vouer, car Jemima l'avait fait avertir que, si elle ne trouvait pas moyen d'arrêter les choses, son père saurait tout, dût-il les jeter toutes deux à la rue.

— Ô mon Dieu ! Nan. Après tout ce que j'ai fait pour gagner cet argent, le perdre ainsi ! Jamais je n'aurai un shilling ! Oh ! je savais bien que jamais je ne parviendrais à être *vraiment* riche !

— Quelque chose vous sauvera, Madame, fit Nan gaiement. J'en suis sûre. Vous êtes née coiffée !

— Ô mon Dieu ! mon Dieu ! mon Dieu ! que faire ?

Elle arpentait ainsi sa chambre à coucher un beau matin, quand Nan arriva en trombe, les joues rouges, les yeux bleus brillants de triomphe :

— Madame, qu'en pensez-vous ? Je viens de voir une des femmes de Miss Jemima, et elle m'a raconté que mademoiselle n'est pas bien du tout depuis quinze jours, mais personne ne doit le savoir !

Ambre la regarda interdite.

— Pas possible ! Nan !

Et soudain elle sortit en courant, traversa le long couloir qui menait à l'aile opposée de la maison et pénétra dans la chambre de Jemina. La pièce était pleine de couturières, de femmes de chambre, de mercières et autres marchandes. Ambre lui avait fait dire d'agir comme si elle acceptait ce mariage, et que l'on trouverait une excuse à la dernière minute. Et Jemima, non pour obliger sa belle-mère, mais parce qu'elle se trouvait entièrement désemparée, avait obéi.

Il y avait des robes étalées sur toutes les chaises, des pièces de brocart, de satin, de gaze, courant comme des rivières sur le parquet, un peu plus loin des peaux de fourrures étaient entassées en piles chatoyantes. Jemima se tenait au centre de tout ce bruit, le dos tourné à la porte, essayant sa robe de mariée, faite de l'étoffe d'or que lui avait offerte Lord Carlton.

Ambre entra gaiement :

— Oh ! Jemima ! s'écria-t-elle. Quelle merveille ! Comme je vous envie de vous marier dans cette toilette !

Jemima lui lança un regard d'avertissement par-dessus son épaule. Mais Ambre constata avec satisfaction que la jeune fille était pâle et semblait lasse.

— Avez-vous bientôt fini ?

Jemima parlait avec peine à l'une des deux couturières

qui, la bouche pleine d'épingles, étaient agenouillées autour d'elle, ajustant les plis avec un soin méticuleux.

— Dans un instant, Madame. Un peu de patience, je vous prie.

Jemima poussa un soupir :

— Très bien. Mais dépêchez-vous, s'il vous plaît.

Ambre, se plaçant devant Jemima, la tête légèrement penchée de côté, faisait mine d'examiner la robe, mais ses yeux moqueurs ne quittaient pas le visage de la jeune fille. Elle vit Jemima donner des signes d'impatience, de fines gouttes de sueur perler à son front. Puis tout à coup la jeune fille s'affaissa sur le plancher, la tête ballante, les yeux révulsés. Les couturières et les servantes poussèrent des cris de terreur et les domestiques se précipitèrent.

Ambre prit la direction du mouvement :

— Soulevez-la et étendez-la sur son lit ; Carter, allez me chercher de l'eau froide. Vous, apportez-moi un peu d'eau-de-vie !

Aidée de deux femmes de chambre, elle défit la robe de Jemima, enleva l'oreiller de dessous sa tête, et commença de délacer son corset. Quand Carter lui eut apporté de l'eau froide, elle renvoya tout le monde, en dépit de la mauvaise volonté de Carter qui ne voulait pas abandonner sa jeune maîtresse aux soins de sa belle-mère, et posa une compresse sur le front de Jemima. Celle-ci reprit bientôt ses sens et eut un œil sombre pour Ambre qui se penchait vers elle :

— Que m'est-il arrivé ? murmura-t-elle, tout en jetant des regards incertains autour d'elle.

— Vous vous êtes trouvée mal. Prenez une gorgée d'eau-de-vie et vous vous sentirez mieux.

Ambre lui souleva la tête. Toutes deux gardèrent le silence un bon moment et Jemima fit la grimace en goûtant à l'eau-de-vie.

— Je vais mieux, dit-elle enfin. Vous pouvez rappeler les autres.

Elle fit mine de se lever.

— Oh ! non, Jemima. Pas tout de suite. J'ai un mot à vous dire.

Jemima, sur ses gardes, lui lança un regard rapide :

— De quoi s'agit-il ?

— Vous le savez très bien. Inutile de feindre. Vous êtes enceinte, n'est-ce pas ?

— Non ! Bien sûr que non ! Ce n'est pas possible. C'est tout simplement... Eh bien ! oui, j'ai des vapeurs, voilà tout !

— Si vous croyez avoir des vapeurs, pourquoi n'en avez-vous parlé à personne ? Ne cherchez pas à me tromper, Jemima. Dites-moi la vérité, et je pourrai peut-être vous aider.

— M'aider ? Comment pourriez-vous m'aider ?

— Quand avez-vous eu vos dernières règles ?

— Eh bien ! il y a environ deux mois. Mais cela ne veut rien dire ! Oh ! je sais que je ne suis pas enceinte. Ce n'est pas possible ! J'en mourrais !

— Ne faites pas la sotte, Jemima. À quoi diable pensiez-vous donc quand vous avez couché avec lui ? Que vous possédiez un charme magique qui vous protégeait ? Eh bien ! vous vous êtes trompée, et le plus vite vous en conviendrez, le mieux ce sera pour vous.

Jemima se mit à pleurer, effarée et désemparée maintenant qu'elle se trouvait mise en face de la réalité qu'elle ne voulait pas envisager depuis quelques semaines :

— Je ne vous crois pas. Je serai guérie d'ici quelques jours. Je le sais ! Vous cherchez à me faire peur, c'est tout. Oh ! allez-vous-en et laissez-moi seule.

Ambre la secoua rudement :

— Jemima ! assez pleuré. Fort probablement les domestiques écoutent aux portes. Tenez-vous à ce que tout le monde soit au courant ? Si vous savez garder le silence et être raisonnable, vous pouvez encore tout sauver et épargner votre famille. N'oubliez pas la honte qui rejaillirait sur eux tous...

— Oh ! c'est bien ce qui m'épouvante ! Ils me haïront ! Ils... Oh ! je voudrais être morte !

— Cessez donc de dire des folies. Si vous épousez Joseph Cuttle le 15...

Jemima sursauta comme si elle avait reçu un seau d'eau froide :

— Épouser Joseph Cuttle ! Allons, je ne l'épouserai pas, et vous le savez. Pas pour un empire...

— Vous l'épouserez ! Il ne vous reste rien d'autre à faire. C'est la seule manière de préserver les Dangerfield de la honte.

— Ça m'est égal ! Je ne m'occupe pas d'eux. Je ne veux pas l'épouser ! Je me sauverai de la maison et j'irai loger n'importe où, pour attendre le retour de Lord Carlton. Il m'épousera alors, quand il saura ce qui est arrivé.

Ambre eut un rire bref et brutal.

— Oh ! Jemima, sotte petite oie blanche ! Lord Carlton vous épouser ! Êtes-vous folle ? Il ne vous épousera pas, eussiez-vous même des jumeaux ou des triplés. S'il lui fallait épouser toutes les femmes avec lesquelles il a couché, il en aurait autant que le roi Salomon. De plus, si vous vous sauvez de chez vous, vous n'aurez pas même de dot à lui offrir ! Épousez Joseph Cuttle pendant qu'il en est temps encore, c'est votre seule planche de salut.

Jemima resta un long moment silencieuse, les yeux fixés sur sa belle-mère.

— Ainsi, vous avez finalement gagné, dit-elle à voix très basse.

Ses yeux brillaient, mais ses lèvres articulèrent à peine les derniers mots :

— Oh ! comme je vous *méprise !*

XXIX

Le mariage de Jemima fut un événement social fort important.

Entre eux deux, les Dangerfield et les Cuttle avaient des amis et des parents dans presque toutes les grandes familles de la Cité. Les cadeaux n'avaient cessé d'arriver depuis des semaines, remplissant toute une grande pièce réservée à cet usage. La mariée foulant un tapis d'or se dirigea vers l'autel improvisé dans le salon de l'aile sud, pendant que ses tantes et cousines reniflaient et que la musique de trois orgues faisait trembler les murs. Elle portait ses beaux cheveux cuivrés épars sur les épaules – symbole de virginité – et une couronne de myrte, d'olivier et de romarin. Elle avait l'air sérieux et les yeux secs, ce qui était malencontreux, car l'on prétendait que si la jeune épousée ne pleurait pas, c'était un mauvais signe. Mais elle paraissait préoccupée, et pour ainsi dire inconsciente de ce qu'elle disait et faisait. Quand la cérémonie fut achevée, elle accepta les baisers de son heureux époux, de ses parents et amis, avec la même indifférence absente.

Le jeune couple ouvrit le bal et se retira après la première danse ainsi qu'il était d'usage, dans la chambre nuptiale, à l'étage au-dessus. Jemima se mit à pleurer pendant qu'on la déshabillait, chacun se félicita de cet heureux présage. Quand les deux jeunes gens furent installés côte à côte dans le grand lit, Jemima eut l'air d'un animal pris au piège. La cruche de posset[1] passait alors cérémonieusement de l'un à l'autre dans toute la pièce.

Tout se passait sans rires incongrus, plaisanteries grossières ni chansons licencieuses, ainsi que lors de bien des

1. Le posset est une boisson faite de lait caillé par adjonction de vin, de bière ou de vinaigre, fort en usage autrefois. (*N.d.T.*)

mariages. L'atmosphère était imprégnée d'une tranquille et bienveillante gravité. Les parents et amis sortirent alors, laissant Jemima en tête à tête avec son époux, et Ambre poussa un soupir de soulagement. « Enfin c'est fait ! se dit-elle. Je suis sauvée ! »

Mais, sitôt la sécurité revenue, l'ennui s'abattit sur elle, semblable à ces tristes brouillards qui flottent au-dessus de la rivière. Elle avait acheté trop de robes et de bijoux pour s'y intéresser davantage, d'autant qu'elle méprisait l'opinion de ceux qui les voyaient. En conséquence, toute son attention se porta sur sa grossesse. Elle s'inquiétait de la couleur, son teint, de ses yeux cernés, pleurait en voyant sa taille se déformer, déclarait qu'elle était hideuse et le resterait. Pour se distraire, elle passait la plus grande partie de son temps à avoir des « envies » extraordinaires de nourriture – c'était l'hiver – et comme chacun savait que, si les désirs d'une femme enceinte ne sont pas satisfaits, l'enfant risque d'en souffrir, Samuel et toute la maison étaient sur les dents pour lui procurer ce qu'elle souhaitait. La plupart du temps, quand la friandise arrivait, l'envie était passée.

Noël fut une agréable diversion. La maison était plus que jamais peuplée d'enfants. Deborah, qui vivait à la campagne, était arrivée pour les fêtes, suivie d'un mari et de six enfants. Alice et Anne, bien que vivant toutes deux à Londres, suivirent la tradition familiale et se joignirent aux leurs. William revint de l'étranger et George d'Oxford. Seule Jemima préféra rester chez son mari, mais elle les visitait tous les jours, accompagnée de Joseph, pleine d'admiration pour sa jolie femme et si heureux de sa future paternité qu'il en parlait à qui voulait l'entendre. Et Jemima paraissait sinon éprise de Joseph, du moins satisfaite de son adoration, satisfaction qu'elle n'avait jamais marquée auparavant ; la grossesse lui apportait une sorte d'apaisement. Ses révoltes contre les habitudes et la morale de sa classe avaient disparu, elle commençait à accepter les faits et à s'installer dans l'existence.

Toutes les pièces étaient décorées de lauriers, de cyprès et de houx aux baies rouges. Une énorme vasque d'argent remplie de vin chaud épicé et garnie de lierre et de rubans trônait en permanence dans le grand hall. Et les repas suivaient les anciennes et glorieuses traditions. Plum-puddings et pâtés de viande, cochons de lait rôtis, hures de sanglier aux défenses dorées, oies grasses et chapons, faisans à la chair bien dorée et croustillante. Chaque déjeuner était une fête, et les restes en étaient distribués aux pauvres qui se serraient aux portes des offices, le panier au bras, car la générosité des Dangerfield était bien connue.

Les jeux d'argent étaient autorisés par tradition dans les demeures les plus austères durant la semaine de Noël, et du matin au soir les cartes volaient, les dés roulaient, les pièces d'argent tintaient gaiement. Les enfants jouaient à colin-tampon, colin-maillard, la pêche miraculeuse, criant, riant et se poursuivant de la cave au grenier. Pendant près de deux semaines, un véritable flot d'invités entra et sortit de la maison.

Ambre offrit à Samuel une petite miniature d'elle (très habillée), en forme de cœur, sertie de perles de rubis et de diamants. Elle fit également des cadeaux fort chers à tous les autres membres de la famille et sa générosité envers les domestiques convainquit ceux-ci qu'elle était la meilleure personne du monde. Elle reçut autant qu'elle avait donné, non que la famille l'aimât, mais pour sauvegarder les apparences vis-à-vis de Samuel et des étrangers. Ambre le savait mais s'en souciait peu, car rien ne pouvait plus ébranler sa situation, maintenant que Samuel était persuadé qu'elle portait leur enfant. Il lui fit don d'un ravissant petit carrosse doré, capitonné d'un velours rouge frangé d'or, attelé de six superbes chevaux noirs. Mais on ne lui permit pas d'y monter, il lui fallait aller partout en chaise à porteurs. Samuel ne voulant courir aucun risque pour sa santé et celle du bébé.

La veille de l'Épiphanie marqua la fin des réjouissances. Tard dans la nuit, Samuel eut une nouvelle et violente attaque, la première depuis juillet dernier. Le docteur de Forest, immédiatement appelé, fit venir Ambre en particulier et lui demanda si Samuel avait bien suivi ses derniers conseils. À contrecœur Ambre avoua que, depuis quelque temps, il n'en tenait plus compte. Mais elle se défendit personnellement en affirmant qu'elle avait fait son possible pour l'en dissuader. Il n'avait pas voulu l'écouter, disant qu'il était ridicule de prétendre qu'un homme de soixante ans était trop vieux pour aimer et qu'il se sentait plus solide que jamais.

— Je ne sais vraiment pas que faire, Docteur, acheva-t-elle, rejetant toute responsabilité.

— Alors, Madame, dit-il gravement, je doute que votre époux achève l'année.

Ambre se détourna avec lassitude et quitta la pièce. Pour qu'elle fût riche, il fallait que Samuel meure, et cependant elle ne voulait pas en être cause, même indirectement. Elle éprouvait, pour superficielle qu'elle fût, une sincère affection envers cet homme si bon, si généreux, qu'elle avait attiré dans ses filets.

Samuel refusa de faire son séjour annuel aux eaux de Turnbridge, en ce mois de janvier, parce que la grossesse avancée de sa femme ne lui permettait pas de l'accompagner. Mais il se reposait beaucoup. De plus en plus il restait chez lui, avec elle, pendant que ses fils prenaient les affaires en main. Elle lui faisait à haute voix la lecture, chantait et jouait de la guitare et, à l'aide de gaieté et d'affection, tentait d'apaiser ses propres scrupules.

La coutume voulait que les hommes d'affaires établissent leurs comptes à la fin de chaque année. À cause de son attaque, Samuel repoussa cette obligation aux premiers jours de février. Il eut alors plusieurs jours de travail.

— Pourquoi ne pas laisser cela à Sam et à Bob ? demanda Ambre.

Samuel était à son bureau, vêtu d'une robe de chambre en cachemire de l'Inde que Bruce lui avait rapportée, et un lustre à plusieurs branches était allumé au-dessus de sa tête, car il faisait sombre en plein midi :

— Je désire m'assurer par moi-même que toutes mes affaires sont bien en ordre, au cas où il m'arriverait quelque chose...

— Il ne faut pas parler ainsi, Samuel.

Ambre se leva et vint à lui.

— Vous êtes l'image même de la santé.

Elle effleura son front de ses lèvres et continua, un bras passé autour de son cou :

— Ciel ! Qu'est-ce que tout ce gribouillis ! Je ne m'en sortirais pas pour tout l'or du monde. Ma tête tourne rien qu'à la vue d'un chiffre !

À dire vrai, elle était tout juste capable de lire un nombre.

— Je prends mes dispositions de manière que vous n'ayez aucun souci. Si le bébé est un garçon, je lui lègue dix mille livres pour qu'il puisse se lancer tout seul dans les affaires, je crois que cela vaudra mieux pour lui que d'essayer de s'entendre avec ses demi-frères. Et si c'est une fille, je lui donne cinq mille livres de dot. Et vous, comment voulez-vous votre part ? En argent ou en immeubles ?

— Oh ! Samuel, je n'en sais rien. N'y pensons donc pas !

Il lui sourit tendrement :

— Sottises, mon cœur. Bien sûr il nous faut y penser. Un homme fortuné se doit de faire un testament, quel que soit son âge. Dites-moi, que préférez-vous ?

— Eh bien !... alors, je crois qu'il vaut mieux pour moi de l'or... je ne risquerai rien.

— Je n'ai pas cette somme comptant à ma disposition mais d'ici quelques semaines ce sera réglé. Je la déposerai chez Shadrac Newbold.

Il mourut très tranquillement un soir du début d'avril, juste après être monté dans sa chambre se reposer d'une journée un peu fatigante.

Sur son grand lit de parade, tout tendu de noir, le corps de Samuel Dangerfield était exposé. Deux mille aumônes de trois farthings chaque furent distribuées aux pauvres, avec des biscuits et de l'ale cuite. Sa jeune veuve – objet de pitié à cause de sa délivrance toute proche – reçut les visiteurs dans sa propre chambre. Elle était très pâle, vêtue du noir le plus sévère, avec un voile de deuil qui traînait presque à terre. Tous les sièges, les tables, les glaces et les tableaux de l'appartement avaient été tendus de noir, les fenêtres étaient closes et seules quelques bougies brûlaient. La Mort avait pris possession de la maison.

On offrit aux invités des viandes froides, des biscuits et du vin et, finalement, la procession funèbre se mit en route. La nuit était sombre, froide, venteuse, et les torches fumaient comme de noires bannières. Le cortège marchait très lentement et solennellement. Un homme agitant une cloche le précédait dans les rues ; il était suivi du char mortuaire, tiré par six chevaux blancs à la tête ornée de plumes noires. Des hommes en deuil, montés sur des chevaux noirs, chevauchaient de chaque côté, puis venait une suite de plus de trente voitures closes transportant les membres de la famille proche. Après quoi, à pied et dans leurs tenues officielles, les membres de toutes les corporations auxquelles avait appartenu le défunt, ainsi que le reste des invités s'étageant en une ligne sinueuse sur une longueur de plus de deux milles.

Ambre ne put dormir cette nuit dans sa chambre tendue de noir et insista pour que Nan vînt auprès d'elle et qu'une torchère restât allumée auprès du lit. Elle n'était pas aussi heureuse d'être une femme riche qu'elle se l'était imaginé, et la mort de Samuel ne lui faisait pas non plus autant de chagrin qu'elle l'avait cru. Elle était purement et simplement passive, n'ayant qu'un souhait : que les douleurs la prennent afin que l'enfant naisse, et qu'elle soit libérée de ce fardeau qui devenait chaque jour plus intolérable.

XXX

L'antichambre était pleine de monde. Par groupes de deux, trois on quatre, des jeunes gens appuyés sur le rebord des fenêtres regardaient dans la cour le violent vent de mars courber les arbres. Énormes chapeaux à plumes, mantelets coupés à mi-cuisse, volants de dentelle qui leur mangeaient les mains, flots de dentelle encore aux genoux, cascades de rubans aux épaules et aux hanches : tels étaient ces damoiseaux, la plupart bâillant, les yeux gros de sommeil.

— Morbleu ! grogna l'un d'eux avec un soupir de lassitude, se coucher à trois heures et se lever à six ! Si seulement le Vieux Rowley pouvait trouver la femme qui le gardât au lit le matin !

— Ne vous plaignez pas ! Quand nous serons en mer, nous dormirons tant que nous le voudrons ! Avez-vous obtenu votre commission ? Moi, on m'a promis un brevet de capitaine, rien que cela !

L'autre rit :

— Si vous êtes capitaine, je pourrais être vice-amiral ! En tout cas je distingue bâbord de tribord !

— Vraiment ! Dites un peu ?

— Bâbord est à droite, tribord à gauche !

— Vous vous trompez, c'est le contraire...

À cet instant, la porte s'ouvrit et le chancelier Clarendon entra. Les sourcils froncés, l'air préoccupé comme d'habitude, le pied droit emmailloté dans un épais bandage pour soulager sa goutte, il traversa la pièce sans mot dire et disparut par la porte qui donnait dans la chambre à coucher de Sa Majesté. Les sourcils se levèrent sur le passage du vieil homme, et des sourires malins furent échangés.

Clarendon devenait de jour en jour l'homme le plus haï du royaume, non seulement à la Cour, mais dans tout le pays. Il était depuis trop longtemps au pouvoir, aussi le peuple le tenait-il pour responsable de tout ce qui n'allait pas, même de ce qui n'était pas de son ressort. Il n'acceptait aucun avis, ne souffrait nulle opposition : tout ce qu'il faisait était bien. On lui eût cependant pardonné ces fautes, mais il avait d'autres défauts, inexcusables. Ainsi, il était d'une honnêteté inflexible, n'acceptait ni ne donnait de pots-de-vin ; et ses amis eux-mêmes ne profitaient pas de sa puissance. Bien qu'ayant passé la majeure partie de sa vie à la Cour, il méprisait les courtisans et dédaignait d'en devenir un. Aussi surveillait-on et attendait-on. Si jamais il perdait son influence au Parlement, ils se rueraient tous à la curée, comme une bande de chacals affamés.

— Avez-vous été voir, à Piccadilly, la nouvelle maison du chancelier ! fit quelqu'un après son passage.

— À en juger par les fondations, il lui faudra vendre toute l'Angleterre pour l'achever...

Les voix se turent momentanément, car le roi apparaissait, suivi de ses chiens et de ses sycophantes. Rasé de frais, sa peau brune respirait la santé ; il eut un sourire et un signe de tête, puis il sortit. La ruée pour les places eut immédiatement lieu dans son sillage ; pour l'instant, Buckingham était d'un côté et Lauderdale de l'autre.

La matinée était froide, le vent soufflait, faisant voler les perruques aussi bien que les oreilles des épagneuls.

Charles enfonça vigoureusement son chapeau sur sa tête, mais les autres, qui tenaient les leurs sous le bras, avaient grand-peine à maintenir leurs coiffures. Charles sortait dans le parc parce qu'il aimait l'exercice et le grand air. Ce n'était toutefois pas l'unique raison. Cette promenade faisait partie du travail matinal : Charles avait toujours préféré accomplir les tâches désagréables dans les meilleures conditions possibles, et il y avait peu d'obligations qu'il détestât davantage que celle d'entendre des requêtes et des pétitions. Livré à lui-même, il eût avec joie accordé toutes les faveurs demandées, pas tant par générosité naturelle que pour se délivrer des voix plaintives et des regards implorants. Il avait cela en horreur et ne pouvait hélas y échapper. Il écoutait patiemment, cherchait à diriger le quémandeur sur quelqu'un d'autre et, s'il n'y parvenait pas, donnait généralement droit à la supplique, tout en la sachant irréalisable. Quand il se promenait ainsi, écoutant les revendications de ses courtisans, il était fréquemment accroché par une jeune mère portant son enfant, par un vieillard malade, qui demandaient à le toucher pour être guéris. Ces intrusions irritaient les courtisans, mais Charles ne semblait pas partager leur agacement. Il aimait son peuple, et le comprenait, bien qu'il eût vécu très longtemps à l'étranger. Tous grognaient contre ses maîtresses et les extravagances de la Cour, mais quand Charles leur souriait, s'arrêtait pour causer avec eux et rire, de sa voix chaude et profonde, ils l'adoraient en dépit de tout. Ce charme et cet abord facile constituaient de puissantes armes politiques, et Charles le savait.

Longeant le canal qui traversait le parc, ils revinrent par Pall Mall, tournant à King Street pour regagner l'enceinte du palais. La cloche de la chapelle sonna, et Charles pressa le pas, soulagé d'arriver au terme de sa course, là où personne ne viendrait plus le solliciter.

« Ah ! songea-t-il en pénétrant dans la cour qui menait à

la chapelle et en inspirant une bolée de bon air. Encore cent mètres et je suis sauvé ! »

À cet instant précis Buckingham, qui avait cédé sa place à d'autres, le rattrapa :

— Sire, puis-je vous présenter...

Charles lança un regard de désespoir comique à Lauderdale :

— Comment se fait-il, murmura-t-il, que chacun de mes amis ait son pauvre !

Mais il se retourna avec un sourire pour écouter la requête de l'homme et s'arrêta juste devant la porte de la chapelle, entouré de la foule des courtisans. Les dames entraient et il les suivait des yeux. Frances Stewart arrivait, accompagnée de ses suivantes, et lui fit au passage un signe d'amitié. Charles eut un large sourire, esquissa un geste pour la suivre, mais se souvenant qu'il devait écouter des doléances, il se ressaisit.

— Oui, interrompit-il, je comprends votre situation, Monsieur. Croyez-moi, j'y songerai sérieusement.

— Mais Sire, protesta l'homme, ainsi que je vous l'ai dit cela est extrêmement urgent. Il faut que je sois fixé rapidement, sinon...

— Oh ! oui ! dit Charles qui n'avait pas écouté, c'est vrai. Très bien. Je pense, dans ces conditions, que vous pourrez obtenir ce que vous demandez.

Pénétré de gratitude, l'homme fit mine de tomber à genoux, mais le roi l'en empêcha d'un geste impatient, car il était pressé de s'en aller. Juste avant de pénétrer sous la grande porte de chêne sculptée, il se tourna et lança pardessus son épaule :

— En ce qui me concerne, vous pouvez obtenir ce que vous désirez. Mais vous feriez mieux de vous entendre avec le chancelier.

L'homme ouvrit la bouche, son sourire fit place à une

expression de mécontentement, mais il était trop tard, le roi avait disparu.

— Vous le rattraperez à la sortie, chuchota Buckingham qui s'en fut à son tour.

La chapelle était déjà pleine et les grandes orgues retentissaient. Charles n'aimait pas aller à l'église. Les sermons l'ennuyaient, aussi se consolait-il en y écoutant de la bonne musique. Au grand scandale des conservateurs, il avait fait admettre des violons, car c'était là son instrument préféré.

Il était seul dans l'oratoire royal. Catherine écoutant sa messe catholique. Des rideaux le séparaient de la partie occupée par les dames, mais il savait que Frances était assez près de lui pour qu'il pût lui chuchoter quelques mots. Le jeune pasteur chargé du sermon était déjà en chaire, épongeant son visage en sueur de ses mains dont les gants noirs déteignaient, si bien qu'il ressemblait plus à un ramoneur qu'à un ministre du Seigneur.

Il était aussi difficile de prêcher à la Cour que de jouer devant elle. Le roi invariablement s'endormait, assis bien droit en face de la chaire, sitôt que le texte du sermon était annoncé. Les filles d'honneur bavardaient entre elles, agitaient leurs éventails, faisaient signe aux jeunes gens, en bas, étouffaient leurs rires et se passaient rubans et bijoux. Les jeunes beaux se tordaient la nuque pour apercevoir les dames dans la galerie, et discutaient pour savoir quelle était la plus belle. Les politiciens se chuchotaient des confidences, tout en se tenant bien raides, afin de donner le change. Les courtisans et les dames, reliques surannées de la Cour de Charles Ier, gravement assis sur leurs bancs, écoutaient avec satisfaction les avertissements répétés qui tombaient du haut de la chaire, sur l'insouciance des temps ; mais, en dépit de leurs bonnes intentions, ils laissaient parfois échapper de sonores ronflements. Finalement le jeune chapelain, qui devait sa place à un parent influent, proclama le texte de son premier sermon devant le roi et la Cour : « Attention ! clama-t-il, je suis magnifique et redoutable ! »

Un rire inextinguible emplit la chapelle et, tandis que le malheureux jeune homme se demandait, les larmes aux yeux, ce qui arrivait à son auditoire, le roi lui-même fut obligé de se pencher pour dissimuler un sourire. Un doigt le toucha légèrement à travers le rideau, et Charles comprit que c'était Frances, qu'il pouvait entendre étouffant ses rires. Puis le calme revint, le pasteur poursuivit courageusement et Charles s'installa pour dormir.

Frances Stewart avait remplacé Barbara comme personnalité la plus marquante à Whitehall. Les dîners qu'elle donnait dans ses appartements surplombant la Tamise réunissaient les hommes en vue et les plus jolies femmes de la Cour. Buckingham et Arlington cherchaient son appui, car ils étaient convaincus, ainsi que chacun, que le roi serait toujours mené par une femme. Et quand Louis IV avait envoyé son nouveau ministre, Courtin, pour essayer de faire renoncer Charles à la guerre contre les Hollandais, le joyeux petit Français s'était tout de suite adressé à Mrs. Stewart.

— Ciel ! dit-elle un soir que Charles avait réussi à l'isoler dans un coin, toutes ces histoires politiques me font tourner la tête ! L'un me dit ceci, l'autre cela, un troisième le contraire !...

Elle s'interrompit, le regarda, et acheva dans un malicieux éclat de rire :

— Et j'oublie tout ce qu'ils me disent. Si seulement ils savaient combien peu j'écoute leur bavardage, je vous assure qu'ils ne seraient pas aussi aimables !

Charles la contemplait, les yeux brillant d'admiration, se disant qu'elle était bien la beauté la plus parfaite qu'il eût jamais rencontrée.

— Dieu merci, vous ne les écoutez pas ! dit-il. Une femme n'a pas à se mêler de la politique. C'est peut-être à cause de cela que je vous aime, Frances. Jamais vous ne m'ennuyez avec des instances et des sollicitations, pour vous ou les autres. Partout je ne vois que des visages quémandeurs : je suis heureux que le vôtre soit différent.

Sa voix se fit plus basse :

— Je vous donnerai tout ce que vous voudrez, Frances, tout. Vous le savez, n'est-ce pas ?

À l'autre extrémité du salon, un jeune homme qui les observait dit à son voisin :

— Sa Majesté est éprise d'elle depuis deux ans et elle est toujours vierge. Je vous le dis, c'est absolument incroyable !

Frances sourit, un doux sourire pensif, si jeune et spontané que Charles en fut tout ému :

— Je sais que vous êtes très généreux, Sire. Mais, franchement, je ne désire rien que mener une vie honorable.

Une vive expression d'impatience, une ombre d'irritation, passèrent sur le visage du roi. Mais il sourit :

— Frances, ma chère, une vie honorable est exactement ce que la fait celui qui la vit. Après tout, l'honneur n'est qu'un mot.

— Je ne sais pas ce que vous voulez dire, Sire. Pour moi, c'est plus qu'un mot.

— N'empêche que vous associez toujours une ou plusieurs qualités à un certain mot. Sa Grâce, le duc de Buckingham, par exemple, là-bas à la table de jeu, possède une tout autre définition que la vôtre.

Frances se mit à rire, quelque peu soulagée, car elle n'aimait pas les conversations sérieuses et se sentait mal à l'aise dans le domaine de l'abstrait. Mais le roi, soudain, jeta un coup d'œil dans la pièce et marmonna d'un air d'ennui :

— Seigneur ! Voilà Courtin qui s'apprête à venir me faire de la morale au sujet de la guerre ! Vite, filons par là !

La saisissant par le bras, sans écouter ses protestations, il lui fit franchir une porte qu'il referma. La pièce était sombre, éclairée par le seul clair de lune se reflétant dans l'eau, mais ils ne firent que la traverser.

— Là, dit-il en fermant une seconde porte. Il n'osera jamais nous suivre.

— Mais c'est un si gentil petit homme. Pourquoi ne voulez-vous pas lui parler ?

— À quoi bon ? Je lui ai déjà répété mille fois que l'Angleterre et la Hollande sont en guerre, un point c'est tout. La flotte est en mer, je ne peux pas la rappeler pour l'amour de tous les gentils petits hommes venant de France. Allons, venez.

Frances l'observa avec méfiance, car, chaque fois qu'ils étaient seuls, c'était la même chose. Mais, après une légère hésitation, elle le suivit jusqu'à la fenêtre. De grands cygnes blancs nageaient paresseusement le long du rivage, dans l'obscurité printanière, et les roseaux avaient tant poussé que leurs pointes touchaient presque les vitres. L'eau paraissait sombre et froide, un vent frais soulevait de petites vagues. Il passa un bras autour de sa taille, et tous deux regardèrent en silence au-dehors. Puis, lentement il l'attira à lui et lui baisa les lèvres. Frances se soumit, mais sans élan, les lèvres froides et passives.

— Frances, Frances ! murmura-t-il, une sorte de colère suppliante dans la voix, embrassez-moi. Cessez de réfléchir, cessez de croire que cela est mal. Laissez-vous aller, oubliez tout et permettez-moi de vous apprendre ce que peut être le bonheur...

— Sire !

Elle commençait à le repousser, légèrement effrayée, cherchant à lui échapper. Mais son corps se courba au-dessus du sien, mains et lèvres avides :

— Oh ! Frances, vous ne pouvez me repousser toujours... J'attends depuis deux ans, cela ne peut durer éternellement, Frances, je vous aime, je le jure ! Je ne vous ferai aucun mal, mon cœur. Je vous en prie... je vous en prie...

C'était vrai, il était amoureux. Amoureux de sa beauté, de son charme si féminin, de cette promesse d'achèvement qu'elle semblait offrir. Mais, au fond, il ne l'aimait pas plus qu'il n'avait aimé les autres, et il était persuadé que son étalage de vertu n'était que le moyen d'obtenir ce qu'elle désirait. Dans ses relations avec les femmes, comme dans tous les autres actes de sa vie, son égoïsme s'abritait derrière le cynisme.

— Sire ! répéta-t-elle, sérieusement effrayée, car elle n'avait jamais encore compris comme il serait facile au roi de la prendre de force.

Mais il ne l'entendit pas. De ses mains impatientes, il défaisait la robe décolletée, dégageait les épaules, la serrait violemment contre lui. Jamais elle ne l'avait vu si peu maître de lui, et cela l'épouvanta. Loin de répondre à cette passion, elle se sentait effrayée et dégoûtée. Elle sentait naître en elle comme de la haine. De ses deux mains, elle le repoussa avec force tout en laissant échapper une sorte de sanglot désespéré :

— Votre Majesté ! Laissez-moi !

Et elle fondit en larmes. Instantanément il s'arrêta, son corps se raidit et il la lâcha si brusquement qu'elle faillit en perdre l'équilibre. Un long silence s'ensuivit ; après quoi il dit :

— Je suis désolé, Frances. Je n'avais pas compris que je vous faisais horreur !

Frances se retourna brusquement :

— Oh ! Sire. Ne le croyez pas ! Certes non ! Mais si je me donne à vous, je perdrai la seule chose qui ait une valeur pour moi. Une femme n'a pas plus d'excuses de se donner à un roi qu'à un autre homme. Votre mère le disait aussi !

— Nous ne sommes pas toujours du même avis, ma mère et moi. Sur ce point, entre autres. Répondez-moi franchement, Frances. Quel est votre but ? Je vous l'ai dit, et vous le répète : je vous offrirai tout, tout ce que j'ai, sauf le mariage. Et, si je le pouvais...

Frances, alors, répondit :

— Dans ces conditions, Sire, vous ne m'aurez jamais. Car je ne me donnerai pas à un homme avant qu'il ne m'ait épousée.

Il se tenait le dos à la fenêtre, le visage dans l'ombre, et elle ne vit pas l'expression de colère sauvage qui l'envahissait :

— J'espère, dit-il à voix très basse, j'espère qu'un jour je vous retrouverai laide et consentante !

Il passa rapidement devant elle et sortit.

XXXI

Ambre n'aimait pas à être enfermée dans une chambre tendue de noir ; cela la rendait mélancolique. En tout cas, son deuil lui évita une succession de visites qui, en d'autres temps, eussent été intolérables. Son enfant, une fille, était née quelques jours à peine après la mort de Samuel. Sinon, elle eût été obligée de donner une fête d'accouchement, une fête de relevailles et une grande réception après le baptême. Dans les circonstances actuelles, elle ne reçut la visite que des parents proches et des amis intimes de la famille, bien que de nombreux présents fussent envoyés. Assise dans son lit, soutenue par des oreillers, elle avait l'air très pâle et fragile dans tout ce noir. Elle souriait pensivement à ses visiteurs, essuyait une larme ou deux, poussait un soupir et regardait tendrement le bébé quand une servante s'extasiait en disant qu'il était tout le portrait de Samuel. Elle était aussi polie, aussi patiente, aussi pleine de componction que d'habitude, car elle se disait qu'elle devait bien cela à Samuel en remerciement de la grosse fortune qu'il lui laissait.

Elle voyait peu la famille proche. Chacun d'eux avait rendu une seule visite, en souvenir de leur père. Ambre l'avait très bien compris. Elle savait que, maintenant qu'il était mort, l'on comptait sur son départ sitôt qu'elle serait relevée de ses couches. Et elle n'avait pas l'intention de s'attarder. Mais seule Jemima osa formuler ce que tous les autres pensaient :

— Eh bien ! maintenant que vous avez l'argent de mon père, je pense que vous avez l'intention de vous acheter un titre et de vous faire passer pour une dame de qualité ?

Ambre eut un sourire impertinent :

— Possible, admit-elle.

— Vous pourrez peut-être acheter un titre, rétorqua Jemima, mais vous n'achèterez pas l'éducation qui va de pair.

Ceci n'était, sembla-t-il à Ambre, que l'écho de ce que la jeune femme avait déjà entendu dire aux autres. Mais les paroles qui suivirent étaient bien de Jemima :

— Il y a aussi autre chose que vous ne pourrez pas acheter, malgré tout l'or : vous ne pourrez jamais acheter Lord Carlton.

La jalousie d'Ambre envers Jemima avait disparu maintenant qu'elle la savait prise au piège du mariage. Un mépris nonchalant lui avait succédé. Elle n'avait plus rien à redouter. Aussi répondit-elle, après l'avoir toisée avec insolence :

— Très sensible à vos conseils, Jemima. Mais je sais me conduire, croyez-le. Si c'est pour cela que vous êtes venue, vous pouvez vous en retourner.

Et Jemima d'ajouter d'une voix basse et tremblante, car l'indifférence et le cynisme d'Ambre l'exaspéraient :

— Je pars, et j'espère ne plus jamais vous revoir, tant que je vivrai. Mais laissez-moi vous dire... Un jour, vous aurez le sort que vous méritez. Dieu ne permettra pas que votre perversité soit toujours victorieuse...

Ambre eut un rire de gorge :

— Vraiment Jemima, vous devenez aussi fanatique que les autres. Avec un peu plus d'intelligence, vous auriez compris que rien ne réussit mieux que la perversité. Et maintenant, sortez d'ici, gamine malapprise, et ne venez plus m'importuner.

Jemima ne reparut plus, pas davantage d'ailleurs que les autres membres de la famille.

Ambre envoya Nan par la ville en quête d'un logis, non dans la Cité, mais dans l'un des faubourgs élégants de l'ouest, entre Temple Bar et Charing Cross. Trois semaines environ après la naissance du bébé, elle alla elle-même visiter l'une des trouvailles de Nan.

C'était une jolie maison neuve dans l'allée Saint-Martin, entre Holborn, Drucy Lane et Lincoln's Inn Fields, dans un quartier habité par des gens de bien. L'immeuble possédait quatre étages et quatre appartements, un cinquième pour les domestiques. L'appartement d'Ambre se trouvait au deuxième. Une jolie jeune fille venant de la campagne avec sa tante, dans l'espoir de trouver un époux, habitait au-dessus ; et une riche veuve d'âge mûr occupait le quatrième. La propriétaire, Mrs. de Lacy, s'était réservé le premier. C'était une frêle créature, qui soupirait et se plaignait de vapeurs, parlant toujours de sa fortune et de sa situation passées, perdues pendant la guerre, ainsi que d'un mari qu'elle n'avait jamais remplacé.

Les appartements étaient les plus beaux qu'Ambre eût jamais vus. Ils se composaient d'une antichambre tendue de satin rayé pourpre et or, meublée de chaises dorées et d'un miroir de Venise. Celle-ci ouvrait sur un grand salon aux nombreuses fenêtres à vitres en losange. Vue sur la rue d'un côté, sur la cour de l'autre. Le trumeau de la cheminée en marbre était décoré de fleurs, animaux, femmes nues. La cheminée elle-même était ornée de grands vases chinois et persans. Le lustre était d'argent, les meubles dorés ou incrustés d'ivoire et de nacre. Rien, expliqua fièrement Mrs. de Lacy, ne venait d'Angleterre. Les tentures de satin émeraude et jaune avaient été lissées en France, les glaces avaient été réalisées à Florence, la cheminée à Gênes, les secrétaires à Naples, le bois de rose des deux tables était originaire de la Nouvelle-Guinée.

La chambre à coucher était encore plus luxueuse, le baldaquin, les fauteuils eux-mêmes tendus de drap d'argent et les tentures de taffetas vert. Plusieurs armoires s'encastraient dans le mur et Ambre s'émerveilla devant un ravissant petit lit de repos avec son dais et son traversin. En outre, l'appartement comptait trois autres chambres, une nursery, la salle à manger, et la cuisine dont Ambre ne comptait pas se servir.

Le prix était exorbitant – cent vingt-cinq livres par an –, mais Ambre n'eut qu'indifférence pour cette modeste somme qu'elle paya sans barguigner, bien qu'elle espérât n'y pas même rester six mois. Car Bruce n'allait pas tarder à rentrer ; il était parti depuis près de huit mois et les bassins du port se remplissaient de navires marchands capturés.

Elle procéda au déménagement de Dangerfield House et, malgré un va-et-vient de trois ou quatre jours, personne ne vint s'occuper de ce qu'elle emportait ou laissait. Elle avait engagé une nourrice humide et une nourrice sèche pour le bébé et s'était procuré trois servantes, ce qui complétait le train de maison indispensable à une dame de qualité vivant seule. Le jour de son départ, la grande maison était totalement silencieuse. Elle n'aperçut qu'un domestique et aucun des enfants n'apparut dans le hall. Rien ne pouvait lui indiquer plus clairement dans quel dédain on la tenait. Mais Ambre ne s'en soucia point. Ils ne lui étaient plus rien, gens guindés, précis, formalistes, qui vivaient en un monde qu'elle méprisait. Se laissant tomber sur les coussins de sa voiture, elle poussa un soupir de soulagement.

— En route !

Elle se tourna vers Nan :

— C'est fini, Dieu merci !

— Oh ! oui ! acquiesça Nan doucement, mais avec âme. Dieu merci !

Elles restèrent silencieuses, regardant par la portière, s'amusant de ce qu'elles voyaient. C'était une vilaine journée brumeuse, et l'humidité renforçait encore les odeurs hétérogènes et généralement mauvaises de Londres. Ici, un jeune beau fanfaronnait, le bras en écharpe, au sortir d'un duel récent. Là, un groupe d'hommes – des Français visiblement – avaient été pris à partie par une bande de gamins qui les bombardaient d'injures et d'ordures.

Et, tout à coup, Nan poussa un cri :

— Voyez ! Encore une !

— Une quoi ?

— Une autre croix !

Ambre se pencha et vit une grosse croix rouge peinte sur la porte d'une maison devant laquelle passait la voiture. En dessous, les mots imprimés en grandes lettres : « SEIGNEUR, AIE PITIÉ DE NOUS ! »

Un garde se tenait devant l'immeuble, sa hallebarde plantée à ses côtés.

Ambre se rejeta sur son siège avec un geste d'insouciance :

— Quelle importance ! La peste est une maladie de pauvres. Tu le sais bien !

Barricadée derrière ses soixante-six mille livres, elle se sentait définitivement à l'abri.

— Pendant les semaines qui suivirent, Ambre vécut très tranquillement dans son appartement. Son arrivée n'avait pas été sans exciter considérablement la curiosité du voisinage, et elle se rendait parfaitement compte, chaque fois qu'elle sortait, que des yeux l'observaient prudemment derrière les tentures. Une veuve aussi fortunée, même si elle n'était pas jeune et jolie, excitait toujours l'intérêt. Mais elle n'était plus aussi désireuse de se lier, et sa fortune la rendait méfiante, même envers le jeune homme simplement poli qui se rangeait pour la laisser passer dans la rue.

La plupart du temps elle restait chez elle, absorbée par ses devoirs de mère. Son fils lui avait été enlevé trop tôt et elle l'avait si peu vu que ce bébé était aussi nouveau pour elle qu'un premier enfant. Elle aidait la nurse à la baigner, la regardait manger et dormir, la berçait en chantant et s'émerveillait des changements qu'elle découvrait de jour en jour. Elle était heureuse d'avoir cette enfant, même si sa taille s'en trouvait momentanément épaissie de quelques pouces, car c'était là quelque chose de Bruce qu'elle conserverait toujours. Cette petite fille avait un nom, une dot sûre, une place enviable dans le monde.

Nan était aussi intéressée que sa maîtresse.

— C'est le plus beau bébé de Londres !

Ambre parut offensée :

— De Londres ! Que dis-tu ! De toute l'Angleterre, oui !

Un jour qu'elle se trouvait au Nouvel Exchange, faisant quelques courses indispensables, un grand carrosse doré s'arrêta devant elle et Barbara en descendit. Lady Castlemaine jeta un coup d'œil d'intérêt sur la toilette d'Ambre, car, bien qu'Ambre fût toujours en deuil, son manteau était garni de peaux de léopard que Samuel avait achetées pour elle à quelque marchand d'esclaves africains, et son manchon aussi était de léopard. Mais, quand le regard de

Barbara se posa sur le visage d'Ambre et qu'elle reconnut qui portait ce costume, elle détourna les yeux d'un air hautain. Ambre s'en amusa. « Tiens, elle se souvient de moi ! songea-t-elle. Très bien, Madame. Je suis certaine qu'un jour nous ferons, vous et moi, plus ample connaissance. »

À mesure que passaient les semaines, les croix rouges se multipliaient sur les portes. La peste sévissait chaque année à Londres et quand, en janvier et février, quelques cas isolés se présentèrent, personne ne s'en inquiéta. Mais, à mesure que le temps s'adoucissait, l'épidémie croissait et la terreur gagnait lentement la Cité. On se le disait, de voisin à voisin, de vendeur à client, de marchand à ménagère. De longs cortèges funèbres se déroulaient le long des rues et les gens commençaient à remarquer ceux qui étaient en deuil. On se remémorait les mauvais présages : en décembre, l'apparition d'une comète, traçant toutes les nuits sa traînée lumineuse dans le ciel. D'autres avaient vu des épées flamboyantes suspendues au-dessus de la ville, des corbillards et des cercueils avec des monceaux de cadavres dans les nuages. La foule se massait sur les marches de Saint-Paul pour écouter le vieil homme à demi-nu qui, une torche incandescente à la main, clamait la repentance. Le glas retentissait sans cesse, prenant un nouveau sens pour chacun : demain peut-être sonnera-t-il pour moi ou pour ceux que j'aime.

Chaque jour Nan revenait avec un nouveau remède préventif. Elle achetait de la poudre de pomme d'ambre pour respirer avant de sortir, des amulettes de crapaud, une corne de licorne, des plumes trempées dans de l'arsenic, du mercure dans une coque de noix, des pièces d'or frappées du temps de la reine Elizabeth. Sitôt qu'on lui parlait d'un remède inédit, elle l'achetait pour tous les habitants de la maison et insistait pour que l'on s'en servît. Elle passa même un collier de plumes au vif-argent qu'elle mit au cou des chevaux. Non contente de prévenir le mal – car elle se rendait parfaitement compte que toutes les précautions ne suffisaient pas toujours – elle remplit les buffets de remèdes contre la peste. Elle se procura le fameux désinfectant par fumigations de James Angier, à base de soufre et de salpêtre, aussi bien que de la poudre à fusil, du nitre, du goudron et de la résine pour désinfecter l'air. Puis toutes les herbes recommandées : angélique, rue, pimprenelle, gentiane, baies de genièvre et bien d'autres. Elle possédait toute une armoire d'électuaires, dont du thériaque de Venise, et un soluté à base de bouse de vache et de vinaigre.

Ambre s'amusait de ces préparatifs affolés. Un astrologue lui avait prédit que 1665 serait une des périodes heureuses de sa vie, et son almanach ne la mettait en garde contre nulle peste ni maladie. D'ailleurs, il était vrai, dans l'ensemble, que seuls les pauvres mouraient, dans leurs taudis.

— Mrs. de Lacy quitte la ville demain, dit Nan un matin comme elle brossait les cheveux d'Ambre.

— Eh bien ! si Mrs. de Lacy est une poule mouillée qui hurle à la vue d'une souris, qu'y puis-je ?

— Elle n'est pas la seule, Madame, vous le savez bien. Les gens partent en masse.

— Pas le roi, n'est-ce pas ?

La même discussion se renouvelait depuis deux semaines et Ambre commençait à en être lassée.

— Non, mais c'est le roi, et il ne pourrait pas prendre la maladie même s'il le voulait. Je vous le dis, Madame, c'est dangereux de rester. À cinq minutes d'ici – au bout de Drucy Lane – une maison vient d'être fermée. J'ai peur, Madame. Seigneur ! je n'ai aucune envie de mourir, et vous non plus, je pense ?

Ambre se mit à rire.

— Eh bien ! alors, Nan, si cela s'aggrave, nous partirons.

Mais ce n'est pas la peine de transformer mes serviettes de toilette en cordes.

Elle n'avait aucunement l'intention de quitter Londres avant le retour de Bruce.

Le 3 juin, les flottes anglaises et hollandaises engagèrent le combat, juste au large de Lowestoft, et l'on entendait à Londres le bruit de la bataille, très faiblement il est vrai. Vers le 8, on apprit que les Anglais étaient victorieux, vingt-quatre bateaux hollandais coulés ou capturés, près de dix mille Hollandais tués ou faits prisonniers, contre une perte de sept cents marins anglais à peine. La joie fut délirante ! Des feux de joie furent allumés partout dans les rues, et la foule cassa les carreaux de l'Ambassade de France parce qu'elle n'avait pas illuminé. Le roi Charles était le plus grand des souverains, le duc d'York le plus célèbre des amiraux, chacun désirait continuer la lutte, balayer le Hollandais et dicter la loi sur les Océans.

Les croix rouges avaient forcé les portes de la Cité.

Quelques jours plus tard, Nan entra, une liste mortuaire à la main :

— Madame, cria-t-elle, il y a eu cent douze morts la semaine dernière.

Ambre recevait Lord Buckurst et Sir Charles Sedley qui – ainsi que d'autres gentilshommes – revenaient de mer en héros bronzés. Nan s'arrêta sur le seuil, surprise.

— Oh ! dit-elle, pardon Messieurs !

Et elle fit une révérence.

— Ce n'est rien, Mrs. Nan !

— Le diable m'emporte, Sedley. Elle est toujours aussi jolie, n'est-ce pas ?

— Mais voyons ! Vous n'avez pas peur de l'épidémie, je pense ?

— Oh ! si Monsieur ! je meurs de peur ! Et regardez tout ce qu'ils marquent à côté. Je vous parie que la moitié au moins sont morts de la peste !

Elle se mit à lire la feuille toute fraîche imprimée, car elle sortait de presse au moment où Nan l'avait achetée : « Atteintes de gouttes : trois ! Vers : cinq ! Attaques : deux ! » Comment savoir tous ceux qui sont morts de la peste et qui ne sont pas marqués parce qu'on a graissé la patte aux gens pour cacher leur décès !

Ambre et les deux hommes rirent, mais Nan était si troublée qu'elle faillit s'étrangler avec la pièce d'or qu'elle avait en bouche, et se sauva en courant. Cependant, moins de neuf jours après, la reine et ses dames partirent pour Hampton Court, et les courtisans manifestèrent l'intention de les suivre. Buckhurst et d'autres voulurent persuader Ambre de s'en aller à son tour, mais en vain.

Cependant, au grand soulagement de Nan, elle commença de faire quelques préparatifs de départ. Elle donna l'ordre aux servantes d'emballer ses robes et porta la plus grande partie de ses bijoux chez Shadrac Newbold, car elle ne désirait pas s'en charger. Elle trouva sa rue encombrée de voitures et la maison sens dessus dessous.

— Il est heureux que vous soyez venue aujourd'hui, Mrs. Dangerfield, lui dit-il, je quitte la ville moi-même demain. Je croyais que vous étiez à la campagne avec le reste de la famille. Ils sont partis il y a quinze jours.

Les Dangerfield avaient une propriété dans le Dorsetshire.

— Je n'habite plus à Dangerfield House. Oh ! je crois qu'une centaine de livres me suffiront. N'est-ce pas votre avis ?

— Je le crois aussi. Les routes seront infestées de brigands. Et l'épidémie va décroître à présent. Excusez-moi un instant, Madame.

Pendant son absence, Ambre resta assise à s'éventer. Il faisait très chaud, et elle sentait le satin noir de sa robe montante lui coller à la peau. Puis il revint, compta et empila les pièces d'or et d'argent, tandis qu'Ambre le regardait faire avec nonchalance.

— C'est un beau garçon que la petite Mrs. Jemima vient de mettre au monde, n'est-ce pas ? fit le notaire pour alimenter la conversation.

Ambre ne savait pas que l'enfant de Jemima fût né. Elle dit d'un ton ironique :

— Si tôt ! Elle ne s'est mariée qu'en octobre !

Il lui jeta un coup d'œil surpris, sourit et haussa les épaules :

— Ah ! oui, peut-être a-t-il un peu d'avance. Les jeunes gens vous savez. Un contrat vous lie autant que la cérémonie, n'est-il pas vrai ?

Il remplit des pièces une bourse qu'il lui tendit. Avant de sortir, elle se retourna :

— Des nouvelles de Lord Carlton ?

— Comment ? Ah, oui, il se trouve que j'en ai ! Il y a dix jours environ, un de ses bateaux a jeté l'ancre, et l'on est venu me dire que Sa Grâce allait arriver. Je l'ai attendu plus que je ne voulais, mais maintenant je n'ai plus le temps. Peut-être, au reste, a-t-il entendu parler de l'épidémie et décidé de ne pas venir. Au revoir, Madame, bonne chance.

— Merci, Monsieur. À vous aussi.

Car, en ces jours, on se souhaitait bonne chance.

Ambre se fit immédiatement conduire au port et envoya Jeremy aux informations. Une demi-heure plus tard, il fut de retour : il avait trouvé l'un des marins du navire, Sa Grâce devait arriver d'un jour à l'autre. Les hommes qui formaient l'équipage du premier bateau l'attendaient impatiemment, car ils désiraient toucher leur part.

Devant chez elle, Ambre vit plusieurs voitures chargées de ses bagages. Nan courut à sa rencontre :

— Un homme est mort ce matin, à quatre portes plus haut ! J'ai tout préparé ! Nous pouvons partir à l'instant même, Madame. Je vous en prie !

Ambre était très contrariée.

— Non, ce n'est pas possible. Je viens d'apprendre que Lord Carlton est sur le point d'arriver. Je ne partirai pas avant de l'avoir vu. Ensuite, nous quitterons Londres tous ensemble.

Nan se mit à pleurer.

— Oh ! nous allons tous attraper la peste et mourir. Je le sais. C'est ce qui vient d'arriver à toute une famille de Little Clement's Lane : tous sont morts. Pourquoi ne pas attendre Sa Grâce à la campagne ? Laissez-lui un message !

— Non ! Il risquerait de ne pas venir. Oh ! Nan. Pour l'amour du ciel, tais-toi ! Tu pourras partir demain.

Nan se mit en route le lendemain de très bonne heure, avec le bébé, les nurses, Curry, deux des servantes et le grand John, qui les avait suivies de Dangerfield House parce qu'il était amoureux de Nan. Elle devait se rendre à Dunstable et y attendre ou, si l'épidémie sévissait dans la ville, continuer jusqu'à ce qu'elle trouvât un endroit sûr ; alors elle préviendrait Ambre. Sa maîtresse l'abreuva d'instructions, de recommandations quant aux soins du bébé et à la surveillance des bagages. Puis elles se séparèrent. Ambre envoya Jeremy au port, en quête de nouvelles, mais Bruce n'était pas encore arrivé.

Londres se vidait rapidement. De véritables cortèges de voitures et de chariots s'ébranlaient chaque matin : deux mille cinq cents morts la semaine précédente ! Les visages pâles et tristes des prisonniers de l'épidémie, ceux qui étaient enfermés avec les malades, apparaissaient aux fenêtres, et les cloches sonnaient dans presque toutes les églises de la ville. Les gens se pinçaient le nez quand ils passaient devant une maison marquée de la croix. Bien des familles entassaient des provisions chez elles, puis bouclaient la maison, bouchant hermétiquement les fentes et les trous de serrure, clouant des planches aux portes et aux fenêtres, pour s'isoler de l'épidémie. La chaleur persistait, sans brouillard ; il n'avait pas plu depuis près d'un mois. Les fleurs, plantées dans les cours, roses et chèvrefeuille, se desséchaient, les prairies autour de la ville semblaient avoir grillé. Des marchands dans la rue vendaient des cerises, des pommes et des prunes précoces, car les oranges étaient rares depuis le début de la guerre et tous ceux qui le pouvaient achetaient de la glace, récoltée en hiver sur les lacs et les rivières, emballée de paille et conservée au fond des caves. Cela rafraîchissait au moins le vin et l'ale. On parlait presque autant de la chaleur que de la guerre et de la peste.

Ambre commençait à se sentir nerveuse. Les longues processions funèbres, les croix rouges, les cloches qui sonnaient, les gens qui circulaient le nez enfoui dans un pot de désinfectant finissaient par l'impressionner. Elle désirait s'en aller, mais elle était sûre que si elle partait Bruce arriverait le même jour... Alors elle attendait.

Tempête et Jeremy se plaignaient de devoir rester et n'aimaient pas du tout ces courses au port. Jane – celle des domestiques qui n'était pas partie – pleurnichait et demandait à retourner chez son père, dans le Kent. Ambre finit par l'y expédier. Quatre jours après le départ de Nan, elle envoya encore Tempête et Jeremy à la recherche de Lord Carlton, leur promettant une guinée à chacun s'ils le trouvaient. Car, sans l'appât de l'argent, elle savait qu'ils feraient tout au plus un tour aux environs, et passeraient deux heures dans une taverne pour revenir les mains vides. Ils furent de retour à midi : Lord Carlton était arrivé dans la nuit. Ils l'avaient vu sur le quai, qui faisait décharger ses navires.

QUATRIÈME PARTIE

XXXII

Une véritable activité de fourmilière régnait sur les quais. Un grand nombre de vaisseaux à la coque dorée, leurs gros mâts dépouillés, étaient à l'ancre. Certains d'entre eux, des navires de guerre, revenaient d'avoir combattu les Hollandais et demandaient à être nettoyés et radoubés. On colmatait les brèches avec de la poix bouillante et réparait les cordages à l'aide de toile goudronnée. Matelots et porteurs se multipliaient, déchargeant le butin récemment conquis. Mais il y avait également un grand nombre de blessés et d'infirmes, assis ou couchés, qui tendaient des mains implorantes. Personne n'y prêtait garde. La flotte n'avait pas encore été payée, et nombre de matelots mouraient littéralement de faim.

Ambre sortit de voiture et prit le quai, entourée de Jeremy et de Tempête, abritant d'une main ses yeux contre le soleil brûlant. Les mendiants cherchaient à la toucher au passage, quelques marins sifflotèrent et firent des commentaires intelligibles. Mais elle était trop absorbée par sa recherche pour rien entendre.

— Le voilà !

Elle courut et le bruit de ses talons hauts le fit se retourner :

— Bruce !

Elle vint à lui, souriante, essoufflée, quêtant un baiser. Il la regarda durement. Il lui parut fatigué, le front couvert de sueur.

— Que diable faites-vous ici ?

Il lança un regard féroce sur les hommes qui la considéraient avec de grands yeux, car le manteau entrouvert laissait apparaître une élégante toilette de satin noir, et les émeraudes scintillaient à ses oreilles et à ses doigts. Déçue et offensée par ce ton brusque, elle eut un instant d'irritation. Mais il avait vraiment l'air à bout et elle le considéra avec une tendresse maternelle, anxieuse. Elle ne l'avait jamais vu fatigué et mourait d'envie de le prendre dans ses bras, afin d'effacer sous des baisers le pli de ce front et la lassitude empreinte sur ce visage. Son amour pour lui la submergeait ainsi qu'un flot palpitant et douloureux.

— Eh bien ! je suis venue vous voir, amour ! dit-elle doucement. N'êtes-vous pas content ?

Il eut un faible sourire, comme honteux de son emportement, s'essuya le front du revers de la main :

— Bien sûr, que je le suis !

Son regard l'enveloppait toute :

— Le bébé est né ?

— Oui, une petite fille. Je l'ai nommée Suzanne... Oh ! fit-elle avec un soudain remords... Samuel est mort.

— Je sais. On me l'a dit ce matin. Pourquoi êtes-vous encore en ville ?

— Je vous attendais.

— Vous n'auriez pas dû. Londres n'est pas sain. Où est la petite ?

— Je l'ai envoyée à la campagne avec Nan et Curry. Nous n'avons qu'à partir les rejoindre...

Elle l'interrogea du regard, craignant qu'il n'eût d'autres projets.

Bruce prit son bras et ils reprirent la direction de la voiture. Tout en marchant, il lui parla à voix basse :

— Il vous faut partir d'ici, Ambre. Vous n'auriez pas dû

venir au port. Les navires transportent la peste, vous le savez !

— Oh ! cela ne m'inquiète pas. J'ai une corne de licorne !

Il rit, mais sans gaieté.

— Une corne de licorne, Seigneur ! Une corne de cornard ferait exactement le même effet !

Arrivés auprès de la voiture, il la fit monter. Puis, un pied sur le marchepied, il posa le bras sur ses genoux et, quand il se pencha pour lui parler, sa voix n'était plus qu'un murmure :

— Sauvez-vous d'ici le plus vite possible. J'ai des hommes malades.

Ambre poussa un cri d'horreur, aussi secoua-t-il négativement la tête.

— Mais Bruce, chuchota-t-elle, vous pourriez l'attraper !

— Je n'ai eu que trois cas. La peste régnait sur un navire hollandais ; quand nous nous en sommes aperçus, nous l'avons coulé avec tout l'équipage... mais trois de mes hommes sont tombés malades depuis. Ils ont quitté le bateau la nuit dernière, et aujourd'hui je n'ai pas enregistré de nouveaux cas.

— Oh ! Bruce ! Vous ne pouvez pas rester ici ! Il vous faut partir. Oh ! amour, j'ai peur ! Avez-vous au moins une amulette, ou quoi que ce soit pour vous protéger ?

Il lui lança un regard exaspéré et ignora la dernière question :

— Je ne peux pas m'en aller maintenant, pas avant que tout ait été déchargé et emmagasiné. Mais vous, partez ! Je vous en prie, Ambre, écoutez-moi. J'ai entendu dire qu'ils allaient fermer les grilles et défendre à quiconque de sortir. Partez, pendant qu'il en est encore temps.

Obstinée, elle répondit :

— Je ne partirai pas sans vous.

— Sainte Vierge ! Ambre, ne faites pas la sotte ! Je vous retrouverai un peu plus tard.

— Je n'ai pas peur de la maladie, je n'attrape jamais rien. Quand aurez-vous fini de décharger ?

— Pas avant la nuit.

— Eh bien ! je reviendrai vous prendre au coucher du soleil. Nan et le bébé sont à Dunstable, nous pouvons aller les rejoindre. Je n'habite plus Dangerfield House, j'ai pris un appartement dans l'allée Saint-Martin.

— Rentrez-y alors, et attendez. Ne sortez pas dans la rue et ne parlez à personne.

— Il se détourna et, comme elle l'observait avec anxiété, l'air aussi attentif qu'un enfant, il lui sourit et fit un léger signe de la main. Puis il disparut.

Mais Ambre ne resta pas à la maison, comme il le lui avait recommandé. Elle savait que nombre de croyances le laissaient sceptiques. Le pouvoir d'une corne de licorne, entre autres ! Avec cet objet cousu dans sa chemise, elle se sentait en parfaite sécurité. Aussi sortit-elle afin de s'occuper de leur dîner, car elle ne songeait pas à partir avant le lendemain matin. Elle commanda le repas aux *Cloches Bleues*, une excellente taverne française, et rentra mettre le couvert elle-même. Toute son argenterie était confiée à Shadrac Newbold, mais il restait assez d'étains à la cuisine pour faire une jolie table, et elle s'amusa pendant plus d'une heure à plier les serviettes en forme d'oiseaux fantastiques. Elle descendit dans la cour cueillir une brassée de petites roses jaunes qui poussaient le long des murs et des balcons, et les disposa sur la table dans une grande cruche d'étain. Elle prit plaisir à soigner les moindres détails, dans l'espoir de lui être agréable et de le faire sourire. L'épidémie commençait à lui paraître une véritable bénédiction, car, grâce à elle, ils allaient être réunis pendant des semaines, des mois peut-être. Jamais elle n'avait été aussi heureuse, se disait-elle, ou n'avait eu autant de raisons de l'être. Elle passa la dernière heure à brosser et coiffer ses cheveux, à polir ses ongles et à se maquiller, oh ! très légèrement, car elle ne désirait pas qu'il la regardât avec ce sourire particulier qui lui faisait sentir à la fois ses erreurs et sa puérilité. Debout devant sa fenêtre, elle accrochait un bracelet quand elle vit un cortège funèbre tourner le coin. Elle se détourna vivement – irritée de cette intrusion de la mort dans son bonheur –, prit son manteau et descendit.

Le quai était presque désert et les roues de son équipage résonnaient à grand bruit. Bruce s'entretenait avec deux hommes et, bien qu'il lui adressât un signe amical, il ne lui sourit pas et elle vit qu'il paraissait plus fatigué encore. Puis tous trois remontèrent sur l'un des bateaux et disparurent. Un quart d'heure passa. Ambre s'impatientait. Que pouvait-il bien faire ? Il ne m'a pas vue depuis dix mois et que fait-il ?... Remonté boire sur son maudit bateau, probablement ! Elle frappait nerveusement le sol du pied et maniait son éventail. De temps en temps elle poussait un soupir, faisait une moue, puis se calmait. Le soleil s'était couché, pourpre au-dessus de la mer, une brise légère se levait, qui paraissait rafraîchissante après la chaleur du jour.

Il se passa une bonne demi-heure avant qu'il revînt, et durant ce temps, l'attente joyeuse d'Ambre avait fait place à la colère. Il monta et s'assit lourdement. Lui lançant un regard oblique, elle dit aigrement :

— Eh bien ! Lord Carlton ! Vous voici enfin ! Je vous en prie, ne vous dérangez pas pour moi !

La voiture s'ébranla :

— Je suis désolé, Ambre, j'ai eu tant à faire. Je...

Instantanément calmée, honteuse de sa mesquinerie car elle voyait ses yeux injectés de sang et les gouttes de sueur qui perlaient à son front en dépit de la fraîcheur, elle répondit :

— C'est moi qui suis désolée, mon cœur. Je sais bien que vous ne m'avez pas fait attendre pour le plaisir. Mais qu'aviez-vous donc de si pressé à terminer ? Ces hommes ne sont certainement pas assez sots pour ne pas pouvoir décharger un bateau seuls !

Elle ne l'avait jamais vu si las, et posa tendrement sa main sur la sienne. Il sourit et, caressant ses doigts :

— Ils auraient très bien pu le décharger seuls, et n'auraient certes pas demandé mieux. Mais ce butin appartient au roi, et Dieu sait qu'il en a besoin ! Les matelots n'ont pas été payés, les hommes refusent de travailler pour des bons qui ne sont pas honorés, les fournisseurs ne veulent pas vous livrer des marchandises qui ne seront pas réglées, ils le savent. Et, autant vous le dire tout de suite, les trois hommes qui étaient malades hier sont morts, et quatre autres sont atteints.

Elle eut un regard horrifié :

— Et qu'en avez-vous fait ?

— Envoyés dans un hôpital de pesteux. On m'a dit que les portes étaient gardées, à présent, et que personne ne pouvait quitter la ville sans un certificat de bonne santé. Est-ce vrai ?

— Oui. Mais ne vous en inquiétez pas. J'en ai un pour vous ; je l'ai fait prendre en même temps que le mien, celui de Nan et tous les autres. Suzanne, elle-même, en avait besoin d'un. Quelle histoire ! Les rues étaient bloquées à un demi-mille autour de la mairie. Je crois que toute la ville est partie.

— Si on les donne ainsi sans voir les gens, cela n'a point de valeur.

Ambre fit un geste suggestif :

— Pour de l'argent, ils donneraient un certificat de vie à un mort. Je leur ai offert cinquante livres pour le tout et ils n'ont posé aucune question.

Elle eut un temps d'arrêt, puis :

— Je suis très riche, maintenant, vous savez.

Il s'était affaissé sur lui-même, comme si tous les muscles de son corps étaient las, mais il esquissa un sourire :

— Vraiment ! Est-ce aussi agréable que vous l'imaginiez ?

— Oh ! bien plus encore ! Seigneur ! mais tout le monde désire m'épouser maintenant ! Buckhurst et Talbot, et je ne sais combien d'autres. Quelle joie de leur rire au nez !

Ses yeux brillèrent de malice :

— C'est fort agréable d'être riche !

— Oui ! admit-il. C'est possible !

Tous deux gardèrent un silence que Bruce finit par rompre :

— Je me demande combien de temps durera cette épidémie !

— Pourquoi ?

— Eh bien ! je voudrais reprendre la mer d'ici un mois, mais les hommes ne voudront pas signer d'engagement. D'ailleurs, c'est de la folie, on a trouvé des bateaux hollandais dont tout l'équipage était mort.

Ambre ne répondit pas, mais songea que, si épidémie il devait y avoir, celle-ci ne pouvait tomber à un meilleur moment pour elle.

Quand ils arrivèrent à l'appartement, elle monta l'escalier la première, courant, tremblant d'excitation. De tels moments la payaient de longs jours de solitude. Un tel bonheur était presque une souffrance, une joie qui vous torturait, vous épuisait, une de ces sensations qui ne pouvait être habituelle, si profond que fût l'amour. C'était le prix de la solitude, de l'abandon, le fruit d'interminables mois de séparation.

Elle ouvrit toute grande sa porte et se retourna vivement pour le voir. Mais il n'était qu'à mi-chemin de l'escalier, le gravissant d'un pas lourd et lent qui lui était étrangement inhabituel. En arrivant sur le palier, il s'arrêta un instant, étendit la main, comme pour la toucher, mais se reprit et entra au salon. Ambre, désappointée, sentit un frisson lui parcourir le corps. Puis elle se tourna lentement et le vit qui se laissait lourdement tomber dans un fauteuil. Sur-le-champ, son dépit égoïste fit place à un sentiment d'horreur.

Il était malade !

Mais instantanément, avec une crainte superstitieuse, elle repoussa cette pensée, furieuse de lui avoir seulement permis de traverser son esprit. « Non ! se dit-elle sauvagement, il n'est pas malade ! Il est simplement fatigué et affamé. Quand il se sera reposé et qu'il aura mangé, il sera de nouveau lui-même. »

Bien décidée à ne pas lui laisser soupçonner cette crainte traîtresse, elle s'approcha avec un joyeux sourire, se débarrassa de son manteau, qu'elle jeta sur un fauteuil. Il leva les yeux, répondant à son sourire, mais poussa un bref soupir involontaire.

— Eh bien ! dit-elle, vous ne me dites même pas si vous aimez mon appartement ? Tout est à la dernière mode et rien n'est anglais !

Elle faisait une drôle de petite grimace, mais tout en parlant le surveillait anxieusement du regard.

— Il est charmant, Ambre. Excusez-moi d'être aussi mal élevé. Pour dire la vérité, je suis éreinté, j'ai passé la nuit debout.

Ambre parut soulagée. Debout toute la nuit ! Allons ! qui n'en serait pas fatigué ? Il n'était pas malade. Dieu merci, oh ! Dieu merci !

— J'ai tout ce qu'il faut pour vous remonter. Venez, amour, donnez-moi votre manteau et votre épée, vous serez plus à l'aise.

Elle se pencha pour l'aider à déboucler son ceinturon, mais il la prévint et le lui tendit. Posant le tout sur une chaise voisine, elle alla chercher un plateau chargé de deux carafes, l'une de brandy, l'autre d'eau. Avec un sourire reconnaissant, il se servit, tandis qu'elle portait leurs affaires dans la chambre à coucher.

— Je reviens à la minute. Et nous pourrons nous mettre à table sans attendre. Tout est prêt.

Elle courut dans sa chambre et, tout en changeant de robe et en défaisant ses cheveux, elle bavardait avec lui, espérant toujours qu'il était moins fatigué qu'il n'en avait l'air et qu'il allait se lever et venir à elle. Mais il ne bougea pas, buvant son brandy et parlant fort peu.

— J'ai choisi tout ce que vous aimez pour le dîner : du jambon de Westphalie, du canard rôti, un pudding aux amandes et du champagne. Il devient très difficile d'obtenir des vins français, depuis la guerre. Seigneur, comment ferons-nous, si jamais nous sommes en guerre avec la France ? Est-ce possible, croyez-vous ? Buckurst, Sedley et les autres disent que c'est certain...

Elle parlait avec volubilité, pour éviter de penser. Disparaissant un instant, elle réapparut vêtue d'une robe d'intérieur de soie blanche, ses petits pieds dans des mules d'argent. Elle se dirigea lentement vers lui, et les yeux verts de Bruce s'assombrirent, comme une eau profonde. Avalant le reste du carafon, il se leva et, bien qu'ils fussent face à face, ne fit pas un geste pour la toucher. Ambre attendait, la respiration courte, mais comme il se détournait, elle dit doucement :

— Je vais chercher les plats.

Elle se rendit à la cuisine où le garçon avait déposé le dîner ; la soupe bouillait doucement sur les cendres du foyer. Après qu'elle l'eut servie, il s'assirent et, bien que tous deux fissent de louables efforts pour soutenir la conversation, celle-ci se traînait. Bruce déclara que le dîner était exquis, mais il mangeait lentement et n'avait visiblement aucun appétit. Finalement il posa sa fourchette :

— Je suis navré, Ambre, mais je ne peux pas manger. Je n'ai pas faim !

Elle se leva, s'approcha de lui, car ses craintes grandissaient. Non, il n'avait pas l'air fatigué, il avait l'air réellement malade :

— Si vous alliez dormir, mon cœur. Après être resté debout toute la nuit, vous...

— Oh ! Ambre, inutile de se leurrer. J'ai la peste. Au début, j'ai cru que c'était tout simplement le manque de sommeil. Mais j'ai trop de symptômes pareils à ceux des autres, pas d'appétit, mal à la tête, vertiges, transpirations, et je commence à avoir des nausées.

Il jeta sa serviette, repoussa son fauteuil et se mit péniblement sur ses pieds :

— Je crains que vous ne soyez obligée de partir seule, Ambre.

Elle le regarda fermement :

— Je ne partirai pas sans vous, Bruce, vous le savez bien. Mais je suis sûre que ce n'est pas la peste. Ce n'est pas possible. Vous êtes fort et bien portant. Après une bonne nuit de sommeil, je sais que vous irez mieux !

Il sourit faiblement, mais secoua la tête.

— Non, je crains que vous ne vous trompiez. Je prie Dieu, simplement, de ne pas vous avoir contaminée. C'est pour cela que je ne vous ai pas embrassée. J'avais peur...

Il jeta un regard autour de lui.

— Où sont mon manteau et mon chapeau ?

— Vous n'allez pas sortir d'ici. Vous resterez avec moi. Seigneur ! Combien de fois me suis-je sentie aussi peu bien que vous en ce moment ! Et le lendemain j'étais debout. Avoir mal à la tête ne signifie pas avoir la peste ! Si vous vous sentez mieux, nous partirons demain matin ; et si vous êtes malade, eh bien ! je vous soignerai.

— Oh ! Ambre, mon cœur... Vous ne pensez pas que je permettrais ! Je peux être mort dans...

— Bruce ! Voulez-vous vous taire ! Si c'est réellement la

peste, je vous soignerai, et je vous guérirai. Ma tante Sarah m'a appris comment l'on soigne les malades.

— Mais c'est une maladie infectieuse, vous risquez de l'attraper. Et elle est généralement fatale. Non, ma bien chérie, je m'en vais. Donnez-moi mon chapeau et mon manteau... Voulez-vous ?

Il se détourna et l'expression de colère inquiète, qu'il avait vainement cherché à dissimuler, apparut clairement. Son visage était baigné de sueur, les gouttes roulaient le long de ses joues, il marchait comme un homme ivre. Ses muscles ne lui obéissaient plus ; un lancinant mal de tête l'obligeait à fermer les yeux et il ressentait une douleur sourde dans le dos, les reins et les jambes. Un frisson le saisit, les nausées le reprirent.

Ambre le saisit par le bras, bien décidée à le garder chez elle, dût-elle l'étourdir d'un coup de poing. Car, s'il sortait, elle savait très bien qu'il serait arrêté par le guet pour ivresse – la méprise était fréquente – ou, sinon, dirigé sur un hôpital de pesteux. Si vraiment il était malade – et elle finissait par le croire –, elle entendait le soigner.

— Étendez-vous un instant sur le canapé auprès du feu et reposez-vous pendant que je fais une tisane. Vous ne pouvez faire un pas dans cet état. Vous vous sentirez mieux après, je vous assure, et ce sera prêt en un instant.

Elle prit son bras et, soutenu par elle, il traversa la pièce, jusqu'au coin du feu. Visiblement il répugnait à rester, mais devenait de moins en moins capable de prendre une décision ; de minute en minute il se sentait plus vague, plus faible. Avec un profond soupir, il se laissa tomber sur le siège capitonné, les yeux clos. Il frissonnait, cependant que sa veste était trempée de sueur. Ambre le laissa et courut dans sa chambre, d'où elle revint avec un édredon de satin qu'elle jeta sur lui.

Certaine alors qu'il ne pouvait plus s'en aller et s'endormirait probablement, elle se précipita à la cuisine et entreprit de fouiller dans la provision d'herbes amassée par Nan. Elle mit une pincée de chaque dans une bouilloire : barbe de capucin, chiendent et oseille contre les nausées ; souci et pourpier contre la fièvre ; éllebore, belladone, nard indien contre les maux de tête – chacune cueillie suivant les lois de l'astrologie, sous l'influence planétaire qui convenait. Elle avait grande confiance en leur efficacité. Elle versa de l'eau chaude dans la bouilloire et la pendit à la crémaillère, mais le feu était pour ainsi dire éteint. Elle prit quelques morceaux de bois, du charbon dans le seau et s'agenouilla pour faire marcher le soufflet. Après maints efforts, la flamme s'éleva, haute et brillante ; elle courut aussitôt dans le salon, afin de s'assurer qu'il était bien, car elle n'avait entendu aucun bruit.

Il était étendu de tout son long, mais l'édredon était tombé. Les yeux clos, le visage contracté, il s'agitait sans cesse. Comme elle se penchait au-dessus de lui pour le recouvrir, il la regarda et soudain la saisit violemment par le poignet :

— Que faites-vous ?

Sa voix était pâteuse et enrouée, les mots se bousculaient. L'iris gris-vert de ses yeux luisait, mais le globe en était injecté de sang.

— Je vous ai dit de vous en aller. Allons, filez !

Il cria presque les derniers mots ; et lui secoua le bras avec fureur. Ambre était très effrayée, car elle craignait qu'il n'ait perdu l'esprit, mais elle se força à répondre d'une voix calme et posée :

— Je vous ai fait de la tisane, Bruce ; elle sera prête dans un instant. Vous pourrez vous en aller ensuite. Mais, pour le moment, restez tranquille et reposez-vous.

Il parut revenir à la pleine raison :

— Ambre, je vous en prie ! Je vous en prie, allez-vous-en et laissez-moi seul ! Je serai probablement mort demain, et vous tomberez malade à votre tour, si vous restez.

Il fit mine de se lever, mais elle le repoussa et il s'affaissa, presque inconscient. « En tout cas, se dit-elle, je suis plus forte que lui. Il ne s'en ira pas. » Elle l'observa avec anxiété, mais il était parfaitement tranquille. Rapidement, et sur la pointe des pieds, elle sortit de la pièce. Elle était si ébranlée que ses mains et ses genoux tremblaient. Elle laissa choir un pot d'étain et le bruit la terrifia. Mais, comme elle se baissait pour le ramasser, elle entendit du bruit dans la chambre.

Rassemblant ses jupes, elle y courut et trouva Bruce au milieu de la pièce, jetant partout des regards vagues et furieux. Elle se précipita vers lui :

— Bruce, que faites-vous ?

Il lui lança un regard méfiant, leva le bras pour la repousser et marmonna un juron. Elle se cramponna à lui, mais il lui donna un coup qui faillit lui faire perdre l'équilibre. Tout en reculant, elle s'accrocha à lui et le tira vers elle. Il trébucha, tenta de se maintenir, puis tous deux roulèrent sur le plancher. Ambre à demi étourdie à ses côtés. Il resta ainsi étendu, sans un mouvement, la bouche et les yeux ouverts, totalement inconscient.

Ambre, un instant abasourdie, s'écarta doucement, puis se releva. Penchée sur lui, elle l'attrapa sous les aisselles et tenta de le tirer vers la chambre à coucher ; mais il mesurait un pied de plus et pesait quatre-vingts livres de plus qu'elle ; jamais elle ne parvint à le mouvoir. Elle tirait et poussait avec l'énergie du désespoir, et les larmes lui venaient aux yeux quand elle se souvint que Tempête et Jeremy devaient probablement être là-haut, au cinquième.

Tournoyant sur elle-même, elle se précipita par l'escalier de service et fit irruption dans leur chambre, sans même prendre la peine de frapper. Les deux hommes étaient accoudés à la fenêtre, fumant leur pipe. Ils la regardèrent avec stupeur.

— Tempête, Jeremy ! s'écria-t-elle. Venez avec moi !

Et elle repartit aussi vite qu'elle était venue. Les deux serviteurs posèrent leurs pipes et la suivirent jusqu'au salon où ils trouvèrent Bruce une fois de plus debout, les jambes écartées pour conserver son équilibre, et les épaules chancelantes. Ambre courut se placer devant lui, suivie des deux hommes qui, toutefois, restèrent à certaine distance, l'observant d'un air hésitant. Bruce fit un pas en avant, l'air menaçant, comme pour se frayer un passage. Il avait l'air d'un homme ivre au point d'en rouler par terre.

Ambre le regardait, comme hypnotisée et, quand il passa près d'elle, involontairement elle s'écarta pour lui faire place, tout en étendant les mains dans un geste irréfléchi, car il paraissait devoir tomber d'un instant à l'autre. Mais elle ne le toucha pas. Franchissant la porte, il traversa l'antichambre, atteignit le palier et s'arrêta un instant devant l'escalier, comme un colosse qui contemple le vide. Il descendit une marche, une autre, mais soudain poussa un grognement et vacilla, cherchant à se raccrocher à la rampe. Ambre se mit à crier et les deux hommes se précipitèrent juste à temps pour retenir Bruce et l'empêcher de rouler en bas la tête la première. Soutenu par eux, il se laissa ramener dans l'appartement, la tête penchée sur la poitrine, dans un état de semi-inconscience.

Ambre les dirigea vers la chambre, découvrit le lit et leur fit signe de l'étendre sur les draps de soie blanche. Immédiatement elle se mit en devoir de lui retirer ses souliers et ses chaussettes qui étaient, remarqua-t-elle, d'une singulière teinte jaunâtre, due à la sueur, et dégageaient une forte odeur, très désagréable, qui ne lui appartenait pas d'habitude. Elle avait commencé de dénouer son écharpe et s'attaquait à son habit quand elle se souvint de Tempête et de Jeremy. Ils la regardaient, blêmes, les yeux agrandis par l'horreur. Ils venaient tout juste de comprendre qu'ils avaient touché et transporté non un homme ivre, mais un pesteux.

— Sortez d'ici, murmura-t-elle, furieuse de voir la terreur peinte sur leurs visages.

La bouche ouverte, sans mot dire, ils se précipitèrent au-dehors, claquant violemment la porte derrière eux.

La chemise de Bruce était trempée au point de coller à sa peau. Ambre ramassa la sienne, qui traînait par terre, pour le frotter et le sécher. Quand elle l'eut déshabillé, elle le recouvrit et ôta l'oreiller de dessous sa tête, car elle savait qu'il n'en usait jamais. Il était calme à présent, marmonnant seulement de temps à autre quelques paroles inintelligibles. Elle courut à la cuisine. L'eau de la tisane n'avait pas encore assez bouilli et, tout en attendant elle inspecta le buffet afin de savoir sur quelles provisions elle pouvait compter. Comme elle faisait toujours venir ses repas du dehors, elle ne trouva que quelques gâteaux à l'orange, un bol de cerises, deux ou trois bouteilles de vin et une d'eau-de-vie. Tandis qu'elle faisait mentalement la liste de ce qui lui manquait tout en surveillant la tisane, elle prêtait l'oreille au moindre bruit. Finalement elle saisit la bouilloire et en versa le contenu dans le broc d'étain. La décoction dégageait une odeur nauséabonde, mais, enveloppant la poignée d'une serviette, elle regagna la chambre.

Bruce était toujours au lit. Appuyé sur un coude, il la vit entrer. Il venait de vomir sur le plancher. Il avait l'expression humble et contrite d'un enfant qui aurait fait une sottise. La maladie l'humiliait. Il parut vouloir dire quelque chose sans y parvenir et retomba épuisé dans le lit. Ambre avait entendu parler d'hommes en parfaite santé le matin et qui étaient morts de la peste durant la nuit, mais, jusqu'à présent, elle n'avait pas cru possible qu'une maladie pût faire des progrès aussi rapides.

Le sentiment de sa propre impuissance la submergea soudain. Sarah lui avait bien appris comment soigner un accès de fièvre ou la petite vérole, que faire pour une brûlure ou une indigestion, mais la peste était un mal mystérieux, étrange et maléfique. D'aucuns prétendaient que cela sortait du sol, comme une émanation empoisonnée, pénétrant par tous les pores de la peau et se transmettait, par conséquent, par contact direct. Mais personne ne connaissait ni ne prétendait connaître l'origine réelle, pourquoi cela dégénérait parfois en grande épidémie, ni comment guérir ce mal. Néanmoins, Ambre sentait qu'il lui fallait une aide quelconque, des conseils.

À genoux, elle entreprit de nettoyer le plancher avec la chemise de Bruce. « Je vais envoyer Jeremy chercher un docteur, se dit-elle. Il en saura toujours plus que moi ! »

Quand elle essaya de faire boire un peu de tisane à Bruce, il la repoussa, murmurant d'une voix pâteuse :

— De l'eau... Soif ! Tellement soif !

Il passait sa langue sur ses lèvres comme pour les humecter. Ambre vit que cette langue était rouge et enflée. Elle apporta un broc d'eau fraîche de la cuisine, et il but avidement trois verres pleins. Puis, avec un profond soupir, il se laissa retomber sur le lit et demeura calme. Voyant cela Ambre grimpa une fois de plus sous les combles et frappa à la porte de ses domestiques. Elle attendit impatiemment quelques secondes, et, ne recevant pas de réponse, entra.

Il n'y avait personne. Quelques vêtements souillés gisaient à terre, mais la vieille armoire aux battants ouverts était vide, ainsi que les tiroirs de la commode. Ils étaient partis ! « Les misérables ! murmura Ambre. Maudits soient ces ingrats fripons ! » Mais elle ne s'arrêta pas davantage et redescendit en courant, car elle redoutait de laisser Bruce seul, ne fût-ce qu'une minute.

Il était couché dans la même position, s'agitant sans trêve, marmonnant des paroles sans suite. Mais il était impossible de le comprendre, et il paraissait avoir le délire. Elle appliqua une compresse froide sur son front, lissa les draps, borda les couvertures et épongea la sueur qui baignait toujours son visage. Puis elle nettoya la pièce, rangea ses affaires, étendit le linge de Bruce sur des chaises pour qu'il séchât, apporta une cuvette pour le cas où il aurait de nouvelles nausées, ainsi qu'un urinoir d'argent. Elle s'occupait pour ne pas avoir à réfléchir. Il était près de dix heures, les rues étaient tranquilles ; seuls perçaient le roulement d'une voiture ou le chant d'un gamin porteur de torches. Elle entendit le crieur qui agitait sa cloche :

— Dix heures passées, en une belle nuit d'été, tout va bien !

Deux ou trois fois Bruce fut pris de nausées et elle lui tint la cuvette et l'aida à s'asseoir, recouvrant sa poitrine d'un linge blanc. Finalement il eut encore un gros vomissement. Puis il voulut se lever, mais elle l'obligea à rester et alla chercher l'urinoir. Elle vit alors une légère grosseur rouge poindre à l'aine droite : le commencement d'un bubon. Tout espoir s'évanouit en elle.

XXXIII

La nuit s'écoula avec une lenteur incroyable.

Après avoir mis la chambre en ordre et apporté de l'eau fraîche du grand broc qui se trouvait à la cuisine, elle se lava la figure, se brossa les dents et se peigna soigneusement. Finalement elle tira le petit lit de camp et s'y allongea. Mais elle restait en éveil et, chaque fois qu'elle glissait dans le sommeil, elle sursautait avec l'affreuse sensation qu'il était arrivé quelque chose à Bruce. Cependant, quand elle se levait pour le voir, il était toujours dans la même position, agité, prononçant des paroles incohérentes, le visage contracté par une expression d'irritation anxieuse. Était-il conscient, elle n'en savait rien, car, bien que ses yeux fussent entrouverts, il ne paraissait ni la voir, ni l'entendre, ni même se rendre compte de sa présence. Vers le milieu de la nuit, la transpiration s'arrêta, sa peau devint sèche et brûlante et son visage très rouge. Le pouls était rapide, la respiration haletante, et, de temps en temps, il toussait.

Vers quatre heures, le jour commença de poindre et Ambre décida de se lever, bien que ses yeux lui fissent mal et qu'elle se sentît tout étourdie de fatigue. Elle enfila sa chemise, un jupon par-dessus, passa la robe qu'elle portait la veille, mais sans pouvoir la lacer entièrement, n'ayant pas mis de corset, et chaussa, sans bas, une paire de souliers à hauts talons. Puis elle se donna un rapide coup de peigne et se débarbouilla. Mais elle ne mit ni poudre ni mouches. Pour une fois, son apparence ne la préoccupait pas.

La chambre empestait, car toutes les fenêtres étaient closes. Ambre ne redoutait pas l'air pour elle-même, mais elle partageait la croyance vulgaire qu'aérer la chambre d'un malade lui était fatal. Et elle ajoutait foi, superstitieusement, au dicton campagnard qui déclarait, en cas de maladie sérieuse, que la mort ne pouvait pénétrer dans une maison aux portes et fenêtres verrouillées. L'air épais et lourd avait une odeur dont Ambre ne perçut la force qu'après avoir ouvert la porte donnant dans le salon et respiré une bouffée d'air frais. Puis elle alluma le feu dans la chambre à coucher, et y jeta une poignée d'herbes sèches. Elle plia le lit de camp, puis, voyant que Bruce paraissait plus tranquille, descendit vider et rincer les seaux d'eaux sales dans la petite cour particulière. Elle fit deux voyages supplémentaires pour remonter de l'eau fraîche. Depuis le temps, elle avait oublié combien pénibles et ennuyeuses sont les tâches domestiques.

Bruce avait toujours une soif intense, mais, bien qu'elle

lui donnât verre d'eau sur verre d'eau, rien ne l'apaisait, et bientôt il les rejeta. Il vomit plusieurs fois coup sur coup, avec violence. Il en sortait baigné de sueur, épuisé, inconscient. Ambre, qui lui tendait le seau et le soutenait, en était malade d'horreur et de pitié. Une rage folle grandissait en elle : « Il va mourir ! se disait-elle, tenant la cuvette sous son menton, et l'aidant à se relever. Il va mourir, je le sais ! Oh ! cette sale maladie ! Pourquoi est-elle venue ! Pourquoi l'a-t-il attrapée, lui ? Pourquoi doit-il être un de ceux-là, lui ? et pas d'autres ! »

Une fois de plus, il se laissa retomber sur ses oreillers et, soudain, elle se cramponna à lui, les doigts crispés sur ses bras aux muscles inutiles, mais encore durs sous la peau brune. Elle se mit à pleurer, le tenant serré contre elle comme pour le défendre contre la mort. Elle murmurait son nom, entrecoupé d'imprécations et de paroles tendres. Ses sanglots convulsifs devinrent de plus en plus violents, jusqu'à ce qu'elle perdît à peu près le contrôle d'elle-même.

Elle fut tirée de cet abîme de désespoir égoïste par Bruce, dont les doigts, agrippant ses cheveux, la forcèrent à relever la tête. Elle le regarda, le visage noyé de larmes, les yeux curieusement allongés par la traction exercée sur sa chevelure. Malade de honte et de remords, elle le fixait, se demandant avec désespoir ce qu'elle avait bien pu dire, et s'il l'avait entendue.

— Ambre...

Sa langue était enflée au point de remplir presque entièrement sa bouche, et elle était enduite d'une humeur blanchâtre, tandis que le bout restait rouge et luisant. Son regard était éteint, mais pour la première fois depuis de longues heures il la reconnaissait ; il semblait faire un effort désespéré pour rassembler ses pensées et les exprimer.

— Ambre... pourquoi... pourquoi... n'êtes-vous... pas... partie ?

Elle le regarda plaintivement, comme un animal pris au piège :

— Je pars, Bruce, je pars. Dans un instant.

Elle fit un mouvement pour se retirer, mais ne parvint pas à se dégager.

Finalement, il lâcha ses cheveux, poussa un profond soupir, et fit rouler sa tête de côté :

— Dieu... vous garde... Partez... pendant...

La phrase s'acheva en une sorte de bouillie, et il resta relativement tranquille, tout en marmonnant des paroles incompréhensibles. Lentement, avec précaution, elle s'écarta, sincèrement épouvantée, car elle avait entendu d'abominables histoires sur des malades de la peste devenus fous. Elle en avait la sueur au front quand enfin elle put se relever et se mettre hors de portée. Mais elle ne pleurait plus et se rendait compte que, pour lui être d'une utilité quelconque, il fallait avant tout qu'elle conservât son calme. Ainsi elle pourrait faire l'impossible pour alléger ses souffrances et pria Dieu qu'il ne mourût pas.

Résolument elle se remit au travail. Elle lui lava le visage et les mains, le peigna – il n'avait pas de perruque –, arrangea le lit et lui posa une compresse fraîche sur le front. Il avait les lèvres sèches et gercées par la fièvre ; elle les enduisit de pommade. Puis elle apporta des serviettes propres, rassembla tout le linge sale dans un grand sac, bien qu'évidemment aucune blanchisseuse ne consentît à s'en charger, si jamais on apprenait que la peste régnait dans l'appartement.

Vers six heures, la rue s'anima. En face, un apprenti ôta les volets d'une petite mercerie, une voiture passa et Ambre entendit le cri familier :

— C'est la laitière qui passe !

Elle ouvrit promptement la fenêtre :

— Attendez ! J'en voudrais !

Jetant un coup d'œil sur Bruce, elle prit un peu de

monnaie sur la coiffeuse, courut à la cuisine décrocher un pot et descendit rapidement :

— Un gallon, s'il vous plaît !

La jeune fille, rose et resplendissante de santé, était une de ces paysannes qui viennent tous les jours de Finsbury ou de Clerkenwell. Elle sourit à Ambre, tout en versant le lait :

— Il va encore faire chaud, aujourd'hui, dit-elle pour causer.

Ambre, qui tendait l'oreille pour écouter ce que faisait Bruce – elle avait laissé la fenêtre légèrement entrouverte –, répondit par un signe de tête distrait. À ce moment, un roulement sonore emplit l'air. C'était le glas, qui sonna trois fois. Quelque part, dans la paroisse, un homme mourait et ceux qui l'entendaient devaient prier pour le repos de son âme. Ambre et la laitière échangèrent un regard effrayé et, fermant les yeux, murmurèrent une prière.

— C'est trois pence, Madame, dit la jeune fille et Ambre vit le regard de méfiance qu'elle portait sur sa robe noire.

Elle paya, prit le broc, très lourd, et se dirigea vers la maison. Sur le pas de la porte, elle se retourna :

— Viendrez-vous demain ?

La jeune fille avait repris son joug et s'était déjà éloignée :

— Non, Madame, pas demain. Je ne reviendrai pas en ville d'ici quelque temps. Sait-on qui restera bien portant ?

Et, de nouveau, elle enveloppa Ambre du regard.

Ambre trouva Bruce comme elle l'avait laissé, mais à peine était-elle là qu'il se remit à vomir et tenta de s'asseoir. Elle courut à lui. Il n'avait plus les yeux injectés de sang ; en revanche, le blanc était devenu jaunâtre, et ils étaient profondément enfoncés dans leurs orbites. Il avait visiblement perdu toute notion de l'extérieur, ne voyait plus ni n'entendait. Il ne bougeait et n'agissait que par instinct.

Plus tard, elle fit d'autres achats. Du fromage, du beurre, des œufs, un chou, des oignons, des navets, une laitue, un pain de sucre, une livre de lard et quelques fruits. Elle but du lait et acheva en partie le canard froid de la veille, mais, quand elle proposa de la nourriture à Bruce, il ne répondit pas. Elle essaya de porter un verre de lait à ses lèvres, mais il le repoussa. Elle ne savait que faire et décida qu'il valait mieux prendre conseil d'un docteur. Elle espérait en voir passer un devant la maison, car ils portaient en général des cannes à pommeau d'or afin qu'on les distinguât. Avec tant de gens qui les appelaient partout, elle ne pouvait manquer d'en apercevoir un. Car elle redoutait de laisser Bruce seul un certain temps.

Mais quand, finalement, elle s'aperçut que ses déjections devenaient sanguinolentes, elle prit peur et décida de ne plus attendre davantage. Prenant ses clefs, elle quitta la maison et courut là où elle se souvenait avoir vu une plaque de docteur. Elle y parvint tout essoufflée, et donna un impatient coup de marteau à la porte. Comme personne ne venait, elle frappa plusieurs coups répétés, attendit encore un instant, et se disposait à s'en aller quand une femme ouvrit. Elle tenait un tampon de pommade sur son nez et considéra Ambre d'un air soupçonneux.

— Où est le docteur ? Je veux le voir tout de suite.

La femme répondit froidement d'un air irrité :

— Le docteur Barton fait ses visites.

— Sitôt qu'il arrivera, demandez-lui de passer dans la maison à l'enseigne de la Plume, allée Saint-Martin, au coin...

Elle indiqua l'immeuble du doigt et s'enfuit. À son immense soulagement, Bruce – qui avait encore une fois vomi du sang – n'avait pas bougé.

Elle attendit nerveusement l'homme de l'art. Plus de cent fois elle se pencha à la fenêtre, maudissant son retard.

L'après-midi était déjà fort avancée quand il apparut et elle courut l'accueillir au bas de l'escalier.

— Dieu merci ! vous voilà ! Vite !

C'était un vieil homme fatigué qui fumait une pipe et la regarda avec lassitude :

— Rien ne sert de se presser, Madame.

Elle se retourna et le regarda avec colère, irritée de voir qu'il ne considérait pas ce malade comme étant tout particulièrement intéressant. Néanmoins, elle était soulagée qu'il fût là. Il allait pouvoir lui dire comment était Bruce et ce qu'il fallait faire. D'ordinaire, elle partageait le scepticisme populaire envers les docteurs ; mais en ce moment, elle eût accepté comme parole d'Évangile les prescriptions les plus oiseuses du dernier des charlatans.

Elle le précéda auprès du lit et le regarda entrer lentement, le surveillant de ses grands yeux inquiets. Bruce était dans une sorte de coma, bien qu'il s'agitât toujours et murmurât sans cesse. Le docteur Barton s'arrêta à quelques pas du lit et porta son mouchoir à son nez. Pendant un instant, il contempla le malade sans rien dire.

— Eh bien ? demanda Ambre, comment est-il ?

Le docteur haussa légèrement les épaules :

— Madame, vous me posez une question à laquelle je ne peux répondre. Je n'en sais rien. Y a-t-il un bubon ?

— Oui, depuis la nuit dernière.

Elle rejeta les couvertures, de manière qu'il pût apercevoir la grosseur à l'aine qui atteignait la taille d'une balle de paume à demi submergée. La peau était rouge, tendue et luisante.

— Avez-vous l'impression qu'il en souffre beaucoup ?

— Je l'ai touché une fois, incidemment, et il a poussé un cri terrible.

— La formation du bubon constitue la phase la plus douloureuse de la maladie. Peu y parviennent d'ailleurs.

— Alors, il vivra, docteur ? Il va aller mieux ?

Ses yeux brillaient.

— Madame, je ne peux rien vous promettre. Je l'ignore ! Nul ne le sait. Il nous faut simplement admettre que nous n'y comprenons rien, nous sommes impuissants. Parfois on meurt en une heure, parfois cela dure des jours. La mort est quelquefois très douce, sans une convulsion, d'autres fois, c'est une agonie affreuse. Les forts et les bien portants sont aussi vulnérables que les faibles et les malades. Que lui avez-vous donné à manger ?

— Rien ! Il refuse tout ce que je lui offre. Et il vomit si souvent que cela ne servirait à rien.

— N'empêche, il faut qu'il se nourrisse. Forcez-le et faites-lui prendre souvent quelque chose, toutes les trois ou quatre heures. Donnez-lui des œufs, du bouillon, du vin chaud. Et tenez-le aussi au chaud que possible. Enveloppez-le de toutes les couvertures que vous avez et ne le laissez pas se découvrir. Faites chauffer des briques pour ses pieds et, si vous avez des cruchons de grès, utilisez-les. Et faites un sinapisme pour le bubon : des figues, du vinaigre et du miel, si vous en avez, avec de la mie de pain et beaucoup de moutarde. S'il veut l'arracher, bandez-le. Tant que l'abcès ne sera pas ouvert et ne coulera pas, ses chances de guérison sont faibles. Donnez-lui un violent émétique, du tartrate d'antimoine dans du vin blanc, par exemple, et un lavement. C'est tout ce que je peux vous dire. Et vous-même, Madame ? Comment vous sentez-vous ?

— Très bien, si ce n'est la fatigue. J'ai été debout une grande partie de la nuit.

— Je vais le signaler à la paroisse, et l'on vous enverra une aide. À titre préventif, je vous recommande d'infuser des baies de genièvre dans du vinaigre et d'en faire des fumigations plusieurs fois par jour.

Il se dirigea vers la porte et Ambre, sans quitter Bruce des yeux, le suivit :

— À propos, Madame, vous feriez mieux de cacher tous les objets de valeur que vous avez chez vous, avant l'arrivée de la nurse.

— Grand Dieu ! quel genre de femme va-t-on m'envoyer ?

— La paroisse est bien obligée d'accepter les volontaires – nous en comptons trop peu – et, bien que certaines d'entre elles soient suffisamment honnêtes, la vérité oblige à dire que la plupart ne le sont pas.

Il avait atteint l'antichambre. Avant de descendre, il dit encore :

— Si les taches caractéristiques de la maladie apparaissent, vous ferez bien d'envoyer prévenir le sacristain de sonner le glas. Personne ne peut plus rien dans ce cas !

Comme il parlait, ils entendirent le son de la cloche, deux coups pour une femme :

— La vengeance de Dieu est sur nous, en punition de nos péchés. Allons, adieu Madame !

Ambre rentra et se mit immédiatement au travail, car, si fatiguée fût-elle, mieux valait s'occuper, et tout ce qu'elle faisait pour lui l'emplissait de joie et lui donnait le sentiment du devoir accompli.

Elle remplit plusieurs boules d'eau chaude, rapporta une demi-douzaine de couvertures de la nursery ; Bruce protesta en les repoussant mais, patiemment, chaque fois, elle le recouvrait à tel point que la sueur coulait le long de ses joues et que ses draps étaient trempés. Le feu pétillait et elle l'activa, faisant régner une telle chaleur dans la pièce que, tout en ayant enlevé son jupon, retroussé ses manches et défait sa robe, la soie lui collait au corps.

Elle lui fit avaler l'émétique et, sans en attendre l'effet, administra le lavement. Ce fut une tâche pénible et difficile, mais Ambre était au-delà de tout dégoût ; elle faisait ce qui était nécessaire, le mieux qu'elle pouvait, sans épiloguer. Après quoi elle nettoya la pièce, se lava les mains et se rendit à la cuisine préparer le sinapisme et fabriquer une boisson à base de lait chaud, de sucre, d'épices et de vin blanc. Il se laissa appliquer le cataplasme sans protestation, ne paraissant s'apercevoir de rien. Soulagée, car elle avait craint de lui faire mal, elle retourna finir son lait caillé. Elle goûta la mixture et y ajouta encore un peu de cannelle. Vraiment, c'était bon ! Elle versa le tout dans le grand pot à tisane et s'apprêtait à le porter dans la chambre quand elle entendit un cri qui lui glaça le sang. Puis un coup violent et un craquement sinistre.

Posant vivement son broc sur le buffet, elle se précipita. Bruce était à moitié tombé par terre. Prêt à se lever, il avait été, apparemment, pris de faiblesse et avait renversé sa table de chevet.

— Bruce ! cria-t-elle !

Mais il n'avait conscience ni d'elle, ni de ce qu'il faisait. Lentement, il se redressa, essayant d'atteindre la petite fenêtre, qu'elle avait oublié de fermer. Elle s'élança, saisissant un chandelier qui se trouvait sur la commode et, au moment où il mettait le pied sur le rebord, le retenant par le bras, elle lui assena un bon coup sur la nuque. Elle devina que des gens dans la rue observaient la scène et elle entendit une femme hurler.

Il chancela sous le coup, reculant lentement, et elle l'entoura de ses bras, cherchant désespérément à le faire tomber sur le lit. Mais il était trop lourd et, en dépit de ses efforts, glissa lentement vers le sol. Sachant qu'elle serait alors incapable de le soulever pour le recoucher, elle le poussa violemment et il s'affaissa en travers du lit, l'entraînant dans sa chute. Rapidement elle se releva, jeta une couverture sur lui, car il était nu et en sueur. Poussant, tirant, sacrant de peur et de colère, elle parvint à le remettre au lit, et se laissa tomber sur une chaise, exténuée, tremblant de la tête aux pieds.

Elle vit alors une traînée de sang qui coulait le long de sa nuque et elle se leva péniblement. Elle épongea la blessure avec du coton et de l'eau fraîche, et, déchirant une serviette, banda la plaie. « Au diable cette nurse ! songea-t-elle, furieuse. Pourquoi n'arrive-t-elle pas ? » Elle remit le cataplasme en place, renouvela l'eau chaude des bouillottes.

De retour à la cuisine, elle absorba une grande tasse de son lait caillé. C'était, disait-on, une boisson réconfortante et, de fait, elle se sentit mieux. Si seulement cette maudite femme voulait bien arriver, se dit-elle, je pourrais peut-être dormir. Sans sommeil, je mourrai. Elle se sentait totalement épuisée, et pendant quelques minutes fut réellement incapable de faire un mouvement ou de penser à quoi que ce soit. Puis, sa lassitude s'atténua et elle se trouva de nouveau en état d'agir.

Bruce fut un temps avant de reprendre conscience ; puis il devint plus agité et plus violent. Il s'agitait, rejetant ses couvertures, jurant d'une voix irritée. À peine eut-elle réussi à lui faire prendre un peu de lait caillé que, du revers de la main, il envoya le pot rouler sur le plancher.

Quand enfin il parut se calmer, elle prit une plume et du papier et s'installa tout auprès du lit pour écrire à Nan. C'était difficile, car elle voulait lui dire la vérité sans toutefois l'effrayer par trop ; elle y travailla une bonne demi-heure. Puis elle sécha l'encre et scella le billet avec un gros cachet de cire dorée. Prenant alors un shilling, elle alla vers la fenêtre et l'ouvrit, se disant qu'elle trouverait bien un gamin dans la rue qui se chargerait de la porter à la poste pour ce pourboire. Nan payerait le prix de l'affranchissement au reçu de la lettre.

Le ciel pâlissait et une étoile ou deux commençaient d'apparaître. Il n'y avait plus beaucoup de gens dehors, mais Ambre vit un jeune homme qui se bouchait le nez en passant devant la maison. En bas, un garde était posté contre le mur, sa hallebarde sur l'épaule. Cela signifiait que la croix rouge avait été peinte sur sa porte et qu'ils étaient tous deux enfermés chez eux pour quarante jours et quarante nuits, à moins qu'ils ne mourussent. Quelques jours auparavant, elle eût été terrifiée, maintenant elle acceptait le fait avec indifférence.

— Garde !

Elle parlait doucement et il leva la tête :

— Voulez-vous donner cette lettre à quelqu'un, afin qu'elle soit mise à la poste ? Je vous donnerai un shilling pour la peine.

Il fit oui de la tête ; elle lui jeta le tout et ferma la fenêtre. Mais elle resta un instant debout, contemplant les arbres et le ciel comme une prisonnière. Puis elle se retourna et, une fois de plus, recouvrit Bruce.

Il était près de neuf heures quand la nurse arriva. Ambre entendit quelqu'un en bas qui parlait au garde, puis on frappa à la porte. Elle prit un chandelier et se hâta de l'introduire.

— Pourquoi venez-vous si tard ? Le docteur m'avait dit qu'il vous enverrait dans le milieu de la journée.

— Je viens de quitter mon dernier malade, Madame, et il n'était pas pressé de mourir.

Ambre gravit précipitamment l'escalier devant elle, tenant la bougie haute pour l'éclairer, mais la vieille femme montait lentement, soufflant fort. Sur le palier, Ambre se retourna et l'examina. Ce qu'elle vit n'était guère rassurant : une femme d'environ soixante ans, énorme, au visage rond et flasque, au nez pointu et à la bouche sans lèvres. Elle portait une espèce de perruque jaune, hirsute, de travers, et une robe de velours rouge foncé, sale, usée, qui découvrait ses épaules malpropres et comprimait une grosse poitrine molle. De plus, elle sentait le rance et l'urine.

— Comment vous appelez-vous ? lui demanda Ambre, quand elle parvint au sommet, essoufflée.

— Spong, Madame ; Mrs. Spong.

— Je suis Mrs. Dangerfield. Le malade est ici.

Elle entra dans la chambre et Mrs. Spong la suivit en se dandinant, ses yeux bleus stupides ne perdant pas un détail du magnifique ameublement. Elle n'accorda même pas un regard à Bruce, jusqu'à ce qu'exaspérée Ambre lui dise :

— Eh bien ?

Elle sursauta et eut un vague sourire idiot, découvrant quelques chicots :

— Oh ! c'est le malade !

Elle le considéra un instant.

— Il n'a pas l'air bien, n'est-ce pas ?

— Non ! coupa Ambre, furieuse et déçue d'être embarrassée de cette imbécile. Êtes-vous une nurse, oui on non ? Dites-moi ce qu'il faut faire ! Comment puis-je le soulager ? J'ai suivi toutes les prescriptions du docteur.

— Alors, Madame, si vous avez fait tout ce que le docteur vous a dit, je n'en sais pas plus.

— Mais comment le trouvez-vous ? Vous qui avez vu d'autres malades. Comment vous paraît-il, comparé à eux ?

Spong l'examina un instant, suçant sa langue.

— Pour ça, Madame, dit-elle enfin, il y en a qui étaient pires. D'autres mieux. Mais, à parler franc, il n'a pas l'air bien. Et maintenant, Madame, n'avez-vous pas un peu de nourriture pour une pauvre femme affamée ? Dans ma dernière place, il n'y avait rien à manger. Je vous jure que...

Ambre lui lança un regard de dégoût, mais, comme Bruce recommençait à vomir, elle se précipita pour lui tenir la cuvette, indiquant la cuisine de l'autre main.

Elle se sentait plus lasse que jamais et complètement découragée. Cette vieille dégoûtante ne lui serait d'aucun secours. Jamais elle ne lui permettrait de toucher Bruce et, d'ailleurs, elle ne paraissait pas disposée à vouloir l'approcher. Tout ce qu'Ambre espérait, c'était d'obtenir qu'elle veillât Bruce cette nuit, afin de pouvoir dormir un peu. Le lendemain, elle la renverrait et chercherait à se procurer quelqu'un de mieux.

Une demi-heure passa sans qu'elle revît Spong. Finalement exaspérée, elle partit à sa recherche et trouva sa jolie cuisine transformée en un cloaque. Le garde-manger était grand ouvert, un œuf cassé gisait par terre. Le jambon avait été sérieusement entamé et il manquait le quart de la roue de fromage. Spong se retourna et la regarda étonnée. Elle tenait une tranche de jambon d'une main et, de l'autre, la bouteille de champagne ouverte la nuit dernière.

— Eh bien ! fit Ambre, ironiquement. J'espère que vous ne mourrez pas de faim ici !

— Non, Madame, convint Spong. J'aime toujours mieux soigner les gens de qualité. Il y a plus à manger chez eux, voyez-vous !

— Allez dans la chambre et surveillez Sa Grâce. Je vais lui préparer quelque chose à prendre. Appelez-moi s'il se découvre ou cherche à vomir... mais ne le touchez pas...

— C'est Sa Grâce ? Et vous, vous êtes Votre Grâce aussi, sans doute ?

— Occupez-vous de vos affaires et faites ce que je vous dis. Allez !

Spong haussa les épaules et obéit. Ambre, préoccupée, prépara immédiatement un plateau. Quelques heures plus tôt elle avait réussi à lui faire avaler un bol de la soupe de la veille ; mais il l'avait rendue au bout d'un quart d'heure. En lui tenant la cuvette pendant qu'il rejetait la soupe, elle avait été si découragée qu'elle en avait pleuré. Spong prenait la chose avec beaucoup plus de philosophie. Étalée dans un fauteuil, à cinq ou six pieds du lit, elle sirotait son vin et mâchonnait le reste du canard froid, jetant les os par la fenêtre et échangeant des plaisanteries obscènes avec le garde. Ambre s'en aperçut quand elle revint de la cuisine :

— Je vous conseille de ne plus rouvrir cette fenêtre, cria-t-elle en la refermant violemment. Que faites-vous ?

Spong sursauta.

— Seigneur, Madame, je ne faisais pas de mal à Monsieur.

— Faites ce que je dis, et n'ouvrez plus la fenêtre, ou vous vous en repentirez. Sale vieille idiote ! dit-elle entre ses dents.

Puis elle s'en alla laver la vaisselle et remettre la cuisine en ordre. Ambre avait été à bonne école auprès de Sarah Goodegroome, maîtresse de maison méticuleuse ; on l'avait dressée à se charger de tout afin que la maison fût impeccable, dût-elle y travailler dix-huit heures par jour.

Bruce était de plus en plus agité et violent, ce qui, d'après Spong, était dû à la douleur du bubon. Deux de ses malades, dit-elle placidement, n'avaient pu le supporter : ils étaient devenus fous et s'étaient tués.

C'était affreux de le voir ainsi souffrir sans pouvoir le soulager. Ambre ne le quittait pas, cherchant à deviner ses moindres désirs. Elle remettait les couvertures en place, chaque fois qu'il les rejetait, changeait le sinapisme. Une fois, alors qu'elle était penchée sur lui, il lui allongea un si violent coup de poing que, si elle ne s'était pas rapidement reculée, elle en eût roulé sur le plancher. L'abcès avait grossi : il avait à présent la taille d'une balle entière et la peau qui le recouvrait était dense et noire.

Spong restait assise, chantonnant, se frappant doucement la cuisse avec sa bouteille vide. Ambre était si occupée et si inquiète qu'elle en oubliait sa présence. Cependant, vers onze heures du soir, quand elle eut tout mis en ordre pour la nuit, et se fut elle-même déshabillée et lavée, elle se tourna vers la vieille femme.

— Je n'ai pas même dormi trois heures la nuit dernière et je suis à bout. Voulez-vous surveiller Sa Grâce pendant trois ou quatre heures : vous me réveillerez ensuite et je vous remplacerai. Il nous faut nous relayer, car on ne peut le laisser seul. Vous le recouvrirez bien, s'il rejette les couvertures ?

— Oui, Madame, approuva Mrs. Spong d'un geste énergique qui fit glisser sa perruque et découvrit de rares cheveux gris. Vous pouvez compter sur moi. Parole !

Ambre monta le lit de camp de l'autre côté du lit, s'étendit en conservant sa robe de chambre, mais sans couverture, car il faisait très chaud. Elle redoutait de s'endormir – car elle n'aimait pas le laisser – mais elle sentait qu'il le fallait. Quelques secondes plus tard, elle avait perdu conscience.

Elle fut réveillée par un coup violent en pleine figure, et le poids d'un corps lourd qui tombait sur elle. Involontairement, elle poussa un cri, puis comprenant ce qui s'était passé, lutta pour se dégager. Bruce, dans son agitation, était tombé du lit et avait roulé sur elle. Il gisait là, maintenant, inerte.

Elle appela Spong, mais ne recueillit aucune réponse. Comme elle se relevait, elle aperçut la vieille femme qui ouvrait tout juste un œil. Rapidement elle fit le tour du lit, administra un soufflet retentissant sur la face molle et, s'emparant d'un bras flasque, le secoua vivement.

— Debout ! hurla-t-elle. Debout ! misérable vieille souillon ! venez m'aider !

Réveillée en sursaut, Spong s'extirpa de son fauteuil avec plus de célérité que de coutume. Au bout de quelques minutes, elles parvinrent à remettre Bruce dans son lit. Il était inerte. Ambre se pencha anxieusement, cherchant à sentir les battements de son cœur, lui prenant le poignet : le pouls battait encore faiblement.

Tout à coup, elle entendit un gémissement. C'était Spong qui se lamentait :

— Oh ! Seigneur ! qu'ai-je fait ! Je l'ai touché et maintenant je vais attraper la...

Ambre se retourna, furieuse :

— Ce que vous avez fait ! cria-t-elle. Vieille horreur ! Vous vous êtes endormie et vous l'avez laissé tomber du lit. Vous auriez pu le tuer. Mais, par Jésus ! s'il meurt, eh bien ! vous finirez par souhaiter d'avoir la peste ! Parce que je vous étranglerai, Dieu m'en est témoin. Je vous étranglerai de mes propres mains.

Spong recula, tremblante.

— Oh ! mon Dieu, Madame ! Je n'ai fait que m'assoupir une minute, je vous le jure ! Au nom du ciel ! Madame, ne me faites pas de mal !

Ambre laissa retomber ses poings serrés et se détourna avec dégoût :

— Vous n'êtes bonne à rien. Je prendrai une autre nurse demain.

— Vous ne pouvez pas, Madame. Vous ne pouvez pas renvoyer une nurse. Je suis dépêchée par la paroisse et je dois rester jusqu'à ce que vous soyez tous morts.

Ambre poussa un soupir d'épuisement et, les cheveux lui tombant sur le visage :

— Très bien. Allez dormir. Je le veillerai. Il y a un lit là-bas.

Et elle indiqua la nursery.

Durant le reste de cette longue nuit, elle ne quitta pas son chevet. Il était plus calme et elle ne voulait pas le troubler en le forçant à manger, mais elle se fit du café noir pour rester éveillée, et prit de temps en temps une gorgée de cherry-brandy. Mais elle était si fatiguée que cela lui donna le vertige. Dans la pièce voisine, Spong ronflait. De temps en temps un roulement de voiture emplissait la rue, et le garde de nuit arpentait lentement le haut du pavé. Un chat miaulait ses amours dans le lointain. Le glas sonna trois fois et le veilleur de nuit lança son appel musical :

« Prenez soin de vos montres, veillez à vos serrures. Surveillez votre feu et votre lumière. Que Dieu vous accorde une bonne nuit. »

Une heure du matin !

XXXIV

Le matin parut enfin, avec un soleil brillant et chaud dans un ciel sans nuages. Ambre, regardant au-dehors, souhaita désespérément un peu de brouillard. Cette joyeuse lumière était une cruelle raillerie envers les malades et les morts qui gisaient par milliers dans la ville.

Vers le petit jour, le visage de Bruce perdit l'expression de douleur inquiète qui ne l'avait pas quitté depuis le matin où elle l'avait retrouvé, et devint apathique et morne. Il avait perdu toute conscience. Quand Ambre approchait un verre d'eau de ses lèvres, il avalait involontairement, mais ses yeux restaient sans expression. Néanmoins ce calme la réconforta et elle se dit qu'il allait peut-être mieux. Elle s'habilla, répara le désordre de la nuit. Ses mouvements étaient lents, car elle se sentait les membres lourds et douloureux, le bord des paupières cuisantes.

À six heures, elle alla réveiller Spong, la secouant rudement. La vieille femme pinça les lèvres, ouvrit un œil :

— Alors quoi, Madame ? Qu'est-ce qui se passe ?

— Levez-vous, c'est l'heure ! Ou bien vous m'aiderez, ou j'enfermerai les provisions et vous pourrez jeûner.

Spong la regarda avec reproche, blessée dans sa dignité :

— Seigneur ! Madame. Je ne pouvais pas deviner que c'était le matin !

Rejetant la couverture, elle sortit du lit, tout habillée, sauf les souliers, tirant et rajustant sa robe, relevant approximativement sa perruque. Elle s'étira, bâilla bruyamment, massa son gros ventre et enfonça un doigt dans sa bouche pour en sortir quelques filaments de viande qu'elle essuya sur le devant de sa robe maculée. Comme elle traversait la chambre à coucher pour se rendre à la cuisine, Ambre l'appela :

— Venez ici ! Qu'en pensez-vous ? Il est plus calme... le trouvez-vous mieux ?

Spong revint sur ses pas et considéra le malade en hochant la tête :

— Il a l'air bien mal, Madame, très mal ! J'en ai vu comme ça qui sont morts une demi-heure après.

— Oh ! le diable vous emporte ! Vous faites mourir tout le monde. Ce n'est pas vrai, vous m'entendez ? Allez, sortez d'ici !

Spong obéit :

— Bon Dieu ! Madame. Vous me le demandez, je vous le dis !

Une heure après, quand elle eut achevé de nettoyer la chambre et qu'elle eut fait ingurgiter à Bruce le restant de la soupe, Ambre dit à Spong qu'elle allait acheter un morceau de bœuf chez le boucher et resterait une vingtaine de minutes absente.

— Le garde ne vous permettra pas de sortir, Madame, prédit Spong.

— Je pense que si. Je m'en charge. Écoutez seulement ce que je vous dis : faites attention à Sa Grâce. Surveillez-le de près ; car, si en rentrant je trouve que vous lui avez laissé se faire du mal, de n'importe quelle façon, même en se découvrant, croyez-moi, je vous en ferai repentir !

Ses yeux bruns luisaient dangereusement, la pupille singulièrement dilatée, et elle parlait les dents serrées. Spong poussa un petit cri, effarée comme un lapin :

— Seigneur ! Madame, vous pouvez avoir confiance ! Je ne le lâcherai pas d'une semelle !

Ambre prit l'escalier de service et sortit dans la petite ruelle de derrière. Mais elle n'avait pas fait vingt mètres qu'elle entendit crier et se retourna ; le garde courait après elle.

— Vous vous sauvez, hein ?

Il paraissait enchanté.

— Ou peut-être ignoriez-vous que la maison est bouclée ?

— Je le savais, et je ne me sauve pas. Il faut que j'aille acheter à manger. Voila un shilling, puis-je passer ?

— Un shilling ? Je ne suis pas à vendre !

Il baissa la voix :

— Trois feront l'affaire.

Ambre sortit les pièces de son sac et les lui lança, car il n'osait pas s'approcher et fumait une grosse pipe, à titre préventif. Elle traversa rapidement la ruelle et s'engagea dans la grand-rue. Il y avait moins de monde dehors que la veille, et ceux qui marchaient ne flânaient pas et ne s'arrêtaient pas pour causer. Au contraire, ils se dépêchaient, un tampon sous le nez. Une berline, suivie de tout un train de charrettes bondées, passa et bien des têtes se retournèrent. Seuls les riches pouvaient ainsi se permettre de fuir, les autres étaient obligés de rester et de courir leur chance, mettant tout leur espoir dans des amulettes et des herbes. Et il y avait bien des maisons closes, le long du chemin.

Chez le boucher, Ambre acheta un beau morceau de bœuf, que l'étalier lui tendit au bout de son pic, tandis qu'elle déposait l'argent dans une ancienne jarre à vinaigre. Elle posa dans son panier la viande enveloppée d'une serviette et, sur le chemin du retour, s'arrêta encore pour acheter deux paquets de bougies, trois bouteilles de brandy et un peu de café. Le café était une denrée chère qui ne se vendait pas dans les rues et, comme Ambre n'en buvait pas souvent, elle espérait que cela la soutiendrait.

Elle retrouva Bruce tel qu'elle l'avait laissé et, bien que Spong affirmât ne pas l'avoir quitté, Ambre la soupçonna fortement d'avoir fouillé partout – dans la chambre à coucher, en tout cas – avec l'espoir de trouver de l'argent et des bijoux. Mais tout était sous clef dans une cachette que ni Spong, ni personne ne découvriraient aisément. Spong eût bien aimé la suivre à la cuisine, afin de voir ce qu'elle avait rapporté, mais Ambre la renvoya auprès du malade. Elle enferma le brandy, non sans en avoir auparavant avalé une bonne gorgée. Puis, attachant ses cheveux et retroussant ses manches, elle se mit à l'ouvrage. Elle coupa la viande en morceaux, qu'elle mit dans une marmite d'eau bouillante avec une partie du lard acheté la veille. Puis elle trancha les os à grands coups de hachoir et les ajouta au reste, avec leur moelle. Vinrent ensuite un chou coupé en quatre, des poireaux, des carottes, des pois et une poignée d'herbes sèches.

Ce bouillon devait cuire plusieurs heures avant d'être bien réduit et passé. En attendant, elle prépara un breuvage au vin sec, mélange d'épices, de sucre et de jaunes d'œufs. Elle prit soin de bien écraser les coquilles, se souvenant de la croyance campagnarde suivant laquelle une sorcière risquerait sans cela d'y écrire votre nom ! Elle avait assez d'ennuis comme cela sans en chercher d'autres.

En faisant boire Bruce, elle vit que l'humeur blanchâtre sur la langue faisait place à des plaques rouges et irritées. Son pouls s'était accéléré, sa respiration était plus rapide et, par moment, il toussotait légèrement. Il était dans le coma, pas endormi, mais totalement inconscient. Il ne réagissait même plus quand on touchait le bubon, devenu une grosse masse empâtée. Il ne paraissait pas possible qu'un être aussi malade pût résister longtemps.

Mais Ambre ne voulait pas y penser. Elle était d'ailleurs trop lasse. À la cuisine, elle acheva de tout mettre en ordre. Puis elle balaya les autres pièces, épousseta les meubles, mit le linge à tremper dans de l'eau savonneuse, alla chercher de l'eau et finalement – quand elle se sentit totalement à bout –, retourna dans la chambre préparer le lit de camp.

Il était à peu près midi quand elle s'étendit, et, bien que les rideaux fussent tirés, la chaleur du soleil pénétrait. Elle s'éveilla au bout de quelques heures, moite, la tête douloureuse, ayant l'impression que la maison entière vacillait. C'était Spong qui la secouait par l'épaule.

— Réveillez-vous, Madame, le docteur est en bas, qui frappe !

— Pour l'amour du ciel ! murmura Ambre, ne pouvez-vous rien faire sans qu'on vous le dise ? Faites-le monter.

Spong prit un air offensé.

— Vous m'avez dit de ne quitter Sa Grâce sous aucun prétexte.

Ambre se leva péniblement. Il lui semblait avoir été droguée ; elle avait un mauvais goût dans la bouche, et un temps infini lui paraissait s'être écoulé depuis qu'elle s'était couchée. Cependant il n'était que cinq heures. Tirant les rideaux, elle se pencha sur Bruce mais il n'avait pas changé, ni en mieux, ni en plus mal.

Le docteur Barton entra, l'air fatigué et malade lui-même. Comme la première fois, il s'arrêta à une certaine distance de Bruce.

Ambre comprit avec désespoir qu'il avait vu tant de gens morts ou mourants qu'il ne les distinguait plus les uns des autres.

— Comment le trouvez-vous ? Vivra-t-il ?

Mais elle parlait sans espoir.

— C'est possible ; cependant, à parler franc, j'en doute. Le bubon a-t-il crevé ?

— Non ! il est plus mou à la surface, mais on le sent dur à l'intérieur. Il ne paraît plus s'en apercevoir quand je le touche. Y a-t-il quelque chose à faire ? Voyons, il y a bien un moyen de le sauver ?

— Ayez confiance en Dieu, Madame. Nous ne pouvons rien de plus. Si le bubon perce, soignez-le, mais faites bien attention de ne pas vous mettre de sang ou de pus sur les mains. Je reviendrai demain, et s'il n'a pas éclaté, nous l'inciserons. C'est tout ce que je peux vous dire. Au revoir, Madame.

Il s'inclina et sortit. Ambre l'accompagna :

— Ne pourrais-je pas avoir une autre nurse ? fit-elle d'une voix basse et pressante. Cette vieille femme ne sert à rien. Elle ne fait que manger et boire mes provisions. Je m'en tirerais mieux seule.

— Je regrette, Madame, mais on ne peut examiner les cas individuellement. Toutes les nurses sont incompétentes, et généralement vieilles ; si elles trouvaient un autre moyen de gagner leur vie, elles ne feraient pas ce métier. La paroisse les envoie chez les gens pour ne pas avoir à les entretenir. Et songez, Madame, que vous pouvez tomber malade à votre tour : il vaut mieux ne pas être seule.

Il partit, et Ambre décida que puisqu'elle ne pouvait se débarrasser de Spong, elle l'utiliserait d'une manière ou d'une autre. Elle revint à la cuisine. La soupe était prête, un bon potage nourrissant, bien gras, dont elle avala un bol. Cela lui fit du bien. Son mal de tête disparut et l'optimisme lui revint. Elle se sentit sûre de le conserver en vie par la seule force de sa volonté.

— Je l'aime trop, se dit-elle. Il ne peut pas mourir. Dieu ne le permettra pas.

Quand elle fut prête à se mettre au lit, elle tenta de séduire Spong :

— Si vous restez éveillée jusqu'à trois heures, et si vous m'appelez ensuite, je vous donnerai une bouteille de brandy.

Si la vieille femme consentait à veiller de manière qu'elle

pût dormir, Ambre acceptait volontiers de la voir ivre tout le long du jour. Spong parut satisfaite de l'arrangement et jura qu'elle ne fermerait pas la moitié d'un œil. Ambre, s'éveillant subitement au milieu de la nuit, se dressa et lui lança un coup d'œil accusateur ; il faisait clair dans la pièce, car le feu brûlait toute la nuit. Mais la nurse était assise, bien droite, à côté du malade, les bras croisés sur son ventre, et eut un large sourire :

— Dupée ! eh ! M'dame...

Ambre se laissa retomber et se rendormit instantanément. Elle fut éveillée par un cri rauque qui la fit bondir, le cœur battant. Bruce, à genoux au bout du lit, avait saisi Spong à la gorge et elle se débattait, aussi impuissante qu'un carrelet hors de l'eau. La face grimaçante, les dents à découvert, les épaules ramassées, il concentrait toute sa force dans ses doigts et menaçait d'étrangler la vieille femme. Se jetant en travers du lit, par-derrière, Ambre le saisit par le bras et chercha à le tirer en arrière. Poussant un juron, il lâcha la nurse et se retourna sur Ambre, la prenant à la gorge et serrant avec une telle force que le sang lui monta à la tête, que ses tempes se mirent à battre et qu'elle vit trouble. Ses oreilles commencèrent à bourdonner. Avec l'énergie du désespoir, elle étendit les mains et, rencontrant ses yeux, y enfonça les pouces. Son étreinte se relâcha lentement et soudain, perdant conscience, il s'affaissa sur le lit.

Ambre glissa doucement à terre, complètement étourdie. Il lui fallut quelques secondes pour comprendre ce que lui disait Spong.

— C'est percé, Madame. C'est percé, voilà ce qui la rendu fou !

Elle se releva péniblement et vit que la grosse masse du bubon avait éclaté, creusant une sorte de cratère de la grosseur du doigt d'où s'échappait un ruisseau de sang noir et épais qui tachait les draps. Il s'y mêlait un liquide glandulaire et bientôt du pus jaune commença de sourdre. Ambre envoya Spong à la cuisine chercher de l'eau chaude et se mit à éponger le sang au fur et à mesure qu'il coulait. Les linges sanglants s'accumulèrent bientôt et la nurse eut à faire à déchirer des chemises en guise de bandages. Mais fixer un pansement eût été inutile, en moins d'une minute il eût été transpercé. Jamais Ambre n'avait vu un homme perdre autant de sang et cela l'épouvantait :

— Il va perdre tout son sang ! dit-elle avec désespoir, tout en jetant un autre chiffon dans le seau.

Le visage de Bruce était devenu d'une pâleur livide sous la barbe non rasée, et il était froid et moite au toucher.

— C'est un homme solide, Madame, il peut en perdre. Remerciez Dieu que l'abcès ait crevé. Il a des chances maintenant de s'en tirer.

Le sang ne jaillissait plus, mais suintait doucement. Ambre pansa la plaie et alla se laver les mains. Spong s'approcha d'elle avec un sourire engageant :

— Il est trois heures et demie, Madame. Puis-je aller dormir ?

— Oui, allez. Et merci.

— C'est presque le jour, Madame. Est-ce que je peux avoir le brandy tout de suite, dites ?

Ambre alla à la cuisine et le lui donna. Elle l'entendit encore chantonner un bon moment derrière la porte close, puis le silence se fit, rompu seulement de temps à autre par un ronflement sonore. Ambre avait assez à faire à changer le bandage et à remplir les bouillottes d'eau chaude. Vers le matin, à son immense soulagement, un peu de couleur revint aux joues de Bruce, sa respiration se fit plus régulière et sa peau plus sèche.

Vers le huitième jour, elle comprit qu'il vivrait et Mrs. Spong fut de son avis, tout en reconnaissant franchement qu'elle avait toujours cru le contraire. Généralement ils mouraient plus vite. Ceux qui passaient le troisième jour pouvaient raisonnablement espérer s'en tirer, et celui qui vivait une semaine était presque certain de guérir. Mais la période de convalescence était longue et pénible, caractérisée par une profonde dépression physique et mentale, une prostration complète, durant laquelle la moindre fatigue ou la plus petite secousse pouvaient avoir des conséquences funestes.

Depuis la nuit où le bubon avait percé, Bruce somnolait, sans jamais faire un mouvement volontaire. L'agitation, le délire, la violence avaient disparu, et il restait épuisé au point de ne pouvoir bouger. Il avalait docilement tout ce qu'on lui mettait dans la bouche, mais ce seul effort paraissait l'exténuer. Il dormait la plupart du temps, avait les yeux toujours clos – aussi était-il impossible de savoir s'il était éveillé ou conscient de l'être.

Ambre travaillait sans cesse, mais parvenait maintenant à dormir son content. Elle accomplissait sa tâche avec enthousiasme, et même avec plaisir. Tout ce que Sarah lui avait enseigné concernant la cuisine, les soins aux malades, la tenue de la maison, lui revenait en mémoire et elle s'enorgueillissait de mieux faire son ouvrage que ses servantes ne l'accomplissaient.

Elle n'osait pas donner un bain à Bruce, mais le tenait aussi propre que possible, et, avec l'aide de Spong, changeait les draps. Le reste de l'appartement était aussi immaculé que si elle eût attendu la visite d'une vieille tante. Elle lavait le carrelage de la cuisine, blanchissait les serviettes, les chemises et les torchons, sans oublier son propre linge, et repassait le tout. Chaque jour, elle frottait les plats d'étain avec du son et du savon, et les mettait à sécher devant le feu, ainsi que le lui avait appris Sarah, pour les conserver toujours brillants et sans taches. Ses mains devenaient rugueuses, et elle avait même de petites ampoules, mais elle ne s'en préoccupait pas plus que de savoir si ses cheveux étaient gras. Elle n'avait pas mis un brin de poudre depuis dix jours. Quand il commencera de me reconnaître, se disait-elle, je penserai de nouveau à tout cela. Pour l'instant, son seul auditoire se bornait à Spong et aux marchands chez qui elle s'approvisionnait.

Elle ne savait rien de Nan, et bien qu'elle s'inquiétât du bébé, elle cherchait à se persuader que tout allait bien. Pour autant qu'elle le sût, il n'y avait pas d'épidémie à la campagne. Il était évidemment plus que probable que sa lettre n'était pas encore arrivée. Elle connaissait Nan, et savait qu'elle pouvait se fier à son dévouement et à son esprit d'initiative. Aussi se forçait-elle à penser que tout allait bien et qu'ils étaient tous en sécurité.

Quant à elle, sa santé se maintenait aussi bonne que toujours, fait qu'elle attribuait à la corne de licorne et à la pièce d'or qu'elle conservait dans la bouche, sans parler de l'habitude journalière d'avaler un verre d'eau dans lequel, coupés très menus, elle avait jeté une mèche de ses cheveux, ceci d'après les conseils de Spong qui était ainsi sortie saine et sauve de huit maisons de pesteux. À l'occasion elle disait une prière, pour ne rien négliger. Le docteur Barton n'était plus revenu, et Spong et Ambre en conclurent qu'il était mort ou parti à la campagne. À mesure que l'épidémie s'accroissait, nombre de docteurs prenaient la fuite. Mais, comme Bruce continuait d'aller mieux, elle ne se préoccupa pas d'en trouver un autre.

Chaque matin, après avoir fait avaler son déjeuner à Bruce – une soupe, d'ordinaire – elle changeait son pansement, lui lavait la figure et les mains, lui brossait les dents du mieux qu'elle pouvait, puis s'asseyait pour lui peigner les cheveux. C'était le meilleur moment de la journée, car elle avait tant à faire qu'elle ne restait guère auprès de lui. Parfois il la regardait, mais d'un œil morne, sans expression ; elle ne savait pas s'il reconnaissait la personne auprès de lui. Mais chaque fois qu'il la regardait, elle souriait, espérant une réponse.

Un jour, enfin, elle fut récompensée.

Il était malade depuis dix jours. Assise sur le lit, bien en face de lui, elle peignait avec soin ses cheveux, qui étaient aussi brillants et ondulés que par le passé. Elle en caressait doucement les ondes en souriant, réellement et profondément heureuse. Et soudain, elle sentit qu'il l'observait, la voyait, savait qui elle était et ce qu'elle faisait. Un frémissement de joie la parcourut et, comme il esquissait un faible sourire, elle lui toucha doucement la joue du bout des doigts :

— Dieu vous bénisse, mon cœur !

Il parla d'une voix très basse et enrouée, presque un murmure et il tourna la tête pour lui baiser les doigts

— Oh ! Bruce !

Ce fut tout ce qu'elle parvint à dire, tant sa gorge était serrée, et une larme roula sur sa joue. Elle eut juste le temps d'essuyer la suivante avant qu'elle ne tombe. Bruce ferma les yeux, détourna péniblement la tête et poussa un léger soupir.

À partir de cet instant, elle sut toujours quand il était conscient ; peu à peu, il commença de lui parler, mais, pendant plusieurs jours, fut à peine capable de dire quelques mots à la suite. Elle ne le poussait d'ailleurs pas à causer, sachant combien cela le fatiguait. Bien souvent, quand elle était dans la chambre, les yeux de Bruce la suivaient du regard, avec une expression de reconnaissance qui la bouleversait. Elle eût aimé lui dire que ce qu'elle avait fait n'était rien, qu'elle l'aimait tout simplement et n'avait jamais été plus heureuse que durant ces journées où toutes ses énergies, toutes ses forces, et toutes ses pensées lui avaient été consacrées. Quel que fût le passé entre eux, et quel que dût être l'avenir qui les attendait, elle avait eu ces quelques semaines, au cours desquelles il lui avait appartenu totalement.

Jour après jour, Londres se transformait.

Graduellement les vendeurs disparaissaient des rues, et, avec eux, les anciens cris qui résonnaient depuis des siècles dans la ville. Un grand nombre d'échoppes étaient fermées et il n'y avait plus personne devant les étals pour offrir bruyamment la marchandise aux passants ; les marchands avaient peur des clients, les clients redoutaient les marchands. Des amis détournaient la tête, on traversaient la rue quand ils se rencontraient, afin de ne pas se parler. Bien des gens craignaient d'acheter de la nourriture, la suspectant d'être contaminée, et préféraient mourir de faim.

Les théâtres avaient fermé leurs portes en mai, et bien des tavernes, des auberges et des restaurants avaient suivi leur exemple. Ceux qui étaient restés ouverts avaient ordre de fermer leurs portes à neuf heures et de renvoyer les flâneurs. Il n'était plus question de combats de coqs, de jongleurs ou de théâtre de marionnettes : les exécutions mêmes étaient remises, car elles rassemblaient toujours de grandes foules. Les enterrements étaient interdits ; néanmoins, de longs cortèges funèbres sillonnaient les rues à toutes les heures du jour et de la nuit.

En dépit de la crainte de la contagion, les églises étaient pleines. Beaucoup de ministres orthodoxes avaient fui, mais les non-conformistes demeuraient et haranguaient la multitude éperdue, lui reprochant ses péchés. Jamais les filles soumises n'avaient eu tant à faire. Le bruit courait que le meilleur remède contre la peste était une bonne maladie vénérienne, et les maisons de passe de Vinegar Yard, Saffron Hill et Nightingale Lane étaient ouvertes vingt-quatre heures sur vingt-quatre. Filles et clients mouraient souvent ensemble et leurs corps étaient transportés au-dehors par une petite porte, afin de ne pas effrayer ceux qui attendaient dans l'entrée. Une sorte de fatalisme faisait dire à beaucoup qu'ils entendaient jouir de la vie avant que leur tour vînt. D'autres couraient chez les astrologues et les diseurs de bonne aventure. Quiconque s'installait comme devin était sûr de faire de bonnes affaires.

Des « chercheurs de morts » sillonnaient les rues. Leur tâche consistait à examiner les morts et à rendre compte à la mairie de la cause du décès. C'étaient de vieilles femmes illettrées et aussi malhonnêtes que les nurses, qui, en ce temps d'épidémie, vivaient en marge de la société et tenaient toujours une canne blanche à la main, de manière que chacun pût les reconnaître et se taire quand elles passaient.

La ville devenait de plus en plus silencieuse. Le trafic s'était arrêté sur la Tamise – aucun bateau ne pouvait entrer ou sortir –, et tout son peuple de mariniers, bruyants et insolents, avait disparu. Quarante mille chiens et deux cent mille chats furent abattus parce qu'on les disait porteurs de germes. Du cœur même de la Cité, on pouvait entendre le grondement de l'eau contre les piles du pont de Londres, bruit qui, généralement, passait inaperçu. Seules les cloches continuaient de retentir, sonnant, sonnant, sonnant pour les morts.

Il devint bientôt impossible d'enterrer les gens en tombes séparées, et de grandes fosses – de quarante pieds de long sur vingt de profondeur – furent creusées à l'une des extrémités de la ville. Toutes les nuits les corps y étaient apportés, les uns décemment dans leur cercueil, d'autres, de plus en plus nombreux, simplement enveloppés dans un drap, ou tout nus, comme ils étaient morts. Dans la tombe ils étaient confondus en un même anonymat. Tout le long du jour des corneilles et des corbeaux montaient la garde, mais s'envolaient à l'approche d'un homme, traçant de larges cercles au-dessus de lui et guettant son départ pour s'abattre à nouveau sur la terre remuée. Peu à peu une odeur infecte envahit la ville, que nul vent ne parvenait à dissiper.

Jamais l'été n'avait été plus chaud. Le ciel brillait comme du cuivre, d'un bleu sans nuages, et chacun aspirait au bienfaisant brouillard, frais et apaisant. De grands oiseaux volaient lourdement, les girouettes des clochers étaient immobiles. Dans les prairies aux alentours de Londres, l'herbe était calcinée, la terre dure comme de la pierre et les fleurs desséchées.

Ambre continuait de se protéger de la maladie en refusant d'y penser. C'était d'ailleurs la seule ressource de ceux qui n'avaient pu quitter la ville.

Souvent, quand elle faisait ses achats, car il lui fallait tout acheter elle-même maintenant que les marchands ambulants avaient disparu, elle entendait d'affreux hurlements et des cris de douleur sortant des maisons barricadées. Des visages pitoyables apparaissaient aux fenêtres et des mains se tendaient, suppliantes :

— Priez pour nous !

Il devint de plus en plus fréquent de voir des morts et des mourants dans la rue, car la maladie s'abattait comme la foudre. Une fois, un homme en sang se frappait la tête contre les murs dans son délire. Ambre s'arrêta, frappée d'horreur, puis s'enfuit en courant et en se bouchant le nez. Une autre fois, elle aperçut un cadavre de femme dans l'entrée d'une maison, qu'un bébé tétait encore.

Un jour qu'elle était occupée dans la chambre à coucher, elle entendit au-dehors une grosse voix d'homme qui criait des paroles qu'elle ne comprit pas tout d'abord. Mais il se rapprochait, montant visiblement l'allée Saint-Martin, et sa voix devint plus distincte :

— Réveillez-vous, hurlait-il. Pécheurs, réveillez-vous ! La peste est à vos portes. Votre tombe est béante ! Réveillez-vous et repentez-vous.

Elle jeta un coup d'œil au-dehors. L'homme, à demi nu, une longue barbe noire et la tête hirsute, passait juste sous ses fenêtres, brandissant le poing.

— Que le diable l'emporte ! murmura Ambre, effrayée. Satané vieux fou ! Comme s'il n'y avait pas déjà assez d'ennuis sans ces vociférations !

Puis, une nuit, vers la fin de juillet, elle entendit un autre cri, infiniment plus terrible. Il était précédé du roulement d'une carriole sur les pavés et du son d'une clochette. D'une voix de stentor, un homme criait :

— Sortez vos morts ! Sortez vos morts !

Elle lança un coup d'œil sur Spong, car Bruce était endormi, et se précipita à la fenêtre. Une charrette avançait au pas, un homme sur le siège et l'autre marchant à côté, agitant la sonnette. À la lueur d'une torche portée par un troisième, on pouvait apercevoir une masse de cadavres empilés, jetés au hasard. Des bras et des jambes pointaient, une tête pendait, ses longs cheveux balayant presque le sol.

— Sainte Vierge Marie ! bégaya Ambre en se reculant avec un frisson.

Elle se sentait froide et moite, le cœur soulevé. Spong claquait des dents.

— Oh ! Jésus ! Être chargé comme ça, pêle-mêle avec n'importe quel fripon ! Oh ! mon Dieu ! c'est plus qu'on n'en peut supporter !

— Taisez-vous ! fit Ambre impatientée. Cela ne vous regarde pas !

— Oh ! Madame, répliqua sombrement Spong. Cela ne nous regarde pas aujourd'hui. Mais qui sait où nous serons demain.

— Assez ! cria Ambre et, comme la vieille femme sursautait, elle ajouta avec humeur, un peu honteuse de s'être ainsi emportée : Vous êtes plus triste qu'un saule pleureur. Pourquoi ne pas aller boire un coup à la cuisine ?

Spong s'en alla, pénétrée de reconnaissance, mais Ambre ne parvint pas à chasser de son esprit l'image de la charrette des morts. Les malades qu'elle avait vus, les morts qui gisaient dans les rues, le perpétuel son du glas, le silence anormal de la ville, l'odeur de cadavre, la nouvelle donnée par le garde que deux mille personnes étaient mortes de la peste la semaine dernière, tout cela commençait à frapper son imagination. Elle avait vaincu la peur et le désespoir tant que Bruce avait été en danger, car elle n'avait alors pas le temps de penser. Mais maintenant, une sorte de crainte superstitieuse envahissait peu à peu son esprit. « Pourquoi resterais-je bien portante et vivante quand tous les autres meurent ? Qu'ai-je fait pour mériter de vivre, alors qu'ils meurent tous ? » Et elle savait fort bien qu'elle ne méritait pas l'existence plus que les autres.

La peur était aussi contagieuse que la peste et se répandait comme elle. Les bien portants s'attendaient à tomber malades, les chances de guérison étaient minimes. La mort rôdait partout. Vous pouviez l'absorber en une seule respiration, la prendre avec votre nourriture, passer dans la rue et la rapporter chez vous. La mort était démocratique. Elle ne faisait nulle différence entre le riche et le pauvre, la belle et la laide, les jeunes et les vieux.

Vers la mi-août, un matin, Bruce lui déclara qu'il pensait être capable de quitter Londres d'ici une quinzaine. Elle était en train de lui refaire son lit et lui répondit aussi calmement que si rien ne la tracassait.

— Personne ne peut quitter la ville, avec ou sans certificat de bonne santé !

— Cela ne fait rien. J'y ai pensé et je crois que je sais comment nous pourrons sortir d'ici.

— Rien ne pourrait me rendre plus heureuse. Cette ville, oh ! Dieu ! quel cauchemar !...

Elle changea aussitôt de sujet, et lui souriant :

— Aimeriez-vous à être rasé ? Je suis un excellent barbier...

Bruce tâta sa barbe, vieille de cinq semaines.

— J'en serais ravi ! Je dois ressembler à un poissonnier !

Elle alla à la cuisine chercher une cuvette d'eau chaude et trouva Spong mélancoliquement assise, une assiette de soupe à demi pleine sur ses genoux.

— Eh bien ! lui dit gaiement Ambre, ne me dites pas que vous êtes enfin rassasiée !

Prenant la bouilloire, elle versa l'eau dans la cuvette d'étain et y plongea le doigt pour en tâter la température. Spong poussa un gros soupir découragé :

— Seigneur, Madame. Je suis toute détraquée aujourd'hui. Je ne me sens pas bien !

Ambre se redressa et la considéra attentivement. « Si cette vieille horreur tombe malade, songea-t-elle, je la mettrai dehors en moins de rien, la mairie dira ce qu'elle voudra. »

Mais elle était pressée de retourner auprès de Bruce et revint dans la chambre. Elle posa ses ustensiles sur une table, noua une serviette blanche autour du cou de Bruce et s'assit à ses côtés. Tous deux étaient enchantés et s'amusaient beaucoup. Ambre se sentait envahie d'une joie profonde et, à un moment où elle se tenait tout contre lui, elle vit ses yeux qui se posaient sur sa poitrine. Son cœur battit et un flot de chaleur monta en elle.

— Vous devez vous sentir mieux, dit-elle doucement.

— Assez bien, fit-il, pour désirer être mieux !

Quand son visage fut enfin net, à l'exception de la moustache qu'il portait toujours et qu'elle avait laissée, il fut aisé de voir à quel point il avait été et était encore malade. Son teint, habituellement si brun, était d'une pâleur de cire, ses joues étaient creuses et tirées, de petites rides inconnues marquaient le coin de la bouche et des yeux. Il avait beaucoup maigri. Mais, pour Ambre, il était toujours aussi beau.

Il s'endormit, car il était encore si faible que le plus léger exercice l'épuisait. Ambre prit son capuchon et ferma la porte à clef, de manière que Spong ne pût pas y pénétrer en son absence, et passa par la cuisine. La vieille femme allait et venait, sans but, d'un air absolument hébété. Ambre songea à ces rats au museau allongé qui sortent parfois de leur trou et s'enfuient en courant quand on les poursuit d'un balai.

— Vous sentez-vous plus mal ? fit Ambre, mettant son capuchon et surveillant la nurse dans la glace.

Spong poussa un gémissement.

— Plus vraiment, Madame. Mais il fait froid ici, n'est-ce pas ?

— Non, pas du tout. Il fait très chaud. Mais allez vous asseoir auprès du feu !

Ambre était très ennuyée : si Spong tombait malade, il lui faudrait jeter toutes les provisions du garde-manger et désinfecter les pièces. Et – ce qui ne lui était pas arrivé pour Bruce – elle craignait la contagion pour elle-même. Si je la trouve plus mal en rentrant, se dit-elle, je lui dirai de s'en aller.

Spong vint l'attendre à la porte quand elle remonta. Elle tripotait sa robe, avec une expression d'inquiétude et de compassion personnelle presque comique.

— Seigneur ! Madame, pleurnicha-t-elle, je ne me sens pas bien du tout.

Ambre l'observa et ses yeux se rétrécirent. Spong était très rouge, les yeux injectés de sang, et, pendant qu'elle parlait, on pouvait voir que sa langue était enduite d'une humeur blanchâtre et que la pointe en était rouge vif. « C'est la peste, évidemment ! » se dit Ambre en se détournant pour éviter de recevoir l'haleine de la vieille femme en pleine figure.

Posant son panier sur la table, elle rangea immédiatement ses provisions afin d'éviter que Spong ne les touchât.

— Si vous avez envie de vous en aller, dit Ambre aussi naturellement que possible, je vous donnerai cinq livres !

— M'en aller. Madame ? Mais où irais-je ? Je n'ai pas d'autre place, Madame. Et pourquoi m'en aller, je suis la nurse !

Elle s'appuya contre le mur.

— Ô mon Dieu ! jamais je ne me suis sentie comme ça !

Ambre se retourna vivement :

— Évidemment. Et vous savez très bien pourquoi : vous avez la peste ! Oh ! inutile de prétendre que ce n'est pas vrai, c'est ainsi. Ce n'est pas cela qui vous guérira. Écoutez, madame Spong, si vous voulez vous en aller et entrer à l'hôpital, je vous donnerai dix livres. Vous serez bien soignée. Mais, je vous préviens, si vous restez ici, je ne lèverai pas le petit doigt pour vous aider. Je vais chercher l'argent. Attendez-moi là.

Elle fit mine de sortir, mais Spong l'arrêta :

— C'est inutile, Madame. Je ne veux pas aller à l'hôpital des pesteux. Je n'ai pas l'intention de mourir si je peux faire autrement. Il vaut mieux aller tout de suite au cimetière qu'à l'hôpital. Vous êtes une femme sans cœur de vouloir ainsi jeter à la rue une pauvre vieille qui vous a aidée à sauver Sa Grâce. Vous n'êtes pas chrétienne, Madame...

Elle hocha péniblement la tête. Ambre lui lança un regard empreint de haine et de dégoût. Mais elle décida, en son for intérieur, qu'à la nuit elle mettrait cette femme dehors, fût-ce à la pointe du couteau. Pour le moment, il n'était que deux heures et il fallait préparer une légère collation pour Bruce. Spong retourna au salon, se désintéressant pour une fois de la cuisine, et Ambre prépara un plateau.

Comme elle l'apportait dans la chambre, elle passa devant Spong étendue sur une chaise longue devant la fenêtre, marmonnant entre ses dents et frissonnante. Elle étendit la main vers Ambre :

— Madame, s'il vous plaît. Je suis malade...

Ambre passa sans un regard et tira de sa poche la clef de la chambre. La vieille femme, terrifiée, se leva pour la suivre. Ambre ouvrit en hâte, se précipita à l'intérieur et claqua violemment la porte, la verrouillant aussitôt. Elle entendit Spong qui s'affaissait sur la chaise longue en gémissant.

Ambre poussa un soupir de soulagement, car elle avait eu très peur ayant entendu parler de certains malades qui se jetaient sur les passants pour les embrasser. Elle se retourna pour voir Bruce, soulevé sur son coude, qui l'observait d'un air inquiet et surpris.

— Qu'y a-t-il ?

— Oh ! ce n'est rien !

Elle sourit et s'avança rapidement avec le plateau. Il était inutile de lui parler de la maladie de Spong, cela ne ferait que l'inquiéter et il n'était pas assez fort pour supporter la moindre émotion :

— Spong est encore ivre, et j'ai cru qu'elle voulait entrer et vous déranger.

Tout en parlant, elle disposait les assiettes et ajouta avec un petit rire nerveux :

— Écoutez-la ! Elle est complètement noire !

Il ne répondit pas et Ambre eut le sentiment qu'il avait deviné que c'était la peste et non l'ivresse. Elle partagea son repas, mais ni l'un ni l'autre ne parlèrent beaucoup ou gaiement, et Ambre fut soulagée quand il se rendormit. Mais elle n'osa pas sortir et resta auprès de lui, s'occupant à changer son pansement, à ranger la pièce, l'oreille toujours tendue vers le moindre bruit venant du salon. De temps en temps, sur la pointe des pieds, elle allait écouter à la porte.

Elle pouvait l'entendre, s'agitant sans cesse, gémissant, l'appelant et finalement, vers la fin de l'après-midi, elle perçut un bruit sourd et comprit que Spong avait roulé sur le plancher. À en croire ses jurons, elle cherchait évidemment à se relever, mais sans y parvenir. Ambre se sentait découragée, effrayée, et ne quittait pas Bruce des yeux ; mais il dormait profondément.

« Que faire ? Comment s'en débarrasser ? songeait-elle. Oh ! que le diable emporte cette vieille pourriture ! »

Elle était debout devant la fenêtre, admirant un beau soleil couchant qui éclairait de taches rouges et orange la cime des arbres et se reflétait dans une vitre, quand soudain elle prit conscience d'un nouveau bruit, singulier ; pendant un instant elle écouta curieusement, se demandant ce que cela pouvait bien être et d'où cela provenait. Puis elle comprit que cela venait de la pièce voisine : une sorte de gargouillement qui s'arrêta au moment où elle prêtait l'oreille, puis recommença au moment où elle croyait avoir été dupe de son imagination. Elle en fut remplie de terreur, car c'était un son sinistre, mais, comme poussée par une volonté plus forte que la sienne, elle traversa la pièce et – tout doucement – tourna la clef et entrouvrit la porte.

Mrs. Spong était étendue sur le plancher, bras et jambes écartés. Elle avait la bouche ouverte et il s'en échappait une sorte de liquide épais, sanguinolent, qui sortait aussi de son nez à chaque respiration. Ambre regardait, muette d'horreur, sans faire un mouvement. Puis elle referma la porte, un peu trop brusquement et s'adossa contre elle, tremblante. Le bruit avait évidemment attiré l'attention de Spong, car Ambre perçut un gargouillement plus fort, comme si la vieille femme cherchait à l'appeler, et, avec un gémissement de terreur, les mains sur ses oreilles, elle s'enfuit à la nursery.

Il lui fallut quelques minutes pour se remettre et prendre sur elle de rentrer dans la chambre à coucher. Elle trouva Bruce éveillé :

— Je me demandais où vous étiez ? Où donc est Spong ? Est-elle plus mal ?

L'obscurité avait gagné la pièce et elle n'avait pas encore allumé les bougies, si bien qu'il ne pouvait voir son visage. Elle attendit un moment puis, n'entendant plus rien, elle décida que la nurse devait être morte :

— Spong est partie ! dit-elle d'un ton qu'elle essayait de rendre indifférent. Je l'ai renvoyée, elle est allée dans un hôpital de pesteux.

Prenant un chandelier :

— Je vais aller l'allumer au feu de la cuisine.

Dans la demi-obscurité du salon, elle put apercevoir la masse inerte de Spong, mais elle passa sans s'arrêter, alluma la bougie et revint. Spong était morte.

Ambre releva ses jupes d'un geste automatique de dégoût et rentra dans la chambre. Elle était très pâle, avec une violente envie de vomir, mais s'acquitta de ses tâches habituelles, bien décidée à ne rien laisser deviner à Bruce. Elle sentait qu'il l'observait et n'osait pas rencontrer son regard, car, s'il parlait, elle savait qu'elle ne pourrait se contenir. Elle se trouvait au bord de la crise de nerfs, mais voulait conserver son sang-froid, car, au moment où passerait la charrette des morts, il fallait qu'elle descendît le corps de la vieille femme.

De pâles raies duveteuses, d'un bleu passé, striaient encore le ciel quand elle entendit au loin le premier appel : « Sortez vos morts ! » Ambre se raidit, comme un animal au guet et saisit un chandelier.

— Je vais aller préparer le dîner, dit-elle.

Et avant qu'il n'ait eu le temps de parler, elle sortit. Sans regarder Spong, elle posa son chandelier sur la table et ouvrit les portes qui donnaient dans l'antichambre. L'appel se rapprochait. Ambre resta un instant immobile puis, avec une brusque résolution, elle releva ses jupes et défit son jupon. L'enroulant autour de ses mains, elle saisit Spong par ses grosses chevilles enflées et, lentement, se mit à la tirer vers la porte. La vieille femme perdit sa perruque et son crâne balaya le plancher.

Rien que d'être parvenue aux escaliers, Ambre se sentait déjà malade, trempée de sueur, avec des bourdonnements d'oreille. À reculons, elle posa le pied sur la première marche, la trouva, en descendit une autre. Il faisait entièrement sombre dans l'escalier, mais elle entendait le cadavre qui heurtait chaque marche recouverte d'un tapis. Enfin, elle arriva en bas et frappa à la porte. Le garde ouvrit.

— La nurse est morte, dit-elle faiblement.

Son visage était blême et le jupon de toile glissait de l'une de ses mains.

Le roulement de la carriole se rapprochait, précédé du cri inattendu :

— Fagots, fagots, six pence l'un !

Il lui parut étrange que l'on vendît ainsi des fagots à cette heure et en cette saison. À ce moment la charrette des morts passa devant la maison. Tout d'abord venait un homme, porteur d'une torche fumeuse ; il était suivi par la carriole à côté de laquelle marchait un autre homme agitant sa sonnette et psalmodiant :

— Sortez vos morts !

Sur le siège se tenait un troisième employé et Ambre vit qu'il tenait le corps nu d'un tout petit garçon. C'était lui qui criait :

— Fagots, des fagots pour six pence !

Tandis qu'Ambre le contemplait avec une horreur pleine d'incrédulité, il jeta le corps de l'enfant dans la charrette et descendit. Aidé de l'homme à la sonnette, il s'avança pour hisser Spong.

— Eh bien ! dit-il, qu'est-ce que c'est, ici ?

Les deux hommes se penchèrent pour empoigner Spong. L'un d'eux arracha son corsage, exposant à nu le corps gras et flasque de la vieille femme. De la tête aux pieds, elle était couverte de petites taches bleuâtres, les marques de la peste. Il fit entendre un sifflement de mépris, rassembla sa salive et cracha par-dessus le corps :

— Quel baril de viande pourrie !

Aucun de ses compagnons ne parut étonné, visiblement habitués à ces manières. Ils jetèrent Spong dans la carriole, le porteur de torche repartit, le sonneur de cloche reprit sa clochette, et le conducteur grimpa sur son siège. De là, il se retourna et lança à Ambre :

— Demain soir nous reviendrons pour vous ! Et vous ferez un plus joli cadavre que cette vieille ordure !

Ambre claqua la porte et remonta lentement, si lasse et si écœurée qu'elle dut se cramponner à la rampe. À la cuisine, elle prépara le dîner de Bruce, songeant qu'aussitôt après il lui faudrait prendre de l'eau chaude et une brosse et laver le plancher du salon. Pour la première fois elle ressentit de l'irritation devant les multiples tâches qui l'attendaient. Elle ne souhaitait rien tant que pouvoir se coucher, dormir et se réveiller loin d'ici. Le fardeau lui semblait intolérable. Et les paroles du conducteur de la charrette résonnaient toujours à ses oreilles. Elle ne parvenait pas à s'en débarrasser. Il lui semblait ne pas être là, dans sa cuisine, mais toujours en bas, sur le seuil de la porte, le regardant faire, mais ce n'était pas Spong dont il déchirait le corsage, ce n'était pas Spong qu'il lançait dans la carriole. C'était elle-même ! « Sainte Vierge ! se dit-elle avec terreur. Je crois que je perds la tête. Encore un jour comme cela et je suis bonne pour les petites maisons ! »

Elle prépara le plateau, mais ses mouvements étaient lents et maladroits ; elle laissa tomber un œuf et se baissa pour nettoyer. En se relevant, elle sentit une douleur lancinante qui lui traversa le crâne et elle fut prise d'un vertige. Elle se raidit lentement, mais, à son grand étonnement, elle chancela et serait tombée si elle ne s'était retenue à la table.

Pendant un instant elle demeura immobile, les yeux fixés à terre ; puis elle regagna le salon. « Non, se disait-elle, repoussant la pensée qui lui était venue, ce n'est pas cela. Bien sûr que non. »

Elle prit le chandelier, le posa sur la petite table à écrire. Posant ses deux mains à plat, elle se pencha pour mieux se voir dans le petit miroir rond au mur. La lumière de la bougie faisait de grandes ombres sur sa figure. Elle accusait les cernes profonds autour des yeux, soulignait l'ombre des cils, accentuait l'horreur peinte dans le regard. Finalement, elle sortit sa langue. Celle-ci était recouverte d'une humeur jaunâtre, à l'exception du bout et des bords, nets et luisants, trop rouges. Ambre ferma les yeux, car la pièce entière dansait devant elle.

Sainte Mère de Dieu ! Demain soir, ce sera mon tour !

XXXV

La colère de Dieu s'appesantissait sur la ville.

Mais à vingt milles de là, à Hampton Court, sa voix terrible ne se faisait pas entendre, il y avait trop de bruits étrangers et divertissants : le glissement des cartes que l'on donne, le tintement des dés qui roulent, le grattement des plumes d'oie écrivant des lettres d'amour ou de diplomatie, le cliquetis des épées, en quelque duel défendu et caché, les conversations, les rires et le murmure sibyllin des commérages, le chant des violons et des guitares, les verres qui se heurtent après les toasts, le bruissement des robes de taffetas et le martèlement des hauts talons. Rien n'était changé.

Incidemment, à l'occasion, on parlait de la peste dans les

salons de Sa Majesté, le soir, tout juste comme l'on discutait du temps, et pour la même raison, tous deux étaient extraordinaires.

— Avez-vous vu les listes de la semaine ? demandait Winifred Wells à Mrs. Stewart et à Sir Charles Sedley.

— Je n'ai pas le courage d'y jeter les yeux. Pauvres gens. Ils meurent comme des mouches.

Sedley, un jeune homme sombre, trapu et gras, avec des yeux noirs très vifs et un goût prononcé pour les jolies cravates de dentelle, fendit le tendre cœur de sa compagne :

— Sottises, Frances ! Mourir un peu plus tôt ou un peu plus tard, quelle importance pour eux ? La ville était surpeuplée !

— Vous ne parleriez pas ainsi, Milord, si la maladie vous avait frappé.

Sedley éclata de rire :

— Naturellement, ma chère ! Vous m'accorderez qu'il y a une certaine différence entre un homme intelligent, de bonne naissance et un pauvre idiot de boulanger ou de tailleur.

Un gentilhomme s'approcha d'eux à cet instant, et Sedley se leva pour l'accueillir en lui passant un bras autour des épaules, sans autre sujet de conversation que l'épidémie.

— Venez nous égayer. Qu'avez-vous là ? Un nouveau pamphlet qui ruine une autre réputation ?

John Wilmot, comte de Rochester, était un mince et grand jeune homme de dix-huit ans, blond au teint clair, avec un air délicat qui donnait à son joli visage une apparence efféminée. Il était arrivé depuis quelques mois à peine à la Cour, après avoir voyagé à l'étranger ; un garçon précoce et compliqué, mais tranquille, modeste et légèrement timide. Il s'était si rapidement adapté aux mœurs de Whitehall qu'il venait tout juste de sortir de la Tour, où il expiait l'erreur d'avoir enlevé la riche Mrs. Mallet, dans l'intention d'épouser sa fortune.

Écrire était à la mode. Tous les courtisans écrivaient des pièces de théâtre, des satires, des pamphlets contre leurs amis et le comte avait fait preuve, non seulement de talent, mais de malice, il tenait une feuille de papier roulée sous le bras et les trois autres ne la quittaient pas des yeux.

— Je proteste, Sedley !

Le sourire et les manières de Wilmot étaient empreints d'une telle douceur, et il s'inclina si courtoisement devant Mrs. Stewart et Welles, qu'il était impossible de concevoir qu'il ne professât pas la meilleure opinion des femmes.

— Vous allez me faire passer pour un sot aux yeux de ces dames. Non, ce n'est pas un pamphlet. Une petite bêtise que j'ai griffonnée, en attendant que ma perruque soit bouclée.

— Lisez-la ! s'écrièrent les deux dames.

— Oui, par le ciel ! Wilmot, lisez ! Les sottises que vous gribouillez sont meilleures que tout ce qu'écrit Dryde, bien qu'il...

— Merci, Sedley. Je serai des premiers à applaudir votre pièce quand vous l'aurez terminée. Alors, écoutez ce que j'ai produit...

Rochester lut son poème, la longue odyssée, mi-sérieuse et idyllique, d'un berger et de son amour. Quand il eut terminé, il froissa le papier et le jeta dans la cheminée, car aucun gentleman digne de ce nom ne devait avoir l'air d'attacher la moindre importance à ses griffonnages.

— Vous traitez bien ce genre de sujets, Milord, dit Sedley. Est-il possible que vous parliez par expérience ?

Rochester ne parut nullement offensé.

— Vous avez toujours l'air de connaître mes secrets, Sedley. Serait-ce que vous couchez avec ma maîtresse ?

— En seriez-vous irrité ?

— Pas le moins du monde. Je déclare qu'un homme qui refuse de partager sa maîtresse avec ses amis possède un fichu caractère et mérite tous les châtiments.

— Bon ! dit Sedley. Eh bien ! je souhaite que vous traitiez un peu mieux la dame de vos pensées. Elle se plaint constamment à moi, disant que vous êtes infidèle et que vous vous montrez barbare envers elle. Elle jure qu'elle vous déteste et ne vous reverra jamais.

Rochester éclata de rire.

— Pardieu ! Sedley ! Vous retardez, mon vieux ! Vous parlez de ma dernière maîtresse !

À ce moment, il changea brusquement d'expression : ses yeux bleus s'obscurcirent et un singulier sourire effleura ses lèvres. Les autres se retournèrent avec curiosité, pour voir apparaître Barbara Palmer sur le seuil. Elle s'arrêta un instant, puis se dirigea vers eux, fastueuse, majestueuse, suffocante, impressionnante comme une tornade tropicale. Elle était vêtue de satin vert et couverte de bijoux qui étincelaient de partout.

— Par ma foi ! dit Rochester lentement, c'est bien la plus belle femme que j'aie jamais vue !...

Frances fit la moue et lui tourna le dos. Les attentions du roi l'avaient habituée à toujours se considérer comme la plus belle, aussi n'appréciait-elle pas les compliments adressés à d'autres. Winifred et Lady Castlemaine, jadis rivales auprès du même homme, se tenaient toujours dans les limites d'une politesse superficielle. Tandis qu'ils l'observaient, Barbara traversa le salon et prit place à l'une des tables de jeu.

— Oh ! fit Sedley, si vous espérez coucher avec elle, il vous faudra guérir de votre nervosité. D'ailleurs, je ne crois pas que Votre Grâce soit son type !

Ils partirent tous d'un joyeux éclat de rire, car personne n'avait oublié le coup par lequel Barbara avait envoyé rouler Rochester le jour que celui-ci essayait de lui voler un baiser. Le comte s'associa à leur gaieté, mais ses yeux eurent une lueur malicieuse.

— Attendez un peu, fit-il en haussant les épaules. Encore cinq ans, et je vous parie qu'elle m'offrira la forte somme.

Les deux femmes parurent enchantées, bien que légèrement surprises. Barbara commençait-elle à payer ses galants ? Sedley, en revanche, se montra franchement sceptique.

— Voyons John ! Vous savez très bien que Sa Grâce peut s'offrir n'importe qui, rien qu'en soulevant un sourcil. Elle demeure la plus jolie femme de Whitehall, ou même de Londres...

Frances, réellement blessée, fit signe de la main à quelqu'un.

— Votre servante, Madame ; Messieurs, j'ai un mot à dire à Milady Southesk...

Rochester, Sedley et Winifred échangèrent un sourire.

— J'espère, dit le comte, que cette petite soupe-au-lait de Stewart se heurtera quelque jour avec Lady Castlemaine. Seigneur ! j'en ferai un poème épique !

Quelques heures plus tard, Frances et Charles se tenaient devant une fenêtre ouverte sur le jardin, et la douce brise de nuit leur apportait des effluves de rosés et d'orangers. Il était près de minuit et la plupart des courtisans s'étaient retirés. D'autres comptaient leurs perles ou ramassaient leurs gains, grognant après la mauvaise chance quand ils n'exultaient pas d'avoir été favorisés du sort. La reine Catherine causait avec la duchesse de Buckingham, faisant semblant d'ignorer la prédilection de son époux envers Mrs. Stewart. Elle avait bien appris sa leçon depuis trois ans, et bien qu'elle aimât Charles sincèrement et sans espoir, elle ne s'était plus occupée de ses relations avec d'autres femmes. À présent, elle jouait aux cartes, dansait, portait des toilettes à la mode anglaise, se coiffait selon le dernier cri de l'élégance parisienne ; bref, elle était aussi anglaise que son éducation le lui permettait. Charles était toujours d'une courtoisie parfaite envers elle et tenait à ce que toute la Cour en fît autant. Elle n'était pas heureuse, mais faisait semblant de l'être.

Frances disait :

— Quelle belle, belle nuit ! Cela paraît impossible qu'à vingt mille d'ici des milliers d'hommes et de femmes soient malades et meurent !

Charles garda le silence un instant, puis parla d'une voix très basse :

— Mon pauvre peuple ! Je me demande pourquoi il souffre ainsi. Il ne le mérite pas, et je ne peux pas croire en un Dieu assez méchant pour vouloir punir une nation des fautes de ses gouvernants.

— Oh ! Sire ! protesta Frances, comment pouvez-vous parler ainsi ? Ils ne sont pas punis pour vos fautes. S'ils le sont, c'est pour les leurs.

Charles sourit :

— Vous êtes pleine de loyauté, Frances ! Je croyais que vous étiez mon sujet, c'est moi qui suis le vôtre.

À cet instant, la voix impérieuse de Lady Castlemaine les interrompit.

— Dieu ! quelles cartes j'ai eues ce soir ! Je viens de perdre six mille livres ! Votre Majesté, me voici de nouveau endettée !

Elle partit d'un rire roucoulant, le regardant bien en face de ses grands yeux violets. Barbara n'était pas aussi bien stylée que la reine. Charles la voyait dans l'intimité ; elle portait un quatrième enfant de lui et n'entendait pas être négligée en public. Visiblement irrité de cette intrusion, Charles la considéra froidement – avec la hauteur distante qu'il savait si bien prendre quand besoin en était.

— Vraiment, Madame ?

Frances releva sa jupe d'un air délicatement méprisant :

— Pardonnez-moi, Sire. Votre servante !

Elle leva à peine les yeux sur Barbara et se disposa à se retirer.

Vivement, Charles lui prit le bras :

— Attendez, Frances, je vous accompagne, si vous le permettez. Vous avez une escorte, Madame ?

Cette question, adressée à Barbara, n'appelait pas de réponse.

— Non, je n'en ai pas. Tout le monde est rentré.

Elle faisait la moue et avait pris un air offensé, annonciateur de drame.

— Et je ne vois pas pourquoi je m'en inquiéterais, puisque vous...

Charles l'interrompit :

— Avec votre permission, Madame, je vais reconduire Mrs. Stewart chez elle. Bonne nuit.

Il s'inclina très poliment, offrit son bras à Frances, et tous deux sortirent. Ils avaient à peine fait quelques pas que Frances leva les yeux sur lui et pouffa de rire. Il la reconduisit à la porte de son appartement, l'embrassa et lui demanda la permission d'entrer pendant qu'elle se déshabillerait, ce qu'il faisait souvent, suivi de tous ses courtisans. Mais elle sourit d'un air las et le supplia du regard.

— Je suis si fatiguée. Et j'ai si mal à la tête.

Immédiatement il s'inquiéta, car, bien que la peste n'ait pas fait son apparition à la Cour, la plus légère indisposition éveillait des craintes.

— Mal à la tête ? Et sinon, comment vous sentez-vous ? Avez-vous des nausées ?

— Non, Votre Majesté ! Un simple mal de tête. Comme d'habitude.

— Vous en avez bien souvent, Frances.

— Depuis toujours. Du plus loin que je me souvienne...

— Êtes-vous bien sûre que ce ne sont pas des maladies diplomatiques, destinées à éconduire des visiteurs importuns ?

— Non, Sire. Je souffre réellement. Puis-je me retirer, je vous prie ?

Vivement il se pencha et lui baisa la main.

— Mais certainement, ma chère. Excusez-moi. Mais promettez que si vous vous sentiez moins bien ou aviez d'autres symptômes, vous feriez chercher le docteur Fraser et me préviendriez.

— Je vous le promets, Sire. Bonne nuit.

Elle rentra chez elle en fermant doucement la porte. C'était vrai qu'elle avait toujours eu de violentes migraines. Sa gaieté et son entrain venaient en grande partie de ses nerfs, car elle ne possédait pas la vigueur de Lady Castlemaine. Dans sa chambre à coucher, le perroquet vert à longue queue qu'elle avait rapporté de France et qui dormait, la tête sous l'aile, se réveilla à son entrée et poussa des cris de joie. Mrs. Barry, la dame de compagnie d'un certain âge qui ne l'avait pas quittée depuis l'enfance, laissa le fauteuil où elle somnolait et vint aider sa jeune maîtresse à se déshabiller.

Seule et libre de se laisser aller, Frances avait l'air réellement très lasse. Lentement elle sortit de sa robe, défit son corset et s'assit en poussant un soupir de soulagement, tandis que Barry retirait les bijoux et les rubans épinglés dans ses cheveux.

— Encore une migraine, ma chérie ?

La voix de Mrs. Barry était inquiète, douce, maternelle, et ses doigts s'activaient tendrement.

— Terrible !

Frances retenait avec peine ses larmes. Barry prit un linge et le trempa dans un bol de vinaigre, toujours prêt et fréquemment employé. Elle posa la compresse sur le front et la maintint des deux mains, tandis que Frances fermait les yeux et appuyait avec reconnaissance sa tête lasse sur le moelleux oreiller qu'offrait la poitrine de Barry. Toutes deux restèrent silencieuses.

Soudain un bruit se fit entendre au-dehors. Un petit page parlait tranquillement et une voix de femme irritée lui répondait ; la porte de la chambre s'ouvrit violemment et Barbara Palmer entra. Elle considéra Frances un instant, puis referma le battant avec une telle brusquerie que le bruit se répercuta dans la tête de Frances, la faisant tressaillir.

— J'ai un compte à régler avec vous, madame Stewart ! déclara la comtesse.

L'orgueil de Frances réagit, prêt au combat. Chassant toute lassitude, elle se leva et, redressant légèrement la tête :

— Votre servante, Madame. Que puis-je faire pour vous, je vous prie ?

— Je vais vous le dire, répliqua Barbara.

Et elle traversa vivement la pièce, s'arrêtant à deux ou trois pieds de sa rivale. Barry la regardait d'un air batailleur, derrière l'épaule de Frances, et le perroquet l'invectivait, mais Barbara ignora l'un et l'autre.

— Cessez de me rendre ridicule en public, Madame. Voilà ce que vous pouvez faire.

Frances la considéra avec un visible mépris, se demandant comment elle avait pu être assez sotte pour traiter cette harpie sauvage en amie. Puis elle se rassit et fit signe à Barry de continuer à la décoiffer.

— Je ne vois pas comment j'ai pu vous rendre ridicule, Madame, en public ou ailleurs. C'est à vous-même qu'il vous faut vous en prendre !

Barbara se tenait debout, les poings sur les hanches, les yeux mi-clos.

— Vous êtes une rouée, Mrs. Stewart, mais laissez-moi vous dire ceci : je suis une ennemie dangereuse. Vous croyez peut-être mener l'ours par le bout du nez. Si je veux m'en donner la peine, je vous ferai disparaître de Whitehall, comme ça...

Elle fit le geste d'envoyer une chiquenaude. Frances sourit froidement :

— Est-ce possible, Madame ? Vous pouvez toujours essayer. Mais je crois plaire à Sa Majesté autant que vous, bien que par d'autres moyens.

Barbara fit entendre une exclamation de dégoût :

— Bah ! vos airs de vierge éplorée me donnent la nausée ! Vous n'intéresserez plus un homme dès qu'il vous aura eue. Je vous parie tout ce que vous voulez que, sitôt que Sa Majesté aura couché avec vous, il...

Frances lui lança un regard excédé et, tandis que Barbara continuait, la porte s'ouvrit lentement derrière elle. Sa Majesté apparut. D'un geste il enjoignit à Frances le silence et s'arrêta sur le seuil, écoutant Barbara, le visage sombre, mécontent, enflammé. Barbara criait à présent :

— Et il y a un endroit où j'aurai l'avantage sur vous, madame Stewart ! Quels que soient mes défauts, jamais un homme n'est sorti de mon lit...

— Madame !

La voix du roi se fit entendre, sévère, et Barbara se retourna avec un cri d'horreur. Toutes deux le virent entrer dans la pièce.

— Sire ! fit Barbara s'abîmant en une profonde révérence.

— Assez de paroles obscènes !

— Depuis combien de temps êtes-vous ici ?

— Suffisamment pour avoir entendu de bien vilaines paroles. Franchement, Madame, vous faites preuve par moment du plus inimaginable mauvais goût !

— Mais je ne savais pas que vous étiez là, protesta-t-elle.

Puis soudain ses yeux se rétrécirent, elle regarda alternativement Charles et Frances :

— Oh ! oh ! dit-elle à voix basse, je commence à comprendre. Vous nous avez bien bernés, tous les deux...

— Malheureusement, vous faites erreur. Il s'est trouvé

que vous avez passé devant moi dans le hall, sans me voir, et quand je me suis rendu compte où vous alliez, je vous ai suivie. Vous aviez l'air de vouloir faire une bêtise.

Il sourit légèrement, amusé de son embarras, mais instantanément son visage s'assombrit.

— Je croyais, Madame, que nous étions tombés d'accord pour décider que votre maintien envers Mrs. Stewart serait à la fois poli et amical. Ce que j'ai entendu ne l'était guère.

— Comment pouvez-vous me demander d'être polie avec une femme qui me diffame ! rétorqua Barbara, prompte à la défense.

Charles eut un rire bref :

— Vous diffamer ! Tudieu ! Barbara, croyez-vous que ce soit encore possible ? Allons, Mrs. Stewart est fatiguée, je crois, et désire se reposer. Si vous voulez lui faire vos excuses, nous nous retirerons tous deux.

— Des excuses !

Barbara le regardait avec une indignation horrifiée et, se retournant, elle toisa Frances de la tête aux pieds.

— Je consens à être damnée, si je lui en fais jamais !

Toute bienveillance avait déserté la face royale, remplacée par une sombre amertume :

— Vous refusez, Madame ?

— Parfaitement !

Elle l'affrontait d'un air provocant ; tous deux avaient totalement oublié Frances qui, malade et nerveuse, souhaitait ardemment qu'ils aillent se disputer ailleurs.

— Rien au monde ne me fera jamais faire des excuses à cette pauvre innocente bêlante.

— Cela vous regarde. Mais puis-je vous conseiller de vous éloigner de Hampton Court pendant que vous réfléchirez à la question ? Quelques semaines de méditation solitaire vous ramèneront à une plus juste appréciation des bonnes manières.

— Vous me chassez de la Cour ?

— Donnez à cela le nom que vous voudrez.

Instantanément Barbara fondit en larmes.

— Ainsi nous en sommes là ! Après toutes les années que je vous ai consacrées ! C'est une honte qu'un roi puisse ainsi, à la face du monde, renvoyer la mère de ses enfants.

Il leva le sourcil d'un air sceptique.

— Mes enfants ? répéta-t-il lentement. Quelques-uns, peut-être, c'est possible ! Mais nous n'avons rien de plus à nous dire. Ou vous ferez des excuses à Mrs. Stewart, ou vous vous en irez.

— Mais où ? La peste est partout !

— Oh ! quant à cela, la peste est ici aussi !

Frances elle-même sortit de sa torpeur et les deux femmes s'exclamèrent :

— Ici !

— La femme d'un groom en est morte aujourd'hui. Demain, nous partons pour Salisbury.

— Ô mon Dieu ! gémit Barbara. Nous allons tous l'attraper ! Et nous en mourrons tous.

— Je ne pense pas. Cette femme a été enterrée et tous ceux qui l'ont approchée sont isolés. Pour autant que je le sache il n'y a pas eu d'autre cas. Allons, Madame, faites votre choix. Nous accompagnez-vous demain ?

Barbara dévisagea Frances qui, sentant ses yeux braqués sur elle, se raidit soudain et leva la tête, affrontant son regard avec une froide hostilité. Brusquement, Barbara lança son éventail par terre :

— Je ne veux pas ! J'irai à Richmond et que le diable vous emporte !

XXXVI

Ambre revint à la cuisine et continua de préparer le repas de Bruce. Elle voulait faire tout ce qu'elle pouvait pour lui tant qu'elle était capable de rester debout. Demain, elle serait impuissante et une nouvelle nurse régnerait sur eux, pire que Spong, peut-être. Bruce l'inquiétait davantage qu'elle-même. Il était encore très faible et réclamait des soins éclairés. La pensée d'une étrangère ignorant tout de lui remplissait Ambre de désespoir. « Si seulement elle arrivait assez tôt pour que je puisse la mettre au courant », se disait-elle.

La première épouvante passée, elle acceptait avec résignation et une certaine apathie le fait d'être malade. Elle ne pensait pas en mourir. Quand une personne atteinte de la peste guérissait, cela était considéré comme un heureux présage pour le reste de la maisonnée. (Elle négligeait la mort de Spong, qu'elle avait pour ainsi dire oubliée et qui ne les concernait en rien, Bruce et elle.) Toute superstition mise à part, elle avait confiance en sa propre immortalité temporaire. Elle désirait trop vivre ; il lui paraissait impossible qu'elle mourût aussi jeune, sans avoir réalisé ses espoirs.

Elle avait les mêmes symptômes que Bruce mais ils évoluaient plus rapidement.

Quand elle se disposa à rentrer dans la chambre avec son plateau, elle souffrait vivement de la tête, comme si son crâne eût été comprimé dans un cercle d'acier se resserrant sans cesse. Elle transpirait, avait des crampes dans les bras et les jambes et d'intolérables douleurs d'estomac. Sa gorge était aussi sèche que si elle eût avalé de la poussière, et toute l'eau qu'elle buvait ne servait de rien. La soif augmentait.

Bruce était éveillé, assis dans son lit, comme il le faisait souvent maintenant et, bien qu'il eût un livre à la main, il surveillait anxieusement la porte :

— Vous avez été longtemps absente, Ambre. Qu'est-ce qui ne va pas ?

Elle n'osa pas lever les yeux. Le vertige la prenait ; elle se trouvait au centre d'une sphère tournante, ignorant où étaient les murs et le plancher. Elle tenta de s'orienter et avança d'un pas déterminé.

— Tout va bien ! fit-elle.

Mais sa voix même avait un étrange son étouffé. Elle espérait que Bruce ne s'en apercevrait pas.

Lentement, car elle se sentait abominablement lasse et les membres lourds, elle posa le plateau sur la table de chevet et tendit la main pour prendre le bol de soupe. Elle vit celle de Bruce s'avancer, la saisir au poignet, et quand, enfin, elle se força à le regarder, elle aperçut sur son visage l'expression d'horreur qu'elle redoutait d'y lire.

— Ambre !

Il continua de la fixer un moment, ses yeux verts singulièrement attentifs :

— Vous n'êtes pas malade ? Il parlait à contrecœur.

Elle poussa un petit soupir :

— Si, Bruce, je le suis, je le crois bien. Mais ne vous...

— Quoi ?

Elle chercha à se souvenir de ce qu'elle voulait dire :

— Ne vous inquiétez pas...

— Ne pas m'inquiéter ! Bon Dieu ! Oh ! Ambre ! Ambre ! Vous êtes malade et c'est ma faute ! C'est parce que vous êtes restée pour me soigner ! Oh ! mon cœur ! si seulement vous étiez partie ! Oh ! Dieu !

Il la lâcha et se prit la tête à deux mains. Elle fit un effort pour lui caresser le front.

— Ne vous faites pas de mal, Bruce. Ce n'est pas votre faute. Je suis restée parce que je le voulais. Je savais ce que je risquais, mais je ne pouvais pas m'en aller. Et je ne le regrette pas, je ne mourrai pas, Bruce.

Elle lut au fond de ses yeux une lueur admirative qu'elle ne lui connaissait pas. Au même instant, elle fut prise de nausées et, avant de pouvoir atteindre la cuvette, elle rendit sur le plancher.

Chaque fois que cela se produisait, elle en sortait plus épuisée ; maintenant, elle restait des minutes entières au-dessus de la cuvette, appuyée sur ses mains, ses cheveux couleur de caramel lui cachant le visage. Tout à coup, elle frissonna convulsivement ; elle avait froid et cependant la pièce était close, un feu y brûlait et la journée avait été anormalement chaude. Elle vit que Bruce tentait de se lever. Rassemblant ses dernières forces, elle courut à lui :

— Bruce ! Que faites-vous ? Recouchez-vous...

Elle chercha vainement à le repousser, mais ses muscles étaient sans force. Jamais elle ne s'était sentie aussi faible, pas même après la naissance de ses enfants.

— Il faut que je me lève, Ambre. Il faut que je vous aide.

Il n'avait quitté son lit que deux fois depuis sa maladie et déjà son corps ruisselait de sueur ; son visage se contractait. Ambre se mit à pleurer nerveusement.

— Non, Bruce ! N'en faites rien, pour l'amour de Dieu ! Vous allez vous tuer. Vous ne pouvez pas vous lever. Oh ! après tout ce que j'ai fait, vous allez vous tuer !...

Se laissant glisser à terre, elle enfouit son visage dans ses mains et sanglota. Il retomba sur ses oreillers, s'épongeant le front du revers de la main, surpris de se sentir tout étourdi, les oreilles bourdonnantes, car il se croyait plus fort. Il étendit la main pour caresser la tête d'Ambre.

— Mon cœur, je ne me lèverai pas. Je vous en prie, ne pleurez plus, vous avez besoin de toutes vos forces. Étendez-vous et tâchez de vous reposer. La nouvelle nurse ne tardera pas à arriver.

À grand-peine elle se releva et se tint debout, cherchant à rassembler ses souvenirs.

— Que voulais-je donc faire ? murmura-t-elle. Quelque chose... Qu'est-ce que cela pouvait bien être ?

— Pouvez-vous me dire où est l'argent, Ambre ? J'en aurai besoin pour la nourriture. Je n'en avais pas sur moi.

— Ah ! oui ! c'est cela... l'argent...

Les mots se bousculaient, comme si elle avait trop bu.

— Il n'est pas ici... Je vais le chercher... dans une cachette...

Le salon paraissait au bout du monde, infiniment plus loin qu'elle ne pouvait aller. Elle y parvint pourtant, retrouva non sans difficulté la bourse de cuir ainsi que les quelques bijoux qu'elle avait cachés. Elle les rapporta dans son tablier et les laissa tomber sur le lit de Bruce. Il était arrivé à tirer le lit de camp près du sien, elle s'y affaissa et sombra aussitôt dans une sorte d'inconscience.

Bruce resta éveillé toute la nuit, maudissant sa propre impuissance. Il sentait bien que tout effort violent ne servirait qu'à le rendre plus malade, et pourrait même le tuer. Mieux valait, pour elle, qu'il conservât ses forces, afin d'être aussi rapidement que possible en état de la soigner. Il demeura donc allongé, l'écoutant vomir et pousser alors des gémissements de douleur, mais calme le reste du temps. Si tranquille même qu'il tendait l'oreille avec une angoisse croissante, afin de guetter sa respiration. Puis les vomissements reprenaient. Et la nurse n'arrivait toujours pas.

Vers le matin, elle gisait, étendue sur le dos, les yeux grands ouverts, sans voir. Ses muscles étaient détendus et elle n'avait pas conscience de la présence de Bruce. La maladie avait fait, chez elle, des progrès infiniment plus rapides, mais c'était la caractéristique de la peste que de varier suivant les individus dans ses manifestations. Il décida que, si la nurse n'arrivait pas bientôt, il se lèverait et appellerait le garde. Mais vers sept heures et demie, la porte s'ouvrit et une voix de femme criarde appela :

— La nurse des pesteux est ici ! Où sont-ils ?

— Montez !

Apparut sur le seuil une femme grande, solidement charpentée, d'environ trente-cinq ans et Bruce constata avec soulagement qu'elle paraissait forte et suffisamment intelligente.

— Entrez, dit-il.

Et comme elle avançait, les yeux fixés sur Ambre :

— Je suis Lord Carlton. Ma femme est affreusement malade ainsi que vous pouvez le voir, et réclame les soins les plus attentifs. Je n'aurais pas demandé mieux que de la soigner, mais je suis convalescent moi-même et je ne peux pas encore me lever. Si vous prenez bien soin d'elle – et si elle survit –, je vous donnerai cent livres.

S'il mentait au sujet de leur mariage, c'est que cette femme n'avait pas besoin de savoir la vérité ; et s'il lui offrait cent livres, c'est que cela l'impressionnerait davantage que la promesse d'une plus grosse somme qu'elle ne s'attendait évidemment pas à toucher.

Elle le regarda, très étonnée :

— Cent livres, Monsieur ?

Elle s'approcha du lit de camp, examina Ambre dont les doigts se crispaient convulsivement sur la couverture que Bruce avait jetée sur elle. Sans ces mouvements nerveux, elle eût d'ailleurs paru totalement inerte. D'affreux cernes verdâtres mangeaient ses yeux, et le bas de son visage était luisant de bile et de salive. Cependant, elle n'avait pas rendu depuis près de trois heures.

La femme hocha la tête :

— Elle est bien malade, Votre Grâce. Je ne sais...

— Évidemment, vous ne le savez pas ! coupa impatiemment Bruce. Mais vous pouvez toujours essayer ! Elle est encore habillée. Ôtez-lui ses vêtements, lavez-lui la figure et les mains, et couchez-la dans des draps. Elle sera moins mal. Elle a encore préparé mon repas, et vous trouverez de la soupe et tout ce qu'il vous faudra à la cuisine. Les torchons et les serviettes propres sont là-bas. Il faut laver le plancher et nettoyer le salon. Une femme y est morte hier. Allons, mettez-vous à l'ouvrage. Comment vous appelez-vous ? ajouta-t-il après un instant de réflexion.

— Mrs. Sykes, Monsieur. Oui, Monsieur.

Mrs. Sykes, qui raconta à Bruce qu'elle était nourrice, mais qu'elle avait perdu sa place parce que son mari était mort de la peste, travailla dur tout le long du jour. Bruce ne lui laissa pas un instant de répit, et bien qu'il fût incapable de se lever et très dépendant, elle lui obéit humblement, par respect de son titre, ou pour l'amour des cent livres, peu lui importait !

Vers le soir, Ambre paraissait – si possible – encore plus mal. Une grosseur apparaissait à l'aine droite, et tout en grossissant et en durcissant, l'abcès ne paraissait pas vouloir suppurer. Sykes s'en inquiéta fort car c'était le plus mauvais signe qui fût, les cataplasmes de moutarde eux-mêmes restant sans effet.

— Que faire ? interrogea Bruce. Il doit y avoir quelque chose à faire ! Que faisiez-vous à vos malades quand le bubon ne voulait pas s'ouvrir ?

Sykes observait Ambre.

— Rien, Monsieur, dit-elle. Généralement ils mouraient.

— Il ne faut pas qu'elle meure ! s'écria-t-il. Nous agirons... Il faut que nous agissions... Elle ne *peut* pas mourir !

Il paraissait moins bien que la veille, mais se contraignait à demeurer éveillé, comme si, par là même, il la rattachait à l'existence.

— Nous pourrions l'inciser, dit-elle. Si demain rien n'a changé. C'est ce que ferait le docteur. Mais la douleur du coup de couteau les rend parfois fous !

— Taisez-vous ! Je ne veux pas le savoir ! Allez lui chercher à boire.

Il était épuisé, les nerfs à vif, car il souffrait atrocement de son impuissance. Et toujours il se répétait : « Elle est malade à cause de moi et, maintenant qu'elle a besoin de moi, je suis allongé ici, comme un idiot, incapable de rien faire. »

À sa grande surprise, Ambre survécut à cette nuit. Mais vers le matin, sa peau prit une teinte terreuse, sa respiration devint de plus en plus faible, et les battements de son cœur se ralentirent. Sykes déclara que c'étaient là les signes précurseurs de la mort.

— Alors, il nous faut ouvrir l'abcès.

— Mais cela risque de la tuer !

Sykes avait peur d'agir, redoutant la mort de sa malade qui lui ferait ainsi perdre la plus belle fortune qu'elle eût jamais rêvée.

— Faites ce que je vous dis ! cria-t-il.

Puis, reprenant sa voix habituelle, il donna ses ordres calmement et rapidement.

— Dans le tiroir du haut de cette table, vous trouverez un rasoir, prenez-le. Prenez les cordons de tirage et attachez-la solidement au lit, de manière qu'elle ne puisse pas bouger. Liez-lui aussi les poignets. Allez chercher une cuvette et des serviettes. Vite !

Sykes s'agita nerveusement dans la pièce et, quand elle eut exécuté les ordres, Ambre, bien attachée sur le lit de camp, gisait, inconsciente.

Bruce était penché tout au bord du lit :

— Fasse le ciel qu'elle ne se rende pas compte, murmura-t-il.

Puis :

— Allons ! Prenez le rasoir et donnez un coup, vite et fort !

Il crispa les poings avec tant de force que les veines saillirent.

Sykes le regarda, terrifiée, le rasoir à la main.

— Je ne peux pas, Votre Grâce. Je ne peux pas.

Ses dents claquaient.

— J'ai trop peur. Et si elle meurt ?

Bruce transpirait à grosses gouttes. Il passa sa langue sur ses lèvres sèches et avala convulsivement sa salive :

— Si, vous le pouvez, sotte ! Il le faut. Allez, faites-le !

Sykes le dévisagea un instant, puis, comme hypnotisée par la seule puissance de sa volonté, elle se pencha et posa le tranchant du rasoir sur la masse rouge et dure du bubon. À cet instant, Ambre bougea la tête et se tourna vers Bruce. Sykes sursauta.

— Ouvrez-le ! dit Bruce d'une voix enrouée, les poings serrés, tremblant d'une rage impuissante.

Avec une soudaine résolution, Sykes enfonça le rasoir dans la masse compacte ; alors Ambre poussa un gémissement qui s'enfla peu à peu en un horrible cri. Sykes lâcha l'instrument et recula, les yeux fixés sur Ambre qui cherchait à se dégager et hurlait de douleur.

Bruce tenta de se lever.

— Aidez-moi.

Sykes obéit rapidement, l'entourant d'un bras et le soutenant de l'autre par le coude. En une seconde, il s'agenouilla auprès du lit de camp et s'empara du rasoir.

— Tenez-la. Par les genoux.

Encore une fois Sykes obéit, bien qu'Ambre continuât de se débattre, hurlant, les yeux révulsés, comme une bête folle. Avec toute la force qui lui restait, Bruce trancha dans la masse dure, enfonçant le rasoir et le tournant dans la plaie. Comme il le sortait, le sang jaillit, l'inondant et Ambre s'effondra, évanouie. Bruce, épuisé, laissa retomber sa tête sur son bras ; sa propre plaie s'était rouverte et le bandage rougissait.

Sykes vint l'aider à se relever :

— Votre Grâce ! Venez vite vous recoucher ! Votre Grâce, je vous en prie.

Elle lui arracha le rasoir des mains et l'aida à remonter dans le lit. Vite elle jeta une couverture sur lui et retourna auprès d'Ambre, dont le teint devenait livide et cireux. Mais le cœur battait toujours, faiblement. Le sang coulait à flot de l'incision, sans pus toutefois, le poison ne s'écoulait pas.

Sykes travailla avec rage, de sa propre initiative, car Bruce avait sombré dans l'inconscience. Elle épongea le sang, fit chauffer tout ce que la maison contenait de briques et de boules d'eau chaude, posa des linges chauds sur le front d'Ambre. S'il restait une possibilité, Sykes entendait gagner ses cent livres.

Il se passa près d'une heure avant que Bruce reprît conscience, avec un sursaut :

— Où est-elle ? Vous ne les avez pas laissés l'emporter ?

— Chut, Monsieur ! Je crois qu'elle dort. Elle est toujours en vie et je crois, Monsieur, qu'elle va mieux.

Il se pencha pour la voir :

— Oh ! merci mon Dieu ! Merci mon Dieu ! Sykes, je vous le jure ! Si elle vit vous aurez vos cent livres. Je les porterai même à deux cents !

— Oh ! merci beaucoup, Monsieur. Mais vous feriez mieux maintenant de vous reposer, vous n'allez pas si bien, Monsieur !

— Oui, c'est vrai. Éveillez-moi si elle...

Il n'acheva pas sa phrase.

Enfin le pus se mit à couler. Ambre gisait, très calme, plongée dans une sorte de coma, mais la teinte noirâtre de sa peau avait disparu et son pouls battait plus fort et plus régulièrement. Le son des cloches emplit soudain la pièce. Sykes tressaillit, mais son visage se détendit aussitôt. Ce soir encore le glas ne sonnerait pas pour sa malade.

— J'ai bien travaillé pour mon argent, Monsieur, déclara Sykes au matin du quatrième jour. Et je suis sûre à présent qu'elle vivra. Puis-je le toucher ?

Bruce sourit.

— Vous avez bien travaillé, Sykes. Et je vous suis plus reconnaissant que je ne peux dire. Mais il vous faut attendre encore un peu.

Il ne voulait pas lui donner un bijou, d'abord parce que ceux-ci appartenaient à Ambre, ensuite de crainte de l'encourager au vol. Sykes avait gagné son argent, mais il savait très bien qu'il ne pouvait pas se fier à elle.

— Il n'y a plus que quelques shillings à la maison, et il faut les garder pour la nourriture. Sitôt que je pourrai sortir, j'irai vous chercher votre argent.

Il restait à présent assis une partie de la journée et, si nécessaire, se levait, ne restant toutefois jamais debout plus de quelques minutes. Cette perpétuelle faiblesse l'amusait et le vexait à la fois :

— J'ai reçu un coup de feu dans l'estomac et un autre dans l'épaule, dit-il un jour à Sykes, comme il regagnait lentement son lit, j'ai été mordu par un serpent venimeux, et j'ai eu les fièvres tropicales, mais je veux être pendu si je me suis jamais trouvé dans cet état.

Il passait la plus grande partie de son temps à lire, bien qu'il y eût fort peu de livres dans l'appartement. Certains faisaient partie de l'ameublement et formaient une collection des plus respectables : la Bible, le *Léviathan*, de Hobbes, le *Novum Organum*, de Bacon, quelques pièces de Beaumont et Fletcher, le *Religio Medici*, de Browne...

La bibliothèque d'Ambre, plus petite, était plus divertissante. Elle se composait d'un almanach, lu et relu, avec les jours de bonne et de mauvaise chance soigneusement marqués, ainsi que ceux propices aux purgations ou aux saignées, bien qu'à sa connaissance elle n'en abusât pas. Ses pattes de mouches familières se retrouvaient sur la page de garde d'une demi-douzaine de volumes tels que : *L'École des filles ; L'Habile Maîtresse ; La Maîtresse errante ; Annotations sur les Sonnets de l'Arétin* ; et, évidemment, pour sacrifier à la mode, l'*Hudibras*, de Butler. Tous, sauf le dernier, avaient visiblement été beaucoup lus. Il sourit car, bien que ces mêmes volumes se fussent, sans aucun doute, trouvés dans le boudoir de n'importe quelle dame de la Cour, leur choix n'en était pas moins typique.

Il se tenait inlassablement au bord du lit, afin de pouvoir la bien surveiller, et il est vrai qu'elle ne pouvait faire un mouvement dont il ne s'aperçût. Très lentement son état s'améliorait, bien que l'ulcération de la plaie l'inquiétât, car celle-ci continuait à s'élargir, jusqu'à couvrir un espace de près de deux pouces de diamètre. Mais tous deux, Sykes et lui, restaient convaincus que, sans l'incision, Ambre serait morte. Parfois, à sa propre horreur, elle levait les mains, comme pour se protéger, et criait d'une voix lamentable :

— Non, non ! Je vous en prie ! Ne coupez pas !

Et le cri s'achevait en un gémissement qui le laissait tout frissonnant. Après quoi, elle sombrait toujours dans l'inconscience, bien souvent même dans le coma, se tordant en proférant des sons inarticulés.

Sept jours passèrent avant qu'elle ne le vît et le reconnût. Arrivant du salon, il la trouva, soutenue par le bras de Sykes, avalant un peu de bouillon, languissamment et sans y prendre le moindre intérêt. Bruce, une couverture sur les épaules, s'agenouilla au bord du petit lit de camp. Elle parut sentir sa présence et tourna lentement la tête. Pendant un très long moment elle le fixa, puis murmura très bas :

— Bruce ?

Il prit ses deux mains dans les siennes :

— Oui, mon aimée ! Je suis là.

Elle ébaucha une ombre de sourire et voulut parler, mais les mots ne venaient pas et il s'en alla pour lui épargner tout effort. Le lendemain matin, de bonne heure, tandis que Sykes la peignait, elle parla. Sa voix était si basse et si faible qu'il dut se pencher pour l'entendre.

— Depuis combien de temps suis-je ici ?

— C'est le huitième jour, Ambre.

— Êtes-vous remis, à présent ?

— Presque. Dans quelques jours je pourrai vous soigner.

Elle ferma les yeux et poussa un long soupir de lassitude. Sa tête roula sur l'oreiller. Ses cheveux aplatis faisaient des mèches grasses autour de son visage. Ses clavicules saillaient et l'on pouvait voir ses côtes.

Le même jour, Mrs. Sykes tomba malade et, bien qu'elle protestât que ce n'était rien – une simple indisposition provenant de ce qu'elle avait mangé –, Bruce ne s'y trompa pas. Ne voulant pas qu'elle approchât Ambre, il lui conseilla de se coucher dans la nursery et de se reposer, ce qu'elle fit immédiatement. Puis, s'enveloppant d'une couverture, il se rendit à la cuisine.

Sykes n'avait ni le temps, ni le désir, ni probablement même la notion de ce qu'était une maison bien tenue. Toutes les pièces étaient en désordre, malpropres. Le plancher et les meubles étaient couverts de poussière, les bougies avaient coulé un peu partout. Dans la cuisine, les plats et casseroles étaient sales, des torchons traînaient dans les seaux ; la nourriture n'avait pas été rangée, mais laissée sur la table et même par terre.

Tout se gâtait rapidement avec cette chaleur ; il trouva le beurre rance, le lait aigre et les œufs pourris. Bien que la cuisine de Sykes ne valût pas celle d'Ambre, il avala un bol de soupe. Puis, cherchant ce qu'il y avait de meilleur, il fit un plateau pour Ambre.

Comme il la faisait manger, lentement, une cuillerée après l'autre, Sykes soudain s'agita et se mit à crier, prise de délire. Ambre lui saisit le poignet, terrifiée.

— Qu'est-ce que c'est ?

— Rien, mon cœur. Quelqu'un dans la rue. Là, c'est assez pour le moment. Recouchez-vous.

Elle obéit, mais sans le quitter des yeux, tandis qu'il se dirigeait vers la porte conduisant à la nursery, la verrouillait et jetait la clef sur la table.

— Il y a quelqu'un là-dedans, dit-elle tout bas. Quelqu'un qui est malade.

Il revint sur ses pas et s'assit auprès d'elle.

— C'est la nurse, mais elle ne pourra pas sortir. Vous êtes en sûreté ici, et il faut dormir.

— Mais si elle meurt, Bruce ? Comment la ferez-vous sortir de la maison ?

L'expression de son regard montrait à quoi elle pensait : la descente de Spong, la charrette des morts !

— Ne vous inquiétez pas de cela. N'y pensez même pas. Je m'en occuperai. Allons, dormez mon cœur, dormez et vous guérirez.

Pendant trois heures, Sykes eut un délire intermittent. Elle frappa à la porte, suppliant qu'on la fît sortir, réclamant la somme qui lui avait été promise, mais Bruce ne répondit à rien. Les fenêtres de la nursery donnaient sur la cour et sur une petite allée de service. Vers le milieu de la nuit, il l'entendit qui les ouvrait violemment en criant. Puis il perçut un long hurlement quand elle sauta et s'écrasa sur le sol. Quand la charrette des morts passa, il ouvrit la fenêtre et indiqua au garde l'endroit où ils trouveraient son corps.

Le lendemain vers midi, la troisième nurse arriva.

Bruce était étendu, sommeillant, épuisé par l'effort d'avoir apporté quelque nourriture à Ambre, de lui avoir changé son pansement, lavé le visage et les mains. Lentement il ouvrit les yeux et vit une vieille femme debout à côté de son lit, qui l'observait d'un œil inquisiteur et curieux. Fronçant les sourcils, il se demanda comment elle avait pu entrer aussi silencieusement. Son apparence lui déplut dès le premier coup d'œil.

Elle était vieille et sale, le visage ridé, l'haleine puante. Mais il nota sur elle une paire de boucles en diamants et plusieurs bagues qui paraissaient de valeur. C'était ou une voleuse, ou un succube, les deux peut-être.

— Bonjour Monsieur. Les magistrats de la ville m'ont envoyée ici. Je suis Mrs. Maggot.

— Je suis à peu près guéri, dit Bruce l'observant attentivement, et cherchant à paraître plus fort qu'il ne l'était en réalité. Mais ma femme a encore besoin de soins. Je l'ai fait manger ce matin, mais il faudrait lui préparer un autre repas. La dernière nurse a laissé la cuisine dans un état épouvantable et il n'y a rien à manger, mais vous pouvez envoyer le garde acheter des provisions.

Pendant qu'il parlait, la femme inventoriait la pièce du regard ; les meubles tendus de drap d'argent, les tables de marbre, les vases de prix posés sur la cheminée.

— Où est l'argent ? demanda-t-elle sans le regarder ?

— Il y a quatre shillings sur cette table. C'est suffisant pour tout ce dont nous avons besoin, le garde prend son pourboire lui-même.

Elle lança la pièce par la fenêtre en criant au garde d'aller chercher des plats. Visiblement, elle entendait ne rien faire elle-même. Un peu plus tard, quand il l'appela pour changer le pansement d'Ambre, elle refusa net, disant que toutes les nurses qui avaient pansé un ulcère étaient mortes et qu'elle entendait périr d'une autre façon.

Bruce, furieux, répondit pourtant avec calme :

— Dans ces conditions, si vous ne voulez rien faire, vous feriez aussi bien de vous en aller.

Elle ricana avec insolence et il craignit qu'elle ne se fût rendu compte combien faible il était encore.

— Non, Milord. J'ai été envoyée par la Ville, et si je ne reste pas, je ne serai pas payée.

Ils s'affrontèrent du regard. Puis il se leva et jeta une couverture sur ses épaules. Elle le regardait faire tandis qu'il s'agenouillait auprès d'Ambre, ménageant ses forces. Exaspéré, il se retourna :

— Sortez !

Toujours ricanant elle obéit, mais ferma la porte. Il lui cria de la laisser ouverte, mais elle n'écouta pas. Jurant entre ses dents, il acheva de panser la plaie et s'étendit pour se reposer. Aucun bruit ne venait du salon. Une demi-heure passa avant qu'il eût la force de se relever. Il ouvrit alors doucement la porte et la trouva qui fouillait dans le tiroir d'une table. Il y avait des objets éparpillés un peu partout ; selon toute évidence elle avait entrepris des recherches méthodiques.

— Mistress Maggot ?

Levant les yeux, elle rencontra froidement son regard :

— Monsieur ?

— Vous ne trouverez aucun objet de valeur caché. Tout ce que vous pouvez voler est bien en évidence. Nous n'avons pas d'argent dans la maison, sauf quelques pièces de monnaie pour la nourriture.

Elle ne répondit pas, se leva et passa dans la salle à manger. Bruce tremblait de rage et de nervosité, car il était convaincu que la vieille femme les tuerait tous deux sans une minute d'hésitation, si jamais elle soupçonnait qu'il y avait soixante-dix livres dans la maison. Il savait où les nurses étaient recrutées : vieilles mendiantes de profession, criminelles impunies ou – en cas d'épidémie – femmes du genre de Sykes, poussées par la misère et la malchance.

Il dormit mal cette nuit, sentant sa présence dans le salon car, ayant découvert des traces de la maladie de Sykes, elle avait refusé de coucher dans la nursery. Deux ou trois fois, l'entendant bouger, il se dressa, tendu, inquiet. « Si elle essaye de nous tuer, songea-t-il, je l'étranglerai. » Il serrait les poings avec désespoir, car ses doigts étaient loin d'avoir leur force habituelle.

Vers le petit jour, il s'endormit profondément et, quand il s'éveilla, elle était penchée sur lui, le bras glissé sous le matelas. Comme il ouvrait les yeux, elle se redressa lentement, sans le moindre embarras. Il ne put savoir si elle avait ou non trouvé la bourse contenant l'argent et les bijoux.

— J'arrangeais un peu votre lit, Monsieur.

— Je préfère le faire moi-même.

— Vous m'avez dit hier que je pouvais m'en aller. Si vous me donnez cinquante livres tout de suite, je pars.

Il comprenait qu'elle faisait cette proposition uniquement pour savoir s'il avait de l'argent à la maison.

— Je vous ai déjà dit, Maggot, que j'ai tout juste quelques shillings ici.

— Comment, Monsieur ? Quelques shillings seulement, un lord, habitant un appartement pareil !

— Tout notre argent disponible est chez l'orfèvre. Reste-t-il des provisions d'hier ?

— Non, Monsieur. Le garde en a volé la plus grande partie. Il va falloir le renvoyer en chercher d'autres.

Tout au long du jour, chaque fois qu'il se levait, il la sentait qui l'observait, bien qu'elle ne fût pas dans la pièce la plupart du temps. « Elle sait que j'ai de l'argent, songea-t-il et, cette nuit, elle essayera de s'en emparer. Et même n'y aurait-il pas un centime, que les meubles seuls vaudraient une fortune pour elle-même cédés à un revendeur. »

Il passa son temps à élaborer ses plans, parfaitement conscient que, pour sauver leurs deux existences, il lui fallait être sur ses gardes, quoi qu'elle pût entreprendre. Tandis qu'il était allongé, la charrette des morts passa à trois reprises ; il y avait trop de cadavres à charrier.

Il envisagea toutes les éventualités.

Demander son aide au garde ? Elle ne manquerait pas de l'entendre, et il n'avait, d'ailleurs, aucune raison de penser que le garde était digne de confiance. Non, il n'avait pas le choix : il lui fallait trancher la situation par ses propres moyens. Il était peu probable, se dit-il, qu'elle usât d'un couteau, car cela laissait trop de traces. La strangulation à l'aide d'une corde serait relativement facile sur deux êtres aussi faibles qu'eux. Certainement, elle chercherait à le tuer le premier, car Ambre n'offrait pas plus de résistance qu'un petit chat. Arrivé à ce point de ses déductions, il se trouva placé en face de problèmes que sa propre faiblesse rendait insolubles. S'il fermait la porte et se postait derrière, elle le saurait, et il ne pourrait pas la guetter éternellement. Pour peu qu'il cherchât à s'enfermer à clef, elle ferait sauter la serrure et, en cas de lutte ouverte, la partie n'était pas égale, car en admettant qu'il fût le plus fort, il ne pouvait se mouvoir rapidement et serait très vite à bout de forces. Finalement, il décida de mettre un paquet de couvertures à sa place dans le lit, et d'attendre, caché derrière les rideaux de la fenêtre. Si jamais elle approchait, il pourrait l'assommer à l'aide d'un lourd chandelier d'étain. Mais ce plan tomba à l'eau, car elle refusa de fermer la porte. Quand il le lui demanda, vers le soir, elle obéit, mais, quelques minutes après, il l'entendit qui la rouvrait tout doucement. Elle resta ainsi entrebâillée pendant plus d'une heure, puis il appela de nouveau :

— Maggot ! Fermez la porte !

Elle ne répondit pas, mais obtempéra. L'obscurité envahit peu à peu la pièce. Il attendit une bonne demi-heure puis, lentement, avec précaution, se leva, sans quitter la porte des yeux, et commença de rassembler les couvertures. Il en venait à bout quand il entendit un léger craquement et vit la porte qui s'entrouvrait.

Exaspéré, il l'appela sévèrement :

— Mistress Maggot !

Elle ne répondit pas, mais il sentait sa présence qui l'observait, car le clair de lune éclairait suffisamment. Il ne pouvait pas la voir, mais elle ne perdait aucun de ses gestes. Revenant à son lit, il s'étendit, transpirant de rage à la pensée qu'après avoir échappé à la peste ils allaient peut-être mourir des mains d'une affreuse vieille femme avide.

« Par Jésus ! ce ne sera pas ! Je ne lui permettrai pas de nous tuer ! » Il se sentait une responsabilité encore plus grande envers la vie d'Ambre qu'envers la sienne.

Les heures passèrent. Plusieurs fois il entendit passer la charrette des morts et le glas sonna plus de vingt fois. Involontairement il comptait : douze femmes et huit hommes cette nuit dans la paroisse ! Il avait la terreur de s'endormir – car la lassitude l'envahissait –, et entreprit de se réciter à lui-même tous les poèmes dont il se souvenait, tous les chants qu'il avait chantés. Il établit mentalement la liste de tous les livres qu'il avait lus, de toutes les femmes qu'il avait aimées, de toutes les villes qu'il avait visitées. Cela l'aidait à rester éveillé.

Enfin, elle vint.

La porte s'ouvrit très lentement et, au bout d'un instant, le plancher craqua. La lune s'était couchée et l'obscurité était totale. Le cœur de Bruce battait à grands coups et il se sentait extraordinairement alerte, ses yeux cherchant à percer les ténèbres, ses oreilles tendues au point d'entendre le battement de ses propres artères.

Elle approchait très lentement. Chaque fois qu'il entendait craquer une lamelle du parquet, un silence absolu suivait, si bien qu'il ne pouvait plus dire d'où était venu le bruit. Ce temps d'arrêt était une véritable souffrance, mais il se forçait à rester allongé, immobile, la respiration calme et naturelle. Ses nerfs étaient à vif, il tremblait tant qu'était violent son désir de lui sauter à la gorge. Mais il n'osait pas, car elle pourrait se sauver et tout alors serait à recommencer. Il avait une peur horrible de ne pas savoir résister à une telle tension. Ses forces s'en allaient, semblait-il, ses bras et ses jambes devenaient douloureux.

Et brusquement, d'une manière presque inattendue, il sentit son haleine et sut qu'elle se trouvait tout près de lui. Il ouvrait tout grands les yeux, mais ne voyait rien. Il hésita. Alors, avec une rapidité et une force qui le surprirent, elle lança un nœud coulant sur sa tête et tira violemment. Il s'empara de son bras, la tira vers lui, et, en même temps, se dégageant de l'autre main, il arracha le lacet de sa gorge et le passa autour de la sienne. De toutes ses forces, alors il se mit à tirer. Elle luttait et se débattait sauvagement, poussant des cris inarticulés, tandis qu'il tirait toujours jusqu'à ce qu'enfin il comprît qu'elle était morte. Lâchant le corps qui s'écroula sur le plancher, il retomba sur le lit presque inconscient. Ambre dormait toujours.

XXXVII

Après avoir tant bien que mal descendu le corps de Mrs. Maggot jusqu'à la rue, Bruce donna cinq guinées au garde, afin que celui-ci ne fît aucun rapport à la ville, car il ne voulait plus de nurse chez lui. Il se sentait assez bien pour pouvoir s'occuper d'Ambre, dût-il éprouver quelques difficultés les premiers jours.

Le lendemain il découvrit que Mrs. Maggot avait laissé la cuisine en plus piteux état que Sykes. Cela empestait les fruits et les légumes pourris, la viande grouillait de vers et le pain était moisi. Il n'y avait plus rien de mangeable et, comme il était encore incapable de ranger ce fouillis et de préparer quelque mets, il dépêcha le garde chercher des plats tout prêts, dans une taverne voisine.

À mesure que passèrent les jours, il reprit des forces ; et, bien qu'au début il dût se reposer après chaque petit effort, il parvint à mettre en ordre l'appartement. Et un beau jour, tandis qu'Ambre était endormie, il la transporta dans le grand lit fraîchement refait et prit lui-même le lit de camp. Tous deux plaisantaient sur ses talents ménagers et culinaires. La première fois qu'il la vit de nouveau rire de bon cœur, ce fut un matin quand en s'éveillant elle le trouva, nu, avec une serviette nouée autour des reins, qui balayait le plancher.

Bientôt il sortit faire lui-même les achats – car le garde avait été retiré – et fut surpris du désert des rues.

Les gens mouraient à la cadence de dix mille par semaine et plus ; il était effarant de penser que, parmi ceux qui mouraient, un pourcentage élevé n'était pas même signalé. Les charrettes passaient toutes les heures, néanmoins des centaines de corps gisaient dans les rues ou les squares publics, souvent des jours entiers, dévorés par les rats. Nombre d'entre eux étaient à moitié rongés avant d'être ensevelis. Il n'y avait plus de croix rouge sur les portes, mais de grandes affiches imprimées. L'herbe poussait entre les pavés ; des milliers de maisons étaient abandonnées et des rues entières barricadées, leurs habitants morts ou en fuite. Les cloches même avaient cessé de sonner. La ville était silencieuse, chaude et puante.

La première fois que Bruce fut en état de sortir, il franchit le demi-mille qui le séparait d'Almsbury House, y pénétra à l'aide de sa clef et monta dans l'appartement qu'il occupait afin d'y prendre des vêtements propres et brûler ceux qu'il portait. Seuls s'y trouvaient deux domestiques, laissés comme gardiens, car nombre de grands hôtels et de riches maisons avaient été pillés. Ceux-ci, enfermés depuis plus de deux mois, refusèrent de s'approcher, mais lui posèrent de loin des questions et parurent très soulagés de le voir s'éloigner.

Vers la seconde semaine de septembre, Ambre fut en état de se lever et put rester tous les jours assise dans la cour. Au début, Bruce la montait et la descendait dans ses bras, mais elle voulut bientôt marcher seule, car il lui tardait d'être assez forte pour pouvoir quitter la ville. Londres, lui semblait-il, était maudite par Dieu et tous ceux qui y restaient, condamnés à mourir. Car, tout en étant réellement mieux, elle demeurait sombre et pessimiste. Bruce, au contraire, avait retrouvé son entrain et sa confiance, et il cherchait à la distraire, ce qui n'était pas facile.

— Je crois, dit-il un matin qu'ils étaient installés dans la cour, je crois avoir trouvé le moyen de quitter la ville !

Il était assis en face d'elle, sur une dalle, en culotte et en bras de chemise, une boucle de cheveux lui tombant sur le front, et la regardait avec un sourire, tout en clignant des yeux à cause du soleil.

— Comment ?

— Le jacht d'Almsbury est toujours à quai, et il est assez grand pour que nous puissions emporter les provisions de plusieurs semaines.

— Mais où aller ? Nous ne pouvons pas nous promener en mer sur un si petit navire, voyons ?

— Nous n'essaierons même pas. Nous remonterons la Tamise vers Hampton Court, au-delà de Windsor et de Maidenhead. Et quand nous serons assez guéris pour ne plus craindre de répandre la contagion, nous gagnerons la propriété d'Almsbury, dans le Herefordshire.

— Mais vous aviez dit que les navires n'avaient pas la permission de quitter le port ?

Le plan le plus simple lui paraissait offrir des difficultés insurmontables.

— C'est vrai. Il nous faudra être prudents. Nous partirons à la nuit, mais ne vous tracassez pas. Je m'en charge. J'ai déjà commencé...

Il s'arrêta, car Ambre, les yeux fixes, le visage soudain livide, s'était redressée et tendait l'oreille. À son tour il perçut le lointain roulement des roues sur les pavés, et la voix de l'homme :

— Sortez vos morts !

Ambre s'affaissa sur elle-même, mais se levant d'un bond, il la prit entre ses bras. Remontant avec elle, il la posa doucement sur son lit. Son évanouissement ne dura guère, elle ouvrit les yeux et le regarda. Sa maladie l'avait laissée entièrement dépendante de lui ; elle attendait tout de lui, force, confiance, et la solution de tout ce qui la troublait. Il était à la fois son amour, son Dieu et son père.

— Jamais je n'oublierai ce cri, murmura-t-elle. Toute ma vie je l'entendrai dans mon sommeil et je verrai cette charrette en rêve.

Ses yeux luisaient, sa respiration était haletante.

— Jamais je ne pourrai penser à autre chose.

Bruce se pencha et posa ses lèvres sur sa joue :

— Ambre, je vous en prie ! N'y pensez plus. Ne vous laissez pas aller à ressasser ces pensées. Vous pouvez très bien oublier. Vous le pouvez, et vous le devez...

Peu de jours après, Ambre et Bruce quittèrent Londres à bord du jacht d'Almsbury. La campagne était magnifique. Les prairies qui bordaient la rivière étaient toutes piquetées de fleurs ; des buissons verts et des lys venaient plonger dans l'eau. Des herbes aquatiques, en masses emmêlées, tels des cheveux verts, flottaient au gré du courant et, vers le soir, il y avait toujours du bétail qui les regardait passer, d'un œil calme et grave.

Ils avancèrent lentement, dépassant Hampton et Staines, Windsor et Maidenhead, s'arrêtant quand ils trouvaient un endroit agréable, y restant aussi longtemps qu'ils le désiraient, puis s'en allant. Vingt-quatre heures après avoir quitté Londres et tous ses morts, ils avaient l'impression d'être dans un autre monde. Ambre se remit avec une rapidité surprenante, résolue, comme Bruce, à chasser ces affreux souvenirs de sa mémoire. Chaque fois qu'ils revenaient à la conscience, elle les repoussait avec énergie.

« Je veux oublier qu'il y ait jamais eu d'épidémie », se disait-elle.

Et, peu à peu, la maladie de Bruce, la sienne, et tout ce qui s'était passé depuis quelques mois parurent reculer dans le temps et s'être déroulés non plus récemment, mais il y avait bien des années. Parfois même il lui semblait que c'était arrivé à d'autres, mais pas à eux. Elle se demandait si Bruce éprouvait les mêmes réactions, mais n'osait lui en parler, ce sujet étant interdit entre eux.

Pendant un certain temps, Ambre fut désolée de son apparence physique. Elle craignait que sa beauté ne s'en fût allée pour toujours. En dépit des réassurances de Bruce, elle se désespérait chaque fois qu'elle se regardait dans la glace.

— Ô mon Dieu ! gémissait-elle, être morte plutôt que de rester ainsi ! Oh ! Bruce, jamais je ne serai plus comme autrefois, je le sais ! Oh ! je me fais horreur !

Il l'enlaçait alors, souriant, et la câlinait comme un enfant capricieux, chassant ses craintes et ses angoisses.

— Bien sûr que vous serez la même, mon cœur ! Mais vous avez été bien malade, vous savez, il faut prendre patience !

À peine sur le bateau, d'ailleurs, sa santé fit de tels progrès qu'elle redevint presque la même. Tous deux jouissaient, comme jamais peut-être, du simple plaisir d'être encore en vie. Ils passaient des heures allongés sur le pont, se rôtissant au soleil, mais, à l'opposé de Bruce qui prenait une belle teinte brune en s'exposant nu au grand air, Ambre préservait soigneusement son teint du hâle.

Peu à peu ils commencèrent à descendre dans les villages pour y faire leurs provisions et parfois même pour déguster un repas, ce qui paraissait un luxe et une véritable aventure. Ambre s'inquiétait beaucoup de Nan et de la petite Suzanne, surtout après avoir appris qu'on avait repéré des cas de peste dans les campagnes. Mais Bruce cherchait à la persuader que tout allait bien de ce côté.

— Nan est une femme de sens, et on peut se fier à elle. Si jamais il y a eu danger, elle sera partie ailleurs. Ayez confiance, Ambre, et ne vous souciez pas inutilement.

— Oh ! j'ai confiance en elle, répondait Ambre. Mais je ne peux m'empêcher de m'inquiéter. Oh ! comme je serai heureuse quand je les saurai bien portantes et en sûreté.

Tout ce que voyait Ambre lui rappelait Marygreen et la vie qu'elle avait menée entre tante Sarah et oncle Matt. C'était, comme l'Essex, une riche contrée agricole, semée de fermes prospères, de vergers, de jolis petits villages, respirant la tranquillité, dans une atmosphère de satisfaction qui n'existait nulle part ailleurs.

Elle essaya d'expliquer à Bruce ce qu'elle ressentait et ajouta :

— Je ne m'en étais jamais rendu compte tant que j'y vivais, et cependant, Dieu sait que je ne voudrais pas y retourner.

Il lui sourit tendrement.

— Vous vieillissez, mon trésor !

Ambre le regarda, surprise et irritée.

— Vieillir ! Eh bien ! comme vous y allez ! Je n'ai que vingt-deux ans !

Cela l'amusa :

— Je n'ai pas voulu dire que vous *devenez* vieille. Vous êtes seulement *assez âgée* pour avoir des souvenirs, et les souvenirs sont toujours un peu mélancoliques.

— C'est possible, avoua-t-elle pensivement.

Puis, brusquement, elle leva les yeux sur lui.

— Bruce, vous souvenez-vous du jour où nous nous sommes rencontrés ? Quand je ferme les yeux, je vous vois si nettement, la manière dont vous étiez à cheval, et le regard que vous m'avez lancé. J'en ai eu le frisson. Jamais personne ne m'avait regardée ainsi. Et je vois le costume que vous portiez, en velours noir, soutaché d'or. Oh ! le bel habit ! Et comme vous étiez beau ! Mais vous me faisiez un peu peur aussi. D'ailleurs, ce n'est pas passé, je me demande pourquoi...

— Je n'en sais vraiment rien non plus !

Il paraissait très amusé, car elle ressassait fréquemment ses souvenirs et n'oubliait jamais un détail.

— Oh ! mais songez un peu !

Ils traversèrent un petit pont branlant et Ambre, qui marchait en tête, se retourna :

— Si tante Sarah ne m'avait pas ce jour-là envoyée porter un pain d'épices à la femme du maréchal-ferrant, nous ne nous serions jamais connus ! Et je vivrais toujours à Marygreen !

— Non, certes ! D'autres cavaliers seraient passés par le village, et vous auriez quitté Marygreen avec ou sans moi !

— Jamais, Bruce Carlton ! Jamais ! Je vous ai suivi parce que c'était mon destin, c'était écrit dans les étoiles. Nos vies sont tracées dans le ciel, vous le savez bien.

— Non, je n'en sais rien, et vous non plus. Vous pouvez le croire, mais vous n'en savez rien !

— Je ne comprends pas ce que vous voulez dire !

Ils avaient franchi le pont et marchaient de nouveau côte à côte. Ambre fouettant l'herbe avec une baguette qu'elle venait de ramasser. Soudain elle la jeta au loin et lui fit face, les deux mains posées sur son bras.

— Vous ne croyez pas que nous étions destinés l'un à l'autre, Bruce ? Il faut le croire, maintenant.

— Pourquoi *maintenant ?*

— Eh bien ! après tout ce que nous avons traversé ensemble. Pourquoi êtes-vous resté pour me soigner ? Vous auriez pu vous en aller quand vous avez été guéri et me laisser, si vous ne m'aviez pas aimée.

— Grand Dieu ! Ambre, vous me prenez vraiment pour un misérable pire que je ne suis. Mais, bien entendu, je vous aime. Et, en un certain sens, je suis d'accord avec vous, nous étions destinés l'un à l'autre.

— En un certain sens ? Qu'entendez-vous par là ?

Il l'entoura de ses bras, passant les doigts dans la masse brillante de sa chevelure, et ses lèvres effleurèrent sa bouche :

— Voilà ce que je veux dire, fit-il à voix basse : vous êtes une femme, très belle, et je suis un homme ! Bien sûr que nous sommes destinés l'un à l'autre !

Bien qu'elle n'insistât plus pour l'instant, ce n'était pas ce qu'elle souhaitait d'entendre. Quand elle était restée avec lui, à Londres, au risque de sa vie, elle n'avait aucune arrière-pensée et n'espérait aucune gratitude. Mais quand, à son tour, il l'avait soignée aussi tendrement et attentivement qu'une mère, elle avait fini par s'imaginer qu'il avait changé d'idée et consentirait à l'épouser. Et elle avait attendu, avec une crainte grandissante, qu'il parlât. Mais il n'avait rien dit.

Elle souhaitait désespérément s'en entretenir avec lui, mais, craignant de rompre l'harmonie parfaite qui pour la première fois régnait entre eux, elle guettait l'occasion favorable.

Pendant ce temps, les jours passaient. Le houx rougeoyait, des charrettes regorgeant de fruits attendaient dans les vergers et l'air se chargeait de fraîches senteurs d'automne et de l'odeur des pommes mûres. Une ou deux fois, la pluie tomba.

Ils laissèrent le bateau à Abingdon et passèrent la nuit dans une paisible auberge. L'hôtelier et sa femme finirent par accepter leurs certificats de bonne santé, après que Bruce leur eut donné cinq guinées de pourboire, à peu près tout ce qui leur restait. Le lendemain matin, ils louèrent des chevaux et un guide et se dirigèrent vers la propriété d'Almsbury, à quelque soixante milles de là. Ils prirent la grand-route jusqu'à Gloucester, où ils dormirent, et repartirent le lendemain. Quand ils atteignirent Barberry Hill, dans le milieu de la matinée, Ambre était épuisée.

Almsbury sortit de chez lui en poussant des cris de joie. Il la prit dans ses bras et l'embrassa, tout en administrant d'amicales tapes dans le dos de Bruce, leur racontant comment il avait cherché à les retrouver tous deux – sans jamais deviner qu'ils étaient ensemble –, combien il s'était inquiété et comme il était heureux de les revoir vivants et en bonne santé. Émily parut tout aussi enchantée, bien que considérablement moins expansive, et tous rentrèrent dans la maison.

Barberry Hill n'était pas la propriété la plus importante que possédait la famille d'Almsbury, mais c'était la seule que le jeune comte avait pu faire restaurer pour y abriter sa famille. Bien que moins imposante que l'hôtel Almsbury, sur le Strand, elle avait infiniment plus de charme. C'était une grande construction de briques rouges en forme de L, nichée au pied d'une colline. Une partie en était à quatre étages, l'autre à trois seulement, avec un haut toit d'ardoises à plusieurs pignons, des lucarnes et de nombreuses cheminées en spirales. Chaque pièce abritait de belles sculptures, les plafonds étaient ornementés comme un gâteau d'Épiphanie, le grand escalier semblait une production du plus pur style élisabéthain et de gaies et chaudes couleurs rayonnaient de partout.

Almsbury dépêcha immédiatement des gens à la recherche de Nan Britton, avec ordre de la conduire jusqu'ici. Et quand Ambre fut reposée et qu'elle se fut introduite dans une robe de Lady Almsbury – qui n'avait aucun chic, se dit-elle et qu'elle fut obligée de maintenir à grand renfort d'épingles –, ils se rendirent à la nursery. Ils n'avaient pas vu leur fils depuis plus d'un an, depuis la dernière matinée qu'ils avaient passée ensemble à Almsbury House ; l'enfant avait grandi et considérablement changé.

Il avait à présent quatre ans et demi ; très grand pour son âge, vigoureux et en parfaite santé, ses yeux étaient du même vert aux reflets gris que ceux de Bruce, et ses cheveux châtain foncé encadraient son visage de grandes boucles. Il portait dorénavant – ce qui se faisait toujours à partir de quatre ans – l'exacte réplique de l'habit de Lord Carlton, jusqu'à l'épée minuscule et le grand feutre orné de plumes. Ces vêtements de grandes personnes pour enfants symbolisaient bien l'éducation forcée en serre chaude qui était la leur. Car il apprenait dès maintenant à lire, à écrire et à calculer. Il prenait également des leçons d'équitation, de danse et de maintien. Avant peu il en aurait bien davantage encore ; leçons de français, latin, grec, hébreu ; escrime, musique, chant. L'enfance était plus que brève, car la vie était incertaine et il n'y avait pas de temps à perdre.

Quand ils entrèrent dans la nursery, le petit Bruce, en compagnie du fils aîné d'Almsbury, était attablé, étudiant son syllabaire. Il devait savoir que ses parents allaient venir car, au moment où la porte s'ouvrit, il leva la tête avec une rapidité qui laissait supposer de nombreuses attentes. Le syllabaire roula par terre et il se précipita joyeusement vers eux. Mais, sur un mot bref de sa nurse, il s'arrêta net, se découvrit et s'inclina cérémonieusement, devant Bruce d'abord, puis devant Ambre.

— Je suis heureux de vous voir, Monsieur. Et vous, Madame !

Mais Ambre, sans se laisser impressionner par la nurse, s'élança, s'agenouilla et le prit dans ses bras, couvrant les joues roses de baisers passionnés. Des larmes brillèrent dans ses yeux et se mirent à couler, mais elle riait de joie.

— Oh ! mon amour, mon amour ! Mon trésor ! Je croyais ne plus vous revoir jamais !

Il avait passé ses petits bras autour de son cou :

— Mais pourquoi, Madame ? J'étais bien sûr, moi, de vous revoir un jour !

Ambre rit et lui souffla :

— Au diable la nurse ! Ne m'appelez pas Madame. Je suis votre maman et c'est comme cela que je veux être appelée !

Ils éclatèrent tous deux de rire et il chuchota « Maman », tout en jetant un regard mi-inquiet derrière lui, sur la nurse qui les observait.

Il fut plus réservé avec Bruce ; apparemment il avait le sentiment qu'entre hommes les démonstrations ne sont pas de mise. Mais il adorait son père, cela était visible. Ambre en ressentit une pointe de jalousie, qu'elle se reprocha vivement. Au bout d'une heure environ, ils quittèrent la nursery et enfilèrent la longue galerie qui les menait à leurs appartements, dans l'aile opposée de la maison.

Et soudain, Ambre dit :

— Ce n'est pas bien, Bruce, de le laisser vivre ainsi. C'est un bâtard. À quoi bon l'instruire et lui apprendre à se conduire comme un lord, quand Dieu sait ce qu'il sera obligé de faire, une fois grand !

Elle l'épiait du regard, mais il demeura impassible et, comme ils arrivaient chez eux, il ouvrit la porte et s'effaça pour la laisser entrer. Elle se retourna vivement et comprit au même instant qu'il allait parler et lui dire quelque chose de peu agréable.

— Il y a longtemps que je désire vous en parler, Ambre : je veux faire de lui mon héritier.

Et comme une soudaine lueur d'espoir éclairait son visage, il ajouta hâtivement :

— En Amérique, personne ne saura s'il est ou non légitime. On le prendra pour le fils d'un premier mariage.

Elle le regarda d'un air incrédule, reculant comme devant un coup en pleine figure :

— Un premier mariage ? répéta-t-elle très bas. Alors, vous êtes marié ?

— Non, je ne le suis pas. Mais je me marierai un jour...

— Ce qui veut dire que vous n'avez toujours pas l'intention de m'épouser ?

Il garda le silence pendant un très long moment et sa main se tendit en un geste involontaire, puis retomba à ses côtés :

— Non, Ambre, dit-il finalement. Vous le savez bien. Nous en avons déjà parlé depuis longtemps.

— Mais c'est différent maintenant. Vous m'aimez, vous me l'avez dit vous-même ! Et je sais que c'est vrai. Oh ! Bruce, vous ne me l'avez pas dit pour...

— Non, Ambre. Je le pensais vraiment. Je vous aime, mais...

— Alors, pourquoi ne m'épousez-vous pas, si vous m'aimez ?

— Parce que, ma chère, l'amour n'a rien à voir là-dedans.

— Rien à voir ! Mais tout, au contraire. Nous ne sommes plus des enfants auxquels leurs parents disent qui ils doivent épouser. Nous sommes libres de faire ce qu'il nous plaît...

— C'est bien mon intention.

Elle le considéra quelques minutes en silence, avec le désir intense de le frapper. Mais le souvenir d'une expression de ses yeux durs et brillants la retint. Il l'observait, attendant, semblait-il, ses réactions. Finalement, il se détourna et quitta la pièce.

Nan arriva dans la quinzaine qui suivit, avec Suzanne, la nourrice, Curry et Grand John Waterman. Ils avaient passé ces quatre mois à errer d'un village à l'autre, fuyant l'épidémie. Malgré cela, seul un chargement avait été volé. Presque toutes les toilettes d'Ambre et ses affaires personnelles étaient intactes. Elle en fut si reconnaissante, qu'elle promit à Nan et à Grand John une gratification de cent livres à chacun quand ils rentreraient à Londres.

Bruce fut enchanté de sa grande fille de sept mois. Suzanne n'avait plus les yeux bleus ; ils tiraient sur un vert très clair, et ses cheveux étaient comme de l'or léger, loin de la couleur brun doré de sa mère. Elle ne lui ressemblait pas, d'ailleurs, pas plus qu'à Bruce, mais promettait d'être une vraie beauté déjà consciente de sa destinée, car elle agitait les doigts et riait rien qu'à la seule vue d'un homme.

Le jour même de l'arrivée de Nan, Ambre quitta la robe noire d'Émily, si peu seyante et, après mûre réflexion, en choisit une des siennes : assez décolletée, en satin cuivré, au corsage ajusté et à la jupe très ample. Elle se maquilla légèrement, posa deux ou trois mouches et, pour la première fois depuis bien des mois, Nan la coiffa avec de grandes boucles et un chignon haut. Parmi ses bijoux, Ambre découvrit une paire de boucles d'oreille et un bracelet d'émeraude.

— Seigneur ! dit-elle en se regardant avec satisfaction dans la glace, j'avais oublié comment j'étais !

Après un été anormalement chaud et sec, le temps changea subitement vers la fin d'octobre. De violentes pluies se succédèrent et, vers le milieu du mois, de fortes gelées firent leur apparition. Bruce et Almsbury allaient néanmoins chasser, bien que généralement leur poudre prît l'humidité, leur interdisant de tuer quoi que ce fût. Ambre passait la plus grande partie de ses matinées dans la nursery. Parfois, Bruce et Almsbury jouaient au billard pendant qu'elle les regardait, ou bien ils entamaient tous trois un jeu de cartes, s'amusaient à faire des anagrammes de leurs propres noms et de ceux des autres. Émily se joignait rarement à eux, car elle était une maîtresse de maison à l'ancienne mode, ne négligeant aucun détail et surveillant tout, plutôt que de s'en rapporter à un maître d'hôtel ainsi que bon nombre de grandes dames. Ambre ne pouvait pas comprendre qu'elle passât ainsi tout son temps entre la nursery, l'office et la cuisine. Sans conteste, ils étaient tous plus gais quand Émily se trouvait ailleurs.

Généralement, Barberry Hill était rempli d'amis à cette époque de l'année, car le comte et sa femme possédaient de nombreuses relations. Mais l'épidémie empêchait toute réunion et seul, de temps à autre, un voisin venait rendre une visite. Les nouvelles de Londres devenaient meilleures. Le nombre des morts allait en décroissant, bien qu'il fût encore de plus d'un millier par semaine. Bien des gens qui avaient quitté la ville alors qu'il n'en mourait guère plus de cent par semaine y rentraient à présent. Les rues regorgeaient de mendiants aux taches suspectes, mais on ne voyait plus de cadavres, et la charrette des morts ne passait plus que la nuit. Un vent d'optimisme commençait à souffler, car l'on prétendait que le pire était passé.

Bruce s'impatientait : Qu'était-il advenu de ses vaisseaux et du butin qu'il avait ramené ? Il désirait rentrer à Londres au plus vite, et repartir pour les Amériques. Ambre lui demanda quand il comptait mettre à la voile.

— Dès que je le pourrai ! Mais il paraît peu probable que les hommes signent des engagements dans l'immédiat.

— Je voudrais rentrer avec vous.

— Je ne crois pas que ce serait bien raisonnable, Ambre. J'irai à Oxford d'abord, la Cour y est en ce moment, et j'ai besoin de voir le roi, pour une cession de terres. Le temps est abominable et je ne peux pas perdre mon temps à voyager en voiture. Une fois à Londres, je serai si occupé que je ne vous verrai pour ainsi dire pas. Restez ici, chez

Almsbury, un mois ou deux encore, la ville n'est pas assez sûre pour le moment.

— Cela m'est bien égal, fit-elle avec obstination. Qu'elle soit sûre ou non, je m'en moque. Si je peux vous entrevoir, ne fût-ce qu'un moment, je vous accompagne. Et cela ne me fera rien du tout d'aller à cheval, je vous assure.

Mais un beau jour, vers midi, comme elle était à sa fenêtre regardant les gros nuages gris balayés vers le sud et surveillant un groupe de cavaliers qui s'approchait de la maison, elle se sentit soudain envahie d'un étrange sentiment de crainte et de méfiance. Avant qu'il fût possible de distinguer la silhouette particulière des chevaux et de ceux qui les montaient, elle acquit la conviction que Bruce n'était pas parmi eux. Se détournant brusquement, elle releva ses jupes et s'élança hors de la pièce. Elle arriva au bas du grand escalier au moment où Almsbury entrait dans le hall.

— Où est Bruce ?

Almsbury, vêtu d'un long manteau de chasse, chaussé de grosses bottes, les cheveux trempés et les plumes de son chapeau pendant lamentablement, eut un air embarrassé :

— Il est parti, Ambre. À Londres.

Ôtant son chapeau, il le secoua contre ses genoux.

— Parti ? Sans moi ?

Elle le regarda incrédule, puis, avec une irritation grandissante :

— Mais je devais l'accompagner. Je le lui avais dit.

— Il m'a déclaré vous avoir dit qu'il partait seul.

— Le diable l'emporte ! marmonna-t-elle.

Et elle s'enfuit.

— Eh bien ! j'irai aussi.

Almsbury l'appela, mais elle ne parut pas avoir entendu et monta rapidement l'escalier. À mi-chemin, elle croisa quelqu'un qu'elle n'avait encore jamais vu, un homme d'un certain âge, très bien vêtu, mais bien qu'il se retournât et la suivît des yeux, elle l'ignora.

— Nan ! cria-t-elle, en faisant irruption dans sa chambre, emballe quelques robes pour moi. Je pars à Londres.

— Nan sursauta et jeta un coup d'œil vers la fenêtre ; la pluie fouettait les carreaux, et le vent faisait ployer les hêtres.

— À Londres, Madame. Par ce temps ?

— Au diable le temps ! Emballe mes robes, te dis-je. N'importe quoi. Peu m'importe ! Jette tout comme tu voudras.

Elle tirait sur les lacets qui maintenaient son corsage, arrachait sa robe et se dirigeait vers la coiffure pour jeter ses bracelets sur le bois poli. Elle était toute rouge et serrait les dents.

« La peste soit de lui ! songeait-elle. Il aurait bien pu m'emmener. Il me doit bien ça, au moins ! Oh ! mais je vais lui montrer. Je vais lui montrer ! »

Nan s'agitait, sortant les robes, les chemises et les souliers de sa maîtresse. Toutes deux étaient si occupées qu'elles ne virent pas Almsbury qui était entré et avait refermé la porte.

— Ambre ! Que diable faites-vous ?

— Je vais à Londres. Qu'en dites-vous ?

Elle ne daigna pas même lui jeter un coup d'œil, continua de retirer ses épingles à cheveux, laissant ceux-ci flotter sur ses épaules. Il traversa rapidement la pièce et son visage apparut dans la glace, derrière Ambre. Elle lui lança un regard féroce.

— Voulez-vous quitter la pièce, Britton ! Faites ce que je vous dis, ajouta-t-il comme Nan hésitait.

— Voyons, écoutez-moi ! Tenez-vous absolument à vous rendre ridicule ? Il ne vous veut pas à Londres. Il dit que la ville n'est pas encore assez sûre et il ne veut pas être dérangé par vous, il sera très occupé.

— Peu m'importe ce qu'il veut ! Je pars de toute façon. Nan !

Elle se leva vivement, mais Almsbury la retint par le poignet.

— Vous ne partirez pas, quand je devrais vous attacher au pied du lit. Il est très possible d'attraper la peste deux fois, vous savez. Si vous aviez le moindre bon sens, vous ne demanderiez pas à y retourner. Bruce est parti parce qu'il le devait. Ses navires sont peut-être détruits ou pillés, et sinon, ils ne tarderont pas à l'être dès que la ville commencera de se remplir. Allons, ma chère – pour l'amour de Dieu – un peu de raison. Il reviendra, il me l'a dit.

Ambre leva les yeux sur lui, la lèvre boudeuse, de grosses larmes commençaient à rouler sur ses joues. Elle renifla, mais ne protesta pas quand il l'entoura de ses bras.

— Mais pourquoi, demanda-t-elle enfin, étouffant un sanglot, pourquoi ne m'a-t-il pas dit adieu ? La nuit dernière, eh bien ! la nuit dernière a été comme toujours...

Il la serra contre lui et lui caressa les cheveux :

— C'est possible, mon cœur, mais il ne voulait pas de dispute.

Ambre poussa un gémissement et fondit en larmes, les bras passés autour du cou d'Almsbury.

— Je, je ne me serais pas disputée ! Oh ! Almsbury ! je l'aime tant !

Il la laissa pleurer, la serrant contre lui, jusqu'à ce qu'elle se calmât. Puis, sortant un mouchoir, il le lui tendit :

— Avez-vous remarqué le gentilhomme que vous avez croisé dans l'escalier ?

Elle se moucha, tamponna ses yeux rougis et son visage sillonné de larmes :

— Non, pas du tout. Pourquoi ?

— Il m'a demandé qui vous étiez. Il vous considère comme la plus belle personne qu'il ait jamais vue.

Une vanité agréablement chatouillée adoucit son chagrin.

— Vraiment ?

Elle renifla une ou deux fois, tout en considérant le mouchoir qu'elle tordait entre ses doigts. Puis elle se moucha de nouveau :

— Qui est-ce ?

— Edmond Mortimer, comte de Radclyffe, une des plus vieilles et des plus honorables familles d'Angleterre. Allons, venez, mon cœur, il est temps de déjeuner. Descendons. Il désire vous être présenté.

Ambre soupira et se détourna.

— Oh ! cela m'est bien égal. Je ne tiens plus à connaître personne.

Almsbury eut un sourire engageant.

— Vous aimeriez mieux rester dans votre chambre et bouder, n'est-ce pas ? Eh bien ! faites comme vous voudrez, mais il sera déçu. Pour vous dire la vérité, il serait capable, je crois, de vous demander en mariage !

— Me demander en mariage ? Que diable ferais-je d'un autre mari ? Jamais je ne me marierai plus !

— Pas même avec un comte ? reprit Sa Grâce d'un ton pensif. Oh ! ma chère, faites comme il vous plaira. Mais il m'avait semblé, l'autre soir, vous entendre dire à Bruce quelque chose dans ce goût : « Attendez seulement que je sois comtesse de cela ou de ceci... » Eh bien ! vous avez là une chance, allez-vous la laisser s'enfuir ?

— Je pense que vous avez dit à ce vieux radoteur que j'étais riche ?

— Oh ! peut-être, je ne me souviens plus !

— Bon ! eh bien ! dans ces conditions, je vais descendre. Mais je ne l'épouserai pas. Peu me chaut d'être comtesse...

Mais elle ne pouvait s'empêcher de penser : « Si la prochaine fois que Bruce revient je suis Sa Grâce la comtesse de Radclyffe, cela ne manquera pas de l'impressionner, lui qui n'est que baron ! »

XXXVIII

Le déjeuner fut retardé d'une demi-heure afin qu'Ambre pût s'habiller et effacer la trace de ses larmes. Puis, jetant un mantelet de fourrure sur ses épaules, elle descendit à la salle à manger. En hiver, il était toujours nécessaire de porter un manteau en traversant les couloirs, mais cette année, il faisait si froid qu'on le supportait partout.

Almsbury et son invité se tenaient auprès de la cheminée. Lady Almsbury travaillait à sa broderie. Les deux hommes se retournèrent et Almsbury fit les présentations. Ambre fit une révérence, tout en examinant le comte d'un œil critique. Sa première réaction fut instantanée : « Comme il est laid ! » Et elle décida immédiatement qu'elle ne l'épouserait jamais. Après quoi, l'on se mit à table.

Edmond Mortimer était âgé de cinquante-sept ans et en paraissait au moins dix de plus. Il était un peu plus grand qu'Ambre, mais, comme celle-ci portait de hauts talons, ils semblaient de la même taille. Mince et délicat, les épaules étroites et les jambes maigres, sa tête semblait trop grosse pour son corps fragile, et l'énorme perruque qu'il portait accentuait encore la disproportion. Son visage était sévère, d'expression sarcastique et tout en parlant, il montrait des dents jaunes entre ses lèvres fines. Seuls ses vêtements rencontraient toute son approbation, car ils étaient soignés et parfaits dans le moindre détail. Et ses manières, pour froides et peu engageantes, n'en étaient pas moins également impeccables.

— Sa Grâce, dit Almsbury comme ils commençaient à manger, a voyagé sur le continent depuis ces trois dernières années.

— Oh ! fit Ambre poliment.

Elle n'avait pas faim et regrettait de n'être pas restée dans sa chambre.

Elle se forçait pour avaler tant elle se sentait la gorge nouée.

— Mais pourquoi rentrer maintenant, au moment où la peste sévit parmi nous ?

Sa voix, comme il lui répondait, était aussi précise que son apparence :

— Je ne suis plus jeune, Madame. La maladie et la mort ne m'effrayent plus. Et mon fils devant se marier dans une quinzaine, je suis revenu pour la cérémonie.

— Ah !

Ce fut tout ce qu'elle trouva à dire.

Il ne paraissait vraiment pas éprouver pour elle autant d'intérêt qu'Almsbury le prétendait, et comme elle était venue pour se sentir caressée par les regards admiratifs d'un homme, elle se trouva déçue et s'ennuya. Sitôt le déjeuner terminé, elle remonta chez elle.

Deux ou trois heures plus tard, quand Almsbury frappa à la porte et entra, elle était étendue à plat ventre sur le lit, ne pleurant pas, mais inerte.

— Ambre !

Il parlait doucement, craignant qu'elle ne fût endormie.

Elle tourna la tête :

— Oh ! entrez, Almsbury.

Il s'assit à ses côtés et elle s'allongea sur le dos. Ses cheveux étaient en désordre, ses yeux rouges et gonflés, sa tête lui faisait mal et son visage avait une expression morne et apathique. D'un air sérieux, empreint de bonté, Almsbury se pencha pour l'embrasser :

— Pauvre petit cœur !

Au son de sa voix, ses larmes recommencèrent à couler. Elle se mordit la lèvre, décidée à se dominer, mais ils restèrent un long moment silencieux. Almsbury lui caressait tendrement les cheveux.

— Almsbury, dit-elle enfin. Bruce m'a-t-il quittée pour aller se marier ?

— Se marier ? Bon Dieu ! Non. Pas à ma connaissance. Non ! Je vous jure que non.

Elle poussa un soupir et son regard se perdit dans le lointain.

— Mais un jour il se mariera, et il m'a dit qu'il voulait faire de Bruce son héritier !

Ses yeux prirent une expression dure et irritée.

— Il ne veut pas m'épouser, mais il fera de mon fils son héritier. Belle comédie !

Sa bouche eut un pli d'amertume et, du bout de son pied, elle frappa les couvertures.

— Vous le laisserez faire, n'est-ce pas ? Après tout, cela vaut mieux pour l'enfant !

— Non ! Je ne le permettrai pas. Pourquoi le ferais-je ? S'il porte de l'intérêt à son fils, il n'a qu'à m'épouser.

Almsbury continuait à l'observer. Puis il changea de sujet.

— Dites-moi ? Que pensez-vous de Radclyffe ?

Elle fit la moue :

— Une affreuse vieille ruine. Il me fait horreur. À propos, il ne paraît pas du tout sous mon charme. Il m'a à peine gratifiée d'un regard après m'avoir saluée...

Il sourit :

— Vous oubliez, ma chère, qu'il appartient à une autre génération. La Cour de Charles Ier était un endroit formaliste et discret : regarder une femme n'était pas admis, même quand on l'admirait.

— Est-il riche ?

— Très pauvre. La guerre a ruiné sa famille.

— Alors c'est pour cela qu'il me trouve jolie.

— Pas forcément. Il déclare que vous êtes la plus jolie femme qu'il ait rencontrée depuis quarante ans. Vous lui rappelez, dit-il, une dame qu'il a connue il y a longtemps.

— Et qui cela, je vous prie ?

Almsbury haussa les épaules :

— Il ne me l'a pas dit. Une de ses maîtresses, probablement. Jamais les hommes ne se souviennent favorablement de leur femme.

Elle revit le comte de Radclyffe le lendemain au déjeuner, où se comptaient deux invités nouveaux : une cousine d'Émily, Lady Rawstorne, et son mari. Lord Rawstorne était un gros homme, de la taille d'Almsbury, mais beaucoup plus lourd, avec un rire bruyant, une figure rouge et une odeur d'écurie. À peine eut-il vu Ambre qu'il parut enchanté et ne la quitta plus des yeux. Sa femme avait l'air aigre et mécontent. Et le comte de Radclyffe, bien qu'il ignorât visiblement Rawstorne et ses regards admiratifs, en paraissait aussi ennuyé. Ambre s'en amusa et prit un malin plaisir à fleureter avec Lord Rawstorne.

Quand on quitta la table, celui-ci fit une tentative pour se rapprocher d'elle, en dépit des signaux de sa femme, mais Radclyffe le devança et, s'inclinant avec toute la raideur d'une marionnette dont les rouages n'auraient pas été huilés depuis des années :

— Votre serviteur, Madame.

— Votre servante, Monsieur.

— Peut-être vous souvenez-vous, Madame, d'avoir hier entendu dire à Lord Almsbury que j'avais rapporté quelques bibelots intéressants de mes voyages. Certains d'entre eux étaient dans ma voiture, et en espérant que vous me feriez l'honneur d'y jeter un coup d'œil, je les ai fait déballer hier soir. Auriez-vous cette bonté, Madame ?

Ambre fut sur le point de refuser, mais elle songea que ce serait au moins aussi divertissant que de remonter chez elle et de pleurer :

— Merci infiniment, Monsieur. Je les verrai avec plaisir.

— Ils sont dans la bibliothèque, Madame.

La grande pièce était sombre, lambrissée de chêne et faiblement éclairée. Sur une grande table, près du feu, divers objets étaient exposés. Almsbury n'était pas très ardent lecteur et la pièce sentait le renfermé et le moisi. Ambre s'approcha sans grand intérêt, mais immédiatement son indifférence se transforma en ravissement car la table était couverte de bibelots rares et précieux. Une statuette de marbre blanc, une Vénus décapitée, un nègre sculpté dans de l'ébène, revêtu d'un pagne émaillé représentant des plumes d'autruches et portant de vrais bijoux sur son turban et à ses bras musclés ; un lourd cadre d'or, exquisément ciselé ; une boîte à bijoux en écaille, des boutons de diamants, d'exquises petites glaces, des flacons de parfum. Chacun était parfait en son genre, choisi par un homme au goût sûr.

— Ah ! que c'est beau ! Oh ! voyez ceci !

Elle se tourna vivement vers lui, les yeux brillants.

— Puis-je le prendre, en faisant bien attention ?

Il sourit et s'inclina :

— Certainement, Madame. Je vous en prie !

Oubliant son antipathie, elle lui posa des questions. Il lui raconta l'origine de chacun de ces bibelots, leur histoire, entre quelles mains ils avaient passé avant de devenir sa propriété. L'histoire du nègre surtout l'enchanta :

— Deux cents ans auparavant, il était une grande dame de Venise – extrêmement belle, ainsi que toutes les créatures de légende – qui possédait un gigantesque esclave noir. Son mari était persuadé que c'était un eunuque. Mais il se trompait et, quand la dame donna le jour à un enfant noir, elle fit tuer le bébé et le remplaça par un blanc. Mais la sage-femme, par jalousie ou par vengeance, raconta tout au mari qui fit mettre l'esclave à mort, devant les yeux de sa femme. Celle-ci fit secrètement faire cette statue d'ébène, en souvenir de son soupirant.

Quand elle eut examiné tous les objets, Ambre remercia le comte et se détourna avec un soupir.

— Ils sont tous adorables et je vous envie, Milord.

Jamais elle n'avait pu voir quelque chose de joli sans avoir aussitôt une envie immodérée de le posséder.

— Voudriez-vous me permettre, Madame, de vous faire un présent ?

Elle se tourna vivement :

— Oh ! Votre Grâce ! Vous devez tant y tenir.

— C'est vrai, Madame, je l'avoue. Mais votre goût me paraît attentif.

Car elle était bien décidée à faire un bon choix, prenant l'un, reposant l'autre, profondément absorbée. Peu à peu elle se rendit compte qu'il l'observait et lui lança un regard de coin, car elle désirait saisir son expression avant qu'il ne détournât les yeux. Ainsi qu'elle s'y attendait, il évita son regard, mais la lueur qu'elle avait surprise sur son visage faisait paraître naïve et puérile la bienveillante convoitise de Lord Rawstorne. Toute la répulsion qu'il lui avait inspirée au premier abord lui revint, plus violente que jamais. « Qu'a donc ce vieux ? songea-t-elle. Il est étrange, étrange et malsain. »

Saisissant le nègre – qui était très lourd et avait plus de deux pieds de haut, – elle se tourna vers le comte. Une fois de plus il lui opposa un visage froid et poli, aussi austère qu'un anachorète.

— Voici ce que je désire, dit-elle.

— Certainement, Madame.

Elle crut voir l'ombre d'un sourire soulever légèrement un coin de sa bouche mince, mais n'en fut pas sûre.

Le lendemain Radclyffe s'en fut. Trois jours plus tard, un billet arriva pour Ambre. Elle le montra à Almsbury quand il vint bavarder avec elle, pendant que Nan la coiffait. Le nègre d'ébène trônait près de la coiffeuse.

Almsbury ricana :

— Ainsi ce vieux bouc pense à vous comme une réalisation de la beauté parfaite !

Ambre posa une mouche au coin gauche de ses lèvres.

— Depuis que je suis une riche veuve, mes charmes ont gagné cent pour cent, à ce qu'il paraît.

— Au point de vue du mariage seulement, mon cœur. Vous avez toujours eu plus de charme qu'il n'en faudrait à une douzaine de femmes ; mais, dans le monde, un joli visage sans argent ne doit guère compter sur d'honnêtes soupirants. Maintenant que vous êtes riche, vous pouvez faire votre choix.

Se levant, il se pencha de manière que ses paroles ne fussent pas entendues par les servantes, qui faisaient la chambre :

— Si je n'étais pas marié, je me serais mis sur les rangs !

Ambre rit gaiement, croyant qu'il plaisantait. Il se pencha davantage encore et lui murmura quelque chose à l'oreille tout en l'embrassant. Elle répondit tout bas, ils échangèrent un clin d'œil dans la glace et Almsbury s'en fut. Lord Carlton était au centre de leur affection mutuelle : Ambre aimait Almsbury parce qu'il était l'ami de Bruce et lui l'aimait encore plus parce qu'elle était la maîtresse de Sa Grâce et la mère de ses enfants. Mais aucun des trois ne considérait comme extraordinaire et déloyal qu'en l'absence de Carlton le comte fleuretât un peu avec elle.

Quelques jours plus tard, elle entendit de nouveau parler de Radclyffe. Il lui envoya un miroir florentin, très joliment ciselé, à motifs de plumes d'autruche entrelacées. Le petit billet qui accompagnait le présent disait que ce miroir avait jadis reflété l'image de la plus jolie femme d'Italie, et qu'il espérait à présent refléter le plus beau visage de toute l'Europe. Moins d'une semaine après, arriva un panier d'oranges – une rareté depuis la guerre – dans lequel était dissimulé un collier de topazes.

— Il doit avoir l'intention de m'épouser, dit Ambre au comte. Personne ne fait des cadeaux semblables, s'il n'a pas compté qu'ils lui reviendront.

Almsbury trouva la remarque plaisante :

— Vous avez raison, je crois. Et s'il fait sa demande, l'accepterez-vous ?

Ambre haussa les épaules et soupira.

— Je n'en sais rien. À quoi bon être riche, sans titre !

Elle fit la moue.

— Mais je déteste ce vieux bouc puant !

— Alors, épousez un jeune homme.

Elle lui lança un regard indigné :

— Comment ! Mais j'aimerais mieux être enterrée vive que d'épouser un de vos mignons francisés de Covent Garden ! Je sais trop ce que cela signifie. Ils vous font des enfants et vous envoient à la campagne pendant qu'eux restent à Londres, à faire les fanfarons et à dépenser votre argent avec des actrices ou des filles. Non, merci pour moi ! J'en ai vu assez pour connaître la musique. Si je dois me marier pour avoir un titre, j'épouserai plutôt un vieux qui me déplaît, qu'un jeune que je détesterai. À tout le moins, il y a des perspectives de liberté…

Le comte éclata d'un rire franc. Ambre le considéra avec surprise et mécontentement :

— Eh bien ! Milord ?

— Vous, mon cœur ! Personne, à vous entendre, ne croirait que vous étiez, il y a seulement six ans, la plus simple des jeunes paysannes, et que vous m'avez souffleté parce que je vous offrais honnêtement mon affection. Qu'est-il arrivé, je me le demande, à cette jolie et innocente fillette que j'ai vue pour la première fois sur les prés de Marygreen ?

Ambre était agacée. Pourquoi n'était-il pas content d'elle ? Elle aimait à penser à Almsbury comme au seul homme qui l'acceptait exactement comme elle était et approuvait tout ce qu'elle disait et faisait.

— Je ne sais pas, dit-elle, boudeuse. Elle a disparu, si jamais elle a existé. Elle ne pouvait pas vivre à Londres !

Il lui serra affectueusement la main.

— Non, mon cœur, elle ne pouvait pas. Mais sérieusement, je crois que vous commettriez une erreur en épousant Radclyffe.

— Pourquoi ? C'est vous-même qui m'en avez donné l'idée !

— Je sais. Mais je désirais surtout changer le cours de vos pensées. En premier lieu, il est très endetté. Vous y laisseriez la moitié de votre fortune.

— Oh ! j'ai mon plan. Je conserverai l'administration de mes biens.

Almsbury secoua la tête.

— Cela n'ira pas. Il ne vous épousera pas sous de telles conditions, pas plus que vous ne l'épouseriez s'il conservait seul la jouissance de son titre. Non, si vous devenez la femme de Radclyffe, vous lui confierez votre argent. Et croyez-vous pouvoir supporter une vie commune, dans la même maison, sans parler du même lit ?

— Oh ! quant à cela... À Londres, je m'occuperai à peine de lui. Je passerai mes journées à la Cour, et mes nuits peut-être aussi ! ajouta-t-elle d'un ton significatif.

Elle n'avait jamais oublié ses ambitions premières de devenir la maîtresse de Sa Majesté, et, chaque fois que Bruce Carlton était reparti, le projet la séduisait de nouveau. Être la maîtresse du roi, une grande dame, redoutée et enviée, admirée aussi. Être montrée du doigt à chaque coin de rue, observée dans les couloirs du palais, saluée et encensée dans les salons. Se voir mendier une faveur, un sourire, tenir entre ses mains l'avenir d'un grand nombre, de centaines d'hommes et de femmes. Tel était le summum de ses ambitions : plus puissante que la reine, que le chancelier, supérieure à toutes les grandes dames du pays. Et si elle parvenait à être présentée à Whitehall, avoir le droit et le privilège d'un appartement dans la demeure du roi, le voir tous les jours... Ambre ne doutait pas qu'elle pût un jour occuper la place que Lady Castlemaine – disait-on – était en train de perdre.

Elle pensait à tout cela quand – quelques jours après la Noël – elle accepta la demande en mariage du Comte de Radclyffe.

Ils partirent tous deux dans la voiture du comte, le 2 janvier, emmitouflés dans d'épaisses fourrures ; il faisait si froid que leurs haleines s'échappaient de leurs lèvres tandis qu'ils causaient. Les routes étaient si bien gelées que le voyage promettait d'être infiniment plus rapide que par temps de pluie, mais ils durent s'arrêter vers quatre heures parce que les cahots incommodaient Sa Grâce.

Le contrat de mariage avait été signé à Barberry Hill et Ambre s'était imaginé que le comte, se prévalant de l'ancienne coutume, voudrait coucher avec elle cette nuit même. Cependant, à huit heures du soir, il s'inclina, lui souhaita bonne nuit et se retira dans ses appartements. Nan et Ambre le regardèrent s'en aller, muettes d'étonnement. La porte une fois close, elles éclatèrent de rire.

— Ce doit être un impuissant ! railla Nan.

— Je l'espère !

Ils atteignirent Londres au soir du cinquième jour. Ambre ne put s'empêcher d'éprouver un sentiment de crainte quand ils approchaient de la ville, mais elle se tranquillisa le long des rues sombres et paisibles. Il n'y avait plus de charrettes, plus de cadavres et très peu de croix rouges sur les portes. Les grandes fosses, dans les cimetières, étaient recouvertes de verdure ; les centaines de milliers de morts s'effaçaient d'eux-mêmes. Les tavernes étaient de nouveau brillamment éclairées, pleines de monde, des voitures brinquebalaient, transportant une joyeuse jeunesse, on entendait le son de la musique. « Ce n'était pas vrai, songeat-elle. Ce n'est pas réellement arrivé ! » Elle avait le sentiment de s'éveiller d'un affreux cauchemar et de constater, à son intense soulagement, que ce n'avait été qu'un mauvais rêve.

L'hôtel des Radclyffe se trouvait dans Aldersgate Street, juste au-dessus de Saint Anne's Lane, aux portes mêmes de la Cité. La rue était large, bordée de belles maisons très espacées. Radclyffe lui dit qu'elle ressemblait davantage à une avenue italienne que n'importe quelle autre rue de Londres. C'était le seul endroit, si près du cœur de la ville, où quelques grandes familles habitaient encore. La maison avait été virtuellement inoccupée depuis près de vingt-cinq ans, à l'exception de quelques serviteurs restés en garde, et la plupart des fenêtres étaient murées. À l'intérieur, elle était sombre et poussiéreuse, rien n'avait été modifié depuis qu'elle avait été construite, c'est-à-dire quelque quatre-vingts ans auparavant. Toutes les pièces communiquaient, vrai labyrinthe et, sauf le grand escalier central, tous les couloirs et les escaliers étaient étroits et obscurs. Ambre fut soulagée de voir que ses appartements, tout au moins, avaient été nettoyés et aérés ; mais ils n'étaient pas pour cela en meilleur état que le reste.

Le lendemain matin de bonne heure, elle sortit pour aller voir Shadrac Newbold et y trouva sa fortune intacte (il lui apprit également que Lord Carlton s'était embarqué pour l'Amérique deux semaines auparavant). Quand elle eut mis Radclyffe au courant de ses finances, il suggéra que leur mariage pourrait avoir lieu sitôt les formalités nécessaires accomplies. Il était catholique, ainsi qu'elle le savait, par conséquent deux cérémonies étaient indispensables, car un simple mariage à l'église catholique pouvait être cassé et déclaré nul.

— Je voudrais, dit Ambre, me commander une robe. Je n'ai plus rien de convenable, et je compte qu'il faudra une dizaine de jours à ma couturière.

— Je ne crois pas que ce sera prudent, Madame ; il y a encore trop de malades dans la ville. Mais, si vous vouliez me faire plaisir, je possède une robe que je serais infiniment heureux de vous voir porter.

Quelque peu surprise, se demandant si réellement il conservait avec lui une toilette de mariée, en cas d'imprévu, Ambre accepta. Cela paraissait une requête fort inoffensive.

Vers le soir, il entra dans sa chambre, portant dans ses bras une robe d'épais satin blanc, richement brodée de perles. Quand il la lui présenta, Ambre remarqua des traces de pliure, comme si la robe était restée emballée très longtemps. Elle comprit alors que c'était une très vieille robe, le blanc avait jauni et la coupe en était fort ancienne ; taille très haute, avec un péplum flottant tailladé en quatre endroits ; le décolleté carré était orné d'un grand col de dentelle et des manchettes également en dentelle terminaient les grandes manches longues. La jupe s'ouvrait dans le bas sur un dessous d'épais drap d'argent.

Radclyffe sourit devant son air étonné :

— Ainsi que vous pouvez le constater, ce n'est pas une robe neuve. Mais elle est encore belle et je vous serais très reconnaissant de la porter.

Elle étendit la main pour la prendre :

— J'en serais heureuse, Monsieur.

Plus tard, elle et Nan l'examinèrent attentivement, faisant des suppositions :

— Elle doit avoir au moins quarante ans, ou plus, dit Nan. Je me demande qui l'a portée.

Ambre haussa les épaules :

— Sa première femme, peut-être. Ou une ancienne passion. Je le lui demanderai, un jour.

À sa grande surprise, quand elle l'essaya, la robe lui allait parfaitement, comme faite pour elle.

XXXIX

— Ambre, comtesse de Radclyffe ! dit-elle posément en s'examinant dans la glace et fronçant son petit nez.

Elle fit claquer ses doigts et se détourna :

— Grand bien me fasse !

Ils étaient mariés depuis une semaine, mais sa vie n'en était pas drôle pour cela, ni plus intéressante que celle de l'ex-Mrs. Dangerfield et certainement moins amusante que celle de Mrs. Saint-Clare du Théâtre Royal. Le temps était trop froid pour qu'il fût agréable de sortir. Les victimes de la peste avaient encore été près d'une centaine durant la semaine et le roi n'était pas encore revenu à Whitehall. Ambre restait donc chez elle quittant rarement ses appartements – car le reste de la maison était toujours aussi triste et malpropre – elle s'ennuyait et en éprouvait de l'irritation. Quoi ! était-ce là ce que lui valaient ses soixante-six mille livres ? De l'ennui et la présence d'un homme qu'elle méprisait !

Car, depuis qu'elle était sa femme, Radclyffe restait de plus en plus une énigme à ses yeux. Elle le voyait fort peu, car il avait une multitude d'occupations qu'il ne partageait pas avec elle. Tous les jours, il passait plusieurs heures dans son laboratoire, qui communiquait avec sa chambre à coucher et pour lequel des instruments neufs arrivaient constamment. Sinon, il se tenait dans les bureaux du rez-de-chaussée, ou dans la bibliothèque, lisant, écrivant, classant ses factures et s'occupant de la remise en état de la maison. Bien que celle-ci dût être faite à l'aide de son argent, Ambre n'était jamais consultée.

Ils se rencontraient en général deux fois par jour, au déjeuner et au lit. La conversation à table était courtoise et aride, menée surtout à cause des domestiques, mais au lit, ils ne parlaient point du tout. Le comte ne faisait pas l'amour avec elle au sens réel du mot, car il était impuissant et cela, plus que probablement, depuis fort longtemps. Mieux que cela, il la méprisait, nettement et franchement, même quand elle soulevait en lui un certain désir et une nostalgie du passé qu'il ne parvenait pas à s'expliquer. Cependant, il aspirait violemment à la posséder et cherchait nuit après nuit l'assouvissement de ce désir, sans jamais y parvenir, ce qui le mettait dans un singulier état de convoitise et de rage.

Dès le premier soir ils furent ennemis, mais quelques jours passèrent avant que leur mutuelle antipathie ne se transformât en conflit ouvert. Ce fut à propos d'argent.

Il lui présenta une jolie petite note, bien écrite, adressée à Shadrac Newbold : « Prière de payer à Edmond Mortimer, comte de Radclyffe, ou au porteur, la somme de dix-huit mille livres », et lui demanda de bien vouloir la signer, car l'argent était toujours au nom d'Ambre, bien qu'il fût en possession d'un contrat de mariage qui lui donnait le contrôle de la fortune de sa femme, à l'exception d'une somme de dix mille livres.

Ils étaient debout devant une petite table à écrire, et, tout en lui donnant le papier, il trempa une plume d'oie dans l'encrier et la lui tendit. Elle jeta un coup d'œil sur le total, poussa un petit cri et se tourna vers lui :

— Dix-huit mille livres ! s'écria-t-elle avec irritation. À cette allure, ma fortune ne fera pas long feu !

— Je vous demande pardon, Madame, mais je crois être aussi conscient que vous de la qualité fugitive de l'argent, et je n'ai pas plus que vous le désir de dissiper votre héritage. Cette somme est destinée à payer mes dettes qui se sont accumulées depuis vingt-cinq ans.

Il parlait de l'air d'un professeur qui explique un problème difficile à un enfant peu intelligent. Ambre lui lança un regard furieux. Pendant un instant elle hésita, cherchant une échappatoire. Finalement elle prit la plume, la trempa elle-même dans l'encrier et griffonna nerveusement son nom au bas de la feuille en éclaboussant le papier. Puis, jetant la plume, elle se dirigea vers la fenêtre, tournant le dos à son mari.

Au bout de quelques minutes, elle entendit la porte se refermer. Brusquement elle pivota sur elle-même, s'empara d'un petit vase de Chine et le lança violemment à travers la pièce :

— Vieux démon ! cria-t-elle. Qu'il aille au diable !

Nan se précipita pour ramasser les morceaux :

— Ô mon Dieu ! Madame... Votre Grâce... corrigea-t-elle. Il sera fou furieux quand il verra ce que vous venez de faire. Il aimait beaucoup ce petit vase.

— Oui ! Eh bien ! moi j'aimais beaucoup mes dix-huit mille livres ! Le misérable ! Je voudrais avoir pu faire la même chose avec sa tête ! Seigneur, quel poison qu'un mari !

Elle jeta un regard impatient autour d'elle, cherchant une diversion :

— Où est Curry ?

— Sa Grâce m'a défendu de le garder dans la pièce quand vous êtes en négligé.

— Oh ! vraiment ! vraiment ! Nous allons bien voir.

Elle courut à la porte et l'ouvrit en criant :

— Curry ! Curry ! Où es-tu ?

Elle ne reçut pas de réponse. Puis, sortant de derrière une grosse armoire sculptée, le turban et la face noire et luisante du petit bonhomme apparurent. Il clignait des yeux d'un air ensommeillé :

— Oui, M'dame, bâilla-t-il.

— Que diable faisais-tu là-derrière ?

— Dormir, M'dame !

— Et où donc est ton coussin ?

— Peux plus rester ici, Miss Ambre !

— Qui a dit cela ?

— Sa Grâce, M'dame !

— Eh bien ! Sa Grâce ne sait pas ce qu'elle dit. Viens ici et à l'avenir, fais ce que je te dis, et ne l'écoute pas. C'est compris ?

— Oui, M'dame !

Il était midi passé quand Radclyffe rentrant dans la pièce avec son calme habituel, trouva Ambre assise par terre jouant aux dés avec Curry et Nan. Chacun d'eux avait une pile de monnaie devant lui et les deux femmes riaient de bon cœur aux singeries de Curry. Ambre vit entrer le comte, mais l'ignora tant qu'il ne fut pas tout à côté d'elle. Curry roula des yeux effarés, Nan se tut avec inquiétude. Seule Ambre lui lança un coup d'œil indifférent, en agitant les dés dans sa main. Tout en étant irritée, son cœur battait plus vite ; mais ainsi qu'elle l'avait dit à Nan, il fallait lui faire comprendre qu'elle n'entendait pas être gouvernée.

— Eh bien ! Milord ? J'espère que vos créanciers sont satisfaits ?

— Réellement Madame, fit lentement Radclyffe, vous me surprenez.

— Vraiment ?

Elle fit rouler les dés sur le plancher.

— Êtes-vous naïve, ou débauchée ?

Ambre lui jeta un coup d'œil rapide et laissa échapper un soupir excédé. Puis, repoussant les dés, elle se leva, prenant Curry par le poignet pour le mettre également debout. Soudain, elle sentit un coup violent sur le dessus de la main ; Curry poussa un cri d'effroi et se cacha dans ses jupes.

— Ôtez vos mains de cette créature, Madame !

Radclyffe parlait d'une voix neutre, mais ses yeux avaient un éclat sauvage.

— Sors d'ici ! ajouta-t-il, s'adressant à Curry qui s'enfuit sans demander son reste.

Radclyffe toisa Nan qui se tenait auprès d'Ambre.

— Je vous ai dit, Britton, que ce petit animal ne devait pas se trouver dans la pièce quand Sa Grâce est en négligé. Comment se fait-il que...

— Ce n'est pas sa faute, coupa Ambre. Elle me la dit. C'est moi qui l'ai fait entrer.

— Pourquoi ?

— Et pourquoi pas ? Il est avec moi depuis deux ans et demi, il va et vient dans mes appartements comme il veut.

— Autrefois peut-être, mais plus maintenant. Vous êtes ma femme, Madame, et si vous ne possédez pas le sentiment de la décence, je l'aurai pour vous.

Furieuse, bien décidée à le blesser avec la seule arme qui fût en sa possession, elle répondit assez bas, mais avec un petit rire railleur :

— Cependant, Milord, vous ne pensez pas être cocufié par un simple enfant !

Les yeux de Radclyffe s'injectèrent de sang et les veines de son front se gonflèrent. Ambre connut un instant de véritable terreur, car elle lisait le meurtre sur son visage ; mais, à son grand soulagement, il se maîtrisa et chassant une poussière de sa cravate immaculée :

— Madame, je ne me représente pas très bien le genre d'homme qu'était votre premier époux. Je vous affirme qu'une Italienne parlant ainsi à son mari se fût repentie de son impertinence.

— Oui, eh bien ! je ne suis pas une Italienne, et nous sommes en Angleterre !

— Où les maris n'ont aucun droit, croyez-vous !

Il se détourna :

— Demain ce singe noir aura quitté la maison.

Brusquement, Ambre regretta son insolence et ses provocations. Car elle comprit qu'il ne se laisserait pas malmener comme Jack le Noir ou Luc Channel ni abuser comme Rex Morgan ou Samuel Dangerfield. Il ne l'aimait pas et ne la respectait pas. Et, bien qu'il fût élégant de railler son mari, elle savait très bien que légalement parlant une femme dépendait de son époux, corps et biens. Il pouvait en faire ce qu'il voulait, même la tuer, surtout s'il était riche et titré.

Elle changea de ton :

— Ne lui faites pas de mal.

— Je veux simplement m'en débarrasser, Madame. Je refuse de l'abriter plus longtemps sous mon toit.

— Mais ne lui faites pas de mal, n'est-ce pas ? Il est aussi inoffensif et désarmé qu'un petit chien. Ce n'est pas sa faute. Oh ! s'il vous plaît, laissez-moi l'envoyez à Almsbury ! Il s'en occupera. Je vous en prie, Votre Grâce !

Elle avait horreur d'implorer ainsi une faveur et ne l'en haïssait que davantage, mais elle aimait bien Curry et ne pouvait pas supporter l'idée qu'il fût malheureux.

Le comte la regardait avec une sorte d'amusement et sa réponse fut une vengeance des affronts qu'elle lui avait fait subir :

— Il paraît à peine croyable, dit-il lentement, qu'une femme ressente, sans raison, autant de tendresse pour un petit singe.

Ambre serra les dents et refusa de se laisser emporter. Ils s'affrontèrent du regard. Finalement elle répéta :

— Voulez-vous, je vous prie, l'envoyer chez Almsbury ?

Il sourit légèrement, heureux de l'avoir humiliée :

— Très bien ! Je l'y enverrai dès demain.

Cette faveur fut accordée comme un soufflet.

Ambre baissa les yeux.

— Merci, Monsieur.

« Un jour, songeait-elle, un jour, je te couperai le sifflet, maudit vieux cannibale ! »

Le 1er février Charles rentra à Whitehall. Une épaisse couche de neige couvrait le sol, les cloches sonnaient gaiement et de grands feux de joie éclairaient le sombre ciel d'hiver, souhaitant la bienvenue à Sa Majesté. La reine, cependant, et toutes les dames étaient restées à Hampton Court. Lady Castlemaine avait récemment donné le jour à un second fils ; la reine avait eu une nouvelle fausse couche. Et York boudait sa duchesse, parce qu'il disait – on prétendait croire – qu'elle avait eu une intrigue avec le beau Sidney.

Radclyffe alla présenter ses devoirs au roi, mais Ambre ne pouvait se montrer à la Cour avant le retour des dames, après avoir été présentée au cours d'un bal ou de toute autre réception officielle. Ayant accompli son devoir, Radclyffe ne se montrait pas fréquemment à Whitehall. Il n'était pas le genre d'hommes que le roi choisissait comme confident, et sa religion l'empêchait de briguer n'importe quel poste. De plus, il était resté trop longtemps éloigné de la Cour. Une nouvelle génération s'y était installée, qui n'était pas la sienne. Il jugeait sévèrement le nouveau genre de vie, le considérant comme vide, frivole, manquant de grâce et de fond. La plupart des hommes, disait-il, étaient des esclaves ou des imbéciles, et les femmes un troupeau de péronnelles sans cervelle… la sienne y comprise.

Pour Ambre, le temps passait encore plus lentement que de coutume. Elle restait des heures auprès de Suzanne, lui apprenant à marcher, jouant avec elle, et lui chantant toutes les chansons enfantines dont elle se souvenait. Elle adorait sa fille, mais ne pouvait cependant pas édifier toute sa vie sur cette enfant. Elle désirait ardemment pénétrer enfin dans ce monde séduisant. Elle y avait acheté et payé son droit d'admission et pouvait y entrer par la grande porte, fièrement, sans avoir besoin de se glisser comme une coupable par une voie détournée. Elle était heureuse que Radclyffe n'aimât pas la vie du palais, car elle serait ainsi plus libre d'en jouir tout à son aise.

XL

Le salon de la reine était rempli de courtisans. Les dames avaient revêtu leurs belles toilettes : dentelles, satins pailletés et velours, grenat, carmin, jaune primevère, prune et flamme, avec grand décolleté et bras nus, ruisselants de bijoux. Des centaines de bougies brûlaient dans les appliques et les torchères, et des soldats de la Garde tenaient des torches enflammées. Leurs Majestés, assises sous un dais capitonné de velours cramoisi frangé d'or, offraient leurs mains à baiser. À l'un des bouts de la salle les musiciens attendaient, vêtus d'habits de taffetas de couleurs diverses et couronnés de fleurs. Il n'y avait pas d'étrangers ni de spectateurs le long des galeries, car l'épidémie persistait encore, le nombre de morts oscillant de semaine en semaine. Les dames venaient seulement d'arriver de Hampton Court.

— Sa Grâce la comtesse de Castlemaine ! annonça l'huissier.

— Baron Arlington ! Lady Arlington.

— Lord Denham ! Lady Denham !

— Le comte de Shrewsbury ! La comtesse de Shrewsbury !

Chaque fois qu'un nom était annoncé, tous les regards se tournaient vers la porte, un murmure courait le long de la pièce, des regards étaient échangés derrière les éventails ; on entendait des rires étouffés de femmes et parfois le ricanement d'un homme.

— Dieu me damne ! fit observer un jeune beau à son voisin, mais je ne comprends pas que Lord Shrewsbury ose encore se montrer en public ! Sa Grâce a couché avec la bonne moitié des hommes qui sont ici, et il n'a jamais fait même un geste pour défendre son honneur !

— Et pourquoi donc, je vous prie ? rétorqua l'autre.

Celui qui fait dépendre son honneur de celui de sa femme est un sot !

— Regardez ! souffla un mignon de vingt et un ans, tout en caressant sa perruque bouclée et en faisant bouffer les nœuds de ses manches, York reluque de nouveau Milady Denham ! Je parie cent livres qu'il couchera avec elle avant la Saint-Georges !

— Je parie que non. Sa Grâce est honnête !

Et soudain un événement inattendu survint, l'huissier annonçait deux noms peu familiers : un nouvel élément faisait son entrée dans le petit cercle.

— Le comte de Radclyffe ! La comtesse de Radclyffe !

Le comte de Radclyffe ? Qui diable pouvait-il bien être ? Quelque vieux débris de l'ancienne génération ? Et sa comtesse, une haridelle dans les quarante-cinq ans, certainement laide, et qui désapprouvait les nouvelles manières aussi violemment que la femme d'un échevin puritain. Tous les yeux se tournèrent vers la porte avec une sorte de curiosité excédée. Mais à l'entrée de Lord et Lady Radclyffe, la salle entière fut frappée, surprise et tirée de sa nonchalante indifférence. Comment ! Une actrice présentée à la Cour !

— Jésus-Christ ! fil observer un gentilhomme ! N'est-ce pas là Ambre Saint-Clare ?

— Quoi ? siffla une dame indignée... Cette comédienne... cette madame, comment l'appelez-vous... qui était au Théâtre Royal il y a deux ans ?

— Intolérable !

Ambre marchait la tête haute, sans regarder à droite ni à gauche, mais droit devant elle, vers la reine. Jamais elle ne s'était sentie si nerveuse, excitée, impatiente et effrayée. « Je suis réellement une comtesse, s'était-elle dit toute la journée. J'ai autant que les autres le droit d'entrer à Whitehall. Je ne veux pas me laisser intimider, je ne veux pas ! Ce ne sont que des hommes et des femmes, comme moi, comme tout le monde. » Mais, à dire vrai, elle les croyait d'une autre essence, ici du moins, à Whitehall ! Son cœur battait si fort qu'elle était haletante, ses genoux tremblaient et ses oreilles bourdonnaient. Sa nuque lui faisait mal. Elle conservait les yeux fixés sur le dais, mais ne voyait qu'une sorte de brouillard. Lentement elle avançait, ses doigts tremblants posés sur le bras de Radclyffe, lentement, le long de l'interminable galerie, parmi les rangées de visages, vers le trône. Elle percevait confusément les murmures, les sourires, les clins d'yeux, l'indignation, mais réellement ne voyait ni n'entendait rien.

Radclyffe était splendidement habillé : perruque blanche, habit de brocart pourpre et or, culotte de satin vert pâle, la garde de son épée incrustée de pierres précieuses. Son visage austère et dur interdisait toute critique au sujet de sa femme, défiant l'assistance de se souvenir qu'elle avait été une actrice et lui demandant de l'accepter. Et la toilette d'Ambre était aussi somptueuse que celles qui se trouvaient déjà dans la salle. Elle portait une robe à traîne en drap d'or, recouverte de dentelle d'or. Un voile lui couvrait la tête et elle arborait sa belle parure d'émeraudes.

Enfin ils atteignirent le trône. Elle s'abîma en une profonde révérence, le comte s'agenouilla. Au moment où les lèvres d'Ambre effleurèrent la main de la reine, elle leva les yeux et vit Catherine qui lui souriait, d'un gentil sourire pensif qui lui alla droit au cœur. « Elle est bonne, songea Ambre, et malheureuse, pauvre femme. Mais elle est inoffensive. Je l'aime ! » décida-t-elle. Elle n'osa pas regarder Charles. Car ici, dans son palais, entouré de tout l'appareil et de toute la pompe de la royauté, ce n'était pas l'homme qu'elle avait vu en secret trois ans auparavant. C'était Charles II, de par la grâce de Dieu, roi de Grande-Bretagne, de France et d'Irlande. Il représentait toute la puissance et la gloire de l'Angleterre, et elle s'agenouilla respectueusement devant lui.

Lentement elle se releva, recula et prit sa place parmi la foule qui entourait le trône. Pendant quelques instants elle demeura étourdie, puis, graduellement, le monde reprit forme à ses yeux. Jetant un coup d'œil à droite, elle aperçut Buckhurst qui lui souriait. Sedley lui fit un signe amical pardessus son épaule. Tout juste en face d'elle se trouvait le magnifique Buckingham et, bien qu'elle ne l'eût pas revu depuis la nuit de chez Long, au Haymarket, il lui adressa un sourire dont elle lui fut reconnaissante. Il y en avait d'autres aussi : les deux Killigrew, père et fils, Dick Talbot et James Hamilton, ainsi que nombre de jeunes gens qui fréquentaient autrefois le salon d'habillage. Et tout à coup son regard se figea. Elle venait de rencontrer celui de Barbara Palmer. Lady Castlemaine l'observait de l'air pensif et dur d'un rapace. Elles se dévisagèrent ainsi pendant quelques secondes puis Ambre, la première, détourna la tête avec indifférence. Elle commençait à comprendre qu'après tout, même ici, dans leur Olympe, ces gens n'étaient pas des dieux, ni des déesses.

Les présentations enfin terminées, le roi donna le signal et la musique emplit soudain la salle. Le bal s'ouvrit par une courante, dansée par Charles et Catherine, le duc et la duchesse d'York, et le duc et la duchesse de Monmouth. Cette danse était une véritable parade, lente, solennelle, toute en attitudes demandant infiniment de souplesse et de grâce.

Ambre suivait des yeux le roi avec enchantement. « Comme il est beau ! se disait-elle, comme il sait marcher et s'arrêter ! Oh ! je me demande si j'oserai lui proposer une danse ! » Elle savait que l'étiquette voulait que ce fussent les dames qui offrissent à Sa Majesté de danser avec elles. « Je me demande s'il se souvient de moi, non, certainement pas. Comment pourrait-il ? Il y a plus de trois ans et demi... Dieu sait combien de femmes ont passé ici depuis ! Mais oh ! comme je voudrais danser, pourvu que je ne reste pas toute la soirée ici toute seule ! » Dans son agitation, elle avait oublié Radclyffe, impassible et silencieux à ses côtés.

Quand la courante fut achevée, Charles réclama une allemande – dans laquelle de nombreux couples étaient admis –, et comme la salle se remplissait Ambre attendit anxieusement, faisant intérieurement des prières pour être invitée. Elle se sentait comme une petite fille à son premier bal, seule et perdue, et commençait à désirer rentrer quand – à son intense soulagement – Lord Buckhurst s'inclina devant elle.

— S... Sa Grâce me... me fera-t-elle l'honneur d'accepter cette danse, Milord ?

Quand il était à jeun, Buckhurst avait tendance à bégayer, ce qui l'attristait beaucoup. Ambre, avec un sursaut se souvint de son époux et se tourna vers lui avec inquiétude. Si jamais il refusait ! Mais il s'inclina aussi gracieusement que possible :

— Certainement, Milord.

Ambre gratifia Buckhurst d'un sourire radieux et posa la main sur son bras. Ils se joignirent aux autres couples. Charles et Barbara menaient la danse, les autres suivaient : quelques pas en avant, quelques pas en arrière et une pause. Cette danse permettait de fleureter abondamment ! Buckhurst sourit à Ambre :

— Co-comment diable en êtes-vous arrivée là ?

— À quoi pensez-vous, Monsieur. Je suis comtesse !

— Vous m'aviez dit, Ma-Madame, que vous ne songiez pas à vous remarier...

Elle lui lança un regard malicieux :

— Mais j'ai changé d'avis. J'espère que Votre Grâce ne m'en fera pas grief ?

— Grand Dieu ! non. Vous-vous ne pouvez croire quel

plai-plaisir on éprouve à rencontrer un nouveau visage ici. Nous en avons tous tellement assez les uns des autres !

— Assez ! s'écria Ambre. Comment pouvez-vous en avoir assez ?

Mais il ne put lui répondre, car ils étaient arrivés à l'autre extrémité de la pièce où ils devaient se séparer, les messieurs d'un côté, les dames de l'autre. Puis chaque couple se retrouvait, faisait quelques pas et formait un carré. Après quoi, la danse était terminée. Buckhurst la reconduisit auprès de Radclyffe, remercia le comte et disparut. Ambre vit immédiatement que Sa Grâce était mécontente et n'aimait pas la voir s'amuser et attirer l'attention.

— Passez-vous une agréable soirée, Madame ? lui demanda-t-il froidement.

— Oh ! oui ! Votre Grâce !

Elle hésita un instant, puis ajouta d'un ton incertain :

— Et vous ?

Mais il ne répondit pas, car le roi s'approchait d'eux, tout souriant :

— Vous avez été bien avisé, Milord, dit-il, d'épouser une aussi jolie femme. Il n'est pas un homme ici ce soir qui ne vous en soit profondément reconnaissant.

Radclyffe s'inclina.

— Nous sommes tous las de voir toujours les mêmes visages et de parler des mêmes gens.

Et Charles sourit à Ambre qui le contemplait, fascinée, pleinement consciente de ce charme qui, chez lui, paraissait presque une force physique. Et quand les yeux noirs du roi rencontrèrent les siens, elle sentit le vertige la gagner. Mais elle n'en perdait pas moins de vue que, devant elle, en face de toute la Cour, le souverain de Grande-Bretagne lui souriait et la complimentait.

— Vous êtes trop bon, Sire, dit Radclyffe.

Ambre fit une révérence, mais sa langue refusait tout

service. Cependant ses yeux parlaient pour elle ; quant à Charles, son visage le trahissait toujours devant une jolie femme. Radclyffe les observait, aussi impassible qu'une statue.

Cela ne dura qu'un instant, et Charles, se retournant, reprit en s'adressant à Radclyffe :

— J'ai entendu dire, Milord, que vous avez acquis récemment un très rare Corrège ?

Les yeux bleus de Radclyffe s'éclairèrent, comme toujours quand il était question de ses tableaux :

— C'est exact, Votre Majesté, mais il n'est pas encore arrivé. Je l'attends incessamment et, si cela vous intéresse, je serais trop heureux de vous le montrer.

— Merci infiniment, Monsieur, cela me fera grand plaisir. Et maintenant, vous permettez, Milord ?

Il offrait son bras à Ambre et, Radclyffe ayant fait un geste d'assentiment, tous deux s'éloignèrent.

Ambre était remplie d'orgueil. Il lui semblait voguer sur un nuage lumineux, alors que tout le reste de l'univers était plongé dans l'obscurité et la contemplait. Le roi était venu la chercher et, au mépris des conventions, lui avait demandé cette danse. Devant tout ce monde, et à sa propre cour ! Les longues semaines de solitude, si mornes, avec Radclyffe, sa brutale convoitise, son mépris, sa haine... tout s'évanouit aussitôt. Le prix avait été payé, et il n'était pas trop cher !

Le roi réclama la joyeuse danse populaire : « En avant les cocus ! » et, comme ils se faisaient face à la tête de la longue rangée, attendant le signal de la musique, chuchota :

— J'espère que votre époux ne verra pas ce choix d'un mauvais œil. Il ne me paraît pas disposé à porter une paire de cornes !

— Je n'en sais rien, Sire, murmura-t-elle.

— Comment ! fit Charles avec une surprise moqueuse, mariée depuis deux mois et encore fidèle ?

Mais la musique l'interrompit et la danse était trop animée pour leur laisser le loisir de causer. Il n'en dit pas davantage, la raccompagna auprès de Radclyffe, les remercia tous deux, s'inclina et disparut. Ambre était trop essoufflée par la danse et trop émue pour pouvoir parler. Au moment où elle se relevait de sa révérence, elle vit s'approcher le duc de Buckingham.

« Dieu du Ciel ! songea-t-elle, à demi folle de joie ! C'est bien vrai. Les hommes en ont assez de voir toujours les mêmes visages ! » Elle jeta un rapide coup d'œil dans la grande salle et aperçut un nombre incalculable de paires d'yeux braqués sur elle... admiratifs, amusés, hostiles. Que lui importait, pourvu qu'ils fussent dirigés sur elle. « Vrai ! je suis le mouton à cinq pattes, ce soir ! » se dit-elle, se souvenant d'une vieille expression d'Alsatia.

Chacun voulut danser avec elle : York, Rochester, George Etherege – le populaire jeune beau et auteur dramatique –, le comte d'Arran, le comte d'Ossory, Sedley et Talbot, et Henry Jermyn. Tous les jeunes et joyeux membres de la Cour fleuretèrent avec elle, lui faisant des compliments et lui réclamant des rendez-vous. Les femmes cherchaient à critiquer sa robe, sa coiffure, ses manières, arrivant à la conclusion rassurante qu'après tout elle était nouvelle et que sa réputation douteuse d'actrice ne pouvait manquer de retenir l'attention de l'élément masculin. Ce fut la nuit de triomphe d'Ambre !

Et soudain, parmi ce bonheur parfait, un météore tomba, détruisant tout. Durant une des courtes pauses où elle se trouvait à ses côtés, Radclyffe dit tranquillement :

— Nous rentrons, Madame.

Ambre lui lança un regard de surprise offensée, car elle avait à cet instant auprès d'elle le duc de Monmouth et James Hamilton.

— Rentrer, Milord ? dit-elle d'un ton incrédule.

Monmouth la soutint immédiatement :

— Vous n'y pensez pas, Monsieur ! Il est encore trop tôt ! Et Sa Grâce est l'ornement de la soirée.

Radclyffe s'inclina, un mauvais sourire sur ses lèvres minces :

— Avec votre permission, Milord, je ne suis plus jeune, et pour moi l'heure s'avance.

Monmouth se mit à rire, d'un rire joyeux, ingénu, qui ne pouvait blesser personne :

— Eh bien ! alors Monsieur, pourquoi ne pas laisser Sa Grâce avec nous ? Je la raccompagnerai moi-même chez elle, avec une escorte de violons et de porteurs de torches !

— Oh ! oui ! s'écria Ambre, se tournant vivement vers son époux. Faites ainsi !

Radclyffe ne parut pas entendre.

— Vous plaisantez, Votre Grâce ! dit-il d'un ton raide.

Puis, s'inclinant, il se tourna vers Ambre :

— Venez, Madame.

Les yeux dorés d'Ambre flamboyèrent et, pendant un instant, elle eut envie de refuser, mais elle n'osa pas. Elle fit une révérence à Monmouth et au colonel Hamilton, sans lever les yeux. Quand ils prirent congé de Sa Majesté, la honte et la déception lui faisaient monter le rouge au front et elle avait les larmes aux yeux.

Elle ne parla pas avant d'être en voiture. Ils roulaient dans King Street, quand elle n'y put tenir davantage :

— Pourquoi sommes-nous partis si tôt ? demanda-t-elle d'une voix qui trahissait son intense désappointement.

— Je suis trop vieux, Madame, pour aimer ce bruit et ce désordre.

— Ce n'est pas la vraie raison ! s'écria-t-elle. Et vous le savez bien.

Elle cherchait à le voir, bien que son visage fût dans l'ombre, car les rues étaient obscures, éclairées par un pâle rayon de lune, semblable à une flamme de bougie vue à travers un carreau malpropre.

— Je n'ai aucune envie de discuter cette question, répliqua-t-il froidement.

— Mais j'y tiens, moi ! Vous m'avez emmenée parce que je m'amusais ! Vous ne pouvez pas supporter de voir quelqu'un heureux !

— Au contraire, Madame. J'apprécie le bonheur. Mais je ne tiens pas à voir ma femme s'afficher outrageusement.

— Outrageusement ! Qu'y avait-il d'outrageant ? Je ne faisais rien que danser et rire, quel mal y voyez-vous ? Peut-être avez-vous jadis dansé et ri, si toutefois vous avez jamais été jeune.

Elle lui lança un regard furieux et détourna la tête en maugréant :

— Ce dont je doute fort !

— Vous n'êtes pas, Madame, aussi naïve que vous le prétendez. Vous savez aussi bien que moi à quoi pensaient tous ces hommes, ce soir.

— Eh bien ! s'écria-t-elle, les poings serrés. Et après ! Tous les hommes ne pensent-ils pas à la même chose ? Vous-même, bien que...

Elle s'interrompit brusquement, car il lui lança un regard si menaçant et si venimeux que les paroles s'étranglèrent dans sa gorge et qu'elle garda le silence.

Le lendemain matin, d'assez bonne heure, Ambre et Nan, enveloppées de fourrures et encapuchonnées, descendirent. Ambre s'adressa au valet de pied :

— Voulez-vous faire chercher la voiture de Sa Grâce, s'il vous plaît. Je sors.

— La voiture est en réparation, Madame.

— Alors je prendrai la mienne.

— Je regrette, Votre Grâce, mais elle est aussi chez le carrossier.

Ambre eut un petit cri d'impatience :

— Très bien ! Je prendrai un fiacre, dans ces conditions. Ouvrez-moi la porte, je vous prie.

— Je regrette, Votre Grâce, mais la porte est verrouillée et je n'ai pas la clef.

Prise d'une subite méfiance, elle le regarda :

— Qui a cette clef ?

— Sa Grâce, Madame, je pense.

Sans ajouter un mot, Ambre pivota sur elle-même et courut à travers le hall jusqu'à la bibliothèque. Ouvrant la porte sans frapper, elle entra comme un coup de vent. Le comte était assis à son bureau, en train d'écrire, environné de papiers.

— Pourriez-vous me dire pourquoi je suis prisonnière ? s'écria-t-elle.

Il leva les yeux comme s'il avait affaire à une force physique importune plutôt qu'à un être humain, et, avec le patient sourire d'un homme excédé, il répondit :

— Où voulez-vous aller ?

Elle fut sur le point de lui dire que cela ne le regardait pas, mais songeant que cela manquait d'adresse, elle répliqua plus calmement :

— Au Nouvel Exchange. J'ai quelques achats...

— Je ne vois pas très bien lesquels. Mais plus une femme possède, plus elle désire. Si vraiment vous ne pouvez vous passer d'une paire de gants ou d'un parfum, eh bien ! envoyez Britton.

Ambre frappa du pied :

— Je n'ai aucune envie d'envoyer Britton. Je veux y aller moi-même. Moi-même. Morbleu ! Monsieur, quelle raison y a-t-il pour que je ne puisse sortir d'ici ? Que diable ai-je fait pour être traitée de la sorte ?

Radclyffe resta longtemps sans répondre, tournant pensivement sa plume entre ses doigts :

— Quelle époque étrange ! Un homme qui permet à sa femme de le cocufier passe pour un imbécile, et on le juge bien plus sévèrement encore s'il prend des mesures pour prévenir cet accident.

Ambre eut un vilain ricanement :

— Nous y voilà, enfin ! Vous craignez qu'un autre ne vous fasse les enfants que vous ne pouvez avoir ! C'est cela qui serait étrange.

— Vous pouvez vous retirer, Madame !

Et, comme elle continuait à le toiser il reprit avec une soudaine violence :

— Sortez d'ici. Rentrez chez vous !

Les yeux d'Ambre jetèrent des flammes, comme si elle avait pu le foudroyer par la seule puissance de sa haine. Grommelant une imprécation, elle lança son éventail à terre et sortit en claquant la porte aussi fort qu'elle le put.

Mais – Ambre le découvrit bientôt – elle n'avait rien à gagner par les cris et la violence. Il avait le droit légal de la séquestrer, et même de la battre s'il le jugeait bon. Elle ne redoutait pas beaucoup que le mince petit comte recourût aux châtiments corporels, il aurait trouvé à qui parler – mais elle avait parfois vaguement peur du poison ou d'un traître coup de poignard. Il n'oserait pas, se disait-elle. Mais elle n'en était pas absolument convaincue et la peur la rendait prudente.

Pendant quelques jours elle bouda. Elle songea à se laisser mourir de faim ; mais, après avoir passé deux repas, elle comprit qu'un tel procédé lui serait infiniment plus désagréable qu'à lui. Puis elle l'ignora superbement. Quand il était dans la pièce, elle lui tournait le dos et bavardait avec Nan. Elle ne quittait jamais ses appartements et y restait tout le long du jour en robe de chambre, non coiffée. Mais il ne parut pas s'en apercevoir et, en tout cas, cela lui était indifférent. Elle envisagea toutes les solutions possibles, mais fut obligée de les abandonner une à une. Si elle se sauvait, il conserverait sa fortune et elle n'aurait plus le titre. Obtenir le divorce était à peu près impossible et eût demandé un acte du Parlement ; Lady Castlemaine elle-même ne l'avait pas obtenu. L'annulation était également un acte très scabreux, car il n'était prononcé qu'en cas de stérilité on d'impuissance, et comment prouver qu'elle était vierge et lui impuissant ? Pour compliquer encore, la justice, elle le savait, n'était pas tendre pour les femmes. Aussi, finalement, décida-t-elle que, puisqu'elle l'avait supporté avant d'être mariée, elle pouvait encore s'en accommoder désormais. Elle recommença de lui parler poliment, assista au repas, se rendit même à la bibliothèque pour y prendre des livres pendant qu'il s'y trouvait. Elle recommença de soigner son apparence, dans l'espoir de l'amadouer.

Le jour où le précieux Corrège arriva, elle assista au déballage. Les ouvriers partis et le tableau pendu, quand ils restèrent seuls à le contempler, Ambre vit le comte qui souriait. Chaque fois qu'il avait acquis un objet longtemps convoité, il était d'humeur plus abordable.

— Je me demande, Votre Grâce, commença-t-elle prudemment, ses yeux allant de la peinture à son mari, je me demande si je ne pourrais pas sortir aujourd'hui, une simple promenade. Je n'ai pas mis le nez dehors depuis trois semaines, et cela m'anémie. Qu'en dites-vous ?

Elle l'observait anxieusement. Il se retourna, la dévisagea, un léger sourire amusé au coin des lèvres.

— Je pensais bien que votre humeur adoucie de ces derniers jours cachait une requête. Très bien ! vous pouvez sortir !

— Merci, Monsieur. Tout de suite ?

— Quand il vous plaira. Mon cocher vous conduira ; à propos, il est à mon service depuis trente ans et ne se laissera pas acheter.

Le sourire d'Ambre se figea, mais elle cacha son irritation de peur que la permission fût retirée. Elle grimpa l'escalier en courant, fit irruption dans sa chambre en coup de vent, poussant un cri de triomphe qui fit sursauter Nan.

— Nan ! Prends ton manteau. Nous sortons.

— Sortir ! Seigneur ! Où ça ?

Nan avait partagé la réclusion de sa maîtresse – sauf pour quelques brefs achats de gants et de rubans – et elle en était aussi lasse qu'Ambre.

— Je ne sais pas. N'importe où, vite !

Les deux femmes quittèrent la maison en un tourbillon de velours et de fourrures et s'installèrent dans la voiture avec autant de bruit et de rires que si elles débarquaient à l'instant du Yorkshire pour visiter Londres. L'air était frais et vif, la journée grise, le vent dispersait dans l'air des pétales de fleurs de pêchers qui tombaient dans la boue comme des flocons de neige.

L'épidémie sévissait toujours dans la ville, mais il n'y avait plus guère que six à sept morts par semaine, et cela, une fois de plus, uniquement dans les quartiers pauvres. Il était à peu près impossible maintenant de trouver une maison fermée. Les rues étaient aussi peuplées qu'autrefois. Un cinquième de la population de la ville avait disparu, et rien ne paraissait changé : c'était toujours le même Londres, gai, obscène, puant, brillant et sale.

Ambre, ravie d'être dehors, s'amusait de tout. Elle avait dit au cocher de se diriger vers Charing Cross, par Fleet Street et le Strand, car il y avait pas mal de restaurants élégants dans cette région. Et, après tout, elle aurait peut-être la chance de rencontrer quelqu'un de connaissance et d'échanger quelques mots de politesse avec lui ; qui pourrait raisonnablement trouver à redire à un acte aussi innocent ? Ambre ouvrait tout grands les yeux, et intima à Nan l'ordre d'en faire autant. Comme elles approchaient de Temple Bar, elle aperçut soudain trois silhouettes familières groupées sous le porche de la Taverne du Démon : Buckhurst, Sedley et Rochester, tous trois à moitié gris, selon toute apparence, car ils causaient bruyamment et gesticulaient de manière à attirer l'attention des passants.

Vivement Ambre frappa contre la cloison pour faire arrêter la voiture et, se penchant à la portière :

— Messieurs, cria-t-elle, cessez ce bruit, ou j'appelle un agent qui vous bouclera !

Et elle éclata d'un rire perlé. Stupéfaits, ils se retournèrent puis s'exclamèrent :

— Sa Grâce ! Dieu me pardonne !

— Où êtes-vous passée depuis trois semaines ?

— Pourquoi diable ne vous a-t-on plus vue à la Cour ?

Se bousculant l'un l'autre, ils s'accoudèrent à la portière, dégageant un parfum prononcé de brandy, mêlé d'une odeur d'eau de fleur d'oranger.

— À dire vrai, Messieurs, fit Ambre avec un sourire malin et un clin d'œil à Rochester, j'ai eu de furieuses atteintes de vapeurs !

Ils rirent à gorge déployée :

— Ainsi cet austère vieux diable de mari vous a enfermée ?

— J'ai toujours dit qu'un vieil homme n'avait pas le droit d'épouser une jeune femme, s'il n'est pas certain de pouvoir lui offrir des divertissements auxquels elle est accoutumée. Votre époux remplit-il cette condition, Madame ? demanda Rochester.

Ambre changea de sujet, craignant que le cocher incorruptible ou l'un des valets de pied n'eût reçu l'ordre d'écouter ce qu'elle disait.

— Quel était donc le sujet de votre discussion ? Vous aviez l'air d'un groupe de conspirateurs quand je vous ai interrompus ?

— Nous nous demandions s'il valait mieux nous enivrer d'abord et aller dans un lieu de plaisir ensuite, ou d'abord au plaisir et nous griser ensuite, répondit Sedley. Quelle est votre opinion, Madame ?

— Tout dépend de la manière dont vous comptez vous amuser là-bas.

— Oh ! comme tout le monde, Madame, assura Rochester. Comme tout le monde. Nous n'en sommes pas encore réduits aux expédients de la vieillesse.

Rochester avait dix-neuf ans, et Buckhurst, l'aîné, comptait vingt-huit printemps.

— Venez prendre quelque chose avec nous, invita Sedley. Nous avons quelques violons, et nous pourrons faire chercher quelques fillettes chez Lady Bennet...

Ambre hésita, se demandant s'il serait possible, après tout, d'acheter le cocher. Mais Nan la poussait du coude et lui faisait des signes, si bien qu'elle décida que le plaisir ne valait pas le risque d'être enfermée pour trois nouvelles semaines, ou davantage. Et, ce qui eût été pire, Radclyffe, en colère, serait peut-être capable de l'envoyer à la campagne, punition favorite des maris envers les femmes légères et très redoutée d'elles. Pendant ce temps, sa voiture gênait la circulation. D'autres équipages attendaient le passage, ainsi que des chaises à porteurs, des vendeurs, des portefaix, des mendiants, et tous commençaient à grogner et à protester :

— Nous avons du travail ! aboya un gros homme en chaise à porteurs, si vous, gens distingués, n'avez rien à faire !

— Je ne peux pas, dit Ambre. J'ai promis à Sa Grâce de ne pas sortir de voiture.

— Place ! place ! cria un autre homme tirant une charrette.

Rochester, nullement troublé, se tourna froidement et leur adressa un signe méprisant de la main, qui souleva un murmure de protestations et de nombreux jurons. Buckhurst ouvrit la portière.

— Eh bien ! dans ces conditions, si vous ne pouvez descendre, qui nous empêche de monter ?

Et il grimpa, suivi de Rochester et de Sedley, s'installa

entre les deux femmes, un bras autour de la taille de chacune. Sedley pencha la tête au-dehors :

— En route ! Au parc Saint-James !

Comme la voiture s'ébranlait, Rochester adressa de la main un impertinent adieu à la foule. Le vent se leva et il se mit à pleuvoir fort et dru.

Ambre revint chez elle enchantée et de fort bonne humeur. Se débarrassant de son manteau et de son manchon trempés, elle courut dans la bibliothèque où, bien que près de quatre heures se fussent écoulées, elle retrouva Radclyffe ainsi qu'elle l'avait laissé, écrivant toujours. Il leva les veux.

— Eh bien ! Madame. Avez-vous fait une agréable promenade ?

— Excellente, Votre Grâce !

Elle s'avança, tout en ôtant ses gants.

— Nous avons traversé le parc Saint-James, et qui ai-je rencontré, croyez-vous ?

— En vérité, je ne sais.

— Sa Majesté ! Il se promenait avec sa suite et ils avaient tous l'air d'épagneuls trempés avec leurs perruques ruisselantes.

Elle éclata de rire.

— Lui, évidemment, portait son chapeau et était aussi net que vous et moi. Il a fait arrêter la voiture et que m'a-t-il dit, croyez-vous ?

Radclyffe sourit légèrement, comme s'il écoutait, sans y attacher d'importance, les histoires d'un enfant naïf.

— Je n'en ai pas la moindre idée.

— Il s'est informé de vous et a demandé pourquoi il ne vous avait pas vu à la Cour. Il compte venir vous voir bientôt pour admirer votre tableau. Henry Bennet s'en occupera. Mais... et ici elle s'arrêta pour donner plus d'importance à ses paroles, il nous invite ce soir à une petite réunion dansante chez Sa Majesté la reine !

Elle le regardait tout en parlant, mais visiblement ne pensait pas le moins du monde à lui. Son esprit était occupé de questions infiniment plus importantes : quelle robe mettre, quels bijoux, quel éventail. Comment se coiffer ? En tout cas, il ne pouvait refuser une invitation royale, et, si ses plans réussissaient, elle serait bientôt en mesure de le dominer, de le renvoyer à Lime Park vivre au milieu de ses livres, de ses statues et de ses tableaux, sans plus jamais venir la déranger.

XLI

Les deux femmes – l'une aux cheveux roux et aux yeux violets, l'autre aussi dorée qu'un léopard –, toutes deux de noir vêtues, se dévisageaient à travers la table de jeu.

Toute la Cour était en deuil, pour une femme que personne ne connaissait : la reine de Portugal. Mais, en dépit de la mort récente de sa mère, les appartements de Catherine étaient remplis de courtisans et de grandes dames, les tables de jeu surchargées de pièces d'or, et un jeune chanteur français circulait à travers les groupes, pinçant sa guitare et fredonnant des chansons d'amour de sa Normandie natale. Une foule amusée s'était rassemblée autour de la table où se trouvaient la comtesse de Castlemaine et la comtesse de Radclyffe, s'affrontant comme deux chattes en colère.

Le roi s'était juste arrêté derrière Ambre, déclinant du geste la chaise que lui offrait Buckingham à côté d'elle. À sa gauche, Sedley, les poings sur les hanches, flânait. Barbara était entourée de ses fidèles satellites, Henry Jermyn, Bab May et Henry Brouncker, qui lui restaient fidèles, même quand le vent menaçait de tourner, car ils dépendaient d'elle. À l'autre bout de la salle, soutenant vaguement une conversation sur le jardinage, avec un interlocuteur d'âge mûr, se tenait le comte de Radclyffe. Tout le monde, sa femme y comprise, semblait avoir oublié son existence.

Ambre, néanmoins, savait fort bien qu'il cherchait, depuis deux heures, à attirer son attention, afin de l'emmener à la maison, aussi l'avait-elle soigneusement évité. Une semaine s'était écoulée depuis que le roi les avait de nouveau invités à la Cour et, durant ce court laps de temps, la confiance d'Ambre en son avenir n'avait fait que croître, ainsi que son mépris pour le comte. La franche admiration de Charles, la jalousie de Barbara, l'obséquiosité des courtisans – signes prophétiques – lui montaient à la tête.

— Vous avez de la chance ce soir, Madame ! fit aigrement Barbara, poussant une pile de guinées à travers la table. Trop de chance même !

Ambre eut un sourire méprisant et supérieur, la lèvre légèrement retroussée et les yeux rétrécis. Elle savait que Charles la regardait et que tous les spectateurs, ou presque, l'observaient. Cette attention la grisait, la remplissait du sentiment de son importance.

— Qu'entendez-vous par là, Madame ?

— Vous le savez fichtre bien ! maugréa Barbara.

Elle était rouge et excitée, cherchant désespérément à se dominer de crainte de paraître ridicule ! C'était déjà assez triste que Charles, à sa manière droite et simple, n'eût pas fait mystère de son désir de coucher avec cette misérable actrice. Et, pour achever de tout gâter, est-ce que Buckingham ne s'était pas mis en tête de la patronner aussi ?... « Oh ! maudit soit Buckingham ! Maudite soit la vie ! Je voudrais arracher les cheveux de cette putain. En tout cas, elle apprendra de quel bois je me chauffe ! »

— Allons ! cria-t-elle. Je vous joue le tout !

Ambre leva délicatement les sourcils. Plus Barbara

s'excitait, plus elle devenait calme. Levant les yeux, elle échangea un sourire avec Charles, sourire qui le rangea de son côté et auquel il répondit nonchalamment, prisonnier volontaire. Elle haussa les épaules avec indifférence :

— Pourquoi pas ? À vous de jouer en premier, Madame !

Barbara grinça des dents et lança à Charles un regard enflammé qui eût dû le mettre en garde. Il s'amusait franchement. Ramassant les dés, tandis que les conversations s'arrêtaient et que les spectateurs s'approchaient pour mieux voir, Barbara secoua le cornet d'un air de défi et, d'un geste dramatique, lança les dés sur la table où ils roulèrent. Deux, six, et un quatre.

Quelqu'un laissa échapper un léger sifflement, et un murmure courut le long des rangs, tandis que Barbara relevait triomphalement la tête, les yeux brillants :

— À vous, Madame. Voyez si vous pouvez faire mieux.

Le jeu consistait à aligner trois numéros semblables, sinon le plus fort était gagnant. Ambre était bien forcée de reconnaître que ses chances étaient minimes.

Convulsivement elle cherchait le moyen de s'en tirer. Il faut que je fasse *quelque chose*, je ne peux pas me laisser battre devant tout le monde ! Il faut que je trouve quelque chose, quelque chose, quelque chose... Soudain elle sentit Buckingham qui lui marchait sur le pied et déposait un objet sur ses genoux. Immédiatement elle reprit conscience de la réalité et la confiance lui revint. D'un geste automatique elle prit le cornet d'une main et les dés de l'autre. Si rapidement qu'on put à peine s'en rendre compte, elle fit tomber le cornet sur ses genoux, et reprit celui qu'y avait déposé Buckingham. Sans regarder, elle avait compris. C'était un cornet truqué, semblable d'apparence au véritable, elle y jeta les dés. Elle avait été à bonne école à Whitefriars et s'en souvint, car les dés, en bons et loyaux serviteurs, firent tout leur devoir : un cinq, un cinq et un troisième cinq ! Il y eut un cri général, tandis qu'Ambre faisait l'étonnée et se félicitait de sa bonne chance. Brouncker approcha sa face rouge de betterave à l'oreille de Barbara.

Celle-ci bondit :

— Très habile, Madame ! s'écria-t-elle. Mais on ne m'abuse pas si facilement ! Il y a quelque vilain tour là-dessous, je vous en donne ma parole ! ajouta-t-elle, s'adressant à tous les spectateurs et au roi en particulier.

Ambre commençait de se sentir nerveuse, bien que le duc eût repris son cornet et que celui qu'elle tenait à la main appartînt à Barbara. Mais elle ne recula pas devant le bluff.

— Personne n'a donc le droit de vaincre Votre Grâce, si ce n'est par un moyen déloyal ?

Cette réponse déchaîna un rire général et Ambre se sentit mieux. Elle lança négligemment le cornet sur la table.

Cependant il était grave d'accuser quelqu'un de tricher, bien que personne ne s'en fît faute ; tout juste comme certaines femmes prétendaient être vertueuses et non maquillées, chacun affirmait jouer franc jeu. Être prise sur le fait et traitée de tricheuse devant toute la Cour parut soudain à Ambre un sort tellement horrible qu'elle eût préféré mourir sur le coup. Et Barbara, convaincue d'avoir forcé le gibier, se ruait à sa poursuite :

— Seul un cornet truqué peut avoir amené ce chiffre ! Il n'y a pas une chance sur mille que pareille bonne fortune se soit produite honnêtement !

Ambre se sentir défaillir et il lui fallut quelques secondes pour trouver une réponse. Quand elle parla, elle chercha à le faire avec assurance et ironie, afin que personne ne pût douter de sa bonne foi.

— C'est vrai, j'y songe. Le coup de Votre Grâce était vraiment trop heureux pour être réel...

— Je vous apprendrai, Madame, que je ne suis pas une tricheuse ! cria Barbara qui perdait souvent de telles sommes qu'elle ne pouvait évidemment être qu'honnête ou maladroite. Voici le cornet dont je me suis servi. Qu'on l'examine...

Elle s'en empara et le tendit au roi :

— Tenez, Votre Majesté ! Vous avez assisté à la scène ! Qu'en pensez-vous ? Dites-nous laquelle a triché cette fois ?

Charles prit le cornet et l'examina très attentivement, à l'intérieur et à l'extérieur, l'air très sérieux :

— Pour autant que je puisse en juger, dit-il enfin, ce cornet est parfaitement normal.

Ambre restait assise, droite et immobile, le cœur battant si fort qu'elle croyait en défaillir. C'était la fin – la fin de tout – à quoi bon vivre ensuite !...

— Ah ! Ah ! s'écria Barbara d'une voix triomphante qui fit douloureusement vibrer les nerfs d'Ambre. C'est bien ce que je pensais ! Je savais...

— Mais, interrompit Charles, d'une voix traînante, comme vous avez toutes les deux employé le même cornet, je ne vois réellement pas la cause de tout ce bruit !

Le soulagement d'Ambre fut si grand qu'elle dut se retenir à la table pour ne pas tomber. Lady Castlemaine poussa un cri d'indignation.

— Quoi ? Mais ce n'est pas vrai ! Elle l'a changé ! Elle...

— Je vous demande pardon, Madame, mais – ainsi que vous l'avez dit – j'ai assisté à toute la scène et, à mon avis, Sa Grâce a joué tout aussi franc jeu que vous !

— Mais...

— Il se fait tard, poursuivit imperturbablement Charles, examinant joueurs et spectateurs de ses yeux vifs. Ne croyez-vous pas, tous, que nous serions mieux au lit ?

Un rire général accueillit la proposition et la foule, comprenant que la scène était jouée, commença de se disperser.

— Drôle de jeu ! fit aigrement Lady Castlemaine en se retirant suivie de Brouncker, Bab May et le petit Jermyn, entraînés dans son sillage.

Ambre, anéantie et désemparée, leva vers le roi un sourire reconnaissant. Il la prit doucement par le bras et l'aida à se lever.

— Merci, Sire ! dit-elle très bas, car, évidemment, il l'avait vue tricher. J'aurais été déshonorée à tout jamais.

Charles eut un rire clair :

— Déshonorée ! Ici, à Whitehall ? Impossible, ma chère. Avez-vous jamais entendu parler de déshonneur en enfer ?

Ambre reprenait peu à peu courage et confiance. Elle lança un coup d'œil à Buckingham qui se tenait auprès d'eux :

— Merci, Votre Grâce, dit-elle avec un sourire impudent, bien qu'elle sût parfaitement qu'il lui avait glissé le cornet truqué pour humilier sa cousine et non pour lui venir en aide.

Buckingham fit une grimace comique :

— Je proteste, Madame. Je vous assure que je ne suis pour rien dans votre chance, certes non ! Comment ! Chacun sait que je suis un honnête garçon !

Tous trois se mirent à rire. Ambre prit soudain conscience que tous les regards convergeaient sur elle, et elle savait parfaitement ce que pensaient tous ces gens. Le roi avait pris son parti ce soir, défié et embarrassé Lady Castlemaine en public ; cela ne pouvait avoir qu'une signification : la comtesse de Radclyffe serait bientôt la favorite en vue de la Cour. Ainsi pensait Ambre.

Comme ils se regardaient l'un l'autre, le sourire s'effaçant peu à peu de leur visage, Buckingham les quitta ; ils ne parurent pas s'en apercevoir. Ambre se sentait éprise de Charles, plus que d'aucun homme, à l'exception de Bruce Carlton. Les yeux noirs nonchalants du roi soulevaient en elle un désir que Radclyffe allumait, mais ne parvenait jamais à satisfaire ; et de tout son être elle aspirait à être serrée dans ses bras. Elle avait complètement oublié Radclyffe qui devait se tenir non loin de là, les observant, et son indifférence était si grande qu'elle ne s'en fût, de toute manière, pas souciée.

— Quand pouvez-vous échapper à votre duègne ? murmura Charles.

— Quand vous voudrez !

— Demain matin à dix heures ?

— Oui.

— Je posterai une sentinelle à la Porte d'Holbein, de ce côté, pour vous introduire.

Il sourit légèrement.

— Voici votre époux, ses cornes ont du mal à percer, semble-t-il !

Ambre eut une sensation désagréable : « Votre époux ! »

Elle se sentait irritée qu'il eût l'effronterie de manifester son existence, maintenant qu'il ne lui était plus d'aucune utilité et qu'elle était à moitié convaincue qu'il allait en quelque sorte disparaître de sa vie, tel un démon exorcisé. Mais il s'approchait, était à ses côtés, et Charles l'accueillait d'un aimable sourire. Puis le roi s'en fut et Radclyffe lui offrit le bras. Après une légère hésitation, elle posa ses doigts sur sa manche et ils quittèrent lentement la salle.

Ambre lutta très longtemps pour reprendre conscience. Il lui semblait qu'un poids énorme pesait sur sa tête, et ses tempes battaient. Comme elle bougeait en gémissant doucement, une crampe douloureuse partit de la nuque et se répandit dans ses épaules et le long de son dos. Elle avait vaguement conscience d'un interminable cahotement anormal qui lui donnait la nausée. À grand-peine elle s'efforça de soulever ses paupières, afin de voir où elle se trouvait et ce qui lui était arrivé.

Elle vit tout d'abord une fine main d'homme aux veines apparentes, crispée sur une canne qu'il tenait entre ses jambes. Levant lentement les yeux, elle rencontra le visage impassible et sans expression de Radclyffe. Elle comprit ensuite qu'une partie de son malaise provenait de ce que ses jambes étaient liées, aux cuisses et au-dessous des genoux. Ils étaient dans la voiture du comte et seuls le ciel gris et de vertes prairies parsemées d'arbres dénudés apparaissaient par la portière. Elle voulut parler, demander où ils étaient, mais le poids se fit encore plus intolérable sur sa tête, jusqu'à ce qu'elle sombrât de nouveau dans l'inconscience.

Elle ne se rendit plus compte de rien jusqu'au moment où elle ouvrit brusquement les yeux, s'apercevant que la voiture s'était arrêtée et que des bras la soulevaient. Elle sentit l'air frais du soir qui la frappait au visage et respira profondément.

— Tâchez de ne pas la réveiller, entendit-elle dire Radclyffe. Quand elle a ses crises, il ne faut pas la déranger !

Ambre était furieuse qu'il osât raconter de pareils mensonges, mais elle n'avait pas l'énergie de protester.

Le valet de pied la transporta vers l'auberge dont quelqu'un ouvrit la porte. Elle était vêtue de son manteau et d'une robe longue bordée de fourrure. La pièce était chaude ; cela sentait bon le pain fraîchement cuit et l'odeur du rôti qui dorait dans la cheminée. Des chiens le surveillaient tout en remuant la queue, plusieurs enfants apparurent, des garçons s'empressèrent de dételer les chevaux et une souriante hôtelière vint les accueillir. À la vue d'Ambre, les yeux clos, dans les bras du valet de pied, elle poussa un petit cri de sympathie et s'empressa :

— Oh ! Madame est malade ?

Radclyffe la repoussa :

— Ma femme est souffrante, dit-il froidement. Rien de sérieux.

— Je la soignerai moi-même. Donnez-nous une chambre et envoyez-nous à dîner.

Ainsi remise à sa place, l'hôtelière les précéda dans l'escalier et ouvrit une jolie chambre claire qui fleurait la lavande. Chaque fois qu'elle croyait n'être pas vue par le comte, elle lançait un regard vers Ambre. Elle alluma les bougies et bientôt un bon feu brûla dans la cheminée. Puis, juste avant de s'en aller, elle hésita, considérant d'un air réellement inquiet Ambre qui gisait sur le lit dans la position même où le valet de pied l'y avait déposée.

— Ma femme n'a pas besoin de vos soins, fit durement Radclyffe, si bien que la brave femme sursauta et sortit en toute hâte.

Il ferma la porte soigneusement derrière elle, écouta un instant, puis, satisfait de voir qu'elle était descendue, revint auprès du lit.

Tout en ayant entièrement repris ses esprits, Ambre se sentait lourde, maussade et nerveuse. Sa tête lui faisait mal, ses membres étaient raides. Elle poussa un long soupir. Tous deux gardèrent longtemps le silence ; enfin, elle dit :

— Eh bien ! pourquoi ne me détachez-vous pas ? Je ne peux plus me sauver à présent !

Elle le dévisagea d'un air sombre :

— Vous devez vous croire diablement intelligent !

Elle commençait à réaliser qu'il l'avait attachée simplement par pure satisfaction mauvaise, car droguée comme elle l'était, elle eût été incapable de bouger.

Il haussa les épaules et sourit légèrement, visiblement content de lui :

— Je n'ai pas fait de la chimie pour rien ! C'était dans votre vin, naturellement. Vous ne l'avez senti ni à l'odorat, ni au goût, n'est-ce pas ?

— Penserez-vous que je l'aurais bu, si j'avais pu supposer ? Pour l'amour de Dieu, dénouez ces liens, j'ai des fourmis dans les bras et dans les jambes !

Elle se tordait, cherchant une meilleure position.

Il ne parut pas avoir entendu et prit une chaise, de l'air

d'un homme qui encourage une malade dont il n'a pas réellement pitié :

— Quel dommage que vous n'ayez pas été exacte au rendez-vous ! J'espère qu'il n'aura pas attendu trop longtemps.

Ambre lui jeta un regard rapide et, très lentement, elle sourit, d'un petit sourire malicieux et cruel :

— L'occasion se retrouvera. Vous ne pourrez pas m'attacher éternellement.

— Ce n'est pas mon intention. Vous pourrez retourner à Londres et à Whitehall, faire la chienne tant que vous voudrez, mais, dans ce cas, Madame, je m'arrangerai à conserver votre fortune. Je crois que j'y parviendrai sans grande difficulté. Le roi a peut-être envie de coucher avec vous, mais vous avez du chemin à parcourir avant qu'il ne se dérange pour vous. Une catin de passage et une maîtresse en titre ne sont pas la même chose, bien que vous ne fassiez peut-être pas la différence.

— Je la connais parfaitement ! Les femmes ne sont pas aussi sottes que vous le pensez. Je vois bien des choses que vous ignorez.

— Vraiment !

Il parlait avec le mépris railleur qu'il affectait toujours envers elle depuis qu'ils étaient mariés.

— Vous prétendez ne désirer que mon argent, mais je le sais mieux que vous ! Vous devenez fou à la pensée qu'une autre est capable de faire ce que vous-même êtes incapable d'accomplir. Voilà pourquoi vous m'avez enlevée. Et voilà pourquoi vous me dites que je perdrai ma fortune si je reviens à Londres. Misérable vieux radoteur ! vous êtes...

— Madame !

— Je ne vous crains pas ! Vous êtes jaloux de tous les hommes dignes de ce nom et vous me détestez parce que vous ne pouvez pas.

Levant la main, il la frappa si violemment au visage que

sa tête en roula d'un côté et que le sang jaillit. Son regard était froid :

— Je n'approuve pas qu'un homme batte une femme. Jamais cela ne m'était encore arrivé. Mais je suis votre mari, Madame, et j'entends que l'on me traite avec respect.

Ambre crachait comme un chat en colère. Elle était haletante et ses yeux pailletés d'or étincelaient. En parlant, elle retroussait les babines, comme un animal vicieux :

— Oh ! comme je vous hais ! dit-elle à voix basse. Un jour vous me paierez tout cela, un jour, je le jure, je vous tuerai...

Il la regarda avec mépris et dégoût :

— Une femme qui menace fait penser à une chienne qui aboie, j'ai autant de respect pour l'une que pour l'autre.

Ici on frappa à la porte et, après une légère hésitation, il tourna la tête :

— Entrez !

C'était l'hôtelière, gaie, rose et souriante, portant une nappe, des serviettes et de la vaisselle d'étain. Derrière elle venait une fillette de treize ans portant un plateau garni de mets appétissants. Son petit frère la suivait avec deux bouteilles poussiéreuses et deux verres brillants. L'hôtelière lança un coup d'œil sur Ambre qui était toujours étendue, appuyée sur son coude, enveloppée de son manteau.

— Eh bien ! dit-elle gaiement, Madame se sent-elle mieux ? J'en suis heureuse. Voici un bon petit dîner, j'ose le dire, et j'espère qu'il vous plaira.

Elle lui adressa un sourire amical, de femme à femme, cherchant visiblement à bien montrer qu'elle savait par où passait une jeune femme pendant sa première grossesse. Ambre, la figure encore tout enflammée du coup qu'elle venait de recevoir, se força pour lui répondre.

XLII

Lime Park comptait plus de cent ans : il avait été construit avant l'effondrement de l'église catholique, alors que les fiers Mortimer étaient à l'apogée de leur pouvoir, et sa sévère et élégante beauté exprimait cette puissance et cet orgueil. Pierres d'un gris pâle et briques rouge vif avaient été combinées dans cette construction d'une parfaite symétrie, avec de grandes fenêtres aux vitres à petits carreaux. Elle avait quatre étages, trois lucarnes émergeant du toit de tuiles rouges, des quantités de cheminées, et de larges baies carrées ou rondes alignées en trois lignes sur la façade. Une terrasse pavée de briques, de plus de deux cents pieds de long, dominait les jardins à l'italienne qui descendaient en gradins verdoyants. Contrastant avec le délabrement de la maison de ville, Lime Park avait été soigneusement entretenu ; chaque arbuste, chaque fontaine, chaque vase de pierre était en parfait état.

La suite des voitures tourna devant la façade à plusieurs centaines de mètres et pénétra dans la cour arrière où étincelaient les mille jets d'une fontaine. Un peu plus loin, vers l'ouest, on pouvait apercevoir un grand pigeonnier normand et une mare ; au nord se trouvaient les écuries et les remises, de jolis bâtiments en briques rouges et chêne argenté. Un double escalier conduisait au perron du deuxième étage. Ce fut là que s'arrêta la première des voitures.

Sa Seigneurie en sortit et tendit galamment la main à sa femme. Ambre, déliée et parfaitement remise des effets de la drogue, descendit. Son visage était maussade et elle faisait comme si Radclyffe n'avait pas existé, mais ses regards se portèrent sur le château avec admiration et intérêt. À cet instant précis, une jeune femme sortit en courant et s'élança à leur rencontre. Jetant sur Ambre un regard timide et furtif, elle fit à Radclyffe une révérence pleine d'humilité.

— Oh ! Votre Grâce ! s'écria-t-elle, s'inclinant encore, nous ne vous attendions plus et Philip est parti à cheval chasser avec Sir Robert. Je ne sais quand il rentrera.

Ambre comprit que ce devait être Jennifer, la belle-fille de seize ans de Sa Grâce, bien que Radclyffe ne lui en eût jamais parlé. Elle était mince, avec un visage banal, encadré de cheveux blond pâle qui commençaient à foncer par raies et, visiblement, elle était très impressionnée par ces deux illustres visiteurs. « Dieu ! se dit Ambre avec impatience ! Voilà donc le résultat d'une vie à la campagne ! » Elle ne se souvenait pas d'avoir, elle-même, mené cette existence durant sa jeunesse.

Radclyffe était tout amabilité et courtoisie :

— Ne vous tracassez pas à ce sujet, ma chère. Nous sommes venus à l'improviste et n'avons pas eu le temps de vous faire prévenir, Madame...

Il se tourna vers Ambre.

— ... Voici la femme de mon fils, Jennifer, dont je vous ai parlé. Jennifer, puis-je vous présenter Sa Grâce ?

Jenny lança un nouveau regard furtif sur Ambre et fit une révérence ; les deux femmes s'embrassèrent cérémonieusement. Ambre sentit que les mains de la jeune femme étaient froides et tremblaient.

— Madame n'a pas été très bien pendant le voyage, dit alors Radclyffe, et Ambre lui lança un regard indigné. Je crois qu'elle aimerait se reposer. Mes appartements sont-ils prêts ?

— Oh ! oui ! Votre Seigneurie. Ils sont toujours prêts.

Ambre n'avait aucune envie de se reposer. Elle voulait au contraire parcourir la maison, voir les jardins et les écuries, visiter la salle de verdure et l'orangerie, mais elle suivit le comte et monta dans l'appartement en enfilade qui donnait sur l'extrémité nord de la galerie.

— Je ne suis pas fatiguée du tout ! s'écria-t-elle en le regardant d'un air de défi. Combien de temps dois-je rester enfermée ici ?

— Tant que vous ne serez pas disposée à cesser de bouder, Madame. L'opinion que vous avez de moi ne m'intéresse nullement, mais je me refuse à ce que mon fils ou mes domestiques voient ma femme se conduire comme une fille méchante et mal élevée. À vous de choisir !

Ambre poussa un soupir.

— Très bien. Je ne pense pas arriver jamais à convaincre personne que je vous aime, mais je tâcherai de vous supporter de la meilleure grâce possible.

Philip rentra à l'heure du dîner et Ambre fit alors sa connaissance. C'était un jeune homme fort ordinaire, de vingt-quatre ans environ, bien portant, heureux, pas compliqué. Il était habillé sans soin, ses manières étaient frustes et ses préoccupations intellectuelles paraissaient se borner à l'élevage des chevaux et à l'entraînement des coqs de combat. Dieu merci ! se dit Ambre à première vue, il ne ressemble pas à son père. Mais elle fut étonnée de voir que Radclyffe était réellement profondément attaché à ce garçon si différent de lui ; c'était là une qualité qu'elle ne s'attendait pas à rencontrer chez ce vieil homme froid, orgueilleux et solitaire.

Ambre passa plusieurs jours à explorer Lime Park.

Il y avait des douzaines et des douzaines de chambres, meublées et ornées de tableaux et de bibelots provenant de toutes les parties du monde, mais qui, grâce au talent particulier de Sa Seigneurie, s'harmonisaient parfaitement. Les jardins à l'italienne étaient immenses et s'étendaient en grandes terrasses entourant les faces sud et est de la maison, reliées entre elles par des escaliers de marbre et des allées de gravier. Il y avait de longues avenues, ombragées de cyprès et d'ifs, d'autres bordées de tilleuls, d'un beau vert clair ; les vases de pierre, qui ornaient les escaliers, les chemins et les balustrades, étaient remplis de fleurs. Toutes les haies étaient soigneusement taillées et il n'y avait nulle part de mauvaises herbes. Les écuries elles-mêmes paraissaient immaculées, blanchies à la chaux intérieurement. Il y avait une orangerie, des serres et un joli petit pavillon d'été.

« Rien d'étonnant, songeait-elle, qu'il se soit endetté. » Mais, à présent qu'elle voyait à quoi son argent avait servi, elle en concevait moins d'irritation et regardait tout de l'œil critique et appréciateur du propriétaire. Elle ne passait devant rien sans décider si elle le garderait ou le vendrait quand le moment serait venu. Car il était bien entendu que ces jolies choses ne resteraient pas enterrées à la campagne où personne de conséquence ne pourrait les voir et les admirer. Elles étaient destinées à Londres, à un appartement dans Whitehall, peut-être, ou à quelque grande maison neuve de Saint-James Square ou de Piccadilly.

Jennifer se montra d'abord très timide, mais Ambre, parce qu'elle n'avait rien d'autre à faire et aussi parce qu'elle la plaignait un peu, fit un effort pour se lier d'amitié avec elle. La jeune femme répondit à ses avances avec une chaude gratitude, car elle avait vécu dans une famille nombreuse et se sentait très isolée dans ce château où, avec plus de deux cents domestiques, la maison paraissait vide et morne.

On était à la fin d'avril et les journées devenaient chaudes et agréables. Les rossignols étaient arrivés, les cerisiers et les pruniers étaient en fleurs et les jardins remplis du parfum des lilas en caisses. Jennifer et Ambre, riant et bavardant, se promenaient bras dessus, bras dessous, sur les pelouses vertes ; le vent faisait bouffer leurs robes de soie et elles admiraient les paons aux cris rauques. En très peu de temps elles devinrent presque des amies.

Comme une femme amoureuse, Ambre parlait tout le temps de Londres que Jennifer ne connaissait pas. Elle ne tarissait pas sur les théâtres, les tavernes, Hyde Park, Pall Mall et Whitehall, les séances de jeu dans les salons de la reine, les bals et les chasses au faucon.

— Oh ! s'écriait-elle avec enthousiasme, rien n'est plus beau que de voir les carrosses de la Cour faire le tour du Ring. Tout le monde se salue, se sourit, et Sa Majesté se découvre devant les dames ; parfois il appelle l'une d'elles. Oh ! Jenny, il vous faut absolument venir à Londres !

Jenny l'écoutait toujours avec grand intérêt et posait de très nombreuses questions, cependant elle sourit d'un air gêné :

— Cela paraît très beau, dit-elle, mais je crois que je préfère vous entendre en parler que d'y aller moi-même !

— Quoi ? s'écria Ambre profondément choquée d'un tel blasphème. Mais Londres est la seule ville où l'on puisse vivre. Pourquoi ne désirez-vous pas y aller ?

Jenny eut un geste vague. Elle se sentait dominée par la forte personnalité d'Ambre et se trouvait embarrassée, presque coupable, dès qu'il s'agissait d'exprimer une opinion personnelle.

— Je ne sais pas. Je crois que je m'y sentirais étrangère. C'est trop grand : il y a tant de gens et toutes ces dames sont si belles, si élégantes, je ne serais pas à ma place. Je m'y sentirais perdue !

Sa voix était timide, avec un accent presque désespéré, comme si elle se sentait déjà engloutie par cette grande ville effrayante. Ambre éclata de rire et prit sa belle-fille par la taille :

— Voyons, Jenny, avec des fards, des mouches, et une robe décolletée, vous seriez aussi jolie que n'importe qui. Je vous garantis que les galants ne vous manqueraient pas, ils vous courraient après jour et nuit !

Jenny eut un rire étouffé et rougit.

— Oh ! Madame, vous savez très bien que non. Mon Dieu ! Je ne saurais même pas que dire à un galant.

— Bien sûr que si, Jenny ! Vous savez bien que dire à Philip, n'est-ce pas ? Tous les hommes sont pareils. Il n'y a qu'un sujet qui les intéresse quand ils parlent à une femme.

Jenny devint écarlate.

— Oh ! mais je suis mariée à Philip et il... il...

Elle s'empressa de changer de sujet.

— Est-ce réellement vrai, tout ce que l'on raconte de la Cour ?

— Que voulez-vous dire ?

— Oh ! vous le savez bien ! On dit des choses terribles. Que tout le monde y boit et y jure, que Sa Majesté joue aux cartes même le dimanche, qu'Elle voit à peine la reine durant des semaines, étant trop occupée avec ses autres... ses autres dames !

— Sottises ! Il la voit tous les jours et il est aussi aimable et affectueux que possible avec elle. Il dit qu'elle est la meilleure femme du monde.

Jenny paraissait soulagée.

— Alors ce n'est pas vrai qu'il lui soit infidèle ?

— Oh ! si ! Il l'est. Tous les hommes sont infidèles à leurs femmes, n'est-ce pas, pour peu qu'ils en aient l'occasion !

Mais Jenny avait l'air si effarée qu'elle lui donna une bourrade amicale en ajoutant bien vite :

— Sauf les hommes qui vivent à la campagne, bien entendu, ceux-là sont différents.

Au début, elle avait eu l'impression que Philip était différent. La première fois qu'il l'avait vue, ses yeux avaient eu un éclair d'admiration, mais son père était présent et la lueur avait disparu. Puis elle l'avait aperçu très rarement, aux repas seulement, où il la traitait avec la même considération déférente que si elle avait eu vingt ans de plus. Très correctement il cherchait à établir qu'elle avait plutôt l'âge de son père que le sien. Ambre finit par se dire qu'il avait peur d'elle.

Poussée par l'ennui, la malignité et le désir de prendre une revanche sur Radclyffe, elle décida de séduire Philip. Mais elle connaissait assez le comte, son mari, pour se rendre compte qu'il fallait agir prudemment et garder strictement pour elle la satisfaction qu'elle éprouverait à le cocufier avec son propre fils. Car si jamais il suspectait ou devinait, elle aimait mieux ne pas y penser, le sachant capable de toutes les violences et de toutes les cruautés. Mais Philip était le seul mâle acceptable, jeune et bien tourné de Lime Park et elle ne pouvait vivre sans le piment d'une adoration masculine.

Un matin de pluie, elle le croisa dans la galerie et ils restèrent à causer du temps qu'il faisait. Il serait parti presque tout de suite, mais elle suggéra un jeu de puce et, tandis qu'il cherchait une excuse, elle l'entraîna vers la table de jeu. Après quoi, ils jouèrent de temps à autre aux cartes et se retrouvèrent, comme par hasard aux écuries pour faire une promenade à cheval. Jenny était enceinte : l'équitation lui était interdite.

Mais Philip continuait de traiter Ambre en belle-mère, paraissant même éprouver une sorte de crainte respectueuse, sentiment qu'elle n'avait pas l'habitude de rencontrer chez un homme, quel que fût son âge. « Décidément, se dit-elle, il a oublié tout ce qu'il a pu apprendre durant son voyage en Europe ! »

Elle ne voyait guère plus Radclyffe à Lime Park qu'à Londres. Il s'occupait de tous les détails de la maison qui échappaient à la surveillance du maître d'hôtel (car il se refusait à prendre une femme pour tenir le ménage), faisait exécuter des améliorations dans les jardins, dirigeait les ouvriers, passait de longues heures dans son laboratoire ou sa bibliothèque. Jamais il ne montait à cheval, ne jouait ni ne faisait de musique ; quand il sortait, c'était toujours dans un but précis et, la course accomplie, rentrait aussitôt chez lui. Il écrivait interminablement. Ambre lui ayant demandé pourquoi, il le lui expliqua. Il rédigeait l'histoire complète de tous les objets qu'il avait acquis, afin que sa famille pût toujours savoir exactement ce qu'elle possédait. Il rimait aussi des poésies, mais ne lui offrit jamais de les lire et elle ne le lui demanda pas.

Quand elle cherchait à discuter avec lui la question du retour à Londres, il se contentait de lui répondre qu'elle s'y était conduite comme une sotte et n'était pas capable de vivre dans un endroit où elle pourrait être induite en tentation. Il lui répétait que, si elle voulait y retourner seule, il lui en laissait l'entière liberté, mais au prix de toute sa fortune, à l'exception de dix mille livres. Elle entrait alors en fureur et lui déclarait que jamais il n'aurait cet argent, dût-elle rester sa vie durant à la campagne.

Convaincue finalement qu'elle risquait de résider un certain temps à Lime Park, elle fit demander Nan, Suzanne et Grand John. Nan qui avait déjà eu une fausse couche et un accident, était de nouveau enceinte, de Grand John, cette fois. Bien qu'elle fût dans son cinquième mois et qu'Ambre lui recommandât de ne pas venir si cela risquait de lui faire du mal, Nan arriva dans la quinzaine.

Comme toujours, elles eurent beaucoup à se dire, car les deux femmes s'intéressaient aux mêmes choses et elles bavardèrent à force, échangeant des confidences intimes, sans la moindre hésitation ni la moindre pudeur. L'innocence et l'inexpérience de Jenny avaient fini par lasser Ambre, qui était heureuse d'avoir retrouvé quelqu'un à qui parler en toute franchise, quelqu'un qui savait exactement ce qu'elle était et ne s'en inquiétait pas. Quand elle fit part à Nan de son intention de séduire le fils de son mari, celle-ci déclara qu'on n'imaginait pas où le désespoir pouvait pousser une femme reléguée à la campagne. Car il était évident que Philip ne supportait pas la comparaison avec Charles II ou Lord Carlton.

Ce ne fut guère qu'au milieu de mai que le jeune Philip commença de la rechercher sérieusement.

Un matin, elle attendait que sa jolie petite jument alezan soit sellée quand elle entendit une voix derrière elle :

— Oh ! Bonjour Madame ! Vous montez à cheval de si bon matin ?

Il feignit la surprise, mais elle comprit immédiatement qu'il était venu dans l'intention de la rencontrer.

— Bonjour Philip ! Oui j'ai envie de prendre un bain de rosée. Il paraît que c'est souverain pour le teint !

Philip rougit, esquissant un sourire, tournant nerveusement son chapeau entre ses doigts :

— Certes, mais vous n'en avez nul besoin, Madame !

— Quel courtisan vous faites, Philip !

Sous son grand chapeau à larges bords qui lui ombrageait les yeux, elle le regarda en souriant légèrement. « Il s'en défend, songea-t-elle, mais il est tout de même épris ! »

On amena la jument, somptueusement sellée de velours vert. Ambre la caressa et lui donna un sucre. Philip s'avança pour l'aider à monter ; elle sauta en selle avec une aisance gracieuse.

— Nous pourrions faire un tour ensemble, suggéra-t-elle. À moins que vous ne soyez pris ?

Il feignit d'être surpris de l'invitation :

— Oh ! non, pas du tout. J'allais justement me promener tout seul. Merci beaucoup, Madame, c'est fort aimable à vous. Merci infiniment.

Ils traversèrent la prairie où poussait un trèfle épais et furent bientôt hors de vue. L'herbe était humide et un troupeau paissait dans le lointain. Tout d'abord ils ne trouvèrent rien à se dire, puis enfin Philip s'écria gaiement :

— Quelle splendide matinée ! Comment peut-on vivre en ville quand il y a la campagne !

— Pourquoi vivre à la campagne quand il y a la ville !

Il la regarda avec étonnement et eut un large sourire qui découvrit ses dents blanches :

— Vous ne pensez pas ce que vous dites, Madame, ou vous ne seriez pas à Lime Park !

— Ce n'est pas moi qui ai voulu venir à Lime Park. C'est le comte.

Elle parlait d'un ton indifférent. Cependant son visage dut exprimer un peu de son dédain et de son mépris pour Radclyffe, car Philip répliqua vivement :

— Mon père aime Lime Park, il l'a toujours aimé. Jamais nous n'avons vécu à Londres. Sa Majesté Charles Ier est venu ici une fois et a dit qu'à son avis il n'était pas de plus belle propriété en Angleterre.

— Oh ! c'est une très belle demeure, sans aucun doute, concéda Ambre consciente d'avoir offusqué son loyalisme familial – ce qui ne lui importait guère.

Ils continuèrent à chevaucher en silence.

— Arrêtons-nous ici, dit-elle tout à coup.

Sans attendre sa réponse, elle tira sur la bride de son cheval. Mais Philip continua sa route pendant quelques centaines de mètres, tourna et revint lentement vers elle.

— Il vaudrait peut-être mieux ne pas descendre, il n'y a personne avec nous.

— Qu'est-ce que cela signifie ? fit Ambre amusée, et quelque peu impatientée.

— C'est que, voyez-vous Madame, Sa Seigneurie préfère que l'on ne mette pas pied à terre au cours d'une promenade à cheval. Si quelqu'un nous voyait, il pourrait se méprendre. Les gens de la campagne sont bavards.

— Ils le sont partout. Oh ! faites ce qu'il vous plaira ! Moi je descends !

Elle sauta à terre, ôta son chapeau sur lequel elle avait épinglé deux ou trois belles roses rouges, et secoua ses cheveux. Philip la regarda et mit également pied à terre.

Sur ses conseils, ils se dirigèrent vers un joli petit ruisseau qui coulait non loin de là. Les eaux, bruyantes et hautes, baignaient les joncs vert foncé qui poussaient sur la berge, et les saules pleureurs laissaient tremper leurs branches dans l'onde. Les rayons du soleil, filtrant à travers le feuillage, comme la lumière dans une cathédrale, se jouaient sur le visage d'Ambre. Elle sentit que Philip l'observait subrepticement du coin de l'œil. Tournant brusquement la tête, elle rencontra son regard.

Lentement elle sourit, ferma à demi les yeux, le considérant avec impertinence :

— Comment était la dernière comtesse ? demanda-t-elle.

Elle savait que la mère de Philip, la première Lady Radclyffe, était morte en lui donnant le jour :

— Était-elle jolie ?

— Pas mal, je crois. Son portrait, en tout cas, est joli, mais elle est morte quand j'avais neuf ans, je ne m'en souviens pas très bien.

Il paraissait mal à l'aise en ce tête-à-tête. Son visage s'était assombri et ses yeux ne parvenaient pas à dissimuler ses véritables sentiments.

— A-t-elle eu des enfants ?

— Deux, morts en bas âge de la petite vérole. Je l'ai eue aussi...

Il avala sa salive et prit une profonde respiration.

— Mais j'ai survécu.

— J'en suis heureuse, Philip, dit-elle doucement.

Elle continuait de lui sourire, un peu moqueuse, mais avec des yeux pleins de séduction. Jamais depuis un mois elle ne s'était autant amusée.

Philip, toutefois, était visiblement malheureux, tiraillé : le désir d'une part, la loyauté familiale de l'autre. Changeant de sujet, il reprit, parlant très vite :

— Comment est la Cour, maintenant ? Plus magnifique

que jamais, dit-on, les étrangers même seraient surpris du train de vie de Sa Majesté ?

— Oui, c'est vrai. C'est merveilleux. Je ne crois pas qu'il existe ailleurs au monde d'hommes plus élégants, ni de femmes plus belles. Quand y avez-vous été pour la dernière fois ?

— Il y a deux ans. J'ai passé plusieurs mois à Londres en rentrant de mes voyages...

Il parlait, mais sans penser à ce qu'il disait ; son regard était ardent et pénétrant, et elle suivait les mouvements convulsifs de sa pomme d'Adam dans son cou musclé...

— Je crois que nous ferions mieux de rentrer, à présent, dit-il tout à coup. Il... il se fait tard.

Ambre haussa les épaules, rassembla ses jupes et se mit en marche dans l'herbe épaisse.

Le lendemain, elle ne le vit pas du tout, car pour le taquiner, elle prétexta une atteinte de vapeurs et se fit servir dans son appartement. Il lui fit porter un bouquet de roses avec un petit mot très conventionnel, lui souhaitant prompt rétablissement. Quand elle sortit, le matin suivant, elle s'attendait à le trouver aux écuries, impatient comme un écolier posté au coin de la rue pour voir passer sa belle, mais elle ne vit personne et en conçut un léger dépit, car elle l'avait cru sérieusement épris. Elle n'en partit pas moins dans la direction qu'ils avaient prise deux jours auparavant. Elle oublia vite Philip Mortimer et son père – qu'il était beaucoup plus difficile de chasser de son esprit – et s'absorba dans le souvenir de Bruce Carlton.

Il y avait près de six mois qu'il était parti et, une fois de plus, son souvenir s'estompait. C'était comme un charmant rêve, dont on se souvient nettement le matin, mais qui disparaît vers midi. Cependant, elle se remémorait bien des choses : l'étrange gris-vert de ses yeux, le pli de sa bouche, qui disait mieux que des mots ce qu'il pensait d'elle et de ce qu'elle avait fait, ce calme qui renfermait toujours la menace d'une violence contenue. Elle se souvenait de la dernière fois qu'il l'avait aimée et, à ces images, était prise de vertige. Elle éprouvait une nostalgie poignante de ses baisers, des caresses expertes de ses mains. Néanmoins, il lui semblait un personnage à demi réel, et le souvenir la consolait mal du présent. Suzanne elle-même ne parvenait pas – ainsi qu'Ambre l'avait espéré – à lui rendre Bruce plus proche et moins imaginaire.

Ambre était si absorbée dans ses pensées qu'au moment où son cheval pointa, elle s'agrippa aux rênes, décontenancée. Se reprenant et cherchant ce qui avait pu causer la nervosité de sa monture, elle aperçut Philip – le visage rouge et les yeux enflammés –, monté sur son cheval, auprès des trois peupliers qui, isolés au milieu de la prairie, avaient l'air de véritables sentinelles. Il s'excusa de l'avoir effarouchée :

— Oh ! Madame ! Excusez-moi ! Je ne voulais pas vous effrayer. Je m'étais simplement arrêté un instant pour jouir du charme de cette matinée quand je vous ai vue venir, et je vous ai attendue.

Il donnait cette explication avec tant de sérieux qu'elle comprit immédiatement le mensonge : il n'avait pas voulu que son père les vît partir ensemble à cheval. Rassurée, elle rit de bon cœur :

— Oh ! Philip ! C'est vous ! Je pensais justement à vous !

Les yeux du jeune homme brillèrent, mais elle arrêta la remarque banale qu'il allait faire :

— Allons ! Venez... Faisons la course jusqu'au ruisseau.

Il arriva juste avant elle. Quand elle sauta à terre, il la suivit immédiatement, sans protester.

— Que l'Angleterre est belle au mois de mai ! s'écria-t-elle. Comprenez-vous que l'on préfère l'Amérique ?

— Quoi ? Non ! fit-il effaré. Je ne le comprends pas.

— J'ai envie de m'asseoir. Voulez-vous étendre votre manteau, Philip, pour que je n'abîme pas ma robe ?

Elle examina autour d'elle pour trouver la meilleure place.

— Là ! contre l'arbre, s'il vous plaît.

Très courtoisement il ôta son grand manteau de cheval et l'étendit sur l'herbe humide. Elle s'assit, le dos appuyé contre le petit bouleau, les jambes étendues, et lança son chapeau au loin.

— Eh bien ! Philip ? Allez-vous rester planté là longtemps ? Asseyez-vous donc.

Et elle lui indiqua une place à ses côtés.

Il hésita :

— Quoi ?... euh !...

Puis, prenant tout à coup sa décision, il dit vivement :

— Merci Madame, et s'installa en face d'elle, se tenant les genoux des deux mains.

Au lieu de la regarder, il observait attentivement une abeille qui voletait de fleur en fleur. Ambre se mit à cueillir les pâquerettes blanches qui pullulaient dans l'herbe, les amassant sur ses genoux.

— Vous savez ! dit enfin Philip qui la regardait maintenant, vous n'avez vraiment pas l'air d'être ma belle-mère. Je ne peux pas me l'imaginer, quelque effort que je fasse. Je me demande pourquoi...

Il paraissait sincèrement intrigué et troublé, d'une manière presque comique, se disait Ambre.

— Peut-être, suggéra-t-elle, ne vous en donnez-vous pas la peine.

Elle avait commencé de tresser une couronne pour ses cheveux, coupant les petites tiges d'un coup d'ongle et les fixant adroitement.

Philip méditait. Puis :

— Comment se fait-il que vous ayez épousé mon père ? demanda-t-il à brûle-pourpoint.

Ambre, les yeux baissés, comme absorbée dans son travail, répondit par un léger haussement d'épaules :

— Il voulait mon argent ! Je voulais son titre !

Levant les yeux, elle vit le froncement inquiet de ses sourcils :

— Qu'est-ce qui vous trouble ? Philip ? Tous les mariages ne constituent-ils pas des marchés ? J'ai ceci, vous avez cela : alors, marions-nous ! C'est bien ainsi que vous avez épousé Jenny, n'est-ce pas ?

— Oh ! oui. Naturellement. Mais mon père est très bon, vous le savez...

Il paraissait plutôt chercher à se convaincre lui-même, et la fixait :

— Oh ! certainement ! fit-elle sarcastique.

— Il vous aime beaucoup aussi !

Là-dessus elle partit d'un éclat de rire fort impoli :

— Qui diable peut vous le faire croire ?

— Il me l'a dit !

— Vous a-t-il recommandé aussi de vous tenir loin de moi ?

— Non. Mais je le devrais, je le sais. Je n'aurais jamais dû venir aujourd'hui, dit-il en se détournant.

Et soudain, il fit mine de se lever. Ambre lui saisit le poignet et l'attira doucement à elle.

— Pourquoi vous tenir loin de moi, Philip ? murmurait-elle.

Il la regardait fixement, à demi agenouillé, la respiration courte.

— Parce que je, parce que je le devrais ! Il vaudrait mieux que je rentre, maintenant, avant que...

— Avant quoi ?

Les rayons du soleil, filtrant à travers le feuillage, faisaient des taches d'ombre et de lumière sur son visage et sur sa gorge. Ses lèvres entrouvertes étaient humides et ses dents blanches étincelaient. Les yeux mouchetés d'Ambre le regardaient intensément :

— Philip, de quoi avez-vous peur ? Vous voulez m'embrasser... pourquoi ne le faites-vous pas ?

XLIII

La conscience de Philip Mortimer lui faisait des reproches. Il voulut tout d'abord éviter sa belle-mère. Le lendemain du jour où elle l'avait séduit, il partit rendre visite à un voisin et y resta près de huit jours. À son retour, il fut si occupé qu'on le vit à peine aux heures des repas et, quand il ne pouvait éviter Ambre, il se montrait d'une raideur et d'un formalisme exagérés. Ambre était furieuse, se disant que cette conduite ridicule les trahirait tous deux. Et puis, il constituait la seule source d'amusement qu'elle eût trouvé à Lime Park et elle n'avait pas l'intention de la perdre.

Des fenêtres de sa chambre, elle le vit un jour traverser la terrasse, venant du jardin. Radclyffe était enfermé dans son laboratoire depuis un bon moment. Ambre rassembla donc ses jupes, descendit l'escalier quatre à quatre pour se rendre sur la terrasse ; mais, comme elle courait à lui, il lança un coup d'œil éperdu aux alentours et se précipita dans le dédale de haies taillées, tracé soixante-dix ans auparavant, alors que ces labyrinthes étaient à la mode. Il avait poussé maintenant et il était relativement facile de s'y perdre. Ambre l'y suivit, mais ne l'aperçut plus.

— Philip ! s'écria-t-elle furieuse, Philip ! Où êtes-vous ?

Il ne répondit pas. Mais, en pénétrant dans un sentier en cul-de-sac, elle se trouva face à face avec lui. Voyant qu'il ne pouvait s'échapper, il la considéra d'un air confus et nerveux. Ambre éclata de rire, tout en nouant sur ses cheveux l'écharpe de dentelle noire qu'elle avait prise.

— Oh ! Philip ! Stupide garçon ! Pourquoi me fuir ainsi ? Mon Dieu ! suis-je un monstre ?

— Oh ! non ! protesta-t-il, je ne vous fuyais pas. Je ne savais pas que vous étiez là !

Elle le regarda bien en face.

— À d'autres ! dit-elle. Vous me fuyez depuis quinze jours. Depuis que...

Mais il la considéra d'un air si horrifié qu'elle s'arrêta déconcertée.

— Eh bien ! dit-elle doucement. Qu'avez-vous ? N'y avez-vous pas pris de plaisir ? Il me semblait, sur le moment même...

Philip était sur des charbons ardents.

— Oh ! je vous en prie, Madame ! N'en parlez pas. Je ne veux pas le supporter ! J'en perds la tête. Si vous en parlez, je... je ne sais pas ce que je ferai !

Ambre mit les poings sur ses hanches et frappa impatiemment du pied :

— Mon Dieu ! Philip ! Qu'avez-vous donc ? Il semble que vous ayez commis un crime !

— Vous le savez bien.

— Pas du tout, je proteste. L'adultère n'est pas un crime, c'est un amusement.

C'était bien là, se disait-elle, le meilleur exemple de l'erreur qui consistait à faire vivre un jeune homme à la campagne, retranché du monde.

— L'adultère est un crime. Un crime contre deux innocents, votre mari et ma femme. Mais mon crime est encore plus grand, car j'ai été l'amant de la femme de mon père, j'ai commis un inceste !

Il prononça ces derniers mots dans un murmure, l'air absolument effondré.

— Quelle stupidité, Philip ! Nous ne sommes pas

parents ! C'était une loi faite par de vieux messieurs, pour la protection d'autres vieux messieurs assez sots pour épouser de jeunes femmes. Vous vous rendez malheureux pour rien.

— Oh ! non ! Je le jure ! J'ai été l'amant d'autres femmes, de bien d'autres. Mais jamais je n'ai rien fait de tel ! C'est mal et criminel. Ne comprenez-vous pas ? J'aime beaucoup mon père – c'est un homme remarquable –, je l'admire. Et qu'ai-je fait ?

Il avait l'air si profondément malheureux qu'Ambre en conçut un vague sentiment de pitié, mais, comme elle s'avançait pour lui prendre la main, il recula avec horreur. Elle haussa les épaules :

— Eh bien ! Philip, cela n'arrivera plus. Oubliez-le, oubliez ce qui s'est passé.

— Oui ! Il le faut !

Mais elle savait bien qu'il n'oublierait rien et que cela lui serait de plus en plus difficile de n'y pas penser, à mesure que passeraient les jours. Elle ne fit d'ailleurs rien pour l'y aider. Quand ils se croisaient, elle le regardait de son air le plus séduisant. Au bout d'une quinzaine, il la rencontra de nouveau au cours d'une de ses promenades à cheval et fut ensuite entièrement désarmé. Le sentiment de sa faute et de son indignité persistait, mais sa soif de plaisir était la plus forte.

Ils trouvèrent mille endroits où se retrouver.

Comme toutes les grandes demeures catholiques, Lime Park était rempli de recoins qui servaient autrefois à cacher les prêtres. Il y avait dans les embrasures de fenêtres des banquettes que l'on pouvait soulever pour descendre dans de petites pièces sous le plancher. Certains panneaux aux murs masquaient des escaliers dérobés aboutissant à d'obscures salles. Philip connaissait toutes les cachettes. Ces rendez-vous procuraient à Ambre une excitante sensation de danger, dont elle tirait plus de plaisir que des manifestations de tendresse bébêtes de son soupirant.

Cela ne la divertissait pas, toutefois, au point de lui faire oublier Londres. Sans cesse, elle demandait à Radclyffe quand ils y reviendraient, mais il lui répondait invariablement qu'il n'avait aucun projet de retour. Peut-être même resterait-il à la campagne jusqu'à sa mort.

— Mais je m'ennuie affreusement ici, vous le savez ! s'écria-t-elle un jour.

— Je n'en doute pas, Madame, répondit-il. Je me suis toujours demandé comment les femmes peuvent éviter l'ennui, où qu'elles soient. Elles ont si peu de ressources !

— Nous en avons bien assez ! rétorqua Ambre avec un coup d'œil plein de mépris et de venin.

Elle avait engagé la conversation avec de bonnes résolutions, mais ne pouvait supporter cet air arrogant, persifleur et sarcastique.

— Mais c'est horriblement morne, ici. Je ne souhaiterais pas au diable lui-même la disgrâce d'être enfermé dans ce trou.

— Vous auriez dû y songer avant de chercher à vous prostituer avec Sa Majesté.

Ambre eut un petit rire vindicatif :

— Chercher à me prostituer ! Mon Dieu, que vous êtes bouffon ! Il y a longtemps que j'ai couché avec le roi, quand j'étais encore au théâtre ! Eh bien ! Milord, qu'en dites-vous ?

Radclyffe sourit, une expression d'amusement cynique passa sur ses lèvres minces. Il se tenait contre l'une des hautes fenêtres qui surplombaient la terrasse, appuyé aux rideaux brodés d'or, et sa silhouette décadente faisait penser à quelque fragile porcelaine.

— Votre manque de subtilité, Madame, dit-il calmement, vous fait croire en un pareil défaut chez tout le monde.

— Alors vous le saviez déjà ?

— Votre réputation n'est pas sans tache. Elle est même assez souillée.

— Et je pense que vous la croyez en meilleure posture maintenant ?

— Pas pire, dans tous les cas. Je ne m'intéresse pas du tout à vous, ni à votre réputation, Madame. Mais je m'intéresse beaucoup à la réputation de ma femme. Je ne peux pas effacer les fautes que vous avez commises avant que je vous aie épousée ; mais je peux au moins vous empêcher d'en commettre d'autres.

Un instant, sa fureur faillit la conduire à une erreur désastreuse. Elle eut sur le bout de la langue de lui dire ce qui s'était passé avec Philip. Mais elle parvint à se contrôler en temps utile et dit avec un ricanement déplaisant :

— Oh ! le pouvez-vous ?

Les yeux de Radclyffe se rétrécirent, et distillant les mots comme des gouttes de poison, il dit :

— Un jour, Madame, vous irez trop loin. Ma patience est grande, mais elle a des limites.

— Et alors, que ferez-vous, Monsieur ?

— Regagnez vos appartements ! s'écria-t-il soudain. Regagnez vos appartements, Madame, ou je vous y ferai porter de force !

Ambre faillit éclater de rage et le menaça du poing. Mais il resta si imperturbable et la toisa si froidement qu'après avoir hésité quelques secondes elle murmura une imprécation, se retourna et sortit en courant de la bibliothèque.

Sa haine pour Radclyffe était si intense qu'elle en devenait une obsession, et elle commença de se demander comment elle pourrait se débarrasser de lui. Oh ! comme elle désirait qu'il mourût !

Une seule fois, par hasard, Ambre fut sur le point de faire une découverte importante sur le compte de l'homme qu'elle avait épousé. Jamais elle ne s'était efforcée de le comprendre ou de découvrir ce qui avait pu faire de lui l'homme qu'il était, car, non seulement ils ne s'aimaient pas, mais se trouvaient mutuellement dépourvus d'intérêt.

Un soir d'août, elle était en train de se demander quelle toilette porter le lendemain, car ils attendaient de nombreux hôtes, pour la plupart parents de Jenny, qui venaient afin d'être présentés à la nouvelle comtesse. Ambre était enchantée de l'occasion qui allait s'offrir à elle de parader. Aussi inventoriait-elle, aidée de Nan, les grandes armoires où ses toilettes étaient rangées, s'amusant à évoquer ce qui s'était passé le soir où elle avait porté l'une ou l'autre de ces robes.

— Oh ! voici celle que j'avais le soir où Lord Carlton est venu pour la première fois à Dangerfied House !

Elle prit dans le placard la robe de dentelle champagne pailletée d'or et la tint contre elle, en lissant les plis, pensive. Puis elle la remit en place.

— Et, vois-tu, Nan ! Voilà celle dans laquelle j'ai été présentée à la Cour.

Elles sortirent enfin la robe de satin blanc brodée de perles qu'elle avait portée le soir de son mariage avec Radclyffe. Toutes deux l'examinèrent d'un œil critique, tâtant l'étoffe, se demandant comment elle avait été faite et s'étonnant à quel point elle avait été à sa taille, un peu trop large de ceinture seulement et légèrement trop étroite du buste.

— Je me demande à qui elle a appartenu, dit Ambre rêveuse, bien qu'elle l'eût tout à fait oubliée depuis huit mois.

— À la première comtesse peut-être ! Pourquoi ne le demandez-vous pas à Sa Seigneurie ?

— Je le ferai !

À dix heures, Radclyffe monta de la bibliothèque. C'était l'heure à laquelle ils allaient généralement se coucher et il était fidèle à la moindre de ses habitudes. Philip et Ambre n'en avaient que trop profité. Ambre, dans un fauteuil, lisait la nouvelle pièce de Dryden, *Amour secret*, et quand il traversa la pièce pour aller à son cabinet de toilette, ils ne firent pas attention l'un à l'autre. Jamais il ne s'était laissé voir en négligé par elle et quand il revint, il portait une élégante robe de chambre en belle soie des Indes. Ambre déposa son livre et s'étira en bâillant.

— Cette vieille robe de satin blanc, dit-elle d'un air détaché, celle que vous avez voulu me voir porter le jour de notre mariage, d'où la tenez-vous ? Qui l'a portée avant moi ?

Il s'arrêta et la regarda avec un sourire :

— C'est curieux que vous ne me l'ayez pas encore demandé. Mais, comme je n'ai pas grand-chose à vous cacher, je peux bien vous le dire. Ce devait être la robe de noce d'une jeune fille que je voulais épouser autrefois, et que je n'ai jamais revue.

Ambre leva les sourcils, visiblement intéressée :

— Oh ! Alors vous avez été « plaqué » ?

— Non, je n'ai pas été « plaqué ». Elle a disparu une nuit, lors du siège du château de sa famille, en 1643. Ses parents n'ont plus entendu parler d'elle et nous en avons conclu qu'elle avait été prise et tuée par les parlementaires...

Ambre vit dans les yeux de Radclyffe une expression toute nouvelle pour elle. C'était profondément triste, et pourtant l'évocation de ce passé semblait lui être douce...

— C'était une très jolie enfant, bonne et généreuse, une lady. Cela paraît à peine croyable, et cependant, la première fois que je vous ai vue, vous me l'avez rappelée. Pourquoi, je l'ignore. Vous ne lui ressemblez pas – ou très peu – et vous n'avez certainement aucune des qualités que j'admirais en elle...

Il eut un léger haussement d'épaules et regarda – non pas Ambre – mais quelque part dans le passé, ce passé où il avait laissé son cœur. Puis, ses yeux se portant sur sa femme, le présent reprit ses droits et, froidement, il continua de souffler les bougies ; la dernière s'éteignit et la pièce se trouva plongée dans l'obscurité.

— Peut-être n'est-il après tout pas si étrange que vous m'ayez fait penser à elle, poursuivit-il. Je l'ai cherchée vingt-trois ans, dans le visage de toutes les femmes que j'ai rencontrées, partout où je suis allé. J'ai espéré qu'elle n'était pas morte, que je la retrouverais un jour, quelque part.

Il y eut un long silence. Ambre ne bougeait pas, surprise de ce qu'elle venait d'entendre. Puis elle se rendit compte à sa voix qu'il se rapprochait et elle entendit ses pantoufles glisser sur le plancher dans sa direction...

— Mais j'ai cessé de chercher, maintenant, je sais qu'elle est morte.

Ambre rejeta sa robe de chambre et se mit rapidement au lit, prise, comme tous les soirs, d'un certain sentiment de crainte.

— Alors, vous avez aimé une fois, dit-elle, irritée d'apprendre que – bien qu'il la méprisât – il avait été autrefois capable d'aimer une femme avec tendresse et générosité.

Elle sentit qu'il s'asseyait auprès d'elle :

— Oui, j'ai aimé une fois. Mais une fois seulement. Je me souviens d'elle avec tout l'idéalisme d'un jeune homme, et c'est ainsi que je l'aime encore. Mais je suis vieux maintenant et j'en sais trop sur le compte des femmes pour éprouver autre chose pour elles que du mépris !

Il déposa sa robe de chambre au pied du lit et s'étendit à côté de sa femme.

Pendant quelques minutes, Ambre attendit avec appréhension, les muscles tendus, les dents serrées, incapable de fermer les yeux. Elle n'avait jamais osé se refuser vraiment à lui, mais chaque nuit elle était torturée par cette attente de... elle ne savait jamais quoi ! Ce soir, couché sur le dos, loin d'elle, il ne fit aucun geste pour la toucher.

Enfin, elle l'entendit qui respirait régulièrement ; soulagée, elle se détendit et le sommeil la gagna. Cependant, le moindre de ses mouvements la faisait tressaillir. Même quand il la laissait tranquille, elle ne pouvait pas dormir en paix.

Les parents de Jenny arrivèrent et, pendant plusieurs jours, s'intéressèrent vivement aux toilettes, aux bijoux et aux manières d'Ambre. Aucun d'eux ne les approuvait, mais ils la trouvaient excitante et, tandis que les femmes parlaient d'elle les lèvres pincées, les hommes se poussaient du coude avec des clignements d'yeux entendus. Ambre savait parfaitement ce qu'ils pensaient, mais ne s'en inquiétait guère. S'ils trouvaient ses manières choquantes, eux lui paraissaient mornes et vieux jeu. Cependant, quand ils furent partis et que le silence et la monotonie s'appesantirent de nouveau sur la vieille demeure, elle devint plus impatiente que jamais.

Elle avait amené Philip à un tel degré d'irritation et d'infatuation, qu'il devenait difficile de le rendre discret.

— Que faire ? lui redemandait-il sans cesse.

— Rien, Philip, c'est votre père !

— Cela m'est égal, je le hais ! La nuit dernière, je l'ai rencontré dans la galerie au moment où il entrait chez vous ! Dieu ! j'ai eu envie de lui sauter à la gorge et... Oh ! qu'est-ce que je dis !

Il poussa un profond soupir, sa figure enfantine prit une expression hagarde et lamentable. Ambre lui avait procuré des plaisirs passagers, mais infiniment troubles, et il n'avait plus jamais vécu en paix, depuis qu'elle était arrivée à Lime Park.

Quelques jours plus tard, Ambre, rentrant seule de sa promenade à cheval matinale – Philip avait pris un autre chemin pour qu'on ne les vît pas ensemble –, trouva Radclyffe assis devant le bureau de leur chambre à coucher.

— Madame, lui dit-il par-dessus son épaule, il me faut aller passer quelques jours à Londres. Je pars cet après-midi, tout de suite après le déjeuner.

Un sourire furtif illumina le visage d'Ambre et, bien qu'elle ne pensât pas qu'il eût l'intention de l'emmener, elle se berça de l'illusion qu'elle parviendrait à ses fins en bluffant.

— Magnifique ! Votre Grâce ! Je vais dire à Nan de faire les bagages.

Elle se précipitait hors de la pièce, mais il l'arrêta net en disant :

— Ne prenez pas cette peine. Je pars seul.

— Seul ? Mais pourquoi ? Si vous y allez, je peux y aller aussi !

— Je ne serai absent que quelques jours. C'est pour une affaire importante et je n'ai aucun désir d'être dérangé par votre présence.

Elle poussa un cri d'indignation étouffé, puis vint se placer de l'autre côté de la table :

— Vous êtes l'homme le plus invivable de la terre ! Je ne veux pas rester seule ici, m'entendez-vous ? Je ne veux pas !

Elle donnait des coups de cravache sur la table. Il se leva lentement, s'inclina - bien qu'elle vît les muscles de son visage se contracter de rage - et sortit de la pièce. Ambre, brandissant la badine, criait toujours :

— Je ne veux pas rester ici ! Je ne veux pas ! Je ne veux pas !

Quand la porte se fut refermée, elle jeta son fouet par la fenêtre et se précipita dans la pièce voisine, où elle trouva Nan qui bavardait avec la nourrice sèche de Suzanne :

— Nan ! Emballe mes affaires ! Je vais à Londres dans ma voiture ! Ce bâtard...

Suzanne courut à sa mère en frappant du pied et en répétant, faisant danser ses boucles :

— Ce bâtard...

Quand le déjeuner fut annoncé, Ambre refusa de descendre. Elle était occupée à faire ses préparatifs de départ et la colère lui avait coupé l'appétit. Quand Radclyffe lui fit redemander de bien vouloir se joindre à eux, elle refusa tout net, et ferma la porte de sa chambre.

— Il m'a dit trop souvent ce que je pouvais et ce que je ne pouvais pas faire, dit-elle à Nan. Je veux être damnée si cet horrible vieux gredin continue à me mener par le bout du nez, comme un ours !

Mais, quand elle eut changé de costume et fut prête à partir, elle s'aperçut que les portes donnant sur la galerie avaient été fermées de l'extérieur et que sa clef avait disparu. Il n'y avait pas d'autre issue, car les pièces se commandaient, et elle eut beau donner des coups de poing et des coups de pied, personne ne lui répondit. De rage, elle rentra dans sa chambre à coucher et jeta par terre tout ce qui lui tombait sous la main. Nan s'enfuit en levant les bras au ciel. Quand Ambre eut épuisé sa colère, la chambre avait l'aspect d'un champ de bataille.

Quelqu'un vint ouvrir la porte de l'antichambre, y déposa un plateau chargé d'aliments, frappa pour attirer l'attention et disparut aussitôt. Le comte avait évidemment dit aux domestiques que sa femme avait une crise de nerfs. Une femme de chambre prit le plateau, et le posa sur une table à côté de sa maîtresse. Ambre se retourna, prit l'assiette de poulet froid et la jeta à travers la pièce. Puis elle renversa le plateau et les assiettes.

Trois heures plus tard, Nan s'aventura de nouveau dans la pièce. Ambre était assise sur le lit, les bras croisés. Elle était décidée à partir pour Londres à tout prix, dût-elle sauter par la fenêtre, mais Nan essaya de la convaincre que, si elle désobéissait à Sa Seigneurie, il pourrait intenter une action contre elle, obtenir la séparation et la libre disposition de toute sa fortune.

— Souvenez-vous, fit Nan prudemment, que Sa Majesté vous aime, c'est possible, mais qu'Elle aime toutes les jolies femmes. Et vous connaissez le caractère du roi, il n'aime pas à se mêler d'affaires qui risquent de lui causer des ennuis. Vous feriez mieux de rester ici, Madame, je crois.

Ambre avait quitté ses souliers et défait ses cheveux ; elle demeurait songeuse, les coudes sur les genoux. Elle commençait à avoir très faim, car elle n'avait pris qu'un verre de sirop depuis sept heures du matin et il était quatre heures et demie du soir. Ses yeux tombèrent sur la volaille froide, qu'une main secourable avait ramassée, époussetée et remise sur le plateau.

— Que dois-je faire ? Moisir ici le reste de ma vie ? Je te jure bien que non !

Tout à coup, elles entendirent courir et une femme pousser des cris épouvantés. Elles se regardèrent l'une l'autre, l'oreille tendue, très étonnées. C'était Jenny qui frappait à la porte d'entrée. Ambre sauta à bas de son lit et courut dans l'antichambre :

— Madame ! criait Jenny, avec des sanglots dans la voix. Madame ! Madame !

— Je suis là, Jenny ! Qu'est-il arrivé ? Que se passe-t-il ?

— C'est Philip ! Il est malade ! Très malade ! J'ai peur qu'il ne meure ! Oh ! Madame, venez vite.

Ambre frissonna : Philip malade, mourant ? Le matin, avant leur promenade à cheval, ils s'étaient rencontrés dans le pavillon d'été et il se sentait tout à fait bien.

— Que lui est-il arrivé ? Je ne peux pas sortir, Jenny ! Je suis enfermée. Où est le comte ?

— Parti ! Il y a trois heures ! Oh ! Ambre, il vous faut sortir ! Philip vous réclame !

Jenny sanglotait. Ambre, impuissante, regardait autour d'elle :

— Je ne peux pas sortir ! Ô mon Dieu ! Allez chercher un domestique. Qu'on enfonce la porte.

Nan se tenait à côté d'elle et, tandis que Jenny partait en courant, les deux femmes s'emparèrent des pincettes et en donnèrent de grands coups dans la serrure. La minute d'après Jenny était de retour.

— Ils disent que le comte a donné l'ordre de ne pas vous laisser sortir, quoi qu'il arrive.

— Où est le valet de pied ?

— Là, mais il dit qu'il n'ose pas ouvrir la porte ! Oh ! Ambre, donnez-lui l'ordre de le faire ! Philip...

— Ouvrez-moi, valet ! hurla Ambre, ouvrez, ou je mets le feu à la maison !

Elle donna de furieux coups de pincettes contre la serrure.

Il y eut un long moment d'hésitation, puis l'homme s'attaqua à la porte, tandis qu'Ambre attendait, le visage inondé de sueur. Nan lui avait apporté ses souliers et elle trépignait d'impatience. La serrure céda enfin ; elle se précipita au-dehors. Passant un bras autour de la taille de Jenny, elle l'entraîna à l'autre bout de la galerie, où se trouvaient les appartements de Philip.

Philip était étendu sur son lit, tout habillé, avec une simple couverture jetée sur lui ; sa tête était renversée en arrière sur les oreillers et il avait le visage contracté, presque méconnaissable. Il se tordait en portant les mains à son estomac, les dents serrées, les veines du cou gonflées au point d'éclater.

Ambre hésita un instant sur le seuil, puis elle se précipita :

— Philip ! Philip ! Qu'y a-t-il ? Que vous est-il arrivé ?

Il la regarda un instant sans la reconnaître. Puis il lui saisit le poignet et l'attira à lui :

— J'ai été empoisonné, fit-il dans un murmure.

Ambre, saisie d'horreur, se recula, mais il lui serra le poignet à le briser :

— Avez-vous mangé quelque chose aujourd'hui ?

Et tout à coup, elle comprit ce qui se passait ! Le comte avait tout découvert et essayé de les empoisonner. La nourriture qu'on lui avait apportée sur le plateau devait être empoisonnée. Prise d'une affreuse angoisse, elle se sentit mal à l'aise, frissonnante, prise de vertiges.

Peut-être le poison se trouvait-il dans le sirop de fruits de ce matin... Peut-être se trouvait-elle empoisonnée !

— J'ai bu du sirop, de très bonne heure ce matin, murmura-t-elle, les yeux fixes.

Philip fut pris de convulsions. Il se jetait violemment de côté et d'autre du lit, comme pour essayer d'échapper à la douleur. Les affres de l'agonie apparaissaient sur son visage et, pendant un moment, il fut incapable de parler. Puis les mots vinrent, péniblement :

— Non. C'est à déjeuner, je crois, les douleurs ont commencé il y a une demi-heure. Le pavillon d'été... l'œil du masque de pierre... contre le mur, est percé...

Il ne put en dire davantage, car Jenny était auprès d'eux, mais Ambre comprit ce qu'il voulait dire. Radclyffe avait dû les observer ce matin... bien des matins peut-être ! La haine, le dégoût, le désespoir l'envahirent. Un certain soulagement aussi – elle n'avait pas absorbé de poison – elle n'allait pas mourir !

Jenny aida Philip à se soulever et approcha un bol de lait chaud de ses lèvres. Après en avoir pris avidement quelques gorgées, il poussa un gémissement et se rejeta en arrière. Ambre se détourna en se cachant le visage dans les mains.

Brusquement, elle releva ses jupes, courut aussi vite qu'elle le put, sortit de la chambre, prit la galerie, descendit les escaliers et gagna la terrasse. Traversant les jardins, elle ne s'arrêta que hors d'haleine, souffrant d'un violent point de côté, et chercha à reprendre sa respiration. Puis elle tourna lentement la tête vers la fenêtre du coin sud-est de la maison. Prise d'une sorte de terreur animale, elle se jeta par terre et enfouit son visage dans l'herbe, les yeux fermés, se bouchant les oreilles. Mais elle voyait toujours le visage de Philip dans son agonie et elle entendait le son désespéré de sa voix.

XLIV

Philip fut enterré le soir même au crépuscule qui succéda à un éclatant coucher de soleil. Le chapelain de la famille, qui l'avait baptisé, lui administra les derniers sacrements et présida au service dans la petite chapelle catholique où Jenny, Ambre et tous les domestiques de Radclyffe s'agenouillèrent en silence. Dans toutes les morts subites, il était question d'empoisonnement et, comme l'on croyait généralement que les corps empoisonnés se décomposaient rapidement, on n'avait pas osé observer les délais d'usage. Philip avait instamment demandé que le secret fût gardé et que les causes de sa mort ne fussent pas divulguées. Il voulait faire répandre le bruit qu'il s'était tué lui-même accidentellement, en nettoyant son fusil.

Ambre avait si faim que son estomac la faisait cruellement souffrir, mais elle se refusa à absorber n'importe quoi. Elle était terrifiée à l'idée que le comte avait peut-être donné l'ordre à un domestique de la tuer en cas d'échec de sa part. Car sans nul doute, il avait eu l'intention de les faire disparaître tous deux. Elle donna quelques morceaux de la volaille froide à un chien, qui mourut sur-le-champ dans d'atroces douleurs.

Ni Ambre, ni Jenny ne voulurent rester seules cette nuit-là et Jenny ressentit des douleurs spasmodiques qui lui firent craindre un accouchement prématuré. Elles passèrent toutes deux la nuit dans un appartement réservé aux invités, situé dans l'aile nord-est, qui donnait sur la cour ; aucune d'elles ne pouvant se décider à regagner leurs appartements respectifs. Ambre était bien décidée à ne plus jamais retourner dans le sien. Vers dix heures du soir, les douleurs de Jenny cessèrent et elle se coucha, mais Ambre resta debout, nerveuse et agitée, sursautant au moindre bruit. Elle avait l'impression d'être entourée d'ombres hideuses et se retenait pour ne pas hurler d'effroi. Elle alluma toutes les bougies qu'elle put trouver et refusa de se déshabiller.

Jenny finit par se lever et l'entoura de ses bras :

— Ambre, chérie, il faut essayer de dormir.

Ambre se dégagea :

— Je ne peux pas ! Je ne peux pas !

Elle passa la main dans ses cheveux, en frissonnant :

— S'il revenait ! Il voulait me tuer. S'il me trouvait vivante... Oh ! Qu'est-ce que c'est ?

— Rien ! Un animal dehors. Il ne reviendra pas. Il n'oserait pas. Il ne reviendra jamais. Vous êtes en sûreté ici.

— Je n'y resterai pas ! Je partirai dès demain matin, sitôt qu'il fera jour.

— Partir ? Mais où voulez-vous aller ? Oh ! je vous en supplie, Ambre, ne m'abandonnez pas.

— Votre mère va venir. Je ne peux pas rester ici, Jenny ! Je deviendrais folle ! Il faut que je parte, n'essayez pas de m'en empêcher.

Elle ne pouvait, ni ne voulait dire à Jenny où elle allait, mais le savait fort bien. L'occasion désirée et cherchée ces dernières semaines se présentait. Elle avait voulu se servir de Philip, mais il était mort et elle se rendait compte qu'elle arriverait mieux à ses fins sans lui. Cela lui paraissait si simple qu'elle s'étonnait d'avoir supporté tous ces longs mois de haine et de dégradation, sans se rendre compte qu'il avait fallu du temps et ces affreux événements pour l'amener à ce degré de désespoir.

Accompagnée de Grand John Waterman et de quelques autres serviteurs, elle allait partir pour Londres. Peut-être le surprendraient-ils quelque part, en cours de route, sinon, elle s'arrangerait bien pour le rencontrer seul à Londres, par une nuit noire. Il n'était pas rare, elle le savait, de trouver un gentilhomme de qualité roué de coups, ou même mort, car tout homme avait des ennemis et l'on se vengeait de manière cruelle et décisive. Un nez fendu, une correction brutale, une épée dans le ventre, telle était la manière courante de laver une insulte réelle ou imaginaire. Ambre voulait faire payer de sa vie à Radclyffe le mal qu'il avait fait, car maintenant c'était une question de vie ou de mort entre eux. Comme il était à la fois plus commode et plus sûr de voyager en costume masculin, elle se prépara à partir le lendemain matin, vêtue des habits du comte – qui n'étaient pas trop grands – de son manteau et de son chapeau. Le Grand John et quatre solides valets de pied devaient l'accompagner, bien que John seul connût ses intentions. Jenny pleura et l'adjura de changer d'avis, mais, sur son refus péremptoire, elle l'aida à se préparer et lui recommanda vivement d'être prudente.

— Ce que je ne comprendrai jamais, dit Jenny comme Ambre chaussait une paire de bottes du comte, c'est pourquoi il m'a épargnée. S'il a voulu vous tuer, ainsi que Philip, pourquoi m'a-t-il laissée vivre ?

Ambre lui lança un coup d'œil gêné, le rouge lui monta au visage et elle baissa la tête. Pauvre petite Jenny, innocente. Elle n'avait toujours pas compris et, certes, n'avait pas besoin de comprendre. Pour la première fois depuis le début de son intrigue avec Philip Mortimer, Ambre éprouvait une sorte de honte. Mais ce sentiment fut de courte durée. Bientôt elle monta à cheval, fit un signe d'adieu à Nan et promit à Jenny d'être prudente.

L'été avait été encore plus chaud que l'année précédente ; il n'avait pas plu depuis des semaines et les routes étaient dures. Ambre, ayant fait du cheval presque tous les jours depuis quatre mois, fut capable de soutenir une allure rapide. La petite troupe s'arrêta au premier village qu'ils rencontrèrent, car Ambre était affamée, puis ils repartirent aussitôt. À cinq heures du soir, ils avaient couvert quarante-cinq milles.

Ambre dormit profondément cette nuit-là, plus longtemps même qu'elle ne le voulait ; ils n'en reprirent pas moins la route dès six heures. À midi, ils avaient atteint Oxford, où ils s'arrêtèrent pour déjeuner. L'hôtesse déposa sur la table deux énormes cruches de vin et, tandis qu'ils buvaient, elle apporta assiettes d'étain, couteaux et cuillères. Elle retira du feu un gros morceau de viande, le découpa joliment et, suivant la coutume, ils l'invitèrent à s'asseoir à leur table.

— Je suppose que ces messieurs vont à Londres voir le feu ? demanda-t-elle sur un ton de conversation polie.

Toutes les têtes se tournèrent vers elle. Les doigts qui portaient des morceaux de viande aux bouches s'immobilisèrent :

— Le feu ?

— Vous ne savez pas ? Oh ! il y a un grand, grand feu à Londres, dit-on.

Elle était pleine de son importance :

— Il y a une heure à peine, un gentilhomme qui en venait s'est arrêté ici. Il dit que cela devient pire d'heure en heure. La ville entière pourrait y passer, ajouta-t-elle en hochant la tête.

— Vous dites qu'il y a un grand feu à Londres ? répéta Ambre d'un ton incrédule. Pas seulement quelques maisons ?

— Oh ! Seigneur, non ! Un gros incendie, malheureusement. Il a dit que tout brûlait le long du fleuve quand il est parti, c'est-à-dire hier après-midi.

— Mon Dieu ! murmura Ambre.

Elle voyait en imagination brûler toute sa fortune, ses toilettes, tout ce qui lui appartenait.

— Londres en flammes ! Quand est-ce que cela a commencé ?

— Samedi matin de bonne heure, dit l'hôtelière. Bien avant le lever du soleil. On dit que c'est un complot papiste.

— Grand Dieu ! Et nous sommes lundi ! Presque deux jours !

Ambre, très excitée, se tourna vers Grand John :

— À quelle distance sommes-nous ? Il faut y aller.

— À plus de soixante-dix milles, Monsieur. Nous ne pourrons jamais y arriver, même en voyageant toute la nuit. Mieux vaut trotter pendant qu'il fait jour, et continuer demain matin.

Quelques minutes après, ayant fini leur repas, ils étaient en selle. L'hôtesse les suivit sur la route et montra le ciel :

— Regardez le soleil ! Comme il est devenu rouge !

Tous levèrent la tête en se protégeant les yeux de la main, d'autres gens dans la rue les imitaient. Le soleil brillait effectivement d'un éclat assombri ; il était d'un rouge flamboyant de mauvais augure.

— En route ! s'écria Ambre.

Et ils partirent au galop. Ambre eût préféré ne pas s'arrêter de la nuit, car elle craignait en arrivant de trouver, non seulement son argent, mais aussi le comte disparus dans cette confusion. Cependant, il était impossible d'atteindre Londres, car voyager de nuit était infiniment plus lent et plus dangereux que de jour. Sitôt le dîner avalé, elle monta immédiatement se coucher et, sans quitter ses bottes ni son pourpoint, se jeta sur le lit. Avant l'aube, l'hôtelière frappait à sa porte et à cinq heures ils étaient de nouveau sur la route.

À chaque village, ils demandaient des nouvelles et partout la réponse était la même : l'incendie gagnait toute la ville, brûlant les ponts, les églises, les maisons, n'épargnant rien. Et plus ils se rapprochaient de Londres, plus ils voyaient de monde sur les routes, allant dans la même direction. Les paysans et les travailleurs quittaient leurs champs et se dirigeaient vers la capitale avec leurs charrettes, et même avec des brouettes. Les moyens de transport faisaient prime et un homme pouvait se louer avec sa charrette à raison de cinquante livres pour quelques heures, autant qu'un paysan gagnait en une année.

Il faisait presque nuit quand ils atteignirent la ville, car, pendant les dix derniers milles, les routes étaient si encombrées qu'ils avançaient au pas. De loin, ils entendaient le grondement du feu, semblable au bruit de milliers de voitures roulant avec fracas sur le pavé. On entendait les maisons s'écrouler ou sauter dans un bruit de tonnerre. Les cloches des églises encore debout sonnaient frénétiquement, faisant retentir le grand cri de détresse qui n'avait cessé de résonner depuis que le feu avait éclaté, deux jours et demi auparavant. À la nuit, le ciel était tout embrasé d'une lueur de sang.

Sous les murs de la ville s'étendaient les grands espaces découverts de Moor Fields, déjà envahis d'une foule d'hommes, de femmes et d'enfants, et il en arrivait sans cesse d'autres qui repoussaient les premiers occupants et les serraient les uns contre les autres. Des tentes avaient été dressées, faites de draps ou de serviettes attachés. Des femmes allaitaient leurs enfants ; d'autres préparaient un repas avec ce qu'elles avaient pu sauver. Quelques-unes, assises, les yeux fixes, ne pouvaient et ne voulaient pas croire à la réalité. Certaines, debout, hébétées, cherchaient à voir, bien que la lumière éblouissante de l'incendie ne leur permît de distinguer que les silhouettes noires des bâtiments en flammes.

Au début, personne n'avait cru que ce feu serait plus

destructeur que des douzaines d'incendies qui éclataient chaque année dans Londres. Il avait pris naissance le dimanche, vers deux heures du matin, à Pudding Lane – une petite rue près du fleuve, et pendant des heures s'était alimenté grâce aux tas de goudron, de chanvre et de charbon amoncelés sur les bords de la Tamise. Le lord-maire, appelé dès le début de la matinée, avait dit dédaigneusement qu'une femme l'éteindrait en pissant dessus. De peur de se rendre impopulaire, il s'était refusé à faire sauter des maisons. Mais l'incendie se propagea bientôt, terrifiant et sans pitié, détruisant tout sur son passage. Quand il atteignit le pont de Londres, la Cité fut condamnée, car il était couvert de bâtiments et, quand ceux-ci s'effondrèrent, ils bloquèrent toute issue ; des bois carbonisés tombant à l'eau détruisirent les roues hydrauliques, supprimant ainsi la seule possibilité de lutter efficacement contre le feu. Il fallut dès lors avoir recours aux seaux que l'on se passait à la chaîne, à des pompes et à des crochets pour abattre les maisons en feu.

Sans s'alarmer, les gens allèrent à l'église le dimanche comme d'habitude ; certains toutefois se répandirent dans les rues, alertés par un homme qui galopait à cheval en criant :

— Aux armes ! Aux armes ! Les Français ont débarqué !

Le roi ne fut prévenu que vers onze heures. Il se rendit immédiatement sur les lieux, avec le duc d'York, et donna tout de suite l'ordre d'abattre des maisons. Il était trop tard pour sauver la Cité, mais c'était tout ce qu'ils pouvaient faire. Ils aidèrent à la manœuvre des pompes, passèrent des seaux, se multiplièrent d'un endroit à l'autre, prodiguant leurs encouragements et leur sympathie. Plus que tout, ce fut leur courage, leur énergie et leur esprit plein de ressources qui enrayèrent la panique et les scènes de désordre.

Malgré cela, les rues devinrent peu sûres pour les

étrangers que l'on prenait toujours pour des Hollandais ou des Français. Dans Fenchurch Street, un forgeron abattit un Français, lui fracassant la mâchoire d'un coup de barre de fer. Une femme qui – disait-on – portait des grenades dans son tablier, fut rouée de coups et blessée ; après quoi l'on s'aperçut que ces grenades n'étaient que des poulets. Un autre Français qui transportait des balles de paume fut saisi et battu. Personne ne se souciait de savoir s'ils étaient coupables ou non. Dans l'hystérie grandissante, chacun voulait trouver la cause de cette terrible calamité, et la découvrait chez l'un des trois individus que les Anglais redoutaient et haïssaient avant tout : les Français, les Hollandais, les catholiques. L'un d'eux devait être responsable, et on était bien décidé à ne pas laisser le coupable s'échapper avec l'innocent. Le roi Charles fit emprisonner beaucoup d'étrangers pour les protéger, et l'ambassadeur d'Espagne ouvrit son hôtel à d'autres.

Ambre et ses cinq compagnons durent finalement abandonner leurs chevaux et continuer à pied.

Ils avaient chevauché pendant près de treize heures et Ambre se sentait tout endolorie et courbatue. Elle était si fatiguée qu'elle en avait le vertige. Si seulement elle avait pu se coucher où elle se trouvait, mais, rassemblant toute son énergie, elle continua. « Ne t'arrête pas ! Ne t'arrête pas, se répétait-elle sans cesse. Un pas encore. Continue ! Il faut arriver là-bas. » Elle avait peur de manquer le comte, qu'il soit parti, que la maison ne brûle et, bien que torturée par la fatigue, elle avançait toujours. Elle s'agrippait aux gens qu'elle croisait, criait pour demander si Cheapside avait brûlé. La plupart ne l'écoutaient pas et la bousculaient, mais elle obtint enfin une réponse :

— De bonne heure ce matin !

— Tout entier ?...

Il était déjà parti et elle accosta d'autres hommes :

— Tout Cheapside a-t-il brûlé ?

— Oui, jeune homme ! Brûlé jusqu'au sol !

Cette réponse la plongea dans un violent désespoir, moins grand cependant que celui qu'elle eût éprouvé en d'autres circonstances ; car l'énergie nerveuse qui animait cette foule mouvante se communiquait à elle. L'incendie était si gigantesque, la destruction si terrible que tout prenait une étrange apparence d'irréalité. Shadrac Newbold avait entièrement brûlé, avec probablement tout ce qu'elle possédait, mais elle ne pouvait, en cet instant, saisir pleinement ce que cela signifiait pour elle. Ce serait pour plus tard. Une seule chose importait : trouver Radclyffe !

Ambre s'agrippait au Grand John tandis qu'ils avançaient péniblement dans Goswell Street, car ils remontaient le courant de la foule et, malgré leurs efforts, étaient parfois ramenés en arrière. Il y avait des mères qui portaient de gros paquets sur leurs têtes, en tenant dans leurs bras un bébé qui tétait et en surveillant avec inquiétude d'autres enfants qui risquaient d'être écrasés ou de se perdre. Des portefaix à la voix rauque, arrogants et grossiers, criaient en jouant des coudes. Partout couraient des bêtes affolées. Une chèvre bêlait ; on tirait des vaches portant sur leur dos des enfants qui hurlaient. Il y avait des quantités de chiens, de chats, des cochons avec des clochettes au cou, des perroquets dans leurs cages, des singes perchés sur l'épaule de leur maître, se querellant ou attrapant la perruque d'un homme au passage. Des hommes portaient sur la tête un édredon de plumes sur lequel était placé en équilibre instable une malle qui venait parfois s'écraser sur le sol. D'autres avaient réuni tout ce qu'ils étaient parvenus à sauver dans un drap et le portaient sur le dos. Les femmes enceintes se querellaient vainement pour protéger leur ventre, et de plus jeunes pleuraient, prises d'une terreur hystérique. Les malades étaient véhiculés sur le dos d'un mari, d'un fils ou d'un domestique.

Le désespoir se peignait sur tous les visages, apathiques et effarés. Quelques enfants jouaient et riaient parmi la foule. Bien des vieilles gens étaient devenus tout à fait inertes. Ce monde avait tout perdu, les économies de toute une vie, le travail de plusieurs générations. Ce que le feu dévorait était perdu pour toujours !

Protégée par le bras de Grand John, Ambre parvenait lentement à s'ouvrir un passage. Elle était trop petite pour voir au-dessus de la foule et demandait sans cesse à son compagnon si Aldersgate Street était en feu. Et toujours il répondait que les flammes ne paraissaient pas l'avoir encore atteinte, mais qu'elles n'étaient pas loin. « Pourvu que j'y arrive ! Pourvu que j'y arrive et que je l'y trouve ! »

La cendre lui entrait dans les yeux et, quand elle avait le malheur de les frotter, ils s'enflammaient. La fumée la faisait tousser et l'air embrasé, que le vent lui rabattait dans les narines, lui causait une douleur quand elle respirait. Au prix d'efforts inouïs elle se retenait de pleurer, ravalant les larmes de rage et de fatigue qui lui montaient à la gorge. Elle serait tombée si Grand John ne l'avait pas soutenue. Les autres hommes de son escorte avaient disparu, peut-être étaient-ils allés se joindre aux pillards, car les voleurs pénétraient dans les maisons avant même que leurs propriétaires les quittent.

Ils arrivèrent à l'hôtel de Radclyffe.

Les flammes étaient juste en dessous, à Saint-Martin-le-Grand, et avaient presque atteint Bull et Mouth Street. Des camions chargés devant la maison et des domestiques – des voleurs aussi peut-être – en sortaient, portant des vases, des tableaux, des statues et des meubles. Ambre pénétra dans le hall. Nul ne l'en empêcha ou ne parut même s'apercevoir de sa présence. Certes on ne pouvait la reconnaître avec son visage maculé de cendres, ses cheveux emmêlés, ses vêtements déchirés et noircis.

Le hall était sens dessus dessous, le grand escalier sillonné de gens transportant des meubles, des draperies brodées d'or, un Botticelli et des fauteuils espagnols garnis de velours. Ambre s'approcha d'un domestique en livrée qui aidait à soulever un énorme coffre sculpté.

— Où est votre maître ?

Il ne la reconnut pas et ne se serait même pas arrêté si elle ne l'avait brutalement saisi par le bras, furieuse au point d'avoir envie de le gifler :

— Répondez-moi, valet ! Où est votre maître ?

Il la regarda d'un air surpris, toujours sans la reconnaître. Radclyffe les faisait probablement travailler depuis des heures. Il fit un signe de tête :

— Là-haut, je crois. Dans son cabinet.

Ambre monta l'escalier en courant, se frayant un passage au milieu des domestiques et des meubles ; le Grand John la suivait. Elle se sentait les jambes faibles et tremblantes ; son cœur battait à se rompre, elle avait la gorge sèche. Mais son épuisement avait disparu, comme par miracle. Ils suivirent la galerie jusqu'aux appartements du comte. Deux hommes en sortaient justement, chargés de grosses piles de livres.

Elle entra et fit signe au Grand John de fermer la porte à clef. « Ne venez pas avant que je vous appelle ! » dit-elle à voix basse.

Puis elle se dirigea d'un pas rapide vers la chambre à coucher. Celle-ci était presque vide, en dehors du lit, trop grand et trop encombrant pour être transporté, et Ambre la traversa pour gagner le laboratoire. Elle avait l'impression que son cœur allait éclater tant il battait fort.

Le comte était là, fouillant hâtivement les tiroirs d'une table et remplissant ses poches de papiers. Pour une fois ses vêtements étaient en désordre – il avait dû venir à cheval pour être là si vite, mais il n'en conservait pas moins son air élégant. Il lui tournait le dos.

— Milord !

La voix d'Ambre retentit comme un tintement de cloche.

Il sursauta et se retourna, mais ne la reconnut pas et se remit immédiatement au travail :

— Que voulez-vous ? Allez-vous-en, mon garçon, je suis occupé. Descendez quelques meubles dans les charrettes.

— Milord ! répéta-t-elle. Regardez-moi bien ! Vous verrez que je ne suis pas un garçon.

Il se retourna lentement, avec précaution. Une seule bougie était allumée, mais les flammes de l'incendie éclairaient vivement la pièce. Au-dehors, le feu faisait rage ; le bruit des explosions secouait les fenêtres et les maisons alentour s'écrasaient les unes après les autres.

— Est-ce vous ? demanda-t-il enfin à voix basse.

— Oui, c'est moi. Et bien vivante. Pas un fantôme. Philip est mort, mais pas moi !

Son incrédulité fit place à une expression d'horreur et soudain toute crainte abandonna Ambre. Elle eut le sentiment de son pouvoir, de sa force, pleine d'une haine qui attisait tout ce que sa nature avait de cruel, de farouche et de violent. Levant insolemment le menton, elle s'approcha de lui d'un pas lent, tout en frappant nerveusement ses bottes du bout de sa cravache. Il la regarda bien en face, avec un léger frémissement des lèvres :

— Mon fils est mort ! répéta-t-il lentement, semblant comprendre ce qu'il avait fait. Mon fils est mort, et pas vous !

Il paraissait anéanti, plus vieux que jamais, ayant perdu toute assurance. Le meurtre de son fils avait parachevé la faillite de sa vie.

— Alors, vous avez fini par nous découvrir ? fit Ambre d'un ton railleur, un poing sur la hanche, et tenant toujours sa cravache de l'autre.

Il sourit légèrement, d'un sourire froid, méprisant et singulièrement sensuel.

— Oui ! répondit-il. Depuis des semaines. Je vous ai observés – dans le pavillon d'été – treize fois en tout. Je regardais ce que vous faisiez, j'écoutais ce que vous disiez et j'éprouvais beaucoup de plaisir en songeant que vous alliez mourir, un jour, quand vous vous y attendriez le moins...

— Vraiment ! coupa Ambre d'une voix sèche et dure en faisant siffler sa cravache comme un serpent. Mais je ne suis pas morte, et je n'en ai pas l'intention !

Un éclair sauvage passa dans ses yeux. Levant soudain sa cravache, de toutes ses forces, elle l'en frappa au visage. Il se rejeta en arrière, s'abritant instinctivement derrière son bras, mais le coup avait porté, ainsi que le prouvait une mince zébrure rouge allant de la tempe au bas du nez.

Ambre serra les dents et une expression de fureur homicide contracta son visage. Aveuglée par la rage, elle continua de frapper. S'emparant du candélabre, il le lança de toutes ses forces contre elle. Ambre se jeta de côté en poussant un cri aigu.

Le projectile l'avait heurtée à l'épaule, et la bougie s'était éteinte. Elle aperçut le visage de Radclyffe tout près du sien et sentit qu'il s'emparait de la cravache. Tous deux luttèrent et, comme Ambre s'apprêtait à lui mettre le genou sur le ventre, le bâton du Grand John s'abattit sur le crâne du comte, Radclyfle se courba en deux. Ambre lui arracha la cravache et l'en frappa furieusement au visage, se rendant à peine compte de ce qu'elle faisait.

— Tue-le ! criait-elle. Tue-le.

Et elle répétait sans cesse :

— Tue-le ! Tue...

D'une main, John arracha la perruque du comte et, de l'autre, il continua de l'assommer. Radclyffe était étendu sur le sol, dans une pose grotesque, la tête ruisselante de sang. Ambre n'éprouvait ni pitié, ni regret, mais un vif sentiment de rage et de haine satisfaites.

Soudain elle s'aperçut que les draperies étaient en flammes et, pendant un affreux moment d'angoisse, crut que la maison brûlait et qu'ils étaient pris au piège. Elle vit alors que c'était la bougie tombée par terre près de la fenêtre qui avait enflammé les rideaux. Le feu montait déjà au plafond, léchant les boiseries.

— John !

Il se retourna, vit les flammes et tous deux sortirent en courant. Sur le seuil, ils se retournèrent, jetant un bref coup d'œil en arrière, puis John ferma la porte à clef. La dernière vision qu'ils eurent de Radclyffe fut celle d'un vieil homme brisé et sanglant, étendu mort sur le plancher, et dont les flammes s'approchaient déjà. John enfouit la clef dans sa poche et tous deux enfilèrent en courant la galerie, pour sortir de la maison par-derrière. Mais Ambre n'avait pas fait dix mètres qu'elle s'affaissa, inconsciente. Le Grand John la prit dans ses bras et continua de courir. Il descendit le petit escalier dérobé, portant Ambre inerte : à mi-chemin il rencontra deux hommes qui faillirent le bousculer pour passer. Ils ne portaient pas de livrée et devaient être des voleurs.

— Le feu ! leur cria-t-il. La maison est en feu !

Ils firent immédiatement demi-tour et tous trois dévalèrent à grand bruit l'escalier étroit. L'un des voleurs trébucha et faillit tomber, mais il se rattrapa et ils gagnèrent la cour. Le Grand John était sur leurs talons, mais, quand il arriva au-dehors avec son fardeau, les autres avaient déjà disparu. Se retournant, il vit les flammes de la fenêtre d'en haut qui se reflétaient déjà dans le bassin de la cour.

CINQUIÈME PARTIE

XLV

Quand Ambre revint à Londres, vers la mi-décembre, trois mois et demi après l'incendie, presque toute la vieille Cité avait disparu. Le sol était encore encombré de tas de pierres, de fer tordu, de débris de briques, de plomb fondu solidifié, et dans beaucoup de caves le feu continuait encore à fumer. Les pluies torrentielles d'octobre elles-mêmes n'avaient pu l'éteindre. La plupart des rues avaient été complètement obstruées par les maisons effondrées ; d'autres étaient barrées en raison du danger que présentaient les cheminées et les pans de mur encore debout. Londres paraissait mort et en ruine.

La ville était infiniment plus triste et plus pitoyable, maintenant que le magnifique spectacle des flammes avait cessé. D'après de sombres prédictions, elle ne devait pas être reconstruite, ce qui, en ces journées grises et pluvieuses de décembre, paraissait correspondre à la réalité. Désolée par la peste, la guerre, l'incendie, son commerce ruiné, accablée par la plus grosse dette publique que la nation eût jamais connue, pleine de troubles et de misères, l'Angleterre, disait-on partout, avait ses jours de gloire derrière elle ; perdue de réputation, c'était une nation condamnée à disparaître. Jamais l'avenir n'avait paru si désespéré ; jamais les gens n'avaient été plus pessimistes, ni plus gonflés de ressentiment.

Mais, en dépit de tout, la volonté indomptable du peuple et ses espoirs reprenaient peu à peu le dessus. Une ville microscopique, composée de cahutes minables et de cabanes délabrées, avait surgi, et des familles entières s'y abritaient, sur l'emplacement de leurs anciennes maisons. Des échoppes commençaient d'ouvrir et l'on construisait de nouveaux édifices.

Toute la ville, d'ailleurs, n'avait pas brûlé. En dehors des murs, la partie qui s'étendait à l'est de la Tour et au nord de Moor Fields était encore debout ; à l'ouest subsistaient le vieux collège de droit de l'Auberge de Lincoln et, plus loin, Drury Lane, Covent Garden et Saint-James où la noblesse revenait, de plus en plus nombreuse. Rien n'avait brûlé au bord du fleuve. Le Strand était toujours là avec ses vieilles demeures dont les jardins descendaient jusqu'à la Tamise. La partie élégante de Londres n'avait pas été touchée par le feu.

Ambre et le Grand John avaient immédiatement quitté la ville. Ils avaient loué des chevaux quand ils s'étaient aperçus que les leurs avaient disparu, et étaient rentrés tout droit à Lime Park. Ambre raconta à Jenny que la maison était déjà brûlée quand elle était arrivée et qu'elle n'avait pu trouver le comte nulle part. Néanmoins, pour sauver les apparences, elle envoya quelques hommes à Londres avec mission de l'y rechercher. Ils revinrent quelques jours plus tard : ils n'avaient pu se renseigner, et, de toute évidence, le maître s'était trouvé pris dans la maison et y avait péri dans les flammes. Ambre, infiniment soulagée, prit le deuil, mais ne prétendit pas éprouver beaucoup de chagrin car elle ne considérait pas cette hypocrisie comme nécessaire.

Les meilleures nouvelles lui vinrent de Shadrac Newbold. Deux jours après son retour, il l'avait informée par messager qu'aucun de ses dépositaires n'avait perdu un shilling. Et, bien qu'il ne lui restât pas même la moitié de sa fortune – vingt-huit mille livres –, cela suffisait à faire d'elle une des femmes les plus riches d'Angleterre. Il s'y ajouta les intérêts et les bénéfices des placements qu'il avait faits pour elle et, plus tard, elle put augmenter ses revenus en louant Lime Park et en vendant quantité de meubles, bien qu'elle ne pût se résoudre à toucher les objets personnels de Radclyffe.

Les promesses de l'avenir étaient certes brillantes. Mais le présent était fait de terreur et d'anxiété, car, bien que Radclyffe fût mort, elle n'était pas encore parvenue à se débarrasser de lui. Il était revenu dans sa maison pour la hanter. Elle le rencontrait tout à coup, au coin de la galerie ; il se tenait derrière elle quand elle mangeait ; il venait la retrouver la nuit et elle transpirait d'effroi, sursautant au moindre bruit, ou s'éveillait en poussant des cris. Elle n'avait qu'un désir : s'en aller. Mais le bébé de Nan était né la veille de son retour et elle voulait attendre que Nan fût assez remise pour voyager. Elle demeurait donc, par affection pour Nan, mais aussi parce que la demeure d'Almsbury était son seul lieu de refuge et qu'elle ne pouvait y aller trop tôt sans éveiller ses soupçons. Elle ne désirait nullement confier son fatal secret à quiconque, en dehors du Grand John et de Nan.

La mère de Jenny vint, mais repartit aussitôt que le bébé fut né et Jenny remise. Ambre ne put donc s'empêcher de se sentir un peu coupable quand, le 1er octobre, elle partit pour Barberry Hill. Mais elle se dit qu'après tout Jenny n'avait aucune raison d'avoir peur en restant seule. Jamais elle n'avait été l'ennemie du comte – elle n'était pour rien dans la mort de Philip – et les murs, les plafonds et les arbres eux-mêmes n'avaient rien à lui dire. Quant à elle, Ambre, elle ne pouvait pas le supporter plus longtemps. Aussi partit-elle.

À Barberry Hill elle se sentit plus « confortable » et mit infiniment moins longtemps qu'elle ne le croyait pour oublier Radclyffe, Philip et tout ce qui s'était passé au cours de l'année. Elle avait bien le sentiment – un peu gênant – qu'Almsbury la soupçonnait d'en savoir plus long sur la mort de son mari qu'elle ne voulait le dire – peut-être d'avoir loué une bande de spadassins pour l'assassiner – mais il ne chercha jamais à lui en faire faire l'aveu par inadvertance et fit très rarement allusion au comte.

Un jour il lui dit, par taquinerie :

— Eh bien ! mon cœur, qui allez-vous épouser maintenant ? On prétend que Buckhurst est presque décidé à sauter le pas...

Elle lui lança un coup d'œil indigné.

— Ah ! non ! Almsbury ! C'en est fini du mariage ! Je ne suis pas folle ! Me voilà riche, et avec un titre, pourquoi diable aller chercher un bâton pour me battre. Il n'est pas de situation plus lamentable que celle de femme mariée ! J'ai essayé trois fois, et...

— Trois fois ? fit-il d'une voix amusée.

Ambre rougit malgré elle, car Luc Channel était un secret qu'elle n'avait jamais confié à personne, sauf à Nan. C'était une des rares choses dont elle avait honte :

— Deux fois, ai-je voulu dire ! Eh bien ! pourquoi ce sourire ? En tout cas, riez si vous voulez, mais je ne me remarierai jamais, j'ai bien d'autres projets, plus intéressants, je vous le garantis !

Ambre ne tarda guère à devenir impatiente. À quoi bon argent et titre, beauté et jeunesse, si vous vous enterrez vivante à la campagne ? Au bout de deux mois elle fut convaincue que – quelque rumeur qu'eût pu faire naître la mort subite du comte – nul n'y songeait plus maintenant. Les scandales de la Cour avaient la vie encore plus brève que les intrigues amoureuses, et elle avait le grand désir d'y retourner. Elle pria et cajola si bien Lord et Lady Almsbury qu'elle finit par les persuader de rentrer avec elle à Londres pour la saison d'hiver. Elle aurait ainsi une maison pour y vivre et jouirait du prestige des deux familles de John Almsbury et d'Émily. Elle pourrait en avoir besoin pendant un certain temps.

Son apparition à Whitehall produisit une plus grande sensation qu'elle ne l'avait espéré. Elle apprit avec surprise que le bruit de sa mort, empoisonnée par son mari jaloux, avait couru. Elle affecta de rire de pareilles rumeurs.

— Quelle sottise ! s'écria-t-elle. De nos jours, il faut être ramoneur, pour mourir sans que l'on parle de poison !

C'était d'ailleurs la vérité, car le poison était une arme si communément employée dans l'aristocratie que l'on y songeait toujours. Les femmes infidèles qui tombaient malades avaient toujours ce mot à la bouche. Lady Chesterfield était morte l'année précédente après avoir offensé son mari en nouant une intrigue avec le duc d'York. Une autre maîtresse d'York, Lady Denham, était malade en ce moment et elle disait à ses amies que son mari l'avait empoisonnée, bien que, selon l'avis de certains, ce fût le duc lui-même qui s'en était chargé, importuné qu'il était par ses incessantes requêtes.

Tous les hommes accueillirent Ambre avec enthousiasme.

Du premier coup d'œil, elle se rendit compte de sa situation : en raison de son titre, elle avait accès à la Cour ; elle pouvait pénétrer dans les salons de Sa Majesté, accompagner le couple royal au théâtre, assister à tous les bals et banquets officiels. Mais, à moins qu'elle ne se fît une amie parmi les dames, elle ne pourrait pas se rendre aux soupers et réceptions privés. Il était ainsi possible de la forcer à rester en dehors de la vie intime de la Cour. Ambre ne l'entendait pas ainsi.

Elle songea donc à Frances Stewart et fit un tel étalage de son affection et de son admiration que Frances, toujours naïve et confiante après quatre années de Whitehall, l'invita à un petit souper qu'elle donnait le soir même. Le roi y assistait, ainsi que tous les gentilshommes et toutes les dames qui, de par sa faveur, constituaient la petite coterie dirigeant le Tout-Londres élégant. Buckingham y fit une de ses imitations grotesques et cruelles du chancelier Clarendon. Charles répéta une fois de plus l'histoire incroyable, passionnante, que la plupart des invités connaissaient par cœur, de sa fuite en France après la bataille de Worcester. La cuisine et les vins étaient bons, la musique douce, les femmes ravissantes. Ambre était si jolie dans sa robe de velours noir que la comtesse de Southesk ne put s'empêcher de lui dire :

— Mon Dieu ! Madame, quelle délicieuse toilette ! Mais voyons, il me semble avoir vu la pareille quelque part !

Elle examina longuement la robe, sans paraître voir celle qui la portait :

— Eh ! naturellement ! Je m'en souviens à présent ! Elle est exactement semblable à celle que je portais après la mort du cousin de mon mari. Qu'est-elle donc devenue ? Ah oui ! je l'ai donnée à l'habilleuse du Théâtre de Sa Majesté. Laissez-moi réfléchir, il y a environ trois ans, je crois. Vous étiez sur les planches à ce moment, n'est-ce pas, Madame ?

Elle regardait Ambre bien en face, une lueur de malice dans ses yeux bleus. Puis elle poussa un petit cri :

— Dieu, n'est-ce pas Winifred Wells que j'aperçois là-bas ?... Castlemaine m'avait dit qu'elle était allée à la campagne pour se faire avorter. Que les gens sont donc malveillants. Excusez-moi, Madame... il faut que j'aille lui dire un mot... pauvre créature !

Et, s'inclinant légèrement sans même regarder Ambre, elle s'éloigna en toute hâte. Ambre fronça les sourcils, mais, en levant les yeux, elle vit Charles tout à côté d'elle et sourit en haussant les épaules :

— Si seulement les femmes arrivaient à se supporter les

unes les autres, dit-il à voix basse, elles auraient sur nous un avantage énorme.

— Et vous ne croyez pas qu'elles y parviendront, Sire ?

— Ce n'est guère probable. Mais ne vous laissez pas troubler par elles, ma chère. Vous pouvez parfaitement voler de vos propres ailes, je vous assure.

Ambre continuait à sourire. Le roi, d'un mouvement imperceptible des lèvres, esquissa une question. Elle y répondit par une légère inclinaison de tête. Son retour à Whitehall ne pouvait s'ouvrir sous de plus heureux auspices.

Mais elle n'était pas encore assez sûre d'elle pour pouvoir se passer de Frances Stewart et fit tout pour qu'on les crût inséparables. Elle allait voir Frances dans ses appartements, se promenait avec elle dans les galeries – car il faisait souvent trop mauvais pour sortir – et passait parfois la nuit avec elle, quand les chemins étaient mauvais ou l'heure trop avancée. Ambre ne parlait jamais d'elle, mais paraissait prodigieusement intéressée par tout ce que Frances disait, pensait ou faisait ; et Frances, incapable de résister à la séduction de cette flatterie, se sentit bientôt tout à fait en confiance.

Le duc de Richmond lui avait récemment fait, pour la première fois, des propositions de mariage – ce qui étonna beaucoup la Cour –, car Frances était considérée rien de moins que comme une propriété personnelle de la Couronne. Le duc était un jeune homme de vingt-sept ans, assez bien de sa personne, parent éloigné du roi, mais il passait pour stupide, buveur et, en général, perdu de dettes. Charles avait accueilli la nouvelle avec son sang-froid habituel et avait demandé au duc de présenter ses comptes personnels à l'examen du chancelier Clarendon.

Une nuit qu'elles étaient confortablement couchées ensemble, entre deux lits de plume, Ambre lui demanda incidemment si elle avait l'intention d'épouser Sa Grâce. La réponse de Frances la surprit :

— Je n'ai rien d'autre à faire, maintenant. Si le duc n'avait pas eu la bonté de me demander en mariage, je ne sais ce que je serais devenue.

— Ce que vous seriez devenue ! Voyons, Frances, quelle absurdité ! Tous les hommes sont épris de vous, à la Cour, vous le savez bien.

— C'est possible ! répondit-elle, mais aucun d'eux ne m'a jamais fait de proposition honnête. La vérité, c'est que j'ai perdu ma réputation en permettant à Sa Majesté de prendre tant de libertés avec moi, sans lui accorder celles dont j'aurais pu tirer avantage.

— Eh ! fit Ambre nonchalamment, bien que le sujet la passionnât, que ne l'avez-vous fait ? Sans aucun doute, vous eussiez pu devenir duchesse – sans avoir l'ennui de vous marier – et très riche, par-dessus le marché !

— Quoi ? s'écria Frances. Devenir la maîtresse du roi ? Oh ! non !... pas moi ! Je laisse cela à d'autres. Il est déjà assez pénible pour une femme de devoir coucher avec son mari, j'aimerais mieux mourir que de partager le lit d'un homme qui ne le serait pas ! Seigneur ! J'en ai des vapeurs, rien que d'y songer !

Ambre sourit dans l'obscurité, très amusée, et fort surprise. Ainsi c'était de là que provenait la vertu tant vantée de Frances : ce n'était pas de la moralité, mais de la répugnance ! Elle n'était pas chaste, mais dégoûtée.

— N'aimez-vous donc pas le roi ? Il n'est pas de plus bel homme à la Cour. Ce n'est pas seulement parce qu'il est le roi que toutes les femmes en sont éprises.

— Oh ! si, je l'aime, bien sûr. Mais je ne peux pas, simplement, je ne peux pas !... Oh ! pourquoi les hommes songent-ils toujours à cela ? Je sais bien qu'il faudra que je me marie un jour. J'ai dix-neuf ans et ma mère dit que je suis la honte de la famille. Mais Seigneur ! rien que l'idée de se mettre au lit avec un homme et de le laisser... Oh ! J'en mourrai, bien sûr ! Jamais je ne pourrai le supporter !

« Juste Ciel ! se dit Ambre stupéfaite. Elle a un grain, c'est évident. » Néanmoins elle la plaignait un peu et la considérait avec une pitié tant soit peu méprisante. Quelle idée cette pauvre créature se faisait-elle donc de la vie ?

Leur amitié d'ailleurs cessa bientôt. Car Frances était aussi jalouse qu'une épouse légitime des affaires de cœur du roi et Barbara ne lui laissa pas ignorer les rumeurs qui commençaient à circuler au sujet des visites que le roi rendait secrètement à Lady Radclyffe, à l'hôtel d'Almsbury. Mais Ambre considérait maintenant sa position comme solide, et se dispensa de fréquenter Frances, qu'elle avait toujours trouvée ennuyeuse et sotte. Et Charles, toujours pris d'engouement au début de toute nouvelle intrigue, ne permettait pas qu'on la négligeât. Sur sa demande, Ambre était invitée partout et traitée avec le même respect exigé autrefois par Lady Castlemaine, et aujourd'hui encore par Frances Stewart. Les dames elles-mêmes se voyaient obligées de devenir ses sycophantes et Ambre crut bientôt que rien n'était au-dessus d'elle.

Ambre s'aperçut bientôt qu'elle était enceinte.

La perspective de voir sa silhouette déformée, même passagèrement, lui procura le même vif déplaisir. Mais elle se dit que, si elle ne donnait pas au roi un enfant, elle n'aurait rien pour le retenir quand l'excitation physique de la nouveauté aurait disparu. Car, s'il lui arrivait de se désintéresser des mères, Charles restait toujours attaché aux enfants dont il se croyait le père. Quand elle le mit au courant, vers la fin février, il se montra sympathique, tendre, et parut même satisfait, aussi content que s'il entendait pour la première fois cette heureuse nouvelle. Et Ambre crut que sa place à la Cour était à présent aussi immuable que celle des étoiles au ciel. Charles lui enleva sa belle assurance, deux jours plus tard, en lui désignant un jeune homme qui se tenait en face d'eux au salon en lui demandant si elle estimait qu'il ferait un mari possible.

— Un mari pour qui ? questionna Ambre.

— Eh bien ! mais pour vous, ma chère, évidemment.

— Mais je ne veux pas me marier.

— Je ne peux pas dire que je vous en désapprouve, et pourtant, c'est un peu gênant pour un enfant de se trouver sans nom, ne croyez-vous pas ?

Il avait l'air amusé et un léger sourire soulevait le coin de sa petite moustache noire.

Ambre devint blême :

— Alors, vous croyez qu'il n'est pas de vous ?

— Ce n'est pas cela que je veux dire, ma chère. Je pense que c'est très probablement mon fils. J'ai, semble-t-il, une remarquable aptitude à faire des enfants, sauf là où il le faudrait. Mais ce bébé ne peut être mis au compte de votre dernier mari et, à moins que vous ne convoliez bientôt en justes noces, il aura une bande à gauche dans ses armoiries... ce qui est un sérieux handicap pour un jeune homme, quelle que soit sa naissance. Et pour être tout à fait franc avec vous, si vous vous mariiez, cela couperait court aux bavardages, en dehors de Whitehall en tout cas. Nous traversons déjà des temps assez difficiles, depuis que je n'ai aucun moyen de faire sortir la flotte, et les gens grognent plus que jamais en voyant le peu de résultats que nous obtenons. Comprenez-vous, ma chère ? Cela me rendrait grand service si...

Ambre était prête à comprendre n'importe quoi. Elle avait toujours prétendu qu'une perpétuelle mauvaise humeur et le fait de tracasser continuellement un homme facile à vivre avaient perdu Barbara Palmer, et elle n'avait pas l'intention de suivre cet exemple malheureux. Elle soupçonnait d'ailleurs une autre raison, que le roi passait sous silence et qui se nommait : Frances Stewart. Chaque fois qu'il prenait une nouvelle maîtresse, Frances devenait maussade, irritable et prétendait avoir été sur le point de s'abandonner quand il avait détruit sa confiance.

— Oh ! dit Ambre, ma seule ambition est d'être agréable à Votre Majesté. Je me remarierai donc, si vous le désirez... Mais, pour l'amour du ciel ! trouvez-moi un mari que je puisse ignorer !

Charles eut son bon rire :

— Il ne sera pas difficile de l'ignorer celui-ci, je vous assure !

Le jeune homme, qui était à l'autre bout du salon, ne paraissait pas avoir un jour de plus qu'elle et sa juvénile apparence était encore accentuée par un teint pâle et des membres délicats. Il avait quelque cinq pieds sept pouces de haut, et son corps grêle était vêtu d'un costume bon marché, peu élégant. Sans aucun doute, il se sentait fort mal à l'aise, bien qu'il fît effort pour paraître gai. Il riait bruyamment, tout en lançant autour de lui des regards anxieux. Ambre, de son propre mouvement, n'aurait jamais fait attention à lui.

— Seigneur ! mais il a l'air d'un poseur et d'un nigaud !

— Très docile ! fit Charles en souriant.

— Quel est son rang ?

— Baron.

— Baron ! s'écria Ambre horrifiée. Mais je suis comtesse !

Elle n'eût pas été plus choquée s'il lui avait suggéré d'épouser un colporteur.

Charles haussa les épaules :

— Eh bien ! admettez que je le fasse comte ? Sa famille le mérite. Il y a longtemps que cela aurait dû être fait, mais j'avoue n'y avoir jamais songé !

— Évidemment, cela faciliterait les choses, fit Ambre d'un air dubitatif en toisant le jeune homme qui, se sentant observé, devenait nerveux. Lui avez-vous déjà parlé ?

— Non. Mais je le ferai, et l'affaire sera vite réglée. Sa famille a beaucoup perdu durant la guerre...

— Ô mon Dieu ! gémit Ambre. Encore quelqu'un pour dépenser mon argent ! Mais cette fois, ce sera différent ! Cette fois ce sera moi qui porterai les culottes !

XLVI

Richmond vous plaît-il ?

Charles avait cette question sur le bout des lèvres depuis que le duc avait fait sa demande. Ce jeune homme lui paraissait sot et ennuyeux, aimant trop la dive bouteille, et ses affaires étaient si embrouillées qu'il eût à peine été considéré comme un beau parti pour une camériste. Que dire d'une jeune fille comme Frances, habituée au luxe depuis sa naissance !

Elle le regarda avec étonnement :

— Me plaire ? Pourquoi me demandez-vous cela ?

Charles haussa les épaules :

— Je le crois possible. Sans aucun doute, il est épris de vous.

Frances redevint instantanément la coquette qui minaude en ouvrant et fermant son éventail :

— Eh bien ! admettez qu'il me plaise ?

Le visage du roi se durcit. Ses yeux noirs scrutèrent anxieusement le joli visage qui lui faisait face et les deux plis au coin de sa bouche se creusèrent.

— Est-ce vrai ?

Frances le contempla avec son léger sourire innocent, mais l'expression de son visage changea quand elle se rendit compte de son irritation :

— Eh bien ! Votre Majesté ! Comme vous avez l'air mécontent. Vous ai-je vexé ?

— Répondez-moi, Frances ! Je ne suis pas d'humeur à plaisanter. Et dites-moi la vérité.

Frances poussa un petit soupir :

— Non, Votre Majesté. Je ne l'aime pas. Cela rend-il mon mariage plus honorable ?

Souvent ainsi elle le surprenait, car il était impossible de savoir si elle parlait par naïveté ou par une malice qui ne lui était en général pas reconnue.

Charles sourit lentement et tristement :

— Non, Frances, pas plus honorable. Mais j'avoue que je suis heureux de le savoir. Je ne suis, en général, pas spécialement jaloux, mais cette fois-ci...

Il haussa les épaules, les yeux perdus dans le vide...

— J'ai examiné ses comptes. Ses finances sont dans le pire état qui puisse être. Sans son titre, il y a longtemps qu'il serait arrêté. Sincèrement, Frances, je ne crois pas que ce soit un bon mariage pour vous.

— En connaissez-vous un meilleur, Sire ? répondit-elle avec amertume.

— Pas maintenant, tout juste, mais un peu plus tard, peut-être.

Frances l'interrompit :

— Un peu plus tard ! Sire, vous ne savez pas ce que vous dites. Rendez-vous compte que j'ai dix-neuf ans, et que ma réputation est perdue, par ma propre sottise ! C'est la première demande sérieuse que j'aie jamais eue, et ce sera probablement la dernière. Je ne désire qu'une chose au monde, être une femme respectable ! Je ne veux pas faire honte à ma famille.

Ils étaient dans l'antichambre de la reine, attendant que celle-ci fût habillée. Boynton, ayant entendu la voix élevée de Frances, passa la tête par la porte, et le roi s'en aperçut.

— Accompagnez-moi un peu, Frances.

Ils allèrent à l'autre bout de la pièce.

— Je vais vous confier un secret, dit-il rapidement, à voix très basse. Promettez-moi de le garder. N'en dites rien à personne, pas même à votre mère.

— Certainement, Votre Majesté.

Frances, à vrai dire, savait garder un secret infiniment mieux que tous ceux dont les langues résonnaient dans toutes les chambres à coucher et tous les salons de Whitehall et de Covent Garden. Charles respira profondément :

— J'ai consulté l'archevêque de Canterbury au sujet d'un divorce.

— Un divorce ! murmura-t-elle avec horreur, profondément choquée.

Charles parla rapidement, jetant des coups d'œil autour de lui pour s'assurer que personne ne pouvait entendre :

— Ce n'est pas la première fois que j'y songe. Les docteurs m'ont dit qu'ils ne croyaient pas que la reine pût jamais porter un enfant neuf mois. York n'est pas populaire, et le sera encore moins quand le peuple découvrira ses intentions religieuses. Si je me remariais et si j'avais un héritier, cela changerait tout l'avenir... Canterbury dit que cela pourrait s'arranger.

Le visage de Frances laissa paraître les sentiments qui l'agitaient. L'étonnement se changea en une sorte de ruse et de vanité satisfaite à mesure qu'elle comprenait ce que ce projet pouvait signifier pour elle. *Frances Stewart, reine d'Angleterre !* Elle avait toujours été très fière de la parenté lointaine de sa famille avec celle du roi, plus fière même que de sa beauté. Mais, à la pensée de la reine, elle eut un regard de doute et d'impuissance.

— Cela lui briserait le cœur. Elle vous aime tant.

Charles, qui l'observait avec une sorte de tendresse maussade, poussa un soupir et son regard alla se perdre au-dehors, sur le chêne pourpre dans le jardin de la reine.

— Je crains de lui faire encore de la peine, elle en a eu tellement déjà !

Son visage s'assombrit encore :

— Je ne sais que faire ! jeta-t-il avec irritation.

Ils restèrent sans mot dire, sans se regarder. Puis Catherine apparut sur le seuil, encadrée de Mrs. Boynton et de Winifred Welles. Elle penchait un peu la tête de biais, avec un sourire et une expression de parfaite adoration en contemplant son époux. Après une légère hésitation, elle s'avança vers lui, ses petites mains jointes :

— Je regrette d'avoir été si longue à m'habiller. Sire...

Dès son entrée, Charles s'était retourné, reprenant son assurance. Souriant, il s'inclina :

— Peu importe, ma chère, que vous passiez la matinée à votre toilette, si vous sortez toujours aussi charmante de votre chambre.

Catherine rougit faiblement, ce qui lui allait très bien. Ses longs cils battirent, ainsi que de noirs papillons incertains. Puis elle le regarda bien en face. En dépit de son éducation austère, elle apprenait à être coquette et cela convenait à son genre de beauté.

— Vous êtes trop bon de me flatter ainsi, murmura-t-elle, surtout depuis que je suis condamnée à ce noir si peu seyant.

Les dames d'honneur entraient les unes après les autres, la plupart riant, bavardant et ne se doutant de rien, bien que certaines paires d'yeux vifs eussent surpris le regard pensif de Frances posé sur Leurs Majestés. Rejetant alors la tête en arrière d'un mouvement brusque, Frances s'approcha de la reine et lui serra impulsivement la main :

— Ce n'est pas de la flatterie, Madame. Sincèrement, vous n'avez jamais été plus jolie qu'aujourd'hui.

Sa voix et ses yeux exprimaient une sincérité passionnée. Derrière elle, Boynton chuchota à Welles qu'il devait se passer quelque chose entre Stewart et le roi, ils étaient tous deux trop gentils pour Sa Majesté. Winifred rétorqua que c'était pure invention. Sa Majesté se montrait toujours très aimable pour sa femme.

Le temps était froid et les chemins plus mauvais que jamais, mais la Cour allait au théâtre. Charles offrit son bras à Catherine, qui le prit en lui adressant un de ses sourires vifs et timides, reconnaissante de ses attentions. Ils se mirent en route et, pendant l'espace d'un éclair, les yeux de Frances rencontrèrent ceux du roi. Et elle comprit, sans l'ombre d'un doute que, tant que Catherine vivrait, jamais elle, Frances Stewart, ne serait reine d'Angleterre.

Il était tard, près de six heures du soir, et le ciel couvert avait depuis longtemps rendu nécessaire l'allumage des bougies. Charles, dans son cabinet de toilette – le seul endroit où il pût se retirer seul –, était assis à son bureau et griffonnait rapidement une lettre à Minette. Des murmures de voix parvenaient de la pièce voisine – Buckhurst et Sedley, James Hamilton et une demi-douzaine d'autres – attendaient qu'il sortît et vînt se changer pour le dîner. Ils discutaient la pièce de l'après-midi : de temps en temps l'un d'eux poussait un gros rire, puis les voix se calmaient. Mais Charles, absorbé, les entendait à peine. Un mouvement général se produisit soudain au-dehors et il perçut une voix féminine très familière qui criait, hors d'haleine :

— Où est Sa Majesté ? J'ai des nouvelles importantes à lui communiquer.

C'était Barbara. Charles fronça les sourcils et jeta sa plume. Tudieu ! l'impertinence de ces femmes ne connaissait plus de bornes ! Venir dans sa chambre, à cette heure, quand elle savait y trouver une foule de gentilshommes ! Il entendit Buckhurst qui répondait :

— Sa Majesté est dans son cabinet de toilette, Madame, il écrit une lettre.

— Eh bien ! fit vivement Barbara, la lettre peut attendre. Et ce que j'ai à dire ne souffre aucun délai.

Et elle se mit à frapper à la porte. Charles ouvrit d'un air visiblement mécontent :

— Eh bien ! Madame ?

— Votre Majesté ! Il faut que je vous parle en privé !

D'un coup d'œil elle indiqua la chambre remplie de monde.

— C'est de la plus haute importance.

Charles haussa les épaules et recula de quelques pas, l'invitant à entrer, tandis que les gentilshommes échangeaient des regards amusés. Fichtre ! comme elle y allait ! Jamais, au temps de sa plus grande faveur, elle n'avait fait preuve de pareille audace. La porte se referma.

— Eh bien ! Quelle est donc cette affaire si importante, qui ne peut être différée ?

Le roi parlait d'un ton franchement sceptique et impatient, car il croyait à un subterfuge de Barbara pour avoir, une fois de plus, l'air d'être la grande favorite.

— Si j'ai bien compris, Votre Majesté vient de rendre visite à Mrs. Stewart ?

— C'est vrai.

— Et elle vous a renvoyé en arguant d'une violente migraine ?

— Vos informations sont irréfutables.

Le ton de Charles était sarcastique et son regard empreint de tout le cynisme et l'incrédulité qui l'avaient toujours caractérisé depuis l'enfance. Il se demandait quel tour Barbara cherchait à lui jouer et attendait de découvrir le défaut de la cuirasse. Mais, avec une expression à la fois moqueuse et coquette, Barbara répondit :

— Eh bien ! Sire, je suis venue vous consoler de sa froideur.

Le roi leva les sourcils, sincèrement étonné, puis se rembrunit :

— Madame, vous devenez insupportable !

Barbara rejeta la tête en arrière et se mit à rire, de ce

rire sauvage, aigu, cruel et méprisant qui lui était personnel. Quand elle parla, ce fut d'une voix basse, contenue, et l'agitation qui la possédait se faisait jour dans les muscles saillants de son cou, la lueur de son regard, la tension de tout son corps ramassé, comme une chatte sur le point de bondir :

— Vous êtes un sot, Charles Stuart ! Un sot, ridicule et crédule ; toute la Cour se moque de vous. Et vous savez pourquoi ? Parce que Frances Stewart a noué une intrigue avec Richmond sous votre nez ! Il est auprès d'elle en ce moment, pendant que vous la croyez au lit avec la migraine...

Elle s'arrêta hors d'haleine, le visage triomphant, toute son attitude exprimant la vengeance satisfaite. Charles lui répondit vivement, ayant perdu son habituelle maîtrise de soi :

— Vous mentez !

— Je mens ? C'est vous qui êtes une dupe. Venez avec moi et vous verrez bien si je mens !

Et comme il hésitait, craignant à demi de découvrir qu'elle avait dit la vérité, Barbara le saisit par le poignet :

— Venez et vous constaterez par vous-même sa chasteté, à votre précieuse Frances Stewart.

Prenant soudain sa résolution, Charles se dégagea et quitta la pièce. Barbara – un sourire satisfait sur les lèvres – se précipita à sa suite. Le roi était en culotte et en manches de chemise. Il avait laissé sa perruque pendue à une chaise de son cabinet de toilette. Deux courtisans s'écartèrent précipitamment de la porte, et tous les visages prirent une expression grave et indifférente, comme si personne n'avait écouté. Charles les ignora tous et traversa en courant presque l'enfilade de pièces qui conduisaient aux appartements de Frances, laissant derrière lui une foule de spectateurs, bouche bée et yeux écarquillés. Mais, avant de pénétrer chez Mrs. Stewart, il s'arrêta, la main sur la poignée de la porte.

— Cela suffit, dit-il brièvement à Barbara. Rentrez chez vous.

Et comme elle le regardait, très déçue, il entra vivement.

La jolie femme de chambre de Frances était dans l'antichambre et poussa un cri de terreur en voyant le roi :

— Oh ! Votre Majesté ! Comment... N'entrez pas, je vous en prie... Elle a été si souffrante depuis que vous l'avez quittée, et maintenant, elle dort.

Charles ne lui accorda pas même un regard, mais l'écarta du geste :

— C'est ce que nous allons voir.

Il pénétra dans le salon et, sans hésitation, ouvrit toute grande la porte de la chambre à coucher.

Frances était assise dans son lit, vêtue d'un mantelet de satin blanc, les cheveux défaits, et un jeune homme, à ses côtés, lui tenait la main. Tous deux virent avec stupeur le roi apparaître, tel un sombre dieu vengeur. Frances poussa un petit cri et Richmond s'immobilisa, frappé d'horreur, incapable de se lever ou d'enlever son chapeau.

Charles se dirigea lentement vers eux, les lèvres serrées.

— Je ne voulais pas le croire, dit-il à voix basse. Je croyais qu'elle mentait.

— Qui donc ? s'écria Frances sur la défensive.

Elle comprenait sa colère, savait ce qu'il pensait et cela la mettait en rage.

— Milady Castlemaine. Elle paraît avoir été au courant de certaines choses que j'ignorais !

Ses yeux noirs allaient de Frances à Richmond, qui s'était finalement levé et tournait son chapeau entre ses doigts, comme un chien battu.

— Que faites-vous ici ? demanda soudain Charles d'une voix dure.

Richmond eut un petit rire d'excuse :

— Eh ! une visite à Mrs. Stewart.

— C'est ce que je vois. Et de quel droit, je vous prie, alors qu'elle est trop souffrante pour recevoir ses autres amis ?

Richmond, comprenant soudain qu'il se rendait ridicule devant la femme qu'il aimait, répondit bravement :

— En tout cas, Sire, je suis prêt à l'épouser. C'est plus que Votre Majesté n'en peut faire.

Un éclair de rage brilla dans les yeux de Charles, et il fit un pas vers le duc, les poings fermés. Frances porta une main à sa bouche et poussa un cri aigu comme Richmond, qui ne se souciait pas de recevoir une correction des mains compétentes de son souverain, se détournait brusquement et sautait par la fenêtre. Charles le vit tomber maladroitement, se relever, jeter encore un coup d'œil inquiet en arrière et se perdre dans le brouillard. Pendant un long moment, il resta ainsi à la fenêtre, le visage contracté par le mépris et la fureur. Puis il revint à Frances.

— Je n'aurais jamais cru cela de vous !

Frances le regarda avec défi :

— Je ne vous comprends pas, Sire. Si je ne peux pas recevoir la visite d'un homme dont les intentions sont plus qu'honorables, c'est qu'alors je suis réellement une esclave dans un pays libre !

Elle passa une main lasse et nerveuse sur son front douloureux et, sans attendre de réponse, s'écria passionnément :

— Si vous ne voulez pas que je me marie, Sire, usez de votre privilège et refusez-moi votre permission. Mais vous ne pourrez pas m'empêcher de passer en France et d'entrer au couvent.

Charles la regarda avec une incrédulité méprisante. Qu'était-il arrivé à cette Frances Stewart, qu'il connaissait et aimait depuis quatre ans ? Comment s'était-elle soudain transformée en une femme froide et impudente qui affichait son infidélité, ne supportant pas de reproches, comme heureuse de l'avoir ridiculisé aux yeux de tous ? À trente-six ans, il réapprenait ce qu'il croyait savoir depuis plus de vingt ans.

Quand il parla, ce fut d'une voix lente, la tristesse perçant en dépit de son irritation.

— Je n'aurais jamais cru cela de vous, Frances, si je ne l'avais constaté par moi-même !

Frances se redressa, furieuse de se heurter à un scepticisme qui tirait ses conclusions d'expériences passées :

— Votre Majesté est bien prompte à suspecter le pire.

— Pas assez, il me semble ! Je croyais être convaincu, depuis le jour de ma naissance, qu'il ne fallait jamais se fier à une femme, et, cependant, j'avais confiance en vous !

Il s'interrompit, le visage sombre et sarcastique :

— Je me serais attendu à tout, sauf à cela...

Frances était au bord de la crise de nerfs et s'écria d'une voix aiguë et tremblante :

— Votre Majesté ferait mieux de se retirer, avant que la personne qui vous a conduite ici ne soupçonne le pire !

Il lui lança un long regard incrédule et, sans un mot, pivota sur les talons et quitta la pièce. Dans la galerie il rencontra Lawrence Hyde, le fils de Clarendon, et lui cria :

— Ainsi vous étiez dans le complot ! Par Dieu ! je ne l'oublierai pas !

Hyde le regarda, stupéfait, mais le roi était déjà loin. Charles, si courtois, si facile à vivre, si maître de lui et aimable, était dans un état de rage indescriptible.

Le lendemain Frances lui renvoya, par messager spécial, tous les cadeaux qu'elle avait reçus de lui, le rang de perles qu'il lui avait donné trois ans auparavant, le jour de la Saint-Valentin, les splendides bracelets, colliers et pendants d'oreilles dont chacun marquait la date d'un anniversaire, d'un Noël ou d'un Nouvel An. Tous lui furent rendus, sans un mot. Charles les lança dans la cheminée.

Le matin même Frances apparut dans les appartements de la reine. Elle était enveloppée d'un manteau de velours noir et portait un masque. Catherine et ses femmes eurent un regard de surprise quand elle l'enleva. Pendant un instant, Frances hésita, puis, courant à Sa Majesté, elle tomba à genoux et, prenant le bord de la jupe de Catherine, la porta à ses lèvres. D'un signe la reine congédia son entourage. Ces dames se retirèrent et demeurèrent l'œil fixé au trou de la serrure.

Catherine se baissa et effleura d'une caresse les cheveux brillants de Frances. Celle-ci fondit en larmes et couvrit son visage de ses mains :

— Oh ! Votre Majesté ! Comme vous devez me haïr ! Pourrez-vous jamais me pardonner ?

— Frances, ma chère, ne pleurez pas ainsi, vous allez vous rendre malade. Allons, je vous en prie, regardez-moi, ma pauvre enfant...

La voix chaude et douce de Catherine avait un léger accent portugais qui la rendait plus tendre encore. Prenant doucement Frances par le menton, elle l'obligea à relever la tête. Avec répugnance, Frances obéit et elles se dévisagèrent en silence. Puis elle se remit à sangloter.

— Je suis désolée, Frances, dit Catherine, désolée pour vous.

— Oh ! ce n'est pas sur moi que je pleure, protesta Frances. C'est à cause de vous. À cause de la tristesse que j'ai lue dans vos yeux quelquefois, quand...

Elle s'interrompit, effrayée de sa hardiesse, puis les mots se pressèrent sur ses lèvres, comme si, en quelques minutes, elle cherchait à réparer tout le mal que sa vanité avait fait, depuis des années, à cette patiente et douce petite femme.

— Oh ! croyez-moi, Votre Majesté, croyez-moi ! La seule raison pour laquelle je me marie est que je quitterai ainsi la Cour. Je n'ai jamais voulu vous blesser, non jamais. Mais j'ai été vaine, et sotte, et irréfléchie. Je me suis rendue ridicule – mais jamais je ne vous ai trompée – je vous le jure. Il n'a jamais été mon amant. Oh ! dites que vous le croyez – je vous en prie – dites-moi que vous le croyez !

Elle serrait la main de Catherine et la regardait, bien en face, avec une intensité passionnée. Elle avait toujours aimé Catherine, mais sans comprendre jusqu'à maintenant combien profondément et humblement elle l'admirait, et combien sa propre conduite avait été blâmable. Elle n'avait pas pris les sentiments de la reine plus au sérieux que ceux de la plus ordinaire des maîtresses de Charles, pas plus que ceux de Barbara Palmer.

— Je vous crois, Frances. Toute jeune fille eût été flattée. Et vous avez toujours été bonne et généreuse. Jamais vous ne vous êtes servie de votre pouvoir pour blesser les autres.

— Oh ! non ! Votre Majesté ! C'est vrai. Sincèrement, je n'ai jamais voulu faire de mal à personne. Et, Votre Majesté, je voudrais vous dire – je sais bien que vous me croirez : Richmond venait à peine d'entrer. Nous causions. Jamais il ne s'est rien passé entre nous.

— Mais bien sûr, ma chère !

Frances laissa retomber ses bras et baissa la tête :

— Il ne le croira jamais, dit-elle très bas. Il n'a plus aucune foi, il ne croit en rien !

Les yeux de Catherine se remplirent de larmes et elle hocha lentement la tête :

— Peut-être que si, Frances. Plus peut-être que nous ne l'imaginons.

Frances était lasse et désespérée. Appuyant une dernière fois ses lèvres sur la main de Catherine, elle se leva lentement :

— Il faut que je m'en aille, Votre Majesté !

Les deux femmes se regardèrent avec une réelle affection.

— Peut-être ne vous reverrai-je jamais !

Brusquement, d'un geste impulsif, elle embrassa Catherine et sortit en hâte. Catherine la suivit des yeux en souriant faiblement ; des larmes roulaient le long de ses joues. Trois jours plus tard Frances avait quitté Whitehall. Elle était partie avec le duc de Richmond.

XLVII

Même mariée, Ambre continua d'habiter l'hôtel Almsbury, car elle espérait bientôt obtenir une charge à la Cour et y loger.

Quant à son mari, elle lui conseilla de s'installer à Covent Garden, ce qu'il fit, ayant dès le berceau été habitué à être mené par le bout du nez. Toutefois, il n'était pas de cet avis. Car, bien qu'il fût permis et même considéré comme correct que mari et femme se haïssent entre eux, conservent maîtresse et amant, se disputent en public et se calomnient mutuellement, il n'était pas permis de vivre séparés ou de faire lit à part. Ambre fut très amusée d'apprendre qu'elle avait provoqué un scandale qui agitait toute la partie élégante de la ville.

Son mari s'appelait Gérald Stanhope, et le roi lui conféra le titre de comte de Danforth. Il avait tout juste vingt-deux ans, un an de moins qu'elle – et il parut à Ambre un fieffé imbécile. Timide et hésitant, faible et débile, il vivait dans une crainte perpétuelle de ce que « Maman » allait penser. Maman, disait-il, n'approuverait pas ces logis séparés, et il finit par annoncer que « Maman » allait venir faire un séjour à Londres.

— Avez-vous de la place pour la loger chez vous ? fit Ambre.

Elle était assise devant sa coiffeuse et se trouvait entre les mains d'un artiste capillaire français, arrivé récemment de Paris, dont toutes les femmes se disputaient les services. Un miroir d'argent à la main, elle contemplait son profil, admirait la ligne pure de son front et de son nez légèrement retroussé, la courbe un peu boudeuse de ses lèvres et de son petit menton rond.

Gérald avait l'air malheureux, pâle et effacé. Les voyages sur le continent ne lui avaient guère donné de vernis ; une éducation peu poussée n'avait pas contribué à son bon équilibre mental ; la débauche et la boisson ne l'avaient pas rendu difficile. Il avait toujours l'air d'un gamin confus, incertain et solitaire, et l'évolution qui venait de se produire dans sa vie le prenait totalement au dépourvu.

Il prit son peigne et le passa dans sa perruque blonde. Ses vêtements, au moins, étaient les plus élégants que l'on pût se procurer avec de l'argent, bien que son physique ingrat et ses jambes maigres ne les missent pas en valeur.

— *Pas du tout*[1], Madame, dit-il.

Toutes les plaisanteries, ou prétendues telles, étaient émaillées de phrases françaises, tout comme une dame appliquait des mouches sur son visage. Gérald faisait de même, car cela lui donnait le sentiment d'être à la mode...

— Comme vous le savez, je n'ai que trois pièces. Je ne saurais où l'héberger.

Il habitait au *Cheval d'Or*, hôtellerie fort populaire parmi les jeunes beaux, car la tenancière possédait une fille jolie et obligeante.

— Eh bien ! où comptez-vous la mettre, alors ? Je n'aime pas cette boucle, Durand. Refaites-la, je vous prie.

Elle continuait à s'examiner, de face maintenant, regardant ses dents, sa peau, le rouge de ses lèvres.

1. En français dans le texte.

Gérald haussa ses frêles épaules d'un geste qu'il croyait parisien :

— Oh ! je pensais qu'elle pourrait habiter ici.

Ambre, d'un geste brusque, jeta son miroir qui, tombant sur un tas de rubans, ne se brisa pas.

— Vraiment ! Eh bien ! non. Croyez-vous que Lord Almsbury tienne une pension de famille ? Vous feriez mieux d'écrire à votre mère et de lui dire de rester où elle est. À quoi songe-t-elle de venir à Londres ?

Tout en parlant, Ambre secouait le bras pour faire tinter ses bracelets.

— Dame, je pense qu'elle veut voir ses anciens amis. Et aussi, Madame, je peux bien vous le dire franchement, elle s'étonne que nous n'habitions pas ensemble.

Effrayé de ce qu'il venait de dire, il se retourna et traversa la pièce pour prendre une longue pipe dans la poche de son manteau, il la bourra et l'alluma au feu de la cheminée.

— Seigneur ! Dites-lui que vous êtes sevré, marié et capable de vous occuper de vos propres affaires !

Puis, voyant qu'il fumait, elle s'écria :

— Sortez d'ici avec cette horreur ! Croyez-vous que je veuille avoir un appartement empesté ? Descendez, et commandez la voiture, je vous rejoins dans un instant. Ou partez tout seul, si vous le préférez.

Gérald s'empressa de sortir, visiblement soulagé, mais Ambre se regardait dans le miroir les sourcils froncés, tandis que M. Durand, qui n'était pas supposé avoir des oreilles, s'affairait sur la boucle critiquée.

— Dieu ! finit par murmurer Ambre d'un ton lassé, quelle chose stupide et insipide qu'un mari !

Elle sortit de la pièce en faisant signe à Curry de la suivre et de porter sa longue traîne, afin qu'elle ne s'abîmât pas avant le bal. Durand valait bien les trois guinées qu'elle lui avait données – quelque absurde que fût ce prix –, non pas tant en raison du travail habile que du prestige qui entourait celles qui avaient recours à ses bons offices. Grâce à de nombreuses intrigues, elle était parvenue à le souffler à Lady Castlemaine pour ce soir, et toutes les dames qui assisteraient au bal le sauraient.

Huit jours plus tard, Ambre se trouvait à la nursery – où elle passait une heure ou deux tous les matins – à jouer au trictrac avec Bruce. Suzanne, en robe blanche de lin et de dentelles, avec un petit tablier et un minuscule bonnet de dentelles empesées posé bien en arrière sur ses longs cheveux blonds lustrés, était assise par terre à côté d'eux. Elle dominait déjà la nursery, surtout les enfants d'Almsbury, mais son frère était plus récalcitrant.

Ambre aimait à passer ces quelques heures à la nursery, qui constituait le seul lien sûr qui la reliât à Lord Carlton. Ces enfants étaient aussi les siens, son sang coulait dans leurs veines, c'est de lui qu'ils tenaient leur existence. Leur amour pour elle était, en quelque sorte, le sien ; leurs baisers, les siens. C'étaient des souvenirs du passé, tout ce qu'elle avait dans le présent, et tout espoir pour l'avenir.

— Maman !

Suzanne interrompait sans cesse le jeu, car, trop jeune pour y prendre part, elle entendait y participer d'une manière ou d'une autre.

— Oui, trésor ?

— À dada.

— Laisse-moi finir ce tour, Suzanne. Je viens de jouer à dada.

Suzanne fit la moue et regarda son frère de travers. Ambre s'en aperçut et la serra dans ses bras :

— Voyons, petite sorcière !

— Sorcière ? Qu'est-ce que c'est ?

— Un fléau ! répondit son frère agacé.

Au même instant Ambre aperçut un domestique qui venait d'entrer :

— Oui ?

— On vous demande, Madame.

— Qui cela ? Quelqu'un d'important ?

— Votre mari, je crois, Madame, et sa mère.

— Oh ! Seigneur ! Bon ! Merci. Dites-leur que je viens.

L'homme sortit et Ambre se leva en dépit des protestations des enfants :

— Je regrette, mes chéris, je reviendrai si je le peux.

Bruce s'inclina devant elle :

— Au revoir, maman. Merci d'être venue nous voir.

Ambre se pencha et l'embrassa, puis elle souleva Suzanne, qui la couvrit de gros baisers.

— Voyons, Suzanne, protesta-t-elle, tu m'enlèves toute ma poudre, petite friponne !

Elle l'embrassa, la reposa par terre et quitta la pièce en leur faisant un signe affectueux de la main. Mais son sourire disparut dès qu'elle eut refermé la porte. Elle resta un instant immobile dans le couloir, songeuse. « Pourquoi diable cette vieille femme est-elle venue ? », se demandait-elle avec irritation. Puis, avec un soupir et un léger haussement d'épaules, elle se dirigea vers son appartement, à l'autre bout de la galerie.

Gérald Stanhope et sa mère étaient assis sur un canapé, près de la cheminée, dans le salon d'Ambre. La baronne douairière tournait le dos à la porte et parlait avec animation à son fils, qui paraissait soucieux et anxieux. Mais, dès qu'Ambre entra, la baronne se tut et, après avoir composé une attitude, elle dirigea un charmant sourire stéréotypé vers sa belle-fille. Ses yeux ne cachèrent pas la surprise et le déplaisir qu'elle ressentit à la voir.

Ambre s'avança lentement vers elle. Gérald, de l'air de quelqu'un qui s'attend à voir tomber le plafond, se leva pour faire les présentations. Les deux femmes s'embrassèrent avec précaution, comme si elles craignaient de souiller leurs mains et leurs vêtements. Elles reculèrent un peu, et se toisèrent mutuellement, aucune d'elles ne voulant laisser échapper un détail de l'autre.

Lucilla, Lady Stanhope avait un peu plus de quarante ans, un visage dodu et pétulant qui rappela à Ambre les épagneuls du roi, une bouche aux coins tombants et des joues ballottantes. Ses cheveux – autrefois blonds – avaient foncé. Mais sa peau était encore rose et fraîche, ses seins fermes. Sa robe était plus démodée que de raison et ses bijoux insignifiants.

— Je vous en prie, ne faites pas attention à ma toilette, dit immédiatement la baronne. Ce ne sont que de vieilles friperies que j'étais sur le point de donner à ma femme de chambre, mais les routes sont si mauvaises que je n'ai osé porter autre chose. Ciel ! quel voyage, l'une des voitures a versé, jetant trois de mes malles dans la boue.

— Oh ! c'est affreux ! dit Ambre pleine de sympathie. Vous avez dû être abominablement secouée ! Puis-je vous offrir quelques rafraîchissements ?

— Oh ! certainement, Madame. Je crois que je prendrais volontiers une tasse de thé.

Elle n'en avait jamais bu, car c'était beaucoup trop cher. Mais elle était bien décidée à prouver que tout en ayant habité la campagne, elle n'avait jamais perdu contact avec la ville.

— Je vais en faire apporter. Arnold ! sonnez cet homme. Où est-il ? Toujours à embrasser les soubrettes quand on a besoin de lui !

Ambre se leva et alla à la porte :

— Arnold !

La baronne la suivit des yeux d'un air à la fois envieux et désapprobateur. Jamais elle n'avait pu se faire à l'idée que les jours de sa jeunesse et de sa beauté étaient passés.

Il y avait d'abord eu la guerre civile. Son mari absent, puis finalement tué, la condamnant à vivre à la campagne, appauvrie par les taxes et obligée de faire une bonne partie de son ménage, comme une simple femme de fermier. Les années s'étaient traîtreusement écoulées. Elle n'avait pas eu l'occasion de se remarier, car les guerres avaient laissé trop de pauvres veuves, et elle avait Gérald et ses deux sœurs à élever. Ses filles avaient eu la chance d'épouser des gentilshommes campagnards. Quant à Gérald – elle y était bien décidée –, il trouverait une bonne occasion. Elle l'avait envoyé faire un tour sur le continent en lui recommandant bien de s'arrêter à Londres au retour pour essayer d'attirer l'attention du roi. Il avait réussi mieux qu'elle n'eût osé l'espérer. Par une lettre reçue il y avait un mois, il lui apprenait que, non seulement le roi l'élevait au rang de comte, mais lui avait fait épouser une grosse fortune. Il se trouvait donc à la fois comte et jeune mari !

Comblée de joie, elle avait immédiatement commencé à prendre ses dispositions pour fermer le manoir de Ridgeway et aller s'installer à Londres. Mais une lettre de Lady Clifford, tombant au milieu de ses agitations, lui causa un choc désagréable :

> *« Ma chère Lucilla, veuillez recevoir, avec nos bons souvenirs, tous les vœux que nous formons tous, nous qui sommes vos amis. Nous avons été à la fois surpris et heureux que votre famille ait reçu un comté. Certes, nul ne l'a mérité autant que vous, mais nous savons, nous qui avons vécu à Londres, que de nos jours les récompenses ne vont guère à ceux qui les méritent. Inutile de se le dissimuler, les vieux usages ont changé, en pis, je le crains.*
>
> *« Nous avons tous été très étonnés par la nouvelle du mariage de Gérald, si subit et, en ce qui me concerne, je n'ai su qu'il était en ville qu'au moment où j'ai appris qu'il venait d'épouser l'ancienne comtesse de Radclyffe. Vous savez sans aucun doute que c'est une vraie beauté qui fréquente beaucoup la Cour et qui est, dit-on, assez en*

faveur auprès de Sa Majesté. Pour ma part, je vais rarement à Whitehall, préférant la société de vieux amis. La jeunesse et la frivolité ont envahi la Cour, et l'on n'y désire point de gens aux manières posées. Peut-être le temps reviendra-t-il où les qualités d'honnêteté chez un homme et de modestie chez une femme constituaient autre chose qu'un prétexte à plaisanteries grossières.

« J'espère avoir le plaisir de vous voir bientôt. Il ne fait, certes, aucun doute que vous viendrez à Londres, dès que Gérald et sa femme occuperont le même appartement.

« Je suis, Madame, votre très humble et très obéissante servante.

« Margaret, Lady Clifford. »

Voilà ! Comme une pierre tombant dans une mare tranquille : « Dès que Gérald et sa femme occuperont le même appartement. » Que voulait dire Lady Clifford ?

Étaient-ils mariés, sans habiter sous le même toit ? Où logeait-il ? Et elle ? Relisant soigneusement la lettre, elle y découvrit maintes autres insinuations de mauvais augure. Pour le bien de son fils, il lui fallait être au plus tôt à Londres.

Elle y était maintenant, en présence même de cette femme, toute sa vertu outragée bouillonnant en elle, et, néanmoins, elle se sentait embarrassée et mal à l'aise. Car, tout en ayant conscience d'avoir derrière elle toute une lignée de hautains ancêtres – tandis que cette créature était une parvenue, sortie du théâtre, ou même pis encore – elle était déconcertée et intimidée par sa froide maîtrise, ses belles toilettes, et son orgueilleuse beauté. Et surtout par sa jeunesse. Cependant Lady Stanhope était d'une autre trempe que son fils. Elle sourit à sa belle-fille et agita son éventail comme s'il faisait très chaud dans la pièce.

— Ainsi donc, vous êtes ma nouvelle fille ? Bien jolie, ma chère. Gerry doit être fier de vous ! Je vous prie de croire que j'ai déjà pas mal entendu parler de vous.

— Déjà ? Je croyais que vous veniez seulement d'arriver à Londres ?

— Oh ! par lettre, ma chère. Lady Clifford est une de mes très chères amies. Grâce à elle je suis informée de tout, comme si je vivais sur place. Je vous assure que cela a été une grande diversion pour moi, durant toutes ces années où j'ai été trop tristement frappée par la mort de mon cher mari pour aller dans le monde. Oh ! je suis au courant de tout, vous pouvez me croire !

Lady Stanhope toussota pour s'éclaircir la voix et se tourna vers Gérald en l'enveloppant d'un regard chargé d'amour maternel :

— Comme mon Gerry a changé ! Je ne l'avais pas revu depuis son départ pour le continent, deux ans déjà en juin prochain. Il est aussi élégant qu'un jeune noble français. Allons, j'espère que vous serez heureux ensemble. Gerry, mieux que personne, saura rendre une femme heureuse. Et rien n'est plus important pour nous, n'est-ce pas, Madame, qu'un mariage heureux, bien que l'on se plaise à le ridiculiser...

Ambre sourit légèrement, mais ne répondit pas. À ce moment le domestique apparut, suivi de deux autres, qui placèrent devant elle une table à thé chargée d'argenterie, avec de fines tasses en porcelaine de Chine, et deux verres de cristal pour le brandy qui accompagnait toujours le thé. Lady Stanhope feignit l'enthousiasme :

— Que ce thé est donc exquis ! Dites-moi, je vous en prie, où vous l'avez trouvé. Le mien n'est jamais aussi bon.

— C'est le maître d'hôtel de Lady Almsbury qui s'en occupe, il vient du comptoir des Indes Orientales, je crois.

— Hmmm ! délicieux !

Elle but une gorgée.

— Je pense que vous allez bientôt vous installer chez vous, avec Gerry ?

Ambre sourit par-dessus sa tasse, les yeux mi-clos, brillants et durs, comme ceux d'un chat :

— Peut-être ferons-nous un jour construire, quand nous trouverons des ouvriers. Pour l'instant ils sont tous occupés à la Cité, à bâtir des tavernes.

— Mais, en attendant, que ferez-vous, ma chère ?

La baronne avait un air innocent et étonné.

— Oh ! nous resterons comme nous sommes. C'est très commode, n'est-ce pas, Monsieur ?

Ainsi interpellé, Gérald, les yeux de sa mère et de sa femme braqués sur lui, tressaillit, renversa du thé sur son jabot de dentelle :

— Quoi ? ah ! oui. Je crois. Ce n'est pas mal, pour le moment du moins.

— Sottise ! Gérald, fit sa mère d'un ton tranchant. C'est choquant ! Je peux bien vous le dire carrément, ma chère, poursuivit-elle en se tournant vers Ambre. On ne parle que de cela !

— On en parlait, voulez-vous dire, Madame. C'est la disparition de Frances Stewart qui est maintenant à l'ordre du jour.

La baronne commençait à se sentir exaspérée. Elle n'était pas habituée à ce genre de résistance et trouvait cela à la fois insultant et contrariant. Cette coquine ne se rendait-elle pas compte qu'elle parlait à sa belle-mère, une personne de quelque importance, et de plus haute qualité qu'elle !

— Vous plaisantez, ma chère. Mais ce n'en est pas moins inouï qu'un mari et une femme vivent séparés. Le monde se plaît à critiquer, vous le savez, et un pareil arrangement met en cause l'honorabilité des deux, celle de la femme surtout...

Elle s'excitait en parlant et prenait un air outragé. Ambre aussi commençait à se fâcher. Mais elle voyait le visage malheureux et implorant de Gérald et se contenait, par pitié pour lui. Posant sa tasse de thé, elle se mit à verser le brandy :

— Eh bien ! je suis navrée que cet arrangement ne soit pas à votre convenance, Madame, mais, du moment qu'il nous satisfait tous deux, je crois que nous laisserons les choses en l'état !

La baronne ouvrit la bouche pour protester, mais l'entrée de Lady Almsbury l'interrompit.

— J'ai appris que vous étiez arrivée, Madame, dit Émily en prenant une chaise près de la cheminée et en acceptant la tasse de thé qu'Ambre lui offrait, et j'ai voulu vous souhaiter la bienvenue. Vous devez trouver Londres tristement changé ?

— Certes, Madame, répondit vivement Lady Stanhope. Ce n'était pas ainsi, je vous assure, la dernière fois que j'y ai séjourné, en 43 !

— Oui ! Londres paraît dans un état désespéré. Mais on a de très beaux projets, et commencé à reconstruire dans divers quartiers de la Cité. Avez-vous fait bon voyage, dites-moi ?

— Dieu ! non ! Je n'ai pas eu de chance. Je le disais il y a un instant à la comtesse, je n'ai pas osé mettre une robe convenable, de peur de l'abîmer. Mais il y avait deux ans que je n'avais vu Gerry – je savais qu'il ne songerait pas à quitter Londres sitôt après son mariage – et je suis venue !

— C'est bien courageux de votre part. Mais, dites-moi, Madame, avez-vous un gîte ? Depuis l'incendie, il est devenu extrêmement difficile de trouver à se loger. Si vous n'avez pas pris d'autres dispositions, mon mari et moi serons très heureux de vous offrir l'hospitalité, tant qu'il vous plaira.

« Allons bon ! se dit Ambre avec irritation. Me faudra-t-il habiter avec cette vieille haridelle bavarde ? » Lady Stanhope n'eut pas un instant d'hésitation :

— Oh ! que c'est aimable à vous, comtesse ! À la vérité,

je n'ai pas encore d'appartement, je suis venue si précipitamment. Je serai très heureuse de rester quelques jours ici.

— Ambre avala son brandy et se leva :

— Je vous prie de m'excuser, Mesdames. Je suis attendue au palais avant midi, et il faut que je m'habille.

— Oh ! s'écria Lady Stanhope en se tournant vers son fils. Alors vous allez partir aussi, Gerry. Allez vite, mon chéri. Un jeune homme préfère entourer sa jeune femme plutôt que sa mère !

Ambre lança un coup d'œil impératif à Gérald, qui s'empressa de répondre :

— Il se trouve, Madame, que je suis invité à déjeuner avec quelques messieurs, chez Locket, tout à l'heure.

— Invité à déjeuner, et pas avec votre femme ! Mon Dieu, quelle étrange époque !

Gérald, enhardi par sa propre audace, brossa nonchalamment sa manche de brocart bleu et or :

— C'est la mode, Madame. Les maris et les femmes inséparables font vieux jeu, personne n'en veut plus.

Il se tourna vers Ambre et s'inclina avec toute l'élégance dont il était capable :

— Votre serviteur, Comtesse !

— Votre servante, Monsieur !

Elle lui fit une révérence, amusée et quelque peu surprise qu'il ait ainsi osé défier sa mère. Il salua ensuite Lady Almsbury et sa mère et se sauva tandis que Lady Stanhope se demandait si elle allait le laisser partir ou lui dire tout net ce qu'elle pensait de pareille conduite. Comme Ambre quittait la pièce, elle l'entendit qui s'écriait :

— Ciel ! Comme il est changé ! Tout à fait le jeune homme à la mode, par ma foi !

Il était près de minuit quand Ambre rentra de Whitehall, fatiguée jusqu'à l'épuisement et infiniment désireuse de se mettre au lit. Passer douze heures au palais représentait pour elle un effort considérable, surtout en raison de sa grossesse. Il fallait s'y montrer toujours alerte et gaie, sans un instant de détente. Elle était prise d'une douleur nerveuse à la nuque et avait des crampes dans les jambes. Tout son corps était agité de tremblements. Elle commençait à monter l'escalier quand Almsbury sortit en courant d'une pièce éclairée qui donnait sur le hall :

— Ambre ! s'écria-t-il, je pensais que vous ne viendriez jamais !

— Moi aussi ! Il y avait une représentation de ces sacrées marionnettes, et personne ne s'est déclaré satisfait avant qu'elles n'eussent joué *Roméo et Juliette* quatre fois !

— J'ai une surprise pour vous !

Il était juste au-dessous d'elle, sur les marches, et souriait :

— Devinez qui est là ?

Ambre haussa les épaules, l'air indifférent :

— Comment le saurais-je ?

Elle se retourna et, sur le seuil de la porte une silhouette, celle d'un homme aux cheveux noirs, lui souriait. Ambre faillit suffoquer :

— Bruce !

Elle le vit qui s'avançait vers elle. Puis les bras d'Almsbury l'entourèrent, comme elle s'affaissait, évanouie, battant l'air de ses mains.

XLVIII

Le léger soleil d'avril traversait les fenêtres closes et faisait des taches de lumière sur le parquet nu. Il étincelait sur les éperons d'une paire de bottes masculines, se jouait sur les plumes d'autruche bleu pâle qui garnissaient le large bord d'un chapeau, brillait sur la garde d'or et d'argent d'une épée... tous ces objets entassés auprès du grand lit à baldaquin. Ambre y était étendue, à demi endormie encore, juste sur le point de se réveiller. Elle tâta de la main la place à ses côtés, et une expression de perplexité et de vague inquiétude passa sur son visage. Elle ouvrit les yeux, se trouva seule et se dressa avec un cri d'effroi :

— Bruce !

Il écarta les rideaux et apparut devant elle, souriant. Il portait un haut-de-chausses, mais ni chemise ni perruque, et venait probablement de se raser, car il se tamponnait les joues.

— Qu'y a-t-il, mon cœur ?

— Oh ! Dieu merci ! J'avais peur que vous ne soyez parti, ou d'avoir seulement rêvé que vous étiez là. Mais c'est bien vous, n'est-ce pas ? Vous êtes vraiment là ? Oh ! Bruce, c'est merveilleux, de vous savoir de retour !

Elle lui tendit les bras avec un joyeux sourire, les yeux brillants :

— Venez ici. Je veux vous toucher...

Il s'assit à ses côtés et Ambre lui caressa le visage, comme si elle cherchait à s'assurer de sa présence.

— Que vous êtes beau ! murmura-t-elle. Plus que jamais !

Ses mains glissèrent sur les épaules musclées, sur la poitrine robuste, cette chair chaude et hâlée. Puis ses yeux rencontrèrent les siens.

— Ambre...

— Oui ?

Leurs lèvres se joignirent avec une violence et une voracité soudaines. D'une manière inattendue, elle se mit à pleurer, se cramponnant à lui en un désir passionné. Il la repoussa tendrement sur le lit et les bras d'Ambre se nouèrent autour de son cou... La vague d'ardeur assouvie, il s'étendit, la tête appuyée sur son sein. Ils étaient sereins, silencieux, apaisés. Les doigts d'Ambre caressaient amoureusement l'épaisse chevelure noire.

Bruce se redressa et se leva. Ambre ouvrit les yeux et sourit, comme ensommeillée.

— Venez, mon cœur ! Étendez-vous près de moi !

Il se pencha et lui baisa les lèvres :

— Je ne peux pas, Almsbury m'attend.

— Et quand cela serait ! Laissez-le attendre !

Il secoua la tête.

— Nous allons à Whitehall. Sa Majesté désire me voir. Peut-être vous y rencontrerai-je tout à l'heure.

Il s'interrompit et l'observa, un sourire amusé au coin des lèvres.

— C'est que vous êtes comtesse, désormais. Et remariée, aussi...

Ambre s'était vivement retournée avec une expression de véritable surprise : « Remariée ! Mon Dieu, se dit-elle, c'est pourtant vrai ! » Quand Gérald n'était pas là, elle oubliait tout à fait son existence. Mais Bruce souriait toujours :

— Qu'y a-t-il, mon cœur ? Vous oubliez avec lequel ? Almsbury prétend qu'il s'appelle Stanhope – est-ce bien cela ? – et son prédécesseur était...

— Oh ! Bruce ! ne vous moquez pas ! Jamais de la vie je ne l'aurais épousé si j'avais su que vous reviendriez. Je le déteste ! C'est un lourdaud, stupide et idiot. Je l'ai épousé uniquement...

Elle s'arrêta et se reprit bien vite :

— Je ne sais pas pourquoi je l'ai épousé. Je ne sais pas pourquoi je me suis mariée ! Je n'ai jamais voulu épouser personne que vous, Bruce ! Oh ! mon cœur, nous aurions été si heureux ensemble, si seulement vous...

Elle vit l'expression de son visage changer, comme s'il

eût voulu la mettre en garde, la faire taire. Sa vieille crainte de nouveau l'envahit et elle dit enfin, très doucement :

— Vous êtes marié, n'est-ce pas ?

Il prit sa respiration :

— Oui, je suis marié !

C'était cela ! Enfin elle l'avait entendu, ce mot qu'elle redoutait depuis sept ans. Il lui semblait maintenant que cela avait toujours été entre eux, inévitable comme la mort. Faible et secouée, elle ne pouvait que le contempler. Il s'assit sur une chaise et entreprit de lacer ses souliers. Puis il resta immobile, les coudes sur les genoux, les mains pendantes entre les jambes. Enfin il la regarda :

— Je suis navré, Ambre.

— Navré d'être marié ?

— Navré de vous avoir peinée.

— Quand vous êtes-vous marié ? Je pensais...

— Il y a eu un an en février, juste à mon retour à la Jamaïque.

— Alors vous saviez que vous alliez vous y marier quand vous m'avez quittée ! Vous...

— Non, je ne le savais pas, fit-il en l'interrompant. Je l'ai rencontrée le jour de mon arrivée là-bas. Nous nous sommes mariés un mois après.

— Un mois après, murmura-t-elle, prête à s'effondrer. Ô mon Dieu !

— Ambre, mon cœur, je vous en prie, je ne vous ai jamais menti. Dès le début, je vous ai dit que je me marierais un jour.

— Oh ! mais si vite ! protesta-t-elle sans aucune logique, d'une voix plaintive et voilée.

Puis, relevant la tête, elle le dévisagea, un éclair de malice au fond des yeux :

— Qui est-ce ? Une beauté noire que...

La physionomie de Bruce se durcit :

— C'est une Anglaise. Son père est comte et il est venu

à la Jamaïque après les guerres civiles. Il y possède une plantation de cannes à sucre.

Il se leva pour achever de s'habiller.

— Elle est riche, je pense ?

— Assez, oui.

— Et belle aussi ?

— Oui, je le trouve.

Elle resta un instant silencieuse, puis :

— L'aimez-vous ?

Il se retourna et la fixa d'un air singulier, les yeux mi-clos. Tout d'abord il ne répondit pas, puis il dit comme un murmure :

— Oui, je l'aime.

Elle prit sa robe de chambre, l'enfila, sauta hors du lit et dit alors les mots qui seraient venus à toute dame de la Cour se trouvant en pareille situation :

— Oh ! le diable vous emporte, Bruce Carlton ! Pourquoi faut-il que vous soyez le seul homme en Angleterre qui se marie par amour !

Mais la couche de vernis étais trop mince et craquait à la moindre pression. Elle éclata soudain :

— Je la hais ! s'écria-t-elle furieusement. Je la méprise ! Où est-elle ?

Il répondit, toujours très doucement :

— À la Jamaïque. Elle a eu un enfant en novembre et n'a pas voulu partir.

— Elle doit joliment vous aimer !

Bruce ne répondit pas à ce sarcasme et elle ajouta violemment :

— Alors, vous voici marié à une lady, et vous avez quelqu'un digne d'élever vos marmots, dont les ancêtres ont passé deux mille ans assis sur leurs derrières dans la Chambre des Lords ! Mes félicitations, Lord Carlton ! Quelle calamité, si vous aviez dû confier à une créature ordinaire le soin d'élever vos enfants !

Il eut un regard inquiet non dénué d'une certaine pitié. Il tenait son chapeau à la main :

— Il faut que je parte, Ambre. Je suis déjà en retard d'une demi-heure.

Elle lui lança un coup d'œil rapide et détourna la tête, comme si elle attendait des excuses. Puis, malgré elle, elle le regarda traverser la chambre de cette allure qui lui était familière et paraissait receler un peu de tout ce qu'elle aimait.

— Bruce !

Il s'arrêta, se retourna, attendit :

— Peu m'importe que vous soyez marié ! Jamais je ne renoncerai à vous, jamais, tant que je vivrai, vous entendez ! Vous m'appartenez, autant qu'à elle ! Jamais elle ne pourra vous avoir tout entier !

Elle courut à lui, mais il avait déjà repris son chemin et sortit en fermant doucement la porte. Ambre s'immobilisa, une main tendue, l'autre portée à sa gorge pour étouffer un sanglot :

— Bruce ! cria-t-elle encore.

Elle revint auprès du lit, contempla la scène quelques instants et tomba à genoux, la tête enfouie dans les couvertures :

— Il est parti... murmura-t-elle. Parti... Je l'ai perdu !...

Pendant les deux premières semaines de son séjour, Ambre vit Lord Carlton, mais peu fréquemment. Il était au port, occupé à écouler auprès de négociants le tabac qu'il avait rapporté et à passer de nouveaux contrats ; il faisait des achats pour lui-même et pour d'autres planteurs. Quand il allait à Whitehall, c'était pour voir le roi, car il désirait obtenir une concession de vingt mille acres, qui devait porter son domaine à trente mille. Mais il ne fréquentait ni les salons, ni le théâtre.

Sur la suggestion d'Ambre, Lady Almsbury lui avait donné des appartements attenant aux siens, et, bien qu'il ne parlât pas de la revoir la nuit suivante – pensant que son mari serait là –, elle frappa à sa porte sitôt qu'elle l'entendit rentrer. Après quoi, ils se rencontrèrent toutes les nuits. Il savait, sans nul doute, qu'elle rentrait parfois très tard, parce qu'elle était restée avec le roi, mais jamais il n'y fit allusion. Les relations, plus qu'occasionnelles, d'Ambre avec son mari paraissaient l'amuser, mais il n'en parlait pas non plus.

Tel n'était pas, toutefois, l'avis de la mère de Gérald.

Durant cette quinzaine, Ambre ne l'aperçut qu'une fois ou deux, à Whitehall, et s'empressa de se diriger dans une autre direction, pour éviter une rencontre. Mais la baronne douairière – dorénavant comtesse – paraissait très occupée et Nan prétendait qu'elle était en perpétuelles discussions avec des coiffeurs, des bijoutiers, des lingères et des tailleurs, ainsi qu'avec une bonne douzaine d'autres fournisseurs, si bien que sa chambre était pleine de satins, velours, taffetas, dentelles, rubans et soieries. « Que diable fait-elle ? se demandait Ambre. Elle n'a pas un sou vaillant ! » Puis elle réfléchit qu'elle le savait fort bien, au fond. La vieille rosse dépensait son argent, à elle, Ambre ! Si elle n'avait pas été aussi préoccupée par Bruce et la défense de ses intérêts personnels à la Cour, elle n'eût pas permis deux jours de plus à la baronne de jeter ainsi l'argent par les fenêtres. Mais dans les circonstances actuelles, elle préféra laisser faire, afin d'avoir la paix. « Un de ces jours, se promettait-elle, j'aurai une prise de bec avec cette femme. » Mais Lady Stanhope la devança.

Ambre ne s'éveillait jamais avant neuf heures du matin – car elle rentrait tard du palais – et Bruce était toujours parti à cette heure-là. Elle avalait sa tasse de chocolat matinale, passait une robe de chambre et allait voir ses enfants. De dix heures à midi, elle s'habillait. Il lui fallait tout ce temps, d'abord parce que se farder, se faire coiffer, s'habiller étaient choses compliquées, et aussi parce qu'elle recevait les nombreux marchands de soieries, de bijoux et de parfums qui hantaient les antichambres des riches et des nobles. Elle ne fermait sa porte à aucun d'eux.

Elle aimait ce bruit et cette agitation, le sentiment d'importance qu'elle éprouvait à se voir ainsi sollicitée. Et elle aimait aussi acheter. Si l'étoffe était belle, elle commandait toujours une nouvelle robe ; si la monture en était originale ou extravagante, elle trouvait toujours l'emploi d'un collier ou d'un bracelet nouveaux ; s'ils venaient de pays lointains, si on les disait rares, ou, simplement, si la fantaisie lui en prenait, elle ne refusait jamais un vase, une table, un miroir encadré d'or. Sa prodigalité était bien connue des marchands et, avant midi, ses appartements étaient presque aussi envahis par la foule que la cour du Royal Exchange.

Ambre était ainsi occupée un matin, quand un petit page entra :

— Madame, la comtesse Stanhope vous demande.

Ambre leva les yeux au ciel :

— Enfer et damnation ! s'écria-t-elle, se retournant juste au moment où la baronne entrait.

Ses yeux s'ouvrirent tout grands d'étonnement et quelques minutes s'écoulèrent avant qu'elle eût assez repris ses esprits pour accueillir sa belle-mère.

Lucilla était à peine reconnaissable ! Ses cheveux, aussi dorés que ceux de Suzanne, étaient bouclés à la dernière mode, décorés de rubans, de fleurs et d'une torsade de perles. Son visage était peint comme celui d'une poupée de Chine, et c'était manifestement grâce à un effet de l'art que ses joues étaient maintenues fermes et rondes. Sa robe – de satin gris perle, sur un jupon violet – paraissait l'œuvre de quelques doigts français adroits et le corset qu'elle portait lui amincissait la taille tout en faisant pigeonner la poitrine. Le collier de perles, les pendants d'oreilles en diamants, la demi-douzaine de bracelets et les bagues trop nombreuses avaient un éclat de mauvais augure et paraissaient à la fois simples et coûteux. En quinze jours à peine, Lady Stanhope s'était transformée en une grande dame à la mode, fort élégante, un peu mûre mais, somme toute, assez attrayante encore.

« Mon Dieu ! se dit Ambre. Regardez-moi cette vieille peau ! »

Les deux femmes échangèrent un baiser conventionnel, mais Lady Stanhope avait surpris l'expression de surprise chez Ambre et regardait celle-ci d'un air de triomphe, comme si c'était vraiment elle, à son tour, qui méritait d'être admirée. Le premier choc passé, Ambre songea, horrifiée, que tout cela lui était dû. Les Stanhope, elle le savait, avaient perdu leur unique et faible source de revenus quand leur maison de rapport avait brûlé dans l'incendie de Londres.

— Il faut me pardonner mon impolitesse, dit Lucilla. Je serais venue plus tôt, mais j'ai été terriblement occupée !

En dépit de l'envie qu'elle s'imaginait lire dans les yeux de sa belle-fille, force lui était de se rendre compte que, malgré ses parures, ses cheveux teints et ses boucles fausses, elle ne retrouvait plus l'éclat de ses vingt-deux ans.

— Oh ! Mais c'est moi qui aurais dû aller vous visiter. Madame, protesta poliment Ambre, essayant de totaliser dans sa tête le nombre de livres sterling que portait sur elle Lady Stanhope.

Plus le total montait, plus elle était en colère...

Ambre se remit à sa toilette et entreprit de poser ses mouches, tandis que Lucilla haletait, visiblement à l'étroit dans son corset.

— Dieu ! fit la ci-devant baronne en croisant ses petits pieds et en minaudant, vous ne sauriez croire à quel point j'ai été occupée depuis quinze jours ! J'ai beaucoup d'amis à Londres, vous savez, et tout le monde veut me voir ! C'est exaspérant ! J'ai été horriblement bousculée. J'ai à peine vu Gerry. Dites-moi, je vous prie, comment va ce cher enfant ?

— Très bien, je crois, Madame, répliqua Ambre, trop irritée à la pensée que son argent, difficilement gagné, passait à décorer cet être, pour faire grande attention à ce qu'elle disait.

Se levant, elle traversa la pièce, passa derrière un magnifique paravent chinois de laque bleue, faisant signe à l'une de ses femmes de lui apporter sa robe. « M. le Chien » (c'était son nom) flairait curieusement les souliers de Lucilla en jappant de temps à autre, nullement intimidé par ses regards indignés. On ne vit bientôt plus que la tête et les épaules d'Ambre et, quand elle se détourna, Lucilla l'observa d'un œil dur, le sourcil froncé. Mais, croisant son regard, elle dit avec un sourire gêné :

— C'est curieux que je ne voie jamais Gerry le matin. À la maison, son premier geste était toujours de venir me rendre visite ! Il a toujours été un enfant très attentionné. Mais il doit sortir de très bonne heure...

Elle parlait vite, fixant Ambre comme si elle s'attendait à un mensonge.

— Oh ! pour autant que je m'en souvienne, dit Ambre en respirant profondément, tandis que sa femme de chambre serrait les lacets du corset, il n'est pas revenu depuis le jour de votre arrivée.

— Quoi ? s'écria Lady Stanhope aussi alarmée que si elle venait d'apprendre l'arrestation de son fils comme voleur. Il ne couche pas avec vous ?

— Plus serré, murmura Ambre à la femme de chambre.

Sa taille épaississait, mais elle tenait à le dissimuler le plus longtemps possible, et cette fois plus que jamais. Bruce étant là, elle tenait à paraître avec tous ses avantages. Ce fut d'un air distrait qu'elle répondit :

— Oh ! si, quelquefois.

En fait, cela s'était produit à trois reprises. Ambre l'avait admis, uniquement parce que le roi désirait lui faire endosser l'enfant.

— Eh bien !

Lady Stanhope s'éventa plus vigoureusement que jamais et elle rougit, comme toujours quand elle était nerveuse, embarrassée ou en colère.

— Jamais je n'ai entendu chose pareille ! Un homme qui ne couche pas avec sa femme ! C'est... oui, c'est immoral ! Je lui en parlerai, ma chère ! Je veillerai à ce qu'il ne vous néglige plus...

Ambre lui adressa un sourire légèrement amusé, par-dessus son paravent, et se pencha pour enfiler ses jupons :

— Ne vous inquiétez pas, Madame. Le comte et moi sommes très satisfaits de cet arrangement. Les jeunes gens ont affaire, aujourd'hui, vous savez. Ils vont au théâtre et dans les tavernes, boivent jusqu'à minuit et rôdent ensuite dans les rues. Cela les occupe, je vous assure...

— Oh ! mais Gerry n'aime pas ce genre de vie ! C'est un bon garçon, tranquille, je vous l'affirme, Madame. S'il ne vient pas ici, c'est certainement qu'il ne s'y sent pas désiré.

Ambre se tourna vivement et regarda sa belle-mère d'un air froid, les yeux insolemment mi-clos :

— Je ne vois, certes pas, qui aurait pu lui suggérer de pareilles pensées. Quelle heure est-il, Nan ?

— Presque midi et demi, Votre Grâce.

— Oh ! Seigneur !

Ambre sortit de derrière son paravent, entièrement habillée, et une femme de chambre lui tendit son éventail et son manchon, tandis qu'une autre lui posait son manteau sur les épaules. Elle enfila ses gants :

— J'ai un rendez-vous avec M. Lely à une heure. Je vous prie de m'excuser, Madame. M. Lely est tellement pris qu'il ne saurait attendre quiconque. Si je suis en retard, je perdrai mon tour et mon portrait n'est qu'à moitié fait.

Lady Stanhope se leva :

— Je partais moi-même. Je suis invitée à déjeuner par Lady Clifford, et nous devons ensuite nous rendre au théâtre.

Les deux comtesses quittèrent la pièce, suivies de Nan, Curry et de M. le Chien. Lucilla lança un regard de coin à Ambre :

— Je pense que vous savez que Lord Carlton est un des hôtes de la maison ?

Ambre la considéra d'un air scrutateur. Que voulait-elle dire ? Était-il possible qu'elle eût entendu bavarder à ce sujet ? Ils avaient été si discrets, entrant et sortant toujours par leurs portes respectives, s'ignorant en public. Le cœur battant, elle répondit d'un ton dégagé :

— Oh ! oui, je sais. C'est un très vieil ami du comte.

— Je le trouve irrésistible ! On dit que toutes les dames de la Cour en sont éprises ! L'avez-vous aussi entendu dire ? On prétend même que Milady Castlemaine ne lui est pas indifférente... mais, évidemment, on dit cela de tout le monde...

Elle bavardait, comme toujours, sans savoir s'arrêter, mais Ambre respira. Elle ne savait rien, c'était certain...

— Songez donc à la vie aventureuse qu'il a menée, soldat, corsaire, et maintenant planteur ! J'ai entendu qu'il était un des hommes les plus riches d'Angleterre, et sa famille, naturellement, est des meilleures ! C'est Marjorie Bruce, vous savez, qui a été la mère du premier Stuart, roi d'Écosse, et il est issu de cette famille. Et sa femme est, dit-on, une vraie beauté !

— On est toujours une beauté, avec dix mille livres de fortune, répliqua brusquement Ambre.

— C'est possible, fit Lucilla. C'est un bel homme, en tout cas mon idéal, je vous assure !

Ambre s'inclina devant elle :

— Au revoir, Madame.

Elle s'éloigna, descendit l'escalier, bouillant intérieurement, furieuse et blessée. « Oh ! je ne peux pas le supporter ! se dit-elle impétueusement. Je ne peux pas prendre mon parti de le savoir marié à cette femme ! Je la hais ! je la hais ! je la hais ! Je voudrais qu'elle meure ! » Elle reprit sa respiration : « Peut-être mourra-t-elle. » Les yeux étincelants, elle reprit sa marche. « Peut-être mourra-t-elle là-bas, avec toutes ces maladies... »

Elle avait tout à fait oublié qu'elle en voulait à la comtesse de dépenser son argent.

La nuit suivante, Bruce et elle rentraient ensemble de Whitehall. Ayant terminé la partie la plus importante de ses affaires, il venait maintenant le soir à la Cour, pour jouer et causer. Tout en montant l'escalier, ils riaient de l'histoire qui courait sur le compte de Buckingham, arrêté pour tapage nocturne, enfermé puis relâché, sans avoir été reconnu. Arrivés devant leurs appartements, ils se séparèrent.

— Dépêchez-vous de venir, mon cœur, murmura-t-elle.

Toujours souriante, elle entra dans son propre salon, mais sa physionomie se figea en voyant Gérald et sa mère assis, devant la cheminée.

— Eh bien !

Elle ferma la porte d'un geste brusque. Gérald se leva. Il avait l'air très malheureux et Ambre comprit que l'idée de venir n'était pas de lui. L'ex-baronne douairière lui jeta un coup d'œil langoureux par-dessus son épaule nue, se leva et esquissa une vague révérence. Ambre ne la lui rendit pas et entra, les dévisageant alternativement l'un et l'autre.

— Je ne m'attendais pas à vous trouver ici ! dit-elle à Gérald, qui toussota et passa un doigt sous la haute cravate qui lui enserrait le cou.

Il tenta un sourire, mais son visage était agité de tics nerveux.

— J'étais simplement venu bavarder avec Gerry pendant

qu'il vous attendait, s'empressa de dire sa mère. Je m'en vais et je vous laisse ensemble, jeunesse ! Votre servante, Madame. Bonsoir, mon cher Gerry.

Elle lui administra une petite tape d'encouragement, tandis qu'il l'embrassait docilement. Et ce fut avec un petit sourire de triomphe qu'elle quitta la pièce. Ambre, sans plus s'en occuper, tenait ses regards fixés sur Gérald.

— Eh bien ? répéta-t-elle en se rapprochant du feu pour se chauffer les mains.

— Eh bien ! Madame, fit Gérald. Me voici. Après tout – il se redressa et se tourna vers elle – pourquoi ne serais-je pas ici ? Je suis votre mari, Madame.

Il répétait sa leçon.

— Évidemment, concéda Ambre. Pourquoi pas ?

Puis, tout à coup, elle porta la main à son cœur et s'affaissa sur un siège.

Gérald se précipita :

— Mon Dieu ! Madame. Qu'avez-vous ? Ne vous sentez-vous pas bien ?

Il se retourna, prêt à s'enfuir.

— Je vais chercher quelqu'un.

Mais Ambre l'arrêta :

— Non, Gérald. Ce n'est rien. C'est que je vais avoir un enfant, je crois, je n'avais pas voulu vous le dire, avant d'en être sûre...

Il avait l'air enchanté, étonné, comme si cela n'était jamais arrivé à aucun homme avant lui :

— Déjà ! Mon Dieu ! Je ne peux pas le croire. Mais, Seigneur ! J'espère que c'est vrai !

La surprise lui avait fait perdre ses airs affectés ; il n'était plus qu'un brave jeune Anglais, content et effrayé. Ambre, très amusée, le trouvait un parfait nigaud :

— Je l'espère aussi, Milord. Mais vous savez ce qu'éprouve une femme en ces circonstances.

— Non, je ne sais pas ! Je n'y ai jamais encore songé.

Vous sentez-vous mieux ? Puis-je aller vous chercher quelque chose ? Un oreiller pour votre tête ?

— Non, Gérald, merci. J'ai seulement besoin d'être seule. Je... – eh bien ! pour être franche, j'aimerais mieux dormir seule, si vous n'y voyez pas d'inconvénient...

— Oh ! mais naturellement, Madame. Je ne savais pas. Je ne m'étais pas rendu compte. Je regrette !

Il se prépara à se retirer.

— Si vous avez besoin de quelque chose, si je peux vous être utile ?...

— Merci Gérald. Je vous tiendrai au courant.

— Madame, puis-je venir parfois prendre de vos nouvelles ?

— Mais bien entendu, Milord. Quand vous voudrez. Bonne nuit.

— Bonsoir, Madame.

Il hésita, cherchant manifestement les mots appropriés. Ne trouvant rien, il répéta avec un petit rire embarrassé :

— Bonne nuit !

Et il sortit. Ambre secoua la tête, fit une grimace, puis, se levant, passa dans la chambre à coucher. Nan eut un geste interrogateur, auquel elle répondit par une mimique qui les fit toutes deux éclater de rire. Les deux femmes étaient seules dans la pièce, riant et bavardant, Ambre en chemise, corset et vaporeux jupon de dentelles, quand Bruce frappa à la porte et entra. Il avait enlevé sa perruque, son manteau, sa veste et son épée ; sa chemise blanche était entrouverte.

— Pas encore déshabillée ? fit-il en souriant.

— J'ai écrit deux lettres.

Il s'arrêta devant la table et se versa un grand verre de brandy et d'eau.

— Je me suis toujours dit que les femmes gagneraient cinq années de leur vie si elles étaient vêtues de façon moins compliquée.

Nan avait défait les cheveux d'Ambre – une dame n'aurait jamais touché à sa chevelure – et avait quitté la pièce en poussant devant elle Curry et le chien. Ambre était à sa coiffeuse et retirait un collier, quand elle vit le visage et les épaules de Bruce dans le miroir. Ses yeux verts l'observèrent un instant ; puis il se pencha, écarta les cheveux de la nuque et y posa un baiser. Un frisson la parcourut : elle poussa un soupir et ferma les yeux. Il posa son verre sur la table, lui prit le bras et la fit se retourner :

— Oh ! Bruce ! s'écria-t-elle, Bruce, comme je vous aime !

Ils s'enlacèrent étroitement. Puis elle sentit tout à coup les lèvres de Bruce se détacher des siennes et s'aperçut qu'il regardait au loin, au fond de la pièce. Lentement il desserra son étreinte et elle se retourna. Gérald était là, sur le seuil, blême, la bouche grande ouverte.

— Oh ! s'écria Ambre.

Et ses yeux étincelèrent d'une fureur soudaine :

— À quoi pensez-vous de vous introduire ici de la sorte ! De m'espionner ! Maudit impertinent ! Chien !

D'un mouvement brusque, elle saisit sur sa coiffeuse une boîte à mouches en argent qu'elle lança ; mais elle avait mal visé et atteignit le chambranle de la porte. Gérald fit un saut de côté. Bruce se contentait de regarder le jeune homme avec une expression empreinte tout d'abord de surprise, puis d'une sorte de pitié quand il vit l'air effaré et navré du malheureux garçon. Ambre se précipita sur lui, poussant des cris de rage, les poings menaçants :

— Comment osez-vous vous introduire ainsi chez moi ! Je vais vous frotter les oreilles !

Il se recula et le coup l'atteignit à l'épaule. Livide, l'air désespéré, il balbutiait :

— Pour l'amour de Dieu, Madame, je ne me doutais pas… je ne savais pas que…

— Ne mentez pas, espèce de babouin ! Je vous apprendrai…

— Ambre, voyons ! intervint Bruce. Pourquoi ne le laissez-vous pas s'expliquer ? Il s'agit évidemment d'une méprise.

Gérald lui adressa un regard de gratitude, mais il avait visiblement peur de cette femme qui se tenait devant lui, écarlate de fureur :

— Ma mère était encore dans le hall. Et quand je suis sorti... eh bien !... elle m'a dit de rentrer...

Ambre ouvrit la bouche. Mais, avant de parler, elle se tourna vers Bruce, pour deviner ses pensées. Il avait l'air très sérieux, mais ses yeux pétillaient d'amusement, bien qu'il éprouvât une sympathie manifeste pour ce pauvre jeune mari, dont le devoir était maintenant de le provoquer en duel. L'honneur ne lui permettait pas d'autre attitude. Et pourtant, il était ridicule de se représenter Gérald Stanhope, malingre, si peu découplé, ayant à peine le courage d'une fillette, se battant en duel avec un homme qui, non seulement avait huit pouces de plus que lui, mais était un bretteur accompli.

Bruce s'avança, s'inclina devant lui avec aisance :

— Monsieur, je regrette que vous ayez tout lieu de soupçonner les mobiles de mon attitude vis-à-vis de votre femme. Je vous présente toutes mes excuses et j'espère que vous ne me jugerez pas trop sévèrement.

Gérald eut l'air soulagé du criminel voyant arriver son sursis au moment où on lui passe la corde au cou. Il s'inclina à son tour :

— Je vous assure, Monsieur, que je suis suffisamment homme du monde pour savoir que les apparences sont souvent trompeuses. J'accepte vos excuses, Monsieur, et j'espère que nous aurons à nous rencontrer à nouveau en de plus agréables circonstances. Et maintenant, Madame, si vous voulez bien me montrer le chemin, je sortirai par l'escalier de service.

Ambre le considéra, stupéfaite ! Juste ciel ! Ce pauvre

imbécile ne songeait même pas à se battre ! Et il allait partir, abandonnant sa femme à un amant ? Sa colère tomba pour faire place au mépris. Soulevant ses jupons, elle lui fit une révérence :

— Par ici, Monsieur !

Elle alla ouvrir une porte donnant sur un petit escalier. Avant de sortir, Gérald s'inclina de nouveau, très correctement, devant elle d'abord, puis devant Bruce, mais Ambre remarqua que ses lèvres tremblaient nerveusement. Fermant la porte derrière lui, elle se retourna vers Bruce, s'attendant à trouver sur ses lèvres la même expression de mépris.

Il souriait bien, mais avec une lueur étrange au fond des yeux. Qu'était-ce ? De la désapprobation envers elle, de la pitié pour l'homme qui venait de partir, de la moquerie pour eux trois ? Elle en fut alarmée et se sentit pendant un instant perdue, isolée, glacée. Mais, tandis qu'elle le regardait, son expression changea, il fit un geste de la main, haussa les épaules et s'avança vers elle.

— Allons ! dit-il, il porte une paire de cornes aussi élégamment que n'importe quel homme au monde !

IL

Londres était devenue aussi nerveuse qu'une jeune fille anémique. Ces dernières années l'existence y avait été trop pleine d'événements excitants et tragiques, trop turbulente et trop convulsive. Aussi était-elle mal à l'aise, nerveuse, constamment inquiète et effrayée. Aucune perspective n'était trop sombre, aucune possibilité trop improbable, tout pouvait arriver et vraisemblablement arriverait.

La nouvelle année avait débuté dans le découragement,

avec des milliers d'hommes, de femmes et d'enfants sans abri, vivant dans de petites cahutes aux toits de carton goudronné, construites hâtivement sur l'emplacement de leurs anciennes demeures. Ou bien ils étaient entassés dans les quelques rues épargnées par l'incendie et soumis à des loyers exorbitants. Au cours de cet hiver anormalement froid et rude, le charbon était si cher que beaucoup ne pouvaient en acheter. La plupart des gens croyaient – avec toute apparence de raison – que Londres ne serait jamais reconstruite, et ils n'avaient ni foi dans le présent, ni confiance dans l'avenir.

Une mauvaise étoile paraissait s'être levée sur l'Angleterre.

La dette nationale n'avait jamais été si grande, bien que le gouvernement fût près de la banqueroute. La guerre, commencée avec tant d'espoirs, était devenue impopulaire : elle n'avait pas été heureuse et s'associait, dans l'esprit du peuple, aux désastres sans précédent des deux dernières années. Les marins de la Royal Navy s'étaient mutinés et des hommes, mourant de faim, gisaient dans la cour de l'Amirauté. Le Parlement avait refusé les crédits nécessaires pour faire prendre la mer à une flotte cette année, et les négociants excluaient l'idée d'armer leurs navires sans argent comptant. Le Conseil des Ministres avait donc décidé – contre l'avis de Charles, d'Albermale et du Prince Rupert – de désarmer la Flotte et de compter sur les négociations de paix déjà entamées.

Mais à la Cour, on ne s'inquiétait guère de ces problèmes. Malgré l'état désespéré des finances gouvernementales, il y avait plus de richesses que jamais entre les mains de certains particuliers : n'importe qui, ayant l'esprit d'entreprise et des capitaux, pouvait investir son argent en stocks et le voir bientôt doubler ou tripler de valeur. Ces gens entreprenants ne craignaient pas les Hollandais, car la plupart d'entre eux savaient que l'Angleterre avait conclu un traité secret avec la France pour empêcher la flotte hollandaise de prendre la mer. Les Français ne s'intéressaient pas et ne s'étaient jamais intéressés à la guerre, pas plus que les ambitions de Louis ne s'étendaient au-delà du Channel. Que le peuple ignorant se tourmentât tout à son aise, les grandes dames et les gentilshommes avaient d'autres soucis. Ils se passionnaient bien plus pour l'escapade de Buckingham et les potins relatifs à la grossesse de Frances Stewart, rumeur qui avait circulé tout juste un mois après son mariage hâtif.

Quand, à la fin d'avril, vint l'épouvantable nouvelle que les Hollandais, avec une flotte de vingt-quatre navires, croisaient devant les côtes anglaises. Alors les gens s'affolèrent, la terreur, la colère et le soupçon se répandirent comme la flamme. Qu'était-il arrivé pendant les négociations ? Quelqu'un avait trahi, vendu le pays à l'ennemi ! Toutes les nuits l'on s'attendait à entendre le roulement des tambours, les hurlements des victimes tuées à coup de sabre. Mais les Hollandais, tout en continuant à croiser au large, menaçants, ne s'approchaient pas davantage.

Ambre ne s'intéressait ni à la guerre, ni aux Hollandais, ni à la fidélité de Buckingham, ni au bébé de Stewart. Une seule pensée l'habitait : Lord Carlton.

Le roi Charles lui avait accordé la concession supplémentaire de 20 000 acres demandée. De grands espaces étaient nécessaires, car le tabac épuisait le sol en trois ans et cela revenait meilleur marché de défricher de nouveaux terrains que de fertiliser les anciens. Bruce avait gardé une flotte de six navires, parce que les marchands et les planteurs sous-estimaient en général les récoltes et les bateaux manquaient toujours. Ses navires étaient par conséquent très demandés, et il avait envoyé un gros chargement en France, en octobre dernier. Bien que contraire à la loi, la contrebande était d'usage courant et il fallait que les planteurs s'y livrassent, car la Virginie produisait en deux ans plus que l'Angleterre ne consommait en trois.

Bruce passait ses journées à acheter ses provisions, aussi bien pour lui que pour ses voisins qui l'en avaient chargé.

Sa maison de Virginie n'était pas entièrement achevée, car il avait été trop occupé l'année précédente à défricher et à planter du tabac. De plus, il était difficile de louer des travailleurs expérimentés, car la plupart de ceux qui s'expatriaient voulaient faire fortune en cinq ou six ans, et n'étaient guère disposés à travailler à leurs anciens salaires. Bruce allait emmener avec lui quelques douzaines de bons ouvriers pour terminer sa maison et travailler ses terres. Il achetait des vitres, des briques, des clous – qui étaient rares en Amérique – et, ainsi que beaucoup d'émigrants, emportait avec lui nombre de plantes et de fleurs du vieux continent pour son jardin.

Il éprouvait un enthousiasme passionné pour la Virginie et pour la vie qu'il y menait. Ambre voulait tout savoir et le harcelait de mille questions ; mais, quand il lui répondait, elle était toujours blessée, fâchée, jalouse :

— Grand Dieu ! Je ne sais pas comment vous pouvez vivre dans un tel pays ! Et vous travaillez toute la journée ?

Le travail n'était pas considéré comme une occupation digne d'un gentilhomme, et elle prononçait ce mot comme si elle l'accusait d'une action indigne.

Un après-midi ensoleillé de la fin mai, ils se promenaient sur la Tamise, allant vers Chelsea, à trois milles et demi de l'hôtel Almsbury. Ambre avait acheté une nouvelle barque de plaisance, grande et dorée, aux coussins de velours vert brodés d'or, et avait cajolé Bruce pour qu'il vînt l'inaugurer avec elle. Étendue à l'ombre de la tente, des roses blanches dans les cheveux, elle tenait un grand éventail pour s'abriter du soleil. Sa robe, de légère soie verte, lui recouvrait les jambes. Les matelots, dans leurs livrées or et vert, parlaient entre eux. La barque était longue et ils ne pouvaient entendre ce que se disaient Bruce et Ambre.

Il était assis en face d'elle et souriait, les yeux mi-clos à cause du soleil.

— J'admets, dit-il, que je ne passe pas mes matinées au lit à lire des billets doux, mes après-midi au spectacle et mes soirées dans les tavernes. Mais nous avons aussi nos distractions. Nous vivons au bord des rivières, et les voyages sont aisés. Nous chassons, buvons, dansons et jouons, tout comme vous le faites ici. La plupart des planteurs sont des gentilshommes, et ils apportent avec eux leurs habitudes et leurs coutumes, tout comme leur mobilier et les portraits de leurs ancêtres. Un Anglais loin de chez lui se cramponne à ses habitudes, comme si sa vie en dépendait.

— Mais il n'y a ni villes, ni théâtres, ni palais ! Seigneur ! je ne pourrais pas le supporter. Je pense que votre femme aime cette vie morne ? ajouta-t-elle avec humeur.

— Je crois que oui. Elle était très heureuse sur la plantation de son père.

Ambre imaginait sans peine le genre de femme qu'était Corinne. Elle se la représentait comme une autre Jenny, ou comme Lady Almsbury : une créature calme et timide, ne se souciant au monde que de son mari et de ses enfants.

— Évidemment, elle est contente ! Elle n'a jamais rien désiré d'autre. Pauvre femme ! Comment est-elle ? Blonde, je pense ?

Son ton indiquait clairement qu'aucune femme ayant quelque prétention à la beauté ne pouvait avoir une autre couleur de cheveux. Il secoua la tête, amusé :

— Non. Ses cheveux sont très foncés, plus que les miens !

Ambre ouvrit grands ses yeux couleur de topaze, d'un air poliment compatissant, comme s'il avait avoué un bec-de-lièvre ou des jambes arquées. Des cheveux noirs n'étaient pas à la mode chez une dame :

— Oh ! dit-elle avec sympathie. Est-elle portugaise ?

Elle savait fort bien qu'il n'en était rien, mais en Angleterre les Portugaises étaient considérées comme très laides. Avec une nonchalance affectée, elle se pencha et fit un geste paresseux pour tenter d'attraper un papillon. Bruce rit franchement :

— Non ! Elle est anglaise, avec un très joli teint et des yeux bleus.

Ambre n'aimait pas la façon dont il parlait de sa femme, avec un quelque chose d'étrange dans le son de sa voix et dans l'expression de ses yeux. Elle commençait à se sentir nerveuse, légèrement angoissée.

— Quel âge a-t-elle ?

— Dix-huit ans !

Elle eut soudain l'impression d'avoir vieilli d'une douzaine d'années en quelques secondes. Les femmes, à cette époque, avaient une conscience presque tragique de leur âge et, quand elles avaient passé vingt ans, tout conspirait à leur donner l'impression qu'elles vieillissaient. Ambre, qui venait de dépasser ses vingt-trois ans, se sentit immédiatement vieille et délabrée. Cinq ans de différence entre elles ! Un siècle !

— Vous m'avez dit qu'elle était jolie, murmura-t-elle d'une petite voix désolée. Plus jolie que moi, Bruce ?

— Mon Dieu ! Ambre, quelle question à poser à un homme ! Vous savez que vous êtes très belle. Mais je ne suis pas aveugle au point de penser qu'il n'existe qu'une seule beauté sur terre.

— Vous la trouvez plus jolie ! s'écria-t-elle avec irritation.

Bruce lui prit la main et la baisa :

— Non, je ne le trouve pas, mon cœur. Je vous le jure. Vous ne vous ressemblez pas du tout, mais vous êtes toutes les deux charmantes.

— Et vous m'aimez ?

— Et je vous aime.

— Alors pourquoi... Oh ! c'est bon ! dit-elle avec vivacité.

Mais, obéissant à son regard, elle changea de conversation :

— Bruce, j'ai une idée ! Quand vous en aurez fini avec vos affaires, prenons le jacht d'Almsbury et remontons le fleuve à la voile pendant une semaine ou deux. Il nous permet de le prendre, je le lui ai demandé. Oh ! je vous en prie, ce serait merveilleux !

— Je crains de quitter Londres. Si les Hollandais s'avisaient de débarquer !

Ambre se moqua :

— Oh ! c'est ridicule ! ils n'oseraient pas ! D'ailleurs le traité de paix est presque signé. J'ai entendu Sa Majesté le dire hier au soir. Ils croisent seulement devant nos côtes pour nous effrayer et nous rendre ce que nous leur avons fait l'été dernier. Oh ! je vous en prie, Bruce...

— Peut-être. Si les Hollandais rentrent chez eux.

Mais les Hollandais ne rentrèrent pas chez eux. Pendant six semaines, ils rôdèrent le long des côtes, avec une flotte de cent vaisseaux – auxquels s'ajoutèrent vingt-cinq français – tandis que les Anglais n'avaient pas un seul navire en bon état et devaient se contenter de leurs vieux bateaux. L'armée française était à Dunkerque.

Une nuit qu'ils étaient couchés, Bruce pour ainsi dire endormi et Ambre dans un demi-sommeil, un bruit confus troubla sa somnolence. Elle tendit l'oreille, étonnée, tandis qu'il s'amplifiait. Et soudain il éclata : c'étaient les tambours qui sonnaient l'alarme dans les rues.

— Bruce ! Bruce ! réveillez-vous ! Les Hollandais ont débarqué !

Sa voix, glacée, avait un tremblement nerveux. Ces semaines d'incertitude, qui l'avaient affectée plus qu'elle ne le pensait, cette nuit noire, ces roulements de tambours sinistres, tout contribuait à lui faire croire que les Hollandais étaient là, dans la ville, devant la maison. Le bruit enflait, les tambours battaient frénétiquement, des cris d'hommes et des voix de femmes excitées perçaient. Bruce se redressa d'un bond. Sans un mot, il se leva. Ambre le suivit, enfila sa robe de chambre. Bruce était déjà à la fenêtre, sa chemise à la main. Il se pencha et cria dans la cour :

— Hep ! Qu'est-il arrivé ? Les Hollandais ont-ils débarqué ?

— Ils ont pris Sheerness ! Nous sommes envahis !

Les tambours roulaient toujours, les cloches des églises s'étaient mises à sonner, une voiture passa dans la rue, puis un cavalier isolé. Bruce ferma la fenêtre et enfila ses culottes.

— Sacredieu ! Ils vont être là et nous n'avons rien pour les arrêter !

Ambre pleurait, en proie à une véritable terreur. Au-dehors, les tambours résonnaient, emplissant la nuit de leur bruit terrifiant, annonciateur de malheur ; les gens hurlaient depuis leurs fenêtres et descendaient en courant dans la rue. Nan frappait à la porte, suppliant qu'on la laissât entrer.

— Entre ! cria Ambre.

Puis, se tournant vers Bruce :

— Qu'allez-vous faire ? Où allez-vous ?

Elle frémissait, bien que la nuit fût chaude. Nan s'empressa d'allumer les bougies. La frayeur d'Ambre disparut quand la pièce fut éclairée.

— Je vais à Sheerness !

Bruce nouait sa cravate ; il réclama à Nan qu'elle lui apportât une paire de bottes de sa chambre. Ambre lui tint son pourpoint et sa veste, tandis qu'il passait ses manches.

— Oh ! Bruce ! N'y allez pas ! Ils sont probablement des milliers. Vous serez tué ! Bruce ! Vous ne pouvez pas y aller !

Elle s'agrippa à son bras comme pour le forcer à rester avec elle. Il se dégagea, boutonna son pourpoint, enfila les grosses bottes à éperons d'argent, ceignit son épée et Nan lui tendit son chapeau et son manteau.

— Quittez Londres avec les enfants, dit-il. Partez aussi vite que possible.

Nan alla ouvrir à la porte d'entrée où l'on frappait. Almsbury et Émily entrèrent précipitamment, le comte tout habillé, sa femme en jupon par-dessus sa chemise de nuit :

— Bruce ! Les Hollandais ont débarqué ! Les chevaux sont sellés.

— Mais vous ne pouvez pas partir, Bruce ! Oh ! Almsbury ! Il ne peut pas partir ! J'ai peur !

Almsbury lui lança un regard de reproche :

— Pour l'amour du Christ ! Ambre ! Le pays est envahi !

Les deux hommes sortirent précipitamment, les trois femmes sur leurs talons.

Dans le hall les domestiques couraient, éperdus, en vêtements de nuit ; quelques femmes pleuraient. Comme ils sortaient de chez Ambre, Lady Stanhope accourut, haletante. Une sorte de bonnet de nuit lui recouvrait les cheveux, mais on apercevait ses papillotes et elle portait des gants en peau de poulet. Ses chairs étaient agitées d'un tremblement convulsif. Elle s'accrocha à Bruce :

— Oh ! Lord Carlton ! Dieu soit loué, vous êtes là ! Nous sommes envahis ! Que dois-je faire ? Oh ! que dois-je faire !

Bruce se dégagea, se dirigea avec Almsbury vers l'escalier et répondit brièvement :

— Je vous conseille de quitter Londres, Madame. Venez avec moi, Ambre. J'ai quelques mots à vous dire.

Les deux hommes descendaient en hâte l'escalier, les talons de leurs bottes résonnant sur les marches et Ambre courait à leurs côtés. Sa première terreur était passée, mais les tambours, les cloches, les cris lui faisaient de plus en plus sentir l'imminence du désastre. « Il ne peut pas partir, songeait-elle ! Non, il ne le peut pas ! » Mais il partait bel et bien !

— Lady Almsbury va immédiatement à Barberry Hill. Tous les arrangements sont pris depuis plusieurs semaines, emmenez Suzanne et Bruce et accompagnez-la. S'il m'arrive quoi que ce soit, je vous le ferai savoir.

Elle ouvrit la bouche pour protester, mais il poursuivit :

— Si je devais être tué, voulez-vous me promettre d'écrire à ma femme ?

Ils étaient arrivés à la cour où les attendaient deux chevaux sellés. Des torches étaient allumées, partout des domestiques et des valets d'écurie couraient, des chiens aboyaient. Almsbury enfourcha sa monture, mais Bruce, les rênes en main, s'arrêta un instant et regarda Ambre bien dans les yeux.

— Promettez-le-moi, Ambre.

Elle fit oui de la tête, la gorge serrée.

— Je vous le promets, Bruce. Mais qu'il ne vous arrive rien, surtout ! Ne soyez pas blessé !

— Mais non, certainement !

Il pencha la tête et passa un bras autour d'elle. Leurs lèvres se rencontrèrent. Puis il sauta à cheval et les deux hommes sortirent de la cour au galop. En franchissant la grille, Bruce se retourna et lui fit un geste d'adieu. Ambre, avec un sanglot, s'élança, mais ils avaient déjà disparu dans l'obscurité et elle entendit décroître le bruit des sabots.

Une agitation extrême régnait dans la maison. Des domestiques empilaient le mobilier dans la cour, des femmes se lamentaient et pleuraient, d'autres s'enfuyaient dans les rues, des ballots sur le dos, sans savoir où elles allaient. Ambre releva ses jupes et monta en hâte l'escalier, butant sur les marches, aveuglée par les larmes. Elle courut à la nursery.

Les portes étaient grandes ouvertes et une douzaine de femmes affolées couraient de toutes parts. Émily, calme, maîtresse d'elle-même, donnait des ordres et aidait à habiller les enfants. Le petit Bruce, tout prêt déjà, vit Ambre et accourut immédiatement. S'agenouillant, elle le serra contre elle en pleurant, plus pour se réconforter que pour l'encourager. Car il ne paraissait pas avoir besoin de soutien.

— Ne pleurez pas, mère ! Ces damnés Hollandais n'arriveront jamais ici ! Avec papa qui va les combattre...

Mais Suzanne poussait des cris aigus en donnant des coups de pieds à la nurse qui tentait de l'habiller, ses petites mains potelées sur ses oreilles pour ne pas entendre le roulement du tambour. Mais elle aperçut sa mère et son frère ensemble et poussa un hurlement de protestation :

— Maman !

Ambre alla vers elle, suivie du petit Bruce qui se tenait à ses côtés comme pour la protéger.

— Mon amour, il faut laisser Harmon vous habiller. Pourquoi pleurez-vous ? Ce n'est pas la peine ; voyez, je ne pleure pas !

Elle regarda Suzanne bien en face, mais ses yeux étaient rouges, et ses paupières gonflées. Suzanne lui jeta ses petits bras autour du cou en hurlant plus fort que jamais. Ambre la secoua avec impatience :

— Suzanne !

La petite se recula et la considéra, étonnée.

— Cessez donc de crier ainsi ! Personne ne vous fera de mal ! Habillez-vous. Nous allons faire une promenade en voiture.

— Je ne veux pas aller me promener. Il fait noir !

Ambre se retourna.

— Peu importe ! Vous allez partir quand même. Habillez-vous, ou je vous donne la fessée !

Elle quitta Suzanne, traversa la nursery où Lady Almsbury s'occupait de ses quatre enfants. Agenouillée auprès de son fils de six ans, elle lui mit sa cravate.

— Émily ! Je ne pars pas avec vous.

Lady Almsbury la regarda avec stupéfaction et se leva :

— Vous ne partez pas ? Oh ! Ambre, mais il le faut. Si les Hollandais et les Français arrivaient ici !

— Ils n'y sont pas encore et je ne veux pas aller à la campagne où je ne saurais rien de Bruce, quoi qu'il lui arrive. S'il est blessé, il aura besoin de moi.

— Mais il vous a dit de partir.

— Peu m'importe ! Je ne m'en irai pas. Mais je voudrais que Suzanne et Bruce partent, voulez-vous les prendre avec vous ? Et Nan aussi ?

— Naturellement, ma chère. Mais je trouve dangereux que vous restiez. Il voulait que vous partiez, ils en ont souvent discuté avec John, et avaient établi des plans en cas d'attaque...

— Je serai suffisamment en sécurité. Si les ennemis arrivent, j'irai à Whitehall. Ils n'oseront pas attaquer le palais. Je prendrai soin de vos affaires, donnez-moi la clef de la chambre de sûreté, et j'y mettrai les objets de valeur.

Nan arriva en courant.

— Mon Dieu ! je vous ai cherchée partout ! Venez vite vous habiller ! Ils sont tout près, j'ai entendu le canon !

Sa robe était froissée, ses cheveux dépeignés, elle était jambes nues. Elle saisit la main d'Ambre pour l'entraîner. Les deux femmes traversèrent le hall rempli d'une foule bruyante, et Ambre fut presque obligée de crier pour se faire entendre :

— Je ne pars pas, Nan. Mais tu peux aller avec Lady Almsbury, je viens de le lui demander.

Nan poussa un cri. D'après elle, l'armée française débarquait en ce moment et la flotte hollandaise avait jeté l'ancre dans l'estuaire.

— Oh ! Madame ! Ce n'est pas possible ! Vous ne pouvez pas rester ici ! Ils passeront au fil de l'épée tous ceux qu'ils rencontreront ! Ils vous ouvriront le ventre, vous arracheront les yeux...

— Sainte Mère de Dieu ! N'est-ce pas la catastrophe la plus épouvantable qui soit jamais arrivée !...

C'était Lady Stanhope, habillée maintenant, mais en grande hâte manifestement, suivie de deux femmes de chambre surchargées de ballots et de cartons.

— Je pars à l'instant même pour Ridgeway ! Je savais bien qu'il ne fallait pas quitter la campagne ! Cette terrible ville, il y arrive toujours quelque chose ! Où est Gerry ?

— Je ne sais pas. Va en avant, Nan, Lady Almsbury part dans quelques minutes.

Elle se retourna vers sa belle-mère :

— Je ne l'ai pas vu ces derniers temps.

— Vous ne l'avez pas vu ! Mais, mon Dieu ! Où est-il, alors ? Il m'a dit qu'il passait toutes ses nuits avec vous !

Ses yeux se durcirent tout à coup et elle dévisagea Ambre d'un air mauvais et rusé :

— À propos, n'était-ce pas Lord Carlton qui sortait, il y a quelques minutes, de vos appartements ?

Ambre se détourna avec impatience et traversa le hall, se dirigeant vers sa chambre :

— Et après ?

Lady Stanhope resta quelques secondes déconcertée par ce coup, puis elle courut sur les talons d'Ambre, lui criant aux oreilles !

— Oseriez-vous dire, impudente créature, que Sa Grâce le comte était seul avec vous, dans votre chambre, à une heure où aucune femme honnête n'est seule avec un homme qui n'est pas son mari ? Auriez-vous l'audace d'avoir cocufié mon Gerry ? Répondez-moi, coquine.

Elle saisit Ambre par le bras, cherchant à la retenir.

Ambre s'arrêta net, puis, se retournant brusquement, fit face à Lucilla :

— Ne me touchez pas, vieille rosse ! Oui, j'étais avec Lord Carlton et peu m'importe que le monde entier le sache ! Vous seriez trop heureuse, vous-même, de coucher avec lui, s'il vous avait seulement regardée. Allez donc retrouver votre satané Gerry, et fichez-moi la paix !...

— Quoi ! Impertinente ! Fille de rien ! Attendez un peu que Gerry soit au courant ! Attendez que je lui apprenne que vous...

Mais Ambre était partie, la laissant bredouillante et désemparée. La ci-devant baronne douairière hésita quelques instants, se demandant s'il était plus important de suivre sa belle-fille pour lui dire une bonne fois ses quatre vérités, ou de partir se mettre à l'abri.

— Je la retrouverai plus tard !

Elle regarda Ambre s'éloigner, murmura :

— Putain !

Puis elle appela ses femmes et descendit rapidement l'escalier.

Ambre, un manteau jeté sur sa robe de chambre, sortit pour assister au départ de ses enfants. Émily et Nan la supplièrent encore de les accompagner, mais elle refusa, disant qu'elle serait parfaitement en sécurité à Londres. En effet, elle n'avait plus peur, l'excitation du bruit, du mouvement, de l'imprévu, lui insufflait une énergie nouvelle.

Les enfants étaient réunis dans une voiture avec deux de leurs nurses et Suzanne elle-même commençait à s'amuser. Ambre les embrassa tous deux :

— Veillez sur votre sœur, Bruce. Ne la laissez pas trop seule pour qu'elle n'ait pas peur.

Suzanne recommença de pleurer quand elle comprit que sa mère ne venait pas avec eux. Elle était debout sur la banquette, ses deux mains contre la vitre, quand la grande voiture sortit de la cour. Ambre leur fit des signes d'adieu, puis rentra dans la maison. Elle avait affaire.

Debout tout le reste de la nuit, elle resta à surveiller le transport de tous les objets de valeur de la maison dans la chambre de sûreté. La vaisselle d'or et d'argent du comte, le service d'étain que Charles Ier avait donné à son père quand le vieux comte avait fait fondre ses plats au titre de contribution de guerre, les bijoux de la comtesse et les siens, tout fut enfermé dans le caveau souterrain. Puis, après un court repos, elle avala son déjeuner et partit pour le palais. Tout le long du Strand, il y avait des files de voitures et de charrettes pleines de réfugiés, qui se hâtaient d'aller chercher une sécurité relative à la campagne. La cour de Whitehall était remplie d'équipages bourrés. Partout des rassemblements, des gens qui écoutaient le bruit du canon, parlaient de l'invasion, de leurs tentatives pour retirer leur argent, cacher leurs biens et faire leur testament. Quelques courtisans avaient été du nombre des volontaires partis à Chatham avec Albermale ou à Woolwich avec le Prince Rupert : c'était sur ces quelques centaines d'hommes que reposaient tous les espoirs de l'Angleterre.

Les appartements de la reine étaient pleins d'une foule bruyante. Catherine s'éventait et essayait de paraître calme, mais le regard anxieux de ses yeux noirs trahissait son inquiétude. Ambre fit quelques pas dans sa direction.

— Quelles sont les nouvelles, Votre Majesté ? Se sont-ils rapprochés ?

— On dit que les Français sont à Mounts Bay.

— Mais ils ne viendront pas *ici*, n'est-ce pas ? Ils n'oseraient pas !

Catherine haussa les épaules et sourit faiblement :

— Nous ne pensions pas non plus qu'ils oseraient faire ce qu'ils font ! La plupart de ces dames quittent la ville, Madame. Vous devriez en faire autant. Je crains, hélas ! que nous ne soyons absolument pas préparés à ce qui nous arrive.

Elles entendirent alors la voix claire et haute de Lady Castlemaine parlant, à quelques pas de là, à Lady Southesk et à Bab May :

— Quelqu'un paiera cela, vous pouvez en être sûres ! Les gens sont dans une rage folle ! Ils ont abattu les arbres de Clarendon, cassé les vitres chez lui et manifesté clairement leurs sentiments à la grille ! Ils ont reçu des avertissements, disent-ils. Trois avertissements : Dunkerque, Tanger, et une reine stérile !

Lady Southesk lui fit signe de se taire, et Barbara, regardant alentour, porta la main à sa bouche avec une expression de surprise horrifiée. Mais ses yeux brillants montraient bien qu'elle avait eu l'intention d'être entendue. Tandis que Catherine, les yeux fixes, accusait le coup, Barbara haussa les épaules d'un air insouciant et fit signe à Bab May. Toutes deux s'éloignèrent. « Maudite soit cette chienne au cœur dur ! se dit Ambre. J'aimerais lui arracher les cheveux ! »

— Et une reine stérile ! murmura Catherine, tandis que ses mains se crispaient sur son éventail. Comme ils me haïssent à cause de cela !

Levant les yeux, elle regarda Ambre bien en face :

— Comme je me hais moi-même !

Ambre se sentit prise de honte. Elle se demanda si Catherine savait qu'elle était enceinte des œuvres du roi. D'un geste impulsif, elle lui serra la main et lui adressa un sourire de sympathie, mais elle fut soulagée de voir arriver la langoureuse et affectée Boynton, s'éventant et paraissant sur le point de s'évanouir.

— Oh ! Seigneur ! Votre Majesté ! Nous sommes battus ! Je viens d'apprendre que l'armée française est dans les parages des côtes de Douvres, prête à débarquer !

— Quoi ! gémit une femme près d'elle. Les Français ont débarqué ? Mon Dieu !

Et elle se précipita vers la porte. Le cri se propagea et en un instant la pièce se remplit d'une foule agitée, hommes et femmes qui se bousculaient en proie à une intense anxiété.

Mais cette rumeur, comme tant d'autres, se révéla fausse.

Des tambours battirent, appelant aux armes la milice bourgeoise. Du pont de Londres, on entendait le son du canon. Des vagues de terreur et de noir pessimisme passaient sur la ville. Tous ceux qui possédaient quoi que ce fût de valeur s'occupaient à l'enterrer dans le fond de leur cour, à l'éloigner de la ville sous la garde d'une épouse ou d'un domestique, à assiéger l'orfèvre du coin et à écrire leur testament. On disait ouvertement que la Cour avait trahi, et la plupart des gens s'attendaient à périr embrochés par l'épée d'un Français ou d'un Hollandais.

Le roi donna l'ordre de couler plusieurs bateaux à Barking Creek, pour bloquer le fleuve et empêcher que l'ennemi remontât plus haut. Malheureusement, dans l'agitation générale, l'ordre fut mal interprété et des bateaux chargés d'approvisionnements rares et précieux furent coulés par erreur. La nuit du dixième jour qui suivit l'attaque de Sheerness, on pouvait voir la lueur rouge des vaisseaux qui brûlaient. Des carcasses de navires détruits avaient remonté jusqu'à Londres. Et la ville, terrifiée, était en proie à des spasmes d'angoisse ; les affaires étaient entièrement arrêtées, car chacun ne songeait plus qu'à sauver sa famille, lui-même et ses biens.

Finalement les Hollandais se retirèrent à l'embouchure du fleuve et les négociations furent reprises. Cette fois, les Anglais se montrèrent moins difficiles sur certains points, et la conférence fit des progrès satisfaisants.

Ainsi tous les volontaires, Carlton et Almsbury rentrèrent à Londres, brûlés par le soleil, la barbe inculte, très excités par les aventures vécues. Mais Ambre était à bout de nerfs. À la vue d'un pansement souillé de sang à l'épaule droite de Bruce, elle fut en larmes. Il la prit dans ses bras, comme une petite fille, lui caressa les cheveux et embrassa ses joues humides.

— Voyons, mon cœur ! pourquoi diable toutes ces histoires ? J'ai été bien souvent blessé plus grièvement.

Elle se serra contre lui, sanglotant désespérément, car elle ne pouvait ni ne voulait s'empêcher de pleurer :

— Oh ! Bruce ! Vous auriez pu être tué ! J'ai eu si peur...

Il la porta en haut de l'escalier :

— Ne vous avais-je pas dit que je voulais que vous quittiez Londres, petite sorcière entêtée ? murmura-t-il. Si les Hollandais l'avaient voulu, ils se seraient emparés de tout le pays, nous n'aurions pas pu les arrêter...

Assise sur son lit, Ambre se limait les ongles, en attendant que Bruce eût terminé une lettre à son intendant d'Amérique. D'un ton naturel, il dit, comme par hasard :

— Quand je retournerai là-bas, je voudrais emmener Bruce.

Elle le regarda avec une expression bouleversée. Se levant, il ôta sa robe de chambre et, comme il se penchait pour souffler l'unique bougie allumée, Ambre distingua son visage, à demi dans l'ombre. Les yeux mi-clos, il l'observait en parlant. Elle lui fit place et il s'étendit à ses côtés. Elle resta sans lui répondre. Les yeux fixés, elle demeurait immobile dans l'obscurité. Bruce attendait tranquillement.

— Vous ne voulez pas ? demanda-t-il enfin.

— Bien sûr que non. C'est mon enfant, n'est-ce pas ? Vous imaginez-vous que je veuille l'envoyer là-bas, pour qu'il soit élevé par une autre femme et m'oublie tout à fait ? Je ne veux pas ! Et je ne le laisserai pas partir. Il est à moi et il restera ici avec moi ! Je ne veux pas qu'il soit élevé par cette... par cette femme que vous avez épousée.

— Avez-vous des projets pour son avenir ?

Il faisait si sombre qu'elle ne pouvait voir son visage, mais sa voix était tranquille et posée.

— Non, reconnut-elle à contrecœur. Non, évidemment pas. Pourquoi en aurais-je ? Il n'a que six ans.

— Mais il ne les aura pas toujours. Que ferez-vous quand il commencera de grandir ? Que lui direz-vous de son père ? Si je m'en vais et s'il ne me voit pas de plusieurs années, il oubliera jusqu'à mon existence. Quel nom lui donnerez-vous ? Pour Suzanne, c'est différent, elle est censée être la fille de Dangerfield et elle a un nom. Mais Bruce n'en a point, à moins que je ne lui donne le mien. Et je ne peux pas le faire s'il demeure avec vous. Je sais que vous l'aimez, Ambre, et il vous aime. Vous êtes riche maintenant et vous avez les faveurs du roi – peut-être pourrez-vous lui faire donner un titre, un jour. Mais, s'il vient avec moi, il sera mon héritier – il aura tout ce que je peux lui donner – et ne connaîtra jamais l'humiliation d'être un bâtard reconnu...

— Il est un bâtard, en tout état de cause ! s'écria Ambre, prompte à s'emparer de la première excuse. Vous ne pouvez pas en faire un lord, simplement en affirmant qu'il en est un.

— Il ne vivra pas en Angleterre. Là-bas cela n'aura pas d'importance. Et, de toute façon, il y sera mieux qu'ici où tout le monde sera au courant.

— Et votre femme ! D'où s'imaginera-t-elle que vous l'avez tiré ? D'un carré de persil ?

— Je lui ai dit que j'avais déjà été marié. Elle s'attend à ce que je le lui ramène.

— Ah ! vraiment ! Vous avez bien confiance en elle ! Et qu'est censée être devenue sa mère ?

Elle s'interrompit soudain, écœurée :

— Vous lui avez dit que j'étais morte ?

Il ne répondit pas et elle s'écria d'un ton accusateur :

— Mais dites-le donc !

— Oui, bien entendu. Que pouvais-je dire d'autre ? répondit-il, avec une nuance de colère dans la voix. Que j'étais bigame ? Voyons, Ambre ! je ne vous le prendrai pas contre votre gré. Décidez vous-même. Mais songez aussi un peu à lui, quand vous y réfléchirez...

Ambre était si blessée et si irritée à la pensée d'envoyer son fils au loin, confié aux soins d'une autre femme, dans un pays où il grandirait loin de sa mère, sans rien qui lui rappelât son existence que, pendant plusieurs jours, elle se refusa à envisager la question. Et Bruce n'aborda plus le sujet.

Un matin, elle se promenait avec le petit garçon, attendant Bruce qui devait l'emmener ramer. C'était une belle et chaude journée de la mi-juillet, et une sorte de vapeur montait des allées que les jardiniers venaient d'arroser. Les tilleuls étaient en fleur, et les abeilles butinaient. M. le Chien courait devant eux, flairant partout ; ses oreilles étaient sales, car il les avait trempées dans la fontaine et traînées ensuite dans la poussière. Un jardinier leur avait donné à chacun une belle poire mûre, qui avait un goût de vin.

— Bruce, dit-elle soudain, votre père vous manquera-t-il beaucoup quand il s'en ira ?

Elle n'avait pas eu l'intention de parler, mais elle attendait à présent sa réponse, tendue et anxieuse. Elle la lut dans son petit sourire pensif :

— Oh ! oui, mère. Il me manquera !

Il hésita, puis ajouta :

— Pas à vous ?

Surprise, les larmes lui vinrent aux yeux, mais elle détourna le regard, paraissant concentrer son attention sur une rose musquée à demi épanouie, contre le mur. Elle étendit le bras pour la cueillir :

— Si, bien sûr ! Mais, supposez, Bruce, supposez...

Et brusquement :

— Aimeriez-vous partir avec lui ?

Il leva les yeux vers elle d'un air de parfaite incrédulité, puis il lui saisit la main :

— Oh ! le pourrais-je, mère ? Pourrais-je y aller ?

Ambre le considéra, incapable de dissimuler sa déception, mais le visage de son fils exprimait une telle joie qu'elle se sentit perdue :

— Oui. Si vous le désirez. Vous le voulez ?

— Oh ! oui, mère ! Je le désire ! Laissez-moi y aller, je vous en prie !

— Vous voulez partir et me laisser seule ?

Elle savait combien cette question était déloyale, mais elle n'avait pu s'en empêcher.

Comme elle l'avait espéré, l'air joyeux du petit garçon fit place à une sorte de remords. Il resta un instant silencieux : tout à coup, il sourit de nouveau :

— Venez avec nous ! Alors nous serons tous ensemble !

Ambre le couva du regard et lui caressa doucement les cheveux :

— Je ne peux pas venir, mon chéri. Il faut que je reste ici.

Elle eut de nouveau les larmes aux yeux :

— Vous ne pouvez pas être avec nous deux...

Il lui prit la main avec un petit geste de sympathie :

— Ne pleurez pas, mère. Je ne veux pas partir et vous laisser. Je dirai à Papa que... que je ne peux pas partir...

Ambre s'en voulut tout de suite, terriblement.

— Venez ici, dit-elle. Asseyez-vous près de moi, sur ce banc. Écoutez bien, mon trésor. Votre père désire que vous partiez avec lui. Il a besoin de vous, là-bas, pour l'aider, il y a tant à faire. Je voudrais que vous restiez avec moi, mais je crois qu'il a plus besoin de vous.

— Oh ! le croyez-vous, mère ? Le croyez-vous, vraiment ?

Ses yeux cherchaient anxieusement les siens, mais son petit visage exprimait un évident soulagement.

— Oui mon chéri, je le crois vraiment.

Ambre vit Bruce qui s'avançait vers eux dans l'allée du jardin. Le petit garçon aperçut son père et courut à sa rencontre. Il se comportait toujours de façon beaucoup plus cérémonieuse avec Bruce qu'avec sa mère, et il s'inclina devant lui avant de parler.

— J'ai décidé d'aller en Amérique avec vous, Monsieur ! lui dit-il avec solennité. Maman dit que vous avez besoin de moi là-bas.

Bruce abaissa son regard sur l'enfant, puis ses yeux cherchèrent ceux d'Ambre. Ils se regardèrent un instant, sans rien dire. Lord Carlton posa le bras sur l'épaule de son fils et lui sourit :

— Je suis content que vous ayez décidé de venir avec moi, Bruce.

Ensemble ils se dirigèrent vers Ambre qui se leva, sans quitter Bruce des yeux. Il ne prononça pas un mot, mais, se penchant, l'embrassa doucement, brièvement, presque un baiser conjugal.

Ambre eut tout d'abord le sentiment d'avoir accompli un acte noble et désintéressé, et elle désirait que Bruce le pensât également. Puis l'espoir se glissa en elle – force lui fut de reconnaître – que le fait d'avoir l'enfant tout le temps avec lui maintiendrait peut-être vivante en lui sa mémoire, plus que tout au monde. Qui sait si elle ne pourrait pas ainsi battre Corinne sans la voir ?

Le traité de Bréda fut signé et la nouvelle en arriva à Whitehall vers la fin du mois. Bruce mit à la voile à la première marée du lendemain. Ambre descendit à l'embarcadère, bien décidée à soutenir la bonne opinion qu'ils avaient tous deux d'elle. Mais comme elle se baissait pour embrasser son fils, sa gorge se serra et lui fit atrocement mal. Bruce lui prit le bras pour l'aider à se relever, car l'enfant qu'elle portait commençait à la gêner dans ses mouvements.

— Ne le laissez pas m'oublier, Bruce ! supplia-t-elle.

— Je ne vous oublierai pas, mère. Et nous reviendrons vous voir aussi ! Père l'a dit, n'est-ce pas, Monsieur ?

Il leva la tête pour quêter confirmation auprès de son père.

— Oui, Bruce. Nous reviendrons. Je vous le promets !

Il était agité, pressé d'être sur le bateau et de partir, car il avait horreur des scènes d'adieux.

— Ambre, nous sommes en retard !

Elle poussa un petit cri d'effroi et lui jeta les bras autour du cou. Il pencha la tête et leurs lèvres s'unirent. Ambre se pressait désespérément contre lui, sans se soucier de la foule qui les entourait et regardait avec curiosité ce couple élégant et le petit garçon qui les observait tranquillement. Il était, hélas ! arrivé, ce moment qu'elle croyait - même hier quand elle avait su qu'il partait - ne devoir jamais venir. Il était là maintenant, là, et elle fut prise d'un infini désespoir.

Bruce se dégagea de son étreinte et, avant qu'elle eût pu s'en rendre compte, le père et le fils avaient franchi la passerelle d'embarquement. Le navire se mit en mouvement, lentement. Les voiles claquèrent et se gonflèrent au vent, le vaisseau parut s'animer. Le petit garçon se découvrit et fit des signaux d'adieu :

— Nous reviendrons, mère !

Ambre poussa un cri perçant et courut le long du quai, mais le navire s'éloignait. Bruce se retourna un instant pour donner des ordres ; puis, la main appuyée sur l'épaule de l'enfant, il leva le bras en un salut d'adieu. Ambre voulut en faire autant, mais, au lieu d'achever le geste, elle porta son index à la bouche et le mordit violemment. Pendant un long moment elle resta ainsi, perdue, désespérée, puis, levant l'autre bras, leur fit un petit signe morne et découragé.

L

Lord Carlton n'était pas parti depuis un mois qu'Ambre fut nommée Dame d'honneur de la reine et installée dans un appartement à Whitehall. Celui-ci consistait en douze pièces, dont six sur le même étage, donnant sur le fleuve et touchant les appartements du roi auxquels on accédait par un étroit couloir et un escalier partant d'une alcôve du salon. Nombre de ces passages et escaliers dérobés avaient été construits pendant que Mrs. Cromwell habitait Whitehall, pour lui permettre de surveiller plus facilement ses domestiques ; le roi aussi les trouvait souvent commodes !

« Regardez-moi, maintenant, se disait Ambre, considérant son nouveau cadre. Quel chemin n'ai-je pas parcouru ! »

Elle se demandait parfois, avec un certain amusement, ce que tante Sarah, oncle Matt et ses sept cousins penseraient s'ils pouvaient la voir, titrée, riche, possédant un carrosse à huit chevaux, une quantité innombrable de robes de satin ou de velours, une collection d'émeraudes qui rivalisaient avec les perles de Lady Castlemaine, saluée très bas par les lords et les comtes quand elle traversait les corridors du palais. Évidemment cela eût produit son effet. Mais elle savait aussi ce que penserait oncle Matt. Il dirait qu'elle était une putain et la honte de la famille ! Mais oncle Matt avait toujours été un vieux nigaud !

Ambre espéra tout d'abord être débarrassée à la fois de son mari et de sa belle-mère ; mais, peu après la signature du traité de paix, Lucilla revint à Londres, traînant Gérald à sa suite. Il rendit une visite à Ambre, pendant qu'elle était encore à l'hôtel Almsbury, lui demanda poliment comment elle allait et prit congé au bout de quelques minutes. Sa rencontre avec Bruce lui avait suffi, et il n'avait aucun désir de se heurter au roi. Car il savait à présent pourquoi

Charles l'avait fait comte et l'avait marié à une femme riche. S'il se trouvait humilié, il ne voyait néanmoins pas d'autre solution que d'affecter la nonchalance et l'indifférence, pas d'autre remède que de se lancer dans une vie dissipée. Il entendait poursuivre sa propre existence et la laisser seule.

Mais sa mère n'était pas de cet avis. Elle alla rendre visite à Ambre, le lendemain de son installation à Whitehall. Ambre lui fit signe de prendre un fauteuil et continua ce qu'elle était en train de faire, à savoir donner des instructions aux valets qui suspendaient des tableaux et des glaces. Elle sentait que Lucilla observait sa silhouette d'un œil critique, car elle était dans le huitième mois de sa grossesse. Mais, sans prêter attention au bavardage de cette femme, elle se contentait de hocher la tête en manière d'approbation ou d'émettre une remarque d'un air distrait.

— Mon Dieu ! disait Lucilla, le monde est devenu bien méchant ! Tout le monde, absolument tout le monde, ma chère, est en butte aux soupçons, de nos jours. Ne trouvez-vous pas ? Bavardages, bavardages, bavardages... On n'entend que cela, de tous côtés !

— Hum ! dit Ambre. Oh ! oui ! Naturellement !... Je crois que nous ferions mieux de suspendre celui-ci, là, tout près de la fenêtre. Il faut qu'il soit éclairé de ce côté...

Elle avait apporté différentes toiles de Lime Park et se souvenait de ce que disait Radclyffe au sujet de l'éclairage de chaque tableau :

— Gerry n'en croit naturellement pas un mot !

Ambre ne prêtait pas la moindre attention à ces paroles, aussi répéta-t-elle plus fort :

— Gerry n'en croit naturellement pas un mot !

— Quoi ? demanda Ambre en tournant la tête. Un mot de quoi ? Non, un peu à gauche. Plus bas, voilà, c'est parfait. Que disiez-vous, Madame ?

— Je disais, ma chère, que Gerry n'en croit rien. Il

prétend que c'est un horrible mensonge et qu'il provoquera en duel le gredin qui propage ces rumeurs, s'il peut le découvrir.

— Évidemment ! concéda Ambre en se reculant un peu et en clignant des yeux pour voir l'effet… Un gentilhomme n'est rien ici à Whitehall, avant d'avoir été applaudi, d'avoir écrit sa pièce et tué son homme… Oui, c'est parfait. Quand vous aurez suspendu celui-ci, vous pourrez vous en aller.

Bien convaincue maintenant qu'elle ne pourrait se débarrasser de Lucilla avant d'avoir entendu ce que celle-ci avait à lui dire, elle se laissa tomber dans un fauteuil, et prit M. le Chien sur ses genoux. Elle était restée debout pendant plusieurs heures et se sentait fatiguée.

— Vous êtes jeune, ma chère, dit Lucilla, et vous ne connaissez pas le monde, comme une femme expérimentée. Pour dire la vérité, il circule des propos déplaisants au sujet de la charge qui vous a été donnée à la Cour.

Ambre fut amusée et les coins de sa bouche se retroussèrent un peu :

— Je ne crois pas qu'une nouvelle charge ait jamais été donnée à la Cour sans prêter à nombre de bavardages.

— Oui, mais cette fois c'est différent ! On dit. Eh bien ! parlons franchement : on dit que vous êtes plus dans les faveurs du roi qu'une femme honnête ne devrait l'être. On dit, Madame, que c'est l'enfant du roi que vous portez !

Elle regardait Ambre avec des yeux implacables, comme si elle s'attendait à la voir rougir, se troubler, protester et pleurer.

— Eh bien ! dit Ambre, du moment que Gérald ne le croit pas, que vous importe ?

— Que m'importe ? Dieu ! Madame, que vous me surprenez. Est-ce là le genre de réputation que vous désirez avoir ? Je suis certaine qu'aucune femme honnête ne l'admettrait !

Elle suffoquait presque.

— Et je ne pense pas que vous le supporteriez, Madame, si vous étiez une personne convenable ! Mais je ne crois pas que vous en soyez une. Je suis sûre que c'est vrai ! Je suis sûre que Sa Majesté vous a fait un enfant et que vous le saviez quand vous avez épousé mon fils ! Savez-vous ce que vous avez fait, Madame ? Vous avez ridiculisé aux yeux du monde mon brave et honnête garçon, vous avez sali le nom honorable des Stanhope, vous...

— Vous avez réellement beaucoup à dire au sujet de morale, Madame, dit Ambre d'un ton mordant, mais vous acceptez très bien de vivre sur mon argent.

Lady Stanhope poussa un petit cri d'horreur :

— *Votre* argent ! Juste ciel ! où va le monde ? Quand une femme se marie, son argent appartient à son mari ! Même vous, vous devriez le savoir. Vivre sur votre argent ! Sachez, Madame, que j'en méprise même l'idée !

— Alors cessez de le faire ! dit Ambre entre ses dents.

Lady Stanhope se dressa d'un bond.

— Comment ! coquine ! je vous intenterai un procès. Nous découvrirons à qui est cet argent, je vous le garantis.

Ambre se leva, déposa sur le parquet le chien qui s'étira et bâilla en montrant sa langue rose.

— Si vous le faites, c'est que vous êtes plus sotte encore que je ne le croyais. Le contrat de mariage me donne le contrôle de toute ma fortune. Et maintenant, sortez et ne m'importunez plus, ou je vous le ferai regretter !

Elle eut un geste violent de la main et, comme Lady Stanhope hésitait en lui jetant des regards furieux, Ambre saisit un vase et leva le bras pour le lui lancer à la tête. L'ex-baronne douairière releva ses jupes et s'enfuit. Mais Ambre ne jouit pas de son triomphe. Laissant tomber le vase, elle s'effondra dans un fauteuil et se mit à pleurer. Sa grossesse la rendait nerveuse.

Ce fut le docteur Fraser qui accoucha Ambre d'un fils, car bien des dames de la Cour commençaient à avoir recours au docteur plutôt qu'à la sage-femme. L'enfant naquit à trois heures, par une matinée d'octobre chaude et orageuse. C'était un bébé grand, mince, avec des taches rouges sur la peau et un toupet de cheveux noirs.

Quelques heures après, Charles vint seul, discrètement, voir le dernier rejeton de sa famille. Il se pencha sur le berceau sculpté placé à côté du lit d'Ambre et souleva doucement la couverture de satin blanc. Un léger sourire passa sur ses lèvres :

— Tudieu ! murmura-t-il, je jurerais que ce petit diable me ressemble !

Ambre, pâle et faible, semblant avoir perdu ses forces, était couchée sur le dos et lui souriait :

— Ne vous y attendiez-vous pas, Charles ?

Il lui sourit.

— Mais si, naturellement, ma chère !

Il prit le petit poing du bébé qui lui enserrait le doigt et le porta à ses lèvres :

— Je suis bien laid pour qu'un pauvre enfant me ressemble.

Il se tourna vers elle :

— J'espère que vous vous sentez bien. J'ai vu le docteur il y a un instant et il m'a dit que vous aviez eu un accouchement facile.

— Facile pour lui ! dit Ambre qui aimait à être plainte. Mais je vais assez bien !

— Certainement, ma chère. Dans quinze jours vous ne vous souviendrez même plus d'avoir eu un bébé.

Après l'avoir embrassée, il partit afin de la laisser reposer. Quelques heures plus tard, Gérald arriva et la réveilla. Bien que manifestement embarrassé, il entra dans sa chambre d'un air fanfaron, vêtu d'un costume de satin jaune pâle, garni de plus de cent mètres de rubans, tout parfumé d'eau de fleur d'oranger. Depuis son épée d'argent jusqu'à sa cravate de dentelles, du garni de plumes aux gants richement brodés, il constituait l'image parfaite d'un petit-maître, d'un de ces jeunes beaux élevés en Angleterre, policés en France, fréquentant le Royal Exchange, Châtelin, les loges d'actrices et Covent Garden. On le rencontrait à cent exemplaires le long de Drury Lane, de Pall Mall, ou de toute autre voie élégante de Londres. Il embrassa Ambre comme un visiteur quelconque et dit gaiement :

— Eh bien ! Madame ! Vous voici bien élégante pour une jeune accouchée ! Et où donc est-il, ce rejeton de la branche des Stanhope ?

Nan était descendue à la nursery pour le chercher et elle revint en portant sur un coussin le bébé dans sa longue robe brodée qui traînait sur le parquet. À la Cour il n'était plus de mode d'emmailloter et l'enfant n'était plus ligoté comme une momie.

— Voilà ! dit Nan d'un ton presque agressif, en le tenant à distance sans le donner à Gérald. N'est-il pas beau ?

Gérald se pencha pour l'examiner en gardant bien soigneusement les mains derrière son dos. Il était gauche et semblait mal à l'aise, ne sachant ce qu'il convenait de dire :

— Hello, jeune homme ! Hmmm... Mort-Dieu ! comme il a la figure rouge !

— Pas plus que vous ne l'aviez, je vous le garantis ! rétorqua Nan.

Gérald sursauta. Il redoutait Nan autant que sa femme ou sa mère.

— Oh ! je ne voulais offenser personne, je vous assure ! Il est... oh ! oui, il est vraiment très joli ! Oh ! oui ! et il ressemble à sa mère ou je veux être pendu !

Le bébé ouvrit la bouche et se mit à hurler ; sur un signe d'Ambre, Nan l'emmena. Resté seul avec sa femme, Gérald s'agita. Il prit sa tabatière – dernier cri de l'élégance – et aspira une prise.

— Allons, Madame, vous désirez certainement vous reposer. Je ne vous ennuierai pas plus longtemps. D'ailleurs, je suis invité au théâtre par quelques gentilshommes de ma connaissance.

— C'est parfait, Milord ! Allez. Merci de votre visite.

— Oh ! de rien, Madame. Je proteste ! Merci de m'avoir reçu. Votre serviteur, Madame.

Lui déposant un petit baiser hâtif sur le bout du nez, il s'inclina et se dirigea vers la porte. Sur le seuil, il s'arrêta, pris d'une pensée subite :

— Oh ! à propos, Madame, comment l'appellerons-nous ?

Ambre sourit :

— Charles : cela plaît-il à Votre Grâce ?

— Charles ? Oh ! oui ! mais oui ! naturellement ! Charles...

Il sortit à la hâte et, comme il franchissait la porte, Ambre le vit sortir un mouchoir de sa poche et s'éponger le front.

Les relevailles d'Ambre furent un vrai triomphe.

Ses appartements furent envahis par les plus nobles seigneurs et les plus grandes dames d'Angleterre. Elle leur offrit du vin, des gâteaux, accepta leurs baisers, leurs effusions et leurs compliments avec beaucoup de bonne grâce. Ses visiteurs étaient obligés d'admettre entre eux que l'enfant était indubitablement un Stuart et disaient avec une satisfaction malicieuse que le roi lui-même n'était pas plus laid à sa naissance. Ambre ne le trouvait pas beau non plus, mais peut-être embellirait-il plus tard. En tout cas, l'important était qu'il ressemblât à Charles. Quand le bébé fut baptisé, Charles fit office de parrain et offrit à Ambre un service d'argent, simple, mais beau et très cher. L'enfant reçut les douze traditionnelles cuillères en argent des apôtres.

Ambre, une fois rétablie, se demanda comment elle pourrait bien se débarrasser définitivement de son encombrante belle-mère.

Lucilla n'avait pas l'intention de retourner à la campagne, elle faisait des dépenses extravagantes ct, malgré les avertissements d'Ambre, persistait à lui envoyer les factures. Ambre traînait en longueur, car elle avait en tête un projet qui, elle l'espérait, obligerait la baronne à faire face elle-même à ses dettes. Elle songeait à lui trouver un mari. Lucilla continuait à faire étalage de rigueur et de formalisme et se déclarait très choquée par les mœurs nouvelles, mais elle ne les en adoptait pas moins. Aucune actrice ne portait de robes plus décolletées. Aucune demoiselle d'honneur ne s'affichait davantage, aucune beauté masquée, au parterre, n'était plus maquillée. Elle était aussi gaie et se croyait aussi séduisante qu'une jeune chatte. Elle ne s'intéressait pas aux hommes de son âge, préférant les gandins de vingt-cinq ans qui se vantaient des virginités qu'ils avaient mises à mal et trouvaient très drôle de casser la tête aux veilleurs de nuit qui essayaient de les empêcher de troubler la paix publique.

Il y en avait un, en particulier, vers lequel elle semblait plus attirée. C'était Frédéric Fothergill, un jeune fat impétueux et fanfaron que l'on voyait partout où il était à la mode de se rendre, et qui faisait tout ce que commandait le goût du jour.

Ambre se renseigna à son sujet et apprit qu'il était le fils d'un homme qui ne s'était pas enrichi pendant la Restauration – comme d'ailleurs la plupart des royalistes –, qu'il était très endetté et s'enfonçait tous les jours davantage. Ambre songea qu'il serait peut-être heureux de trouver une solution qui résoudrait simplement les difficultés matérielles.

Elle le fit appeler un beau matin et il se rendit dans ses appartements. Elle avait renvoyé tous les marchands et l'invita à s'asseoir tandis que, devant sa coiffeuse, elle achevait de se farder. Il s'installa, tout pimpant et fier d'avoir été invité au petit-lever de la comtesse, et en privé. Il se disait qu'il savait très bien pourquoi elle l'avait fait venir.

— Vous me faites un grand honneur, comtesse, dit-il les yeux fixés sur son corsage. J'ai la plus grande admiration pour Votre Grâce, depuis le premier jour où je vous ai vue, sur le devant de la loge du roi, au théâtre, il y a quelques mois ! Je vous jure sur l'honneur, Madame, que je ne pouvais fixer ni mes yeux, ni mon esprit sur la scène.

— C'est très aimable à vous, Monsieur. Et il se trouve que je vous ai remarqué aussi en conversation avec ma belle-mère.

— Peuh ! – il fit une grimace. Elle ne m'est rien, je vous assure !

— Elle parle de vous dans les meilleurs termes, Monsieur. Je dirais presque que je la crois éprise de vous.

— Quoi ? ridicule ! Et après tout... cela ne me regarde pas, n'est-ce pas ?

— Vous n'avez pas tiré avantage de ses sentiments pour vous, j'espère ?

Elle se leva et traversa la pièce pour aller s'habiller derrière un paravent. Mais, avant de disparaître, elle laissa glisser légèrement son peignoir pour découvrir un de ses beaux seins. Elle voulait toujours être admirée par tous les hommes, quelque peu d'intérêt qu'ils pussent présenter pour elle. Cependant elle couchait uniquement avec Charles – ou seule !

Sir Frédéric fut quelques minutes avant de répondre, mais le fit avec emphase :

— Seigneur ! non. Je ne lui ai même jamais posé une question indécente. Bien que, pour être franc, si je l'eusse fait, je n'aurais peut-être pas été déçu.

— Mais vous êtes trop homme d'honneur pour faire une tentative ?

— Je crains, Madame, qu'elle ne soit pas tout à fait de mon goût.

— Vraiment, sir Frédéric. Et pourquoi donc, je vous prie ?

Frédéric se sentait joué. Quand elle l'avait fait demander, il avait raconté à tous ses amis que la jeune comtesse de Danforth était tombée éperdument amoureuse de lui et l'avait fait mander pour coucher avec elle. Il commençait à comprendre qu'elle ne le voulait pas et jouait peut-être le rôle d'entremetteuse pour sa belle-mère. Il aurait vraiment l'air d'un bel imbécile si elle cherchait à l'aiguiller sur cette vieille haridelle.

— Mais elle est beaucoup plus âgée que moi, comtesse. Mon Dieu ! Elle a au moins quarante ans ! Les vieilles femmes aiment les hommes jeunes, mais je crains que la réciproque ne soit pas vraie !

Habillée maintenant, Ambre alla à sa coiffeuse et se mit à fouiller dans une boîte pleine de bijoux. Rien, dans sa nouvelle existence à la Cour ne lui causait plus de plaisir que de se sentir assez riche et puissante pour pouvoir disposer à sa convenance de la vie des autres.

— Eh bien ! alors, sir Frédéric, je regrette...

Elle mit un bracelet.

— J'avais cru pouvoir vous aider en cette occasion. Elle possède une grosse fortune, vous savez !

Elle jouait d'un air distrait avec ses bijoux.

Il s'anima immédiatement, se redressa et se pencha en avant :

— Une grosse fortune, avez-vous dit ?

Elle le regarda d'un air étonné :

— Mais oui, naturellement. Ne le saviez-vous pas ? Mon Dieu, mais elle a une centaine de soupirants, éperdument désireux de l'épouser. Elle se demande qui choisir, et je croyais qu'elle avait un faible particulier pour vous.

— Une fortune ! Je croyais qu'elle n'avait pas un sou vaillant ! Tout le monde m'avait dit... Eh bien ! comtesse, vous m'en voyez réellement surpris !

Il avait l'air stupéfié, incapable de croire à la bonne chance qui le favorisait ainsi.

— Combien... c'est-à-dire ?...

Ambre vint à son secours.

— Oh ! environ cinq mille livres, je crois.

— Cinq mille ? Par an !

Cinq mille livres par an, cela représentait en effet une immense fortune.

— Non, dit Ambre, cinq mille en tout. Et naturellement, elle a quelques terres à côté.

Manifestement il était déçu, ce que voyant elle ajouta :

— Je crois qu'elle est sur le point d'accepter le jeune – comment s'appelle-t-il donc ? celui qui porte toujours un costume de satin vert ? Mais si vous le devancez, peut-être auriez-vous quelque chance !

Moins de quinze jours après, sir Frédéric épousait la nouvellement comtesse, ex-baronne douairière. Ambre donna cinq mille livres à sa belle-mère en échange de l'engagement formel de ne plus jamais solliciter d'elle le moindre shilling.

Lady Stanhope se montra tout d'abord indignée et refusa en disant qu'elle pouvait disposer de toute la fortune de son fils. Ambre la persuada promptement qu'en cas semblable elle serait soutenue par le roi, et Lucilla finit par se déclarer fort heureuse d'avoir cinq mille livres qui payaient largement ses dettes, en lui laissant un capital substantiel. Mais elle ne pensait guère à l'argent. Ce qui l'excitait surtout, c'était la perspective d'être de nouveau une femme mariée, et mariée cette fois à un beau jouvenceau qui ne paraissait pas se rendre compte qu'elle était assez âgée pour être sa mère. La cérémonie eut lieu la nuit et, bien que Gérald fût très embarrassé par la conduite de sa mère, Ambre se montra amusée, soulagée et légèrement méprisante.

Une fois débarrassée de la mère, elle songea au fils. Elle savait que Gérald avait une intrigue avec Miss Polly Stark, une fort jolie jeunesse de quinze ans, qui avait pris récemment une petite boutique au Change où elle vendait des rubans et autres fanfreluches. Aussi, un soir de fin novembre, au moment où Gérald entrait dans le salon de Sa Majesté, elle quitta la table de jeu et alla à lui.

Comme toujours quand il se trouvait en face de sa femme, il parut perplexe et effrayé. Il crut qu'elle allait lui faire des reproches au sujet de Miss Stark :

— Mon Dieu ! s'écria-t-il, il fait terriblement chaud ici ! C'est à en périr !

— Oh ! je ne trouve pas ! fit Ambre d'une voix douce. Dieu que vous portez un beau costume. Votre tailleur est vraiment inégalable !

— Comment ? Merci, Madame !

Interloqué, il se regarda, puis s'empressa de retourner le compliment :

— Et que voici une belle robe !

— Merci, Monsieur ! J'en ai acheté les rubans chez une jeune femme qui s'est récemment installée au Change. Elle s'appelle Miss Stark, je crois, et possède un assortiment remarquable.

Il devint cramoisi. Ainsi donc il s'agissait bien de Miss Stark. Il regretta d'être venu au palais.

— Miss Stark ? répéta-t-il. Mort-Dieu, ce nom me dit quelque chose !

— Réfléchissez bien et je crois que vous vous souviendrez d'elle. Elle vous connaît très bien.

— Vous lui avez parlé ?

— Oh ! oui ! Plus d'une demi-heure. Nous sommes de grandes amies.

— Oui ?

Elle éclata de rire et lui donna une tape sur le bras :

— Voyons, Gérald, n'ayez pas l'air si niais. Comment pourriez-vous être dans le train si vous n'entreteniez pas une jeune personne ? Je vous jure que je ne voudrais pas d'un mari fidèle, cela me ridiculiserait !

Il la regarda, stupéfait, puis, baissant les yeux, s'absorba dans la contemplation de ses souliers. Il ne savait pas très bien si elle parlait sérieusement ou se moquait de lui. Dans tous les cas, il se sentait ridicule et ne savait que dire.

— Et à quoi pensez-vous ? poursuivit Ambre. Elle se plaint de votre ladrerie.

— Quoi ? ladre ? Moi ? Eh bien ! Madame. Elle veut un carrosse et un appartement à Drury Lane ; elle ne veut porter que des bas de soie, et Dieu sait quoi, encore ! C'est une coquine, terriblement dépensière : l'entretien du Pont de Londres me reviendrait moins cher !

— Pourtant, dit Ambre, vous ne pouvez passer pour un jeune homme lancé si vous n'entretenez pas une maîtresse, n'est-ce pas ?

Il lui jeta un nouveau coup d'œil perplexe :

— Quoi... je... Oui, évidemment, c'est la mode, mais...

— Et si vous voulez avoir une maîtresse, il faut qu'elle soit jolie et celles qui le sont reviennent cher...

Puis, d'un ton sérieux :

— Voyons Monsieur, si nous faisions un marché, tous deux ? Je donnerai deux cents livres par an à Miss Stark, tant qu'elle sera dans vos bonnes grâces, et je vous en allouerai quatre cents. Vous me signerez un papier acceptant de limiter vos dépenses personnelles à cette somme et de pas m'en demander davantage. Si vous faites des dettes, je n'en serai pas tenue pour responsable. Qu'en dites-vous ?

— Oh ! naturellement, c'est très généreux à vous, Madame. Mais je pensais... c'est-à-dire... ma mère m'a dit...

— La peste soit de votre mère ! Ce qu'elle dit m'est égal ! Cela vous convient-il, oui ou non ? Parce que, si vous n'êtes pas d'accord, je demanderai à Sa Majesté de parler à l'archevêque au sujet d'une annulation de notre mariage...

— Une annulation ! Mais, Madame, comment pourriez-vous ? Le mariage a été consommé...

— Qui se chargera de le prouver ? Et je crois avoir plus de moyens que vous d'acheter un jury ! Alors, qu'en dites-vous, Gérald ! J'ai le papier tout prêt dans ma chambre. Mon Dieu, que voulez-vous de plus ? Cela me paraît une offre très généreuse, je pourrais ne rien vous offrir du tout, vous savez.

— Bien, très bien, mais seulement...

— Seulement quoi ?

— Ne le dites pas à maman, voulez-vous ?

LI

James était accoudé à l'appui de la fenêtre et contemplait quelques dames qui se promenaient dans le jardin ; il siffla doucement et, comme elles levaient les yeux vers lui, leur fit un geste amical de la main. Surprises, elles éclatèrent de rire et l'invitèrent à descendre auprès d'elles, mais il se livra à une pantomime, secouant la tête et haussant les épaules. Puis, comme une porte s'ouvrait derrière lui, il se composa une attitude, ferma la fenêtre et se retourna.

Anne Hyde sortait de chez son royal beau-frère, sa vilaine bouche tremblante d'émotion, reniflant et portant un mouchoir chiffonné à ses yeux. Les années qui venaient de s'écouler ne l'avaient pas embellie. Elle avait maintenant trente ans. Son ventre était ballonné par six grossesses successives, et elle était envahie par la graisse, car elle aimait la bonne chère. Son visage était plein de vilaines petites pustules rouges. Anne avait attrapé la syphilis de Son Altesse Royale. Et pourtant elle conservait une sorte de grandeur. Elle n'était pas aimée, mais respectée et crainte. Tout le monde savait qu'elle exerçait son empire sur le duc, qu'elle lui commandait ce qu'il devait faire et dire au Conseil de la Couronne, et qu'il lui obéissait. Lentement, elle ferma la porte. Il la regarda d'un air interrogateur tandis qu'elle essayait de se reprendre.

— Que vous a-t-il dit ? finit-il par demander.

— Ce qu'il m'a dit ? répéta-t-elle en se tordant les mains. Je n'en sais rien ! Il m'a écoutée, très poliment. Mais il n'a rien voulu promettre. Oh ! Altesse, que puis-je faire ?

York haussa les épaules d'un air maussade :

— Je ne sais pas !

Les yeux d'Anne étincelèrent tout à coup :

— Vous ne savez pas ! Cela vous ressemble bien ! Vous ne savez jamais que faire, quoi qu'il arrive ! Vous ne saurez que faire quand vous serez roi ! Que Dieu vous protège si je ne suis pas là pour vous le dire ! Écoutez-moi...

Elle alla à lui, le prit par son pourpoint et le secoua :

— Vous n'allez pas rester là comme un imbécile à voir mon père chassé par une bande d'intrigants, de chacals menteurs ! M'entendez-vous ? Allez voir le roi ! Parlez-lui. Faites-lui comprendre ce qu'ils cherchent à faire ! Après toutes les années que mon père a consacrées au service des Stuart, après son loyalisme et son dévouement, il ne peut pas agir ainsi. Il ne *peut* pas le renvoyer ! Allez, et dites-le-lui...

— J'essaierai, dit York sans conviction.

Il sortit et frappa à une porte voisine. Le roi cria d'entrer :

— J'espère que je ne vous dérange pas, Sire ?

Charles se retourna avec un sourire. S'il savait pourquoi son frère venait, il n'en montra rien :

— Pas du tout, James ! Entrez. Vous arrivez juste à point pour adresser un message à Minette. Que dois-je lui dire de votre part ?

Le duc, les sourcils froncés, occupé par ses propres pensées, hésita un instant avant de répondre :

— Quoi ? dites-lui que j'espère la voir bientôt.

— C'est ce que je lui écris. Elle compte venir l'an prochain. Alors, James, qu'y a-t-il ? Vous avez un ennui ?

James s'assit et se frotta les mains d'un air pensif :

— Oui, Sire.

Il se tut, tandis que son frère l'observait :

— Anne craint, finit-il par dire, que vous n'ayez pas l'intention de vous conduire amicalement envers le chancelier.

Charles sourit :

— Elle se trompe entièrement. Je me conduirai envers lui aussi amicalement que je le pourrai. Mais vous savez aussi bien que moi, James, que ce n'est pas uniquement mon affaire. J'ai un Parlement devant lequel il me faut répondre de mes actes, et ce Parlement est d'humeur fort critique en ce moment.

— Mais Votre Majesté ne sacrifierait pas un homme qui l'a servi si longtemps et si bien, uniquement pour donner satisfaction au Parlement ?

James n'avait pas très bonne opinion du corps qui gouvernait le pays, ni des compromis que son frère passait avec lui. « Cela changera, se disait-il, quand je monterai sur le trône. »

— Personne n'apprécie plus que moi les services du chancelier. Mais la vérité est qu'il a usé ses possibilités envers moi et l'Angleterre. Je sais qu'on le blâme pour bien des choses qui ne sont pas de sa faute, mais le fait est qu'on le hait au Parlement. On y veut être débarrassé de lui pour toujours. Quels services peut rendre un homme en une telle situation ?

— Ce n'est peut-être que temporaire, si Votre Majesté veut bien prendre la peine de l'aider à en sortir.

— C'est plus que cela, James. Je sais qu'il est loyal et capable, mais il n'en est pas moins embourbé dans un marais d'idées démodées. Il ne veut pas se rendre compte que la rébellion a changé bien des choses en Angleterre. Il ne sent pas et – ce qui est pire – ne *veut* pas sentir que des voies nouvelles s'ouvrent aujourd'hui. Non, James, je crains que le règne du chancelier ne soit clos.

— Clos ? Entendez-vous par là, Sire, que vous avez l'intention de le renvoyer ?

— Je ne crois pas avoir d'autres possibilités. Il a peu d'amis pour lui venir en aide, jamais il ne s'est donné la peine d'acheter quelques loyaux partisans. Il a toujours été au-dessus de telles pratiques.

— Bon ! mais Sire, puisque nous en sommes à la franchise, pourquoi ne dites-vous pas la vraie raison pour laquelle vous avez l'intention de le chasser ?

— Je vous l'ai dite.

— Une autre opinion se fait jour parmi les jardins du palais. Suivant certaines rumeurs, Votre Majesté pourrait tout pardonner au chancelier, sauf d'avoir exercé son influence sur Mrs. Stewart en faveur de Richmond !

Les yeux noirs de Charles étincelèrent :

— Les rumeurs sont souvent fort impertinentes, James, et vous aussi. Si vous me croyez assez sot pour chasser à cause d'une femme un homme qui pourrait m'être utile, vous rendez vraiment peu justice à mes facultés ! Avouez que j'ai été aussi bon pour vous que jamais un roi ne l'a été pour son frère, et vous vivez autant que moi comme un monarque ! Mais, en cette matière, je suis bien décidé. Vous ne me ferez pas changer d'avis ; aussi, je vous prie de ne m'en plus parler.

James s'inclina poliment et quitta la pièce. Les rois, avait-il toujours pensé, devaient être obéis. Mais les courtisans notèrent cependant – et commentèrent – une certaine tiédeur entre les deux frères.

Peu de jours après, le roi fit mander Clarendon à Whitehall. Charles et le duc d'York se rendirent dans les appartements officiels du chancelier et tous trois s'assirent pour causer. Cet entretien pesait à Charles, et il l'eût encore différé s'il ne l'eût jugé absolument nécessaire. Car l'inquiétude se répandait dans le pays et surtout au Parlement ; il espérait l'apaiser par la promesse que tout irait mieux quand ce bouc émissaire national serait mis de côté. Cependant il connaissait Clarendon depuis longtemps et, bien que celui-ci le traitât souvent comme un écolier indiscipliné, critiquant ses amis et ses maîtresses, Charles savait que c'était le meilleur ministre qu'il eût jamais eu et qu'il aurait probablement jamais. Une fois Clarendon parti, il ne serait plus entouré que par des hommes rusés, hostiles, égoïstes, auxquels il faudrait tenir tête avec présence d'esprit afin de gagner, ou sinon ne plus gouverner l'Angleterre.

Mais il n'y avait rien à faire. Charles le fixa :

— Monsieur, comme vous devez le savoir, le désir général est de voir des hommes nouveaux au gouvernement. Je suis désolé d'avoir à vous le dire, mais je ne peux aller contre cette tendance. Le Parlement désire que vous vous retiriez, et je crois qu'il serait sage de prendre les devants.

Clarendon resta longtemps silencieux, puis répondit :

— Votre Majesté ne parle pas sérieusement ?

— Si, Chancelier. Je le regrette, mais c'est ainsi. Croyez bien que je n'ai pas pris cette décision brusquement, ni seul !

Le roi voulait évidemment dire que des milliers d'Anglais partageaient cette opinion.

Mais Clarendon fit semblant de ne pas comprendre et de mal interpréter sa pensée :

— Votre Majesté fait peut-être allusion à Madame ?

Il n'avait jamais appelé autrement Barbara.

— Non, en vérité, non, Chancelier, répondit Charles doucement, sans vouloir se formaliser.

— Je crains que d'indignes familiers de Sa Majesté n'aient sur elle plus d'influence qu'elle ne le croit.

— Tudieu ! Monsieur, répliqua Charles avec une certaine impatience, les yeux traversés d'un éclair, j'espère n'être tout de même pas entièrement déficient au point de vue mental !

Une fois de plus, Clarendon fit le maître d'école :

— Personne, Sire, n'apprécie plus que moi vos dons naturels, et c'est pour cela que j'ai bien souvent déploré de voir Votre Majesté perdre son temps et celui de l'Angleterre en la compagnie de créatures comme Madame et son...

Charles se leva :

— Monsieur, vous m'avez assez souvent entretenu de ce sujet ! Vous m'excuserez si je me refuse à vous écouter de nouveau. J'enverrai le secrétaire Morrice chez vous prendre le Grand Sceau ! Au revoir, Monsieur !

Et il quitta la salle sans se retourner. Clarendon et York le regardèrent partir. Quand la porte fut fermée, leurs regards se croisèrent. Ils restèrent longtemps silencieux. Enfin Clarendon baissa la tête, traversa la pièce et sortit dans le jardin ensoleillé. Près de la porte, assises sur le gazon ou appuyées contre les murs, une vingtaine de personnes, hommes et femmes, attendaient ; la nouvelle s'était répandue que le chancelier était avec le roi et l'on s'était rassemblé pour le voir sortir. Les sourcils froncés, il les regarda et, comme les têtes se détournaient et que les lèvres souriaient, il passa au milieu d'eux sans s'arrêter. Derrière lui, il entendit s'élever un murmure.

Il était presque arrivé au bout du jardin, quand une joyeuse voix féminine lui cria :

— Adieu ! chancelier !

C'était Lady Castlemaine à son balcon, entourée de cages d'oiseaux au brillant plumage. À sa droite se tenait Lord Arlington, Bab May à sa gauche.

— Adieu Chancelier, répéta-t-elle. Je crains que nous n'ayons plus l'occasion de nous rencontrer.

Les jeunes gens réunis dans le jardin éclatèrent de rire. Un instant les yeux de Clarendon rencontrèrent ceux de Lady Castlemaine, et cela pour la première fois. Puis il se redressa lentement ; il avait un visage fatigué, vieilli, marqué par les chagrins et les désillusions et qui, en cet instant, exprimait à la fois le mépris et la pitié.

— Madame, dit-il d'une voix calme et basse, mais parfaitement distincte, si vous vivez, vous deviendrez vieille.

Puis il continua son chemin et disparut, tandis que Barbara le suivait des yeux, désagréablement impressionnée.

La crainte et l'inquiétude régnaient dans le palais. Les gens se méfiaient les uns des autres ; ceux qui passaient pour être amis se parlaient à peine et traversaient les couloirs comme s'il n'existait ni amis, ni ennemis. Des murmures passaient de bouche en bouche, des rumeurs circulaient, semblables aux brises vagabondes qui vous effleurent et disparaissent. Personne ne se sentait en sécurité. Le chancelier s'en était allé, mais ses ennemis ne se sentaient pas aussi satisfaits qu'ils l'avaient pensé. À qui le tour, maintenant ? Bien des gens prétendaient que ce serait Lady Castlemaine. Barbara l'entendit dire, mais elle ne s'en inquiéta pas. Si jamais ce jour venait, elle se sentait parfaitement capable de manœuvrer, comme elle l'avait fait dans le passé. Elle menait sa petite vie confortable à la Cour et n'entendait pas en être chassée.

Mais un beau matin qu'elle était couchée avec Mr. Jermyn, Wilson, sa caméristе, se précipita dans la chambre, très émue.

— Votre Grâce, oh ! Votre Grâce ! Il arrive !

Barbara s'assit dans son lit en repoussant ses cheveux d'un geste irrité, tandis que Jermyn sortait la tête des couvertures, l'air interrogateur.

— De qui diable parlez-vous ? Je croyais que...

— Mais c'est le roi ! Il traverse le hall, et sera là dans un instant.

— Mon Dieu ! Retenez-le une minute ! Jermyn, pour l'amour du Ciel, ne restez pas là à regarder dans le vide comme un imbécile et levez-vous !

Henry Jermyn descendit péniblement du lit, prit ses culottes d'une main, sa perruque de l'autre et se sauva. Barbara s'étendit de nouveau, en tirant les draps jusqu'à son menton. Elle entendait les épagneuls courir dans la pièce voisine, et le rire étouffé du roi tandis qu'il parlait à Wilson. (La rumeur publique prétendait qu'il n'était pas insensible aux charmes de la jolie soubrette de Barbara.) Ouvrant un œil, elle aperçut, non sans horreur, que Jermyn avait oublié son soulier ; elle s'en empara vivement et le fourra dans son lit. Puis elle ferma les rideaux de l'alcôve et fit semblant d'être endormie.

Elle entendit la porte de la chambre s'ouvrir ; les deux chiens, immédiatement, se faufilèrent sous les rideaux et sautèrent sur le lit en lui léchant le visage. Barbara murmura une sorte d'imprécation et sortit un bras, pour les écarter, juste au moment où Charles tirait les rideaux en souriant, point du tout abusé par le regard endormi qu'elle levait sur lui. Il fit descendre les deux chiens.

— Bonjour, Madame.

— Oh ! Bonjour, Sire !

Elle s'était assise dans son lit, repoussant ses cheveux d'une main et retenant pudiquement le drap de l'autre :

— Quelle heure est-il ? Très tard ?

— Près de midi.

Il se pencha, saisit le long ruban bleu du soulier de Mr. Jermyn, tira lentement, et l'éleva en l'air, le considérant d'un air railleur comme s'il ne savait pas très bien ce que c'était. Barbara l'observait avec inquiétude. Il fit tourner lentement la chaussure au bout de son lacet, l'examinant attentivement sous toutes ses faces.

— Alors ! dit-il enfin. C'est donc là le dernier passe-temps des dames de qualité, remplacer le gentilhomme par son soulier ? J'ai entendu dire que cela avait beaucoup d'avantages ! Quelle est votre opinion à ce sujet, Madame ?

— Mon opinion c'est que quelqu'un m'a espionnée et vous a envoyé ici pour me surprendre ! Eh bien ! Je suis seule, ainsi que vous pouvez le voir. Cherchez derrière les paravents et les draperies, je vous en prie, pour en avoir le cœur net.

Charles sourit et lança le soulier aux épagneuls, puis il s'assit sur le lit et la regarda bien en face :

— Permettez-moi de vous donner un conseil, Barbara. Comme un vieil ami. Je crois que vous en auriez plus pour votre argent avec Jacob Hall qu'avec Mr. Jermyn. (Jacob Hall était un bel acrobate musclé qui s'exhibait dans les foires et parfois à la Cour.)

— Oh ! je ne doute pas que Jacob Hall ne soit un gentilhomme aussi accompli que Moll Davis une lady parfaitement distinguée, rétorqua vivement Barbara.

Moll Davis, actrice au théâtre du duc d'York, était la dernière passion du roi.

— Je n'en doute pas non plus, dit-il.

Pendant un instant leurs regards se croisèrent :

— Madame, dit enfin le roi, je crois le moment venu d'une explication entre nous.

Barbara ressentit un choc. Ce n'était donc pas un simple

bavardage… Immédiatement elle fut tout respect et politesse, avec un rien de coquetterie.

— Mais certainement, Votre Majesté. À quel sujet ?

Ses grands yeux violets avaient une expression de parfaite innocence.

— Je crois qu'il est inutile de feindre plus longtemps. Quand un homme et une femme mariés ont cessé de s'aimer, ils n'ont plus qu'à chercher des distractions ailleurs. Fort heureusement, il n'en est pas de même pour nous.

Jamais il n'avait exprimé ses sentiments avec autant de brutalité. Parfois, sous l'empire de la colère, il lui avait parlé avec vivacité, mais elle savait bien que cela ne tirait pas plus à conséquence que ses propres mouvements d'impatience. Maintenant encore, elle se refusait à croire qu'il parlait sérieusement.

— Voulez-vous dire, Sire, que vous ne m'aimez plus ? demanda-t-elle doucement.

Il eut un léger sourire :

— Pourquoi une femme pose-t-elle toujours la question, même quand elle connaît la réponse ?

Barbara eut un léger serrement de cœur. Toute son attitude était celle d'un homme excédé.

— Quelles sont vos intentions ? fit-elle dans un murmure.

— C'est justement ce que je suis venu discuter avec vous. Puisque nous ne nous aimons plus…

— Oh ! mais, Sire, protesta-t-elle vivement, je vous aime ! C'est vous qui…

Il la regarda, franchement mécontent :

— Barbara, pour l'amour de Dieu, pas cela ! Croyez-vous que je me sois jamais imaginé que vous m'aimiez ? Eh bien ! non ! J'avais passé l'âge des illusions quand je vous ai rencontrée. Et si je vous ai aimée – ce que je crois –, ce temps n'est plus. Il me semble donc que le moment est venu de prendre de nouveaux arrangements.

— De nouveaux... Vous avez l'intention de me chasser ?

Il eut un petit rire déplaisant :

— Ce serait un peu comme de livrer le lapin aux chiens, n'est-ce pas ? Ils le mettraient en pièces en deux minutes !

Il la dévisagea de ses yeux noirs amusés et méprisants :

— Non, ma chère. Je me conduirai correctement à votre égard. Nous arriverons bien à nous entendre...

— Oh ! fit Barbara visiblement soulagée.

La question se présentait sous un autre jour. Il voulait « agir correctement » et « arriver à un arrangement ». Elle vit immédiatement quel parti tirer de la situation :

— Je ne désire rien tant qu'être agréable à Votre Majesté. Mais j'espère que vous me donnerez un jour ou deux de réflexion. Il me faut songer à mes enfants. Quoi qu'il advienne, je veux qu'ils ne manquent de rien...

— Nous aurons soin d'eux. C'est entendu. Réfléchissez à vos conditions. Je viendrai jeudi, à cette même heure, en discuter avec vous.

Il se leva, s'inclina cérémonieusement, fit claquer ses doigts pour appeler les chiens et sortit, sans se retourner. Barbara resta assise au pied du lit, les yeux perdus dans le vague, perplexe, mal à l'aise, troublée.

Le jeudi suivant, elle l'accueillit à la porte de sa chambre, élégamment vêtue et soigneusement fardée. Alors qu'il s'attendait plus ou moins à la trouver en larmes, en proie à une crise de colère et de nerfs, elle se montra aimable et charmante, ayant repris ses anciennes manières, quelque peu oubliées depuis deux ou trois ans. Elle renvoya ses femmes et ils s'assirent face à face, se mesurant du regard. Barbara vit tout de suite que le roi n'avait pas changé d'intentions, comme elle l'avait espéré. Elle lui tendit une feuille de papier sur laquelle se trouvait, écrite soigneusement à l'encre noire, la liste de ses revendications.

Tandis qu'il lisait, elle tambourinait des doigts sur le bras de son fauteuil. Charles parcourut rapidement les feuillets et sifflota. Puis, sans la regarder, il se mit à énumérer à haute voix :

— Vingt-cinq mille livres pour payer vos dettes. Dix mille de pension annuelle, un duché pour vous et des comtés pour les garçons...

Il lui jeta un coup d'œil rapide, d'un air à la fois ironique et mécontent :

— Tudieu, Barbara ! Vous me prenez pour le roi Midas ? Dites-vous bien que je ne suis que le pauvre Charles Stuart, dont le pays vient de subir la pire épidémie et le plus grand incendie de l'Histoire et qui, du fait de la guerre, est épuisé de dettes. Que diable ! vous savez bien que je n'ai pas les moyens de vous offrir tout cela !

Il repoussa le papier d'un geste de la main. Barbara haussa les épaules en souriant :

— Comment pourrais-je le savoir, Sire ? Vous m'avez donné plus que cela, dans le passé, et maintenant vous voulez vous débarrasser de moi, bien que je n'aie commis aucune faute. Mais, mon Dieu ! Votre Majesté, par pure correction, devrait me donner davantage. Il faut beaucoup d'argent pour lutter contre l'hostilité du monde. Vous le savez mieux que personne. Je ne pourrai m'en tirer à moins, une fois que vous m'aurez chassée. Comment ! mais la vie ne vaudrait pas la peine d'être vécue, alors !

— Je n'ai pas l'intention de vous réduire à une existence misérable. Mais vous savez vous-même qu'il m'est impossible de souscrire à des engagements pareils.

— D'autre part, la mère de cinq de vos enfants ne doit pas être réduite à la mendicité le jour où vous êtes lassé d'elle ! De quoi auriez-vous l'air, Sire, si le monde savait que vous m'avez chassée avec une rente mesquine ?

— Savez-vous qu'il existe en France des couvents très

confortables où une dame de votre religion peut vivre fort agréablement pour moins de cinq livres par an ?

Barbara le regarda un instant, puis elle éclata de rire :

— Vraiment ! vous êtes drôle parfois ! Voyons, Sire, m'imaginez-vous dans un couvent ?

Il sourit malgré lui :

— Pas très bien, fit-il. Pourtant je ne peux pas vous verser une telle pension.

— Eh bien ! alors, nous pourrions peut-être nous arranger autrement.

— Et comment ?

— Pourquoi ne resterais-je pas ici ? Peut-être ne m'aimez-vous plus, mais cela ne vous gênera certainement pas que je continue à vivre au palais. Je ne vous ennuierai plus, je suivrai mon chemin et vous le vôtre. Après tout, n'est-ce pas injuste de me rendre malheureuse parce que vous avez cessé de m'aimer ?

Il ne se faisait pas d'illusion sur la sincérité de ses paroles, et, cependant, il commençait à croire que ce serait peut-être la solution la plus simple. Pas de séparation brusque, point de scènes pénibles, une scission lente et aisée. Et, un jour, elle partirait, de son plein gré. Oui, c'était là, sans doute, le mieux. En tout cas ce qui causerait le moins d'ennuis et de dépenses immédiates.

Il se leva :

— Très bien, Madame. Ne me tracassez plus et tout ira pour le mieux. Menez la vie qu'il vous plaira, mais aussi tranquillement que possible. Autre chose : si vous n'en parlez à personne, rien ne s'ébruitera, car, moi, je n'en dirai rien.

— Oh ! merci, Sire ! Vous êtes bon !

Elle s'approcha de lui et lui fit des yeux caressants. Elle espérait encore qu'un baiser et une heure au lit pourraient tout changer, chasser l'animosité et la méfiance qui avaient succédé à la passion du début. Il la contempla fixement, sourit, eut un petit geste de la main, s'écarta et finalement sortit. Barbara le suivit des yeux, immobile, figée, comme si elle avait reçu une gifle.

LII

Ambre adorait faire partie de la Cour. La connaissance intime qu'elle en avait maintenant ne lui avait pas causé de désillusions. Pour elle la Cour représentait encore le vaste monde et tout ce qui s'y passait était du plus vif intérêt et revêtait une importance particulière. Buckingham lui-même n'était pas plus persuadé qu'elle de la quasi-divinité des courtisans. Et maintenant elle faisait partie de leur cercle. Sans la moindre difficulté elle se laissa entraîner par le torrent de la vie de Cour, et y évolua aveuglément.

Elle courait les dîners, le théâtre et les bals. Elle était invitée partout et ses propres réceptions étaient très fréquentées, car il était dangereusement impolitique de manquer d'égards à une maîtresse du roi. Son salon était souvent plus peuplé que celui de la reine, et elle tenait de nombreuses tables de jeu : l'ambre, le trente et quarante, la mouche et divers jeux de dés. Les mendiants des rues commençaient à l'appeler par son nom, ce qui était une preuve certaine de notoriété. Des écrivains à tout faire, et des auteurs de pièces hantaient son antichambre, voulant lui dédicacer une nouvelle comédie ou un sonnet. Le premier jeune écrivain qu'elle avait généreusement patronné – en lui faisant cadeau de cinquante livres sans se donner auparavant la peine de lire son poème – avait écrit une violente satire sur la Cour et ceux qui en faisaient partie, elle incluse.

Elle dépensait comme si elle avait hérité du Trésor Royal

et, bien que Shadrac Newbold fît des placements pour elle et tînt ses comptes, elle ne prêtait aucune attention à l'argent qui entrait ou sortait. La fortune que lui avait laissée Samuel lui paraissait inépuisable.

Il y avait d'ailleurs mille manières de se procurer de l'argent à la Cour, quand le roi vous honorait de ses faveurs ! Un jour il lui permit de mettre en loterie de la vaisselle plate ornée de la Couronne. Il lui loua à bas prix six cents acres de terre, pour cinq ans, qu'elle sous-loua immédiatement beaucoup plus cher. Pendant un an il lui fit don des droits d'ancrage des bateaux amarrés dans l'estuaire. Elle reçut le produit de la vente des sous-bois de certains taillis de la nouvelle forêt. Elle se livra également à des tripotages particulièrement lucratifs. Charles lui fit des présents venant de certaines taxes irlandaises. Les ambassadeurs étrangers la couvraient de cadeaux, en proportion de l'influence qu'ils lui supposaient auprès du roi. Rien que sur ces seules ressources, elle eût déjà pu vivre sur un très grand pied.

Juste avant la Noël, elle entreprit de faire décorer et meubler à neuf ses appartements. Pendant quatre mois, ils furent remplis d'artisans qui peignaient, clouaient, frottaient. Ambre fit apporter le mobilier de Lime Park et passa des journées à inventorier les biens de Radclyffe qu'elle avait obtenus avec la connivence du roi. Elle conserva les rideaux, les tableaux et les meubles qu'elle aimait et vendit le reste à l'encan. Les raretés et objets précieux qui avaient été l'intérêt de la vie de Radclyffe, ses collections, le fruit de son travail, tout fut ainsi vendu à des gens qu'il avait méprisés, ou utilisé comme décor par une femme envers laquelle il n'avait eu que du dédain. Le triomphe d'Ambre – complet et terrible – était la victoire de la vie sur la mort impuissante. Elle en éprouva une infinie satisfaction.

Charles et sa Cour avaient rapporté de France un goût tout différent en matière d'ameublement. Le nouveau style était à la fois plus délicat et plus prodigue. Le noyer remplaçait les grosses pièces en chêne sculpté, de riches tapis de Perse ou de Turquie les nattes de jonc. Aucune extravagance n'était contraire au bon goût, les dames et les courtisans luttaient à qui parviendrait à produire l'effet le plus spectaculaire. Ambre n'entendait se laisser dépasser par personne.

Elle fit abattre des murs et en éleva d'autres, afin de modifier les espaces. Elle voyait tout en grand ! L'entrée même devint de dimensions colossales, munie de tout ce qui était nécessaire au confort de ceux qui attendaient. Mais seules la meublaient des tentures de soie verte, deux statues italiennes en marbre noir, et une multitude de chaises dorées.

Le salon, qui donnait sur le fleuve, eut soixante-quinze pieds de long et vingt-cinq de large. Les murs étaient tendus d'une soie rayée noir et or et, le soir, les rideaux masquaient les fenêtres. Tapis brodés de perles, meubles délicatement sculptés recouverts d'une épaisse couche d'or, coussins de velours émeraude, nombreux guéridons épars – Charles préférant un buffet à une table servie : bien souvent Ambre donnait là ses dîners. Au-dessus de la cheminée trônait un portrait d'elle, personnifiant sainte Catherine.

Toutes les dames de la Cour aimaient à se faire peindre sous les noms de saintes. Catherine ayant été reine, Ambre portait une robe magnifique et avait une couronne sur la tête. Elle tenait un livre et la palme des martyrs. Son expression était pensive et douce.

Une petite antichambre, toute tendue de blanc – le moricaud italien de Radclyffe y était placé sur une table dorée, devant la glace – séparait le salon de la chambre à coucher dont l'aménagement avait coûté à Ambre plus que celui de tout le reste de l'appartement.

Toute la pièce, du haut en bas, était garnie de glaces,

importées de Venise et passées en fraude au bureau des douanes, avec la complicité de Sa Majesté. Le plancher, dallé de marbre noir de Gênes, passait pour le plus beau d'Europe. Sur le plafond, un artiste du nom de Streater avait peint les amours de Jupiter, au milieu d'un essaim de femmes nues aux hanches arrondies et aux seins opulents, saisies dans mille postures en compagnie d'humains ou d'animaux.

Trônait un lit, immense, à quatre colonnes, avec un dais gigantesque, incrusté d'argent et garni de rideaux de velours écarlate. Tout le mobilier y était plaqué d'argent, et les sièges – de la plus petite chaise aux vastes fauteuils devant la cheminée – étaient capitonnés eux aussi de velours écarlate. Au-dessus de la cheminée, un autre portrait d'Ambre, plus intime et bien typique, peint par Peter Lely. Elle y était étendue sur un amas de coussins noirs, outrageusement nue, souriant du coin de l'œil à ceux qui s'arrêtaient à la regarder.

Cette pièce était empreinte d'une personnalité violente, presque sauvage. Aucun être humain ne pouvait y prendre une quelconque importance. Et cependant, elle suscitait l'envie de tout le palais, car jamais semblable extravagance n'avait encore été vue. Ambre, que cette chambre n'impressionnait nullement, l'aimait pour son arrogance, son intransigeante provocation, sa beauté crue et violente. Elle représentait à ses yeux tout ce qu'elle avait imaginé pouvoir demander à la vie, et tout ce qu'elle avait obtenu. C'était le symbole de son succès.

Mais, maintenant qu'elle l'avait, cela ne suffisait pas à la rendre heureuse.

Car, bien que ses journées fussent constamment occupées par d'incessants bavardages, des essayages, des parties de jeu, des soirées au théâtre, des soupers, jamais elle ne parvenait à oublier Bruce Carlton. Son souvenir ne la quittait pas, quoi qu'elle fît.

Vers la mi-mars, Almsbury arriva à Londres, seul, pour régler des affaires et prendre quelques amusements. Ambre ne l'avait pas vu depuis le mois d'août et la première question qu'elle lui posa fut pour demander s'il avait eu des nouvelles de Bruce.

— Non, répondit le comte. Et vous ?

— Moi ? fit-elle avec humeur. Naturellement pas. Il ne m'a jamais écrit une ligne. Mais il aurait pu, au moins, vous faire savoir comment il allait.

Almsbury haussa les épaules.

— Il est occupé, et, tant que je ne sais rien de lui, c'est que tout va bien. Sinon, il me le ferait dire.

— En êtes-vous sûr ?

Elle eut un regard furtif.

Ils étaient dans sa chambre à coucher. Ambre était étendue sur un canapé, ses belles jambes croisées.

— Que voulez-vous dire ? fit Almsbury en fronçant les sourcils. Si vous espérez qu'il est arrivé malheur à Corinne, vous feriez tout aussi bien d'y renoncer. Souhaiter la mort d'une autre femme ne vous donnera jamais ce que vous désirez, vous le savez tout comme moi. Jamais Bruce n'a eu l'intention de vous épouser.

Parfois l'attitude du comte révélait une sorte d'impatience contenue et de cruauté vis-à-vis d'elle. Mais elle était si sûre de lui que cela ne l'inquiétait guère. Cependant elle se montrait vite offensée.

— Comment le savez-vous ? C'eût été possible, maintenant que je suis comtesse.

Son visage se durcissait à la pensée de Corinne et sa lèvre supérieure se contractait avec une expression obstinée.

— Ambre, ma chère, dit-il d'une voix adoucie, pleine d'affectueuse pitié. Il est inutile de vous leurrer, n'est-ce pas. Il ne l'a pas épousée parce qu'elle était riche et titrée. Plus que probablement il ne l'aurait pas épousée si elle n'avait été ni l'un, ni l'autre – nul homme de sa position ne l'eût fait. Mais s'il n'avait recherché *que* cela, il serait marié depuis longtemps. Non, mon cœur, soyez sincère avec vous-même. Il l'aime.

— Mais il m'aime aussi ! s'écria-t-elle avec désespoir. Oh ! il m'aime, Almsbury, vous savez bien qu'il m'aime !

Sa voix et ses yeux devinrent tout à coup implorants :

— Vous croyez qu'il m'aime, n'est-ce pas ?

Almsbury sourit et lui prit la main :

— Ma pauvre petite chérie. Oui, je le crois, et je finis par croire aussi que vous l'auriez aimé *même* s'il vous avait épousée !

— Naturellement que je l'aurais aimé ! s'écria-t-elle.

Puis, comme honteuse :

— Ne me taquinez plus, Almsbury !

Elle détourna les yeux, nerveuse, se sentant ridicule. Et, tout à coup, elle explosa :

— Oh ! c'est que je l'aime, Almsbury. Vous ne pouvez pas vous imaginer à quel point je l'aime. Je ferais n'importe quoi, n'importe quoi au monde pour l'avoir. Et je l'aimerais toujours, même si je le voyais tous les jours et toutes les nuits pendant mille ans. Oh ! vous savez bien que c'est vrai. Almsbury : je n'ai jamais aimé d'autre homme, je n'ai jamais pu.

Voyant l'étrange expression du comte, elle eut peur de l'avoir blessé.

— Oh ! naturellement que je vous aime, Almsbury, mais autrement, je...

— Ne vous en faites pas, Ambre. Ne cherchez pas à m'expliquer... j'en sais plus que vous à ce sujet. Vous aimez trois personnes : le roi, Bruce et moi. Et chacun de nous, j'en suis persuadé, vous aime. Mais aucun ne peut vous procurer grand bonheur, car vous demandez plus que nous ne voulons vous donner. Il n'est aucun d'entre nous dont vous puissiez vous emparer comme de ce pauvre diable de jeune capitaine – comment donc s'appelait-il ? – ou de ce vieillard en enfance qui vous a légué son argent. Et voulez-vous savoir pourquoi ? Je vais vous le dire : le roi vous aime, mais pas plus qu'il n'aime une douzaine d'autres femmes et n'en aimera d'autres. Nulle femme au monde ne peut le faire souffrir, parce qu'il ne dépend d'elles que pour le plaisir physique. Sa sœur est la seule personne qu'il aime vraiment, mais c'est une tout autre affaire. Bruce vous aime, mais il existe d'autres choses qu'il vous préfère. Et maintenant, il a une femme qu'il aime davantage. Et enfin, ma chère, je vous aime aussi. Mais je n'ai aucune illusion à votre sujet : je sais qui vous êtes, et cela m'est égal ; alors, vous ne pourrez pas non plus me faire souffrir beaucoup...

— Grand Dieu ! Almsbury ! Pourquoi voudrais-je vous faire souffrir, vous ou un autre ? Qui diable a bien pu vous mettre cette lubie en tête ?

— Aucune femme n'est jamais satisfaite quand elle ne sait pas qu'elle peut faire souffrir l'homme qui l'aime. Voyons, soyez franche, c'est vrai, n'est-ce pas ? Vous avez toujours cru pouvoir me rendre malheureux le jour où vous le voudriez...

Il soutint son regard.

Ambre sourit, du sourire d'une jolie femme qui se sait admirée.

— C'est possible, finit-elle par avouer. Mais, êtes-vous bien sûr que je ne le pourrais pas ?

Il resta un instant immobile puis, tout à coup se leva, un large sourire découvrant ses dents blanches :

— Non, mon cœur ! non !

Enfin, l'air de nouveau sérieux :

— Je vous dirai pourtant quelque chose : s'il existe au monde un homme que vous eussiez dû épouser et qui vous eût rendue heureuse, cet homme, c'est moi !

Ambre le considéra avec des yeux étonnés et se mit à rire, tout en se levant :

— Almsbury ! Que racontez-vous ? S'il est un homme que j'aurais dû épouser et qui m'aurait rendue heureuse, c'est Bruce, et vous le savez bien !

— Erreur, ma chère !

Comme elle ouvrait la bouche pour protester, il se dirigea vers la porte et elle le suivit.

— Je vous verrai au salon, ce soir, et nous jouerons les cent livres que vous m'avez gagnées hier !

Elle éclata de rire :

— Impossible, Almsbury. Je les ai dépensées ce matin. Pour m'acheter une nouvelle robe !

Comme il atteignait la porte, elle pouffa de nouveau :

— Non, mais vous nous imaginez mariés ?...

Quand Frances Stewart, maintenant duchesse de Richmond, rentra en ville, la Cour était en proie à une vive émotion. Une fois de plus, tout l'ancien mode d'existence était bouleversé et il s'agissait de reconstruire. Les politiciens, les maîtresses, les laquais et les valets de pied eux-mêmes s'inquiétaient, complotaient, intriguaient, cherchant à se tirer d'affaire quoi qu'il arrive. On espéra que Frances, une fois mariée, aurait plus de bon sens qu'avant, et réoccuperait bientôt la place qui aurait dû être la sienne. Aussi, quand elle s'installa à Somerset House et donna de grandes réceptions, tout le monde s'y rendit. Le roi, toutefois, à la surprise générale, n'y assista jamais et ne parut pas même s'apercevoir de son retour.

Mais ce n'étaient pas seulement les femmes qui fournissaient matière à bavardage. Le duc de Buckingham continuait à faire parler de lui. Au début de l'année, les amis du duc de Shrewsbury le persuadèrent s'il devait se battre en duel avec Buckingham. Il le fit et fut tué. Le duc de Buckingham prit alors Lady Shrewsbury chez lui, et, quand sa petite femme si patiente lui représenta que cet arrangement n'était pas tolérable, il la mit en voiture et la renvoya chez elle.

Charles en fut très amusé et déclara que Sa Grâce n'aurait pu mieux faire pour se déconsidérer plus vite à la Chambre des Communes. Mais Buckingham avait, momentanément, perdu tout intérêt à la Chambre des Communes et à ce qu'on y pensait de lui : il ne restait pas plus longtemps fidèle à une idée qu'à une femme.

D'autres événements, moins sensationnels mais de plus grande importance, survenaient. Bien à contretemps, Clarendon avait finalement été forcé de se retirer à la campagne et tous les ennemis de sa fille en profitaient pour lui faire subir des avanies. Mais Anne supportait leur mépris envieux avec hauteur et indifférence et elle s'arrangea pour maintenir sa cour personnelle avec infiniment d'adresse et d'esprit de décision. Elle se disait que tous ces imbéciles n'avaient aucune importance à ses yeux, car, un jour, un de ses enfants monterait sur le trône d'Angleterre, chaque année qui passait confirmant de plus en plus la stérilité de la reine.

Après le départ de Clarendon, son cabinet fut remplacé par « the Cabal » – la Cabbale –, mot formé par les initiales des cinq noms qui la composaient : Sir Thomas Clifford – le seul honnête homme de la bande et, par conséquent, soupçonné de jouer double jeu –, Arlington – son ami, mais qui n'en était pas moins jaloux –, Buckingham, Ashley et Lauderdale. Tous partageaient la même haine pour Clarendon et craignaient son retour possible. Ils haïssaient presque autant York. À part cela qui les unissait, ils étaient divisés entre eux. Chacun se méfiait et craignait l'autre, et le roi n'avait confiance en aucun, satisfait toutefois d'avoir un gouvernement qui fût un jouet entre ses mains. Car il était plus intelligent qu'eux tous, ensemble ou séparément.

Et c'est ainsi qu'ils se mirent à gouverner la nation.

L'Angleterre signa un traité d'alliance avec la Hollande, grâce auquel Charles parvint à compromettre les Hollandais, si bien qu'au moment où ils seraient prêts à combattre de nouveau, ils ne pourraient plus compter sur l'aide de la France. Charles, en effet, voulait avoir la France de son côté dans la prochaine guerre, et sa correspondance avec sa sœur visait ce but. Le pacte hollandais ainsi que les traités secrets signés à la fois avec la France et la Hollande, assuraient à l'Angleterre la balance du pouvoir en Europe. Et bien que tout cela fût accompli dans le plus grand esprit de chicane politique, cela constituait le type même des méthodes du roi. Car son charme et sa nature débonnaire étaient le paravent qui cachait sa véritable nature et tout ce qu'elle avait de cynique, d'égoïste et de cruel.

C'était le comte de Rochester qui prétendait que les trois principales occupations de l'époque se définissaient comme suit : la politique, les femmes et la boisson ; les deux premières, en tout cas, jamais entièrement séparées.

Charles avait horreur de voir une femme se mêler des affaires de l'État, mais il ne parvint jamais à les en écarter. Et, selon son habitude, il accepta ce qu'il ne pouvait changer. Car, dès qu'une femme avait attiré son attention ou passait pour sa maîtresse, elle était aussitôt assaillie de toutes parts – plus que la reine – par des demandes d'aide, des offres d'argent pour une intervention en vue d'une faveur, des propositions d'alliance avec l'une ou l'autre des factions de la Cour. Ambre avait été mêlée à une bonne douzaine de projets, avant même d'avoir passé quinze jours à Whitehall. Et, à mesure que s'écoulaient les mois, elle se trouvait de plus en plus prisonnière de cette toile d'araignée.

Buckingham, depuis le jour où elle avait été présentée à

la Cour, s'était montré amical et dans son « camp », contre Castlemaine. Ambre, cependant, se méfiait de lui et le méprisait, se gardant bien toutefois de le lui laisser voir : d'un ami douteux, il pouvait sûrement devenir un ennemi menaçant et dangereux. Durant plusieurs mois, ainsi, ils se tinrent sur la réserve, nul ne cherchant à éprouver la bonne foi de l'autre.

Puis, un matin, vers la fin mars, il lui rendit une visite inattendue.

— Eh bien ! Milord, dit Ambre surprise, qu'est-ce qui vous amène de si bonne heure ?

Il était à peine neuf heures et Sa Grâce sortait rarement du lit avant midi.

— De bonne heure ? Ce n'est pas de bonne heure pour moi. C'est au contraire très tard. Je ne me suis pas encore couché ! Avez-vous un verre de vin d'Espagne ? J'ai la gorge terriblement sèche !

Ambre fit chercher un vin capiteux et quelques anchois et, tandis qu'ils attendaient qu'on les servît, le duc se laissa tomber dans un fauteuil, près de la cheminée, et se mit à causer.

— J'arrive de Moor Fields ! Dieu ! Vous n'avez jamais rien vu de pareil ! La jeunesse a envahi deux maisons ! Maman Cresswell glapit comme une folle, et les filles vident leurs pots de chambre sur la tête des garçons ! Ils crient qu'ils vont venir mettre sens dessus dessous la plus grande maison close de la ville : Whitehall !

Ambre eut un rire et servit le vin d'Espagne :

— Et je suis bien sûre qu'ils trouveront un plus grand nombre de putains ici que dans tout Moor Fields !

Buckingham fouilla dans la poche de sa veste et en sortit une feuille de papier chiffonnée, mal imprimée, dont l'encre était encore fraîche, qu'il lui tendit.

— Avez-vous vu cela ?

Ambre parcourut rapidement le feuillet. Il portait comme

titre : « Pétition des courtisanes pauvres à Lady Castlemaine » et, d'après son contenu satirique, était certainement l'œuvre d'un intime de la Cour. En résumé, c'était un appel à Barbara, la reine des courtisanes d'Angleterre, pour qu'elle vînt en aide aux membres malheureux de la profession qu'elle avait contribué à glorifier. Ambre comprit aussitôt que ce devait être un nouveau tour machiavélique du duc, destiné à exaspérer sa cousine, car elle savait qu'ils s'étaient de nouveau disputés. Elle fut à la fois ravie de voir Barbara humiliée et d'échapper elle-même à la critique.

Elle le lui rendit en souriant :

— L'a-t-elle déjà lu ?

— Cela ne tardera pas, en tout cas. Le libelle pullule dans Londres ; des vendeurs le distribuent au Change et à tous les coins de rues. J'ai vu un couvreur qui a failli tomber de son toit, tant il riait. Mais quel monstre oserait troubler Sa Grâce par de telles horreurs !

Ambre eut un air parfaitement innocent :

— Vraiment, oui ! Je me le demande, Votre Grâce... Pouvez-vous l'imaginer ?

Et elle sirota son vin tout en dégustant les anchois salés. Ils se regardèrent un moment en silence, puis tous deux sourirent :

— Oh ! déclara Sa Grâce, peu importe, puisque c'est fait ! Je pense que vous avez entendu dire que Sa Majesté la gratifie de Berkshire House ?

Ambre fronça ses bruns sourcils :

— Oui, évidemment. Elle s'arrange pour que personne ne l'ignore, je vous assure. Et, qui plus est, elle affirme qu'il va créer un duché pour elle !

— Votre Grâce en paraît irritée...

— Moi, irritée ? Oh ! non, Milord ! protesta Ambre. Pourquoi le serais-je, s'il vous plaît ?

— Sans raison, Madame, sans nulle raison !

Il paraissait enchanté, jouissant de la chaleur du feu, du bon vin et caressant quelque agréable pensée.

— J'aurais évidemment préféré qu'il me donnât Berkshire à moi. Quant à un duché, il n'est rien au monde que je désire davantage.

— Ne vous inquiétez pas ! Vous en obtiendrez un, quand il voudra se débarrasser de vous !

Elle le regarda un instant en silence :

— Vous voulez dire, Milord, que ?...

— Parfaitement, Madame. Elle a fini son temps. Elle n'est plus rien à Whitehall. Je ne donnerais pas un pet de son influence à la Cour, maintenant !

Ambre, néanmoins, restait sceptique. Huit années durant, Barbara avait fait la loi au palais, se mêlant de tout, poussant ses amis, tourmentant ses ennemis. Elle paraissait aussi permanente et inaltérable que les pierres des murailles.

— Bien ! dit Ambre finalement. J'espère que vous ne vous trompez pas. Mais, la nuit dernière, je l'ai rencontrée au salon, et elle déclarait que Berkshire était la preuve tangible de l'amour de Sa Majesté pour elle.

Buckingham ricana :

— L'amour de Sa Majesté ! Il ne couche même plus avec elle ! Évidemment, elle s'imagine que nous avalons tous ses histoires. Car, si le monde entier croit que le roi l'aime encore, qu'est-ce que cela peut lui faire que ce ne soit plus vrai ? Mais je suis mieux informé que cela. Je sais une ou deux petites choses...

Ambre était convaincue que Sa Grâce possédait de nombreux moyens d'être bien informé. Peu d'événements, de petite ou de grande importance, échappaient, à Whitehall, à son réseau d'espions et d'informateurs.

— Quoi que sache Votre Grâce, dit Ambre, j'espère que c'est vrai... Mais j'ai peine à croire qu'il ne la reprendra pas : il l'a fait si souvent. Pourquoi lui donnerait-il cette demeure et lui promettrait-il un duché s'il avait rompu avec elle ? Le bruit court même qu'il a été obligé d'emprunter de l'argent pour acheter Berkshire.

— Je vais vous dire pourquoi, Madame. Parce que le roi a le cœur tendre. Après avoir obtenu tout ce qu'il désirait d'une femme, il ne peut pas se résigner à la laisser choir. Oh ! non ! Il lui faut toujours se conduire correctement, reconnaître ses marmots, qu'ils soient ou non de lui, et les couvrir d'or pour qu'ils n'aient rien à craindre du monde méchant. Eh bien ! Madame, je pensais que ces nouvelles vous feraient plaisir ? Vous n'avez jamais, à mon sens, été grandes amies, Barbara Palmer et vous ?

— Je la hais ! Mais, après toutes ces années de puissance, je puis à peine le croire.

— Elle non plus. Mais elle s'y habituera, avant peu. J'étais excédé par ses histoires et je me suis arrangé pour me débarrasser d'elle. Peut-être s'accrochera-t-elle à Whitehall pendant quelques années, mais elle ne comptera jamais plus. Car, une fois que le vieux Rowley est las de quelqu'un, homme ou femme, il ne s'en occupe plus. C'est notre meilleure arme contre le chancelier. Et alors, Madame, je me suis dit qu'il y avait là une place vacante, ouverte à toute femme intelligente qui...

Ambre le regarda bien en face. Être allié à Buckingham n'était pas une situation des plus enviables. Le duc faisait de la politique uniquement pour son amusement personnel. Il n'avait ni principes, ni buts sérieux, mais suivait la lubie du moment, sans le moindre égard pour l'honneur, l'amitié ou la moralité. Il n'était lié à rien, ni à personne. Néanmoins, il possédait un grand nom, une des plus grosses fortunes d'Angleterre et une énorme popularité parmi les riches négociants, la Chambre des Communes et le peuple de Londres. De plus, il avait une sorte de malice vindicative qui, sans être persistante, pouvait soudain devenir fort nuisible. Ambre s'en était rendu compte depuis fort longtemps.

— Et si quelqu'un prenait la place de Lady Castlemaine ? demanda-t-elle doucement.

— Cette place sera prise, je vous en donne ma parole. Le vieux Rowley a toujours été gouverné par des femmes, depuis l'époque de sa nourrice. Et, en ce moment, Madame, cette femme pourrait être vous. Je ne connais personne, en Angleterre, qui soit mieux placée. Tous ces messieurs qui font en ce moment la cour à la duchesse de Richmond s'engagent sur une fausse piste. Jamais elle ne plaira longtemps à Sa Majesté, cette oie ricaneuse, je vous parie ce que vous voudrez ! Je suis un vieux cheval de retour, Madame, je m'y connais en ce genre de choses... Aussi suis-je venu vous offrir mes services !

— Votre Grâce me fait trop d'honneur. C'est plus que je n'en mérite.

Le duc redevint péremptoire :

— Inutile de nous faire tant de salamalecs. Comme vous le savez, Madame, je peux, si je le veux, vous aider ; en échange, vous pouvez m'être de quelque utilité. Ma cousine a commis la faute de penser que tout son travail se faisait au lit, et que son maintien, par ailleurs, n'avait aucune importance. C'était une grave erreur, elle le comprend maintenant, si elle est assez intelligente pour le reconnaître. Mais c'est de l'histoire ancienne et peu nous importe. Je vous avoue franchement, Madame, que j'ai fait une étude approfondie du caractère de Sa Majesté et je me flatte de le mieux connaître que quiconque. Si vous acceptez d'être guidée par moi, je crois que nous parviendrons à façonner l'Angleterre suivant nos propres désirs.

Ambre n'avait aucun désir de façonner l'Angleterre. La politique nationale et internationale ne l'intéressait pas, du moins tant qu'elle n'affectait pas le cours de sa propre vie.

Ses intrigues ne s'étendaient pas – intentionnellement – au-delà des gens qu'elle connaissait et des événements qu'elle pouvait suivre. Elle partageait l'avis de Charles, qui estimait que Sa Grâce avait un grelot dans la cervelle, niais, s'il plaisait au duc de se croire engagé dans de vastes entreprises, elle ne voyait pas la nécessité de le contredire.

— Rien ne pourrait m'être plus agréable, Votre Grâce, que de me considérer comme votre amie et de partager votre bonne fortune.

Elle leva son verre et tous deux trinquèrent.

LIII

Frances Stewart n'aimait pas la vie à la campagne. Elle avait toujours vécu en société, parmi les dîners et les bals, les rires et les potins. La campagne était paisible, monotone ; comparée au palais, sa grande maison lui paraissait solitaire et déserte. Il n'y avait plus de beaux galants pour la divertir, la flatter, lui ramasser son éventail ou l'aider à descendre de cheval. Son mari passait la plus grande partie de son temps sur la propriété et rentrait souvent ivre. Le maître d'hôtel dirigeait la maison – Frances n'avait jamais été habituée au rôle de maîtresse de maison – et les heures vides se traînaient intolérablement. Elle n'appréciait pas le mariage, auquel d'ailleurs elle ne s'était pas attendue à trouver beaucoup de charmes. Elle s'était mariée parce que cela lui était apparu comme le seul moyen de rester une femme honnête et respectée, ce qui avait toujours été son plus cher désir. Sans aucun doute, le duc l'aimait et lui était reconnaissant de l'avoir épousé, mais elle le trouvait singulièrement ennuyeux et lourd, comparé aux gentilshommes si bien élevés de Whitehall, qui connaissaient mille manières de divertir et de faire rire une dame.

Et l'amour la choquait. Elle redoutait chaque nuit, feignait de petites maladies pour écarter son époux. L'idée seule d'être enceinte la révoltait. Constamment elle pensait à la ville et à la Cour, à la vie charmante qu'elle y avait menée. Plus que tout, elle songeait au roi, l'homme le plus beau et le plus charmant qu'elle ait connu. À son grand déplaisir, elle découvrit qu'elle en était éprise et s'étonna de n'en avoir pas plus tôt pris conscience. Sa vie eût été bien différente. Maintenant qu'elle possédait la respectabilité, celle-ci lui paraissait infiniment moins importante que sa mère ne le lui avait affirmé. Que pouvait désirer une femme, quand elle avait la protection du roi ?

Finalement elle cajola et convainquit le duc de retourner à Londres. Au début, ses espoirs parurent se réaliser. L'on se précipitait à ses réceptions et à ses dîners, et elle était plus recherchée et courtisée qu'à sa première et triomphale apparition à Whitehall. Elle savait parfaitement que chacun attendait qu'elle devînt la maîtresse du roi, et elle était enfin disposée à accepter cette position, avec son lot d'avantages et d'inconvénients. Mais Charles, apparemment, ignorait même qu'elle était en ville.

Cela dura ainsi quatre mois. Frances en fut surprise, puis offensée et irritée. Et s'il ne consentait jamais à lui pardonner ? Cette seule pensée la terrifiait, car elle connaissait assez la Cour pour savoir que les courtisans, une fois convaincus de l'indifférence royale, se disperseraient comme des corneilles abandonnant une ville frappée d'épidémie. Avec effroi elle envisageait la perspective de retourner à la campagne, et la suite des années se déroulait, morne et interminable, devant elle.

Soudain, moins d'un an après sa fuite, Frances tomba gravement malade. Les docteurs songèrent d'abord à une grossesse, ou aux fièvres, mais finirent par diagnostiquer avec certitude la petite vérole. Immédiatement le docteur Fraser fit prévenir le roi. Et toute l'irritation de Charles, la conviction cyclique qu'il avait été délibérément joué et ridiculisé par elle disparurent aussitôt, emportées dans un flot d'horreur et de pitié.

La petite vérole ! Elle pouvait en perdre sa beauté ! Telle fut sa première pensée, avant même de songer à la menace mortelle de la maladie, car il lui semblait qu'une beauté semblable était chose inviolable, quasi divine, dont la destruction était un vandalisme, un blasphème. Et Frances représentait plus pour lui qu'il ne voulait l'admettre, car elle avait une fraîcheur et une pureté qu'il ne retrouvait pas chez les femmes de son entourage.

Il eût été immédiatement la voir, mais les docteurs s'y opposèrent de crainte qu'il ne transmît la contagion. Il lui envoya ses meilleurs docteurs, et les persécuta constamment pour avoir des nouvelles : Comment se sentait-elle ? Était-elle mieux aujourd'hui ? Gaie ? Serait-elle marquée ? Ils lui répondaient toujours de manière satisfaisante, mais il sentait qu'ils lui mentaient.

Ce ne fut pas avant la première semaine de mai – un mois après le début de la maladie – qu'ils l'autorisèrent à la voir. Et, quand son carrosse pénétra dans la cour de Somerset House, il y trouva nombre d'équipages variés. Évidemment, le bruit de sa venue s'était répandu, et tous avaient voulu assister au premier revoir. Charles retint un juron et son visage se durcit.

Ce fut Mrs. Stewart, la mère de Frances, qui l'accueillit. Il vit au premier coup d'œil qu'elle était nerveuse, agitée, prête à pleurer. Ce qui le confirma dans la pensée que les docteurs lui avaient menti.

— Oh ! Votre Majesté ! Comme je suis heureuse que vous soyez venue ! Elle désire tant vous voir ! Croyez-moi, Sire, elle ne s'est jamais pardonné le vilain tour qu'elle vous a joué.

— Comment est-elle ?

— Oh ! beaucoup mieux. Certainement. Elle est levée et habillée, mais encore très faible, naturellement.

— Puis-je la voir ?

— Oh ! oui, Votre Majesté ! Si vous voulez bien me suivre.

— D'après ce que j'ai vu dans la cour, je ne suis pas le seul visiteur, aujourd'hui ?

Mrs. Stewart montait l'escalier à ses côtés :

— C'est le premier jour où elle est autorisée à recevoir, voyez-vous. Sa chambre est pleine, toute la ville est ici !

— Alors, je crois que j'attendrai dans l'entrée qu'ils soient partis.

Mrs. Stewart fit partir le monde, prétextant un surcroît de fatigue chez sa fille et, quand le dernier visiteur fut sorti, elle revint chercher Charles.

Elle était étendue sur une chaise longue, face à la porte, et portait une charmante robe d'étoffe soyeuse qui tombait en plis harmonieux jusqu'au sol. Les rideaux avaient été tirés – il était à peine deux heures de l'après-midi – et, bien que plusieurs chandeliers fussent allumés, ils étaient placés à bonne distance d'elle. Charles se découvrit, s'inclina, traversa rapidement la pièce et s'approcha d'elle. Il s'inclina encore une fois, profondément puis, à contrecœur, leva les yeux. Ce qu'il vit lui fit mal.

Elle avait changé. Oh ! même en cette pénombre, comme elle avait changé ! La maladie n'avait rien épargné. Le teint de lis, si pur et si doux, était parsemé d'affreuses taches rouges et de marques de boutons. Toute cette beauté si parfaite s'en était allée. Mais ce qui le frappa le plus douloureusement, ce fut l'infinie détresse qu'exprimait le regard.

Mrs. Stewart était toujours dans la pièce – Charles lui avait demandé de rester – et se tenait derrière sa fille, les mains crispées, l'air anxieux et troublé. Mais Charles et Frances avaient oublié sa présence.

— Mon cœur ! dit-il doucement, se forçant à rompre le silence, Dieu merci, vous voici guérie !

Frances le regarda, luttant pour rester maîtresse d'elle-même, mais n'osant se fier à sa voix. Enfin elle réussit à produire un misérable petit sourire, mais les coins de sa bouche tremblaient :

— Oui, Votre Majesté, je suis guérie !

Sa voix si douce n'était qu'un murmure :

— Mais dois-je m'en féliciter ?

Sa bouche prit une expression amère, elle baissa les yeux et détourna promptement la tête. Puis, soudain, se couvrant le visage des deux mains, elle se mit à pleurer, les épaules et le corps secoués par la violence des sanglots. C'était – il le comprit – non seulement la douleur de se montrer à lui telle qu'elle était, mais aussi l'accumulation de tout ce qu'elle avait enduré depuis quelques heures, les regards curieux et cruels de ces hommes et de ces femmes, si polis, sympathiques, faussement gais. Ils s'étaient vengés de l'admiration et de la flatterie qu'elle avait suscitées par le passé.

Vivement Charles s'agenouilla auprès d'elle, lui prit la main et, de sa voix profonde, tenta de la consoler :

— Je me suis tant inquiété à votre sujet, Frances ! Oh ! mon cœur, pardonnez-moi d'avoir agi comme un sot jaloux !

— Vous pardonner ? Oh ! Sire !

Elle tint son visage dissimulé, mais ses yeux parlaient :

— C'est moi qui dois implorer votre pardon. Voilà pourquoi ce malheur m'est arrivé, je le sais, en punition de ce que je vous ai fait.

— Ne parlez pas ainsi, Frances. Je vous en prie ! Je ne sais pas pourquoi j'ai agi comme un imbécile. Mais quand j'ai entendu dire que vous étiez malade, j'en ai été bouleversé. Si jamais il vous était arrivé malheur... Mais, Dieu merci, vous êtes remise.

Elle le considéra longuement, ayant l'air de se demander s'il se rendait compte du changement survenu en elle, avec l'espoir pathétique que... Mais, à quoi bon ! Évidemment il le voyait ! Tout le monde l'avait vu, pourquoi pas lui ?

— Je suis guérie, oui, murmura-t-elle. Mais je préférerais ne pas l'être. Je voudrais être morte ! Regardez-moi !

Elle laissa tomber ses mains. Sa voix n'était qu'un cri solitaire, angoissé, empli de désespoir. Et Charles entendit sa mère étouffer un sanglot.

— Oh ! regardez-moi. Je suis laide !

Il lui serra la main :

— Mais non, Frances ! Cela ne restera pas, je vous le promets. Eh bien ! vous auriez dû me voir après ma petite vérole ! À faire peur au diable lui-même. Et maintenant, regardez... à peine si vous voyez une marque !

Il relevait la tête, avec vivacité, tenant les deux petites mains pressées sur son cœur. Il avait l'ardent désir de l'aider, de lui redonner foi en l'avenir, bien que lui-même n'en eût guère. Et comme il parlait, les yeux de Frances brillèrent, et quelque chose qui ressemblait à un rayon d'espoir éclaira son visage :

— Voyons, d'ici peu, rien n'indiquera jamais ce que vous avez eu. Vous reviendrez au bal, plus belle que jamais. Plus belle même que le premier soir où je vous ai vue. Vous rappelez-vous, mon cœur, cette robe de dentelles noire et blanche que vous portiez, et ces diamants dans vos cheveux ?

Fascinée, Frances l'écoutait. Ses paroles avaient le son d'une mélodie presque intentionnellement oubliée.

— Oui ! murmura-t-elle. Oui, je me souviens, et vous m'avez demandé une danse...

— Je ne pouvais me lasser de vous regarder, jamais je n'ai vu de si parfaite beauté...

Elle lui sourit, passionnément reconnaissante de sa bonté. Mais le jeu était douloureux et elle savait aussi bien que lui qu'ils cherchaient à se leurrer. Par volonté elle retint ses larmes, tandis qu'assis à côté d'elle il causait, et chercha désespérément à s'abstraire d'elle-même. Mais ses pensées convergeaient vers sa propre tragédie, et Charles, lui non plus, ne pouvait songer à rien d'autre.

« Oh ! pourquoi cela lui est-il arrivé, à elle, se disait-il avec colère. Pourquoi à Frances, qui était si gaie, si douce, si gentille, quand tant d'autres femmes eussent mérité ce sort cruel... »

Mais Charles était un homme entêté.

« Un jour, lui avait-il dit, j'espère vous trouver laide et consentante. » Il avait oublié ces paroles irréfléchies, mais il conservait le souvenir d'années d'implorations, de promesses, d'attente, l'aiguillon du désir, la nostalgie de la possession et de l'accomplissement. Et aujourd'hui, c'était elle qui suppliait !

Une fin d'après-midi, ils se promenaient tous deux dans le jardin qui, derrière Somerset House, descend au bord de la Tamise. Frances portait une charmante toilette de satin bleu pâle, garnie de flots de dentelles noires, froncées sur la jupe. Une mantille de dentelle noire couvrait ses cheveux et tamisait ses traits. Avec son sens aigu de la beauté, elle cherchait instinctivement à réparer les ravages causés par la maladie. Elle employait beaucoup son éventail et, quand elle s'arrêta, ce fut à l'ombre d'un grand orme.

Silencieusement ils regardaient le fleuve. Soudain Charles sentit se crisper la petite main posée sur son bras. Se tournant, il la vit qui le fixait. Il resta immobile, à l'observer, et comprit qu'elle réclamait un baiser. Ses bras l'enserrèrent, et cette fois-ci, il n'y eut ni petit cri, ni rire, ni geste de refus. Au contraire, elle s'accrochait à lui, l'attirant vers elle, et il sentit sur ses lèvres l'ardent désir de lui plaire, et la crainte affreuse de ne plus lui paraître désirable.

Charles, la pitié dominant son inévitable réaction en présence du corps et des lèvres d'une femme, la relâcha doucement. Mais elle n'entendait pas le laisser aller et le retint par le bras :

— Oh ! comme vous aviez raison ! J'étais une sotte. Jamais vous n'auriez dû avoir autant de patience avec moi !

Il fut surpris de cette franchise :

— Mon cœur, j'espère n'être jamais assez goujat pour prendre une femme contre son gré.

— Mais je... commença-t-elle, puis elle s'interrompit, rougissante.

Brusquement elle se sauva. Et, comme elle rentrait en courant, il comprit qu'elle pleurait.

La nuit suivante, néanmoins, comme il montait seul en canot pour faire une promenade nocturne sur la rivière, il prit soudain sa résolution, fit faire demi-tour au bateau et se dirigea droit sur Somerset House.

La petite porte était fermée, mais en un instant il sauta par-dessus le mur et courut, à travers le jardin, vers la maison.

« J'ai attendu ce moment cinq ans et demi, songea-t-il. Fasse le ciel que ce n'ait pas été trop longtemps !... »

LIV

Charles et le duc de Buckingham se faisaient face à une table où ils examinaient un modèle réduit – mais parfait – de nouveau vaisseau de guerre. Tous deux étaient fort absorbés et discutaient avec vivacité. Charles avait toujours eu un faible pour la mer et la marine et en savait plus à ce sujet, techniquement parlant, qu'il n'est séant pour un roi. Ses navires avaient toujours été son orgueil, et il ressentait encore l'humiliation devant ces Hollandais naviguant dans ses propres eaux, pillant son pays, brûlant et coulant ses bateaux. Il entendait bien venger cet affront et, en attendant, édifiait une marine forte et puissante. Le but et l'espoir de sa vie étaient qu'un jour l'Angleterre fût la maîtresse incontestée des mers – car en cela, il le savait, résidaient la grandeur et l'avenir de son petit royaume. Charles se leva :

— Allons ! je ne peux pas rester à admirer cette maquette plus longtemps. J'ai promis à Rupert de faire une partie de paume avec lui !

Il saisit sa perruque, plantée sur le dossier d'une chaise, et s'en coiffa. Puis, jetant un coup d'œil sur la glace, il enfonça son chapeau sur sa tête. Buckingham le suivait, son propre couvre-chef sous le bras :

— Par cette chaleur ! J'admire l'activité de Votre Majesté !

Les deux hommes sortirent, Charles ferma la porte et mit la clef dans sa poche. Traversant plusieurs pièces, ils montèrent un petit escalier, et se trouvèrent dans la Grande Galerie. Ils croisèrent Frances Stewart qui passait, accompagnée de sa caméristе et d'un nègre portant sa traîne. Elle leur fit un signe et s'approcha d'eux.

Buckingham s'inclina, Charles sourit et effleura amicalement sa joue du bout des lèvres. Mais Frances eut une expression anxieuse et pathétique au fond des yeux. Elle ne pouvait oublier le fait terrible que sa beauté n'était plus. Toute son attitude s'en trouvait changée, comme pour compenser ce qu'elle avait perdu. Elle était vive, nerveuse et pensive.

— Oh ! Votre Majesté ! Comme je suis heureuse de vous rencontrer ! Il y a plus d'une semaine que je ne vous ai vu...

— J'en suis désolé, mais j'ai eu beaucoup à faire, des conseils, des audiences d'ambassadeurs...

Que de fois l'avait-elle entendu proférer les mêmes

excuses à d'autres femmes ! Elle le taquinait alors, le traitant de menteur, car en ce temps-là elle riait joyeusement de tout.

— J'aimerais vous avoir à dîner. Ce soir, peut-être ? J'ai de nombreux invités... ajouta-t-elle vivement.

— Merci beaucoup, Frances, mais je suis pris ce soir, et depuis si longtemps que je n'ose me dédire.

Voyant son air déçu il ajouta :

— Demain, par exemple, je suis libre. Je pourrai venir, si vous voulez ?

— Oh ! vraiment, Sire ?

Instantanément son visage s'éclaira :

— Je commanderai vos plats favoris et demanderai à Moll Davis de venir danser !

Elle se tourna vers Buckingham :

— Je serais heureuse de vous avoir aussi, Votre Grâce, ainsi que Lady Shrewsbury, naturellement.

— Merci Madame. Si j'en vois la possibilité, je viendrai.

Frances fit une révérence, les deux hommes s'inclinèrent et poursuivirent leur chemin. Charles resta silencieux, puis :

— Pauvre Frances ! J'ai le cœur serré quand je la vois.

— Elle est assez abîmée, reconnut le duc. Tout au moins en a-t-elle perdu cet infernal petit rire. Je ne l'ai pas entendue glousser depuis plus de deux mois !

Puis, négligemment, il ajouta :

— Oh ! à propos... Lauderdale m'a raconté l'escapade de Sa Majesté la reine, la nuit dernière.

Charles se mit à rire :

— Je crois que personne ne l'ignore plus. Je ne croyais pas qu'elle eût autant de courage !

Catherine, revêtue d'un déguisement, avait quitté le palais accompagnée de Mrs. Boynton, pour aller assister à un mariage dans la Cité, auquel, naturellement, elle n'était pas invitée. Masquée et coiffée d'une perruque, elle s'était bravement mêlée aux invités, mais elle avait été séparée par la foule de sa dame d'honneur, si bien qu'elle avait dû rentrer seule au palais, dans un fiacre de louage. Les gens de la Cour étaient coutumiers de ce genre d'expédition, mais Catherine ne s'y était jamais risquée, et le palais bourdonnait, à la fois choqué et amusé d'apprendre que sa petite souris de reine s'était lancée dans le vaste monde, en dehors des murs protecteurs de son castel.

— On dit qu'elle tremblait de tous ses membres en entrant, poursuivit Charles. Mais très vite, elle a trouvé la plaisanterie drôle. Les porteurs qui l'ont transportée étaient de rudes hommes, dit-elle, et le cocher de fiacre si gris qu'elle craignait qu'il ne la fît verser !

Il paraissait très amusé :

— Et tous les gens qui grognent que je mène le pays à la perdition ! Elle ferait un excellent agent de renseignements, ne croyez-vous pas ? J'ai envie de l'envoyer souvent au-dehors...

Buckingham prit un air de réprobation :

— C'était tout à fait inconvenant. Et, bien pis, cela pourrait devenir dangereux.

Ils traversaient le jardin privé, allant vers le jeu de paume, croisant des groupes d'hommes et de femmes qui se promenaient et bavardaient ; le roi saluait d'un sourire ou d'un geste. Parfois il s'arrêtait pour échanger un mot. Buckingham n'appréciait pas ces interruptions.

— Oh ! je ne crois pas qu'elle ait été réellement en danger, reprit Charles. De toute manière, elle est revenue saine et sauve !

— Mais une autre fois, Sire, elle pourrait bien ne pas rentrer.

Charles éclata de rire :

— Vraiment, George, pensez-vous que l'on puisse me considérer comme assez riche pour vouloir me voler ma femme ?

— Je ne pensais pas à une rançon. N'avez-vous jamais songé, Sire, que Sa Majesté pourrait être enlevée et conduite dans une île déserte d'où personne n'entendrait jamais plus parler d'elle ?

— J'avoue que cette idée ne m'a jamais tracassé !

Charles fit des signaux amicaux à un groupe de jolies femmes assises sur la pelouse.

— Il existe de telles îles, continua Buckingham, situées quelque part vers les Indes Orientales. Je ne vois pas pourquoi l'une d'elles ne saurait être aménagée avec tout le confort désirable. Une femme pourrait y couler des jours heureux durant le reste de sa vie.

Charles fixa le duc d'un œil perçant :

— Est-ce que je vous comprends mal, Villiers, ou me suggérez-vous l'idée de me débarrasser de ma femme en la faisant enlever ?

— L'idée n'est nullement impraticable, Votre Majesté. À vrai dire, je l'ai creusée – au point même de découvrir une île appropriée sur la carte –, et ceci bien avant que Sa Majesté ne se livrât au passe-temps des déguisements.

— Vous êtes une canaille, George Villiers. J'avoue que je désire éperdument un héritier, mais jamais à un tel prix. Laissez-moi encore ajouter : si jamais Sa Majesté la reine était molestée – si même elle disparaissait –, je saurais qui accuser. Et vous ne conserveriez pas une heure votre tête sur vos épaules ! Bonsoir !

Il lança un regard irrité sur Buckingham et disparut dans le pavillon qui bordait les courts. Le duc pivota sur les talons et s'en fut dans la direction opposée, tout en grommelant.

Ce n'était ni la première, ni la dernière fois que des suggestions étaient faites à Charles sur la manière de se débarrasser de sa femme, afin de pouvoir se remarier et avoir un héritier. La majorité des courtisans conspiraient à ce sujet.

Les seuls personnages influents qui ne désiraient pas voir Catherine remplacée étaient le duc d'York, Anne Hyde, leurs quelques rares partisans, et la maîtresse du roi.

En froid avec le roi, Buckingham évita Whitehall pendant quelques jours et passa son temps avec les riches habitants de la Cité qu'il connaissait. Mais il se lassa vite et – puisque c'était une véritable seconde nature chez lui – conçut un nouveau complot.

Depuis quelques années le duc avait loué différents appartements, un peu partout dans la ville, et allait de l'un à l'autre suivant sa fantaisie. Pour faciliter ses intrigues politiques et en assurer le secret, il avait ainsi toute une série de déguisements et une bonne douzaine d'appartements.

Vêtu d'une robe de chambre turque, coiffé d'un turban et chaussé de babouches, il se trouvait dans l'un d'eux, étendu et profondément endormi dans un vaste fauteuil près de la cheminée où un feu de charbon achevait de se consumer. La pièce manquait d'air et était obscure, car le soir tombait et le duc dormait depuis midi.

Quelqu'un frappa, qui dut attendre le quatrième coup pour que Buckingham se réveille en sursaut, le visage rouge et gonflé de sommeil, se secoue et se lève. Mais le verrou ne fut pas poussé avant que le duc sût qui était là.

Un prêtre gras et courtaud, les joues rouges, vêtu d'une robe et de sandales, se tenait dans l'entrée, un capuchon dissimulant sa tête tonsurée, un livre de prières à la main.

— Bonsoir, Père Scroope.

— Bonsoir, Monsieur !

Le religieux était hors d'haleine, car il était venu en courant :

— J'ai fait aussi vite que je l'ai pu, mais je terminais, avec Sa Majesté, les dévotions du soir quand le message m'a été remis.

Ses regards erraient dans la pièce à peine éclairée :

— Où est le malade ? Il n'y a pas de temps à perdre...

Buckingham ferma tranquillement la porte derrière lui, mit la clef dans sa poche :

— Il n'y a pas de malade, Père Scroope.

Le prêtre se retourna et le dévisagea avec surprise :

— Pas de malade ? Mais on m'a dit... le messager m'a dit qu'un mourant...

Il s'assit sur une chaise à haut dossier, pendant que le duc remplissait deux verres de vin des Canaries, tendait l'un à son hôte et s'installait en face de lui.

— Je désirais vous voir le plus vite possible, c'est pourquoi je vous ai fait appeler pour un malade. Ne me reconnaissez-vous pas, mon Père ?

Le père Scroope, qui avait vidé son verre et le tenait entre ses petites mains grassouillettes, examina plus attentivement Buckingham et une lueur de compréhension éclaira son visage :

— Comment ! Votre Grâce ?

— En personne !

— Veuillez m'excuser, Monsieur ! Mais ce vêtement d'intérieur vous transforme à tel point que je ne vous avais pas reconnu, et dans cette obscurité, bien sûr... ajouta-t-il, cherchant à se faire pardonner.

Buckingham sourit, reprit la bouteille et remplit leurs deux verres :

— Vous disiez que vous veniez de chez Sa Majesté la reine ?

— Oui, Votre Grâce. Sa Majesté a pris de nouvelles habitudes, mais elle ne se retire jamais sans avoir dit ses prières le soir. Que Dieu en soit loué, ajouta-t-il, roulant pieusement des yeux blancs.

— Vous êtes également le confesseur de Sa Majesté, si je ne me trompe ?

— Parfois, oui, Votre Grâce !

Buckingham eut un rire bref.

— Je me demande ce qu'elle peut bien avoir à confesser ! Quels sont ses péchés : convoiter une nouvelle robe ou jouer le dimanche ? Ou, peut-être encore, souhaiter que l'enfant de Sa Majesté soit dans son ventre, et pas dans celui d'une autre femme !

— Ah ! Milord !... Pauvre dame ! Ce serait un péché véniel. Et je crains que nous ne le commettions tous avec elle !

Le père Scroope vida une fois de plus son verre, que le duc remplit immédiatement.

— Faire des souhaits n'avance à rien. Le fait est là, elle est stérile, et le sera toujours.

— Elle a été enceinte, j'en suis persuadé. Mais quelque chose l'empêche de mener à terme.

— Et l'en empêchera toujours. Jamais Sa Majesté n'aura un héritier légitime de Catherine de Bragance. Et si le trône passe à York, le pays est perdu !

Le père Scroope ouvrit de grands yeux à l'énoncé de cette sentence, car les sympathies du duc d'York pour l'Église catholique étaient bien connues, tandis que Buckingham lui portait une haine non moins célèbre. Mais le duc reprit vivement :

— Pas à cause de la religion, mon Père. Le cas est autrement sérieux. Son Altesse n'est pas capable de gouverner le pays. S'il montait sur le trône, ce serait la guerre civile en moins de six mois !

Le visage du duc avait revêtu une expression d'intense gravité. Il se tenait penché, une main appuyée sur son genou, tenant son verre de vin et pointant de l'autre un index impératif sur la face ronde et effarée du père Scroope.

— C'est votre devoir, mon Père, si vous aimez l'Angleterre et les Stuart, de m'aider de tout votre pouvoir dans ce que je vais vous demander, et je ferais aussi bien de vous dire franchement que le roi m'approuve mais préfère, pour des raisons bien compréhensibles, rester en dehors de l'affaire.

— Vous faites erreur, Votre Grâce ! Je ne peux rien entreprendre contre Sa Majesté la reine, peu importe de qui vient la suggestion.

Le père Scroope était épouvanté. Ses grosses joues tremblaient. Il fit mine de se lever, mais Buckingham, d'une main douce mais persuasive le maintint sur son siège.

— Pas si vite, mon Père, je vous en prie. Écoutez-moi d'abord. Et souvenez-vous de ceci : avant tout, vous devez obéissance au roi !

Buckingham prononça ces mots de l'air inspiré des grands patriotes les plus désintéressés, et le père Scroope, extrêmement impressionné, se rassit.

— Nous n'avons nullement l'intention de nuire à Sa Majesté, en aucun sens, soyez absolument rassuré à ce sujet. Mais, pour le salut de l'Angleterre, le roi mon maître et moi avons élaboré un plan qui lui permettrait d'épouser une autre femme, et d'avoir ainsi, d'ici un an, un héritier. Il suffirait que Sa Majesté la reine acceptât de reprendre la vie qu'elle a tant regrettée, celle du couvent !

— Je ne comprends pas très bien les intentions de Votre Grâce...

— Très bien ! Les voici : vous êtes son confesseur. Vous lui parlez dans l'intimité. Si vous parveniez à la convaincre de se retirer volontairement du monde, de rentrer au Portugal et d'entrer dans un couvent, Sa Majesté serait libre de se remarier. Et si vous réussissez, poursuivit rapidement Buckingham comme le père Scroope ouvrait la bouche pour répondre, Sa Majesté vous fera don d'une fortune suffisante pour vivre à votre guise durant le reste de votre vie. D'ailleurs, pour commencer...

Buckingham se leva, prit une bourse de cuir sur la cheminée et la tendit au religieux :

— Vous trouverez mille livres là-dedans, et ce n'est qu'un avant-goût.

Le père Scroope la prit, la soupesa, mais s'abstint poliment de l'ouvrir.

— Eh bien ! mon Père, quelle est votre réponse ?

Le prêtre hésita, songeur, troublé, incapable de prendre une décision :

— Sa Majesté le désire ? répéta-t-il sans conviction.

— Certes. Vous ne croyez tout de même pas, mon Père, que j'oserais m'avancer ainsi sans avoir reçu des instructions du roi.

— Non, certainement, Votre Grâce !

Le père Scroope se leva et déposa son verre sur une petite table :

— Bon ! eh bien ! je verrai quelle influence je peux exercer, Votre Grâce.

Puis il lança un regard rapide vers le duc :

— Mais supposez que j'échoue ? Ces femmes si douces et aimables sont parfois entêtées.

Buckingham sourit :

— Vous n'échouerez pas, Père Scroope. Car, dans ce cas, vous ne recevriez plus d'argent, et il vous faudrait rendre celui que vous venez de recevoir. Inutile de dire que si jamais cette conversation s'ébruitait, les conséquences en seraient fâcheuses pour vous.

La lueur qui brillait dans les yeux du duc en disait plus long que ses paroles.

— Oh ! je suis discret, Votre Grâce ! protesta le religieux. Vous pouvez avoir confiance en moi.

— C'est bon ! Alors, vous pouvez disposer. Et si vous avez des renseignements à me faire parvenir, chargez-en le premier gamin des rues. Écrivez-moi que mon nouvel habit en drap d'argent est prêt. Et signez... voyons, laissez-moi réfléchir...

Le duc s'interrompit, lissant sa moustache. Finalement il sourit :

— Signez Israël Souteneur !

— Israël ! Souteneur ! Votre Grâce a l'esprit mal tourné !

— Allons, vieux roué ! dit le duc en l'accompagnant à la porte, ne cherchez pas à me la faire. J'en ai assez entendu sur vous et vos petites femmes !

Mais le père Scroope n'apprécia pas la plaisanterie. Il parut à la fois irrité et troublé :

— Je proteste, Votre Grâce ! Ce ne sont que des mensonges. D'abominables mensonges ! Si jamais des histoires pareilles prenaient corps, je serais perdu. Sa Majesté la reine ne voudrait plus me voir !

— Bon, bon, très bien ! fit d'un ton traînant le duc excédé. Gardez votre virginité, si vous y tenez. Mais ne ratez pas cette affaire. J'attends de vos nouvelles d'ici une semaine.

— Un peu plus longtemps, Votre Grâce.

— Dix jours, alors !

Il ferma la porte derrière le père Scroope et tira le verrou.

Ambre écoutait le père Scroope.

Pour la somme de quinze cents livres, il lui avait vendu le complot de Buckingham contre la reine. Car, que le roi y fût ou non impliqué, il n'avait nullement l'intention de perdre sa bonne et confortable petite place à la Cour ; si la reine se retirait dans un cloître, il resterait seul, sans protection, dans une Angleterre hostile aux catholiques. Charles, à la vérité, avait maintes fois essayé d'obtenir une tolérance générale pour toutes les religions, mais le Parlement, qui désapprouvait cette politique, se faisait obéir en refusant les crédits.

— Grand Dieu ! murmura-t-elle horrifiée. Ce monstre nous perdra tous ! Avez-vous parlé à la reine ?

Le père Scroope pinça ses grosses lèvres, se croisa les mains sur le ventre et secoua lentement la tête :

— Pas un mot, Madame. Pas un traître mot ! Et j'ai été seul avec Sa Majesté dans le confessionnal aujourd'hui.

— Et vous ferez mieux de vous taire. Vous savez ce qui vous arriverait si jamais Sa Majesté quittait le pays ? Oh ! la peste soit de cet homme ! Je voudrais que quelqu'un pût lui tordre le cou !

— En parlerez-vous à Sa Majesté la reine ?

— Si je lui en parlerai... Bien entendu ! Il est possible qu'il ait déjà payé quelqu'un d'autre pour la circonvenir.

— Je ne le pense pas, Madame. Mais il le fera certainement, quand il verra que je n'aboutis à rien.

À ce moment Nan entra et fit un signe à Ambre, qui se leva aussitôt :

— Venez, dit-elle au prêtre, le chemin est libre, vous pouvez vous en aller.

Mais le père Scroope avait à peine mis le pied dehors que l'on entendit le bruit d'une chute et – si près que cela paraissait dans la pièce – le fracas d'une lutte et des voix d'hommes jurant. Agile comme un chat, le père Scroope réintégra la pièce et Ambre se cramponna au bras de Nan :

— Qu'est-ce que c'est ?

— John a dû attraper quelqu'un, souffla Nan.

Et, un peu plus haut, de manière à être entendue au-dehors :

— John ?

Il répondit, du même ton prudent et étouffé :

— Je suis là... Pris un gaillard qui se cachait tout près. Il est seul !

— Allez ! chuchota Ambre au père Scroope, qui disparut aussitôt. Amène-le, dit-elle alors au grand John.

Aussitôt John entra, tenant au collier un petit homme maigre, l'air furieux, qui cherchait à lui donner des coups de poings et de pieds, bien que chaque fois le grand John lui administrât une bourrade qui provisoirement le calmait. Tous deux étaient crottés. John l'envoya rouler dans un coin où il se releva et se rajusta, sans avoir l'air de s'occuper des autres occupants.

— Que faisiez-vous près de chez moi ? interrogea Ambre.

L'homme ne parut pas avoir entendu.

Elle répéta sa question et n'obtint qu'un regard sombre, tandis qu'il défroissait ses manches.

— Insolent vaurien ! Je crois avoir le moyen de vous faire parler !

Elle fit un signe au grand John, qui ouvrit un tiroir et en sortit un fouet à manche court et aux lanières de cuir plombées.

— Et maintenant, me répondrez-vous ? s'écria Ambre.

Comme l'homme gardait le silence, Grand John le cingla du fouet aux épaules, mais une lanière heurta la joue, faisant jaillir le sang. Tandis qu'Ambre et Nan assistaient froidement à la scène, il le flagella sans pitié, bien que l'autre se débattît et tentât de se protéger le visage. Finalement il gémit :

— Arrêtez ! Pour l'amour de Dieu, arrêtez. Je vais vous dire...

Grand John laissa retomber le fouet et recula.

— Vous êtes un imbécile ! fit Ambre. À quoi cela vous a-t-il servi ? Et maintenant, dites-moi, que faisiez-vous ici, et qui vous y avait envoyé ?

— Je n'ose pas le dire. Je vous en prie, Votre Grâce !

La voix était plaintive, implorante.

— Ne me forcez pas à vous le dire, Votre Grâce. Sinon, mon maître me fera bastonner.

— Sinon, ce sera moi ! répliqua Ambre avec un coup d'œil significatif au grand John qui, les deux poings sur les hanches, surveillait la scène d'un œil vif.

L'homme jeta un coup d'œil autour de lui, poussa un soupir et passa sa langue sur ses lèvres :

— J'étais envoyé par Sa Grâce le duc de Buckingham.

C'était bien ce qu'elle pensait. Elle savait que Buckingham la surveillait de près, mais c'était la première fois qu'elle avait pris sur le fait un de ses espions, bien qu'elle eût renvoyé quatre femmes de service soupçonnées d'être à sa solde.

— Et pourquoi ?

L'homme parlait volontiers maintenant, d'un ton monotone et boudeur, les yeux fixés au sol :

— Je devais surveiller le père Scroope partout où il allait et en rendre compte à Sa Grâce.

— Et où prétendrez-vous l'avoir vu ce soir ?

Les yeux d'Ambre, mi-clos, brillants, durs et impitoyables, ne quittaient pas le visage de l'homme.

— Eh bien ! heu... il n'aura pas quitté ses appartements, Votre Grâce !

— C'est bien. Mais souvenez-vous. La prochaine fois, mon domestique ne sera pas aussi doux. Et ne revenez plus rôder par ici, ou il vous en cuira. Emmène-le, John.

LV

Ambre avait toujours été en rapports respectueux et cordiaux avec la reine, d'abord parce que cela lui paraissait politique, ensuite parce qu'elle la plaignait. Mais sa pitié était indifférente et son affection cynique, comme celle qu'elle portait à Jenny Mortimer et à Lady Almsbury, dont elle n'avait rien à craindre. Cependant elle savait que Catherine, à l'occasion, pouvait se révéler une bonne et sûre amie. Elle vivait si ignorée de tous les égoïstes qui pullulaient à Whitehall, qu'elle en était arrivée à éprouver une sorte de reconnaissance envers ceux qui recherchaient ses faveurs. Et Ambre crut avoir trouvé une occasion de s'attirer les bonnes grâces de Sa Majesté, qui pourrait lui être utile une fois ou l'autre.

Sa conversation avec la reine produisit l'effet désiré. Catherine, pénétrée d'horreur et d'effroi à la pensée que ses ennemis complotaient de nouveau sa perte, fut aisément convaincue que le roi Charles ignorait tout et serait furieux si jamais il apprenait semblable infamie. Et bien qu'Ambre évitât de faire immédiatement allusion à son désir d'obtenir un duché, elle en parla quelques jours après et Catherine, immédiatement, offrit – avec une certaine timidité, car elle savait combien son influence était restreinte – de l'aider. Ambre se félicita de s'être ainsi fait une amie – pas très puissante, certes – mais qui pouvait être utilisée et, en tout cas, n'était pas à dédaigner.

À la Cour, un adage disait qu'un ami inutile équivalait à un ennemi insignifiant. Ambre ne s'inquiétait guère de l'un ni de l'autre. Elle avait bien vite appris qu'au palais les bonnes occasions ne s'offraient jamais à ceux qui restaient assis et attendaient ; la patience et l'innocence y étaient deux qualités inutiles. Il était indispensable d'être toujours actif, informé des événements grands et petits qui se préparaient au grand jour ou se tramaient dans l'ombre, de prendre avantage de tout et de chacun. Elle s'était très rapidement adaptée à ce genre de vie, car rien en elle ne s'y opposait. Elle s'était entourée d'un réseau d'espionnage largement ramifié et comprenant un étrange assortiment de gens : trois valets de pied de Buckingham ; un homme qu'il employait à des besognes confidentielles, mais qui était heureux de gagner quelques centaines de livres supplémentaires en trahissant son maître ; le tailleur du duc ; la couturière de la duchesse et le coiffeur de Lady Shrewsbury. Mrs. Bennet la tenait au courant des activités extra-conjugales de quelques gentilshommes, y compris Sa Grâce. Par ailleurs, elle recevait d'autres renseignements sur les gens de la Cour par une collection hétéroclite de pages, chasseurs, de filles, bateliers et sentinelles. Nombre d'entre eux lui étaient même inconnus et la plupart ne savaient pas qui était leur maître. Car c'était Nan – portant perruque noire ou blonde sur ses cheveux dorés, masque et grand manteau à capuchon – qui, après la tombée de la nuit, s'occupait des affaires de sa maîtresse. Grand John l'escortait, déguisé tantôt en porteur, tantôt en valet de pied accompagnant une dame de qualité, parfois même en simple citadin. Nan récoltait les nouvelles, payait les sommes dues, marchandant fort, fière et heureuse quand elle réussissait à économiser à Ambre quelques livres, car elle n'avait pas oublié les mauvais jours.

Ambre savait avec qui et où le roi passait la nuit, quand il n'était pas chez elle. Elle était informée chaque fois que Lady Castlemaine changeait d'amant ou commandait une robe neuve. Si la reine offrait des symptômes de grossesse, elle en était aussitôt au courant, pouvait dire ce qui s'était passé dans la salle du Conseil, quelles étaient les filles d'honneur qui venaient de se faire avorter, le nom du gentilhomme ou de la grande dame qui suivait un traitement contre la vérole. Cela lui coûtait fort cher, mais elle n'ignorait rien de ce qui se passait à Whitehall ; la plupart du temps, évidemment, elle n'y récoltait que la satisfaction d'être au courant des secrets des autres. Ce qu'elle souhaitait, n'osant rester dans l'ignorance des potins du palais. Parfois, cependant, il lui arrivait de se servir de ce qu'elle savait. Ce fut le cas pour le secret du père Scroope.

Le lendemain matin, de très bonne heure, Buckingham s'introduisit par l'escalier de service chez Ambre, les habits en désordre et la perruque ébouriffée. Il faillit glisser sur le pavé de marbre en s'inclinant devant elle, et son haleine dégageait un violent parfum de brandy. Ambre, douillettement accotée sur ses oreillers, dégustait un chocolat. À la vue du duc, elle se redressa, l'esprit en éveil, sur ses gardes.

— Eh bien ! Votre Grâce ! Vous paraissez avoir passé joyeuse nuit !

Il sourit d'un air désarmant :

— Je le pense, mais du diable si je m'en souviens !

Puis s'asseyant au pied du lit, et la regardant bien en face :

— Allons, Madame, vous ne devinerez jamais ce que j'ai appris sur votre compte ?

Leurs regards se croisèrent, fixes et durs, l'espace d'une seconde ; puis il sourit, et elle parut s'intéresser à M. le Chien, qui dormait en boule sur le lit :

— Mon Dieu ! Votre Grâce, je ne peux vraiment m'imaginer... Quel est ce nouveau racontar ? Que j'ai une verrue sur l'estomac, ou que je préfère le dragon à saint Georges ?

— Non, non, tout cela c'est de l'histoire ancienne. Comment se fait-il que vous ne soyez pas au courant de ce dernier potin ? Ta, ta, ta, Madame... On dit...

Et ici il fit une pause qu'elle jugea de mauvais augure...

— On dit que Colbert vient de vous faire présent d'une rivière de diamants évaluée à deux mille livres...

Ambre poussa un soupir de soulagement, car elle avait redouté une allusion au père Scroope. Elle acheva son chocolat et posa sa tasse sur un guéridon :

— Vraiment, eh bien ! si c'est cela, on a raison. En partie du moins : mon joaillier prétend qu'elle vaut six cents livres. Toutefois, elle est assez jolie, à mon sens...

— Peut-être préférez-vous les bijoux espagnols ?

Ambre eut un rire :

— Votre Grâce sait vraiment tout ! Comme j'aimerais

avoir un tel réseau d'intelligences à mon service ! Les nouvelles m'arrivent aussi froides que du porridge, en dépit du prix que je les paye. Mais, pour vous dire la vérité, l'ambassadeur d'Espagne m'a donné un bracelet d'émeraudes, et il est plus beau que le collier français !

— Ainsi donc, Votre Grâce aura partie liée avec les Espagnols ?

— Pas forcément, Votre Grâce. Je m'entendrai peut-être avec les Hollandais, ou avec le diable lui-même, à un bon prix. Après tout, n'est-ce pas ainsi que l'on fait des affaires à la Cour ?

— Vous avez joliment fait votre chemin, Madame, depuis le temps où vous montiez sur les planches, revêtue de la défroque de quelque dame d'honneur. Le Pape même, dit-on, recherche vos faveurs.

— Le Pape ! s'écria Ambre horrifiée. Grand Dieu ! Monsieur, je proteste. Je n'ai rien à voir avec le Pape, permettez-moi de vous le dire.

Ambre ne s'occupait guère de religion – sauf quand elle était inquiète, alarmée, ou à la recherche de quelque désir –, mais elle partageait la haine populaire contre le catholicisme, sans au reste savoir pourquoi.

— Rien à voir avec le Pape ? Mais j'ai appris de source très sûre que Votre Grâce reçoit parfois le père Scroope... Oh ! je m'excuse, Votre Grâce, s'écria-t-il d'un air moqueur. Ai-je dit quelque chose qui puisse vous troubler ?

— Non, pas du tout. Mais où diable avez-vous pris cela ? Moi, recevoir le père Scroope ! Et pourquoi donc, je vous prie ? Je n'aime pas les petits hommes gras, non merci !

Elle rejeta ses cheveux en arrière et se disposa à se lever, s'enveloppant dans sa robe de chambre.

— Un instant, Madame !

Buckingham la saisit par le bras et elle lui lança un regard méfiant :

— Je crois que vous savez fort bien ce que je veux dire ?

— Et que voulez-vous dire, Monsieur ?

Ambre sentait l'irritation la gagner. Une certaine insolence dans les manières de Sa Grâce le duc éveillait toujours sa colère.

— Je dis, Madame, que vous êtes en train de vous mêler de mes affaires. Pour parler net, Madame, je sais que vous avez découvert mes arrangements avec le père Scroope et pris vos mesures pour contrecarrer mes plans.

Son beau visage arrogant s'était durci et il la regardait d'un air menaçant :

— Je croyais que nous avions partie liée, vous et moi ?

D'une brusque secousse elle se dégagea et sauta hors du lit :

— Je serai votre partenaire, et je jouerai le jeu avec vous, Votre Grâce, mais du diable, si je joue contre mes propres intérêts ! Et je n'ai guère avantage à ce que Sa Majesté quitte la Cour...

Au même instant, les épagneuls du roi entrèrent en se bousculant et, avant qu'Ambre et le duc aient eu le temps de se reprendre, le roi lui-même avait pénétré dans la chambre, suivi de nombreux courtisans. Buckingham, instantanément, adoucit son visage et alla baiser la main du roi ; ils ne s'étaient pas revus depuis que Charles l'avait traité de canaille. Le duc s'attarda encore, affable et causeur, cherchant à faire croire qu'il était en conversation amicale avec Ambre ; mais celle-ci fut grandement soulagée quand il sortit. La nouvelle de leur querelle se répandit rapidement. Quand elle rencontra Barbara, un peu avant midi, dans les appartements du roi, celle-ci en avait déjà entendu parler et s'arrangea pour lui faire savoir que son cousin jurait partout qu'il ruinerait Lady Danforth, dut-il y consacrer le restant de ses jours. Ambre se mit à rire et déclara qu'en dépit de Buckingham elle tiendrait bon. Elle savait qu'elle le pouvait, car le roi l'aimait. Après tout, elle n'était à Whitehall que depuis un an, et la perte de l'affection de Charles lui apparaissait une éventualité lointaine, perdue dans la nuit des temps.

En tout cas, le premier résultat de cette brouille lui fut favorable. Le baron Arlington vint, pour la première fois, lui rendre visite en particulier.

Le baron avait toujours été poli envers Ambre, de sa froide et distante courtoisie castillane, mais il ne s'était jamais préoccupé d'elle. Car, si Charles trouvait que les dames avaient mieux affaire que de s'occuper de politique, son secrétaire d'État tenait toutes les femmes pour des fléaux, dont un homme devait se garder, s'il voulait travailler en paix. Arlington était un politicien, qui ne se laissait jamais guider par ses émotions dans les affaires importantes. Servir son roi était l'affaire la plus importante de sa vie, même s'il se servait lui aussi par la même occasion. Évidemment, il s'était dit qu'en raison de sa rupture avec Buckingham, Ambre pourrait lui être de quelque utilité.

Un soir, elle rentra très tard et très gaie, car elle, Charles et une douzaine de courtisans, hommes et femmes, avaient revêtu des masques et étaient allés visiter la taverne des Mendiants, un établissement douteux de High Holborn, où se réunissaient chaque semaine les mendiants londoniens. Arlington et Charles étaient très bons amis, mais le raide et solennel baron se mêlait rarement aux expéditions de ce genre. Aussi Ambre fut-elle stupéfaite d'apprendre par Nan que le baron était en bas et l'attendait depuis près d'une heure.

— Seigneur ! Fais-le monter, en vitesse !

Elle ôta son masque et ses gants et lança son manteau sur Curry qui, aveuglé, se dirigea à tâtons vers la porte. Ambre riait, tout en le suivant des yeux. Elle se retourna quand Nan introduisit Lord Arlington. Sur le seuil il s'inclina et Ambre lui fit la révérence.

— Madame, mes humbles hommages.

— Votre servante, Monsieur. Entrez, je vous prie, je suis désolée de vous avoir fait attendre.

— Point du tout, Madame. J'en ai profité pour écrire quelques lettres.

Il était enveloppé de la tête aux pieds dans un grand manteau noir et tenait un masque à la main. Il souriait avec tout le charme qu'il tenait en réserve pour les grandes occasions. Aucune sincérité n'émanait de cet homme, mais une bonne dose de force, de fourberie, de ruse et, ce qui était fort rare dans la Cour nonchalante et facile de Charles, une grande puissance de travail méthodique.

— Vous êtes seule, Madame ?

— Entièrement, Milord. Puis-je vous offrir un rafraîchissement ?

— Merci beaucoup, Madame. Votre Grâce est trop bonne de me recevoir à cette heure tardive.

— Oh ! je vous en prie, Milord ! protesta Ambre. C'est moi qui suis reconnaissante à Votre Honneur de bien vouloir me faire visite.

Un domestique entra, chargé d'un plateau. Ambre versa du brandy au baron et prit elle-même un vin de Bordeaux. Ils trinquèrent et restèrent silencieux. Le baron en vint enfin au motif de sa visite :

— Toutes ces précautions, Madame, sont prises en raison de la jalousie de Sa Grâce le duc de Buckingham. Veuillez surtout ne pas mal interpréter mes paroles, car nous sommes de très bons amis, le duc et moi.

Ils étaient évidemment des ennemis acharnés, mais Arlington était bien trop prudent pour en convenir, bien que Buckingham le racontât à qui voulait l'entendre.

— Il semble, poursuivit Arlington, que le duc entende vous garder pour lui seul. À dire vrai, Madame, il m'est revenu aujourd'hui, et de très bonne source, que Sa Grâce avait déclaré à Colbert qu'il était inutile de vous faire d'autres cadeaux, puisque vous étiez ralliée à la cause des Espagnols.

— Le monstre ! s'écria Ambre avec indignation, car elle était persuadée n'avoir plus besoin de Buckingham et de son amitié douteuse. Il est aussi bavard qu'une vieille entremetteuse. Si l'on en juge à la manière dont il traite ses amis, rien d'étonnant à ce qu'ils se lassent !

— Oh ! Madame, je vous en prie, ne soyez pas aussi dure pour Sa Grâce. Jamais je ne voudrais vous faire suspecter la qualité de son amitié. Mais il paraît vouloir vous accaparer et j'espérais que nous pourrions, vous et moi, devenir de bons amis !

— Je ne vois pas ce qui pourrait nous en empêcher, Milord. Une femme peut certainement avoir deux amis, même à Whitehall.

Le baron sourit :

— Vous êtes femme d'esprit, Madame, et je n'admire rien autant.

Elle lui versa un second verre de brandy et il resta un instant pensif, les yeux fixés sur le liquide d'or pâle. Puis enfin :

— Je crois qu'il faut féliciter Votre Grâce.

— Et de quoi, je vous prie ?

— Le bruit court que votre plus jeune fils obtiendrait bientôt un duché ?

Ambre se redressa soudain, les yeux brillants :

— Le roi vous l'a dit... fit-elle vivement.

— Non, Madame, pas le roi. Mais c'est un bruit qui court avec insistance.

Elle se laissa retomber et, avec une moue :

— Potins, potins, tout cela. Ce n'est pas ce qui donnera un duché.

— C'est donc bien ce que vous désirez ?

— Plus que tout au monde ! Je ferais tout pour en obtenir un.

— Si c'est exact, Madame, et si vous consentez à faire quelque chose pour moi, je pourrais peut-être vous aider. Sans vanité, je peux dire, je crois, que je jouis de quelque influence à Whitehall.

C'était vrai. Son influence était grande. Et, mieux encore, il jouissait de la réputation de toujours aider ceux qui le servaient.

— Si vous m'aidez à obtenir un duché, je vous promets de faire ce qu'il vous plaira.

Alors il s'expliqua :

On savait généralement au palais que Buckingham rencontrait souvent un groupe de vieux partisans du Commonwealth, qui avaient pour objectif de renverser le gouvernement de Charles II et de s'emparer du pouvoir. Arlington désirait connaître le lieu et l'heure de leurs réunions, ce qui s'y passait et où ils en étaient. Sans nul doute, il eût pu recueillir ces informations lui-même, mais c'était une affaire fort coûteuse, et en persuadant Ambre de s'en charger, il économisait une jolie somme, ne donnant en retour qu'une phrase ou deux en sa faveur au roi. Ambre s'en rendit parfaitement compte, mais l'argent ne comptait pas pour elle et l'appui d'Arlington valait son pesant d'or.

Ambre avait justement acquis quatre arpents de terre à Saint-James Square, le quartier le plus élégant de la ville ; et depuis quelques mois – aidée du capitaine Wynne, qui avait conçu les plus beaux intérieurs d'Angleterre – elle avait établi les plans d'une maison et d'un jardin. Elle savait exactement ce qu'elle voulait : ce qu'il y avait de plus beau, de plus nouveau, de plus cher et de plus grand ! Il fallait que sa maison fût moderne, riche, spectaculaire.

« Tant qu'ils ne peuvent pas m'envoyer à Newgate, qu'est-ce que cela me fait ? », songeait-elle.

Après sa conversation avec Arlington, elle fut

convaincue que le duché était pour ainsi dire acquis, aussi ordonna-t-elle au capitaine Wynne de mettre la construction en route. Il faudrait au moins deux ans pour tout achever, et soixante mille livres y seraient englouties, bien plus que le fameux Hôtel de Clarendon. Cette nouvelle et formidable extravagance agita toutes les langues à la Cour, avec respect, indignation ou envie, car chacun admettait qu'il fallait être au moins duchesse pour vivre en une semblable demeure. Aussi se dit-on que le roi lui avait promis un duché. Charles, sans nul doute très amusé, ne confirma ni n'infirma le fait et Ambre, avec optimisme, prit son silence pour un consentement.

Mais les semaines passèrent et elle restait toujours comtesse. Car il était bien certain que le roi – si épris qu'il fût d'elle –, n'avait rien à gagner à lui octroyer un duché, et la générosité royale n'était en général pas désintéressée. De plus, il était assailli par tellement de requêtes qu'il s'était habitué à les refuser automatiquement. Bien qu'elle se sentît parfois découragée, Ambre était décidée à conquérir son duché, se persuadant elle-même que, d'une manière ou d'une autre, elle en arrivait toujours à ses fins. Elle se servait de tout le monde, même des personnages les plus insignifiants, et, tout en cherchant toujours à rendre service, veillait à être payée de retour. Barbara Palmer était furieuse de voir sa rivale faire ainsi son chemin et déclarait à qui voulait l'entendre que si Charles osait faire semblable honneur à cette fille de rien, il s'en repentirait. Finalement, elle entama une discussion publique avec lui à ce sujet, le menaçant d'écraser ses propres enfants à ses pieds et de mettre le feu au palais !

Une quinzaine de jours plus tard, à peine, Charles, dans un esprit de malicieuse vengeance, signa un brevet nommant Gérald duc de Ravenspur, le titre devant être transmis au plus jeune fils de sa femme, Charles. Et la vue du visage de Barbara, la première fois qu'elle dut se lever de son fauteuil et prendre une chaise à l'entrée de la nouvelle duchesse, fut une de ces joies dont Ambre espéra garder le souvenir jusqu'à sa dernière heure.

Immédiatement sa position à Whitehall s'en trouva considérablement accrue.

Elle menait la mode. Quand elle eut un minuscule pistolet fait exprès pour être glissé dans son manchon, toutes les dames de la Cour firent de même. Nombre d'appartements furent entièrement refaits, les murs furent en glaces et les meubles argentés. Un jour qu'elle recourba le bord de son grand chapeau de feutre, les dames d'honneur dès le lendemain apparurent à une chasse au faucon avec une coiffure semblable. Un soir de bal, elle fit son entrée, les cheveux dénoués et poudrés d'or, mode qui fit fureur durant une semaine. Tout le monde copiait la forme de ses mouches (petits amours porteurs d'arcs, initiales entrelacées CR – Charles Rex). Ambre était à la recherche d'inédit, car cela chatouillait sa vanité d'être ainsi imitée. Tout ce qu'elle faisait était commenté. Mais elle se prétendait néanmoins excédée de ces imitations, irritée de ne jamais pouvoir conserver une mode pour elle.

Par une chaude nuit d'octobre, suivie de la plus joyeuse bande du palais, elle se déshabilla et plongea de la rive où ils dînaient et dansaient, afin de nager dans la Tamise. Rien, depuis le début de la Restauration, n'avait soulevé autant d'indignation, car jamais auparavant les hommes et les femmes ne s'étaient baignés ensemble. Ses relations avec le roi, disait-on, étaient perverses. Ses innombrables soupirants, ses soins de beauté et ses extravagances étaient partout discutés. Il n'était rien dont on ne l'accusât, rien qui ne parût pour elle impossible.

Ambre, indifférente à ces bavardages malsains, dépensait de grosses sommes pour faire courir de nouveaux bruits et les entretenir. Sa vie, relativement chaste, devint un modèle de licence. Quand Charles, un jour, lui rapporta une histoire grossière entendue sur elle, Ambre se prit à rire et déclara que mieux valait être connue ainsi qu'ignorée de tous.

Le peuple l'aimait bien. Quand elle parcourait les rues en calèche, conduisant elle-même, escortée de six ou huit valets de pied qui lui frayaient un passage, tout le monde l'applaudissait. On se souvenait de ses apparitions sur la scène, et ses fréquentes démonstrations publiques, aussi bien que sa générosité légendaire, la rendaient populaire. Elle aimait à retenir l'attention et à se sentir ainsi aimée de gens qu'elle ne connaissait pas.

Elle voyait Gérald très rarement, jamais dans l'intimité. Mrs. Polly Stark lui avait récemment donné un enfant, auquel Ambre envoya aimablement six cuillères d'argent. Lucilla s'était également trouvée enceinte après trois mois de mariage et le joyeux sir Frédéric l'avait renvoyée à la campagne. Il en riait souvent avec Ambre, car Lucilla, tout en ayant fort bien accueilli sa grossesse, inondait son époux de lettres le suppliant de revenir auprès d'elle. Mais sir Frédéric avait bien trop affaire à Londres et se bornait à se répandre en promesses.

Ambre ne s'ennuyait jamais et se considérait comme la femme la plus heureuse de la terre. Acheter une nouvelle robe, donner un dîner, assister à la dernière pièce, étaient événements d'égale importance. Jamais elle ne manquait un bal ni une intrigue ; elle jouait son rôle dans tout complot et toute escapade. Rien ne lui échappait et personne ne s'aventurait à l'ignorer. Elle vivait comme quelqu'un qui, enfermé dans un tambour, entend du bruit de tous côtés.

Il lui semblait n'avoir plus qu'un désir.

Et ce souhait, finalement, fut exaucé : au début de décembre, Almsbury lui écrivit que Lord Carlton s'annonçait en Angleterre pour l'automne.

SIXIÈME PARTIE

LVI

Le printemps, cette année-là, fut sec et poussiéreux. Trop peu de pluie. Néanmoins, dès fin mai, les prairies aux alentours de Londres étaient garnies d'un épais tapis de trèfles pourpres, bourdonnants d'abeilles, et de grands coquelicots piquetaient de rouge les champs de blé. Une fois de plus, les rues retentissaient d'appels : « Cerises, belles cerises rouges et mûres ! Églantine et romarin ! Qui veut acheter ma lavande ! »

Le Nouvel Exchange chatoyait de robes d'été, gaze, sarcenet, tissus moirés, de toutes les couleurs : jaune soufre, prune, turquoise, rose vif. Les jolis mois chauds, rafraîchis par la brise, étaient venus.

Rien, au cours de l'année, n'avait causé plus d'agitation et d'indignation que la rumeur disant que York s'était finalement converti au catholicisme. Personne ne pouvait le prouver ; le duc se refusait à l'admettre et Charles – qui devait bien le savoir – haussait les épaules et refusait de se compromettre. Les ennemis du duc n'en complotèrent que plus furieusement, tandis qu'au même moment on observait qu'York et Arlington devenaient soudain très bons amis. Ce qui donnait crédit au bruit d'une alliance franco-anglaise, car Arlington, pendant longtemps partial envers la Hollande, était toutefois soupçonné d'être lui-même catholique – ou à tout le moins d'avoir de violentes sympathies.

Ces rumeurs se répandirent et Charles cacha difficilement son mécontentement, se permettant quelques remarques malsonnantes sur l'indiscrétion du peuple anglais. Pourquoi ne se contentait-il pas d'être gouverné par ceux dont c'était le métier ? Tudieu ! Être roi finissait par ne pas tirer plus à conséquence qu'être étalier ou couvreur. Peut-être eût-il mieux fait d'apprendre un métier ?

Mais certainement, le doute n'était plus permis : si le roi ne se remariait pas, York – pour peu qu'il vécût assez longtemps – succéderait au roi Charles. Catherine avait eu sa quatrième fausse couche vers la fin mai. Un renard apprivoisé, lui léchant le visage tandis qu'elle dormait, l'avait effrayée et elle avait perdu son enfant quelques heures après. Buckingham avait bien soudoyé des chirurgiens pour affirmer que Sa Majesté n'avait jamais attendu d'enfant, mais Charles avait ignoré leur témoignage. Le roi et la reine, tous deux, étaient désolés et Catherine ne pouvait plus s'illusionner davantage. Elle savait, sans aucune espèce de doute, qu'elle était la plus inutile des créatures : une reine stérile. Mais Charles continuait à résister obstinément à toutes les suggestions faites pour le séparer de sa femme. Loyauté ou nonchalance, on ne savait !

Il y avait à la Cour plusieurs jeunes femmes auxquelles ces discussions au sujet d'une nouvelle reine n'étaient pas sans causer quelques appréhensions. Barbara Palmer, quant à elle, pouvait écouter avec un sourire amusé et un certain malin plaisir. Car n'étant plus la maîtresse de Sa Majesté, sa position n'était plus hasardeuse. Peu à peu, ses relations avec Charles s'étaient adoucies : on eût dit deux époux devenus mutuellement indifférents, qui s'organisent une existence confortable, sans querelle ni jalousie, ni haine, ni plaisir. En leurs enfants ils trouvaient un intérêt commun, et il existait à présent entre eux une sorte de camaraderie qu'ils n'avaient pas connue au temps de leurs amours. Elle n'était plus jalouse de ses maîtresses et, soulagé d'échapper enfin à ses sautes d'humeur, il s'amusait à observer à distance ses caprices et ses faiblesscs.

Ambre trouvait le temps long et écrivait lettres sur lettres à Almsbury pour savoir s'il avait entendu parler de Lord Carlton. Le comte répondait chaque fois dans le même sens. Il ne savait rien de plus. On les attendait vers août ou septembre : comment être plus précis avec l'aléa des traversées ?

Mais Ambre ne pouvait penser à rien d'autre. Une fois de plus l'ancien désir douloureux et passionné remontait en elle. Cependant, elle était bien décidée, cette fois-ci, à se conduire avec dignité et bienséance. Elle serait légèrement distante, afin de lui laisser faire les premiers pas. Chacun savait que c'était la meilleure manière de retenir un homme. « J'ai toujours été son humble servante, se reprochait-elle, mais cette fois ce sera différent ; après tout, je suis une très grande dame maintenant, une duchesse, et il n'est que baron. De toute manière, c'est lui qui commencera. »

Sa femme l'accompagnerait, mais cela ne l'inquiétait guère. Car, certainement, Lord Carlton n'était pas homme à afficher une tendresse excessive pour sa femme. Cela était le fait des petits bourgeois sans éducation, mais un gentleman ne faisait pas plus cas de sa femme qu'il ne serait sorti sans son épée ou sa perruque bouclée.

Lord et Lady Almsbury revinrent à Londres en juillet, pour remettre leur maison en ordre, engager de nouveaux domestiques et préparer la venue de leurs invités impatiemment attendus. Le comte vint rendre visite à Ambre qui, bien décidée à faire preuve d'indifférence, bavarda sur tous les sujets possibles, son titre, la grande maison qu'elle faisait construire, les gens qu'elle inviterait à dîner le dimanche suivant. Almsbury l'écoutait en approuvant de la tête, sans mot dire de Bruce. La conversation d'Ambre se ralentit. Elle prit un air perplexe, et finalement – comprenant qu'il la taquinait – sentit l'irritation la gagner.

— Eh bien ! dit-elle enfin, quelles nouvelles ?

— Des nouvelles ? Voyons, laissez-moi réfléchir. Ma jument noire, vous savez, celle que vous montiez, a eu un poulain la semaine dernière et...

— La peste soit de vous, Almsbury ! Pourquoi me faire mourir à petit feu ? Dites-moi, que savez-vous ? Quand arrive-t-il ? L'accompagne-t-*elle* toujours ?

— Je n'en sais pas plus que ce que je vous ai écrit : en août ou septembre. Oui, *elle* vient aussi. Pourquoi ? Vous la redoutez ?

Ambre lui lança un regard venimeux :

— La redouter ! répéta-t-elle avec mépris. Vous êtes vraiment curieux, Almsbury ! Pourquoi donc la redouterais-je, je vous prie ?

Elle s'interrompit, ajouta avec arrogance :

— D'ailleurs, je me la représente fort bien, cette Corinne !

— Vraiment ?

— Oui ! Une créature insignifiante et banale, qui porte ses robes pendant cinq ans et ne se croit bonne qu'à tenir la maison de son mari et torcher ses marmots !

Ce portrait était une image assez fidèle de la femme d'Almsbury.

— Ah ! elle fera de l'effet, ici à Londres !

— Vous avez peut-être raison, concéda-t-il.

— Peut-être ! s'écria-t-elle avec indignation. Comment serait-elle, autrement ? élevée dans la solitude au milieu d'une bande d'Indiens païens !

À cet instant une voix rauque et singulière se fit entendre :

— Au voleur ! Le diable vous emporte ! Au voleur !

Involontairement Ambre et le comte se levèrent.

— C'est mon perroquet ! s'écria-t-elle. Quelqu'un est venu !

Et elle se précipita vers le salon suivie d'Almsbury et de M. le Chien qui aboyait frénétiquement. Ils firent irruption dans la pièce pour trouver le roi qui, entré sans se faire annoncer, avait pris une orange dans une coupe de fruits. Il riait de bon cœur en regardant le perroquet cramponné à son perchoir. Ce n'était pas la première fois que l'oiseau, bien dressé contre les intrus, se trompait ainsi.

Almsbury les quitta et rentra peu après à Barberry Hill, pour la chasse, tandis qu'Émily restait en ville, afin d'être prête à accueillir leurs hôtes, au cas où ceux-ci arriveraient inopinément. Ambre n'eut ainsi plus l'occasion de discuter de Corinne avec lui.

Ambre allait trois ou quatre fois par semaine se rendre compte des progrès de l'hôtel Ravenspur.

Conçu dans le style nouveau, sans ces cours multiples qui s'étendaient à l'intérieur du mur d'enceinte, c'était un grand bâtiment carré, parfaitement symétrique, haut de quatre étages, sans compter les mansardes, dont toutes les fenêtres étaient à petits carreaux.

Ni le capitaine Wynne, ni la propriétaire n'avaient négligé la moindre possibilité de rendre la maison aussi moderne et somptueuse qu'il se pouvait. Les lambris peints, n'étant plus de mode, furent remplacés dans plusieurs pièces par de larges motifs décoratifs, des figures allégoriques empruntées à la mythologie grecque ou romaine. Les parquets étaient en marqueterie. Il était très rare de voir de grands lustres de cristal aux pendeloques ressemblant à d'énormes boucles d'oreille en diamant, mais Ravenspur House en comptait plusieurs. Les autres, y compris les appliques, étaient en argent. Ambre eut une pièce entièrement lambrissée d'odorant acajou pâle de Java, où la lettre C entrelacée de couronnes et d'amours revenait partout en motifs décoratifs. Pour Ambre, ce C sous-entendait aussi bien Carlton que Charles !

Tout ce qu'elle avait pu omettre dans sa chambre à coucher de Whitehall, elle entendait l'avoir ici. Le lit, gigantesque – le plus grand de toute l'Angleterre – devait être tendu de brocart d'or, garni de cordelières et de franges d'or. Chacun des quatre piliers était surmonté d'un panache de plumes d'autruches noires et vert émeraude, entouré d'aigrettes. Le plafond n'était qu'un miroir et les murs étaient tapissés de brocart d'or alternant avec de grandes glaces. Tous les meubles étaient dorés, les coussins, les fauteuils et les chaises longues capitonnés de velours ou de satin vert émeraude. Des tapis de Perse, du drap d'or parsemé de perles étaient éparpillés sur le parquet. L'ameublement des autres pièces était tout aussi somptueux.

Par un chaud après-midi de la fin août, Ambre se trouvait à Ravenspur House, bavardant avec le capitaine Wynne, car elle désirait s'y installer bientôt et pressait le travail.

Comme elle parlait, son attention fut attirée par Suzanne, qui courait en riant, échappant à la surveillance de sa nurse. Elle avait cinq ans, l'âge de porter des robes de grandes personnes, et Ambre l'habillait très joliment, depuis ses innombrables robes de taffetas ou de soie, jusqu'à ses minuscules souliers et ses gants en miniature. Le futur duc de Ravenspur, Charles Stanhope, promettait, en dépit de ses deux ans, d'être plus tard aussi grand que son père et, tout comme le roi, possédait un amusant et précoce sens du sérieux.

Finalement Ambre, exaspérée, frappa du pied en criant :

— Suzanne ! Tenez-vous donc convenablement, petite sotte, ou je m'en mêlerai !

À ce moment, elle entendit un gros rire et, se retournant, vit Almsbury qui descendait de voiture et se dirigeait vers elle.

— Attendez seulement qu'elle soit grande ! vocoféra-t-il. Attendez ! Elle vous en fera voir de belles d'ici une dizaine d'années !

— Ah ! Almsbury !

La bouche d'Ambre esquissa la même moue que celle de sa fille :

— Qui pense à ce qui se passera dans dix ans !

Plus les années passaient, plus elle redoutait d'en parler.

— J'espère bien que ce temps ne viendra jamais !

— Et cependant ! Il arrivera, affirma-t-il avec complaisance. Tout arrive, pour peu que l'on ait la patience d'attendre, voyez-vous.

— Vraiment ! fit Ambre avec amertume. J'ai cependant attendu longtemps, et ce que je désirais n'est toujours pas arrivé !

Elle allait reprendre sa conversation avec le capitaine Wynne quand une lueur dans les yeux de son ami retint son attention. Il lui souriait, visiblement enchanté de lui-même.

— Almsbury, dit-elle lentement, la gorge soudain sèche et serrée, Almsbury, pourquoi êtes-vous venu ici ?

Il s'approcha tout contre elle, et ses yeux plongèrent dans les siens :

— Je suis venu, mon cœur, vous annoncer qu'ils sont ici. Ils sont arrivés hier soir.

Elle en fut étourdie, comme si elle avait reçu un coup, et resta un instant immobile, comme paralysée.

— Où est-il ?

Ses lèvres formaient les mots, mais elle n'en percevait pas le son.

— À la maison. Chez moi. Sa femme est avec lui, vous savez.

Vivement Ambre se reprit. Toute émotion et rêverie passées, elle se sentait alerte et provocante :

— Comment est-elle ?

— Très belle ! répondit Almsbury doucement, comme s'il craignait de l'offenser.

— Ce n'est pas possible !

Ambre contemplait d'un œil fixe les morceaux de bois et les briques entassés autour d'elle. Ses sourcils noirs s'étaient froncés et son visage reflétait une expression d'anxiété presque tragique.

— Ce n'est pas possible, répéta-t-elle.

Puis elle le regarda, comme honteuse d'elle-même. Jamais elle n'avait craint aucune femme au monde. Quelle que fût la beauté de Corinne, elle n'avait aucune raison de la redouter.

— Quand...

Mais, se souvenant que le capitaine Wynne était tout près, elle changea sa phrase :

— J'ai un dîner ce soir. Pourquoi ne pas venir, avec Lord Carlton – et sa femme, si elle le désire ?

— Je ne crois pas qu'ils sortent d'ici quelques jours... le voyage a été plus long que d'habitude... et Sa Grâce est fatiguée.

— C'est vraiment bien dommage ! fit Ambre aigrement. Et lui aussi est trop las pour sortir de chez lui ?

— Je ne crois pas qu'il tienne à sortir sans elle.

— Mon Dieu ! s'écria Ambre, jamais je n'aurais cru que Lord Carlton fût homme à se laisser mettre en quenouille !

Almsbury préféra ne pas répondre.

— Ils vont chez le baron Arlington, jeudi soir. Vous y serez, n'est-ce pas ?

— Naturellement. Mais, jeudi...

De nouveau elle se souvint de la présence du capitaine Wynne :

— Ira-t-il au port aujourd'hui ?

— Oui. Mais il a beaucoup affaire. Je vous conseille d'attendre à jeudi...

Ambre lui lança un coup d'œil terrible, destiné à lui

imposer silence. Railleusement il sursauta, comme effrayé, s'inclina cérémonieusement et retourna vers sa voiture. Ambre le suivit des yeux, fit le geste de s'élancer derrière lui, s'excuser, mais ne bougea point. Sa voiture n'avait pas disparu au coin de la rue qu'Ambre perdit tout intérêt pour l'achèvement de sa demeure.

— Il faut que je m'en aille, capitaine Wynne, dit-elle précipitamment. Nous parlerons de tout cela plus tard.

Elle courut à sa propre voiture, suivie des nurses et des deux enfants :

— Descendez au quai, du côté de Water Lane. Vite !

Mais il n'y était pas. Le valet de pied partit aux informations : ils virent tous ses vaisseaux à l'ancre et apprirent qu'il avait passé la matinée au port, mais était parti au moment du déjeuner et ne reviendrait probablement pas. Elle attendit près d'une heure, mais les enfants en avaient assez, et, finalement, elle rentra.

Sitôt de retour au palais, elle lui écrivit, le suppliant de venir la voir, mais elle ne reçut pas de réponse avant le lendemain matin et ce ne fut qu'un simple billet griffonné :

« Impossible d'aller vous voir. Si vous êtes chez Arlington jeudi, puis-je réclamer la faveur d'une danse ? Carlton. »

Ambre le déchira en petits morceaux et se jeta sur son lit pour y pleurer tout à son aise. Mais, en dépit d'elle-même, quelques réflexions s'imposèrent à elle : si Lady Carlton était réellement une beauté, il fallait qu'Ambre s'arrangeât pour paraître, en ce jeudi, plus éblouissante que jamais. La Cour, à présent, était accoutumée à elle. Si Lady Carlton était seulement présentable, elle serait l'objet de l'attention générale, susciterait des commentaires, en bien ou en mal. « À moins que – à moins que je porte quelque chose qui fasse sensation – d'une manière ou d'une autre ! »

Après avoir passé plusieurs heures dans une frénésie d'inquiétude et d'indécision, elle envoya chercher Mme Rouvière. L'unique solution était une nouvelle robe, mais une robe bien différente de tout ce qu'elle avait porté, une robe que nulle femme n'oserait arborer.

— Il me faut une toilette qu'on ne puisse pas ne pas remarquer, lui dit Ambre. Quand je devrais entrer toute nue, vêtue seulement de mes cheveux !

Mme Rouvière se mit à rire :

— Ce serait peut-être bien pour une entrée, mais au bout d'un certain temps, ils en auraient assez et reviendraient aux dames plus habillées. Il vous faut quelque chose d'indiscret, habillant assez cependant pour donner envie d'en voir davantage. Du noir, évidemment – de la gaze noire peut-être – avec quelque chose de brillant...

Elle continua ainsi, esquissant la robe avec les mains, tandis qu'Ambre l'écoutait avec une attention passionnée, l'œil brillant.

Lady Carlton, pauvre créature ! Quelle chance pourrait-il lui rester ?

Les deux jours qui suivirent, Ambre ne quitta pas ses appartements. Du matin au soir, ils furent occupés par Mme Rouvière et ses ouvrières, toutes riant et parlant français pendant que les ciseaux cliquetaient, que les aiguilles couraient dans l'étoffe. Ambre fit stoïquement le mannequin durant des heures, car la robe fut littéralement faite sur elle. Personne n'eut le droit d'entrer et ce mystère fit naître mille rumeurs dont Ambre se réjouit...

La duchesse devait représenter Vénus sortant de l'eau, vêtue d'une simple coquille de nacre. Elle ferait son entrée, par le grand escalier, en conduisant un chariot doré attelé de quatre chevaux. Sa robe serait faite de perles véritables qui tomberaient peu à peu, jusqu'à ce qu'elle n'eût plus rien sur elle... Bref, on ne reculait devant aucune supposition, car nul ne mettait en doute son audace...

Le jeudi, ces bruits couraient toujours.

Les cheveux d'Ambre, lavés et séchés, furent polis à l'argent, avant que le coiffeur ne s'en emparât. Ses bras et ses jambes furent soigneusement épilés, passés à la pierre ponce. Elle s'enduisit une bonne douzaine de fois le visage avec des crèmes de beauté françaises et se brossa les dents jusqu'à en avoir le bras endolori. Elle prit un bain de lait et se parfuma au jasmin. Puis elle consacra plus d'une heure à se farder.

À six heures du soir, la robe était terminée et Mme Rouvière l'exposa triomphalement.

Ambre laissa tomber son peignoir et, vêtue seulement de bas de soie noirs, retenus par des jarretières incrustées de diamants, chaussée de souliers à hauts talons, elle « entra » dans la fameuse toilette. Le corsage de grosse dentelle, retenue par des perles de jais, était aussi décolleté qu'il pouvait l'être. La jupe – au vrai une sorte de gaine prolongée par une traîne onduleuse –, elle aussi piquée de jais, moulait si bien les hanches qu'elle évoquait une manière de cuirasse couleur de nuit, où s'allumaient des reflets d'eau. D'énormes manches en gaze noire, et une sorte de basque, drapée sur les côtés et habillant la traîne comme une brume sombre et vaporeuse, complétaient l'ensemble.

Tandis que son entourage admirait, bouche bée, Ambre se contempla dans les grands miroirs de sa chambre avec une sorte de triomphe. « Il en mourra, quand il me verra ! » se dit-elle en un paroxysme de confiance. Corinne ne lui faisait plus peur.

Mme Rouvière vint fixer la coiffure, qui consistait en un petit casque orné d'une grosse touffe de plumes d'autruche noires. Quelqu'un lui tendit ses gants, de longs gants noirs allant au-delà du coude. Elle tenait un éventail noir et l'on posa sur ses épaules un manteau de velours noir, bordé de renard noir. Tout ce noir opposé à sa riche complexion de blonde, l'expression de son regard, la courbe de sa bouche, tout concourait à lui donner l'aspect d'un ange diabolique, à la fois pur, beau, corrompu et sinistre.

Ambre se retourna et échangea avec Mme Rouvière le

regard de conspirateurs satisfaits. Madame posa un doigt sur ses lèvres et fit mine de l'embrasser. Elle s'approcha d'Ambre et lui souffla à l'oreille :

— L'autre, ils ne la verront même pas !

Ambre lui envoya une affectueuse bourrade, accompagnée d'un sourire. Puis elle se pencha pour embrasser Suzanne qui approchait sa mère avec respect, comme effrayée de la toucher. Puis, le cœur battant, la gorge serrée, Ambre mit son masque et enfila un étroit petit corridor qui la conduisit à l'endroit où attendait sa voiture. Jamais, depuis le soir où elle avait été présentée à la Cour, elle ne s'était sentie aussi excitée, inquiète, emplie d'appréhension.

LVII

Arlington House – Goring House avant que Bennet l'achetât en 1663 – se trouvait tout à côté des anciens Mulberry Gardens, à l'ouest du palais. Le baron et la baronne y donnaient les réceptions les plus brillantes, les plus soignées, les plus attendues de Londres. Rien ne pouvait leur être comparé. Les invitations lancées étaient la plus sûre évaluation de tout prestige. Les gens insignifiants n'y étaient jamais conviés.

Son Honneur était connue pour l'hôte le plus généreux et le plus attentif de la société. Il servait une nourriture exquise, préparée par une douzaine de cuisiniers français, et des vins d'une cave abondante et choisie. La musique jouait dans toutes les pièces, les tables de jeu regorgeaient de piles de pièces d'or. Les bougies se comptaient par milliers. Les salons fourmillaient de comtes, ducs, chevaliers, comtesses, duchesses et autres grandes dames, et, pour l'œil profane, tout paraissait somptueux et plein de décorum. De jolies femmes, en robes de satin, faisaient la révérence et échangeaient des sourires derrière leurs éventails ; des gentilshommes vêtus de brocart s'inclinaient profondément, balayant le sol de leur chapeau. Les voix étaient discrètes et les conversations d'apparence polie.

En fait, les mauvaises langues étaient à l'œuvre, détruisant les réputations. Les hommes, surveillant une jolie femme, se vantaient d'avoir couché avec elle, discutaient ses défauts physiques et comparaient leurs expériences. Un peu partout dans la maison, des chambres à coucher obscures abritaient les couples à la recherche d'un refuge temporaire. Dans quelque coin sombre, une fille d'honneur retroussait ses jupes afin de permettre à ses galants de comparer ses jambes à d'autres, poussant de petits cris et de petits rires quand une main trop audacieuse l'effleurait. Un des jeunes gandins avait introduit en fraude une fille de chez Mrs. Bennet, et celle-ci s'exhibait devant quelques spectateurs derrière une porte close.

Jamais Arlington ne se mêlait des agissements de ses invités, laissant chacun s'amuser à sa guise.

À sept heures, la soirée étant un peu avancée et la plupart des invités encore à jeun, tout le monde s'était rassemblé dans le grand salon, afin de voir entrer les nouveaux arrivants. On attendait deux personnes qui ne s'étaient pas montrées encore : la duchesse de Ravenspur et Lady Carlton. Celle-ci – que personne encore n'avait vue – passait, disait-on, pour une grande beauté, bien que les goûts en cette matière fussent tranchés et divers. Nombre de femmes, en tout cas, étaient prêtes à déclarer dès son apparition qu'elle était infiniment moins jolie qu'on ne le prétendait. Et la duchesse de Ravenspur, de crainte d'être évincée, se livrerait sûrement à quelque entrée spectaculaire.

— Je me soucie de Lady Carlton comme d'une guigne, murmura un maigre jeune beau, tout en manipulant un éventail de dame, mais je serai à ses pieds si elle dame le pion à la duchesse. Cette sacrée femme est devenue intolérable depuis que Sa Majesté lui a fait don d'un duché. Autrefois, quand elle n'était qu'une misérable petite actrice, je lui laçais son corset, et maintenant, chaque fois que nous nous rencontrons, elle fait mine de ne pas me connaître !

— Elle est de basse extraction, Jack. Qu'attendre d'autre d'une pareille femme ?

Une voix de stentor les interrompit :

— Sa Grâce la duchesse de Ravenspur.

Tous les yeux se tournèrent vers la porte, mais il n'y avait encore que le maître de cérémonie. On attendit. Enfin, la tête haute, l'air orgueilleux et provocant, la duchesse apparut, s'avançant lentement dans la salle. Un murmure de surprise et d'indignation la précéda. Les têtes se tendirent, les yeux s'écarquillèrent et le roi Charles lui-même, pivotant sur les talons, regarda.

Ambre avançait, imperturbable, bien que tremblante en son for intérieur. Elle entendit l'exclamation de femmes plus âgées, les vit pincer les lèvres et la foudroyer de regards réprobateurs. Elle perçut de longs sifflements parmi la foule masculine, vit les cous s'allonger, les visages se hausser. Les jeunes femmes la dévisageaient avec colère, indignées qu'elle eût osé prendre un tel avantage.

Brusquement elle se détendit, convaincue du succès. Elle espérait que Bruce et Corinne étaient quelque part dans la salle et assistaient à son triomphe.

Soudain elle découvrit Almsbury auprès d'elle et se tourna, un léger sourire au coin des lèvres. Mais ce qu'elle lut dans ses yeux la médusa : Qu'y avait-il ? Était-ce de la désapprobation ? De la pitié ? Les deux peut-être ? Mais c'était ridicule, voyons. Elle était étourdissante et le savait.

— Saint Jésus ! Ambre ! murmura-t-il, l'examinant de haut en bas.

— Vous ne l'aimez pas ?

Ses yeux se durcirent comme elle le fixait et sa voix prit, même à ses propres oreilles, un léger ton de bravade.

— Si, évidemment. Vous êtes éblouissante...

— Mais n'avez-vous pas un peu froid ? interrompit une voix féminine.

Se retournant vivement, Ambre vit Mrs. Boynton qui la dévisageait avec une insolence féline. Une autre voix, masculine celle-ci, vint de l'autre côté :

— Tudieu ! Madame ! Mais c'est le plus magnifique spectacle qu'il m'ait été donné de contempler depuis que je suis sevré !

C'était le roi, nonchalant, souriant, visiblement amusé.

Ambre se sentit soudain blessée. « Qu'ai-je fait ! songea-t-elle avec horreur. Oh ! mon Dieu ! pourquoi suis-je ici à moitié nue ? » Ses yeux firent le tour de la salle et ne rencontrèrent que sourires railleurs. Elle se sentait comme la personne qui, en rêve, sort nue et comprend tout à coup son erreur. Et comme le rêveur, elle souhaitait passionnément se retrouver chez elle, loin de tous les yeux, mais hélas ! cette fois-ci elle était prise à son propre piège. Elle ne pouvait s'éveiller de ce cauchemar.

« Oh ! que puis-je faire ? songea-t-elle avec désespoir. Comment sortir d'ici ? » Dans son angoisse, elle avait oublié Lord Carlton et sa femme.

Et soudain, d'une manière si inattendue qu'elle en sursauta, elle entendit annoncer d'une voix haute et claire :

— Milord Carlton ! Milady Carlton !

Sans même s'en rendre compte, elle saisit la main d'Almsbury et se tourna vers la porte. Quand elle les vit entrer, toute couleur disparut de ses joues : elle ne s'aperçut même pas du bref regard que lui lança Almsbury, mais sentit la pression chaude et rassurante de sa main.

Bruce était sensiblement le même que deux ans auparavant. Il avait trente-huit ans et un peu plus de poids peut-être que la dernière fois, mais il était toujours beau, hâlé, vigoureux, un homme qui ne change guère avec les années. Ambre ne lui accorda qu'un coup d'œil et concentra son attention sur la femme qui marchait à ses côtés, la main posée sur son bras.

Elle était plutôt grande, mince et gracieuse, avec des yeux bleus très clairs et un teint de lait. Ses traits étaient délicats et son expression sereine. La contempler éveillait une sorte d'émotion artificielle, le même sentiment que pouvait provoquer une exquise porcelaine peinte. Elle portait une robe de drap d'argent recouverte de dentelle noire et sur la tête une mantille de même dentelle. À son cou brillait le collier de saphirs et de diamants qui avait appartenu à la mère de Bruce et qu'Ambre avait toujours espéré posséder.

Le roi, sans cérémonie, s'avança, accompagné de Lord et Lady Arlington pour les saluer, et pendant qu'ils échangeaient des compliments, la salle redevint bruyante et bourdonnante.

— Seigneur ! Mais c'est une magnifique créature !

— Je sais que cette robe vient de Paris, ma chère. Elle ne peut pas sortir d'ici...

— Ont-ils réellement des femmes semblables à la Jamaïque ?

— De la race et de l'allure, je n'admire rien tant chez une femme.

Ambre avait les mains moites et ses membres lui faisaient mal. « Il faut que je m'en aille avant que nous nous rencontrions », songeait-elle éperdument. Mais, comme elle faisait un geste pour s'esquiver, l'étreinte d'Almsbury se fit plus impérieuse, et il lui administra une légère bourrade. Surprise, elle leva les yeux sur lui et retrouva son calme.

Charles, au mépris de toute étiquette, avait demandé à

Lady Carlton de lui accorder une danse, et la musique avait attaqué une pavane. D'autres couples suivirent. Ambre entendit à peine Almsbury qui l'invitait. Il répéta sa demande, plus haut.

— Je n'ai pas envie de danser, murmura-t-elle désemparée. Je n'ai pas l'intention de rester ici ! Je... j'ai des vapeurs. Je rentre !

Et cette fois elle rassembla ses jupes et fit un pas. Mais le comte la saisit par le poignet et lui administra une si violente secousse que sa coiffure en fut ébranlée :

— Cessez de vous conduire comme une imbécile, ou je vous gifle ! Souriez-moi, vite, tout le monde vous regarde.

À travers ses paupières mi-closes, Ambre fit le tour de la salle. Elle avait envie de hurler, de leur lancer n'importe quoi à la figure, à tous ces visages satisfaits et moqueurs. Au lieu de cela, elle leva les yeux sur Almsbury et sourit aussi gaiement que possible, cherchant à empêcher les coins de sa bouche de trembler. Posant la main sur le bras qu'il lui offrait, elle entra dans la danse.

— Il faut que je sorte d'ici, lui chuchota-t-elle sous le couvert de la musique. Je ne peux pas rester !

Il ne changea pas d'expression :

— Vous ne partirez pas, quand je devrais vous attacher. Puisque vous avez eu le courage d'endosser cette défroque, par Dieu ! vous aurez celui de rester !

Ambre, furieuse, tout en dansant, commença de tirer des plans pour s'esquiver sitôt qu'il la lâcherait. « Le diable l'emporte, songea-t-elle. Il agit comme ma grand-mère ! Qu'est-ce que cela peut lui faire si je reste ou si je... »

Et soudain, d'une manière inattendue, elle aperçut Carlton à quelques pas. Corinne souriait à Almsbury, mais poussa un petit cri d'étonnement en voyant sa danseuse. Les yeux d'Ambre étincelèrent et Corinne détourna promptement le regard, visiblement embarrassée.

« Oh ! cette femme ! songea Ambre. Je la hais, je la hais,

je la hais ! Regardez comme elle minaude, sourit et fait des petits pas ! Non mais ! Quelle poseuse ! Je voudrais être nue, tout à fait nue. Elle en aurait une maladie. Oh ! je lui ferai payer ! Elle regrettera d'avoir jamais jeté les yeux sur moi ! Attendez seulement... »

Mais, soudain, toute énergie l'abandonna ; elle se sentit lasse, perdue, désemparée.

« Je vais mourir, se dit-elle misérablement. Jamais je ne survivrai à cela. Ma vie ne vaut plus rien, maintenant. Oh ! Dieu ! si je pouvais mourir là, tout de suite, je ne peux pas faire un pas de plus... »

Le bras d'Almsbury seul l'empêchait de s'effondrer. La musique cessa, les danseurs s'arrêtèrent et se rassemblèrent en groupes. Ambre, toujours accompagnée d'Almsbury, fit mine de ne voir personne.

« Je m'en vais, se dit-elle. Et ce maudit entêté ne m'en empêchera pas. » Mais, comme elle se dirigeait vers la porte, il la retint.

— Venez à présent, que je vous présente à Lady Carlton.

Ambre recula :

— Qu'ai-je besoin de la connaître ?

— Ambre, pour l'amour du Ciel !

Sa voix, à peine distincte, était cependant pressante :

— Regardez autour de vous ! Ne comprenez-vous pas ce qu'ils pensent, tous ?

Ambre jeta un coup d'œil dans la salle et rencontra des paires d'yeux fixés sur elle qui se détournèrent aussitôt, tandis que les bouches esquissaient un sourire amusé et méprisant. On observait et on attendait.

Prenant une profonde respiration, elle posa sa main sur le bras d'Almsbury et tous deux se dirigèrent vers le groupe que formaient Lord et Lady Carlton, le roi, Buckingham, Lady Shrewsbury, Lady Falmouth, Buckhurst, Sedley et Rochester. Comme ils approchaient, les conversations se turent, une sorte d'attente régna. Almsbury fit les présentations. Lady Carlton et la duchesse de Ravenspur échangèrent un sourire poli et une vague révérence. Lady Carlton était amicale, gracieuse et visiblement ignorante du fait que son époux connaissait cette luxuriante créature à demi nue.

Mais Ambre n'avait d'yeux que pour Bruce. Une seconde, l'expression de Lord Carlton l'eût peut-être trahi ; mais personne ne le regardait et il reprit son calme, s'inclina comme devant une simple relation. Ambre, quand leurs regards se croisèrent, sentit le sol se dérober sous ses pieds. La conversation reprit, et quelques secondes passèrent avant qu'elle fût en état de la suivre. Charles et Bruce discutaient au sujet de l'Amérique, des plantations de tabac, de l'irritation causée chez les colons par les lois sur la navigation. Corinne parlait peu, mais chaque fois Charles l'écoutait avec intérêt, sans dissimuler son admiration. Sa voix était douce et pure, essentiellement féminine, et les rapides regards qu'elle lançait à Bruce révélaient un phénomène inconnu à Londres : une femme profondément éprise de son époux. Ambre eut envie de griffer, de lacérer avec ses ongles ce charmant visage tranquille.

Quand la musique reprit, elle fit une révérence extrêmement froide, distante et délicatement insolente à Corinne, salua vaguement Bruce et les quitta. Après quoi, elle voulut affirmer avec provocation qu'elle s'amusait beaucoup et n'était pas le moins du monde gênée par sa semi-nudité. Elle dîna, servie par une dizaine de soupirants, but beaucoup de champagne, ne manqua pas une danse. Mais la soirée se traîna avec une interminable lenteur. Une heure plus tard, les danseurs se dispersèrent dans les salles du fond, où des tables de jeu avaient été dressées. Ambre, désespérément lasse, les membres endoloris, s'excusa et se réfugia dans le cabinet de toilette prévu pour les dames.

Sauf quelques femmes de chambre, la pièce était vide

et elle s'affaissa un instant, se laissant aller, les épaules courbées, la tête entre les mains. Mais bien vite elle entendit des pas derrière elle, et la voix de Boynton cria gaiement :

— Eh bien ! Votre Grâce ? Une atteinte de vapeurs ?

Ambre lui lança un regard de mépris et se pencha pour tirer ses bas et rattacher ses jarretières. Boynton se laissa tomber sur un divan, avec un soupir de soulagement et, considérant Ambre de côté :

— Eh bien ! que dites-vous de Lady Carlton ?

Ambre haussa les épaules :

— Elle n'est pas mal, il me semble.

Boynton éclata de rire :

— Pas mal ! Et tous les hommes qui prétendent qu'elle est la plus jolie femme de la soirée, si ce n'est la plus déshabillée !

— Oh ! silence ! marmonna Ambre en lui tournant le dos pour s'examiner dans une glace.

Avait-elle réellement l'air aussi fatiguée, ou était-ce simplement parce que son visage était un peu trop luisant ? Elle demanda à l'une des femmes de chambre qu'on lui apportât quelque poudre.

Alors Lady Carlton apparut sur le seuil.

— Puis-je entrer ? demanda-t-elle.

— Mais bien entendu, Votre Grâce ! s'écria Boynton, lançant un regard de triomphe malicieux à Ambre. Nous disions justement que, depuis que la duchesse de Richmond a eu la petite vérole, vous êtes la plus grande beauté apparue à la Cour.

Corinne rit doucement.

— Merci ! Vous êtes trop bonne !

Ses yeux observaient Ambre, avec hésitation, comme si elle eût désiré lui parler, sans savoir comment s'y prendre. Elle désirait s'excuser en quelque sorte de sa maladresse du début de la soirée. Londres, se disait-elle, n'était pas l'Amérique, et ici, sans nul doute, il était permis à une dame de haut rang de se montrer à moitié nue dans une soirée.

— Votre Grâce, commença-t-elle enfin, ne m'en voudra pas, si je vous dis à quel point j'admire votre robe ?

Sans la regarder, Ambre continua de se poudrer.

— Non, si vous le pensez réellement, répondit-elle brusquement.

Corinne fut surprise et blessée de cette rudesse et se demanda que répondre. Mais Boynton rompit instantanément les chiens :

— Mais c'est votre toilette, Lady Carlton, qui est un véritable succès ! Comment vous procurez-vous d'aussi jolies parures en Amérique ? Ce drap d'argent, et cette dentelle, c'est vraiment exquis...

— Je vous remercie, Madame. Ma couturière est une Française qui fait venir ses matériaux de Paris. Mais en vérité, ajouta-t-elle avec un petit rire, nous ne sommes pas de tels sauvages en Amérique. Chacun ici paraît surpris que je ne porte pas un costume de cuir et des souliers d'Indien.

Ambre reprit son éventail et ses gants, se tourna et, regardant Corinne bien en face :

— Quant à cela, Madame, vous pouvez penser que ce sont nous les sauvages !

Sur quoi elle sortit de la pièce, non sans avoir entendu Boynton qui disait en riant :

— Je vous en prie, Milady, excusez-la. Elle a reçu un coup très dur cette nuit !

Tous – Ambre le savait – pensaient qu'elle était jalouse des attentions que Charles avait réservées à Lady Carlton.

— Oh ! murmura la voix sympathique de Corinne. Je suis désolée...

Ambre trouva Bruce à la table de rafle – car il ne restait jamais longtemps dans une salle de bal du moment qu'il y avait des cartes et des dés –, si absorbé qu'il ne s'aperçut pas de sa présence pendant un bon moment. Volontairement, elle avait pris son expression la plus séduisante, la lèvre inférieure légèrement boudeuse, les sourcils levés, les yeux mi-clos.

À peine l'eut-il remarquée qu'elle le sentit et sourit à demi. Mais il ne répondit pas à son appel ; ses yeux verts la fixèrent gravement un instant, puis s'éclairèrent d'une lueur et la toisèrent de haut en bas avec une sorte d'insolence nonchalante. Revenant à son visage, il leva imperceptiblement un sourcil. Elle se sentit aussitôt reléguée au dernier rang des prostituées, s'offrant à n'importe quel homme et en étant – ô horreur – repoussée.

De rage et d'humiliation, elle se détourna rapidement et s'en alla. Elle se heurta à Lord Buckhurst, et quand celui-ci suggéra qu'ils pourraient découvrir une petite pièce isolée, elle le suivit, plutôt pour s'enfuir que pour toute autre raison. Elle resta plus de deux heures avec lui, éprouvant une sorte de plaisir morbide à la pensée que Bruce savait probablement ce qu'elle faisait.

Ils revinrent au salon à onze heures passées pour trouver les joueurs toujours occupés et un groupe rassemblé autour du roi et de Son Altesse. James jouait de la guitare et Charles chantait, de sa magnifique voix de basse, un chant guerrier des cavaliers. La première personne qu'elle vit fut Almsbury, qui vint à elle l'air soucieux. Mais il ne dit rien et échangea un salut avec Buckhurst. Après quoi celui-ci se retira.

— Pour l'amour du ciel, Ambre, je vous ai cherchée partout ! Je vous croyais partie...

Ambre fut sur le point de fondre en larmes :

— Almsbury ! Oh ! je vous en prie, Almsbury, ramenez-moi chez moi ! Ne suis-je pas restée assez longtemps ?

Ils sortirent et montèrent en voiture. Là, Ambre se mit à sangloter avec une violence quasi hystérique. Elle fut un moment sans pouvoir parler, puis elle gémit misérablement :

— Oh ! Almsbury ! Il ne m'a même pas souri ! Il m'a simplement regardée, comme... comme... Oh ! mon Dieu ! je voudrais être morte !

Almsbury la serra tendrement contre lui, et posa ses lèvres sur sa joue :

— Que pouvait-il faire, mon cœur ? Sa femme était là !

— Et qu'est-ce que cela peut faire ? Pourquoi est-il justement le seul homme de Londres à se préoccuper de ce que pense sa femme ! Oh ! il me déteste, je sais qu'il me déteste. Et moi aussi, je le hais !

Elle se moucha :

— Oh ! comme je voudrais pouvoir le haïr !

Elle vit Lord et Lady Carlton le lendemain, montant à cheval dans le Ring. Ambre savait combien il avait horreur de cette promenade en rond, saluant et souriant constamment aux mêmes gens, mais, évidemment, il était venu pour Corinne. Le lendemain, ils se trouvaient dans des loges voisines au théâtre du duc, et le jour suivant dans la chapelle de Whitehall. C'était la première fois qu'Ambre le voyait à l'église. Et chaque fois, Lord et Lady Carlton la saluaient et lui souriaient, mais Sa Seigneurie ne semblait pas la connaître.

Ambre oscillait entre la fureur et le désespoir. « Comment peut-il m'avoir oubliée ? Il fait comme s'il ne m'avait jamais vue. Non, ce n'est pas vrai ! Pas un homme, s'il ne m'avait jamais vue, ne me regarderait comme il le fait. Si sa femme avait un brin d'intelligence, elle se douterait qu'il ne me connaît que trop... Mais elle ne voit rien, c'est une pie ! »

En dépit de son indifférence apparente, elle ne pouvait croire qu'il eût oublié ce qu'ils avaient été l'un pour l'autre depuis neuf ans, pour le mieux et pour le pire. Marygreen, les jours heureux de Londres, la matinée affreuse où Rex Morgan avait été tué, la peste... Il ne pouvait avoir oublié les plaisirs partagés, les deux enfants qu'elle lui avait donnés, les rires, les disputes, l'agonie et l'extase de l'amour. Non, jamais personne ne pourrait être pour lui ce qu'elle avait été... « Oh ! il ne peut pas l'avoir oublié ! se disait-elle à elle-même, seule et désespérée. Il ne peut pas ! Il viendra me voir dès qu'il pourra. Je le sais. Il viendra ce soir. » Mais il ne venait pas !

Cinq jours après la soirée d'Arlington, il se présenta chez elle, tard dans l'après-midi, accompagné d'Almsbury. Elle était en train de s'habiller pour un dîner. Justement, elle pensait à lui, à la fois anxieuse et irritée, souhaitant passionnément qu'il vînt ; cependant elle fut très surprise de le voir entrer avec Almsbury.

— Comment, Votre Honneur ?

Les deux hommes s'inclinèrent :

— Madame !

Reprenant ses esprits, Ambre renvoya ses femmes. Mais elle ne se précipita pas vers lui, ainsi qu'elle avait pensé le faire. Non, elle resta debout sans savoir que dire, ni que faire. Elle attendit.

— Pourrais-je voir Suzanne ?

— Oui, mais oui, bien sûr !

Se dirigeant vers la porte, elle donna un ordre. Puis, se retournant :

— Suzanne a grandi. Elle... elle est bien plus grande que quand vous l'avez quittée...

Elle savait à peine ce qu'elle disait. « Oh ! mon cœur, songeait-elle passionnément, est-ce là tout ce que vous demandez, après deux ans ? Vous êtes là et vous me regardez comme si vous me connaissiez à peine ! »

Mais la porte s'ouvrit et Suzanne entra, vêtue d'une robe de taffetas vert, avec sa petite jupe retroussée sur un jupon rose et ses cheveux dorés retenus d'un côté par un nœud rose. Elle interrogea sa mère du regard et, légèrement effarée, semblait se demander ce qu'on lui voulait.

— Vous souvenez-vous de votre papa ? demanda Ambre.

Suzanne leur lança un regard méfiant :

— Mais j'ai un papa, protesta-t-elle poliment.

Un jour qu'elle se plaignait de n'avoir pas de papa, Charles lui avait dit qu'il serait le sien. Depuis, elle considérait le roi comme son père, car elle le voyait très souvent, et il s'occupait beaucoup d'elle, à cause de sa beauté et parce qu'il aimait beaucoup les enfants.

Bruce s'amusa de la réplique et la prit dans ses bras.

— Vous ne vous débarrasserez pas de moi avec des histoires pareilles, Mademoiselle, lui dit-il. Vous avez peut-être un nouveau père, mais c'est moi le premier, et c'est celui qui compte. Venez, embrassez-moi et, si vous êtes gentille, peut-être vous trouverai-je un petit cadeau.

— Un cadeau ?

Les yeux de Suzanne s'élargirent et elle lança un regard à sa mère, qui approuva en souriant. Sans autre hésitation, elle passa ses bras autour du cou de Bruce, et lui donna un baiser sonore.

Almsbury ricana :

— C'est bien la fille de sa mère. De plus en plus !

Ambre lui fit une grimace, mais elle était trop heureuse pour se formaliser. Bruce porta Suzanne jusqu'à la porte, l'ouvrit, prit un paquet et, posant sa fille à terre, s'accroupit à ses côtés.

— Là, dit-il. Ouvrez, et nous allons voir ce qu'il y a dedans.

Ambre et Almsbury s'approchèrent tandis que Suzanne, très importante, soulevait le couvercle de la boîte. Elle y trouva une poupée d'un pied et demi de haut, aux boucles blondes, coiffée à la dernière mode et portant une élégante toilette française, une garde-robe comprenant plusieurs toilettes, avec jupons et chemisettes, souliers, gants, masques et éventails, bref, tout ce qu'il fallait à une dame de qualité. Suzanne embrassa Bruce mille et mille fois. Puis, soulevant précieusement son trésor :

— Oh ! maman, s'écria-t-elle, je voudrais la tenir dans mon portrait. Est-ce que je pourrai ?

Suzanne posait pour M. Lely.

— Bien sûr, mon amour.

Ambre regardait Bruce, qui les contemplait toutes deux avec une expression pensive en dépit de son sourire :

— Comme c'est bon à vous d'avoir pensé à elle, dit-elle doucement.

Une demi-heure plus tard, Ambre jeta un coup d'œil sur la pendule :

— Il est temps d'aller dîner, ma chérie. Sinon, vous serez en retard.

— Mais je n'ai pas envie d'y aller. Je n'ai pas faim. Je reste avec mon nouveau papa !

Elle courut à lui et se blottit dans ses bras :

— Je reviendrai bientôt vous voir, mon trésor, je vous le promets. Mais allez maintenant.

Il l'embrassa, puis, à contrecœur, elle fit une révérence à Ambre et Almsbury. Avec des manières, elle marcha jusqu'à la porte et, juste avant de sortir, se retourna et ajouta :

— Je pense qu'il est temps d'aller vous coucher avec mon nouveau papa !

La nurse lui mit précipitamment la main sur la bouche et l'entraîna, tandis que les deux hommes éclataient de rire. Ambre fit une petite grimace comique et haussa les épaules. Sans aucun doute, Suzanne avait été bien souvent renvoyée avec l'excuse qu'il était temps de laisser papa et maman se coucher. Bruce se leva.

Ambre eut un regard interrogateur, implorant. Vivement Almsbury tira sa montre :

— Oh ! que le diable m'emporte ! Je suis en retard, excusez-moi, voulez-vous ?

Il se disposait à partir, quand Bruce le suivit rapidement :

— Je vous accompagne, John !

— Bruce !

Ambre avec un petit cri d'angoisse courut à lui :

— Vous ne pouvez pas vous en aller maintenant ! Restez un peu, bavardons...

Comme il la regardait, indécis, Almsbury s'esquiva en douceur. Bruce lança un coup d'œil par-dessus son épaule, hésita un instant, puis lança son chapeau sur une chaise.

LVIII

Ambre était allongée sur une chaise longue garnie de coussins, les yeux fermés, l'air paisible et heureux. Ses cheveux tombaient en masse brun doré sur ses épaules. Bruce était assis par terre, auprès d'elle, les coudes appuyés sur les genoux, la tête dans les mains. Il avait enlevé sa perruque, sa veste et son épée ; sa chemise blanche, inondée de sueur, collait à sa peau.

Ils restèrent longtemps silencieux. Finalement Ambre, sans ouvrir les yeux, tendit une main chaude et tendre. Il leva la tête. Son visage en sueur avait des couleurs. Lentement il sourit, baissa de nouveau la tête et posa ses lèvres sur la petite main aux veines bleues apparentes.

— Mon cœur...

Sa voix traînait sur les mots d'un ton caressant. Puis, doucement, elle souleva les paupières :

— Enfin vous êtes revenu. Oh ! Bruce, comme vous m'avez manqué ! Et moi, m'avez-vous regrettée, un tout petit peu ?

— Évidemment, répondit-il machinalement, comme s'il trouvait la question superflue.

— Combien de temps resterez-vous ici ? Allez-vous vous y installer ?

Elle eût été presque heureuse que Corinne désirât vivre en Angleterre.

— Nous resterons deux mois environ, je pense. Ensuite nous irons en France acheter quelques meubles et voir ma sœur. Après quoi nous rentrerons en Virginie.

« Nous ! » Ambre n'aimait pas ce mot. Cela lui faisait toucher du doigt qu'une femme – une femme qui n'était pas elle – se trouvait dorénavant mêlée à la vie de Bruce. Et elle se sentait blessée dans son amour-propre d'apprendre qu'il emmenait Corinne voir sa sœur. Car elle avait un jour interrogé Almsbury pour savoir quel genre de femme était Mary Carlton. Il lui avait assuré qu'elle était très belle, fière et hautaine, et que certainement elle et Ambre ne s'entendraient pas.

— Aimez-vous le mariage ? fit-elle d'un ton provocant. N'est-ce pas quelque peu morne, après la joyeuse vie que vous avez menée ?

Il sourit, mais elle sentit que chaque mot qu'elle prononçait l'éloignait un peu plus d'elle. Elle s'en effraya, mais ne savait que faire.

— Non, je ne trouve pas cela morne du tout. En Virginie, nous avons meilleure opinion que vous du mariage.

Elle se redressa, rajustant son corsage, et leva les yeux au ciel :

— Miséricorde ! Que vous êtes devenu correct. Je vous jure, Lord Carlton, que vous n'êtes plus le même !

Il sourit :

— Non, c'est vrai.

Elle le regarda attentivement puis, soudain, s'agenouilla auprès de lui et le prit dans ses bras :

— Ô mon cœur ! mon cœur ! Je vous aime tant ! Je ne

peux m'habituer à vous savoir marié à une autre femme ! Je la hais ! Je la méprise ! Je...

— Ambre ! Ne parlez pas ainsi !

Il cherchait à prendre la chose en plaisantant.

— Après tout, vous avez été mariée quatre fois et je n'ai jamais haï aucun de vos époux...

— Pourquoi l'auriez-vous fait ? Je ne les aimais pas !

— Le roi non plus, je pense ?

Elle fut un instant déconcertée. Puis elle le regarda bien en face :

— Pas comme vous. D'ailleurs, c'est le roi ! Mais vous savez aussi bien que moi, Bruce, que si vous me l'aviez permis, j'aurais abandonné la Cour et tout laissé pour vous suivre !

— Comment ! fit-il d'un ton moqueur. Vous auriez quitté tout cela ?

Comme il parlait, elle comprit tout à coup qu'il n'attachait aucune importance à sa position, ni au luxe dans lequel elle vivait. Ce fut bien la plus violente désillusion qu'elle eût jamais éprouvée. Car elle avait espéré pouvoir se glorifier, l'impressionner avec son titre, son pouvoir, son argent, ses appartements somptueux. Au lieu de cela, il lui faisait sentir que tout ce qu'elle avait obtenu de la vie – ces choses qu'elle avait été prête à payer de n'importe quel prix – n'avaient aucune importance. Pis même, qu'elles ne valaient rien !

— Oui ! dit-elle doucement. Bien sûr j'aurais tout laissé.

Elle éprouvait un inexplicable sentiment d'humilité, presque de honte.

— Allons, ma chère ! Jamais je n'aurais songé à vous demander semblable sacrifice. Vous avez travaillé dur pour obtenir ce que vous avez, et méritez de le conserver. Bien mieux, vous êtes exactement dans le cadre qui vous convient. Whitehall et vous allez ensemble, comme l'ivrogne et la bouteille !

— Qu'entendez-vous par là ?

Il haussa les épaules, jeta un coup d'œil sur la pendule et se leva :

— Il est tard. Il faut que je m'en aille.

Ambre courut après lui.

— Il n'y a pas deux heures que vous êtes ici !

— Je croyais que vous étiez invitée à dîner ?

— Je n'irai pas ! J'enverrai un mot disant que j'ai la migraine. Oh ! restez avec moi, amour, et nous dînerons ensemble. Nous aurons...

— Désolé, Ambre. Ce serait avec plaisir, mais je ne peux pas ! Je suis déjà en retard.

Ses yeux dorés prirent un regard accusateur :

— En retard, pourquoi ?

— Ma femme m'attend.

— Votre femme !

Son visage prit une vilaine expression :

— Et je pense que vous n'osez pas vous absenter plus d'une demi-heure de crainte qu'elle ne vous tire les oreilles ! C'est vraiment singulier, Lord Carlton, de vous voir ainsi tombé en quenouille.

Il enfilait sa veste et ne la regardait pas, mais sa voix, quand il répondit, avait un ton sarcastique :

— Je crains que vivre en Amérique ne m'ait rendu bien vieux jeu !

Il boucla son épée, se coiffa de sa perruque et prit son chapeau. Puis, s'inclinant froidement :

— Bonsoir, Madame !

Mais elle ne s'en tint pas là.

— Oh ! Bruce ! Je ne voulais pas vous fâcher. Non, je le jure ! Je vous en prie, ne soyez pas mécontent. Quand vous reverrai-je ? Et je voudrais tant voir Bruce. Se souvient-il de moi ?

— Bien sûr, Ambre. Il m'a justement demandé aujourd'hui quand il vous verrait.

Les yeux d'Ambre prirent une lueur malicieuse :
— Et Corinne ?
— Corinne ignore que sa mère est vivante.
La lueur s'éteignit :
— Joli arrangement ! dit-elle aigrement.
— Vous l'avez accepté. Et, s'il vous plaît, Ambre, si jamais elle vous voit ensemble, ne le lui dites pas. J'ai bien expliqué à Bruce qu'il ne devait jamais parler de vous.
— Seigneur ! Je n'ai jamais rien entendu d'aussi ridicule ! Je connais bien des femmes qui n'ont pas besoin d'être ménagées et dorlotées de la sorte. Comment, je fais une pension à la maîtresse de mon mari !
Il lui sourit, d'une expression à la fois triste et cynique :
— Mais Corinne, ma chère, n'a pas eu le privilège d'une éducation semblable à la vôtre. En fait, jusqu'à son mariage, elle vivait très retirée.
— Oh ! vous les hommes. Les plus grands coureurs épousent de petites oies blanches...
— Quand dois-je vous amener Bruce ?
— Mais, quand vous voudrez. Demain ?
— À deux heures ?
— Oui. Mais, Bruce...
S'inclinant encore une fois, il sortit tandis qu'Ambre le suivait des yeux, partagée entre la colère et les larmes, ne sachant si elle voulait casser quelque chose ou pleurer. Aussi fit-elle les deux à la fois.

Ils vinrent ensemble le lendemain à deux heures. Le petit garçon, huit ans et demi à présent, avait beaucoup grandi depuis qu'elle ne l'avait revu. Il ressemblait plus que jamais à son père, pas du tout à elle. C'était un très bel enfant, éminemment garçon, avec beaucoup de charme et des manières exquises. Son visage exprimait la joie et l'impatience de la revoir, mais, comme un véritable gentilhomme, il s'arrêta sur le seuil de la porte, se découvrit et s'inclina cérémonieusement. Ambre courut à lui, l'embrassant passionnément, la gorge serrée par l'émotion. Quittant ses manières formalistes, il lui rendit ses baisers, tout en détournant la tête de manière que son père ne vît pas les larmes qui lui montaient aux yeux.

— Oh ! mon trésor ! s'écria Ambre ! Que vous êtes beau, et comme vous avez grandi !

Il renifla discrètement et, s'essuyant les yeux du revers de la main :

— Comme vous m'avez manqué, maman, l'Angleterre est si loin quand on est en Amérique !

Il lui souriait à présent, sa petite main brune posée sur son épaule :

— Vous êtes très belle, Madame !

Elle aussi avait envie de pleurer, mais elle parvint à sourire :

— Merci, mon amour. J'espère que vous me trouverez toujours jolie.

— Pourquoi ne revenez-vous pas en Amérique avec nous ? Nous habitons à présent une grande maison, en Virginie. Il y aurait de la place pour tout le monde. Oh ! venez, maman ! Je suis sûr que vous vous y plairiez mieux qu'à Londres, c'est si joli là-bas, je vous assure.

Ambre lança un regard rapide sur Bruce, puis embrassa le petit garçon :

— Je suis bien contente que vous désiriez m'avoir auprès de vous, mon petit cœur, mais je ne peux pas. Voyez, c'est ici que je vis.

Il se tourna vers son père de l'air d'un homme qui traite une affaire avec un autre :

— Alors, pourquoi n'habitons-nous pas ici, Monsieur ?

Bruce se baissa, de manière que son visage fût au niveau de celui de son fils et passa un bras autour des épaules de l'enfant :

— Cela est impossible, Bruce, parce que je ne peux

abandonner la plantation. C'est en Amérique que je vis. Mais si vous préférez rester ici...

L'enfant prit un air très désappointé :

— Oh ! mais je ne veux pas vous quitter, Monsieur. Et j'aime l'Amérique.

Il se tourna vers Ambre.

— Viendrez-vous nous voir, un jour ?

— Peut-être, dit Ambre doucement, sans oser regarder Bruce.

Puis elle se releva :

— Voulez-vous voir votre sœur Suzanne ?

Tous trois montèrent à la nursery où Suzanne prenait justement une leçon de danse avec un professeur français qui semblait exaspéré. Au moment où ils entrèrent, elle tapait du pied et hurlait de rage. Tout d'abord elle ne reconnut pas son frère – elle n'avait que deux ans et demi quand il était parti –, mais bientôt les deux enfants bavardaient avec animation. Ambre renvoya les domestiques et ils restèrent tous les quatre.

Bruce, en dépit de sa gravité précoce, ne put résister au désir de faire ses embarras devant sa petite sœur. Car il habitait un très grand pays, tout neuf, avait deux fois traversé l'Océan, montait son propre cheval sur la plantation, à côté de son père, apprenait à faire de la voile, et avait tué une tortue sauvage peu avant son départ. Mais Suzanne ne voulait pas être en reste.

— Peuh ! dit-elle avec mépris. Qu'est-ce que cela peut me faire. Moi j'ai deux papas !

Bruce fut réduit au silence, mais un instant seulement :

— Peu m'importe, mademoiselle ! Moi j'ai deux mamans !

— Vous mentez, farceur, s'écria Suzanne.

Et la querelle risquait de s'envenimer quand Ambre et Bruce y coupèrent court en proposant un jeu.

Après quoi, Ambre vit assez souvent Lord Carlton, qui venait même sans amener le petit garçon. Généralement, il passait une heure ou deux et ne faisait pas grand effort pour rester sur ses positions ; aussi Ambre finit-elle par trouver que le mariage ne l'avait pas tellement changé.

Finalement elle s'enhardit au point un jour de lui demander :

— Et si Corinne nous découvre ?

— J'espère que cela n'arrivera pas.

— Les potins sont pires que la peste, à Whitehall !

— Alors j'espère qu'elle ne le croira pas.

— Ne pas le croire ! Seigneur ! vous la pensez donc bien naïve ?

— Elle n'est pas habituée à la morale londonienne. Elle prendra cela pour de la méchanceté.

— Mais si elle vous interroge ?

— Je ne lui cacherai rien.

Il fronça les sourcils :

— Écoutez bien, petite friponne, si jamais je vous surprends à jouer un de vos tours, je...

— Quoi ?

Ses yeux brillaient, sa bouche souriait. Elle roula sur le lit, en l'attirant dans ses bras. Leurs lèvres s'unirent et Corinne cessa d'exister pour eux.

À mesure que le temps passait, la confiance d'Ambre augmentait. Car, s'il aimait Corinne, il l'aimait aussi. Ils avaient vécu tant d'heures mémorables ensemble, il y avait tant de souvenirs entre eux. Elle commença de trouver que sa femme n'était qu'un inconvénient, un handicap social, et la beauté même de Corinne lui parut moins redoutable.

Ainsi qu'elle l'avait prévu, leurs réunions ne restèrent pas longtemps secrètes. Buckingham, naturellement, et Arlington, devaient être au courant depuis le début et, bien que Charles n'y fît jamais allusion, il le savait aussi, sans aucun doute. Mais tous ces messieurs avaient en tête d'autres affaires, autrement importantes. Ce qui n'était pas le cas des dames de la Cour.

Lord et Lady Carlton étaient à peine depuis un mois à Londres, que la comtesse de Southesk et Jane Middleton vinrent un matin faire une visite à Ambre et rencontrèrent Bruce qui s'en allait. Il les salua toutes deux, mais bien que Mrs. Middleton l'assassinât de ses regards les plus langoureux et que Southesk tentât de le faire parler, il s'excusa rapidement et prit congé.

— Oh ! vraiment, Milord, gloussa Southesk, sauvez-vous ! J'affirme que la réputation d'un homme ne peut être intacte quand on le voit sortir de la chambre de Sa Grâce avant midi !

— Votre serviteur, Madame, dit Bruce s'inclinant de nouveau.

Middleton le suivit des yeux, ses lèvres roses se plissèrent en une moue :

— Seigneur, qu'il est beau ! J'affirme que je n'admire personne autant !

— Je vous l'avais bien dit ! s'écria joyeusement Southesk. Il est son amant. Venez, entrons !

Elles restèrent quelques minutes, bavardant avec Ambre. Mais ayant trouvé ce qu'elles cherchaient, Southesk et Middleton étaient pressées d'aller répandre la nouvelle dans Whitehall et Covent Garden. Bruce, néanmoins, n'y fit jamais allusion devant Ambre, et Corinne resta aussi amicale et gracieuse que toujours.

Elle n'avait apparemment pas le moindre soupçon touchant la duchesse de Ravenspur et son mari.

Finalement, quelque deux mois après leur arrivée, Ambre rendit visite à Lady Carlton, après avoir soigneusement choisi un jour où Bruce était absent, chassant avec le roi. Corinne l'accueillit sur le seuil de son petit salon d'Almsbury House, sincèrement heureuse à la vue de la visite annoncée. Les deux femmes échangèrent une révérence, mais ne s'embrassèrent pas. Corinne n'ayant pas encore adopté les habitudes londoniennes et Ambre ne pouvant s'y résoudre, elle qui cependant recevait et donnait des baisers à des femmes qu'elle n'aimait guère plus.

— Votre Grâce est vraiment trop bonne de venir me voir.

Ambre retirait ses gants et, en dépit d'elle-même, l'irritation et la jalousie montaient en elle à mesure qu'elle considérait Corinne :

— Oh ! pas du tout ! protesta-t-elle légèrement. J'aurais dû venir depuis longtemps. Mais, Seigneur ! on a toujours tant à faire ici ! Aller ici, là, faire ceci, cela. C'est affreux !

Elle se laissa tomber dans un fauteuil :

— Cela doit joliment vous changer de l'Amérique.

Le ton seul impliquait que l'Amérique devait être un bien triste endroit, bon tout au plus à élever des bébés et à faire de la broderie.

Tandis qu'elle parlait, ses yeux détaillaient Corinne, notant chaque particularité de sa coiffure ou de sa toilette, la manière dont elle marchait, se tenait, s'asseyait. Lady Carlton portait une robe de satin gris perle, avec un bouquet de roses musquées au corsage. Elle avait un mince rang de saphirs autour du cou et ne portait aucun autre bijou, excepté son anneau de mariage or et saphirs.

— C'est autre, admit Corinne. Mais, si singulier que cela paraisse, j'ai moins à faire ici qu'en Amérique.

— Oh ! mais nous avons mille occupations, il s'agit seulement de les connaître. Aimez-vous Londres ? Cela doit vous sembler une bien grande ville ?

Quoi qu'elle dît, Ambre ne pouvait parler sans une intention sarcastique, suggérant une légère touche de supériorité qu'elle était bien loin d'éprouver, au fond.

— Oh ! j'adore Londres. Je regrette seulement de ne pas l'avoir revue avant le grand incendie. Nous l'avions quittée quand j'avais à peine cinq ans, vous savez, et je ne m'en souvenais pas du tout. J'avais toujours eu envie de revenir, car, en Amérique même, nous considérons toujours l'Angleterre comme la patrie.

Elle était si équilibrée, si paisiblement et radieusement heureuse qu'Ambre mourait d'envie de prononcer une parole qui détruisît ce monde serein dans lequel elle vivait. Mais elle n'osa pas et se borna à murmurer :

— N'est-ce pas horriblement monotone de vivre sur une plantation ? Je suppose que vous ne voyez jamais âme qui vive, excepté les nègres et des Indiens ?

— Je pense que cela peut sembler ennuyeux à quelqu'un de trop habitué à la ville, mais pas à moi. C'est un si beau pays ! Les plantations sont généralement au bord de rivières, si bien que nous pouvons facilement aller en barque où nous voulons. Nous donnons des fêtes qui durent des jours, et même des semaines. Les hommes sont occupés, bien sûr, mais il leur reste assez de temps pour chasser, pêcher, jouer et danser. Oh ! mais, excusez-moi, Votre Grâce, je vous ennuie avec toutes ces sottises.

— Pas le moins du monde. J'ai toujours été curieuse de l'Amérique. Peut-être vous rendrai-je visite, un jour.

Elle ne comprenait pas ce qui l'avait poussée à dire cela. Mais Corinne releva vivement la phrase :

— Oh ! si jamais vous le pouviez, Votre Grâce. Mon mari et moi serions trop heureux de vous recevoir ! Vous ne vous imaginez pas quelle sensation vous causeriez. Une duchesse et une beauté en Amérique ! Vous seriez fêtée partout en Virginie ; mais nous vous garderions la plus grande partie du temps.

Son sourire était si franc, si sincère, qu'Ambre enrageait intérieurement. « Mon Dieu ! Qu'elle a dû vivre retirée ! », songea-t-elle avec ironie.

Et, tout haut :

— Quand partez-vous pour la France ?

Elle avait plusieurs fois posé la question à Bruce, sans obtenir de réponse bien nette et, comme les deux mois étaient passés, craignait que le départ ne fût proche.

— Oh ! dans quelque temps, je pense.

Corinne hésita un instant. Puis, vivement, avec une sorte d'orgueil et l'air de faire une confidence prématurée, elle ajouta :

— C'est que, voyez-vous, je me suis aperçue que j'étais enceinte et mon mari pense que ce serait imprudent de partir avant la naissance du bébé.

Ambre ne dit rien, car le choc lui parut rude :

— Oh ! s'entendit-elle murmurer à la fin, que c'est heureux !

Avec irritation elle se gourmanda intérieurement. Que lui importait la grossesse de cette femme ? Au contraire, elle n'avait qu'à s'en réjouir. Car il allait rester bien plus longtemps qu'il ne l'avait projeté, très longtemps, car Corinne n'accusait aucun signe extérieur de grossesse. Se levant alors, Ambre déclara qu'elle était obligée de rentrer, et Corinne tira la sonnette pour faire venir un domestique.

— Merci beaucoup de votre visite, Votre Grâce, dit-elle en la raccompagnant à la porte. J'espère que nous deviendrons amies.

Elles s'arrêtèrent sur le seuil et Ambre la regarda :

— Je le souhaite aussi, Madame.

Puis, brusquement :

— J'ai rencontré votre fils hier, au palais !

Corinne prit l'air étonné, puis, aussitôt :

— Oh ! vous parlez de Bruce ? Ce n'est pas mon fils, Votre Grâce ! Mon mari l'a eu de sa première femme, mais réellement je l'aime autant que s'il était à moi !

Ambre ne répondit pas, mais un flot de jalousie lui monta au cœur. « Que dites-vous ? songea-t-elle avec fureur. Vous l'aimez comme s'il était à vous ! Quel droit avez-vous de seulement le connaître ! Il est à moi... »

Corinne bavardait toujours :

— Naturellement, je n'ai jamais connu la première Lady Carlton, j'ignore même qui elle était, mais je me dis que ce devait être une femme remarquable pour avoir eu un tel fils !

Ambre eut un petit rire forcé, mais sans gaieté :

— Vous êtes bien généreuse, Madame. J'aurais cru que vous la détestiez, cette première femme de votre époux !

Corinne sourit doucement :

— La détester ? Pourquoi ? Après tout, il m'appartient maintenant...

Elle parlait évidemment du père et non du fils.

— Et elle m'a laissé son enfant.

Ambre se détourna rapidement pour cacher son visage :

— Il me faut partir, Madame, adieu.

Elle était au milieu de la galerie quand elle entendit la voix de Corinne :

— Votre Grâce, vous avez laissé tomber votre éventail !

Elle fit semblant de ne pas entendre, incapable de se retrouver en face de cette femme. Mais Corinne arrivait en courant, ses hauts talons dorés résonnant sur les dalles :

— Votre Grâce ! répéta-t-elle, vous avez laissé tomber votre éventail.

Ambre se retourna pour le prendre. Corinne, à deux pas d'elle, lui souriait, d'un air à la fois amical et pensif :

— Oh ! ne vous moquez pas de moi, Votre Grâce, mais j'avais cru sentir que vous ne m'aimiez pas...

— Mais voyons, pas du tout...

— Non, pas du tout, j'en suis sûre maintenant. Et je n'aurai plus cette pensée. Au revoir, Votre Grâce, et revenez me voir, je vous prie !

LIX

En une chaude nuit du début de novembre, il y avait fête nocturne sur la Tamise. C'était un des divertissements favoris du roi et tout un groupe s'était rassemblé dans ses appartements pour voir le spectacle du haut du balcon. Les barques et les berges étaient décorées de guirlandes fleuries et de bannières, éclairées d'une multitude de lanternes et de torches enflammées. De l'autre côté de la rive partaient des fusées qui retombaient en sifflant dans l'eau. Des bateaux montait la musique, les violons du roi jouaient. Parmi les flonflons, le bruit des fusées, les rires et les bavardages, Lady Southesk s'adressa à Ambre :

— Quelle est la nouvelle conquête de Castlemaine, savez-vous ?

Ambre, que la question intéressait fort peu, car elle surveillait Bruce et Corinne, haussa les épaules :

— Comment le saurais-je ? Qui est-ce ?... Claude du Vall ?

Claude du Vall était un bandit très connu qui se vantait d'avoir couché avec plus d'une grande dame.

— Non ! Devinez ! Un très bon ami à vous.

Connaissant Southesk, Ambre lui lança un coup d'œil perçant :

— Qui ?

Southesk eut un regard du côté de Lord Carlton et leva les sourcils d'un geste significatif, tout en observant le visage d'Ambre. Celle-ci avait pâli.

— Ce n'est pas vrai !

Southesk haussa les épaules et s'éventa languissamment.

— Croyez-moi, ou ne me croyez pas, c'est exact. Il y était la nuit dernière, je le sais de la meilleure source. Seigneur ! Votre Grâce ! s'écria-t-elle avec une inquiétude railleuse, faites attention, vous allez abîmer vos dentelles !

— Sale petite garce ! marmonna Ambre furieuse, vous

attirez le scandale comme une fosse d'aisance les mouches !

Southesk eut un regard d'innocence outragée, secoua ses boucles et s'en fut. Peu après, elle chuchotait dans l'oreille de quelqu'un avec un sourire mystérieux, en indiquant fort discrètement Ambre. Celle-ci, avec autant d'indifférence qu'elle put en affecter, se dirigea vers Almsbury qui la salua gaiement. Elle fit son possible pour lui répondre, mais son expression la trahit.

— Qu'est-ce que c'est ? souffla-t-il.

— Bruce ! Il faut que je le voie. Tout de suite.

— Tout à l'heure, mon cœur...

— Savez-vous ce qu'il a fait ? Il a couché avec Barbara Palmer ! Oh ! je pourrais le tuer !

— Pchttt ! fit prudemment le comte, car ils étaient surveillés par une bonne douzaine de paires d'yeux alertes. Et après ? Cela lui était déjà arrivé avant.

— Mais Southesk le raconte à tout le monde. Et ils se moquent tous de moi. Oh ! la peste soit de lui !

— Avez-vous songé qu'ils peuvent aussi bien se moquer de sa femme ?

— Que m'importe ? Je l'espère bien ! De toute façon, elle ne le sait pas, quand moi je sais...

La première fois qu'elle revit Bruce, elle tenta de lui faire promettre de ne jamais plus revoir Barbara. Elle n'obtint pas d'engagement absolu, mais se rendit bien compte qu'il n'y retournait pas. Car elle n'en entendit plus parler et Barbara, certes, n'eût pas manqué de s'en vanter. En revanche, sa propre intrigue avec Lord Carlton attira l'attention générale et, si incroyable que cela parût, Corinne fut évidemment la seule à ne pas le savoir. « Mais Corinne, se disait Ambre, est si sotte qu'elle ne comprendrait pas que Bruce est mon amant si elle nous trouvait ensemble au lit ! »

Elle se trompait.

La première fois que Corinne avait vu Ambre, à la soirée Arlington, elle avait été choquée par sa toilette et désolée ensuite d'avoir été assez maladroite pour montrer son étonnement. C'était à cet incident qu'elle attribuait la froide hostilité de la duchesse envers elle, et elle avait été sincèrement heureuse de recevoir sa visite, se disant que tout était oublié. Mais, avant cela même, Corinne avait senti qu'elle fleuretait avec son mari. Depuis quatre ans qu'elle était mariée, Corinne avait vu bien des femmes – des jeunes filles noires de la plantation aux grandes dames titrées de Port-Royal – faire des avances à Bruce. Sûre de son amour, elle ne s'en était jamais inquiétée, n'avait jamais été jalouse. Cela l'avait amusée, et même flattée. Néanmoins, elle comprit bientôt que la duchesse de Ravenspur était troublante. Extraordinairement séduisante avec ses yeux provocants, ses cheveux couleur de miel, son visage voluptueux, elle exerçait sur les hommes la même attraction ardente que Bruce sur les femmes. Elle était de celles que nulle épouse ne désire voir auprès de son mari.

Pour la première fois depuis son mariage, Corinne avait peur.

Bientôt les autres femmes commencèrent à se livrer à des allusions voilées, au cours des dîners, ou quand elles venaient lui rendre visite. Un regard, un signe soulignaient la manière dont Sa Grâce la duchesse se penchait au-dessus de Lord Carlton à la table de jeu, son visage effleurant le sien. Lady Southesk et Mrs. Middleton invitèrent Corinne à venir avec elles rendre visite à la duchesse, et elle rencontra Bruce qui en sortait. Mais Corinne refusait de croire ce que, visiblement, chacun essayait de lui montrer. Elle se disait que tous ces oisifs n'avaient d'autre plaisir que de troubler la vie des gens heureux. Et elle désirait passionnément conserver sa confiance en Bruce. La fantaisie d'une femme qui s'était toquée de son mari n'allait pas ébranler leur union.

Cependant, malgré elle se faisait jour une irritation et une jalousie grandissantes envers la duchesse de Ravenspur. Quand elle la voyait regarder Bruce, lui adresser la parole, ou simplement lui tapoter l'épaule avec son éventail, Corinne avait de grandes appréhensions.

Finalement elle se l'avoua : elle détestait cette femme. Et en était honteuse. Cependant, elle ne savait que faire pour couper court au progrès de ce qui – elle le craignait – allait rapidement devenir une intrigue, au sens londonien du mot. Bruce n'était pas enfant à se laisser commander, ramener à la maison, ou interdire la fréquentation d'une trop jolie femme. Certes, rien dans son attitude ne donnait réellement lieu à des soupçons. Le jour où elle l'avait vu sortir des appartements de la duchesse, il avait été parfaitement naturel, pas le moins du monde embarrassé de la voir. Il était aussi attentif et tendre que de coutume et elle s'imaginait savoir comment il passait ses journées. « Je dois me tromper, se disait-elle. Jamais je n'ai vécu dans un palais ni dans une grande ville, et je m'imagine probablement un tas de choses qui ne sont pas. S'il s'agissait d'une autre femme, je crois que je penserais différemment. »

Pour se faire pardonner ses soupçons, Corinne était plus gaie et plus charmante que jamais. Elle craignait tant que Bruce s'aperçût d'un changement dans sa manière d'être et en devinât la cause ! Que penserait-il alors, découvrant qu'elle pouvait être mesquine et jalouse ? Et, si elle se trompait, ce serait Bruce alors qui perdrait confiance en elle ! Leur mariage lui paraissait quelque chose de si parfait, de si complet, qu'elle était terrifiée à la pensée de le gâcher par sa propre faute.

Un soir, à sa grande surprise, il s'adressa à elle sur un ton de conversation amusée :

— Sa Majesté ne vous a-t-elle pas demandé un rendez-vous ?

Ils revenaient du palais et se déshabillaient.

Corinne fut interloquée :

— Comment, qu'est-ce qui vous fait dire cela ?

— Eh bien ! Il vous admire ! C'est visible.

— Il est plein de bontés pour moi, mais vous êtes son ami. Vous n'attendez tout de même pas d'un homme qu'il trompe son ami ?

Bruce sourit :

— Mon cœur, un homme est trompé d'abord par son ami. La raison en est bien simple, c'est l'ami le mieux placé.

Corinne le fixa :

— Bruce ! dit-elle doucement.

Au son de sa voix il se retourna et la considéra...

— Comme vous parlez drôlement quelquefois. Vous savez, cela paraît si cruel, si rude !

Il lança sa chemise au loin et, venant à elle, la prit dans ses bras. Il souriait avec tendresse :

— J'en suis navré, mon cœur. Mais vous ignorez tant de moi, j'ai vécu avant de vous voir tant d'années que je ne peux partager avec vous. Avant même que vous soyez née, j'avais vu mourir mon père, s'effondrer mon pays et je m'étais battu dans l'armée. Quand je naviguais sur les corsaires de Rupert, vous n'aviez pas six mois. Oh ! je sais, tout cela nous importe peu maintenant. Tout de même ! Vous avez été élevée dans un monde différent du mien. Nous ne sommes pas ce que nous paraissons extérieurement.

— Mais vous ne leur ressemblez pas, Bruce, protesta-t-elle. Vous n'êtes pas comme ces gens de la Cour.

— Oh ! je n'ai pas pris leurs manies superficielles. Je ne me fais pas les sourcils, je ne peigne pas ma perruque en public et je ne joue pas avec l'éventail des dames. Mais... à dire vrai, l'époque est malade, et nous tous qui y vivons avons attrapé sa maladie.

— Mais moi aussi j'y vis !

— Non !

Il la laissa aller.

— Vous ne faites pas partie de ce monde sordide ! Dieu merci !

— Dieu merci, pourquoi ? N'aimez-vous pas ces gens ? Je croyais que c'étaient vos amis ? Et je souhaitais leur ressembler davantage. Aux femmes, je veux dire.

Elle pensait à la duchesse de Ravenspur.

— Corinne, mon cœur, quelle idée folle ! Surtout n'y pensez plus. Oh ! Corinne, vous ne pouvez savoir combien je suis heureux de vous avoir rencontrée à Port-Royal...

Toutes ses craintes et sa jalousie disparurent d'un coup. Un grand, un intense soulagement l'envahit, balayant la haine et le poison de la méfiance qui l'intoxiquait.

— En êtes-vous vraiment heureux ? Je m'en souviens si bien !

— Moi aussi ! Vous alliez à l'église. Vous portiez une robe de dentelle noire, un voile noir sur les cheveux retenu par des roses. Je vous ai prise pour une Espagnole.

— Et mon père déclarait que vous étiez un pirate !

Elle rit gaiement, heureuse de se reporter à ces jours de bonheur où il n'existait point de jeune personne aux longs yeux obliques et au titre de duchesse, pour lui disputer son époux.

— Il a même failli vous provoquer !

— Rien d'extraordinaire. Je devais avoir une mine patibulaire. Il y avait une demi-heure à peine que nous avions accosté. Souvenez-vous, je vous ai suivie à l'église...

— Et vous ne m'avez pas quittée des yeux durant tout le service. Oh ! que mon père était furieux ! Mais je m'en souciais fort peu, je vous aimais déjà !

— Sale et avec une barbe de cinq jours ?

— Sale et avec une barbe de cinq jours et tout le reste ! Mais quand vous êtes venu nous voir, le soir, oh ! Bruce, vous n'imaginez pas de qui vous aviez l'air. Un prince de conte de fées !

Elle avait les yeux brillants. Soudain, il ferma les siens comme pour échapper à la vue de quelque chose qui le troublait, mais en même temps il la serra contre lui et l'embrassa. « Oh ! quelle sotte je suis ! songea Corinne. Bien sûr qu'il m'aime, et qu'il est fidèle ! Sinon, je le verrais quand il me regarde, et je le sentirais quand il me touche. »

Cependant, lorsqu'elle revit la duchesse de Ravenspur, elle lui en voulut plus que jamais. Car cette femme la considérait, elle le savait, avec une sorte de mépris, d'ironie, comme si elle avait barre sur elle. Sa Grâce, pourtant, paraissait plus aimable qu'au début, et s'adressait toujours amicalement à Corinne.

Corinne sentit qu'elle ne pourrait supporter davantage cette incertitude. Et, comme pour exorciser le démon en l'affrontant, elle décida de parler de la duchesse à Bruce, aussi simplement que possible, bien que le seul nom de cette femme la fît intérieurement tressaillir. Ils revenaient ensemble du palais quand elle fit un effort pour entamer la conversation. Elle savait depuis longtemps ce qu'elle voulait dire et se l'était répété si souvent que les mots lui parurent creux et pompeux.

— Comme la duchesse de Ravenspur était jolie ce soir. Je la trouve plus éblouissante que Milady Castlemaine. Et vous ?

Son cœur battait fort et elle entendait à peine le son de sa voix. Il lui sembla qu'il hésitait avant de répondre et ces quelques secondes furent une véritable torture. « Jamais je n'aurais dû parler, se disait-elle misérablement. Rien que ce nom éveille des souvenirs en lui, des souvenirs que je ne veux pas connaître. Oh ! si seulement je m'étais tenue tranquille... »

Et soudain, elle l'entendit qui disait, avec aussi peu d'émotion dans la voix que s'il se fût agi du temps :

— Oui, je le pense aussi !

Un soulagement l'envahit et ce fut presque gaiement qu'elle continua :

— Elle fleurette furieusement avec vous. Je devrais en être jalouse !

Bruce sourit légèrement, mais ne répondit pas. Corinne était maintenant décidée à aller jusqu'au bout :

— Est-ce vrai qu'elle était autrefois une actrice ? Ou est-ce un potin ? Les autres femmes ne semblent pas l'aimer. Elles médisent fort d'elle. Évidemment par jalousie, ajouta-t-elle vivement.

— Avez-vous jamais vu les femmes s'aimer entre elles ? Rarement, je crois. Mais c'est vrai qu'elle a été une actrice, il y a quelques années.

— Alors, elle n'est pas née ?

— Non. Ses parents étaient des fermiers.

— Mais comment a-t-elle obtenu sa fortune et son titre ?

— Par les seuls moyens dont dispose une femme pour acquérir ce qu'elle ne possède pas par droit de naissance. Elle s'est arrangée à épouser un riche marchand qui lui a laissé un tiers de sa fortune à sa mort. Avec cela elle s'est acheté un titre, un autre vieillard. Il est mort aussi !

— Mais elle est mariée, pour l'instant, n'est-ce pas ? Où donc est son mari ? Je ne l'ai jamais vu...

— Il vient parfois à la Cour. Je ne crois pas qu'ils se connaissent beaucoup.

— Ne pas se connaître ? Entre mari et femme !

Sincèrement stupéfaite, Corinne en oubliait sa nervosité :

— Pourquoi l'a-t-elle épousé, alors ?

— Pour donner un nom au bâtard du roi, je pense.

— Oh ! ciel ! J'ai l'impression d'être dans un autre monde ! Tout est sens dessus dessous !

— Oui, tout est sens dessus dessous, si vous ne faites pas comme les autres. Vous serez contente de rentrer en Amérique, n'est-ce pas ?

— Oh ! oui !

Puis, regrettant son enthousiasme trop spontané, elle ajouta :

— C'est seulement parce que je regrette la maison, et tout ce qu'elle représente pour nous.

Elle leva la tête vers lui et ils étaient si près l'un de l'autre que leurs lèvres se joignirent.

Quelques jours plus tard, Corinne, accompagnée de sa femme de chambre, alla faire quelques emplettes au Nouvel Exchange. Elle s'arrêta devant l'étalage d'une jolie petite femme, Mrs. Sheldon, qui avait été la maîtresse occasionnelle de plusieurs grands personnages, mais était pour l'instant sans emploi.

— Bonjour, Lady Carlton ! s'écria-t-elle aimablement. Je ne savais pas que vous étiez avec Sa Seigneurie ce matin...

— Oh ! mon mari est ici ?

Elle se retourna pour jeter un regard circulaire et, comme si elle avait su exactement où le trouver, elle lança un coup d'œil dans la galerie d'en face et le vit qui lui tournait le dos, causant évidemment à quelqu'un qu'il masquait de sa silhouette. Sa première impulsion fut d'aller le surprendre, mais au même instant il se déplaça pour céder le passage à quelqu'un. Et elle vit qu'il causait avec la duchesse de Ravenspur.

Horrifiée, elle s'arrêta net. L'avait-il rencontrée fortuitement ? Bien sûr ! De tout son cœur elle cherchait à s'en persuader. Mais après tous ses soupçons, ses doutes, les allusions des semaines précédentes, leur vue, tous deux, côte à côte, revêtait un tout autre sens. Corinne revint sur ses pas, cherchant à dissimuler son trouble. La petite Mrs. Sheldon avait l'air aussi affolée que si elle venait de divulguer un secret d'État.

— Il est avec un ami, murmura Corinne, sans trop savoir

ce qu'elle disait. Je vais faire mes emplettes et le retrouverai dans la voiture.

— Puis-je vous montrer mes rubans brodés ? Ceux dont je vous ai parlé l'autre semaine, Madame. Ils arrivent de France...

Corinne sentait ses oreilles tinter, elle voyait trouble.

— Oui, je prendrai trois mètres de celui-ci, et dix de celui-là...

Lord Carlton et la duchesse se dirigeaient de son côté en flânant, absorbés par leur conversation. Rapidement la femme de chambre de Corinne se plaça devant sa maîtresse, afin de la dissimuler. Et la petite Mrs. Sheldon bavardait sans arrêt, dans l'espoir d'attirer son attention.

Mais l'ouïe de Corinne était fine et elle entendit la voix chaude de la duchesse qui disait en passant :

— ... Bruce, songez un peu, nous aurons...

Corinne se sentit tout à fait mal à l'aise. « Pourvu que je ne m'évanouisse pas ! » songea-t-elle avec angoisse. Puis elle reprit entièrement possession d'elle :

— Et je prendrai aussi douze mètres de ce ruban d'argent, Mrs. Sheldon. Ce sera tout pour aujourd'hui.

Avant même que sa femme de chambre eût achevé de payer, Corinne avait pris la direction opposée, ne demandant qu'à regagner l'abri de sa voiture.

Cette nuit, à sa propre surprise, Corinne s'entendit demander à Bruce d'une voix impersonnelle, mais empreinte d'un intérêt poli :

— Qu'avez-vous fait cet après-midi ? Vous avez joué à la paume avec Sa Majesté ?

Ils étaient dans leur chambre à coucher, Bruce écrivait à son intendant, tandis que Corinne brossait les cheveux de leur petite fille de trois ans.

— Oui, répondit-il, la plume en l'air. Ensuite je suis allé à la Chambre des Lords pour une heure ou deux.

Il reprit sa lettre et elle continua de coiffer Mélinda. Elle ne pouvait pas croire qu'il lui eût ainsi menti ! Mélinda, miniature de sa mère – l'œil bleu et le cheveu noir –, posa sur Corinne le regard de ses grands yeux sérieux, tandis qu'elle penchait la tête à chaque coup de brosse. Finalement Corinne se pencha pour l'embrasser et une larme tomba sur les cheveux de l'enfant. Vivement Corinne l'essuya, de crainte que Mélinda ne s'en aperçût.

Elle sentait sa vie finie. Il lui suffisait à présent de voir la duchesse regarder Bruce pour savoir qu'il était son amant. Comment avait-elle été assez naïve pour ne pas l'avoir compris depuis longtemps ? Car cela ne faisait aucun doute pour elle maintenant, leur intrigue avait débuté dès leur arrivée en Angleterre, bien avant même, peut-être ? Il avait pu la rencontrer quand il était venu seul, en soixante-sept, car elle savait que la duchesse était à la Cour à cette époque et on avait pris soin de l'informer qu'elle logeait alors chez Almsbury.

Pendant quelques jours Corinne, ne sachant que faire, demeura passive. À quoi bon accuser son mari ? Quelle importance qu'il nie ou avoue, puisque le fait était là ? Il avait trente-huit ans et avait toujours fait ce qu'il lui plaisait, ce n'était pas maintenant qu'il changerait ; d'ailleurs, là n'était pas son souhait, car elle l'aimait ainsi. Elle se sentait seule et étrangement désemparée dans ce singulier pays, aux coutumes et aux manières si particulières. Les femmes, ici – elle s'en rendait bien compte –, s'étaient toutes, plus ou moins, trouvées dans la même situation, et l'avaient dénouée avec un sourire et un mot spirituel, pour aller ensuite se divertir ailleurs. Jamais elle n'avait si clairement compris – ce que Bruce lui disait souvent – combien elle faisait peu partie de ce monde. Tout en elle se révoltait.

Quand il la prenait dans ses bras et l'embrassait, elle ne pouvait chasser de son esprit l'image de cette femme. Tout en se méprisant, elle se demandait quand il avait embrassé la duchesse pour la dernière fois et s'il lui avait murmuré les mêmes tendresses passionnées qu'à elle. « Pourquoi ne me l'avoue-t-il pas ? se demandait-elle avec désespoir. Pourquoi me tromper et me mentir. Ce n'est pas bien ! » Mais c'était à la duchesse qu'elle s'en prenait, et non à Bruce.

Et puis, un beau jour, Lady Castlemaine vint la voir.

Le roi Charles avait récemment fait à la duchesse de Ravenspur un cadeau en argent de vingt mille livres et Barbara en avait été si furieuse qu'elle avait décidé de créer des ennuis à sa rivale. Elle était convaincue qu'une femme de la beauté de Corinne – fût-elle son épouse – ne pouvait manquer d'avoir une influence considérable sur un homme, et elle espérait ainsi troubler l'intrigue de Sa Grâce avec Lord Carlton. Rochester avait justement écrit un de ses grossiers pamphlets rimés, cette fois sur Sa Grâce, la duchesse de Ravenspur et son amant.

Pendant les premières minutes de sa visite, Barbara entretint une conversation légère et agréable : les nouvelles modes françaises, la pièce de la veille au théâtre du duc d'York, le futur grand bal qui aurait lieu dans la Salle des banquets la semaine prochaine. De là elle passa aux intrigues amoureuses et aux potins. Corinne, comprenant où elle voulait en venir, sentit son cœur battre plus fort.

— Oh ! Seigneur ! continua Barbara légèrement, il se passe des choses, ici... un étranger n'y comprendra jamais rien. Les apparences sont trompeuses, croyez-moi.

Elle s'interrompit, observa attentivement Corinne, puis ajouta :

— Ma chère, vous êtes très jeune et très innocente, n'est-ce pas ?

— Oh ! fit Corinne surprise... c'est possible !

— Je crains que vous ne soyez réellement pas du tout au courant des usages du monde et moi qui, hélas ! les connais trop bien, je suis venue à vous en amie...

Corinne, lassée par des semaines d'incertitude et de soucis, de pénibles impressions et de désillusions, se sentit soudain soulagée. Enfin, la situation se clarifiait. Elle n'avait plus besoin de feindre plus longtemps.

— Je crois, Madame, dit-elle tranquillement, que je comprends certaines choses infiniment mieux que vous ne l'imaginez.

Barbara lui lança un coup d'œil surpris ; mais toutefois, sortant de son manchon une feuille de papier pliée en quatre, elle la tendit à Corinne :

— Voici ce qui circule à la Cour, je ne voudrais pas que vous soyez la dernière à le lire.

Lentement Corinne tendit la main et s'empara du feuillet. Le papier épais craqua comme elle le dépliait. Avec répugnance, elle détourna les yeux du visage froid et attentif de Barbara et les abaissa sur le poème de huit lignes écrites d'une main anguleuse et crispée. Ces quelques semaines de douleur et de méfiance avaient en quelque sorte matelassé son esprit, si bien que le brutal et grossier petit écrit ne lui causa pas plus de choc que ne l'avaient fait certains mots entendus au hasard.

Puis, aussi gracieusement que si Barbara lui avait apporté un cadeau, une boîte de bonbons ou une paire de gants, elle dit :

— Merci, Madame. J'apprécie infiniment votre sollicitude à mon égard.

Barbara parut étonnée et désappointée de cette réaction d'une douceur inattendue ; néanmoins elle se leva et Corinne l'accompagna jusqu'à la porte. Arrivée dans l'entrée, elle s'arrêta. Pendant un instant les deux femmes se dévisagèrent en silence, puis Barbara dit :

— Je me souviens, quand j'avais votre âge – vingt ans, n'est-ce pas ? – je croyais que le monde était à mes pieds et que je pouvais obtenir tout ce que je voulais.

Elle sourit d'un singulier sourire à la fois pensif et cynique.

— Eh bien ! j'ai réussi !

Puis brusquement, elle conclut :

— Suivez mon conseil, et emmenez votre mari loin d'ici avant qu'il ne soit trop tard.

Après quoi, se détournant, elle traversa rapidement le couloir et disparut.

Corinne la suivit des yeux, les sourcils légèrement froncés : « Pauvre femme, songea-t-elle, comme elle est malheureuse ! » Et, très doucement, elle referma la porte.

Bruce ne rentra qu'à une heure du matin. Elle lui avait fait dire, à Whitehall, qu'elle ne se sentait pas assez bien pour venir l'y retrouver, mais le priait de ne pas changer ses projets. Elle espérait passionnément qu'il viendrait quand même, mais non. Incapable de s'endormir, elle était installée au lit, feignant de lire la dernière pièce de théâtre de John Dryden. Il n'entra pas directement dans la chambre à coucher, mais comme toujours passa par la nursery pour voir les enfants. Corinne, l'oreille tendue, écoutait le bruit de ses pas sur le plancher et la porte qui se refermait doucement sur lui. Et soudain, elle comprit que le petit Bruce était le fils de la duchesse. Elle fut stupéfaite de ne pas l'avoir deviné plus tôt. C'était pour cela qu'il ne lui avait jamais rien dit de la soi-disant première Lady Carlton. Et voilà pourquoi le petit garçon était si impatient de rentrer en Angleterre. Rien d'étonnant, évidemment, à ce qu'ils eussent ainsi l'air de se connaître si bien ; elle avait toujours senti entre eux une sorte d'intimité qui ne pouvait provenir d'une simple intrigue amoureuse.

Elle était encore sous le choc quand il entra dans la pièce, l'air étonné de la trouver éveillée. Il lui sourit et s'approcha pour l'embrasser. Comme il se penchait au-dessus d'elle, Corinne prit le pamphlet de Rochester et le lui tendit. Il s'arrêta et ses yeux se plissèrent. Puis, prenant le feuillet et se redressant sans embrasser sa femme, il y jeta un regard si rapide qu'il était bien évident qu'il l'avait déjà lu. Il le froissa et le jeta dans la pièce.

Ils restèrent un très long moment les yeux fixés l'un sur l'autre. Finalement il dit :

— Je suis désolé que vous l'ayez appris ainsi, Corinne. J'aurais dû vous le dire depuis longtemps.

Il n'était ni léger, ni amusé, ainsi qu'elle le croyait, mais sérieux et troublé. Cependant, il ne manifestait ni honte, ni embarras, ni même un regret quelconque, sauf pour le chagrin qu'il lui causait. Pendant un instant, elle l'observa, son livre ouvert sur les genoux, le visage éclairé par la lumière de la bougie.

— C'est la mère de Bruce, n'est-ce pas ? dit-elle.

— Oui ! Je n'aurais jamais dû consentir à ce ridicule mensonge, mais je désirais tant que vous aimiez ce petit et je craignais que, si vous appreniez la vérité, cela ne vous soit plus difficile. Et maintenant, quels sont vos sentiments à son égard ?

Corinne eut un faible sourire :

— Je l'aime tout juste autant. Je vous aime tous les deux juste autant.

Sa voix était douce, caressante, féminine, comme un éventail peint, ou l'odeur des lilas.

Il s'assit sur le lit, bien en face d'elle :

— Depuis quand savez-vous ?

— Je l'ignore. Depuis toujours, me semble-t-il maintenant. Au début, je cherchais à me convaincre que ce n'était qu'un amusement et qu'il était ridicule d'en être jalouse. Mais les autres femmes ont fait des allusions. Je vous ai observés, tous les deux. Je vous ai vus une fois au Nouvel Exchange. Oh ! à quoi bon en parler ? Je le sais depuis des semaines.

Il resta un instant silencieux, les sourcils froncés, les yeux baissés :

— J'espère que vous voudrez bien me croire, Corinne : je ne vous ai pas amenée à Londres dans cette intention. Je vous jure que je n'y songeais pas...

— Vous ne pensiez pas la retrouver ?

— Je savais qu'elle y serait. Mais je ne l'avais pas vue depuis deux ans - j'avais oublié - eh bien ! oui ! j'avais oublié un tas de choses.

— Alors, vous l'avez vue la dernière fois que vous étiez ici, après notre mariage ?

— Oui. Elle habitait chez Almsbury.

— Depuis combien de temps la connaissez-vous ?

— Dix ans, presque.

— Dix ans ! Oh ! mais je suis pratiquement une étrangère pour vous !

Il sourit, lui lança un regard rapide, puis se détourna.

— L'aimez-vous, Bruce ? demanda-t-elle enfin. Beaucoup ?

Elle attendait.

— Si je l'aime ?

Il parut perplexe.

— Si vous entendez par là que j'ai envie de l'épouser, non, pas du tout. Mais, dans un autre sens, eh bien ! oui ! je suppose que oui. C'est quelque chose que je ne peux pas expliquer, quelque chose qui est entre nous depuis le premier jour où je l'ai vue. Elle est - oui, pour être parfaitement franc avec vous - elle est une femme que tout homme aimerait avoir pour maîtresse, mais jamais comme femme !

— Mais qu'éprouvez-vous maintenant, maintenant que vous l'avez revue et ne pouvez y renoncer ? Peut-être regrettez-vous de m'avoir épousée ?

Bruce leva vivement les yeux et, soudain, elle sentit ses bras autour d'elle, tandis que ses lèvres se posaient sur son front :

— Oh ! mon Dieu ! Corinne ! Est-ce là ce que vous

pensez ? Bien sûr que non, je ne le regrette pas ! Vous êtes la seule femme au monde que j'aie jamais désiré épouser, croyez-moi, mon cœur. Jamais je n'ai voulu vous faire de peine. Je vous aime, Corinne. Je vous aime plus que tout au monde.

Corinne se blottit contre lui et, une fois de plus, se sentit heureuse et en sécurité. Toutes les craintes et les incertitudes des dernières semaines étaient évanouies ! « Il m'aime et ne veut pas me quitter. Je ne le perds pas. » Rien d'autre ne comptait. Sa vie était si totalement vouée à son mari qu'elle eût accepté de lui ce qu'il aurait été disposé à lui donner. Finalement, elle était sa femme. Titre que jamais la duchesse de Ravenspur ne pourrait obtenir, puisqu'elle ne pouvait même pas avouer le fils qu'elle lui avait donné.

Enfin, Corinne dit doucement, la tête toujours appuyée contre l'épaule de son mari :

— Vous aviez raison, Bruce, quand vous disiez que j'appartenais à un monde tout différent de celui-ci. Je n'en fais pas partie ; il n'est pas une dame de la Cour, je pense, qui oserait avouer que cela la touche de savoir son époux épris de quelqu'un d'autre. Mais moi je l'avoue, et je n'en suis pas honteuse.

Elle rejeta la tête en arrière et le regarda bien en face :

— Oh ! oui, cela me touche !

Bruce l'observait tendrement de ses yeux verts. Il eut un petit sourire d'excuse, et posa ses lèvres sur les cheveux de jais :

— À quoi bon vous dire que je regrette profondément de vous avoir fait de la peine ? C'est vrai. Mais si vous lisez encore un pamphlet ou écoutez d'autres potins, croyez-moi, Corinne, ce seront des mensonges !

LX

Il était dans Hyde Park un joli petit cottage, situé auprès d'un lac en miniature, et dans lequel la société élégante aimait à aller prendre un rafraîchissement en été ou, s'il faisait froid, avaler un verre de vin chaud. Noël approchait et, bien qu'il fît trop mauvais pour monter à cheval, nombre de carrosses dorés attendaient au-dehors, dans le crépuscule gris et pourpre de Londres. Dans la grande salle lambrissée, un grand feu de charbon brûlait. Ambre, portant un manteau à capuchon de velours écarlate bordé d'hermine, tenant d'une main un verre et de l'autre son manchon, bavardait près de la cheminée avec le colonel Hamilton, le comte d'Arran et George Etherege.

Elle causait avec vivacité, mais ses yeux ne quittaient guère la porte, qui ne s'ouvrait jamais sans qu'elle sût qui entrait ou sortait. La langoureuse et blonde Mrs. Middleton fit son apparition, suivie de Lord Almsbury. Ambre n'eut pas un instant d'hésitation. S'excusant auprès des trois messieurs, elle se dirigea droit vers les nouveaux entrants, fit un vague signe de tête à Middleton :

— Almsbury, il faut que je vous parle ! Je vous ai cherché partout !

Le comte s'inclina devant Mrs. Middleton :

— Voulez-vous m'excuser un instant, Madame ?

Jane prit un air vexé :

— Oh ! mais, Monsieur, c'est à vous plutôt de m'excuser ! Je vois le colonel Hamilton qui me fait signe, et je me souviens à présent qu'il m'avait demandé de venir le retrouver ici, je l'avais oublié !

Le congédiant d'un geste négligent de sa main gantée, elle reprit son chemin, sans même jeter un coup d'œil à Ambre, qui paraissait totalement ignorer sa présence.

— Venez ! Je ne tiens pas à ce qu'une douzaine d'oreilles nous entendent.

Ils se réfugièrent dans un petit coin tranquille, près de la fenêtre :

— Dites-moi ce qui s'est passé ! s'écria-t-elle sans préambule. Voilà quinze jours que je ne l'ai pas vu une fois seul. Je lui écris, il ne répond pas ! Je lui parle, au salon, il me traite comme une étrangère ! Je lui demande de venir me voir, il ne vient pas ! Dites-moi ce qui est arrivé, Almsbury ! J'en deviens folle !

Almsbury poussa un soupir :

— Milady Castlemaine a montré à sa femme la satire de Rochester...

— Je le sais ! s'écria Ambre avec dédain. Mais pourquoi me traite-t-il ainsi ?

— Pour cela !

Elle le regarda, incrédule.

— Je ne vous crois pas !

Ils gardèrent le silence un instant, puis Ambre ajouta :

— Mais ce n'est pas la seule raison, voyons. Parce que sa femme est au courant ! Allons, il y a autre chose.

— Non !

— Vous avez la prétention de me faire croire, John Randolph, qu'il me traite ainsi uniquement parce que sa femme le lui a demandé ?

— Elle ne le lui a pas demandé ! Il l'a décidé de lui-même. Il vaut mieux que je vous dise la vérité, Ambre, il ne veut plus vous voir seule.

— Il vous la dit ?

Sa voix n'était plus qu'un murmure.

— Oui ! Et il est bien résolu.

Ambre fut désemparée. Elle posa son verre sur la large planchette de l'embrasure et resta les yeux perdus dans le vide. Puis soudain :

— Vous savez où il est ?

— Non.

Elle ferma à demi les yeux :

— Vous mentez ! Vous le savez ! Et vous allez me le dire ! Almsbury, je vous en prie, dites-le-moi ? Vous savez combien je l'aime ! Si seulement je pouvais le voir et lui parler, je lui ferais comprendre combien tout cela est ridicule. Je vous en prie, Almsbury, je vous en prie. Il va bientôt s'en aller et je ne le reverrai peut-être plus jamais. Il faut que je le voie pendant qu'il est encore ici !

Il hésita puis, finalement, avec un brusque coup de tête :

— Venez !

Il s'arrêta devant Jane Middleton, mais elle secoua ses boucles et lui tourna le dos. Almsbury haussa les épaules.

La journée était froide, la boue dure et glissante, légèrement verglacée. Ils s'installèrent tous deux dans l'énorme carrosse doré d'Ambre, traîné par huit chevaux bruns, dont la queue et la crinière étaient tressées de rubans vert et or. Le cocher et huit valets de pied portaient sa livrée de velours émeraude ; un autre, tout de blanc vêtu, une orange au bout d'un bâton blanc qu'il offrait en rafraîchissement, courait au-devant pour annoncer sa venue. Le carrosse lui-même était capitonné de velours émeraude, orné de franges d'or.

Almsbury donna ses ordres au cocher et s'assit près d'Ambre :

— Il est chez son libraire, dans Ave Maria Lane, en train d'acheter quelques livres.

Il contempla l'équipage et sifflota légèrement :

— Jésus ! Ambre. Quand avez-vous acheté cette voiture ?

— L'année dernière. Vous l'avez déjà vue.

Elle répondait brièvement, absorbée dans ses pensées, cherchant à préparer ce qu'elle dirait à Bruce, comment elle le persuaderait qu'il se trompait. Il se passa quelques minutes avant qu'Almsbury reprît la parole.

— Vous n'avez jamais regretté ? demanda-t-il.

— Regretté quoi ?

— D'avoir quitté la campagne pour Londres ?

— Pourquoi ? Regardez ce que je suis devenue !

— Songez comment vous l'avez obtenu... « Nul n'arrive aux hautes places sinon par des escaliers à courants d'air. » Connaissiez-vous cet adage ?

— Non.

— Vous avez pris un escalier fort éventé, n'est-ce pas ?

— Et après ? Oui, j'ai dû souvent faire ce qui me déplaisait, mais tout cela est passé et je suis exactement où je voulais être. Je suis quelqu'un, Almsbury ! À Marygreen, je serais devenue la femme de quelque rustre fermier, j'aurais élevé ses enfants et fait sa cuisine... Une femme de fermier comme tant d'autres, et personne ne saurait même que j'existe. Tandis que – regardez-moi – je suis riche, duchesse et, un jour, mon fils sera duc... Regretter ! conclut-elle d'un ton railleur et péremptoire, grand Dieu ! Almsbury !

Il sourit :

— Ambre, mon trésor, je vous adore. Mais vous êtes une jeune aventurière calculatrice et sans principe !

— Eh ! rétorqua Ambre, c'est que je suis partie de rien !

— Vous possédiez la beauté et la séduction.

— Il ne manque pas de femmes qui ont ces qualités et ne sont pas pour autant duchesses...

— Non, mon cœur, c'est vrai. La différence, c'est que vous étiez disposée à en faire usage pour obtenir ce que vous désiriez, sans trop vous inquiéter de ce qui vous arriverait en route.

— Seigneur ! s'écria-t-elle impatiemment, vous êtes bien désagréable aujourd'hui !

Elle se pencha au-dehors et cria au cocher :

— Plus vite !

Quand ils arrivèrent, Almsbury la mena jusqu'à une courette ceinte de bâtiments neufs en briques et lui désigna une enseigne :

— Il doit être aux *Trois Bibles et aux Trois Bouteilles d'encre.*

Trop agitée pour le remercier, elle rassembla ses jupes et s'enfonça dans la cour.

Il faisait presque nuit et la boutique était à peine éclairée. On y respirait une odeur mêlée de poussière, d'encre, de cuir et de suif brûlant. Ambre jeta un regard et se disposait à pénétrer dans l'arrière-fond quand un vieil homme souriant vint s'informer de ce qu'elle désirait. Très bas, afin que Bruce ne risquât pas de l'entendre, elle demanda :

— Milord Carlton est-il ici ?

— Oui, Madame.

Elle posa un doigt sur ses lèvres :

— Il m'attend !

Fouillant dans son manchon, elle en sortit une guinée qu'elle mit dans la main de l'homme :

— Nous ne voulons pas être dérangés.

Le libraire s'inclina, eut un coup d'œil furtif pour la pièce et sourit :

— Certainement, Madame, certainement !

Il était flatté que sa maison servît de lieu de rendez-vous à Sa Seigneurie et à cette jolie personne.

Allant à la porte du fond, elle l'ouvrit, entra et la referma doucement. Bruce, en manteau et chapeau, examinait un manuscrit et tournait le dos à l'entrée. Ambre s'adossa au battant car son cœur battait violemment et elle se sentait à bout. Qu'allait-il dire ou faire en la voyant ?

Sans se retourner, Bruce questionna :

— Ce manuscrit de Carew, comment l'avez-vous découvert ?

Ne recevant pas de réponse, il tourna la tête et la vit.

Timidement, Ambre sourit et fit une petite révérence :

— Bonjour, Milord !

— Eh bien !

Bruce déposa le manuscrit sur une table :

— Je ne vous prenais pas pour un rat de bibliothèque.

Et, fermant à demi les yeux :

— Comment diable êtes-vous arrivée jusqu'ici ?

Elle courut à lui :

— Il fallait que je vous voie, Bruce. Je vous en prie, ne soyez pas fâché. Dites-moi : pourquoi m'évitez-vous ?

Il fronça légèrement les sourcils, mais ne se déroba pas.

— Je ne savais comment en sortir sans dispute.

— Sans dispute ! Je vous ai entendu dire cela cent fois ! Vous dont la vie s'est passée en batailles !

Il sourit :

— Pas contre les femmes.

— Oh ! je ne suis pas venue pour me disputer, Bruce, je vous le promets. Mais vous devez me dire ce qui est arrivé. Un jour vous venez me voir et nous sommes heureux, le lendemain vous me parlez à peine. Pourquoi ?

Elle tendait les mains d'un geste implorant.

— Vous le savez, Ambre. Ne feignez pas de l'ignorer.

— Almsbury me l'a dit, mais je n'ai pas voulu le croire. Et je ne le crois pas encore ! Vous, entre tous les hommes, vous laisser ainsi mener par votre femme !

Il s'assit sur la table, posa un pied sur une chaise :

— Corinne n'est pas de ces femmes qui « mènent » un homme comme vous dites. J'ai pris cette décision moi-même, pour une raison que je ne crois pas pouvoir vous expliquer.

— Et pourquoi pas ? demanda-t-elle offensée. Je comprends aussi bien qu'une autre, je vous assure. Oh ! mais il faut me le dire, Bruce. Il faut que je le sache. J'en ai le droit !

Il respira profondément :

— Bon ! eh bien ! je pense que vous avez entendu dire que Castlemaine a montré le pamphlet à Corinne – mais elle affirme avoir su depuis longtemps que nous étions amants. Elle a souffert, ces dernières semaines, plus que nous ne pouvons nous l'imaginer. L'adultère ne nous paraît peut-être pas un bien grand péché, mais il n'en est pas ainsi pour elle. Voyez-vous, elle est innocente et elle m'aime, je ne veux pas lui faire plus de mal que je ne lui en ai déjà fait.

— Et moi ? s'écria Ambre. Je vous aime autant qu'elle ! Grand Dieu ! il me semble que je sais aussi ce que c'est que souffrir ! À moins que cela ne vous soit égal de me faire du mal, à moi ?

— Bien sûr que non, Ambre. Mais il y a une différence.

— Laquelle ?

— Corinne est ma femme et nous passerons le reste de notre vie ensemble. Dans quelques mois, je quitterai l'Angleterre et je n'y reviendrai plus : j'en ai fini des voyages. Votre vie est ici et la mienne en Amérique ; quand je m'en irai, cette fois-ci, nous ne nous reverrons plus !

— Ne plus jamais nous revoir ?

Les yeux bruns, pailletés d'ambre, le fixaient anxieusement et les lèvres entrouvertes laissèrent échapper les mots :

— Jamais...

Almsbury le lui avait dit une heure auparavant, mais cela paraissait tout différent, venant de lui. Elle prenait conscience de la brutalité du fait.

— Jamais, Bruce ! Oh ! amour, vous ne pouvez faire cela. J'ai autant qu'elle besoin de vous, je vous aime autant ! Si votre vie à venir lui appartient, vous pouvez bien m'en offrir aujourd'hui une parcelle... Elle ne le saura pas, et alors n'aura pas de peine. Vous ne pouvez pas habiter à Londres ces six prochains mois et ne jamais me voir. J'en mourrai ! Bruce, vous ne pouvez pas ! Vous ne pouvez pas !

Elle se jeta sur lui, le martelant doucement de ses poings et pleurant à petits sanglots tranquilles, désespérés, lamentables. Longtemps il resta les bras ballants, sans la toucher, puis finalement il l'attira à lui, entre ses jambes, et sa bouche s'écrasa avidement contre la sienne :

— Oh ! petite garce, marmotta-t-il. Un jour je vous oublierai, un jour je...

Il loua un appartement dans une maison meublée à Magpie Yard, à un mille environ du palais, dans la partie de la vieille ville épargnée par le feu : ils y avaient deux grandes pièces, joliment meublées dans le style pompeux et lourd du siècle passé. Ils s'y rencontraient deux ou trois fois par semaine, l'après-midi généralement, le soir quelquefois. Ambre avait promis que Corinne n'en saurait jamais rien, et elle prenait les plus grandes précautions pour garder le secret absolu. Quand ils devaient se retrouver l'après-midi, elle quittait Whitehall dans sa voiture. Elle se rendait à une taverne, y changeait ses toilettes, renvoyait Nan, vêtue de sa robe et portant un masque, par la grande porte, tandis qu'elle-même, déguisée, sortait par une autre issue. Le soir, elle prenait une barque ou un fiacre et se faisait alors accompagner de Grand John. Elle se donnait trois fois plus de peine qu'il n'était nécessaire, car cela l'amusait.

Un jour, elle arrivait coiffée d'une perruque noire, la robe allant au mollet, les manches retroussées, enroulée dans un châle noir pour se protéger du froid et portant sur la hanche un éventaire garni de romarin et de lavande sèche. Une autre fois elle se transforma en une austère bourgeoise, vêtue d'une sévère robe noire, avec une collerette blanche et un petit bonnet sur les cheveux ; mais elle n'aimait pas ce costume et l'enfouit dans un tiroir. Elle se costumait en garçon, pourpoint de velours collant et perruque filasse, déambulait dans les rues l'épée au côté, le chapeau enfoncé sur les yeux, un court mantelet de velours jeté sur l'épaule.

Ces déguisements les amusaient tous les deux et il riait

à l'entendre mimer les personnages qu'elle incarnait. Elle jouait si bien ses rôles qu'elle ne fut jamais reconnue. Un jour, une bande de galants chercha à l'entraîner dans une taverne. Une autre fois, elle échappa de peu au roi lui-même qui se promenait au bord de l'eau avec Buckingham et Arlington. Les trois hommes se retournèrent pour regarder la dame masquée qui s'embarquait en relevant ses jupes et l'un d'entre eux siffla. Ce devait être Charles ou le duc, car jamais Arlington n'eût sifflé une dame.

Bruce amenait quelquefois son fils, Ambre et Suzanne. Ils eurent ainsi de joyeux dîners tous quatre ensemble, au son de la musique d'un baladin venu égayer leur repas. Les enfants trouvaient cela passionnant. Bruce fit promettre au petit garçon de ne pas parler de ces réunions à Corinne ; et Suzanne ne risquait pas de les trahir par quelque innocente remarque : elle ne voyait personne que cela pût intéresser, sauf le roi, et Charles n'était pas homme à se mêler des histoires sentimentales de sa maîtresse.

Au début de mars, Ambre alla s'installer dans sa nouvelle demeure, Ravenspur House, bien qu'elle ne fût pas entièrement terminée. La brique était de couleur trop vive, car la fumée de Londres ne l'avait pas encore ternie. L'herbe des pelouses était maigre, les tilleuls, les marronniers, les sycomores bien jeunes encore ; les haies d'ifs et de roses trop petites encore pour être taillées. Néanmoins c'était une grande et belle maison dont Ambre se sentait très fière.

Elle y entraîna Bruce un jour et lui montra la salle de bain – une des seules de Londres –, avec son pavé et ses murs de marbre noir, ses rideaux de satin vert, ses chaises et ses fauteuils dorés et la baignoire en contrebas, si vaste qu'on y pouvait presque nager. Orgueilleusement elle fit remarquer que tous les accessoires de la maison étaient en argent, depuis les pots de chambre jusqu'aux mouchettes. Elle lui expliqua que les glaces – des centaines, toutes encadrées d'argent – avaient été introduites en contrebande depuis Venise, et elle lui montra sa fabuleuse collection de plats d'or et d'argent, exposés – ainsi que le voulait la coutume – sur plusieurs grands buffets, dans la salle à manger.

— Qu'en dites-vous ?

Sa voix claironnait et ses yeux brillaient de triomphe.

— Vous n'avez rien de pareil, en Amérique ?

— Non ! admit-il. Nous n'avons pas cela !

— Et vous ne l'aurez jamais !

Il haussa les épaules, mais ne discuta pas. Puis à sa grande surprise, il dit :

— Vous êtes très riche, n'est-ce pas ?

— Immensément ! Je peux tout m'offrir !

Elle n'ajouta pas qu'elle s'offrait tout, à crédit.

— Êtes-vous au courant de vos placements ? Newbold m'a dit qu'il avait de la peine à obtenir que vous lui confiiez de l'argent. Ne croyez-vous pas qu'il serait prudent de mettre une certaine somme – deux ou trois mille livres au moins – de côté, sans y toucher ?

Elle s'étonna et le moqua :

— Pourquoi ? Je n'ai nul besoin de m'inquiéter de ces questions. J'ai plus d'argent que je n'en veux, je vous assure !

— Mais, ma chère, vous ne serez pas toujours jeune.

Elle le considéra avec horreur et colère. Car si l'idée des années qui passaient la remplissait de terreur, et si son vingt-sixième anniversaire n'était plus éloigné, elle n'avait jamais pensé qu'il pût se rendre compte qu'elle vieillissait. À son idée, elle ne devait jamais avoir plus de seize ans pour Bruce Carlton. Aussi resta-t-elle silencieuse et pensive durant tout le trajet et, de retour au palais, se rua-t-elle sur son miroir. Elle s'y étudia, examinant impitoyablement son teint, ses cheveux et ses dents, et se convainquit finalement que la décrépitude ne la guettait point encore. Son teint était aussi doux et pur, ses cheveux aussi abondants et brillants, son visage aussi beau qu'au temps de Marygreen. Néanmoins, un changement subtil s'était opéré, dont elle était vaguement consciente.

Bien que son visage eût été épargné par la vie, il portait néanmoins les marques d'une existence riche, pleine et violente. Son regard avait la même ardeur et la même passion, peut-être même accrues. Quelles qu'eussent été les années écoulées, elles n'avaient ni altéré sa confiance, ni modéré son enthousiasme. Il y avait en elle quelque chose d'indestructible.

Elle abandonna son miroir et courut changer de toilette avant le dîner. Mais la pensée qu'un jour elle serait vieille, que sa beauté – parfaite aujourd'hui – finirait par être détruite, ne quittait pas son esprit. Elle avait beau la repousser, l'idée s'insinuait en elle, ennemie insidieuse et implacable de son bonheur.

La première soirée qu'Ambre donna à Ravenspur House lui coûta près de cinq mille livres. Elle invita quelques centaines de personnes. Toutes vinrent, et même d'autres qui n'avaient pas été conviées et s'introduisirent en dépit des gardes.

Les plats étaient délicieux, servis par une nuée de valets de pied en livrée, tous jeunes et beaux. Il y eut du champagne et du bourgogne, dans de grandes cuves d'argent et, en dépit de la présence de Sa Majesté, nombre de gentilshommes burent un peu trop. La maison retentissait de musique, de cris et de rires. Tandis que certains invités dansaient, d'autres se rassemblaient autour des tables de jeu, ou se groupaient, excités, autour d'une paire de dés roulants.

Le roi Charles et la reine Catherine étaient présents, ainsi que les courtisans les plus en vue. Jacob Hall et Moll Davis s'exhibèrent et – tout à fait en privé – quelques danseuses nues de chez Mrs. Bennet. Mais le clou de la soirée fut l'entrée d'une jeune personne qui, depuis quelques mois, attirait l'attention de la ville et divertissait la Cour en imitant Lady Castlemaine. Elle apparut assez tard, portant une exacte réplique de la toilette de Barbara. Ambre avait soudoyé une des femmes de chambre de la comtesse et embauché Mme Rouvière pour reproduire fidèlement la robe. Furieuse et humiliée, Barbara en appela au roi, afin que l'outrage ne restât pas sans punition – ou, à tout le moins, pour que l'on renvoyât cette créature. Mais Charles trouva la plaisanterie piquante et refusa d'intervenir. Barbara Palmer, Lord et Lady Carlton ainsi que quelques autres quittèrent assez tôt la soirée.

À trois heures du matin le petit déjeuner fut servi, aussi abondant que le souper, et à six heures, les derniers retardataires se lancèrent dans une homérique bataille d'oreillers. Deux jeunes beaux, fort excités, tirèrent leur épée et menacèrent de se pourfendre dans le salon – Charles était parti –, mais Ambre intervint et leurs amis les escortèrent jusqu'à Marylebone Fields, afin de régler l'affaire. Finalement, épuisée mais heureuse, Ambre monta se coucher dans sa grande chambre verte, or et noire.

Chacun parut trouver que depuis des mois l'on n'avait pas assisté à une soirée aussi réussie.

LXI

Au début Ambre fut parfaitement satisfaite de rencontrer Bruce en secret. Après avoir été si près de le perdre, elle lui était reconnaissante des moindres heures furtives, et était bien décidée à jouir de tous les moments qu'ils passaient ensemble. Car elle réalisait à présent que jamais il ne reviendrait et elle voyait le temps qui s'écoulait, les jours, puis les semaines et les mois, et sa vie qui s'en allait avec eux.

En elle, lentement, l'irritation s'insinua. Elle avait évidemment cru qu'il ne la reverrait plus si Corinne les découvrait. Mais puisqu'il avait déjà manqué une fois à la promesse faite à sa femme, pourquoi ne recommencerait-il pas ? Et jamais, depuis dix ans, il n'avait paru si sincèrement épris d'elle. Pas un instant elle ne songea que seule son attitude lui valait ce renouveau de tendresse ; car jamais elle ne s'était montrée si gaie, ne se plaignant ni ne réclamant. Ainsi, peu à peu, elle finit par se persuader qu'il ne renoncerait jamais à elle, quoi qu'il advînt. En conséquence, elle se sentit moins satisfaite de son sort.

« Que suis-je pour lui ? se demandait-elle aigrement. Quelque chose entre une maîtresse et une femme, une sorte de mouton à trois pattes. Je veux être pendue s'il continue à me traiter de la sorte. Je lui ferai comprendre que je ne suis plus une simple nièce de fermier. Je suis la duchesse de Ravenspur, et non une petite grue visitée en cachette et jamais reconnue en société. »

Quand elle tenta d'exprimer son indignation, la réponse fut catégorique :

— Cet arrangement vient de vous, Ambre, pas de moi. S'il ne vous convient plus, dites-le et nous cesserons immédiatement de nous voir.

L'expression de ses yeux la réduisit au silence. Pour quelque temps.

Mais elle espérait toujours obtenir ce qu'elle désirait et devint de plus en plus rebelle et provocante. Vers la mi-mai sa patience était à bout. Comme elle allait le retrouver, cahotée dans un fiacre, sa colère ne connut plus de bornes. Corinne attendait son bébé le mois prochain, ils n'avaient donc plus que six à sept semaines devant eux.

Elle était habillée comme une jeune paysanne de Knightsbridge, d'Islington ou de Chelsea venue vendre ses fruits et légumes et, sentimentalement, avait choisi un costume très voisin de celui qu'elle portait jadis à la foire d'Heathstone : une jupe de laine verte, retroussée sur un jupon rayé rouge et blanc, un corselet noir, lacé très serré, et une blouse blanche à manches longues. Elle avait les jambes nues, de jolis souliers noirs et un grand chapeau de paille posé très en arrière sur la tête. Les cheveux défaits, l'absence de maquillage, la faisaient ressembler extraordinairement à la jeune fille d'il y avait dix ans.

Elle le vit immédiatement, à quelques pas d'elle, achetant un panier des premières cerises, tandis qu'un petit mendiant en guenilles se pendait à ses basques pour lui demander l'aumône. Bruce ne se déguisait pas, et portait ses vêtements habituels, discrets et bien coupés. À sa vue, le visage d'Ambre perdit son expression de mauvaise humeur, elle se pencha par la portière en criant :

— Hé ? par ici !

Une demi-douzaine d'hommes se retournèrent en souriant, se demandant si elle les appelait. Elle leur fit une grimace impertinente. Bruce paya la vieille marchande, jeta une pièce de monnaie au gamin et grimpa dans la voiture. Il lui tendit le panier de cerises et s'assit brusquement comme le fiacre s'ébranlait sans douceur. Puis il l'examina de la tête aux pieds avec une admiration non dissimulée :

— Vous êtes une aussi jolie jeune paysanne que le premier jour où je vous ai rencontrée !

— C'est vrai ?

Ambre pétillait sous son regard, tout en mangeant des cerises ; elle lui en tendit une poignée :

— Il y a dix ans, Bruce, dix ans, depuis ce jour ? Marygreen. Je ne peux pas le croire. Et vous ?

— Ces années auraient plutôt compté double pour vous.

— Pourquoi ?

Elle se tourna vivement vers lui :

— Ai-je donc l'air tellement plus âgée ?

— Certes non, mon cœur. Quel âge avez-vous donc ? Vingt-six ?

— Oui. Est-ce que je les parais ?

Son inquiétude était pathétique.

Il se mit à rire :

— Vingt-six ans ? Seigneur, quel grand âge. Et moi, savez-vous combien j'ai ? Trente-neuf ans ! Comment puis-je marcher sans canne, n'est-ce pas ?

Ambre fit la moue, tout en croquant ses cerises :

— C'est différent pour les hommes.

— Seulement parce que les femmes le déclarent ainsi.

Mais elle préféra passer à un sujet plus agréable :

— J'espère que nous allons trouver de quoi manger. Je n'ai pas déjeuné aujourd'hui. Mme Rouvière établissait ma robe neuve pour l'anniversaire de Sa Majesté !

C'était l'habitude, à la Cour, de se mettre en grande toilette à cette occasion.

— Oh ! attendez de l'avoir vue !

Et sa mimique indiquait que le spectacle serait étourdissant.

Il sourit :

— Ne me dites rien, je sais. Elle sera transparente de la tête aux pieds !

— Taisez-vous, monstre ! Pas du tout. Elle est très discrète, autant qu'une toilette de Corinne, je vous l'affirme.

Mais, comme toujours, elle sentit qu'elle commettait une erreur en faisant allusion à sa femme. Son visage se ferma, son sourire s'effaça et tous deux gardèrent le silence.

Cahotée, mal à l'aise sur la banquette dure, Ambre se demanda à quoi il pensait, et tous ses griefs lui remontèrent à l'esprit. Mais ce profil pur, cette peau lisse et hâlée la troublaient et elle éprouva l'intense désir de le toucher, de lui dire combien elle l'aimait, profondément, sans espoir, éternellement... La voiture pénétra dans la cour de l'hôtel, et il sauta rapidement à terre pour l'aider ensuite à descendre.

Bruce avait commandé tout un repas. Une nappe blanche damassée recouvrait une petite table devant la cheminée, chargée de vaisselle plate, de serviettes, d'un chandelier et de très jolis plats italiens d'argent ciselé. Il y avait des fraises, nageant dans une crème épaisse, une belle carpe grillée, pêchée le matin même, une assiettée de buns tout chauds saupoudrés de cumin, et une tarte à la confiture, gâteau délicieux composé de pommes cuites recouvertes de gelée. Pour couronner le tout, un bon café bien noir et fumant.

— Oh ! s'écria Ambre ravie, oubliant qu'ils étaient au bord d'une dispute, tout ce que j'aime !

Elle se retourna joyeusement et l'embrassa :

— Vous vous souvenez toujours de mes goûts, mon cœur !

Et c'était vrai. Jour après jour, il lui avait ainsi apporté des présents imprévus, parfois de grande valeur, ou de simples babioles. Il suffisait qu'un objet fût beau, ou amusant, attirât son attention en lui faisant supposer qu'elle en serait heureuse ou en rirait : il l'achetait, qu'il s'agît d'une ravissante étoffe vert et or, d'un bijou ou d'un malin petit singe.

Elle lança son chapeau sur une chaise, délaça son corselet afin d'être plus à l'aise, et ils se mirent à table, bavardant, appréciant la bonne chère, heureux.

Ils étaient arrivés peu après deux heures, ayant l'impression d'avoir un long après-midi devant eux. Mais peu à peu le soleil avait fait le tour de la pièce pour disparaître, laissant la chambre obscure et fraîche, sans que la nuit fût toutefois assez tombée pour que l'on allumât les bougies. Ils venaient de déguster des noisettes et des coquilles traînaient sur le lit... Ambre se leva et alla jusqu'à la fenêtre. Elle était nu-pieds, ne portant que sa blouse et sa jupe.

Bruce, en culotte et manches de chemise, appuyé sur un coude, la regardait tout en cassant une noisette. Elle se pencha, jeta un coup d'œil sur la rivière sillonnée de barques chargées et scintillante d'un éclat cuivré sous les rayons du soleil couchant.

— Oh ! Bruce, la nuit va être magnifique. Ce serait merveilleux de remonter la Tamise en barque jusqu'à une petite auberge, pour revenir à cheval demain matin.

— Sûrement, accorda-t-il.

— Alors, faisons-le ?

— Nous ne pouvons pas, vous le savez bien !

— Pourquoi pas ?

Elle le provoquait des yeux et de la voix. Il se borna à la regarder, comme si la question était superflue. Tous deux gardèrent le silence.

— Vous n'osez pas ? dit-elle avec découragement.

Et soudain toute l'irritation, la douleur et la colère de son orgueil blessé, de son affection bafouée depuis des mois refluèrent en elle. Elle vint s'asseoir sur le lit défait, bien décidée à dire ce qu'elle pensait.

— Oh ! Bruce, pourquoi pas ? Vous pourriez trouver une excuse ? Elle croira ce que vous lui direz. Je vous en prie ! Vous allez bientôt partir.

— Je ne peux pas, Ambre, et vous le savez fichtre bien. D'ailleurs, il est temps de partir.

Et il se leva.

— Naturellement ! s'écria-t-elle furieuse. Dès que j'aborde un sujet qui ne vous convient pas, il est temps de partir !

Sa bouche tremblait légèrement et elle parlait sur un ton d'ironie amère.

— Eh bien ! Cette fois-ci, vous m'écouterez. Oh ! là là ! Pauvre Corinne. Et moi, alors !

Sa voix était rude et irritée, elle s'administrait de grands coups dans la poitrine.

— Je compte pour rien, moi ?

Bruce eut un air excédé et fit quelques pas :

— Je regrette, Ambre, mais c'était votre idée, souvenez-vous !

Elle se leva d'un bond et lui fit face :

— Oh ! vous et votre maudite discrétion ! Voyons ! Il n'y a pas un homme à Londres qui dorlote sa femme comme vous le faites. C'est ridicule !

Il prit sa veste, l'enfila, la boutonna :

— Vous feriez mieux de vous habiller.

Il parlait d'un ton bref, la mâchoire contractée, et l'expression de son visage acheva de la mettre en fureur.

— Écoutez-moi, Bruce Carlton ! Vous vous imaginez peut-être m'accorder une grande faveur en couchant avec moi. Autrefois, cela était vrai. Mais je ne suis plus une petite paysanne, entendez-vous ? Je suis la duchesse de Ravenspur et je n'entends plus être trimballée en fiacre ni reçue dans des maisons meublées. Je le dis, et je le pense. Comprenez-vous ?

Il prit sa cravate et se tourna vers la glace.

— Assez bien, oui. Sortons-nous ensemble ?

— Non ! Pourquoi ?

Elle se tenait les jambes écartées, les poings sur les hanches, l'air provocant.

Sa cravate nouée, il mit sa perruque, ramassa son chapeau et se dirigea vers la porte, tandis qu'Ambre le suivait des yeux avec une inquiétude grandissante. Qu'allait-il faire ? Brusquement elle s'élança et le rejoignit au moment où il avait la main sur le loquet. Se retournant, il la dévisagea en silence.

— Au revoir, ma chère.

Ses yeux l'interrogèrent plaintivement :

— Quand vous reverrai-je ?

Elle posa la question d'une voix douce et inquiète.

— À Whitehall, je pense.

— Je parle d'ici.

— Plus jamais. Vous n'aimez pas ces rencontres secrètes, et je ne veux pas en envisager d'autres. Ainsi la question est résolue.

Debout, elle le regardait avec une horreur pleine d'incrédulité et, soudain, sa colère fit explosion :

— Le diable vous emporte ! hurla-t-elle. Je peux vivre seule ! Allez-vous-en, et que je ne vous revoie plus ! Sortez ! Sortez !

Elle s'emporta, cria, leva les poings contre lui. Vivement il ouvrit la porte et sortit. Ambre se jeta contre le battant en poussant des sanglots désespérés. Elle l'entendit descendre l'escalier et puis elle ne perçut plus rien. Seul le son lointain d'un violon quelque part dans la maison. Elle se précipita à la fenêtre. Il faisait presque nuit, mais quelqu'un passait justement dans la cour, une lumière à la main, et elle put l'apercevoir qui traversait rapidement le square.

— Bruce !

Elle était sérieusement effrayée, à présent.

Mais leur appartement était au troisième étage et il ne l'entendit peut-être pas. Il disparut dans la rue.

LXII

Elle ne le vit pas pendant six jours. Au début, elle espéra qu'il lui revînt, mais non ! Elle lui écrivit pour lui dire qu'elle était prête à accepter des excuses. Il répondit qu'il n'avait aucun désir de s'excuser et préférait laisser les choses dans l'état. Cela l'effraya, mais elle se refusait néanmoins à croire que toutes ces années orageuses, ce sentiment indéniable et fort qui les avait liés l'un à l'autre prissent ainsi fin – bêtement, inutilement abattus – à l'issue d'une querelle qui eût si facilement pu être évitée.

Elle le cherchait partout où elle allait.

Une semaine environ après leur dispute, elle se rendit à une vente aux enchères à la Maison des Indes, dans Portugal Street, à Clement's Lane, qui donnait sur le Strand et possédait plusieurs petites boutiques patronnées par de grands seigneurs. Ce jour-là, les rues avoisinantes étaient encombrées par les grands carrosses dorés de la noblesse, et la foule de leurs domestiques.

La salle, qui n'était pas très grande, était remplie de grandes dames, de leurs petits nègres et leurs femmes de chambre, ainsi que d'un certain nombre de galants qui les entouraient. La vente était commencée depuis plus d'une heure quand la duchesse de Ravenspur apparut. Son entrée fut spectaculaire, faite avec ce sens de la parade et de l'ostentation qui la classait toujours plus actrice que grande dame. Comme toujours, elle était magnifiquement vêtue. Sa robe était en drap d'or, recouverte d'un manteau de velours vert émeraude bordé de zibeline, et son manchon, de même fourrure, était parsemé d'émeraudes. Le petit nègre qui portait sa traîne était habillé d'une livrée de velours émeraude, et coiffé d'un turban doré.

Ambre fut satisfaite de l'attention éveillée, si malveillante fût-elle, car seules l'envie et la jalousie procurent à une femme le plaisir d'attirer les regards de ses rivales. Presque autant que l'admiration d'un homme, elle appréciait l'envie d'une femme. Quelqu'un lui avança vivement une chaise aux côtés de Mrs. Middleton, dont le visage s'obscurcit et prit l'expression inquiète d'une jolie femme placée auprès d'une beauté infiniment supérieure. D'un coup d'œil, Ambre évalua le costume de Middleton, infiniment trop cher pour les modestes revenus de son époux, les perles qui lui avaient été données par un amant, les boucles d'oreille offertes par un autre, la robe dans laquelle elle se montrait plus souvent qu'il n'eût été convenable et qui aurait dû passer à sa femme de chambre depuis quelques semaines déjà.

— Ma chère ! s'écria-t-elle, que vous êtes élégante ! Cette robe ! Où l'avez-vous fait faire ?

— C'est trop aimable à vous Madame, quand, évidemment, vous me surpassez à tel point.

— Nullement ! protesta Ambre. Vous êtes trop modeste, alors que tous ces messieurs de la Cour aspirent à devenir vos serviteurs.

Tout en parlant, ses yeux suivaient les regards de Middleton, et, tout à coup, elle aperçut Corinne assise à quelques pas de là, à demi tournée, si bien que seules la courbe de sa joue et l'ombre noire de ses longs cils étaient visibles. Son manteau vague dissimulait sa taille déformée et, comme elle inclinait légèrement la tête pour répondre à quelqu'un, son profil apparut, pur et serein. Ambre se sentit envahie d'une haine furieuse et meurtrière.

— Ils disent, chuchota Middleton, que Lord Carlton est fou d'elle. Rien d'étonnant, une telle beauté !

Ambre réfléchissait à la réponse spirituelle qu'il serait séant de faire, quand elle entendit la fin de la phrase de l'adjudicateur :

— ... S'il n'est pas d'autre amateur, cette pièce ira à Milady Carlton, pour la somme de six livres...

Ses yeux faisaient le tour de la salle.

— Y a-t-il un autre acquéreur ? Non ? Alors...

— Sept livres !

La voix d'Ambre résonna dans la pièce, haute et claire, provocante ; elle en fut elle-même étonnée. Car, certes, elle n'avait aucun emploi pour cette étoffe, si jolie fût-elle, mais imprimée de couleurs qu'elle ne portait jamais, et n'eût pas accepté de porter. Mais Corinne avait choisi ce tissu, le désirait, et ne l'aurait pas.

Corinne ne tourna pas la tête, resta silencieuse, comme

surprise ou embarrassée. L'officier dressait l'oreille, sentant que ces deux dames étaient des rivales. Ambre, qui s'attendait que Corinne se retirât humblement pour lui abandonner l'étoffe, fut stupéfaite quand, d'une voix douce, mais décidée, celle-ci lança :

— Huit livres.

« Le diable l'emporte, songea Ambre. Je l'aurai, dussé-je y dépenser jusqu'à mon dernier shilling ! »

La flamme brûlait tout auprès de l'aiguille. Dans quelques minutes celle-ci tomberait et la dernière enchère l'emporterait. Ambre attendit que l'adjudicateur annonçât que l'étoffe était à Lady Carlton, et alors l'interrompit :

— Vingt livres !

Le silence s'était fait et tout le monde fut sur le qui-vive, car l'intrigue de la duchesse de Ravenspur et de Lord Carlton était bien connue. Ils comprenaient tous son ardent désir d'obtenir l'étoffe, et souhaitaient sa défaite. Leur sympathie pour Corinne n'était pas grande, mais ils en voulaient à Ambre. Elle en avait trop obtenu, de tous, avait trop bien réussi, et ses protégés, ses prétendus amis désiraient secrètement la voir battue. Nulle défaite ne leur paraissait trop insignifiante.

Corinne hésita, se demandant s'il n'était pas absurde de lutter avec une femme qui n'avait ni la finesse, ni l'éducation nécessaires pour comprendre qu'elles s'affichaient toutes deux de la pire manière. Ambre, loin d'avoir de telles pensées, serrait les poings dans son manchon, les yeux brillants. « Je serai plus forte qu'elle, il le faut », se dit-elle. Rien dans la vie ne lui avait jamais paru plus important.

Tandis que Corinne hésitait, la flamme s'approcha de l'aiguille, faisant fondre la cire. Ambre était en proie à la plus vive excitation. Là ! l'aiguille va tomber. Je vais gagner ! J'ai gagné !

— Cinquante livres ! fit une voix d'homme au moment précis où l'aiguille tombait sur la table.

L'officier tendit l'étoffe :

— Adjugé pour cinquante livres à Milord Carlton.

Un instant, Ambre demeura immobile, tandis que tous les regards se dirigeaient vers Lord Carlton, qui se frayait un chemin à travers la foule. Ambre, en dépit de sa nuque, raide comme une charnière rouillée, tourna lentement la tête et le regarda bien en face. Les yeux verts rencontrèrent les siens, il sourit légèrement, lui fit un signe de tête et continua. Elle vit bien d'autres sourires autour d'elle, des visages moqueurs, railleurs, qui se rapprochaient et finissaient par danser une ronde infernale dans sa tête. « Oh ! mon Dieu ! songea-t-elle misérablement, pourquoi m'a-t-il fait cela ? Pourquoi ? »

Lord Carlton, à présent, était auprès de sa femme, qui se levait. Sa femme de chambre avait été chercher l'étoffe et la tenait triomphalement dans ses bras. Les chaises se reculèrent, les gens se poussèrent comme Bruce et Corinne se dirigeaient vers la sortie. La pièce était aussi agitée qu'une ruche et les éventails polis n'arrivaient pas à masquer tous les sourires.

— Seigneur ! dit une baronne. Qu'allons-nous devenir si les hommes se mettent à préférer leurs femmes à leurs maîtresses !

Ambre restait assise, comme retenue de force, sans rien voir, avec le sentiment qu'il lui fallait se venger immédiatement pour ne pas faire explosion. Lord et Lady Carlton étaient partis, l'adjudicateur préparait à nouveau sa bougie, mais nul n'y prêtait garde.

— Qu'en dites-vous ? s'écria Middleton, ouvrant son éventail et montrant toutes ses dents en un sourire feint : les hommes ne sont-ils pas déconcertants ?

D'un geste brusque, Ambre écrasa de son talon le pied de sa voisine. Middleton poussa un cri de douleur et se baissa pour masser le membre endolori. Elle eut un œil menaçant pour Ambre, que celle-ci ignora. Elle buvait son thé à petites gorgées, sans même jeter un regard autour d'elle, sachant bien que tous les yeux étaient braqués sur elle.

Plus tard, une fois rentrée, elle se sentit mal et se mit au lit en souhaitant mourir. Elle envisagea le suicide, ou plus exactement une tentative de suicide spectaculaire, afin d'émouvoir Bruce et de le ramener à elle. Mais elle redoutait de ne pas réussir. Quelque chose dans l'expression de son regard, au moment où il avait passé devant elle, l'avait convaincue que c'en était bien fini. Elle le savait, mais se refusait à l'accepter.

« J'arriverai, j'arriverai à le reprendre, se disait-elle. Je sais que je le peux. Il le faut ! Si seulement je pouvais lui parler, lui montrer combien tout cela est ridicule... »

Mais il ne répondit pas à ses lettres. Les messagers envoyés revinrent les mains vides. Elle chercha à le rencontrer. Vêtue d'habits d'homme, elle rôda autour d'Almsbury House ; attendit plus d'une heure sous la pluie devant la porte par laquelle il devait sortir, mais ne le vit pas. Elle avait posté des espions partout, afin d'être informée du moment où il entrerait au palais. Mais il ne se montra plus à Whitehall.

Finalement elle lui envoya une provocation en duel, seul moyen infaillible de le revoir :

> *« Depuis quelques mois, Monsieur, j'ai l'ennui d'être cocufié par vous. Ce qui est une atteinte à l'honneur de ma famille aussi bien qu'au mien. Je vous demande donc de vous trouver sur le terrain, avec l'arme qu'il vous plaira, demain matin 28 mai, à cinq heures, à Tothill Fields, devant les grands chênes qui bordent la rivière. Je vous serais obligé, Monsieur, de conserver notre rencontre secrète, et d'y venir seul. Votre humble serviteur, Monsieur.*
>
> *« Gérald, duc de Ravenspur. »*

Ambre trouva que ce billet avait un cachet d'authenticité et envoya Nan chez l'écrivain public, afin qu'il contrefît l'écriture de Gérald. Bruce, évidemment, ne la connaissait pas, mais elle tenait à ne rien négliger. Si ce subterfuge échouait... Mais cela ne se pouvait. Il viendrait, jamais un gentilhomme ne se dérobait à un cartel. Nan protesta :

— Si votre mari avait voulu se battre, il n'aurait pas attendu jusqu'à maintenant.

Mais Ambre ne voulut rien entendre :

— Pourquoi pas ? Vois le temps qu'a mis le comte de Shrewsbury à provoquer Buckingham.

Le lendemain à l'aube, tandis que le palais était encore endormi, elle sortit à cheval, en habit de chasse de velours vert sauge brodé d'or, et grand chapeau cavalier orné de plumes d'autruches. Seul le Grand John l'accompagna. Bien qu'elle n'eût pas fermé l'œil de la nuit, Ambre ne sentait pas la fatigue. L'émotion la soulevait. Ils traversèrent King Street, le sale petit village de Westminster, et se dirigèrent à travers champs vers les grands chênes. Là, Ambre descendit de cheval et Grand John se retira avec les montures. Il avait l'ordre de se tenir hors de vue et de ne pas se retourner avant qu'elle lui en donnât le signal.

Le jour commençait à poindre et elle demeura seule, entourée des bruits familiers de la campagne. Tout autour d'elle le brouillard se dissipait. Elle rit nerveusement et soudain sursauta. Vivement elle se cacha derrière un arbre, car elle le vit, qui chevauchait à travers prés.

Elle n'osait pas regarder, de peur de se faire voir, mais elle entendait le bruit des sabots et son cœur battait à la fois d'appréhension et de joie. Il était là, mais qu'allait-il faire ? Jamais elle n'avait eu moins confiance en son pouvoir de le séduire. Elle percevait le halètement du cheval, entendit Bruce qui le calmait. Il mit pied à terre.

Ambre hésita, n'ayant pas le courage de se montrer. Bruce, impatienté, cria :

— Hep là ! Êtes-vous ici ?

Ambre, la gorge trop serrée pour répondre, sortit de derrière son arbre et se tint devant lui. Elle baissait la tête, comme un enfant qui craint d'être battu, mais ses yeux se relevèrent furtivement. Il n'eut pas l'air trop surpris, et lui adressa un petit sourire de coin.

— Ainsi c'est vous ? dit-il lentement. Je n'avais jamais pris votre époux pour un ardent duelliste. Bon !

Il tenait son manteau à la main. Le jetant sur son épaule, il lui tourna le dos et se dirigea vers son cheval.

— Bruce !

Elle courut.

— Vous n'allez pas partir ? Non, pas maintenant. J'ai à vous parler.

Elle le saisit par le bras et il s'arrêta, la toisant :

— De quoi ? Tout a déjà été dit entre nous. Bien des fois.

Il ne souriait pas, mais son visage exprimait la gravité, l'impatience et cette irritation qu'elle avait appris à connaître et à redouter.

— Non ! Il me fallait vous dire combien je regrette. Je ne sais quelle folie m'a habitée ce jour-là. Bruce, vous ne pouvez agir ainsi ! J'en mourrai, je vous le jure ! Je vous en prie, mon cœur, je vous en prie, je ferai n'importe quoi ! n'importe quoi au monde si seulement je peux vous voir !

Sa voix était profonde, intense et désespérée. Elle sentait qu'il lui fallait le convaincre, ou mourir.

Mais il paraissait sceptique, comme toujours, devant ses promesses ou ses menaces extravagantes :

— Je veux être pendu si je sais ce que vous voulez. Mais, ce dont je suis bien sûr, c'est que nous avons fini de nous voir. Je n'ai pas l'intention de causer le moindre désagrément à ma femme si près de ses couches.

— Mais elle ne le saura jamais ! protesta Ambre, terrifiée de la dureté intransigeante qu'elle lisait sur son visage.

— Il y a une semaine encore, elle a reçu une lettre lui disant que nous nous rencontrions toujours.

Ambre fut surprise, car elle ne l'avait pas envoyée elle-même et n'en avait pas eu vent. Cependant, un sourire satisfait lui vint aux lèvres.

— Qu'a-t-elle dit ?

Une lueur de mépris passa dans ses yeux :

— Elle n'en a rien cru.

— Rien cru. Qu'elle est stupide !

Elle porta la main à sa bouche et se mordit la langue. Baissant les yeux, elle se sentit découragée :

— Oh ! murmura-t-elle, pardonnez-moi !

Elle leva les yeux et le surprit qui l'observait avec une curieuse expression de tendresse et de colère. Ils restèrent ainsi face à face. Puis elle poussa un petit cri et se jeta à son cou, se serrant contre lui. Pendant un instant il demeura parfaitement tranquille ; enfin il la saisit par les épaules, les doigts crispés dans sa chair. Avec un sentiment de triomphe presque sauvage, elle vit l'expression de son visage s'altérer.

Fermant les yeux, elle renversa la tête. La violence de son désir la rendait folle. Tout avait disparu, si ce n'était le besoin intense de s'unir à lui. De sa bouche humide et entrouverte, elle forma son nom :

— Bruce...

Il la secoua rudement :

— Ambre !

Sa tête oscilla et ses yeux s'ouvrirent, des yeux égarés. Lentement, il se pencha et la baisa sur la bouche, tout en la maintenant de manière qu'elle ne pût bouger. Puis, soudain, il la lâcha, et, avant qu'elle eût pu se reprendre, il sauta à cheval et repartit au galop. Ambre demeura seule, sous les grands arbres, trop étourdie pour bouger ou crier, le regardant s'éloigner, impuissante. Les premiers rayons d'un pâle soleil venaient, à travers les feuilles, caresser sa tête nue.

LXIII

Minette revenait en Angleterre. C'était la première fois qu'elle retrouvait ses frères depuis les joyeuses journées qui avaient suivi la Restauration, quand – heureuse enfant de seize ans – elle était venue les voir avec sa mère. Ils étaient alors à l'aube d'une nouvelle existence qui promettait de les dédommager de leurs longues années de tristesse et d'exil. Dix ans s'étaient écoulés, et sur les neuf enfants il n'en restait plus que trois : Charles, James et Henriette-Anne. La reine mère était morte huit mois auparavant.

Cette visite était projetée depuis plus de deux ans et chaque fois repoussée, généralement à cause de la malice jalouse de son époux. Finalement Charles invoqua un prétexte d'une telle importance que Monsieur et ses objections furent mis de côté. L'Angleterre et la France étaient sur le point de conclure une alliance secrète ; et Charles demanda que sa sœur fût autorisée à lui faire une visite, avant de signer n'importe quoi. Louis déclara donc à son plus jeune frère que les intérêts de l'État passaient avant tout. Mais il permit à Monsieur d'exiger que sa femme n'allât pas au-delà de Douvres.

Douvres était une petite ville sale et brumeuse, à l'unique rue pavée d'un mille de long, bordée de cottages en ruine et d'auberges. Le vieux château avait bien, jadis, opposé une barrière aux envahisseurs, mais depuis l'invention du canon il ne servait plus que de prison. La Cour anglaise arriva dans le village – les hommes d'abord, car Charles espérait que Monsieur autoriserait un séjour à Londres – en carrosses dorés ou sur des chevaux richement caparaçonnés. Le lendemain, à l'aube, la flotte française était signalée dans le détroit.

Charles, après une partie de la nuit debout, agité et impatient, embarqua avec York, Rupert et Monmouth, afin d'aller au-devant de sa sœur. Il se tenait debout, encourageant les rameurs. James le rejoignit et lui mit la main sur l'épaule. Charles passa un bras autour de la taille du duc, souriant, ses yeux noirs brillants de joie et d'excitation. Les bateaux se rapprochaient à tel point qu'il devenait possible de distinguer des formes s'agitant sur le pont.

— Songez un peu, Jamie ! s'écria Charles. Après dix ans !

Et soudain il devint possible de distinguer Madame, sur le pont avant, sa robe de satin blanc claquant au vent, qui faisait des signaux à ses frères. Ceux-ci répondirent par un cri :

— Minette !

— James ! c'est Minette !

La barque s'aligna contre le flanc du vaisseau. Charles fit un bond et grimpa le long de l'échelle de corde, aussi rapidement et aisément que s'il avait passé sa vie sur mer. Minette courut à sa rencontre et se jeta dans ses bras comme il mettait le pied sur le pont. Il la serra tendrement contre lui, et ses lèvres se posèrent sur ses cheveux. Instinctivement il parlait français, car c'était sa langue, et ses paroles étaient tendres et caressantes :

— Minette, murmura-t-il, ma chère petite Minette.

Rejetant la tête en arrière, elle le regarda en riant, tout en écrasant quelques larmes :

— Oh ! mon cher ami ! Je suis si heureuse que j'en pleure ! Je craignais de ne jamais vous revoir !

Charles la considéra avec une adoration muette, mêlée d'une sombre anxiété car, du premier coup d'œil, il avait constaté le grand, le tragique changement qui s'était produit en elle depuis dix ans. D'une enfant encore, légère, vive, innocente, exquise, elle était devenue une femme, équilibrée, accomplie, mondaine, avec un charme pénétrant. Mais elle était trop mince, et derrière son rire joyeux se cachait une gravité qui le troublait, car il en connaissait la cause. Inutile de chercher à l'abuser : elle était malheureuse et malade.

Les autres les avaient rejoints et Charles la laissa aller tandis qu'elle embrassait James, Rupert et Monmouth, Minette, le visage radieux, les considéra alternativement :

— Nous voici enfin réunis.

Les deux frères en deuil de leur mère étaient vêtus de pourpre, et Minette aussi portait le deuil royal : une simple robe de satin blanc et un voile de tulle noir sur les cheveux. Aucun n'osait exprimer ce que tous pensaient : « Nous ne sommes plus que trois maintenant, combien de temps serons-nous encore réunis ? »

Derrière la famille royale, sur le pont, se tenait une suite d'hommes et de femmes splendidement vêtus, car l'escorte de Minette, toute modeste qu'elle fût – deux cent cinquante personnes environ – avait été triée sur le volet : les femmes pour leur beauté, les hommes pour leur nom et leur galanterie. Parmi les dames, les yeux intensément fixés sur le roi d'Angleterre, se trouvait une très jolie fille, Louise de Nérouailles, dont la famille, ancienne et honorable, était pauvre. Ce voyage pour elle était un grand événement, la première occasion qui lui était offerte de se faire une place dans le monde auquel elle appartenait. Elle contemplait le roi d'un air pensif, admirant son visage hâlé, sa taille bien découplée et sa jolie silhouette. Elle poussa un petit cri quand Minette et ses deux frères se retournèrent et le roi la dévisagea d'un bref coup d'œil.

Déployant son éventail, elle chuchota à sa voisine :

— Ninon, croyez-vous que toutes les histoires qu'on raconte sur lui soient vraies ?

Ninon, un peu jalouse peut-être, lança un regard d'ironie amusée sur Louise :

— Que vous êtes naïve !

À cet instant, Charles la regarda de nouveau et sourit légèrement.

Bien qu'il ne fût jamais trop occupé pour remarquer une jolie femme, Charles ne s'intéressait vraiment qu'à sa sœur.

— Combien de temps restez-vous ?

Telle fut sa première question. Minette lui adressa un sourire d'excuse :

— Trois jours seulement ! dit-elle doucement.

Charles leva les sourcils et ses yeux noirs se fermèrent à demi :

— Monsieur en a ainsi décidé ?

— Oui !

Elle paraissait honteuse de son mari.

— Mais il...

— N'en dites pas davantage, je ne tiens pas à ce que vous vous excusiez pour lui. Je pense néanmoins, ajouta-t-il, qu'il réfléchira.

Monsieur, effectivement, réfléchit.

Un message arriva, disant que Madame pouvait rester une dizaine de jours, à la condition qu'elle ne quittât pas Douvres. Minette et Charles exultaient. Dix jours ? Une éternité. Charles était pris d'une colère froide à la pensée que ce freluquet de Français pût oser indiquer à sa sœur où celle-ci devait prendre du repos, mais Louis lui fit envoyer un mot, disant qu'il fallait tenir compte des désirs de Monsieur, car il avait entendu parler du traité et pourrait commettre des indiscrétions si on l'irritait par trop.

La reine Catherine et ses dames vinrent donc de Londres, et Charles fit en sorte de transformer rapidement le vilain petit port de mer en un lieu digne de l'amusement de la personne qu'il aimait le mieux sur terre. En quelques jours, le traité fut signé ; depuis deux ans qu'il était en préparation, ne restaient plus guère que les signatures à échanger. Arlington et trois autres signèrent pour l'Angleterre et de Croissy pour la France. Pour Charles, c'était l'aboutissement triomphal de dix ans de négociations. L'argent français le libérerait, en partie, du Parlement ; les soldats et les bateaux français l'aideraient à vaincre son plus dangereux ennemi, la Hollande. En retour, il ne donnait rien, sauf une promesse, la promesse qu'un jour, quand cela lui conviendrait, il se déclarerait catholique.

— Si tout ce que j'ai jamais fait disparaît à ma mort, dit-il à Arlington quand tout fut signé, en tout cas je laisserai cela à l'Angleterre. Ce traité est le gage qu'un jour elle deviendra la plus grande nation du monde. Laissez donc mon cousin de France avoir le continent, s'il le désire. Le monde est grand, et quand nous aurons détruit les Hollandais, l'Angleterre sera reine des mers.

Arlington eut un léger soupir :

— J'espère qu'elle vous en sera reconnaissante, Sire.

Charles lui administra une tape amicale :

— Reconnaissante, Harry ? Quand donc une nation ou une femme vous sont-elles reconnaissantes de ce que vous faites pour elles ? Allons, je pense que ma sœur est au lit. Je lui fais toujours une dernière petite visite le soir. Vous avez travaillé dur ces jours-ci, Harry. Allez donc passer une bonne nuit.

Il sortit. Il trouva Minette assise dans l'énorme lit à baldaquin. Ses dernières femmes se retirèrent, tandis que son petit épagneul noir et feu dormait sur ses genoux. Charles prit une chaise, s'assit tout contre le lit et, pendant un instant, ils gardèrent le silence.

— Vous êtes bien mince, Minette, dit enfin Charles.

Elle parut étonnée.

— Vraiment ?

Elle s'examina et, comme elle faisait un mouvement, le petit épagneul grogna.

— Mais je n'ai jamais été bien grosse, vous savez. Vous m'avez toujours appelée « Minette ».

— Vous sentez-vous bien ?

— Comment ? Oui, bien sûr !

Elle parlait précipitamment, comme une personne qui hait le mensonge.

— Peut-être une migraine de temps à autre. Je suis un peu lasse de toute cette agitation. Mais cela sera vite passé.

Le visage de Charles se durcit :

— Êtes-vous heureuse ?

Elle avait l'air d'un animal pris au piège :

— Mon Dieu ! Quelle question ! Que diriez-vous si quelqu'un vous demandait : « Êtes-vous heureux ? » Je suis aussi heureuse que la plupart des gens, je suppose. Personne n'est jamais entièrement heureux, n'est-ce pas ? Que vous obteniez seulement la moitié de ce que vous demandiez à la vie...

Elle fit un petit geste de la main.

— N'est-ce pas tout ce que l'on peut désirer ?

— Avez-vous obtenu la moitié de ce que vous désiriez ?

Ses yeux se fixèrent sur l'énorme baldaquin sculpté, tandis que ses doigts lissaient les poils parfumés de Mimi :

— Oui, je le crois. Je vous ai, et j'ai la France. Tous deux je vous adore.

Elle eut un petit sourire pensif :

— Et je crois que vous m'aimez aussi tous deux ?

— Je vous aime, Minette. Je vous aime plus que tout au monde. Je n'ai jamais cru que la plupart des hommes soient dignes d'amitié ou les femmes d'amour. Mais vous, c'est différent. Vous êtes tout ce qui m'importe au monde...

Ses yeux eurent une lueur malicieuse :

— Tout ce qui vous importe ? Allons, vous ne pensez pas ce que vous dites...

Il répondit presque rudement :

— Je ne plaisante pas. Vous êtes tout ce que j'ai et qui m'est cher... Ces autres femmes...

Il haussa les épaules :

— Vous savez à quoi elles servent !

Minette hocha doucement la tête :

— Parfois, mon frère, je plains vos maîtresses.

— C'est bien inutile. Elles m'aiment aussi peu que je les aime. Elles obtiennent ce qu'elles désirent, et – la plupart – bien plus que ce qu'elles méritent. Dites-moi, Minette, comment Philippe vous a-t-il traitée depuis le bannissement du chevalier ? Tous les Anglais qui reviennent de France rapportent des agissements de sa part qui m'effraient. Je déplore le jour où vous avez épousé ce méchant petit singe !

C'est avec une sorte de pitié maternelle que Minette répondit :

— Pauvre Philippe ! Il ne faut pas le juger trop sévèrement. Il aimait réellement le Chevalier. Quand Louis l'a renvoyé, j'ai craint que Philippe n'en perdît la raison, et il me croyait responsable de ce bannissement. À dire vrai, j'aurais été heureuse de le voir revenir, ma vie en eût été infiniment plus tranquille. Et Philippe est si jaloux de moi. Il souffre mort et passion quand n'importe qui me complimente sur une robe. Il était fou à l'annonce de ce voyage, vous ne le croirez peut-être pas, mais il a dormi toutes les nuits avec moi, espérant que je serais enceinte et que l'expédition serait remise une fois de plus.

Elle eut un petit rire sans gaieté.

— C'est drôle, poursuivit-elle d'un ton songeur, avant notre mariage, il croyait m'aimer. Maintenant il prétend que cela lui soulève le cœur d'aller au lit avec une femme. Oh ! je suis désolée... dit-elle en le voyant pâlir. Je ne voulais pas vous raconter tout cela. C'est sans importance, vraiment. Il y a tant d'autres choses exquises dans la vie...

Charles poussa un profond soupir :

— Je le regrette, mais je pourrais le tuer de mes propres mains, je vous le jure. Il ne vous traitera plus ainsi, Minette. Louis s'arrangera pour que son frère s'amende, ou je déchirerai ce maudit traité en morceaux.

La petite pièce était tendue de draperies pourpre et or, brodées aux armes des Stuart. D'énormes candélabres étaient allumés, car, bien que l'on fût au mitan de la journée, la salle était obscure, n'étant éclairée que par deux meurtrières placées très haut. Les voix étaient contenues et respectueuses, les éventails s'agitaient, mus par des mains langoureuses, et les violons jouaient une musique douce et tendre.

Seuls Charles et Minette occupaient des fauteuils, la plupart des autres étaient debout, ou assis sur de grands coussins éparpillés. Monmouth en avait pris un, juste aux pieds de sa tante, la contemplant avec une visible adoration. Ils étaient tous sous le charme de Minette, subissant sa douce séduction, son ardent désir d'être aimée, qualité qu'elle avait en commun avec son frère aîné et qui lui permettait d'être adorée de tous, sans qu'ils sussent pourquoi.

— Je voudrais vous offrir un souvenir, disait-elle à Charles.

— Mon cœur !

Il souriait d'un air étrange.

— Comme si je pouvais vous oublier !

— Laissez-moi vous faire un petit cadeau, un bijou, une babiole, que vous porterez et qui vous fera penser à moi.

Elle dit quelques mots à Louise de Nérouailles, qui se trouvait derrière elle.

— Ma chère, voulez-vous m'apporter mon coffret à bijoux, dans le tiroir du milieu de mon armoire ?

Louise n'était jamais bien loin quand le roi se trouvait dans la pièce. Elle fit une délicate petite révérence, tous ses mouvements étaient gracieux et jolis. Elle avait une sorte de raffinement, d'élégance racée que Charles admirait beaucoup chez les femmes, mais trouvait rarement chez les dames de sa Cour. Elle était parisienne, parisienne jusqu'au dernier fil de sa robe. Tout en ayant fleureté avec lui, jamais elle n'avait été effrontée, hardie, manquant de tact ; c'était une femme qui demandait à être conquise avant d'être possédée.

Comme elle revenait et tendait le coffret à Minette, Charles dit :

— Voici le bijou que je désire. Lui permettez-vous de rester en Angleterre, Minette ?

Louise rougit, de la manière la plus seyante, et baissa les yeux. Plusieurs grandes dames se raidirent visiblement. La duchesse de Ravenspur et la comtesse de Castlemaine échangèrent des regards indignés, car toutes les maîtresses anglaises s'étaient unies contre Louise, sitôt son arrivée. Les hommes eurent des sourires amusés et subtils. Mais Minette secoua la tête :

— J'en suis responsable devant ses parents, Sire. Ils me l'ont confiée pour que je la leur reconduise.

Et, pour rompre le silence embarrassant :

— Tenez – ce que vous voudrez –, choisissez ce qui vous fera penser le plus souvent à moi.

Charles sourit avec suavité, pas le moins du monde offensé ni embarrassé. Il fouilla dans les joyaux. Il paraissait avoir oublié l'incident. Mais il n'en était rien. « Un jour, se promit-il, j'aurai cette femme » et sa mémoire en ces choses était aussi remarquable que courte pour bien d'autres.

Minette partit le lendemain.

Charles, avec York, Monmouth et Rupert, montèrent à bord du vaisseau français et traversèrent une partie du

Channel. Depuis le jour de son arrivée, il avait redouté cette séparation ; il ne pouvait se résoudre à la laisser aller. Car il avait une crainte mortelle de ne plus la revoir. Elle avait l'air si fatiguée, désillusionnée, malade !

Trois fois ils se dirent adieu :

— Oh ! mon Dieu ! Minette, murmura-t-il enfin, je ne peux pas vous laisser partir !

Minette avait bien essayé de ne pas pleurer, mais à présent de grosses larmes roulaient le long de ses joues :

— Souvenez-vous de ce que vous m'avez promis, Sire. Et souvenez-vous que je vous aime, et que je vous ai toujours aimé plus que tout au monde. Si je ne vous revois plus...

— Ne parlez pas ainsi !

Sans réfléchir, il la secoua vivement :

— Bien sûr que vous me reverrez. Vous reviendrez l'année prochaine. Promettez-le-moi, Minette, promettez-le.

Minette rejeta la tête en arrière, sourit, le visage soudain clair et paisible. Ainsi qu'une enfant obéissante, elle répéta :

— Je reviendrai l'année prochaine, je vous le promets.

LXIV

Ambre avait été aussi contrariée que Charles que Monsieur obligeât Minette à rester à Douvres, car elle n'avait aucun désir de quitter Londres. Jusqu'au dernier moment elle hésita, mais quand la reine s'ébranla, elle la suivit. La semaine que dura la visite de Minette, elle fut malheureuse et inquiète. Elle souhaitait désespérément rentrer à Londres pour essayer de revoir Bruce, par quelque moyen que ce fût.

De retour au palais – car elle y conservait et occupait souvent ses appartements –, elle envoya un domestique pour s'informer des faits et gestes de Lord Carlton. L'impatience et la nervosité la rendaient irritable : elle critiquait tout, jusqu'à la robe que Mme Rouvière venait de lui livrer, se plaignait d'avoir été réduite en bouillie par cet infernal cocher qui allait être renvoyé, et jurait n'avoir jamais vu de catin semblable à cette poule française de Nérouailles !

— Que fait ce petit vaurien ? Voilà plus de deux heures qu'il est parti, je le ferai bâtonner.

Et, percevant derrière elle la petite voix tranquille qui l'appelait « Madame ? », elle se précipita :

— Eh bien ? est-ce ainsi que vous faites mon service ?

— Je suis désolé, Votre Grâce, mais l'on m'a dit à Almsbury House que Sa Seigneurie était au port. Quand je suis arrivé là-bas, il n'y était plus. On croit qu'il est allé déjeuner avec un marchand de la cité et personne ne sait quand il rentrera.

Les bateaux de Bruce avaient fait deux voyages aller et retour vers l'Amérique depuis le mois d'août dernier, et il était en train de les équiper pour une troisième traversée. Ils feraient alors escale dans un port français d'où Corinne et lui s'embarqueraient.

Ambre était déçue, désespérée.

— Mais Lady Carlton est chez elle, ajouta le petit domestique, désireux de lui être agréable.

— Et après ? s'écria Ambre. Il ne m'en chaut point. Va-t'en, et ne me dérange plus !

Il salua respectueusement et sortit, mais Ambre lui avait déjà tourné le dos, absorbée dans ses propres soucis. Elle était décidée à le revoir et ne s'arrêtait pas au fait qu'il ne désirait manifestement aucune rencontre. Soudain, les mots lui revinrent : « Lady Carlton est chez elle ! »

Elle se précipita :

— Nan ! fais préparer la voiture ! Je vais faire une visite

à Milady Carlton ! Et ne reste pas là, bouche bée. Fais ce que je te dis, et dépêche-toi !

— Mais, Madame, protesta Nan, je viens de renvoyer le cocher.

— Eh bien ? Qu'on le rattrape. Il est encore à mon service pour aujourd'hui !

Elle rassembla son manchon et ses gants, son masque et son éventail, et sortit sur les talons mêmes de Nan. Suzanne arriva en courant de la nursery, ayant tout juste appris le retour de sa mère et Ambre dut se baisser pour lui donner un baiser rapide en lui disant qu'elle sortait. Suzanne insista pour l'accompagner et devant le refus d'Ambre se mit à trépigner :

— Je veux venir !

— Vous ne viendrez pas, méchante petite fille ! Taisez-vous ou je vous donne un soufflet !

Suzanne s'arrêta net et lui lança un regard si plein d'étonnement et de reproches qu'Ambre fut saisie de remords. Elle la prit dans ses bras, l'embrassa tendrement et lui promit qu'elle viendrait dans sa chambre ce soir, dire ses prières. Suzanne, les yeux encore humides, sourit quand sa mère lui dit adieu.

Mais, quand elle fut assise dans l'entrée, attendant Corinne, Ambre commença de souhaiter n'être pas venue. Car si Bruce rentrait et la trouvait ici, il serait furieux, et cela n'arrangerait pas les affaires. Elle se sentait glacée à la pensée d'affronter cette femme. La porte s'ouvrit et Corinne entra, une légère expression d'étonnement à la vue d'Ambre. Mais elle salua et la remercia poliment d'être venue la voir, tout en lui demandant de passer au salon.

Ambre se leva avec hésitation, sur le point de donner n'importe quelle excuse et de se sauver, mais quand Corinne se dirigea vers le salon, elle la suivit. Corinne portait une robe de soie très vague, d'un fondu de rose et bleu très chaud et doux. Ses épais cheveux noirs tombaient librement sur ses épaules, et elle y avait piqué deux ou trois tubéreuses ; une autre touffe de ses fleurs préférées était accrochée à son corsage.

« Oh ! que je la hais ! songea Ambre avec une brusque sauvagerie. Je la hais ! Je la méprise ! Je voudrais la voir morte ! »

Visiblement Corinne, en dépit de sa douceur et de sa parfaite éducation, n'aimait pas davantage sa visiteuse. Elle avait menti en disant à Bruce qu'elle ne croyait pas qu'il eût continué à la voir, et la seule présence de cette femme aux yeux d'ambre et aux cheveux de miel la remplissait d'effroi. Elle en finissait par croire que, tant que toutes deux vivraient, aucune ne serait réellement en paix. Leurs regards s'affrontèrent, elles se dévisagèrent : deux ennemies mortelles, deux femmes aimant le même homme.

Ambre, comprenant qu'il lui fallait parler, déclara avec autant de naturel que possible :

— Almsbury m'a dit que vous vous embarquiez bientôt ?

— Aussitôt que possible, Madame.

— Vous serez très heureuse de quitter Londres, je suppose ?

Elle n'était pas venue faire des phrases, des sourires hypocrites et des allusions voilées. Ses yeux pailletés étaient durs, impitoyables, comme ceux d'un chat qui guette sa proie.

Corinne, nullement déconcertée, ni intimidée, lui rendit son regard :

— Très heureuse, Madame. Mais pas pour les raisons que vous supposez.

— Je ne saisis pas ce que vous voulez dire.

— Je le regrette. Je pensais que vous comprendriez.

Ambre sortit ses griffes. « Oh ! la garce, songea-t-elle. Je sais comment te faire souffrir ! »

— Vous me paraissez bien fière, Madame, pour une femme dont le mari est infidèle !

Corinne eut un air d'incrédulité, garda le silence un instant, puis répondit calmement :

— Pourquoi êtes-vous venue ici, Madame ?

Ambre se pencha en avant, serrant ses gants entre ses mains, les yeux mi-clos, la voix dure et mordante :

— Je suis venue vous dire quelque chose. Je suis venue vous dire que – quoi que vous puissiez en penser – il m'aime encore. Et il m'aimera toujours !

La froide réponse de Corinne la stupéfia :

— Croyez-le si cela vous fait plaisir, Madame !

Ambre se leva d'un bond et franchit rapidement les quelques pas qui les séparaient :

— Ne soyez donc pas une sotte ! Vous ne voulez pas me croire, parce que vous avez peur. Jamais il n'a cessé de me voir !

Elle se montait dangereusement :

— Nous nous sommes rencontrés deux ou trois fois par semaine, dans une maison meublée, de Magpie Yard. Chaque fois que vous le croyiez à la chasse, ou au théâtre, il était avec moi ! Et les nuits où vous le croyiez à Whitehall, il les passait avec moi !

Elle vit pâlir Corinne. « Là ! songea férocement Ambre. Elle entend, maintenant... » C'était pour cela qu'elle était venue : pour la harceler, la blesser au point le plus sensible, l'humilier par la preuve de l'infidélité de Bruce. Elle eût aimé la voir trembler et vaciller. Elle voulait contempler une femme aussi misérable et vaincue qu'elle.

— Eh bien ? qu'en dites-vous ?

Corinne la considéra avec aversion :

— Je ne crois pas qu'il vous reste l'ombre d'un sentiment honorable !

Ambre eut un vilain ricanement, elle ne savait pas combien elle était laide à voir. Mais, l'eût-elle su, s'en serait-elle d'ailleurs fort peu souciée ?

— L'honneur ? Qu'est-ce que l'honneur ! Un épouvantail

à moineaux, voilà tout ! Si vous saviez comme vous nous avez paru ridicule tous ces derniers mois, nous nous sommes tous moqués, et lui riait avec nous !

Corinne se leva :

— Madame, dit-elle froidement, je n'ai jamais connu personne plus mal élevée que vous. Je crois volontiers que vous sortez du ruisseau, vous parlez et agissez comme s'il en était ainsi. Je reste seulement stupéfaite que vous ayez pu donner le jour à un enfant comme Bruce !

Ambre se trouva prise au dépourvu. Lord Carlton ne lui avait jamais dit que sa femme savait qu'elle était la mère du petit garçon. Elle savait donc ! et n'en avait jamais soufflé mot à personne, n'avait pas refusé de le garder, et paraissait l'aimer aussi sincèrement que s'il avait été à elle. Seigneur ! Cette femme était encore plus sotte qu'elle ne l'avait cru.

— Ainsi vous saviez qu'il était à moi ? Eh bien ! Vous me connaissez maintenant. Êtes-vous contente de penser qu'un jour mon fils sera Lord Carlton ? Que tout ce que votre mari possède appartiendra à mon fils et pas au vôtre ? Que dites-vous de cela ? Êtes-vous si diablement vertueuse et noble que cela vous laisse indifférente ?

— Vous savez très bien que cela est impossible, tant que sa légitimité ne sera pas prouvée.

Elles se tenaient tout près l'une de l'autre, les yeux dans les yeux. Ambre se sentait prise du désir immodéré de l'attraper par les cheveux et de griffer ce visage, de détruire cette beauté et cette existence même. Un sentiment, dont elle ne se rendait même pas compte, la retenait.

— Voulez-vous, je vous prie, sortir de chez moi, Madame ? dit Corinne, les lèvres blêmes.

Ambre eut alors un rire bruyant et nerveux :

— Écoutez-la ! cria-t-elle. Oui, je m'en vais, jamais je n'irai assez loin de vous !

D'un geste rapide elle rassembla ses affaires et se

retourna une fois de plus pour affronter Corinne. Elle ne se dominait plus, tremblait de tous ses membres, et presque inconsciemment finit par dire ce qu'elle pensait depuis longtemps :

— Vous allez accoucher un de ces jours, n'est-ce pas ? Pensez à moi, alors. À moins que vous ne l'imaginiez comme un chien fidèle auprès de votre lit jusqu'à ce que...

Elle vit Corinne fermer les yeux. Et, au même instant, une voix d'homme, rude et irritée, résonna :

— Ambre !

Bruce marchait sur elle, gigantesque en sa fureur. Elle voulut s'enfuir, mais il la saisit par l'épaule et, de l'autre main, lui administra un soufflet retentissant. Elle en fut aveuglée, puis aperçut son visage flamboyant au-dessus du sien et comprit qu'il était hors de lui-même au point de la tuer.

Sa réaction fut rapide, due en partie à sa crainte, à son violent instinct de conservation, et aussi parce que tout contrôle l'avait abandonnée depuis longtemps. Comme un animal sauvage, elle se débattit, criant, griffant, mordant, lançant les injures grossières de son répertoire. Son désir de vengeance était si fort qu'elle l'aurait tué, submergée qu'elle était par toutes les souffrances endurées à cause de lui, et par sa haine jalouse envers Corinne. Elle était devenue une créature mauvaise, dangereuse, démoniaque.

Après sa première colère, Bruce s'était instantanément repris. Il cherchait simplement à la ramener à la raison, mais la rage décuplait les forces d'Ambre et il avait peine à la maintenir.

— Ambre ! criait-il, essayant de se faire entendre. Ambre, pour l'amour de Dieu, calmez-vous !

Son visage était écorché et saignait. Sa perruque et son chapeau étaient tombés, Ambre avait sa robe déchirée et ses cheveux défaits. Corinne les contemplait, muette d'horreur, malade de peur et d'humiliation. Soudain, Bruce saisit Ambre par les cheveux et lui tira si violemment la tête en arrière, que sa nuque en craqua. Elle poussa un cri de douleur et, au même instant, de son poing fermé lui administra un coup en plein visage. Les yeux de Bruce s'allumèrent. Lui prenant le cou de ses deux mains, il commença de serrer. Le sang afflua à son visage, elle tenta avec frénésie de se dégager, mais déjà ses yeux se révulsaient, elle ne pouvait crier.

Corinne se précipita :

— Bruce ! Bruce ! Vous allez la tuer !

Il parut ne rien entendre, mais Corinne s'accrocha à lui, le martelant de ses poings, si bien qu'il finit par la lâcher.

Ambre s'affaissa comme une masse. Avec une expression de dégoût infini – envers elle, comme envers lui – il se détourna, levant ses mains, les doigts toujours recourbés les considérant comme s'ils ne lui appartenaient pas. Corinne l'observait avec tendresse, avec pitié aussi, une pitié toute maternelle.

— Bruce, dit-elle enfin d'une voix très douce. Bruce, je crois qu'il faudrait envoyer chercher la sage-femme. Les douleurs reviennent fréquemment...

Il la dévisagea d'un air absent, puis, lentement, la conscience lui revint :

— Vous souffrez, oh ! Corinne !

Sa voix avait un ton de remords inexprimable. Alors il la prit dans ses bras et la porta dans l'autre pièce, sur le lit. Le sang qui maculait sa chemise et sa veste avait taché la robe de Corinne et sa joue. D'une main hésitante, il l'essuya, puis sortit en courant.

Ambre restait étendue au sol, privée de sentiments. À mesure qu'elle reprenait ses esprits, elle avait l'impression d'être étendue dans un grand lit chaud et confortable, et tentait de remonter les couvertures sur elle. Elle mit un certain temps à revenir à la réalité. Elle tenta de s'asseoir. Le sang lui battait aux tempes, sa gorge lui faisait mal, elle se sentait étourdie. Très lentement elle se mit debout et se tenait ainsi, la tête baissée, comme suspendue à un crochet, quand Bruce revint. Elle leva les yeux et il s'arrêta auprès d'elle :

— Allez-vous-en, dit-il à voix basse, parlant entre ses dents. Sortez d'ici !

LXV

Les jours qui suivirent, Ambre quitta à peine sa chambre de Ravenspur House. Les visiteurs furent éconduits et elle ne se montra pas au palais. Le bruit courut qu'elle avait été empoisonnée par Lady Carlton et se mourait. D'autres prétendirent qu'elle se relevait d'un avortement. Ambre se souciait fort peu de ces potins, mais quand Charles envoya prendre de ses nouvelles, elle lui dit qu'elle souffrait d'un violent accès de fièvre.

La plupart du temps elle restait au lit, sans fard, non coiffée. De grands cernes lui mangeaient les yeux, son teint était terreux : elle n'avait pas assez mangé et avait trop bu depuis quelque temps. Sa langue était chargée, elle avait un mauvais goût en bouche et se disait qu'elle ferait aussi bien de mourir.

Elle avait connu dans le passé d'amers moments de solitude, de détresse, de tristesse, mais rien n'était comparable à ce qu'elle endurait. Tout ce qu'elle avait espéré, tout ce à quoi elle tenait s'était effondré dans le salon d'Almsbury House. En quelques minutes elle avait tout détruit, d'une manière si absolue qu'il ne restait rien, semblait-il, sur quoi reconstruire. Son énergie même, cette intense vitalité qui jamais ne lui avait fait défaut, paraissaient avoir disparu.

Quand Buckingham chercha à l'intéresser à son nouveau complot, il la trouva – à son grand déplaisir – indifférente, apathique. Pour obtenir une réponse, il dut lui offrir le double de ce qu'il avait pensé. Mais, avec son enthousiasme habituel, il était prêt à dilapider ce qui lui restait de fortune, pour le plus sombre et le plus fantastique de tous ses projets. Il avait l'intention d'empoisonner le baron Arlington.

Ambre l'entendit exposer son plan, sans pouvoir se défendre d'une admiration grandissante, bien que pleine de répugnance. Et à la fin, l'air moqueur :

— Seigneur ! Votre Grâce est un ingénieux meurtrier. Comment comptez-vous ensuite vous débarrasser de moi ?

Buckingham sourit aimablement :

— Me débarrasser de vous, Madame ? Je proteste. Pourquoi donc ? Vous m'êtes bien trop utile.

— Évidemment, admit-elle. Je suis toutefois persuadée que vous préféreriez voir ma tête et non la vôtre se balancer au bout d'une pique sur le Pont de Londres !

— Bah ! Sa Majesté ne vous ferait pas passer en jugement, si même vous attentiez à la vie de son propre frère. Il a le cœur bien trop tendre envers toutes les femmes avec lesquelles il a couché. Mais, ne vous inquiétez pas, Madame. Je ne suis pas assez maladroit pour nous mettre tous deux en danger.

Ambre ne prit pas la peine de discuter avec lui, mais elle savait fort bien pourquoi il ne pouvait se passer d'elle. Il avait besoin d'un bouc émissaire au cas où quelque chose tournerait mal. De plus, elle était la seule femme à la Cour capable de faire croire au roi – ou de lui conseiller de feindre de croire – que le baron était mort de causes naturelles. En cas d'échec, évidemment, elle aurait à en supporter les conséquences.

Mais Ambre n'entendait pas échouer. Car, tandis qu'il lui exposait son plan, elle en formait un autre. Le projet du duc était une provocation qui ne pouvait la laisser indifférente et la fit sortir de sa torpeur. Elle se dit qu'elle pourrait parfaitement jouer le duc, dominer le baron, et gagner une jolie somme à peu de risques.

Buckingham lui donna deux mille cinq cents livres – l'autre moitié devant être payée après la mort du baron – et Ambre envoya aussitôt chercher Shadrac Newbold. Elle ne tenait pas à se faire voler par Sa Grâce. Puis elle se rendit au rendez-vous qu'elle avait fixé à Arlington.

Il était près de minuit quand elle quitta le palais, dans un panier à linge porté par deux hommes, bien cachée sous ses chemises et jupons censés aller chez la blanchisseuse. Peu après, Nan sortit vêtue d'une robe d'Ambre et de ses bijoux. Elle portait une perruque de la couleur des cheveux de sa maîtresse et son visage était masqué. Un homme qui flânait devant la porte depuis la tombée de la nuit nota le panier à linge, comme indécis, mais quand Nan apparut et grimpa dans le grand carrosse d'Ambre, il siffla sa propre voiture et la suivit.

Nan fit une grande promenade à travers la ville, riant de voir l'espion du duc s'efforcer de rester à une distance convenable. Il attendit deux ou trois heures devant une maison meublée, et après son départ alla interroger la propriétaire. Apprenant que des appartements avaient été loués par Mr. Harris, un jeune acteur, il rentra faire son rapport au duc. Lequel, un cure-dents en or dans la bouche, parut amusé que la duchesse frayât avec des gens de condition si piètre, après avoir pris tant de peine pour s'élever au-dessus d'eux.

Ambre, pendant ce temps, était transportée dans une petite cour obscure d'une ruelle de Westminster. Les porteurs eurent quelques difficultés à hisser leur fardeau jusqu'au lieu indiqué et Ambre dut retenir sa respiration en sentant ballotter le panier à chaque marche. Enfin ils la déposèrent et s'en allèrent. La porte refermée, elle souleva le couvercle et émergea avec un profond soupir. Elle était en train de sortir quand Arlington entra, venant d'une pièce voisine. Son manteau noir traînait à terre, il avait enfoncé son chapeau sur ses yeux et tenait un masque à la main.

— Le temps presse, Milord, dit Ambre, faisant tomber un jupon qui pendait encore sur ses épaules. J'ai quelques renseignements de grande valeur, je vous les communiquerai pour cinq mille livres.

Arlington demeura impassible :

— C'est très aimable à vous, Madame. Mais c'est une somme considérable. Je ne crois pas pouvoir...

Ambre l'interrompit avec impatience.

— Je ne suis pas une commerçante, Milord, et je ne me laisse pas marchander. Il me faut un paiement comptant, en espèces. Mais nous pouvons conclure un marché. Je vous dirai une partie de ce que je sais, et si vous me payez demain, je ferai en sorte que le complot échoue. Sinon !...

Elle haussa légèrement les épaules, indiquant que de sérieux désagréments pourraient en découler.

— C'est assez raisonnable, pour une femme.

— Quelqu'un a comploté votre mort, Milord, je sais quand et comment. Si vous me payez, je peux faire tout échouer.

Arlington resta imperturbable. Il avait plus d'ennemis qu'il ne le croyait – et cependant, il en connaissait pas mal – mais cela lui parut limpide.

— Je crois que je pourrai m'en tirer tout seul, Madame, et économiser cinq mille livres.

— Comment ?

— En formulant une accusation.

— Vous ne l'oserez pas, et vous le savez !

Elle avait raison, car s'il faisait seulement allusion à ses soupçons devant le roi, Buckingham bondirait et réclamerait une explication ouverte. Et le duc était encore trop puissant et possédait trop d'intérêts en dehors de la Cour, dans des milieux dont le roi avait besoin, pour se maintenir. Si Arlington l'accusait de vouloir le faire disparaître, le duc pouvait le ruiner politiquement aussi rapidement qu'il était capable de l'empoisonner. Après tout, peut-être était-ce ce qu'il cherchait, et c'est pour cette raison qu'il avait introduit Ambre dans le complot :

— Mais tout cela n'est peut-être qu'une histoire à vous, pour avoir de l'argent. Je ne pense pas que l'on se risquerait à empoisonner le secrétaire d'État de Sa Majesté.

Le chantage n'impressionna pas Ambre. Elle sourit :

— Mais si quelqu'un a ce courage, Milord, la semaine ou le mois prochain, vous serez aussi mort qu'un hareng saur !

— Supposez que je vous donne l'argent. Comment pourrais-je savoir si vous ne laisserez pas aller le complot, en admettant qu'il y en ait un ?

— Pour cela, Monsieur, il faut me faire confiance !

Le baron était de fort mauvaise humeur. Il se voyait pris et ne savait comment sauver à la fois sa vie et son argent. Car il n'osait pas courir le risque. Buckingham pouvait être capable de tout. Ou, si ce n'était pas Buckingham, un ennemi moindre. Mais, au diable cette femme. Pourquoi toucherait-elle cinq mille livres de lui ? Les maîtresses du roi n'avaient aucun sens des fortunes, tandis qu'il lui en coûterait des mois de travail pour obtenir cette somme. Jamais il n'avait éprouvé autant d'aversion pour la gent féminine, et surtout pour la duchesse de Ravenspur.

— Je ferai en sorte que l'argent vous soit versé demain matin. Bonsoir Madame. Et merci.

— En aucune façon, Milord. Votre vie est trop précieuse pour l'Angleterre. C'est moi qui vous remercie.

Le complot de Buckingham était très simple. Le lendemain il amena chez Ambre un fort joli garçon d'une quinzaine d'années, faisant partie de la maison du baron, John Newmarch. Ambre était chargée de le convaincre que, pour le bien du pays et l'amour du roi, il lui fallait empoisonner son maître. Arlington une fois mort, Buckingham avait l'intention de donner cent livres au jeune homme, le déclarer mort de la petite vérole et l'envoyer à l'étranger. Le duc ne lui avait rien dit, si ce n'est que la duchesse de Ravenspur l'avait distingué et désirait faire sa connaissance. L'esprit prématurément faussé par l'atmosphère de la Cour, John se rendit à l'invitation, persuadé qu'il savait ce que désirait la grande dame. Il se trompait.

Ambre usa de son charme et John accepta le plan. Mais, ayant reçu cinq mille livres d'Arlington, elle lui donna simplement une potion soporifique à verser dans le vin du baron. Buckingham l'arrêta le lendemain matin, comme elle se rendait chez la reine ; il paraissait anxieux et irrité.

— Qu'avez-vous fait ? demanda-t-il. Il est avec le roi en ce moment.

Ambre s'arrêta et le regarda bien en face :

— Vraiment ?

Elle feignit la surprise.

— Eh bien ! c'est curieux, n'est-ce pas ?

— Oui, n'est-ce pas ? répéta-t-il d'un ton sarcastique. John dit qu'il a à peine trempé ses lèvres dans son verre et cependant, il boit généralement tous les soirs. Je le sais, car j'ai fait surveiller ses habitudes. Répondez-moi, chienne ! Qu'avez-vous fait ?

Ils étaient face à face, ne cherchant plus à se tromper. Leurs deux visages exprimaient une franche haine. Ambre lui répondit en martelant les mots :

— Si jamais vous osez encore me parler sur ce ton, George Villiers, je vous donne ma parole que le roi entendra certaines choses qui ne vous seront pas agréables !

Sans attendre sa réponse, elle se détourna et reprit son chemin. Il hésita un instant, puis, pivotant sur ses talons, s'en fut dans la direction opposée. Nan, qui l'observait, rassembla ses jupes et courut derrière Ambre :

— Seigneur ! Madame ! Vous auriez dû voir sa figure ! C'est un vrai démon !

— Un démon qui n'a qu'à retourner auprès du diable ! Je n'ai pas peur de ce nigaud. J'ai une bonne tête, moi aussi...

Au même instant, comme elle se disposait à gagner les appartements de Sa Majesté, elle aperçut Almsbury qui venait dans sa direction. Il était accompagné de trois autres gentilshommes. Elle ne l'avait plus vu depuis la scène d'Almsbury House, et s'arrêta pour l'attendre, espérant des nouvelles de Bruce. Corinne avait accouché d'un fils le jour même, et elle savait qu'ils se disposaient à partir pour la France, sitôt qu'elle serait en état de naviguer. À sa grande surprise, elle vit le comte s'arrêter à sa vue, tourner et disparaître dans un couloir latéral.

— Comment ? s'écria-t-elle, aussi blessée que s'il l'avait publiquement frappée.

Sans hésitation, elle le suivit, traversant le hall bondé et repoussant ceux qui se trouvaient sur son passage. Elle le saisit par le bras :

— Almsbury ?

Il se tourna à contrecœur, la regarda sans rien dire.

— Qu'y a-t-il ? demanda-t-elle. Pourquoi me fuyez-vous ?

Il ne répondit pas et se borna à hausser les épaules.

— Dites-moi, Almsbury, quand partent-ils ?

— Bientôt. Demain peut-être, ou après-demain.

— A-t-il jamais...

Elle hésita, presque timide en posant cette question, car elle ne pouvait se tromper sur la dureté et la désapprobation qu'elle lisait dans ses yeux. Mais néanmoins, elle acheva :

— Vous a-t-il parlé de moi ?

La réprobation apparut sur son visage :

— Non !

— Oh ! Almsbury ! s'écria-t-elle d'une voix suppliante, sans se soucier de la curiosité qu'ils éveillaient tous deux, ne me haïssez pas ! Je vous jure que j'ai assez souffert. Vous êtes mon seul ami ! Je ne sais pas ce qui m'a pris ce jour-là, j'étais hors de moi ! Mais oh ! Almsbury ! Je l'aime ! Et il s'en va et je ne le reverrai plus jamais. Il faut que je lui parle encore une fois. Ne voulez-vous pas m'aider ? Je ne dirai pas un mot, je le regarderai seulement. Et j'ignore où le trouver, il ne vient plus à la Cour. Oh ! Almsbury, il faut que je le voie !

Le comte se détourna :

— Pas avec mon aide, en tout cas !

Le baron Arlington était en conférence avec ses médecins, subissant la dose de sangsues. Mais quand Sa Grâce le duc de Buckingham se fit annoncer, inopinément, les animaux furent promptement ramassés, tout gorgés de sang, et remis dans le flacon à large goulot dans lequel on les gardait. Le duc fut introduit et trouva Sa Seigneurie au lit, bien adossé contre ses oreillers, des papiers épars autour de lui, un secrétaire de chaque côté lui lisant des lettres. Buckingham, plus aimable qu'il ne l'avait été depuis des années, s'inclina et sourit avec le charme qu'il savait déployer à l'occasion.

— Milord !

— Votre Grâce !

Sur l'invitation du baron, il prit une chaise tout près du lit, et, une fois assis, lui parla bas, d'un air sérieux et confidentiel.

— J'ai une question de la plus haute importance à discuter avec Votre Seigneurie.

Arlington renvoya ses gens, tout en sachant qu'un ou deux d'entre eux demeurait à portée de voix.

— Je n'ai aucune envie de feindre avec Votre Seigneurie, poursuivit Buckingham dès qu'ils furent seuls. Vous savez, naturellement, que la duchesse de Ravenspur a été quelque temps à mon service !

Arlington fit un imperceptible signe de tête.

— Et je sais également qu'elle était au vôtre, nous extorquant de l'argent à tous deux, pour travailler ensuite contre nous. Il n'y a pas de mal à cela, je l'admets, puisque c'est l'habitude de la Cour. Mais j'ai appris que Sa Grâce a entrepris de tuer Votre Seigneurie !

Le froid et austère visage d'Arlington exprima une faible trace de surprise. Mais elle était causée par l'audace de cet homme que rien ne rebutait et qui savait toujours tourner les événements à son propre avantage.

— A-t-elle l'intention de me tuer ?

— Oui, Monsieur, parfaitement. Je ne peux pas vous révéler comment je l'ai découvert, mais je peux vous dire ceci : le complot vient de France, où plusieurs personnes très haut placées craignent que Votre Seigneurie ne mît obstacle au projet d'alliance commerciale entre nos deux pays. Quelqu'un lui a offert une somme d'argent d'importance pour vous mettre hors de combat. Je viens, au nom de notre vieille amitié, vous avertir et vous mettre en garde contre cette femme.

Pendant ce monologue, Arlington avait tenu ses yeux bleu pâle fixés sur le duc. Sa Grâce avait visiblement abandonné son premier projet, et avait inventé cette histoire de complot français destiné à l'empêcher de s'opposer à une alliance commerciale, quand il venait de signer un traité autrement complet et important. Cet homme était réellement un étrange phénomène, intéressant à observer.

— Cette femme est un poison ! poursuivit Buckingham. Je crois qu'elle s'attaquerait au roi lui-même, pour un bon prix. Mais il est si faible, qu'il ne renverra jamais une femme qu'il a aimée, si vous et moi, Monsieur, ne nous associons pour nous débarrasser d'elle.

Arlington joignit lentement et soigneusement les mains :

— Et comment Votre Grâce se propose-t-elle de se débarrasser de cette menace pour mon existence ?

Il parlait d'un ton légèrement et poliment sarcastique, avec une ombre de sourire au coin de la bouche.

Buckingham prit un air de grande franchise :

— Votre Seigneurie me connaît trop bien pour songer que j'agis dans son seul intérêt. J'en ai complètement assez moi-même, elle m'a coûté un argent fou et je n'ai rien obtenu d'elle. Mais nous ne pouvons ni l'empoisonner, ni la faire enlever et transporter à l'étranger. Le roi ne nous le pardonnerait jamais.

— Votre Grâce est chevaleresque ! fit observer le baron avec une admiration moqueuse.

— Le diable emporte la chevalerie ! Je désire qu'elle quitte l'Angleterre, et peu m'importe de quelle manière, pourvu que cela ne m'attire pas d'ennuis.

Au fond, il voulait se débarrasser d'Ambre avant qu'elle ait eu le temps de raconter à qui que ce soit que c'était lui qui avait comploté la mort du baron. À son avis, les îles Britanniques ne seraient plus agréables à vivre tant que la duchesse et lui les habiteraient ensemble, et il n'avait pas l'intention de s'exiler.

Arlington abandonna sa réserve et sa supériorité. Il savait que le duc mentait, mais sa proposition lui plaisait. Car l'influence d'Ambre sur le roi était tout juste bonne à créer des ennuis. Si elle partait, ce serait toujours une femme de moins à surveiller. Et il était bien certain que Buckingham avait eu trop peur pour attenter de nouveau à sa vie.

— Je crois que je connais un moyen de lui faire quitter l'Angleterre immédiatement et avec joie, dit-il.

— Comment cela, pour l'amour de Dieu ?

— Que Votre Grâce se fie à moi. Si j'échoue, vous ferez ce que vous voudrez d'elle, avec ma bénédiction...

Ambre était assise dans sa voiture, déchirant nerveusement un éventail de dentelle qu'elle avait pris au hasard en sortant. L'heure était si matinale que le brouillard pendait encore aux branches des arbres du Strand et que le toit des maisons était invisible. Elle se sentait lasse et regrettait d'être venue, car l'idée de le rencontrer l'épouvantait.

Elle avait acheté un page d'Almsbury quelques jours auparavant, et il était venu l'avertir, il y avait à peine trois quarts d'heure, que Sa Seigneurie allait descendre au port. Ambre, profondément endormie à son arrivée, avait enfilé à la hâte quelques vêtements, vaguement peigné ses cheveux et s'était aussitôt mise en route. En attendant, elle tentait de se poudrer, mais ses yeux anxieux étaient davantage tournés vers la portière que vers le miroir. Il lui semblait être là depuis des heures ; il devait être déjà parti ! Elle finissait par l'espérer, car, si intense et désespéré que fût son désir de le voir, sa terreur était plus grande encore.

Soudain elle se redressa, en éveil, laissant tomber le miroir et la boîte à poudre sur ses genoux. La grande porte d'Almsbury House venait de s'ouvrir. Bruce et le comte apparurent, s'entretinrent avec une personne qu'Ambre ne pouvait voir et descendirent les marches. Ni l'un ni l'autre ne firent attention au fiacre posté devant la porte, à demi noyé dans le brouillard. Ils enfourchèrent leurs chevaux, se dirigeant vers elle sans se presser. Raidie, tremblante d'émotion, Ambre attendait, malheureuse, persuadée qu'elle n'aurait pas le courage de lui adresser la parole. Mais, comme il passait devant sa voiture, elle se pencha par la portière ouverte et appela :

— Lord Carlton ?

Les deux hommes tournèrent vivement la tête. La surprise se peignit sur le visage de Bruce, qui tira sur les rênes de sa monture. À demi tourné sur sa selle, il laissa tomber un regard sur elle :

— Madame ?

Sa voix était celle d'un étranger ; ses yeux paraissaient

ne l'avoir jamais vue. Ambre eut envie de crier : « Aimez-moi encore un seul instant, mon cœur ! Laissez-moi au moins un bon souvenir. » D'une voix douce elle s'enquit :

— Sa Grâce est-elle remise ?

— Oui, je vous remercie.

Elle chercha passionnément son regard. Elle devait y déceler une trace, même infime, de ces années au cours desquelles ils s'étaient connus et aimés. Mais ses yeux verts et froids la toisaient sans émotion, nulle réminiscence ne semblait les habiter.

— Vous embarquez-vous bientôt ?

— Aujourd'hui, si le vent est favorable.

Ambre savait qu'elle se rendait ridicule. Faisant le plus insupportable effort de sa vie, elle murmura :

— Je vous souhaite bon voyage, Milord !

Et, tout en baissant les yeux, elle porta son poing fermé à sa bouche.

— Merci, Madame. Adieu !

Il remit son chapeau sur sa tête et les deux hommes donnèrent un léger coup de rênes à leurs montures. Ambre demeura un long temps glacée, rigide ; puis, avec un sanglot contenu :

— Allez ! cria-t-elle au cocher.

Lentement le fiacre s'ébranla. Elle lutta contre elle-même et finalement n'y put tenir. Se mettant à genoux, elle frotta de la main la petite vitre de derrière. Ils étaient très loin déjà, l'épais brouillard flottant en traînées les obscurcissait ; si bien qu'elle ne put distinguer lequel était Bruce.

À midi le petit page revint et lui dit que Lord et Lady Carlton venaient de s'embarquer sur l'un des vaisseaux royaux qui transportaient les personnes de qualité au-delà du Channel.

L'après-midi suivant, on lui apporta une lettre de Lord Buckhurst qui avait pris le même bateau. Ambre l'ouvrit sans grand intérêt : « Votre Grâce, lut-elle, je pense que cette nouvelle peut vous intéresser. Lady Carlton est tombée brusquement malade pendant la traversée et est morte avant que nous ayons atteint Calais. Sa Seigneurie, dit-on, rentre immédiatement en Amérique. Je suis, Madame, votre très humble serviteur. Buckhurst. »

Il n'était pas facile de trouver passage sur un navire, car la plupart des vaisseaux marchands partaient trois fois par an en grands convois. Mais elle découvrit le capitaine d'un vieux navire, *La Fortune*, auquel elle offrit une si grosse somme qu'il accepta de charger hâtivement et de mettre la voile à la prochaine marée.

— Je vais répandre le bruit que je pars à la campagne, dit-elle à Nan. Je ne peux pas emporter grand-chose, mais je ferai venir ce qu'il me faudra quand nous serons installés. Oh ! Nan, c'est...

— Taisez-vous, Madame ! conseilla Nan. Cela porte malheur de se réjouir de la mort de quelqu'un !

Ambre se calma instantanément. Elle avait elle-même peur, peur d'être aussi heureuse, peur d'être trop contente de voir se réaliser la seule chose qu'elle souhaitât encore. Aussi refusa-t-elle d'y penser davantage. D'ailleurs, elle était bien trop occupée. Elle se dit que Dieu l'avait voulu et les avait toujours prédestinés l'un à l'autre. Elle l'avait bien dit à Bruce après l'épidémie de peste : ils étaient faits l'un pour l'autre, depuis le commencement. Mais il avait mis du temps à le comprendre. Peut-être n'avait-il même pas encore compris, mais il s'en rendrait compte en la revoyant.

Ambre passa la nuit à Whitehall, voulant ne rien changer à ses habitudes, tandis que Nan était à Ravenspur House, faisant les paquets et préparant le départ des enfants et de leurs nurses. Ils seraient dix : Ambre, Nan, Grand John, Curry, Suzanne, Charles et leurs quatre nurses. Avec M. le Chien, bien entendu. Elle ne chercha même pas à dormir quand elle rentra vers minuit du théâtre, mais changea de vêtements et passa son temps à inspecter nerveusement ses appartements pour décider de ce qu'elle ferait venir. Mais elle était incapable de réfléchir.

Un peu avant cinq heures, son valet de pied vint lui dire que *La Fortune* serait prête à lever l'ancre dans une heure. Ambre saisit son manteau, le jeta sur ses épaules, laissa tomber ses gants, les ramassa, se dirigea vers la porte, revint en courant prendre son éventail et, à mi-chemin dans le couloir, se souvint qu'elle avait oublié son masque. Automatiquement elle revint sur ses pas, puis murmura : « Oh ! qu'il aille au diable ! » et reprit son chemin. Sa voiture était postée depuis le début de la nuit à la porte du palais. Nan et les autres la rejoindraient au port.

Pénétrant dans la Grande Galerie, au sortir du couloir, elle alla donner dans un groupe d'hommes qui sortaient des appartements de Lord Arlington. Il faisait encore sombre et le valet de pied qui les accompagnait portait une torche. Étonnée, Ambre s'arrêta net, puis repartit. Elle passa sans même les regarder quand une voix familière l'interpella :

— Bonjour, Votre Grâce !

C'était le baron. Prise de terreur, elle crut une minute que le roi avait eu vent de ses projets et s'y opposait. Au même instant, Buckingham se détacha du groupe et vint à eux. Oh ! c'était un complot, elle en était sûre. Mais rien ne l'empêcherait de s'en aller, rien au monde ! Ignorant le duc, elle leva la tête d'un air provocant et regarda Arlington.

— Milord ?

Sa voix était froide, dure.

— Votre Grâce est bien matinale !

Un mensonge facile lui vint aux lèvres :

— Lady Almsbury est malade, elle m'a envoyé chercher. Et n'est-il pas bien tôt pour vous aussi, Milord ? ajouta-t-elle aigrement.

— C'est vrai, Madame. J'accomplis une mission de la plus grande importance. Je viens justement d'apprendre que la sœur du roi est morte hier matin.

Un instant, Ambre en oublia ses propres affaires :

— Minette ? répéta-t-elle, Minette est morte ?

— Oui, Madame.

Il inclina la tête.

— Oh ! je suis navrée !

Elle éprouva pendant un instant une pitié profonde pour Charles. Le baron releva la tête, une singulière lueur d'amusement au fond des yeux. Elle jeta un coup d'œil rapide sur Buckingham, il souriait. Ces deux hommes paraissaient se moquer d'elle. Pourquoi ? Que savaient-ils ? Que s'était-il passé ? Certainement quelque chose qui la concernait, quelque chose de désagréable, pour qu'ils eussent l'air aussi contents.

Et soudain, avec un soulagement imprévu, elle comprit que cela n'avait plus aucune importance. Dans une heure elle aurait quitté l'Angleterre, quitté Whitehall, ses complots et ses intrigues... pour toujours. Jamais plus elle ne reviendrait, jamais. Hier encore elle n'aurait pas cru possible d'être aussi heureuse à l'idée de quitter l'Angleterre. « J'en ai tellement assez de vous tous ! » songea-t-elle.

Mais Arlington parlait de nouveau.

— Je ne veux pas vous retenir, Madame. Vos occupations aussi sont importantes. Ne vous mettez pas en retard.

Ambre fit une révérence, le baron s'inclina et ils se séparèrent.

Buckingham lui lança un coup d'œil par-dessus son épaule, Arlington ne se retourna même pas, mais les deux hommes échangèrent un sourire.

— Bon débarras ! marmonna le duc. Dieu ! Je voudrais voir sa tête quand elle débarquera en Virginie pour trouver Lady Carlton en parfaite santé. Mes félicitations, Monsieur.

Votre plan a réussi, mieux que je n'osais l'espérer. Nous voici enfin délivrés de cette encombrante créature !

— Sa Grâce s'en va, dit Arlington. Mais le calme n'en reviendra pas pour cela à Whitehall !

Il parlait d'un ton significatif et Buckingham fut sur ses gardes. Mais le visage d'Arlington était impassible :

— Venez, Votre Grâce, nous avons à nous occuper d'affaires réellement importantes ce matin.

Ambre avait rassemblé ses jupes et hâté le pas. Au-dehors, le jour pointait et le soleil apparaissait derrière le toit des hauts bâtiments de brique. Sa voiture l'attendait. En la voyant arriver, le valet de pied ouvrit la portière et s'immobilisa, rigide. Elle sourit et lui donna une tape amicale au passage. Imperturbable, il referma la portière, fit un signe au cocher, et l'équipage s'ébranla. Souriant toujours, elle se pencha et fit un signe d'adieu aux fenêtres closes.

Composition et mise en pages réalisées
par ETIANNE COMPOSITION
à Montrouge.

Achevé d'imprimer par Rodesa en janvier 2005
N° d'édition : 42192
Dépôt légal : octobre 2004
Imprimé en Espagne